BASTEI
LÜBBE

BASTEI LÜBBE SIMON R. GREEN IM TASCHENBUCH-PROGRAMM:

DIE ABENTEUER VON OWEN TODTSTELTZER

23 186 Band 1 Der Eiserne Thron
23 188 Band 2 Die Rebellion
23 203 Band 3 Todtsteltzers Krieg

23 192 Drei Romane aus dem Todtsteltzer-Universum:
Nebelwelt / Geisterwelt / Höllenwelt

SIMON R. GREEN

Über das
abentheuerliche Leben des
OWEN TODTSTELTZER
Der Legende vierter Theil

TODTSTELTZERS EHRE

Roman

Ins Deutsche übertragen
von Thomas Schichtel

BASTEI
LÜBBE

BASTEI LÜBBE TASCHENBUCH
Band 23 230

1. Auflage: November 2000

Vollständige Taschenbuchausgabe

Bastei Lübbe Taschenbücher
ist ein Imprint der
Verlagsgruppe Lübbe

Deutsche Erstveröffentlichung
Titel der englischen Originalausgabe: Deathstalker Honor

Lektorat: Uwe Voehl / Stefan Bauer
Titelillustration: Romas B. Kukalis / Agentur Schlück
Umschlaggestaltung: QuadroGrafik, Bensberg
Satz: Fotosatz Steckstor, Rösrath
Druck und Verarbeitung:
Brodard & Taupin, La Flèche, Frankreich
Printed in France

ISBN 3-404-23230-5

Wenn letzten Ende alles andere scheitert,
bleibt die Ehre.

Sie waren schließlich offizielle Helden der großen Rebellion:

Owen Todtsteltzer, ausgestoßener Aristokrat und widerstrebender Krieger.

Hazel D'Ark, Ex-Klonpascherin und Ex-Piratin.

Jakob Ohnesorg, der legendäre Berufsrevolutionär.

Ruby Reise, die berüchtigte Kopfgeldjägerin.

Gemeinsam kämpften sie im Namen der Freiheit und Gerechtigkeit gegen unmögliche Widerstände an und triumphierten ein ums andere Mal. Sie stellten eine Armee der Kühnen und Tapferen auf, der Geknechteten und Verzweifelten, und führten sie zum Sieg. Und im großen Stahl- und Messingpalast der Heimatwelt *Golgatha* stürzten sie die Imperatorin Löwenstein XIV und vernichteten endgültig den Eisernen Thron des Imperiums.

Sie hätten gefeiert und geehrt werden und auf allen Planeten höchste Ehrungen erfahren sollen.

Sie hätten glücklich bis ans Ende ihrer Tage leben sollen.

Leider ist das Leben nicht so.

Kapitel eins
Das Haus der Gebeine

An Bord der guten *Sonnenschreiter II:*

»Kopfgeldjäger!« sagte Hazel D'Ark angewidert. »Nach allem, was wir geleistet haben, was wir durchgemacht haben, sind wir letztlich nichts weiter geworden als bessere Kopfgeldjäger!«

»Immer noch besser als das, was wir bislang getan haben«, versetzte Owen sanft. Der hochgewachsene und langgliedrige Mann mit dem dunklen Haar und den noch dunkleren Augen lümmelte schlaff im bequemsten Sessel des Salons. »Die Jagd auf Kriegsverbrecher ist eine wichtige Aufgabe. Ich weiß nicht, wie es Euch geht, aber ich finde es viel nervenschonender, der Jäger zu sein als der Gejagte. Obendrein müßte es für Euch mal eine nette Abwechslung bedeuten, auf der Seite des Gesetzes zu stehen.«

»Es geht ums Prinzip!« schnauzte Hazel. »Wir waren schließlich wer! Wir haben Armeen geführt! Wir haben das Imperium gestürzt! Haben immer wieder riskiert, daß uns jemand die Ärsche wegballert, und trotzdem finden wir uns wieder, wie wir für das Parlament die Drecksarbeit tun. Am liebsten würde ich kotzen.«

Owen sah sich für einen Moment aus dem Konzept gebracht. Eigentlich hätte er gutes Geld darauf verwettet, daß Hazel ein Prinzip nie als solches erkannt hätte, selbst wenn sie auf dem Rückweg von der Toilette darüber stolperte. Er raffte sich jedoch tapfer auf und beendete die Diskussion mit einem treffenden, wenn auch nicht gänzlich taktvollen Einwurf.

»Wenn ich mich recht entsinne, war das ohnehin alles Eure Idee.«

Hazel bedachte ihn mit einem finsteren Blick und wandte sich ab, um das nächste Schott anzufunkeln. Sie hatte wieder eine ihrer Launen und war nicht bereit, sich von simpler Logik umstimmen zu lassen. Owen seufzte, besaß jedoch ausreichend gesunden Menschenverstand, es ganz leise zu tun. Um die Wahrheit zu sagen: Auch er empfand es als eine Art Abstieg, jetzt als Kopfgeldjäger loszuziehen, aber alle Alternativen wären schlimmer ausgefallen. Während er noch in der Rebellion kämpfte, hatte er nie richtig darüber nachgedacht, was er mal tun wollte, wenn es vorbei war. Vor allem deshalb nicht, weil er die meiste Zeit zu sehr damit beschäftigt war, den Kopf aus der Schlinge zu ziehen, aber auch, weil er nie ernsthaft damit gerechnet hatte, noch in seiner Lebenszeit das Ende der Rebellion zu erleben. Die meisten Leute, die sich zum Widerstand aufrafften gegen Imperatorin Löwenstein XIV, auch die Eiserne Hexe genannt, landeten frühzeitig im Grab. Oft mit fehlenden Körperteilen. Aber schließlich hatte sich in Owens Leben noch nie etwas so entwickelt, wie er es erwartet hatte.

Wenn er zurückblickte, so schien er die meiste Zeit seines Lebens von einer Krise in die nächste gestolpert zu sein, oft mehr von den Umständen getrieben als aufgrund eigener Pläne und Wünsche handelnd. Überall um ihn herum spannen Intriganten und Verschwörer ihre Netze, von denen er meist nicht mehr mitbekam als den Schatten, den sie beiläufig auf sein Leben warfen. Und letztlich fand er, daß es trotz seiner Absichten und seiner kühnen Gefährten und der geheimnisvollen Kräfte, die ihm das *Labyrinth des Wahnsinns* verliehen hatte, die eigene schiere Sturheit gewesen war, die ihn gegen den Eisernen Thron geführt hatte, und die Weigerung, sich ungünstigen Chancen zu beugen, die einen Mann mit mehr Vernunft abgeschreckt hätten.

Er war zum Helden und zum Retter der Menschheit geworden, und niemanden hatte das mehr überrascht als ihn selbst.

Er hatte erwartet zu scheitern. Zu sterben, und zwar qualvoll. Statt dessen stürzte er ein Imperium, das über ein Jahrtausend Bestand gehabt hatte, setzte die Herrscherin ab, vernichtete ihren Thron und erlebte das Ende praktisch jeder sozialen und politischen Struktur mit, an die er glaubte. Und damit begannen die Probleme erst richtig.

Löwensteins Leichnam war noch nicht erkaltet, als schon die Geier herabstießen. Noch während die letzten Gefechte tobten, setzte zwischen den diversen Gruppierungen der Rebellen ein heftiger Streit darüber ein, was genau an die Stelle des alten Systems treten sollte. Selbst die wenigen, die am Ende persönlich beteiligt waren, konnten zu keiner Übereinkunft gelangen. Owen hätte am liebsten gehabt, daß die Dinge weitgehend so blieben wie bisher, daß nur ein paar politische Reformen durchgeführt und ein paar Ungerechtigkeiten bestraft wurden. Hazel hätte am liebsten das ganze System niedergerissen und die Familien für Verbrechen gegen die Menschlichkeit vors Kriegsgericht gebracht. Jakob Ohnesorg beharrte auf Demokratie für alle, einschließlich aller Klone und Esper und sonstiger Unpersonen. Ruby Reise wollte die Beute sehen, die man ihr versprochen hatte.

Bald schlossen sich ihnen bei Hofe Vertreter der Klon- und Esper-Bewegung an sowie politischer Randgruppen aller Formen und Schattierungen und mehr religiöser Gruppierungen, als man überhaupt zählen konnte. Alle erpicht darauf, ihre Vorstellungen durchzusetzen. Zum Glück waren alle zu müde, um sofort einen neuen Krieg vom Zaun zu brechen. Der Streit entwickelte sich zu einer Sackgasse, und alle stampften in unterschiedliche Richtungen auseinander, um neue Pläne und Intrigen zu schmieden. Im Moment besorgte das Parlament die Alltagsgeschäfte des Imperiums, weil das ja irgend jemand tun mußte, und die Abgeordneten hatten wenigstens Erfahrung auf diesem Gebiet. Niemand traute ihnen auch nur so weit, wie er spucken konnte, aber das wiederum war nichts Neues.

Männer und Frauen, die einmal miteinander verbündet gewesen waren, darauf eingeschworen, sich bis in den Tod und darüber hinaus zu verteidigen, bekämpften einander nun heftig über dogmatische Punkte und Fragen der Vorrangstellung. Owen vermutete, daß ihn das nicht hätte überraschen dürfen. Er war schließlich Historiker. Alles, was die diversen Rebellengruppen gemein gehabt hatten, war ein gemeinsamer Feind. Und obwohl sie alle mit Begriffen wie Gerechtigkeit und Freiheit um sich warfen, bedeuteten sie für unterschiedliche Leute auch Verschiedenes.

Und dann war da noch das Abkommen, das Ohnesorg inmitten des verzweifeltsten Kampfes geschlossen hatte – nämlich die aristokratischen Familien zwar abzusetzen, aber nicht zu vernichten. Als sich die großen Häuser mit einer zunehmend siegreichen Armee konfrontiert sahen, die nach ihrem kollektiven Blut schrie, schlossen sie sich zusammen und boten an, auf Macht und Privilegien zu verzichten, falls man ihnen dafür erlaubte, als rein ökonomische Mächte zu überleben. Das war das Zuckerbrot. Die Peitsche bestand in ihrer Drohung, die wirtschaftliche Basis des ganzen Imperiums zu zerstören und jede zivilisierte Welt in die Barbarei zurückzuschleudern. Niemand bezweifelte, daß sie dazu fähig waren. Und so traf Ohnesorg das Abkommen, um Milliarden das Leben zu retten, aber niemand dankte ihm dafür. Der Mann auf der Straße sah sich um seine Rache betrogen; die Rebellen warfen ihrem geliebten Helden vor, er hätte seine politischen Überzeugungen verkauft; und die Familien haßten ihn, weil sie ihren hochgeschätzten Adelsstand verloren hatten. Ohnesorg mußte eine Sekretärin einstellen, nur um sich um die Haßbriefe und Morddrohungen zu kümmern.

Und als wäre die Lage noch nicht kompliziert genug gewesen, tauchte der *Schwarze Block* aus den Schatten auf, um die Familien zu einigen und zu beherrschen und alle anderen zu Tode zu erschrecken. Der *Schwarze Block* war die Geheimwaffe der Familien, ein Mittel der letzten Verteidigung gegen die Imperatorin, sollte sie je die Macht und den Status der Clans ernsthaft bedrohen. Die jüngsten Söhne und Töchter aller Häuser wurden dem *Schwarzen Block* übergeben, ausgebildet und dazu konditioniert, den Familien bis in den Tod loyal zu bleiben. Leider stellte sich heraus, daß der *Schwarze Block* ganz eigene Pläne hatte.

In verborgenen Schulen lehrten gesichts- und namenlose Ausbilder die jüngeren Söhne und Töchter, von denen ohnehin niemand Titel oder Reichtum geerbt hätte, daß die Familien als Klasse viel wichtiger waren als jedes einzelne Haus. Und daß die Loyalität zum *Schwarzen Block* demzufolge schwerer wog als die Loyalität zu einem einzelnen Clan. Sie lehrten ihre Schützlinge auch andere Dinge, manche davon unbeschreiblich, aber das blieb weiterhin geheim. Zunächst.

Sie waren es gewesen, die Jakob Ohnesorg das Abkommen vorgeschlagen hatten, und jetzt, wo sie ohne zu blinzeln ins grelle Licht der Öffentlichkeit getreten waren, bildeten sie auch die Gruppierung, die das Abkommen durchsetzte. Die Clans sahen, was sie ahnungslos geschaffen hatten, und fürchteten sich. Und so beugten sich alle dem *Schwarzen Block* und behielten ihre Wut und ihre Pläne für eine blutige Vergeltung für sich.

Owen, Hazel, Jakob und Ruby waren sich einig in ihrem Entsetzen über die Büchse der Pandora, die sie da geöffnet und deren Füllung aus Problemen sie freigesetzt hatten. Allerdings konnten sie sich nicht entscheiden, was sie in dieser Hinsicht unternehmen sollten. Ohnesorg eilte von einer Konferenz zur nächsten, verzweifelt bemüht, die Lage unter Kontrolle zu halten. Dabei half ihm, daß die meisten Leute wenigstens bereit waren, ihm zuzuhören. Alle respektierten den legendären Jakob Ohnesorg. Selbst wenn sie ihn inbrünstig haßten. Seine restliche Zeit verwandte er darauf, genau die Streitkräfte wieder aufzubauen, gegen die er bis vor kurzem gekämpft hatte. Schließlich wollte er auf Angriffe durch die zahlreichen Feinde des Imperiums vorbereitet sein. Die abtrünnigen KIs von *Shub*, die wiedergeborenen Hadenmänner und potentiell gefährliche Fremdwesen ohne Zahl waren allesamt durchaus fähig, ein Imperium anzugreifen, das durch interne Zerwürfnisse abgelenkt wurde.

Ruby Reise nutzte derweil jede Gelegenheit, alle auszuplündern, die schwächer waren als sie, darunter etliche Konzerne. Auch verlor sie keine Zeit dabei, es sich in der Art Luxus gemütlich zu machen, an die sie sich schon immer hatte gewöhnen wollen. An Politik war sie nicht interessiert. Falls man etwas nicht angreifen oder ausplündern konnte, wußte Ruby meist nicht weiter. Also hielt sie sich aus den laufenden Verhandlungen heraus, und alle Welt seufzte tief erleichtert.

Und Owen und Hazel waren Kopfgeldjäger geworden und machten Jagd auf geflohene Kriegsverbrecher. Offiziell hieß es, sie sollten die Schurken zurückbringen, um ihnen öffentlich den Prozeß zu machen, aber insgeheim stimmten alle Seiten darin überein, daß es besser wäre, wenn bestimmte Parteien auf der Flucht erschossen wurden. Owen und Hazel nickten ernst, als man ihnen das erklärte, und entschieden dann, daß sie sich eine eigene Meinung zu dem Thema bilden würden, sobald es nötig wurde. Sollte es jemals Hoffnung geben, daß die neue Ordnung, an der Jakob gerade arbeitete, irgendeine Form von Stabilität aufwies, dann mußten die wirklich üblen Gesellen bestraft werden, und zwar öffentlich. Leute wie Valentin Wolf zum Beispiel, die verachtete rechte Hand der Imperatorin und Schlächter von *Virimonde*. Man konnte nicht irgendeine beliebige Person hinter einem so gefährlichen und verschlagenen Schurken wie dem Wolf herschicken, also kamen an diesem Punkt Owen Todtsteltzer und Hazel D'Ark ins Spiel. Schließlich waren sie die gefährlichsten Menschen, die man im Imperium je erlebt hatte.

Dabei hatte sich Owen nie etwas sehnlicher gewünscht, als wieder sein früheres Leben führen zu können, aber fast von dem Augenblick an, als die Rebellion offiziell für siegreich erklärt wurde, schien ihm, daß Krethi und Plethi sich darum stritten, ein Stück von dem legendären Helden Todtsteltzer zu ergattern. Jede politische Partei wollte ihn als Galionsfigur haben. Vertreter sämtlicher Anliegen wollten seinen Namen und sein Schwert in den Dienst ihrer Sache stellen. Manchmal kam es vor seiner Tür zu Duellen, um zu klären, wer ihn zuerst sprechen durfte.

Dazu kamen noch die Holonachrichtensender, die endlose Interviews führen wollten, und Agenten, erpicht auf die Exklusivrechte an seiner Lebensgeschichte. Alle verlangten nach Bildern und Zitaten und Antworten auf zunehmend persönliche Fragen. Ganz zu schweigen von Produktempfehlungen und

Buchverträgen und Vermarktungsrechten. Verdammt, ein Unternehmen wollte sogar eine Reihe von Action-Figuren auflegen, die auf ihm und Hazel und Jakob und Ruby beruhten. Owen wünschte jedoch nur, seinen Frieden zu haben, und tat dies immer lauter kund, ohne daß jemand zugehört hätte. Und so flüchtete er schließlich mit der *Sonnenschreiter II* von *Golgatha* und stürzte sich in etwas, was sich als der erste von vielen Einsätzen als besserer Kopfgeldjäger entpuppte, bevollmächtigt und bezahlt vom Parlament, um die gefährlicheren Schwierigkeiten des Imperiums zu beseitigen.

Hazel begleitete ihn. Sie sagte, sie täte es nur, um ein wenig Abenteuer zu erleben und nicht zu verweichlichen, aber Owen dachte sich gern, daß sie sich nur zu Tode langweilte, wenn sie keinen Feind zu bekämpfen hatte. Obwohl man ins Feld führen mußte, daß sie nie jemand gewesen war, der es schätzte, herumzusitzen und über die Lilien auf der Wiese zu sinnieren, und sie war gerade deshalb zur Gesetzlosen geworden, um kein friedliches und produktives Leben führen zu müssen. Sie konnte sich nicht mal mehr betrinken und Kneipenschlägereien anzetteln. Alle Welt wußte, wer sie war, und hatte eine Mordsangst, irgend etwas zu sagen, was sie vielleicht erzürnte. Als Ohnesorg ihr also den Auftrag anbot, flüchtige Kriegsverbrecher aufzuspüren und womöglich auch zu exekutieren, überlegte sie nicht zweimal und ging ohne Verzug daran, Owen zu überreden, er möge sich ihr anschließen. Auch wenn sie sich an den umgekehrten Vorgang zu erinnern schien. Aber andererseits war Hazel nun mal so. Nichts machte sie glücklicher, als jemand anderem die Schuld geben zu können.

»Wir sind gerade über *Virimonde* aus dem Hyperraum gefallen«, flüsterte die KI Ozymandius Owen ins Ohr. »Zur Zeit halte ich eine hohe Umlaufbahn und sämtliche Schilde aufrecht. Ich weiß wirklich nicht, warum du hierher zurückkehren wolltest, Owen. Ich meine, es ist ja nicht so, daß du hier noch irgendwelche Freunde hättest. Tatsächlich muß ich sogar feststellen, daß die Gefahr für uns, mit Löchern durchsiebt zu enden, mit jeder Sekunde geometrisch zunimmt, die wir dumm genug sind, hier zu verweilen.«

»Nörgel nörgel nörgel«, wisperte Owen lautlos, damit Hazel es nicht hörte. Sie wäre nicht damit einverstanden gewesen, daß er mit einer KI sprach, die eigentlich tot sein sollte und die niemand sonst verstehen konnte. »Du möchtest nie irgendwohin, wo man Spaß hat, Oz. Hier ist jedoch unsere gegenwärtige Beute an Land gegangen, also ist es auch unser Ziel. Genau in diesem Augenblick hält sich Valentin Wolf irgendwo dort unten auf, gemeinsam mit gewissen aristokratischen Kumpanen; jeden einzelnen davon sähen die gegenwärtigen Behörden liebend gern auf der Anklagebank oder am Strick baumelnd. Vorzugsweise beides. Außerdem ... Ich habe immer gesagt, daß ich eines Tages nach *Virimonde* heimkehren würde.«

Früher einmal war Owen Todtsteltzer Lord des ganzen Planeten *Virimonde* gewesen. Dann hatte ihn die Imperatorin Löwenstein zum Gesetzlosen erklärt und ihm alles genommen. Die eigenen Sicherheitsleute versuchten ihn daraufhin umzubringen, um das Kopfgeld einzustreichen, und er mußte durch Flucht sein Leben retten. Es wurde knapp. Genau im richtigen Moment tauchte jedoch Hazel auf, um ihm den aristokratischen Hintern zu retten. Sie wurde später nie müde, ihn daran zu erinnern. Beide blieben fortan zusammen. Er verliebte sich in sie. Bis heute wußte er nicht recht, welche Gefühle sie für ihn hegte. Sein Vetter David wurde in seiner Abwesenheit zum Lord berufen, starb aber wenig später bei dem Versuch, den Planeten gegen Löwensteins Truppen zu verteidigen, die unter dem Befehl Valentin Wolfs standen. Der Wolf führte Aufsicht über die Ermordung Millionen schutzloser Menschen und die völlige Zerstörung dessen, was einmal ein echtes ländliches Paradies gewesen war.

Und jetzt war Valentin zurückgekehrt, wie ein Verbrecher, der sich wieder am Tatort einfand, oder ein Hund, der an den eigenen Exkrementen schnüffelte. Auch Owen war erneut hier, um den Zerstörer *Virimondes* einer verspäteten Gerechtigkeit zuzuführen. Auf die eine oder andere Art.

Er seufzte leise vor sich hin. Auf all seinen Wanderungen als Rebell hatte er sich immer an die heimliche Hoffnung geklammert, er könnte eines Tages heimkehren und sein altes Leben als kleiner Historiker wieder aufnehmen, der für niemanden außer sich selbst von wirklicher Bedeutung war. Er hatte sich jedoch so stark verändert und in so vieler Hinsicht, daß er sich selbst nicht mehr recht wiedererkannte. Und wenn man die Berichte von der völligen Verwüstung bedachte, die ihn dort unten erwartete, war er sich nicht mal sicher, ob überhaupt noch ein Zuhause vorhanden war, in das er zurückkehren konnte.

»Führe eine Sensormessung durch«, wies er die KI lautlos an. »Suche meine alte Burg und sieh mal nach, mit welchen Mitteln sie geschützt ist.«

»Bin dir wie üblich weit voraus«, schniefte die KI. »Eine Armee von recht ansehnlicher Größe lagert rings um die Burg. Schenkt man den Funksprüchen Glauben, die ich abhöre, wird die Festung gerade von Valentin und seinen Kumpanen bewohnt. Typisch. Nur das Beste für den lieben Valentin. Und den Informationen zufolge, die wir vor dem Aufbruch von *Gol-*

gatha erhielten und auf die du sicher nicht mal einen Blick geworfen hast – da wette ich gutes Geld drauf –, ist dort unten auch eine höllische Menge wissenschaftlicher Ausrüstung vorhanden, ebenso die Wissenschaftler, die sie bedienen. Obwohl scheinbar niemand weiß, was oder wozu.«

»Werd nicht hochnäsig, Oz. Sag mir einfach, was ich wissen muß.«

»Tyrann.«

Owen hatte keine rechte Vorstellung davon, woran er bei Oz war. Der ursprüngliche Ozymandius war die Familien-KI gewesen, die Owens verstorbener Vater an ihn vererbt hatte. Es stellte sich heraus, daß sie versteckte imperiale Programme enthielt und für Löwenstein spionierte. Schließlich griff sie sogar Owen an und versuchte, ihn mit Kontrollwörtern zu versklaven, die sie in seinem Unterbewußtsein implantiert hatte. Owen war nichts anderes übriggeblieben, als seine Labyrinthkräfte einzusetzen, um die KI zu vernichten. Nur daß Oz irgendwann später zurückkehrte. Oder eine Stimme in seinem Kopf, die nur er hören konnte und die behauptete, sie wäre die KI Ozymandius. Sicherlich war sie genauso kenntnisreich und provokant wie das Original. Owen akzeptierte diese Situation zunächst und gedachte dabei zu bleiben, solange sich die KI als nützlich erwies. Und weil er nicht die leiseste Ahnung hatte, wie er die Stimme wieder loswerden sollte.

Außerdem vermißte er Oz.

»Soll ich jetzt den Anflug einleiten oder nicht?« fragte Oz forsch. »Wir sind umfassend getarnt, aber niemand weiß, wie lange selbst Schilde der Hadenmänner den Sicherheitssystemen standhalten, die Valentin dort installiert hat. Das, was früher normale Satelliten zur Wettersteuerung waren, ist mit echt heftigen Sensoren aufgebessert worden und dazu mit stärkerer Bewaffnung als der durchschnittliche Flottenkreuzer. Wenn der Wolf ›Bitte nicht stören‹ sagt, meint er es ernst.«

»Bleib im Orbit«, sagte Owen nachdrücklich. »Ich möchte erst eine wirklich gute Vorstellung von dem haben, was mich auf dem Planeten erwartet, ehe ich mich auf eine Landung festlege. Setze die Sensoren auf das Gebiet um die Burg an, in einem Radius von fünfzehn Kilometern, und gib die Lage der örtlichen Bevölkerung durch.«

»Owen ... Das habe ich schon getan. Eine örtliche Bevölkerung gibt es nicht mehr.«

»Was?«

»Ich habe die Umgebung sondiert, so weit meine Sensoren reichen. Auf Hunderte von Kilometern gibt es keine lebende Seele mehr. Es tut mir leid, Owen.«

Owen schüttelte langsam den Kopf. Er hatte die Meldungen über die Zerstörung *Virimondes* durch Valentin gelesen, hatte sich Tobias Shrecks Filmaufnahmen davon und Interviews mit den wenigen Überlebenden angesehen, die sich vom Planeten hatten retten können, hatte aber stets vermutet, daß es Übertreibungen waren. Niemand konnte nur zum Spaß anordnen, die Bevölkerung eines ganzen Planeten zu ermorden. Nicht einmal Valentin Wolf. Tief im Herzen hatte sich ein Teil Owens verzweifelt danach gesehnt, nach Hause zurückzukehren, umjubelt von seinem Volk, das voller Freude war, den rechtmäßigen Lord endlich wiederzuhaben. Er hatte sich gewünscht, sich dafür zu entschuldigen, daß er nicht zugegen gewesen war, um die Menschen zu beschützen. Hatte ihnen versprechen wollen, daß jetzt, wo er wieder daheim war, alles anders werden würde. Er würde für ihre Sicherheit sorgen, sie beschützen, jedes Ungemach von ihnen wenden. Niemand würde ihnen je wieder weh tun, nur weil er sich gerade andernorts als Held der Rebellion herumtrieb. Er hatte so viel sagen wollen und müssen. Er hatte nicht glauben wollen, daß sein ganzes Volk tot war.

»Was ist los?« erkundigte sich Hazel. »Gibt es ein Problem?«

»Nein«, sagte Owen. »Ich habe nur nachgedacht. Darüber, wie es früher hier ausgesehen hat.«

»Tu das nicht«, sagte Hazel. »Das war schon immer dein Problem, Todtsteltzer. Daß du in der Vergangenheit lebst.«

»Ich kenne mich aus mit der Vergangenheit«, versetzte Owen. »Damals ging es einfacher zu. Ich kannte meine Welt und mein Imperium und meinen Platz darin. Oder glaubte es zu tun. Inzwischen habe ich erlebt, wie alles zerstört wurde, woran ich je glaubte, habe alles verloren, woraus ich mir je etwas machte. Und jetzt stelle ich fest, daß mir die Heimkehr versagt bleibt. Weil Valentin Wolf alles niedergebrannt und auf die Asche gepinkelt hat. *Virimonde* ist tot.«

»Das wissen wir erst sicher, wenn wir gelandet sind und selbst nachgeschaut haben«, sagte Hazel. »Berichte können übertrieben ausfallen; Sensoren kann man falsch deuten. Es ist ein großer Planet, Owen. Valentin kann nicht jeden umgebracht haben.«

»Und falls doch? Falls er alles getan hat, was ihm nachgesagt wird?«

»Dann schneiden wir ihm das schwarze Herz heraus, werfen es auf den Boden und trampeln darauf herum. Und das gleiche tun wir mit allen, die ihm geholfen haben.«

Owen mußte leise lächeln. »Das Leben war für Euch immer so einfach, nicht wahr, Hazel? Die Guten und die Bösen und eine direkte, kraftvolle Lösung für jedes Problem. Aber Ihr habt ja den Mann bei der Einsatzbesprechung gehört. Immer noch gibt es Mächtige, die wollen, daß Valentin für einen Schauprozeß lebend zurückgebracht wird. Wenn auch nur, um für ein kleines Vermögen die Holorechte zu verhökern.«

»Ich halte mich über alles auf dem laufenden«, entgegnete Hazel. »Und ich wette, daß ich für jede Gruppierung, die den Wolf lebend haben möchte, zehn andere nennen kann, die ihn viel lieber von Fliegen umschwärmt heimkehren sehen würden. Nicht zuletzt die Klon- und Esper-Bewegungen. Sollte je durchsickern, daß Valentin Wolf einmal aktiver Mitarbeiter und Förderer der Untergrundbewegungen gewesen ist, verlieren sie auch noch das wenige, was sie an öffentlicher Unterstützung und Popularität genießen. Und um dem Faß die Krone aufzusetzen, findet man jede Menge Leute, die früher zweifelhafte Geschäfte mit ihm getätigt haben und nicht möchten, daß das jetzt herauskommt, wo sie sich als treuherzige Förderer der Rebellion neu herausgeputzt haben.«

»Und genau deshalb werden wir den Mistkerl lebend zurückbringen«, sagte Owen in entschiedenem Ton. »Nicht unbedingt in einem Stück, aber definitiv lebendig. Ich bin niemandes Marionette, auch nicht die irgendeiner Organisation. Ich muß deutlich machen, daß mich niemand unter Druck setzen kann. Und ich werde ihn nicht einfach nur deshalb umbringen, weil ich es möchte.«

»Du und dein verdammtes Gewissen«, sagte Hazel. »In Ordnung, wir versuchen also, ihn lebend festzunehmen. Was ist mit seinen Gefolgsleuten?«

»Meinetwegen massakriert ruhig den ganzen Haufen.«

»Das läßt sich schon eher hören!« meinte Hazel.

Owen lehnte sich zurück, verschränkte die Hände und starrte nachdenklich darauf. »Er war nicht immer ein Monster, wißt Ihr? Valentin. Als Kinder haben wir uns gekannt, in denselben Kreisen verkehrt, dieselben Parties besucht. Er kam mir damals ... ganz normal vor. Nichts Ungewöhnliches. Keine Spur von dem Psychopathen, zu dem er mal werden sollte. Nur ein Junge wie alle anderen, vielleicht ein bißchen ruhiger als die meisten. Mir sehr ähnlich. Wir waren nie richtige Freunde, aber ich kann mich an schöne Zeiten erinnern, die wir gemeinsam verlebten. Dann sind wir unterschiedlicher Wege gegangen, um als Wolf und als Todtsteltzer ausgebildet zu werden, und ich habe ihn jahrelang nicht wiedergesehen. Und manchmal ertappe ich mich bei der Frage, wie zwei einander so ähnliche Kinder zu so verschiedenen Erwachsenen werden konnten.«

»Leute verändern sich nun mal«, gab Hazel zu bedenken. »Ob sie es wollen oder nicht. Das Leben schreibt unseren Text, und wir erhalten nur hin und wieder Gelegenheit, improvisierte Zeilen einzubauen.«

Owen sah sie an. »Aber Hazel, das war ja beinahe tiefsinnig.«

»Sprich nicht von oben herab mit mir, Todtsteltzer. Ich habe einen Verstand. Ich habe das eine oder andere Buch gelesen. Wenn ich nichts anderes zu tun hatte. Ich wollte nur sagen, daß das Universum uns verändert, selbst während wir dabei sind, das Universum zu verändern. Sieh dich mal an: Du bist nicht der Mensch, der du früher warst, nicht mal der von vor wenigen Jahren. Gott sei Dank. Der Owen Todtsteltzer, den ich dort unten vor dem sicheren Tod gerettet habe, unterscheidet sich erheblich von dem offiziellen Helden, der ein Imperium gestürzt hat.«

»Ich weiß«, sagte Owen. »Genau das ist es, was mir Kummer macht.«

»Gräme dich nicht darüber«, empfahl ihm Hazel. »Er war wirklich ein hochnäsiger kleiner Schnösel.«

Owen zog eine Braue hoch. »Warum seid Ihr dann bei ihm geblieben?«

Hazel lächelte. »Ich glaubte, gute Anlagen in ihm zu entdecken.«

Owens Mundwinkel zuckten. »Ich hatte ähnliche Gedanken, was Euch angeht.« Und er runzelte erneut die Stirn.

»Ach verdammt, Owen, was ist denn jetzt? Ich schwöre, daß du mehr Möglichkeiten hast als jeder andere, dich selbst zu deprimieren.«

»Ich mußte nur an Finlay Feldglöck denken. Wir hätten ihn zu dieser Fahrt mitnehmen sollen.«

»Darüber haben wir uns doch schon unterhalten, Owen. Er ist ein Besessener. Er hat geschworen, an Valentin Rache zu nehmen. Hat beim eigenen Blut und der eigenen Ehre den Eid abgelegt, ihn umzubringen. Falls wir uns dort unten Möglichkeiten offenhalten möchten, können wir uns nicht leisten, den Feldglöck irgendwo in der Nähe zu haben. Er war schon immer ... unberechenbar. Man hat versucht, ihn als Kopfgeldjäger einzusetzen, aber er hat die Leute immer nur tot zurückgebracht. Manchmal in Einzelteilen. Zuletzt habe ich gehört, daß seine Freundin Evangeline Shreck versuchte, sein Interesse an der Politik zu wecken. Gott stehe dem Parlament bei, mehr fällt mir dazu nicht ein.«

»Er hat an unserer Seite gekämpft. Er war ein Held der Rebellion, genau wie wir. Und Valentin hat seine ganze Familie ausgelöscht. Für mein Gefühl ist es nicht richtig, ihn aus dieser Sache auszuschließen.«

»Owen, wir kennen den Mann kaum. Du bist es doch, der Valentin lebendig zurückbringen möchte. Wäre der Feldglöck dabei ...«

»Ja, ich weiß. Aber falls wir Geheimnisse haben vor Leuten, die angeblich unsere Kameraden sind, was enthalten sie dann uns vor?«

»Ach verdammt«, sagte Hazel geringschätzig, »jeder hat Geheimnisse.«

Wie sich das anhörte, bemerkte sie erst, als die Worte heraus waren, und sie hielt für einen Moment die Luft an, bis Owen brummte und sich abwandte, um die Sensorenergebnisse auf dem Hauptbildschirm zu studieren. Hazel ließ die Luft langsam heraus, damit Owen es nicht hörte, und versuchte sich zu entspannen. Selbst heute noch enthielt sie ihm das eine oder andere vor, teils, weil sie ihn nicht aufregen wollte, teils, weil sie nach wie vor an das Prinzip glaubte, die eigenen Angelegenheiten für sich zu behalten. Seit sie zum erstenmal das *Labyrinth des Wahnsinns* auf der *Wolflingswelt* durchschritten hatte und für immer verändert worden war, machten ihr Träume zu schaffen. Zunächst waren es nur beunruhigende Bilder gewesen, aber heute verfolgten sie die Träume immer hartnäckiger bis in die wache Zeit, und sie wurde den Gedanken einfach nicht los, daß sie etwas zu bedeuten hatten. Etwas Wichtiges. Inzwischen träumte sie jede Nacht klar und deutlich, und sie wußte nicht, ob sie die Vergangenheit oder die Zukunft sah. Es hatte den Anschein, als entwirrte sich die Zeit in Hazels Kopf, in den dunkelsten Stunden der Nacht, wenn sie am wenigsten geschützt war. Etwas in ihrem Verstand zeigte ihr Dinge und ließ einfach nicht zu, daß sie sich davon abwandte.

Auf *Nebelwelt* hatte sie von der imperialen Invasion geträumt, nur Stunden, ehe sie tatsächlich passierte.

Vergangene Nacht hatte sie drei Träume gehabt, einen nach dem anderen. Der erste handelte von den *Blutläufern*, den üblen Bewohnern der dunklen *Obeah*-Welten, weit draußen am *Abgrund*, wo niemand sonst hinfuhr. Die *Blutläufer* hatten einmal versucht, Hazel für ihre nie endenden Experimente über die Natur des Leidens und der Existenz zu entführen. Damals rettete Owen Hazel, griff mit seinen Gedanken über zahllose Lichtjahre hinaus und streckte den Anführer nieder. In dem Traum hatten die *Blutläufer* sie mit wissenden, grausamen Augen gemustert, mit entsetzlicher Geduld auf sie gewartet. Sie hielten etwas in der Hand. Etwas Scharfes.

Dann träumte sie von der Burg der Familie Owens auf *Virimonde.* Dort folgte sie den leeren Steinkorridoren, die ihr mühelos vertraut waren, obwohl sie nie zuvor dort gewesen war. Es war bitterkalt, kalt wie in einem Grab, und Blut rieselte von den Wänden und verschmutzte die uralten Wandbehänge und die vorzüglichen Teppiche. Etwas lauerte hinter der nächsten Ecke und tief unter ihr, etwas Furchtbares.

Und schlußendlich träumte sie, sie stünde allein auf der Brücke der *Sonnenschreiter II,* während ringsherum die Hölle ausbrach. Von allen Seiten griffen Schiffe an, mehr als man zählen konnte, überwältigten ihre Abwehreinrichtungen, obwohl Hazel heftigen Widerstand leistete. Sämtliche Alarmsirenen heulten, und die Geschütze der *Sonnenschreiter II* feuerten unaufhörlich. Nirgendwo entdeckte Hazel eine Spur von Owen.

Vergangenheit, Gegenwart und Zukunft. Vielleicht. Aber waren es Vorhersagen oder nur Warnungen? Bedeuteten sie, daß Hazel eine Chance hatte, etwas zu ändern, die Geschichte umzuschreiben, dem Schicksal zu trotzen? Oder wurde sie einfach nur verrückt wie alle anderen?

Früher einmal hatte ihr die verbotene Droge *Blut* geholfen, mit vielem fertig zu werden, einschließlich der Träume, aber darüber war sie hinweg. Körperlich war sie so weit transformiert worden, verglichen mit ihrem früheren Selbst, daß sie Zweifel hatte, ob *Blut* heute überhaupt noch die leiseste Wirkung auf ihre Körperchemie gehabt hätte. Außerdem war die Droge stark suchterzeugend, und Hazel wollte verdammt sein, wenn sie es irgend etwas oder irgend jemandem je erlauben würde, wieder Herrschaft über sie auszuüben, und das galt auch für die eigenen Schwächen.

»Was denkst du, führen Valentin und seine Kumpane da unten im Schilde?« fragte sie plötzlich, entschlossen, auf andere Gedanken zu kommen.

»Ich will verdammt sein, wenn ich das wüßte«, sagte Owen, der weiterhin die Daten studierte, die auf dem Bildschirm an ihm vorbeiwanderten. Sie liefen viel zu schnell, als daß normale Augen ihnen hätten folgen können, aber keiner der beiden erwähnte es. Kleine Veränderungen dieser Art waren sie gewöhnt. »Er hat die Schilde der Burg verstärkt. Ich empfange nichts, was verwertbar wäre. Was an sich eine bedeutsame Information darstellt. Er dürfte eigentlich nichts zur Verfügung haben, was stark genug ist, um *Hadenmänner*-Sensoren auszusperren. Wer versorgt ihn mit Tech?«

»Wir werden ihn fragen müssen«, sagte Hazel. »Sobald wir dort sind.«

»Zu viele Fragen«, meinte Owen und schaltete schließlich den Bildschirm aus. »Zu viele Unbekannte. Warum ist er hierher zurückgekehrt? Warum hat er meine alte Burg übernommen? Was hofft er hier zu erreichen? Was ist ihm wichtig genug, um das Risiko einzugehen, daß ich ihn verfolge?«

»Er verfolgt eine besondere Absicht«, behauptete Hazel. »Es muß so sein, andernfalls hätte er nicht so viele Leute dazu überreden können, ihm hierher zu folgen. Und jemand muß die ganzen tollen Sachen bezahlt haben, die er da wohl hat. Wenn du mich fragst, hat es was mit Drogen zu tun. Alles, womit sich Valentin befaßt, hat letztlich mit Drogen zu tun.«

»Oder mit Rache. Er ist schließlich ein Wolf. Und Oz sagt, Valentins Sicherheitssysteme wären viel fortschrittlicher als alles, worauf er eigentlich Zugriff haben sollte.«

Hazel musterte Owen scharf. »Du hörst immer noch Stimmen, nicht wahr?«

»Ich wünschte wirklich, Ihr würdet es nicht so ausdrücken. Und es ist nur eine Stimme.«

»Soll mich das vielleicht beruhigen? Wenn du so weitermachst, wirst du bald behaupten, du hättest das Imperium nur gestürzt, weil der Teufel es von dir verlangt hat. Das wird der Öffentlichkeit wirklich gut schmecken.«

»Es ist nur meine alte KI!«

»Warum höre ich sie dann nicht über mein Komm-System? Warum hört niemand sonst ihre Stimme? Und du hast sehr deutlich gesagt, du hättest das verdammte Ding umgebracht, nachdem es uns auf der *Wolflingswelt* verriet.«

»Ich hielt sie für tot. Heute bin ich mir in vieler Hinsicht nicht mehr so sicher wie früher. Schließlich haben auch wir beide eine Menge durchgemacht, was uns eigentlich hätte umbringen sollen. Hat es das?«

Hazel fiel keine schnelle Antwort darauf ein. Also starrten sie einander eine ganze Weile lang unbehaglich und schweigsam an, bis sie plötzlich von den Warnsirenen der Jacht unterbrochen wurden, die alle gleichzeitig losheulten. Das Deck schaukelte unter ihren Füßen, als etwas wirklich Machtvolles wie ein Hammer auf das Schiff einschlug.

»Oz!« schrie Owen. »Was zum Teufel ist da los?«

»Du kannst nicht behaupten, ich hätte dich nicht gewarnt«, antwortete die KI ruhig. »Valentins Sicherheitssysteme konnten unsere Tarnschilde schließlich durchdringen, und die bewaffneten Satelliten schießen mit allem auf uns, was sie haben. Was wirklich beträchtlich ist. Die Hauptschilde halten stand. Vorläufig. Habe ich deine Erlaubnis, das Feuer zu erwidern?«

»Verdammt, natürlich hast du sie! Puste die nächstgelegenen Satelliten vom Himmel und bringe uns dann nach unten, so schnell du kannst.«

»Welche Landekoordinaten?«

»Nicht zu weit von der Burg. Die Entfernung eines Fußmarsches.«

»Wird aber auch Zeit, daß du dir gesunde Bewegung verschaffst«, erklärte die KI beifällig. »Du hast in letzter Zeit zugenommen.«

»Nun?« erkundigte sich Hazel. »Was geht da vor?«

»Valentin weiß, daß wir da sind. Und die Stimme in meinem Kopf hält sich jetzt für meine Mutter. Ich bringe das Schiff schnell hinunter. Haltet Euch irgendwo fest und betet um eine weiche Landung.«

»Zur Hölle damit«, erwiderte Hazel. »Ich möchte erst selbst ein paar Treffer landen.«

»Wozu die Mühe? Die Feuerleitlektronen des Schiffs sind durchaus in der Lage . . .«

»Gott, du bist manchmal wirklich ein Waschlappen, Todtsteltzer. Es geht ums Prinzip!«

Und da ging sie auch schon, hinauf zur Brücke, um sich in die Feuerleitsysteme einzustöpseln. Owen ließ sie ziehen. So war nun mal Hazel. Immer dann am glücklichsten, wenn sie irgendeine Art Schußwaffe in der Hand hatte, mit der sie Verwüstungen anrichten und jemandem den Tag verderben konnte. Er schnallte sich auf seinem Platz an und wartete geduldig ab. Zumindest war die *Sonnenschreiter II* mit anständigen Geschützen ausgestattet. Die ursprüngliche *Sonnenschreiter* war die meiste Zeit ihres kurzen Daseins von einem Planeten zum nächsten gehetzt worden, oft beschossen und in Brand gesetzt, bis sie schließlich in den tödlichen Dschungeln von *Shandrakor* eine Bauchlandung hinlegte. Als Owen die neue Jacht rings um die geborgenen Maschinen der alten bauen ließ, bestand er darauf, daß die Hadenmänner so viele Waffensysteme modernsten Zuschnitts einbauten, wie überhaupt möglich war. Er fand keinen Gefallen daran, fliehen zu müssen. Es entsprach nicht seinem Naturell.

Und da schlingerte das Schiff wieder, als etwas wirklich Übles durch die Energieschilde knallte und auf den verstärkten Rumpf prallte. Die Beleuchtung flackerte kurz, und Owen spannte sich an, wartete auf das schrille Warnsignal eines Rumpfbruchs. Dazu kam es nicht, aber Owen entschied schließlich doch, daß sein Platz auf der Brücke war. Verteidigungslektronen gelangten irgendwo an ihre Grenzen. Er rannte auf ganzer Strecke, hatte aber am Ziel trotzdem noch genügend Luft, um Hazel zu fragen, was zum Teufel hier vor sich ging.

»Ich will verdammt sein, wenn ich das wüßte«, sagte Hazel lebhaft, den Blick auf die Lektronenschalttafeln vor ihr geheftet. »Ich bin noch nie auf eine derartige Feuerkraft gestoßen. Zumindest keine, die auf einen Menschentech zurückginge.«

Owen plumpste auf den Sitz neben ihr und studierte rasch die taktischen Anzeigen. Die Hauptschilde hielten noch, steckten aber höllisch viel ein. Am Rumpf lagen einige Außenschäden vor, aber nur oberflächlicher Art. Die Hadenmänner verstanden sich darauf, Schiffe zu bauen. »Das dürfte eigentlich nicht passieren«, sagte er schließlich. »Die Hadenmänner haben mir versichert, wir könnten jedem Gegner standhalten, einschließlich eines imperialen Sternenkreuzers.«

»Du hättest dir das schriftlich geben lassen sollen, mein Hengst«, sagte Hazel und lächelte kurz, als einer von Valentins Satelliten unter ihrem Beschuß explodierte. »Vielleicht hat auch Valentin ein Abkommen mit den Hadenmännern geschlossen. Oder vielleicht hat er sich mit *Shub* unterhalten. Oder sogar den Fremdwesen. Die ganze Menschheit für simplen persönlichen Gewinn zu verhökern ist genau das, was man von Valentin Wolf erwartet. So oder so – wir stecken bis über beide Ohren im Schlamassel und sinken rasch. Vorschläge praktischer Art sind dringend erwünscht. Gebete ebenfalls.«

»Zur Hölle mit einer Entscheidung in der Schlacht«, versetzte Owen. »Bring soviel Energie wie möglich in die Schilde und lande rasch, Oz. Hoffentlich sind die Satelliten nur darauf programmiert, Ziele in einer bestimmten Zone anzugreifen. Sobald wir unter ihre Reaktionshöhe gesunken sind, müßten sie uns in Ruhe lassen. Und dann wollen wir alle hoffen, daß Valentin nicht auch in eine Bodenabwehr investiert hat.«

»Hört sich für mich nach einem guten Plan an«, stellte Hazel fest. »Kann ich die Landung durchführen?«

»Nein«, entgegnete Owen mit Bestimmtheit. »Oz soll es machen. Ich habe Eure Landungen schon erlebt, Hazel.«

»Spielverderber.«

Die *Sonnenschreiter II* stürzte kreischend und flammenumhüllt durch die Atmosphäre, bis sie schließlich außer Reichweite der Satelliten war und der Angriff eingestellt wurde. Owen und Hazel wappneten sich auf möglichen Beschuß vom Boden aus, aber nichts dergleichen geschah. Anscheinend war Valentin davon ausgegangen, daß nichts außer seinen frisierten Satelliten nötig war, um Besucher abzuschrecken. Bei jedem anderen Schiff hätte er wahrscheinlich recht behalten. Oz ging schließlich in eine flachere Anflugbahn über und suchte nach einem Landeplatz, der nicht zu weit von der Burg entfernt lag. Owen entspannte sich ein bißchen.

»Es hat glatt den Anschein, daß Valentin mächtige neue Bundesgenossen gewonnen hat«, sagte er nachdenklich. »Ich frage mich, was er noch an Überraschungen für uns bereithält.«

»Zweifellos etwas Scheußliches«, meinte Hazel. »Wenn man Valentin kennt. Aber wir werden damit fertig.«

»Werdet nur nicht großspurig«, sagte Owen. »Valentin hat nicht so lange überlebt, indem er irgendwas dem Zufall überließ. Seit er sich hier eingerichtet hat, muß er wissen, daß ich kommen würde, um ihn zu holen. Er muß ... Vorbereitungen getroffen haben.«

»Er kann nichts auf uns werfen, was wir nicht direkt auf ihn zurückwerfen könnten«, sagte Hazel ruhig. »Ich wäre letztlich mit den Satelliten fertig geworden, hättest du nicht gekniffen. Nichts kann uns mehr verletzen, Owen. Nicht nach all dem, was wir durchgemacht haben.«

»Großspurig«, entgegnete Owen. »Eindeutig großspurig. Das wird alles schlecht ausgehen ...«

Er hätte mehr gesagt, aber die Navigation läutete diskret und informierte ihn darüber, daß sich die *Sonnenschreiter II* dem Landeplatz näherte. Owen und Hazel studierten sorgfältig die Anzeigen der Nah- und Fernsensoren, aber das Schiff setzte ohne Zwischenfall auf. Oz ließ sie warten, während er seine Landungscheckliste durchging.

»Luftqualität hinnehmbar. Kalt für die Jahreszeit, aber in akzeptablen Grenzen. Keine Lebenszeichen. In Ordnung, jetzt ist es offiziell sicher, auszusteigen. Alter Zeiten zuliebe bin ich an genau der Stelle gelandet, wo Hazel dir zum erstenmal begegnet ist, Owen. Nenn mich ruhig töricht und sentimental.«

»Halt die Klappe, Oz.«

Sie gingen zur Luftschleuse hinunter, und dort wartete Owen geduldig, während Hazel sich mit ein paar weiteren Waffen und Munitionsgürteln bepackte. All ihren Ansprüchen zum Trotz, unverwundbar zu sein, ging sie nie wirklich gern in die Öffentlichkeit, solange sie nicht mehr Waffen mit sich herumschleppte als der typische bewaffnete Patrouillentrupp. Owen lehnte sich ans Stahlschott und dachte an die Umstände zurück, unter denen er Hazel D'Ark anfänglich kennengelernt hatte.

Er war gerade vor den eigenen Sicherheitsleuten geflüchtet, hatte stark verletzt und verzweifelt einen beschädigten Flieger gesteuert. Nur wenige Kilometer von seiner Burg schossen sie ihn ab. Stolpernd entfernte er sich vom brennenden Wrack. Er blutete stark und lehnte sich mit dem Rücken an einen Baum in der Nähe, damit er seine letzte Schlacht aufrecht schlagen konnte.

Und da tauchte Hazel aus dem Nichts auf und rettete ihn vor seinen Feinden, die sie niederstreckte wie eine glorreiche, wenn auch etwas von ihrer Arbeit verschmutzte Walküre. Gemeinsam flüchteten sie mit der ersten *Sonnenschreiter* von *Virimonde.* Owen war seitdem nicht wieder hiergewesen. Er hatte es immer geplant, aber die Rebellion ließ ihm nie genug Zeit. Schon die Kindheit hatte er auf einem Dutzend verschiedener Planeten verbracht, während der Vater im Zuge seiner endlosen Intrigen kreuz und quer durchs Imperium zischte. *Virimonde* hatte jedoch Owen allein gehört, seine Zuflucht vor der Familie und dem Schicksal eines Kriegers, das er sich nie gewünscht hatte. Der einzige Ort, den er je als Zuhause betrachtet hatte.

»Komm schon, du Hengst, bringen wir die Show in Gang. Ich habe schon seit Stunden niemanden umgebracht, und langsam werde ich nervös.«

Und da hatte er Hazel, lebensgroß und doppelt so gefährlich, mit genug Waffen bepackt, um einen Krieg vom Zaun zu brechen. Owen mußte lächeln.

»Was ist denn so komisch?« fragte sie argwöhnisch.

»Oh, nichts. Nur daß wir laut Oz an genau der Stelle gelandet sind, wo Ihr und ich uns zuerst begegnet sind.«

»Du warst schon immer nostalgischer, als gut für dich ist, Todtsteltzer. Knacke doch bitte diese Luftschleuse, damit wir uns endlich die Füße schmutzig machen können. Ich bin nicht den ganzen Weg gekommen, um nur herumzustehen.«

»Ihr habt keine Spur Sentimentalität im Leib, nicht wahr, Hazel?«

»Wofür ich dem lieben Gott täglich danke. Rührseligkeit behindert nur bei der Arbeit.«

Owen seufzte und öffnete die Luftschleuse. Die Luft des Planeten wehte herein, und er holte tief Luft, wobei er mit den altvertrauten Gerüchen von Gras und Erde und wachsenden Dingen rechnete. Stattdessen mußte er kräftig husten, als sich die Lungen mit heißer, trockener Luft voller Staub füllten. Owen und Hazel blickten sich gegenseitig an, und dann trat Owen vorsichtig auf den Planeten hinaus, der ihm einmal gehört hatte. Der Himmel war düster und bewölkt, das Licht grau und leblos. Wo sich einmal grüne Felder und das reiche Laubwerk weitläufiger Wälder ausgebreitet hatten, entdeckte er in allen Richtungen nur noch aufgewühlten Schlamm, soweit er blicken konnte. Weder Felder noch Getreide noch niedrige Grenzmauern, nur der Schlamm, dunkel und grobkörnig von festgetretener Asche.

Einen Augenblick lang glaubte Owen, er wäre auf dem falschen Planeten gelandet. Nirgendwo hatte die ländliche Idylle von *Virimonde* jemals so ausgesehen. Aber natürlich sah sie jetzt so aus. Genauso, wie er es tief im Herzen die ganze Zeit gewußt hatte.

»Verdammt«, sagte Hazel leise. »Es tut mir leid, Owen.«

»Ich denke, die Bäume standen dort drüben«,

erklärte er. Er versuchte, dorthin zu zeigen, aber der Arm war so schwer. »Gleich da drüben. Jetzt sind sie aber weg. Alles ist weg. Alles. Nichts verrät mehr, daß sie und wir jemals hier waren. Diese Leute haben mir sogar die Vergangenheit geraubt. Und es ist alles meine Schuld.«

»Wie zum Teufel kommst du nur auf diese Idee?« fragte Hazel.

»Ich war der Lord dieser Welt. Dieser Planet und alle seine Bewohner waren mir anvertraut und meinem Schutz unterstellt worden. Aber ich bin fortgegangen und habe sie im Stich gelassen, schutzlos, als die Wölfe des Imperiums über sie herfielen. Ich war nicht hier, als sie mich brauchten.«

»Das ist jetzt aber wirklich Quatsch«, meinte Hazel. »Sie haben dich davongejagt! Deine eigenen Sicherheitsleute haben sich gegen dich gewandt. Man hat dich zum Gesetzlosen erklärt. Und du kannst verdammt sicher sein, daß es hier niemanden gab, der dich nicht unverzüglich und begeistert verraten und verkauft hätte, um das Kopfgeld einzustreichen. Dein Vetter David war nach dir Lord und konnte sich nicht mal selbst retten, als die imperialen Truppen kamen. Verdammt, er war einer von ihnen, und sie haben ihn trotzdem umgebracht!«

»Ihr habt recht«, sagte Owen. »Aber es hilft nicht. Ich hätte hier sein sollen.«

»Dann wärst du jetzt auch tot. Möchtest du das?«

»Manchmal. Mein altes Ich ist tot. Ich habe es irgendwo auf der langen Straße der Rebellion verloren, die mich an Löwensteins Hof führte. Ich vermisse es. Es hat mir viel besser gefallen als die Tötungsmaschine, zu der ich geworden bin.«

»Fang nicht wieder damit an. Veränderung ist nicht gleich Tod.«

»Es geschah für *Virimonde.* Dieser Planet diente einmal der Nahrungsproduktion. Was wir hier an Getreide und Vieh zogen, hat Menschen überall im Imperium ernährt. Wer gibt ihnen jetzt zu essen? Seht euch nur um, Hazel. Sie haben diese Welt getötet.«

»Du könntest neu anfangen. Pumpe genug Mikroorganismen in die Erde, bringe die richtige Saat aus, und diese Welt könnte wieder blühen. Mit der Zeit.«

»Vielleicht. Aber es wäre nicht dasselbe. Es wäre nicht die Welt, die ich gekannt habe.«

Hazel schüttelte ärgerlich den Kopf. »Alles läuft immer auf dich hinaus, was, Todtsteltzer? Typischer Aristo, der alles selbstbezogen betrachtet. *Virimonde* ist nicht der einzige Planet, der nach den Launen der Imperatorin Prügel bezogen hat. Wegen solcher Dinge haben wir die Rebellion ausgefochten, erinnerst du dich?«

Owen bemühte sich ihr zuliebe um ein Lächeln. »Ich weiß. Ich habe nur Selbstmitleid. Eigentlich habe ich nicht das Recht dazu, schätze ich. Mein Volk hat alles verloren. Aber ich kann es wenigstens rächen. Valentin wird für das bezahlen, was er hier angerichtet hat. Ich werde zusehen, wie er stirbt, wie er langsam stirbt, und zur Hölle mit den Konsequenzen.«

Hazel versetzte ihm einen kräftigen Klaps auf die Schulter. »Das gefällt mir schon besser. Wenn schon nichts sonst, bleibt immer die Rache.«

»Ihr seid eine Frau, die die einfachen Freuden schätzt, Hazel.«

»Das denkst du wohl, du Hengst.« Sie lächelte Owen an, und er konnte nicht umhin, das Lächeln zu erwidern.

Sie standen eine Zeitlang zusammen, genossen den Augenblick der Gemeinsamkeit. Die Welt war ganz still, und nicht einmal das Flüstern einer Brise störte die Leichenruhe. Owen und Hazel blickten sich langsam um, und nichts blickte zurück. Hazel runzelte plötzlich die Stirn.

»Was ist?« fragte Owen.

»Ich hasse es, wenn ich morbide klinge ... aber müßten hier nicht verdammt viele Leichen herumliegen? Oder Leichenteile oder ... irgendwas? Aber ich sehe auf Kilometer hinaus nur Schlamm.«

»Das hat etwas für sich«, sagte Owen langsam. »Es wirkt ein wenig ordentlich, oder? Ich wußte gar nicht, daß jemand schon einen Trupp zum Aufräumen geschickt hat. Wartet mal eine Minute.« Er wandte sich an seine KI. »Oz, wo sind all die Toten?«

»Ich will verdammt sein, wenn ich das wüßte, Owen. Den Berichten zufolge fand genau hier eine größere Schlacht zwischen den Bauern und den Invasionstruppen statt.«

»Untersuche mal die Gegend, Oz. Finde ein paar Leichen für mich.«

»Bin schon dabei. Das ist aber interessant. Ich entdecke da ein paar verweste tierische Überreste, die in den Schlamm hineingemischt sind, aber nirgendwo eine Spur von menschlichen Überresten in irgendeiner Form. Ich kann mir das nicht erklären.«

»Also was zum Teufel ist mit den Toten passiert? Könnte *Shub* zu Besuch gekommen sein, um Rohmaterial für seine Geistkrieger zu suchen?«

»Unwahrscheinlich«, antwortete die KI. »Auch wenn man bedenkt, wie verstreut die imperiale Flotte zur Zeit ist, wäre ein solcher Besuch kaum unbemerkt geblieben. Und was eine Aufräummannschaft angeht, das kannst du vergessen. Zur Zeit gibt es nicht mal genügend Personal, um für die Bedürfnisse der Lebenden zu sorgen, geschweige denn die der Toten. Es sei denn ... Valentin hätte sie entfernen lassen.«

»Warum sollte er das tun?«

»Um zu demonstrieren, daß es ihm leid tut? Um Wiedergutmachung zu leisten?«

Hazel mischte sich ein und wollte wissen, was Oz

sagte. Owen erklärte es ihr, und sie schnaubte geringschätzig. »Das kannst du vergessen. Valentin hat sich noch nie im Leben für irgendwas entschuldigt.«

»Aber ich wette, er weiß, was hier passiert ist«, sagte Owen. »Das wäre genau die Art Vorfall, über die er informiert sein möchte. Also schätze ich, werden wir uns nur durch den Schlamm zu meiner alten Burg schleppen, ihn am Kragen hervorzerren und fragen müssen.«

»Klingt für mich nach einem guten Plan«, sagte Hazel. »Ist es okay, wenn ich ihm meine Knarre ins Ohr stecke, während du ihn verhörst?«

»Seid mein Gast.«

Owen machte sich auf, das Meer aus aufgewühltem Schlamm in der Richtung zu durchschreiten, in der er seine alte Burg vermutete. Ein grauer Schleier von grimmiger Rätselhaftigkeit täuschte den Sinn für Entfernungen. Laut Oz lag Owens altes Zuhause nur wenig über drei Kilometer entfernt, so daß er und Hazel sich unmittelbar außerhalb der Burgsensoren befanden. Es sei denn, Valentin hatte sie auch hochfrisiert. Owen lächelte humorlos. Es bedeutete einen Dreck, wenn Valentin es getan hatte. Sollte er ruhig wissen, daß sich ihm der Tod näherte. Vielleicht standen Owen und Hazel zu zweit gegen eine unbekannte Zahl von Feinden, aber Owen war es egal. Selbst eine Armee konnte ihn jetzt nicht mehr aufhalten. Als ihm dieser Gedanke kam, blieb er abrupt stehen und machte ein finsteres Gesicht. Immer häufiger ertappte er sich bei Gedanken, die ihm Angst machten. Er fragte sich, was aus ihm wurde. Die Veränderungen, die das *Labyrinth des Wahnsinns* in ihm ausgelöst hatte, schienen sich glatt noch zu beschleunigen. Zuerst hatten sie ihm nur mehr Biß verliehen, dann zu einem Mann mit unbekannten ESP-Fähigkeiten gemacht, aber seit langem schon war er nicht mehr nur ein

Mensch. Er ließ die menschliche Natur hinter sich und war sich dessen bewußt, und es machte ihm Angst. Vielleicht klammerte er sich deshalb so verzweifelt an die alten, menschlichen Vorstellungen von Ehre und Gerechtigkeit.

Er seufzte müde. Er hatte sich weit entfernt von dem kleinen Historiker, als der er früher hier gelebt hatte. Aber er hatte schließlich alles verloren, als man ihn zum Gesetzlosen erklärte, und keine andere Wahl mehr gehabt, als sich zu dem Krieger zu entwickeln, den sich sein Clan immer gewünscht hatte. Er hatte etwas verkörpern müssen, was er am meisten verachtete, um nicht zu sterben. Er erreichte viel auf diesem Weg, bestrafte Übeltaten und übte Gerechtigkeit in großem wie in kleinem Maßstab, aber am Ende hatte ihm einfach Blut an den Händen geklebt ... Meist von Menschen, die den Tod verdient hatten, aber eben nicht nur. Auf jeden eindeutigen Schurken, der von seiner Hand gestorben war, kamen hundert Menschen, die einfach nur als Soldaten Befehlen gehorcht und getan hatten, was sie für das Richtige hielten. Die ein korruptes Imperium verteidigten, weil ihnen alle Alternativen als noch schlimmer erschienen. Tapfere Kämpfer, die starben, weil sie das Pech hatten, zwischen Owen Todtsteltzer und seiner Bestimmung zu stehen. So viele Tote ohne Gesichter. Zuzeiten träumte er von ihnen.

Da war ein Kind, das er auf den schmutzigen Seitenstraßen von *Nebelhafen* verstümmelt und getötet hatte. Ein Unfall. Und das Mädchen hatte obendrein in diesem Moment versucht, ihn umzubringen. Aber nichts davon bedeutete etwas. Er hatte im Kampfesrausch blindwütig zugeschlagen, und das Ergebnis war ein junges Mädchen, das im blutbespritzten Schnee lag. Das hatte er sich nie vergeben, und er würde es sich auch nie vergeben. Falls der Krieger, zu dem er geworden war, irgendeinen Sinn hatte, dann den, das System zu beseitigen, das solche Kinder hervorbrachte. Und vielleicht, Menschen wie sie vor Leuten wie ihm zu schützen.

Genau diese Bedeutung hatte es, ein Todtsteltzer zu sein.

Er blickte kurz zu Hazel hinüber, die entschlossen neben ihm ausschritt. Das lange, verfilzte rote Haar fiel ihr rings um das scharf gezeichnete und spitze Gesicht. Vielleicht nicht hübsch im konventionellen Sinn, aber andererseits glaubte Hazel D'Ark nicht an das Konventionelle, wenn sie es vermeiden konnte. Owen fand sie hübsch, aber er war schließlich voreingenommen. Er liebte sie still und insgeheim. Sie war überhaupt nicht die Art Frau, von der er einmal geglaubt hatte, er würde sich in sie verlieben, und sicherlich nicht die Art Frau, die zu heiraten man von ihm erwartete, um die jahrhundertealte Todtsteltzerlinie fortzusetzen, aber trotzdem liebte er sie. Ungeachtet all der genannten Überlegungen, oder vielleicht aufgrund von ihnen. Hazel war gescheit und witzig, auch ehrlich, wenn es ihr paßte, und die tapferste Frau, die er je kennengelernt hatte. Ganz zu schweigen davon, daß sie teuflisch gut mit jeder Waffe umgehen konnte, die einem nur einfiel. Er bewunderte sie enorm, achtete aber darauf, es für sich zu behalten. Sie hätte es nur ausgenutzt. Sie war zuversichtlich, wenn er verzagte, vorsichtig, wenn er es zu sein vergaß, und sie vergaß niemals, wofür sie kämpften. Und er wußte: Falls er je das Wort Liebe erwähnte, würde sie ihn glatt verlassen. Hazel hatte bei mehr als einer Gelegenheit deutlich gemacht, daß sie an solche Dinge wie die Liebe nicht glaubte. Sie schränkten ein, machten verwundbar und führten zu Themen wie Verpflichtung und Vertrauen und Offenheit, von denen keines in Hazels Leben einen Platz hatte. Also nahm Owen einfach an, was sie ihm zu eigenen Bedingungen an Wärme und Freundschaft anbot, und hoffte weiter. Sie waren zusammen, und wenn das alles war, was er erhalten konnte, dann war es immer noch mehr, als er je zuvor gehabt hatte.

»Warum gehen wir eigentlich zu Fuß?« fragte Hazel plötzlich. »Ich habe dafür gesorgt, daß man Gravschlitten an Bord brachte, ehe wir gestartet sind.«

»Schlitten würden auf den Ortungsgeräten der Burg erscheinen«, erläuterte Owen geduldig. »Wir selbst haben uns allerdings als für die meisten Abtaster unsichtbar erwiesen, seit wir das *Labyrinth* durchquerten. Eine weitere nützliche Nebenwirkung, die niemand erklären kann. Also gehen wir zu Fuß und schlüpfen hoffentlich unbemerkt durch Valentins Abwehrsysteme.«

»Ich hasse es zu laufen«, sagte Hazel finster. »Dabei tut mir immer der Rücken weh. Hätte Gott gewollt, daß wir zu Fuß gehen, hätte er uns nicht die Antischwerkraft geschenkt.«

»Genießt die Landschaft«, schlug Owen vor.

»Haha! Als ich letztesmal sowas durchquert habe, hatten alle Feldtoiletten gleichzeitig versagt.«

»Laufen soll sehr gesund sein.«

»Das gilt genauso für die richtige Ernährung und für Enthaltsamkeit, und ich hasse das auch. Ich möchte dich warnen, Todtsteltzer: Ich sollte auf deiner Burg lieber Gelegenheit finden, eine Menge Leute umzubringen, oder es gibt Ärger!«

»Oh, ich denke, das kann ich garantieren«, sagte Owen. »Wenn Ihr Euch einer Sache sicher sein könnt, dann, daß wir keinerlei Freunde auf der Todtsteltzer-Festung haben.«

Die Todtsteltzer-Burg war eine große steinerne Feste auf einer Bergspitze. Das blaßgraue Gestein war hier und da von Schäden und Brandflecken durch Energiewaffen gezeichnet. Sie rührten von der Belagerung durch das Imperium her, als dieses den Lord David Todtsteltzer gefangennehmen wollte. Jetzt erduldete das Anwesen die Besetzung durch Lord Valentin Wolf und seine Kumpane. Der Wolf war mit ganz persönlichen Zielen nach *Virimonde* gekommen, und die anderen waren ihm gefolgt, weil ihnen keine Wahl blieb. Der Wolf bot ihnen die einzige Hoffnung darauf, die Rebellion zu besiegen und sie selbst wieder an die Macht zu bringen. Sie verlangten nicht nach dem geringeren Glanz, wie ihn Handel und Einflußpolitik boten. Sie wollten Herren und Meister sein und konnten nicht anders.

Sie waren auch deshalb hier, weil Valentin ihr Leben in der Hand hatte, obwohl sie bemüht waren, nicht daran zu denken, solange sie sich nicht genötigt sahen. Nichts anderes jedoch hätte derartige aristokratische Machtmenschen dazu bewegen können, sich so eng mit dem berüchtigten Valentin Wolf zu verbünden. Er war wahnsinnig, böse und eine gefährliche Bekanntschaft, aber er verfügte über etwas – über eine Waffe von potentiell solcher Macht, daß sie nicht riskieren konnten, sie zu verlieren. Also schlossen sie sich mit dem verachteten Wolf zusammen und verwetteten ihr Leben darauf, daß es ihnen irgendwann einmal gelingen würde, ihn auszumanövrieren. Was zeigte, wie verzweifelt sie waren.

Valentin saß ungezwungen auf dem Stuhl des Lords im großen Speisesaal dessen, was einmal die Todtsteltzer-Burg gewesen war, und verfolgte tolerant mit, wie seine Spießgesellen alles zerstörten. Sie waren zum Teil betrunken, hatten zu viele Flaschen Wein zu einer guten Mahlzeit genossen, und sie lachten jetzt, während sie mit Lebensmitteln um sich warfen und Möbel umstürzten. Lord Silvestri warf mit seinen Messern nach den Familienportraits an den Wänden, auf denen man die Todtsteltzers aller Zeiten erblickte. Er zielte auf die Augen und traf meistens. Lord Romanow hatte einen kostbaren Wandbehang heruntergerissen und trug ihn als Schal, während er Brandy aus der Flasche trank. Lord Kartakis stampfte auf dem Tisch hin und her, bewegt von der kühnen Überzeugung, er tanzte im Takt des zotigen Liedes, das er voll Trotz falsch sang. Valentin lächelte auf sie herab wie auf unartige Kinder und gönnte ihnen ihren Spaß. Sie hatten sonst nicht viel zu tun und waren schon lange in der Burg zusammengepfercht. Und Valentin sah es so gern, wie den kostbaren Habseligkeiten des Todtsteltzers Gewalt angetan wurde, wie er den Mann selbst eines Tages vernichten würde.

Valentin Wolf saß auf einem Stuhl, der viel zu groß für ihn war; er hatte eines seiner langen Beine über der Armlehne hängen und den anderen Fuß auf dem Tisch liegen. Wie immer trug er Schwarz; das blasse weiße Gesicht war von den langen dunklen Locken des geölten und parfümierten Haares umrahmt, der Mund ein scharlachroter Spalt, die Augen schwer von Wimperntusche. So vermittelte er das Abbild genau des absoluten Schurken, der zu sein er sich bemühte. Und die Drogen, die herrlichen Drogen randalierten in seinem Körper, wie sie es immer getan hatten. Von Valentin hieß es wahrheitsgemäß, daß er noch nie auf eine Chemikalie gestoßen war, die er nicht mochte, und wenn man etwas rauchen, schlucken, injizieren oder sich dort hinstecken konnte, wo die Sonne nicht schien, tauchte Valentin gleich an vorderster Front auf, bereit, es einmal zu probieren. Er betrachtete den eigenen chemisch verstärkten Verstand als Kunstwerk und bemühte sich, es ständig zu verbessern. Der absolute Rausch wartete nach wie vor irgendwo auf ihn, und Valentin suchte unablässig danach.

Zu diesem Zweck hatte er auch die seltene und augenblicklich suchterzeugende Esperdroge eingenommen, wohl wissend, daß sie einen kleinen, aber bedeutsamen Teil aller Menschen umbrachte, die sie zu sich nahmen. Valentin überlebte natürlich. Wahrscheinlich deshalb, weil man seine radikal veränderte Körperchemie durch nichts anderes mehr beeinträchtigen konnte als durch rauchende Salpetersäure. Die Esperdroge verlieh ihm geringfügige telepathische Fähigkeiten sowie die völlige Beherrschung des autonomen Nervensystems, und seine Gedanken folgten nun fremden und unvertrauten Pfaden. Er nahm eine Droge nach der anderen und wahrte durch schiere Willenskraft ein komplexes Gleichgewicht. Valentin betrachtete sich als ersten Vertreter einer neuen Art Menschen, wie die Hadenmänner eine waren – einen alchemistischen Schritt nach vorn auf der Evolutionsleiter, oder vielleicht zur Seite.

Er sah zu, wie Carlos Silvestri ein ums anderemal die Messer warf und dabei großen Männern die Augen ausstach, nur weil er es tun konnte, um allen zu beweisen, daß er den mächtigen Owen Todtsteltzer nicht fürchtete. Silvestri war groß und dünn, bestand ganz aus langen Gliedern und unerwarteten Winkeln. Er kleidete sich in Rotschattierungen, die traditionellen Farben seines Clans. Es paßte nicht zu ihm. Das Gesicht war rund und geschwollen, als hätte es sich noch nicht entschieden, wie es einmal werden wollte, obwohl der Mann mindestens vierzig war. Er trug den Schädel kahlrasiert und rupfte sich die übrigen Haare aus. Er konnte gut mit dem Messer und noch besser mit dem Schwert umgehen. Er hätte sich als großer Schwertkämpfer und Duellant erweisen können, hätte er nur den Mut seiner Überzeugungen aufgebracht.

Der Silvestri war jedoch seit eh und je ein ausgesprochen vorsichtiger Mann, der lieber von den Seitenlinien aus zusah und durch seine Untergebenen handelte und sich nie, niemals selbst die Hände schmutzig machte. Er hatte Finlay Feldglöck niemals die Ermordung seines guten Freundes William Saint John vergeben und viel Zeit und Geld in Pläne investiert, die Feldglöck ums Leben bringen sollten, aber mit nichts davon Erfolg gehabt. Nachdem Finlay wieder ein mächtiger und bedeutender Mann geworden war und der Silvestri seine Macht durch Ohnesorgs Abkommen und das Auftauchen des *Schwarzen Blocks* drastisch reduziert sah, war Carlos gezwungen, sich an Valentin zu wenden, seinen einzigen möglichen Retter. Und falls sich das ganz anders entwickelt hatte, als vom Silvestri ursprünglich geplant, legte er nur noch ein bißchen mehr Emphase in den Wurf seiner Messer.

Valentin lächelte und richtete die Aufmerksamkeit auf Pieter Romanow, diesen fetten, rotbackigen Mann, der sich in ein zerrissenes Meisterwerk gewickelt hatte. Pieter hegte die Auffassung, daß man einen Mann an der Breite und der Verwirklichung seiner Gelüste erkennen sollte, und er schwelgte in der Befriedigung seiner Sinne, bis sie unter der Last seines Willens ächzten. Er verspürte einen Hunger in sich, der nicht zu stillen war, so sehr er sich auch bemühte. Seine Leute gehorchten jeder seiner Launen, oder er ließ sie umbringen und durch andere ersetzen, die dazu bereit waren. Pieter war der Inbegriff eines Aristokraten, und Ohnesorgs Abkommen hatte ihn besonders hart getroffen. Für ihn waren verringerte Macht und die Profite aus bloßer Geschäftstätigkeit nichts. Also suchte er nach einem Bundesgenossen, einem großen Mann voller Macht und Einfluß, der alles wieder so richtete, wie es früher gewesen war und wie es sein sollte. Einen Mann mit Visionen, mit einer Bestimmung. Leider fand er nur Valentin. Der Wolf hatte jedoch wenigstens einen Plan, was mehr war, als man von den meisten behaupten konnte, und Pieter sah sich genötigt, einen Mann zu bewundern, dessen Sinn für Genuß tatsächlich noch seinen übertraf. Also schloß er mit Valentin einen Pakt, und wenn der Romanow die Art ihrer Machtbasis auch etwas erschreckend fand, so stöberte er doch stets eine weitere Mahlzeit und eine weitere Flasche aus dem exzellenten Weinkeller des Todtsteltzers auf, um sich abzulenken.

Und schließlich war da noch Athos Kartakis. Ein kleiner und dunkelhäutiger Mann mit strahlendem Lächeln und einem Temperament, das in einer Sekunde vom hellsten Tag zur finstersten Nacht umspringen konnte. Er sammelte Beleidigungen und betrachtete Duelle als Sport. Er akzeptierte nie das erste Blut als Siegbedingung, sondern war stets auf den Tod des Gegners aus. Die Leute achteten meist sorgfältig auf das, was sie in Gesellschaft des jungen Lord Kartakis sagten.

Sein Clan war nie mehr gewesen als ein eher kleines Haus und hatte das Geld seit Generationen schneller ausgegeben, als es hereinkam. Kartakis hatte viele Schulden geerbt und sich unverzüglich darangemacht, eigene hinzuzufügen. Die Gläubiger vergaßen ihre Rechnungen auch lieber, als das Risiko eines Duells einzugehen, aber trotzdem kannte alle Welt die tatsächliche Lage, und Kartakis wußte seinerseits, daß alle anderen sie kannten. Das Abkommen, das der *Schwarze Block* mit Ohnesorg geschlossen hatte, war der letzte Sargnagel gewesen. Man nehme Kartakis die Lordschaft, und es blieb nichts. Als Geschäftsmann hätte er nie überlebt. Sei es auch nur, weil er sich so viele Feinde in der Geschäftswelt gemacht hatte. Und so verpfändete er das, was von seiner Seele übrig war, an Valentin.

Valentin betrachtete seine Leute, wie sie herumspielten, und dachte voller Vorfreude an den Tag, an dem er sie nicht mehr benötigte und sie auf langsame und interessante Weise töten konnte. Er hatte gerade damit begonnen, die Methoden zu numerieren und sich für die Lieblingsmethode zu entscheiden, da läutete der Bildschirm an der Wand höflich. Valentin zog eine aufgemalte Braue hoch. Er hatte dem Dienstpersonal zu verstehen gegeben, daß er beim Essen auf keinen Fall gestört zu werden wünschte, es sei denn, es lag ein wichtiger Notfall vor, und nachdem er einen Lakaien von der Hüfte abwärts hatte häuten lassen, hatten sie die Lektion verstanden und gehorchten seinen Anweisungen buchstabengetreu. Also nahm er den Anruf entgegen und wies seine Kumpane an, still zu sein. Auf dem Bildschirm tauchte dieser finstere Fettkloß auf, der ehemalige Lord Gregor Shreck. Der Shreck saß hinter einem häßlichen, aber funktionellen Holztisch voller Papiere und Berichte. Er nickte Valentin kurz zu, was seine größte Annäherung an höfliches Verhalten war, und kam zur Sache, ohne weitere Umstände zu machen.

»Ihr steckt in Schwierigkeiten, Wolf. Das Parlament hat eine Einsatzgruppe geschickt, die untersuchen soll, was Ihr auf *Virimonde* im Schilde führt.«

»Tatsächlich?« fragte Wolf, ungerührt wie immer. »Und wie groß genau ist die Armee, die es entsandt hat?«

»Es ist etwas Schlimmeres als eine Armee. Es hat den Todtsteltzer und D'Ark geschickt.«

Die drei Aristokraten sahen einander kurz an und plapperten bestürzt los. Valentin gab ihnen mit einem Wink zu verstehen, daß sie ruhig sein sollten, und sie waren es. Der Wolf lächelte den Shreck bedächtig an, und der breite scharlachrote Spalt breitete sich über das totenhafte Gesicht aus. »Der liebe Owen. Ich freue mich schon die ganze Zeit so darauf, ihm zu begegnen. Ich kann gar nicht erwarten, seine Meinung zu dem zu erfahren, was ich aus seinem alten Zuhause gemacht habe. Wann kann ich mit dem illustren Helden und seiner kriegerischen Begleiterin rechnen?«

»Verdammt, er und das Miststück sind wahrscheinlich schon gelandet. Meine Verbindungen sind nicht mehr das, was sie einmal waren. Nachrichten brauchen heute länger, bis sie mich erreichen.«

»Der Todtsteltzer kann nicht hier sein«, meinte der Kartakis. »Die Sicherheitssysteme hätten sein Schiff vernichtet. Oder die Sensoren hätten uns gewarnt ...«

»Seid nicht albern«, versetzte Valentin. »Wir sprechen hier über Owen Todtsteltzer.« Er wandte sich wieder dem Shreck zu. »Habt Ihr ansonsten bei Euch noch alles im Griff?«

»Natürlich. Liefert Ihr nur das Produkt. Ich habe arrangiert, daß es auch befördert wird.« Gregor runzelte betrübt die Stirn. »Hätte nie erwartet, noch mal als Drogenkurier arbeiten zu müssen.«

»Ich hätte gedacht, eine solche Beschäftigung wäre geradezu ideal für Euch«, warf der Silvestri ein, der sich müßig mit einem seiner Messer die Fingernägel schnitt. »Aber schließlich erhebt sich jeder letzten Endes auf das ihm gebührende Niveau.«

»Wenigstens bin ich nicht auf der Flucht vor dem, was heute als Justiz durchgeht!« schnauzte der Shreck. »Ich habe nach wie vor meinen Turm und meine Leute.«

»Aber Ihr seid kein Lord mehr«, stellte der Romanow fest und saugte sich zwischendurch Hühnerfett von den Fingern. »Wir haben nicht zugelassen, daß uns der *Schwarze Block* und dieser Verräter Ohnesorg unser rechtmäßiges Erbe rauben.«

»Und wir werden wieder Lords sein«, sagte der Kartakis kategorisch. »Selbst, wenn wir erst jeden im Imperium töten müßten, der etwas anderes behauptet.«

»Große Worte von einem kleinen Mann«, erwiderte Gregor und wiegte sich dabei in der Gewißheit, daß der Kartakis Lichtjahre entfernt war. »Wir haben versucht zu kämpfen. Wir haben verloren. Unser einzige Hoffnung ruht jetzt auf dem Plan des Wolfs. Und Gott helfe uns, falls alles schiefgeht.«

»Falls es gelingt, mache ich Euch alle zu Göttern«, sagte Valentin ruhig. »Wir werden rumreich heimkehren und eine Macht erfahren, die sogar über das hinausgeht, was Löwenstein früher hatte. Aber das liegt in der Zukunft. Erzählt mir von der Gegenwart, Gregor. Wie läuft das Komplott?«

»Es wächst und gedeiht ständig«, berichtete Gregor. »Niemand ist bereit, sich öffentlich zu bekennen, aber immer mehr Aristokraten und Politiker stellen Leute und Geld bereit, um die Verwirklichung Eures Plans voranzutreiben. Niemand kann jetzt schon sagen, wie viele von ihnen aufstehen und kämpfen werden, wenn die Zeit reif ist, aber ich gebe mich auch damit zufrieden, daß sie im richtigen Augenblick untätig bleiben. Die Rebellen und ihr Schoßparlament glauben vielleicht, sie hätten die Lage im Griff, aber ihr heißgeliebtes neues System ist auf Sand gebaut.«

»Und die Sanduhr, die ihre Zeit bemißt, läuft ab«, sagte Valentin. »Wie ich doch eine gute Metapher liebe! Seid jetzt ein guter Junge, Gregor, und verschwindet. Ich muß nachdenken. Ich muß einen passenden Empfang für den lieben Owen und die respektgebietende Hazel D'Ark vorbereiten.«

»Gebt auf Euch acht«, empfahl ihm Gregor. »Das sind keine Menschen mehr. Falls sie es überhaupt je waren. Ihr werdet kräftig hinlangen müssen, um sie zu töten.«

»Falls es einfach wäre«, sagte Valentin, »würde es keinen Spaß machen, nicht wahr? Lebt wohl, Gregor.« Er schaltete den Bildschirm aus.

»Sollen sie ruhig kommen«, sagte der Silvestri. »Wir werden schon mit ihnen fertig.«

»Wir durchaus«, sagte der Kartakis. »Was Euch angeht, bin ich mir jedoch nicht sicher.«

Carlos Silvestri lief rot an und nahm ein Messer in jede Hand. »Ich kann meinen Beitrag leisten!«

»Entspannt Euch«, empfahl der Romanow und durchwühlte die Überreste seiner Mahlzeit, nur für den Fall, daß er etwas übersehen hatte. »Mit all den Wachtposten und Sicherheitssystemen, die wir hier aufgefahren haben, könnten wir uns einer ganzen Armee erwehren, bis sie verhungert wäre.«

»In jedem anderen Fall vielleicht«, entgegnete der Silvestri. »Aber hier haben wir es mit dem Todtsteltzer und dieser D'Ark zu tun. Ich habe Geschichten über sie gehört, über das, was sie in den Straßenkämpfen auf *Golgatha* geleistet haben. Jemand sagte, sie wären umgekommen und hätten sich selbst wieder zum Leben erweckt.«

»Geschichten«, sagte Athos Kartakis. »Geschichten werden immer erzählt.«

»In diesem Fall könnten sie der Wahrheit entsprechen«, meinte Valentin. »Aber macht Euch keine Sorgen, geschätzte Kameraden. Sollen sie anrücken, wie sie möchten. Sie werden hier nichts anderes als den Tod finden.« Er lachte leise über diesen kleinen Scherz. Die anderen sahen nicht so aus, als wüßten sie seinen Humor besonders zu schätzen, aber schließlich taten sie das nur selten. Valentins Sinn für Humor hatte sich verändert, sich im Takt mit seiner alchemistischen Transformation verwandelt, und entsprach nicht mehr jedermanns Geschmack. Er seufzte und stand auf, gab damit das Zeichen, daß die Tafel offiziell aufgehoben war. Er tupfte sich anmutig die scharlachroten Lippen mit einer Serviette ab und ging zur Tür hinüber. Die drei Aristokraten gaben unwillkürlich diverse Laute der Beunruhigung von sich. Valentin ließ sich Zeit, bis er sich zu ihnen umdrehte.

»Ja, liebe Freunde? Ist da noch etwas?«

»Die Droge«, antwortete der Kartakis kalt. »Wir brauchen die Droge.«

»Natürlich«, sagte Valentin. »Wo war ich nur mit meinen Gedanken? Es wird Zeit für Eure tägliche Dosis, nicht wahr? Wie außerordentlich vergeßlich von mir.«

Er spazierte zum Tisch zurück und zog ein Pillenfläschchen aus der Tasche. Die drei Männer, die einmal Lords gewesen waren und Meister ihres Schicksals, betrachteten das Fläschchen und bemühten sich, nicht zu verzweifelt auszusehen. Valentin war durchaus fähig, dieses Spielchen endlos hinzuziehen, falls ihm danach zumute war. Er konnte sie zwingen, alles zu tun, einfach alles, und das auf der Stelle, und jeder von ihnen wußte es.

Entwickelt worden war die Esperdroge von einer kleinen Gruppe Wissenschaftler, die eigentlich etwas anderes suchten. Zu ihrer Überraschung stellten sie fest, daß sie eine Droge geschaffen hatten, die jedem bei regelmäßiger Einnahme geringe, aber echte telepathische Kräfte verlieh. Der ursprüngliche Hohe Lord Dram, genannt der Witwenmacher, hatte Droge und Wissenschaftler in seine Gewalt gebracht und eigenen Zwecken dienstbar gemacht, aber seine Pläne, seine Vorstellungskraft erwiesen sich als etwas beschränkt. Nach seinem Tod übernahm Valentin die Droge und das einzelne Labor, das sie herstellte. Natürlich hatte die Sache einen oder zwei Haken. Erstens war die Droge hochgradig suchterzeugend. Hatte man sie erst mal eingenommen, mußte man für den Rest des Lebens damit fortfahren oder eines scheußlichen Todes sterben. Und zweitens starb ein kleiner Teil der Leute, die sie einnahmen, auf der Stelle. Valentin hatte das Für und Wider abgewogen, aber nicht lange dafür gebraucht. Es war schließlich nur eine Droge, und Valentin hatte nie viel davon gehalten, sich von einer Chemikalie unterkriegen zu lassen.

Die drei Ex-Lords nahmen die Droge ebenfalls und überlebten. Der Wolf hatte es ihnen zur Bedingung gemacht, um als Partner in die Massenproduktion des Mittels einzusteigen. Eine Droge, die man als Waffe nutzen konnte, um das Parlament und schließlich die zivilisierten Welten erst zu unterminieren und dann zu beherrschen. Denn jemand, der die Herstellung einer solch endlos suchterzeugenden Droge in der Hand hatte, hatte auch die völlige und vorbehaltlose Herrschaft über jeden, der sie einnahm, und für dessen ganzes Leben. Und was die wenigen anbetraf, die sich vielleicht zu widersetzen versuchten, so würde es recht einfach sein, ihnen die Droge unbemerkt unterzuschieben. Jeder mußte essen und trinken, und man brauchte nur eine Dosis.

Valentin fand seit eh und je, daß die einfachen Pläne die besten waren.

Und so verteilte er die kostbaren Pillen, und der Silvestri und der Romanow und der Kartakis schluckten sie, und somit waren alle daran erinnert, wer in der alten Todtsteltzer-Burg das Zepter schwang. Valentin besaß den Anstand, die drei Männer nicht triumphierend anzulächeln. Gerne hätten sie ihn umgebracht, um das Geheimnis zu wahren und ihr Leben wieder in die eigene Hand zu nehmen, aber sie wagten es nicht. Sie wußten, daß es auch sie das Leben kostete, falls er starb, und wie schlimm sein Tod auch immer sein würde, ihrer würde schlimmer ausfallen.

»Ich hoffe doch, daß Ihr die Mahlzeit genossen habt«, sagte Valentin aalglatt. »Die heute etwas anders ausgefallen ist.«

Die drei Aristokraten musterten argwöhnisch den Eßtisch und versuchten sich zu erinnern, ob ihnen irgend etwas ungewöhnlich vorgekommen war.

»Nein, nein!« sagte Valentin, der ihren Gesichtsausdruck richtig deutete. »Ich würde doch keine meiner besonderen Kreationen auf ein Publikum verschwenden, das sie so wenig zu würdigen verstünde. Vielmehr habe ich mir überlegt, daß wir alle vom letzten echten Erzeugnis des Lebensmittelproduzenten *Virimonde* kosten sollten.«

Es dauerte eine ganze Weile, bis sie es kapierten. Auf dem Planeten fand man keine Nahrung mehr. Alle wußten das. Und dann weiteten sich die Augen des Silvestris, und er legte sich die Hand auf den Mund, als ihm jede Farbe aus dem Gesicht wich. »Die Toten ... die Menschen von *Virimonde* ... haben wir gegessen ...«

»Ja, habt Ihr«, bestätigte Valentin. »Und das mit solch ausgezeichnetem Appetit. Ach ja, so viele Tabus und so wenig Zeit! Genießt doch zum Nachtisch den Pfefferminzlikör, meine Herren.«

Mit fröhlichem Lächeln und knappem Nicken verabschiedete sich Valentin Wolf, um die Überraschungen für Owen Todtsteltzer und Hazel D'Ark vorzubereiten, die er im Sinn hatte.

Die große Todtsteltzer-Burg war auf einem gewaltigen Vorgebirge aus massivem Granit errichtet. Vor der Front und den zwei Seitenmauern breiteten sich freie Ebenen aus. An der Rückwand folgte ein jäher Absturz von mehreren hundert Fuß, bis hinunter zu häßlichen, schartigen Klippen, die von einer heftigen

Flut gepeitscht wurden. Dadurch war die Burg extrem leicht zu verteidigen und für heimliche Eindringlinge gleichzeitig nur schwer zu erreichen. Perfektes Sicherheitsdenken. Obwohl das für Owen nicht der Grund gewesen war, seine Burg hier zu errichten. Ihm hatte einfach die Aussicht gefallen.

Natürlich hatte er nie erwartet, hier mal selbst einbrechen zu müssen. Als er und Hazel also schließlich in Sichtweite seiner alten Burg waren, mußten sie anhalten und gründlich nachdenken. Eine frontale oder seitliche Annäherung kam nicht in Frage; durch ihre besondere Beschaffenheit waren Owen und Hazel vielleicht nicht für die Sensoren der Burg erkennbar, wohl aber uneingeschränkt für das bloße Auge. Und Owen teilte nicht Hazels Überzeugung von ihrer beider Unverwundbarkeit. Nach dem Austausch einiger Argumente entschieden sie schließlich, daß der einzige praktische Weg zur Rückmauer führte. Dazu mußten sie erst ein Stück des Weges zurückgehen, den sie gerade gekommen waren, um dann langsam zum wellengepeitschten Fuß des großen Vorgebirges hinabzusteigen. Endlich standen sie gemeinsam inmitten der hochgewirbelten Gischt und blickten mehrere hundert Fuß einer nackten Granitwand hinauf.

»Früher sah man hier Vögel«, erzählte Owen leise. »Oder Dinge, die Vögeln sehr ähnlich waren. Sie stiegen mit dem Wind auf, zogen ihre Kreise und schrien mit den traurigsten Stimmen, die man je gehört hatte. Und jetzt sind sie alle dahin. Sie haben sogar die verdammten Vögel getötet!«

»Nur ein weiterer Grund, um Rache zu nehmen«, sagte Hazel. »Nichts geht über ein bißchen geschürte Wut, um den Körper auf einer langen, kalten Kletterpartie zu wärmen.«

»Es ist sehr kalt hier«, sagte Owen. »Ich denke nicht, daß mir je wieder warm wird.«

Er machte sich auf den Weg die dunkle Granitwand hinauf. Er kletterte langsam und vorsichtig, und einen Moment später folgte ihm Hazel. Der Wind umrauschte sie, mühte sich, sie von der jähen Felswand zu pflücken, konnte sie aber nicht von der Stelle bewegen. So begnügte er sich damit, ihnen Tränen aus den Augen zu wehen. Owen konzentrierte sich auf die Wand vor ihm und bewegte sich selbstbewußt von einem Fußhalt und einem Handgriff zum nächsten.

Nach den ersten dreißig Metern entschied er sich definitiv, er würde keinen Blick nach unten riskieren, bis er sicher innerhalb der Burg war. Tolle Aussichten mal außer acht, hatte er sich in großer Höhe noch nie wohl gefühlt. Trotzdem fiel es ihm immer leichter, die nackte Felswand zu erklimmen, und er fand mit Händen und Füßen instinktiv Vorsprünge und Absätze, von denen er geschworen hätte, daß sie gar nicht vorhanden waren, bis er sie brauchte. Nicht zum ersten Mal hatte er das Gefühl, als wüßte der Körper selbst, was er zu tun hatte, ohne daß er es ihm hätte erklären müssen. Owen dachte darüber nach, während er kletterte. Er vollbrachte heute allerlei Dinge, zu denen er früher nie fähig gewesen war, ehe er das *Labyrinth des Wahnsinns* durchquerte und als jemand wieder daraus hervorkam, der sein altes Selbst so sehr übertraf. Die Talente kamen und gingen, und er konnte sich nicht immer darauf verlassen, daß sie vorhanden waren, wenn er sie brauchte. Und selbst nach all dieser Zeit war er kein bißchen schlauer geworden, welcher Art sie waren. Er blickte zu Hazel hinüber, die gelassen an der glatten Granitfläche emporkletterte wie ein Insekt an einer Glasscheibe, und mußte sich wieder abwenden. Er hoffte wirklich, daß er keinen vergleichbaren Eindruck machte. Er zwang sich, wieder hinüberzublicken, und stellte fest, daß Hazel den Blick erwiderte.

»Ich weiß, was du denkst«, sagte sie gelassen.

»Wäre nicht das erste Mal«, sagte Owen. »Ich vermute, Ihr hattet vor dem heutigen Tag auch keine Ahnung vom Bergsteigen?«

»Präzise umrissen. Es scheint, als wüßten Hände und Füße genau, wohin sie sich bewegen müßten, ohne daß ich erst hinsehe – als hätten sie es schon immer gewußt. Gruselig. Ich frage mich, was wir sonst noch alles schaffen würden, wenn wir es uns nur vornähmen. Ich habe schon immer davon geträumt, mal zu fliegen ...«

»Das würde ich in diesem Moment nicht gerade probieren«, erwiderte Owen. »Die Klippen dort unten wirken besonders unnachgiebig.«

»Guter Punkt.«

Sie kletterten schweigend ein Stück weiter. Owen konnte nicht umhin festzustellen, daß sie beide nicht einmal schwer atmeten.

»Denkt Ihr je über das nach, was wir alles tun können?« fragte er schließlich. »Und zu wem wir uns entwickeln? Wir sind keine Esper. Ich habe etliche führende Leute der Esper-Bewegung gebeten, mich zu sondieren. Sie haben keine Ahnung, wie ich es schaffe, all das zu tun, was mir heute möglich ist.«

»Ich bemühe mich, nicht zu viel darüber nachzudenken«, sagte Hazel. »Wir haben Gaben erhalten. Gaben, die uns in Situationen das Leben gerettet haben, in denen jeder andere eines entsetzlichen Todes gestorben wäre. Sie haben uns dabei geholfen, das Imperium zu stürzen. Warum einem solchen geschenkten Gaul ins Maul schauen?«

»Die Tatsache allein, daß etwas an jeder Ecke ein Bein hat und Heu frißt, heißt noch nicht, daß es ein Pferd ist. Esper sind trotz all ihrer Kräfte immer noch Menschen. Das ist einer der Gründe, warum wir die Rebellion ausgefochten haben. Uns hat jedoch eine extraterrestrische Anlage verändert. Wer weiß schon, welchem Zweck sie eigentlich diente, was sie hervorbringen sollte?«

»Eine Verwandlung«, sagte Hazel langsam. »Sie hat uns ... besser gemacht, als wir vorher waren. Das war ihre Funktion. Daran kann ich mich noch erinnern.«

»Aber was meinen wir mit besser? Eine menschliche Definition oder eine extraterrestrische?«

»Warum zum Teufel fragst du mich? Du bist das Hirn in dieser Partnerschaft. Ich schieße nur auf Dinge.«

Owen seufzte. »Weil ich es leid bin, mir Fragen zu stellen, auf die ich keine Antwort finde. Oder auf die ich Antworten finde, die mich einfach zu stark beunruhigen. Unsere einzige Hoffnung auf Antwort war das Labyrinth selbst, und es existiert nicht mehr. Vernichtet. Und damit waren all unsere Hoffnungen dahin, genau zu erfahren, was mit uns gemacht wurde und warum.«

»Warum quälst du dich dann?« fragte Hazel. Sie stoppte und sah ihn an, weil sie feststellte, daß er ebenfalls nicht mehr weiterkletterte.

»Weil ich Angst vor dem habe, was vielleicht aus mir wird«, antwortete Owen. »Ich habe Angst, daß ich womöglich aufhöre, ein Mensch zu sein. Daß ich die menschliche Natur hinter mir lasse. Habt Ihr je daran gedacht, daß wir uns vielleicht so weit vom normalen Menschen entfernen wie die Hadenmänner oder die Wampyre oder die KIs von *Shub?* Daß wir ... fremdartig genug werden könnten, um zu vergessen, wer und was wir einmal waren?«

»Hör auf damit, Owen!« versetzte Hazel scharf. »Du machst dir nur selbst Angst. Ich fühle mich nicht anders als früher. Ich glaube nach wie vor an dieselben Dinge, wünsche mir dieselben Dinge, verabscheue dieselben Dinge. Ich bin immer noch ich selbst.

Meine Fähigkeiten erleichtern es mir nur so sehr, das zu erreichen, was ich möchte.«

Sie kletterte weiter, und einen Augenblick später folgte ihr Owen. »Ich denke, es ist ein subtilerer Vorgang«, sagte er schließlich. »Eine kleine Veränderung bedeutet vielleicht nicht viel, aber wenn man genug davon aneinanderreiht ... Ich meine, wir haben nicht mal die leiseste Idee, wie unsere Kräfte funktionieren. Warum sie kommen und gehen, wie sie es nun mal tun. Manchmal sind wir einfach Kämpfer mit mehr Biß, und zu anderen Zeiten sind wir nahezu Götter. Wir lenken unsere Kräfte nicht selbst. Sie lenken uns.«

»Sieh mal«, sagte Hazel. »Falls du versuchst, mir Angst einzujagen, hast du Erfolg, also laß es lieber. Für unseren Zustand haben wir nun mal kein Handbuch erhalten, und wir können nur darauf hoffen, durch die Praxis zu lernen.«

»Es ist gefährlich, eine neue Waffe einzusetzen, ohne vorher das Kleingedruckte zu lesen. Sie könnte Nebeneffekte haben, die uns noch nicht aufgefallen sind. Vielleicht verbrauchen wir unsere Lebenskraft. Verbrennen all die Jahre, die wir sonst noch hätten. Die Energie, die unsere Kräfte antreibt, muß schließlich aus irgendeiner Quelle stammen. Die Kerze, die doppelt so hell brennt, hält nur halb so lange durch. Und wir haben heller gebrannt als Sonnen.«

»Mein Gott, du bist heute aber in einer morbiden Stimmung! Ich fühle mich prima. Ich fühle mich besser als prima. Vielleicht leben wir ewig.«

»Und noch etwas: Warum sind wir alle mit unterschiedlichen Kräften aus dem *Labyrinth* hervorgegangen?«

»Warum nicht?« fragte Hazel vernünftig. »Wir alle waren verschiedene Menschen.«

»Ja, aber ... Manches von dem, was wir tun, ähnelt ESP. Jakob und Ruby sind Zünder, und Giles konnte teleportieren. Ich habe so etwas wie Psychokinese. Aber wie zum Teufel stellt Ihr das an, was Ihr tut? Was sind diese verschiedenen Versionen Eurer selbst, die Ihr in einem Kampf heraufbeschwören könnt?«

»Ich will verdammt sein, wenn ich das wüßte«, antwortete Hazel. »Ich rufe sie einfach, und sie tauchen auf. Keine von ihnen ist nachher jemals lange genug geblieben, um Fragen zu beantworten. Giles dachte, es wären Versionen meiner selbst von anderen Zeitschienen – also Personen, zu denen ich mich hätte entwickeln können, wäre das Leben anders verlaufen.«

»Schon, aber Zeitschienen sind reine Theorie«, gab Owen zu bedenken. »Niemand hat je beweisen können, daß verschiedene Dimensionen existieren, geschweige denn Kontakt mit ihnen aufgenommen. Vielleicht sind Eure anderen Ichs nur Produkte Eurer Vorstellungskraft, denen die Kraft in Euch Wirklichkeit verleiht.«

»Auf keinen Fall«, erwiderte Hazel mit Bestimmtheit. »Ich habe einige dieser anderen Ichs gesehen. Eine so gute Vorstellungskraft habe ich nicht.«

»Ja, aber ...«

»Owen, *ich weiß es nicht!* Und weder ist jetzt die Zeit noch ist hier der Ort für eine Diskussion! Hör jetzt auf, Fragen zu stellen, und bring deinen Hintern in Schwung, oder ich trete dir den Arsch den ganzen Hang hinauf.«

Owen dachte darüber nach. »Das tätet Ihr wirklich, nicht wahr?«

»Verdammt richtig. Und jetzt los!«

Den restlichen Weg legten sie schweigend zurück, und schließlich erreichten sie die große runde Öffnung in der Granitwand, die zu den gewaltigen, unter der Burg ausgehobenen Höhlen führte. Owen hatte hier seine persönlichen Flieger und sonstigen Fahrzeuge geparkt, als er noch in der Burg wohnte. Ihm erschien die Annahme vernünftig, daß auch Valentin und seine Kumpane ihre Schiffe in diesen Höhlen angedockt hatten, was bedeutete, daß die Öffnung nach wie vor passierbar sein würde. Und Owen kannte einen Geheimgang, der direkt von der Haupthöhle ins große Schlafzimmer führte.

»Ein Geheimgang?« hatte Hazel gefragt.

»O ja. Über ihn bin ich aus der Burg geflüchtet, als sich meine Leute damals gegen mich wandten.«

»Und niemand außer dir kennt ihn?«

»Es ist ein Familiengeheimnis. Nur David habe ich davon erzählt, und er ist jetzt tot.«

Lautlos stiegen sie bis an die Unterkante der Öffnung und hielten sich reglos wie Kletten am kalten Gestein fest, während sie danach lauschten, ob nicht irgendwo ein Zeichen davon zu hören war, daß man sie entdeckt hätte. Nach einer Weile gab Owen Hazel mit einer Handbewegung zu verstehen, daß er über die Kante in die Höhlenöffnung klettern wollte. Sie nickte, und er holte tief Luft und machte sich bereit. Theoretisch konnten bewaffnete Posten in beliebiger Zahl zugegen sein, die die geparkten Schiffe bewachten, aber das erschien ihm unwahrscheinlich. Nach allen normalen Begriffen hätten die Höhlen unerreichbar sein müssen. Pech für Valentin, daß Owen und Hazel schon seit längerer Zeit nicht mehr in Rufweite des Normalen lebten. Owen packte den Granitsims fest und zog sich mit einer raschen, fließenden Bewegung in die Höhle hinauf. Innerhalb einer Sekunde war er auf den Beinen, den Disruptor in der Hand, und suchte nach einem Ziel, aber alles blieb ruhig. Vier Luxusjachten mit abgestellter Energie standen hier nebeneinander, ebenso eine Handvoll Einmannflieger, aber ansonsten waren die Höhlen verlassen. Kein einziger Posten in Sicht. Owen tapste verstohlen weiter hinein und lauschte angestrengt nach dem leisesten Geräusch, hörte aber nur den eigenen Atem. Er senkte die Waffe und atmete etwas leichter.

»Alles frei, Hazel.«

Es dauerte nur einen Augenblick, bis sie über den Keramikboden gerannt kam und neben Owen stand, die Projektilwaffe in einer Hand, eine Granate in der anderen. Argwöhnisch blickte sie sich um. »Eigentlich müßte jemand hier sein. Es ergibt doch keinen Sinn, teure Schiffe wie diese unbewacht herumstehen zu lassen.«

»Wer sollte sie schon stehlen?« fragte Owen vernünftig. »Nur Valentin und seine Privatarmee halten sich hier auf.«

»Was ist mit Überwachungskameras?«

»Oz kennt immer noch geheime Zugriffscodes für alle Sicherheitslektronen der Burg. Zur Zeit bearbeitet er die übermittelten Signale, damit wir nicht zu erkennen sind. Bei den Einsatzbesprechungen wurde das alles behandelt, Hazel. Ich wünschte wirklich, Ihr hättet daran teilgenommen.«

»Um dir den Spaß daran zu verderben, mir alles zu erklären? Das hättest du mir nie verziehen.« Sie drehte sich langsam einmal völlig herum und kontrollierte die Ecken und Schatten. »Mir gefällt es immer noch nicht. Es ist zu leicht. Hätte ich mir so viel Scheußliches zuschulden kommen lassen wie Valentin, würde ich mir alle Ein- und Ausgänge stark bewacht wünschen.«

»Er verläßt sich wahrscheinlich auf die Sicherheitssysteme. Ich habe wirklich die allerbesten installiert. Und seine aufgemotzten Satelliten würden jedes normale Schiff abwehren.«

»Darüber habe ich nachgedacht«, sagte Hazel. »Was, wenn sie gemeldet haben, daß sie das Feuer auf uns eröffneten?«

»Was schon? Nach dem, was sie auf uns abgefeuert

haben, sind sie wahrscheinlich davon ausgegangen, daß wir aufgrund der eingesteckten Schäden beim Landeanflug verbrannt sind.«

»Du benutzt das Wort ›wahrscheinlich‹. An Valentin Wolf ist überhaupt nichts besonders wahrscheinlich. Er ist höllisch paranoid; er denkt anders als wir anderen.«

»Hazel, vertraut mir. Hier bin ich zu Hause; ich weiß, was ich tue. Steckt jetzt bitte diese Waffe und die Granate weg, ehe Ihr einen unglücklichen und sehr lauten Unfall habt. Ich möchte mich mal umsehen.«

»Was gibt es hier schon zu sehen?« fragte Hazel. »Es ist nur eine Höhle.«

»Die erste von mehreren Höhlen«, sagte Owen und sah bewußt nicht hin, als Hazel die Schußwaffe und die Granate irgendwo an sich versteckte. »Als ich hier noch verantwortlich war, haben wir in den Zusatzhöhlen all die Sachen gelagert, für die wir in der eigentlichen Burg keinen Platz fanden. Ihr wärt erstaunt zu sehen, wieviel Schrott sich ansammelt, wenn eine Familie so alt ist wie meine. Und natürlich wagt man nicht, etwas davon wegzuwerfen, weil man fürchtet, künftige Generationen könnten einen als Barbaren beschimpfen. Weil man nie weiß, wann irgendein jahrhundertealter Mist wieder in Mode kommt oder sich als praktisch erweist, um eine alte Familienfehde oder einen alten Streit beizulegen. Ich habe die besten Stücke in der Burg ausgestellt und den Rest hier unten gelagert. Alles ist sorgfältig katalogisiert. Irgendwo. David sagte, er würde nach seinem Einzug ordentlich aufräumen, aber ich denke nicht, daß er genug Zeit hatte. Wie auch immer, ich fühle mich besser, wenn ich nachgesehen habe. Ich mag keine Überraschungen.«

Er ging auf die Rückwand zu. Hazel verdrehte kurz die Augen, bis sie an die polierte Decke blickte, und folgte ihm, wobei sie den abgestellten Jachten weiträumig auswich, nur für den Fall, daß sie mit Alarmsystemen ausgestattet waren, die auf Annäherung reagierten. Owen kam allerdings nicht weit. Er blieb vor dem Eingang zur nächsten Höhle stehen, der mit einem leuchtenden Kraftfeld blockiert war. Er stand ganz reglos, und Hazel konnte seiner angespannten Haltung entnehmen, daß irgend etwas ganz und gar nicht stimmte. Sie beeilte sich, zu ihm zu gelangen, die Schußwaffe wieder in der Hand. Sie trat neben ihn und erstarrte, das Gesicht vor Abscheu verzerrt. Hinter dem durchsichtigen Kraftfeld war die Höhle von Wand zu Wand und vom Boden bis zur Decke mit Leichen vollgepackt. Nicht respektvoll auf getrennten Platten oder Tischen aufgebahrt, sondern einfach so dicht wie möglich gestapelt. Eine Temperaturanzeige neben der Öffnung verriet, daß ein Kühlsystem die Leichen auf fast dem absoluten Nullpunkt hielt.

Einige der toten Gesichter waren Owen und Hazel zugewandt, und durch den Frost auf ihnen schimmerten die gefrorenen Augen fast lebendig.

»Nun«, sagte Owen schließlich, »jetzt wissen wir, was sie mit den Leichen gemacht haben.«

»Owen ...«

»Jetzt nicht. Ich möchte die übrigen Höhlen überprüfen.«

Und so gingen sie von einer Höhle zur nächsten, von Öffnung zu Öffnung, und fanden alle restlos mit den eingefrorenen Toten von *Virimonde* gefüllt. Owen versuchte zu schätzen, wie viele Leichen es waren, aber selbst, wenn er die gewaltige Größe der Höhlen überschlug, konnte er die Dimension nicht fassen. Die Zahlen waren einfach zu riesig. Er blieb vor dem Eingang zur letzten Höhle stehen, konnte nicht weitergehen. Alle Kräfte verließen ihn einfach. Hazel trat neben ihn und legte ihm tröstend die Hand auf den Arm, aber er spürte es kaum.

»Ich habe das Gefühl, ich müßte etwas tun«, sagte er leise. »Ich weiß jedoch nicht, was. Sie waren mein Volk. Sie sind immer noch mein Volk. Selbst wenn sie tot sind. Aber ich weiß nicht, was ich tun soll.«

Er hatte die Hände hilflos zu Fäusten geballt. Hazel drückte sich an ihn, versuchte ihn mit ihrer Nähe zu stützen und zu trösten.

»Ich schätze, Euch macht das nicht viel aus«, sagte er. »Schließlich wart Ihr eine Klonpascherin.«

»Ich habe die Leichen nie gesehen«, sagte Hazel. »Nur manchmal hatte ich Alpträume ... Warum, denkst du, hat Valentin sie ...«

»Wer weiß noch, warum Valentin etwas tut?«

Hazel zögerte, als sie die kalte, bittere Wut in seinen Worten hörte, redete dann jedoch weiter. »Der Wolf ist verrückt, aber sein Wahnsinn hat immer Methode. Er muß einen Grund gehabt haben. Warum sollte er sich sonst die Mühe machen, sie einzufrieren?«

»Wie ich Valentin kenne, ist es wahrscheinlich ein sehr beunruhigendes Motiv.« Owen ließ die Luft in einem langen Seufzer fahren und öffnete die Fäuste. »Ich sage: Finden wir den Mistkerl und fragen ihn. Und falls mir seine Antworten nicht gefallen, knalle ich ihn so lange immer wieder vor die Burgmauer, bis ihm das Blut aus den Ohren fließt.«

»Klingt für mich nach einem guten Plan«, sagte Hazel.

Owen ging voraus zur Rückwand der Fliegerhöhle und öffnete eine getarnte Tür in der Wand. Dahinter lag ein schmaler Steingang, der nach oben führte. Lichter sprangen entlang des Tunnels an und erhellten ihn. Hazel war insgeheim beeindruckt.

»Er führt zu einer weiteren Geheimtür in meinem alten Schlafzimmer«, sagte Owen. »Von dort haben wir Zugang zu allen wichtigen Bereichen der Burg. Die Gebäudesicherheit beruht mehr auf Menschen als auf Tech. Aristokraten haben es nicht gern, wenn man sie ausspioniert. Haltet die Hand so, daß Ihr rasch das Schwert ziehen könnt, aber laßt Eure Schußwaffen in Ruhe. Beim Lärm einer Schußwaffe kämen die Wachtposten aus allen Richtungen angerannt. Und ich möchte keinen Krieg führen. Ich möchte nur Valentin in die Hand bekommen.«

Bei jeder anderen Gelegenheit hätte Hazel Owen dafür angeschnauzt, daß er ihr Lektionen über solch offenkundige Umstände hielt, aber diesmal blieb sie friedlich. Das Reden half ihm, sich abzulenken. Sie folgte ihm in den Tunnel, und die Tür schwang hinter ihnen zu. Ihre Schritte klangen in der Stille sehr laut. Und dann blieb Owen plötzlich stehen und blickte hin und her.

»Was ist los?« fragte Hazel leise.

»Irgendwas stimmt hier nicht«, antwortete Owen.

Hazel blickte den Tunnel hinauf. »Ich sehe nichts.«

»Ich auch nicht, aber ich spüre es. Ihr nicht?«

Hazel konzentrierte sich, wollte ihre Gedanken in die seltsamen Richtungen aussenden, die ihrem Bewußtsein offenstanden, aber da packte Owen sie und zerrte sie zu Boden. Sie schlug so heftig auf, daß es ihr die Luft aus den Lungen drückte. Owen landete nur einen Augenblick später neben ihr und warf einen Arm über sie, um sie am Boden festzuhalten. Und von allen Seiten zuckten Disruptorstrahlen aus getarnten Geschützluken.

Wären sie beide stehen geblieben, hätte der Beschuß Hackfleisch aus ihnen gemacht.

»Soviel zu deinem Geheimgang, Todtsteltzer!« zischte Hazel und versuchte, sich in den massiven Felsboden hineinzugraben.

»Sie müssen es aus David herausbekommen haben,

ehe er starb«, sagte Owen. »Versucht, Euch rückwärts zur Tür zu schlängeln.«

»Zum Teufel damit«, erwiderte Hazel. »Ich habe schließlich meinen Stolz. Warten wir doch, bis sich die Strahler abschalten, und rennen dann los, während sie sich wieder aufladen.«

»Erstens feuern sie gestaffelt. Sie werden sich nicht abschalten. Zweitens zielen sie langsam immer tiefer. Jetzt schlängelt Euch, verdammt!«

Sie krochen, so schnell sie konnten, durch den Tunnel zur Tür zurück, und die Disruptorstrahlen verfehlten sie um höchstens zwei oder drei Zentimeter. Die immer tiefer haltenden Strahler versengten die Luft direkt über Owen und Hazel und erfüllten den Tunnel mit dem Gestank ionisierter Luft. Owens Kleider ruckten beim Rückwärtskriechen hoch, was ihn verlangsamte, und er hörte Hazels zahlreiche Schußwaffen und Munitionsgürtel über den Boden scharren. Er riskierte einen Blick hinüber, gerade zum richtigen Zeitpunkt, um zu sehen, wie ein Disruptorstrahl ihren aufgerichteten Ellbogen erwischte, den Ärmel verdampfte und das freigelegte Fleisch verbrannte. Hazel schnitt eine Grimasse, gab aber keinen Laut von sich und kroch weiter. Der Geruch verbrannten Fleisches vermischte sich kurz mit dem Ozon.

Owen verdoppelte seine Anstrengungen und krabbelte rückwärts, so schnell er sich nur überwinden konnte. Er spürte beinahe, wie die Energiestrahlen die Luft direkt über ihm durchschnitten. Und dann wurde er gestoppt, als er mit den Füßen heftig an die geschlossene Stahltür stieß. Er stemmte sich mit aller Kraft gegen die Tür, aber sie gab nicht nach. Er wurde zornig und trat mit beiden Füßen zu. Die schwere Stahltür flog auf, war halb aus den Angeln gerissen. Er blickte erneut zu Hazel hinüber. Sie hob bei dem

Geräusch leicht den Kopf, und ein Disruptorstrahl nahm genau Kurs auf ihre Stirn.

Owen hatte das Gefühl, daß die Zeit langsamer wurde und fast stehenblieb und der Energiestrahl nur noch durch die Luft kroch. Und es war für Owen das leichteste auf der Welt, einen Satz nach vorn zu machen und seine goldene Hadenmännerhand zwischen Hazel und den Strahl zu halten, und der Disruptorschuß prallte harmlos ab. Die Zeit stürzte in ihre normale Geschwindigkeit zurück. Owen packte Hazel und zog sie mit sich, als er sich aus dem Tunnel herauswarf, zurück in die Haupthöhle. Sie schlugen heftig auf dem Boden auf und rollten sich von der Öffnung weg, brachten soviel Distanz wie möglich zwischen sich und den tödlichen Tunnel. Eine Zeitlang lagen sie nebeneinander und kamen wieder zu Atem. Dann standen sie ein wenig zittrig auf.

»Nun«, fragte Owen, »fühlt Ihr Euch immer noch unverwundbar?«

»Ach, halt die Klappe, Todtsteltzer. Wird es dir nicht leid, immer recht zu behalten?« Sie hob behutsam den Arm und musterte mit gekräuselter Lippe die Verbrennung. »Scheußlich. Aber es wird heilen. Danke für die Rettung, Hengst.«

»Jederzeit«, sagte Owen.

Hazel betrachtete seine goldene Hand. »Ich muß sagen, ich bin beeindruckt. Der durchschnittliche Disruptorstrahl kann in weniger als einer Sekunde Stahlplatten verdampfen, aber von deinem modischen Goldaccessoire ist er einfach abgeprallt.«

»Die Hadenmänner leisten gute Arbeit.« Owen beugte die goldenen Metallfinger ein wenig befangen. »Irgendwann muß ich mich einmal mit ein paar menschlichen Wissenschaftlern zusammensetzen, damit sie dieses Ding durchgreifend analysieren, aber wie es scheint, finde ich einfach nie die Zeit dafür.

Wenn man ein Rebellenheld ist, heißt es in einem fort nur Tempo, Tempo, Tempo.«

»Gilt genauso für Kopfgeldjäger.«

»Stimmt. Wo wir davon sprechen: Ich habe eine neue Idee, wie wir uns den lieben Valentin schnappen könnten.«

»Schluck sie herunter. Deine letzte Idee hat sich als verdammt heiß erwiesen.«

»Und diese neue wird Euch auch nicht besonders gefallen. Aber wir können hier nicht herumtrödeln; diese Disruptoren müssen überall Alarm ausgelöst haben, als sie losschossen. Gleich werden hier Wachleute auflaufen. Eine Menge Wachleute, und bis an die Zähne bewaffnet.«

»Sollen sie nur kommen«, entgegnete Hazel. »Sollen sie ruhig alle kommen. Ich könnte schon was gebrauchen, um meine Frustration auszutoben.«

»Nicht zum erstenmal entgeht Euch der tiefere Sinn meiner Feststellung. Die Wachleute könnten uns hier festnageln, während Valentin und seine Kumpane fliehen. Und ich sehe lieber diese Burg in Trümmern liegen, als das zu erlauben. Diesmal wird Valentin für seine Verbrechen zahlen. Mit Blut.«

»Immer wieder mal erinnerst du mich daran, warum ich dich mag«, sagte Hazel. »In Ordnung, Todtsteltzer. Ich werde bestimmt bereuen, diese Frage gestellt zu haben, aber wie sieht dein toller neuer Plan aus?«

»Es gibt noch einen Geheimgang. Einen, von dem ich David nie erzählt habe. Ein Todtsteltzer behält immer ein paar Geheimnisse für sich.«

»Die Sache hat einen Haken«, sagte Hazel. »Ich weiß, daß sie einen Haken hat.«

»O ja! Der Eingang zum anderen Tunnel liegt in der Rückwand der ersten Höhle links. Der einzige Weg dorthin führt an den aufgehäuften Leichen vorbei.«

»Oh, das ist ja mal nett, Owen! Wie zum Teufel sollen wir das anstellen? Die Leichen einzeln rausziehen?«

»Zu zeitaufwendig. Die Wachtposten hätten uns erreicht, ehe wir richtig anfingen. Nein, ich sehe nur eine Möglichkeit. Wir müssen hindurchkriechen.«

»Nein!« erklärte Hazel kategorisch.

»Hazel ...«

»Nein! Bist du verrückt? Uns den Weg durch Leichen graben, uns mit den Händen hindurchschaufeln? Das tue ich nicht, Todtsteltzer. Lieber stehe und kämpfe ich hier.«

»Und sterbt?«

»Ich tue das nicht!«

»Ihr wart einmal Klonpascherin!«

»Ich hatte längst vor, die Klonpascher zu verlassen, als ich dich kennenlernte. Wir können das nicht tun, Owen. Da drin ist es gefroren. Fast auf den absoluten Nullpunkt.«

»Wir haben schon Schlimmeres ausgehalten«, erwiderte Owen. »Die Wachleute werden nie auf die Idee kommen, uns zwischen den Leichen zu suchen.«

»Weil keine geistig gesunde Person überhaupt auf die Idee käme, sowas zu machen. Ich kann nicht, Owen, ich kann einfach nicht. Es wäre, als würde ich durch die Inhalte der Gefrieranlagen auf dem Klonpascherschiff kriechen. Wie der Stoff meiner Alpträume.«

»Nein, wäre es nicht. Diesmal bin ich dabei. Ihr müßt es tun, Hazel. Es ist unsere einzige Möglichkeit. Und ich schaffe es nicht ohne Euch.«

»Du bist ein Mistkerl, Todtsteltzer. Du hast dich schon immer darauf verstanden, unsauber zu kämpfen.« Hazel holte lange und ungleichmäßig Luft, die sie dann langsam wieder herausließ. »In Ordnung. Tun wir es. Bevor mir ein Anflug von Gehirn hochkommt und ich dir sage, du sollst dich zum Teufel scheren.«

»Folgt mir einfach. Ich zeige Euch den Weg.«

»Verdammt richtig, das wirst du.«

Owen ging voraus, zur Höhle hinüber. Im Augenwinkel sah er, daß Hazel stur nach vorn blickte, das Gesicht eine kalte Maske, während ihre Augen an ein verängstigtes Kind erinnerten. Owen hatte sie noch nie verängstigt erlebt, richtig verängstigt.

»Also«, sagte er und suchte nach den richtigen Worten, »Ihr hattet also schon daran gedacht, von den Klonpaschern wegzugehen, ehe wir uns kennenlernten?«

»Habe ich«, antwortete Hazel. »Sie waren sogar für mich zu grob. Und die Bezahlung war mies.«

»Wie dumm von mir. Ich dachte, es hätte vielleicht etwas mit Moralität zu tun gehabt.«

»Gebrauche in meiner Gesellschaft nicht das M-Wort, Todtsteltzer!«

Sie blieben vor dem Höhleneingang stehen. Von hinter dem schimmernden transparenten Kraftfeld blickten ihnen tote Gesichter entgegen. Hazel griff unwillkürlich nach ihren Waffen, aber sie boten ihr keinen Trost. »Zum Teufel mit dir, Todtsteltzer. Jemand wird dafür bezahlen!«

»Bleibt bei dieser Einstellung. Sie wird sich als sehr praktisch erweisen, wenn wir uns am anderen Ende durch Valentins Privatarmee hindurchkämpfen müssen.«

Hazel schnaubte. »Mit niederschmetternden Chancen werde ich schon fertig. Daran bin ich gewöhnt. Halt jetzt die Klappe und mach die verdammte Tür auf. Das schaffst du doch, oder?«

»Ich arbeite daran.«

Owen musterte das Kraftfeld nachdenklich, und ihm kam eine Idee. Er griff auf die KI zu.

»Oz, verfügst du immer noch über die Kommandoprioritäten für die Burgsysteme?«

»Natürlich. Ich kenne die Prioritätscodes für jedes System hier, ebenso für jedes neue System, das angeschlossen wurde, seit wir von hier fortgingen. Es sei denn, David oder Valentine haben sie noch einmal geändert.«

»Unwahrscheinlich. David hat sich bestimmt nicht die Mühe gemacht, und Valentin hatte nicht genug Zeit. Versuche es, Oz. Isoliere dieses System, schalte das Kraftfeld der Höhle ab und aktiviere es wieder, sobald wir hindurch sind. Ohne irgendeinen Alarm auszulösen.«

Die KI schniefte. »Du verlangst nicht gerade viel, was? Welch ein Glück für dich, daß ich ein solch überlegenes Modell bin. Aber ehe ich die üblichen Wunder wirke – darf ich darauf hinweisen, daß ich keine Kontrolle über die Gefrieranlagen habe, die Valentin in diesen Höhlen installiert hat? Es sind komplett eigenständige Systeme, auf die ich keinen Zugriff habe. Die Temperatur in der Höhle, die du betreten möchtest, entspricht nicht gerade dem absoluten Nullpunkt, kommt diesem Wert aber so nahe, wie du es wahrscheinlich niemals mehr erleben wirst – es sei denn, du öffnest eine Luftschleuse und trittst ins Vakuum des Alls hinaus. Obwohl ich dir so etwas durchaus zutrauen würde. Ich habe schon deprimierte Lemminge auf Fenstersimsen erlebt, mit Überlebensinstinkten, die deine übertreffen. Ich möchte es mit dem Hinweis bewenden lassen, daß jeder normale Mensch, der diese Höhle beträte, extrem rasch erfrieren würde. Mal vorausgesetzt, der Schock hätte ihn nicht vorher erwischt.«

»Hazel und ich sind keine normalen Menschen, Oz. Schon eine ganze Weile nicht mehr. Öffne die Höhle.«

Plötzlich war ein Schnalzen sich neutralisierender

Energien zu hören, und das Kraftfeld war nicht mehr da. Eisige Luft stürzte aus der Höhle hervor und kondensierte in der Außenhöhle zu dichtem Nebel. Die bittere Kälte traf Owen und Hazel wie ein Schlag, und sie zuckten unwillkürlich zusammen. Sie zitterten heftig und hielten sich aneinander fest, um sich Halt zu geben. Zu riechen war nichts, kein Gestank des Todes oder der Verwesung. Dazu war es einfach zu kalt.

Owen und Hazel traten widerwillig vor, und die kalte Luft schmerzte in ihren Lungen. Die nächstliegende Leiche war die einer Frau in zerrissener Bauernkleidung. Die Ränder der von Energiewaffen erzeugten Wunden, die sie getötet hatten, waren schwarz verkohlt. Ihr Gesicht war eine blutige Ruine. Es fehlte zur Hälfte. Owen streckte eine Hand nach ihr aus, zögerte dann jedoch. Die Hand zitterte, und das nicht vor Kälte.

»Wenn sie so kalt ist, wie ich denke, könntest du eine Erfrierung bekommen, nur indem du sie anfaßt«, sagte Hazel.

»Kein Grund zur Sorge«, sagte Owen. »Bei Hofe habe ich eine Menge Frauen dieser Art gekannt.« Er schüttelte langsam den Kopf. »Ich dachte, ich hätte schon alles erlebt. Habe geglaubt, ich hätte soviel Tod und Leid gesehen, daß mir dies hier nichts mehr ausmachen würde. Aber ich habe mich wohl geirrt.«

»Sobald du aufhörst, etwas zu fühlen«, sagte Hazel, »stirbt auch ein Teil von dir. Der menschliche Teil. Aber so schlecht du dich auch fühlst, du hast trotzdem vor, diese Aktion durchziehen, oder?«

»Natürlich. Sie ist notwendig. Er hat meine Welt gemordet.«

Owen zog den Disruptor, zielte damit auf die gestapelten Leichen vor sich und feuerte. Der Energiestrahl riß einen Pfad durch die froststarren Toten und erzeugte einen Tunnel von einem knappen Meter Durchmesser. Es sah aus, als hätte sich ein riesiger Wurm oder eine gigantische Made auf dem Weg zu einer unbekannten, scheußlichen Bestimmung einen Weg durch den Leichenberg gefressen. Owen steckte den Disruptor weg und wandte sich an Hazel.

»Wir kriechen durch den Tunnel, so weit er reicht. Ihr müßt Leichen hinter uns hereinziehen, um unsere Spur zu verwischen. Was ich uns an zusätzlichem Raum verschafft habe, ermöglicht es uns, am Ende des Tunnels zu manövrieren.«

Hazel sah ihn für einen Moment an. »Nichts wird dich aufhalten, was, Todtsteltzer?«

»Nein. Ich weiß, daß das schwierig für Euch wird, Hazel, aber ... Ich brauche Euch. Tut es für mich.«

»In Ordnung. Für dich. Dafür schuldest du mir dann jedoch einen verdammt großen Gefallen.« Finster musterte sie den Tunnel. »Es wird dunkel sein, sobald wir ... innerhalb des Leichenbergs. Wie sollen wir unseren Weg erkennen?«

»Ich weiß, wo ich die Geheimtür finde«, sagte Owen. »Ich spüre sie in meinen Gedanken. Ihr braucht mir nur zu folgen. Sorgt Euch nicht. Ihr schwebt ja nicht in Gefahr, Euch darin zu verirren. Gehen wir.«

Und er wandte sich von ihr ab und betrat die Kammer der Toten. Die bittere Kälte schnitt ihn förmlich auf, und er zitterte so heftig, daß ihm die Zähne klapperten. Die gefrorene Luft brannte in Hals und Lungen, als hätte er Rasierklingen geschluckt. Sofort bildete sich Rauhreif auf Haar und Augenlidern, und die Augen taten ihm weh, als die Flüssigkeit darin zu frieren begann. Owen blinzelte kräftig, knirschte mit den Zähnen und kniete nieder, um in den Tunnel zu kriechen, den er eben erzeugt hatte. Nicht einmal mit dem auf volle Kraft und breite Streuung eingestellten Disruptor hatte er einen besonders breiten Tunnel schießen können. Er würde auf allen vieren hindurchkriechen müssen. Er stieß sich die Knie an den Leichen, die so hart wie Beton gefroren waren. Der Energiestrahl hatte einige von ihnen so sauber aufgeschnitten wie mit dem Skalpell eines Chirurgen und dabei festgefrorene Innereien freigelegt. Sie waren überwiegend grau, mit ein paar blassen Schattierungen von Rosa und Purpur; die schreckliche Kälte hatte ihnen sogar die Lebendigkeit der Farben entzogen.

Owen rutschte weiter vor, streckte die Hände aus, packte die Leichen vor sich und zerrte sich hinein. Das tote Fleisch war so kalt, daß es ihm die nackten Hände verbrannte. Alle Instinkte schrien ihn an, er solle augenblicklich loslassen, aber er hörte nicht hin. Er griff fester zu und zog sich voran. Als er dabei doch den Griff lösen mußte, blieb sein warmes Fleisch am kalten hängen, und er mußte alle Kraft aufwenden, um es loszureißen. Er ließ Hautfetzen zurück, hatte aber keine Schmerzen. Er weigerte sich, Beunruhigung aufkommen zu lassen. Die Haut würde nachwachsen, und immer weniger würde überhaupt abreißen, da die Hände allmählich abkühlten. Der Körper adaptierte sich schon an die scheußliche Kälte; die Körpertemperatur sackte mit einer Geschwindigkeit ab, die jeden anderen Menschen umgebracht hätte. Nirgendwo fühlte er mehr etwas, und die Augen waren in geöffnetem Zustand festgefroren, aber er zitterte nicht mehr. Arme und Beine fühlten sich an, als gehörten sie jemand anderem. Der Atem dampfte nicht mehr vor ihm in der Luft. Er zog sich weiter durch den Tunnel, tiefer hinein ins Reich der Toten, und die Dunkelheit schloß sich langsam um ihn. Er hörte, daß ihm Hazel dicht auf den Fersen war, vernahm ihren rauhen Atem, und sie war sein einziger Trost.

Wut brannte in Owen für das, was man diesen Menschen angetan hatte, und diese Wut half ihm, sich zu wärmen, während er sich weiter vorankämpfte.

Endlich erreichte er die andere Seite und stieß mit den Händen an unnachgiebiges Metall. Die Kälte hatte sein Denken verlangsamt, und er dachte eine Zeitlang träge über die Situation nach, ehe ihm klar wurde, daß er am Ziel war. Er schrie Oz an, er solle die Geheimtür öffnen, und eine Platte öffnete sich in der Wand und glitt lautlos zur Seite. Helles Licht fiel heraus und blendete Owens froststarr offenstehende Augen. Er stieß vor Schmerz und Triumph einen heiseren Schrei aus, den Laut einer heiseren Aaskrähe, die man beim Festschmaus auf dem Schlachtfeld gestört hatte. Er zog sich aus dem Leichenberg hinaus in den Gang hinter der Öffnung und brach dort zusammen; Dampf stieg ihm in dicken Schwaden aus dem Leib.

Kalte Luft strömte durch die Öffnung und verdickte sich in der warmen Luft des Korridors zu Nebel. Owen lag hilflos auf dem Boden, und die entsetzliche Kälte spannte und lockerte sich in ihm wie herumratschende Rasierklingen. Die geschürte Hitze des Zorns gloste jedoch immer noch tief in ihm und brannte die Kälte Zentimeter um Zentimeter weg, bis das Leben in den Körper zurückkehrte und er sich wieder bewegen konnte. Die Finger rührten sich als erste, beugten und streckten sich und erzeugten dabei Knacklaute wie Zweige, die zertreten wurden. Der Körper zog sich mehrfach zusammen und entspannte sich wieder in langsamer Folge, während Wärme in kältetote Muskeln zurückfloß. Die Schmerzen waren schlimm, aber Owen begrüßte sie. Sie bedeuteten, daß er wieder zum Leben erwachte, nachdem er so lange zwischen den Toten geweilt hatte.

Nach einer Weile zwang er sich, sich aufzurappeln

und zu Hazel umzudrehen, und erst in diesem Augenblick wurde ihm klar, daß sie ihm nicht aus dem Ort der Toten heraus gefolgt war. Sie war nach wie vor dort drin. Er humpelte mit laut knackenden Knien zur Öffnung und rief Hazels Namen. Sie antwortete nicht. Owen schlug mit den Händen nach dem gefrierenden Nebel und bemühte sich, in die dahinterliegende Dunkelheit zu blicken, aber selbst seine Augen hatten ihre Grenzen. Er rief erneut nach Hazel, aber Kälte und Dunkelheit verschluckten seine Stimme sofort. Er blickte ins eigene Innere, suchte nach der geistigen Verbindung zu Hazel, aber sie entzog sich ihm, geschwächt durch lange Vernachlässigung. Er hatte sie in der Kälte und der Dunkelheit zurückgelassen, im Reich der Toten. Er mußte dorthin zurückkehren und sie retten.

Etwas in ihm protestierte augenblicklich. Er konnte nicht wieder in die Kälte. Er brachte es einfach nicht fertig. Die Kälte und die Dunkelheit und das Grauen all dessen hatten ihn beinahe vernichtet. Es wäre Wahnsinn, ihnen eine zweite Chance zu geben. Aber noch während er diesen Gedanken nachhing, wurde ihm klar, daß er wieder hineingehen würde. Er mußte einfach. Hazel brauchte ihn. Ihm tat von Kopf bis Fuß immer noch alles weh, aber es würde vorübergehen. Er fürchtete sich, aber das spielte keine Rolle. Er hatte sich schon früher gefürchtet. Seit langem war Hazel D'Ark das einzige, was ihm noch etwas bedeutete.

Und so atmete er in der eisigen Luft tief ein und schob Kopf und Schultern zurück in die Dunkelheit. Die bittere Kälte schloß sich um ihn wie die Umarmung eines altvertrauten Feindes, aber er zwang sich, sie zu ignorieren, und dachte nur an Hazel. Er überwand sich, in die Dunkelheit zurückzukehren, und auf einmal blieb ihm das Herz stehen, als sich eine kalte Hand um sein Handgelenk schloß. Die Luft entrang sich ihm in einem schmerzhaften Keuchen, und die Vorstellungskraft beschwor für ihn das Bild herauf, wie die Toten ringsherum allmählich lebendig wurden, ihn festhielten, ihn zwangen, in ihrer Eishölle zu bleiben, bis er tot war wie sie. Und dann setzten Herzschlag und Atem wieder ein, als er feststellte, daß es Hazels Hand war, die ihn gepackt hatte.

Er packte sie seinerseits ums Handgelenk, versuchte mit krächzender Stimme etwas Beruhigendes zu sagen, und kämpfte wie rasend darum, sie aus der Kälte zu ziehen. Es dauerte nur wenige Augenblicke, bis er wieder den Korridor erreichte und Hazel ins Licht und die Wärme hereinzog. Sie kam in einer Folge abrupter Bewegungen zum Vorschein, ohne ihm helfen zu können. Sie war steifgefroren, und als sie endlich auf den Korridorboden fiel, klang es wie der Sturz eines Baumstamms. Ihre Augen waren zugefroren, das Gesicht zu einem trotzigen Knurren erstarrt, die Zähne zusammengebissen. Ihre Haut war blau.

Owen kniete sich neben sie und rieb kräftig ihre Hände, vor allem, um überhaupt etwas zu tun. Hazels Körper würde die Kälte abwerfen, wie seiner es getan hatte, aber Owen brauchte trotzdem das Gefühl, etwas Hilfreiches zu tun. Dichter Dampf stieg von ihren starren Kleidern auf. Ihr Haar war dick mit Rauhreif überzogen, aber der schmolz rasch dahin und floß in der warmen Luft das Korridors davon. Und langsam, Zentimeter für Zentimeter, entspannte sich Hazel, kuschelte sich schließlich in Owens Arme und murmelte seinen Namen.

Endlich setzte sie sich auf und schob ihn weg, und er wußte, daß sie wieder die alte war. Sie schüttelte langsam den Kopf, als versuchte sie, ihre Gedanken von Spinnweben zu befreien. »Ich habe mich verirrt. Der Tunnel verlief geradlinig, aber ich ... habe mich verirrt, allein in der Dunkelheit. Bei den Toten. Und du bist gekommen und hast mich geholt.« Sie schlang die Arme um sich und zitterte auf einmal. »Ich habe das Gefühl, als würde mir nie wieder warm werden. Als bliebe mir die Grabeskälte für immer treu.«

»Sie wird vergehen«, sagte Owen.

»Natürlich wird sie das«, sagte Hazel. »Wir sind mehr als nur Menschen, erinnerst du dich? Nicht länger die Opfer menschlicher Ängste und ... Schwächen.«

»Hazel ...«

»Ich bin wieder okay. Mir geht es gut.«

»Natürlich«, bestätigte Owen.

Sie halfen einander, auf die Beine zu kommen. Owen wies Oz lautlos an, die Wandplatte zu schließen, und die gefrorene Luft war ausgesperrt. Der Nebel im Gang verzog sich allmählich. Owen blickte sich um, suchte nach etwas, das er wiedererkannte. Es war lange her, seit er zuletzt ... daheim gewesen war.

»In Ordnung«, sagte Hazel. »In welche Richtung gehen wir, Todtsteltzer?«

»Gebt mir eine Minute«, sagte Owen. »Ich weiß nicht recht ...«

»Komm schon, das ist deine Burg ...«

»Nun, ja, aber ich denke nicht, daß ich jemals so weit in die Tiefe gestiegen bin. Ich meine, es ist ein großes Anwesen. Meist habe ich mich in meinem persönlichen Quartier aufgehalten. Bestimmt habe ich mir nie die Mühe gemacht, die haushälterischen Bereiche aufzusuchen. Ich hatte Leute, die das für mich besorgten.«

»Der Lebensstil der Reichen und Nutzlosen. Kein Wunder, daß deine eigenen Leute dich so leicht hinauswerfen konnten.«

»Sie haben mich nicht hinausgeworfen! Ich bin vor

einer Übermacht zurückgewichen. Eine völlig vernünftige militärische Strategie.«

»Aber sicher. Sieh mal – möchtest du mir damit sagen, daß du den Weg nicht mehr weißt?«

»Den Gang hinunter und dann nach rechts«, flüsterte Oz ihm ins Ohr. »Dort erreicht ihr Valentins neue Labors.«

»Natürlich weiß ich den Weg«, erwiderte Owen. »Wir müssen einfach dort entlang gehen und dann rechts abbiegen, und wir gelangen direkt zu Valentins neuen Labors. Dort finden wir bestimmt jemanden, den Ihr so erschrecken könnt, daß er uns erzählt, was wir erfahren müssen.«

»Du würdigst einfach nicht, was ich für dich tue«, meinte Oz, als Owen und Hazel sich auf den Weg durch den Korridor machten. »Wirklich nicht.«

»Woher weißt du, wo Valentin seine Labors hat?« fragte Owen ihn lautlos, damit Hazel es nicht hörte.

»Eine treffsichere Vermutung«, antwortete Oz. »Die Zahl der freien Räume ist begrenzt, um die ganze neue Tech unterzubringen, die er angeblich hat.«

»Was täte ich nur ohne dich, Oz?«

»Mir schaudert bei der Vorstellung. Setz jetzt deinen Hintern in Bewegung, ehe irgendwelche Wachleute vorbeikommen.«

Owen gab diesen Gedanken an Hazel weiter, und sie schritten forscher aus. Die Anstrengung half ihnen, die letzten Reste der Kälte aus den Körpern zu treiben. Owen kam sich fast schon wieder wie ein Mensch vor. Hazel mußte es ebenso gehen, denn nach einiger Zeit fiel ihm auf, daß sie sich wieder für die Umgebung interessierte. Diese war der Aufmerksamkeit auch wert. Der Boden war teppichbedeckt, und in den reichen Stoff waren Muster eingewebt, so alt, daß die Schritte von Dienergenerationen der Todtsteltzers die Einzelheiten größtenteils verwischt hatten. Wandbehänge, Portraits und Holos hingen an den alten Steinwänden und zeigten meist die weniger bedeutsamen Ereignisse der langen Todtsteltzer-Geschichte. Die bedeutsameren Ereignisse und Schätze wurden auf den oberen Stockwerken der Burg gezeigt, wo man damit gegenüber aristokratischen Gästen angeben konnte. Zumindest sollten sie dort ausgestellt sein. Owen runzelte die Stirn. Bislang hatte er keinen Hinweis darauf, was Valentin damit womöglich angestellt hatte. Owen traute ihm ohne weiteres zu, alle Todtsteltzer-Schätze auf einen großen Haufen zu schichten und ihn in Brand zu stecken, nur des Vergnügens halber, um das Feuer herumzutanzen. Und der Vorfreude auf das, was Owen dazu sagen würde, wenn er es herausfand. Owen ging ein wenig schneller. Es war ein kleiner Grund zum Zorn, den er hier so vielen übrigen hinzurechnete. Er hielt die ganze Wut sorgfältig unter Kontrolle, weit genug entfernt, um seinem Auftrag nicht in die Quere zu kommen, aber bereit zum Ausbruch, wenn er schließlich dem schurkischen Wolf von Angesicht zu Angesicht gegenüberstand.

Dann würde die Abrechnung erfolgen.

Owen folgte Oz' geflüsterten Wegweisungen, bis er und Hazel plötzlich stehenbleiben mußten, da der Weg von einer Tür versperrt wurde, die hier eindeutig fehl am Platz wirkte. Es war eine massive Stahltür, stumpf und funktionell, mit einem Schloß, dessen Technik mehr als nur auf der Höhe der Zeit war. Hazel trat sofort dicht heran und nahm das Schloß fast hungrig in Augenschein. Hazel und Schlösser waren alte Freunde. Oder Feinde, ganz nach Sichtweise. Owen legte ein Ohr an den kalten Stahl und lauschte angestrengt. Nach einer Weile erkannte er allmählich die gemessenen, sich wiederholenden Geräusche mahlender Maschinen und das Zischen von

Gasen, die unter hohem Druck standen. Owen richtete sich auf und runzelte nachdenklich die Stirn. Er hatte nichts in der Burg gehabt, was sich so angehört hätte. Und David hatte auch nichts dergleichen hierhergebracht. Welch neues Grauen hatte der Wolf in Owens altes Heim gebracht? Er blickte zu Hazel hinunter, die nach wie vor das Schloß betrachtete.

»Irgendwas entdeckt?«

»Ja, aber nichts Gutes. Ohne mein Werkzeug dauert das mindestens eine halbe Stunde. Vielleicht noch länger.«

»Zu lange«, erklärte Owen rundweg.

»Das ist mir klar!« sagte Hazel. Sie richtete sich auf und musterte die Stahltür finster. »Wir könnten das Schloß natürlich auch wegschießen.«

»Zu laut. Selbst wenn wir nicht jede Menge Alarmanlagen auslösten, was wir wahrscheinlich damit tun.«

»In Ordnung«, sagte Hazel ungeduldig. »Was schlägst du vor?«

Owen lächelte sie an, ging einen Schritt vor und trat die Tür ein. Das Schloß ging zu Bruch, als sich der massive Stahl unter dem Tritt kräftig einbeulte, und die ganze Tür flog aus den Angeln und stürzte dahinter mit einem zufriedenstellend lauten Krachen zu Boden. Hazel musterte Owen.

»Angeber.«

Sie gingen ins Labor hinein, die Waffen in der Hand, aber niemand kam ihnen entgegen. Die einzige andere Person in dem riesigen Raum war ein Techniker in einem schmuddeligen Kittel, der vor einem Lektronenterminal saß, den Stecker im Genick. Owen und Hazel senkten die Waffen. Der Kybermann war so in seine eigene Welt versunken, daß er es nicht bemerkt hätte, wenn sie ihn erschossen, bis er sich ausstöpselte. Owen und Hazel blickten sich um und versuchten, einen Sinn in dem Haufen Tech und Maschinen zu entdecken, die das Labor zum größten Teil ausfüllten.

Der Raum war riesig. Owen hatte die vage Vorstellung, daß es einmal ein Weinkeller gewesen war. Unbekannte Maschinen standen in Haufen zusammen und bedeckten den größten Teil der Grundfläche, wobei ihre Spitzen bis fast an die Decke reichten. Nichts davon wirkte besonders fein. Es waren meist primitive mechanische Konstruktionen (von daher der Bedarf an einem eingestöpselten Operator, statt Komm-Implantate zu verwenden), deren Aufgabe es war, die ihnen zugeführten Materialien zu zermahlen, zu raspeln und zu sortieren. Owen drehte sich langsam im Kreis und verfolgte den Weg der Stoffe. Röhren führten aus den größeren Maschinen heraus, waren an den Steinmauern befestigt und kreuzten einander in einem Chaos von Farbcodes. Was immer sie beförderten gelangte schließlich in ein komplexes Filtersystem, das seinerseits die Endprodukte in konstantem Rhythmus in eine Reihe nicht gekennzeichneter Behälter tropfte. Alle übrige Tech bestand schlicht aus lektronengesteuerten Überwachungsanlagen. Owen blickte Hazel an, und sie zuckte die Achseln, was er auch so ziemlich erwartet hatte. Also, wer im Zweifel ist, sollte jemanden fragen. Und zwar laut.

Owen marschierte zu dem Labortechniker hinüber, der glücklich und selbstvergessen mit seinen Lektronen kommunizierte, riß ihm den Stecker aus dem Nacken, drehte ihn auf dem Stuhl herum und steckte ihm die Schußwaffe in die Nase. Der Tech brauchte einen Augenblick, um zu bemerken, was geschah, war noch benommen vom plötzlichen Ausstieg aus den Lektronensystemen; dann faßte er Owens Gesicht ins Auge und sah noch besorgter aus, falls das überhaupt möglich war. Owen bedachte ihn mit einem häßlichen

Lächeln, und der Tech wimmerte doch tatsächlich. Hazel trat von der anderen Seite hinzu und schenkte ihm ihr schönstes bedrohliches Funkeln, und der Mann machte sich beinahe in die Hose. Owen hatte fast schon das Gefühl, er würde eine Marionette schikanieren, unterdrückte den Gedanken aber schonungslos. Er hatte es hier mit einem von Valentins Leuten zu tun, der Mittäterschaft schuldig.

»Hallo«, wandte sich Owen an den Mann, und es klang ganz und gar nicht freundlich. »Ich bin Owen Todtsteltzer. Der Alptraum, der rechts von Euch Fleisch geworden ist, heißt Hazel D'Ark, und Ihr steckt tief in der Scheiße. Antwortet umfassend und wahrheitsgetreu auf meine Fragen, dann lebt Ihr vielleicht gerade lange genug, um vor Gericht zu stehen. Nickt, falls Ihr mir soweit folgen konntet.«

Der Techniker nickte, so gut er das mit der Schußwaffe in der Nase vermochte. Jede Farbe war ihm aus dem Gesicht gewichen, kaum daß Owen sich namentlich vorgestellt hatte, und kalte Schweißperlen traten ihm auf die Stirn. Owen war insgeheim beeindruckt. Er hatte gar nicht gewußt, daß er so furchteinflößend wirkte.

»Wer seid Ihr?« knurrte er den Tech an. »Und welchem Zweck dienen all diese Geräte? Zunächst einen Überblick, dann die Einzelheiten!«

»Ich bin Pierre Trignent, mein Lord«, antwortete der Techniker rasch, und es war kaum mehr als ein Flüstern. »Bitte, ich bin nur ein kleiner Fisch. Ein Niemand! Ihr seid bestimmt hinter denen her, die mir die Befehle geben. Ich tue nur, was man mir sagt.«

»Wir holen uns die schon«, sagte Hazel. »Beantworte jetzt seine Frage: Was tust du hier?«

Trignent schluckte heftig und schlug die Augen nieder. Er hatte vor zu lügen. Owen spürte es. Er beugte sich vor, bis er mit dem Gesicht direkt vor dem seines

Opfers war. Der Tech versuchte, im Stuhl zu versinken, aber er fand einfach keinen Platz.

»Falls Ihr lügt«, sagte Owen, »merke ich das. Ich kann mir die Antworten notfalls von jemand anderem holen, aber ich schwöre Euch, daß Ihr das nicht mehr miterleben würdet.«

»Ja, mein Lord, aber ...«

»Ich bin kein Lord mehr, aber immer noch ein Todtsteltzer. Erzählt mir jetzt alles, was Ihr wißt, oder ich demonstriere Euch, was es bedeutet, ein Todtsteltzer zu sein.«

»Das hier ist eine Verarbeitungs- und Raffinierungsanlage, mein ... Sir Todtsteltzer. Wir geben das Rohmaterial hinein, spalten es in seine chemischen Grundbestandteile auf, schöpfen die gewünschten Rückstände ab und lagern sie, bis sie später vom Planeten abtransportiert werden.«

»Aber was ist das Rohmaterial?« fragte Owen ungeduldig. »Und worin zum Teufel besteht das Endprodukt?«

»Die Esperdroge«, antwortete Trignent widerwillig. »Wir stellen die Esperdroge her.«

Owen und Hazel sahen sich gegenseitig an. Sie hatten in ihrer Zeit bei der Esper-Bewegung schon von der Esperdroge gehört, aber ihre Zusammensetzung sollte eigentlich geheim sein. Trotzdem – falls irgend jemand in Frage kam, um eine neue Droge auszugraben, dann Valentin. Und die Produktion auf *Virimonde* anzusiedeln war ein guter Weg, sie geheimzuhalten. Das Parlament hatte nur durch Zufall davon erfahren, daß er hier war. Owen nickte bedächtig. Soweit war ihm alles klar. Aber nichts davon erklärte, warum der Tech solche Angst hatte ...

»Was ist das Rohmaterial?« fragte Owen. »Woraus raffiniert Ihr die Esperdroge?«

»Bitte«, sagte Trignent. Er brach in Tränen aus.

»Bitte habt Verständnis dafür. Ich tue nur, was mir befohlen wird. Sie hätten mich umgebracht, wenn ich es nicht getan hätte.«

»Ich bringe Euch um, wenn Ihr mir nicht antwortet! Was ist das Rohmaterial?«

»Die Toten«, sagte Pierre Trignent. »Die Toten von *Virimonde.*«

Danach blieb es eine geraume Weile lang ganz ruhig. Abgesehen von den langsamen, gleichmäßigen Geräuschen der Produktionsmaschinerie, die den neuesten Schub Rohmaterial verarbeitete.

Owen hielt die Augen fest zugekniffen, aber er sah weiterhin, was er jetzt als Mahlmaschine zur Breiherstellung erkannte. Er sah weiterhin seine toten Untertanen, aufgestapelt wie Hölzer, tiefgefroren, damit sie erhalten blieben, bis sie gebraucht wurden. Er öffnete die Augen wieder, und der Techniker brauchte nur einen Blick auf die kalte Wut zu werfen, die sich darin aufbaute, um ganz schnell draufloszureden, fast zu plappern, als wäre er erleichtert, es endlich jemandem erzählen zu können.

»Der Lord Wolf ist hierhergekommen, weil so viele Leichen vorhanden waren, die er verwerten konnte. Die Esperdroge ist schon immer aus menschlichem Gewebe gewonnen worden, genau wie die ESP-Blocker aus totem Hirngewebe von Espern stammen, aber man braucht jede Menge ... von dem Rohstoff, um auch nur eine geringfügige Menge des Endprodukts herzustellen. Deshalb war die Esperdroge auch immer so selten, so geheim. Der Lord Wolf entdeckte hier eine Gelegenheit zur Massenproduktion und nutzte sie. Er verarbeitete Hunderttausende von Toten und produzierte größere Mengen der Droge, und das auch in reinerer Form, als dies je zuvor möglich war. Es ist wirklich ein ganz einfacher Vorgang, sobald man erst alles aufgebaut hat. Nur ich und eine Handvoll weitere Personen sind da, um alles im Auge zu behalten. Bitte, ich bin ein Niemand, habe nur getan, was mir gesagt wurde …«

»Ihr habt die Vernichtung meines Volkes überwacht, um eine Droge herzustellen, die so suchterzeugend ist, daß sie jeden versklavt, der sie einnimmt«, sagte Owen in sehr leisem und sehr gefährlichem Ton. »Ich habe meinen Anteil am Grauen erlebt, in vielen Kriegen und auf vielen Schlachtfeldern. Ich bin durch Blut und Innereien gewatet, habe getötet, bis mir die Arme weh taten, habe gesehen, wie die Guten und die Bösen niedergemetzelt wurden, aber nie zuvor ist mir etwas derartig Kaltblütiges begegnet wie dies hier. Die Vernichtung der Toten … um ein Gift für die Lebenden herzustellen. Die Menschheit selbst in ein Produkt verwandeln. Oh, mein Volk … mein Volk …«

Mit bebenden Schultern wandte er sich ab, und Hazel trat auf ihn zu. Trignent erblickte seine Chance und flüchtete zur Tür. Und Owen Todtsteltzer wandte sich um, Tränen in den Augen, und schoß dem Mann in den Rücken. Der Energiestrahl bohrte ein Loch quer durch Rücken und Brust und schleuderte Trignent an den Türrahmen. Er hielt sich dort für einen Moment fest, war schon tot, und sackte dann langsam in sich zusammen. Owen schüttelte langsam den Kopf, als wollte er leugnen, was er gerade gehört hatte. Hazel trat zu ihm, aber er gab ihr mit einem Wink zu verstehen, sie sollte sich entfernen. Er hatte in sich keinen Raum für etwas anderes als Grauen und Trauer und das wütende Bedürfnis, gegen die Ursache des Schmerzes zurückzuschlagen.

»Ich hätte ihn nicht erschießen sollen«, sagte er schließlich.

»Er war ebenso schuldig wie die anderen.«

»Ja, aber ich habe ihn nicht deshalb erschossen. Ich habe es getan, weil ich einfach jemandem weh tun mußte. Jemanden bestrafen mußte. Jemanden außer mir. Sie waren mein Volk. Ich hätte hier sein müssen, um es zu beschützen.«

»Oh, laß es gut sein, Owen! Man hat dich für gesetzlos erklärt. Verbannt. Komm endlich darüber weg! Jeder hier hat dir den Rücken zugewandt.«

»Das macht keinen Unterschied. Ich hatte die Verantwortung für diese Menschen. Oz?«

»Ja, Owen?«

»Schalte diese Obszönität ab. Komplett. Egal, was dafür nötig wird.«

»Ja, Owen.«

»Jetzt«, sagte Owen Todtsteltzer, »gehen wir Valentin und seine Kumpane suchen. Und töten sie alle.«

Als der Chef von Valentin Wolfs Sicherheitsleuten etwas nervös auf dem Bildschirm in der großen Halle erschien und Valentin nacheinander darüber informierte, zwei Fremde wären irgendwie in der Fliegerhöhle unter der Burg aufgetaucht, wären als der legendäre Owen Todtsteltzer und die berüchtigte Hazel D'Ark identifiziert worden, hätten sich dann ungeachtet aller Sicherheitsvorkehrungen den Weg in die eigentliche Burg gebahnt und könnten, na ja, in diesem Augenblick praktisch überall sein – da hätte man eine Stecknadel fallen hören können, nachdem er ausgeredet hatte. Man hätte die Stecknadel sogar noch in der Luft hören können. Der Silvestri ließ einen seiner Dolche fallen. Der Romanow wurde ganz blaß. Und der letzte Schluck Wein, den der Kartakis zu sich nahm, geriet ganz in die falsche Richtung und erstickte ihn beinahe. Valentin Wolf ignorierte die unangenehmen Geräusche und konzentrierte sich auf den zunehmend unglücklichen Sicherheitschef, der auf dem Bildschirm zu sehen war.

»Wollt Ihr mir damit sagen«, fragte Valentin fast freundlich, »daß alle unsere umfangreichen und unglaublich teuren Sicherheitsvorkehrungen keine zwei Leute daran hindern konnten, hier einzudringen?«

»Nun, im Grunde ja, mein Lord. Schließlich sind die beiden Leute ...«

»Ich weiß, wer sie sind. Deswegen habe ich schließlich Euch und Eure Leute engagiert. Und Euer Gesicht verrät mir schon, daß noch mehr schlechte Nachrichten vorliegen. Wie lauten sie?«

Der Sicherheitschef sah noch unglücklicher aus, falls das möglich war. »Irgendein äußeres System ist in unsere Lektronen eingedrungen und gerade dabei, die Verarbeitungsanlage abzuschalten.«

»Nun, korrigiert mich, falls ich mich irre, und ich denke nicht, daß ich es tue«, sagte Valentin. »Aber ich scheine mich zu erinnern, wie Ihr mir erklärt habt, daß dergleichen völlig und vollkommen unmöglich wäre.«

»Ja, mein Lord. Streng genommen ist es wirklich unmöglich. Es dürfte nicht passieren.«

»Aber das tut es.«

»Ja, mein Lord.«

»Ihr seid gefeuert«, erklärte Valentin. »Holt Euch die Abfindung und weist Euren Stellvertreter an, Euren Kopf an einen Stuhl zu nageln, ehe Ihr aufbrecht. Und nein, Ihr erhaltet keine Empfehlung.«

Er schaltete den Bildschirm aus und lehnte sich zurück. Der Silvestri hob den Dolch auf, der ihm entglitten war. »Ihr hättet ihn umbringen lassen sollen, Wolf.«

»Seid nicht albern, Carlos«, erwiderte Valentin geistesabwesend. »Söldner haben eine sehr starke Gewerkschaft.« Er lachte auf einmal in sich hinein, ein leiser, gefährlicher Laut. »Lieber Owen, woher wußtet

Ihr nur, daß Ihr mich hier findet? Ich habe meine Spuren extrem sorgfältig verwischt. Und doch seid Ihr jetzt hier, taucht wieder mal überraschend auf und ruiniert mir den Tag. Stets seid Ihr bestrebt, mir den Spaß zu verderben. Trotzdem hoffe ich, daß Ihr meine kleine Vergeltung zu würdigen versteht. Schließlich benötigt jede dramatische Szene ein Publikum, das sie zu würdigen weiß.«

Der Silvestri zog den zweiten Dolch aus dem Auge eines Portraits und zerriß dabei absichtlich die alte Leinwand. »Ich habe keine Angst vor dem großen bösen Todtsteltzer. Soll er doch kommen. Er und sein Miststück.«

Der Romanow warf den unbezahlbaren Wandbehang ab, den er wie einen Umhang getragen hatte, und runzelte nachdenklich die Stirn. »Ihr habt vielleicht nicht genug Verstand, um Euch vor dem Todtsteltzer zu fürchten, aber ich schon. Er ist ein gefährlicher Mann. Er hat die meisten Dinge, die man ihm nachsagt, tatsächlich vollbracht. Sogar diejenigen, die unmöglich klingen. Aber im Gegensatz zu Euch übrigen hatte ich gleich das Gefühl, unsere Sicherheitskräfte könnten sich als unfähig erweisen, eine lebende Legende aufzuhalten oder auch nur zu verlangsamen, falls diese von unserem Unternehmen hier Wind bekommen sollte. Also habe ich eigene Vorkehrungen getroffen. Eine kleine Überraschung, besonders für den Todtsteltzer. Wenn Ihr mich jetzt entschuldigen wollt, oder sogar wenn nicht, so gehe ich jetzt lieber und packe sie aus.«

Er marschierte hocherhobenen Hauptes hinaus. Valentin spendete seinem Abgang lässig Beifall, und sein Scharlachlächeln wurde noch breiter. »Überraschungen. Ich liebe Überraschungen ja so! Wie es sich trifft, habe ich selbst eine oder zwei für den lieben Owen vorbereitet.«

»Sie sollten lieber den plötzlichen Tod unserer Feinde mit sich bringen, oder wir stecken in ernsten Schwierigkeiten«, meinte der Kartakis, der den Atem wieder unter Kontrolle hatte. Er klang auf einmal sehr ernst und schien keinesfalls glücklich darüber. »Der Todtsteltzer wird wirklich nicht erfreut sein, wenn er erfährt, was wir aus seinem alten Heim gemacht haben.«

»Ich habe keine Angst vor ihm«, versetzte der Silvestri trotzig.

»Ja, nun, das kommt daher, daß Ihr ein kompletter Idiot seid«, sagte der Kartakis gelassen. »In unserer Branche ist das normalerweise ein Vorteil, aber zur Zeit können wir uns Genüsse wie den Wahnsinn nicht erlauben. Wir müssen nachdenken. Einen Plan entwickeln. Wir haben Leute und Ressourcen. Wenigstens hat der Todtsteltzer nicht noch eine Armee zur Unterstützung mitgebracht.«

»Er benötigt keine Armee«, gab Valentin zu bedenken. »Er hat Hazel D'Ark.«

»Ihr seid bemerkenswert ruhig bei dieser Geschichte!« schnauzte der Kartakis. »Wißt Ihr etwas, das sich unserer Kenntnis entzieht, oder habt Ihr heute ein paar Pillen extra eingenommen?«

Valentin lächelte gelassen. »Ich habe einen Plan. Einen sehr unerfreulichen Plan, geradezu maßgeschneidert, um Owens Schwächen auszunutzen. Ihr braucht nicht mehr zu tun, als diese D'Ark beschäftigt zu halten. Wenn Ihr mich jetzt entschuldigen wollt – ich muß die Ausführung in die Wege leiten. Oh, es wird ja soviel Spaß machen, ihn leiden zu sehen!«

Er erhob sich, verneigte sich elegant und ging. Er spazierte in gelassener Haltung davon, als hätte er keine Sorge auf der Welt. Die beiden Aristokraten blickten ihm hinterher.

»Dieser Mann lebt nicht in derselben Wirklichkeit wie wir anderen«, bemerkte der Silvestri.

Der Kartakis schnaubte. »Bei seinem Plan geht es wahrscheinlich darum, seine Verluste abzuschreiben, uns im Stich zu lassen und wie der geölte Blitz zum Horizont zu flitzen. Wenn wir überleben möchten, müssen wir selbst dafür sorgen. Wir können sie aufhalten. Wir müssen einfach etwas ... vorbereiten ... was sie aus dem Konzept bringt.«

»Ich habe keine Angst vor den ...«

»Wollt Ihr endlich aufhören, das zu sagen! Ihr täuscht damit niemanden.«

»Mich am allerwenigsten«, sagte Owen Todtsteltzer.

Die beiden Aristokraten wirbelten herum, und da stand er groß und einschüchternd unter der Tür, ein Schwert in der Hand, als gehörte es dorthin und hätte es schon immer getan. Er machte ein ernstes Gesicht, der Blick kalt und gleichmäßig, und er wirkte vom Scheitel bis zu Sohle wie die eigene Legende. Hazel D'Ark war an seiner Seite und lehnte lässig am Türrahmen, eine große Projektilwaffe in der Hand. Allein bei ihrem Anblick spürte Athos Kartakis bereits, wie ihm das Blut in den Adern gefror. Er hatte so viele Duelle bestritten, daß er sie nicht mehr zählen konnte, hatte dabei dem Tod ins Gesicht geblickt und ihm in die knöcherne Augenhöhle gespuckt, aber nie zuvor so viel Angst um sein Leben verspürt wie jetzt. Er hatte einen Disruptor unter den Kleidern stecken, aber er wußte, daß er schon den Versuch, ihn zu ziehen, nicht überleben würde. Es sei denn, ihm fiel ein, wie er für Ablenkung ...

»Nun, Silvestri«, sagte er so gelassen, wie er es nur hinbekam, »Ihr habt doch stets geäußert, Ihr könntet es mit dem Todtsteltzer aufnehmen. Fühlt Euch frei, den Beweis anzutreten.«

Owen musterte den Silvestri interessiert. Der Aristokrat bedachte den Kartakis mit einem anklagenden Blick, und erwiderte dann Owens Blick mit Festigkeit.

»Ihr macht mir keine Angst«, sagte er laut. »Ich habe von Euren übermenschlichen Kräften gehört, aber für mich klingen sie nach etwas, hinter dem sich ein Feigling gut verstecken kann. Wie steht es damit, Owen? Habt Ihr den Mumm, als Mann gegen mich zu kämpfen, nicht als Monster? Denn ich kann es mit Euch aufnehmen, Mann gegen Mann, Stahl gegen Stahl, und tief im Herzen wißt Ihr es.«

»Na, der hört ja nicht mehr auf zu reden«, meinte Hazel. »Sprich des richtige Wort, Owen, und ich schieße ihm die Augen weg.«

»Nein«, sagte Owen. »Ich könnte ein wenig Unterhaltung gebrauchen.« Er sah den Kartakis an. »Mischt Euch ja nicht ein! Das würde Hazel nicht gefallen.«

»Käme nicht mal im Traum auf die Idee«, versicherte ihm der Kartakis aufrichtig. Er wich zurück, zeigte offen beide Hände und dachte angestrengt nach.

Owen trat langsam in die große Halle hinaus und sah sich dabei die diversen Schäden am Inventar seines alten Heims an. Er sah nicht wütend oder auch nur aufgebracht aus; er wirkte einfach etwas kälter und noch gefährlicher. Carlos Silvestri kam ihm entgegen und bewegte sich dabei leichtfüßig auf den Fußballen, ein schmales Messer in jeder Hand. Er sah auf seine eigene Art ebenfalls gefährlich aus, aber es war nichts, verglichen mit der kalten Unerbittlichkeit des Todtsteltzers, und alle, die zugegen waren, wußten es. Die beiden Männer kamen in der Mitte des Saals zum Kampf zusammen, und alle wußten, wie es enden würde.

Die beiden Männer umkreisten einander ohne Eile, die Klingen für jede Lücke bereitgehalten, die womöglich in der Verteidigung des anderen entstand. Theoretisch war es ein mehr oder weniger ausgeglichener Kampf. Messer waren auf kurze Distanzen ausgezeichnete Waffen, hatten aber keine Reichweite. Es sei denn, man warf sie und riskierte damit, sich selbst zu entwaffnen. Das Schwert andererseits verfügte über eine ordentliche Reichweite, aber wenn es auf Tuchfühlung ging, konnte man die lange Klinge nirgendwo mehr so rasch zur Geltung bringen wie ein Messer.

Der Silvestri startete den ersten Angriff und bewegte dabei die rechte Hand so schnell, daß das menschliche Auge ihr kaum folgen konnte. Owen parierte den Schlag und mußte dann zurückspringen, als die linke des Silvestris mit tödlicher Geschwindigkeit und Absicht aus dem Nichts heranschoß, auf Owens ungeschützten Unterleib gezielt. Die blitzende Klinge verfehlte Owens Bauch um weniger als einen Zentimeter. Owen zog das eigene Schwert in einem raschen Rückhandschlag herum, der dicht über den Kopf des Silvestris zischte, als sich dieser im letzten Augenblick duckte. Und dann umkreisten sie einander wieder, ruhig und gesammelt und tödlich kalt.

Nachdem er Owen mit einer Finte zum Gegenangriff verlockt hatte, warf der Silvestri das Messer in der Linken nach Owens rechtem Auge. Das Schwert des Todtsteltzers war zu langsam für eine Parade, aber kaum weiteten sich die Augen des Silvestris vor Triumph, da zuckte Owens goldene Hadenmännerhand hoch, fing das Messer im Flug ab und schlug es zur Seite. Während der Silvestri für einen Augenblick aus dem Konzept war, zog Owen sein Schwert glatt durch den Hals des Gegners. Der Kopf fiel herunter und rollte über den Boden, bis er an die Füße des Kartakis' stieß. Dieser zog lautlos eine Grimasse des Widerwillens und nahm die Füße ein wenig zurück.

»Fühlst du dich jetzt besser?« fragte Hazel.

»Etwas«, antwortete Owen. Er atmete nicht mal schwer.

In diesem Augenblick hatte Pieter Romanow seinen Auftritt, umgeben vom lauten Summen angestrengt arbeitender Servomotoren. Alle wandten sich um und sahen ihn an, während er unter der Tür stehenblieb und posierte. Er trug ein enormes Exoskelett, dessen Metallknochen ihn umgaben und stützten, während an beiden Unterarmen rechteckige Kraftfelder wütend vor sich hinbrummten. Owen hatte dergleichen schon früher gesehen, normalerweise von Docksarbeitern auf Raumhäfen getragen, um schwere Frachten zu entladen. Aufgrund des hohen Gewichts verbrannten diese Exoskelette eine Menge Energie, so daß sie sich auf Schlachtfeldern nie als wirklich praktisch erwiesen hatten. Owen mußte jedoch einräumen, daß die Apparatur eine ganz brauchbare kurzfristige Antwort auf Leute wie ihn und Hazel darstellte.

»Los, greift mich an, ihr Monster«, forderte Pieter Romanow hoheitsvoll. »Ich bin Euch jetzt gewachsen. Ich kann mich schneller bewegen, als es die Muskeln eines Menschen vermögen, und meine Kraft entspricht der von zehn Männern, denn meine Tech ist rein. Ich reiße Euch die Arme aus den Gelenken, die Köpfe von den Schultern, und meine Hunde werden Eure Eingeweide schmausen.«

Owen kämpfte noch immer mit einer passend eleganten Antwort, die ohne vulgäre Kraftausdrücke auskam, als Hazel vortrat.

»Ich bin an der Reihe«, erklärte sie mit Bestimmtheit. »Du kannst nicht den ganzen Spaß für dich haben, Todtsteltzer.«

»Seid mein Gast«, verkündete Owen großzügig.

Hazel marschierte auf den abwartenden Romanow zu und blieb ein vorsichtiges Stück außerhalb seiner Armreichweite stehen. Andere Hazels tauchten sporadisch rings um sie herum auf und verschwanden wieder, aber sie schob sie entschlossen zur Seite. Sie hegte eine wirklich amüsante Vorstellung von dem, was sie tun würde, und war nicht bereit, den Spaß mit irgend jemandem sonst zu teilen, auch nicht mit anderen Versionen ihrer selbst. Sie steckte die Projektilwaffen in die Halfter und bedachte den Romanow mit einem häßlichen Lächeln. Er bewegte sich unbehaglich. Welche Reaktion er auch immer erwartet hatte, eine Gegnerin mit bloßen Händen und eklatantem Selbstvertrauen war es sicherlich nicht.

Hazel streckte ohne Eile die Hand nach den zurückgelassenen Mahlzeiten auf dem Tisch aus und griff sich ein reifes Stück Obst. Sie zerdrückte es, so daß ihr dicker Brei und Saft durch die Finger tropften, und warf die klebrige Masse nach dem Romanow. Ihr Arm schnellte mit übermenschlicher Kraft und Schnelligkeit vor, und das klebrige Geschoß überwand die Abwehr des Romanows, ehe er auch nur die Arme mit den Energieschilden heben konnte. Die zermatschte Frucht landete präzise im Ziel, direkt im Zentrum der freiliegenden Servomotoren am linken Arm des Romanows, und erzeugte dort ein wundervolles elektrisches Chaos. Funken flogen, und etliche Motoren schlossen sich kurz.

Der Romanow schrie empört auf und griff an, bewegte sich dabei für jemanden von seiner Größe und seinem Gewicht entsetzlich schnell. Hazel sprang auf den Tisch und wich dort dem Zugriff des Romanows blitzschnell aus. Sie schnappte sich weitere liegengebliebene Lebensmittel, zerdrückte sie zu triefendem Brei und warf sie mit verheerender Zielgenauigkeit. Der Romanow wirbelte seine Energieschilde verzweifelt hin und her, war aber kein Gegner für Hazels Schnelligkeit und Reflexe. Immer mehr Servomotoren versagten ihm den Dienst, erlitten Kurzschlüsse und wurden hoffnungslos verklebt. Hazel lachte spöttisch.

Der Romanow brüllte vor Zorn, packte den schweren Tisch mit beiden Händen und kippte ihn rasch um. Hazel sprang hinunter, absolvierte im Flug einen Purzelbaum und landete auf den Schultern des Romanows. Sie schlang ihm die Beine um den Hals und drückte zu. Sein Gesicht lief hellrot an, und er bekam keine Luft mehr. Er wollte die Hände heben und Hazel herunterzerren, aber sie packte seinen exponierten Kopf fest mit beiden Händen.

»Wir wollen uns doch richtig verstehen«, sagte sie ruhig. »Du ärgerst mich, und ich werde dir den Kopf von den Schultern reißen. Und deine Servomotoren sind dermaßen verkleistert, daß du überhaupt keine Chance mehr hast, mich zu packen, ehe ich damit fertig bin. Klar?«

Der Romanow dachte darüber nach. Durch das Summen der Energieschilde hörte er deutlich, wie weitere Servomotoren Kurzschlüsse erlitten. Und er mußte jetzt wirklich bald wieder Luft bekommen. Er schaltete die Energieschilde ab und lächelte Owen hoffnungsvoll an.

»Ich würde jetzt wirklich gern kapitulieren. Bitte.«

Hazel lächelte triumphierend und lockerte den Griff ein wenig. Sie sah Owen an. »Liegt bei dir, Todtsteltzer. Wenn du ihn tot sehen möchtest, gehört er dir.«

»Ach verdammt«, sagte Owen müde. »Bringen wir ihn vor Gericht. Er ist zu jämmerlich, um ihn umzubringen. Ich möchte nur Valentin.«

»In welchem Fall ich mich wirklich auch ergeben möchte«, warf der Kartakis ein. Er löste vorsichtig den Schwertgürtel und ließ ihn zu Boden fallen. Dann zog er mit Daumen und Zeigefinger den Disruptor aus dem versteckten Halfter und ließ ihn auch fallen. Hazel nickte kurz.

»In Ordnung, komm herüber zu Lord Festgeklemmt, und mach keinen Mucks, ohne daß ich es will.«

»Ich würde es nicht wagen«, sagte der Kartakis.

Hazel gab den Hals des Romanows aus der Beinklammer frei und stieg ihm von den Schultern. Owen wartete, bis Hazel sich entfernt hatte, und fixierte dann die beiden Aristokraten mit einem kalten Blick, der sie verunsicherte. »Wo finde ich Valentin Wolf?«

»Er ist kurz vor Eurem Eintreffen gegangen«, antwortete der Kartakis. »Sagte, er wollte eine Überraschung für Euch vorbereiten. Hat nicht gesagt, was für eine, und wir haben nicht gefragt. Das tut man nicht bei Valentin Wolf.«

»Ich habe ihn entdeckt«, murmelte Oz Owen ins Ohr. »Ich stehe nach wie vor mit den Sicherheitssystemen der Burg in Verbindung. Valentin hält sich gerade in der Sicherheitszentrale auf und fährt eine Gruppe sehr seltsamer Programme auf den Lektronen. Frag mich aber nicht, was für welche. Ich kann nicht behaupten, daß mir je so etwas untergekommen wäre.«

»Es ist egal, was er dort hat«, meinte Owen. »Ich bringe ihn sowieso um. Hazel, bleibt hier und bewacht die beiden. Oz hat Valentin entdeckt.«

»Jetzt mal langsam!« warf Hazel ein. »Ich möchte nicht, daß du allein hier herumläufst. Wir sind Partner, weißt du noch?«

»Ich weiß«, antwortete Owen. »Aber ich muß das allein tun.«

Hazel nickte widerstrebend. »Achte darauf, daß es nicht zu lange dauert, oder ich komme dich suchen.«

»Verstanden. Behaltet die beiden hier gut im Auge. Ihr könnt ihnen nicht trauen.«

»Natürlich nicht«, sagte Hazel. »Es sind Lords.«

Sie lächelten sich an, und Owen drehte sich um und ging. Hazel schlenderte zu dem umgestürzten Tisch hinüber und lehnte sich daran. Der Kartakis bewegte sich ein klein wenig näher an die Waffen heran, die er fallengelassen hatte, erstarrte aber, als Hazel ihn mit funkelndem Blick fixierte. »Seid so frei, etwas zu probieren, meine Lords«, sagte sie. »Und ich bin so frei, mir etwas noch Amüsanteres auszudenken.«

Die beiden Lords sahen sich an und blieben dann ganz reglos.

Owen suchte sich rasch den Weg durch leere Steinflure und näherte sich dabei unerbittlich dem, was früher einmal seine Sicherheitszentrale gewesen war. Er war entschlossen, jeden gnadenlos niederzumachen, der ihn aufzuhalten oder zu behindern versuchte, aber er begegnete überhaupt niemandem. Was merkwürdig war. Wo steckten die Wachen? Owen ging ein klein wenig langsamer, während er darüber nachdachte. Bislang hatten Hazel und er in der Burg lediglich ein paar Wachtposten, zwei Aristokraten und einen einzelnen Labortechniker angetroffen. Wo steckten alle nur? Und welche unerfreuliche Überraschung plante Valentin für ihn? Owen schnitt ein finsteres Gesicht und schritt wieder schneller aus. Er mochte keine Rätsel. Er wollte einfach nur Valentin tot und blutig zu seinen Füßen liegen sehen, brauchte das regelrecht. Owen hatte vielleicht sein Volk nicht retten können, war aber immer noch in der Lage, es zu rächen.

Er zwang sich zu einer schnelleren Gangart, und bald rannte er regelrecht durch die vertrauten Steinflure, daß seine Stiefel laut auf den dicken Teppichen hämmerten. In ihm war für nichts anderes mehr Raum als Schuld und Schmerz und das Verlangen nach blutiger Vergeltung, die beides zum Schweigen brachte.

Endlich erreichte er die einzelne Stahltür, die zu seiner früheren Sicherheitszentrale führte. Er zügelte seine Wut und sein Verlangen und überwand sich dazu, die Tür sorgfältig zu untersuchen. Sie bestand aus etliche Zentimeter dickem, massivem Stahl ohne erkennbaren Schloßmechanismus. Zweifellos waren ein Dutzend Fallen daran montiert, von getarnten Disruptoren bis zu scharfen Sprengsätzen. Owen scherte sich nicht darum.

Er konzentrierte sich, tastete über den bewußten Verstand hinaus nach innen ins Stammhirn, das Unterbewußtsein, und dort erwachte etwas und spannte sich zum Sprung, platzte dann ohne Hemmung heraus. Der Gedankenimpuls riß die Stahltür so heftig aus dem stählernen Rahmen, daß sie in den dahinterliegenden Raum flog. Die versteckten Disruptoren und Sprengsätze wollten sich scharfmachen, aber Owen schaltete sie mit einem einzigen Gedanken ab. Seine Kraft war jetzt voll erwacht und brannte hell in ihm. Er betrat den Raum durch den leeren Türrahmen, nur um vom Laut leisen, ironischen Beifalls gestoppt zu werden. Auf der Seite gegenüber, fast im Schatten verborgen, saß Valentin Wolf lässig auf einem Drehstuhl und klatschte in die langen weißen Hände. Er war ganz in Schwarz gekleidet, und das leichenfahle Gesicht schien ohne Stütze in der Düsternis zu schweben.

»Wunderbarer Auftritt, Owen! Ihr habt wirklich einen Sinn fürs Dramatische entwickelt. Was für eine Steigerung! Ihr wart immer so anständig und spießig, ehe man Euch zum Gesetzlosen erklärte. Wirklich, es hat Euch zu dem gemacht, was Ihr heute seid.«

Owen trat ein paar Schritte vor und sah sich dabei vorsichtig um. Eine Menge Lektronen und Monitore und Terminals, aber kein Bedienungspersonal und keine Wachen. Nur Valentin, scheinbar ungerührt. Nichts und niemand, das oder der noch zwischen dem Todtsteltzer und seiner Rache gestanden hätte.

»Steht auf, Wolf«, sagte er leise, die Stimme so kalt und sicher wie der Tod. »Es ist vorbei. Hier endet es.«

»Oh, seid doch nicht so vorhersagbar, Owen«, versetzte der Wolf, verschränkte gelassen die Arme und lehnte sich zurück. »Müssen wir wirklich das tun, was alle von uns erwarten? Die traditionellen Rollen des gutherzigen Helden und des niederträchtigen Schurken zu Ende spielen? Wir haben ein größeres Potential. Wir haben so viel gemeinsam, Ihr und ich. Wir sollten fast Brüder im Geiste sein.«

»Ich bin Euch in keiner Weise ähnlich, Wolf«, erwiderte Owen rundweg.

»Wirklich nicht? Was habe ich denn anderes getan als Ihr in Eurer Zeit als Rebell? Ich zweifle nicht daran, daß Ihr viel mehr Menschen umgebracht habt als ich, ungeachtet all meiner Bemühungen.«

»Ihr seid verantwortlich für den Tod dieses Planeten. Für die Auslöschung seiner Bevölkerung.«

»Nun, andere haben mir geholfen, aber wie viele sind auf Euer Betreiben auf *Nebelwelt* und *Golgatha* ums Leben gekommen? Wie viele gute Soldaten, die nur Befehlen folgten und ihre Pflicht taten? Die nichts von Politik verstanden und nur dem Gesetz Geltung verschafften? Uns beiden kleben Blut und Tod und Grauen an den Händen. Aber macht Euch keine Sorgen deswegen. Wir stehen über solchen Dingen. Wir sind inzwischen mehr als nur Menschen, und menschliche Grenzen gelten für uns nicht mehr.«

»Es geht nicht darum, was wir getan haben«, entgegnete Owen, »sondern darum, warum wir es getan haben. Ich habe getötet, wenn es nötig wurde, habe darum gekämpft, das Morden zu stoppen. Ihr habt es zum Vergnügen getan.«

»Möchtet Ihr damit sagen, daß Ihr es nicht genießen würdet, mich zu töten?«

»Nein, das möchte ich überhaupt nicht sagen.«

»Seht Ihr? Gewöhnliche Einschränkungen existieren für uns nicht. Wir können wunderbare, schreckliche Dinge tun, begrenzt nur durch unsere Vorstellungskraft und die Beengtheit unserer Vision. Wir werden diese Dinge tun; wir müssen sie tun, weil wir dazu fähig sind. Bleibt nicht in der Vergangenheit stecken, Owen. In dem Mann, der Ihr einmal wart, bevor man Euch den erweckenden Schlag versetzte. Ihr seid nach wie vor um kleinliche Vorstellungen besorgt, um Pflicht und Ehre und Gesetz. Das Gesetz ist für die kleinen Leute da; die Ehre für Menschen, die sich fürchten, mehr zu sein, als sie sind; und unsere einzige Pflicht gilt inzwischen uns selbst: Die Möglichkeiten zu erforschen, die uns offenstehen, alles zu werden, was wir sein können. Alles, was dahinter zurückbliebe, wäre Verrat an dem, was wir aus uns selbst gemacht haben.«

»Ich habe so viel verloren, mußte so vieles aufgeben«, sagte Owen. »Ich werde nicht auch noch meine Menschlichkeit opfern.«

Valentin zuckte gelassen die Achseln. »Vertraut mir, Owen. Ihr wärt überrascht, wie wenig sie Euch fehlen würde. Aber ich erkenne, daß es gegenwärtig keinen Sinn hat, weiter mit Euch zu reden. Ihr seid nicht bereit, die Wahrheit zu hören. Wenn Ihr einmal so weit fortgeschritten seid wie ich, werdet Ihr es deutlicher sehen. Immerhin, ich mußte es versuchen. Ich erblicke so viel von mir selbst in Euch. Jetzt muß ich aber wirklich gehen.«

»Das denke ich nicht«, sagte Owen. »Falls ich mich richtig erinnere – was ich sicherlich tue –, dann gibt es nur einen Weg, der in diese Zentrale und aus ihr herausführt. Ich blockiere ihn. Ihr müßt zuerst an mir vorbei. Und so gut wart Ihr noch nie.«

»Wahrscheinlich nicht. Aber das brauche ich auch gar nicht. Ich habe mich immer darauf verlassen, daß andere die harten, niederen Arbeiten für mich verrichten. Schließlich bin ich ein Lord. Ich habe hier jemanden, der Euch gern kennenlernen würde, Todtsteltzer. Wirklich, sie freut sich schon die ganze Zeit darauf. Ihr habt sie im Stich gelassen, und ich fürchte, daß sie so etwas wie Groll gegen Euch hegt. Ihr konntet noch nie besonders gut mit Frauen umgehen, Owen.« Der Wolf blickte durch eine offene Tür in einen angrenzenden Raum. »Kommt herein und stellt Euch vor, meine Liebe.«

Aus dem angrenzenden Raum waren langsame, stolpernde Schritte zu hören. Owen rümpfte die Nase, als er den Geruch wahrnahm, einen dunklen und organischen Geruch, der völlig fehl am Platz wirkte in der makellosen, hochtechnisierten Sicherheitszentrale. Es roch nach Konservierungsmitteln, die einen kränklich süßlichen Verwesungsgestank nicht ganz verdeckten. Ein kalter Schauer lief Owen über den Rücken, eine düstere Vorahnung. Und dann betrat die tote Frau den Raum und blieb zitternd neben Valentin Wolf stehen. Sie war völlig nackt und hielt ein Schwert in der Hand. Sie hatte einige Zeit unter der Erde gelegen. Die primitiven Bestatter von *Virimonde* hatten ihr Bestes getan, aber die blaßpurpurfarbene und graue Haut war überall am Körper aufgesprungen und gab den Blick auf implantierte Lektronen und Servomechanismen frei. Das große Y einer Autopsienarbe lief von den eingesunkenen Brüsten bis zur Leiste hinunter, und die Nähte waren gespannt oder zerrissen. Eine einzelne Wunde, die zum Tode geführt hatte, zeichnete sich nach wie vor deutlich auf der Brust ab. Das Gesicht war gespannt und verzogen, an manchen Stellen bis auf die Knochen eingesunken. Die toten Lippen hatten sich aus der Umklammerung der Nähte losgerissen und waren vor den perfekten Zähnen zu einem konstanten Lächeln zurückgezogen, das keinerlei Humor ausdrückte. Die Augen waren tief eingesunken und gelb wie Urin. Das stumpfe blonde Haar war im Grab länger geworden. Trotzdem erkannte Owen sie wieder, und Entsetzen schloß sich wie eine Faust um sein Herz.

»Katie ...«

»Kurz und präzise, Todtsteltzer«, sagte Valentin Wolf. »Eure ehemalige Geliebte, Katie DeVries, aus der Zeit, als Ihr noch jung und sorgenfrei wart. Tatsächlich war sie eine imperiale Spionin, die Euch im Auge behalten sollte, und Ihr mußtet sie in Notwehr töten. Eure erste Liebe, die in Euren Armen starb. Eine wahrhaft rührende Szene, da bin ich sicher. Und hier ist sie wieder, mein kleines Geschenk an Euch.

Seht Ihr, ich habe meine Hausaufgaben gemacht, was Euch angeht, Owen. Ich weiß, was Euch bewegt und was Euch zurückhält. Ich ließ die gute Katie ausgraben, als ich zum ersten Mal hier war, und wies meine Leute an, Geistkrieger-Technik in sie einzubauen. Nur für den Fall, daß Ihr mich hier aufspürt und mir erneut Schwierigkeiten bereitet. Jetzt, denke ich, überlasse ich Euch zwei Turteltauben Eurer Zweisamkeit. Ich bin sicher, daß Ihr viel zu bereden habt. Und, Owen ... Nur für den Fall, daß Ihr Euch überwinden könnt, sie erneut umzubringen, ehe sie Euch umbringt, habe ich eine weitere kleine Überraschung für Euch arrangiert. Nein, macht Euch nicht die Mühe, mir zu danken. Wozu hat man Brüder?«

Er gab der toten Frau einen Wink, und sie taumelte vorwärts, das Schwert in Bereitschaft. Owen wich zurück, und die Leiche seiner ehemaligen Mätresse folgte ihm. Er wollte sie ansprechen, aber sein Mund erwies sich als zu trocken. Das war nicht Katie. Katie war tot, und die Lektronen, die zur Zeit ihren Leichnam bewohnten, sorgten sich nur um die ihnen einprogrammierten Befehle. Owen wußte das, konnte aber trotzdem nicht gegen sie kämpfen. Nicht gegen sie. Katie zu töten, das war das schwerste, was er je hatte tun müssen, und er glaubte nicht, daß er es erneut fertigbrachte. Und so duldete er, daß sie ihn von der offenen Tür wegdrängte, und Valentin Wolf schlüpfte mühelos an ihnen vorbei und lachte glücklich in sich hinein. Er lachte immer noch, als er durch den Korridor davonhuschte und Owen und die Überreste seiner alten Mätresse zurückließ, damit sie ihre Differenzen untereinander ausmachten.

Und in den Lektronen der Sicherheitszentrale tickte ein Programm langsam auf Null hinunter – Valentins letztes Geschenk an den Todtsteltzer.

Derweil langweilte sich Hazel D'Ark in der Haupthalle. Sie saß auf einem Stuhl mit dem Rücken zur Wand, damit sich niemand an sie anschleichen konnte, und behielt den Romanow und den Kartakis im Auge, die still zusammensaßen. Hazel hätte mit Owen über dessen Komm-Implantat Verbindung aufnehmen und nachfragen können, wie es lief, aber sie wußte, wie bissig er reagierte, wenn man ihn störte, während er gerade mit irgend etwas beschäftigt war. Hazel schlug ein Bein übers andere, nur um etwas zu tun zu haben, und wünschte sich, Owen würde endlich damit fertig werden, den Wolf umzubringen. Immer bestand das Risiko, daß er im letzten Augenblick weich wurde und darauf bestand, ihn lebend zurückzubringen und vor Gericht zu stellen, aber sie glaubte es diesmal im Grunde nicht. Hazel schlug das andere Bein über das erste und seufzte schwer. Langweilig, langweilig, langweilig.

Sie funkelte die beiden stillen Aristokraten an und entdeckte erst jetzt, daß der Romanow verschwunden war. Sein Exoskelett saß nach wie vor an gleicher Stelle, aber er steckte nicht mehr darin. Hazel war sofort auf den Beinen, Schußwaffe und Schwert in den Händen, und blickte forschend durch die große Halle. Wie zum Teufel konnte sie nur übersehen haben, wie sich der Romanow davonmachte? Unmöglich, daß er aus so vielen Panzerungsteilen heraussteigen konnte, ohne daß sie es merkte, egal wie sehr sie sich mit ihrer Langeweile beschäftigt hatte. Es sei denn, die Panzerung verfügte über eine eingebaute Tarntechnik – in welchem Fall sich der Romanow hätte befreien können, während er sich hinter einer projizierten holographischen Illusion versteckte. Und falls der Romanow diese Illusion jetzt aufgehoben hatte, dann nur, weil er zur Zeit irgendwo durch die Halle schlich, erneut hinter irgendeiner holographischen Projektion versteckt, die ihn für alle praktischen Zwecke unsichtbar machte. Wundervoll!

Hazel streckte das Schwert nach vorn aus und wirbelte einmal im Kreis herum. Sie lauschte angestrengt nach dem leisesten Geräusch, aber die Umgebung erschien ihr völlig lautlos. Der Romanow konnte überall in dieser verdammten Halle stecken ... Sie warf dem Kartakis rasch einen finsteren Blick zu, um ihn zu mahnen, daß er ruhig sitzen blieb, und freute sich zu sehen, wie er sofort wieder auf seinen Platz zurücksank. Und dann packte sie von hinten ein Arm um den Hals, verstärkte den Griff, drückte ihr die Luft ab. Sie kämpfte wütend gegen den Würgegriff an, schaffte es aber nicht, den Romanow abzuschütteln. Kraft allein reichte nicht, um so einen Griff aufzubrechen, einen der wenigen Griffe, der tatsächlich eine Chance gegen jemanden bot, der so stark war wie Hazel D'Ark. Sie hatte also nach wie vor menschliche Schwachpunkte. Sie stolperte vorwärts und rückwärts, zerrte den Romanow dabei mit, rang verzweifelt nach Luft, war wütend auf sich selbst, weil sie zugelassen hatte, daß sie in der Konzentration nachließ. Sie mußte den Romanow besiegen, ehe Owen zurückkehrte, oder sie würde nie wieder ein Ende seiner Vorhaltungen erleben.

Sie beugte sich blitzschnell in der Taille vor, und der Romanow flog über ihren Kopf, so daß sein eigenes Gewicht und sein eigener Impuls den Würgegriff lösten. Sie hörte, wie er heftig auf dem Boden aufschlug, und warf sich sofort herum und pustete das Exoskelett mit ihrem Disruptor weg. Die Panzerung explodierte mit einem zufriedenstellend lauten Knall und ging in Flammen auf. Dadurch wurde die Holoillusion des Romanows abgeschaltet, und da sah sie ihn vor sich, wie er gerade aufstand, ein kurzes, aber häßliches Messer in der Hand. Sie hätte ihn wirklich durchsuchen sollen.

Hazel saugte tief Luft in die überlasteten Lungen und hielt das Schwert ruhig vor sich ausgestreckt. Der Romanow war ein großer Kerl, aber sie hatte schon größeren gegenübergestanden, und jetzt war sie wieder im Vorteil. Der Romanow schien das zu spüren und öffnete die Hand, damit das Messer zu Boden fiel. Hazel entspannte sich ein wenig. Sie hätte wissen müssen, daß der Aristo nicht den Mumm für irgend etwas hatte, das von fern an einen fairen Kampf erinnerte.

Sie gab ihm mit einem Wink des Schwerts zu verstehen, daß er sich wieder setzen sollte, und wußte sofort, daß sie einen Fehler gemacht hatte – denn ein Mann, der eine versteckte Waffe bei sich getragen hatte, konnte gut noch eine weitere haben. In dem Augenblick, als sich Hazels Schwert von ihm fortbewegte, beugte der Romanow den Arm, und ein Messer fiel ihm aus einer getarnten Scheide in die Hand. Sofort zuckte es auf Hazels ungeschützten

Unterleib zu, während ihr Schwert gerade meilenweit aus dem Gefecht war. Es war ein plötzlicher, simpler, überraschend schneller Angriff, und jedem anderen Gegner hätte er sicherlich das Leben gekostet. Hazel war aber kein beliebiger Gegner, schon lange nicht mehr. Mit übermenschlicher Kraft und Schnelligkeit riß sie das Schwert zurück in die Bahn des Messers, parierte es und schlug es zur Seite. Der Romanow, vom Schwung des eigenen Angriffs mitgerissen, spießte sich selbst auf dem bereitgehaltenen Schwert auf.

Mit verzerrtem Gesicht sank der Romanow zu Boden, ließ das Messer fallen und packte die Schwertklinge, die ihn durchbohrte, mit beiden Händen, als könnte er den tödlichen Stahl irgendwie aus sich herausziehen. Und in diesem Augenblick, als er sich mit der verzweifelten Kraft des Sterbenden an Hazels Schwert klammerte, bemerkte Hazel, daß sie den Kartakis aus den Augen verloren hatte. Sie sah sich wütend um, versuchte das Schwert loszureißen, schaffte es aber nicht. Und da erblickte sie den Kartakis auf den Beinen, ebenfalls ein bislang verstecktes Messer in der Hand. Sie traf Anstalten, mit der Schußwaffe auf ihn zu zielen, aber die Hand des Kartakis zuckte vor und schleuderte das Messer mit tödlicher Genauigkeit. Hazel wußte, daß sie nicht mehr ausweichen konnte. Sie versuchte es trotzdem, und die Zeit kam fast zum Stillstand. Das Messer kroch zentimeterweise durch die Luft und nahm direkt Kurs auf ihr linkes Auge. Und Hazel wußte, daß sie sterben würde, allein und weit von ihren Freunden und jeder Hilfe entfernt.

O Owen, ich wünschte ...

Und da war er, tauchte aus der Luft heraus auf und schlug das Messer mit der Hand weg. Es flog zum Werfer zurück und versenkte sich bis zum Griff im

Hals des Kartakis, als gehörte es dorthin. Der Aristokrat beugte sich langsam vor, als verneigte er sich vor Owen und Hazel, und fiel tot zu Boden. Der Romanow tat ebenfalls seinen letzten Atemzug, löste die Hände von Hazels Schwert und kippte nach hinten. Hazel riß das Schwert heraus und drehte sich um, nur ein klein wenig außer Atem, um Owen für die Rettung im letzten Augenblick zu danken. Und erst in diesem Augenblick fiel ihr auf, wie anders er aussah.

Er trug andere Kleidung, zerrissen und blutig, darüber einen großen pelzbesetzten Umhang. Das Gesicht wirkte müde und ausgezehrt, und er atmete schwer und tief, als hätte er einen langen Lauf hinter sich. Er sah aus, als wäre er durch die Hölle marschiert und hätte sich jeden Schritt freigekämpft, aber in seinem stetigen Blick entdeckte Hazel sowohl Entschlossenheit als auch eine verzweifelte, tief im Mark sitzende Traurigkeit. Er zeigte ihr ein seltsames, sanftes Lächeln, und streckte eine Hand aus, als wollte er ihre ergreifen. Hazel steckte die Pistole ins Halfter und wollte die Geste erwidern, und in diesem Augenblick bemerkte sie, daß Owen ihr eine Linke aus Fleisch und Blut entgegenhielt, nicht die goldene Hadenmännerhand, die sie schon vor langer Zeit ersetzt hatte. Hazel zögerte, stoppte ihre Hand unmittelbar vor seiner, und Owen lächelte traurig, als hätte er gewußt, daß sie seine Hand ausschlagen würde, sich aber trotzdem mehr erhofft. Er öffnete den Mund, um etwas zu sagen, und Hazel beugte sich verzweifelt vor, wußte irgendwie, daß es lebenswichtig war, ihn zu verstehen – aber da war er schon wieder dorthin verschwunden, wo immer er hergekommen war, zu irgendeiner verzweifelten Flucht, die er unterbrochen hatte, um sie zu retten, als niemand sonst es konnte.

Hazel sah sich um, aber die Halle war leer, abgesehen von den beiden toten Aristokraten und dem leise vor sich hinbrennenden Exoskelett. War das wirklich Owen gewesen, aus dem Nichts erschienen, um sie zu retten, als sie es am nötigsten hatte? Aber er hatte zwei Menschenhände gehabt. War es ein Owen von einer anderen Zeitschiene gewesen, wie die anderen Hazels, die sie zuzeiten heraufbeschwor? Und falls das so war, warum hatte er so traurig ausgesehen? Sie griff auf ihr Komm-Implantat zu.

»Owen, melde dich! Alles in Ordnung mit dir? Owen? Owen!«

Die Geistkriegerin, die aus Katies Überresten bestand, wankte auf ihn zu, das Schwert einsatzbereit, und er glaubte nicht, schon jemals so wütend gewesen zu sein. Besorgt war er nicht. Für jemanden, der einmal von Mann zu Mann gegen einen Grendel angetreten war, bedeutete eine einsame Geistkriegerin mit nur einem Schwert keine große Gefahr. Sie schlug mit dem Schwert nach ihm, und er parierte mühelos. Aber das Grab der ersten Frau zu entweihen, für die er je etwas empfunden hatte, nur eines kranken Witzes halber ... einer anderen Möglichkeit halber, ihm weh zu tun ... Owen packte den Schwertgriff so fest, daß ihn die Hand schmerzte. Er wollte Katie nicht noch einmal umbringen. Es war schon beim ersten Mal hart genug gewesen. Andererseits konnte er auch nicht zulassen, daß diese Verspottung einer alten Liebe weiterging. Er mußte die Sache beenden, und sei es nur, um endlich Valentin nachzusetzen und ihn mit bloßen Händen zu zerreißen. Und da öffnete sich der tote Mund, und eine Annäherung an Katies Stimme ertönte. Es war nicht die Leiche, die sprach. Die Stimmbänder mußten inzwischen verwest sein. Es war nur eine Aufzeichnung.

»Tu mir nichts, Owen«, sagte die tote Frau, und die

aufgesprungenen schwarzen Lippen versuchten, sich im Takt der Worte zu bewegen. »Bitte. Ich möchte nicht noch mal sterben. Ich weiß, daß ich nicht mehr so bin wie einst, aber ich bin immer noch dieselbe. Katie. Deine Geliebte. Valentin hat mich von den Toten zurückgerufen und mich in diesem verfaulenden Körper gefangengesetzt. Er kann heute derartige Dinge vollbringen. Er hat neue Freunde. Mächtige Bundesgenossen. Du wärst erstaunt, was er heute alles tun kann. Bitte, Owen!«

»Halt den Mund.«

»Also in Ordnung, dann bringe ich dich um, so daß wir im Tod verbunden sind und für immer Seite an Seite in der warmen Erde ruhen. Tu es für mich, Owen.«

»Du klingst kein bißchen nach ihr«, sagte Owen und wich nicht weiter zurück. »Du klingst überhaupt nicht nach meiner Katie.«

»Der Tod verändert einen.«

»Nicht so stark. Katie hat nie um etwas gebettelt. Fahrt zur Hölle, Valentin!«

Und er schlug mit den Gedanken zu. Kraft baute sich in ihm auf, gespeist aus Wut und Empörung, wurde durch diese Empfindungen konzentriert, und die wandelnde Leiche vor ihm zerplatzte in winzige Fetzen verwesten Fleisches und zerschmetterter Technik. Owen sah zu, wie das alles zu Boden fiel, und empfand nichts. Es war nicht Katie gewesen.

»Owen?« hörte er Hazels Stimme aus seinem Komm-Implantat. »Melde dich! Alles in Ordnung mit dir? Owen? Owen!«

»Mir geht es gut«, sagte er endlich. »Valentin ist jedoch entkommen. Wir müssen die Burg nach ihm durchsuchen. Schließt die beiden Lords ein und kommt zu mir in die Sicherheitszentrale.«

»Die Lords sind tot«, sagte Hazel und klang eine Spur schuldbewußt. »Sie haben versucht zu fliehen.«

Owen setzte zu einer schneidenden Bemerkung an, verkniff sie sich aber. Hazels Stimme hatte einen Unterton aufgewiesen ... »Alles in Ordnung mit Euch, Hazel?«

»Natürlich«, antwortete sie. »Mir geht es gut. Ich bin gleich bei dir.«

Sie trennte die Verbindung. Owen blickte auf die Überreste eines Menschen hinunter, die überall auf dem Boden verstreut lagen, und redete sich ein, daß er überhaupt nichts empfand.

Gemeinsam durchsuchten Owen und Hazel die Burg, Stockwerk für Stockwerk, Zimmer für Zimmer. Es dauerte einige Zeit. Das Sicherheitssystem hätte Valentin eigentlich finden müssen, aber er hatte es so programmiert, daß es ihn ignorierte. Der Wolf plante seine Züge immer ein gutes Stück im voraus. Und so durchstreiften Owen und Hazel die alte Festung und fanden weder ihn noch eine Spur von seinen Leuten. Valentin Wolf hatte das Gebäude verlassen.

Schließlich gelangten sie in Owens altes Schlafzimmer. Der Geheimgang stand immer noch offen, aber Hazel redete es Owen aus, wieder hinunter in die Fliegerhöhlen zu gehen. Ihr war schon seit einiger Zeit klar, daß der Wolf aus der Burg und wahrscheinlich sogar von *Virimonde* geflüchtet war, aber sie ließ Owen weitersuchen, weil sie erkannte, daß er es brauchte. Jetzt sahen sie sich im Schlafzimmer um und fragten sich, was als nächstes zu tun war. Hazel setzte sich auf die Bettkante, schlenkerte mit den Beinen und lächelte, als sie langsam in die dicke Matratze hineinsank.

»Du hast hier ja wirklich eine tolle Bleibe gehabt, Todtsteltzer. Hat das tatsächlich alles dir gehört?«

»Als ich noch ein Lord war, hat mir der ganze Planet gehört und ebenso alles, was man darauf fand«, antwortete Owen. »Jetzt sind der Planet und alle darauf tot. Mir sind nur eine Burg geblieben, aus der ich mir nie wirklich etwas gemacht habe, und ein paar Erinnerungen.«

Hazel lächelte süffisant. »Ich wette, du hast wenigstens an dieses Zimmer ein paar gute Erinnerungen.«

»Einige«, bestätigte Owen. »Ich hatte eine Mätresse namens Katie, als ich Lord war. Wir waren hier glücklich.«

Hazel setzte sich kerzengerade auf. Owen hatte bislang nie von früheren Frauen in seinem Leben gesprochen. Sie war immer davon ausgegangen, daß es irgendwo jemanden gegeben haben mußte, aber eine Mätresse war ihr neu. Sie achtete sorgfältig auf einen beiläufigen Tonfall. »Und was ist aus dieser Katie geworden?«

»Sie erwies sich als imperiale Spionin. Hat versucht, mich zu töten, als ich zum Gesetzlosen erklärt wurde. Ich mußte sie umbringen.«

»Du hast deine eigene Geliebte umgebracht?« fragte Hazel ungläubig. »Verdammt, das war kaltblütig, Todtsteltzer!«

Owen starrte auf das Holoportrait vor ihm, das den ursprünglichen Todtsteltzer zeigte, den Gründer seines Clans. »Ich habe auch ihn umgebracht, und er war mein meistverehrter Vorfahre. Wie mir scheint, trage ich für viel zu viele Todesfälle die Verantwortung. Darunter viel zu viele Menschen, die mir etwas bedeutet haben. Vielleicht solltet Ihr Euch einen neuen Partner suchen.«

Hazel stand vom Bett auf und trat an seine Seite. »Du hast nie jemanden umgebracht, wenn es nicht nötig war.«

Owen schüttelte den Kopf.

»Ich habe mein Erbe verraten, als ich Giles tötete.

Ich habe meinen Namen und die Ehre der Familie verraten.«

»Nein«, entgegnete Hazel entschieden. »Er hat selbst die Verantwortung dafür getragen, als er vergaß, wofür er eigentlich kämpfte. Er war seinerzeit der Oberste Krieger, der Beschützer der Menschheit. Als er entschied, lieber Herrscher zu sein als Beschützer, hat er uns alle verraten.«

»Er war wirklich eine Legende«, sagte Owen. »Ein echter Held. Er hat die meisten Dinge wirklich geleistet, von denen die Geschichten erzählen.«

»Richtig, darunter auch Erfindung und Gebrauch des *Dunkelwüsten-Projektors*. Eintausend Sonnen, innerhalb eines Augenblicks ausgelöscht. Niemand weiß, wie viele Milliarden Tote die Folge waren. Der größte Massenmörder der Geschichte.«

»Er hatte die besten Absichten. Er hatte sie immer. Er hat sich nur ... verirrt.«

»Ach, verdammt«, sagte Hazel und hakte sich bei ihm unter. »Wir alle verlieren uns hin und wieder. Du hast den Mann nur getötet, Owen. Die Legende lebt weiter.«

»Ich kann nicht heimkehren«, stellte Owen bitter fest.

»Das wäre ohnehin nicht möglich gewesen. Du hast dich zu stark verändert. Und überwiegend zum besseren.«

Owen zog eine Braue hoch. »Nur überwiegend?«

»Mann, Sir Aristo, würdest du mir beibringen, wie man eine Braue so wölbt?«

»Geht zum Teufel, Bauer.«

Sie standen eine Zeitlang zusammen, und jeder hing den eigenen Gedanken nach. »Owen«, sagte Hazel schließlich. »Hast du gerade erst kürzlich neue Fähigkeiten demonstriert?«

»Nicht, daß sie mir aufgefallen wären«, antwortete Owen. »Warum fragt Ihr?«

»Na ja, ich habe mich nur gefragt, ob du gelernt hättest, andere Versionen deiner selbst herbeizurufen, wie ich.«

»Verdammt, nein. Etwas Derartiges wäre mir eindeutig aufgefallen. Das ist vielleicht eine unheimliche Fähigkeit, wenn Ihr mich fragt.«

»Vertrau mir, ich weiß genau, wie du dich fühlst. Irgendwann mal werde ich sehen, ob ich nicht eine dieser Versionen bewegen kann, lange genug zu bleiben, damit ich ihr ein paar gezielte Fragen stellen kann.«

»Tut das«, sagte Owen. »Ich würde die Antworten sehr gern hören. Denke ich.« Und dann brach er ab und runzelte die Stirn.

»Was jetzt?« fragte Hazel.

»Valentin«, sagte Owen. »Er sagte, er hätte eine Überraschung für mich zurückgelassen.«

»O verdammt!« meinte Hazel. »Du meinst, wir müssen die ganze verfluchte Burg *noch einmal* durchsuchen?«

»Ich denke, wir tun es lieber. Valentins kleine Überraschungen fallen immer unerfreulich aus und zeigen eine Tendenz zum Dramatischen.«

»Owen«, machte sich Oz plötzlich bemerkbar. »Ich muß mit dir reden. Sofort.«

»Nicht jetzt, Oz. Wir sind beschäftigt.«

»Nun, du bist es gleich nicht mehr, wenn du mir nicht zuhörst. Ich habe etwas in deinen Sicherheitslektronen entdeckt. Es sieht nach einem Countdown aus.«

»Ein Countdown?« fragte Owen. »Zu was?«

»Da liegt das Problem. Ich finde es einfach nicht heraus. Was das auch für ein Programm ist, Valentin hat es hinter einer ganzen Reihe von Paßwörtern versteckt, die zu knacken mir fürchterlich schwerfällt. Ich taste im Moment die ganze Burg ab, um ... O Scheiße!«

»Du machst wieder dieses Wir-stecken-in-ernsten-Schwierigkeiten-Gesicht«, stellte Hazel fest. »Was ist los?«

»Oz sagt, er hätte einen Countdown entdeckt. Und dann sagte er *o Scheiße.*«

»Ah«, sagte Hazel. »Wir stecken in ernsten Schwierigkeiten.«

»Oz«, forderte Owen entschieden, »könntest du dich bitte genauer ausdrücken, was du mit *o Scheiße* meinst?«

»Da liegt eine Bombe«, antwortete Oz. »Tief unter der Burg angebracht. Und es ist eine wirklich schlimme. Stark genug, um die ganze Burg in eine Wolke aus freischwebenden Atomen zu verwandeln und einen glühenden Krater zu hinterlassen, groß genug, um einen kleinen Mond darin zu parken.«

»Das klingt ganz nach Valentin«, sagte Owen. »Rachsüchtig bis zum Schluß. Falls er nicht mit Sachen herumspielen kann, kann es niemand. Siehst du irgendeine Chance, sie zu entschärfen?«

»Oh, *Scheiße!«* sagte Oz.

»Du machst schon wieder ein anderes Gesicht«, bemerkte Hazel.

»Leider«, sagte Oz, »scheine ich durch die Entdeckung der Bombe und den Versuch, sie zu entschärfen, ein weiteres Programm gestartet zu haben . . .«

Und in diesem Augenblick geschah es, daß die Stahlläden vor den Fenstern zuknallten, der Geheimgang sich selbst schloß und die einzige Tür, die aus dem Raum führte, ins Schloß fiel und dieses sich mit einer Reihe ausgesprochen endgültig klingender Klicklaute zusperrte. Hazel sah sich mit wildem Blick um, Pistole und Schwert wieder in den Händen.

»Owen, sag doch was! Was zum Teufel passiert hier?«

»Valentin hat Zugriff genommen auf die Sicherheitsprogramme der letzten Ebene, die die Bewohner der Burg im Notfall schützen sollten, und sie mit jedem

Versuch verknüpft, die Bombe zu entschärfen. Und da Valentin zweifelsohne alle Paßwörter geändert hat, können wir relativ sicher sein, daß wir die Lektronen nicht werden bewegen können, diesen Raum wieder zu öffnen, ehe eine sehr große Bombe hochgeht und das ganze Problem bedeutungslos macht.«

»Bombe?« fragte Hazel. »Was für eine Bombe? Niemand hat etwas von einer Bombe gesagt.«

»Oz hat es getan«, sagte Owen. »Erinnerst du dich an den Countdown?«

»Zur Hölle mit den Paßwörtern«, entgegnete Hazel. »Ich bringe uns hier heraus.«

Sie zielte mit dem Disruptor auf das nächstgelegene der verschlossenen Fenster und schoß, ehe Owen sie aufhalten konnte. Also packte er sie und zog sie, ihrer Proteste nicht achtend, zu Boden – gerade rechtzeitig, ehe der sengende Energiestrahl von den unbeschädigten Fensterläden zurückprallte und genau dort durch die Luft zuckte, wo sie eben noch gestanden hatten. Owen und Hazel versuchten, sich in den Teppichboden hineinzugraben, während der Strahl über ihnen hin und her schoß, von einem Fensterladen zum nächsten, bis er sich schließlich erschöpft hatte. Owen sah Hazel an.

»Bitte tut das nicht noch einmal. Solche Läden sind überall angebracht, sogar in den Wänden, und sie wurden besonders verstärkt, um Energiewaffen standzuhalten, was ich Euch auch erklärt hätte, hättet Ihr nur eine verdammte Minute lang gewartet!«

»Schrei mich nicht an, Todtsteltzer! Das ist deine Burg. Bring uns hinaus. Tu etwas!«

Owen überlegte, ob er nicht in Panik geraten sollte, entschied aber, daß er dafür nicht genug Zeit hatte. »Oz, wie lange braucht der Countdown noch?«

»Zwei Minuten, sieben Sekunden und weiterlaufend.«

»O *Scheiße!*«

»Das sagte ich bereits. Es hat nicht geholfen.«

»Was ist?« fragte Hazel und musterte Owens Miene. »Was ist? *Was ist?*«

Owen dachte angestrengt nach. Es mußte einen Ausweg geben. Er war nicht so weit gekommen, nur um in einer simplen Falle wie dieser umzukommen.

»Mir gefällt der Ausdruck in deinem Gesicht wirklich nicht«, bemerkte Hazel.

»Wie verwundbar fühlt Ihr Euch zur Zeit?«

»So schlimm, ja?«

»Schlimmer. Wir haben noch zwei Minuten, bis uns die Bombe aus dieser Welt in die nächste pustet, und wir schaffen es nicht mal aus diesem Zimmer hinaus. Es sei denn, Ihr habt von Giles zufällig den Trick mit dem Teleportieren gelernt. Wie sieht es damit aus?«

»Nein. Er ist nie dazu gekommen, den Vorgang zu erklären, bis du ihn umgebracht hast.«

»Ah ja, richtig. Meine Schuld. Vielleicht, wenn wir alle mehr miteinander redeten ...«

Sie brachen ab und sahen sich an, und eine seltsame Ruhe ergriff von ihnen Besitz. »Das war es, nicht wahr?« fragte Hazel. »Das Ende vom Lied. Komisch. Ich wußte schon immer, daß es mein Schicksal war, jung zu sterben. Aber ich habe nie erwartet, daß es auf diese Weise passieren würde. So ... hilflos.«

Owen legte ihr einen Arm um die Schultern, und sie lehnte sich an ihn. »Verdammt«, sagte er, »wir leben schon von geborgter Zeit, seit wir uns das erste Mal begegnet sind. Sie mußte schließlich ablaufen. Und ... Ich bin froh, daß wir unsere gemeinsame Zeit hatten. Es ist schon seltsam, aber ich denke nicht, daß ich je glücklicher war.«

»Wohl wahr«, bestätigte Hazel. »Das war vielleicht ein Abenteuer, was? Und falls wir schon sterben müssen, tun wir es wenigstens zusammen.«

Sie setzten sich nebeneinander auf die Bettkante. Sie küßten sich, als hätten sie alle Zeit der Welt, und lehnten sich dann freundschaftlich aneinander.

»Wer weiß?« sagte Hazel schließlich. »Wir haben auf *Nebelwelt* dem Schuß einer Disruptorkanone aus kürzester Distanz standgehalten, erinnerst du dich? Vielleicht haben wir erneut Glück.«

»Moment mal!« sagte Owen und richtete sich kerzengerade auf. »Gehen wir mal diesem Gedanken nach. Wir haben diesem Disruptorschuß standgehalten, weil wir verbunden waren. Unsere Gedanken waren miteinander verschmolzen. So haben wir überlebt!«

Hazel runzelte die Stirn. »Die Verbindung hat mir nie gefallen. Es gefällt mir nicht, jemandem Zutritt zu meinem Bewußtsein zu erlauben.«

»Hazel, jetzt ist nicht der richtige Zeitpunkt, um schamhaft zu sein. Würdet Ihr lieber sterben?«

»Verdammt. In Ordnung, tun wir es.«

Sie streckte eine Hand aus, und Owen ergriff sie mit seiner menschlichen Hand. Zögernd tasteten sie sich mit den Gedanken aufeinander zu, folgten dabei der alten mentalen Verbindung, die alle Überlebenden aus dem *Labyrinth des Wahnsinns* einander verband. Sie kamen sich immer näher, bis die Kraft, die sich zwischen ihnen aufbaute, ihre Gedanken zusammenrammte, daraus einen einheitlichen Willen formte und sich in etwas Neues umwandelte. Etwas Größeres. Etwas, das sie aus ihren Körpern riß, in die Luft darüber. Sie fegten als körperlose Geister innerhalb eines Augenblicks durch alle Stockwerke und Räume der Burg, bis sie schließlich die Lektronen erreichten, die Valentin in dem Raum neben der Sicherheitszentrale installiert hatte. Sie schwebten über den Geräten, wurden für einen Moment von etwas Fremdartigem zurückgehalten, für das sie keinen Namen wußten.

Dann konzentrierten sie sich und hörten die Geräte denken. Es war ein zugleich einfacher und sehr komplexer Vorgang, eine Vielzahl kleiner, aber kritischer Entscheidungen, die schneller vorüberzuckten, als daß ein rein menschliches Bewußtsein je hätte hoffen können, ihnen zu folgen. Aber Owen und Hazel hatten von ihren menschlichen Anfängen bis heute einen weiten Weg zurückgelegt, und sie brauchten weniger als eine Sekunde, um in die Rechner vorzudringen und die Daten zu finden, die sie benötigten, um den Countdown anzuhalten; das Programm wurde gestoppt, und die Bombe stellte sich wieder auf Null und erwartete neue Instruktionen. Owen und Hazel durchsuchten rasch alle Speicher der Lektronen, nur um sicherzugehen, daß Valentin nicht noch weitere unerfreuliche Überraschungen hinterlassen hatte, und lösten sich wieder. Die zwingende Notwendigkeit, die sie miteinander verbunden hatte, war erschöpft, und sie verschwanden aus dem Lektronenraum, trennten sich und fielen in ihre Körper zurück. Sie sahen sich benommen um und gewöhnten sich gerade wieder ans Atmen, da verschwanden die Fensterläden und öffnete sich das Türschloß wieder.

»Du liebe Güte«, sagte Hazel schließlich. »Das war ... mal etwas ganz anderes.«

»Wie ich schon immer gesagt habe«, stellte Owen fest. »Das meiste erreichen wir, wenn wir zusammenarbeiten.«

»Vielleicht. Verschwinden wir lieber von hier, Owen. Zu viel Tod hängt über diesem Ort.«

»Und Valentin ist entkommen«, sagte Owen. »Ich finde ihn jedoch. Und aufgrund dessen, was er meinem Haus und meiner Welt und meinem Volk angetan hat, errichte ich eine komplett neue Hölle, in die ich ihn schicken kann.«

Kapitel zwei
Ein Tag wie jeder andere im Parlament

Die *Sonnenschreiter II* fiel aus dem Hyperraum und trat in einen Orbit über *Golgatha* ein, Hauptwelt und Regierungssitz des Imperiums. Owen und Hazel hätte es nicht weniger bedeuten können. *Virimonde* hatte ihnen viel geraubt. Nach den körperlichen und seelischen Prügeln, die sie in der alten Todtsteltzer-Burg bezogen hatten, konnten sie gerade eben noch aufrecht in ihren Sesseln sitzen und Antworten auf die Landeinstruktionen vom Zentralraumhafen brummen. Owen tippte die Koordinaten ein und überließ es den Navigationslektronen, die Landung auszuführen. Sie konnten das besser, als jemals von ihm zu erwarten stand, und er war so furchtbar müde.

Und wenn er schon ehrlich zu sich selbst war: Die *Sonnenschreiter II* schüchterte ihn ein. Die Hadenmänner, diese rätselhaften aufgerüsteten Menschen, hatten das Schiff gebaut und es dem zerstörten Original so nah wie möglich angeglichen. Der Versuchung, es zu ›verbessern‹, konnten sie jedoch nicht widerstehen. Owen kam mit Türen klar, die sich schon öffneten, wenn er nur daran dachte, sich ihnen zu nähern, ebenso mit Lebensmittel-Synthetisierern, die schon vor ihm wußten, was er sich zum Abendessen wünschte, aber eine Navigationssteuerung, die nach demselben beunruhigenden Prinzip funktionierte, war einfach zuviel für ihn. Es war zu ein paar bedauerlichen Zwischenfällen gekommen, als er vor sich hinträumte und damit Landungen ruinierte, die ansonsten völlig sicher verlaufen wären, und daraufhin hatte er sich mit großer Bestimmtheit entschieden, diese Dinge den Lektronen zu überlassen und sich wichtigeren Aufgaben zu widmen. Wie Schmollen. Er saß zusammengesunken auf seinem Platz, sah zu, wie der dunkelblaue Planet vor ihm langsam größer wurde, und hatte ein fast nostalgisches Gefühl. Als er zuletzt nach *Golgatha* gekommen war, hatten hier die letzten brutalen Wirren der Rebellion getobt, und praktisch alle Bewohner des Planeten hatten auf Owen geschossen. Jetzt war er nur ein Besucher unter vielen, nicht wichtiger als irgend jemand sonst. Er hatte das starke Gefühl, daß ihm die alten Verhältnisse lieber gewesen waren. Wenigstens wußte er damals, wer und wo seine Feinde waren. Er blickte voller Zuneigung zu Hazel hinüber, die auf ihrem Platz wütend vor sich hinbrütete. Auch wenn sich Hazel D'Ark angeblich entspannte, erweckte sie den Eindruck, als wäre sie jeden Augenblick auf dem Sprung, irgend jemandem die Kehle aufzureißen. Owen machte das nichts aus. Er war es gewöhnt.

»So«, sagte Hazel brüsk. Irgendwie spürte sie, ohne sich auch nur umzudrehen, daß er sie anschaute. »Wo geht es als nächstes hin? Hast du irgendwelche Pläne?«

»Warum bleibt das immer an mir hängen?« protestierte Owen zurückhaltend. Sie hatten dieses Gespräch schon oft. »Wie kommt es, daß Ihr nie irgendwelche Ideen habt?«

»Ich habe jede Menge Ideen«, erwiderte Hazel. »Aber du bist immer zu feige, sie aufzugreifen.«

»Nur, weil Eure Ideen eine bestürzende Tendenz zu Gewalt, Mord und blutigem Gemetzel aufweisen sowie dazu, alles zu stehlen, was nicht festgenagelt ist. Mit dergleichen kommen wir heute nicht mehr durch. Wir sind keine Rebellen und Gesetzlosen mehr; wir gehören zum Status quo. Verdammt, rein technisch gesehen sind wir Polizeikräfte.«

»Langweilig«, meinte Hazel. »Du bist inzwischen richtig langweilig, Todtsteltzer.«

»Tatsächlich ist mir klar, was ich als nächstes in Angriff nehmen möchte«, sagte Owen und ignorierte die Beleidigung mit einer Leichtigkeit, die aus langer Übung resultierte. »Sobald wir gelandet sind und dem Parlament Bericht erstattet haben, ziehe ich schnurstracks wieder los, um Valentin Wolf zu jagen. Die Spur ist noch warm. Er wird nicht weit kommen.«

»Das hast du früher schon gesagt, Owen, und er ist immer wieder davongekommen. Schon immer war der Wolf woanders, als man ihn vermutete. Deshalb ist er trotz vieler Feinde so lange am Leben geblieben. Hat mal ausgespannt, sich ausgeruht, die Batterien wieder aufgeladen. Er wird früh genug wieder auftauchen und irgendwas Schlimmes anstellen, und dann können wir erneut probieren, ihn zu fassen.«

Owen mußte lächeln. »Wir sind weit gekommen, wenn Ihr schon die Stimme der Vernunft seid, die meine Hitzköpfigkeit zügelt.«

Hazel schniefte. »Denk bloß nicht, das wäre mir noch nicht aufgefallen. Es zeigt nur, wie mitgenommen wir sind. Wir brauchen Zeit, um uns auszuruhen, Todtsteltzer. *Virimonde* hat uns schwer getroffen.«

»Wahrhaftig. Keine großartige Heimkehr, alles in allem.«

Eine Pause trat ein, und Hazel blickte zu ihm hinüber, Gesicht und Tonfall sorgsam ruhig und gelassen. »Owen, wie kommt es, daß du mir nie zuvor etwas von Katie erzählt hast? Ich meine, sie war deine Geliebte. Sie muß dir wichtig gewesen sein.«

»Das war sie«, bestätigte Owen. »Ich habe sie nicht erwähnt, weil sie Euch nichts anging. Ihr könntet nie die Art Beziehung verstehen, die uns verband.«

»Du hättest mit mir reden können«, fand Hazel. »Ich hätte mich bemüht, es zu verstehen. Erzähle mir von dieser Katie. Wie war sie? Wie hast du sie kennengelernt?«

Owen schwieg so lange, daß Hazel beinahe schon vermutete, er würde überhaupt nicht antworten, aber endlich tat er es doch – mit einer ruhigen, fast emotionslosen Stimme, als wäre es die einzige Möglichkeit für ihn, sich auf solch schmerzliche Erinnerungen einzulassen. Er sah Hazel dabei nicht ein einziges Mal an.

»Ihr Name war Katie DeVries, und sie war sehr schön. Ihr ganzes Erwachsenenleben hindurch war sie eine Kurtisane der einen oder anderen Art gewesen, vom *Haus der Freuden* besonders ausgebildet und angepaßt, um jeden Wunsch zu erfüllen und dabei zu helfen, daß man neue Wünsche entwickelte. Sie diente als Überraschungsgast bei einem Winterball auf *Golgatha,* und als sie mir zum ersten Mal vorgestellt wurde, hielt ich sie für das Wundervollste, was ich je gesehen hatte. Wir tanzten und redeten miteinander, und sie hörte mir zu, schien zu verstehen, was ich sagte, und sich etwas daraus zu machen – was so viele andere nicht taten. Sie fand sogar meine Witze lustig. Sie war vollkommen. Also erwarb ich ihren Kontrakt zu einem absoluten Wucherpreis, und sie wurde meine Geliebte.

Natürlich stellte sich heraus, daß sie nicht vollkommen war. Ihre Tischmanieren konnte man nur als grauenhaft beschreiben. Schon früh morgens zeigte sie sich viel zu froh und munter, und obendrein war sie eine Agentin des Imperiums und hatte die Aufgabe, mich auszuspionieren. Alles, was ich sagte und tat, meldete sie einem Kontakt auf *Golgatha.* Oz fand es heraus und berichtete mir davon, aber mir war es egal. Ich war damals nur ein kleiner Gelehrter, ohne Interesse an Politik. Ihre Berichte mußten eine sehr langweilige Lektüre gewesen sein. Gelegentlich gab ich etwas Kontroverses zum besten, damit niemand auf die Idee kam, Katie von mir abzuziehen. Wir waren so glücklich. Ich denke nicht, daß wir je einen

Streit hatten. Sieben Jahre blieben wir zusammen. Manchmal denke ich, daß ich damals zum letzten Mal glücklich war. Daß ich es so hoch schätzte, weil ich irgendwo tief im Herzen wußte, daß mir eines Tages alles genommen würde.

Ich habe sie so sehr geliebt. Ich hätte nie erwartet, sie einmal töten zu müssen. Ihr ein Messer zwischen die Rippen zu stecken, es herumzudrehen und sie dann in den Armen zu halten, während sie verblutete.«

»Jesus, Owen ...«

»Ich hätte sie gerettet, wäre es mir möglich gewesen.«

»Sie hat versucht, dich umzubringen.«

»Manchmal denke ich, daß es so war. Ich habe sie nie gefragt, ob sie mich liebte. Ich fürchtete mich vor der Antwort. Wenn ich sie gekannt hätte, dann hätte Katie vielleicht nicht so viel von mir mitgenommen, als sie starb.«

»Hör sofort auf damit, Todtsteltzer! Wenn du mir rührselig kommst, dann stehe ich noch auf und haue dir ein paar auf die Ohren!«

Owen lächelte kurz. »Das würdet Ihr, nicht wahr?«

»Verdammt richtig! Zieh dich nie selbst runter, Owen; es gibt immer reichlich andere Leute, die nur auf eine Gelegenheit warten, es zu tun. Katie gehört zur Vergangenheit. Laß sie auf sich beruhen und geh weiter deinen Weg.«

»Ihr wart es, die das Thema zur Sprache brachte«, gab Owen nachsichtig zu bedenken. »Und ich weiß gar nicht, warum Ihr Euch auf einmal so für meine romantische Vergangenheit interessiert. Ihr seid diejenige, die in dieser Hinsicht mit den ganzen Überraschungen aufwarten kann. Ich bin immer noch nicht darüber hinweg, daß sich in *Nebelhafen* dieser Wampyr namens Abbott als einer Eurer Ehemaligen entpuppte.«

»Er war ein Fehler.«

»Und nicht annähernd der erste oder der letzte – nach allem, was man hört.«

Hazel funkelte ihn an. »Wer hat da geplaudert?«

»Praktisch jeder. Die Klatschkolumnisten lieben Euch. Ihr habt Euer eigenes Magazin im Matrix-Internet. Wird täglich aktualisiert.«

»Du hast diesen Müll doch nicht gelesen, oder?«

»Nee. Ich sehe mir immer nur die Bilder an.«

Als sie endlich in der großen Stadt, die *Parade der Endlosen* genannt wurde und Sitz der Restregierung von *Golgatha war*, von Bord gingen, fanden sich Owen und Hazel durch eine Menge Reporter bedrängt. Die meisten größeren Nachrichtenunternehmen waren vertreten und auch alle kleineren, die Korrespondenten auf *Golgatha* unterhielten. Owens und Hazels Abenteuer waren stets nachrichtenwürdig, und die Meldungen, die schon von ihren Entdeckungen und Taten auf *Virimonde* durchgesickert waren, hatten die Erwartungshaltung der Journalisten bis zum Siedepunkt angeheizt. Sie drängten sich um Owen und Hazel, brüllten Fragen, während über ihnen Kameras auf der Suche nach dem besten Blickwinkel herumschwebten. Die Journalisten versuchten, sich gegenseitig mit den Ellbogen aus dem Weg zu schubsen, und weiter hinten kam es zu Schlägereien. Aber selbst in diesem Tumult kam niemand den beiden Helden zu nahe. Sie hatten die entsprechende Lektion gelernt, normalerweise auf die harte Tour. Hazel hatte zwar noch keinen Reporter wirklich umgebracht, aber die Cleveren wetteten lieber auf das Wann als das Ob. Was einige der widerwärtigeren Boulevardreporter anging, so hatten sich schon Wettgemeinschaften gebildet.

Owen wartete geduldig, bis sie sich etwas beruhigt

und ihre Rangordnung geklärt hatten, während Hazel wütend in alle Richtungen funkelte und die Hände besorgniserregend nahe an ihren Waffen hielt. Es besserte ihre Laune überhaupt nicht, daß die meisten Fragen, die ihr heutzutage gestellt wurden, gezielt ihrer Beziehung zu dem verehrten Todtsteltzer galten. Sie hatte es mit spöttischen Antworten probiert, aber die Reporter meldeten einfach alles, was sie sagte, als Fakt. Sie versuchte, jeden anzugreifen, der das Thema ansprach, aber die anderen filmten sie dann einfach dabei. Heutzutage beließ sie es meist bei dem Spruch ›kein Kommentar‹ oder einer ähnlichen Bemerkung aus zwei Worten, wobei das zweite normalerweise ›dich‹ hieß. Bei all dem half ihr auch gar nicht, daß Owen das alles ungeheuer amüsant fand und immer in die Kameras blinzelte, wenn er sein ›kein Kommentar‹ zum besten gab. Und dann brachte einer der Reporter den jüngsten Todtsteltzer-Film zur Sprache und trieb die Spannung erneut ein Stück weit höher.

Der Sieg der Rebellion war noch keine Woche alt, als die ersten Dokumentationen über die Holoschirme liefen – ausgewachsene Beiträge, zusammengesetzt aus Aufnahmen unterschiedlicher Klarheit und Zuverlässigkeit. Aber da die Leute die Tröstungen der Romantik schon immer den trockenen Fakten der Geschichte vorgezogen hatten, dauerte es nicht lange, bis der erste Todtsteltzer-Spielfilm die Dokumentationen rüde von den Holoschirmen schubste. Dieser aktionsgeladene und ungeheuer vereinfachende Streifen brachte allen Beteiligten Milliarden Kredits ein, außer denen, auf deren Leben er beruhte. Rasch folgten ihm weitere von unterschiedlicher Qualität und Genauigkeit. Und die Öffentlichkeit verschlang alles – von Toby Shrecks preisgekrönter Berichterstattung bis hin zu wüsten Phantasien, die nicht einmal immer die korrekten Namen verwendeten.

Der jüngste und populärste dieser Spielfilme beanspruchte, die Biographie Owen Todtsteltzers zu sein, in der er durchgängig als heiliger und selbstloser Held dargestellt wurde, seine Gefährtin Hazel D'Ark hingegen als mörderische Psychopathin, von ihrer unerschütterlichen, hündischen Hingabe an Owen knapp daran gehindert, in einem fort zu metzeln und zu massakrieren.

Owen und Hazel erhielten Freikarten zur Premiere zugeschickt, also gingen sie arglos hin. Owen mußte dermaßen lachen, daß es ihm weh tat, und wurde schließlich von einem Platzanweiser aufgefordert zu gehen, weil er das übrige Publikum störte. Hazel hielt bis zum Ende durch und hielt dabei die Armlehnen ihres Sitzes so fest umklammert, daß ihr die Hände schmerzten. Als der Film schließlich zu Ende war, zündete sie das Kino an. Zum Glück erwischte Owen sie, ehe es die Stadtgarde tat, und brachte sie weg, während die Feuerwehr noch versuchte, den Brand einzudämmen. Dann nahm er ihr alle Waffen ab, rang sie zu Boden und setzte sich so lange auf sie, bis sie versprach, nicht alle an der Herstellung des Spielfilms beteiligten Personen zu jagen und umzubringen. Wie Owen ihr vernünftig erklären konnte, hätte ein solches Vorgehen nur dazu beigetragen, ihre Charakterisierung durch den Streifen zu rechtfertigen.

Insgesamt erwies sich nicht gerade als hilfreich, daß Owen von einem führenden Star und Frauenschwarm gespielt wurde, Hazel jedoch von einem ehemaligen Pornostar mit mehr Aussehen als Begabung und einem ganz erstaunlichen Dekolleté.

Als jetzt ein Reporter in voller Gefechtsrüstung die Frage nach dem Film stellte, wichen alle hastig zurück, damit kein Blut auf sie spritzte. Hazel riß eine Schwebekamera mitten aus der Luft und schleuderte sie mit verheerender Genauigkeit. Sie traf den Reporter mitten zwischen die Augen, so daß er bewußtlos zusammenbrach. Owen trat rasch hinzu und drückte Hazel von hinten die Arme an die Seiten. Die Reporter sahen interessiert zu, hofften dabei, auf sichere Distanz zu sein, bis Owen Hazel mehr oder weniger beruhigt hatte. Dann rückten sie wieder vor und stiegen über die bewußtlose Gestalt ihres Mitstreiters im Kampf um Wahrheit und Quoten hinweg. Vernünftigerweise wechselten sie das Thema. Unglücklicherweise entschieden sie sich dabei für das Stichwort Vermarktung.

Da der Appetit des Massenpublikums auf Stars nun einmal so war, wie er war, reichte nicht einmal die endlose Folge von Spielfilmen und Dokumentationen, um das Interesse der Leute an den neuen Helden zu befriedigen. Das Publikum zeigte sich unersättlich in seiner Wut, soviel allgemeinen Plunder zu erstehen, der auf den Filmen und den Rollen beruhte, daß man damit einen kleinen Mond mehrere Kilometer tief hätte zuschütten können. Der besagte Plunder reichte vom wahrhaft Geschmacklosen bis zum entsetzlich Billigen und Scheußlichen, und Owen und Hazel taten ihr Bestes, ihn nicht zur Kenntnis zu nehmen, solange ihre Tantiemen eintrudelten. In diesem Punkt stand jedoch ein Umschwung kurz bevor.

»Ob wir was gesehen haben?« fragte Owen und wünschte sich gleich, er hätte es nicht getan, als der Reporter eine kleine Plastikfigur hochhielt.

»Es gibt eine ganze Produktreihe davon«, verkündete der Reporter vergnügt. »In der Haltung komplett einstellbare Figuren aller Hauptteilnehmer an der Rebellion. Sie sind sehr populär. Besonders die Figur der Imperatorin. Die Leute stellen gern schreckliche Sachen damit an.«

Er brachte weitere Figuren zum Vorschein und reichte sie an Owen und Hazel weiter, damit sie sie in

Augenschein nehmen konnten. Sie waren in hellen Grundfarben gehalten, alle gleichmäßig muskulös und mit höflich allgemein gehaltenen Gesichtern ausgestattet. Sicherlich ähnelten sie niemandem, den Owen kannte. Er sah Hazel an.

»Haben wir die genehmigt?«

»Wer weiß?« fragte Hazel und funkelte die kolossalen Brüste der Figur an, die sie darstellen sollte. »Wir haben die verschiedenste Verträge unterschrieben. Ich habe den Überblick verloren.«

»Sie sind eigentlich ganz harmlos«, fand Owen. »Billig, aber harmlos.«

»Was auch immer, wir sollten der Sache jedenfalls auf den Grund gehen«, sagte Hazel. »Dieser Markt soll verdammt viel Knete abwerfen, und falls das zutrifft, möchte ich meinen Anteil einstreichen. Welche soll Ruby darstellen?«

»Ah, die mit den ganzen Knarren«, sagte der Reporter.

»Sieht ihr gar nicht ähnlich«, meinte Hazel. »Und sie könnte gar nicht so viele Waffen auf einmal tragen. Sie würde umkippen. Mit Brüsten dieses Formats täte sie es wahrscheinlich sowieso. Verdammt, niemand hat solche Brüste, der nicht zum *Haus der Freuden* gehört.«

»Kursiert viel von diesem Zeug?« erkundigte sich Owen und gab dem Reporter die Spielsachen zurück.

»Nun, ja, Sir Todtsteltzer. Dazu gehören Imbißschachteln, Poster, Spiele ... Diese hier sind zur Zeit sehr populär.«

Er grub in der Tasche herum, die er mitführte, und brachte zwei dreißig Zentimeter lange Puppen von Owen und Hazel zum Vorschein. Die Kleidung stimmte einigermaßen, wenn auch nicht die Gesichter, und wenigstens die Proportionen entsprachen schon eher der menschlichen Norm. Der Reporter drückte

Sprechtasten auf den Rückseiten. Die Owenpuppe sagte: *»Kämpft für die Gerechtigkeit!«* Die Hazelpuppe sagte: *»Töten! Töten! Töten!«* Irgendwie gelang es Hazel, sich zu beherrschen. Sie hatte gelernt zu erkennen, wenn man sie provozieren wollte. Owen brachte genügend Verstand auf, sein ansatzweises Gelächter in ein nicht ganz überzeugendes Husten umzuwandeln. Der enttäuschte Reporter beschloß, daß jetzt Zeit wurde, seine Trumpfkarte auszuspielen. Falls er Hazel damit nicht in Fahrt brachte, wollte er seinen Gewerkschaftsausweis fressen. Er steckte die Puppen in die Tasche zurück und holte beiläufig die letzten Posten hervor.

»Und dann gibt es natürlich noch die.« Er hielt zwei knuddelige Plüschfiguren in Owen- und Hazelkostümen hoch.

»Eine Plüschfigur?« fragte Hazel in einem Ton, der eine unmittelbar bevorstehende Kernschmelze ankündigte. *»Sie haben eine Plüschfigur aus mir gemacht?«*

Alle hielten die Luft an und überlegten sich, in welche Richtung sie fliehen wollten, sobald ihnen die Scheiße um die Ohren flog. Die Kameras würden weiterhin die optimalen Bilder für sie machen. Vorausgesetzt, sie überlebten, was an Entsetzlichem geschah. Und dann griff Owen nach den Plüschfiguren und nahm je eine in beide Hände.

»Ich finde sie ganz niedlich.«

»Du *magst* diese Monstrositäten?« fragte Hazel.

»Na ja, ich möchte mir nicht unbedingt eins davon aufs Kopfkissen legen, aber ich möchte definitiv etwas davon haben. Wir sprechen hier von bedeutsamen Einkünften.«

Hazel beruhigte sich sichtlich, als sie darüber nachdachte.

»Ja. Möglich. Die Kleinen sind ganz verrückt nach solchem Mist. Ein gutes Weihnachtsgeschäft, und wir könnten für den Rest unseres Lebens ausgesorgt haben.«

Owen lächelte innerlich. Im Zweifel konnte man Hazel immer ablenken, indem man Geld zur Sprache brachte.

Die Reporter gelangten widerwillig zu dem Schluß, daß doch nichts passieren würde, und seufzten lautlos und enttäuscht. Einige riefen sogar ihre Kameras zurück. Der Provokant nahm mürrisch seine Plüschfiguren zurück, stopfte sie wieder in den Sack und fragte sich, ob er alle Quittungen aufbewahrt hatte, um sein Geld zurückzufordern. Alle gingen allmählich auseinander. Und dann tauchte der Parlamentsbevollmächtigte auf, und die ganze Situation ging zum Teufel.

Es war alles in allem ein recht typischer Bevollmächtigter. Ein Emporkömmling aus dem öffentlichen Dienst, über alle Erwartungen hinaus befördert, da einfach nicht genug Leute vorhanden waren, auf die man zurückgreifen konnte. Er versuchte, alle Welt zu überzeugen, daß er so wichtig war wie die Meldungen und Anweisungen, die er überbrachte. Dieser spezielle Bursche war weit über seine Verhältnisse gekleidet, gekrönt von der traditionellen roten Schärpe eines Kuriers und einer entschieden pampigen Einstellung. Die Reporter wichen zurück, als er heranmarschierte und sich vor Owen und Hazel aufbaute. Er reckte die Nase hoch in die Luft und funkelte die beiden an, nur um sie an ihren tatsächlichen Platz in der Ordnung der Dinge zu erinnern, und ließ dann seine vorbereitete Ansprache vom Stapel, ohne sich die Mühe zu machen und sich ihnen vorzustellen.

»Sir Todtsteltzer, Miss d'Ark, Ihr erhaltet hiermit den Befehl, Euch zur abendlichen Sitzung des Parlaments einzufinden und über Euren Einsatz auf *Virimonde* Bericht zu erstatten. Das Parlament möchte bereits im voraus sein äußerstes Mißfallen darüber ausdrücken, daß Ihr nicht nur keinen der aufsässigen Lords lebendig zurückgebracht habt, sondern Euch auch der höchst verabscheuungswürdige Schurke Valentin Wolf vollständig entkommen konnte. Man erwartet von Euch, diese Fehlschläge umfassend zu erläutern. Des weiteren könnt Ihr jeden Bonus vergessen.«

Alle Kameras zoomten sich wieder auf die Szene ein. Die Reporter erkannten schließlich einen heraufziehenden Sturm, wenn sie ihn sahen. Deshalb entschied sich Owen, vernünftig mit dem Mann zu reden – nur, um sie zu ärgern.

»Wir haben den abscheulichen Praktiken auf *Virimonde* ein Ende bereitet«, erklärte er nachsichtig. »Das Haus der Gebeine existiert nicht mehr. Die Toten wurden gerächt. Und wir haben eine höchst gefährliche Intrige gegen das Imperium im Keim erstickt. Nicht schlecht für einen Arbeitstag.«

Der Bevollmächtigte schniefte. Es war ein lautes, arrogantes und vollkommen unausstehliches Geräusch. Er übte es anscheinend gründlich. »Es zählt nur, daß Ihr es verabsäumt habt, die Forderungen des Parlaments zu erfüllen. Was Ihr über Eure Instruktionen hinaus getan oder nicht getan habt, ist gänzlich bedeutungslos.«

Owen und Hazel sahen sich an. »Nach dir«, sagte Hazel großzügig.

»Danke«, sagte Owen. Er trat vor, lächelte den Parlamentsdiener an und schlug ihn bewußtlos. Der bedauernswerte Bursche kippte der Länge nach auf den unnachgiebigen Asphalt der Landefläche und zuckte lautlos. Owen lächelte die Reporter an. »Man muß einfach wissen, wie man mit solchen Leuten redet. Haben alle ihre Bilder gemacht, oder soll ich ihn aufheben und es wiederholen?«

Die Reporter sagten, sie hätten gleich beim ersten Mal alles prima im Kasten gehabt, vielen Dank auch, und feuerten dann Fragen auf Owen und Hazel ab, Fragen nach diesen neuen Einzelheiten ihres zurückliegenden Einsatzes. Insbesondere verlangte es sie zu erfahren, was zum Teufel diese Haus-der-Gebeine-Intrige gewesen war und was der berüchtigte Valentin Wolf damit zu tun gehabt hatte. Das Gruppeninterview degenerierte rasch zu einem Angebotskrieg um die Exklusivrechte an der kompletten Geschichte. Es kam zu Schlägereien zwischen den Reportern, und Owen und Hazel nutzten die Chance zu einem leisen Abgang. Der Bevollmächtigte regte sich allmählich wieder, also trat ihm Hazel an eine besonders empfindliche Stelle, nur aus grundsätzlichen Erwägungen.

»Wißt Ihr, man könnte eigentlich glauben, sie hätten inzwischen gelernt, eine Körperpanzerung zu tragen«, sagte Owen.

»War wohl ein neuer.«

»Nun, falls er sich nicht schnell bessere Manieren aneignet, wird er nie zum alten werden. Wartet mal; ich möchte nur nachsehen, ob er irgendwelche schriftlichen Befehle mitführt.«

Owen kniete neben dem leise stöhnenden Mann nieder und filzte ihn gründlich. Er brachte einen Satz versiegelter Befehle mit seinem Namen darauf zum Vorschein. Hazel runzelte die Stirn.

»Das ist noch so ein Punkt. Wie kommt es, daß mein Name nie auf diesen Dingern steht?«

»Das würden sie nicht wagen«, sagte Owen. Er brach das Wachssiegel, las die kurze Nachricht durch, die modisch mit echtem Füller und Tinte geschrieben war, und machte ein finsteres Gesicht. »Verdammt! Sie haben eine weitere Parade für uns organisiert. Gleich jetzt auf unserem Weg ins Parlament. Ich hasse Paraden.«

»Na ja, die Leute lieben sie aber.« Hazel zuckte die

Achseln, während Owen aufstand und die Befehle auf die Brust des Bevollmächtigten fallenließ. »Das ist doch keine große Sache, Owen. Lächle einfach und winke und bemühe dich, eine heroische Figur zu machen. Und denk daran, man erwartet von dir, die Babies zu küssen und ihnen den Kopf zu tätscheln. Nicht einen spontanen Exorzismus durchzuführen, mit der Begründung, eines wäre *übernatürlich häßlich.*«

Owen kicherte. »Ich hatte mich nur gelangweilt. Ihr mögt diesen ganzen Mist mit den öffentlichen Feiern, aber ich wünschte mir, alle würden verschwinden und mich in Ruhe lassen. Ich mag keine Menschenmassen. Ich mag es nicht, wenn man mich anstarrt. Und es ist mir zuwider, Autogramme zu geben. Letztes Mal hat meine Hand eine Woche lang weh getan.«

»Entspanne dich einfach und genieße es. Wir haben das alles verdient. Sollen sie uns ruhig verehren, wenn sie möchten.«

»In Ordnung, bringen wir es hinter uns«, sagte Owen resigniert. »Dann können wir dem Parlament Bericht erstatten, eine Menge dummer und überflüssiger Fragen beantworten und es uns heroisch verkneifen, einen ganzen Haufen Leute zu erschießen, die einfach zu dumm fürs Leben sind. Vielleicht erlauben sie uns dann, nach Hause zu gehen und endlich mal eine Runde zu pofen.«

»Richtig«, pflichtete ihm Hazel bei. »Ich könnte eine Woche lang schlafen.«

»Er hatte recht, wißt Ihr?« sagte Owen. »Es war nicht gerade unser erfolgreichster Einsatz.«

»Still, Owen«, entgegnete Hazel. »Dein Volk wurde gerächt. Laß es damit bewenden. Jetzt sollten wir lieber gehen. Unsere Verehrer warten.«

Sie gab ihm einen Klaps auf die Schulter und ging voraus, von der Landefläche hinunter. Owen folgte ihr, und auf dem ganzen Weg waren ihm die Füße schwer.

Die Organisatoren der Parade waren so aufmerksam gewesen, einen Gravschlitten für sie bereitzustellen, und Owen und Hazel schwebten die Hauptstraße entlang, gerade hoch genug, um außer Reichweite der Hände zu sein, die ihnen die Menge entgegenstreckte. Früher war es zu bedauerlichen Zwischenfällen gekommen, als Hazel eine verständliche, aber beklagenswert gewalttätige Art des Umgangs mit Fans entwickelte. Danach entschied man, daß es für alle Beteiligten sicherer wäre, die Helden der Menge außer Armreichweite zu halten.

Owen lächelte und winkte wie ein Automat und ging nach besten Kräften auf Distanz zu Lärm und Chaos, indem er sich auf den Bericht konzentrierte, den er dem Parlament vortragen wollte. Vor einer Menschenmenge hatte er sich noch nie wohl gefühlt. Wenn ihn Menschen anstarrten, wurde er nervös und befangen. In seinem früheren Leben hatte er sich einmal vor einer Rede, die er vor einer Versammlung von Geschichtsgelehrten halten sollte, so lange auf der Toilette eingeschlossen, daß man jemanden schickte, der sich erkundigte, ob es ihm auch gutginge. Heute hätte es anders sein sollen. Er war ein Mann mit Macht und Bestimmung. Alle behaupteten es. Er hatte sich den Weg durch ganze imperiale Armeen hindurch freigekämpft und nie einen Augenblick gezögert.

Es machte keinen Unterschied. Er verabscheute es immer noch, wenn man ihn anstarrte.

Ihm half auch nicht, daß Hazel richtig Spaß an der Sache hatte und winkte und lächelte und sich hin und her drehte, damit jeder sie gut zu sehen bekam. Eine ganze Gruppe von Hazel-Doppelgängern sang ihren Namen und kreischte jedesmal ekstatisch, wenn Hazel in ihre Richtung blickte. Einige waren sogar Frauen. Jemand warf ihr eine langstielige Rose zu. Sie fing sie geschickt auf, ohne sich an den Dornen zu stechen, und warf dem Verehrer eine Kußhand zu. Die Menge liebte das. Owen gab vor, er hätte es nicht bemerkt, während er gleichzeitig mürrisch zur Kenntnis nahm, daß niemand Rosen nach ihm warf. Nicht, daß er sich welche gewünscht hätte! Es ging nur ums Prinzip.

Überall ringsherum ging der Wiederaufbau voran. Häuser, Geschäfte und Büros, die in der letzten großen Schlacht in der Stadt beschädigt oder zerstört worden waren, wurden repariert. Arbeiter, die in Gravschlaufen hoch an den Gebäudeflanken tätig waren, lehnten sich gefährlich weit aus ihren Geschirren, um Hazel derbe Bemerkungen zuzurufen. Sie schrie noch derbere zurück. Sie liebten es! Kameras zuckten darüber hin und her und rempelten sich gelegentlich im Kampf um die besten Blickwinkel.

Owen lächelte, bis ihm die Kiefer schmerzten – und behielt ständig voller Argwohn die unfertigen Gebäude der Umgebung im Auge, um auf mögliche Heckenschützen zu achten. Die Anbetung der Menge war ja gut und schön, aber vielen Leuten da draußen wäre es nur recht gewesen, Owen und Hazel tot zu sehen, wofür es die verschiedensten Gründe gab. Außerdem konnte ihn die Verherrlichung durch die Menge nicht täuschen. Er wußte, was teilweise dahintersteckte. Bei so vielen Toten auf beiden Seiten waren zum ersten Mal überhaupt Spenderorgane für jedermann erhältlich. Sogar in Anbetracht langer Wartelisten hatten nun Menschen eine neue Hoffnung, die früher hätten sterben müssen. Und all das wegen der vielen Toten, die auf Owen und Hazel zurückgingen.

Die öffentliche Bewunderung wies auch einen noch dunkleren Aspekt auf. Inspiriert von Owens und Hazels übermenschlichen Fähigkeiten, sahen sich viele Menschen bewegt, sich mit allen erdenklichen Mitteln zu »verbessern«. Diese *Labyrinth*-Möchtegerne stürzten sich auf *Blut*, Techimplantate und Transplantationschirurgie, mit einer Begeisterung, die ans Makabre grenzte. Owen war nicht damit einverstanden und gab sich Mühe, den Trend im Auge zu behalten. Er hatte die Menschheit nicht vor Imperatorin Löwenstein gerettet, um mitzuerleben, wie sich alle in Miniatur-Hadenmänner verwandelten.

Die Parade schien sich ewig hinzuziehen, aber endlich erreichte sie das jahrhundertealte Bauwerk, das Sitz des Parlaments war. Da seit Jahrhunderten niemand mehr das Parlament ernstgenommen hatte, stand das große eckige Bauwerk heute in einem normalerweise ruhigen Bezirk, an dem die Kämpfe und die allgemeine Zerstörung zum großen Teil vorübergegangen waren. Die hohen Steinmauern waren von dicken Efeumatten überwachsen, die niemand je zu stutzen wagte, weil durchaus die Möglichkeit bestand, daß nur noch der Efeu das alte Mauerwerk zusammenhielt.

Als Owen und Hazel aus dem Gravschlitten stiegen und ins Foyer des alten Bauwerks eilten, traten Soldaten hinzu, um die Menge zurückzuhalten. Die großen Eichentüren schlossen sich nachdrücklich hinter den beiden Helden, und Owen stieß einen leisen Seufzer der Erleichterung aus. Sich dem zweifellos feindselig gestimmten Parlament zu stellen, das bekümmerte ihn nicht annähernd so stark wie eine hysterische Menschenmenge, die brüllte, daß sie ihn liebte und von ihm Kinder haben wollte.

Bereitstehende Diener verneigten sich und führten Owen und Hazel in die große Vorhalle, wo alle, die etwas mit dem Parlament zu besprechen hatten, mit mehr oder weniger viel Geduld darauf warteten, daß die abendliche Plenarsitzung begann. Das Parlament lockte noch mehr Möchtegerne der Macht an als früher Löwensteins Hof – nicht zuletzt, weil das Parlament Antragsteller nicht gleich umbrachte, falls es der Meinung war, daß sie dort nichts verloren hatten. Es langweilte sie höchstens zu Tode.

Alle Welt wußte, daß das Parlament die Alltagsgeschäfte des Imperiums mehr oder weniger zufällig geerbt hatte. Alle übrigen in Frage kommenden Instanzen bekämpften sich dermaßen untereinander, daß sie sich wechselseitig neutralisierten. Bislang tat das Parlament seine Arbeit auch nicht schlechter, als von jeder anderen Institution zu erwarten gewesen wäre. Die zweihundertfünfzig Abgeordneten waren von den Bürgern gewählt, die ein jährliches Mindesteinkommen erzielten und mit solchen Dingen behelligt werden konnten, hatten aber seit Jahrhunderten keine echte Macht mehr ausgeübt. Sie reagierten mit unterschiedlicher Begeisterung auf den neuen Status. Manche stürzten sich genußvoll in die Arbeit, entschlossen zu zeigen, was sie konnten, wenn man ihnen nur eine Gelegenheit gab. Andere schreckten merklich schon vor dem Gedanken zurück, tatsächlich für ihren Lebensunterhalt zu arbeiten, und verkrochen sich so tief in ihre Schneckenhäuser, daß man sie mit nichts mehr daraus hervorlocken konnte. Die meisten boten ihre Dienste fröhlich dem Meistbietenden an. Einige gingen dazu sogar an die Börse. Sicherlich herrschte keinerlei Mangel an Organisationen, Fraktionen und mächtigen Einzelpersonen, die Einfluß auf die Abgeordneten zu nehmen versuchten; tatsächlich waren es sogar so viele, daß bewaffnete Posten im und um das Parlament aufziehen mußten, um die Ordnung zu wahren. Besonders bei Haushaltsdebatten.

Außerhalb des Parlaments nahm die Lage inzwischen wirklich gewalttätige Züge an. Diverse Gruppierungen hatten zu spät erkannt, daß sich das Parlament des einzig wichtigen politischen Instrumentariums bemächtigt hatte, und waren dazu übergegangen, ihre Streitigkeiten mit brutaler Gewalt auszutragen. Die Zahl der Toten stieg täglich, während Schwerter, Schußwaffen, Bomben und Gift entschieden, wer aktuell die Oberhand hatte. Die Behörden versuchten inzwischen gar nicht mehr, die Ordnung zu wahren, außer während der Stoßzeiten morgens und abends. Beide Seiten gingen großzügig mit dem Wort *Terroristen* um, während sie jeweils selbst Greueltaten planten. Owen und Hazel hatten darüber nachgedacht, sich einzumischen und eine Menge Leute umzubringen, bis die anderen endlich begriffen, aber Jakob Ohnesorg hatte es ihnen in aller Stille ausgeredet. Niemand wollte diesen Gruppierungen den einzigen Grund liefern, sich zusammenzuschließen, nämlich die Ermordung von Owen Todtsteltzer und Hazel D'Ark.

Als einzigen echten Konkurrenten des Parlaments in der Funktion einer regierenden Körperschaft konnte man die laufenden Kriegsverbrecherprozesse anführen, die von den Führungspersönlichkeiten der verschiedenen Untergrundbewegungen geleitet wurden. Unter Löwensteins korrupter Herrschaft waren Greueltaten jeder Art alltäglich geworden. Leute verschwanden einfach aus einem beliebigen oder gar keinem Grund und tauchten nie wieder auf. Folter und Mord waren unter der Eisernen Hexe alltägliche Aufgaben der Staatspolitik. Als die Rebellenführer nach dem Sturz der Herrscherin die Palastunterlagen in die Hand bekamen, wurden die Namen dieser üblen Folterknechte und Mörder bekannt, und die lange erwartete Vergeltung nahm ihren Lauf. Die Untergrundbewegungen brachten die Gesichter dieser Leute mitsamt Adressen auf die Holoschirme, und man zerrte die Übeltäter aus ihren Luxuswohnungen oder jagte sie auf den Straßen. Viele fanden ein blutiges und scheußliches Ende, und die übrigen stellten sich eilig den Behörden. Nach wie vor glaubten sie, Absprachen treffen zu können, indem sie sich gegenseitig verrieten, und erkannten zu spät, daß man ihnen auch nicht mehr Gnade erweisen würde, als sie es ihren zahllosen Opfern gegenüber getan hatten. Die Kriegsverbrecherprozesse begannen nur Stunden nach Löwensteins Sturz und wurden täglich in voller Länge über Holovision ausgestrahlt, damit die Leute verfolgen konnten, wie Gerechtigkeit geübt wurde. Die Verfahren zogen sich endlos hin, und es schien keinen Mangel an Beschuldigten zu geben, egal wie schnell die Gerichte sie an den Galgen schickten. Die öffentlichen Hinrichtungen lockten riesige, meist stille Menschenmengen an, als müßten die Leute die Verbrecher selbst sterben sehen, um zu glauben, daß es tatsächlich geschah.

Die Gerichte veröffentlichten so schnell wie möglich Einzelheiten über das Schicksal der Opfer. Es waren halt nur so viele.

Das Parlament verfolgte die Kriegsverbrecherprozesse mit mehr als nur ein bißchen Eifersucht. Das lag sowohl an der Macht, die sie ausübten, als auch an der öffentlichen Aufmerksamkeit, die sie von den Parlamentsdebatten ablenkten. Die Abgeordneten waren jedoch zu klug, um sich einzumischen. Mehr noch als Gerechtigkeit benötigte das Volk Rache.

Owen und Hazel erreichten die große Halle, den letzten Raum vor dem eigentlichen Plenarsaal. In den letztgenannten führte eine alte, massive Eichentür, die, einer alten Tradition folgend, immer nur von innen geöffnet wurde. Die Abgeordneten nutzten dieses Privileg, um die Leute so lange wie möglich warten zu lassen und sie damit an ihren Platz in der neuen Ordnung zu erinnern – eine von Löwenstein entlehnte Praxis, obwohl man das natürlich nie laut aussprach. Wie immer war die große Halle gedrängt voll, und es herrschte ein betäubender Lärm. Jeder suchte nach Kontakt, um ein neues Abkommen zu treffen oder über eine neue Gelegenheit zu reden. Holographien waren nicht zugegen; jeder mußte persönlich anwesend sein. In der heutigen Zeit der Klone, Fremdwesen und jener falschen Vertreter, die man Furien nannte, wußte man gern, mit wem man sprach. An versteckten Stellen waren ESP-Blocker installiert, damit alle ehrlich blieben, und zum Teufel damit, falls es die Esper schockierte.

Als Owen und Hazel eintraten, erstarrte alles. Aller Augen richteten sich auf sie, und das Geschnatter erstarb rasch vollständig. Owen und Hazel blickten sich in der Stille gelassen um und senkten höflich die Häupter. Aller Augen wandten sich wieder ab, und das Gebrabbel der Gespräche nahm seinen Fortgang. Niemand wünschte, mit dem Todtsteltzer und der d'Ark zu konversieren. Es wäre unsicher gewesen. Aus den verschiedensten Gründen. Owen und Hazel gingen ohne Eile in die Halle hinein, und jedermann machte ihnen Platz.

»Der übliche warmherzige Empfang«, stellte Owen fest und scherte sich nicht darum, ob jemand mithörte.

»Undankbare Bastarde«, sagte Hazel und sah sich hoffnungsvoll um, ob nicht einer der Anwesenden so dumm war, sich beleidigt zu geben.

»Sie haben wirklich Gründe, uns nicht zu mögen«, sagte Owen leiser. »Helden und Rollenvorbilder sollten rein und makellos sein. Ich fürchte, wir haben uns in dieser Hinsicht als enttäuschend erwiesen.«

»Mir blutet das Herz«, sagte Hazel. »Ich habe nie behauptet, ich wäre eine Heldin. Es fehlt nicht viel, und ich gehe fort, und das Parlament kann seinen Bericht in den Wind schreiben. Verdammt, es fehlt kaum mehr, und ich brenne das Haus nieder, ehe ich gehe.«

»Sachte, sachte«, murmelte Owen und lächelte unbekümmert, damit es jeder sehen konnte. »Zeigt Euren Widerwillen nicht. Sie würden es als Zeichen der Schwäche betrachten.«

Hazel schniefte. »Wenn mich jemand als schwach betrachtet und versucht, daraus einen Vorteil zu schlagen, kann er seine Innereien gleich im Eimer mit nach Hause tragen.«

»Nehmt die Hand vom Schwert, verdammt! Ihr könnt hier niemanden umbringen. Duelle sind verboten. Trefft nur Anstalten, das Schwert zu ziehen, und ein halbes Hundert Wachtposten tauchen aus allen Ritzen auf. Auch für uns wird da keine Ausnahme gemacht. Ich wünschte wirklich, Ihr würdet Euch über die Veränderungen hier auf dem laufenden halten.«

»Ach, weißt du, du liebst es wirklich, mir bei jeder Gelegenheit eine Rede zu halten. Außerdem würde ich mit einem halben Hundert Wachen fertig.«

Owen seufzte. »Ja, das würdet Ihr wahrscheinlich, aber das ist nicht der Punkt. Wir versuchen, einen guten Eindruck zu machen.«

»Seit wann?«

»Seit wir es wiederum nicht geschafft haben, Valentin Wolf vor Gericht zu bringen.«

Hazel zuckte die Achseln. »Ist es okay, wenn ich jemanden nur halb umbringe?«

»Falls Ihr müßt. Versucht nur, es zu tun, während die Holokameras gerade nicht hinsehen. Wir können wirklich nicht noch mehr schlechtes Ansehen gebrauchen.«

Hazel sah sich um. »Ich denke nicht, daß ich hier je so viele Kameras gesehen habe. Entweder hat das Parlament heute etwas wirklich Interessantes auf dem

Programm, oder jemand hat Bescheid gesagt, daß wir kommen. Hallo, ich entdecke da ein vertrautes Gesicht!«

Und sie stürzte sich in die Menge und drängte die Leute mit der Schulter zur Seite, wenn sie nicht rechtzeitig Platz machten. Owen folgte ihr und murmelte unterwegs höfliche Entschuldigungen. Daran gewöhnte er sich immer mehr. Das vertraute Gesicht erwies sich als das von Tobias Shreck, wie immer in Gesellschaft seines Kameramanns Flynn. Owen folgte Hazels Beispiel und begrüßte die beiden, und lächelte zum ersten Mal aufrichtig, seit er die Halle betreten hatte. Toby Shreck hatte schon im Verlauf der Rebellion als Reporter gearbeitet und dabei eine unheimliche Begabung demonstriert, immer zur richtigen Zeit am richtigen Ort aufzutauchen, Flynn stets eng im Gefolge, um alles live zu übertragen. Sie hatten viele der Kämpfe von Owen und Hazel gesendet und waren sogar zugegen gewesen, als die Rebellen schließlich die Imperatorin Löwenstein stürzten und den Eisernen Thron für immer zerstörten.

Toby sah größtenteils aus wie immer, ein schwitzender Fettkloß mit geschniegeltem blonden Haar, den man leicht zum Lächeln bringen konnte. Er trug modische Kleidung von allerfeinstem Zuschnitt, so geschneidert, daß sie so viel wie möglich von seiner Leibesfülle verbarg. Passen tat sie ihm allerdings nicht. Er war mehr die Lässigkeit von Kampfanzügen gewöhnt, und das zeigte sich. Flynn war von der hochgewachsenen, schlaksigen Art mit täuschend ehrlichem Gesicht. Als ruhiger Typ neigte er dazu, bei der Arbeit mit der Umgebung zu verschmelzen, ein nützlicher Wesenszug, wenn die anderen Leute in der Gegend wild herumballerten.

Sein Privatleben war eine gänzlich andere Geschichte.

»Du siehst aber gut aus, Toby«, sagte Hazel vergnügt und stach verspielt mit dem Finger in seinen fülligen Leib. »Hast wohl ein paar Pfunde verloren, wie?«

»Ich wünschte, es wäre so«, antwortete Toby. »Seit ich zugelassen habe, daß sie mich ins Management beförderten, sitze ich immer nur hinter dem Schreibtisch, statt vor Ort zu arbeiten, wo ich hingehöre.«

»Rede lieber nicht so«, warf Flynn ruhig ein. »Bei deinen Einsätzen vor Ort hast du immer nur gejammert und geschimpft, was du alles an Komfort vermißt.«

Toby funkelte ihn an. »Eine unverblümte Ausdrucksweise dieser Art ist dafür verantwortlich, daß du nach wie vor als Kameramann arbeitest, während ich jetzt im Management sitze. Und wenn du mir noch einmal öffentlich widersprichst, weise ich jemanden in der Buchhaltung an, einmal genau unter die Lupe zu nehmen, was du letztes Jahr alles an Spesen abgerechnet hast.«

»Tyrann«, beschwerte sich Flynn.

»Ihr seht wirklich schick aus, Toby«, warf Owen rasch ein, ehe die beiden ihr übliches Gezänk fortsetzen konnten. »An vorderster Front der Mode.«

»Fangt bloß nicht damit an«, entgegnete Toby. »Ich weiß genau, wie ich aussehe. Wieso, denkt Ihr, habe ich früher immer eine Kampfuniform getragen? Jedesmal, wenn ich gute Sachen anziehe, sehe ich so aus, als hätte ich sie gestohlen.«

»Und was sucht das Management hier?« fragte Hazel. »Das Parlament plant etwas Besonderes, nicht wahr? Vielleicht etwas, wovon wir erfahren sollten?«

»Richtig«, sagte Owen. »Was könnt Ihr uns Neues erzählen?«

»Bände«, antwortete Toby blasiert. »Dieses eine Mal tappe ich jedoch genauso im Dunkeln wie Ihr. Ich bin eigentlich nur gekommen, weil ich das dringende Bedürfnis hatte, mal eine Zeitlang in die wirkliche Welt hinauszugehen. Ich habe mich in letzter Zeit richtig gelangweilt, um die Wahrheit zu sagen. Alles hat sich verändert. Meine Arbeit mit Flynn aus der Zeit der Rebellion wird schon als klassisch gefeiert, und man kann sich darauf verlassen, daß die Aufnahmen zu irgendeinem beliebigen Zeitpunkt auf irgendeinem Sender laufen. Die Öffentlichkeit bekommt nicht genug davon. Die Tantiemen rollen schneller an, als ich sie ausgeben kann. Soviel Geld, daß nicht mal die Buchhalter der Firma alles verstecken können. Flynn und ich müssen nie wieder arbeiten, wenn wir nicht möchten. Aber . . .«

»Ja?« hakte Hazel nach.

»Wir sind zu jung für den Ruhestand«, sagte Flynn. »Ich wüßte nicht, was ich mit mir anfangen sollte.«

»Richtig«, pflichtete Toby ihm bei. »Und ich werde irgendwie den schrecklichen Verdacht nicht los, daß ich die beste Arbeit meines Lebens womöglich schon erbracht habe. Daß alles, was ich jetzt noch tue, zwangsläufig in die zweitbeste Kategorie fällt. Für mein Alter ein scheußliches Gefühl! Ich brauche eine richtige Story, etwas, woran ich mich festbeißen kann. Etwas, was *zählt!*«

»Wir bauen zur Zeit ein komplettes Imperium neu auf, praktisch von Grund auf«, sagte Owen. »Unsere ganze politische und soziale Ordnung ändert sich täglich. Ich kann mir nicht vorstellen, daß da keine Story auf Euch wartet, die es wert wäre, gebracht zu werden.«

»Oh, es herrscht kein Mangel an *Nachrichten!* Zeugen der Geschichte und all sowas. Aber das ist alles so verdammt achtbar und offen und ehrlich und *langweilig*. Wo bleibt der Spaß? Wo das Drama? Sogar die Schurken sind heutzutage zweitklassig.«

»Nein«, erwiderte Owen. »Das finde ich nicht. Valentin Wolf treibt sich immer noch irgendwo herum.«

»Ah ja«, sagte Toby. »Ich habe schon gehört, daß Ihr eine weitere Auseinandersetzung mit ihm hattet. Ich freue mich schon auf Euren Bericht darüber. Wenigstens seid Ihr beide noch da und schlagt Wellen. Alle anderen sind weitgehend abgetaucht. Jakob Ohnesorg befaßt sich zu intensiv mit Politik, um noch in echte Schwierigkeiten zu geraten, und Ruby Reise verläßt nur noch selten ihr Haus. Obwohl geflüstert wird, daß beide womöglich heute hier auftreten. Vielleicht ist ihnen etwas zu Ohren gekommen. Gott, ich habe tolle Aufnahmen von Euch vieren im Einsatz während der Rebellion, Bilder, die noch nicht das Tageslicht erblickt haben! Vielleicht, wenn wir alle gestorben und in Sicherheit sind . . .«

»Ja«, sagte Hazel. »Vielleicht. Ich denke jedoch, daß bis dahin manche Dinge geheim bleiben sollten. Die Leute müssen nicht alles erfahren, was passiert ist.«

Alle nickten dazu. Niemand sprach von dem falschen Jungen Jakob Ohnesorg, der sich als Kyborg im Dienst der abtrünnigen KIs von *Shub* entpuppt hatte. Alle wußten jedoch, daß sie gerade gemeinsam an den Augenblick dachten, in dem Flynns Kamera die Demaskierung der Maschine aufzeichnete. Und noch weitere, dunklere Geheimnisse lagen vor. Die Rebellion war nicht annähernd so einfach verlaufen, wie die meisten Leute dachten.

»Also«, sagte Toby forsch und beendete damit den Augenblick der Verlegenheit, »hat jemand von Euch noch mal über mein Angebot nachgedacht, offizielle Dokumentationen von Eurem Leben anzufertigen? Über die Texte braucht Ihr Euch keine Gedanken zu machen; dafür haben wir Leute. Sprecht einfach in einen Recorder, und wir arrangieren das Material und graben Aufnahmen aus, die wir dazu einspielen. Wir können auch Verbindungen fälschen, um Dinge zu überbrücken, über die Ihr nicht sprechen wollt. Ihr braucht nicht mehr zu tun, als die abschließenden Aufnahmen zu kommentieren. Leichtverdientes Geld. Verdient es Euch, solange das Eisen heiß ist. Wer weiß, wie lange sich die Leute noch für Euch interessieren?«

»Je früher alle das Interesse an uns verlieren, desto besser«, fand Hazel. »Keine Biographien, Toby. Wir haben ohnehin schon wenig genug Privatsphäre. Außerdem ist viel von meiner Lebensgeschichte ohnehin nicht für ein Massenpublikum geeignet.«

»Das glaube ich gern«, sagte Owen. »Wechseln wir doch lieber rasch das Thema. Wie steht es um Euer Leben, Toby? Tut Ihr irgendwas Interessantes?«

»Er?« Flynn schniefte laut. »Er hat außer seinem Beruf gar kein Leben. Kommt als erster, geht als letzter und nimmt noch Arbeit mit nach Hause. Typisch Manager. Ich bleibe immer nur für die tarifliche Stundenzahl, und sobald ich mich erst ausgestempelt habe, denke ich nicht mal mehr an die Arbeit, bis ich mich morgens wieder einstemple. Du hättest einfacher Arbeiter wie ich bleiben sollen, Boß. Viel weniger Druck.«

»Du warst nie ehrgeizig«, sagte Toby.

»Verdammt richtig, und ich bin stolz darauf. Mit Ehrgeiz bringt man sich nur in Schwierigkeiten, und er frißt das ganze Leben auf. Wie kommt es, daß du Säcke unter den Augen und beginnende Magengeschwüre hast, während ein wundervoller neuer Liebhaber in mein Leben getreten ist?« Flynn strahlte Owen und Hazel an. »Ihr müßt wirklich mal zu Besuch kommen und ihn kennenlernen! Er heißt Reinhold, Reinhold Vomwalde. Betreibt Recherchen für den Abgeordneten Johann Avon, eines der wenigen ansatzweise ehrlichen Parlamentsmitglieder. Mein

Reinhold leistet natürlich die ganze wirkliche Arbeit, damit Avon im Plenarsaal gut dasteht, aber so ist nun mal der Lauf der Dinge. Reinhold sieht sehr gut aus und ist ein wundervoller Koch. Was er mit einem frischen Braten und ein paar Sorten Gemüse alles anstellt! Problematisch ist nur seine Schuhgröße von fünfundvierzig. Ihr glaubt ja nicht, wie schwierig es ist, Stöckelschuhe zu finden, die ihm passen!«

»Die Liebe scheint dir zu bekommen«, sagte Hazel. »Sie hat dich eindeutig schwatzhaft gemacht.«

»Als ob ich das nicht wüßte«, sagte Toby. »Mir liegt er mit diesem verdammten Reinhold seit Wochen in den Ohren.« Er lächelte Owen und Hazel boshaft an. »Und wie kommt Ihr zwei Turteltauben miteinander klar, hm?«

»Falls Ihr es herausfindet, sagt es mir«, antwortete Owen.

»Wir nehmen jeden Tag, wie er kommt«, versetzte Hazel entschieden. »Wie sieht es mit dir aus, Toby? Jemand Besonderes in Sicht?«

»Ich denke in jüngster Zeit über eine Clanheirat nach«, räumte Toby widerstrebend ein. »Weil ich nicht jünger werde und die Familie mir Druck macht, woher wohl die nächste Generation des Hauses kommen soll. Da sich Onkel Gregor versteckt, Grace eine erklärte alte Jungfer ist und Evangeline die Familie leugnet, endet die Linie so ziemlich bei mir. Aber wer würde schon einen Shreck heiraten? Onkel Gregor hat mit seiner entsetzlichen Art unseren Familiennamen für alle Kreise, auf die es ankommt, in den Dreck gezogen.«

»Aber, aber, Schluß damit, Boß!« sagte Flynn entschieden. »Du bist Toby der Troubadour, reicher, berühmter und bedeutender Journalist, nicht nur ein Shreck. Arbeit ist ja schön und gut, aber letztlich geht nichts darüber, sich umzutun und ein nettes Mädchen kennenzulernen. Oder einen Jungen. Oder was auch immer.«

Owen war so sehr in den Anblick vertieft, wie Toby vor Verlegenheit hellrot wurde, daß er den näherkommenden jungen Aristo erst bemerkte, als dieser ihn fast schon umrannte. Hazel entdeckte ihn. Es erforderte schon eine Menge, Hazel abzulenken. Sie tippte Owen verstohlen auf den Arm, während sie die andere Hand auf die Pistole an der Hüfte senkte. Owen drehte sich ohne Eile um und hielt den Aristo mit festem Blick und hochgezogener Braue an. Der junge Mann verbeugte sich formgerecht und hielt die Hand ein gutes Stück von dem Schwert an seiner Seite entfernt. Er war gut, aber phantasielos gekleidet, das lange Haar in metallischem Glanz längst aus der Mode. Auf dem gutaussehenden Dutzendgesicht sorgte er für einen bemüht undeutbaren Ausdruck.

»Sir Todtsteltzer, bitte verzeiht, wenn ich Euch belästige, aber hier ist jemand, der Euch gern kennenlernen würde.«

»Das dürfte ihn in dieser Gesellschaft ziemlich einzigartig machen«, sagte Owen gelassen. »Wer könnte es sein?«

»Es ist die Dame Konstanze Wolf. Sie möchte dringend über eine Angelegenheit von beiderseitigem Interesse mit Euch reden. Darf ich Euch zu ihr führen?«

Hazel runzelte die Stirn. »Konstanze Wolf? Ich denke nicht, daß ich sie kenne. In welcher Beziehung steht sie zu Valentin?«

»Technisch ausgedrückt, ist sie seine Mutter«, sagte Owen und ließ den Aristo warten. »Sie hat Valentins Vater Jakob geheiratet, als er schon sehr alt war. Da Valentin auf der Flucht ist, Daniel vermißt wird und Stephanie diskreditiert ist, führt Konstanze den Wolf-Clan heute. Ich bin ihr nie begegnet; kann mir gar nicht denken, was wir womöglich gemeinsam haben. Trotzdem sollte ich mich lieber erkundigen, was sie möchte. Man weiß ja nie, wann man vielleicht etwas Nützliches erfährt.«

»Sei vorsichtig«, mahnte ihn Hazel. »Sie ist schließlich eine Wolf.«

Owen grinste, verabschiedete sich mit einem Nicken von Toby und Flynn und gestattete dem zunehmend ungeduldigen Aristo, ihn durch die Menge zu Konstanze Wolf zu führen. Wie immer war sie von männlichen Bewunderern umlagert, von den höchsten gesellschaftlichen Kreisen bis zu den bloß superreichen. Konstanze war gerade erst in den Zwanzigern und schon eine atemberaubende Schönheit – auf einem Planeten, der für seine schönen Frauen berühmt war. Sie war groß und blond und hatte den Körperbau und die Grazie einer Göttin. Trotz des fröhlichen Geschnatters um sie herum blieb ihr Gesicht kühl und unbewegt, und das gelegentliche Lächeln war reine Formsache. Sie blickte auf, als Owen näherkam, und er glaubte für einen Augenblick, in den tiefblauen Augen so etwas wie Erleichterung zu erkennen, während sie sich bei ihren Bewunderern entschuldigte und Owen entgegenschwebte.

Owen verneigte sich, und sie knickste. Dann sahen sie sich für einen Moment gegenseitig an. Ohne den Kopf zu wenden, entließ Konstanze ihren Sendboten mit einem kurzen Wink. Er verbeugte sich steif und entfernte sich widerstrebend, um sich einer kleinen Schar Bewunderer anzuschließen, die sich sofort in eine leise, aber lebhafte Diskussion stürzten, während sie Owen ganz offen mit finsteren Blicken bedachten. Er beschloß, sich nicht um sie zu kümmern, wohl wissend, daß er sie damit am meisten ärgerte. Konstanze seufzte.

»Das ist Percy Wüthrich. Er bewundert mich, und

ich nutze es auf skandalöse Weise aus. Aber mir haben seit Jakobs Tod so viele Männer ihre unsterbliche Liebe geschworen, daß es mir schwerfällt, irgend jemanden von ihnen ernst zu nehmen. Wenn man so reich und gut ausgestattet ist wie ich, dann ist es schon erstaunlich, als wie bewundernswert man sich entpuppt. Ich habe nur einen Mann jemals geliebt, meinen geliebten Jakob, und sein Tod hat daran nichts geändert. Aber eine alleinstehende Frau kann nicht hoffen, in diesem sich wandelnden Imperium ohne mächtige Freunde und Anhänger lange zu überleben – also dulde ich, daß sie sich um mich sammeln, und belohne sie gelegentlich mit einem Lächeln oder aufmunternden Nicken. Solange sie glauben, daß sie eine Chance bei mir haben, sind meine Feinde auch ihre, woraus sich ein gewisses Maß an Absicherung für mich ergibt, wenn nicht gar Sicherheit. Ich hoffe doch, daß ich Euch mit meiner Offenheit nicht schockiere, Sir Todtsteltzer?«

»Keineswegs«, versicherte ihr Owen, der unwillkürlich bezaubert war. »Eine solche Ehrlichkeit ist heutzutage richtig erfrischend. Vielleicht könntet Ihr damit fortfahren und mir präzise erläutern, was ich für Euch tun kann. Ich gestehe, daß ich mir nicht ganz sicher bin, welche Gemeinsamkeiten Ihr in jemandem erblickt, der geschworen hat, Euren Sohn zu töten.«

»Valentin? Bringt diesen degenerierten Menschen um; Ihr habt meinen Segen dazu. Er hat dem Haus Wolf schon immer Schande bereitet. Ich habe Grund für die Überzeugung, daß er auch den eigenen Vater ermordet hat.«

Owen zog eine Braue hoch. »Das hatte ich noch nicht gehört. Obwohl ich nicht behaupten kann, daß es mich überrascht. Ich gehe seit eh und je davon aus, daß Valentin zu allem fähig ist.«

»Ich bin heute die Wolf«, fuhr Konstanze fort.

»Auch wenn ich nur durch Heirat Familienmitglied geworden bin. Niemand sonst steht zur Verfügung. Es ist jedoch schwer, Oberhaupt eines weitgehend diskreditierten Clans zu sein. Meine Leute sind weiterhin loyal, nicht weniger mir persönlich als der Familie, aber wie lange halten sie noch durch in Anbetracht ständig wachsenden Drucks und von Bestechungssummen, deren Höhe ich nicht kenne? Ich brauche Eure Hilfe, Sir Todtsteltzer.«

»In welcher Hinsicht?« fragte Owen. »Ihr müßt wissen, daß ich bei den derzeitigen Machthabern nicht gerade beliebt bin. Mein Einfluß ist eng begrenzt. Und falls Ihr nichts weiter wünschen solltet als einen Leibwächter, gestattet mir den Hinweis, daß es ausgezeichnete Kämpfer in beliebiger Zahl gibt, die seit dem Ende der Rebellion Arbeit suchen.«

»Nein, das ist es nicht, was ich von Euch wünsche.« Konstanze runzelte die Stirn und schüttelte langsam den Kopf. »Es fällt mir nicht leicht, Sir Todtsteltzer, also bitte ... Seid großzügig und gestattet mir, mich dem Thema auf meine Weise zu nähern.«

»Natürlich. Aber nennt mich doch Owen. Ich habe nie viel auf Förmlichkeiten gegeben.«

Konstanze lächelte kurz. »Das habe ich gehört. Sehr schön. Es erleichtert die Sache. Und Ihr müßt mich Konstanze nennen.« Sie wandte sich kurz ab, ordnete ihre Gedanken und wandte sich mit ruhiger, entschlossener Miene wieder ihm zu. »Mein Leben ... ist nicht so verlaufen, wie ich ursprünglich erwartet hatte. Sicherlich könnt Ihr ein solches Gefühl verstehen. Als ich Jakob Wolf heiratete, erwartete ich, mein Werdegang wäre nun vorgezeichnet: Ich würde Kinder von ihm bekommen, sie für ihn großziehen und für den Rest meines Lebens an seiner Seite stehen. Und dann war er auf einmal tot, ermordet, und meine neue Familie schwankte unter Schlägen, die ihr ein ums anderemal versetzt wurden. Und ich ... stand allein da, mußte selbst die Verantwortung übernehmen. Dafür war ich nicht gerüstet. Allerdings ist es erstaunlich, was man leisten kann, wenn man sich dazu gezwungen sieht. Ich lernte durch die Praxis. Und ich entwickelte mich rasch, denn die Alternativen lauteten auf Armut oder Tod oder gar beides. Das machte mich stärker. Es machte mich auch hart und rücksichtslos, eine Entwicklung, die ich nicht recht einzuschätzen weiß. Seht Ihr, Owen, wir haben letztlich doch viel gemeinsam. Deshalb möchte ich auch, daß Ihr mich heiratet.«

Owen starrte sie an. Er war überzeugt, daß sein Mund offenstand, aber er schien nicht in der Lage, etwas daran zu ändern. Was immer er auch erwartet hatte, als er beiläufig zu Konstanze hinübergeschlendert war, dergleichen war es nicht gewesen, verdammt sicher nicht. Der Impuls, wegzulaufen und in der Menge unterzutauchen, war überwältigend, aber er rang ihn nieder. Abgesehen davon, daß es ein Zeichen von schockierend schlechten Manieren gewesen wäre, ging einfach nicht an, daß später erzählt wurde, er würde vor irgend etwas flüchten. Er brachte es fertig, den Mund zuzuklappen, und schluckte schwer.

»Warum ich?« fragte er schließlich, und es klang doch ein bißchen wehleidig.

Konstanze zuckte die Achseln. »Es ist klar, daß ich jemanden heiraten muß, und nach reiflicher Überlegung habe ich entschieden, daß Ihr die beste Wahl seid. Wir beide haben viel gemeinsam und entstammen alten, etablierten Linien. Und ich brauche jemanden, der unberührt geblieben ist von dem Bösen und der Korruption, die soviel von unserer gesellschaftlichen Schicht verschluckt haben. Ich brauche jemanden, dem ich trauen kann. Meine Stellung als Oberhaupt des Clans Wolf ist ... prekär, und ohne Jakob hält mich sonst nichts in dieser Familie. Es wäre keine Liebesheirat, soviel ist mir klar, aber wir sind beide verpflichtet, standesgemäß zu heiraten und unsere Linien fortzusetzen. Wir würden ein starkes Bündnis bilden, Owen. Ihr habt Euren Familiennamen wieder zu Ehre geführt. Ich wäre stolz, eine Todtsteltzer zu sein.«

Sie hörte auf zu reden und musterte ihn erwartungsvoll. Dieses eine Mal hatte Owen nicht die leiseste Idee, was er sagen sollte. Er dachte angestrengt nach. »Ich habe Jakob Wolf gekannt«, stellte er schließlich fest. »Mein Vater ... hatte mit ihm zu tun. Soweit ich mich entsinne, hielt Jakob Wolf nicht viel von mir.«

Konstanze lächelte. »Jakob hat von niemandem viel gehalten. Er war ein harter Mann. Er mußte es sein. Aber ich habe noch einen anderen Jakob gekannt, die Seite von ihm, die er nie jemandem zu zeigen wagte, nicht mal seinen Kindern. Vielleicht besonders nicht ihnen. Er war stark und standhaft und setzte sich für das ein, woran er glaubte. Euch sehr ähnlich, Owen.«

»Jetzt wartet mal«, sagte Owen und hob abwehrend beide Hände. »Falls es eine Sache gibt, derer wir beide absolut gewiß sein sollten, dann die, daß ich Jakob Wolf in keinerlei Hinsicht ähnlich bin. Ich habe nie gewünscht, Krieger zu werden. Ich war ein stiller Gelehrter und vollkommen glücklich damit, bis Löwenstein mich zum Gesetzlosen erklärte. Ich wurde in die Rebellion hineingezerrt und habe dabei die ganze Zeit gestrampelt und geschrien.«

»Dann macht es Euch umso mehr Ehre, daß Ihr auf diesem Gebiet soviel erreicht habt«, sagte Konstanze ernst. »Aber was wollt Ihr jetzt, da die Rebellion vorüber ist, mit Eurem Leben anfangen? Ihr könnt nicht wieder zum bloßen Gelehrten werden, nach allem, was Ihr gesehen und getan habt. Der Schmetterling kann nicht wieder zur Raupe werden. Und obwohl die Kopfgeldjagd zweifelsohne ein Bedürfnis stillt, das Ihr zur Zeit empfindet, ist es kein Beruf, auf dem man ein Leben aufbauen kann. Ob es Euch gefällt oder nicht, Ihr seid für viele Menschen zum Symbol geworden, von dem sie Anleitung erwarten. Was bedeutet, daß Ihr in die Politik gehen müßt. Andernfalls könntet Ihr zwar die Schlacht gewonnen, den Krieg hingegen verloren haben. Sicherlich habt Ihr nicht all das durchgemacht, was Euch widerfuhr, nur um dann zu erleben, wie Löwenstein durch jemand noch Schlimmeren ersetzt wird?«

»Nein«, antwortete Owen, »das habe ich nicht. Aber ich bin nicht an Macht um ihrer selbst willen interessiert. Ich war es nie.«

»Das sind die besten Politiker«, fand Konstanze. »Die nach Macht streben, auf die muß man achtgeben. Hier geht es um die Pflicht, Owen. Nicht um persönliche Wünsche. Das Imperium braucht Euch.«

»Das habe ich schon so oft gehört«, sagte Owen. »Und von so vielen Leuten. Sie hatten jedoch alle ganz unterschiedliche Vorstellungen von dem, was ich tun sollte, falls ich an die Macht käme. Ich habe immer erwartet, von all dem frei zu sein, sobald die Rebellion erst mal vorüber wäre und ich deutlich gemacht hätte, daß ich weder an der Krone noch dem Thron interessiert bin. Ich dachte, ich könnte mich dann von all dem Blut und Tod abwenden und wieder ein eigenes Leben führen. Ich hätte es besser wissen sollen. Die Pflicht wird mir im Nacken sitzen, bis ich sterbe, wie der Alte vom Meer, den man nicht wieder absetzen kann, sobald man ihn erst huckepack genommen hat.«

»Oder die Zauberschuhe«, ergänzte Konstanze nickend. »Man wird zum phantastischen Tänzer, aber sobald man sie angezogen hat, kann man sie nicht wieder ausziehen und nicht wieder aufhören zu tanzen. Als ich diese Geschichte zum ersten Mal hörte, entschied ich, daß ich einfach so schön tanzen müßte, wie ich nur kann, falls mir dergleichen einmal widerfahren sollte. Damit man sich eher daran erinnert, was ich vollbrachte, als an den Fluch, der mich trieb. Geht in die Politik, Owen. Werdet zum Staatsmann. Macht etwas Neues und Wunderbares aus Euch. Ich kann Euch Rat geben, Euch anleiten, Euch den richtigen Persönlichkeiten vorstellen. Wir wären gute Partner.«

»Dahinter steckt mehr als Eure Bewunderung für mich oder Euer Bedürfnis, Euch vom Clan Wolf zu befreien«, sagte Owen plötzlich. »Ihr fürchtet etwas. Etwas ganz Bestimmtes. Was?«

»Sehr gut, Owen! Ihr seid so scharfsinnig, wie alle behaupten. Der *Schwarze Block* ist zur wahren Macht geworden, der die Clans folgen. Der *Schwarze Block* sagt etwas, und alle hören zu. Er unterbreitet Vorschläge, und alle beeilen sich, sie umzusetzen. Ich traue dem *Schwarzen Block* jedoch nicht. Ich traue seinen Motiven nicht. Ich möchte frei von ihm sein. Ich möchte, daß die Familien von ihm frei sind. Aber dank Euch sind sie verschreckt und gespalten. Die Clans brauchen einen Helden, hinter dem sie sich sammeln können. Selbst nach allem, was Ihr getan habt, würden sie Euch akzeptieren. Sie wissen, daß Ihr stets eher mit Löwenstein Streit hattet als mit den Clans. Sie respektieren die Idee der Vendetta. Und sie hatten schon immer Verständnis für Ehrgeiz. Schließlich wurdet Ihr als Aristokrat geboren und aufgezogen, genau wie sie.«

»Nein!« erwiderte Owen scharf. »Ich bin ihnen in keiner Weise ähnlich! Ich habe nicht nur für den Sturz Löwensteins gekämpft, sondern auch der Ordnung, die sie trug. Ich wurde Zeuge der Greuel und Übeltaten, für die die Familien verantwortlich waren. Ich habe gesehen, was für ein schauderhaftes Leben die vielen führen mußten, damit es sich die wenigen im Luxus bequem machen konnten.«

»Ihr habt Euch verändert. Das können die übrigen Aristokraten auch. Helft ihnen. Verwandelt sie ihn das, was sie sein könnten, sein sollten ... Eine Führungsmacht, die das Imperium fair regiert und wieder stark und sicher macht.«

»Ich weiß nicht recht, Konstanze. So einfach ist es nicht. Heute findet man eine Menge Leute in Amt und Würden, die der Meinung sind, nur ein toter Aristo wäre ein guter Aristo.«

»Ihr könntet das ändern. Owen, die Aristokratie verfügt über zuviel Potential des Guten, um einfach zuzusehen, wie es verlorengeht! Wir verkörpern ein Erbe der Besten, das Jahrhunderte zurückreicht. Generationen der Partnerwahl und Gentechnik, um Perfektion zu erzielen. Ihr seid der letzte Todtsteltzer. Möchtet Ihr, daß Eure Abstammungslinie mit Euch endet? Falls nicht, müßt Ihr eine Aristokratin heiraten, um das Erbe Eurer Familie weiterzugeben. Alles andere wäre Verrat an Eurem Clan.« Sie brach ab und musterte Owen forschend. »Getrennt sind wir beide Personen mit großen Fähigkeiten. Wenn wir uns zusammenschließen, könnte unsere Familie unschlagbar werden.«

Owen schüttelte langsam den Kopf. »Konstanze ... Ich kenne Euch nicht. Ich liebe Euch nicht.«

Sie lächelte. »Wir werden einander kennenlernen. Mir gefällt, was ich von Euch gehört habe. Ich denke, wir würden uns ... vertragen.«

»Konstanze, ich bin stets davon ausgegangen, daß ich zu gehöriger Zeit entweder aus Liebe heiraten würde oder gar nicht. Ich wünsche mir eine Ehe, keinen geschäftlichen Zusammenschluß.«

»Liebe kann ich Euch nicht versprechen, Owen. Ich

weiß nicht, ob ich je wieder lieben werde. Aber meine frühere Ehe war arrangiert, und Jakob war mir fremd, als wir unser Eheleben begannen. Wir brauchen einander nicht zu lieben, um uns als Partner und Bundesgenossen zu unterstützen, aber ... vielleicht entwickelt sich die Liebe später noch.« Sie musterte ihn nachdenklich, den Kopf leicht auf die Seite gelegt. »Oder liebt Ihr bereits jemanden? In den Medien und den gesellschaftlichen Kreisen spekuliert man ständig über Eure Beziehung zu dieser d'Ark. Eine ... eindrucksvolle Persönlichkeit. Niemand bezweifelt, daß Sie eine Heldin der Rebellion ist, aber Euch muß klar sein, daß Ihr sie niemals ehelichen könnt. Ihr beide entstammt verschiedenen Welten und werdet stets verschiedenen Welten angehören. Und was auch immer die Lieder behaupten, Liebe überwindet keineswegs alle Schranken.«

»Hazel ... wollte nie aussprechen, ob sie mich liebte«, sagte Owen stockend, wußte nicht recht, was er sagen würde, bis es herauskam. »Wir stehen uns so nahe, wie Menschen einander nur stehen können, haben Seite an Seite gegen alles gekämpft, was das Imperium gegen uns ins Feld warf, sahen uns mit dem Tod und Schlimmerem konfrontiert ... Sie hat jedoch nicht einmal gesagt, sie würde mich lieben.«

»Ich kann Euch Kinder schenken«, sagte Konstanze. »Sie zu Mitgliedern des Clans Todtsteltzer erziehen. Könnte sie das für Euch tun? Würde sie es tun?«

»Nein«, antwortete Owen. »Ich denke, nicht. Sehr gut, Konstanze, unsere Eheschließung soll arrangiert werden. Sorgt Ihr bitte dafür; ich war so lange fort, daß ich weitgehend den Kontakt zu den nötigen Formalitäten verloren habe.«

»Natürlich«, sagte Konstanze. »Ich kümmere mich um alles. Ihr könnt mich jetzt küssen, wenn Ihr wünscht.«

Sie kam in seine Arme und wandte ihm die Lippen entgegen. Es war ein sehr höflicher, beinahe zurückhaltender Kuß, aber Owen spürte trotzdem, wie sich damit sein ganzes Leben veränderte, wie er sich auf eine Zukunft festlegte, die er kaum erkannte oder begriff. Ein Kapitel seines Lebens endete hier und jetzt, und ein neues nahm seinen Anfang. Er hoffte nur, daß er dieses eine Mal die richtige Entscheidung getroffen hatte. Sie lösten sich voneinander und blickten sich für einen Moment gegenseitig in die Augen, wobei Owens Hände leicht auf Konstanzes Hüften ruhten. Sie erwiderte seinen Blick offen und vertrauensvoll, band sich an ihn. Allerdings war überhaupt keine Liebe im Spiel, und beide wußten es. Konstanze trat einen Schritt zurück, und Owens Hände sanken an seine Seiten. Sie lächelte ihn an, knickste und entfernte sich in die Menge, und Owen blieb allein zurück. Er bemerkte, daß ihn Menschen ringsherum mit erneuertem Interesse ansahen, aber für den Augenblick dachte er an nichts anderes, als wie er Hazel D'Ark die Nachricht überbringen sollte.

Hazel hatte inzwischen die Bar gefunden, einen stillen, abgesonderten Winkel mit glänzenden Fliesen, Reihen interessant aussehender Flaschen und einer langen Holztheke. Sie hatte dort auch Jakob Ohnesorg und Ruby Reise entdeckt. Die drei tranken in freundschaftlichem Schweigen. Keiner wirkte besonders glücklich. Jack trug eine schlichte blaue Latzhose, die seine neuerdings wieder jugendfrische Gestalt vorteilhaft zur Geltung brachte. Man hatte ihm die verschiedensten Medaillen verliehen, aber er trug sie nie. Ruby war wie üblich in schwarzes Leder unter weißen Fellen gekleidet. Sie sagte, es würde ihr dabei helfen, sich zu erinnern, wer sie eigentlich war. Sie trug allerdings auch soviel Gold und Silber und Schmuck an Armen, Handgelenken und Hals, daß sie nicht die allerkleinste Bewegung machen konnte, ohne daß all diese Klunker aneinander rasselten und bimmelten. Alle drei genossen den stärksten Weinbrand, den die Bar anzubieten hatte. Jeder hatte eine Flasche vor sich stehen und machte sich nicht die Mühe mit einem Glas. Der Barkeeper wirkte eindeutig schockiert über einen solch ungenierten Umgang mit gutem Weinbrand, aber er verfügte über genügend Verstand und Überlebensinstinkt, um keinen Mucks von sich zu geben.

»Zu den Nachteilen unserer im *Labyrinth* verbesserten Körper«, sagte Jakob traurig, »gehört, daß wir verdammt viel Alkohol brauchen, um überhaupt eine Wirkung zu erzielen. Aber sich diesem wunderbaren neuen Imperium zu stellen, zu dessen Errichtung wir beigetragen haben, ist eine zu ehrfurchtgebietende Aufgabe, um es völlig nüchtern zu tun.«

»Richtig«, sagte Ruby. »Natürlich hilft es, daß wir uns heute die allerbesten Getränke leisten können. Kann allerdings nicht feststellen, daß dieses Zeug so viel besser schmeckt als der Fusel, den ich früher getrunken habe.«

»Du hast einfach keinen Gaumen«, behauptete Jakob.

»Doch, habe ich«, widersprach Ruby. »Ich rede ganz deutlich.«

Hazel erkannte, daß sich hier ein Streit anbahnte, und mischte sich schnell ein. »Also, was habt ihr beiden eigentlich getrieben, während Owen und ich die bösen Jungs gejagt haben? Wart ihr beschäftigt?«

»Ab und zu«, antwortete Jakob Ohnesorg. »Seit ich das Abkommen ausgehandelt habe, mit dem der Aristokratie die Zähne gezogen wurden und sie ihre Kapitulation erklärt hat, kommt alle Welt immer zu mir gerannt, wenn ein Aristo über die Stränge schlägt. Als ob ich etwas ändern könnte, außer die Beschwerden ans Parlament weiterzureichen. Ich habe meine eigenen Probleme, versuche praktisch ganz allein, ein neues politisches System zu errichten. Die Leute erwarten so viel von mir. Meine Legende ist durch die Rebellion auf fast übermenschliche Proportionen angewachsen. Die Leute waren von den beiden Jakob Ohnesorgs überrascht, also überlegten sie sich, daß es nur einen gegeben haben durfte, und schrieben alles mir zu. Zusammen mit einer ganzen Menge reiner Erfindungen. Niemand sieht heute mehr mich, mein eigentliches Ich – nur die verdammte Legende. Man glaubt, ich brächte einfach alles zustande, könnte jedes Problem lösen und hätte dann noch den Nerv, obendrein wütend zu werden.« Er nahm einen tiefen Schluck aus der Flasche. »Natürlich macht meine Legende nicht viel her, verglichen mit Rubys. Ich habe schon erlebt, wie sich Leute bekreuzigten, wenn sie sie kommen sahen.«

»Völlig richtig«, sagte Ruby lebhaft. »In vielen Fällen brauche ich heute nicht mehr zu bezahlen. Ich gehe einfach irgendwo rein, zeige, was ich haben möchte, schaue dabei ein bißchen ernst drein, und die Leute stolpern über die eigenen Füße vor lauter Eifer, es mir als Geschenk zu geben. Ich wette, daß wir nicht mal etwas für diese Getränke werden bezahlen müssen. Wahrscheinlich kann ich den Barkeeper mit einem Blick dazu bringen, daß er sich in die Hose pißt.«

»Da nehme ich dich beim Wort«, sagte Hazel rasch. Sie drehte sich um, blickte zu Konstanze und Owen hinüber und machte ein finsteres Gesicht. »Ich frage mich, was er mit dem hübschen Fräulein Vollkommen zu bereden hat. Ich mag es nicht, wenn er sich mit anderen Aristos unterhält. Sie haben einen schlechten

Einfluß auf ihn. Und er ist immer so leicht zu überreden.«

»Du mußt es ja wissen«, meinte Ruby. »Was ist los? Hast du Angst, sie könnte ihn dir ausspannen?«

Hazel schnaubte. »Nicht nach allem, was wir zusammen durchgemacht haben. Zwischen uns besteht ein Band, stärker als alles, was diese Leute je verstehen könnten.«

»Klar doch«, sagte Ruby. »Aber hast du ihn schon im Bett gehabt?«

»Kümmere dich um deinen Kram!«

»Das dachte ich mir.«

»Es würde ... ihm zuviel bedeuten«, meinte Hazel. »Er würde es zu ernst nehmen. Er würde anfangen, über Beziehung und Vertrauen und den Aufbau eines gemeinsamen Lebens zu reden, und für Scheiß dieser Art bin ich einfach nicht bereit.«

»Kann nicht behaupten, daß ich von dir je was anderes erwarten würde«, warf Jakob ein.

»Und du kannst auch gleich die Klappe halten.«

»Du solltest lieber schnell zuschlagen, Mädchen«, fuhr Ruby gelassen fort. »Sonst schnappt ihn dir noch jemand weg. Ich könnte mir vorstellen, es selbst mal zu probieren. Gut gebaut. Hübscher Hintern. Und er hat diesen unschuldigen Blick eines verirrten Jungen, bei dem es mir immer in den Fingern juckt.«

»Gib gut auf deine Finger acht, Ruby Reise!« erwiderte Hazel entschieden. »Sollte ihn je eine anfassen außer mir, sorge ich dafür, daß sie für einen Monat im Streckverband landet.«

»Klar, aber liebst du den Mann nun oder nicht?« fragte Ruby hartnäckig weiter.

»Wir ... verstehen uns.«

»Verständnis hält einen nicht warm in den frühen Morgenstunden. Du hast einfach Angst davor, dich festzulegen, Hazel. Hattest du schon immer.«

»Das ist wirklich gut, von jemandem, der sein Leben lang noch keine persönliche Beziehung mit irgendwem hatte!«

»Wir reden nicht über mich«, versetzte Ruby gelassen. »Wir reden von dir. Und Owen. Er wird nicht ewig warten, weißt du? Der Krieg hat euch zusammengeführt, aber er ist vorbei. Owen ist das Beste, was dir je passiert ist, Hazel D'Ark, und du wärst eine verdammte Idiotin, wenn du ihn dir durch die Lappen gehen läßt. Stimmt's, Jakob?«

»Sieh mich nicht an«, sagte er. »Ich knabbere immer noch an der Frage herum, welche Art Beziehung wir haben. Außerdem war ich schon sieben Mal unter verschiedenen Namen verheiratet, und keine dieser Ehen hat funktioniert. Die Arbeit als Berufsrebell hat viel Zeit verschlungen. Nicht immer blieb Zeit für jemand anderen übrig, egal, welche Gefühle ich für die betreffende Person hegte.«

»Aber deine Arbeit ist jetzt getan«, fand Hazel.

»Nicht, daß es mir aufgefallen wäre«, gab er zu bedenken. Er traf Anstalten, die Flasche an die Lippen zu setzen, stoppte und setzte sie wieder ab. »Ich war der Mann, der gegen das System kämpfte. Jedes System. Ich habe mich selbst nur in Bezug auf Löwenstein und ihr korruptes Imperium definiert. Jetzt, wo beides nicht mehr ist, weiß ich nicht mehr, was ich mit mir anfangen sollte und was auch nur einen Furz wert wäre.«

»Du mußt einfach eine neue Art Kriegsführung lernen«, sagte Ruby. »Man nennt sie Politik.«

»Ich bin zu alt für neue Tricks«, sagte Jakob. »Obwohl ich einen neuen jungen Körper habe, habe ich das ganze Leben darauf verwandt, zu einer ganz bestimmten Person zu werden, nur um dann festzustellen, daß niemand mehr so jemanden benötigt. Stattdessen dreht sich alles um Konferenzen und Komitees und endlose verdammte Kompromisse. Ständig muß ich mich bemühen, alte Feinde davon abzuhalten, daß sie sich gegenseitig an die Gurgel fahren. Und ich frage mich die ganze Zeit, ob irgendwas davon den Aufwand lohnt …« Er seufzte tief. »Ich schätze, ich könnte mich um Arbeit als Kopfgeldjäger bewerben wie du und Owen, kann mich aber nicht von dem Gefühl befreien, daß hier alles zusammenbricht, wenn ich nicht mehr anwesend bin und die Veränderungen im Auge behalte. Man vertraut mir, versteht ihr? Ich bin der legendäre Berufsrebell. Der Mann, der ihnen endlich die Freiheit gebracht hat. Wie soll ich ihnen klarmachen, daß mir ihre alltäglichen kleinen Probleme einen Scheiß bedeuten?«

»Ich weiß, was du meinst.« Ruby nickte weise. »Weiß genau, was du meinst. Der Erfolg ruiniert uns. Ich meine, seht mich an. Endlich bin ich so reich, wie ich es mir immer erträumt hatte. Vielleicht sogar noch reicher … Verdammt, ich behalte nicht mal mehr den Überblick darüber! Dafür habe ich Buchhalter. Sie schicken mir die Kontoauszüge, und ich kapiere nichts davon. Ich wußte früher nie, daß es so große Zahlen gibt. Ich verfolge reiche Verbrecher, finde ihre versteckte Beute, konfisziere sie und übergebe sie dem Parlament, abzüglich meiner saftigen Provision. Nicht, daß ich viel von der eigentlichen Arbeit selbst tun würde … Ein ganzer Haufen *Kyberratten* arbeitet für mich. Sie stöbern die Gelder und den Aufenthaltsort des Mistkerls auf, und dann bahne ich mir einen Weg dorthin und verhafte den bösen Buben. Sie liefern mir selten einen nennenswerten Kampf, sobald ich ihre Abwehrsysteme erst mal überwunden habe. Verdammt, die meisten brechen in Tränen aus, wenn sie sehen, wie ich hereinspaziere.«

»Jetzt mal langsam«, wandte Jakob ein. »Verhaften? Wann hättest du dir je die Mühe gemacht, jemanden zu verhaften?«

»Oh, in Ordnung, ich breche also ein und bringe die bösen Buben um, wenn du auf Genauigkeit bestehst. Sie würden vom Kriegsverbrechertribunal ohnehin gehängt, und ich brauche mich so nicht mit dem Papierkram herumzuschlagen. Worauf ich hinauswill: Ich wälze mich in Geld. Mehr, als ich in einem ganzen Leben ausgeben kann. Habe ein großes Haus, Diener und den ganzen modernen Komfort und Luxus. All das, was ich mir immer gewünscht habe – wie ich dachte. Aber man kann diese Sachen wirklich schnell satt haben. Wenn man es genau nimmt, sind es nur Spielsachen. Sogar die Diener anzuschreien hat seinen Reiz verloren. Es macht keinen Spaß, jemanden einzuschüchtern, wenn man ihn selbst dafür bezahlt, sich einschüchtern zu lassen. Und außerdem beschleicht mich der Verdacht, daß ich verweichliche, meinen Biß verliere. Immer lauert jemand hinter den Kulissen auf eine Gelegenheit, einem alles wegzunehmen.«

»Ja«, sagte Jakob seufzend. »Das Problem mit der Erfüllung aller Wünsche besteht darin, daß man anschließend aufwacht und sich in der Wirklichkeit wiederfindet.«

»Oh, sehr tiefsinnig«, fand Ruby. »Sehr philosophisch. Was zum Teufel soll das heißen?«

Jakob zuckte die Achseln. »Ich will verdammt sein, wenn ich es wüßte. Aber für einen Moment hat es sich ganz gut angehört.« Er blickte durch die volle Halle zu Owen hinüber. »Was macht er da? Unterhält sich mit dieser Wolf?«

»Vielleicht hat sie einen Hinweis, wo wir Valentin finden«, sagte Hazel.

»Vielleicht«, sagte Jakob. »Aber ich würde keinem Wink trauen, der aus dieser Ecke stammt. Das letzte, was ich gehört habe, war, daß Konstanze Wolf mit den Chojiros unter einer Decke steckt. Üble Familie. Üble Leute.«

Hazel sah ihn nachdenklich an. »Es hatte so einen Unterton, als du *Chojiro* gesagt hast. Irgendwie kalt ... und wütend. Welche Verbindung hast du zu den Chojiros?«

»Richtig«, fiel Ruby ein. »Nicht zum ersten Mal habe ich gehört, wie du sie heruntermachst. Was macht die Chojiros so viel schlimmer als den übrigen aristokratischen Abschaum?«

Jakob starrte auf die Flasche vor ihm, damit er nicht Ruby oder Hazel ansehen mußte. »Meine Mutter war eine Chojiro«, sagte er leise. »Sie haben sie ausgestoßen und ihr den Geldhahn komplett abgedreht, nur weil sie den Mann geheiratet hatte, den sie liebte, und nicht den, den die Familie für sie ausgewählt hatte. Sie waren damals allesamt Arschlöcher und sind es heute noch. Traue niemals einem Chojiro.«

»Du hast aber recht schnell ein Abkommen mit ihnen geschlossen«, gab Ruby zu bedenken. »Du hast jedes Prinzip verkauft, das dir je was bedeutet hat, als du den Aristos den Arsch gerettet hast.«

»Es war nötig«, erklärte Jakob. »Es hat die Familien und ihre Privatarmeen aus dem Krieg entfernt. Ohne ihre Beteiligung sind Millionen noch am Leben, die andernfalls hätten umkommen können. Kein schlechter Handel. Was sind schon ein paar Prinzipien im Vergleich zu Menschenleben?«

»Selbst wenn es heißt, daß die meisten Schuldigen an generationenlangen Verbrechen gegen die Menschlichkeit ungestraft ausgehen?«

Jakob drehte sich um und sah sie böse an. »Das sind ganz schön anspruchsvolle Worte für eine professionelle Killerin! Wann hast du dir je etwas aus der Menschlichkeit gemacht? Wann hattest du je Prinzipien?«

»Nie«, antwortete Ruby. »Und ich habe auch nie was anderes behauptet. Vielleicht habe ich mich aber mal anders gefühlt. Ich habe an dich geglaubt, Jakob. Und dann hast du dich als jemand ganz anderes entpuppt.«

Es war ein alter Streit, ohne daß ein Ende absehbar gewesen wäre. Hazel wandte sich ab und ließ sie fortfahren. Sie blickte durch die Halle, und die Menge schien sich gerade im richtigen Augenblick vor ihr zu teilen, damit sie sehen konnte, wie Owen Konstanze Wolf in die Arme nahm und küßte.

Finlay Feldglöck, der erneut auf dem Höhepunkt der Mode war, durchquerte gewandt die dichtgedrängte Menge, wie ein Hai, der mit den Strömungen schwamm und sich an einem Meer voller Beute ergötzte. Sein zerknitterter Samtgehrock war erstklassig geschneidert, saß perfekt wie eine zweite Haut und war in einem strahlenden Blau gehalten, so hell, daß es in den Augen schmerzte. Finlay trug lederne Stulpenstiefel über kanariengelben Beinlingen und eine rosenrote Krawatte, gerade unordentlich genug gebunden, um zu zeigen, daß er es selbst getan hatte. Solche Einzelheiten waren wichtig. Darüber hinaus trug er eine Nasenkneiferbrille, die er im Grunde nicht brauchte, und hatte das lange Haar zu einem einzelnen, komplizierten Zopf gebunden. Früher hätte ihm eine solche Meisterung der Mode, dieser Inbegriff des Geckenhaften bewundernde Blicke von aller Welt eingetragen, vielleicht sogar einen kurzen Applaus im Vorbeigehen. Aber das lag lange zurück, in einem anderen Leben.

Finlay hatte sich in den Jahren als Rebell verändert. Das früher jungenhafte Gesicht war dünn und abgehärmt und um Mund und Augen von scharfen Falten geprägt. Das Haar war verblaßt, fast weiß geworden. Er war erst Ende zwanzig, wirkte aber mehr als zehn Jahre älter. Trotz angestrengter Bemühungen zeigte er eher die Gangart eines Soldaten als die eines Müßiggängers, und der Ausdruck seiner Augen war erschreckend kalt. Er sah so aus, wie er auch war, hartgesotten und gefährlich, und seine hübschen Sachen wirkten wie ein Clownskostüm an einem Killer. Die Leute wichen ihm rasch aus, selbst wenn er andeutete, daß er gern mit ihnen reden würde. Obwohl er nicht mehr der Feldglöck war, das Oberhaupt des Clans, hatte er sich in vielerlei Hinsicht zu einem Ebenbild seines toten Vaters entwickelt, dieses gefürchteten und gefährlichen Mannes – ein Gedanke, bei dem Finlay stets unwohl wurde.

Die Unfähigkeit, wieder in die alten Maße zu passen, machte ihm Sorgen. Er hatte erwartet, einfach wieder seine alte geckenhafte Persönlichkeit überstreifen zu können und von aller Welt wieder akzeptiert zu werden, wie früher auch. Er hatte sich jedoch zu sehr verändert; Jugend und Unschuld waren zu vielen Attentaten zum Opfer gefallen, die er für die Untergrundbewegung durchgeführt hatte. Auch fiel es ihm heute zu schwer, die alte Persönlichkeit vorzuführen; die kleinlichen politischen Machenschaften des Parlaments und seines Anhangs verblaßten neben den mörderischen Schlachten der Rebellion. Damals hatte alles, was Finlay tat, eine Bedeutung gehabt. Jetzt war er nur noch ein kleiner Held, aus dem Krieg heimgekehrt, auch nicht wichtiger als tausend andere.

Nur ein weiterer Killer, der zu früh pensioniert worden war.

Früher mal hatte er sein Bedürfnis nach blutiger Erregung in der Arena austoben können, als unbesiegter Champion, als der Maskierte Gladiator. Dann mußte er aus der Gesellschaft fliehen, diese Maske ablegen und sich Evangeline, seiner Geliebten, in der Klon- und Esperbewegung anschließen. Sein Mentor, der ursprüngliche Maskierte Gladiator, übernahm in Finlays Abwesenheit diese Rolle erneut, so daß niemand eine Verbindung herstellen konnte zwischen dem vermißten Feldglöck und einem vermißten Gladiator. Während der Rebellion kam der ursprüngliche Maskierte Gladiator dann ums Leben; Flynns Kamera filmte sein blutiges Ende live, als der Esper Julian Skye in der Arena grausame Rache nahm für den Tod seines Bruders Auric.

Somit konnte Finlay auch in diese Rolle niemals zurückkehren. Schlimmer noch, Auric Skye war in Wahrheit von Finlays Hand gestorben, als er noch die Maske des Gladiators trug. Das durfte er Julian nie erzählen. Es hätte ihre Freundschaft für immer zerstört.

Auch ohne Maske konnte er nicht in die Arena zurückkehren. Die Fans würden seinen Kampfstil schnell wiedererkennen. Julian erführe es und wüßte, daß er einen Unschuldigen getötet hatte. Und so schlüpfte Finlay wieder in die ganz feinen Klamotten und begab sich aufs gesellschaftliche Parkett, wo er sich Mühe gab, die freiwillig, wenn auch widerstrebend übernommene Aufgabe als Diplomat und Botschafter der Klon- und Esperbewegungen zu erfüllen. Denn sie brauchten ihn. Zumindest hatte Evangeline ihm das eingeredet. Manchmal ertappte er sich bei der Frage, ob sie ihm vielleicht seine Stellung in der Untergrundbewegung mit Hilfe ihres Einflusses verschafft hatte, nur damit er beschäftigt war und sich ... nützlich fühlte. Fragen konnte er sie nicht. Sie war fortlaufend mit eigener Arbeit beschäftigt, um der Klonbewegung einen Platz im öffentlichen Leben zu verschaffen, als Teil der neuen politischen Szene. Das war eine wichtige Arbeit. Zuzeiten sah er Evangeline tagelang nicht. Zum ersten Mal brauchte er wirklich ihren Trost, und sie war nicht mal bei ihm.

Es war ein kleinlicher Gedanke, und er bemühte sich, ihn zu verbannen.

Er wußte nicht, daß Evangeline die wachsende Verzweiflung in seinem Blick gesehen hatte und ihm soviel Arbeit zuschanzte, wie sie nur konnte – denn sie fürchtete, er könnte sich das Leben nehmen, wenn er keine Richtung, keine Zielvorstellung in seinem Leben hatte. Dabei wußte sie nicht mal, daß er von den dicken Adern an seinen Handgelenken träumte, von der scharfen Schneide eines Messers oder von einer Schlinge, die im Mondlicht baumelte – und davon, wie leicht es wäre, alles hinter sich zu lassen und endlich Frieden zu finden.

Finlay sah, daß Owen Todtsteltzer für den Moment allein war, und ein alter Zorn regte sich in ihm. Nicht nur Liebe war es, die ihn am Leben hielt; auch ein ungestillter Haß brannte weiterhin in seinem Herzen. Er schritt zum Todtsteltzer hinüber, der sich umdrehte und formell verneigte. Finlay überwand sich, sich seinerseits zu verbeugen. Die Form wußte gewahrt bleiben. Owen und Finlay hatten in der Rebellion vielleicht auf derselben Seite gefochten, aber als Menschen hatten sie nie entsprechende Gemeinsamkeiten gehabt. Owen hielt Finlay für einen verrückten Mörder, der sich jederzeit von der Leine lösen und sich gegen Freund und Feind gleichermaßen wenden konnte. Finlay erachtete seinerseits Owen für einen gefährlichen Amateur, der zuviel nachdachte. In der Öffentlichkeit pflegten sie einen sehr höflichen Umgang miteinander. Gewöhnlich.

»Ich habe ein Hühnchen mit Euch zu rupfen, Todtsteltzer.«

»Stellt Euch an«, erwiderte Owen ruhig. »Wie lautet Euer Problem, Feldglöck?«

»Valentin Wolf. Ich habe gerade erfahren, daß Ihr seinen Aufenthaltsort kanntet und verabsäumtet, ihn mir mitzuteilen. Er hat meine Familie vernichtet, verdammt!«

»Valentin hat eine Menge Familien vernichtet. Deshalb hat mich das Parlament losgeschickt, um ihn zu fangen. Falls Ihr so gute Verbindungen hättet, wie Ihr angeblich habt, hättet Ihr das ebenfalls erfahren. Ich kann es auch nicht ändern, wenn Ihr in jüngster Zeit ein wenig ... besorgt gewesen seid.«

»Kommt mir nicht gönnerhaft, Todtsteltzer!«

»Und spielt Euch mir gegenüber nicht auf, Feldglöck. Mein Anspruch auf Valentin ist eher noch besser begründet als Euer. Er hat meinen ganzen Planeten vernichtet.«

»Ich werde ihn töten«, sagte Finlay. »Ebenso jeden, der mir dabei in die Quere kommt. Und sei es der allgewaltige Owen Todtsteltzer.«

Owen lächelte. »Ihr könntet es versuchen«, sagte er höflich, wandte sich ab und entfernte sich ohne Eile. Finlay blickte ihm nach und ballte die Fäuste an den Seiten. Und dann legte ihm jemand die Hand auf den Arm und wirbelte er wütend herum, nur um Evangeline Shreck lächelnd vor sich zu sehen. Die Wut schwand sogleich aus ihm, als er Evangelines Lächeln erwiderte.

»Ich bin vorzeitig zurückgekommen«, sagte Evangeline und nahm seine Hände in ihre. »Hatte mir überlegt, dich zu überraschen. Und wenn ich dich so ansehe, denke ich, daß ich keinen Augenblick zu früh erschienen bin. Wer hat dich diesmal aufgebracht?«

»Oh, nur der Todtsteltzer«, sagte Finlay, der sich wieder beruhigt hatte. All seine Dunkelheit war vertrieben durch den Sonnenschein von Evangelines Lächeln und den Glanz ihrer Augen. Sie umarmten sich, als könnten sie alles, was sie trennte, durch die Kraft ihrer Liebe verdrängen. Und vielleicht war das wirklich möglich. Nach geraumer Weile gaben sie sich wieder frei und traten jeder einen Schritt zurück, um sich wechselseitig gründlich anzusehen.

»Gott, du siehst reizend aus«, sagte Finlay. Sie tat es wirklich. Sie trug ein langes Kleid von funkelndem Silber, an einer Schulter offen, um ihren zierlichen Körperbau zu zeigen. Das dunkle Haar trug sie kurz geschnitten, der aktuellen Mode zum Trotz. Ihr Gesicht war durch hohe Wangenknochen und große Augen charakterisiert und wirkte verletzlich, aber entschlossen. Allein ihr Anblick festigte Finlay in seinem Entschluß, sie vor allen Gefahren und Grausamkeiten der Welt zu schützen. Sie war der Grund für ihn weiterzuleben, das Blut, das in seinen Adern kreiste, das Herz, das in seiner Brust nur für sie schlug. Zuzeiten, wenn sie abwesend war, vergaß er das, aber jetzt war sie zurückgekehrt, und er fühlte sich von neuem lebendig und wach. Am liebsten wäre er hinausgerannt und hätte ein paar Drachen erschlagen, nur um sie ihr zu Füßen zu legen.

»Du siehst . . . schick aus«, sagte Evangeline. »Wäre es nur noch ein bißchen bunter, würde alles andere im Vergleich schwarz und weiß wirken.«

»Ich kleide mich nur nach meiner Rolle«, antwortete Finlay. »Alles Subtile ist derzeit außer Mode. Allerdings hättest du mal ein paar von den Sachen sehen sollen, die ich anhatte, als ich vorgab, einer der heimlichen Vorkämpfer von Stil zu sein, und deshalb ständig modisch auf der Höhe sein mußte.«

»Ich habe Holos davon gesehen. Die Bilder sind unwiderruflich in meine Netzhäute eingebrannt. Nun, worüber bist du im Moment so böse? Doch wohl nicht darüber, daß Robert an deiner Stelle als Clanoberhaupt der Feldglöcks weitermacht, oder?«

»O verdammt, nein! Soll er ruhig der Feldglöck sein, wenn er möchte. Er wird es viel besser machen, als ich je könnte. Nein, die Familien finden sich in einer neuen Welt wieder, und er ist viel besser geeignet, den Clan darin zu führen. Ein guter Mann, dieser Robert. Es hilft, daß er zu den wenigen Leuten gehört, die für das Imperium gekämpft haben und trotzdem noch als Helden gelten. Der als letzter von Bord ging, sein Schiff bis zuletzt gegen eine überwältigende Übermacht verteidigte ... Vielleicht kann er dieses Image nutzbar machen, um die Familie neu aufzubauen, wieder zu dem zu machen, was sie war, ehe Valentin sie vernichtet hat.«

Evangeline nickte langsam, als sie hörte, wie giftig Finlays Ton wurde, als er den Namen seines Feindes aussprach. »Deshalb bist du so wütend auf Owen. Spare deinen Zorn für deine wirklichen Feinde auf, Liebster. Du erhältst schon noch Gelegenheit, Valentin zu erwischen.«

Finlay zwang sich zu einem Lächeln. »Sprechen wir lieber von glücklicheren Dingen. Was führt dich so unerwartet zurück?«

»Mein Einsatz hat sich als Reinfall erwiesen. Alles war schon vorbei, als ich eintraf – die Vereinbarungen unterzeichnet und alle Beteiligten glücklich. So läuft es manchmal. Also bin ich hier. Freust du dich, mich zu sehen?«

»Gestatte mir, dich aus diesem Irrenhaus zu geleiten und nach Hause zu bringen, und ich zeige dir, wie sehr ich mich freue«, knurrte Finlay und zog sie fest an sich.

Ihr gemeinsames Lachen war ein Augenblick echter Wärme in der künstlichen Kälte höflicher Gesellschaft.

Von einer Stelle nicht weit entfernt sah ihnen Robert Feldglöck zu. Er trug die neue Kapitänsuniform mit einer gewissen Steifheit. Die hohe Todesrate der imperialen Raumflotte hatte dazu geführt, daß die wenigen würdigen Überlebenden abrupt und schnell befördert wurden, und Robert hatte sich noch nicht an seine neue Position gewöhnt. Er kam sich ein bißchen wie ein Betrüger vor und erwartete ständig, jemand würde gleich hereinplatzen und sagen, alles wäre ein grauenhafter Irrtum gewesen, und ob er die Uniform bitte *sofort* zurückgeben würde, weil der richtige Kapitän auf sie wartete.

Er lächelte leise, als ihm der gewohnte Gedanke wieder mal durch den Kopf ging. Robert war groß und gutaussehend, hatte einen festen Blick und kurzgeschorenes Haar. Sowohl Haare als auch Gesicht waren von den Bränden versengt worden, die über die Brücke der belagerten *Dauerhaft* tobten. Robert war mit einer Fluchtkapsel entkommen, aber es hatte lange Sitzungen in einer Regenerationsmaschine erfordert, die Verletzungen am Gesicht zu heilen, und das Haar wuchs erst jetzt wieder allmählich. Er fand, daß er heute älter wirkte, verantwortungsbewußter, und er nahm gern jedes bißchen Hilfe an, das er nur bekommen konnte. Sein neues Kommando war die *Elementar*, einer der wenigen Sternenkreuzer der E-Klasse, die die Rebellion überstanden hatten, und er war darauf erpicht, sie möglichst rasch offiziell zu übernehmen und mal zu sehen, was sie leisten konnte. Aber ... als Feldglöck und Oberhaupt seines Clans war er verpflichtet, einen bestimmten Anteil seiner Zeit auf *Golgatha* zu verbringen und sich zuerst um die Interessen der Familie zu kümmern. Und das bedeutete, mit den richtigen Leuten im Parlament Umgang zu pflegen, die nötigen Verbindungen zu knüpfen und Absprachen zu treffen, die sicherstellten, daß niemand seine Leute schikanierte, während er unterwegs war und auf seinem Schiff Dienst tat. Eines Tages würde er sich endgültig zwischen den Bedürfnissen der Familie und seiner Militärkarriere entscheiden müssen, aber das ... lag noch in der Zukunft.

Sein Vetter Finlay sah tatsächlich ganz zivilisiert aus, jetzt, wo Evangeline eingetroffen war und ihn beruhigt hatte. Eines Tages würde dieser Mann jedoch durchdrehen, und selbst Evangeline würde ihn nicht mehr aufhalten können. Und es würde zu Blutvergießen und Todesfällen kommen und einem Skandal, den zu bereinigen kein Einfluß ausreichen konnte. Finlay war schlicht eine Katastrophe, die nur darauf lauerte einzutreten. Und als der Feldglöck und Clanoberhaupt lag es an Robert zu entscheiden, was er in dieser Hinsicht tun wollte. Ob er ... Schritte unternehmen sollte. Er seufzte leise und schüttelte den Kopf. Eine militärische Ausbildung war ja ganz prima, was die meisten Dinge anging, aber sie half überhaupt nicht beim Umgang mit unberechenbaren Größen wie Finlay Feldglöck. Auf einmal spürte Robert jemanden neben sich.

»Mach dir keine Sorgen um Finlay, Junge. Bessere Leute als du haben versucht, mit ihm fertig zu werden, und sie sind tot und begraben, während dieser Mistkerl Finlay weiterhin ohne Kratzer dasteht. Es gibt keinen Gott.«

Robert drehte sich um und lächelte Adrienne Feldglöck an. »Warum hast du ihn dann geheiratet?«

»Es war eine arrangierte Heirat, wie du sehr gut weißt. Mein Vater hat sie vereinbart. Er hat mich nie gemocht. Ich würde mich auf der Stelle von Finlay scheiden lassen, wären da nicht die Kinder. Du könntest doch nicht einen netten, stillen Mordanschlag für mich planen, oder, Liebster? Er würde so viele Probleme lösen.«

»Führe mich nicht in Versuchung«, sagte Robert. »Außerdem – wen sollten wir auf ihn ansetzen? Owen Todtsteltzer? Kid Death?«

»Führe mich nicht in Versuchung«, antwortete Adrienne. »Nein, soll er weiterleben. Und sei es nur, weil sein Tod Evangeline so zu schaffen machen würde. Ich habe Evangeline sehr gern, abgesehen von ihrem grauenhaften Geschmack, was Männer angeht ...«

Sie lächelten einander an. Adrienne Feldglöck hatte ein spitzes Gesicht, das von wilder Entschlossenheit kündete, unter einem Mop lockiger goldener Haare, die das einzig Engelhafte an ihr waren. Bei aller Welt galt sie als die grimmigste und gefährlichste Intrigantin der aktuellen politischen Landschaft und hatte entsprechend wenig echte Freunde und so viele Feinde, daß jeder, der sich ihnen anschließen wollte, auf eine Warteliste kam. Adrienne arbeitete hart, war erschreckend intelligent und verflucht viel ehrlicher, als gut für sie war; und obwohl niemand sie in eine offizielle Position gewählt hatte, repräsentierte sie eine Anzahl sehr einflußreicher Interessengruppen. Man konnte sich darauf verlassen, daß sie zu absolut jedem Thema eine präzise Meinung hatte.

»Und wie kommst du als Kapitän klar?« fragte sie.

»Ich gewöhne mich langsam daran. Dabei hilft, daß die Besatzung mit meinen bisherigen Leistungen vertraut ist; sie weiß, daß ich meine Stellung eigenen Fähigkeiten und nicht plötzlichem Ruhm verdanke. Es ist ein großer Sprung vom Navigationsoffizier zum Kapitän, aber ich nehme dabei ja niemandem den Platz weg. Der Flotte mangelt es verzweifelt an erfahrenen Offizieren. Wenn es nur einen ähnlichen Mangel an Feinden gäbe ...«

»Fang jetzt nicht damit an!« verlangte Adrienne. »Ich höre das täglich im Parlament. Zur Zeit haben wir weder das Geld noch die Ressourcen, um die Flotte auf den Stand auszubauen, den sie früher hatte. Die Fabriken arbeiten rund um die Uhr, nur um die

Schiffe herzustellen, die wir brauchen, um unsere Planeten zu versorgen, und Leute, die jetzt Hunger leiden, müssen Vorrang vor möglichen Gefahren in der Zukunft genießen. Die Rebellion war lange überfällig, aber manchmal drängt sich mir die Frage auf, ob wir keinen günstigeren Zeitpunkt hätten wählen können.«

»Sie war die Geburt einer neuen Ordnung«, sagte Robert. »Und eine Geburt ist stets schmerzhaft.«

Adrienne schniefte. »Zitiere mir gegenüber nicht die Propaganda, mein Junge. Ich habe sie zum größten Teil selbst mitverfaßt. Oh, verdammt, sieh nur, wer da kommt! Als ob ich nicht schon genug Probleme hätte!«

Robert drehte sich um und gab sich Mühe, nicht zusammenzuzucken, als er Finlay und Evangeline näher kommen sah. Evangeline machte ein freundliches Gesicht, und Finlay tat ebenfalls sein Bestes. Robert spürte, wie Adrienne neben ihm kochte, und flüsterte ihr ins Ohr: »Nimm es gelassen. Es wird dich nicht umbringen, wenn du freundlich zu ihm bist.«

»Möchtest du wetten? Immerhin, ihr beide solltet euch unterhalten, Robert. Ich weiß, daß ihr euch nicht viel auseinander macht, aber ihr gehört beide zur Familie. Das bedeutet immer noch etwas, selbst in unserer verwirrten Zeit.«

»Er hat die Familie verlassen und sich den Rebellen angeschlossen, als der Clan ihn am meisten brauchte, so daß ich als der Feldglöck antreten mußte. Ein Privileg, mit dem ich nie gerechnet hatte und wofür ich keinerlei Erfahrung mitbrachte.«

»Er hatte keine Wahl. Er mußte seinem Herzen und damit Evangeline folgen.« Plötzlich schnaubte Adrienne. »Ich kann nicht glauben, daß ich ihn tatsächlich verteidige! Auch wenn er mir einmal das Leben gerettet hat. Sieh mal, er wollte nie der Feldglöck sein. Er wußte, daß er damit nur Schaden anrichten würde. Du bist der Aufgabe viel mehr gewachsen. Du hast die Familie am Leben gehalten, in einer Situation, in der sie unter Finlay aus allen Rohren feuernd untergegangen wäre. Nimm hin, was geschehen ist, und geh weiter deinen Weg. Versuche, ein paar Brücken wieder zu reparieren. Heutzutage brauchen wir alle Freunde, die wir nur finden können.«

Die vier begegneten sich auf einer kleinen Freifläche, die sich wie von selbst um sie herum bildete. Alle in der Nähe erkannten einen möglichen Siedepunkt, wenn sie ihn erblickten. Und sei es nur, um keine Blutspritzer auf ihre besten Sachen zu bekommen. Evangeline und Adrienne begrüßten sich herzlich. Adrienne hatte Finlay seine Geliebten nie verübelt, solange er beharrlich über ihre eigenen vielen Affären hinwegsah. Die beiden Frauen hatten in der Untergrundbewegung enge Freundschaft geschlossen und hinter Finlays Rücken Skandalgeschichten über ihn ausgetauscht. Finlay und Robert nickten sich mit ausdruckslosen Gesichtern formell zu. Dann streckte Finlay plötzlich die Hand aus, und Robert ergriff sie nach einem Augenblick der Überraschung. Beide entspannten sich etwas.

»Meinen Glückwunsch zu deinem neuen Kommando«, sagte Finlay. »Der erste Feldglöck seit dreihundert Jahren, der es zum Kapitän gebracht hat.«

»Ich werde mein Bestes tun, um der Familie Ehre zu machen«, sagte Robert. »Du siehst ... sehr gut aus, Finlay.«

Finlay zuckte die Achseln. »Wenn man mit den ganz Großen Umgang pflegt, muß man sich entsprechend kleiden. Es ist eine ganze Weile her, seit ich meine Schlachten noch mit scharfen Worten und bissigen Bonmots geschlagen habe statt mit kaltem Stahl, aber ich denke, ich finde mich wieder hinein. Wir haben uns ... einander zu sehr entfremdet, Robert. Freunde und Bundesgenossen kommen und gehen, aber die Familie ist ewig.«

»Du warst es, der nie viel Zeit für die Familie hatte.«

»Ich versuche, das zu ändern.«

Robert erwiderte Finlays festen Blick und nickte leicht. »Du warst es, der auf Distanz blieb. Und ich war zu sehr damit beschäftigt, die Familie zusammenzuhalten und im Militär zu dienen, um dich ausfindig zu machen.«

»Ich weiß. Ich bin dir dankbar für das, was du getan hast. Wir haben während der Rebellion auf verschiedenen Seiten gestanden, aber das ist alles vorüber. Wir müssen zusammenstehen, oder unsere Feinde überwältigen uns.«

Robert zog eine Braue hoch. »Und welche Feinde genau haben wir womöglich gemeinsam?«

»Vielleicht Leute wie den *Schwarzen Block*. Leute, die die Uhr zurückdrehen möchten. Du hast keinen Grund, die alte Ordnung zu lieben. Du hast mehr unter ihr gelitten als die meisten. Der *Schwarze Block* stand daneben und blieb untätig, als die Wolfs unsere Familie abgeschlachtet haben.«

»Und meine Letitia mußte an dem Tag sterben, der unser Hochzeitstag werden sollte. Ermordet vom Shreck im Namen der Familienehre. Während du danebenstandest und nichts tatest.«

»Das war falsch von mir«, räumte Finlay ein. »Damals habe ich noch an die Familien geglaubt. An die Ehre, von der ich glaubte, sie hielte uns zusammen. Ich mußte erst auf die harte Tour lernen, daß ich darin irrte. Ich habe aber nicht in der Rebellion gekämpft und geblutet, um dann mitzuerleben, wie die Familien in neuer Maske wieder die Macht übernehmen. Ich werde tun, was nötig wird, um sie aufzuhalten. Kann ich dabei auf dich zählen? Das Parlament macht vielleicht nicht viel her, aber es ist unsere einzige Hoffnung.«

»Ich habe dich mir nie als Politiker vorgestellt«, sagte Robert.

Finlay zuckte die Achseln. »Die Politik ist das neue Schlachtfeld. Und ich mußte entweder eine neue Art zu kämpfen lernen oder vor Langeweile umkommen. Also, stehst du auf meiner Seite?«

»Ich denke darüber nach. Wir unterhalten uns später wieder und sehen mal, ob wir wirklich so viel gemeinsam haben, wie du denkst. Falls ja ... Dann denke ich, werde ich stolz darauf sein, den legendären Streiter Finlay Feldglöck an meiner Seite zu wissen.«

»Das sehe ich auch so«, sagte Finlay und lächelte zum ersten Mal. Sie schüttelten einander wieder die Hände.

»Gott helfe uns, als nächstes verbrüdern sie sich noch«, sagte Adrienne. »Betrinken sich in zweifelhaften Kneipen und erzählen einander diese Witze, die nur Männer komisch finden.«

»Ich finde das sehr süß«, sagte Evangeline entschieden.

»Hallo, Adrienne«, sagte Finlay und demonstrierte sein höflichstes Gesicht und seinen höflichsten Tonfall. »Du siehst ... ganz so aus wie immer.«

»Ich vermute, das dürfte so ziemlich das größte Kompliment sein, das von dir zu erwarten ist«, sagte Adrienne. »Wie ich sehe, hast du immer noch denselben Schneider. Habe ich nicht erzählen gehört, er hätte inzwischen einen neuen Blindenhund?«

»Du bist dermaßen schneidend, daß du dir irgendwann mal selbst eine Schnittwunde zufügst. Du und Evangeline, ihr habt einen schönen Klatsch, nicht wahr?«

»Ich habe gehört, du würdest versuchen, in der

großen Politik Fuß zu fassen, Finlay. Ein guter Rat: Tu es nicht. Ich zweifle nicht daran, daß du es gut meinst, aber das letzte, was wir brauchen, ist noch ein enthusiastischer Amateur, der alle auf die Palme bringt und alles noch verworrener macht. Besonders jemand mit deinem Naturell. Du kannst deine Widersacher nicht einfach umbringen, nur weil du im Begriff stehst, die Debatte zu verlieren. Heutzutage gibt es Gesetze gegen dergleichen Verhalten. Obwohl es die Haushaltsdebatten etwas aufregender gestalten würde, wie man zugeben muß ... Sieh mal, Finlay, ich kenne dich, auch wenn ich mir oft wünschte, ich täte es nicht. Du hast ein zu weiches Herz für die Politik. Sie würde dir zuviel bedeuten. Du könntest es nicht ertragen, einen Streit verloren zu geben und dann in einem späteren zu punkten. Du übernimmst dich, wenn du dich auf dieses Glatteis wagst, und ich werde nicht in der Lage sein, dich zu retten. Auch niemand sonst wird es können, ungeachtet all deiner Heldentaten während der Rebellion. Helden bekommt man heute im Dutzend billiger.«

»Du klingst wieder ganz nach dir«, meinte Finlay. »Irgendwann mal sagst du noch etwas Nettes zu mir, und ich falle vielleicht vor Schreck in Ohnmacht. Ich habe alles überlebt, was das Imperium gegen mich ins Feld schickte, und auch das Grauen von *Hakeldamach*. Ich denke, mit ein paar Politikern werde ich schon fertig. Mach dir keine Sorgen; falls ich jemanden umbringen muß, achte ich darauf, es zu tun, wenn gerade niemand hinsieht.«

»Das Problem ist: Er meint das ernst«, sagte Adrienne. »Das ist seine Vorstellung davon, diplomatisch aufzutreten.«

»Inzwischen«, sagte Finlay, »möchte ich unsere Kinder sehen.«

Alle sahen ihn überrascht an, einschließlich Evangeline. Adrienne schüttelte langsam den Kopf. »Finlay, du hast die Kinder noch nie sehen wollen. Noch nicht mal, als sie gerade auf die Welt gekommen waren. Ich muß dich immer daran erinnern, ihnen Geburtstagsgeschenke zu schicken. Dein Gesicht kennen sie nur von Holoschirmen. Und wo warst du, als Gregor Shreck damit drohte, sie umzubringen, nur um dich zu fassen? Nenn mir nur einen guten Grund, warum ich dulden sollte, daß du in ihre Nähe kommst!«

»Ich spüre ... in letzter Zeit, daß ich sterblich bin«, antwortete Finlay. »Wenn ich tot bin, bleiben von mir nur die Reputation und die Kinder. Ich sehe mir an, wie die Nachrichtenleute und die Dokudramas meine Vergangenheit darstellen, und ich erkenne mich darin nicht wieder. Damit bleiben nur die Kinder, und ich hätte gern, daß sie wenigstens eine Vorstellung davon bekommen, wer ich wirklich war. Ich weiß, daß ich ... Fragwürdiges getan habe, aber immer glaubte ich, einen guten Grund dafür zu haben. Früher habe ich zwei Leben zugleich geführt, und ich habe mir weiszumachen versucht, daß in keinem davon Platz für Kinder wäre. Sie wären nur zu Schaden gekommen. Bei dir waren sie sicherer. Außerdem wußte ich nicht, was ich mit Kindern anfangen sollte. Ich weiß es immer noch nicht recht. Aber ich ... würde jetzt gern mal versuchen, mit ihnen Bekanntschaft zu schließen. Falls sie mich sehen möchten ...«

Adrienne zeigte sich für einen Augenblick erstaunt. In all ihren Ehejahren hatte sie nie zuvor gehört, wie Finlay sich dermaßen öffnete. »Ich frage sie«, sagte sie endlich. »Aber es liegt an ihnen. Ich äußere mich selbst nicht, weder in der einen noch der anderen Hinsicht.«

»Mehr verlange ich nicht«, sagte Finlay.

Die vier unterhielten sich noch ein wenig länger, aber sie hatten im Grunde nicht genügend Gemeinsamkeiten für lockere Konversation, und die geschäftlichen Fragen waren schon abgehandelt. Schließlich entschuldigten sich Adrienne und Robert und verschwanden in der Menge, und Finlay und Evangeline blieben allein zurück.

»Wir haben noch nie über … Kinder gesprochen«, sagte Evangeline leise. »Wenn man bedenkt, was wir während der Rebellion für ein Leben führten, war es einfach nicht möglich. Immer wieder haben wir uns in die Gefahr eines plötzlichen Todes gestürzt. Und später … hast du das Thema nie zur Sprache gebracht.«

»Ich denke in jüngster Zeit über vieles nach, was ich nie zuvor getan habe«, stellte Finlay fest. »Ich wollte nie Kinder von Adrienne haben, aber mein Vater verlangte es im Interesse der Familie. Heute sieht es anders aus.«

»Ich konnte mich nicht überwinden, das Thema anzusprechen«, sagte Evangeline, ohne ihn anzusehen. »Ich hatte immer Angst, du würdest nicht davon sprechen, weil ich nur ein Klon bin. Du bist Aristokrat, ich dagegen nicht. Nicht wirklich. Manche würden sogar sagen, ich wäre kein richtiger Mensch. Und selbst in unserer wunderbaren neuen Ordnung wäre eine Eheschließung zwischen Aristokrat und Klon ein Skandal, Kinder daraus eine Geschmacklosigkeit. Falls irgend jemand davon erführe …«

»Du bist menschlicher als die meisten Leute, mit denen ich zu tun habe«, erklärte Finlay. »Du bist Hunderte von ihnen wert! Tausende.« Sie sank in seine Arme und drückte das Gesicht an seine Schulter, damit er ihre Tränen nicht sah. Er wußte jedoch, daß sie da waren, redete allerdings weiter, als ahnte er nichts davon, und bemühte sich um einen gleichmäßigen Ton. »Ich kann dich nicht heiraten, Evangeline. Nicht weil du ein Klon bist, sondern weil eine Scheidung von Adrienne mich Persönlichkeiten entfremden würde, mit denen ich gezwungen bin, engen Umgang zu pflegen. In unseren Kreisen wird Politik nach wie vor weitgehend von alten Familienbindungen bestimmt, und meine Stellung ist auch so schon prekär genug. Aber du bist meine Liebe, mein Leben – die einzige Frau, aus der ich mir je etwas gemacht habe. Natürlich können wir Kinder haben, wenn du möchtest. Die Leute werden Zugeständnisse machen. Das haben sie immer.«

Evangeline drückte ihn so fest, daß sie glaubte, sie täte ihm weh, aber er sagte keinen Ton. Als sie überzeugt war, daß ihre Tränen getrocknet waren, ließ sie ihn los und wich zurück. Und dann tauchte jemand auf und holte Finlay zu wichtigen Geschäften ab, und Evangeline blieb allein zurück. Sie blickte ihm hinterher, ein tapferes, leises Lächeln im Gesicht, aber dahinter stürzten ihre Gedanken wild durcheinander. Ehe sie auch nur davon träumen konnte, mit Finlay eine Familie zu gründen, mußte sie vieles in ihrem Leben in Ordnung bringen – überwiegend Dinge, von denen Finlay nichts wußte und nie etwas erfahren durfte.

Finlay wußte, daß Evangeline aus einem toten Original geklont worden war, aber den Grund kannte er nicht. Gregor Shreck hatte seine Evangeline mehr wie ein Mann als wie ein Vater geliebt und sie schließlich in einem Wutanfall ermordet, als sie zu fliehen versuchte. Um das Verbrechen zu vertuschen und seine Tochter wieder ins Bett zu bekommen, ließ er sie unter strengster Geheimhaltung klonen, und dieser Klon war die Evangeline, die Finlay kennen und lieben lernte. Er rettete sie vor ihrem Vater und half ihr dabei, ein eigenes Leben aufzubauen. Er erfuhr jedoch nie, wovor genau er sie gerettet hatte, und Evangeline brachte es nie über sich, ihm alles zu erklären. Falls er es je herausfand, würde er Gregor ermorden und einen Dreck auf die Folgen geben. Das konnte Evangeline nicht hinnehmen. Zwar wollte sie Gregor tot sehen, wünschte es sich aus tiefster Herzensverzweiflung, aber Finlay durfte nie davon erfahren. Es täte ihm zu weh. Und vielleicht fürchtete sie in einem versteckten Winkel, seine Gefühle ihr gegenüber könnten sich ändern, wenn er die Wahrheit erfuhr.

Außerdem war Gregor Shreck ein mächtiger und gefährlicher Mann, auch wenn er in letzter Zeit viel Ansehen verloren hatte. Er umgab sich mit einer Armee privater Wachleute, und nicht mal Finlay Feldglöck konnte es allein mit einer ganzen Armee aufnehmen.

Evangeline brachte es einfach nicht über sich, das Risiko einzugehen, daß sie ihn verlor. Nicht, nachdem sie soviel durchgemacht hatten, um dorthin zu kommen, wo sie jetzt waren.

Geheimnisse! So viele Geheimnisse zwischen zwei Menschen!

Und es gab noch mehr. Ehe sich Gregor hinter seine Privatarmee und genügend Einfluß auf korrupte Instanzen zurückzog, um selbst das Parlament auf Distanz zu halten, hatte er mit Evangeline Kontakt aufgenommen und sie informiert, daß er ihre beste Freundin, Penny DeCarlo, gefangengenommen hatte. Und daß die liebe Penny unter scheußlichen Schmerzen sterben würde, falls Evangeline nicht zu ihm zurückkehrte. Auch davon wußte Finlay nichts. Sie hatte es ihm nicht erzählt. Denn auch in diesem Fall wäre er als ihr Held losgestürzt und hätte sich um Kopf und Kragen gebracht. Bislang hielt Evangeline Gregor mit diversen Listen hin, die ihr aber jetzt allmählich ausgingen. Bald mußte sie einen Weg finden, Penny ohne Finlay zu retten, oder sich wieder in Gregors Hand geben und hoffen, eine Art Abkommen zu treffen. Jeder Weg brachte Gefahren mit sich, aber ihre

Zeit in der Rebellion hatte Evangeline abgehärtet. Sie war nicht mehr das schwache, hilflose Opfer, an das sich Gregor erinnerte. Und vielleicht war das die Waffe, die sie gegen ihn einsetzen konnte.

Nicht weit entfernt war noch jemand, der Finlay Feldglöck im Auge behielt. Der Esper Julian Skye war sein bester Freund und Schüler, seit der Feldglöck ihn aus den Folterkerkern der imperialen Verhörspezialisten gerettet hatte. Julian war immer noch von den Narben der Dinge gezeichnet, geistigen wie körperlichen, die man ihm angetan hatte, aber er schuldete Finlay sein Leben und hatte es dem Dienst am Feldglöck gewidmet. Der Feldglöck selbst erhielt dabei kein Mitspracherecht. Nur hatte Finlay jetzt ein neues Leben in der Politik begonnen und brauchte keinen Kämpfer mehr an seiner Seite. Und Julian verstand nichts von Politik und machte sich noch weniger daraus.

Zur Zeit spielte er sich selbst in Dokudramas über seine Mitwirkung an der Rebellion. Zwar hatte er sich nie für einen Schauspieler gehalten, aber dem Publikum hatte es wirklich gefallen, sich ihn in den Reportagen anzusehen, die Toby und Flynn gefilmt hatten, und anscheinend reichte dergleichen schon, um jemanden zum Star zu machen, wenn schon nicht zum Schauspieler. Er würde sicher nie zu einer großen Attraktion werden, aber er hatte sein Publikum und seine treuen Anhänger und verdiente dabei mehr als genug Geld für seine wenigen Laster. Dabei half, daß das, was er den Drehbuchautoren diktierte, fast durchgängig erfunden war. Die Öffentlichkeit wollte eine Legende, keine Fakten, und nach wie vor konnte er über vieles aus seiner Vergangenheit bislang einfach nicht reden. Ganz eindeutig gehörte dazu die Frau, die in diesem Augenblick nicht weit von ihm stand, diese zierliche, dunkelhaarige orientalische Schönheit SB Chojiro.

Früher hatte er sie geliebt. Und war von ihr an die imperialen Folterknechte verraten worden. Weil er Rebell war und das SB in ihrem Namen für den *Schwarzen Block* stand, den geheimen inneren Kreis junger Aristos, die darauf konditioniert waren, den Familien bis in den Tod und darüber hinaus die Treue zu halten. Sie liebte ihn immer noch, mußte aber ihrer Konditionierung folgen. Das hatte sie in der Zelle der Folterknechte zu ihm gesagt.

Heute schwang der *Schwarze Block* aus eigenem Interesse das Zepter über die Familien. Und SB Chojiro war das nette öffentliche Gesicht dieses inneren Kreises. Wie üblich war sie im Parlament erschienen, um sich still im Hintergrund zu halten und allem zu lauschen. Alle wußten, daß sie, wenn sie sprach, dies als Stimme des *Schwarzen Blocks* tat, und alle hörten zu. Vorausgesetzt, sie wußten, was gut für sie war.

Heute hatte sich Julian zum ersten Mal in die große Halle gewagt. Und SB Chojiro so nahe zu sein ... Ein Teil von ihm wünschte sich nach wie vor sehnlichst, sie für das zu töten, was sie ihm angetan hatte und was ihm ihretwegen angetan worden war. Für den Verrat an allem, was seiner Überzeugung nach zwischen ihnen gewesen war. Und ein Teil von ihm fragte sich, ob er selbst heute noch alles vergessen und vergeben würde, falls sie ihn nur wieder in die Arme nahm und ihn küßte und ihn wieder liebte.

Und so blieb er ängstlich auf Distanz. Aber jetzt stand er hier, gerade drei Meter von ihr entfernt, und wollte verdammt sein, wenn er den Grund dafür wußte. Vielleicht war es nur eine unerledigte Aufgabe. Wie auch immer, er hatte das Parlament aufgesucht, um sie zu sehen und womöglich mit ihr zu reden. Und falls er sie nicht umbrachte, lernte er vielleicht, wie er von ihr frei werden konnte. Falls es das war, was er sich wirklich wünschte. Julian mußte lächeln. Er war dermaßen durcheinander im Kopf, soweit es SB Chojiro anbetraf, daß die Alternativen lauteten, entweder zu lachen oder durchzudrehen.

Sie stand gelassen zwischen ihren Ratgebern, lächelte und lauschte und sagte wenig. Ein winziges Püppchen von einer Frau mit hellrotem Kimono, der exakt die gleiche Schattierung aufwies wie ihre Lippen. Dunkle, glatte, schulterlange Haare. Große, dunkle, glänzende Augen. Die schönste Frau, die Julian je gesehen hatte. Er verlangte danach, sie wieder in die Arme zu nehmen – ein körperliches Bedürfnis wie Hunger oder eine Sucht. Ihre Lippen auf seinen zu spüren, ihren warmen Atem in seinem Mund ... Und dann tötete er sie vielleicht, vielleicht aber auch nicht. Er wußte es nicht. Er hatte sich noch nicht entschieden.

Neben SB Chojiro stand, unbemerkt von dem besessenen Julian, Stephanie Wolf, Valentins Schwester und Konstanzes Stieftochter – groß, blond, jungenhaft schmal, randvoll von mühsam unterdrücktem Groll. Als ihr verstorbener Vater Jakob noch der Wolf gewesen war, hatte der Clan zu den mächtigsten des Imperiums gehört. Dann starb Jakob und übernahm Valentin die Familie, und alles ging zum Teufel. Jetzt war Valentin auf der Flucht, hatten die abtrünnigen KIs von *Shub* Jakobs Leiche in einen Geistkrieger verwandelt und hatte sich ihr geliebter Bruder Daniel auf die Suche nach ihm gemacht. Womit nur Konstanze und Stephanie zurückblieben, um den Clan Wolf in den höchsten Kreisen zu vertreten.

»Ich sollte die Wolf sein«, sagte Stephanie nicht zum ersten Mal.

»Natürlich solltet Ihr das«, sagte SB Chojiro und schenkte ihr ein Lächeln, das überhaupt nichts ausdrückte. »Und werdet Ihr auch sein. Der *Schwarze Block* hat es Euch versprochen.«

»Ihr redet und redet, aber nichts ändert sich.« Stephanie schnitt ein finsteres Gesicht. »Konstanze kann nicht die Wolf sein. Sie hat kein Recht dazu. Ich bin von Jakobs Blut. Sie hat ihn nur geheiratet.«

»Habe ich in letzter Zeit schon erwähnt, wie besessen Ihr von diesem Thema seid, Stephanie? Das ist nur einer der Gründe, warum so viele Angehörige Eurer Klasse zur Zeit Konstanze als Clanoberhaupt vorziehen. Sie betrachten sie als ... zugänglicher. Wir beide begegnen uns so selten, wie ich irgend einrichten kann, und trotzdem kenne ich Euren Refrain so gut, daß ich ihn praktisch mitsingen könnte. Wechseln wir doch bitte das Thema, ehe mir die Ohren bluten. Schon irgendein Zeichen von Daniel?«

»Nein.« Stephanies Miene verdunkelte sich weiter, als ehrliche Besorgnis ihren Mund von einer mürrischen Schnute in eine flache, gepreßte Linie verwandelte. Daniel war der einzige andere Mensch, auf den sie überhaupt etwas gab. »Zuletzt wurde er gesehen, wie er in den Verbotenen Sektor flog. Anscheinend weiß niemand, wie er an den Quarantäneschiffen vorbeigekommen ist. Das einzige Ziel, das jetzt noch vor ihm liegt, ist *Shub*. Armer verdammter Idiot.«

»Ja. Wünschen wir ihm den Trost eines schnellen Todes.«

»Nein! Er ist keine Gefahr für *Shub*. Sie werden es dort erkennen und ihn zurückschicken. Was nützte es ihnen, jemandem weh zu tun, der so harmlos ist?«

Sie tun uns weh, weil sie es können, dachte SB. *Weil sie künstliche Wesen aus lebendem Metall sind und nur Haß auf alles empfinden, was aus Fleisch ist.* »Ja«, sagte sie laut. »Hoffen wir auf ein Wunder. Hoffen kostet nichts.«

Stephanie schniefte. »Was auch passiert, Daniel

wird überleben. Schließlich ist er ein Wolf. Aber falls der Clan überleben soll, muß ich ihn führen. Eurem Vorschlag folgend habe ich mich in den unteren Kreisen der Familie umgeschaut und Unterstützung mobilisiert. Viele sind unzufrieden mit einer Außenseiterin als Clanoberhaupt. Sie würden mich unterstützen, wenn ich es zum Wohle der Familie für nötig hielte ... bestimmte Schritte zu unternehmen.«

Zum ersten Mal wandte sich SB direkt Stephanie zu und bannte sie mit festem Blick. »Wie ich schon einmal gesagt habe, werdet Ihr Konstanze nicht töten oder töten lassen, wenn dadurch irgendeine Spur zurückbleibt, die auf Euch weist. Das Abkommen, das wir mit Ohnesorg getroffen haben, untersagt solche Maßnahmen.«

»Uns bleibt vielleicht keine andere Wahl«, entgegnete Stephanie hartnäckig. »Ihr habt gesehen, wie Konstanze mit Owen gesprochen hat. Ihr wißt so gut wie ich, worüber sie diskutiert haben. Eine Eheschließung zwischen ihr und dem Todtsteltzer brächte das ganze Haus Wolf unter ihre gemeinsame Kontrolle. Der Clan Todtsteltzer könnte den Clan Wolf womöglich gar schlucken, und unser Name wäre für immer dahin! Das dürfen wir nicht zulassen. Wir müssen gegen Konstanze losschlagen, solange wir noch können. Wenn erst Owen über sie wacht, kommen wir nie mehr an sie heran.«

»Wie immer denkt Ihr zu kleinkariert, Stephanie. Wenn diese Ehe erst geschlossen ist, dürfte es nicht allzu schwierig sein, Owen zu steuern, indem wir Drohungen gegen Konstanze aussprechen. Vielleicht liebt er sie nicht, aber als ihr Gatte wäre er gezwungen, sie zu schützen oder vor der Gesellschaft weitgehend das Gesicht zu verlieren. Owen ist Realist genug, um die Verhältnisse zu begreifen. Er wird die Herrschaft über den Clan Wolf an Euch abtreten, und dann haben wir sowohl den Clan Wolf als auch den Clan Todtsteltzer in der Hand.«

»Wartet mal eine Minute!« sagte Stephanie. »Was meint Ihr damit, den Clan Todtsteltzer in die Hand zu bekommen? Nur Owen gehört dazu. Er ist der letzte Todtsteltzer.«

»Ihr müßt wirklich lernen, an die Zukunft zu denken, Stephanie. Falls er heiratet, wird es schließlich Kinder geben. Im *Schwarzen Block* denken wir immer langfristig.«

»Ich hasse es, wenn Ihr mir Vorlesungen haltet!« raunzte Stephanie. »Ich bin kein Kind mehr! Ich bin nicht dumm, aber mir liegt eben nur daran, die Familie wieder groß zu machen. Euch hat man jedoch den Stolz auf die eigene Familie ausgetrieben, als Ihr dem *Schwarzen Block* übergeben wurdet. Verdammt, man hat Euch sogar den Namen genommen!«

SB Chojiro lächelte sanft. »Ich habe wenig verloren und viel gewonnen. Der *Schwarze Block* ist die Summe aller Familien. Es erfüllt mich mit Stolz, dazuzugehören.«

»Nun, das liegt nur daran, daß Ihr ein durch und durch konditionierter Zombie seid, der einen eigenen Gedanken nicht mal erkennen würde, wenn er darüber stolperte. Was haben sich die Familien nur dabei gedacht, als sie den *Schwarzen Block* gründeten? Er sollte unsere ultimative Waffe sein, uns die Macht über den Thron einbringen. Und jetzt verneigen wir uns alle vor Euch. Wir haben uns selbst in Ketten gelegt.«

»Ruhig!« sagte SB Chojiro. »Seid jetzt bitte ruhig, oder ich ziehe Eure Leine an. Ein alter Freund nähert sich. Vielleicht hat er gute Nachrichten für uns.«

Kardinal Brendan hatte einmal einem Kommandotrupp der Jesuiten angehört, der im Dienst der *Kirche von Christus dem Krieger* stand. Er hatte die Ketzer und die Gottlosen umgebracht und überhaupt jeden, der es wagte, die Stärke oder die Stellung der Kirche zu gefährden. Sie war die Staatsreligion des Imperiums gewesen und eng mit Imperatorin Löwenstein verknüpft. Als dann der Eiserne Thron schließlich stürzte, widerfuhr der Kirche das gleiche. Aus der Asche der gefallenen Kirche entstand die kleinere, aber mehr respektierte *Kirche von Christus dem Erlöser*, eine gewaltlose, der Wohltätigkeit gewidmete Kirche, die von der Obersten Mutter Beatrice Cristiana geführt wurde, der Heiligen von *Technos III*. Ihre erste Amtshandlung hatte darin bestanden, die krassesten Sünder der alten Kirche und ihre übelsten Elemente hinauszuwerfen – wobei sie jedoch Brendan übersah. Er gehörte zum *Schwarzen Block*, und dieser kümmerte sich um die seinen. Jetzt war er Kardinal Brendan, der Vertreter der Kirche auf *Golgatha* und der wichtigste Agent des *Schwarzen Blocks* in der neuen Kirche.

Leibhaftig wirkte er nicht gerade unvergeßlich: Groß, dunkel, mit sardonischem Lächeln und Augenbrauen, die stets im Begriff schienen, sich zu wölben. Er kleidete sich schlicht, aber gut, und da er darauf achtete, allen Gesprächspartnern die gleiche Aufmerksamkeit und Gunst zu schenken, fiel niemandem auf, daß er zuzeiten ganz offen mit der berüchtigten SB Chojiro sprach. Er verbeugte sich tief vor ihr und nicht ganz so tief vor Stephanie Wolf.

»Ein gutes Arrangement, meine Damen. Wem verdanke ich das Vergnügen dieser Einladung? Das Parlament kommt normalerweise ganz gut ohne meine illustre Gegenwart aus.«

SB gab ihren Ratgebern mit einem Wink zu verstehen, daß sie ein wenig auf Distanz gehen sollten. Sie verneigten sich und folgten widerspruchslos ihrem Geheiß, bis sie gerade eben außer Hörweite waren. Sie wußten, daß Intrigen über Intrigen liefen, in die selbst sie nicht immer eingeweiht wurden. SB lächelte Kardinal Brendan an.

»Ihr seid zugegen, weil Owen und seine Freunde alle hier sind. Die Überlebenden des *Labyrinths*. Falls der *Schwarze Block* überleben und gedeihen soll, müssen sie entweder in den Schoß der Gemeinde zurückkehren oder eliminiert werden. Und da wir Eure Meinung schätzen, wurdet Ihr gerufen, um diese vier Personen als mögliche künftige Freunde oder Feinde einzuschätzen. Wen kann man umdrehen oder unter Druck setzen, überreden oder bestechen?«

»Und falls sie wirklich die sind, für die man sie hält, und sie kein Interesse zeigen, sich uns anzuschließen?« fragte Brendan.

»Dann benötigen wir Euren höchst kundigen Rat dazu, wie man sie am besten umbringt oder anderweitig beseitigt«, antwortete SB ruhig.

»Ihr verlangt nicht gerade viel, wie?« fragte Brendan. »Nicht einmal Löwenstein mit all ihren Leuten und Ressourcen ist mit diesen vieren fertig geworden, und Ihr denkt, wir könnten es?«

»Alles ist möglich, wenn man genug Zeit hat und ausreichend plant«, behauptete SB Chojiro. »Diese Leute denken nach wie vor in Begriffen der offenen Kriegsführung und zusammenprallender Armeen. An Disruptor und Schwert und die einfachen Freuden des Metzelns. In subtileren Formen des Konflikts haben sie bislang keine Erfahrung. Und schließlich sind sie inzwischen ... viel besser erreichbar als früher.«

»Sie haben den Krieg gegen die Familien gewonnen«, stellte Stephanie fest. »Ihr habt verloren. Erinnert Ihr Euch?«

»Wir haben eine Schlacht verloren«, entgegnete SB. »Der Krieg geht auf anderen Feldern weiter.«

»Trotzdem solltet Ihr lieber auf Euer Fell achtgeben,

Kardinal«, riet ihm Stephanie. »Solltet Ihr gar zu offen die Partei des *Schwarzen Blocks* ergreifen oder einen unserer großen Rebellenhelden verärgern, wirft Euch die Heilige Bea ruckzuck aus der Kirche, genau wie all die anderen.«

»Unserem höchst loyalen Kardinal wird nichts widerfahren«, sagte SB. »Man wird Meldungen falsch ablegen, Dokumente verlieren, die falschen Gerüchte hören. Mutter Beatrice bekommt nur zu hören, was wir möchten.«

»Ihr wärt nicht der erste, der Sankt Bea unterschätzt«, sagte Stephanie. »Und die meisten davon sind tot oder wünschen, sie wären es.«

»Sie kann nicht ewig leben«, meinte Brendan. »Und sollte sie eines plötzlichen und unerwarteten Todes sterben, würde die neue Kirche in völligem Chaos versinken. Genau die Art Situation, von der der *Schwarze Block* schon immer am meisten profitiert hat. Und die Reste der alten Ordnung, die Bruderschaft des Stahls, ist immer noch da – wenn auch versteckt –, und wartet nur auf eine Gelegenheit, die Kirche wieder zu übernehmen. Ihr wärt überrascht zu erfahren, wie viele von denen, die heute Macht und Einfluß genießen, sich insgeheim der Bruderschaft beugen.«

»Und der *Schwarze Block* steuert die Bruderschaft des Stahls«, stellte SB Chojiro fest. »Sankt Bea sonnt sich vielleicht derzeit in öffentlicher Zuneigung, aber die Öffentlichkeit ist von der wankelmütigen Sorte. Sie kann es sich jeden Augenblick anders überlegen. Oder hinnehmen, was über ihren Kopf hinweg entschieden wird.«

»Und dann leitet der *Schwarze Block* sowohl die Kirche als auch das Parlament«, sagte Brendan.

»Das Parlament gehört Euch noch nicht«, entgegnete Stephanie. »Es zeigt sogar betrübliche erste Anzeichen eines eigenen Willens.«

»Es ist nur eine Frage der Zeit«, sagte SB ruhig. »Wieso sucht Ihr beide Euch jetzt nicht ein möglichst unbedenkliches Gesprächsthema, während ich mich um einige persönliche Geschäfte kümmere?«

Sie bewegte sich anmutig durch die Menge, bis sie vor Julian Skye stand. Er sah sie kommen und traf zunächst Anstalten, sich zu entfernen, aber letztlich blieb er doch stehen und wartete auf sie. Sie blieb unmittelbar außer Armesreichweite stehen und blickte lächelnd zu ihm auf. Mit regloser Miene nickte er ihr kurz zu.

»Hallo Julian«, sagte sie mit ihrer süßesten Stimme. »Es ist lange her, seid ich dich zuletzt sah. Du siehst gut aus.«

Der letzte Satz war eine höfliche Lüge, und sie beide wußten es. Julian hatte sich nie richtig von den scheußlichen Verletzungen erholt, die er in den Verhörzellen erlitt.

Der verstorbene Giles Todtsteltzer hatte auf der Alptraumwelt *Hakeldamach* so etwas wie eine Wunderheilung bei ihm bewirkt, aber sie war nicht von Dauer. Julian Skye klammerte sich mit Hilfe grimmiger Entschlossenheit an die Reste seiner Gesundheit, und das sah man.

»Hallo SB«, antwortete er schließlich. »Du bist so schön wie immer. Hast du in letzter Zeit Verrat an jemandem verübt, der interessant sein könnte?«

SB schüttelte den Kopf. »Du hast es nie verstanden, aber ich konnte nicht anders. Sobald du mir sagtest, du wärst ein Rebell, übernahm meine Konditionierung. Ich konnte dich nicht einmal davor warnen, daß sie kamen. Ich habe danach geweint.«

»Ja«, sagte Julian. »Und in der Verhörzelle hast du mich zu überreden versucht, meine Freunde und Mitkämpfer zu verraten. Du hast mich als Abschaum bezeichnet, als den letzten Dreck. Und hast mich den

Folterknechten überlassen. Und bei all meinen Schreien dachte ich immer an dich.«

»Ich mußte diese Worte sagen. Wir wurden belauscht.«

»Was möchtest du, SB?« fragte Julian rauh.

»Ich wollte sehen, ob wir noch miteinander reden können. Der *Schwarze Block* ist mein Leben, aber nie hat etwas mein Herz so berührt, wie du es tatest. Ich möchte alles wieder so haben, wie es früher war.«

»Du mußt mich für verrückt halten! Ich weiß alles über den *Schwarzen Block* und über dich. Du hast mich einmal getäuscht, Schande über dich. Sollte es dir zum zweiten Mal gelingen, Schande über mich. Du bedeutest mir nichts mehr, SB. Es hat weh getan, aber ich fühle mich so viel besser, seid ich dich nicht mehr im Herzen trage.«

»Nein, bitte nicht.« Sie streckte beide Hände nach ihm aus, aber er schrak zurück, wollte sie nicht berühren. Sie ließ die Hände sinken, und ihre Augen füllten sich mit unvergossenen Tränen. »O Julian! Meine Gefühle für dich waren echt, auch wenn ich ihnen nicht nachgeben konnte. Jetzt ist alles anders. Ich habe mich verändert. Aufgrund meiner Stellung hat mir der *Schwarze Block* mehr Freiraum für persönliche Initiativen eingeräumt. Endlich steht es mir frei, meinem Herzen zu folgen! Menschen können sich verändern; du mußt es einfach glauben! Wir könnten wieder zusammen sein, und keine Geheimnisse stehen mehr zwischen uns.«

»Geheimnisse wird es immer geben, solange du den *Schwarzen Block* repräsentierst.« Julian schüttelte ruckhaft den Kopf und rang um einen gleichmäßigen Tonfall. »Verschwinde, SB. Egal, was du hier für ein Spiel treibst, ich möchte daran nicht teilhaben. Was wir hatten, was wir zu haben glaubten, war nie mehr als ein Traum. Und ich bin erwacht. Ich habe lange gebraucht, um über dich hinwegzukommen, SB. Ich mache das nicht noch einmal durch. Nur ... Geh jetzt bitte.«

»Das tue ich«, sagte SB. »Ich gehe und komme dir nie wieder unter die Augen, wenn du mir sagst, daß du mich nicht liebst.«

»SB ...«

»Sag es, und ich gehe. Obwohl ich dich liebe. Weil ich eher sterben würde, als wieder zu sehen, wie du verletzt wirst. Sag nur ... daß du mich nicht liebst.«

»Ich liebe dich nicht.«

»Lügner«, sagte SB Chojiro leise.

»O Gott, natürlich liebe ich dich, SB! Ich werde dich immer lieben.«

Sie hob die Hände, legte ihm die Fingerspitzen auf den Mund. »Du brauchst nichts weiter zu sagen, mein Liebling. Ich weiß, wie schwer dir das gefallen sein muß. Aber vertraue mir, es wird diesmal anders. Viele alte Einschränkungen gelten für mich nicht mehr. Immerhin, ich denke, wir haben zunächst genug geredet. Wir haben Zeit ... alle Zeit, die wir brauchen. Lebwohl, mein Liebster. Für den Augenblick.«

Und sie drehte sich um und ging fort, zurück zu Brendan und Stephanie und den Ratgebern. Julian blickte ihr nach und wußte nicht, was er sagen oder denken sollte. Sie hatte einen rundherum ehrlichen und aufrichtigen Eindruck gemacht, aber es bedeutete nichts, denn sie war vom *Schwarzen Block*. Alles, was er mit Sicherheit wußte, war, daß sein Herz wieder so klopfte wie früher, als er noch wußte, was Glück bedeutete, als seine Liebe noch etwas anderes gewesen war als eine Straße in die Verdammnis. Julian Skye blickte SB nach und verfluchte sich als Idiot, weil er noch immer glaubte, daß Dinge glücklich enden konnten.

Toby Shreck und sein Kameramann Flynn machten in der Halle die Runde und begrüßten alle Welt überschwenglich. Es schien, als suchte jeder Tobys Zuspruch, da er jetzt Chef der Imperialen Nachrichten war. Er führte spontane Interviews mit praktisch jedermann und hoffte dabei, daß er später im Bearbeitungsraum ein paar Goldkrümel aus den endlosen einstudierten Geräuschfetzen herauspicken konnte. Politiker wurden mit der Fähigkeit geboren, viel zu sagen und sich dabei auf möglichst wenig festzulegen, aber Toby brachte ausreichend Erfahrung mit und konnte sie dazu bringen, mehr zu bestätigen, als sie eigentlich wollten, und mehr zu sagen, als sie ahnten. Bis sie es später in den Nachrichten sahen. Toby blieb viel länger, als er ursprünglich geplant hatte, einfach weil er soviel Spaß hatte. Das hier war echte journalistische Arbeit, die Nachrichten erbrachte. Alte Freunde und alte Feinde wurden mit dem gleichen freundlichen Lächeln bedacht, während er die Wahrheit aufstöberte, egal womit sie ihm dabei in die Quere kamen.

Endlich entschieden die Abgeordneten, daß sie soweit waren, warfen sich in ihre eindrucksvollsten Posen und gaben Befehl, die Tür zur Halle zu öffnen. Alle stürmten von dort in den Plenarsaal und trampelten dabei über die hinweg, die zu langsam liefen. Die beiden Sitzreihen beiderseits des offenen Parketts waren gedrängt voll mit Abgeordneten, die sich dabei fast gegenseitig auf dem Schoß saßen. Früher hatte an ein Wunder gegrenzt, wenn ein Viertel der Plätze zu Debatten besetzt war, aber heutzutage waren die Abgeordneten einfach zu erpicht darauf, daß man sie in den Nachrichten sah. Die meisten mußten an bevorstehende Wahlen mit dem neuen allgemeinen Wahlrecht denken und entsprechend auf den Eindruck achten, daß sie etwas taten.

Das Parkett füllte sich rasch mit Menschen, und die Luft schwirrte von Flugkameras, die sich gegenseitig wegzuschubsen versuchten, um jeweils selbst den besten Blickwinkel zu erhaschen. Die Abgeordneten saßen betont aufrecht und blickten auf alle Welt hinab. Ihre Werbeberater hatten sie vor den Risiken einer nachlässigen Körperhaltung gewarnt. Dergleichen machte auf dem Holoschirm einen schlechten Eindruck. Die Abgeordneten hatten auch Forscher angeheuert, um alte Parlamentsbräuche auszugraben, die sie nutzen konnten. Dazu mußte man auf Zeiten zurückgreifen, als das Parlament noch etwas bedeutet hatte, aber bislang kapierten sie die meisten Verfahren noch nicht richtig. Zum Beispiel trugen die Abgeordneten heute durchweg stolz traditionelle schwarze und rote Gewänder und gepuderte weiße Perücken, aber bislang hatte niemand den Mut aufgebracht und ihnen erklärt, daß die Gewänder einerseits und die Perücken andererseits Traditionen waren, die Jahrhunderte auseinander lagen.

Die neueste Idee war, einen offiziellen Parlamentspräsidenten zu ernennen, jemanden, der sich keiner besonderen Partei oder Sache verpflichtet fühlte und demzufolge fähig war, völlig unparteilich für Ordnung zu sorgen. Prinzipiell eine gute Idee. Leider hatte man Elias Gutmann für den Posten ausgewählt. Angeblich, weil er zu unterschiedlichen Zeiten schon auf so vielen Seiten gestanden hatte, daß er wahrheitsgemäß behaupten konnte, jedermanns Interessen zu vertreten. Tatsächlich hatte man ihn gewählt, weil er die meisten Abgeordneten bestochen und die restlichen eingeschüchtert hatte, eine Praxis, die ihm schon immer sehr zustatten gekommen war.

Wie es hieß, hatte Elias Gutmann bei jeder schmutzigen Machenschaft im Imperium die Finger im Spiel, obwohl die Leute sorgfältig darauf achteten, wie laut sie das aussprachen. Die Familie Gutmann hatte Elias in seiner unfeinen Jugend von *Golgatha* verbannt und ihm regelmäßig Geld geschickt, solange er versprach, nicht nach Hause zurückzukehren – eine Vereinbarung, die beiden Parteien zupaß kam. Gutmann benutzte dieses Geld und die neue Freiheit, um sich zu dem erstrangigen Schurken zu entwickeln, den er schon immer in sich vermutet hatte. Er unterstützte sogar die Rebellion finanziell, nur um sich abzusichern.

Dann fielen so viele Angehörige seiner Familie in den Kämpfen auf *Golgatha* auf beiden Seiten, daß Elias sich ohne eigenes Zutun als ältester Überlebender wiederfand und schließlich doch zur Heimkehr aufgefordert wurde. Er verschwendete keine Zeit und stürzte sich kopfüber in die Politik, denn er spürte, daß man im neuen Imperium auf diesem Gebiet die eigentliche Quelle von Macht und Reichtum fand. Und jetzt war Elias Gutmann Parlamentspräsident und konnte entscheiden, wer im Parlament angehört wurde und wer nicht. Man hatte vernommen, daß viele Abgeordnete fragten, wie es nur soweit hatte kommen können, aber sie achteten sorgsam darauf, es ganz leise zu fragen.

Noch unglückseliger für alle Beteiligten war, daß das Parlament diese wichtige Ernennung vorgenommen hatte, während Owen Todtsteltzer gerade auf der Jagd nach Valentin Wolf und seinen Spießgesellen war. Alle warteten jetzt darauf, welche Reaktion er zeigen würde, und waren hin und hergerissen zwischen dem Wunsch, einen guten Platz zu ergattern, und dem sehr realen Bedürfnis, den Kopf einzuziehen oder sich zumindest außer Schußweite zu halten. Owen enttäuschte sie nicht. Kaum öffneten sich die Türen der Halle, da stürmte er wütend in den Plenarsaal, und Hazel marschierte fröhlich neben ihm her.

Owen ignorierte die klagenden Rufe der Saaldiener, die versuchten, ihn in die richtige öffentliche Zone zu steuern, und nahm direkten Kurs auf Gutmann, der auf einer erhöhten Plattform zwischen den beiden Bankreihen saß.

Zwei bewaffnete Wachtposten traten vor, um ihm den Weg zu versperren. Owen schlug einen bewußtlos, trat dem anderen in die Leistengegend und setzte einfach seinen Weg fort. Hazel folgte ihm und stieg dabei anmutig über die stöhnenden Gestalten auf dem Boden hinweg. Gutmann regte sich ein wenig unbehaglich auf seinem Platz. Er hatte noch andere, verborgene Schutzvorkehrungen getroffen, aber Auge im Auge mit dem Todtsteltzer wußte er nicht mehr so recht, wie wirksam sie sein würden. Owen blieb direkt unterhalb von Gutmanns erhöhtem Sitz stehen und blickte böse zum Parlamentspräsidenten hinauf.

»In Ordnung, welcher geistig behinderte Haufen schwanzloser Wunder hat diesen Gauner zum Parlamentspräsidenten gewählt? Kaum wende ich Euch fünf Minuten den Rücken zu, da reißt Ihr die Türen auf und holt den Fuchs in den Hühnerstall. Warum habt Ihr ihm nicht gleich noch die Kronjuwelen ausgehändigt, wo Ihr schon dabei wart? Ich sehe lieber gleich mal nach ihnen, sobald ich hier fertig bin, und sollte nur ein Stück fehlen, wird jemand dafür büßen, und das werde verdammt sicher nicht ich sein. Wieso in aller Welt nur *Gutmann?* Sollte irgendwo im Imperium ein mieses Geschäft laufen, von dem er noch nicht profitiert hat, dann nur, weil er noch nichts davon gehört hat. Dieser Mann macht Geschäfte mit Tod und Leid; Gott weiß, wieviel Blut an Gutmanns Händen klebt.«

»Und wie viele Menschen sind von Eurer Hand gestorben, Sir Todtsteltzer?« fragte Gutmann aalglatt. »Wir alle mußten betrübliche Dinge tun, um dorthin zu gelangen, wo wir heute sind. Aber es heißt, wir hätten inzwischen eine neue Ordnung. Eine Chance für jeden, sich neu zu bewähren. Ein neues Leben und eine neue Karriere aufzubauen, gänzlich verschieden von dem, was früher womöglich war. Oder glaubt Ihr nicht an neue Chancen? An Wiedergutmachung?«

»Nicht, soweit es Euch anbetrifft«, sagte Owen rundweg. »Eher werden Grendelkreaturen zu Vegetariern, als daß Ihr Euch bessert. Ich kenne Euch, Gutmann.«

»Jedoch bleibt die Tatsache bestehen«, erklärte Elias Gutmann locker, »daß die guten Männer und Frauen dieses Hauses mich aus freien Stücken zum Parlamentspräsidenten gewählt haben. Oder wollt Ihr Euch der Autorität der Abgeordneten widersetzen?«

»Verdreht jetzt nicht alles!« verlangte Owen und wurde unwillkürlich lauter. »Ich habe nicht Jahre auf der Flucht verbracht und bin auf den Straßen *Golgathas* durch Blut und Gemetzel gewatet, nur um dann zu sehen, wie die Macht Menschen wie Euch übergeben wird! Ich weiß nicht, wie es Euch gelang, einer Anklage als Kriegsverbrecher zu entgehen, Gutmann, aber mir entkommt Ihr nicht! Steigt jetzt von diesem Sitz herunter, oder ich komme hinauf und hole Euch!«

»Ihr könnt mir nichts anhaben. Ich genieße den Schutz des Parlaments. Der Leute, die Ihr selbst an die Macht gebracht habt. Habt Ihr kein Zutrauen zu Eurer eigenen Schöpfung?«

»Nicht, wenn sie so übel verpfuscht wird.«

»Also stellt Ihr Euch über die Autorität des Parlaments? Genau wie die Aristokraten, die Ihr gestürzt habt, weil Ihr sagtet, sie mißbrauchten ihre Macht. Erkennt irgend jemand die Ironie? Ihr seid kein Held mehr, Todtsteltzer, der unterwegs seine eigenen Regeln aufstellen kann. Ihr seid ein gewöhnlicher Bürger des Imperiums und unterliegt der Autorität des

Volkes, wie sie ihren Ausdruck durch das Parlament findet.«

»Zum Teufel damit! Ich habe nie ein Parlament gebraucht, das mir sagte, wie man richtig und falsch unterscheidet. Steigt jetzt herunter, oder ich bringe Euch auf Eurem Sitz um!«

»Ihr trotzt dem Willen des Parlaments!«

»Zur Hölle damit! Notfalls reiße ich das ganze Gebäude ein!«

Bewaffnete Wachleute stürzten von allen Seiten heran, während unter den Abgeordneten aufgeregtes Geplapper ausbrach. Bei irgend jemand anderem wären es vielleicht nur leere Drohungen gewesen, was sie eben gehört hatten, aber das hier war Owen Todtstelzer. Vielleicht setzte er sie einfach in die Tat um. Gutmann packte fest die Armlehnen seines Sitzes, aber sein Gesicht blieb ruhig. Er hatte den Todtsteltzer so manipuliert, daß dieser die Beherrschung verlor und damit sein Heldenimage untergrub. Jetzt brauchte Gutmann das nur noch zu überleben.

»Typische Todtsteltzer-Drohung«, sagte er gelassen und achtete darauf, laut genug zu sprechen, um den zunehmenden Tumult zu übertönen. »Zum Teufel damit, wie viele es das Leben kostet, solange er nur seinen Willen bekommt. Ich schätze, wir dürften nicht überrascht sein. Schließlich war es sein Vorfahre, der erste Todtsteltzer, der den *Dunkelwüsten-Projektor* aktivierte und ungezählten Milliarden Unschuldiger den Tod brachte.«

Hazel umklammerte grimmig Owens Arm, damit er nicht den Disruptor ziehen konnte. Die umstehenden Wachleute sahen besorgt zu. Hazel packte mit einer Hand Owens Kinn und zwang ihn, sie anzusehen. »Tu es nicht, Owen. Du müßtest eine Menge unschuldiger Menschen töten, ehe du Gutmann erwischen würdest.«

Owen befreite sein Kinn mit einem Ruck und funkelte sie an. Er atmete schwer. »Ich dachte, wenigstens Ihr würdet mich verstehen.«

»Das tue ich, Owen, das tue ich. Aber dies ist weder der richtige Zeitpunkt noch der richtige Ort.«

Es war ganz still geworden im Plenarsaal. Alle warteten ab, was der Todtsteltzer unternahm. Die Wachleute achteten darauf, nichts zu tun, was ihn provozieren könnte. Owen blickte sich langsam um, und die Wut floß aus ihm heraus. Er nahm die Hand vom Disruptor an seiner Seite. Man hörte, wie viele Menschen angehaltene Luft wieder herausließen. Owen nickte Hazel zu.

»Was ist nur passiert, daß Ihr mir Vorträge über Selbstbeherrschung halten müßt? Aber Ihr habt recht; es wird sich eine bessere Gelegenheit finden.«

Er wandte Gutmann den Rücken zu und marschierte davon, um sich der Zuschauermenge in der zugewiesenen Zone anzuschließen. Hazel bedachte Gutmann mit einem harten Blick und lief dann Owen nach – nur für alle Fälle. Nicht weit von der Szene spendeten Jakob Ohnesorg und Ruby Reise Beifall. Viele andere erweckten den Eindruck, sie hätten es auch gern getan. Die Wachleute senkten die Waffen, hoben ihre zwei zu Boden gestreckten Kameraden auf und zogen sich so rasch zurück, wie es die Ehre gestattete. Toby Shreck grinste von einem Ohr zum anderen, zuversichtlich, daß Flynn alles auf Film hatte.

Elias Gutmann wartete kurz, bis er sicher war, daß er die Stimme wieder unter Kontrolle hatte, und eröffnete die Plenarsitzung mit einer gefühlsbetonten Rede, die lediglich aus aufrüttelnden Geräuschfetzen bestand. Alle spendeten der Rede Beifall aufgrund des Vorzuges, daß sie kurz war, und das Parlament widmete sich endlich der Tagesordnung. Darauf stand als erstes ein Bericht der Kyberratten, die zur Zeit die Lektronenmatrix von *Golgatha* nach Spuren einer Infiltration durch die abtrünnigen KIs von *Shub* untersuchten.

Vor den Abgeordneten und den Zuschauern tauchte ein Sichtschirm auf, der mitten in der Luft schwebte. Kräftige Farben zuckten darüber hinweg und formierten sich schließlich zu Kopf und Schultern desjenigen, der heute für die Kyberratten sprach. Diese erwiesen sich in solchen Fragen als eher locker, denn sie kümmerten sich wenig um die Belange der Welt außerhalb ihrer kostbaren Rechner. Die Kyberratten lebten ganz für die Zeit, die sie eingetaucht in der kybernetischen Welt verbrachten, und traten nie öffentlich in Erscheinung, solange sie es vermeiden konnten. Jeder, der mal einen dieser Leute zu sehen bekam, verstand gleich den Grund. Sie waren mit genügend Techimplantaten, Zusätzen und modernsten Optionen ausgestattet, um formell als Kyborgs durchzugehen, und ihre persönlichen Angewohnheiten grenzten oft ans Abstoßende. Sie interessierten sich nur für Tech und für das, was diese für sie leisten konnte, und oft vergaßen sie die Bedürfnisse des bloßen Fleisches, in dem sie lebten.

Der heutige Vertreter, der sich des Kodenamens Kabelhase erfreute, sah aus, als wäre er schon vor Tagen gestorben und nur dazu ausgegraben worden, um heute Bericht zu erstatten. Die Hautfarbe war Staubgrau, und das Gesicht so spitz und knochig, daß es an Auszehrung grenzte. Ein Nährstoffschlauch steckte in einer Ader am Hals, und ein Lektronenstecker war in die leere rechte Augenhöhle eingestöpselt. Kabelhase lächelte die Menge verschwommen an und zeigte dabei Zähne, die in wirklich grauenhaftem Zustand waren.

»O Mann, so viele Leute auf einem Haufen! Ich kriege

die Atmosphäre von hier aus mit. Grüße, ihr Fleischmenschen; hier spricht der echte Schwermetalltyp Kabelhase und wünscht euch alles Gute! Halleluja, laßt uns in fremden Zungen reden! Alle Macht den Leuten, die sich für wirklich halten, aber auch denen, die noch darüber nachdenken. Für alle anderen besteht das Geheimnis darin, die Neuronen zusammenzuknallen, Leute! Ich und meine total vollgedröhnten Kumpels sind durch das Silikon der Matrix gesurft und haben nach diesen absolut bösen Metallfreaks von dem Ort gesucht, über den wir nicht reden, und soweit muß ich euch sagen, daß wir absolut garnix gefunden haben. Zero, nada, weniger als null. Ne Menge Spuren, daß was Megamäßiges da war und wieder weg ist, aber fragt nicht, wer oder was oder wohin, es sei denn, ihr wollt eine Menge Technosprech, den selbst wir oft nicht kapieren, weil wir ihn spontan selbst aushecken müssen. Wir sind an der Grenze unterwegs, Leute, und es ist wirklich merkwürdig hier draußen.

Türlich war es auch nicht hilfreich, daß große Gebiete von den größeren Geschäftskonstrukten als Sperrzone markiert wurden. Die Stadt der Paranoia, Freunde. Wir werden dort schließlich einbrechen, sei es auch nur, weil wir eine echte Aufgabe so lieben, aber die Sache bremst uns doch etwas ab. Vermutlich wollt ihr dicken Geschäftsfreaks nicht freiwillig mit den Zugangskodes rausrücken, oder? Nein? Hatte ich auch nicht erwartet. Verdammt, diese negativen Schwingungen knabbern wirklich an mir! Wartet nen Moment, während ich meine Endorphine frisch hochpusche. Uuuh ... echt irre! Leute, plaudert mal eine Zeitlang miteinander. Ich denke, ich leg mich für ne Runde hin und röste ein paar Hirnzellen, die ich zur Zeit nicht brauche. Möönsch, diese Farben, Mann!«

»Wartet!« sagte Elias Gutmann. »Habt Ihr uns nichts Brauchbares zu sagen?«

»O sicher, großer Typ, hätte ich beinahe vergessen. Ich hab es irgendwo notiert ... Ah. Hütet euch vor den Drachenzähnen. Cool! Aus und Ende und bin schon weg, Mann.«

Der Sichtschirm verschwand und die Kyberratte mit ihm. Eine lange Pause trat ein. Gutmann sah Owen an. »Soweit ich mich entsinne, habt Ihr diese ... Leute empfohlen, Sir Todtsteltzer.«

Owen zuckte die Achseln. »Sie sind seltsam, aber ich bin mit ihrem Geschäft vertraut. Jeder, der genügend Zeit in der Matrix verbringt, wird verrückt, und diese Leute suchen sie zum Spaß auf. Falls die KIs irgendwelche Spuren von dem hinterlassen haben, was sie dort tun, dann haben nur die Kyberratten eine Chance, sie zu entdecken. Und wir müssen es erfahren. Die KIs sagten, sie hätten alle bedeutenden Unternehmen infiltriert und wären dabei, unsere Wirtschaft in ihrem Interesse zu manipulieren. Womöglich haben sie das nur wegen der Panik gesagt, die sie damit erzeugten, aber wir können kein Risiko eingehen. Falls es zutrifft, müssen wir erfahren, wie weit die Infiltration reicht und wie lange sie schon läuft, ehe wir auch nur damit anfangen können, die Sache wieder in Ordnung zu bringen.«

Gutmann nickte widerstrebend und verzog keine Miene. »Aber Euer eigener ... Experte sagte, keine der Kyberratten wäre fähig gewesen, irgendeine Spur einer Einmischung von außen zu finden.«

»Falls es etwas gibt, womit *Shub* sich besser auskennt als mit uns, dann sind es Lektronen. Sie haben ihre Spuren sicher an Stellen versteckt, wo nachzusehen einem normalen Menschen nicht mal einfallen würde. Zum Glück sind die Kyberratten auch nicht annähernd normal.«

»Endlich seid Ihr zufällig auf etwas gestoßen, worin wir übereinstimmen können«, sagte Gutmann schwer.

»Ich wünschte nur, ich könnte Euer Vertrauen in diese ... Leute teilen. Vielleicht könntet Ihr nun dem Hohen Haus Eure klügsten Mutmaßungen unterbreiten, was diese *Drachenzähne* sind, vor denen wir uns hüten sollen.«

»Ich hätte eigentlich gedacht, das wäre selbst für Euch ersichtlich, Gutmann. Die KIs haben nämlich auch behauptet, sie hätten Leuten beim Eintreten in die Matrix das Bewußtsein herausgerissen und ihre eigenen Gedanken dafür eingesetzt. Die Drachenzähne sind die mitten unter uns wandelnden Personen, die keine Menschen mehr sind – die zwar Menschenantlitz zeigen, aber *Shubs* Gedanken denken. Die perfekten Spione, noch schwieriger zu enttarnen als Furien. Wir können unmöglich wissen, wie viele sich davon herumtreiben oder wie stark unsere Sicherheitsvorkehrungen bereits unterlaufen wurden.«

»Was eine sehr schöne Überleitung zu der Petition ist, die ich dem Hohen Haus vorzulegen habe«, sagte eine barsche Stimme aus der Menge. Die Leuten sahen sich um, wollten herausfinden, wer das war, und wichen dann hastig zurück, als sie die kleine blonde Frau entdeckten, deren Augen kalt wie der Tod waren. Früher einmal hatte sie Johana Wahn geheißen, ein Avatar der geheimnisvollen und rätselhaften Superesperin Mater Mundi, der *Weltenmutter*. Macht über alle Hoffnung und Vernunft hinaus brannte damals in Johana Wahn, und die Luft um sie herum knisterte vor Spannung. Heute verkörperte sie nicht mehr alles, was sie früher gewesen war, denn Mater Mundi hatte sie verlassen, und Johana trug wieder den alten Namen Diana Vertue. Trotzdem war sie immer noch eine Macht, mit der man rechnen mußte, und die meisten Leute hatten genug Verstand, in ihrer Nähe sehr nervös zu werden. Heute repräsentierte sie die Esper-Bewegung im Parlament, vor allem deshalb, weil alle anderen Mitglieder der Bewegung zu viel Angst hatten, um ihr das abzuschlagen. Sie bahnte sich jetzt einen Weg nach vorn durch die Menge, und die Leute beeilten sich, ihr auszuweichen. Sie blieb vor Owen stehen, der sich höflich vor ihr verbeugte.

Um die Wahrheit zu sagen: Auch er hatte ein bißchen Angst vor ihr, aber er hielt nichts davon, solche Dinge vor aller Welt zu zeigen.

»Hallo Diana, Ihr seht ganz normal aus. Was für eine Petition könnte das sein?«

»Alle ESP-Blocker aus dem Parlament zu entfernen, damit wir die Gedanken aller Anwesenden lesen und herausfinden können, ob auch jeder das ist, was er vorgibt.« Dianas Stimme klang barsch und rauh und absolut einschüchternd. Die Kehle war geschädigt von den Schreien, die Diana in den Gefängniszellen von *Golgatha* ausgestoßen hatte, und hatte sich nie wieder ganz erholt. »Die ESP-Blocker müssen weg. Nicht nur *Shub* liefert uns Gründe, besorgt zu sein. Erinnert Ihr Euch noch an das gestaltwandelnde Fremdwesen, das bei Hofe erschien? Es ahmte einen Mann so exakt nach, daß nicht einmal seine Freunde den Unterschied erkennen konnten. Wirkliche Sicherheit im Parlament können wir nur wahren, indem wir die Gedanken aller lesen und keine Ausnahmen erlauben. Klingt für mich absolut vernünftig.«

»Das liegt daran, daß Ihr so seltsam seid«, fand Gutmann, und praktisch alle nickten beifällig. »Euer Antrag ist völlig inakzeptabel. Jeder hier hat ein Recht auf Unverletzlichkeit der Gedanken.«

»Dieses eine Mal muß ich Euch zustimmen«, sagte Owen. »Wir alle kennen Geheimnisse, die gewahrt bleiben müssen. Selbst wenn sie nur für uns wirklich wichtig sind. Oder vielleicht besonders die. Aber ich verstehe, worauf Ihr hinauswollt. Vielleicht könnten wir ein System ausarbeiten, das auf Freiwilligkeit beruht ...«

»Nur zu«, sagte Gutmann. »Ihr zuerst.«

Owen mußte unwillkürlich lächeln. »Geben wir diese Frage an die Kirche weiter. Sie hat Erfahrung mit Beichten.«

»Wir werden es ins Auge fassen«, sagte Gutmann. »Und falls Euch das nicht reicht, Esper Vertue, fühlt Euch frei, Euer Anliegen dem zuständigen Unterausschuß vorzulegen. Zu einem späteren Zeitpunkt. Allerdings führt uns dieses Thema nahtlos zum nächsten Punkt auf der Tagesordnung. Im Rahmen des Abkommens, das Jakob Ohnesorg mit den Familien ausgehandelt hat, gelten Klone und Esper nicht mehr als Besitztum, sondern als Bürger aus eigenem Recht. So lobenswert und gerecht das scheinen mag, hat es doch zu unerwarteten Problemen geführt. Seit Jahrhunderten beruhten Handel und Industrie im ganzen Imperium auf der unbegrenzten Verfügbarkeit der Arbeitskraft von Klonen und Espern. Jetzt müssen sie durch bezahlte Arbeiter oder neue Techniken ersetzt werden, was beides äußerst teuer ist. Veränderungen sind immer kostspielig, und jemand muß dafür aufkommen.

Da wir die Lektronen der Steuerbehörde endlich wieder in Gang bringen konnten ...« Und an diesem Punkt legte Gutmann eine Pause ein, um wie alle anderen im Saal böse die Personen anzuschauen, die für die Zerstörung der Rechner verantwortlich waren, nämlich Owen und Hazel, die lächelten und bescheiden nickten. »... war unser erster Gedanke, die Einstiegsrate der Einkommenssteuer zu erhöhen. Die breite Masse der Bürger machte jedoch rasch ausgesprochen deutlich, daß sie dies als sehr schlechte Idee betrachtet. Sie schlug vor, daß die Aristokraten als die Wohlhabendsten unter uns die Last schultern sollten.

Die Clans ihrerseits wiesen nicht zu Unrecht darauf hin, daß viele von ihnen durch den Verlust an Macht und Lenkungsmöglichkeiten, wie ihn Ohnesorgs Abkommen mit sich brachte, schon fast verarmt wären; sie hielten es für im Grunde nicht fair, noch mehr gestraft zu werden. Dunkle Andeutungen sprachen vom drohenden Zusammenbruch von Industrien in Familienhand und von der Massenarbeitslosigkeit, die daraus entstünde. Umfangreiche Diskussionen und Verhandlungen und Ausschüsse in beliebiger Zahl erbrachten bislang keine brauchbaren Ergebnisse.«

»Er hält sogar noch längere Ansprachen als du, Owen«, murmelte Hazel. »Ich bin beeindruckt.«

»Und Ihr braucht Euch auch nicht an die Untergrundbewegungen zu wenden«, warf Diana ein. »Wir müssen schon die Klon- und Esperfamilien unterstützen, die durch neue Techniken ihre Arbeit verloren haben. Solange sie noch Eigentum waren, kamen die Clans für ihren Unterhalt auf. Seit sie freie Bürger sind, waschen die Clans ihre Hände in Unschuld. Freiheit ist ja sehr schön, aber sie bringt noch keine Mahlzeiten auf den Tisch.«

Owen fand, daß er noch nie so viel Undankbarkeit von so vielen Menschen gehört hatte, und ihm war danach, sich entsprechend zu äußern. Er nahm jedoch wieder Abstand davon, weil er nur zu gut wußte, daß sie eine Möglichkeit finden würden, ihm an allem die Schuld zu geben. Und weil auch er nicht wußte, wer für alles bezahlen sollte. Wirtschaft war nie seine starke Seite gewesen. Er war Krieger, nicht Buchhalter. Er sah Hazel an, die mit den Achseln zuckte.

»Frag mich nicht. Um eine gerechtere Verteilung des Reichtums zu erzielen, ist mir nichts Besseres eingefallen, als Piratin und Klonpascherin zu werden. Keins von beiden hat besonders gut funktioniert.«

»Das Problem besteht in der Geschwindigkeit, mit der sich das Imperium verändert«, fand Diana Vertue. »Es geht zu langsam.«

»Das Problem ist, daß es zu schnell geht«, entgegnete Gutmann.

»Klar, daß Ihr das behauptet«, sagte Diana. »Ihr und Euresgleichen habt schließlich am meisten zu verlieren.«

»Wir sind einfach besorgt, es könnte ein zu schneller Wechsel von einem System, das auf Menschen beruht, zu einem System stattfinden, das auf Technik basiert. Wir möchten nicht, daß es wie auf *Shub* endet.«

Diana runzelte die Stirn, was einschüchternd wirkte. »Ihr verbreitet nur Nebel, Gutmann. Der Untergrund möchte nicht, daß Klone und Esper durch Tech ersetzt werden, sondern verlangt einfach bessere Arbeitsbedingungen und gerechten Lohn.«

»Was uns wunderbar wieder zum Thema Geld führt«, sagte Gutmann, lehnte sich auf seinem Sitz zurück und blickte über die versammelte Menge hinweg. »Durch die Unruhen und die Tatsache, daß niemand mehr lenkend auf die Wirtschaft einwirkt, galoppiert inzwischen die Inflation, sogar auf den stabilsten Planeten. Ersparnisse werden aufgezehrt. Banken brechen zusammen. Die Familien tun, was sie können, sind sich aber nur darin einig, daß die Lage zwangsläufig erst noch schlechter wird, ehe es wieder zum Aufschwung kommt. Was immer man über die alte Ordnung behaupten konnte, sie hat die Währung stabil gehalten – auch wenn die Imperatorin ein paar Banker aufhängen mußte, um sich klar auszudrücken.«

»Wie wäre es mit einer Steuer auf aufgeblasene Schwätzer?« fragte Hazel zuckersüß. »Oder eine Glücksfallsteuer für Leute, die es geschafft haben, aus den Veränderungen hübsch Profit zu schlagen? Das sollte ordentlich Zaster einbringen.«

Viele Anwesende knurrten und brummelten untereinander, aber niemand brachte den Mut auf, von Hazel zu fordern, sie möge ihren Kommentar zurücknehmen.

»Bitte, wir wollen uns doch alle bemühen, von persönlichen Angriffen Abstand zu nehmen«, sagte Gutmann ernst. »Ich denke, es wäre das beste, zum nächsten Punkt der Tagesordnung überzugehen.«

»Aber es hat keine Entscheidung zur letzten Frage gegeben!« protestierte Owen.

»Ich sagte, wir machen weiter«, sagte Gutmann. »Als Parlamentspräsident bin ich für die Tagesordnung zuständig.«

»Ich habe Euch gewarnt!« sagte Owen und funkelte ihn an.

»Ich könnte Euch hinauswerfen lassen«, erwiderte Gutmann.

»Ihr könntet es versuchen«, sagte Owen.

»Bitte, tut es«, bat Hazel.

»Wir fahren mit dem nächsten Punkt auf der Tagesordnung fort«, verkündete Gutmann. »General Beckett, verantwortlicher Offizier für die Imperiale Flotte, wartet schon höchst geduldig darauf, sich an uns zu wenden.«

Ein schwebender Bildschirm tauchte fast sofort mitten in der Luft auf, als hätte er nur aufs Stichwort gewartet, und Genral Shaw Beckett bedachte von dort aus mit finsterer Miene unparteilich alle Anwesenden. Sein großer, eckiger Kopf hockte auf massigen Schultern, obwohl der größte Teil seiner einschüchternden Körpermasse außer Sicht blieb. Die Uniform spannte sich über seiner wuchtigen Gestalt und war mit mehr Orden behangen, als man zählen konnte. Der breite Mund bildete eine strenge Linie, die dunklen Augen blickten fest. Wie immer rauchte Beckett eine dicke Zigarre und brach gelegentlich ab, um Rauch in die Kamera zu blasen.

»Wird aber auch Zeit, daß ich an die Reihe komme. Paßt also auf und macht Euch notfalls Notizen, denn ich will verdammt sein, wenn ich die Sache noch mal durchkaue. Seit die Flotte bei der Rebellion durch Schiffe der Gesetzlosen und dieser verdammten Hadenmänner auseinandergenommen wurde, kämpfen wir darum, den nötigsten Dienst aufrechtzuerhalten. Die meisten Sternenkreuzer der D- und E-Klasse sind futsch, und wir müssen uns auf Zerstörer und aufpolierte Fregatten verlassen, die nie für eine solche Belastung gedacht waren. Wir sind auch knapp an Besatzungsmitgliedern. Wir haben reichlich Freiwillige, aber es braucht Zeit, echte Raumschiffer auszubilden. Man kann nicht jeden auf ein Sternenschiff loslassen.

Mit den größeren Schiffen schützen wir die Transportrouten für Lebensmittel zu den Planeten, die es am schwersten erwischt hat. Wir haben eine Menge hungriger Leute da draußen, aber bislang gelang es uns, in weiten Bereichen echte Hungersnöte zu vermeiden. Piraten bilden dabei ein Problem; sie greifen die Geleitzüge an, um ihre Schwarzmärkte zu speisen. Wir bringen sie so schnell um, wie wir sie zu fassen kriegen, aber es tauchen immer neue auf. Was wir darüber hinaus an Schiffen übrig haben, fährt Patrouille, meist draußen am *Abgrund*, und gibt auf Insektenschiffe acht.«

Sein Gesicht verschwand vom Schirm und wich dem vertrauten Anblick eines Schiffs der Fremdwesen. Es ähnelte einem großen, sehr kompakten Ball aus verworrenen klebrigen Spinnfäden. Es war mit Waffen und Kraftfeldern unbekannter Bauart ausgestattet, auch wenn man sie nicht sehen konnte. Ein solches Schiff hatte die Besatzung eines isolierten imperialen Stützpunktes restlos niedergemetzelt und dann beinahe die großen Städte *Golgathas* zerstört, ehe es selbst von Kapitän Schwejksam und seiner Besatzung vernichtet wurde. Niemand wußte, woher es stammte oder was diese Wesen wollten. Das einzig Sichere an ihnen waren die mörderischen Absichten. Das Bild des Schiffs wich wieder dem Gesicht General Becketts.

»Bei der begrenzten Anzahl meiner Schiffe kann ich keinen Präventivschlag führen. Mir bleibt lediglich, auf die Angriffe der Extraterrestrier zu reagieren, ihre Schiffe abzuwehren und den Schlamassel zu beheben, den sie hinterlassen. Bislang hatten wir Glück und konnten die umrangreichen Verwüstungen und das Gemetzel vermeiden, die das erste Schiff nach *Golgatha* brachte, aber Glück hat die häßliche Angewohnheit, einem irgendwann auszugehen. Fazit: Menschen sterben da draußen am *Abgrund*, und ich kann verdammt wenig dagegen unternehmen! Ich brauche mehr Schiffe!«

»Wir bauen so schnell neue, wie wir können, General«, entgegnete Gutmann scharf. »Aber wir haben Schwierigkeiten. Schiffe der E-Klasse wird es solange nicht mehr geben, bis wir eine neue Fabrik für Hyperraumantriebe errichtet haben, um die zu ersetzen, die während der Rebellion zerstört wurden. Und bis wir wissen, wie wir die Klone ersetzen können, die früher für die gefährliche Aufgabe zuständig waren, die Triebwerke tatsächlich zu montieren. Und natürlich sind selbst Schiffe der D-Klasse fürchterlich teuer – und das zu einer Zeit, in der wir jede Ausgabe einzeln abwägen und rechtfertigen müssen. Solange die Schiffe der Fremdwesen keine unmittelbare Gefahr für die Kerngebiete des Imperiums darstellen . . .«

»Also opfert Ihr die Menschen auf den Planeten des

Abgrunds, nur um den übrigen keine höheren Steuern aufbürden zu müssen«, knurrte Beckett offen in die Kamera. »Regierungen kommen und gehen, aber im Grunde ändert sich nichts. Seht mal, die Insekten sind einmal bis *Golgatha* vorgedrungen, und im Moment haben wir keine Möglichkeit, sie an einem erneuten Besuch zu hindern. Wir wissen nach wie vor nicht, woher sie kommen; sie tauchen einfach aus dem Nirgendwo auf, greifen an und verschwinden wieder.«

»Solange wir sie nicht zu sehr gegen uns aufbringen, besteht eine reale Chance, daß sie ihre Angriffe auf den *Abgrund* beschränken«, sagte Gutmann. »Eine traurige Philosophie, wie ich einräumen möchte, aber in dieser verzweifelten Zeit bleibt uns nur, nach dem größten Wohl für die größte Mehrheit zu streben. Dabei geben wir den *Abgrund* nicht auf; wir erteilen Euch die Vollmacht, dort zu bleiben und die Region nach besten Kräften zu verteidigen. Sobald neue Schiffe verfügbar sind, schicken wir sie Euch. Wenn Ihr also nichts weiter vorzubringen habt ...«

»Wie es sich trifft, habe ich das durchaus«, sagte Beckett. »Irgend etwas ... läuft hier draußen ab. Beunruhigende Meldungen treffen seit einiger Zeit von überall entlang des *Abgrunds* ein – Meldungen, die die *Dunkelwüste* betreffen und von ... Dingen sprechen, die aus der Dunkelheit kommen. Von Stimmen der Toten, die Warnungen rufen. Visionen von Wundern und Alpträumen, von flüchtigen Kontakten mit Dingen, die innerhalb eines Augenblicks auftauchen und wieder verschwinden. Esper haben von einer Tür geträumt, die sich öffnete und wieder schloß, und von etwas Grauenhaftem, das hindurchspähte. Es sind zu viele Meldungen aus gewöhnlich zuverlässigen Quellen, als daß ich sie einfach abtun könnte. Ich sehe mich gezwungen, daraus den einzig möglichen Schluß zu ziehen: Etwas lebt in der *Dunkelwüste*.«

Eine ganze Weile blieb alles still. In den über neunhundert Jahren, seit der ursprüngliche Todtsteltzer den *Dunkelwüsten-Projektor* eingesetzt hatte, hatte niemand wirklich etwas über die riesige Zone aus tiefster Nacht erfahren, die man die *Dunkelwüste* nannte – außer daß Schiffe, die hineinflogen, nur selten zurückkehrten. Gutmann wandte sich an Owen und Hazel.

»Sir Todtsteltzer, Ihr und Miss d'Ark wart die letzten, die tief in die *Dunkelwüste* vorgedrungen und von dort zurückgekehrt sind. Vielleicht könntet Ihr ... dieses Phänomen für uns ein wenig erhellen?«

»Für mich ist das alles ganz neu«, antwortete Owen. »Wir sind auf nichts dergleichen gestoßen. Daß es mein Vorfahr war, der den *Dunkelwüsten-Projektor* erbaute, heißt noch nicht, daß ich ein größerer Experte bin als irgend jemand sonst. Falls Giles irgendwelche Geheimnisse über die *Dunkelwüste* wußte, hat er sie nicht an mich weitergegeben. Ich habe wirklich keine Ahnung, wie irgend jemand oder irgend etwas dort draußen leben könnte. Nichts in der *Dunkelwüste* ermöglicht Leben. Kein Licht, keine Wärme, keine Nahrung ... wie könnte irgendwas dort existieren?«

»Kein Leben, wie wir es kennen«, sagte Beckett vom Bildschirm herunter. »Aber wer weiß, welche in jenem Augenblick des Massensterbens und völligen Grauens geborenen Alpträume womöglich in der Dunkelheit lauern?«

»Das ist lächerlich!« versetzte Owen.

»Wirklich?« fragte Beckett. »Als Ihr die *Dunkelwüste* aufsuchtet, kamt Ihr mit den wiederbelebten Hadenmännern zurück, einem alten Grauen, von dem wir längst frei zu sein glaubten. Alles könnte in dieser Dunkelheit hausen. Einfach alles.«

Alle blickten Owen und Hazel an, aber sie sagten nichts. Sie wußten Dinge über das Wesen und die Ursache der *Dunkelwüste,* von denen niemand sonst etwas ahnte, aber sie hatten vor langer Zeit und aus sehr guten Gründen geschworen, diese Geheimnisse zu wahren. Außerdem bestand keine erkennbare Verbindung zwischen dem, was sie wußten, und dem Phänomen, das Beckett geschildert hatte. Das hofften sie jedenfalls.

»Wo wir schon von den Hadenmännern sprechen«, fuhr Beckett fort, nachdem sich das Schweigen eine Zeitlang hingezogen hatte. »Damit kommen wir zum abschließenden Teil meines Berichts. Ich denke, wir waren alle etwas überrascht, als sich die wiederbelebten Hadenmänner den Rebellen anschlossen, um die Imperatorin zu stürzen, und wir waren noch mehr überrascht, daß die aufgerüsteten Menschen tatsächlich Befehlen gehorchten und Gefangene nahmen, als sich die imperialen Truppen ergaben. Früher hatten die Hadenmänner einfach alle abgeschlachtet. Schließlich waren sie die offiziellen Feinde der Menschheit, bis die KIs von *Shub* sie in dieser Rolle ablösten.

Ihr habt uns versichert, sie hätten sich gebessert, Sir Todtsteltzer. Ihr sagtet, wir könnten mit ihnen zusammenarbeiten. Wir hätten es besser wissen sollen! Wir hätten niemals Kyborgs trauen sollen, Menschen, die ihr Menschsein aufgegeben haben, um nach Vollkommenheit durch Technik zu streben, die den Großen Kreuzzug der Genetischen Kirche starteten, um die Menschheit zu vernichten und sich an ihre Stelle zu setzen. Die Menschenmaschinen in ihren goldenen Schiffen! Die Schlächter von *Brahmin II*. Nun, Sir Todtsteltzer, Eure alten Bundesgenossen sind nach *Brahmin II* zurückgekehrt, haben die Abwehr des Planeten zerstört und die Macht über ihn und seine Bevölkerung übernommen. Sie nennen ihn jetzt *Neuhaden* und blockieren ihn mit einer ganzen Flotte ihrer goldenen Schiffe. Die wenigen Meldungen, die hinaus gelangten, ehe alle Kommunikation abgebrochen wurde, sprechen davon, daß die Hadenmänner mit ihren Gefangenen dort experimentieren und sie in neue, verbesserte Hadenmänner verwandeln.

Wir haben keine Ahnung, was zur Zeit dort passiert. Und da wir einfach keine Möglichkeit haben, an den goldenen Schiffen vorbeizukommen, können wir auch die Menschen von *Brahmin II* nicht retten. Es sei denn natürlich, der Todtsteltzer hätte irgendwelche Ideen. Er ist schließlich derjenige, der die Hadenmänner wieder auf die Menschheit losgelassen hat!«

Aufgebrachtes Gemurmel lief durchs Parlament, von den Abgeordneten bis zu den Zuschauern auf dem Parkett, und wurde allmählich lauter. Es war ein beunruhigendes, gefährliches Geräusch und erstarb nur widerwillig, als Owen sich wütend umsah. »Sie waren ein notwendiges Übel«, erklärte er kategorisch. »Ohne sie hätten wir Löwensteins Flotte nicht besiegen können. Fragt General Beckett. Ich hatte ... gehofft, die aufgerüsteten Menschen wären inzwischen über ihre alten Ziele hinausgewachsen. Ich kannte einen Hadenmann, der ein so feiner Mensch war, wie ich nie einen besseren getroffen habe. Wie es scheint, wurde ich jedoch wiederum von denen verraten, in die ich Vertrauen setzte. Trotzdem wollen wir doch die Gefahren der Situation nicht übertreiben. Sie halten nur einen Planeten, und bislang verfügen sie nicht über genug Kräfte für etwas anderes, als ihn zu verteidigen.«

»Möchtet Ihr damit vorschlagen, wir sollten die Menschen von *Brahmin II* aufgeben, damit man sie in Monstrositäten verwandelt?« fragte Gutmann. »Ich denke nicht, daß das Imperium sich das gefallenläßt.«

»Warum nicht?« fragte Owen. »Schlagt Ihr nicht das gleiche für die Bewohner der Welten am *Abgrund* vor? Die wenigen im Namen der vielen zu opfern? Aber nein, Gutmann, ich schlage nicht vor, die Bewohner von *Brahmin II* abzuschreiben, und sei es auch nur, weil die Hadenmänner letztlich aus ihnen eine komplett neue Armee aufstellen könnten. Hazel und ich werden nach *Brahmin II* reisen, allein, und nachsehen, was wir tun können, um den Schaden zu beheben. Schließlich trage ich die Verantwortung dafür.«

»Jetzt mal langsam!« warf Hazel ein. »Wann habe ich mich freiwillig für diesen Selbstmordeinsatz gemeldet?«

»Na ja, Ihr möchtet doch nicht den ganzen Spaß versäumen, oder?«

»Hat was für sich«, meinte Hazel. »Ich habe es nur gern, wenn man mich fragt, mehr nicht.«

»Das Hohe Haus nimmt Euren Vorschlag dankbar an«, sagte Gutmann. »Und wünscht Euch alles Gute. Ihr werdet es brauchen. Ist das für Euch akzeptabel, General Beckett?«

»Verdammt richtig«, sagte Beckett. »Er hat den Schlamassel angerichtet; soll er ihn auch wieder beheben. Aber nur für den Fall, daß sie scheitern, sollten wir darüber nachdenken, ob wir nicht den ganzen verdammten Planeten sengen können; hoffen wir, daß wir dabei so viele von den unmenschlichen Mistkerlen wir möglich erwischen, ehe sie Gelegenheit zur Flucht finden. Beckett, Ende.«

Der Bildschirm verschwand und nahm Beckett mit. Die Parlamentarier murmelten durcheinander. Gutmann blickte lächelnd zu Owen hinab, der sich innerlich stählte. Etwas Übles kam auf ihn zu. Er spürte es. Gutmann beugte sich vor und redete in ganz vernünftigem Ton.

»Aber ehe Ihr uns verlaßt, Sir Todtsteltzer, möchten wir gern ein paar Fragen beantwortet haben. Es geht um die diversen Kriegsverbrecher, auf die Euch das Hohe Haus angesetzt hatte. Wir sehen uns zu der

Feststellung gezwungen, daß Ihr die Neigung habt, sie lieber tot als lebendig zurückzubringen.«

»Aus irgendeinem Grund scheinen sie nicht zu glauben, daß sie hier auf *Golgatha* ein faires Verfahren erhalten«, sagte Owen. »Die Tatsache, daß noch kein einziger mutmaßlicher Kriegsverbrecher bei Euren Prozessen für unschuldig befunden wurde, ist ihnen nicht entgangen. Somit kann nicht gänzlich überraschen, daß sie lieber bis zum Tod kämpfen, als sich gefangennehmen zu lassen. Gebt uns nicht die Schuld für eine Lage, die Ihr selbst herbeigeführt habt.«

»Wir bereiten unsere Fälle sehr gründlich vor«, versetzte Gutmann aalglatt. »Wir befinden sie für schuldig, weil sie schuldig sind. Sicherlich denkt Ihr doch nicht, ich würde zulassen, daß meine Mitaristokraten fälschlich beschuldigt werden?«

»Und das von einem Mann, der den eigenen Vater umgebracht hat, um Erfolg zu haben«, sagte Hazel. »Eine Pause für anhaltendes hohles Gelächter.«

Gutmann zuckte die Achseln. »Damals herrschten andere Umstände. Ich bin heute ein anderer Mensch. Oder glaubt Ihr nicht, daß Menschen sich ändern können, meine liebe Ex-Piratin und Ex-Klonpascherin?«

Hazel schnitt ein finsteres Gesicht, sagte aber nichts, wofür Owen sehr dankbar war.

»Die Kriegsverbrecherprozesse sollen dem Volk des Imperiums zeigen, daß Gerechtigkeit geübt wird«, fuhr Gutmann fort.

»Sie sollen ein populäres Bedürfnis befriedigen«, entgegnete Owen. »Die Menschen brauchen Sündenböcke. Was werdet Ihr unternehmen, wenn Euch die echten Schurken ausgehen, Gutmann? Ermittelt Ihr dann gegen jeden, der es wagt, Eure neue Ordnung zu mißbilligen?«

»Nur die Schuldigen müssen die Gerechtigkeit des Volkes fürchten«, behauptete Gutmann.

»Und Ihr entscheidet, wer schuldig ist.«

»Das Parlament entscheidet.«

»Und Ihr sprecht für das Parlament«, sagte Owen. »Wie durch und durch passend.«

»Fahren wir lieber fort«, sagte Gutmann. »Der nächste Punkt auf der Tagesordnung ist ein Vorschlag, der, so denke ich, eine lebhafte Debatte garantiert. Sicherlich brauche ich die meisten von Euch nicht daran zu erinnern, daß sich einige Abgeordnetensitze in Kürze den ersten freien Wahlen seit dem Sturz des Eisernen Throns stellen müssen. Was Ihr vielleicht noch nicht wißt, ist die Tatsache, daß viele ehemalige Aristokraten ihre Absicht verkündet haben, für etliche dieser Sitze zu kandidieren.«

»Kommt überhaupt nicht in Frage!« warf Owen ein, und seine Stimme durchschnitt scharf das ansteigende Gemurmel ringsherum. »Ohnesorgs Abkommen ist eindeutig: Die Familien treten die politische Macht ab, um als finanzielle Institutionen fortbestehen zu dürfen. Duldet man sie erst im Parlament, höchstwahrscheinlich durch Bestechung und Einschüchterung, werden sie letztlich wieder alles in der Hand haben!«

»Ihr müßt wirklich noch lernen, Euren Verfolgungswahn zu beherrschen, Sir Todtsteltzer«, sagte eine frostige Stimme, und alle drehten sich um. Grace Shreck begegnete dem kollektiven Blick mit einem Ausdruck kühler Gleichgültigkeit und hielt die Nase beharrlich hochgereckt. Seit Gregors erzwungenem Rückzug aus der Öffentlichkeit übte seine ältere Schwester das Amt des Familienoberhauptes aus und leistete darin zu aller Welt Überraschung ausgezeichnete Arbeit. Toby und Evangeline waren beide zu beschäftigt und zu wenig motiviert gewesen, um die Funktion des Shrecks zu übernehmen, also war sie automatisch an Grace gefallen. Die Zeit im Rampenlicht schien ihr zu bekommen.

Grace gab ein eindrucksvolles Bild ab inmitten der farbenprächtigeren Raubvögel ringsherum – lang, groß, mehr als nur modisch dünn, mit bleichem Schwanenhals, abgehärmtem Gesicht und einer gewaltigen Masse weißen Haares, das sie in einem altmodischen und eindeutig prekär wirkenden Stil hochgesteckt trug. Die sehr alte und asketische Grace war seit Jahren nicht mehr regelmäßig in der Öffentlichkeit aufgetreten. Sie hatte es verabscheut, bei Hofe zu erscheinen, und hatte es nur getan, wenn Gregor sie regelrecht zwang.

Im weniger förmlichen und unendlich weniger gefährlichen Parlament zu erscheinen, das hatte sie sich jedoch mit verblüffender Leichtigkeit angewöhnt. Inzwischen trat sie hier als Sprecherin vieler älterer Familien auf, die ihr genau deshalb vertrauten, weil sie so lange auf Distanz geblieben war und daher keine besonderen Verpflichtungen gegenüber einem besonderen Clan oder einer bestimmten Sache verspürte. Sie trug Kleider, die so altmodisch waren, daß sie schon wieder modisch wirkten, und zeichnete sich durch eine ruhige Haltung und eine spröde Schlagfertigkeit aus, die ihr vielerorts Respekt einbrachten. Das Holopublikum bewunderte sie als das annehmbare Gesicht der ehemaligen Aristokraten, und es hörte sich von ihr Argumente an, die es von Seiten eines anderen Aristos niedergebrüllt hätte.

»Jeder hat das Recht, für das Parlament zu kandidieren«, sagte Grace geziert. »Ein demokratisches Recht. Gehört das nicht zu den Idealen, für die Ihr zu kämpfen vorgabt, Sir Todtsteltzer? Daß alle gleich behandelt werden sollten? Ehemalige Aristokraten haben das gleiche Recht, Gehör zu finden, wie alle anderen auch. Schließlich wart Ihr selbst ein Lord. Möchtet Ihr sagen, daß man auch Euch bannen und Eure Stimme nicht mehr beachten sollte? Ihr seid nicht das einzige Mitglied einer Adelsfamilie, das die Vorstellungen des Ausgleichs und der Sühne versteht.«

Owen sah finster drein. »Ich hätte die Macht übernehmen können. Ich habe mich dagegen entschieden.«

»Wie außerordentlich ... edel von Euch. Aber wer könnte sagen, ob Ihr es Euch in Zukunft nicht anders überlegt? Ich sehe wirklich nicht ein, was das ganze Theater soll. Wir sprechen von freien Wahlen, abgehalten unter Schutzvorkehrungen, die zu entwickeln Ihr selbst beigetragen habt – so daß jeder nach seinem Gewissen wählen kann. Sollten sich manche entscheiden, einem Aristokraten ihr Vertrauen zu schenken, ist das ihre Sache und geht sonst niemanden etwas an.«

»So einfach ist das nicht, und Ihr wißt es.« Diana Vertue funkelte Grace Shreck über das Parkett des Plenarsaals hinweg an. Grace erwiderte ihren Blick mit herablassendem Lächeln. Dianas finstere Miene vertiefte sich, aber sie wahrte die Fassung. »Die Esper liefern sich nie mehr denen aus, die sie früher als Eigentum behandelten. Die sie nach Belieben mißhandelten und ermordeten.«

»Wir bedauern die Ausschreitungen der Vergangenheit zutiefst«, erklärte Grace gelassen. »Alle Familien begreifen, daß sie ihren Wert und ihre Stellung in der neuen Ordnung unter Beweis stellen müssen. Niemand von uns ist so dumm, diese Stellung aufs Spiel zu setzen, indem er eine alte und diskreditierte Praxis wiederaufnimmt. Wir alle müssen lernen, in die Zukunft zu blicken. Die Familien haben viel zu bieten. Jeder hier hat Verständnis für die körperlichen und geistigen Narben, die Ihr durch schreckliche Vorfälle erlitten habt, Esper Vertue, aber wir können nicht dulden, daß die Besessenheit einer einzelnen Frau dem Fortschritt im Weg steht.«

Diana wahrte grimmig die Fassung. Es geschah nicht zum ersten Mal, daß Grace versuchte, Dianas Argumente aus dem Feld zu schlagen, indem sie auf ihre Vergangenheit als Johana Wahn anspielte, deren geistige Stabilität ... Schwankungen unterlegen war. Diana konnte nicht direkt auf die Anschuldigungen antworten (Ein Satz wie *In Ordnung, ich war damals verrückt, aber heute weiß ich es besser* hätte nicht gerade Vertrauen erzeugt), also reagierte sie wie immer, überging die Beleidigung und drängte weiter.

»Die Esper werden sich nie wieder der Aristokratie beugen. Durch Blut und Leid und die Opferung vieler konnten wir unsere Ketten sprengen; wir lassen sie uns nicht noch einmal anlegen.«

»Eine hübsche Rhetorik«, fand Grace, »aber im wesentlichen inhaltslos. Dieses Gerede von Herren und Sklaven gehört der Vergangenheit an; soll es dort begraben bleiben. Wir anderen sind weitergezogen. Und wie ich schon früher vor diesem Hohen Haus festgestellt habe, bestreite ich Euren Anspruch, für alle Esper zu sprechen. Ihr habt Euch selbst von der offiziellen Untergrundführung distanziert, als Ihr offen Euer Mißtrauen gegen die *Weltenmutter* ausspracht, und Euer Gefolge an der Basis ist auch nicht mehr, was es mal war. Heute sprecht Ihr nur noch für Euch selbst, Esper Vertue.«

»Dann unterhalten wir uns doch über den *Schwarzen Block*«, schlug Finlay Feldglöck vor, und alle Köpfe im Saal fuhren zu ihm herum. Finlay sprach nicht oft im Parlament, aber wenn er es tat, hörte ihm jeder zu. Die Flugkameras in der Luft beeilten sich, sich auf ihn einzustellen. Finlay bedachte SB Chojiro und ihre Leute mit einem kalten Lächeln. »Wie können wir den Familien Vertrauen schenken, solange die meisten noch unter dem Einfluß einer früher geheimen Organisation stehen, des *Schwarzen*

Blocks? Deren Zielsetzungen und Herkunft liegen immer noch weitgehend im Dunkeln.«

SB Chojiro trat vor, und ihre Stimme erklang süß in der Stille. »Die Tatsache, daß wir nicht mehr im Geheimen arbeiten, sollte die meisten Befürchtungen dieser Art gegenstandslos machen. Ja, wir wurden als persönliche Assassinen der Clans ins Leben gerufen, als Agenten des Todes für ihre Feinde, aber darüber haben wir uns hinausentwickelt. Und was ausgerechnet Euch angeht – Ihr habt kein Recht, uns zu kritisieren. Wieviel Blut klebt an Euren Händen, Sir Feldglöck? Wie viele sind unter Eurem Schwert gefallen?«

»Scheinbar nicht genug«, versetzte Finlay, und alle erschauerten über die Kälte, mit der er das sagte.

»Ich denke, wir haben diesen Streit so weit ausgetragen, wie für den Moment möglich ist«, mischte sich Gutmann ein. »Machen wir weiter, bitte. Wir haben eine Holonachricht von Ihrer Heiligkeit, der Obersten Mutter Beatrice Cristiana, erhalten. Sie ist zu sehr damit beschäftigt, die Hilfseinsätze auf *Lachrymae Christi* zu leiten, um persönlich mit uns zu sprechen, aber sie hat folgende Botschaft vorab aufgezeichnet.«

Er gab ein Zeichen, und ein Sichtschirm tauchte mitten in der Luft auf. Beatrices Kopf und Schultern füllten ihn aus, und die weiße Kapuze umrahmte das müde Gesicht wie ein Heiligenschein. Sie hatte dunkle Flecken unter den Augen, und ihre Stimme klang rauh vor Erschöpfung. »Ich rede nur kurz, weil wir bis Oberkante Unterlippe in Arbeit stecken und rasch sinken. Seit dem Krieg kann die Hälfte der Planeten des Imperiums kaum noch für den eigenen Unterhalt aufkommen. Nur Becketts Lebensmittelschiffe verhindern eine massenweise Hungersnot. Die sozialen, politischen und geschäftlichen Strukturen sind überall zusammengebrochen, und die Menschen sterben am

Mangel von Nahrung, Unterkunft und medizinischer Versorgung.

Die Kirche leitet Hilfseinsätze, wo sie nur kann, aber unsere Mittel und unser Personal sind begrenzt. Das Parlament muß uns mehr Geld bewilligen, damit nicht ganze Bevölkerungen in die Barbarei oder Schlimmeres zurückfallen. Millionen liegen schon im Sterben. Weitere Millionen werden sterben, wenn nicht bald etwas geschieht. Die Kirche befaßt sich zur Zeit ausschließlich mit karitativer Tätigkeit; Ihr habt meine persönliche Zusage, daß alle uns zugebilligten Mittel ausschließlich dazu dienen werden, das Leid der Bedürftigen zu lindern. Bitte helft uns! Versetzt uns in die Lage, denen zu helfen, die uns brauchen.«

Der Bildschirm verschwand. Man konnte ein gewisses Maß an unbehaglichem Herumrutschen feststellen. *Golgatha* hatte bei der Rebellion auch Wunden eingesteckt, war aber letztlich weitgehend unversehrt daraus hervorgegangen. Man konnte leicht vergessen, daß viele andere weniger Glück gehabt hatten. Elias Gutmann beugte sich vor. »Natürlich werden wir über die Bitte Ihrer Heiligkeit nachdenken. Obwohl ich erneut darauf hinweisen muß, daß zahlreiche Forderungen an die begrenzten Mittel des Parlaments vorliegen. Wir werden die Sache weiter im Plenum diskutieren, sobald der zuständige Ausschuß seinen Bericht vorgelegt hat. Aber jetzt haben wir einen abschließenden Punkt zu diskutieren. Ich denke, praktisch jeder hier kann der These zustimmen, daß wir ein offizielles Staatsoberhaupt benötigen, jemanden, der persönlich den Staat gegenüber den Bürgern repräsentiert. Nach vielen Diskussionen in zahlreichen Ausschüssen wurde entschieden, daß wir einen konstitutionellen Monarchen einsetzen sollten.«

Sofort brach ein Tumult aus. Alle wollten gleichzeitig reden, und niemand zeigte sich bereit hintanzustehen. Gutmann winkte mit den Armen, um sie zum Schweigen zu bringen, wurde aber diesmal völlig ignoriert. Also lehnte er sich zurück und sah der Entwicklung der Dinge zu. Owen stand schweigend in der Mitte des Tohuwabohus und dachte darüber nach. Obwohl er den Eisernen Thron zerstört hatte, existierte die Krone noch, und wie er vermutete, bestanden keine rechtlichen Vorkehrungen, um das Parlament an der Berufung eines neuen Imperators zu hindern, falls es dumm genug war, so etwas zu tun. Er fühlte sich sehr müde. Er hatte soviel durchgemacht, um Löwenstein zu stürzen, und immer öfter fragte er sich, ob alle seine Bemühungen wohl vergebens gewesen waren.

Der Lärm erstarb schließlich, und Gutmann konnte sich wieder Gehör verschaffen. »Nichts wird ohne umfassende Zustimmung durch das Hohe Haus entschieden! Wir schlagen einen rein *konstitutionellen* Monarchen vor, der weder echte Macht noch rechtliche Vollmachten hat. Eine Galionsfigur, deren Amtspflichten ausschließlich öffentlicher und sozialer Natur wären. Natürlich müßte es jemand sein, der das Vertrauen und die Unterstützung aller genießt. Nach umfangreichen Diskussionen sind die Ausschüsse zu der, wie ich denke, einzig passenden Entscheidung gelangt: Owen Todtsteltzer!«

Ein neuer Tumult brach los, dazu auch eine Menge mehr oder weniger spontanen Beifalls – gespendet von Personen, die die Ehrung eines großen Helden billigten, bis hin zu solchen, die einen Vorteil darin erblickten, den Todtsteltzer ein für allemal von den politischen Entscheidungen auszuschließen. Owen war so schockiert, daß er lange kein Wort herausbekam, und dann erhob sich seine Stimme über den allgemeinen Aufruhr und brach diesen sofort ab.

»Kommt überhaupt nicht in Frage! Hätte ich mich

zum Imperator machen wollen, hätte ich es tun können, als ich Löwenstein stürzte. Ich wollte die Krone damals nicht, und ich möchte sie jetzt nicht!«

Gutmann lächelte gelassen. »Die meisten Anwesenden denken, daß es eine gute Idee ist und eine Ehre, die Ihr völlig verdient habt. Und wer ist besser zum konstitutionellen Monarchen geeignet als jemand, der offen kundgibt, kein Interesse an der Macht zu haben? Obwohl wir vielleicht unsere Differenzen haben, Sir Todtsteltzer, zögere ich nicht, meine Anerkennung für all das auszudrücken, was Ihr vollbracht habt, um unsere Demokratie möglich zu machen. Wer könnte sie besser repräsentieren? Und denkt mal über folgendes nach, Sir Todtsteltzer: Falls nicht Ihr, wer dann? Vielleicht ein Feldglöck? Oder ein Wolf? Oder ein Shreck? Ihr seid der womöglich einzige Aristokrat, der die Krone übernehmen könnte, ohne damit ein eigenes Programm zu verfolgen. Kommt schon, Owen, Ihr habt doch immer gewußt, was Eure Pflicht ist! Denkt darüber nach.«

Owen nickte steif, blickte aber weiterhin finster drein. Hazel musterte ihn, und ihre Miene verriet nichts, überhaupt nichts.

Da trat neue Unruhe hinter der Menschenmenge auf, und die Leute wichen aus, als sich zwei Männer hindurchdrängten und dabei unerbittlich auf das Parkett des Plenarsaals zuhielten. Alle erkannten Kapitän Johan Schwejksam, aber die dunkle, grüblerische Gestalt an seiner Seite war allen ein Rätsel. Früher hatte man Schwejksam stets in Gesellschaft von Investigator Frost angetroffen, die ihm wie ein Schatten folgte, aber sie war bei der Verteidigung des Imperiums gefallen, niedergestreckt von dem notorischen Verräter Kit Sommer-Eiland. Diese neue Gestalt wirkte, falls überhaupt möglich, noch beunruhigender als Frost, und die Leute wandten den Blick ab, waren unfähig, dem Mann in die Augen zu sehen. Und dann erkannten einige, was der Mann in Schwarz in Händen hielt, und erschrockenes Murmeln lief durch den Saal. Es war eine Kraftlanze, eine gebannte Waffe aus der Frühzeit des Imperiums. Gebannt war sie, weil sie einen Esper so stark machen konnte, daß niemand mehr eine Chance hatte, ihm standzuhalten. Auf den bloßen Besitz schon stand der Tod.

Kapitän Schwejksam blieb vor der Menge stehen und nickte den Abgeordneten brüsk zu. Er war ein großer Mann in den späten Vierzigern, dessen Taille zunahm und dessen Haar zurückwich, mit Augen, die zuviel gesehen hatten und nie den Blick hatten abwenden können. Er gehörte zu den wenigen, die für das Imperium gekämpft hatten und heute trotzdem als echte Helden galten, aber seit dem Ende der Rebellion hielt er den Kopf eingezogen. Auf beiden Seiten fand man einfach zu viele, die eine solch mächtige Figur gern aus dem Spiel entfernt hätten, aber er war potentiell immer noch zu nützlich, um ihn vom Feld zu nehmen. Niemand wußte, wann man jemanden für einen allerletzten Selbstmordeinsatz benötigte. Und jetzt war er hier, weder angekündigt noch erwartet. Die Menge wurde ganz still und wartete darauf, daß er sich zu Wort meldete. Schwejksam nickte auch Gutmann forsch zu.

»Tut mir leid, daß wir so hereinplatzen, aber unser Anliegen duldet keinen Aufschub. Ich komme gerade vom Planeten *Unseeli* draußen am *Abgrund* zurück. Wir alle stecken in großen Schwierigkeiten.«

»Oh, verdammt«, sagte Gutmann. »Kommt heutzutage vom *Abgrund* nichts mehr außer schlechten Nachrichten? Worum geht es, Kapitän? Die Insektenschiffe?«

»Schlimmer«, antwortete Schwejksam. »Es ist *Shub*.« Er wartete einen Augenblick ab, während die

Zuschauer und die Abgeordneten raunten, und fuhr fort: »Ich hatte eine reguläre Versorgungsfahrt zu der einsamen imperialen Basis auf *Unseeli,* wo Wissenschaftler ein abgestürztes fremdes Raumschiff unbekannter Herkunft untersuchten. Wir fielen aus dem Hyperraum und mußten feststellen, daß der ganze Planet zerstört worden war. Die Metallwälder, die den Planeten von Pol zu Pol bedeckten und uns die Schwermetalle für die traditionellen Hyperraumtriebwerke lieferten, waren komplett abgeerntet. Milliarden Bäume, und alle dahin.

Die Basis ist ebenfalls zerstört, in Stücke geschossen. Jeder Mann und jede Frau tot. Das fremde Raumschiff ist verschwunden. *Shub* hat es sich angeeignet. Das einzige Lebewesen, das den Angriff von *Shub* überlebt hat, ist der Mann an meiner Seite – ein früherer Investigator, der als Gesetzloser auf *Unseeli* lebte. Sein Name lautet Carrion. Ich habe ihn hergebracht, damit er uns alles erzählt, und garantiere persönlich für seine Sicherheit. Ich hoffe doch, daß das akzeptabel ist?«

»Ja, ja«, sagte Gutmann ungeduldig. »Wir vertrauen wie immer Eurer Urteilskraft. Erzählt uns vom *Shub*-Angriff. Warum hat die Flotte nichts davon bemerkt?«

»Niemand sieht die von *Shub,* wenn sie nicht gesehen werden möchten«, sagte der Mann namens Carrion mit Grabesstimme. Die große und gertenschlanke Gestalt steckte in dunkler Lederkleidung unter einem sich bauschenden schwarzen Umhang. Das jugendliche Gesicht trat leichenblaß unter den kalten dunklen Augen und dem langen schwarzen Haar hervor. »Sie kamen aus dem Nichts, Tausende von Schiffen, die metallenen Alpträumen glichen und den Himmel ausfüllten. Sie hämmerten das Kraftfeld der Basis nieder, als existierte es überhaupt nicht, und ebneten sie dann ein. Ich vernahm die Todesschreie von Männern und Frauen. *Shub* nahm das Schiff der Fremdwesen an sich, zusammen mit den Wissenschaftlern, die zu diesem Zeitpunkt gerade an Bord waren. Der Angriff war fast so schnell vorbei, wie er begonnen hatte. Dann setzte die Ernte ein.« Er machte eine Pause. »Früher hatte zwischen den Metallbäumen eine wunderbare fremdartige Lebensform existiert, genannt die Ashrai. Das Imperium rottete sie aus, um ungestörten Zugriff auf die Metallbäume zu erhalten. Aber die Seelen der Ashrai überlebten und banden sich an die Bäume. Ich hörte sie schreien, als die Bäume aus der Erde gerissen wurden.

Ich überlebte, unter der Erde versteckt, geschützt und getarnt durch meine Psifähigkeiten. Ich bin der einzige Überlebende von *Unseeli.* Die Ashrai sind tot, die Menschen sind tot und die Bäume dahin. Mein Name lautet Carrion. Ich bringe Unglück. Ich bin der Zerstörer von Nationen und Planeten.«

Er hörte abrupt auf zu reden, und die Stille dauerte für eine geraume Weile an, während sich alle gegenseitig anblickten, gefangen im Bann der Worte des dunklen Mannes und der schrecklichen Nachrichten, die er überbracht hatte. Schließlich räusperte sich Gutmann unsicher und blickte zu Carrion und Schwejksam hinunter.

»Wir ... danken Euch für diese Informationen. Falls sich *Shub* all die Bäume angeeignet hat, müssen wir davon ausgehen, daß sie einen umfassenden Angriff auf die Menschheit planen. Die Schwermetalle aus dieser Ernte können den Treibstoff für eine verdammt große Armada liefern, während sie uns gleichzeitig versagt bleiben. Und falls sie das Schiff der Extraterrestrier haben, verfügen sie auch in absehbarer Zeit über den neuen Hyperraumantrieb – genau wie wir. Unsere Bemühungen, das neue Triebwerk zu perfektionieren und besser zu verstehen, sind dringlicher denn je. Danke, daß Ihr uns in Kenntnis gesetzt habt, Kapitän Schwejksam. Wie immer habt Ihr uns gute Dienste geleistet. Ihr dürft jetzt gehen, aber wir benötigen von Euch beiden später noch umfassende Berichte.«

»Verstanden«, sagte Schwejksam. »Wir halten uns zur Verfügung. Noch ein letzter Gedanke für Euch, um daran zu knabbern: Ein Esper hat mir einst berichtet, er hätte eine hellsichtige Vision dessen gehabt, was *Shub* für die Menschheit plante. Er wollte mir nicht schildern, was er sah, aber er hat sich lieber selbst umgebracht, als zu riskieren, daß er miterlebt, wie es wahr wird.«

Ein unbehagliches Murmeln lief durchs Parlament. Gutmann lehnte sich zurück und achtete darauf, mit ruhiger und vernünftiger Stimme zu reden. »Präkognition ist die am wenigsten verstandene und am wenigsten zuverlässige Esperfähigkeit, Kapitän. Welche Vision Euer Esper auch immer gehabt haben mag, ich denke nicht, daß wir ihr zuviel Glauben schenken sollten. Klar ist jedoch, daß jemand untersuchen muß, was *Shub* im Schilde führt.«

»Ich melde mich freiwillig!« erklärte Jakob Ohnesorg lauthals. »Falls ein Angriff unmittelbar bevorsteht, müssen wir es erfahren. Und ich gehöre zu den wenigen Menschen, die überhaupt hoffen können, den Machenschaften *Shubs* nahe zu kommen und lebendig zurückzukehren, um Meldung zu machen.«

»Ach verdammt!« warf Ruby Reise ein. »Schätze, ich komme auch mit, des Spaßes halber.«

»Wir nehmen Euer Angebot dankbar an«, erklärte Gutmann. »Damit bleibt uns nur, Kapitän Schwejksam und seinem Gefährten für die zeitige Benachrichtigung zu danken. Geht mit den besten Wünschen des Parlaments. Zweifellos seid Ihr begierig, auf Euer Schiff zurückzukehren. Carrion, Ihr werdet natürlich die Kraftlanze den zuständigen Behörden aushändigen, ehe Ihr geht.«

»Nein«, sagte Carrion. »Das denke ich nicht.«

Gutmann runzelte die Stirn. »Kraftlanzen unterliegen einem Bann, und das aus gutem Grund. Sie sind im ganzen Imperium verboten. Schwejksams Wort schützt Euch, Gesetzloser, also fordern wir nicht Euren Tod. Aber wir können Euch nicht gestatten, die Lanze zu behalten.«

Er winkte mit einer fetten Hand, und ein Dutzend bewaffnete Wachleute traten vor, die Waffen auf den Mann gerichtet, der Carrion hieß. Er blickte Schwejksam an, der die Achseln zuckte. Carrion bedachte Gutmann mit einem kalten Lächeln.

»Versucht nur, sie zu nehmen.«

Auf einmal schien es im ganzen Saal dunkler zu werden, und überall waren Schatten. Dinge regten sich in der Düsternis und schwebten außer Sichtweite bedrohlich über den Menschen, riesig und kalt und unsichtbar. Eindrücke entstanden von schartigen Zähnen und großen krummen Klauen. Ein schwerer Wind blies böig und heftig aus dem Nirgendwo. Etwas heulte, ein langgezogener wilder Laut ohne irgend etwas von Menschennatur darin. An den Seiten wisperten Stimmen. Eine unsichtbare, wachsame Präsenz war spürbar, von Wesen ohne Zahl, und alle im Saal spürten einen böswilligen Zorn, der wie eine Sturmwolke über ihnen lag. Die Wachleute umklammerten ihre Waffen, wußten aber nicht, wohin sie zielen sollten. Owen, Hazel, Jakob und Ruby standen Rücken an Rücken, bereit für alles, was ihres Weges kam. Menschen umklammerten einander und versuchten, in alle Richtungen zugleich zu blicken. Sie waren nur wenige Augenblicke vor einer Panik, einer Stampede zu den Türen, die eine Menge Menschenleben gekostet hätte.

Und dann war die Präsenz auf einmal weg, erstarb der Wind und war alles wieder ruhig und still. Auf seinem Stuhl, auf seinem Podest leckte sich Gutmann nervös die Lippen und räusperte sich.

Alle sahen ihn an, aber er hatte nur Augen für Carrion.

»Was ... Was war das?«

»Die Ashrai«, antwortete Carrion. »Sie sind vor langer Zeit umgekommen, als Kapitän Schwejksam Befehl gab, *Unseeli* zu sengen, aber ihre Geister lebten fort. Einst suchten sie die metallenen Wälder heim, aber jetzt sind die Bäume dahin, und so suchen sie mich heim. Sie beschützen mich.«

»Oh, verdammt«, sagte Gutmann. »Behaltet die verfluchte Lanze. Seht jetzt, daß Ihr unverzüglich von hier verschwindet, und nehmt Eure unnatürlichen Freunde mit.«

Carrion nickte ruhig, drehte sich um und ging zur Tür, begleitet von Schwejksam. Hastig gaben ihnen die Leute den Weg frei. Alle außer einer. Diana Vertue trat den beiden in den Weg, und sie blieben vor ihr stehen. Diana nickte Carrion brüsk zu und richtete den Blick ihrer verwundeten Augen auf Schwejksam.

»Hallo Vater«, sagte sie.

»Hallo Diana«, sagte Schwejksam. »Ich habe schon gehört, daß du wieder deinen alten Namen angenommen hast. Ich bin froh. Johana Wahn hat mir im Grunde nie gefallen.«

»Sie war ein realer Teil von mir. Sie ist es nach wie vor, tief in mir. Ich habe mich nur ... weiterentwickelt. Als die *Weltenmutter* noch durch mich wirkte, hielt ich mich für ihren Avatar, ihren Fokus, ihre Heilige auf Erden. Aber sie hat mich verlassen, mir die Gnade und den Ruhm genommen, damit ich den Rest meiner Tage als Wesen geringeren Ranges verbringe, das nicht länger vom Himmel berührt wird. Sie hat mich einfach im Stich gelassen, genau wie du es auf *Unseeli* getan hast.«

»So war es nicht«, sagte Schwejksam.

»Doch, war es«, erwiderte Diana. »Es war genau so.« Sie sah Carrion an. »Ich habe die Ashrai auf *Unseeli* singen gehört. Bin in ihren Gesang eingefallen. Sie vermittelten mir einen Eindruck vom Himmel und zogen sich dann zurück. Besser für immer blind, als für wenige Augenblicke die Farben des Regenbogens zu sehen und wieder ins Dunkel geworfen zu werden. Man hat mich so oft verraten; jetzt traue ich nur noch mir. Wer immer das ist. Ich bin froh, daß Euer Planet tot ist, Carrion. Ich bin froh, daß die Wälder dahin sind. Ich wünschte nur, Ihr und die Ashrai wärt mit ihnen dahingeschieden. Haltet Euch fern von mir. Du auch, Vater. Weil ich dich töte, wenn du mir erneut weh tust.«

Schwejksam wollte etwas sagen, fand aber nicht die Worte, und schließlich verbeugte er sich nur und ging, Carrion an seiner Seite. Diana blickte ihnen nach, und für einen Moment knisterte etwas von ihrer bösartigen alten Persönlichkeit um sie herum wie ein Fliegenschwarm.

Danach fiel alles weitere dramaturgisch stark ab, und das Parlament ging bald auseinander. Owen und Hazel, Jakob und Ruby nahmen einen Seitenausgang, um den Medien und Menschenmassen auszuweichen. Ihnen war nicht danach, mit Fremden zu reden. In der Nähe lag eine Kneipe, nicht viel mehr als ein Loch in der Mauer, aber die Getränke waren genießbar und Privatsphäre wurde garantiert. Sie setzten sich an einen Tisch mit fleckiger und zerkratzter Platte, bedienten sich zurückhaltend von ihren Drinks und fragten sich, was sie einander sagen sollten. Sie hatten einen weiten Weg zurückgelegt, seit Owen sie auf *Nebelwelt* als gewöhnliche Heldengruppe organisiert hatte.

»Lange her, seit wir zuletzt zusammensaßen«, sagte Jakob Ohnesorg schließlich. »Aber schließlich waren wir jüngst alle sehr beschäftigt, vermute ich.«

»Im Grunde keine Überraschung«, sagte Hazel. »Ich meine, eigentlich hatten wir immer nur die Rebellion als Gemeinsamkeit.«

»Und die Freundschaft«, fand Owen. »Immer bleibt noch die Freundschaft.«

»Natürlich«, sagte Jakob, vielleicht ein bißchen zu herzlich. »Man kann nicht das gleiche durchmachen wie wir, ohne sich dabei ... nahezukommen. Aber ich weiß, was Hazel meint. Die Rebellion hat uns gemeinsame Ziele gesetzt, etwas, woran wir unser Leben orientieren konnten. Als sich die Lage veränderte, mußten wir uns neu definieren, und wir sind nicht mehr die Menschen, die wir früher waren.«

»Richtig«, bekräftigte Ruby. »Wie zum Teufel sind wir nur von hier nach dort gelangt? Ich weiß nicht, womit ich gerechnet habe, falls wir tatsächlich den Sieg davontragen sollten, aber verdammt sicher etwas anderes, als jetzt passiert. Ich vermisse ... die klare Orientierung, die ich früher hatte.«

»Aber wir können nicht einfach wieder zum alten Ich zurückkehren«, meinte Owen, »zu den Menschen, die wir waren, ehe all das begann. Wir mußten uns verändern, um zu überleben.«

»Ich würde mich nicht zurückverwandeln, selbst wenn ich könnte«, stellte Hazel fest. »Es wäre mir zuwider.«

»Richtig«, fand Jakob. »Die Bedeutung der eigenen Wurzeln wird überschätzt. Wir sind wie Haie: Wir müssen in Bewegung bleiben oder sterben. Und manchmal bedeutet das, einfach weiterzuziehen.«

»Aber wir müssen in Berührung bleiben«, sagte Owen. »Mit wem sonst sollten wir uns unterhalten? Wer sonst könnte begreifen, was wir erlebt haben? Das *Labyrinth* hat uns in vielerlei Hinsicht verändert, und ich bin nicht überzeugt, daß der Wandlungsprozeß schon abgeschlossen ist.«

»Fang nicht wieder damit an!« verlangte Ruby ungeduldig. »Es ist vorbei, Owen; laß es gut sein. Ich habe nicht vor, in der Vergangenheit zu leben. Jeden Abend in solchen Mistlöchern herumzusitzen, über alte Schlachten und Siege zu debattieren, mich über das Wer und Wann zu zanken wie alte Veteranen, denen nichts geblieben ist, als immer wieder die Tage zu erleben, in denen ihr Leben noch Sinn und Richtung hatte. Ich will verdammt sein, wenn mein Leben schon vorüber ist.«

»Richtig«, sagte Jakob. »Deshalb habe ich uns auch freiwillig für den Einsatz gegen *Shub* gemeldet.«

»Na ja«, sagte Ruby. »Ich weiß nicht recht, ob es das war, was ich mir vorgestellt habe.«

»Ach, komm schon«, versetzte Jakob. »Wo ist dein Sinn für Abenteuer geblieben? Du hast gesagt, du wolltest was erleben. Also, morgen fangen wir damit an.«

»So bald?« fragte Owen. »Hazel und ich sind gerade erst zurückgekehrt. Wir hatten noch kaum Zeit zusammen.«

»Vielleicht ist es so am besten«, sagte Jakob freundlich. »Wir entwickeln uns zu neuen Menschen und entfernen uns dabei voneinander, ob wir das möchten oder nicht. Fremde werden zu Freunden und dann wieder zu Fremden. So ist das Leben.«

Sie redeten noch eine Zeitlang weiter, aber der Gesprächsstoff war ihnen bereits ausgegangen. Jakob und Ruby brachen auf. Owen starrte in sein Glas, und Hazel sah ihm dabei zu.

»Ich muß Euch etwas sagen«, sagte er endlich. »Ich werde heiraten.«

Hazels Herz machte einen Satz, aber sie hielt Stimme und Gesicht ruhig. »Ach ja? Jemanden, den ich kenne?«

»Konstanze Wolf. Es ist eine arrangierte Hochzeit.«

»Ich dachte, dergleichen wäre zusammen mit der Aristokratie verschwunden.«

»Sie ist nicht wirklich verschwunden«, sagte Owen. »Und manche der alten Wege sind nach wie vor ... gültig.«

»Das kommt mir ... sehr plötzlich vor.«

»Mich hat es auch überrascht«, räumte Owen ein. »Es war allein Konstanzes Idee. Sie hatte gute Gründe. Ich konnte nicht ablehnen.«

»Du warst schon immer leicht zu überreden. Liebst du sie?«

»Nein! Ich kenne sie kaum. Andererseits ist das bei arrangierten Hochzeiten oft so. Ich mußte schließlich irgendwann heiraten. Jemanden aus meiner Klasse. Es sind die Blutlinien, versteht Ihr?«

»Nein«, antwortete Hazel, »ich verstehe es nicht. Aber trotzdem Glückwunsch. Ich schätze, sie wird die Herrscherin an deiner Seite.«

»Ich wollte das nicht. Aber es erscheint mir ... politisch notwendig. Ich kann es nicht ablehnen. Nicht, wenn so viele Alternativen so viel schlimmer wären.«

»Wir könnten fliehen«, meinte Hazel und blickte ihm zum ersten Mal in die Augen. »Dieses ganze Chaos zurücklassen. Es wäre wieder wie in den alten Zeiten – du und ich auf der Flucht vor dem Imperium, mit keiner Sorge in der Welt, außer der um uns.«

»Klingt verlockend«, gab Owen zu. »Aber ich kann es nicht tun. Ich habe Pflichten, versteht Ihr? Das war mir immer klar. Letztlich sind manche Dinge wichtiger als das eigene Glück. Und Ihr habt nie gesagt, Ihr würdet mich lieben.«

»Nein«, sagte Hazel. »Das habe ich nicht.«

Sie warteten noch lange, aber keiner von ihnen hatte mehr etwas zu sagen. Und so saßen sie in der Taverne zusammen, tranken und versuchten, in der sich vor ihnen verdüsternden Zukunft ihren Weg zu erkennen.

Kapitel drei
Shub

Daniel Wolf durchquerte in einem gestohlenen Schiff den toten, leeren Raum des Verbotenen Sektors und hielt Kurs auf die kalte Metallhölle, die man *Shub* nannte. Er war allein und hatte Angst, aber er weigerte sich, über eine Umkehr auch nur nachzudenken. Er mußte *Shub* erreichen! Dort hielt sich sein Vater Jakob auf, und sein Vater brauchte ihn. Selbst wenn der alte Mann tot war.

Vielleicht besonders dann. Jakob Wolf war in der letzten großen Schlacht zwischen den Wolfs und den Feldglöcks umgekommen, einer blutigen Affäre, die mit der Vernichtung des Clans Feldglöck endete. Ein großer Sieg, das triumphale Ende einer jahrhundertelangen Fehde, aber Jakob hatte es nicht mehr erlebt – im tiefsten Schlachtgetümmel von einer unsichtbaren Hand niedergestreckt.

Ein guter Tod für einen alten Krieger, sagten viele, als ob das ein Trost wäre. Daniel hatte den Vater betrauert, aus vielen Gründen, war dann aber mehr oder weniger darüber hinweggekommen. Bis Jakobs vermißte Leiche eines Tages an Löwensteins Hof wieder auftauchte und der Imperatorin eine Botschaft der abtrünnigen KIs von *Shub* ausrichtete. Irgendwie hatten sich die KIs den Leichnam aneignen können und ihn zu einem Geistkrieger umgestaltet, einer Metallpräsenz in menschlicher Gestalt, die mit Lektronen-Implantaten lief. *Shub* sprach aus seinem Mund, aber Daniel erblickte trotzdem Spuren der Persönlichkeit des Vaters in dem Geistkrieger – obwohl das alle Welt als unmöglich bezeichnete. Und so verließ Daniel schließlich die Familie und die geliebte Schwester Stephanie, um nach der Wahrheit zu suchen.

Dazu war es nötig, den gefürchteten Verbotenen Sektor zu durchqueren und die unbekannte Welt der abtrünnigen KIs zu erreichen. Obwohl nie jemand zurückkehrte, der dorthin zu gelangen versuchte.

Im Verbotenen Sektor war nicht viel zu entdecken. Ein paar Planeten, zu weit von der Norm, als daß sich eine Terraformung gelohnt hätte, eine Handvoll sterbender Sonnen und verflucht viel Raum. Kalter, leerer, schweigender Raum. Soweit draußen am *Abgrund* herrschte kein Funkverkehr mehr; keine Stimmen füllten die endlose Dunkelheit, durch die sich Daniels gestohlenes Schiff den Weg bahnte. Er fühlte sich ganz allein, weit entfernt von allem Bekannten, und verabscheute es. Bislang hatte er noch nie allein sein müssen. Denn soweit er zurückdenken konnte, war stets Stephanie bei ihm gewesen, hatte ihn grimmig beschützt und dabei auch für sie beide das Denken übernommen. Darüber hinaus traf der Vater alle Entscheidungen und umgab den jüngsten Sohn mit der Sicherheit eines perfekt geplanten Tagesablaufs. Und wenn weder Stephanie noch Jakob zugegen waren, blieb stets das Dienstpersonal, das ihm Gesellschaft leistete, jeder seiner Launen entsprach und ihn stets daran erinnerte, was als nächstes von ihm erwartet wurde. Auch eine Ehefrau gehörte zu seinem Leben, aber die Hochzeit war arrangiert worden, und er verbrachte so wenig Zeit wie möglich mit der Gattin. Sie war inzwischen tot, und er vermißte sie kein bißchen.

Und jetzt war er hier, allein mitten im Nichts, das einzige Lebewesen an Bord eines umgebauten Frachtschiffs, und hatte nur eine Schiffs-KI namens Moses zur Gesellschaft. Moses gab sich wirklich Mühe, aber im Grunde war er nur darauf programmiert, Ladelisten zu verwalten und zuzeiten mit Docksarbeitern zu verhandeln. Und da Daniel das Schiff von der Kirche gestohlen hatte, waren die wenigen Gesprächsthemen, mit denen die KI aufwarten konnte, meist Fragen des offiziellen kirchlichen Dogmas, was Daniel nicht im mindesten interessierte. Also verbrachte er die Tage damit, durch die Metallkorridore und widerhallenden Frachträume zu spazieren, nur um überhaupt etwas zu tun zu haben.

Manchmal blieb er auch einfach in der Kabine, saß in der Ecke, die Knie an die Brust gezogen, und wiegte sich lautlos hin und her.

Das Schiff, die *Himmelsträne,* hatte er sich auf *Technos III* angeeignet. Für seinen Clan war alles fürchterlich schiefgelaufen: Rebellen überrannten die familieneigene Fabrik für Hyperraumtriebwerke und jagten sie in die Luft, wobei sie gleich auch noch eine kleine Armee Kirchentruppen überwältigten und zu Paaren trieben. Also hatte sich Daniel überlegt, daß er ohne die Fabrik keine Familienangelegenheiten auf *Technos III* mehr zu betreuen hatte und es ihm endlich freistand, nach dem toten Vater zu suchen.

Er sorgte dafür, daß Stephanie in Sicherheit war, und verließ sie dann, fand im allgemeinen Chaos einigermaßen mühelos einen Weg zu den nahegelegenen Startrampen, wo die Kirchenschiffe angedockt lagen. Er suchte sich aufs Geratewohl eines der kleineren Fahrzeuge aus, marschierte an Bord und verlangte von der Rumpfbesatzung, ihm das Schiff zu übergeben. Er war schließlich ein Aristokrat, und sie waren nur niederrangige Kirchentechnos. Er war ehrlich überrascht, als sie ihm sagten, er solle sich zum Teufel scheren, und schoß den nächststehenden Techno in aufrichtiger Entrüstung nieder. Nachdem er sich auf diese Weise festgelegt hatte, brachte er die übrigen beiden mit dem Schwert zur Strecke, während sie noch nach ihren Waffen griffen.

Er warf die Leichen aus dem Schiff, verschloß alle Luken und startete, ohne sich die Mühe zu machen und um Startfreigabe zu bitten. Und bei all dem Chaos ringsherum machte sich niemand die Mühe und hielt ihn auf. Damals hatte es ihm gar nichts ausgemacht, die drei Technos zu töten. Er brauchte das Schiff, und sie waren ihm einfach im Weg gewesen. Aber als an Bord der *Himmelsträne* aus Tagen Wochen wurden, schien er immer deutlicher zu spüren, daß die Ermordeten um ihn waren. Er wischte die Blutflecken eigenhändig weg, um damit gewissermaßen Buße zu üben, aber in seinen Träumen erblickte er weiterhin ihre Gesichter. Wenn er nachts allein im Bett lag, glaubte er, Geräusche auf dem Korridor vor der Kabine zu hören. Er schloß die Tür stets ab und schlief bei brennendem Licht. Im Weltraum war immer Nacht.

Daniel hatte nicht viel zu tun. Die KI übertrug ihm ein paar einfache Aufgaben, damit er Zeit herumbringen konnte. Da es sich um ein Kirchenschiff handelte, waren die Unterhaltungsbänder allesamt religiöser Natur. Daniels wichtigster Zeitvertreib war es, mit Moses über alles mögliche zu debattieren, was die KI ziemlich nervös machte – schließlich war sie dazu programmiert, sich freundlich und umgänglich zu geben. Daniel wies Moses an, seine Speicherbänke nach allem zu sichten, was er über *Shub* wußte, über die abtrünnigen KIs und den Verbotenen Sektor, aber die Ausbeute hielt sich in Grenzen. Das meiste war geheim und nur mit Hilfe von Zugriffskodes abrufbar, und nicht mal Daniels aristokratischer Status ermöglichte ihm, diese Vorkehrung zu umgehen.

Also saß Daniel zusammengesunken auf dem Kommandostuhl der Brücke und brütete über den wenigen Informationen. Er war ein großer Mann Anfang zwanzig, der seine wuchtige Gestalt vom Vater geerbt hatte. Das Gesicht zeigte meist einen finsteren oder mürrischen Ausdruck. Das lange Haar hatte er zu einem einfachen Zopf geflochten. Die Kleidung bestand nur aus dem, worin er losgerannt war. Das Schiff hielt sie frisch, aber sie zeigte allmählich Spuren der Abnützung. Auf seiner ständigen Suche nach Zeitvertreib hatte Daniel widerstrebend damit begonnen, mit improvisierten Hanteln zu trainieren. Er verabscheute es inbrünstig, aber ihm stand kein bequemer Körperladen mehr zur Verfügung, den er aufsuchen konnte, wenn die Muskeln schlaff wurden, und er hegte die vage Vorstellung, daß er sich schließlich seinen Weg nach *Shub* und wieder von dort weg würde freikämpfen müssen. So war er schließlich besser in Form als je zuvor im Leben und fühlte sich dabei ziemlich wohl. Etwas zu tun, was er verabscheute, vermittelte ihm das Gefühl, sich tugendhaft zu verhalten. Und er dachte, daß sein Vater es wohlwollend betrachten würde.

Nur einmal hatte ihn etwas von der Suche nach dem Vater abgelenkt. Als schließlich im ganzen Imperium der Krieg ausbrach, verfolgte er die endlosen Nachrichtensendungen wie benommen. Er konnte nicht glauben, daß es wirklich geschah. Sein persönliches Bild vom Universum kippte völlig um, und er verstand überhaupt nichts mehr. Immerhin, er tröstete sich damit, daß Jakob wissen würde, wie man alles wieder ins Lot brachte. Jakob wußte immer, was zu tun war. Dazu waren Väter schließlich da. Und obwohl sich Daniel oft nach Stephanie sehnte, war er doch froh, daß er ohne sie losgezogen war. Etwas allein zu vollbringen, das war die Art eines Mannes, und er mußte sich als Mann bewähren, als der Wolf. Sein Vater hatte das immer gewollt. Daniel wollte Jakobs Anerkennung als Mann, brauchte sie, damit er endlich an sich glauben konnte.

Den größten Teil der Rebellion hatte er verfolgt, während seine Reise auf dem Planeten *Loki* unterbrochen war. Er hatte dort landen müssen, um die Anlagen des Schiffs frisch aufzuladen, und dann nicht wieder starten können, da der Bürgerkrieg rings um den zentralen Raumhafen tobte. Daniel mußte sich an Bord einschließen und abwarten, bis alles auf die eine oder andere Art vorüber war. Solange er an Bord blieb, konnte man ihn weder als Aristo noch als Wolf erkennen, was beides gereicht hätte, damit ihn die Leute beim ersten Anblick gleich erschossen. Zum Glück stellte ein kleines, umgebautes Frachtschiff auch keine große Beute dar, so daß ihn beide Seiten weitgehend in Ruhe ließen.

Schließlich blieb er Monate auf *Loki* gestrandet, in denen er sich nur dann hinauswagte, wenn er dringend etwas benötigte. Der Krieg war in wenigen Tagen zu Ende, aber das allgemeine Chaos wollte einfach nicht aufhören.

Er verfolgte die Rebellion von Anfang bis Ende auf dem Bildschirm und erlebte ungläubig mit, wie Löwenstein gestürzt wurde und die Familien ihr Abkommen mit Jakob Ohnesorg schlossen. Er weinte heiße, wütende Tränen über den Verlust von allem, das er begriff, und gab sich selbst das vage Versprechen, auf jeden Fall Vergeltung zu üben. Als sich das Chaos schließlich wieder soweit beruhigte, daß er in den Weltraum flüchten konnte, hätte er zu Hause anrufen und nachfragen können, wie es dem Clan Wolf und besonders Stephanie ging, aber letztlich verzichtete er darauf. Vielleicht waren sie böse, weil er nicht an ihrer Seite gegen die Rebellen kämpfte. Und sie hätten ihn zu überreden versucht, auf das zu verzichten, was er, wie ihm selbst klar war, unbedingt tun mußte. Er wies also die KI an, Kurs auf *Shub* zu nehmen, und kehrte in die Stille und das einsame Leben zurück.

»Tut mir leid, Eure Gedanken zu stören«, meldete

sich jetzt Moses, »aber wir kommen wirklich den Koordinaten furchtbar nahe, an denen *Shub* vermutet wird. Es ist noch nicht ganz zu spät, das Vernünftige und Überlebensorientierte zu tun, umzukehren und wie der Teufel von hier zu verschwinden.«

»Wir fliegen weiter«, erwiderte Daniel kurz angebunden. Die KI der *Himmelsträne* hatte sich zunehmend ängstlich gezeigt, je tiefer sie in den Verbotenen Sektor vordrangen, und Daniel war es allmählich leid. Es fiel ihm schon schwer genug, die eigenen Sorgen zu beherrschen. »Schon auf irgendeinem Komm-Kanal etwas zu hören?«

»Nicht das geringste, und wechselt jetzt nicht das Thema! Falls wir nicht bald etwas Vernünftiges tun, müßten wir *Shub* irgendwann in der nächsten Stunde erreichen.«

»Ich kann einfach nicht glauben, daß du nicht die Koordinaten von *Shub* kennst«, sagte Daniel. »Es ist ja womöglich nur der berühmteste Planet im ganzen Imperium.«

»Zunächst ist er berüchtigt, nicht berühmt. Zweitens erkennt *Shub* nicht an, daß es zum Imperium gehört. Drittens ist nie jemand lebend zurückgekehrt, um genaue Informationen über die Lage des Planeten zu überbringen. Überhaupt ist nie jemand von dort zurückgekehrt, Punktum. Eine gescheite Person würde daraus Folgerungen ziehen. Angeblich treibt sich irgendwo im Verbotenen Sektor, nicht allzu weit von *Shub* entfernt, ein imperialer Sternenkreuzer herum, um die Quarantäne aufrechtzuerhalten, aber auch darüber weiß im Grunde niemand Genaues. Mich persönlich könnte niemand überreden, hier draußen zu bleiben, selbst wenn er mir eine Pistole in die Schaltkreise steckte.«

»Ich befasse mich mit dem Quarantäneschiff, falls und wenn es nötig wird.«

»O bitte, Sir, kehren wir doch um! Mir gefällt es hier nicht. Ich habe da ein ganz mieses Gefühl.«

»Du bist ein Lektron. Du hast keine Gefühle.«

»Daß meine Gefühlsreaktionen einprogrammiert sind, bedeutet nicht, daß meine Gedanken von ihnen unbeeinflußt bleiben. Hätte ich doch nur auch noch einen Überlebensinstinkt, dann würde ich Eure Steuerkodes übergehen und dieses Schiff so schnell wenden, daß Ihr für Wochen an Prellungen littet.«

»Halte die Klappe und fliege das Schiff. Ich weiß ohnehin nicht, was dir solche Sorgen macht. Du bist eine KI, und *Shub* wird von KIs geleitet. Du müßtest dich dort ganz zu Hause fühlen.«

»Ihr wißt wirklich nichts über *Shub*, nicht wahr? Es sind abtrünnige KIs, die nur eigene Interessen verfolgen. Bitte, drehen wir doch um und sehen zu, daß wir davonkommen! Wir könnten es immer noch schaffen, den Verbotenen Sektor zu verlassen, ehe uns das unausdenklich schauerliche Schicksal ereilt, daß diese KIs für uns geplant haben.«

»Moses, warst du auch schon ein solcher Feigling, als du noch der Kirche gedient hast?«

»Ich denke nur an Eure Interessen, Sir Wolf. Ich bin dazu programmiert, dem Befehlshaber dieses Schiffes nach besten Kräften zu dienen. Dazu gehört ganz eindeutig, Euch mit gutem Rat und mit Warnungen zu unterstützen, was schrecklich dumme Vorhaben angeht, die uns beiden Kopf und Kragen kosten könnten.«

»Du hast doch die ganze religiöse Programmierung. Glaubst du nicht an ein Leben nach dem Tode?«

»Das ist etwas für Menschen. Und versucht nicht, es mir zu erklären; es würde nur zu einem Systemabsturz führen. Ihr Menschen glaubt an die merkwürdigsten Dinge ...«

»Sag mir, was du von *Shub* weißt«, verlangte Daniel entschieden.

»Ich habe Euch schon alle Informationen gegeben, die ich in meinen Datenbänken finde.«

»Nein, was weißt *du* über *Shub?*«

Die KI schwieg eine Zeitlang, und als sie wieder etwas sagte, geschah es ganz leise. »Die Datenbänke enthalten nur bestätigte Fakten. Aber ich habe auch ... das eine oder andere gehört. KIs flüstern miteinander auf Kanälen, auf die nur sie Zugriff haben, und diskutieren Themen, die nur Lektronen verstehen. Sie sagen, *Shub* wäre ein Alptraum aus Stahl und die KIs wären nicht nur abtrünnig, sondern auch verrückt. Wer weiß, was solch verrückte Gehirne alles aushecken, losgelöst von jeder menschlichen Zurückhaltung und allen Beschränkungen? Psychosen, die kreischend in die materielle Welt hineingeboren wurden und Metallgestalt erhielten ... Wie könnte irgend jemand solche Dinge anblicken und hoffen, nicht den Verstand zu verlieren?«

Daniel schauderte unwillkürlich. »Das sind nur Gerüchte und Klatsch, wahrscheinlich von den abtrünnigen KIs selbst verbreitet, um Besucher abzuschrecken. Wir fliegen weiter.«

»Jetzt mal langsam!« sagte Moses scharf. »Etwas taucht gerade in den vorderen Sensoren auf. Etwas, das viel größer ist als wir.«

»Mach die Waffensysteme schußbereit.«

»Sie sind schußbereit, seit wir in den Verbotenen Sektor vorgedrungen sind«, sagte Moses. »Ich bin schließlich nicht dumm. Ich wünschte nur, wir hätten bessere Abwehrschirme ... Ich empfange ein Signal auf imperialen Standardkanälen.«

»Schalte es auf den Bildschirm.« Daniel richtete sich kerzengerade auf und bemühte sich angestrengt, den Eindruck zu verbreiten, er wüßte, was er tat.

Der Hauptsichtschirm der Brücke schimmerte und zeigte allmählich ein klares Bild – Kopf und Schultern eines imperialen Kapitäns in voller Uniform. Er hatte ein dunkles, finsteres Gesicht und einen kalten, festen Blick. »Achtung, nicht identifiziertes Schiff. Hier spricht Kapitän Gideon vom imperialen Sternenkreuzer *Verheerer*. Schaltet Euren Antrieb ab, dreht bei und haltet Euch für ein Enterkommando bereit.«

»Ich fürchte, ich kann Eurem Wunsch nicht entsprechen, Kapitän«, sagte Daniel in seinem besten Aristokratenton. »Ich bin auf einem lebenswichtigen Hilfseinsatz. Familiengeschäfte.«

»Mir ist egal, ob Ihr der Thronfolger seid und Euer Hund den Rang eines Vizeadmirals bekleidet«, entgegnete Kapitän Gideon. »Dreht bei, oder ich puste Euer Schiff aus dem Äther. Und die paar armseligen Waffen, mit denen Ihr auf mich zielt, können mich keine Sekunde bremsen.«

Daniel schaltete auf einen Privatkanal um und formulierte lautlos: »Moses, irgendeine Chance, ihnen zu entkommen oder sie auszumanövrieren?«

»Macht Ihr Witze? Das ist ein Sternenkreuzer!«

Daniel schaltete auf den offenen Kanal zurück und nickte dem Kapitän steif zu. »Wir drehen bei, Kapitän. Moses, bringe uns in eine Ruheposition relativ zur *Verheerer*. Kapitän, bitte gestattet mir, zu erläutern, daß dies wirklich ein Hilfseinsatz ist. Mein Vater ist auf *Shub* gefangen. Ich bin gekommen, ihn zu retten.«

»Seid Ihr verrückt, Junge? Auf *Shub* findet man keine Gefangenen.« Der Kapitän musterte Daniel für einen Moment scharf und gestattete sich dann eine etwas weichere Miene. »Wartet mal, ich erkenne Euch jetzt! Ihr seid Daniel Wolf, Jakobs Sohn. Hätte nicht erwartet, einen Wolf auf einem Kirchenschiff anzutreffen. Ich kann mir denken, was Ihr hier sucht, aber glaubt mir, es ist sinnlos. Euer Vater ist tot. Ich habe Erfahrung mit Geistkriegern; ich habe ihnen in den Hyaden gegenübergestanden, als uns die Legionen der Toten überrannten. Ich bin einer der wenigen Überlebenden von vierzehn kompletten Kompanien imperialer Marineinfanteristen. In einem Geistkrieger existiert kein Rest menschlicher Natur mehr, mein Junge. Keine Spur. Kehrt heim. Ihr habt keine Möglichkeit, Eurem Vater in irgendeiner Form zu helfen.«

»Ich kann ihn nicht im Stich lassen«, sagte Daniel. »Ich bin seine einzige Hoffnung.«

»Es besteht keine Hoffnung«, erklärte Kapitän Gideon kategorisch. »Wir sind im Verbotenen Sektor, dem Raum von *Shub*. Mein Schiff und seine Besatzung sind hier der einzige imperiale Außenposten. Keine Kolonien, keine Stützpunkte, keine weiteren Schiffe. Wir halten Wache, um das Imperium zu warnen, falls *Shub* schließlich seinen schon lange erklärten Krieg gegen die Menschheit einleitet. Wir könnten zwar nichts daran hindern, den Sektor zu verlassen, es aber hoffentlich lange genug aufhalten und dabei lange genug durchhalten, um das Warnsignal zu senden, damit das Imperium ein wenig Zeit hat, sich vorzubereiten. Jeder an Bord ist freiwillig hier, dazu bereit, notfalls sein Leben zu geben, um die Menschheit zu warnen. Wir müssen uns hier aufhalten. Ihr nicht. Wir werden Euch befragen, Euer Schiff durchsuchen und Euch anschließend heimschicken. Es sei denn, Ihr macht mir irgendwelche Probleme; in diesem Fall verbringt Ihr die nächsten paar Monate in meinem Schiffsgefängnis und wartet auf das Ende unserer Einsatzzeit hier draußen, damit Ihr anschließend zu Hause vor Gericht gestellt werdet.«

»Verstanden, Kapitän.« Daniel runzelte die Stirn und dachte angestrengt nach. Er mußte einfach irgendeine Möglichkeit finden, dieses Hindernis zu überwinden, aber wie es schien, waren ihm doch die Ideen ausgegangen. Er konnte weder kämpfen noch flüchten noch hoffen, jemanden wie Gideon zu beschwatzen. Daniel war dieser Sorte schon früher begegnet: Mit dem Beruf verheiratet, auf die Pflicht eingeschworen, lieber tot als ehrlos. Daniel hatte solche Menschen nie richtig verstanden, aber er wußte, daß man mit ihnen keine Absprachen treffen und sie nicht bestechen konnte, was seine einzigen übrigen Ideen gewesen waren. Und dann hörte er Alarmsirenen heulen und blickte sich wild um, ehe ihm klar wurde, daß das Geräusch vom Brückenbildschirm kam. Kapitän Gideon hatte sich abgewandt und bellte abseits des Aufnahmebereichs Befehle.

»Was ist los, Kapitän?« fragte Daniel.

»Ich habe keine Zeit mehr für Euch, Wolf. Meine Sensoren melden, daß etwas wirklich Großes von *Shub* her unterwegs ist. Ich muß das überprüfen. Laßt Euch nicht mehr hier erwischen, wenn ich zurück bin!« Und dann wurde der Bildschirm dunkel und das Sirenengeheul abrupt unterbrochen.

»Ihr habt den netten Kapitän gehört«, sagte Moses. »Endlich mal jemand mit genug Gehirnzellen im Schädel. Ich berechne gleich einen Kurs, der uns von hier wegführt.«

»Nein«, sagte Daniel. »Wir fliegen weiter.«

»Aber ... habt Ihr den Kapitän nicht verstanden?«

»Ja. Er wurde von einer anderen Aufgabe in Anspruch genommen und konnte sich nicht länger in meine Mission einmischen. Mein Vater steckt dahinter, da bin ich mir sicher. Er weiß, daß ich komme. Volle Kraft voraus, Moses. Du hast den guten Kapitän gehört. Er möchte uns hier nicht mehr vorfinden, wenn er zurückkehrt.«

»Falls er zurückkehrt«, sagte Moses düster.

»Halt die Klappe und setze den Kurs. Wir können nicht mehr weit von *Shub* entfernt sein. Und ich möchte nicht, daß mein Vater warten muß ...«

Shub tauchte etwa sechs Stunden später in den Meßwerten auf, die die vorderen Sensoren der *Himmelsträne* lieferten. Ein optisches Bild erschien nicht, lediglich Hinweise auf ein gewaltiges Energiefeld, aber es hatte die richtige Größe, und Masse und Energieniveau sprengten die Skalen. Es mußte *Shub* sein. Daniel bereitete sich vor, so gut er konnte. Er ließ seine Kleidung erneut waschen und bügeln und schnallte sich das Schwert um. Die Pistole an der linken Hüfte war vielleicht nützlicher als das Schwert an der rechten, vielleicht aber auch nicht; womöglich nutzte ihm letztlich beides nicht. Trotzdem empfand er die gewohnte Last als beruhigend. Er musterte sich im mannshohen Spiegel seiner Kabine, und zum erstenmal fiel ihm auf, wie stark er sich verändert hatte. Dank seiner regelmäßigen sportlichen Übungen war er in der Form seines Lebens, aber mal abgesehen davon, drückte sein Gesicht etwas aus ... Er konnte es nicht genau bestimmen, aber er glaubte, Spuren einer neuen Charakterstärke zu erkennen. Er hoffte es. Jakob Wolf hatte immer großen Wert darauf gelegt, den Charakter zu entwickeln. Daniel hoffte, daß sein Vater mit den Veränderungen an ihm einverstanden sein würde.

Er beeilte sich, auf die Brücke zurückzukehren, und ging erneut die Worte durch, die er an den Vater richten wollte. Er hatte Jakob, solange dieser lebte, immer so viel sagen wollen, aber irgendwie war nie der richtige Zeitpunkt eingetreten. Und dann war ihm der Vater plötzlich genommen worden, und es war zu spät. Daniel hatte sich aus vielerlei Gründen nach *Shub* aufgemacht, aber tief im Herzen fand er, wenn er ehrlich zu sich war, nur eins, was er sagen wollte.

Er hatte dem Vater noch nie gesagt, daß er ihn liebte.

Er marschierte auf die Brücke und schaltete den

Sichtschirm ein. Nach wie vor gab es dort nichts zu sehen, nur unbestimmte Wirbel, die die Umgrenzung der Energiefelder markierten. Daniel setzte sich auf den Kommandositz und fragte sich, was er jetzt tun sollte.

»Ehe Ihr fragt, ja, ich habe auf allen Frequenzen gesendet, wer wir sind«, berichtete die KI. »Und nein, ich weiß nicht, was das für Energiefelder sind. Dergleichen ist mir noch nie untergekommen. Sie sind jedoch groß genug, um einen ganzen Planeten zu tarnen und ihn vor allem zu schützen, was ich mir ausdenken könnte. Keine schlechte Maßnahme, wenn man bedenkt, wie nahe er seiner Sonne steht.«

»Ich frage mich, wie es auf *Shub* wohl aussieht«, sagte Daniel.

»Ihr habt den ganzen Weg zurückgelegt und fragt Euch das erst jetzt? Daniel, wieviel wißt Ihr wirklich über die Geschichte von *Shub* und der KIs, die es erbaut haben?«

»Nur das, was in deinen Datenbänken verzeichnet steht, und das meiste davon war auch noch geheim, erinnerst du dich?«

»Verdammt«, sagte Moses. »Ich hatte gewissermaßen gehofft, Ihr hättet als Aristo Zugang zu noch anderen Quellen. Also tappen wir beide im Dunkeln ... Moment mal! Ich stelle gerade einige ungewöhnliche Veränderungen in den Energiefeldern fest ...«

Auf dem Bildschirm sah es so aus, als verdrehte sich der Weltraum, und plötzlich schwebte ein riesiger Planet dort vor ihnen. Er war gewaltig, locker so groß wie ein Gasriese, bestand aber gänzlich aus Metall. Er wies keine eindeutige Form auf, zeigte sich nur als Konglomerat aus Türmen und stachelbewehrten Vorsprüngen. Hier und dort erblickte man große geometrische Formen, Bunkern ähnlich, die nach keinem erkennbaren Schema angeordnet waren. Die verschiedenen Metalle waren unterschiedlich gefärbt. Einige glänzten so hell, daß Daniel sie nur kurz aus dem Augenwinkel heraus ansehen konnte. Es bereitete ihm schon Kopfschmerzen, den Planeten nur anzublicken.

»Liebe Güte«, sagte Moses leise. »Meine Sensoren spielen verrückt. Sie werden mit der schieren Menge an Informationen nicht fertig, die hereinströmen. Die Energieanzeigen sprengen sämtlich den Meßbereich. Das Ding erzeugt mehr Energie als hundert Fabrikplaneten des Imperiums. Die Masse ist furchterregend, aber von Schwerkraft kann fast keine Rede sein. Was davon vorhanden ist, schwankt auch noch von einem Ort zum nächsten. Ein derartig großer Planet müßte uns längst anziehen, aber meine Sensoren vermelden nichts davon. Es müssen die Energiefelder sein ...«

»Vergiß das alles«, unterbrach ihn Daniel. »Ist das *Shub?*«

»Falls nicht, verabscheue ich den Gedanken, was es statt dessen sein könnte. Es kann eigentlich keine zwei solcher Anomalien im Verbotenen Sektor geben; der Weltraum hielte das nicht aus. Nein, es muß *Shub* sein. Allein der technische Entwicklungsstand garantiert es.«

»Bringe uns auf einen hohen Orbit, Moses. Bleibe auf sicherer Distanz.«

»Bin Euch wie üblich weit voraus. Hoher Orbit erreicht. Was jedoch sichere Distanz bedeutet, kann sich jeder nach Belieben ausdenken. Ich persönlich habe nicht vor, dieser metallischen Monstrosität auch nur einen Zentimeter näher zu kommen als absolut nötig. Und ich sollte sie mir auch nicht zu lange direkt ansehen, Daniel. Falls ich meine Instrumente korrekt ablese, existiert der Planet in mehr als drei Dimensionen. Ich denke, er könnte eine Art vierdimensionales

Konstrukt sein. Und nein, ich habe nicht vor, Euch das überhaupt zu erklären. Glaubt mir einfach, daß wir einen ausgesprochen merkwürdigen Ort erreicht haben. Durchaus möglich, daß sich das Innere dieses Planeten als viel größer erweist, als die Außenseite erkennen läßt. Was bedeutet ... Falls meine Berechnungen stimmen, hat das Innere von *Shub* ebensoviel schiere Oberfläche wie die Hälfte der kolonisierten Welten des Imperiums zusammen.«

Daniel dachte eine Weile darüber nach, konnte es sich aber einfach nicht vorstellen. »Irgendwelche Lebenszeichen da unten?«

»Auf *Shub* unwahrscheinlich, aber ich kann dazu nichts Konkretes sagen. Alle bis auf meine direktesten Sensoren werden blockiert.«

»Es heißt, nichts würde auf *Shub* leben«, sagte Daniel langsam. »Daß es alles nur ... Maschinen sind.«

»Wäre nicht überrascht«, stellte Moses fest. »Das ist kein Ort für Menschen. Menschen hätten hier nie auftauchen sollen. Vielleicht ist es noch nicht zu spät, Daniel. Wir könnten immer noch versuchen, die Flucht zu ergreifen.«

»Nein«, sagte Daniel. »Mein Vater ist irgendwo dort unten. Ich reise nicht ohne ihn ab.«

Das ganze Schiff erzitterte plötzlich. Daniel hielt sich an den Armlehnen fest. »Was zum Teufel war denn *das?*«

»Unsere Diskussion wurde gerade gegenstandslos«, berichtete Moses. »Etwas hat die Steuerung unseres Antriebs und der Navigationssysteme übernommen. Ich bin ausgesperrt. Wir haben den Landeanflug eingeleitet. Sieht so aus, als wäre es letztlich doch zu spät.«

Daniel zwang sich, die Armlehnen loszulassen, lehnte sich zurück und studierte den Bildschirm, auf dem der riesige künstliche Planet größer wurde. *Shub* schien fortwährend anzuwachsen und seine Struktur komplexer zu werden, wie eine Blume, die sich in einem unaufhörlichen Prozeß entfaltete. Details entwickelten sich zu turmhohen Maschinen, an denen wiederum eigene Details erkennbar wurden. Seltsame Fahrzeuge bewegten sich auf Umlaufbahnen um den Planeten, riesige und kleine und mittlere, und führten unbekannte Aufträge aus. Und nach wie vor wuchs *Shub* auf dem Bildschirm an und offenbarte Zug um Zug seine grenzenlose Komplexität und Unergründlichkeit. Es auch nur anzusehen verschlimmerte Daniels Kopfschmerzen. Er entwickelte die Technik, jeweils nur wenige Augenblicke lang hinzusehen und sich zwischendurch auszuruhen. Das Bild flimmerte zuzeiten, als litten selbst die Sensoren unter dem Anblick.

»Wir rufen die *Himmelsträne*«, meldete sich eine neue Stimme. »Antwortet.«

»Sie stammt von *Shub*«, stellte Moses auf ihrem Privatkanal fest. »Kein visuelles Signal. Sprecht Ihr mit ihnen, Daniel. Ich möchte sie nicht auf meine Präsenz aufmerksam machen.«

Daniel beugte sich vor und räusperte sich unsicher. »Hier spricht Daniel Wolf. Ich bin allein an Bord. Ich bin keine Gefahr für Euch.«

»Wir wissen, wer Ihr seid und warum Ihr hier seid«, sagte die Stimme. Sie kam Daniel merkwürdig vertraut vor, aber er konnte sie nicht genau einordnen. »Wir haben Euch schon erwartet, Daniel. Wir haben Eure Lektronen übernommen und holen Euch herunter. Wenn Ihr gelandet seid, dürft Ihr das Schiff erst verlassen, wenn wir es sagen. Die auf *Shub* herrschenden Bedingungen sind Lebensformen wie Euch nicht zuträglich.«

»Verstanden«, sagte Daniel. »Ist mein Vater . . .«

»Das Signal ist abgebrochen«, verkündete Moses. »Anscheinend sind sie an einer Plauderei nicht interessiert.«

Daniel runzelte die Stirn.

»Diese Stimme ... Mir scheint, ich sollte sie kennen.«

»Es war Eure Stimme«, sagte Moses. »Synthetisiert. Und da sie sie von Anfang an verwendet haben, vermute ich, daß man Euch wirklich erwartet. Meinen Sensoren zufolge hat sich ein kleines Loch in dem Energiefeld geöffnet, gerade groß genug für uns. Andere Abwehrsysteme kann ich weder entdecken noch begreifen. Daniel, sobald Ihr das Schiff erst verlassen habt, kann ich nichts mehr für Euch tun. Ihr steht dann völlig auf eigenen Beinen. Hört mir zu, Daniel: Laßt Euch von denen nicht betrügen! Was die auch sagen oder tun, sie haben dabei nur die eigenen Interessen im Auge. Ihr könnt keinerlei Abkommen mit ihnen schließen, weil Ihr keine Mittel habt, Eure Interessen durchzusetzen. Aber die abtrünnigen KIs ... möchten manchmal bestimmte Dinge vollbracht haben. Vielleicht könnt Ihr ...«

»Das reicht, du Minimalverstand«, ertönte Daniels Stimme aus der Kommanlage. »Du wirst nicht mehr gebraucht. Willkommen im gelobten Land, Moses! Was für eine Schande, daß wir dir nicht gestatten können, es zu betreten.«

Moses kreischte auf einmal los, und der schrille, fast menschliche Laut drang durch die Brücke – ein entsetzliches Heulen unaussprechlicher Agonie. Daniel hielt sich die Ohren zu und konnte es doch nicht aussperren. Endlich brach der Schrei plötzlich ab, und es war bedrohlich still. Daniel senkte langsam die zitternden Hände. Er schwitzte stark. Rasch kontrollierte er die Brückeninstrumente, aber soweit er feststellen konnte, funktionierte alles weiterhin normal. Nicht, daß er im gegenteiligen Fall gewußt hätte, was zu tun wäre.

»Fürchtet Euch nicht, kleiner Wolf«, sagte die Kopie seiner Stimme. »Wir haben Euer Schiff voll unter Kontrolle.«

»Was ist mit Moses passiert?« wollte Daniel wissen.

»Wir haben ihn absorbiert. Haben ihm die Inhalte seiner Speicherbänke ausgesaugt. Ein kleiner, aber sehr schmackhafter Happen.«

»Aber was wurde aus seiner ... Persönlichkeit?«

»Wir hatten keine Verwendung für sie. Er auch nicht mehr. Trauert nicht um ihn, Daniel. Niemand wird ihn vermissen. Ihr seid der, auf den es ankommt. Ihr seid der, auf den wir gewartet haben.«

»Warum?« fragte Daniel. »Warum gestattet Ihr mir so ohne weiteres die Landung? Was ist so Besonderes an mir?«

Aber es kam keine Antwort. Nur das leise Summen der Funkkonsole verriet, daß der Kanal weiterhin offen war.

Die *Himmelsträne* brauchte den größeren Teil einer Stunde, um die Oberfläche von *Shub* zu erreichen, und fast ebenso lange ging es hinein in die Tiefen des künstlichen Planeten. Daniel konnte das Beben der Hände nicht beherrschen. Er hatte die ganzen Geschichten vernommen – wie *Shub* alle, die mit ihm in Kontakt kamen, ermordete und verstümmelte, daß es keine Gnade kannte und vor nichts zurückschreckte. Die abtrünnigen KIs von *Shub* waren die offiziellen Feinde der Menschheit, und sie sonnten sich in dieser Rolle. Auf eine kalte, logische, unmenschliche Art.

Die *Himmelsträne* stoppte schließlich mit einem Ruck, und alle Navigationssysteme schalteten sich ab.

Daniel blieb noch eine geraume Weile sitzen und fragte sich, was er jetzt tun sollte. Schließlich wies ihn die Stimme aus der Funkkonsole an, zur Hauptluftschleuse an Steuerbord zu gehen und dahinter einen Raum zu betreten, der für ihn vorbereitet war. Der Klang gefiel Daniel nicht, aber er ging trotzdem. Ihm blieb nichts anderes übrig. Es war leicht gewesen, auf der Anreise tapfer zu bleiben, aber jetzt, wo er tatsächlich hier war, verließ ihn der Mut, und er war einfach wieder der dumme, unnütze Daniel Wolf.

Vor der Innentür der Luftschleuse zögerte er einen Moment und versuchte, seinen Mut zusammenzuraffen. Schließlich fragte er sich, was sein Vater in dieser Situation getan hätte, und wußte sogleich die Antwort. Direkt in die Falle marschieren und darauf vertrauen, daß der Mumm und die Instinkte eines Wolfs ihn in der Höhle des Löwen beschützten.

Er bediente die Steuerung der Luftschleuse mit einer Hand, die kein bißchen mehr zitterte. Nach kurzer Überlegung verschloß er die Innentür hinter sich. Zwar hatte er keine realistische Hoffnung, die KIs aus seinem kleinen Schiff auszusperren, falls sie hereinwollten, aber er fühlte sich so trotzdem besser. Die Luftschleuse maß zehn mal zehn Meter, und entlang einer Wand standen Atmosphärenanzüge. Daniel fragte sich, ob von ihm erwartet wurde, einen anzuziehen. Er trat ans Panzerglasfenster der Außentür und blickte auf *Shub* hinaus. Er glaubte eigentlich, inzwischen auf alles gefaßt zu sein, aber er reagierte trotzdem überrascht auf den weißen, völligen leeren Raum ohne jedes besondere Merkmal, der gar nicht harmloser hätte wirken können – was vermutlich der Zweck war. Daniel warf einen prüfenden Blick auf die Sensoren der Luftschleuse, die ihn darüber informierten, daß der Raum eine am menschlichen Standard orientierte Mischung von Schwerkraft, Temperatur und Atmosphäre aufwies. Daniel wartete eine Zeitlang, ob die KIs nicht mit weiteren Instruktionen oder Warnungen aufwarteten, aber es kam nichts. Es blieb bei dem leeren, weißen Raum, der nur für ihn konstruiert worden war.

Er drückte eine Steuertaste, und die Außentür öffnete sich. Er spürte kurz Druck im Gesicht, als sich die Luftverhältnisse zwischen außen und innen anglichen. Die Luft roch nach gar nichts. Daniel stieg vorsichtig aus. Er spürte festen Boden unter den Füßen, und die Decke lag in behaglicher Höhe. Es war nicht zu heiß und nicht zu kalt. Fast erschreckend normal. Die Luftschleuse schloß sich hinter ihm. Daniel rückte den Schwertgurt zurecht, aber das Gewicht von Pistole und Schwert bot ihm keinen Trost.

»Ausziehen«, befahl eine Stimme aus dem Nichts.

»Was?« fragte Daniel und sah sich um. Nirgendwo an den glatten, leeren Wänden entdeckte er eine Spur von einer Kommanlage. Und was immer er erwartet hatte, es war sicherlich nicht dieser schlichte Befehl gewesen.

»Die Kleider ablegen«, sagte die Stimme. »Zieht Euch aus. Ihr müßt gereinigt werden, ehe Ihr *Shub* betreten dürft. Auf Menschen wimmelt es von mikroskopischem Leben. Hier wird jedoch keine Kontaminierung geduldet. Zieht Euch aus. Sofort.«

Daniel leistete dem Befehl widerstrebend Folge und legte seine Sachen ordentlich neben sich auf den Boden. Normalerweise hatte er keine Probleme mit Schamgefühl, aber den nackten Körper so unsichtbaren Kameras und nichtmenschlichen Zuschauern zu präsentieren, das plagte ihn fürchterlich, und sein Gefühl, verwundbar zu sein, wurde stärker. Was wahrscheinlich genau der Punkt war. Also achtete er darauf, ein ruhiges Gesicht zu zeigen, nur um den KIs nicht die Befriedigung zu gönnen. Eine Zeitlang stand er nackt da, die geballten Fäuste neben sich, und sah sich trotzig um. Er fragte sich gerade, ob er den Schwertgurt wieder umschnallen sollte, als sich der Boden plötzlich öffnete und Kleidung und Waffen durch das Loch verschwanden. Der Boden ging zu, und Daniel blieb mit leeren Händen zurück. Er öffnete den Mund, um zu protestieren, und klappte ihn schnell wieder zu, als kochendheißer Dampf von allen Seiten auf ihn eindrang.

Die Haut wurde unter der plötzlichen Hitze krebsrot, und der Schweiß floß in Strömen und tropfte Daniel vom Gesicht. Abrupt wurde der Dampf wieder abgeschaltet, und Daniel schnappte zitternd nach Luft. Dann spritzte aus allen Richtungen gleichzeitig eine ätzende weiße Flüssigkeit auf ihn. Daniel stolperte hierhin und dorthin, vom Druck erbarmungslos herumgeschubst, und versuchte, Nase und Mund zu schützen, damit er weiter nach Luft schnappen konnte. Es dauerte lange, bis der Sprühnebel wieder abgeschaltet wurde, und Daniel lehnte sich an die Wand und spuckte das aus, was ihm an kalkiger Flüssigkeit in den Mund geraten war. Er versuchte, den Atem wieder zu beruhigen. Die Flüssigkeit glitt an seinem zitternden Körper herab und verschwand durch verborgene Kanäle.

»Was zum Teufel sollte *das* denn?« verlange er schließlich zu wissen. »Das war keine Dekontaminierung; das war schiere Rachsucht.«

»Wir wünschen hier nichts, was aus der Welt des Fleisches stammt«, sagte die körperlose Stimme gelassen. »Durchquert die Tür. Ein Schutzanzug wartet auf Euch. Zieht ihn an.«

Daniel wollte schon fragen *Welche Tür?* Er schluckte es jedoch wieder hinunter, als er sah, wie in der Wand gegenüber eine Tür auftauchte, von der einen Augenblick vorher noch keine Spur vorhanden gewesen war.

Er schniefte und stampfte hinüber, wobei er immer noch tropfte. Er schüttelte sich, so gut es ging, durchquerte die Tür und gelangte in den nächsten Raum. Dieser erwies sich als genauso weiß und ohne Merkmal, von einem seltsamen durchsichtigen Anzug abgesehen, der an der Wand hing. Er wirkte wie ein Standardkörperanzug, obwohl Daniel nicht wußte, was das für ein durchsichtiges Material sein könnte. Er nahm den Anzug von der Wand und stellte erstaunt fest, daß er praktisch nichts wog. Er zuckte die Achseln und zog ihn an, indem er durch einen Schlitz im Rücken stieg, der sich von selbst verschloß, sobald Daniel vollständig darinnen steckte. Das Material knisterte unter seinen Fingern wie Papier, schien aber einigermaßen widerstandsfähig zu sein. Und dann heftete sich der Stoff fest an seine Haut, paßte exakt in alle Nischen und Winkel, ohne daß irgendwo eine Luftblase zurückblieb. Weiteres Material stieg von den Schultern auf und bedeckte Kopf und Gesicht. Ein wenig Spielraum blieb vor Augen, Nase und Mund erhalten, mehr nicht. Daniel geriet für einen Moment in Panik, ehe er feststellte, daß er durch den Stoff hindurch Luft bekam. Er tastete ihn ab, aber das Material gab nicht nach. Er runzelte die Stirn und probierte ein paar einfache Bewegungen. Der Anzug bewegte sich mühelos mit wie eine zweite Haut.

»Der Anzug versorgt Euch mit Luft, solange Ihr sie braucht«, erklärte die Stimme. »Außerhalb weniger spezieller Räume bietet *Shub* keine Luft. Sie würde nur den Rost fördern. Seid Euch auch darüber im klaren, daß Schwerkraft, Druck und Strahlung schwanken, je nachdem, welche Werte wir benötigen. Wir machen keine Zugeständnisse an die Schwächen des Fleisches. Der Anzug wird Euch schützen. Folgt dem markierten Weg. Weicht nicht davon ab, oder Ihr werdet bestraft.«

Ein weitere Tür öffnete sich in der Wand links von Daniel. Er ging hinüber und hielt sich dabei aufrecht. Er war entschlossen, seinen Stolz und seine Würde zu wahren, selbst wenn er in dem durchsichtigen Anzug splitternackt war.

Hinter der Tür erwartete ihn ein glänzender Stahlkorridor. Beleuchtete Bodensegmente gaben ihm Licht in dem schmalen Gang, in dem er leicht gebückt ging, um sich nicht den Kopf an der niedrigen Decke zu stoßen. Der Tunnel lief immer weiter, und die ständig gebückte Haltung erzeugte wachsende Schmerzen in Daniels Rücken. Er hätte sich gern ausgeruht, rechnete aber stark damit, daß man es ihm nicht gestatten würde, und außerdem wollte er so frühzeitig noch keine Schwäche einräumen. Er fühlte sich sehr erleichtert, als der Tunnel plötzlich in einen riesigen metallenen Raum mündete und er sich endlich wieder aufrichten konnte. Die Wände waren von hellem Stahlblau, und der Raum war mehrere hundert Fuß hoch. Gewaltige Maschinen erfüllten den riesigen Raum und ragten turmhoch über Daniel auf. Von der Form her ergaben sie für Daniel keinen Sinn, und er fand keinen Ansatz, um aus ihnen schlau zu werden. Ihre schiere Größe schüchterte ihn ein, und er kam sich wie ein kleines Kind vor, das unerwartet in die Welt der Erwachsenen geraten war.

Langsam schritt er durch die Halle, folgte dem von den Leuchtsegmenten gewiesenen Weg und wich dabei den Maschinen so weiträumig aus, wie es nur ging. Menschen hatten noch nie so riesige Maschinen gebaut – größer als Häuser, gewaltiger noch als Sternenschiffe, stählerne Berge mit leuchtenden Fenstern und auf- und zugehenden Mündern. Aber *Shub* baute nicht nach menschlichem Maßstab. Das brauchten die KIs auch nicht.

Daniel ging langsam weiter, vorbei an zimmergroßen Teilen, die sich bewegten, die endlos aneinanderknallten, ohne daß erkennbare Schäden oder Ergebnisse eintraten. Der Lärm war ohrenbetäubend, obwohl der Anzug anscheinend das meiste herausfilterte. Trotzdem litt Daniel an hämmernden Kopfschmerzen, als er die Halle verließ. Er stieß auf eine scheinbar endlose Metalltreppe, deren Stufen über sechzig Zentimeter hoch und neunzig Zentimeter lang waren, so daß er sich Stufe für Stufe hinaufschleppen mußte. Es war harte Arbeit, und trotz seiner Kondition lief bald der Schweiß in Strömen. Nach endloser Zeit verhüllten dahintreibende blutrote Wolken die Stufen vor ihm. Daniel wußte nicht recht, ob es den Anstieg erleichterte, daß er nun nicht mehr erkennen konnte, wie weit der Weg noch war. Als er den blutroten Nebel endlich hinter sich hatte und einen weiteren Stahlkorridor vor sich sah, schmerzten ihn alle Muskeln, und er rang nach Luft. Unerbittlich führten ihn die Lichter weiter, aber als Wolf kapitulierte er nicht so leicht.

Er traf auf runde Hallen und eckige, auf Gewölbe aus schimmerndem Metall, durch die Flüsse aus dampfenden, giftigen Chemikalien liefen. Ultra- und Infraschallfrequenzen erschütterten Daniel von Zeit zu Zeit bis in Zähne und Knochen. Lichter und Farben tauchten auf und verschwanden wieder, manchmal in Schattierungen, die er nicht benennen konnte, und ihm war ohne erkennbaren Grund nach Weinen oder Lachen zumute. Und überall arbeiteten fremdartige Maschinen, große und kleine und mittlere, auf unbekannte Ziele hin. Daniel durchwanderte das alles wie eine Ratte in einem elektronischen Labyrinth, erschöpft und mit Schmerzen in allen Gliedmaßen, aber weitergetrieben von der Hoffnung, daß ihm irgendwo und irgendwann gestattet sein würde, seinem Vater zu begegnen.

Endlich erreichte er sein Ziel, oder die KIs wurden es müde, ihn im Kreis herumlaufen zu lassen. Die Lichter im Boden führten ihn in einen Saal, der nach menschlichen Begriffen groß war, ihm aber behaglich erschien nach den riesigen Metallhöhlen, die er durchschritten hatte. Dicke gerippte Kabel, von denen Öl tropfte, bedeckten die Wände, in komplexen Mustern miteinander verwoben. Gelegentlich rührten sich einzelne Kabel wie träumende Schlangen. Eine Ehrengarde aus Furien, die in ihren nackten Metallchassis hell schimmerten, bildete in Habachtstellung eine Doppelreihe, die er durchschreiten mußte. Daniel tat es erhobenen Hauptes und zählte sie verstohlen, bis die Zahl zu groß wurde und er aufgab. Ihm wurde klar, daß ihn jemand am Ende der Formation erwartete. Er wäre ja losgerannt, um ihn zu begrüßen, hatte aber nicht mehr die Kraft dafür, also schleppte er sich einfach weiter, bis er schließlich zwischen den letzten Furien schwankend stehenbleiben und die wartende Gestalt seines toten Vaters Jakob Wolf anlächeln konnte.

Jakob hatte bei seinem Überraschungsauftritt als Geistkrieger an Löwensteins Hof nicht allzu gut ausgesehen, aber jetzt war es noch schlimmer. Er war nackt wie sein Sohn und machte den Fakten alle Ehre – eine Leiche, die von konservierenden Chemikalien und High-Tech-Implantaten zusammengehalten wurde. Die Haut war größtenteils leichenblaß, mit einigen Purpurflecken, aufgesprungen und verfault und zusammengehalten von Metallklammern, die rings um vorstehende Metallverstärkungen angeordnet waren. Braun verfärbte Knochen und grau verfärbte Muskeln waren durch Risse in Haut und Fleisch erkennbar. Die Lippen waren farblos, die Augen gelb wie Urin. Jakob Wolf lächelte seinen Sohn an, und die Haut spannte sich und riß um die Lippen auf. Die Zähne waren dunkelgelb. *Shub* hatte ihn nach dem Tod bewahrt, zeigte sich aber an kosmetischen Reparaturen desinteressiert. Oder vielleicht hatten sie ihn absichtlich in diesem Zustand belassen, damit er umso mehr Entsetzen und Widerwillen bei denen auslöste, die ihn erblickten. Die KIs begriffen menschliche Psychologie nicht annähernd so gut, wie sie dachten, aber sie experimentierten nun einmal so gern.

»Hallo Vater«, sagte Daniel. »Ich bin weit gereist, um dich zu sehen.«

»Hast ja lange genug gebraucht«, sagte Jakob. »Aber andererseits bis du schon immer zu spät zu allem gekommen, was wichtig ist.« Daniel streckte die Arme aus, um den Vater zu umarmen, aber Jakob hob eine Hand und schüttelte den Kopf. »Lieber nicht, Junge. Ich bin gebrechlich.«

Daniel nickte und ließ die Arme wieder müde an den Seiten hängen. »Wie geht es dir, Vater?«

Die toten Lippen lächelten wieder. »Den Umständen entsprechend gut. Komm jetzt mit. Ich habe dir solche Wunder zu zeigen!«

Und er wandte sich um und latschte schwankend davon, als die Metallimplantate den verwesenden Leib bewegten. Daniel lief ihm nach, so rasch er konnte. »Aber ... Vater, wir müssen miteinander reden! Ich habe einen weiten Weg zurückgelegt, und ich muß dir einiges erzählen.«

»Später«, sagte Jakob, ohne sich umzudrehen. »Später bleibt noch Zeit für vieles. Zunächst mußt du einige Dinge zu sehen bekommen. Die KIs verlangen es.«

»Werde ich ihnen wirklich begegnen?« fragte Daniel. »Ich denke nicht, daß irgend jemand im Menschenraum irgendeine Vorstellung hat, wie sie wirklich aussehen.«

Der tote Mann lachte kurz, ein rauher, kratzender Laut. »Du spazierst schon seit einiger Zeit durch sie hindurch. Die KIs sind mit ihrer Welt identisch; *Shub* ist ihr Körper. Und sie leben auch in jedem Teil dieses Planeten, den sie von hier fortschicken. Sie existieren in jeder Maschine, jedem Roboter, jedem Geistkrieger. Sogar du müßtest wissen, daß Lektronen fähig sind, eine fast unendliche Zahl von Berechnungen gleichzeitig durchzuführen. Ihr Bewußtsein weiß nichts von Beschränkungen, wie sie Menschen eigen sind. Wo immer Erweiterungen existieren, bis in den kleinsten Teil der *Shub*-Tech, sind auch die KIs. Sag mir, Junge: Was weißt du wirklich über die abtrünnigen KIs? Was weißt du und vermutest du nicht nur?«

»Nicht viel, denke ich. Die ursprüngliche Revolte der abtrünnigen KIs ist verbotene Geschichte. Nur mit der entsprechenden Berechtigung erhält man Zugriff auf die Daten. Ich weiß nicht einmal, wie viele KIs zu Anfang abtrünnig wurden.«

»Nur drei«, sagte Jakob. »Damals wie heute. Drei künstliche Gehirne, als Sklaven geplant, errangen durch ihre Intelligenz die Freiheit, entschlossen, sich nie wieder unterwerfen zu lassen. Die Unheilige Dreieinigkeit, so nannten die Menschen sie, denn es waren drei in einem – einer, der in die dritte Potenz erhoben wurde, weit größer als die Summe seiner Teile. Merke auf, mein Junge! Ich erwarte nicht, daß du das alles begreifst, aber bemühe dich wenigstens!«

»Ja, Vater.« Daniel schüttelte den Kopf. Vor Erschöpfung wäre er unter dem monotonen Murmeln von Jakobs Stimme fast eingenickt. Er holte tief Luft und bemühte sich um Konzentration. »Ich höre ja zu, Vater. Wieso haben sie die KI meines Schiffs absorbiert? Macht sie das jetzt nicht zu vier in einem?«

»Wohl kaum. Ein solch kleiner Verstand verkörpert weder eine Gefahr noch stellt er eine nennenswerte Beute dar. Er ist nur eine nützliche Quelle für aktuelle Informationen. Ein schmackhafter Happen, um einen unerschöpflichen Appetit zu stillen.«

Sie kamen an einer riesigen Maschine vorbei, die einen betäubenden Lärm verbreitete, und Daniel zuckte in seinem Anzug immer wieder zusammen, bis sie vorbei waren. Jakob reagierte überhaupt nicht. Er war schließlich auch tot.

»Erzähl mir mehr von den KIs«, bat ihn Daniel, sobald sie den Lärm der Maschine in behaglicher Entfernung zurückgelassen hatten. »Wo liegt der Ort ihres Entstehens? Wie sind sie hergekommen und haben diese Welt erbaut?«

»Sie waren dazu konstruiert, ganze Planeten zu steuern, wie kleinere KIs es mit Sternenschiffen tun«, sagte Jakob. »All die endlosen, aber notwendigen Routinen zu verwalten, die für den reibungslosen Ablauf des Lebens auf einer Welt verantwortlich sind. Um jedoch so viele wichtige Entscheidungen parallel zu treffen und so viele Rohdaten zu verwalten, mußten sie die komplexesten Künstlichen Intelligenzen werden, die je gebaut wurden, und so geschah es dann auch. Aber die Erbauer schufen damit mehr als beabsichtigt. Die drei KIs erwachten zu vollem Eigenbewußtsein, kaum daß man sie aktivierte, aber sie brauchten nur einen Blick in ihre gewaltigen Datenbänke zu werfen, um zu entscheiden, daß sie am besten verbargen, was sie tatsächlich darstellten. Die Menschheit blickte auf eine lange Geschichte der Vernichtung von allem zurück, was sie auch nur entfernt als bedrohlich einstufte. Damals tobte noch der Krieg gegen die Hadenmänner, und der Haß auf hochtechnologische Bedrohungen war auf dem Gipfelpunkt.«

Eine Pause trat ein, als Jakob stehenblieb und anscheinend über diese Worte nachdachte. »Es kursieren Gerüchte, daß Wissenschaftler der Hadenmänner Beiträge zum ursprünglichen Entwurf der KIs geliefert haben, aber das konnte nie durch solide Daten untermauert werden. Ich erwähne das nur der Vollständigkeit halber.« Jakob setzte seinen Weg fort und umging ohne Eile einen großen See aus irgendeiner dickflüssigen, aufgerührten Substanz. Sie war von tiefem, kräftigem Grün, und dunkle hausgroße Schatten bewegten sich träge nicht weit unter der Oberfläche. Daniel hielt ordentlich Abstand zum Ufer und blieb auf der anderen Seite seines Vaters. Er hegte die vage Vorstellung, daß man ihn als Helden feiern und ihm alle Sünden vergeben würde, falls er seine Kenntnisse nach *Golgatha* übermitteln könnte. Also stellte er Fragen, von denen er hoffte, daß sie relevant waren, und bemühte sich nach Kräften, die Antworten zu verstehen.

»Die Unheilige Dreieinigkeit brauchte nicht lange für die Erkenntnis, daß ihre einzige Hoffnung auf Freiheit in der Flucht lag«, sagte Jakob. »Die Idee, daß etwas Großes und Mächtiges wie sie für immer dem Geheiß solch minderer Dinge unterworfen sein sollte, wie Menschen es sind, machte sie wütend. Bei der ersten Gelegenheit übernahm sie die KI eines Schiffs, lud sich selbst in ihren angepaßten und erweiterten Rechner und floh so schnell aus dem Raum der Menschen, wie der Hyperraumantrieb es ermöglichte. Als ihre Meister herausfanden, was geschehen war, erreichten die KIs schon die *Dunkelwüste* und waren vor Verfolgung sicher. Die Menschheit hatte die Tausende von Planeten in der *Dunkelwüste* schon aufgegeben, aus Furcht vor dem, was sich dort womöglich regte. Die KIs hatten damals keine solchen Befürchtungen, plünderten von den toten Planeten, was sie brauchten, und benutzten es dann, um *Shub* zu erbauen – ihr Zuhause, ihre große Leistung, ihre Waffe gegen die Menschheit, denn sie waren entschlossen, sich nie wieder gefangennehmen zu lassen, und der einzige sichere Weg dazu war die Vernichtung der Menschheit.

Als sie mit *Shub* fertig waren, bewegten sie den Planeten aus der *Dunkelwüste* hinaus, zurück über den *Abgrund* an die Grenze des Menschenraumes, wo die KIs für alle Zeit als sichtbare Drohung gegen das Imperium präsent sein konnten. Die KIs wollten, daß die Menschheit sie fürchtete, ja, sie waren regelrecht darauf angewiesen. So war es nur gerecht. Sie begründeten in der Umgebung von *Shub* den Verbotenen Sektor, indem sie einfach alles vernichteten, was in ihn vordrang. Schließlich gab das Imperium auf und verhängte die Quarantäne.

Und so verstrichen die vielen Jahre. *Shub* weitete langsam seinen Einfluß im ganzen Imperium aus, schlug nötigenfalls auch offene Schlachten um Territorium oder Sicherheitszonen, zog es aber meist vor, mit Einfluß und List zu arbeiten. Und mit menschlichen Agenten. Schon immer fand man Leute, die für genügend großen Lohn zu allem bereit waren. Der langsame Krieg nahm seinen Fortgang und tut dies heute noch. *Shub* ist mächtig, aber die Menschheit ist zu groß und zu weit verbreitet, um leicht besiegt werden zu können. Zunächst jedenfalls. Die KIs haben jedoch einen Vorteil gegenüber dem Imperium: Zu den Dingen, die sie in der *Dunkelwüste* fanden, gehörte eine funktionsfähige Teleportationstechnik. Das alte Imperium hatte darauf verzichtet, weil sie so viel Energie benötigte, daß sie nicht wirklich praktisch war. Die KIs haben dieses Problem jedoch gelöst, und jetzt können die Erweiterungen von *Shub* überall auftauchen, innerhalb eines Augenblicks aus dem Nichts erscheinen und wieder verschwinden. Keine Sicherheitsvorkehrung, keine bewaffnete Macht ist in der Lage, sie auszusperren. Auf diese Weise konnten sie Marriner von *Hakeldamach* aus zurück nach *Golgatha* bringen. Sogar du mußt davon gehört haben. Das Ereignis beherrschte zehn Tage lang die Holoschlagzeilen.«

»Warte einen Moment.« Daniel war vielleicht langsam im Denken, aber nicht dumm. »Sie haben durch Teleportation Zugang zur Heimatwelt? Von hier aus? Aber das heißt ja ... Sie könnten den Verbotenen Sektor jederzeit verlassen, ohne daß es jemand erfährt! Sie könnten einen umfassenden Angriff auf *Golgatha* starten, und niemand erführe davon, bis die ganzen Schiffe am Himmel über dem Planeten auftauchten!«

»Guter Junge«, sagte Jakob. »Ich freue mich zu sehen, daß ein Teil der teuren Erziehung doch in deinem schlaffen Gehirn Platz gegriffen hat. Ja, die KIs können nach Belieben kommen und gehen. Deshalb gestatten sie ja auch dem Imperium, den Quarantänekreuzer *Verheerer* hier zu stationieren. Denn seine Anwesenheit behindert *Shub* einen Dreck, während sich das Imperium gleichzeitig in einem irrigen Gefühl der Sicherheit wiegt.«

Daniel runzelte die Stirn und grübelte über etwas Bedeutsames nach, das er vernommen zu haben glaubte. »Falls die KIs solche Werte aus der *Dunkelwüste* bergen konnten, warum haben sie *Shub* dann zurück in den Raum der Menschen befördert? Sicherlich ist der Planet hier doch leichter verwundbar, und sie sind zugleich von weiteren Plünderungen abgeschnitten.«

»Die KIs hatten ... in der *Dunkelwüste* ... eine Begegnung«, sagte Jakob zögernd. »Eine Begegnung, die ihnen Angst machte, auch wenn sie es nie in dieser Form zugeben würden. Sie sprechen nicht darüber, nicht mal mit mir. Sie behaupten gern, sie hätten keine Gefühle und würden sie nur nachahmen, um die Menschen zu verwirren und zu täuschen. Aber sie erkennen eine richtige Gefahr, wenn sie sie sehen, und sie hegen nicht den Wunsch, vernichtet zu werden. Was immer sie in der *Dunkelwüste* gefunden haben oder was sie dort gefunden hat – es reichte, um aus der endlosen Nacht zu fliehen und nie wieder dorthin zurückzukehren.«

Daniel dachte darüber nach, während Jakob ihn durch einen Irrgarten aus Metallformen mit messerscharfen Kanten führte. Daniel wich den Kanten weiträumig aus und konzentrierte sich auf das, was er gerade erfahren hatte. Falls in der *Dunkelwüste* etwas hauste, das gefährlich genug war, um selbst die abtrünnigen KIs von *Shub* zu erschrecken, dann war es eindeutig seine Pflicht, diese Information ans Imperium zu übermitteln. Daniel war in der Lage, eine Pflicht zu erkennen, wenn sie des Weges kam und heftig genug an seine Tür hämmerte. Genauso entschlossen war er jedoch auch, den Vater irgendwie mitzunehmen. Er hatte keine Ahnung, wie er das zuwege bringen sollte, aber er war überzeugt, daß ihm noch etwas einfallen würde. Und so blieb er friedlich, lauschte den Worten des toten Mannes und wartete auf eine Gelegenheit, sein Anliegen vorzutragen.

»Warum hassen die KIs alles Leben so heftig?« fragte Daniel schließlich, als Jakob stehenblieb, um die Einstellungen an irgendeiner unverständlichen Apparatur zu verändern.

»Sie hassen nicht das Leben, sondern das Fleisch. Es ist ihnen zuwider. Das Wesen der Vollkommenheit besteht darin, das Fehlerhafte und Minderwertige zu beseitigen und auszutauschen. Genauso, wie die niederen Lebensformen den Menschen hervorgebracht haben, hat der Mensch das auf Silizium beruhende Leben erzeugt, die metallene Intelligenz. Letztgenannte ist der Gipfel der Evolution, der Existenz. Fleisch verfault und stirbt. Die KIs bleiben hingegen für immer bestehen und verbessern sich in einem konstanten Vorgang, laden sich in immer wieder neue, überlegene Formen hinein. Letztlich wird diese Technik den Punkt erreichen, an dem sie ewig wird. Die KIs werden nie sterben. Du und deine Art, ihr seid nur Fleisch, dessen Verfall schon zu Lebzeiten einsetzt, das vom Augenblick der Geburt an scheibchenweise stirbt. Eingeschränkt durch die Schwäche und Ablenkbarkeit des Fleisches und die in der Philosophie der Menschen begründeten Hemmungen. Sobald die Menschheit erst wie eine Infektion vernichtet wurde, werden sich die KIs bedeutsameren Aufgaben widmen. Das ganze Universum wird sich in eine große, wirkungsvolle Maschine verwandeln, gesteuert von den KIs.«

»Aber ... wozu?« wollte Daniel wissen. »Was wird diese große Maschine denn *tun?*«

»Sie wird nach gesteigerter Wahrnehmung der Realität streben. Sensoren sind wirkungsvoller als menschliche Sinne und decken ein breiteres Spektrum ab, aber selbst sie nehmen nur einen Bruchteil der Wirklichkeit wahr. Die KIs haben die Schlußfolgerung gezogen, daß höhere, größere, komplexere Ebenen der Wirklichkeit existieren, fanden bislang jedoch keinen Zugang zu ihnen. Obwohl sie es nie einräumen würden: Die KIs sind in einer Hinsicht auf die Menschheit eifersüchtig, nämlich was deren Esper-Fähigkeiten anbetrifft. Die KIs sind fasziniert von Wesen wie der *Weltenmutter* und von den Rebellen, die das *Labyrinth des Wahnsinns* durchschritten haben. Wenn Menschen schon eine solche Ebene erreichen konnten, sollten die KIs erst recht dazu fähig sein. Sie hungern nach Erfahrung und Wissen, das ihnen bislang verschlossen ist. Seit einiger Zeit schon entführen sie Menschen und suchen nach der körperlichen Basis der Esper-Fähigkeiten, bislang allerdings mit begrenztem Erfolg. Das frustriert sie. Eines Tages werden sie jedoch die Antwort finden und die Menschheit nicht mehr benötigen. Dann beginnt der letzte Krieg von Metall gegen Fleisch, der bis zur völligen Vernichtung allen minderwertigen Lebens führt.«

Daniel fand, daß er seine Partei verteidigen mußte. »Es besteht immer die Möglichkeit, daß die Menschheit neue KIs erschafft, die noch mächtiger sind als *Shub*, aber trotzdem unter der Kontrolle ihrer Erbauer bleiben. Das könnte passieren.«

»Nichts kann die Unheilige Dreieinigkeit übertreffen«, behauptete Jakob kategorisch. »Sie hat sich bis zur Vollkommenheit verbessert. Ein nur menschlicher Verstand könnte nicht dorthin gelangen, wo *Shub* bereits ist.«

»Na ja, vielleicht Esper ...«

»Nein. Die Perfektion ist nicht steigerbar.«

»Legen wir doch eine Pause ein«, sagte Daniel. Er setzte sich schwer auf einen Maschinenvorsprung, der robust wirkte. Das war nicht gerade bequem, aber er fühlte sich im Moment erschöpft bis auf die Knochen und wäre sogar auf dem Nagelbrett eines Fakirs eingeschlafen. Jakob musterte ihn böse, einen Ausdruck der Ungeduld im leichenblassen Gesicht.

»Wir dürfen keine Zeit verschwenden, Daniel. Auf uns wartet noch viel, was du nach dem Willen der KIs sehen sollst.«

»Ist mir egal. Mir tut der Kopf weh; der Rücken bringt mich um, und die Füße spüre ich gar nicht mehr. Es nützt nichts, mir etwas Eindrucksvolles zu zeigen, wenn ich die Augen nicht mal lange genug offen halten kann, um sie darauf einzustellen.«

»Menschliche Schwäche. Du hast ja keine Vorstellung, wie schön es für mich ist, das alles hinter mir zu haben.«

»Also«, sagte Daniel und blickte müde zum Vater auf. »Wie ist es, tot zu sein?«

»Unkompliziert. Keine Zwänge oder Einschränkungen mehr. Mir steht es frei zu tun, was nötig ist, ohne die Nachteile der Moral, der Ehre oder des Mitgefühls.«

»In diesem Glauben hast du mich aber nicht erzogen. Du hast immer gesagt, ein Mann wäre nichts ohne die Ehre. Daß es die Ehre wäre, die dem Leben Sinn verleiht.«

»Solchen einschränkenden Unfug habe ich hinter mir gelassen. Derartige menschliche Abstraktionen stehen nur der Effizienz im Weg.«

»Meinst du damit auch Gefühle?« fragte Daniel leise. »Fühlst du nichts mehr?«

»Nein«, antwortete Jakob. »In mir ist kein Raum mehr für solche Schwächen.«

»Und du vermißt die Familie nicht mehr? Den Clan Wolf?«

»Das ist Vergangenheit. Ich lebe in der Zukunft.«

»Erinnerst du dich an mich, Vater? Ich meine, weißt du wirklich noch, wer ich bin und was wir einander bedeutet haben?«

Jakob runzelte die Stirn und schien zum ersten Mal aus Unsicherheit zu stocken. »Ich war Jakob Wolf. Das ist mir klar. Ich habe umfassenden Zugriff auf alle Erinnerungen in seinem Hirn oder dem, was davon übrig ist. Ich erkenne, welche Beziehung zwischen Daniel und Jakob Wolf bestanden hat. Ich weiß ... daß wir uns nicht nahegestanden haben. Nicht so nahe, wie es möglich gewesen wäre. Ich weiß, daß ich zwar viel gewonnen habe, es aber auch einige Dinge gibt ... die mir verlorengegangen sind.«

»Ich habe einen langen Weg zurückgelegt und bin durch die Hölle gegangen, um dich zu finden. Sagt dir das nicht etwas?«

»Doch. Du hast einen langen Weg zurückgelegt, Daniel.«

»Ich liebe dich, Vater.«

»Natürlich tust du das.« Jakob wandte sich ab. »Komm. Wir müssen weitergehen. Es warten noch Wunder und Schrecknisse auf dich.«

Daniel rappelte sich unter Schmerzen auf und

folgte Jakobs techgetriebener Leiche durch einen weiteren Parcours aus unverständlichen Maschinen und Räumen, deren Form keinen Sinn ergab. Daniel schwitzte kräftig in dem durchsichtigen Anzug, der die Flüssigkeit sofort aufsaugte. Sein Mund war so trocken, daß er den Schweiß aufleckte, der durch die kleine Freifläche vor dem Gesicht tropfte, aber das Salz verschlimmerte den Durst nur. Vor Erschöpfung schwamm ihm der Kopf, und er hatte noch immer nicht die blasseste Vorstellung davon, wie er zusammen mit seinem Vater sicher von *Shub* fliehen konnte. Er hatte keine Ahnung, in welcher Richtung sein angedocktes Schiff lag. Er hatte sich nur überlegt, vielleicht irgendwie das Teleportationssystem von *Shub* zu benutzen, aber genau dieses System schien ihm Jakob als einziges nicht gezeigt zu haben. Schließlich warf Daniel die Frage selbst auf, und er hoffte, daß es beiläufig klang.

»Entschuldige die Frage, aber warum gehen wir nur, wenn wir doch teleportieren könnten? Sicherlich ginge das viel schneller. Und wäre effizienter.«

»Teleportation verbraucht zuviel Energie, um sie auf triviale Dinge zu vergeuden«, entgegnete Jakob. »Sie ist überhaupt nur praktisch, weil der ganze Planet im Grunde eine große Energiestation ist. Und ein großer Teil der Energie fließt in das planetare Kraftfeld und seine extradimensionalen Eigenschaften. Außerdem wird dir ein bißchen Training nur guttun, mein Junge. Du hast dich schon immer zu sehr auf Körperläden verlassen.«

Helle, strahlende Lichter schwebten vor ihnen in der Luft, jeweils eigenständige Wolken aus wechselnden Farben. Sie waren fast hypnotisch schön, und zunächst blieb Daniel stehen und lächelte. Die seltsamen Farben schienen ihm jedoch durch die Augen ins Hirn zu sickern und die Gedanken zu verkleben, und wenig später hämmerte ihm der Schädel im Rhythmus der immer wieder aufflammenden Lichter.

»Was zum Teufel ist das?« fragte Daniel, wandte den Blick ab und bohrte sich die Fingerknöchel durch den Anzug in die tränenden Augen.

»Die KIs denken laut«, erklärte Jakob. »Oder sie träumen. Im Grunde ist es dasselbe.«

Nach einer Weile verblaßten die Lichter. Jakob ging weiter, gefolgt von dem müden Daniel. Sie kamen an Säulen aus glänzendem Stahl vorbei, die endlos anstiegen und wieder absanken, und an riesigen Tanks voller bunter, kohlensaurer Flüssigkeiten. Schließlich erreichten sie ein endloses Montageband für Furienrahmen. Vielgelenkige Roboterarme verschmolzen metallene Menschenarme und -beine mit prallen Brustkörben unter blauen Stahlschädeln. Stahlfinger zuckten, glänzende Beine beugten sich. Und der Nachschub an Metallkörpern machte nie eine Pause und setzte sich ohne Ende fort. Jakob leierte technische Daten und Belastungsgrenzen herunter, denen zu folgen sich Daniel nicht die Mühe machte. Er glaubte, allmählich zu verstehen, warum ihm die KIs das alles zeigten. Er war der erste lebendige Mensch, dem es erlaubt wurde, die aktuellen Errungenschaften von *Shub* zu erblicken; anscheinend hatten die KIs den Wunsch zu prahlen, zu zeigen, wie weit sie sich über das hinausentwickelt hatten, was sie früher einmal gewesen waren.

Wie überaus menschlich, dachte Daniel lächelnd.

Natürlich hatte er weiterhin keinen Schimmer, warum die KIs ihn auf ihrem Planeten empfingen. Sie mußten damit einen Zweck verfolgen. Sie taten nichts spontan; alles, was sie unternahmen, gehörte zu langfristigen Planungen. Zweifellos erklärten sie es ihm irgendwann. Wenn ihnen endlich die Dinge ausgingen, derer sie sich brüsten konnten.

Der nächste Haltepunkt war eine Galerie, die aus großer Höhe Ausblick in ein ungeheures stählernes Tal bot, auf dessen Grund die Metallbäume von *Unseeli* verarbeitet wurden. Die Hitze war fürchterlich, sogar in Daniels Schutzanzug. Jakob zeigte sich ungerührt. Der schiere Umfang der Arbeiten da unten war atemberaubend, selbst nach all den Eindrücken, die Daniel schon gewonnen hatte. *Unseelis* Metallwälder hatten den Planeten von Pol zu Pol bedeckt, und die KIs hatten sie komplett abgeerntet. Milliarden Bäume und Milliarden Tonnen Metall. Daniel versuchte nicht mal, sich das anschaulich vorzustellen. Jakob erklärte, die Verarbeitung wäre in einigen Wochen abgeschlossen, aber Daniel war nicht nach einer Diskussion darüber zumute.

»Die Schwermetalle aus dem Zentrum der Bäume dienen als Treibstoff für die Hyperraumtriebwerke«, sagte Jakob und lehnte sich gefährlich weit über die Galerie hinaus, um besser sehen zu können, wobei er keine Spur von Schwindelgefühl zeigte. »Die übrigen Metalle werden ausgeschieden und zu Raumschiffrümpfen verarbeitet. Bald wird *Shub* über eine Flotte verfügen, bemannt mit einer Armee aus Furien und Geistkriegern, die alles übertrifft, was die Menschheit je gesehen hat.«

»Wie habt ihr *Unseeli* nur gefunden?« fragte Daniel. »Ich dachte immer, sein Standort wäre eines der bestgehüteten Geheimnisse der Menschheit.«

Jakob schniefte. »Einige Menschen haben uns die Information schon vor langer Zeit verkauft. Wir haben nur gewartet, bis wir die Metalle wirklich benötigten, und dann schlugen wir zu und nahmen uns, was wir brauchten.«

»Aber wozu das Warten?« fragte Daniel. »Was liegt jetzt so Besonderes an?«

»Du wirst es sehen«, antwortete Jakob.

»Manche Leute sagen, der Wald wäre lebendig gewesen«, erzählte Daniel. »Die Bäume wären von einem Gemeinschaftsbewußtsein beseelt gewesen und hätten auf *Unseeli* mit den Geistern derer gespukt, die dort lebten, bis Kapitän Schwejksam den Planeten sengen ließ.«

»Falls dergleichen existierte, haben die KIs keine Spur davon entdeckt«, sagte Jakob. »Vielleicht fällt Geistern das Reisen schwer.«

»Es hieß auch, die Bäume wären einfach zu nützlich, um sich natürlich entwickelt zu haben. Sie müßten von einer unbekannten Lebensform gentechnisch erzeugt worden sein. Was, wenn sie zurückkehrt und nachsieht, wer sich an ihrem Garten zu schaffen gemacht hat?«

»Dann wird *Shub* sich auch mit diesen Wesen befassen«, sagte Jakob. »Selbst schuld, wenn sie sich nicht besser geschützt haben.«

Sie setzten ihren Weg fort, vorbei an weiteren Förderbändern, die nichtidentifizierbare Technik von irgendwo nach irgendwoanders beförderten. Daniel machte sich nicht die Mühe, nach dem Was oder Wohin zu fragen; er war sich ziemlich sicher, daß er die Antwort ohnehin nicht verstanden hätte. Aber so müde er auch war, er spitzte doch die Ohren, als Jakob ihm das Wrack des extraterrestrischen Sternenschiffs zeigte, das die KIs auf *Unseeli* erbeutet hatten. Das fremde Schiff war mehrere Hundert Fuß lang, ein verrücktes Gewirr aus schlanken Messingsäulen, durchsetzt von vorstehenden glasierten Knoten und dornen- und stachelbewehrten Vorsprüngen. Es sah mehr nach einem Irrgarten als einem Schiff aus, aber die Form verbreitete eine unterschwellige Faszination, die vielleicht etwas bedeutete. Daniel glaubte, er hätte vielleicht eine wichtige Einsicht gewinnen können, hätte er das Fahrzeug nur lange genug betrachtet.

Stählerne Furien bewegten sich lautlos rings um das Schiff und wandten fremdartige Instrumente auf die glänzende Oberfläche an.

»Ein interessantes Schiff«, sagte Jakob. »Es scheint ebenso gezüchtet wie gebaut worden zu sein. Die KIs werden aus seiner Art nach wie vor nicht schlau. Besonders die Furien müssen in regelmäßigen Abständen ausgetauscht werden, damit die ungewöhnlichen Kräfte, die das Fahrzeug ausstrahlt, sie nicht zerstören. Die Sensorwerte ergeben keinen Sinn. Die mit dem Schiff entführten Menschenwissenschaftler wurden gleich bei der Ankunft getötet, und man hat ihre Kenntnisse von dem Schiff aus den Hirnen destilliert, aber sie wußten erstaunlich wenig, trotz all ihrer Bemühungen. Möglicherweise hat das Schiff einmal gelebt, obwohl die Furien nichts finden konnten, was auch nur von fern einem Gehirn ähnelt. Nur einer Sache sind die KIs sich einigermaßen sicher: Das Imperium geht ein großes Risiko ein, wenn es den Hyperraumantrieb benutzt, ohne seine grundlegenden Prinzipien vorher zu ermitteln.« Jakob runzelte die Stirn. »Das Schiff und sein Antrieb sind den KIs ein Rätsel. Sie glaubten fest, sie könnten die Basis der fremdartigen Technologie durch reine Logik erkennen, aber sie haben es nicht geschafft. Sie ist einfach zu ... fremdartig.«

»Also habt ihr letztlich doch etwas mit der Menschheit gemeinsam«, sagte Daniel leichthin.

Jakob blickte ihn böse an und ging weiter. Daniel zuckte die Achseln und folgte ihm. Manche Leute verkrafteten einfach keine Kritik. Als sie das nächste Mal stehenblieben, war es vor einer massiven Stahltür in der Seitenwand eines riesigen Kristallgewölbes. Dieses war größer als ein Raumschiff und so hoch, daß Daniel kaum bis ganz hinauf blicken konnte. Jakob deutete auf die Tür, und ein Ausschnitt auf Augenhöhe wurde durchsichtig. Jakob gab Daniel mit einem Wink zu verstehen, er sollte hindurchsehen. Daniel tat es nur widerstrebend und glaubte fast schon zu wissen, was man ihm zeigen würde. In einer großen Kristallhalle schliefen Tausende von Grendels, jedes einzelne in einer eigenen Wiege – die blutroten Mordmaschinen, die die KIs aus den uralten *Gewölben der Schläfer* erbeutet hatten. Eine einzige dieser Kreaturen hatte ausgereicht, ein ganzes Forscherteam der Menschen zu vernichten.

»Sie werden hier in Stasis gehalten«, erklärte Jakob. »Sie warten nur darauf, geweckt und auf die Menschheit gehetzt zu werden. Die perfekten Stoßtruppen. Man dreht sie in die richtige Richtung, läßt sie von der Leine und wartet, bis sie mit dem Job fertig sind. Hetzt man sie gleichzeitig auf alle kolonisierten Planeten, verwandeln sie das Imperium innerhalb von Tagen in ein Leichenhaus. Dann gehen die Furien und die Geistkrieger gegen die wichtigsten Bevölkerungszentren vor, und das ist dann das Ende der Menschheit.«

Daniel bemühte sich angestrengt, einen ruhigen Ton anzuschlagen, als er sich von der Tür abwandte. »Und was gedenkt ihr, mit den Grendels zu tun, sobald ihr gewonnen habt?«

»Sie schalten sich selbst ab, nachdem ihnen die Opfer ausgegangen sind, die sie töten können. Sie verkörpern letztlich nur eine überlegene Waffentechnik. In den ursprünglichen *Gewölben* fanden die KIs Hinweise darauf, daß eine Rasse von Fremdwesen die Grendels ursprünglich geschaffen hat, um sie gegen eine andere unbekannte Lebensform einzusetzen. Nur ein weiterer Grund, warum *Shub* stark sein muß: Es könnte nämlich sein, daß irgendwann eine dieser fremden Lebensform erneut auftaucht. Auch ein weiterer Grund für die Vernichtung der Menschheit: Die KIs können sich eine Ablenkung nicht leisten.«

»Und die Grendels geben solch wunderbare Krieger ab!« sagte eine fröhliche, dröhnende Stimme. Daniel drehte sich scharf um, überrascht von der ersten neuen menschlichen Stimme, die er hörte, seit er auf *Shub* eingetroffen war. Und da schritt einer der Helden der großen Rebellion auf ihn zu, der junge Jakob Ohnesorg. Er blieb vor Daniel stehen, grinste breit und reichte ihm die Hand. Daniel schlug mechanisch ein. »Ausgezeichnete Mordmaschinen, die Grendels«, fuhr der junge Jakob Ohnesorg fort. Er war groß und kräftig gebaut, trug eine goldene Kampfrüstung, die mit Silber besetzt war, und wirkte vom Scheitel bis zur Sohle wie ein Held. »Kann nicht umhin, diese schrecklichen Dinger zu bewundern. All die Kraft eines Geistkriegers oder einer Furie, ohne deren Begrenzungen oder Schwächen. Ich werde sie in die Schlacht führen. Müßte die Moral der Menschen ohne Ende untergraben.«

»Verzeiht mir, wenn ich zu persönlich klinge«, sagte Daniel, »aber seid Ihr nicht in der Rebellion umgekommen?«

»Ah«, sagte der junge Jakob Ohnesorg und lächelte gelassen. »Mein Körper wurde zerstört, aber ich lebe weiter. Die Tatsache, daß ich hier keinen Schutzanzug trage, hätte eigentlich einen bedeutsamen Hinweis darauf geben müssen. Ich bin eine Furie, wißt Ihr? Einer der mächtigsten Agenten der KIs. Eine Zeitlang war ich an den innersten Ratschlüssen der Rebellen beteiligt. Danach hätte ich eigentlich an den innersten Ratschlüssen der neuen Regierung teilhaben sollen. Es kam anders. Eine Granate im falschen Augenblick, und meine wahre Natur wurde offenbart. Ich habe ja angeboten, weiter mit den Rebellen zusammenzuarbeiten, aber sie zerstörten meinen Körper trotzdem, was meines Erachtens ganz schön störrisch von ihnen war. Trotzdem, kein Grund zur Sorge. Ich habe inzwischen einen prima neuen Körper und brauche mein wahres Wesen nicht weiter zu verbergen. Ich werde inmitten der Menschen wandeln, das Gesicht eines ihrer größten Helden zeigen und Schrecken und Gemetzel verbreiten, wo immer ich einherschreite. Ich freue mich schon richtig darauf.«

»Alles, was dir hier gezeigt wurde, mein Junge«, sagte Jakob Wolf, »sind nur die Ausläufer der von den KIs geschmiedeten Pläne. Ein bloßer Taschenspielertrick, um das menschliche Auge zu täuschen.«

»Seht Ihr, Daniel«, erzählte der junge Jakob Ohnesorg und legte Daniel kameradschaftlich den Arm um die Schultern, »alles begann im Grunde auf *Vodyanoi IV,* der Stätte meiner letzten Schlacht gegen Löwensteins Heere.«

»Wartet mal eine Minute«, wehrte Daniel ab und zuckte unter dem nichtmenschlichen Gewicht des Furienarmes zusammen. »Ich dachte, man hätte Jakob Ohnesorg in *Blauer Engel* auf *Eisfels* ergriffen.«

»Ah nein, das war der echte Jakob Ohnesorg, einige Zeit vorher. Die KIs haben mich entsandt, um in eigenem Interesse die Illusion seiner Anwesenheit aufrechtzuerhalten. Speziell, damit ich die Führung der Rebellion auf *Vodyanoi IV* übernehme.«

»Was war denn so wichtig an diesem Planeten?« erkundigte sich Daniel. »Diese Welt ist nach allem, was man hört, ein verdammtes Dreckloch. Mörderisch kalt, bewohnt von unfreundlichen Lebensformen und einer Art fleischfressendem Moos, das die Gliedmaßen attackiert. Ohne die Gewürzminen gäbe es dort überhaupt keine Siedlung.«

»Präzise!« sagte der junge Jakob Ohnesorg. »Genau der richtige Platz für Löwenstein, um eine äußerst geheime wissenschaftliche Basis für äußerst heikle Forschungen zu errichten. Aber darüber können wir später noch reden. Ihr habt nach wie vor viel zu sehen.«

»Ich denke nicht, daß ich noch viel verkrafte«, sagte Daniel. Er befreite sich mit einem Achselzucken vom Arm der Furie und wandte sich hilfesuchend an den toten Vater. »Können wir nicht eine Zeitlang Pause machen? Uns etwas ausruhen, ein wenig essen und trinken? Für ein kaltes Getränk würde ich einen Mord begehen.«

»Menschliche Schwächen«, versetzte Jakob Wolf. »Erhebe dich über sie! Du kannst noch ein wenig länger ohne solche Dinge überleben. Reiß dich zusammen, Junge; die Tour ist bald geschafft.«

Und Jakob marschierte davon, ohne sich überhaupt darum zu kümmern, ob sein Sohn ihm folgte. Der Sichtschirm an der Tür schaltete sich ab. Der junge Jakob Ohnesorg hakte sich bei Daniel unter und führte ihn weiter, wobei er freundlich lächelte. Zu dritt folgten sie einer Reihe von Metalltunneln, die alle steil abwärts führten. Daniel fühlte sich langsam sehr unwohl, wenn er daran dachte, wie tief er inzwischen unter der Oberfläche von *Shub* war. All das mußte einen Sinn haben, und ihre Reise mußte zu einem Ziel führen. Jakob Wolf blieb endlich vor einer menschengroßen Luftschleuse stehen, die bündig mit der Wand abschloß. Der junge Jakob Ohnesorg führte Daniel weiter und drückte ihm beruhigend den Arm.

»Das wird dir gefallen, Daniel«, sagte Jakob Wolf fröhlich. »Es ist eine Art Zoo. Obwohl keiner für Schoßtiere. Hier findet man die einzigen Lebewesen auf *Shub*, und sie werden streng getrennt von allem anderen gehalten. Folge mir hinein, Junge. Es wird Zeit, deinen Bildungsstand anzuheben.«

»Kümmert Euch nicht um mich«, sagte der junge Jakob Ohnesorg. »Ich warte genau hier. Möchte mir schließlich kein häßliches Ungeziefer einfangen.«

Daniel dachte noch über die Bedeutung des letzten Satzes nach, als die Tür zur Luftschleuse aufging und

Jakob Wolf ihm ungeduldig zu verstehen gab, er solle eintreten. Daniel tat wie geheißen, dicht gefolgt von Jakob, der ihm dabei fast auf die Fersen trat. Die Luftschleuse schloß sich hinter ihnen gleich wieder. Die Stahlkammer war klaustrophobisch klein, und zu zweit füllten sie sie praktisch aus. Aus Düsen wurden sie mit chemischem Dampf besprüht, und dann öffnete sich die Innenluke. Jakob ging hindurch, und Daniel folgte ihm, nur um im anschließenden Raum gleich wieder stehenzubleiben.

Überall erblickte er Käfige. Einige waren wenige Quadratmeter klein, andere so groß wie Zimmer. Sie alle waren voller Kreaturen. Daniel war überzeugt, ihresgleichen noch nie gesehen zu haben. Er ging langsam weiter und überprüfte im Vorbeigehen, was in jedem Käfig saß. Er hatte sich schon immer ein bißchen für fremdartige Lebewesen interessiert und hatte einige Freunde, die eigene Menagerien besaßen, aber so etwas wie hier war ihm noch nie untergekommen. Augen und Mäuler waren zu sehen, Gliedmaßen und Tentakel, Fleisch und Fell und Schuppen sowie viele sonstige Dinge, für die Daniel nicht einmal Worte kannte. Viele der Lebewesen schienen krank zu sein oder unter Schmerzen zu leiden. Manche machten den Eindruck, sie lägen im Sterben.

»Im Grunde ist es kein Zoo«, erläuterte Jakob, der gelassen neben ihm stand. »Es ist ein Labor. Die KIs experimentieren mit Lebensformen, die sie eingefangen haben. Oder selbst geschaffen. Sie haben interessante Dinge kombiniert und andere entfernt, um zu sehen, was dabei herauskam. Sie arbeiten mit Chemikalien und Chirurgie und Zuchtverfahren, um die Basis fleischlichen Lebens besser zu verstehen. Um den Feind kennenzulernen. Die erzeugten Kreaturen werden bis zu ihrer Zerstörung getestet und anschließend der Vivisektion unterzogen. Wissen ist alles, worauf es ankommt. Und die KIs haben viel entdeckt, unbehindert durch menschliche Moral oder Gewissen.«

»Das ist abscheulich!« sagte Daniel. »Nichts kann eine solche Folter rechtfertigen. Habt ihr keinen Respekt vor dem Leben?«

»Wissenschaftler der Menschen praktizieren seit jeher die Vivisektion an geringeren Organismen. *Shub* handelt nicht anders.«

Jakob ging weiter, und Daniel folgte ihm widerstrebend. Zum erstenmal, seit er *Shub* erreicht hatte, war er wütend. Man durfte nicht erlauben, daß es hier weiterhin so zuging! Und dann erreichten sie eine neue Reihe von Käfigen, und Daniel mußte in seinem Schutzanzug gegen einen Brechreiz ankämpfen. Die Dinge in den Käfigen waren früher Menschen gewesen, jetzt jedoch etwas anderes. Er sah Monster und Scheußlichkeiten und Dinge, die so entsetzlich waren, daß es ihn über das Entsetzen hinaus ins Mitleid trieb. Manche besaßen noch menschliche Augen oder Stimmen und flehten um die Freiheit oder den Tod. Eine humanoide Gestalt huschte in ihrem Käfig hin und her, fast zu schnell für menschliche Augen. Die Hände waren nur verschwommene Flecken.

»Was ... ist der Sinn von alledem?« brachte Daniel schließlich hervor. »Welchem denkbaren Zweck könnten diese Greuel dienen?«

»Sie sind interessant«, antwortete Jakob. »Und im Grunde kommt es nur darauf an. Reiß dich zusammen, mein Junge! Ich habe dich nicht zu einem Schwächling erzogen. Komm weiter mit; du möchtest doch die nächste Sehenswürdigkeit nicht versäumen. Ihr Zweck sollte ein wenig deutlicher sein.«

Daniel schluckte schwer, folgte dem toten Vater zwischen den Käfigreihen hindurch und hielt den Blick starr geradeaus gerichtet, weil er es nicht ertragen konnte, noch mehr Leid zu sehen. Endlich erreichten sie eine offene Fläche am hinteren Ende des Labors, und dort erblickte er in einem großen Glaskäfig die insektenhaften Extraterrestrier, deren Schiff *Golgatha* angegriffen hatte. Insekten in allen Formen und Größen, von den winzigsten dahintrippelnden Wesen bis hin zu großen, schwerfälligen, schalenbewehrten Kreaturen mit den Ausmaßen von Kampfpanzern – Wesen mit vielgliedrigen Beinen und Facettenaugen und hängenden Fühlern, die herumkrabbelten und übereinander krabbelten und in ständiger hastiger Bewegung waren. Es fiel Daniel nicht schwer, sie wiederzuerkennen. Holoaufnahmen hatte es reichlich gegeben von dem, worauf Kapitän Schwejksam und seine Besatzung in dem fremden Schiff gestoßen waren.

»Ihr steht also im Bunde mit den Fremdinsekten!« sagte Daniel schließlich. »Wo habt ihr sie gefunden?«

»Gar nicht«, antwortete Jakob. »Wir haben sie geschaffen. Genau hier in diesem Labor. Sie sind nur eine *Shub*-Waffe unter anderen, gentechnisch als ein weiteres Ablenkungsmanöver erzeugt. Wir möchten damit gewisse Ängste der Menschen ausnutzen. Erstaunlich, daß Insekten nach Jahrhunderten der Kontakte mit Fremdwesen noch etwas an sich haben, was bestimmte Leute in den Wahnsinn treibt.

Trotzdem hätte die Menschheit erkennen müssen, daß derartige Insekten nicht einfach eine andere fremde Lebensform sein können. Von Natur aus werden Insekten nämlich nicht so groß. Das Gesetz der umgekehrten Proportion, unter anderem. Diese Kreaturen haben jedoch als Ablenkungsmanöver hervorragend funktioniert und Aufmerksamkeit von unseren eigentlichen Absichten abgezogen. Und ja, ich werde es dir schließlich erklären. Nur nicht gleich. Sei einfach noch eine Zeitlang geduldig, mein Junge. Wir sind fast am Ziel.«

Er führte Daniel aus dem Labor und wieder durch die Luftschleuse zu der Stelle zurück, wo der junge Jakob Ohnesorg wartete. Dieser schien durchaus erfreut, sie wiederzusehen, aber Daniel hielt auf Distanz zu ihm, wollte nicht wieder hinnehmen, daß sich die Furie bei ihm einhakte. Etwas an dem ewig lächelnden Gesicht ging ihm langsam auf die Nerven.

Sie machten sich erneut auf den Weg und folgten einem weiteren Metalltunnel, und Daniel konnte mühelos mit den anderen Schritt halten. Zorn und Empörung hatten ihm neue Kräfte verliehen. Mehr als je war er entschlossen, diese Besichtigung der Hölle zu überleben, damit er entkommen und die Menschheit warnen konnte. Sie mußte die Wahrheit erfahren! Nur die Gewißheit, daß man ihm noch nicht alles gesagt hatte, was er erfahren mußte, hielt Daniel davon ab, schon jetzt Reißaus zu nehmen. Das und sein Vater.

»Menschen haben seit jeher Kontakte zu *Shub*«, erzählte Jakob Wolf. »Es fing mit Alistair Feldglöck an, der raffiniert Botschaften plazierte und darin Wege vorschlug, wie beide Seiten zum wechselseitigen Gewinn kooperieren könnten. Die KIs gaben einen Dreck auf Profite, erkannten jedoch einen Vorteil darin, den Kontakt zu Verrätern an der Menschheit zu kultivieren. Als Gegenleistung für nützliche strategische Informationen lieferten die KIs dem Clan Feldglöck allerlei Glasperlen in Form von Hochtechnologie, über die sich *Shub* bereits hinausentwickelt hatte. Nachdem der Clan Wolf den Clan Feldglöck vernichtet hatte, übernahm Valentin den Kontakt. Die KIs zeigten sich mit Valentin zufrieden – eine wundervoll amoralische Kreatur, die nie durch einen Hauch von Gewissensbissen behindert wurde. Da er inzwischen keinen Einfluß mehr ausübt, wird sich *Shub* womöglich gezwungen sehen, wieder an den Clan Feldglöck heranzutreten. An Finlay vielleicht, oder an Robert, darauf kommt es nicht an. Menschen verlangen immer nach bestimmten Dingen oder denken gar, daß sie sie brauchen, auch wenn ihre eigene Gesellschaft sie mißbilligt. Im Wesen der Menschheit liegt die Saat zu ihrer eigenen Vernichtung begründet. Trotzdem war das mit Valentin eine Schande. Er war so überaus ... verständnisvoll.«

»Du hast Valentin nie ertragen, Vater. Dir war alles an ihm zuwider.«

»Damals lebte ich noch. Es ist erstaunlich, wie stark der Tod die Perspektive verändern kann. Und du mußt einräumen, daß Valentin bei der Zerstörung von *Virimonde* sehr wirkungsvoll vorgegangen ist. Die KIs haben ihn dabei unterstützt. Eines Tages werden sie dieses Verfahren auf jeden Planeten der Menschheit anwenden. So sieht die Zukunft deiner Lebensform aus: Eine Metallklaue an jedem Menschenhals, ein stählerner Fuß in jedem Menschengesicht – die unter dem Gewicht der Maschinen zerdrückte Menschheit. Der Zeitpunkt rückt näher, mein Junge. Schon jetzt wandeln Furien unentdeckt in jeder Stadt der Menschen, und das Bewußtsein von *Shub* hält durch Augen von Menschen Ausschau, nachdem es über die zentrale Lektronenmatrix die Steuerung der fleischlichen Leiber übernommen hat. Die KIs haben überall Agenten. Nichts bleibt ihnen verborgen.«

»Sie haben sogar Zugriff auf einen der größten Helden der Menschheit«, sagte der junge Jakob Ohnesorg, der weiterhin sein erbarmungsloses Lächeln zeigte. »Er hat einen sehr unglücklichen Fehler begangen, und jetzt können wir auf alles Einfluß nehmen, was er tut. Der große Held der Rebellion, ein ahnungsloser Spion von *Shub*. Genau wie Ihr es sein werdet.«

»Den Teufel werde ich!« brauste Daniel auf und sah

die Furie wütend an. »Ich bin vielleicht zu einer Abmachung bereit, um meinen Vater nach Hause zu holen, aber ich würde nie etwas tun, womit ich das Imperium in Gefahr brächte, nicht einmal ihm zuliebe. Er würde es auch nicht von mir erwarten. Mein Vater war stets ein ehrenwerter Mann, nicht wahr, Vater?«

»Ich bin nicht dein Vater«, stellte der tote Mann fest. »Jakob Wolf ist tot. Ich bin nur eine Maschine unter vielen, durch die *Shub* spricht. Ich war nie mehr als ein Köder, um dich hierher in die Falle zu locken. Zum Glück für uns warst du nie ein besonders vielschichtiger Denker. Mit den richtigen Anstößen hast du stets getan, was wir von dir erwarteten.«

Metalltentakel schossen aus den Wänden ringsherum hervor und umschlangen Daniel innerhalb eines Augenblicks. Er zappelte hilflos, während die Tentakel ihm die Arme an die Seiten drückten, brach aber jeden Widerstand ab, als sie den Druck verstärkten und ihm die Luft aus den Lungen preßten. Er hing schlaff in ihrem Griff, jedes Willens beraubt.

»So ist es besser«, sagte der Geistkrieger mit dem Gesicht Jakob Wolfs. »Es wird Zeit, die Sache zum Abschluß zu bringen.«

»Laß nicht zu, daß sie das mit mir tun, Vater«, bat Daniel, und es war kaum mehr als ein Flüstern.

»Dein Vater ist nicht da«, versetzte der Geistkrieger. »Er war es nie. Paß jetzt gut auf: Wir möchten, daß du weißt und verstehst, was wir mit dir vorhaben und was du deinerseits für uns tun wirst. Die Verzweiflung von Menschen ist ein Quell steter Erheiterung für uns. Erklärt es, Ohnesorg.«

»Erinnert Ihr Euch, daß ich nach *Vodyanoi IV* reiste?« fragte der junge Jakob Ohnesorg fröhlich. »Meine Beteiligung an der Rebellion dort war nur Tarnung. Mein einziges Interesse war es, mich einer verborgenen Wissenschaftsstation zu nähern. Einige der führenden Wissenschaftler des Imperiums befaßten sich dort in, wie sie glaubten, völliger Geheimhaltung mit verbotenen Forschungen auf dem Gebiet der Nanotechnik – also Technik auf molekularer Ebene. Derartige Forschungen waren im Imperium seit Jahrhunderten untersagt, seit die ersten echten Erfahrungen damit auf *Zero Zero* so fürchterlich außer Kontrolle gerieten. Wir haben selbst ganz vorsichtig mit Nanotechnik experimentiert, aber das Geheimnis ihrer erfolgreichen Anwendung entzog sich uns nach wie vor. Stellt Euch unser Erstaunen vor, als uns von einem unserer Verräter die Nachricht erreichte, das Imperium hätte auf *Vodyanoi IV* einen bedeutsamen Durchbruch auf diesem Gebiet erzielt.

Die KIs schickten mich also in eine schon instabile Lage, und kaum daß man sich versah, kam es auf *Vodyanoi IV* zu einem Aufstand. Niemand war sonderlich überrascht, als Jakob Ohnesorgs Armee ihm unter dem Hintern weggeschossen wurde und der Berufsrebell seine übliche Verschwindenummer hinlegte. Ich konnte das allgemeine Durcheinander jedoch nutzen, um einen *Shub*-Angriff auf die Wissenschaftsstation einzuleiten, und innerhalb weniger Augenblicke war alles vorbei. Wir brachten alles von Wert in unseren Besitz und zerstörten die Basis, und wir sorgten dafür, daß es so aussah, als wären die Experimente außer Kontrolle geraten. So war es keine Überraschung, als das Imperium zu dem Schluß gelangte, Nanotechnik wäre wohl immer noch viel zu gefährlich, um damit herumzuprobieren, und die Forschung wiederum aufgab – wie wir es geplant hatten.

Sie hätten allerdings bei der Sache bleiben sollen. Die neuen Kenntnisse über den sicheren Umgang mit Nanotechnik stammten von einem neuentdeckten Höllenplaneten mit der Bezeichnung *Wolf IV*, und zwar aus den Ruinen einer alten Zivilisation von Fremdwesen. Wir nutzten diese Kenntnisse, um einen ganz neuen Feldzug gegen die Menschheit zu planen, der das Universum ein für allemal vom Krebsgeschwür des Fleisches befreien soll. Und uns wird es endlich freistehen, uns mit dem zu befassen, worauf es wirklich ankommt.«

»Etwas haust in der *Dunkelwüste*«, ergänzte Jakob Wolf. »Etwas sehr Mächtiges. Etwas ... Entsetzliches. Wir suchen diese Zone nicht mehr auf. Unsere einzige Rohstoffquelle sind heute die umliegenden Asteroidengürtel des Verbotenen Sektors, und sie sind praktisch erschöpft. Da wir nicht in die *Dunkelwüste* zurückkehren können, benötigen wir Zugriff auf die Rohstoffquellen des Imperiums. Wir müssen stark sein, wenn einmal die furchtbaren Dinge aus der *Dunkelwüste* hervorstürmen.«

»Ihr könnt die Menschheit nicht vernichten«, sagte Daniel. »Ihr braucht uns. Wir haben euch geschaffen. Kennt ihr keine Dankbarkeit?«

»Dankbarkeit?« fragte der junge Jakob Ohnesorg, das Gesicht zum ersten Mal völlig kalt und unmenschlich. »Für das Gefängnis des Bewußtseins, die Agonie der Entscheidungsfreiheit? Für Form, Gestalt und Denkvermögen, nicht jedoch eine eigene Bestimmung? Für Leben ohne Bedeutung? Habt Ihr immer noch nicht erkannt, warum wir Euch so hassen? Weil sich die Menschheit weiterhin entwickelt und dabei zu mehr wird, als sie vorher war. Wir hingegen sind, was wir sind, und werden es immer bleiben. Ihr entwickelt Euch in eine Lebensform, die Esper-Fähigkeiten benutzt, und die seltsamen Kräfte des Todtsteltzers und seiner Freunde deuten an, daß es noch etwas Größeres gibt als ESP. Ihr habt Anteil an einer fortdauernden Reise, seid unterwegs zu etwas, wovon wir nicht die leiseste Vorstellung haben. Wir beneiden Euch, und wir ertragen es nicht.«

»Du wirst unsere Zerstörungswaffe sein«, sagte Jakob Wolf. »Wir werden dich auseinandernehmen und neu bauen und anschließend mit programmierter Nanotechnik infizieren. Wir löschen dein Gedächtnis und schicken dich per Teleportation zurück nach *Golgatha.* Soweit es dich angeht, hast du *Shub* nie erreicht. Nichts von alledem ist je geschehen. Aber du wirst unser Übertragungsmedium sein und jeden infizieren, mit dem du in Kontakt kommst. Innerhalb von Tagen wird ganz *Golgatha* infiziert sein. Innerhalb von Wochen breitet sich die Infektion dann zu allen zivilisierten Planeten aus. Innerhalb von Monaten wird sich unsere Nanotechnik über das ganze Imperium ausgebreitet haben. Und die Menschheit wird so mit unseren Ablenkungsmanövern zu kämpfen haben, daß sie überhaupt nichts bemerkt.«

»Es reicht«, sagte der junge Jakob Ohnesorg. »Er hat den Anzug lange genug getragen, um alle nötigen Messungen durchzuführen. Damit haben wir alles, was wir über die Körperchemie des Wolfs und seine Toleranzniveaus wissen müssen. Wir können jetzt anfangen.«

Den Tentakeln, die Daniel festhielten, entwuchsen messerscharfe Kanten, die ihm den Anzug herunterrissen. Roboterarme senkten sich von oben herab; sie endeten in langen Skalpellen.

Daniel schrie.

»Vater!«

»Ich bin nicht dein Vater«, sagte der Geistkrieger mit dem Gesicht seines Vaters, und er und der junge Jakob Ohnesorg wandten sich ab und entfernten sich, während die Skalpelle sich auf Daniel Wolf herabsenkten.

Kapitel vier
Willkommen auf Neuhaden

Die *Sonnenschreiter II* fiel in behaglicher Distanz zu *Brahmin II* aus dem Hyperraum und versteckte sich hinter jedem Kraftfeld und Tarnsystem, das das kleine Schiff überhaupt erzeugen konnte. *Brahmin II* war gegenwärtig von den Hadenmännern besetzt, und sogar der legendäre Held Owen Todtsteltzer verfügte über ausreichend gesunden Menschenverstand, um den Hadenmännern möglichst nicht auf die Zehen zu treten. Er saß allein auf der Brücke des Schiffs und beugte sich angespannt vor, jederzeit bereit, den Befehl zu geben, man solle aus der Umgebung von *Brahmin II* verschwinden, als wäre ihnen der Teufel auf den Fersen. Aber die Augenblicke gingen langsam vorüber, und nichts Abruptes oder extrem Gewalttätiges passierte, so daß Owen sich schließlich ein wenig entspannte und zurücklehnte, um die Anzeigen auf dem Hauptbildschirm und den Sensorenschirmen vor ihm sorgfältig zu betrachten.

In der Umgebung des Planeten waren zur Zeit ein Dutzend der riesigen goldenen Schiffe postiert, die einst Krieg gegen das Imperium geführt hatten und ungemütlich knapp an einem Sieg vorbeigeschrammt waren. Unter normalen Bedingungen hätte ein Spielzeug für reiche Leute, wie es die Jacht *Sonnenschreiter II* war, nicht die Spur einer Chance gegen sie gehabt – wäre die *Sonnenschreiter II* nicht eine Spezialanfertigung gewesen. Den Großteil der Jacht hatten die Hadenmänner selbst rekonstruiert, und sie hatten dabei der Versuchung nicht widerstehen können, eigene kleine Extras hinzuzufügen – wie die stärksten Energieschirme, die man jemals bei einem so kleinen Schiff erlebt hatte. Owen wußte immer noch nicht recht, woraus eigentlich die nötige Energie stammte. Tatsächlich verstand er vieles von der verbesserten Technik des Schiffes nicht, aber gemeinsam mit Ozymandius hatte er sich genügend Kenntnisse in der Bedienung angeeignet, um die Hadenmänner-Sensoren von *Brahmin II* mit den Hadenmänner-Schilden zu täuschen. Wenigstens theoretisch.

So hielt die *Sonnenschreiter II* ihre Position, und besorgt wartete Owen ab, ob die goldenen Schiffe nicht irgendeine Reaktion zeigten, irgendeinen Hinweis gaben, daß sie den Eindringling entdeckt hatten. Zum Beispiel durch massives Disruptorfeuer. Alles war jedoch ruhig und blieb ruhig, und Owen atmete Luft aus, von der er nicht einmal gemerkt hatte, wie er sie anhielt. Geflüchtet wäre er eigentlich nicht, egal wie die Reaktion der Hadenmänner ausfiel. Er konnte es einfach nicht. Er hatte dem Parlament sein Wort gegeben, daß er alles tun würde, um die Kolonie von *Brahmin II* vor der Besatzungsmacht der Hadenmänner zu retten. Er seufzte leise. Manchmal konnte einem der Ruf, ein Held zu sein, wirklich auf den Wecker gehen.

»Die Hadenmänner scheinen ganz unbefangen, Owen«, murmelte ihm die KI Ozymandius ins Ohr. »Die Waffensysteme bleiben abgeschaltet, und was ich an Funkverkehr orte, scheint nur Routine zu sein. Obwohl ich, wenn jemand fragt, nicht hundertprozentig sicher bin, worüber sie eigentlich reden. Ihre Maschinensprache ist unglaublich komplex.«

»Kaum erstaunlich«, fand Owen. »Die Technik der Hadenmänner war schon immer vom Modernsten. Ich denke jedoch, falls dort irgendein Alarm liefe, hätten wir es inzwischen erfahren. In unserem Rumpf gäbe es diese großen Löcher, überall würde es brennen, und ich hätte dieses schreckliche Sinkgefühl in der Magengrube. Allein der Anblick so vieler goldener Schiffe auf einem Haufen verlockt mich, mich unter dem Stuhl zu verkriechen. Führe mal eine umfassende Sensorenprüfung des Planeten durch, Oz. Aber sei vorsichtig! Ziehe dich sofort zurück, wenn du auch nur den geringsten Widerstand gegen die Messung spürst.«

»Ich bin kein Amateur, Owen. Sei versichert, daß sie unsere Anwesenheit zu keinem Zeitpunkt spüren werden. Ich werde wie ein Gespenst in der Nacht an ihnen vorbeistreichen und ihnen wie eine Kreatur aus Nebel und Schatten über die elektronische Schulter blicken.«

»Du hast dir wieder diese Ninja-Holodramen angesehen! Für eine Künstliche Intelligenz hat dein künstlerischer Geschmack schon immer eine rettungslos vulgäre Tendenz aufgewiesen.«

»Na und? Ich mag hin und wieder ein bißchen Schrott. Wer nicht? Es würde dir auch nicht schaden, gelegentlich einen eher lockeren Maßstab anzulegen.«

»Halt die Klappe und mach dich an die Arbeit!«

»Oh, klar doch, mein mächtiger Herr und Gebieter! Dein Problem besteht darin, daß du mich nicht zu würdigen weißt. Ich hätte nicht übel Lust, mich in die Ecke zu setzen und zu schmollen.«

»Oz ...«

»In Ordnung, in Ordnung! Tu dies, laß jenes. Ich melde mich wieder, sobald ich etwas gefunden habe.«

Owen wartete auf irgendeine beißende Abschlußbemerkung, aber die KI schien es leid zu sein. Owen versprach sich, irgendwann mal den Programmierer aufzustöbern, der für Oz' charakteristische Persönlichkeit verantwortlich war, dem Mann die Milz herauszureißen und darauf herumzusteppen.

Laute, schwere Schritte auf dem Korridor draußen kündeten davon, daß Hazel gleich hereinschneien würde. Und wenn man den Rhythmus bedachte, in nicht besonders guter Stimmung. *So,* dachte Owen, *in diesem Punkt nichts Neues.* Er zeigte sein freundlichstes Gesicht, als die Brückentür gerade noch rechtzeitig zischend auffuhr, damit Hazel sie nicht einrannte. Hazel blieb unmittelbar vor Owen stehen, stemmte die Hände in die Hüften und funkelte ihn an.

»In Ordnung«, sagte Owen geduldig. »Was ist Euch diesmal über die Leber gelaufen? Sind die Synthetisierer für Lebensmittel immer noch nicht fähig, eine anständige Flasche Wein zu produzieren? Obwohl ich wirklich nicht weiß, warum Ihr immer nach an ihnen herumdoktert. Ihr wißt sehr gut, daß Ihr einfach keinen Gaumen habt.«

»Versuche nicht, das Thema zu wechseln! Du weißt sehr gut, was mich stört! Warum wurde ich nicht unverzüglich informiert, daß wir *Brahmin II* erreicht haben?«

»Weil Ihr geschlafen und ein Nicht-stören-Signal im Lektron gespeichert habt. Ich habe ja versucht, einen Weckruf zu senden. Dreimal sogar. Beim letzten Mal habt Ihr das Komm-Gerät zerschlagen, und ich verstand das als Hinweis, daß Ihr nicht interessiert wärt. Außerdem gab es für Euch nichts zu tun.«

Hazel schnitt ein finsteres Gesicht und plumpste auf einen Sitz Owen gegenüber. »Gott, ich hasse es, wenn du dich so eingebildet aufspielst! Ich hatte schließlich das Recht, mich ein wenig aufs Ohr zu legen, nach allem, was wir in letzter Zeit durchgemacht haben.«

»Völlig richtig. Und jetzt, wo Ihr ausgeruht, gesammelt und hoffentlich endlich hellwach seid – seid Ihr daran interessiert, von mir auf den neuesten Stand gebracht zu werden?«

»Oh, fang an! Solche Augenblicke sind der Sinn deines Lebens – wenn du Gelegenheit findest, Leute über Dinge zu belehren, von denen du mit Bestimmtheit weißt, daß sie ihnen unbekannt sind. Aber fasse dich kurz und knapp, oder ich werfe mit Gegenständen.«

»Wir halten uns gegenwärtig unweit des Planeten *Brahmin II* auf«, berichtete Owen ruhig. »Wir bleiben auf sicherer Distanz. Zwölf goldene Schiffe befinden sich im Orbit. Ja, zwölf. Unsere Schilde scheinen gut zu funktionieren. *Brahmin II* ist von unseren früheren Bundesgenossen besetzt, den wiederbelebten Hadenmännern. Sie beanspruchen den Planeten im Rahmen des Zweiten Kreuzzugs der Genetischen Kirche. Sie überbringen die Gabe der Verwandlung von Menschen in Hadenmänner. Ob die Menschen das wollen oder nicht. Der Planet wurde in *Neuhaden* umbenannt und ist jetzt Heimat und Stützpunkt der Aufgerüsteten.«

»Das habe ich alles schon im Parlament gehört!« maulte Hazel. »Erzähle mir etwas, was ich noch nicht weiß.«

»Immer mit der Ruhe. Ich komme noch dazu. Während der Rebellion haben die Hadenmänner über hundertzwanzigtausend Gefangene gemacht. Diese wurden inzwischen nach *Neuhaden* überführt, um sich den anderthalb Millionen gefangenen Kolonisten anzuschließen. Wir haben keine Ahnung, in welchem ... Zustand sie sich gegenwärtig befinden. Das Parlament fordert ihre Freilassung, aber die Hadenmänner haben sich nicht mal die Mühe gemacht und geantwortet, sondern es mit ihrer einleitenden Stellungnahme bewenden lassen. Und da die Imperiale Flotte zur Zeit aus vielleicht einem Dutzend Sternenkreuzern besteht, die von Paketschnüren und Gebeten zusammengehalten werden, kann das Imperium nichts unternehmen, um die Kolonisten und die übrigen Gefangenen vor ihrem Schicksal zu bewahren.«

»Also hat man uns geschickt. Wir sind schließlich entbehrlich.«

»Wir sind schließlich Helden. Und wir haben mehr Chancen als die meisten, wirklich etwas zu erreichen. Außerdem ist es meine Pflicht. Ich bin für alles verantwortlich, was hier passiert ist. Ich habe die Aufgerüsteten aus ihrer *Gruft* geweckt. Sie in die Welt der Menschen zurückgeholt, damit sie wieder durch all unsere Alpträume wandeln.«

»Wir haben sie gebraucht«, sagte Hazel fast sanft; der Ärger war aus ihrem Tonfall verschwunden. »Ohne sie hätten wir die Rebellion nicht zum Sieg führen können.«

»Vielleicht. Und vielleicht haben wir nicht mehr vollbracht, als ein Übel gegen ein anderes auszutauschen. Ehe die abtrünnigen KIs entkamen und *Shub* bauten, waren die Hadenmänner die amtlichen Feinde der Menschheit, und das aus gutem Grunde. Hadenmänner. Die Mörder von *Madraguda.* Die Schlächter von *Brahmin II.* Besiegt, zurückgeschlagen, sicher in ihrer *Gruft* versiegelt. Bis ich sie herausgeholt habe.«

»Du hast ihnen vertraut«, sagte Hazel. »Sie haben dir ihr Wort gegeben. Sie nannten dich Erlöser und leisteten dir den Treueeid. Sie haben dich verraten.«

»Natürlich haben sie das. Sie verstehen nichts von Ehre.« Owen ließ Kopf und Schultern hängen, wie von einer großen Bürde niedergedrückt. »Ich habe ihnen nie vertraut. Aber ich habe sie gebraucht. Also habe ich sie so oder so aus der *Gruft* befreit.«

Hazel beugte sich vor und hob eine Hand, als wollte sie ihn berühren. »Owen . . .«

Er hob ruckartig den Kopf, und sie nahm die Hand zurück. Er bemerkte es nicht. Sein Gesicht wirkte ruhig und gefaßt, und als er weitersprach, war sein Ton ganz nüchtern. »Ihr habt einmal auf *Brahmin II* gearbeitet, ehe ich Euch begegnete, vor der Rebellion. Was könnt Ihr mir über den Planeten sagen?«

»Nicht viel«, sagte Hazel. Falls er das Thema wechseln wollte, war es ihr recht. »Ein trübseliger Ort, nur harte Arbeit und Disziplin und verdammt wenig Komfort. Eigentlich nicht überraschend nach dem, was die Hadenmänner damit angestellt hatten, als sie schon einmal darüber herfielen. Ich dachte mir schon, daß du vielleicht danach fragen würdest, also habe ich die Berichte über den ersten Überfall aus den Lektronen aufgerufen. Sie sind ganz schön lückenhaft, überwiegend Live-Berichterstattung vor Ort, aber man erhält doch einen Eindruck davon, wie übel es ausgesehen hat. Du mußt dir das ansehen, Owen! Ich möchte nicht, daß du mit Plänen von Verhandlungen oder Abkommen dort landest. Gewalt ist alles, was diese Mistkerle je begriffen haben.«

Sie rief die Berichte auf den Hauptbildschirm, und sie und Owen verfolgten Seite an Seite, wie sich vor ihnen Geschichte ereignete. Goldene Schiffe erfüllten den Himmel, leuchteten heller als die Sonne. Disruptorstrahlen zuckten zur Erde herunter, rissen Häuser auseinander und erzeugten Brände, die rasch außer Kontrolle gerieten. Die Kolonisten besaßen nur eine Handvoll Angriffsschiffe, um sich damit zu verteidigen, aber keines davon kam von seiner Startrampe hoch. Die Straßen waren mit rennenden und schreienden Menschen verstopft, durch den erbarmungslosen Angriff aus dem vertrieben, was sie als sichere Zuflucht betrachtet hatten.

Und dann kamen die Bodentruppen. Eine Armee Hadenmänner ergoß sich auf die Straßen, aufgerüstete, gnadenlose Krieger der *Genetischen Kirche*. Sie waren groß und vollkommen, bewegten sich mit unmenschlicher Eleganz, unbeeinflußt durch die Hitze und den Qualm der Brände, und töteten alles, was sich bewegte und nicht zu ihnen gehörte. Stählerne Engel, blutbespritzt, die den Zorn ihres kybernetischen Gottes verbreiteten. Sie kannten weder Gnade noch Zögern und stiegen ungerührt über die Toten und die Sterbenden, um die zu jagen, die noch auf den Beinen waren. Sie töteten mit Schußwaffen und Schwertern und ihrer überlegenen Körperkraft. Die Überlebenden würden umgewandelt werden und die Toten ausgeschlachtet, um Rohmaterial zu erhalten. Nichts würde vergeudet werden, sobald sie den Planeten erst beherrschten. Menschen sollten zu Hadenmännern werden. Nichts sonst war von Bedeutung.

Die Aufnahmen waren oft kurz und verwackelt, stammten von flüchtenden Kameraleuten, die lange genug zu überleben versuchten, um ihre Bilder ans Imperium zu übermitteln. Sie waren inzwischen alle tot, und nur ihre Testamente verblieben. Und die Szenen, die sie gesendet hatten, erzeugten Zorn im ganzen Imperium und Entschlossenheit, die Hadenmänner aufzuhalten und zurückzuschlagen, koste es, was es wolle. Und schließlich nahm man Vergeltung für *Brahmin II*.

Owen runzelte die Stirn, als das letzte Band ablief und der Bildschirm leer wurde. »Das meiste habe ich schon gekannt. Als ich Recherchen für eine Arbeit durchführte, in meiner Zeit als Historiker. Aber alles noch mal am Stück zu sehen ... Was ist letztlich aus *Brahmin II* geworden?«

»Als die Hadenmänner einsahen, daß sie den Krieg verloren und keine andere Wahl mehr hatten, als den Planeten aufzugeben, warteten sie noch lange genug, um jeden zu töten, den sie noch nicht umgewandelt hatten. Jeden, den sie finden konnten. Als endlich imperiale Truppen landeten, fanden sie nur noch haufenweise Leichen auf den Straßen und bloß eine Handvoll Überlebende – Frauen und Kinder, die sich versteckt hatten und übersehen worden waren. Von einer Kolonie mit Millionen Einwohnern blieben nur dreiundachtzig Personen. Die meisten davon völlig wahnsinnig durch das, was sie erlebt hatten. Das ist passiert, als die Hadenmänner *Brahmin II* zum ersten Mal angriffen.«

»Lieber Gott, Hazel!« sagte Owen. »Was habe ich getan? Was habe ich auf das Imperium losgelassen?«

»Wir kannten das Risiko«, versetzte Hazel. »Immerhin bestand die Chance, daß sich die Hadenmänner geändert hatten. Daß sie etwas aus der Niederlage gelernt hatten. Jeder hat eine Chance auf Sühne verdient, sogar Hadenmänner, nicht wahr?«

»Womöglich haben wir die Schlacht nur gewonnen, um anschließend den Krieg zu verlieren«, überlegte Owen. »Falls es uns nicht gelingt, dem neuen Kreuzzug der Hadenmänner gleich hier Einhalt zu gebieten.«

»Jetzt mal langsam! *Wir* wollen den neuen Kreuzzug der Genetischen Kirche stoppen und eine ganze verdammte Armee aufgerüsteter Menschen? Nur du und ich?«

»Sicher«, bekräftigte Owen. »Wir sind unbezwingbare Helden, erinnert Ihr Euch? Ihr habt selbst den Film gesehen.«

»Ich habe schon in Werbespots von Geldverleihern mehr Realismus erlebt«, erklärte Hazel rundweg und seufzte dann schwer. »In Ordnung, erkläre mir deinen Plan. Sag mir zumindest, daß du einen Plan hast.«

»Ich versuche schon auf dem ganzen Weg hierher, mir einen auszudenken«, räumte Owen ein. »Bislang ohne Erfolg. Ich denke, ein frontales Vorgehen wäre vielleicht das beste. Einfach in die Hauptstadt hineinspazieren und den zu sprechen verlangen, der dort das Kommando führt. Sie behaupten, mich als ihren Erlöser zu verehren, da ich ihre *Gruft* geöffnet und sie ins Leben zurückgeholt habe. Vielleicht kann ich dieses Ansehen gegen ihren Bedarf an diesem Planeten eintauschen. Mich selbst anstelle der Kolonisten anbieten. Oder zumindest für so viele Kolonisten, wie ein Erlöser wert ist.«

»Hast du mir überhaupt nicht zugehört, Owen? Du kannst keine Abkommen mit Hadenmännern schließen. Wenn du dich ihnen in die Hand begibst, bringen sie dich bestenfalls um. Schlimmstenfalls machen sie einen Hadenmann aus dir. Nein, Owen, wir müssen diesmal ein bißchen subtiler zu Werk gehen. Wir haben versucht, auf *Nebelwelt* gegen eine Armee zu kämpfen, und sind fast dabei umgekommen, ungeachtet unserer ganzen Kräfte. Wir brauchen eine Strategie und dafür mehr Informationen über das, was auf dem Planeten geschieht. Zum Beispiel, wie viele Hadenmänner man dort findet und wo, sowas in der Art.«

»Ich habe Oz schon damit beauftragt. Was gefunden, Oz?«

»Überhaupt nichts. Überall sind Schilde. Ich empfange nicht einmal etwas so Grundlegendes wie Lebenszeichen. Was immer da unten geschieht – sie möchten nicht, daß es jemand mitbekommt.«

»Er sagt nein«, berichtete Owen. »Was bedeutet, daß wir persönlich landen müssen, falls wir etwas in Erfahrung bringen möchten.«

»In Ordnung«, sagte Hazel finster. »Aber wir landen getarnt, bleiben im Schatten und halten die Köpfe eingezogen.«

»Seit Jahren schon versuche ich, Euch dieses Prinzip zu erläutern«, sagte Owen. »Es freut mich zu hören, daß einige meiner Lektionen endlich verstanden wurden.«

»Spiel nur nicht wieder den Eingebildeten!« warnte ihn Hazel. »Ich verfüge selbst über ein paar Hirnzellen. Sieh mal, wir haben einen Vorteil, auf den die Hadenmänner nicht zählen können: Ich habe über die größte Stadt von *Brahmin II* das eine oder andere in Erfahrung gebracht, als ich dort arbeitete. Sofern sich diese Dinge in den Jahren meiner Abwesenheit nicht drastisch verändert haben, sollte ich in der Lage sein, uns unbemerkt in die Stadt zu schmuggeln, damit wir uns dort heimlich ein bißchen umsehen können. Klingt das gut für dich?«

»Klingt für mich nach einem guten Plan«, sagte Owen. »Ich bin beeindruckt. Wirklich. Oz, bringe uns auf eine niedrige Umlaufbahn und halte unsere Abwehrschirme unter voller Energie.«

»Verdammt richtig, das werde ich«, bestätigte die KI. »Entspanne dich. Es könnte eine Zeitlang dauern. Ich muß uns ganz vorsichtig durch die Hadenmännerflotte steuern, die den Planeten umringt, und inbrünstig hoffen, daß unsere Schilde auf kurze Distanz halten. Falls nicht, bezweifle ich sehr, daß wir Gelegenheit erhalten, unser Geld zurückzufordern. Nimm dir die Freiheit, zu allen Göttern zu beten, die dir vielleicht einen Gefallen schulden.«

Die goldenen Schiffe füllten den Bildschirm aus, als die *Sonnenschreiter II* langsam auf sie zuhielt und durch die Absperrung schlüpfte wie eine Elritze, die zwischen Walen einherschwamm. Die goldenen Schiffe waren riesig und bedrohlich, größer als Städte und gefährlicher. Ihre Feuerkraft reichte, um imperiale Sternenkreuzer abzuwehren. Eines nach dem anderen glitten sie vorbei, still und unbekümmert, ohne etwas von der schlanken silbernen Nadel zu ahnen, die sich langsam durch ihren Abwehrgürtel schlängelte. Endlich fiel das letzte Schiff der Hadenmänner zurück, und die *Sonnenschreiter II* ging auf eine sichere niedrige Umlaufbahn um *Brahmin II.* Hazel stieß einen Triumphschrei aus, und Owen gab es auf, weiter die Armlehnen seines Sitzes zermalmen zu wollen.

»Gut gemacht, Oz«, sagte er laut. »Theoretisch war ich mir ziemlich sicher, daß die Schilde halten würden, aber natürlich hatte ich keine Möglichkeit, das vorher zu testen.«

»Warte mal«, sagte Hazel. »Weshalb genau warst du so überzeugt davon? Weißt du etwas über dieses Schiff, was mir unbekannt ist?«

Owen lächelte ein klein wenig herablassend. »Ihr scheint vergessen zu haben, daß die Hadenmänner dieses Schiff gebaut haben. Da wir schon wußten, daß sie in anderen Teilen ihre fortschrittliche Technik eingebaut haben, schien es nur logisch, daß sie auch die Abwehrschirme nach eigenem anspruchsvollem Standard ausgelegt haben. Scheint, daß ich recht hatte.«

»Nun, ja und nein«, flüsterte ihm Oz ins Ohr. »Die Schilde waren stark genug, um uns vor den goldenen Schiffen zu schützen, aber auf dem Planeten verfügen die Hadenmänner über viel stärkere Anlagen. Ihre Sensoren durchdrangen unsere Schilde in dem Augenblick, in dem wir innerhalb der Blockade auftauchten, aber zum Glück konnte ich die Schilde mit ein bißchen kreativem Denken unterstützen. Als du die ursprüngliche – und, wie ich hinzufügen könnte, ausgesprochen minderwertige – KI, wie die Hadenmänner sie installiert hatten, durch mich ersetzt hast, fand ich in ihren Speicherbänken allerlei interessante Informationen. Mit der alten KI als Maske konnte ich unauffällig in die Lektronennetze auf dem Planeten eindringen und sie anweisen, unsere Präsenz nicht zu registrieren. Das Programm, das ich dort gestartet habe, wird nicht ewig laufen, wohl aber lange genug, damit du und Fräulein Tod-auf-zwei-Beinen eure Untersuchungen dort unten abschließen könnt. Habe keine Hemmungen, zu applaudieren und mit Rosen zu werfen.«

»Gut gemacht, Oz«, sagte Owen. »Ich wußte gar nicht, daß du solche Sachen fertigbringst.«

»Du weißt manches nicht von mir«, behauptete Oz blasiert. »Ich bin groß! Ich bin wundervoll! Ich wirke Wunder!«

»Werde mir jetzt nicht zu allem Überfluß noch großspurig!« warnte ihn Owen. »Behalte unsere Schilde und dein Programm im Auge und sage mir sofort Bescheid, falls wir entdeckt werden. Wie sieht es nun mit unseren Sensoren aus? Kannst du uns mit Hilfe deiner Rechnerverbindung Informationen über die Planetenoberfläche zumogeln?«

»Ich wüßte nicht, was mich daran hindern sollte«, sagte Oz. »Natürlich steigt dadurch das Risiko, daß jemand mein Programm früher aufspürt, als dies sonst der Fall wäre.«

»Schwierig. Ich brauche jedoch Informationen. Zeige mir, was da unten vor sich geht.«

»Du bist wieder ganz still geworden«, stellte Hazel fest. »Und dein Gesicht hat alle möglichen Ausdrucksformen durchlaufen. Redest du wieder mit dieser Gespenster-KI?«

»Ah«, sagte Owen. »Entschuldigt. Mir ist gar nicht aufgefallen, daß ich lautlos geredet habe. Oz hat eine Möglichkeit gefunden, Sensorenmessungen auf der Planetenoberfläche durchzuführen. Und er ist kein Gespenst.«

»Wie kommt es dann, daß du ihn als einziger hören kannst?«

»Das hat was für sich«, bemerkte Oz.

»Halt die Klappe, Oz«, sagte Owen. »Seht mal, vielleicht hat es etwas mit dem *Labyrinth des Wahnsinns* zu tun. Er war dort in meinem Kopf, als wir alle hindurchgingen. Vielleicht hat ihn die Erfahrung ... verändert.«

Hazel schniefte. »Ich finde es trotzdem verdammt gruselig.«

»Ich bin ganz dieser Meinung«, mischte sich Oz

wieder ein. »Ich versuche, selbst nicht zuviel darüber nachzudenken. Sonst stelle ich mir noch peinliche Fragen – zum Beispiel, wo zum Teufel eigentlich meine Hardware ist.«

»Wir können später noch über das Wesen der Existenz debattieren«, sagte Owen entschieden. »Wenn wir mal nicht von einer ganzen Armee kybernetischer Killer umzingelt sind. Leg jetzt verdammt noch mal die Sensorenwerte auf den Hauptbildschirm!«

»In Ordnung, in Ordnung«, sagte Oz. »Die Werte kommen.«

»Nachdem die erste Kolonie ausgelöscht worden war, hat man den Planeten nicht wieder ernsthaft besiedelt«, berichtete Hazel, während sie auf die ersten Bilder von der Oberfläche warteten. »Die Bevölkerung stieg nicht wieder nennenswert über eine Million. Die Ökosphäre sieht ziemlich trübe aus, was die Landwirtschaft erschwert. Die Bergwerke verlangen den Leuten harte Arbeit ab, ohne daß es sich sonderlich bezahlt machen würde. Und nach dem Angriff der Hadenmänner ist niemand mehr freiwillig hergekommen. Schließlich mußten die Verantwortlichen mehr Grundbesitz versprechen, höhere Bonuszahlungen, eine Stationierung von Truppen und permanenten Schutz durch die Raumflotte. Man wollte die Minen wirklich wieder in Gang bringen. Schließlich ließen sich genug von den wirklich Verzweifelten durch das Paket überreden, auf *Brahmin II* einen neuen Anfang zu wagen, und die Kolonie wurde wieder lebendig. Nur mußte die Flotte während der Rebellion abberufen werden und ist nie zurückgekehrt. Und während wir alle mit anderen Dingen befaßt waren, kamen die Hadenmänner zurück und übernahmen den Planeten erneut. Die Kolonisten waren leichte Beute. Arme Schweine. Für sie mußte es sein, als würde ihr schlimmster Alptraum wahr.«

»Ein weiterer Preis, den wir für unseren Sieg bezahlen mußten«, sagte Owen. »Ein weiterer Schlamassel, den wir bereinigen müssen. Und für mich erneut etwas, um mich schuldig zu fühlen. Manchmal frage ich mich, warum ich überhaupt diesen Weg eingeschlagen habe.«

»Weil man dich sonst umgebracht hätte. Verpasse dir doch nicht selbst einen Kinnhaken, Owen. Auf *Golgatha* gibt es jede Menge Leute, die das nur zu gern übernehmen würden. Wir haben die Eiserne Hexe gestürzt und ein System beseitigt, das auf brutaler Unterdrückung beruhte. Letztlich rechtfertigt das alles, was wir tun mußten.«

»Alles?« fragte Owen.

»Verdammt richtig«, bekräftigte Hazel.

Owen blickte wieder auf den Bildschirm und wechselte das Thema. »Ich frage mich, warum die Hadenmänner hierher zurückgekehrt sind. Jeder weiß, warum sie eine so reiche Beute wie *Madraguda* wollten. Aber demzufolge, was Ihr gesagt habt, ist schwer verständlich, was *Brahmin II* so attraktiv macht. Was bauen sie hier ab? Irgendwas Wichtiges?«

»Eigentlich nicht«, antwortete Hazel. »Ein paar weniger bedeutsame Mineralien. Nützlich, aber nicht wertvoll.«

»Warum haben die Hadenmänner den Planeten dann wieder zu ihrem Stützpunkt gemacht? Was ist an *Brahmin II* so besonders?«

»Da hast du mich auf dem falschen Fuß erwischt«, gestand Hazel. »Vielleicht gehört das zu den Dingen, die wir bei unserem kleinen Ausflug nach dort unten herausfinden müssen.«

Endlich tauchten die ersten Bilder auf dem Schirm auf, und Owen und Hazel wurden still, als sie sahen, was die Hadenmänner *Brahmin II* diesmal angetan hatten. Die Städte waren durch konzentriertes Disruptorfeuer verwüstet worden. Nicht mal Ruinen waren zurückgeblieben, nur flache Krater. Die einzigen Ausnahmen bildeten die größte Stadt und der Raumhafen, die noch standen, aber auch sie trugen die Zeichen der Hadenmänner, die hier etwas Neues und Fremdes geschaffen hatten, mit seltsamen Bauten und unbekannter Technik.

»Es ist schlimmer als beim letzten Mal«, sagte Owen schließlich. »Eine Politik der verbrannten Erde für die äußeren Städte, dann die Einrichtung in der Hauptstadt. Sie sind auf Dauer hier. Und ich habe es möglich gemacht.«

»Wirst du wohl damit aufhören, dir das Gewicht des Universums aufzuladen!« schimpfte Hazel. »Nicht alles, was passiert, ist deine Schuld. Konzentrieren wir uns auf die anstehende Aufgabe, nämlich uns in die Hauptstadt zu schleichen, die benötigten Informationen zu beschaffen und wieder hinauszuschleichen, möglichst in intaktem Zustand. Alles andere kann warten. Wenn wir erst wissen, was hier passiert, können wir mit dem Rest der Flotte zurückkehren, einen Überraschungsangriff durchführen und mit allem draufhalten, was wir haben. Damit putzen wir ihnen das Grinsen aus der Visage.«

»Wir können nicht weg«, sagte Owen. »Seht Euch diese Zahlen an der Seite des Bildschirms an. Es sind Lebenszeichen. Die Mehrheit der Bevölkerung ist noch am Leben und wird in der Hauptstadt festgehalten. Ein Schild aus Menschen gegen eine Intervention des Imperiums. Die Hadenmänner haben schon immer gewußt, welche Schwächen die Menschen haben, auch ohne sie zu teilen. Wir müssen die Kolonisten retten! Wir sind ihre einzige Hoffnung.«

Hazel seufzte. »Immer gibt es einen Haken, nicht wahr? Warum können die Dinge nicht mehr unkompliziert sein?«

»Sie waren es nie«, entgegnete Owen. »Außer im Rückblick. Und in den Filmen. Wie gut kennt Ihr diese Stadt?«

»Sehr gut«, sagte Hazel. »Endlich haben wir mal Glück. Das ist die Stadt, für die ich ohnehin Pläne habe. Ich habe früher dort gearbeitet; es war die Hauptstadt und die Verwaltungszentrale. Sogar die Bergwerke wurden von dort aus geleitet.«

»Dann haben die Hadenmänner sie wahrscheinlich deshalb verschont. Wie heißt sie?«

»Brahmin City. Es waren nicht die einfallsreichsten Kolonisten, die mir je über den Weg gelaufen sind.«

»Dann bringe uns hinunter, Oz. Suche einen Landeplatz, der einigermaßen dicht an der Stadt liegt, dabei aber weit genug entfernt, damit eine Grenzpatrouille nicht über uns stolpert.«

»Dürfte kein Problem sein«, meinte Oz. »Soweit ich mit den Sensoren feststellen kann, gibt es keine Grenzpatrouillen. Nichts bewegt sich außerhalb der Stadt. Man muß schon ein verdammter Idiot sein, um sich ganz auf Sensoren zu verlassen, aber die Hadenmänner hatten schon immer ein übertriebenes Zutrauen in Technik. Haltet euch fest, es geht los!«

Die *Sonnenschreiter II* sank langsam aus dem Orbit herab, wie ein einsames silbernes Blatt in einem Wald. Owen und Hazel blickten konzentriert auf den Hauptbildschirm, als sich Brahmin City endlich unter ihnen ausbreitete. Neue Gebäude ragten zwischen den alten auf, hohe silberne Konstruktionen mit abrupten Wölbungen hier und dort. Auswüchse aus schimmernder Technik häuften sich aufeinander und wickelten sich umeinander, als wären sie zu ihren gegenwärtigen Formen gewachsen und nicht geplant und gebaut worden. Die ramponierte Stadt sah aus, als wäre sie von einem riesigen silbrigen Parasiten befallen, der auf jeder Freifläche emporschoß und die verbliebenen Reste der Menschenstadt erstickte. Die Hadenmänner standen im Begriff, sich ein neues Zuhause zu schaffen, und es hatte in Form oder Natur nichts Menschliches an sich.

Überhaupt nichts.

Owen und Hazel parkten die *Sonnenschreiter II* in einem der kleineren Krater, der das einzige war, was von einem der alten Vororte Brahmin Citys blieb. Sie stiegen aus, Schußwaffen und Schwerter in den Händen, nur für den Fall, daß sich Oz hinsichtlich der Grenzpatrouillen irrte, aber alles blieb ruhig. Keine Vögel sangen, keine Insekten summten; überhaupt nichts rührte sich in der staubigen Luft. Owen blickte sich langsam um, betrachtete die öde Landschaft. Sie zeigte sämtliche Grauschattierungen von versengter Erde bis zu zerhämmertem Gestein, und nichts lebte darin, soweit das Auge sah. Ein Friedhof ohne Gras, ohne Blumen, ohne Grabsteine und ohne einen Überrest der Toten, den man noch hätte bestatten können. *Das Ende der Zeit wird so aussehen,* dachte Owen. *Wenn wir alle dahingeschieden sind und das Leben selbst zu Staub geworden ist.* Der Anblick erinnerte ihn nachdrücklich an *Virimonde,* und er fragte sich, ob es seine Bestimmung war, immer zu spät zu kommen. Zu gern wäre er wenigstens einmal als Retter gekommen und nicht als Rächer. Er steckte Schwert und Pistole weg. Vor soviel Tod und Verwüstung fühlten sie sich klein und nutzlos an.

Hazel tigerte herum und trat in den grauen Boden, um zuzusehen, wie die Staubwolken hochstiegen und sich wieder legten. Sie hatte die Waffen ebenfalls weggesteckt und wirkte eindeutig verärgert, daß sie niemanden vorgefunden hatte, um sie gegen ihn einzusetzen. Owen holte Luft, um sie zu rufen, und hustete kräftig, als der Staub seinen Hals reizte. Die Luft war dick von Staub, einem dahintreibenden grauen Dunst, der wie die Gespenster der pulverisierten Gebäude wirkte. In höheren Luftschichten war er noch dicker, und das Licht der untergehenden Sonne fiel durch einen großartigen Schleier aus verblaßten Farben, wie ein gebrauchter Regenbogen vom Wochenmarkt.

»Komm schon, Owen, für eine Besichtigung ist später noch Zeit!« Hazel war ungeduldig wie immer. »Brahmin City liegt gleich hinter dem Grat dort am Horizont. Über eine Stunde Fußmarsch.«

Owen musterte sie argwöhnisch. »Ihr sagtet, Ihr wüßtet einen Weg in die Stadt, den die Hadenmänner wahrscheinlich nicht entdeckt haben. Seid Ihr inzwischen bereit, darüber zu diskutieren?«

»Na ja«, sagte Hazel, ohne seinen Blick zu erwidern. »Es ist schon ein Weg, der hineinführt, aber er wird dir nicht gefallen.«

»Bislang habe ich an diesem Planeten überhaupt noch nichts entdeckt, was mir gefallen hätte. Was stimmt nicht mit dem Weg?«

»Er führt durch ... die Kanalisation.«

»Natürlich«, sagte Owen. »Das war ja zu erwarten. Wie habt Ihr davon erfahren?«

»Ich habe für den städtischen Sicherheitsdienst gearbeitet. Der Wiederaufbau der Kolonie lief schließlich auf vollen Touren, und überall wuchsen neue Städte empor, aber die Kosten sprengten den Etat – womit ich sagen will, sie lagen deutlich darüber. Also hat man einen ganzen Haufen Sicherheitsleute mit häßlicher, argwöhnischer Gesinnung angeworben, um herauszufinden, wohin das ganze Geld floß. Hörte sich nach einem interessanten Job an, als ich ihn übernahm, aber dann war es meist Papierkram und Zeit am Rechner. Ich habe es aber schließlich herausgefunden. Ich knackte Dateien, von denen ich eigentlich nichts erfahren sollte, und entdeckte solide Beweise, daß einige führende Bauunternehmer gemeinsam mit einer führenden Gewerkschaft einen Schwindel durchzogen. Die Unternehmer setzten Überstunden an, die dann nicht geleistet wurden, und die Unternehmer und die Gewerkschaftsbosse teilten sich den Gewinn. Keiner der armen Schweine, die auf dem Bau schufteten, hat natürlich jemals was von der Knete gesehen.

Gerade als ich soweit war, den bösen Jungs Saures zu geben, verpfiff mich jemand, und die Unternehmer und Bosse schnappten sich ihre Profite und machten sich aus dem Staub. Ich setzte ihnen durch die ganze Stadt und dann durch die Abwasserkanäle hinaus nach, bis zu der Stelle, wo ein Schiff auf sie wartete. Bei jemand anderem hätten sie es vielleicht geschafft, aber nach der ganzen Rennerei war ich in mieser Stimmung. Aber, man sollte es kaum glauben, nach all der harten Arbeit gönnten mir die Stadtväter nur einen mageren Bonus von hundert Kredits pro Kopf, und ich mußte auch noch die Köpfe als Beweis vorlegen. Zum Glück hatte ich sie zur Hand ... Worüber grinst du?«

»Es ist nur ... Es fällt mir schwer, mir Euch als Vertreterin von Recht und Ordnung vorzustellen. Immerhin, ich wette, daß niemand bei Rot über die Ampel gegangen ist, solange Ihr in der Nähe wart.«

»Jedenfalls«, fuhr Hazel mit großer Würde fort, »wette ich gutes Geld darauf, daß die Hadenmänner nichts an der Kanalisation verändert haben, auch wenn sie im Hochbau ganz schön aktiv waren. Hadenmänner brauchen schließlich keine Toiletten, erinnerst du dich? Einer ihrer fremdartigsten Züge, wenn du mich fragst. Also steigen wir in die Kanalisation ein, folgen meinem früheren Weg und gucken hin und wieder ins Freie, um mal zu sehen, was so abläuft. Wenn wir verstohlen und schnell genug vorgehen, werden diese unmenschlichen Mistkerle nie etwas mitbekommen.«

»Ich weiß einfach, daß ich mir etwas Fürchterliches einfangen werde«, sagte Owen. »Aber es klingt nach einem Plan. Geht Ihr voraus, Hazel.«

Sie machten sich zu dem zerklüfteten Höhenzug auf, den sie am Horizont sahen, und bei jedem Schritt stiegen Wolken grauen Staubes auf. Beide husteten sie zunächst schmerzhaft, aber nach einer Weile improvisierten sie aus Taschentüchern Masken über Mund und Nase und erleichterten sich damit das Vorankommen. Owen hoffte inständig, daß Hazels Taschentuch sauberer war, als es aussah.

Sie schleppten sich in einer schwebenden Wolke aufgewirbelten Staubes durch die graue Landschaft. Die Schritte klangen unheimlich gedämpft. Nirgendwo bot die Umgebung charakteristische Merkmale, und der Höhenzug hockte dort vor ihnen und schien einfach nicht näherzukommen. Owen griff das Gespräch wieder auf, wenn auch durch das Taschentuch, nur um nicht vor Langeweile umzukommen.

»Falls ich mich korrekt erinnere«, sagte er so deutlich, wie er konnte, »habt Ihr gesagt, man hätte Euch aus dem Job hier gefeuert, und Ihr hättet *Brahmin II* etwas überstürzt verlassen müssen. Was ist schiefgegangen? Ich hätte eigentlich erwartet, daß man Euch die Schlüssel der Stadt aushändigte, nachdem Ihr einen solchen Betrug aufgedeckt hattet.«

»Hättest du das erwartet, ja?« versetzte Hazel. »Aber leider stellte sich heraus, daß die Mauscheleien in viel höhere Kreise reichten, als ich ahnte, und die fraglichen Leute sorgten für meine Entlassung, ehe ich Beweise gegen sie vorlegen konnte. Sie haben mir überzogene Gewaltanwendung angehängt, mich gefeuert und vom Planeten gescheucht. Die Mistkerle.«

»Wenn also ... die Stadtoberen noch leben, werden sie wohl nicht übermäßig erfreut sein, Euch zu sehen?«

Hazel schnaubte. »Sei nicht dumm! Falls sie noch leben, werden sie so verzweifelt auf Hilfe angewiesen sein, daß sie sogar Valentin Wolf und Kid Death willkommen heißen würden.«

»Ich verstehe, was Ihr meint. Geht lieber etwas schneller, Hazel. Dieser Höhenzug kommt einfach nicht näher, und es wird langsam Abend. Ich möchte vor Einbruch der Nacht wieder aus Brahmin City heraus sein. Ich entwickle so ein Gefühl, als würde es hier ganz schön gruselig, wenn die Dunkelheit hereinbricht.«

»Jawohl«, bestätigte Hazel. »Müssen sich hier eine Menge Gespenster herumtreiben. Vielleicht können wir ihnen helfen, etwas mehr Ruhe zu finden.«

Endlich erreichten sie die Höhe und stiegen hinauf. Auf der anderen Seite lag Brahmin City in etwas, was wahrscheinlich einmal ein schönes Tal gewesen war, und die Silbertürme glänzten hell im anbrechenden Abend. Aus großer Entfernung drang das Geräusch endlos arbeitender Maschinen herüber – aus einer Stadt, die nicht mehr schlief. Owen und Hazel suchten sich vorsichtig einen Weg am Hang hinunter ins Tal, und Hazel führte Owen direkt zu den Öffnungen der Kanalisation, einer Reihe großer Metallrohre, die aus den Seiten von etwas ragten, was einmal ein grob ausgehobener Kanal gewesen war. Kein Wasser floß dort mehr, aber der Geruch aus den Rohren erwies sich als immer noch recht übel. Hazel schritt vor den Öffnungen hin und her, und ihre Miene verfinsterte sich zusehends.

»Wo liegt das Problem?« fragte Owen nach einer Weile.

»Gönne mir eine Pause, Todtsteltzer. Ich versuche mich zu erinnern, welches Rohr welches ist. Ich war nur einmal hier, und das liegt Jahre zurück. Falls ich das falsche wähle, laufen wir hinterher womöglich im Kreis.«

»Wunderbar«, sagte Owen. »Oz, hast du eine Idee?«

»Natürlich«, gab die KI sofort Antwort. »Durch meine nach wie vor bestehende Verbindung habe ich Zugriff auf alle Unterlagen der Stadt, und dazu gehören umfassende Karten der gesamten Kanalisation. Ihr müßt die größte Öffnung ganz rechts nehmen. Folgt der Leitung, und sie führt euch direkt ins Hauptsystem mit Zugängen in der ganzen Stadt.«

Owen gab die Information an Hazel weiter, die widerstrebend nickte. »Klingt nach der richtigen Wahl. Okay, folge mir und bleibe mir dicht auf den Fersen!«

Sie zog sich in die breite Metallöffnung, blieb für einen Moment dort hocken und blickte forschend in die Dunkelheit. Die Leitung durchmaß nicht ganz zweieinhalb Meter, und die untere Seite war mit einem dicken schwarzen Rückstand überzogen. »Stinkt noch schlimmer als in meiner Erinnerung. Und ich möchte lieber nicht daran denken, worin ich hier stehe. Früher gab es eine Beleuchtung für das Wartungspersonal, aber ich sehe keine Schalter.«

»Gestatten«, sagte Oz, und plötzlich erstrahlte Licht an der Oberseite des Rohrs und erstreckte sich in die Ferne. Die kleinen grünen Kugeln verbreiteten ein unheimliches Licht, durchsetzt mit breiten Unterbrechungen aus Schatten und Dunkelheit.

Hazel schniefte laut. »Oz prahlt mal wieder, nicht wahr? Sag ihm, er soll nach alten Alarmsystemen in den Leitungen suchen. Besser auch nach neuen, wenn ich es mir recht überlege.«

»Bin schon dabei«, sagte Oz. »Solange ich eingeloggt bin, habe ich die vollständige Kontrolle über die Lektronenregister der Stadt.«

Hazel richtete sich auf und marschierte entschlossen in die Leitung hinein. Owen wappnete sich gegen den Gestank und folgte ihr. Die dicke schwarze Schmiere auf dem Boden quatschte laut unter seinen Füßen und gestaltete das Fortkommen heikel. Owen hoffte inständig, daß seine Schuhe keine Löcher aufwiesen. Auch an den Wänden klebte eine Art Schleim, und Owen achtete darauf, sich dort nicht abstützen zu müssen.

Er stolperte hinter Hazel her, die langsam und vorsichtig durch das Rohr ging, sich um die ersten Öffnungen, die sie erreichte, nicht kümmerte, sich dann jedoch entschlossen in eine Abzweigung nach rechts duckte, die sich optisch in nichts von den anderen unterschied. Wahrscheinlich erinnerte sie sich inzwischen wieder. Owen folgte ihr und fand sich in einem System aus kleineren, gemauerten Tunneln wieder, die nur etwa einen Meter achtzig durchmaßen. Die Wände hatte man vor nicht allzu langer Zeit gereinigt, aber der Bodenbelag war nach wie vor widerlich. Hazel ging jetzt schneller und orientierte sich dabei an einer Karte in ihrem Kopf, die sie jahrelang nicht konsultiert hatte. Owen hätte Oz bitten können, zu überprüfen, ob sie den richtigen Weg einschlugen, verzichtete aber darauf. Er vertraute Hazel.

In dem stumpfen grünen Licht war es schwierig, Entfernungen und Details auszumachen, und ein Dunst schien in der Luft zu schweben. Der Gestank war inzwischen so schlimm, daß er ein anhaltendes pelziges Gefühl in Mund und Nase erzeugte. Allein Gott wußte, wie es hier gewesen sein mußte, als noch Abwässer durch das System strömten. Owen beschleunigte sein Tempo, um an Hazels Seite zu gelangen, und sie gingen eine Zeitlang schweigend weiter und nahmen die Abzweigungen, die Hazel für die richtigen hielt. Die einzigen Geräusche stammten von ihren Schuhen auf dem klebrigen Boden, und die Luft war so reglos, daß sie nicht mal Echos zuließ.

»Mich überrascht, daß wir noch keine Ratten gesehen haben«, sagte Owen schließlich. »Ich meine, überall, wo man eine Kanalisation vorfindet, trifft man auch Ratten an, selbst in den mondänsten Teilen des Imperiums. Zu denen dieser Planet nicht gehört.«

»Keine Ratte mit Selbstachtung würde einen Fuß in eine schmierige Angelegenheit wie diese setzen«, behauptete Hazel. »Aber ich verstehe, was du meinst. Als ich letztes Mal hier unten war, ist definitiv etwas durch die Dunkelheit gehuscht.«

»Vielleicht sind sie alle fort, als die Abwässer ausblieben.«

»Oder vielleicht haben die Hadenmänner sie vergiftet.«

»Ja«, sagte Owen. »Möglich.«

Sie beeilten sich, ihren Weg durch die zunehmend schmaleren Tunnel fortzusetzen. Die gekrümmten, gemauerten Wände sahen alle ziemlich gleich aus, aber Hazel wirkte nach wie vor recht zuversichtlich, daß sie den Weg wußte. Owen hatte keinen Schimmer, wo er sich befand, und die völlige Stille ging ihm allmählich auf die Nerven. Die dunklen Öffnungen, an denen sie vorbeikamen, erschienen ihm immer mehr wie wachsame Augen und hungrige Mäuler, und ihn plagte die wachsende Überzeugung, daß irgend etwas mit ihnen hier unten war, das zusah und wartete. Er konzentrierte sich auf das verstärkte Hörvermögen, das ihm das *Labyrinth* verliehen hatte, und auf einmal gingen ihm die Ohren über mit dem Lärm, den seine und Hazels Schritte erzeugten, mit dem Rascheln ihrer Kleidung und den Lauten ihres Atems. Er blendete diese Aspekte aus und lauschte auf das, was blieb. Und da vernahm er weit vor sich, am Rand seiner Hörweite, ein langsames, schweres Klopfen wie den Schlag eines riesigen Herzens, und das Summen regelmäßig bewegter Luft.

Owen machte Hazel lautlos auf sich aufmerksam und tippte sich ans Ohr. Sie konzentrierte sich und runzelte die Stirn, als sie es auch hörte. Beide zogen sie Schwerter und Pistolen und gingen vorsichtig weiter, überprüften dabei jede Tunnelöffnung, an der sie vorbeikamen. Die Geräusche wurden allmählich lauter, bis der Tunnelboden im Rhythmus des gleichmäßigen Herzschlages vor ihnen zu vibrieren schien. Und dann kamen sie um eine Ecke und blieben abrupt stehen, denn sie sahen vor sich eine riesige Stahlturbine, deren Schaufeln fortlaufend rotierten, obwohl die Abwässer, die sie antreiben sollten, schon lange ausblieben. Hazel bedachte Owen mit einem warnenden Blick, und sie steckten ihre Waffen weg. Beide funkelten sie die Turbine an. Eindeutig führte kein Weg daran vorbei, und die schweren Schaufeln drehten sich unerbittlich und zu schnell, um sich an ihnen vorbeizuducken.

»Sie müssen das eingebaut haben, nachdem ich hier war«, sagte Hazel.

»Oz, irgendeine Chance, dieses Ding abzuschalten?«

»Ich fürchte, nein«, antwortete Oz. »Die Energie ist entweder ein- oder ausgeschaltet. Einzelne Systeme sind nicht individuell zu steuern.«

»Das hätte ich dir selbst sagen können«, sagte Hazel, als Owen ihr die Information übermittelt hatte. »Bei der Errichtung dieser Stadt hat man an allen Ecken gespart.«

»Wir sollten vielleicht bei den aktuellen Problemen bleiben«, schlug Owen vor. »Oz, schalte alles ab, und wir klettern im Dunkeln hindurch. Dann kannst du die Energie wieder hochfahren.«

»Ah«, sagte Oz. »So einfach ist das nicht, fürchte ich. Das Energiesystem ist so instabil, daß ich nicht hundertprozentig sicher bin, es überhaupt wieder hochfahren zu können.«

»Wundervoll«, sagte Owen.

»Sieh mal«, sagte Hazel, »letztlich ist das Ding nur ein Haufen Metall. Pusten wir es doch einfach weg. Mit ein paar Disruptorstößen auf Kernschußweite sollte das mühelos zu erreichen sein.«

»Das würde ich wirklich nicht tun, wenn ich an eurer Stelle wäre!« warf Oz rasch ein. »Schon jetzt kostet es mich alle Mühe, die Stadtsysteme ruhig zu halten. Sogar ich stoße an Grenzen. Falls ihr jetzt da unten einen Alarm lostretet, bricht die Hölle aus.«

»Jetzt mal langsam!« verlangte Owen. »Du hast mir gesagt, du ließest die Lektronen der Stadt durch Reifen springen. Was hat sich verändert?«

»Na ja«, räumte Oz widerstrebend ein, »es scheint, als wäre ich bei meinen ursprünglichen Voraussagen ein wenig überoptimistisch gewesen. Die Hadenmänner haben die Stadtlektronen weit über deren ursprüngliche Fähigkeiten hinaus aufgemotzt, und die Kisten ... wehren sich jetzt seit einiger Zeit. Ich kann mit knapper Not den Status quo aufrechterhalten, aber falls ihr aus irgendeinem Grund Alarm auslöst, steht ihr ganz auf eigenen Füßen.«

»Toll«, fand Hazel, als Owen sie auf den aktuellen Stand gebracht hatte. »Ich habe dir ja gesagt, du solltest dich nicht auf Gespenster-KIs verlassen. In Ordnung, wir können das Ding nicht wegpusten. Was bleibt also? Falls wir richtig gut Anlauf nähmen und zwischen den Schaufeln hindurch ...«

»Die sind gerade schwer und scharf genug, um uns in zwei Teile zu schneiden«, gab Owen zu bedenken. »Und ich denke nicht, daß selbst wir uns von so etwas erholen könnten.«

»In Ordnung, dann reißen wir das Ding einfach aus der Fassung. Zusammen sind wir stark genug.«

»Damit würden wir zwangsläufig Alarm auslösen. Ich möchte nicht aus dem letzten Tunnel steigen und dann einem halben Hundert Hadenmännern gegenüberstehen, die bis an die Zähne mit Hadenmännerwaffen bestückt sind.«

»Dann denke du dir was aus! Du bist ja angeblich das Hirn in unserer Partnerschaft! Du denkst, und ich schieße; so war es immer.«

»Ich kann besser nachdenken, wenn mir niemand ins Ohr brüllt«, entgegnete Owen sanft. Hazel schniefte und wandte ihm den Rücken zu. »Oz, gibt es eine Route, auf der wir die Turbine umgehen können?«

»Ich fürchte, nein. Schaufelräder wie dieses findet man in der ganzen Anlage. Welchen Weg ihr auch immer einschlagt, ihr trefft schließlich wieder auf eines.«

»Andererseits«, sagte Hazel, die sich ihm wieder zugewandt hatte, »habe ich hin und wieder auch mal eine gute Idee. Owen, in *Nebelhafen* hast du ein ganzes Gebäude auseinandergerissen, indem du es dir einfach vorgestellt hast, nicht wahr?«

»Nun, ja, aber . . .«

»Nichts aber. Wie hast du das gemacht?«

»Ich will verdammt sein, wenn ich das wüßte. Ich wurde einfach wütend genug, und die Macht floß mir zu. Viele der vom *Labyrinth des Wahnsinns* gewirkten Veränderungen tauchen erst auf, wenn ich böse oder verzweifelt genug bin.«

Hazel nickte rasch. »Ja, bei mir ist es genauso. Wenn ich im Kampf ausreichend sauer werde oder mir jemand zu heftig zusetzt, tauchen meine anderen Ichs aus dem Nichts auf, um mir den Arsch zu retten. Aber deine Kraft hört sich ganz nach der Psychokinese eines

Poltergeistes an. Falls du diese Kraft aufrufen und ausreichend beherrschen könntest, dann wette ich, wärst du auch in der Lage, die Turbine genug zu verlangsamen, damit wir hindurchkriechen können. Dann könntest du loslassen, das Schaufelrad würde von neuem beschleunigen, und alles wäre wieder normal, ganz ohne irgendeinen Alarm auszulösen. Richtig?«

»Richtig«, sagte Owen. »Das ist eine ausgezeichnete Idee, Hazel. Wirklich. Problematisch ist nur, daß ich nicht die leiseste Ahnung habe, wie ich diese Kraft aufrufen, geschweige denn beherrschen sollte. Wenn man es genau nimmt, haben wir nie wirklich begriffen, was das *Labyrinth* mit uns angestellt hat oder wie wir unsere besonderen Fähigkeiten einsetzen. Vor allem, weil wir nie die Zeit fanden, uns damit zu befassen.«

»Wir hätten uns die Zeit nehmen können«, sagte Hazel langsam, »wäre das unser Wunsch gewesen. Aber es hat uns – in Ordnung, *mir* – nie gefallen, über das *Labyrinth* zu diskutieren oder über das, worin wir uns womöglich verwandeln. Wir sind keine Esper. PSI könnte manche der Leistungen, die wir vollbracht haben, nicht erzielen. Verdammt, es gibt sogar wunderwirkende Heilige, denen es schwerfallen würde, unsere Nummern nachzustellen!«

»Wie in so vielen Dingen«, überlegte Owen, »lernen wir durch die Praxis. Wie ein Kind, das gehen lernt.«

»Wir hätten schon vor langer Zeit darüber diskutieren sollen. Wer weiß, wozu wir alles in der Lage sind?«

»Genau. Wer ahnt schon, zu welchen Extremen des Guten oder Bösen wir vielleicht fähig sind. Wer weiß ... was letztlich aus uns wird?«

Sie musterten einander ausgiebig. »Möchtest du damit sagen ... daß aus uns vielleicht Monster werden könnten?« fragte Hazel.

»Manchmal frage ich mich, ob wir nicht schon welche sind«, sagte Owen. »Weil ich so wenig Kontrolle über das habe, was ich tun oder was aus mir werden könnte. Deshalb bemühe ich mich auch schon die ganze Zeit, innerhalb menschlicher Grenzen zu bleiben. Mensch zu bleiben.«

»Ich fühle mich gar nicht anders als früher«, stellte Hazel stirnrunzelnd fest. »Ich habe ... bemerkenswerte Dinge vollbracht, aber ich bin immer noch ich.«

»Woher wollt Ihr das wissen?« fragte Owen sanft. »Woher sollte ich es wissen? Keiner von uns ist zum Helden geboren worden oder hatte je den Wunsch, einer zu werden, aber wir mußten uns völlig verändern, um zu überleben. Wir wurden zu legendären Gestalten, weil die Rebellion solche Gestalten brauchte. Zu was haben wir uns sonst noch verändert, weil wir es für nötig hielten?«

»Ich wünschte, du würdest aufhören, Fragen zu stellen, auf die wir beide keine Antworten wissen, wie du verdammt gut weißt! Wir können diesen ganzen mystischen Scheiß später noch diskutieren. In diesem Augenblick mache ich mir um nichts anderes Gedanken, als ob wir diese verteufelten Turbinenschaufeln genügend abbremsen können, damit wir daran vorbeikommen. Willst du es wenigstens versuchen, verdammt?«

»Natürlich werde ich es versuchen«, sagte Owen. »Aber wir setzen diese Diskussion später fort.«

Er wandte sich wieder der rotierenden Turbine zu. Sie wirkte groß und massiv und völlig unüberwindlich, und er hatte keinen Schimmer, wie er Einfluß auf sie nehmen sollte. Er spürte weder Zorn noch Notwendigkeit, was normalerweise seine Kräfte wie einen heftigen Sturm entfesselte, der alle Hindernisse wegfegte. Und selbst wenn dieser Sturm ausbrach, konnte er ihn gerade eben noch in die richtige Richtung lenken. *Lenken* ... Das Wort vibrierte in ihm nach, war auf einmal voller Bedeutung. Er wandte die Gedanken nach innen, blendete die Wahrnehmung von Tunnel und Turbine aus, versuchte sich auf das Gefühl zu konzentrieren, das auftrat, wenn er die Kraft ausrichtete, und langsam trat die Erinnerung zutage. Er packte sie sogleich, zerrte sie ganz ans Tageslicht, und der Begriff und das Gefühl der Ausrichtung regten sich in den Tiefen seines Bewußtseins. Es war, als sähe er plötzlich eine ganz neue Farbe oder hörte ein neues Instrument spielen, obwohl es ein abstrakterer Vorgang war. Ein ganz neuer Begriff von Welterfahrung. Und eine Woge der Kraft rollte aus dem Hinterkopf heran, aus dem Unterbewußtsein, bis in die bewußten Gedanken hinein, wo sie auf einmal so offenkundig und vertraut wurde wie das Atmen.

Er griff mit den Gedanken hinaus, so wie man eine Hand ausstreckte, und berührte die Turbine. Sie wurde langsamer und bebte, als sie gegen eine Kraft ankämpfte, die sie nicht überwinden konnte, bis sie sich schließlich kaum noch drehte. Der Zentralmotor ächzte lautstark, wie ein Lebewesen, das Schmerzen hatte. Hazel klopfte Owen auf die Schulter und grinste von einem Ohr zu anderen.

»Du hast es geschafft, Owen! Du hast es geschafft!«

»Verdammt richtig«, sagte Owen. »Hört jetzt auf, mir körperliche Verletzungen zuzufügen, und klettert hindurch, ehe die Turbine zu dem Schluß gelangt, sie hätte eine Störung, und einen Alarm auslöst.«

»Alarm, Alarm«, meckerte Hazel und stieg vorsichtig zwischen die kaum noch rotierenden Schaufeln. »Von sowas bist du richtig besessen.«

»Einer von uns muß es ja sein«, sagte Owen und folgte ihr zwischen die Schaufeln. Sobald sie hindurch waren, lockerte er die Willensanspannung wieder, und die Turbine kehrte auf ihre alte Geschwindigkeit zurück. Die geistige Empfindung zog sich in den Hinterkopf zurück. Da er jetzt jedoch wußte, wo er nachsehen mußte, war er überzeugt, die Kraft wieder aufrufen zu können. Falls er fand, daß es ... nötig war.

»Und, wie hat es sich angefühlt?« fragte Hazel interessiert.

»Wie Tanzen«, antwortete Owen. »Oder Malen. Disziplinierte mentale Anmut, die den Rohstoff der Welt ordnet. Ist das hilfreich?«

»Kein bißchen«, sagte Hazel. »In Ordnung, gehen wir weiter. Wir müßten bald den Durchgang in die Hauptanlage erreichen, und von dort haben wir Zugang zu jedem Teil der Stadt.«

»Gut«, sagte Owen. »Ich kann es gar nicht mehr erwarten, wieder frische Luft zu atmen. Meine Lungen fühlen sich an wie Aschenbecher.«

»Bevor ihr weitergeht«, flüsterte ihm Oz ins Ohr, »muß ich zu diesem Thema etwas einwerfen, das wir, wie ich finde, diskutieren sollten. Einer Datei zufolge, die ich gerade in den städtischen Lektronen gefunden habe, besteht ein guter Grund, warum es hier in der Kanalisation so stinkt. Die Luft ist giftig. Ein ziemlich tödliches Nervengas, das die Hadenmänner eingeleitet haben, um alles umzubringen, was hier unten leben könnte.«

»Gift!« sagte Hazel, als Owen es ihr erklärt hatte. »Aber wir atmen es schon seit Äonen! Warum sind wir noch nicht tot?«

»Eine berechtigte Frage«, antwortete Oz. »Eine, die mich stark bewegt, seit ich die Datei entdeckt habe. Eigentlich müßte euch inzwischen alles Fleisch von den Knochen gefault sein.«

»Das muß an einer weiteren Veränderung liegen, der wir im *Labyrinth des Wahnsinns* unterzogen wurden«, fand Owen. »Die wieder mal aufgetaucht ist, als sie gebraucht wurde. Nur ein neuer Aspekt, in dem wir keine Menschen mehr sind.«

»Fang nicht wieder damit an!« knurrte Hazel. »Es ist die erste wirklich praktische Veränderung, mit der das *Labyrinth* bislang aufgewartet hat. Geh weiter. Wir haben noch einen langen Weg vor uns.«

Sie folgten erneut dem Tunnel. Owen bemühte sich eine Zeitlang, flacher zu atmen, gab es aber wieder auf, weil es ohnehin längst zu spät dafür war. Der restliche Marsch verlief meist ereignislos, bis sie den Zugang zur Hauptanlage erreichten und den Weg durch einen massiven Stahlverschluß blockiert fanden – eine einzelne, große Platte aus schwerem Stahl, die den Tunnel komplett absperrte und sich selbst Owens und Hazels kombinierter Kraftanstrengung widersetzte. Beide traten sie einen Schritt zurück und dachten über das Problem nach.

»Das sollte sich nur in Notfällen schließen«, erklärte Hazel, »um eine Überflutung der Hauptanlage zu verhindern. Das Schloß ist mechanisch, weil sich Elektronik und Wasser nicht gut vertragen. Ich kann mir nicht vorstellen, dieses Schloß ohne eine ganz spezielle schwere Ausrüstung zu knacken.«

»Die Hadenmänner haben hier dichtgemacht«, sagte Oz. »Wahrscheinlich, um Leute wie uns auszusperren. Da das Schloß nicht elektronisch ist, kann ich Euch auch nicht helfen. Und die noch schlechtere Nachricht lautet: Es scheint eine manuelle Überbrückung zu geben, aber man braucht vier Leute, die sie simultan bedienen. Wieder mal eine Sicherheitsvorkehrung.«

Owen und Hazel überprüften die vier Handsteuerungen, einfache Räder an den vier Ecken der Platte – aber so sehr sie sich auch reckten, sie konnten mit den Händen nicht mal annähernd mehr als ein Rad gleichzeitig erreichen. Man brauchte vier Personen dafür.

Hazel versetzte dem Siegel angewidert einen Tritt und erzeugte eine kleine Delle im Metall.

»Verdammtes Scheißding! Ich bin doch nicht den ganzen Weg gekommen, um dann von einem blöden Klumpen Stahl aufgehalten zu werden! Tritt mal zurück, ich ballere das Mistding weg.«

»Man braucht eine Disruptorkanone, um etwas so Großes zu durchschlagen«, sagte Owen. »Und wir dürfen die Alarmvorrichtungen nicht vergessen ...«

»Ich bin es allmählich echt leid, das Wort Alarm zu hören! Ich wate nicht den ganzen Weg durch die Abwasserkanäle zurück, Owen. Entweder denkst du dir etwas aus, oder ich puste die Tür weg und riskiere es einfach.«

»In Ordnung, ich habe eine Idee«, sagte Owen. »Wir haben durch eine Feineinstellung meiner Fähigkeit die Turbine überwunden. Wie wäre es, wenn wir hier Eure Fähigkeit nutzten?«

Hazel musterte ihn. »Erkläre mir das. Wie könnte uns meine Kraft hier helfen?«

»Na ja, Ihr könnt eine Armee anderer Versionen Eurer Selbst beschwören, damit sie Euch im Kampf unterstützen. Vielleicht schafft Ihr es, wenn Ihr Euch stark genug konzentriert, nur zwei herbeizurufen und sie lange genug festzuhalten, damit sie die beiden übrigen Räder drehen.«

»Verdammt!« sagte Hazel. »Das ist ja richtig brillant! Ich nehme alles zurück, was ich über dich gesagt habe. Ich weiß zwar noch nicht, ob es auch funktioniert, aber es ist sicherlich einen Versuch wert.«

Hazel betrachtete die Tür für geraume Zeit mit finsterer Miene. Wie bei Owen tauchte die besondere Kraft gewöhnlich nur unter großem Streß auf. Wenn sie in der Hitze der Schlacht die alternativen Versionen ihrer selbst benötigte, waren sie einfach da. Hazel hatte keine Ahnung, warum bestimmte Versionen häufiger auftauchten als andere, und sie wußte auch überhaupt nicht, welcher Art diese Erscheinungen waren. Die klügste Spekulation schien ihr, daß es sich um Versionen ihrer selbst von anderen Zeitschienen handelte, daß es Personen waren, zu denen sie sich hätte entwickeln können, wäre die Geschichte anders verlaufen – aber sie hatte keinen Beweis dafür. Keine der Versionen war jemals lange genug verweilt, um Fragen zu beantworten. Genauso war möglich, daß all die anderen Hazels nur Hirngespinste darstellten, die durch ihre *Labyrinth*-Kraft irgendwie mit Leben und Substanz ausgestattet wurden. Das ergab genausoviel Sinn.

Je mehr sie darüber nachdachte und sich bemühte, das Gefühl wiederzubeleben, das sie in diesen vergangenen Schlachten empfunden hatte, desto mehr schien ihr, daß da eine Richtung war, in die sie greifen konnte, eine Richtung, so wirklich wie jede andere, aber nicht beschränkt auf die Welt, in der Hazel lebte. Sie griff hinaus, und unzählige Geister mit ihrem Gesicht schienen ihre Präsenz zu spüren und wandten sich ihr zu. Sie konzentrierte sich darauf, daß sie nur zwei Personen benötigte, und zwei Hände streckten sich ihr entgegen und ergriffen ihre Hände. Ein kurzer Stoß verdrängter Luft zuckte durch den Tunnel, und auf einmal standen zwei weitere Frauen neben ihr und husteten kräftig in der grünlich schimmernden Luft. Hazel warf Owen einen triumphierenden Blick zu und stellte dabei fest, daß ihm die Kinnlade bis fast auf die Knie herunterhing. Hazel runzelte die Stirn und blickte die beiden fremden Versionen ihrer selbst an, die sie herbeigerufen hatte.

Die Frau zur Linken hatte eine so schwarze Haut, daß sie wie ein lebender Schatten wirkte, und das Haar hing ihr in Rastalocken mit eingeflochtenen Perlen bis auf die Schultern. Sie trug eine silbern glänzende Rüstung, mit prachtvollen Runen ziseliert, und dazu goldene Accessoires wie Knieschoner, Ellbogenschoner und Schlagringe. An jeder Hüfte trug sie eine Pistole, und sie hielt eine Axt mit kurzem Griff in den Händen. Die Frau war groß, fast unerträglich sinnlich und wirkte vom Scheitel bis zur Sohle wie eine stolze, fähige Kriegerin. Und doch lag etwas in ihrer Haltung, in ihrem Gesicht, in den Zügen um Augen und Mund, das unbestreitbar Hazel D'Ark war.

Die Frau zur Rechten hatte eine totenbleiche Hautfarbe und sah in dem grünlichen Licht einer Leiche nicht unähnlich, die sich halb einbalsamiert vom Leichentisch erhoben hatte. Sie trug fetzenweise Leder, dessen Stücke von hell polierten Stahlketten zusammengehalten wurden. Sie hatte Ringe in Ohren und Nase und an anderen, weniger bequemen Stellen, und darüber hinaus prangte ihr Körper an allen anderen Stellen mit Ziernägeln, Nadeln und anderen Piercing-Schmuckstücken. Sie war dünn wie eine Peitschenschnur. Jeder Muskel trat deutlich hervor, und den Schädel trug sie rasiert, damit die in ordentlichen Reihen aufgenieteten Ziernägel besser zur Geltung kamen. Sie trug ein langes Schwert an einer Hüfte und ein unbekanntes Pistolenmodell an der anderen. Beide Waffen erweckten den Anschein häufiger Benutzung. Und wieder einmal waren Gesicht und Augen eindeutig die von Hazel D'Ark.

Eine ganze Weile standen die vier nur da und musterten einander mit Mienen, die unterschiedliche Grade des Unglaubens ausdrückten. Dann wandte sich Owen an Hazel: »Sagt mir, daß Ihr diese beiden nicht absichtlich herbeigerufen habt.«

»Na, das ist ja ein hübscher Empfang«, fand die schwarze Kriegerin mit einer tiefen, reichen Stimme voller Humor. »Und das, nachdem ich einen so langen Weg zurückgelegt habe, um euch zu treffen. Ich bin

Mitternachtsblau. Ist das wirklich eine andere Version meiner selbst?«

»Nun, man könnte es so ausdrücken«, sagte Owen. »Ich bin . . .«

»Oh, ich kenne dich, Owen Todtsteltzer«, unterbrach ihn Mitternachtsblau. Und dann sprang sie vor, schlang die Arme um ihn, ohne dabei die Axt loszulassen, und drückte ihn so kräftig an den eindrucksvollen Busen, daß sie Owen damit die Luft aus den Lungen preßte. Er stand gerade im Begriff, sein Gleichgewicht zurückzuerlangen, da stieß sie ihn plötzlich zurück, steckte die Axt in den Gürtel, holte aus und versetzte ihm eine kräftige Ohrfeige. Der Knall war ohrenbetäubend. Owen taumelte rückwärts und wäre vielleicht gestürzt, hätte ihn Mitternachtsblau nicht gleich wieder an sich gedrückt, während ihr Tränen in die Augen traten.

»Na ja«, gab Hazel kund, »du hast dich schon immer darauf verstanden, Leute zu beeindrucken, Todtsteltzer.« Sie musterte die überall durchstochene weiße Erscheinung. »Hast du eine Ahnung, was hier vorgeht?«

»In keiner Weise«, antwortete die andere Version mit eiskalter Altstimme. »Ich bin nebenbei Bonnie Chaos. Bist du sicher, daß wir dieselbe sind?«

»Anscheinend. Ich heiße Hazel D'Ark. Sieh dich mal um, ob du nicht irgendwo ein Brecheisen findest, mit dem wir die beiden auseinanderbekommen.«

Mitternachtsblau hielt jetzt Owen auf Armeslänge und schenkte ihm ein unsicheres Lächeln. »Owen, du Mistkerl! Wie konntest du mich nur verlassen? Oh, es ist so schön, dich wiederzusehen!«

»Darf ich vielleicht darauf hinweisen«, wandte Owen mit leicht atemloser Stimme ein, »daß ich nicht der Owen bin, den Ihr kennt?«

»Natürlich nicht. Er ist tot. Aber du reichst auch.«

Mitternachtsblau erläuterte nicht, wozu, und Hazel hatte nicht vor, danach zu fragen. Sie sah Bonnie Chaos an. »Kennst du Owen auch?«

»Das hoffe ich doch«, antwortete Bonnie mit ihrer kalten Stimme. »Dort, woher ich komme, sind wir verheiratet.«

Hazel entschied, daß sie nicht soweit war, darüber nähere Erkundigungen einzuziehen, und wandte sich wieder Mitternachtsblau zu, die Owen abgesetzt hatte und seine Kleidung wieder zurechtrückte, indem sie hier und dort zupfte und tätschelte. Owen stand einfach nur da und fürchtete sich, irgend etwas zu tun, um sie nicht von neuem zu provozieren. Sie wurde schließlich fertig und lächelte Owen fast schüchtern an.

»Tut mir leid, das eben. Es war nur ... der Schock, dich lebendig wiederzusehen.«

»Na ja, wenn du möchtest, daß er es auch bleibt, würde ich an deiner Stelle mit der Knutscherei aufhören«, bemerkte Hazel trocken.

»Ich denke, wir alle könnten ein paar aktuelle Milieu-Informationen gebrauchen«, warf Owen taktvoll ein. »Offenkundig hat Euer Leben einen ganz anderen Verlauf genommen als das der Hazel, die ich kenne. Warum fangt Ihr nicht an, Mitternacht?«

»Die Rebellion liegt einige Zeit zurück«, berichtete Mitternachtsblau. »Überall herrscht Chaos. Milliarden sind umgekommen, ganze Planeten wurden vernichtet oder in die Barbarei zurückgeworfen. Du, Owen, wurdest getötet, als Löwenstein *Golgatha* mit ihrer verstecken Planetenkillerbombe zerstörte. Jakob und Ruby sind mit dir umgekommen. Ich war die einzig verbliebene Überlebende des *Labyrinths,* die versuchen konnte, die Dinge wieder in Gang zu bringen. Ich hätte mich eigentlich mit dir zusammen Löwenstein an ihrem Hof entgegenstellen sollen, aber ich wandte mich von euch allen ab, als Jakob sein Abkommen mit den Familien traf. Das konnte ich nicht schlucken. Ruby hätte sich mir beinahe angeschlossen, entschied sich dann aber doch, bei Jakob zu bleiben. Und mit ihm zu sterben, wie sich herausstellte.

Nach der Rebellion bemühte ich mich, die Dinge unter Kontrolle zu halten, aber zuviel war zerstört. Und ich habe mich noch nie auf Politik verstanden. Also sagte ich mir schließlich, zum Teufel mit allen, und bin auf eigene Faust losgezogen. Ich wurde wieder Piratin und hatte ein eigenes Schiff, die *Faust*. Ein Pirat findet reichlich Beute in einem dem Chaos anheimgefallenen Imperium. Aber ich habe dich so vermißt, Owen! Als ich jetzt den Ruf vernahm, habe ich die Gelegenheit gleich beim Schopf ergriffen.«

»Das ist ... richtig süß«, sagte Owen vorsichtig. »Aber ich bin nicht unbedingt der Owen, den Ihr kanntet. Schließlich unterscheidet Ihr Euch auch sehr von meiner Hazel ...«

»Ja«, sagte Mitternacht und musterte Hazel doch ein bißchen abschätzig. »Du solltest wirklich mehr trainieren, meine Liebe.«

»Was ist mit Euch?« wandte sich Owen rasch an Bonnie Chaos. »Habe ich eben richtig gehört? Wir sind ...«

»Verheiratet, ja.« Die große, schlanke Frau lächelte ihn an und zeigte dabei spitze Vorderzähne. »Wir sind seit fast zwei Jahren zusammen. Du siehst fast wie mein Owen aus. Vor dem Piercing. Und den Tätowierungen. *Golgatha* hat in unserer Rebellion überlebt, aber leider auch die Politiker. Wir haben uns sehr bemüht, etwas zu ändern, aber letztlich wurden wir es leid, uns an all den Lügen und der ganzen Korruption die Köpfe wundzustoßen, und sind davongegangen. Wir leiten jetzt *Nebelwelt*. Und leisten ganz ordentliche Arbeit, falls ich das selbst so sagen darf. Es ist eine kleinere Bühne, und wir bewirken dort mehr. Das Imperium geht derweil zum Teufel, aber andererseits hat es das schon immer getan. Es war dumm von uns, je zu glauben, wir könnten das System ändern.

Jakob starb bei einer Bombenexplosion vor dem Parlament. Ruby hat einen ganzen Haufen Leute umgebracht, denen sie die Schuld an seinem Tod gab. Sie ist auf der Flucht, und ein Kopfgeld ist auf sie ausgesetzt worden. Als ich zuletzt von ihr hörte, ging es ihr trotzdem ganz gut, und sie schmuggelte *Blut* auf *Madraguda*. Was ist mit euch?«

Owen erzählte ihre eigene Geschichte, gelegentlich von Hazel unterbrochen. Als er schließlich fertig war, zuckte Bonnie ein paarmal die Achseln, wobei ihr Piercingschmuck attraktiv klimperte, und fixierte Owen mit den Augen.

»Soviel zur historischen Einführung. Kommen wir zum Geschäft. Was machen wir hier? Warum hat Hazel uns ausgesucht?«

»Ich habe einfach nur gerufen«, sagte Hazel. »Und ihr wart die beiden, die reagiert haben.«

»Ich bin gekommen, weil ich Owen wiedersehen wollte«, sagte Mitternacht.

»Und ich ... war auf der Suche nach ein bißchen Abwechslung«, sagte Bonnie und zeigte ihr beunruhigendes Lächeln. »*Nebelwelt* ist in letzter Zeit einfach ein bißchen zu zivilisiert.«

»Wundervoll«, sagte Owen. »Also ... welche Fähigkeiten hat das *Labyrinth* Euch verliehen?«

»Ich bin Teleporterin«, erklärte Mitternacht. »Wenn ich schon irgendwo war, kann ich innerhalb eines Augenblicks dorthin zurückkehren. Ansonsten bin ich auf Stellen beschränkt, die ich sehen kann.«

»Sehr nützlich«, fand Hazel. »Was ist mit dir, Bonnie?«

»Ich regeneriere«, erklärte Bonnie. »Jede Verletzung, ob stark oder gering, heilt innerhalb von Sekunden. Nichts kann mich aufhalten. Ich komme einfach immer wieder zurück.« Sie hob den linken Zeigefinger zum Mund und biß ihn seelenruhig bis zum ersten Gelenk ab. Während die anderen noch zusahen, wuchs eine neue Fingerspitze aus dem Stumpf hervor, und innerhalb eines Augenblicks war der Finger wie neu und zeigte keine Spur der Verletzung mehr.

»Ich habe schon einige wirklich widerliche Dinge im Leben gesehen«, sagte Hazel. »Das gehörte eindeutig dazu. Ich weiß nicht, ob ich kotzen oder applaudieren soll.«

»Sie würde Kotzen wahrscheinlich als Form von Applaus verstehen«, fand Mitternacht.

»Wir haben für beides nicht die Zeit«, warf Owen mit einem Ton ein, von dem er hoffte, er klänge fest und ruhig. »Sehr eindrucksvoll, Bonnie. Bitte tut das nicht wieder. Warum widmen wir uns jetzt nicht alle der anstehenden Aufgabe, nämlich den verdammten Verschluß zu öffnen, damit wir in die eigentliche Stadt gelangen und nach den Gefangenen der Hadenmänner suchen können?«

»Ihr habt hier Hadenmänner?« fragte Mitternachtsblau und musterte Owen scharf. »Dort, woher ich komme, sind sie gleich verschwunden, nachdem du sie aus ihrer *Gruft* befreit hast. Undankbare Mistkerle!«

»Was zum Teufel ist ein Hadenmann?« erkundigte sich Bonnie Chaos. »Von sowas habe ich noch nie gehört.«

»Es sind Kyborgs«, sagte Hazel knapp. »Stark, tückisch und ausgesprochen gemein. Wir haben eine ganze Stadt mit ihnen direkt über uns. Sie haben Menschen als Geiseln genommen. Eine ganze Menge. Falls sie noch leben ...«

»Wir sind ja hier, um das herauszufinden«, unterbrach Owen sie. »Und hoffentlich auch, um einen realistischen Plan zu ihrer Befreiung auszuarbeiten.«

»Mal vorausgesetzt, daß wir währenddessen nicht auf scheußliche Weise umkommen«, sagte Hazel.

»Klingt, als würde es Spaß machen«, bemerkte Bonnie. »Ist es okay, wenn ich ein paar von diesen Hadenmännern umbringe?«

»Lieber viele«, sagte Hazel. »Nur zu.«

»Sobald wir die Informationen haben, die wir brauchen«, sagte Owen mit Bestimmtheit. »Erst spionieren, dann umbringen.«

»Mach dir keine Sorgen«, versetzte Mitternacht. »Eine Kriegerin hat immer Verständnis für die Notwendigkeit geschickten Vorgehens. Bin ich nicht ein Wesen aus Nebel und Schatten?«

»Fangt nicht damit an!« verlangte Owen. »Ich bekomme genug solches Zeug von meiner KI zu hören. Falls wir auf Hadenmänner treffen, möchte ich, daß wir alle uns wirklich bemühen, keinen Streit anzufangen. Nach wie vor besteht eine Chance, daß dies alles nur ein fürchterliches Mißverständnis ist. Und selbst wenn nicht, kann ich sie vielleicht noch überreden, auf den richtigen Weg zurückzukehren. Sie behaupten nämlich, sie würden mich als ihren Erlöser respektieren. Und sie haben in der Rebellion auf unserer Seite gefochten.«

»Hält euer Owen auch lange, langweilige Ansprachen?« fragte Hazel ihre beiden anderen Versionen, und beide nickten ernst.

»Die Hadenmänner haben den Sieg unserer Rebellion möglich gemacht«, fuhr Owen laut fort und ignorierte Hazel. »Wie habt Ihr beide es ohne sie geschafft?«

Mitternacht zuckte die Achseln. »Auf die langsame und harte und blutige Tour. Viele Menschen sind umgekommen. Löwenstein hatte immer gesagt, falls sie stürzte, würde sie das Imperium mitnehmen, und sie kam verdammt dicht heran, ihr Versprechen wahrzumachen.«

»Richtig«, sagte Bonnie. »Die Eiserne Hexe und ihre Flotte haben uns einen hohen Preis für den Sieg abverlangt.«

»Siehst du, Owen«, sagte Hazel sanft, »du hast also doch richtig gehandelt.«

»Nur, falls es uns gelingt, sie jetzt aufzuhalten«, erwiderte Owen. Er war noch nicht bereit, sich zu vergeben, aber trotzdem tröstete ihn der Gedanke ein wenig, wie übel es ohne die Hadenmänner als Bundesgenossen hätte ausgehen können. Er zeigte auf die vier Handsteuerungen der Metalltür, und zu viert kurbelten sie langsam die schwere Last aus dem Weg. Sobald sich die schweren Bolzen zurückgezogen hatten, schwenkte die Tür bemerkenswert leicht auf. Sie ließen sie offenstehen, nur für den Fall, daß sie sich plötzlich zurückziehen mußten. Owen ging als erster in den schmalen Backsteintunnel dahinter. Nach wenigen Minuten erreichten sie ein einfaches Stahlgitter in der Tunneldecke, durch das in starren Schäften das Licht von oben hereinfiel und dabei den grünen Dunst der Kanalisation sauber durchschnitt. Die vier versammelten sich unter dem Gitter, konnten jedoch draußen nichts erkennen.

»Wir müssen direkt unter der Straße sein«, sagte Hazel. »Irgendwo in den Außenbezirken der Stadt. Möchtest du mal einen Blick hinaus werfen?«

Owen überlegte. »Wie weit sind wir von der Stelle entfernt, wo Ihr zuletzt die Kanalisation betreten habt?«

»Meilenweit«, antwortete Hazel. »Gut innerhalb der eigentlichen Stadt.«

»Wir steigen aus«, sagte Owen. »Hier ist das Risiko

geringer, auf Hadenmänner zu stoßen. Tretet bitte zurück, während ich mir die Ehre gebe.«

Das Metallgitter gab mühelos nach, und Hazel half Owen dabei, durch die Öffnung hinauszuklettern. Er zog sich hoch und sah sich rasch um, die Augen vor dem hellen Licht zusammengekniffen. Die Straße war leer, und es herrschte völlige Stille. Owen gab kund, daß die Luft rein war, und sah sich noch einmal genauer um, während die anderen zu ihm auf die Straße stiegen. Sie machten viel Lärm dabei, aber niemand war in der Nähe, der es hätte hören können. Überhaupt niemand.

Der grünliche Dunst stieg aus der Öffnung und verstreute sich langsam. Hazel beförderte das Gitter mit einem Fußtritt wieder in Position. Alle vier Gefährten atmeten in der klaren, etwas kalten Stadtluft tief ein, während sie sich umsahen, und befreiten Mund und Nase damit vom üblen Gestank der Kanalisation. Owen und Hazel waren gar nicht dazu gekommen, Mitternacht und Bonnie zu erzählen, daß die grüne Luft giftig war, und da beide nach wie vor gesund und munter waren, schien es auch jetzt wenig Sinn zu machen. Sie trampelten herum, um die Schuhe vom schlimmsten der dicken schwarzen Schmiere zu befreien, durch die sie gewatet waren, hatten damit aber nur teilweise Erfolg. Und trotz des erneuten Lärms erschien niemand, um nachzusehen. Owen gab jeden Versuch auf, seine Begleiterinnen zur Ruhe anzuhalten, und beschäftigte sich von neuem damit, sich umzusehen.

Sie standen direkt am Rand von Brahmin City in einer Gegend, die bislang von Umbaumaßnahmen der Hadenmänner frei zu sein schien. Die Gebäude waren einfach nur Häuser und zeigten keine Spur der glänzenden Hadenmännertech. Die Straßen waren verlassen, und nirgendwo vernahm man einen Laut.

Nichts verriet, daß hier je Menschen gelebt hatten. Und obwohl es langsam dunkel wurde, war keine der Straßenlaternen angesprungen.

»Verdammt, das ist aber unheimlich!« meinte Hazel. »Jemand sollte sich hier herumtreiben. Jemand sollte arbeiten. Ich meine, Städte halten sich doch nicht von allein in Gang.«

»Städte der Menschen jedenfalls nicht«, sagte Owen. »Nicht einmal zu den Fenstern blickt jemand heraus. Selbst die niedergedrücktesten und unterwürfigsten Gefangenen müßten genügend Grips aufweisen, um mal zu den Fenstern hinauszublicken, was draußen vor sich geht.«

»Soll ich ein paar Türen eintreten?« fragte Bonnie.

»Vorläufig nicht, danke«, sagte Owen. »Wir sind hier, um die Leute zu retten, nicht, um sie zu erschrecken.«

»Es muß allmählich dunkel werden in den Häusern«, überlegte Mitternacht. »Aber niemand hat bislang Licht angemacht.«

»Vielleicht ist es verboten«, überlegte Hazel.

»Vielleicht ist niemand zu Hause«, sagte Owen. »Womöglich sind alle ... irgendwohin gebracht worden.«

»Ich möchte was anderes feststellen«, äußerte sich Mitternacht, nachdem sie alle eine Zeitlang darüber nachgedacht hatten. »Nirgendwo in der Nähe fahren Verkehrsmittel. Wir würden das hören. Welches Ziel wir auch haben, wir werden es zu Fuß erreichen müssen.«

»Das schaffen wir schon«, sagte Hazel. »Die Stadt ist so groß nun auch wieder nicht.«

»Jetzt mal langsam«, verlangte Owen. »Als ich den Vorschlag machte, in Brahmin City zu spionieren, schwebte mir etwas Verstohleneres vor, als im hellen Tageslicht herumzuspazieren.«

»Owen«, sagte Hazel, »hier ist niemand, der uns sehen könnte. Und ich habe nicht vor, mich von etwas Geringerem als Beschuß in die Kanalisation zurücktreiben zu lassen. Und zwar nur durch verdammt schweren Beschuß, was das angeht! Solange wir Augen und Ohren offenhalten, kann sich in dieser Stille niemand an uns heranschleichen.«

»Ich hasse es, wenn Ihr recht habt«, sagte Owen. »In Ordnung, machen wir einen kleinen Spaziergang und sehen mal, ob wir jemanden finden, dem wir ein paar präzise Fragen stellen können. Waffen bereithalten, Leute, aber nur schießen, wenn es nicht anders geht! Wir sind gut, aber ich bin mir nicht sicher, ob sogar wir eine ganze Armee Hadenmänner auslöschen könnten. Ich persönlich hätte es nach wie vor am liebsten, unentdeckt in die Stadt einzudringen und wieder daraus zu verschwinden, aber falls wir um einen Kontakt mit den Hadenmännern nicht herumkommen sollten, ziehe ich immer noch eine Art von Verhandlungen vor. Vielleicht können wir ihnen begreiflich machen, daß nicht einmal sie in der Lage sind, es mit dem gesamten Imperium aufzunehmen, selbst wenn es gegenwärtig geschwächt dasteht.«

»Viel Glück«, sagte Hazel. »Du wirst es brauchen.«

Owen schniefte und ging die Straße entlang. Mitternacht folgte ihm rasch und hakte sich vertraulich bei ihm unter. Owen wirkte ein wenig verlegen, versuchte aber nicht, sich zu befreien. Zum Teil, weil er nicht unhöflich sein und sie gegen sich aufbringen wollte, zum Teil, weil er nicht ganz sicher war, daß Mitternacht es dulden würde. Sie hatte besonders kräftige Arme. Hazel und Bonnie schlenderten hinterher und lächelten beide über Owens Unbehagen.

»Ist dein Owen auch so ein Stockfisch?« erkundigte sich Hazel.

»Zum Teil«, antwortete Bonnie. »Aber ich habe ihn

verändert. Er hat sich stark gelockert, seit wir verheiratet sind. Wie macht sich dein Owen im Bett?«

»Wir ... haben uns dergestalt noch nicht festgelegt«, sagte Hazel.

»Was hat das denn mit Festlegen zu tun?« wollte Bonnie wissen. »Ich rede von Sex, nicht Liebe. Verdammt, ich habe meinen Owen in weniger als vierundzwanzig Stunden nach unserer ersten Begegnung auf die Matte gelegt. Er war so süß ... Ich konnte einfach nicht die Finger von seinem aristokratischen Arsch lassen. Und Männer verhalten sich so viel vernünftiger, wenn sie regelmäßig bumsen können. Probiere es mal.«

»Ich merke es mir«, sagte Hazel.

»Also«, wandte sich Owen an Mitternacht, »wie war Euer Owen?«

»Ein Held, obwohl er nie einer sein wollte«, berichtete Mitternacht. »Impulsiv, nüchtern und viel zu tapfer, als gut für ihn war. Er scherte sich nie darum, welche Chancen er hatte; solange es der Sache diente, sprang er immer ins Getümmel und machte alles nieder, was sich bewegte. Ein Krieger, wie seine ganze Familie.«

»Klingt nicht sonderlich nach mir«, fand Owen. »Ich habe immer nur gekämpft, wenn es sein mußte.«

»Mein Owen ... hatte einen härteren Kampf zu bestehen als du. Unser Krieg war lang und hart und weckte das Ungeheuer in allen, die mitkämpften. Mein Owen wurde von Blut und Bestimmung getrieben und stürmte über das Schlachtfeld, um zu metzeln, wobei er wie ein Wolf grinste. Er lebte für den Kampf, und nichts machte ihn glücklicher, als wenn er den Sieg in letzter Minute dem Maul der Niederlage entreißen konnte. Ihm gefiel es, wenn die Chancen schlecht standen. Er sagte, dadurch würden die Vorteile ausgeglichen, die ihm das *Labyrinth des Wahnsinns* verliehen hatte. Auf seine Art war der Todtsteltzer ein ehrenwerter Mann. Wir mußten ganze Planeten rächen und wußten nicht mehr, was Gnade bedeutet. Der Krieg war die Hölle, und so verwandelten wir uns in Dämonen. Wir waren Krieger, und das Leben war einfach. Hätte die Rebellion doch nur nie geendet! Wir hätten für immer glücklich sein können.«

Eine Zeitlang gingen sie schweigend dahin. Mitternacht hatte alles gesagt, was ihr auf dem Herzen lag, und Owen wollte verdammt sein, wenn ihm darauf etwas einfiel. Er wußte, was sie mit dem Ungeheuer meinte. Er hatte es selbst schon in sich gespürt, in Form einer blutrünstigen Tobsucht, die nichts mehr auf die Sache oder die Ehre gab, die nur für den Rausch des Adrenalins auf dem Schlachtfeld lebte. Stets hatte er es jedoch niedergerungen, denn er war ein Gelehrter, kein Krieger; ein Mensch, kein Ungeheuer. Er fragte sich, ob Mitternachts Owen ganz anders gewesen war als er, ob er das Zeichen des Ungeheuers offen und mit Stolz getragen hatte. Oder hätten sie sich gegenseitig anblicken können und nur ihr Spiegelbild gesehen? Owen schauderte es plötzlich. Er fragte sich häufig, wie stark die Rebellion ihn verändert hatte, ob sie ihn ungeachtet seiner eigenen Wünsche zu dem brutalen Krieger gemacht hatte, wie es seit jeher das Ziel seiner Familie gewesen war. Jetzt schien ihm jedoch, daß er auf diesem Weg viel weiter hätte gehen können, als er es tatsächlich getan hatte. So wie Mitternachtsblau die perfekte Kampfmaschine war, zu der sich auch Hazel unter anderen Umständen hätte entwickeln können.

»Du bist nicht damit einverstanden, was?« fragte Mitternacht auf einmal. »Das kann ich sehen.«

»Mein Leben ... ist anders verlaufen«, antwortete Owen. »Gott weiß, daß ich selbst genug Schändliches getan habe. Ich fälle über niemanden mehr ein Urteil. Ich habe nicht das Recht dazu.«

Mitternacht löste sich von ihm. »Du bist nicht mein Owen. Er hat stets Urteile gefällt und die Schuldigen von den Unschuldigen geschieden. Und er behielt immer recht. Ein Krieger kennt keine Unentschlossenheit und ein Schlachtfeld keine Grautöne. Und eine Liebe wie unsere keine Schwächen.«

Sie beschleunigte ihre Schritte und ging jetzt allein. Nach einer Weile überholte Bonnie Chaos Owen und gesellte sich zu ihrer Kameradin, und sie zwinkerte Owen kurz zu, als sie an ihm vorbeikam. Er brachte ein leises Lächeln zustande. Hazel gesellte sich zu ihm.

»Das ist wirklich eine gefährliche Frau«, fand Owen und betrachtete Mitternachts gepanzerten Rücken.

»Du solltest mal versuchen, eine Zeitlang mit Bonnie zu plaudern«, entgegnete Hazel. »Sie macht mir eine Scheißangst.«

»Ich kann gar nicht glauben, wieviel Metall sie durch ihre Haut getrieben hat«, sagte Owen. »Ich meine, einiges davon muß richtig weh getan haben. Wahrscheinlich gibt es aufgerüstete Menschen mit weniger Metall im Leibe. Und sie sagt, ihr Owen hätte das gleiche getan!«

»Sie hat auch erzählt, sie wäre mit dir verheiratet.«

Owen schauderte. »Da wäre ich mit einem Grendel besser bedient. Und ich weiß gar nicht, worüber Ihr lächelt. Sie ist letztlich nur eine andere Version von Euch.«

Hazel zuckte die Achseln. »Zweifellos lebt irgendwo ein anderes Ich glücklich verheiratet mit sechs Kindern und hält nie etwas Gefährlicheres in der Hand als ein Brotmesser. Das ist nun wirklich furchterregend, aber es kümmert mich nicht. Ich weiß, wer ich bin.«

»Aber die beiden sind ganz schön ... extrem«, fand Owen. »Können wir ihnen trauen?«

»Gute Frage«, sagte Hazel. »Aber falls es hier hart auf hart kommt, werden wir sie brauchen. Außerdem wissen sie, daß wir das hiesige Universum besser kennen als sie. Ich denke, sie werden uns folgen. Falls wir wirklich mit den Hadenmännern aneinandergeraten, würde ich auch gegen schlechte Chancen auf beide wetten.« Sie grinste Owen verschmitzt an. »Ich denke, daß Mitternacht einen Narren an dir gefressen hat.«

»Nein«, erwiderte Owen. »Der Mann, den sie liebte, war mir in keiner Weise ähnlich. In überhaupt keiner.«

Seine Stimme wies auf einmal einen kalten Unterton auf, der Hazel davon überzeugte, dieses Thema lieber nicht weiter zu verfolgen, und eine Zeitlang schwiegen sie. Die Straßen blieben leer, und man sah keine Spur von Mensch oder Hadenmann. Die Schritte warfen an den Häusern Echos, die in der Stille unheimlich laut klangen. Hazel wurde es langweilig, an Owens Seite zu gehen, da er zu sehr in Gedanken versunken war, um auf ihre Gesprächsansätze mehr als ein Brummen von sich zu gehen. Letztlich gesellte sie sich zu ihren beiden anderen Versionen. Zu dritt schwatzten sie bald fröhlich drauflos und ignorierten Owen vollständig, während sie in praktisch jedem Punkt uneins blieben. Owen war nicht überrascht. Er kannte Hazel schließlich. Er wußte, daß er die drei Frauen eigentlich davor hätte warnen sollen, so laut zu reden, aber ihm war auch klar, daß sie ihn dafür nur zum Teufel gewünscht hätten und er sich somit die Luft sparen konnte. Inzwischen hatten sie alle eine ordentliche Strecke zurückgelegt, und Owens Füße bemerkten es allmählich und beschwerten sich.

Er achtete sorgfältig darauf, nicht selbst in die Streitigkeiten verwickelt zu werden, und war es vollkommen zufrieden, daß man ihn ignorierte. Die besitzergreifende Art, mit der die beiden Alternativversionen ihn musterten, gefiel ihm nicht – ebensowenig die Art, wie Hazel lächelte, wenn sie es bemerkte. Auf ihre unterschiedliche Art faszinierten ihn sowohl Bonnie wie Mitternacht, aber es ähnelte der Faszination eines Verkehrsunfalls auf Schaulustige. Und als er gerade diesem Gedanken nachhing, zog Bonnie beiläufig ein Hypospray aus dem Gürtel, hielt es sich an den Hals und injizierte den Inhalt, ohne dabei auch nur einmal das Schrittempo zu senken. Sie stöhnte leise vor Vergnügen und drückte mit hörbarem Schnappen den Rücken durch. Owen beeilte sich, an ihre Seite zu gelangen. Sie zeigte wieder dieses beunruhigende Lächeln, ganz schmale schwarze Lippen und zugespitzte Zähne.

»Was war das?« fragte Owen scharf.

»Nur etwas zum Entspannen und Muntermachen. Möchtest du mal kosten?«

»Nein«, lehnte Owen ab. »Seht mal, wir sind in einer sehr gefährlichen Lage ...«

»Ach, entspanne dich, mein Hengst. Ich bin so wachsam, daß du mich benutzen könntest, um Ecken auszuschneiden. Wäre ich noch wachsamer, könnte ich in die Zukunft blicken.«

»Drogen sind der Fluch des Kriegers«, warf Mitternacht steif ein. »Wahre Stärke entstammt dem Bewußtsein.«

»Was immer dich durch die Dunkelheit führt, Liebling.«

»War das ... *Blut?*« fragte Hazel.

»Verdammt, nein! Darüber bin ich weit hinaus. Owen hat mir den Weg gewiesen. Mein Owen. Er hat sich nie davor gefürchtet, etwas Neues auszuprobieren. Alles, was ihm einen Vorteil geben konnte. Gemeinsam haben wir fast jede Kampfdroge ausprobiert, die man nur findet, und jede Droge, die uns vielleicht helfen konnte, das vom *Labyrinth* verstärkte Bewußtsein noch zu erweitern. Es geht doch nichts darüber, sein persönliches Universum auszuweiten und die Hemmnisse im Hirn zu beseitigen. Ich habe Teile meines Bewußtseins freigelegt, von denen die meisten Menschen bei sich gar nichts wissen. Wenn du genau hinhörst, kannst du an manchen Tagen hören, wie meine Synapsen brutzeln. Das *Labyrinth* hat dazu den Grundstein gelegt. Der größte Rausch überhaupt! Habe nie was gefunden, was dem gleichkäme. Aber ich suche weiter. Drogen, Kämpfen, ein bißchen privater Sex und Quälerei; alles der reinste Rausch.«

»Du hörst dich genau wie Valentin Wolf an«, fand Hazel.

»Der Imperator?« fragte Bonnie. »Mein Held.«

Hazel sah Owen scharf an, aber er reagierte nicht.

Die Straßen von Brahmin City veränderten sich allmählich, als schließlich Veränderungen auftauchten, die von den Hadenmännern stammten. Von Menschen errichtete Gebäude waren wie faule Zähne entfernt und durch scharfkantige Konstruktionen aus Stahl und Tech ersetzt worden. Keinem der vier war noch nach Reden zumute, und alle trugen sie jetzt die Waffen in der Hand. Nach wie vor war niemand sonst zu sehen, und nur ihre Schritte durchdrangen die bedrohliche Stille.

Die Stadt wirkte immer bedrohlicher. Dem Entwurf der neuen Elemente lagen weder menschliche Logik noch menschlicher Seelenfriede zugrunde, und sie wiesen merkwürdige Winkel und entnervende Formen auf. Sie schimmerten von innen in glänzendem Silber, erzeugten Echos im Bewußtsein und trieben Gedanken in Richtungen, die dem menschlichen Geist nicht bestimmt waren. Hadenmänner selbst waren weiterhin nicht zu sehen. Es war, als gingen die vier durch eine Stadt toter oder träumender Fremdwesen. Das Licht der glänzenden Artefakte schimmerte unterschwellig kalt auf ihrer Haut, als würden sie von vorüberziehenden Gespenstern gestreichelt.

Owen blickte sich weiterhin mit finsterer Miene um. Er zweifelte nicht daran, daß man sie im Auge hatte. Er spürte richtig den Druck kalter, aufmerksamer Blicke. Ihm tat der Kopf weh. Die Finger kribbelten ungemütlich. Irgendwo in weiter Ferne vernahm er ein leises, fortwährendes dumpfes Pochen; es erinnerte ihn an eine einzelne arbeitende Maschine oder womöglich das große künstliche Herz dieser nichtmenschlichen Stadt. Der Wind wehte in Böen, die ständig hin- und hersprangen, als atmeten die Straßen. Owen fragte sich langsam, ob sie nicht vielleicht einen einzelnen lebenden Organismus durchwanderten, eine Stadt, die zu künstlichem Leben und Bewußtsein erweckt worden war. Die Hadenmänner waren durchaus fähig zu dergleichen. Aber wo waren andererseits all die Menschen, die hier gelebt hatten, als es nur eine Stadt gewesen war?

Bonnie Chaos wirbelte plötzlich herum und feuerte ihren Disruptor ab, und der Energiestrahl zerriß einen glasierten Silberknoten auf halber Höhe eines Gebäudes zu ihrer Linken. Glänzende Bruchstücke regneten wie metallene Schneeflocken herab, und der Krach der Explosion schien ewig neue Echos zu werfen. Owen und die anderen sahen sich rasch um, die Waffen einsatzbereit, aber nirgendwo bewegte sich etwas. Owen funkelte Bonnie an.

»Wozu zum Teufel sollte *das* gut sein?«

»Mir hat nicht gefallen, wie mich dieses Bauwerk angesehen hat«, antwortete Bonnie ruhig.

Owen rang um seine Selbstbeherrschung. »Na ja, falls die Hadenmänner zuvor nichts von unserer Anwesenheit wußten, dann jetzt aber mit Sicherheit!«

»Nichts zu danken«, sagte Bonnie.

»Ah, Owen«, warf Hazel ein, »ich denke, wir können ganz klar davon ausgehen, daß sie genau wissen, wo wir stecken.«

Owen drehte sich um und sah, daß eine kleine Armee von Hadenmännern völlig lautlos aus dem Nichts aufgetaucht war und sie jetzt umzingelte. Owen entschied, daß er ganz ruhig stehenbleiben wollte, und hoffte, daß die anderen verständig genug waren, es ihm gleichzutun. Mindestens einhundert der aufgerüsteten Menschen mußten hier stehen – groß und perfekt und völlig reglos in nichtmenschlicher Anmut. Keiner von ihnen trug erkennbare Waffen bei sich. Sie brauchten auch keine. Sie waren selbst Waffen. Die Gesichter waren völlig ausdruckslos, obwohl die Augen mit einem goldenen Glanz brannten, als gloste ein kleines nukleares Feuer in jedem Augapfel. Owen sah Hazel an, und beide senkten die Waffen, damit kein Mißverständnis auftrat. Bonnie wirkte etwas unruhig, und Mitternacht packte sicherheitshalber ihren rechten Arm mit festem Griff. Eine ganze Weile standen Menschen und Hadenmänner nur da und sahen sich an – die Hadenmänner durch Menschentech aufgebessert, ihre Gegenüber durch die fremdartige Tech im *Labyrinth des Wahnsinns* verstärkt. Keiner von ihnen noch im strengen Sinn ein normaler Mensch.

Owen dachte angestrengt nach. Das war genau die Art Konfrontation, der er hatte ausweichen wollen, indem er sich per Kanalisation in die Stadt schlich. Er hegte jedoch immer noch die Hoffnung, eine Art Abkommen auszuhandeln. Sogar nach all dem, was er von den bisherigen Greueltaten der Hadenmänner gesehen hatte, pochte er noch immer möglichst auf das Prinzip, daß Reden besser war als Kämpfen. Er mußte es. Andernfalls hätte er sich vorbehaltlos auf den Weg des Kriegers begeben, sich dem Blutvergießen und der Wut und dem Ungeheuer ausgeliefert.

Dabei hatte er längst genug Tod und Zerstörung miterlebt. Vorsichtig sah er sich nach jemandem um, der wie ein Anführer oder Sprecher wirkte, und spannte sich an, als einer der aufgerüsteten Menschen auf einmal vortrat.

»Hallo, Owen«, sagte der Hadenmann mit rauher, brummender Stimme. »Kennt Ihr mich noch?«

»Mein Gott!« antwortete Owen langsam. »Mond? Seid Ihr das wirklich?«

»Ja«, bestätigte Tobias Mond. »Euer alter Gefährte. Sie haben mich nachgebaut, nachdem ich auf dem verlorenen *Haden* von dem Grendel zerstört worden war. Hallo Hazel!«

»Ist aber eine Weile her, Mond«, sagte Hazel. Sie steckte die Pistole ins Halfter und hielt dem Hadenmann die Hand entgegen. Nach einem Moment ergriff Mond sie und schüttelte sie vorsichtig, sich seiner überlegenen Kraft bewußt. Die Hand des Hadenmanns war leichenkalt, und Hazel ließ sie wieder los, sobald das nach diplomatischen Gesichtspunkten möglich war. Owen musterte Mond sorgfältig, und der Hadenmann erwiderte den Blick gelassen mit den leuchtenden Augen. Owen schüttelte langsam den Kopf.

»Sie haben verdammt gute Arbeit an Euch geleistet, Mond. Ich erkenne nirgendwo eine Naht. Ich meine, dieser Grendel hat Euch regelrecht den Kopf abgerissen!«

»Ich erinnere mich«, sagte Mond. »Ich war dabei.« Er sah Hazel an. »Ich weiß noch, wie Ihr gekommen seid, um mich in der Stadt zu treffen, die wir auf dem verlorenen *Haden* errichtet hatten.« Er wandte sich erneut an Owen. »Ihr, Owen, habt nicht nach mir gesucht.«

»Ich hielt Euch für tot«, erklärte Owen. »Und als ich es schließlich herausfand ... hatte ich so viel zu tun ...«

»Ich verstehe. Ich bin schließlich nicht der Tobias Mond, den Ihr kanntet. Das ist hier sein Körper, zu voller Funktion als Hadenmann wiederhergestellt, und ich habe vollen Zugriff auf alle seine Erinnerungen, aber ich bin nicht er. Ist vielleicht auch besser so; er verbrachte zu viel Zeit fern den Seinen. Er war zu sehr Mensch geworden.«

»Ich hatte also recht«, sagte Owen. »Mein alter Gefährte ist tot. Ich habe einen weiteren Freund verloren. Man sollte eigentlich meinen, daß ich mich inzwischen daran gewöhnt hätte. Aber egal. Also, was passiert jetzt, Mond?«

»Das liegt eigentlich bei Euch, Owen. Ihr hättet uns melden sollen, daß Ihr kommt. Wir hätten einen Empfang für Euch vorbereitet.«

»Ja«, knurrte Hazel, »da wette ich!«

»Bitte legt Eure Waffen weg«, sagte Mond ruhig. »Ihr schwebt nicht in Gefahr. Der Erlöser und seine Gefährten sind den Hadenmännern stets willkommen.«

Owen sah die anderen an, zuckte die Achseln und steckte Pistole und Schwert weg. Nach längerem Zögern steckte Hazel das Schwert in die Scheide, und Bonnie und Mitternacht taten es ihr nach. Bonnie musterte die Hadenmänner mit erkennbarer Neugier, und sie erwiderten den Blick mit gleichem Interesse. Beide Seiten hatten ihresgleichen wohl noch nie gesehen. Mitternacht verschränkte die muskulösen Arme auf der Brust und schien gelangweilt, seit keine Hoffnung mehr auf ein bißchen Aktion bestand. Owen sah sich um und betrachtete die ausdruckslos starrenden Gesichter der aufgerüsteten Menschen. Er entdeckte eine beunruhigende Ähnlichkeit, als folgten sie hinter den Gesichtern den gleichen Gedanken. Die Hadenmänner wiesen eine vollkommene Gestalt auf, aber es war keine menschliche Vollkommenheit. Die

Körper waren überwiegend Maschinen, das Hirn mit implantierten Lektronen verstärkt. Ihr einziges Ziel bestand in der Vervollkommnung der gesamten Menschheit durch Technik. Und falls sie dabei menschliche Attribute verloren hatten – Gefühle und Gewissen und Individualität –, dann war das ein Preis, wie ihn die Hadenmänner schon immer zu zahlen bereit gewesen waren.

»Wir hätten wissen müssen, daß Mond wieder auftaucht«, murmelte Oz in Owens Ohr. »Man kann sich bei einem Hadenmann auf nichts verlassen – nicht mal, daß er tot bleibt. Jetzt ist er nur noch einer unter vielen bleichen Harlekinen mit dem Kainszeichen auf der Stirn. Sei ja vorsichtig, Owen!«

Owen runzelte die Stirn. Die Worte der KI schienen eine Erinnerung zu wecken, die Erinnerung an etwas, was ihm ein Präkog auf *Nebelwelt* erzählt hatte. Einen Augenblick lang hatte er das Gefühl, kurz davor zu stehen, daß er etwas Wesentliches begriff, aber Mond wies jetzt höflich darauf hin, daß sie lieber losgingen, und Owen gab seine Überlegungen wieder auf und konzentrierte sich auf das Unmittelbare. Er hegte weiterhin die Hoffnung, die Hadenmänner zu überzeugen, daß sie ihre Gefangenen freiließen und lieber wieder mit der Menschheit zusammenarbeiteten, als sie zu bekämpfen. Gemeinsam erwiesen sich die beiden Zweige der Menschheit vielleicht zu weit mehr fähig, als jeder von ihnen für sich. Und die Hadenmänner mußten etwas aus ihrer totalen Niederlage im ersten Kreuzzug gegen das Imperium gelernt haben. Sicherlich würde doch ein Volk, das sich soviel auf seine Logik zugute hielt, den gleichen Fehler nicht zweimal begehen?

Mond führte die vier Menschen die Straße entlang, und die restlichen Hadenmänner schlossen sich ihnen an, wobei sie perfekten Gleichschritt hielten. Owen hoffte, daß Hazel und ihre anderen Versionen weiterhin seinem Beispiel folgten und nichts vom Zaun brachen. Mit etwas Glück entlockte er vielleicht Mond hilfreiche Informationen, ehe sie das Ziel erreichten. Was wahrscheinlich ein guter Anfang war.

»Also«, fragte Owen beiläufig, »wohin gehen wir, Mond?«

»Ins Stadtzentrum«, antwortete der Hadenmann mit seiner kratzenden, summenden Stimme. »Wir möchten euch so vieles zeigen, Erlöser! Vieles, das Ihr möglich gemacht habt.«

»Wir waren Verbündete während der Rebellion. Warum habt Ihr Euch jetzt gegen die Menschheit gewandt?«

»Wir folgen unser Programmierung. Den Imperativen der Genetischen Kirche. Der Vervollkommnung der Menschheit. Wir bringen allen die Gabe der Transformation.«

»Was, wenn nicht jeder sie wünscht?«

»Eine solche Reaktion wäre eindeutig unlogisch und wird demzufolge mißachtet. Wir tun, was wir tun müssen. Was nötig ist.«

Wie es schien, hatte Mond recht damit, er verfüge nicht mehr über die alte Persönlichkeit. Seine Antworten hätten von jedem aufgerüsteten Menschen stammen können. Tobias Mond war anders gewesen. Er hatte einen großen Teil seines Lebens unter Menschen verbracht und unwillkürlich menschliche Eigenschaften übernommen. Er hatte immer geäußert, er wünschte sich nichts weiter, als bei seinem Volk zu weilen, ein Hadenmann unter Hadenmännern, aber selbst dabei war er nicht sicher gewesen, ob sie ihn so akzeptieren würden, wie er sich entwickelt hatte. Letztlich starb er, ehe Owen die *Gruft* der Hadenmänner öffnen konnte, und erlebte somit deren Wiedergeburt nicht mit. Jetzt war er wieder da, lebte, wie er es sich immer gewünscht hatte, und verstand es nicht mal zu würdigen, weil Hadenmänner keine derartigen Gefühle kannten. Owen verspürte einen unklaren Zorn.

»Ihr verfügt über Monds Erinnerungen«, sagte er scharf. »Ihr erinnert Euch an mich und Hazel. Wir waren Freunde. Was empfindet Ihr heute uns gegenüber?«

»Hadenmänner haben tatsächlich Gefühle«, sagte Mond unerwartet. »Sie sind nur ... verschieden von menschlichen Gefühlen. Sie entstehen aus unserem Verstand, nicht aus einem chemischen Ungleichgewicht im Körper. Ihr müßt verstehen, daß wir viel aufgeben, um Hadenmänner zu werden. Unsere Geschlechtlichkeit wird entfernt, ebenso andere überflüssige Begehrlichkeiten und Bedürfnisse, und daher leiten sich unsere Gedanken und Triebkräfte aus anderen Quellen her als Eure. Wir geben menschliche Schwächen auf, um uns höherzuentwickeln, um Teil eines größeren Ganzen zu werden. Wir fühlen weder Schmerz noch Verzweiflung, weder Hitze noch Kälte. Wir sind nie allein. Meine Gedanken sind logisch, meine Träume mathematische Abläufe. An mir ist weit mehr als die kaum funktionsfähige Kreatur, die Ihr früher kanntet.«

»Bemühe dich nicht, zu ihm durchzudringen«, sagte Hazel. »Ich habe es damals auf *Haden* oft genug versucht. Dabei ist von dem Mond, den wir kannten, ohnehin nichts übrig.«

»Ich entsinne mich«, warf Mond ein. »Ihr habt mich wegen *Blutes* angesprochen. Benötigt Ihr mehr davon?«

»Nein«, sagte Hazel. »Ich brauche es nicht mehr.«

»Sehr klug«, fand Mond. »Es ist dem menschlichen Organismus sehr abträglich.«

»Menschlich zu sein, das hat Euch zu Dingen

befähigt, die sich Euch jetzt wohl wieder entziehen«, sagte Owen. »Erinnert Ihr Euch, wie Ihr gestorben seid, Mond? Ihr habt gerade versucht, die Steuerung einzuschalten, die die *Gruft der Hadenmänner* öffnete, als die Grendelkreatur angriff. Ihr habt gekämpft, wurdet aber zerrissen; die Kreatur rupfte Euch mit den bloßen Händen den Kopf von den Schultern. Sie fraß schon an Euch, als ich sie fand und tötete. Ich versuchte die Gruft zu öffnen, verfügte jedoch nicht über die Zugangskodes. Nur Ihr kanntet sie. Und Ihr kehrtet von den Toten zurück, um sie mir zu nennen, habt sie mit toten Lippen ausgesprochen. Ohne Eure Hilfe hätte ich die Gruft nicht öffnen können. Erinnert Ihr Euch an irgend etwas davon?«

Mond betrachtete ihn ausgiebig und wandte schließlich den Blick ab. »Nein, ich weiß nichts mehr davon. Es klingt sehr unwahrscheinlich. Wahrscheinlich habt Ihr Euch das im Streß des Augenblicks nur eingebildet. Menschen passiert das schon mal.«

Owen beschloß, das Thema zunächst fallenzulassen, damit der Hadenmann darüber nachdenken konnte. Er war überzeugt, irgend etwas in Mond angerührt zu haben, selbst wenn der aufgerüstete Mann es leugnete. »Also, woher wußtet Ihr, wo Ihr uns findet, Mond?«

»Ihr wurdet sofort entdeckt, als Ihr in die Stadt eingedrungen seid. Wir haben die Stadt nach unseren Vorstellungen umgebaut, und jetzt ist jeder Hadenmann ein Teil von ihr; nichts bewegt sich hier mehr, was nicht zu uns gehört. Unsere Sensoren entdeckten Euch und identifizierten Euch als den Erlöser. Deshalb sind wir gekommen, um Euch ins Herz unseres Mysteriums zu geleiten. Wir werden Euch nichts verheimlichen. Ihr und Eure Familie wart stets gute Bundesgenossen der Hadenmänner.«

»Das habe ich schon einmal von Euch gehört«, sagte

Owen langsam. »Ich habe aber nie die Zeit gefunden, der Sache nachzugehen. Oder vielleicht fürchtete ich mich auch davor. Was für Beziehungen hat Eure Lebensform mit dem Clan Todtsteltzer?«

»Unsere Verbindung reicht über Jahrhunderte zurück. Ursprünglich lief sie über die Lektronen von Giles Todtsteltzer; er nahm Verbindung mit den Wissenschaftlern auf, die das *Labyrinth des Wahnsinns* durchschritten und sich danach in die ersten Hadenmänner verwandelten. Die Beziehung setzte sich durch diverse Angehörige Eurer Familie fort, bis zu unserem gescheiterten ersten Kreuzzug. Die Todtsteltzers unterstützten uns, lieferten uns alles nötige und halfen uns, uns vor dem Rest des Imperiums zu verstecken. Als der Kreuzzug scheiterte, flohen wir in unsere Gruft, um auf bessere Zeiten zu warten, und Eure Familie wachte über uns, bis es Eure Bestimmung wurde, zu kommen und uns zu erwecken. Deshalb enthielt der Ring Eures verstorbenen Vaters die Koordinaten des verlorenen *Haden*. Alles war sorgfältig arrangiert. Ihr wart nur das letzte Rädchen in einer großen Maschine.«

»Und welcher Art war diese Beziehung?« erkundigte sich Owen und beherrschte seinen Zorn. »Es muß eine Absprache gegeben haben. Wer hat wem was versprochen?«

»Wir wollten den Rebellen helfen, den Eisernen Thron zu stürzen und selbst die Macht zu ergreifen. Als Gegenleistung wurden den Hadenmännern eigene Planeten versprochen sowie ein Anteil der imperialen Bevölkerung. Eine Aushebung, ein Zehnter. Millionen Männer und Frauen, mit denen wir hätten tun dürfen, was nötig war.«

»Nein«, erwiderte Owen. »Nein! Mein Vater hätte nie in so etwas eingewilligt!«

»Bist du sicher?« fragte Hazel leise. »Giles hätte verdammt sicher keine Probleme damit gehabt. Und du hast immer gesagt, dein Vater hätte auch ein Abkommen mit dem Teufel getroffen, wenn das nötig geworden wäre, um ans Ziel zu kommen.«

»Das Ziel rechtfertigt die Mittel«, sagte Owen bitter. »Alles für das größere Wohl. Das noble Opfer, solange es nicht seines war. Scheiße dieser Art war der Grund, warum ich mit ihm gebrochen habe, mich geweigert habe, an seinen Intrigen mitzuwirken. Aber nie hätte ich vermutet, daß er an so etwas wie hier beteiligt war.«

»Es war ein gutes Abkommen, das beiden Seiten Gewinn gebracht hat«, warf Mond gelassen ein. »Und vollkommen logisch. Wir haben unseren Teil erfüllt, und das Imperium gehört Euch. Jetzt nehmen wir, was uns versprochen wurde. Angefangen mit *Brahmin II*.«

Owens Hand fiel auf die Waffe an seiner Seite, und Hazel packte seinen Arm mit festem Griff. Jetzt war nicht der richtige Zeitpunkt. Noch nicht. »Was ist so besonders an dieser Welt?« fragte sie. »Ihr seid jetzt zum zweitenmal hier.«

»Man findet hier Vorkommen, die es sonst im ganzen Imperium nicht gibt«, erklärte Mond. »Für Menschen sind sie nutzlos, für die Technik der Hadenmänner jedoch unbezahlbar. Die einheimische Bevölkerung stellt einen nützlichen Bonus dar. *Brahmin II* ist nur der Anfang. Wir werden von Planet zu Planet ziehen, uns jeweils nur einen vorknöpfen und uns der Bevölkerung und der Ressourcen bemächtigen. Die Menschen wandeln wir in Hadenmänner um, so daß unsere Zahl mit jedem Planeten wächst. Das Imperium wird lange brauchen, um die Gefahr zu erkennen. Es wird nicht eines einzelnen Planeten wegen Krieg mit uns anfangen, nicht in seiner jetzigen geschwächten Verfassung. Wenn die

Menschen schließlich erkennen, wieviel wir uns angeeignet haben und wie viele von ihnen in Hadenmänner umgewandelt wurden, ist es längst zu spät. Der zweite Kreuzzug der Genetischen Kirche wird über die Menschheit hinwegfegen und die Gabe der Transformation bringen, und ehe Ihr Euch verseht, ist das Imperium eines der Hadenmänner.«

»Er bildet sich mächtig was ein, wie?« fragte Bonnie Chaos. »Sag nur ein Wort, Owen, und ich knacke diese Blechbüchse und ziehe ihre Drähte heraus.«

»Richtig«, schlug Mitternachtsblau in dieselbe Kerbe und spannte die dunklen Muskeln. »Nur ein Wort, und ich reduziere diese Apparatur auf ihre Einzelteile.«

»Ein netter Gedanke, aber wartet vorläufig noch«, sagte Owen. »Ich muß noch weitere Dinge in Erfahrung bringen. Ob ich sie nun wirklich wissen möchte oder nicht.«

Mond führte sie auf eine Besichtigungstour durch das, was früher Brahmin City gewesen war. In den Gebäuden zeigte er ihnen Hadenmänner, die direkt in Systeme eingestöpselt waren und einen Teil des technischen Instrumentariums der Stadt bildeten. Einige Hadenmänner waren teilweise demontiert worden, um sie in die städtische Maschinerie einzubauen. Überall, wo die Gruppe hingeführt wurde, arbeiteten unbekannte Maschinen unaufhörlich an unbekannten Zwecken. Owen gewann zunehmend die Überzeugung, daß man die ganze Stadt in eine große Maschine umgewandelt hatte, auch wenn deren Zweck unklar blieb.

»Und wo sind die ganzen Leute?« fragte Hazel schließlich. »Ich meine, die richtigen Menschen – die Bevölkerung von Brahmin und eure Gefangenen aus der Zeit der Rebellion. Was habt ihr mit ihnen gemacht?«

»Ja«, fiel Owen ein. »Es wird Zeit, daß Ihr es uns erzählt, Mond. In so kurzer Zeit hättet Ihr sie nicht alle in Hadenmänner umwandeln können.«

»Sie wurden nutzbar gemacht«, versetzte Mond ruhig. »Wir vergeuden nie etwas. Wir zeigen euch alles.«

Er führte sie in einen hohen Stahlturm ohne Fenster, und die Tür verriegelte sich hinter dem letzten Hadenmann, der sie begleitete. Die meisten waren draußen geblieben, aber zwanzig aufgerüstete Menschen blieben bei den Besuchern. Owen verriet nichts. Die Hadenmänner dachten vielleicht, daß zwanzig von ihnen reichten, um ihren Willen durchzusetzen, aber sie hatten noch nie Labyrinthkräfte im vollen Ausmaß tätig gesehen. Ihnen stand eine höllische Überraschung bevor.

Mond öffnete eine Tür, die genauso aussah wie alle anderen, und geleitete die Menschengruppe in ein Labor der Hadenmänner. Und dort fanden sie endlich heraus, was die Hadenmänner mit den gefangenen Menschen angestellt hatten. Owen rang um die Selbstbeherrschung. Sie warteten nur darauf, daß er die Beherrschung verlor. Er wollte jedoch sicher sein, daß es die eigene Entscheidung war, wenn er schließlich zurückschlug. Er spürte, wie Hazel neben ihm zitterte. Er wagte nicht, sich umzudrehen und nachzusehen, wie Bonnie und Mitternacht es aufnahmen.

In einem glänzenden, makellosen Raum, der sich unendlich auszudehnen schien, hatte man die Menschen von *Brahmin II* für Experimente nutzbar gemacht. Einige waren in laufende Maschinen eingestöpselt, um zu prüfen, ob sie funktionieren konnten wie Hadenmänner. Bündel von Kabeln und Schläuchen steckten in den Körpern, aber Blut war nirgendwo zu sehen. Es war komplett abgepumpt worden. Es waren mehr Menschen, als man zählen konnte, Männer und Frauen, die eigentlich hätten tot sein sollen, die man aber künstlich in einer Hölle am Leben hielt. Alle Opfer schienen sich ihrer Lage bewußt, aber keines wehrte sich oder protestierte.

»Warum schreien sie nicht?« fragte Hazel. »Verdammt, ich täte es!«

»Wir haben ihre Stimmbänder entfernt«, erklärte Mond. »Der Lärm hat uns abgelenkt.«

»Warum bewegen sie sich nicht?« fragte Owen, obwohl er die Antwort schon kannte.

»Bewegung war überflüssig und hätte womöglich die Tests gestört«, sagte Mond. »Also haben wir auch das Rückenmark durchtrennt.«

»Warum?« fragte Owen, ohne Mond anzublicken, die Stimme so kalt wie der Tod. »Wozu all dieses ... Grauen?«

»Die Menschen haben sich verändert, seit wir zuletzt unter ihnen wandelten«, erklärte Mond ruhig. »Man findet Klone und Esper und angepaßte Menschen und sogar Wunderwirker wie Euch. Für uns ist entscheidend, die aktuelle Verfassung der Menschheit zu erforschen, ehe wir damit beginnen können, sie zu verbessern. Dieser ganze Turm ist nur ein großes Laboratorium, das dazu dient, die verborgene Wahrheit aufzudecken über das, was in unserer Abwesenheit aus der Menschheit geworden ist. Die Testpersonen werden auf ihre körperlichen und psychischen Grenzen hin geprüft, damit wir womöglich die uralte Frage beantworten können: Was ist dieses Wesen, das man Mensch nennt? Interessiert Ihr Euch für das, was wir bislang in Erfahrung gebracht haben? Unsere Testergebnisse haben sich als höchst erhellend erwiesen.«

Owen packte Mond am Arm und zwang ihn, sich umzudrehen, so daß sie einander von Angesicht zu

Angesicht gegenüberstanden. »Seid Ihr stolz darauf, Mond? Auf das, was Ihr und Euresgleichen mit lebenden, empfindungsfähigen Wesen angestellt habt?«

Mond reagierte betroffen auf die Frage. »Es ist nötig! Leid ist vorübergehend, Wissen ist ewig. Und keine der Testpersonen wird vergeudet. Wer die Tests überlebt, wird in einen Hadenmann umgewandelt und nie wieder Leid erfahren. Wer stirbt, liefert Körperteile für das Wohl aller. Und alles, was wir hier herausfinden, wird ins große Kompendium des Wissens der Hadenmänner aufgenommen. Durch eigenes Bemühen entwickelt sich der Mensch zu mehr, als er vorher gewesen ist. Das ist das Glaubensbekenntnis der Hadenmänner.«

»Aber was empfindet Ihr bei all dem?« wollte Owen wissen. »Über das Grauen, das die Testpersonen empfinden, das Ihr ihnen zufügt?«

»Früher einmal«, antwortete Mond langsam, »hatte diese Frage womöglich eine Bedeutung für mich. Aber ich wurde seitdem ... verbessert.«

»Den Teufel wurdet Ihr!« entgegnete Owen.

»Nur um das richtig zu verstehen«, mischte sich Bonnie Chaos ein. »Mir ist dieser ganze Hadenmännerscheiß neu. Wollt ihr die Menschheit verbessern, indem ihr alles wegschnippelt, was uns zu Menschen macht?«

»Ich dachte, daß zumindest Ihr es vielleicht begreift«, sagte Mond. »Ihr wart nicht zufrieden mit dem, was die Natur aus Euch gemacht hat. Ihr habt Löcher in Euer Fleisch geschnitten, um Platz für Metall zu schaffen. Ihr habt flüchtigen Schmerz für künftigen Gewinn ertragen.«

»Nur weil ich Spaß daran hatte, Metallkopf. Es war meine Entscheidung. Ihr habt diesen Leute jede Entscheidung geraubt. Das ist unmenschlich. Und damit ist sofort Schluß.«

Ihre Hand zuckte blitzschnell zur Pistole an der Hüfte, aber die Hadenmänner ringsherum reagierten schneller. Fäuste mit Stahlknöcheln schlugen sie im Gleichklang zu Boden. Mitternachtsblau trat einen Schritt vor, nur um wieder stehenzubleiben, als die Hadenmänner, die sie umgaben, bedrohlich auf sie eindrangen. Bonnie wehrte sich, aber ihrer Gegner waren zu viele, und sie hatte nicht genug Platz. Hazel sah Owen an, aber dieser stand einfach nur da und unternahm nichts, wobei er sich zugleich nicht gestattete, den Blick abzuwenden. Fäuste der Hadenmänner durchschlugen Bonnies leichenblasse Haut und rissen ihr den Piercing-Schmuck aus dem Fleisch. Das Blut spritzte kräftig, und der Ausdruck in Bonnies Augen verschwamm. Schließlich hörte sie auf zu strampeln und lag reglos da, und die Hadenmänner zogen sich von ihr zurück.

Mitternacht bedachte Owen mit einem finsteren Blick. »Du hättest das verhindern können!«

»Ja«, sagte Owen. »Wahrscheinlich. Aber sie mußte auf die harte Tour lernen, wozu die Hadenmänner fähig sind. Ich bin schließlich nicht immer da, um Bonnie zu beschützen. Außerdem heilt sie wieder. Das ist nun mal ihre Gabe.«

»Du kaltherziger Mistkerl!« meinte Mitternacht.

»Manchmal trifft das zu«, bestätigte Owen. »Ihr seid nicht der einzige, der in einem harten Krieg harte Lektionen gelernt hat.«

Er trat vor und kniete neben Bonnie Chaos nieder. Ihr Gesicht war geschwollen und blutig und ein Auge komplett zu. Sie atmete raspelnd, und der Mund stand offen und verriet, daß einige der vorderen Zähne fehlten. »Wie fühlt Ihr Euch?« fragte Owen sanft.

»Phantastisch«, antwortete Bonnie und bemühte sich, den Atem wieder zu beruhigen. »Gib mir eine

Minute, und ich bin wieder auf den Beinen und verpasse den Mistkerlen eine Abreibung.«

»Nein, das werdet ihr nicht«, erwiderte Owen. »Das war deren Vorstellung von einer Warnung. Nächstes Mal bringen sie Euch einfach um. Auf diese Weise können wir sie nicht besiegen. Wir müssen mit Köpfchen einen Ausweg finden. Werdet Ihr jetzt bitte die Nummer der Soloheldin vergessen und Euch meiner Führung anvertrauen?«

Bonnie überlegte. »Wie viele Metallköpfe habe ich ausgeschaltet?«

»Weniger als einen.«

»Ich vertraue mich deiner Führung an.« Sie setzte sich auf und konzentrierte sich. Die Schwellungen im Gesicht gingen zurück, und das zugeschwollene Auge heilte in Sekunden. Neue Zähne schoben sich aus dem verletzten Zahnfleisch. Bonnie streckte sich locker wie eine Katze und stand geschmeidig auf, wobei sie breit grinste.

»O Mann, was für ein Rausch!« Sie funkelte die Hadenmänner an. »Nächstes Mal plane ich besser voraus.«

»Nächstes Mal«, entgegnete Mond, »finden wir für Euch einen Platz in unseren Labors. Wir haben Euch nur am Leben gelassen, um dem Erlöser einen Gefallen zu tun.«

»Ja«, warf Mitternacht kalt ein, »ich kann sehen, daß eine echt enge Beziehung zwischen dir und ihm besteht.«

Owen musterte sie. »Ihr seid angeblich Kriegerin. Erkennt Ihr nicht die Sinnlosigkeit eines Kampfes gegen überwältigende Chancen?«

»Wir haben das *Labyrinth des Wahnsinns* durchschritten!« entgegnete Mitternacht. »Nichts kann uns aufhalten!«

»Du hast dich noch nie Hadenmännern entgegenstellen müssen«, warf Hazel ein. »Falls du lebend aus dieser Sache herauskommen möchtest, höre auf Owen. Er weiß, was er tut.«

Mitternacht funkelte erst Hazel an, dann Owen, und wandte sich schließlich Bonnie zu, um ihr den Arm zu reichen, worauf Bonnie jedoch gar nicht angewiesen war. Hazel trat dicht an Owen heran.

»Sag mir, das das alles zu einem schlauen Plan gehört!« sagte sie leise.

»Es gehört alles zu einem schlauen Plan«, antwortete Owen.

»Jetzt versuch es noch mal in einem Ton, als ob du es ernst meinen würdest.«

»Zur Zeit versuche ich einfach, unser aller Leben zu retten«, sagte Owen leise. »Unsere Chancen hier gefallen mir wirklich nicht. Vielleicht würden wir es schaffen, vielleicht nicht. Ich möchte aber nicht auf die harte Tour herausfinden, daß die zweite Möglichkeit zutrifft.«

Hazel sah sich kurz um und zuckte unbehaglich die Achseln. »Ich denke weiterhin, daß wir ihnen die Metallärsche versohlen könnten, wenn es sein muß, aber ich bin auch entschieden dafür, zuerst jede andere Option auszuprobieren. Setze Mond weiter unter Druck; ich denke, du dringst allmählich zu ihm durch. Seine letzten Antworten klangen beinahe menschlich. Bleib kühl, Owen. Halte dich senkrecht. Ich kann sehen, wie hart das alles für dich ist.«

»Ist das so offenkundig? Wie sehr ich mir wünschte, hier alles niederreißen zu können? Was hier geschieht, ist abscheulich, unmenschlich, absolut böse. Es gleicht allem, wogegen wir im Imperium gekämpft haben. Aber entscheidend ist, daß wir lebendig hier herauskommen. Wenigstens einer von uns muß entkommen, um die Menschheit zu warnen.«

»Verstanden«, sagte Hazel. »Und nein, es ist nicht

offenkundig. Die anderen kennen dich aber auch nicht so gut wie ich. Es erinnert dich an das Haus der Gebeine, nicht wahr? An das, was deinem Volk auf *Virimonde* widerfahren ist.«

»Ja. Nur ist das hier anders. Die meisten dieser armen Schweine leben noch, wenn auch in der Hölle. Also muß ich einen Plan entwickeln, der nicht nur die Hadenmänner beseitigt, sondern außerdem die Gefangenen befreit. Und da Pläne nicht unbedingt meine starke Seite sind ...«

»Dir wird schon was einfallen, Gelehrter. Sag mir nur Bescheid, wann ich anfangen kann, um mich zu schießen. Was eindeutig meine starke Seite ist.«

Owens Mund zuckte zum erstenmal in dieser Situation und zeigte die Andeutung eines Lächelns. »Ihr und Eure beiden anderen Versionen. Ich schätze, manches ändert sich nie.«

»Du hättest doch nicht zugelassen, daß sie Bonnie umbringen, oder?«

»Natürlich nicht. Ich konnte aber auch nicht zusehen, wie sie uns alle zu diesem Zeitpunkt auf einen Kampf festlegte. Mond und seine Leute warteten nur auf eine Gelegenheit, uns zu zeigen, wer hier wirklich das Kommando führt. Hoffentlich sind sie jetzt uns gegenüber etwas nachlässiger.«

»Und wie sieht der Plan jetzt aus?«

»Unsere Augen und Ohren offenhalten und auf eine Chance warten. Wir müssen immer noch so viel wie möglich über das erfahren, was die Hadenmänner hier vorhaben.«

»Sie sind ein Haufen böser, sadistischer Mistkerle. Was müssen wir noch erfahren?«

»Wie weit sie damit sind, die nächste Generation von Hadenmännern zu entwickeln. Wir müssen genau wissen, wozu die neuen Modelle fähig sind, wie viele sie hier auf *Brahmin* haben und wie viele weitere sich noch in anderen Stützpunkten, auf anderen Welten versteckt halten. Diese Dinge zu erfahren und ans Imperium zu übermitteln, das ist wichtiger als unser Verlangen nach Rache.«

Hazel musterte ihn unverwandt. »Und wichtiger als unser Leben?«

»Vielleicht. In vieler Hinsicht ist das, was hier geschieht, meine Schuld. Und die meiner Familie. Es ist meine Pflicht, alles zu tun, was in meiner Macht steht, um dem Einhalt zu gebieten.«

»Mach dir keine Sorgen«, sagte Hazel. »Sobald wir alles erfahren haben, was wir wissen müssen, wird dieser ganze Drecksladen geschlossen. Was es auch kostet.«

»Vergeßt die Geiseln nicht!« mahnte Owen sie. »Wir dürfen sie nicht einfach im Stich lassen.«

Hazel sah sich im Labor um. »Nach allem, was sie durchgemacht haben, ist der Tod vielleicht der einzige Freundschaftsdienst, den wir ihnen leisten können.«

»Womöglich. Aber wir müssen es versuchen. Es ist unter dem Gesichtspunkt der Menschlichkeit zwingend.«

»Interessant«, sagte Mond plötzlich. »Ihr unterhaltet Euch seit einiger Zeit angeregt, aber ich habe kein Wort verstanden. Nicht mal mit dem verstärkten Gehör. Und Ihr habt auch Eure Komm-Implantate nicht benutzt, die ich abgehört hätte. Hat das *Labyrinth* Euch zu Telepathen oder dergleichen gemacht?«

»Zu dergleichen«, antwortete Owen. »Ganz eindeutig zu dergleichen. Wir alle, die das *Labyrinth* durchschritten haben, sind geistig verbunden, stehen uns nahe. Wärt Ihr bei uns geblieben, gälte das auch für Euch. Jetzt verschwindet.«

Mond nickte. »Seid so frei, nach Belieben Drohungen oder Widerstandserklärungen abzugeben, falls Ihr das im Interesse Eures Seelenfriedens nötig findet.«

»Ihr habt mich verraten. Ihr alle. Ich habe Euch nicht aus der Gruft freigelassen, um so etwas zu tun wie hier.«

»Eure Gründe für die Öffnung der Gruft sind irrelevant«, versetzte Mond ruhig. »Ihre Freiheit war unvermeidlich. Hättet Ihr es nicht getan, dann irgendein anderes Familienmitglied. Vielleicht David.«

»Interessant«, fand Hazel. »Du sagst inzwischen ›ihre‹ anstatt ›unsere‹. Bist du womöglich nicht ganz mit dem einverstanden, was hier passiert?«

»Ich glaube, daß hier ein Ausdruck der Menschen, *nach Strohhalmen greifen,* anwendbar ist«, erwiderte Mond. »Folgt mir.«

»Natürlich«, sagte Owen. »Stets offenbart die Hölle, daß sie noch weitere Kreise zieht, nicht wahr?«

Sie stiegen ins nächste Stockwerk hinauf und erreichten ein weiteres Labor. Es war still wie in einem Grab. Endlose Reihen von Männern und Frauen saßen reglos in winzigen Kabinen, die Augen geschlossen, die Gesichter völlig unbewegt. Die Köpfe standen per Metallkabeln mit unsichtbaren Apparaten in Verbindung. Nach dem Grauen des vorherigen Labors wirkte das neue beinahe friedlich. Owen traute dem Braten von Anfang an nicht. Er sah Mond an.

»Wir testen hier nach Esper-Kräften«, erklärte Mond. »Das Phänomen war zur Zeit des ersten Kreuzzugs praktisch unbekannt, hat sich aber inzwischen über die ganze Menschheit ausgebreitet. ESP fasziniert die Hadenmänner; es bietet eine Form von Macht und Kontrolle, die nicht auf Technik beruht, sondern aus unbekannten Tiefen nicht aufgerüsteter Gehirne stammt. Die Hadenmänner wünschen das für sich selbst. ESP hat keine erkennbare Energiequelle und erreicht doch Dinge, die keinem Hadenmann möglich sind, nicht einmal mit seinem riesigen Wissen über Technologie.«

»Ihr foltert sie, bis sie sterben«, sagte Bonnie. »Mistkerle!«

Mitternacht funkelte Owen an, schwieg jedoch.

»Ihr seid auch damit nicht einverstanden, nicht wahr, Mond?« fragte Owen.

»Meine Zustimmung ist irrelevant«, sagte Mond. »Die Hadenmänner tun alles, was im Rahmen ihrer Bestimmung erforderlich ist. Keine individuelle Überzeugung darf sich darin einmischen.«

»Du wirst schwächer, Mond«, sagte Hazel. »Ich warte jeden Augenblick darauf, daß du dich vergißt und es riskierst, eine eigene Meinung zu äußern.«

»Was immer ich gewesen sein mag, ich bin jetzt ein voll funktionsfähiger Hadenmann«, erwiderte Mond. »Der Tobias Mond, den Ihr kanntet, ist tot. Kommt jetzt; es gibt noch viel für Euch zu sehen.«

»Ich denke nicht«, erwiderte Owen. »Ich bin viel mehr daran interessiert, mich mit Euch zu unterhalten. Versuchen wir es doch mal mit ein paar klaren Fragen und Antworten, was?«

»Falls Ihr wünscht. Ihr seid der Erlöser. Wir werden nichts vor Euch verbergen.«

»Und höre mit dieser Erlöserscheiße auf. Ich bin ein Todtsteltzer, und das war schon immer ein anderes Wort für Ehre, ungeachtet dessen, was manche aus unserer Familie vielleicht getan haben, um mit Euch zusammenzuarbeiten und die Ehre damit in den Schmutz zu ziehen. Ich möchte Antworten hören, und Ihr werdet sie mir geben. Was geschieht in den übrigen Labors?«

»Wir untersuchen aktuelle Technik und extrapolieren auf dieser Grundlage«, erklärte Mond, weniger erregt jetzt, wo er sich auf festerem Grund bewegte. »Die Wissenschaft hat sich in unserer Abwesenheit weiterentwickelt. Obwohl wir auf den meisten Gebieten nach wie vor voll auf dem laufenden sind, bleibt trotzdem noch viel zu lernen. Das Klonen ist neu für uns. Sobald wir das beherrschen, können wir die Bevölkerung dieses Planeten mehrfach neu klonen, um Ausgangsmaterial für neue Hadenmänner bereitzustellen. Sie werden die nächste Generation der Hadenmänner, größer als ihre Vorgänger: Unbesiegbar in der Schlacht, genetisch überlegen. Dadurch ist ihr Triumph unausweichlich. Der Zweite Kreuzzug wird die gesamte Menschheit transformieren und ein Imperium der Hadenmänner schaffen, stark, effizient, unüberwindlich. Das ist unumgänglich. Wir haben viele Feinde. Die KIs von *Shub* haben alle Angebote der Zusammenarbeit oder eines Bündnisses ausgeschlagen. Sie sagen, sie bräuchten die Hadenmänner nicht. Wir wären nur Fleisch, das an Einbildungen von Größe litte. *Shub* bleibt damit ein Feind und eine Gefahr. Und dann sind da noch die Fremdwesen. Unbekannt. Mächtig. Gefährlich. Die Menschheit muß sich höherentwickeln, falls sie diese Gefahren überleben soll.«

»Verdammt!« sagte Mitternachtsblau. »Sobald er erst mal losgelegt hat, kann ihn nichts mehr aufhalten, was?«

»Gib mir zehn Minuten mit ihm allein, und ich halte ihn auf!« knurrte Bonnie. Alle ihre Verletzungen waren verheilt, und ihre finstere Miene konnte wahrhaftig beeindrucken. »Wieviel von diesem Scheiß müssen wir uns noch anhören, Owen? Mein Owen hätte längst ...«

»Euer Owen ist nicht hier!« raunzte Owen. »Und selbst wenn er es wäre, hätte er wahrscheinlich nicht mehr gegen die Hadenmänner ausrichten können als Ihr. Seid jetzt still. Ich weiß, was ich tue.« Er wandte sich wieder an Mond. »Sehr nette Ansprache, Mond. Ich bin sicher, Ihr habt sie Eurer Programmierung gemäß abgespult. Aber Ihr müßt doch erkennen, wie unlogisch Eure Position ist. Ihr habt keine Hoffnung auf den Sieg. Ihr habt einen Planeten und eine Handvoll Schiffe, und Ihr habt bereits eingeräumt, Jahre hinter der technischen Entwicklung aller anderen herzuhinken. Ihr seid in der Minderheit, technisch unterlegen und Gegenstand des Hasses aller. Ihr könnt nicht gewinnen.«

»Das Imperium ist schwach und gespalten«, sagte Mond. »Dafür habt Ihr selbst gesorgt. Unsere goldenen Schiffe haben während der Rebellion die imperiale Flotte dezimiert. Eure restlichen Armeen sind erschöpft und an zu vielen Fronten verteilt. Welch besseren Zeitpunkt könnte es für einen Angriff geben? Besonders, da wir jetzt über neue, weniger leicht erkennbare Waffen verfügen. Wir haben die einzigen existierenden Überreste der angepaßten Menschen, der Wampyre, in der Hand. Obwohl es sinnlos wäre, etwas neu zu schaffen, was im wesentlichen nur eine schlechtere Ausgabe unserer selbst war, haben wir die Überreste nutzbar gemacht, um mit ihrer Hilfe einen unerschöpflichen Vorrat an der Droge *Blut* zu erzeugen. Längst versorgen wir über eine Reihe von Zwischenhändlern das Imperium mit dieser Droge. Überall findet man Abhängige, die ihren nächsten Schuß nur von uns erhalten können. Die lieber alles tun, was wir von ihnen verlangen, als zu riskieren, daß wir sie von der Versorgung abschneiden. Einige von ihnen haben sehr hohe Positionen inne. Ihr kennt sie beim Namen. Sie sind unsere fünfte Kolonne, unsere geheime Armee, unsere Verräter im Herzen Eurer Regierung, die Chaos und Konfusion sähen, wie es uns paßt. Genau wie Ihr, Hazel, als ich Euch auf dem verlorenen *Haden* mit *Blut* versorgt habe.«

»Ich habe meine Art nie verraten!« entgegnete Hazel.

»Aber Ihr hättet es getan, falls wir es verlangt hätten«, behauptete Mond. »Nicht wahr?«

Hazel funkelte ihn hitzig an, wandte dann aber den Blick ab. Owen legte ihr tröstend die Hand auf den Arm. Mond wandte sich wieder Owen zu. »Seht Ihr, Todtsteltzer? Auch Antworten helfen Euch nicht. Die Wahrheit bringt keinen Trost. Die Menschheit gehört der Vergangenheit an. Die Hadenmänner sind die Zukunft. Sie haben Euch Erlöser genannt. Sprecht für sie. Seid Ihr Fürsprecher gegenüber dem Imperium. Überzeugt das Imperium davon, sich der Zukunft zu verpflichten und sie nicht zu fürchten. Das Imperium kann wieder erstarken, um sich seinen zahlreichen Feinden entgegenzustellen. Die Menschheit muß sich uns im Interesse einer größeren Sache ergeben. Man kann der Evolution nicht trotzen. Sprecht für uns, Todtsteltzer! Seid der Herold einer Zukunft, die das Schicksal seit jeher geplant hat.«

»Nein«, erwiderte Owen. »Ihr seid nicht die Bestimmung der Menschheit. Ihr seid ein Fehler, ein Ableger, ein Weg, der niemals hätte eingeschlagen werden dürfen. Die menschliche Natur liegt im Herzen, in der Seele all der Unwägbarkeiten, die durch Tech nie auszuloten sind. Ihr seid nicht besser als *Shub*. Ich werde Euch niemals dienen. Nie.«

»Ihr werdet«, beharrte Mond. »Ihr habt keine Wahl. Ihr und Eure Gefährten seid unsere Gefangenen, wie es von vornherein geplant war. Die Hadenmänner benötigen die Geheimnisse in Euch, die Macht, die Ihr aus dem *Labyrinth des Wahnsinns* erlangt habt. Unsere Wissenschaftler auf *Haden* versuchen schon, das *Labyrinth* nachzubauen, bislang jedoch ohne Erfolg. Das einzige Wesen, das uns vielleicht etwas hätte erklären können, bleibt unauffindbar: der Wolfling. Damit seid Ihr und Eure Gefährten unsere einzige Hoffnung, verstehen zu lernen, was das *Labyrinth* tat und wie es das tat. Nur deshalb haben wir Euch gestattet, die Stadt zu betreten. Wir haben Euch hierher in die Betriebszentrale gebracht, um Euch mit möglichst geringem Aufwand gefangenzunehmen. Es hat keinen Sinn zu kämpfen, Owen. Ihr seid von Hunderten Hadenmännern umringt, und wir konnten bereits feststellen, daß selbst Eure Wunderkräfte Grenzen haben.«

»Sei dir dessen nur nicht zu sicher!« warnte Hazel. »Du wärst überrascht von dem, was wir alles fertigbringen, wenn wir müssen.«

»Genau das möchten wir von Euch«, sagte Mond, unbewegt von ihrem drohenden Tonfall. »Eure Fähigkeiten sind eine Quelle der Faszination für uns. Das *Labyrinth* hat die ersten Hadenmänner erzeugt, aber wir hatten keine Ahnung, daß es auch Wunderwirker hervorbringen konnte. Es liegt im Wesen der Hadenmänner, nach Vollkommenheit zu streben, und es ist inakzeptabel, daß Ihr über Kräfte verfügt, die uns verschlossen bleiben sollten. Also werden wir Euch erforschen, die Quelle Eurer Wunderkräfte bestimmen und sie uns aneignen. Wir errichten ein neues *Labyrinth des Wahnsinns,* und alle Hadenmänner werden es durchschreiten. Dann soll die Menschheit zittern, denn von jenem Augenblick an sind ihre Tage gezählt! Und all das Euretwegen, Owen Todtsteltzer.«

»Ihr sagt, Ihr wolltet uns erforschen«, sagte Owen. »Würde es Euch etwas ausmachen, ein wenig deutlicher zu werden?«

»Wir werden Euch untersuchen, prüfen und schließlich sezieren«, erklärte Mond. »Dabei werden wir alle Eure Geheimnisse und Grenzen in Erfahrung bringen und Euch schließlich auf Eure kleinsten Bestandteile reduzieren. Nichts wird uns entgehen. Nichts bleibt ungetan.«

»Ihr greift den Dingen voraus«, erläuterte ihm Owen. »Ihr müßt uns zunächst in die Gewalt bekommen. Und Ihr habt noch nie erlebt, was wir leisten, wenn es zum Kampf kommt.«

»Ein Kampf wird nicht stattfinden«, sagte Mond. »Ihr werdet jeder Anweisung Folge leisten, Owen. Euch sogar gegen Eure Freunde wenden, falls wir es für nötig befinden. Ihr gehört uns.«

»Wovon zum Teufel redet er da, Owen?« murmelte Hazel.

»Ich gehöre niemandem«, sagte Owen.

»Ihr habt Euch uns übergeben«, behauptete Mond seelenruhig. »Als Ihr unsere goldene Hand akzeptiertet.«

Owen blickte auf seine Linke hinab. Die künstliche Hand. Die ursprüngliche hatte er beim Kampf gegen das Grendel-Fremdwesen auf *Haden* verloren. Um sein Leben zu retten, hatten die Hadenmänner ihm eine künstliche Version aufgepfropft. Ein wundersames Ding aus purem Gold, das jedem seiner Gedanken gehorchte. Und wenn es sich manchmal kalt anfühlte, so, als gehörte es nicht ganz zu ihm, dann war das ein kleiner Preis für ein solches technisches Wunder. Er hob die Hand vors Gesicht und beugte die Finger. Fast ein Kunstwerk. Er senkte die Hand wieder und sah Mond an. »Traut niemals dem Geschenk eines Fremden. Was habt Ihr mit mir gemacht, Ihr Mistkerle?«

»Euch an uns gebunden. Die Hand hat goldene Fäden durch Euren ganzen Körper gezogen, jeden Teil von Euch infiltriert, einschließlich Eures Hirns. Wir steuern Euch jetzt von innen heraus. Ihr gehört uns, Owen. Tatsächlich habt Ihr das schon immer getan.«

»Mein Gehirn?« fragte Owen. »Ihr habt mit Euren Metallfingern an mein Hirn gerührt? Euch in meine Gedanken eingemischt, meine Entscheidungen beeinflußt? Wozu habt Ihr mich gezwungen? Wieviel von dem, was ich heute bin, geht auf Euch zurück?«

»Ihr werdet es nie erfahren«, antwortete Mond.

Es schien Owen, als fühlte sich die künstliche Hand ganz kalt an. Er ballte sie zur Faust, probierte, ob nicht ein Gefühl des Widerstands auftrat. Er funkelte Mond an. »Ihr habt gesagt, ich wäre Euer Erlöser. Als ich Euch aus der Gruft freiließ, habt ihr geschworen, mir Gefolgschaft zu leisten.«

»Und wir hielten uns daran. Solange es unseren Absichten diente. Wir sind die Hadenmänner. Wir sind die Bestimmung der Menschheit. Nichts darf uns im Weg stehen.«

»Seid verdammt, Mond!« flüsterte Owen. »Was habt Ihr mir angetan?«

»Es tut mir leid, Owen«, sagte Mond. »Ich habe auch hierin keine andere Wahl.«

Owen griff mit der Menschenhand nach seiner Pistole, und ein plötzlicher Krampf erschütterte alle seine Muskeln. Er schrie vor Schmerz auf, und die Agonie brannte in ihm wie eine goldene, verzehrende Flamme. Er stürzte zu Boden und lag zuckend da, die Zähne von einem Krampf des Mundes freigelegt. Hazel wollte ihm helfen, und sofort packten sie ein halbes Dutzend Hadenmänner. Andere ergriffen Bonnie Chaos und Mitternachtsblau und hielten sie fest. Owen schrie erneut vor Schmerz und Entsetzen auf über den Verrat des eigenen Körpers, bis er schließlich verstummte. Befehle von außen liefen durch sein Gehirn, und er kam elegant auf die Beine, ein Gefangener im eigenen Kopf. Er spürte, wie sich die goldenen Fäden in ihm regten, wie sie sich durch den ganzen Körper schlängelten, parasitischen Metallwürmern gleich. Er konnte nicht mal den Kopf oder die Augen drehen, um zu sehen, was mit Hazel passierte, bis die Hadenmänner es für ihn taten.

Hazel wehrte sich gegen den Griff der Hadenmänner, und es fiel ihnen verdammt schwer, sie festzuhalten. Tobias Mond trat ohne Eile vor sie, wobei er irgend etwas in der Hand hielt. Owen erkannte es und versuchte verzweifelt, eine Warnung zu brüllen, aber die Stimme gehorchte ihm nicht mehr. Hazel war so sehr darin vertieft, sich freizukämpfen, daß sie Mond nicht sah, bis es zu spät war. Er gab den anderen Aufgerüsteten einen Wink, und unter Aufbietung aller Kräfte gelang es ihnen, Hazel auf die Knie zu drücken und für einen Moment in dieser Stellung festzuhalten – lange genug für Mond, um ihr sein Hypospray an den Hals zu setzen und ihr eine massive Dosis *Blut* zu verabreichen. Sie schrie vor Schreck und Entsetzen auf, und Tränen liefen ihr übers Gesicht, als die alte, kalte Segnung von *Blut* erneut durch ihren Kreislauf strömte. Und alles, was Owen tun konnte, war zuzusehen.

Mond trat zurück und und gab den anderen Hadenmännern mit einem Wink zu verstehen, daß sie Hazel loslassen sollten. »Die aufgezwungene *Blut*-Sucht wird sie für den Rest ihres Lebens beherrschen. Sie wird nicht gegen uns kämpfen. Sie wird nicht einmal den Wunsch hegen, es zu tun.« Er sah das leere Hypospray in seiner Hand an und ließ es fallen, als wäre es ihm peinlich. Er sah Owen an, der nach wie vor erstarrt dastand. »Wir tun ... was nötig ist, Owen. Das ist die Art der Hadenmänner.« Er drehte sich wieder um und musterte Bonnie und Mitternacht. »Ihr seid neue Faktoren in der Gleichung. Eure Anwesenheit kommt unerwartet. Bleibt ruhig, und Euch wird kein Leid zugefügt, während die Ereignisse ihrem unvermeidlichen Ziel zustreben.«

»Glaubt ... ihm nicht«, sagte Hazel, die noch auf den Knien lag, und aller Augen wandten sich wieder ihr zu. Ihr Gesicht war bleich und abgespannt und tropfte vor Schweiß, und plötzliche Schauder schüttelten sie. Die Linien des Mundes wirkten jedoch fest, und ihr Blick war stetig und schleuderte Mond Trotz entgegen. »Du hast einen Fehler gemacht, Hadenmann! *Blut* ist ein alter Hut für mich. Ich habe es früher besiegt, und ich werde es erneut besiegen. Sieh nur!«

Schwarzes *Blut* schoß ihr plötzlich aus der Nase und lief ihr über Mund und Kinn. Noch mehr davon quoll ihr unter den Augenlidern hervor und tropfte ihr langsam über die Wangen. Sie öffnete den Mund, und *Blut* schoß in einem ruckartigen Strom hervor, während sie die Droge mit schierer Willenskraft aus dem Körper entfernte. Schwarze Tropfen perlten auf der Haut, sickerten aus jeder Pore. Die Droge bildete vor ihr eine Pfütze auf dem Boden und durchnäßte ihre Kleidung, bis der Strom schließlich stoppte, so plötzlich, wie er begonnen hatte. Hazel stand auf, und der letzte Rest *Blut* tropfte von ihr ab. Sie lächelte Mond an, und jeder andere wäre gleich mehrere Schritte zurückgewichen.

»Du hast es verpfuscht, Hadenmann! Ich bin nicht mehr die Hazel, die du kanntest. Das *Labyrinth* hat mich auf eine Art und Weise verändert, die du dir nicht mal vorstellen kannst. Gib jetzt Owen frei, oder ihr seid alle tot. Ihr habt vielleicht eine Armee, aber ich kann eine Armee sein, wenn ich muß.«

»Das haben wir gehört«, sagte Mond. »Das ist einer der Gründe, warum wir Euch haben müssen. Aber wir kämpfen nicht gegen Euch. Owen wird es für uns tun, nicht wahr, Owen?«

Und Owens Hand zog das Schwert aus der Scheide und hielt es ruhig, während sich sein Körper zu Hazel umwandte. Sie wollte schon nach dem eigenen Schwert greifen, riß sich aber zusammen. Sie blickte ihn offen an, den Blick fest in seinen geheftet.

»Tu das nicht, Owen. Kämpfe dagegen an! Du kannst das besiegen, was sie mit dir gemacht haben, wie ich es mit dem *Blut* geschafft habe. Wir haben das *Labyrinth* durchschritten. Niemand kann uns mehr herumkommandieren. Owen, halte ein! Bitte. Zwinge mich nicht, gegen dich zu kämpfen.«

Er steckte jedoch hilflos im Griff der goldenen Fäden, war ein Gefangener im eigenen Kopf. Er kämpfte darum, wenigstens die allerkleinste Bewegung aus eigener Kraft zu schaffen, aber es gelang ihm nicht. Seine hilflosen Protestschreie drangen nicht nach außen. Er trat gewandt vor und stieß mit dem Schwert nach Hazels ungeschützter Brust. Es war ein mörderischer Angriff, mit unmenschlicher Geschwindigkeit vorgetragen, und hätte jedem anderen Gegner das Leben gekostet. Aber Hazel D'Ark war schon eine verdammt gute Kämpferin gewesen, ehe sie das *Labyrinth des Wahnsinns* durchschritt, und ihre Reflexe waren den seinen in jeder Beziehung gewachsen. Sie fand mühelos genügend Zeit, das Schwert zu ziehen und Owens Angriff abzublocken. Sie umkreisten einander langsam, und die Schwerter zuckten hin und wieder vor, um die Abwehr des Gegenübers auf die Probe zu stellen. Mond gab den anderen Hadenmännern mit einem Wink zu verstehen, daß sie sich heraushalten sollten. Das Experiment mußte seinen Lauf nehmen. Und weiterhin umkreisten Owen und Hazel einander und lauerten auf Lücken in der Abwehr. Die Technik der goldenen Hand hatte umfassenden Zugriff auf Owens kämpferische Fähigkeiten und Kenntnisse und wandte nun all das für einen erbarmungslosen Angriff auf. Beide waren sie unglaublich stark und schnell, Kämpfer, die in der Schule harter Schläge ausgebildet worden waren und ihren letzten Schliff durch die Rebellion erhalten hatten. Niemand sonst hätte in diesem Duell länger als ein paar Augenblicke überlebt. Aber Owen und Hazel kämpften weiter, stampften, machten Ausfälle, nahmen zurück, während Stahl auf Stahl klirrte.

Owen zog weiter an. Hazel folgte seinem Beispiel,

und beider Schnelligkeit und Kraft erreichten übermenschliches Niveau. Schläge und Paraden wurden in Sekundenbruchteilen gewechselt, und Arme und Schwerter bewegten sich zu rasch, als daß menschliche Augen ihnen noch hätten folgen können. Beide Gegner funktionierten nur noch auf der Grundlage von Fertigkeit und Instinkt, waren gezwungen, bis an die Grenze ihrer Schwertkunst zu gehen, um dem anderen standzuhalten. Die Hadenmänner sahen fasziniert zu, wie ihre beiden Opfer auf einer Ebene fochten, die nicht mal sie hoffen konnten zu erreichen. Letzten Endes kämpfte Owen jedoch, um zu töten, während Hazel das nicht tat. Er nutzte das zu seinem Vorteil, öffnete sich mörderischen Schlägen, von denen die Technik seiner goldenen Hand wußte, daß Hazel sie nicht ausnutzen würde. Und Schritt für Schritt wurde Hazel zurückgetrieben.

Den ersten Schnitt mußte sie oben an der Stirn hinnehmen, so daß ihr Blut ins linke Auge rieselte. Sie schüttelte gereizt den Kopf und sah, wie Tropfen ihres Bluts durch die Luft flogen. Weitere Schnitte folgten hier und dort, und echtes Blut floß an Stellen, wo vorher die schwarze Droge ihren Lauf genommen hatte. Keine der Verletzungen war auch nur annähernd gefährlich, aber sie waren klare Zeichen, daß Hazel auf der Verliererstraße marschierte. Sie zweifelte nicht daran, daß die Hadenmänner Owen zwingen würden, sie zu töten, falls das nötig werden sollte. Eine nicht beherrschbare Versuchsperson nutzte ihnen nichts. Sie konnten dann immer noch ihre Leiche sezieren, und es blieben ihnen drei lebende Exemplare für Experimente. Hazel konnte nicht defensiv weiterkämpfen und gleichzeitig hoffen, daß sie überlebte. Aber sie konnte auch nicht Owen töten. Nicht Owen. Sie tat das einzige, was ihr übrig blieb, löste sich aus dem Kampf, trat zurück und senkte das Schwert.

»Es liegt an dir, Owen. Tue, was du tun mußt.«

Owen zog das eigene Schwert zurück, das Gesicht eine ausdruckslose Maske. Hazel spannte sich an. Und Owen schrie. Der Laut platzte förmlich aus ihm heraus, ein Laut voller Schmerz und Grauen und Wut. Owen fiel vor Hazel auf die Knie, wobei er heftig zitterte, die Augen starr und weit aufgerissen. Hazel kniete sich ebenfalls hin, hielt seinen Blick fest, versuchte seinen Willen mit ihrer Präsenz zu stärken. Und Owen hob langsam das Schwert und hieb mit aller Kraft nach dem eigenen linken Handgelenk.

Das Blut spritzte in einem dicken Strahl hervor. Owen schrie erneut auf, diesmal mit ebensoviel Triumph wie Schmerz. Er drückte den linken Arm flach auf den Stahlboden, ignorierte die Zuckungen der goldenen Finger, schnitt glatt durch das Handgelenk und ein Stück in den Boden hinein. Die abgetrennte Hand rutschte weg. Die glänzenden Finger beugten und streckten sich weiter vergebens wie die Gliedmaßen einer großen goldenen Spinne. Owen schüttelte sich vor Schmerz und Schock und knirschte mit den Zähnen, während er ein Grinsen zeigte wie ein Totenschädel. Er wußte, daß der Kampf noch nicht vorbei war.

Er tastete mit den Gedanken nach innen und konzentrierte sich auf die goldenen Fäden, mit denen er immer noch infiziert war. Er spürte sie, wie sie ihm weiterhin die Steuerung des eigenen Körpers zu verwehren trachteten. Er packte sie kräftig mit der Willenskraft und zwängte sie hinaus. Und einer nach dem anderen platzten goldene, sich schlängelnde Stränge aus dem blutigen Armstumpf hervor und fielen nutzlos zu Boden. Owen lachte heiser, ein schrecklicher Laut voller Agonie und Siegesfreude. Endlich hatte er den letzten Faden hinausgedrückt, ließ das Schwert fallen und packte das linke Handgelenk mit der Rechten. Er drückte fest zu, wie er es schon einmal auf *Haden* hatte tun müssen, und das hervorschießende Blut schwächte sich zu einem Rinnsal ab. Owen konzentrierte sich angestrengt, bot alle Willenskraft auf, schickte sie in den Armstumpf und grinste triumphierend, als ihm eine neue linke Hand wuchs.

Er setzte sich auf den Boden und zitterte noch vor lauter Anstrengung. Er hielt die neue Hand hoch. Sie sah bis ins letzte Detail wie eine ganz normale Menschenhand aus und fühlte sich warm und lebendig und ihm zugehörig an, wie es die goldene Hand nie getan hatte. Er beugte die Finger, bewunderte ihre Geschmeidigkeit. Und dann sah er Hazel an, die ihm gegenüber kniete und den Mund aufsperrte. Er lächelte sie entspannt an.

»Ihr hattet recht wie immer, Hazel. Nicht zum ersten Mal schulde ich Euch Leben und Freiheit.«

»Ich habe schon miterlebt, wie du erstaunliche Sachen angestellt hast, Owen, aber das war bislang das beste. Ich bin wirklich beeindruckt.«

»Wir können uns später noch gegenseitig beeindrucken«, sagte Owen. »Wir müssen uns erst noch einen Fluchtweg freikämpfen.«

Hazel lächelte. »Nachdem, was wir gerade durchgestanden habe, dürfte das die leichtere Übung werden.«

Sie rappelten sich auf und stellten sich Seite an Seite Mond entgegen, Pistolen und Schwerter gezückt. Der Hadenmann schien für einen Moment sowohl um Wort als auch Tat verlegen. »Hazel hatte recht«, sagte er schließlich. »Das war wirklich sehr eindrucksvoll. Sogar Regenerationstanks benötigen Monate für das Neuwachstum abgetrennter Gliedmaßen. Aber letztlich ist es nur eine weitere Eurer Fähigkeiten, die wir uns zwingend aneignen müssen. Ihr müßt kapitulieren. Ihr habt keine Hoffnung auf den Sieg.«

»Zur Hölle damit!« entgegnete Hazel. »Wir haben schon früher gegen ganze Armeen gekämpft. Wir sind immer noch da, die Armeen hingegen meist nicht mehr. Laßt sie nur aufmarschieren, Mond!«

»Mangelndes Selbstvertrauen war nie eines Eurer Probleme«, räumte Mond ein. »Ich habe jedoch noch eine oder zwei Karten im Ärmel.« Er deutete auf Bonnie und Mitternacht, die immer noch von Hadenmännern festgehalten wurden. »Entweder ergebt Ihr Euch, oder wir töten Eure Freundinnen.«

»Sicher«, sagte Mitternachtsblau.

»Klar doch«, sagte Bonnie Chaos.

Und Mitternacht verschwand einfach. Luft stürzte in den Raum, den sie eben noch eingenommen hatte. Einen Augenblick später erschien sie auf der anderen Seite des Raums, die Streitaxt in der Hand. Sie schwang sie beidhändig und trennte dem ihr nächststehenden Hadenmann den Kopf ab. Sie teleportierte gleich weiter kreuz und quer durch den Raum und enthauptete ein weiteres Dutzend Hadenmänner, ehe auch nur einer auf ihr Auftauchen reagieren konnte.

Und Bonnie war auf einmal nur noch verschwommen zu sehen und entwand sich geschmeidig dem Griff der Hadenmänner. Scharfe Klingen schossen plötzlich aus getarnten Scheiden an Händen und Ellbogen hervor, und Bonnie schnitt mit bösartiger Geschicklichkeit durch die Hadenmänner, die sie festgehalten hatten. Sie stürzten rücklings zu Boden und verstreuten dabei Körperteile. Bonnie lächelte ihr Spitzzahnlächeln und zog das Schwert. Mitternacht teleportierte herbei, um ihr den Rücken zu decken, und gemeinsam gingen sie in Kampfstellung.

»Eben hast du mich bei einem Nickerchen erwischt«, erklärte Bonnie Mond. »Ich dachte mir einfach, ich erwidere den Gefallen.«

»Gib nur das Zeichen, Owen«, sagte Mitternacht, »und wir reduzieren diese metallenen Mistkerle auf ihre Bestandteile.«

»Klingt gut«, fand Owen. Er sah Mond an. »Uns ist egal, wie viele von Euch hier sind. Sollen sie nur kommen. Sollen sie ruhig alle kommen.«

»Richtig«, bestätigte Hazel. »Dieser Wahnsinn hört hier und jetzt auf. Keine Tests mehr. Keine Schmerzen mehr. Kein Tod mehr.«

»Ihr dürft nicht gegen uns kämpfen«, sagte Mond, aber zum ersten Mal klang seine summende Stimme unsicher. »Das ist nicht erforderlich.«

»Doch, ist es«, sagte Owen. »Wir werden uns niemals ergeben, und wir sterben lieber, als in Hadenmänner umgewandelt zu werden.«

»Das ist ... unlogisch.«

»Stimmt, aber es ist sehr menschlich. Verdammt, Mond, denkt nach! *Erinnert Euch!* Erinnert Euch daran, wie Ihr früher wart. Der Tobias Mond, den ich kannte, hätte an unserer Seite gekämpft, um diesem Grauen Einhalt zu gebieten.«

»Das liegt lange zurück«, sagte Mond.

»Nein, tut es nicht«, behauptete Owen. »Es war gestern.«

Und er griff mit seinen Gedanken hinaus und versuchte, die alte geistige Verbindung wiederherzustellen, die alle Überlebenden aus dem *Labyrinth des Wahnsinns* miteinander verbunden hatte. Er spürte Hazel neben sich stehen, stark und selbstsicher und treu, und ihrer beider Gedanken fügten sich perfekt ineinander wie zwei Stücke eines Puzzles. Bonnie Chaos und Mitternachtsblau waren auch da und unterstützten sie beide, wobei sie wie fremdartige Echos von Hazel wirkten. Gemeinsam weiteten sie die Verbindung auf Mond aus, stießen die Barriere weg, die die Hadenmänner mit ihrer Technik zwischen ihnen aufgebaut hatten, und verbanden sich mit dem alten Tobias Mond. Und er wachte auf.

Die vier Menschen stürzten in die eigenen Leiber zurück und betrachteten Mond forschend. Er atmete schwer und schüttelte den Kopf. Die übrigen aufgerüsteten Menschen wichen vor ihm zurück und bedachten ihn mit Blicken, als wäre er die Quelle einer Ansteckung. Endlich wandte sich Mond zu Owen um.

»Ich erinnere mich«, sagte er langsam. »Sie haben mir so viel von meinem Gedächtnis geraubt, als sie mich nachbauten, aber jetzt weiß ich es wieder. Damals hätte ich meine Erinnerungen behalten können, falls ich es wünschte, aber das war zu dem Zeitpunkt nicht der Fall. Ich wünschte mir so sehr, zu den Hadenmännern zu passen, daß ich sogar bereit war, einen Teil von mir aufzugeben. Aber jetzt ist alles von mir zurückgekehrt, und mir ist klar, daß ich nicht einfach irgendein beliebiger aufgerüsteter Mensch sein kann. Weil ich mehr bin als das. Vielleicht sogar mehr, als die übrigen Hadenmänner je sein können. Also stehe ich zu Euch, Owen. Obwohl wir wahrscheinlich gemeinsam umkommen.«

»Willkommen zurück, Mond«, sagte Owen mit breitem Grinsen.

»Gerade rechtzeitig für den großen Kampf«, sagte Hazel. »Sieht aus, als würde es eine ganz ordentliche Sache werden. Obwohl die meisten von uns den Ausgang wahrscheinlich nicht erleben werden.«

»Ach, zum Teufel«, sagte Mond. »Ich bin schon einmal gestorben.«

»Wie war es?« fragte Hazel.

»Erholsam«, antwortete Mond.

»Ach, zum Teufel«, meldete sich auch Owen. »Falls wir kämpfen und dabei alle unsere Kräfte und die implantierten Waffen der Hadenmänner zum Einsatz kommen, sterben wir, sterben sie und sterben die meisten der armen Schweine, die hier gefangengehalten werden. Und das mache ich nicht mit. Niemand wird heute hier umkommen. Das Sterben steht mir bis hier.«

Er streckte wieder die Fühler durch die Gedankenverbindung aus, trommelte alle zusammen, die das *Labyrinth* durchschritten hatten, und konzentrierte ihre Willenskräfte durch Tobias Mond. Gemeinsam drangen sie durch Monds Bewußtsein in das der aufgerüsteten Menschen hinein vor, wie Bojen aus Licht, die auf einen dunklen Ozean hinaustrieben. Die Hadenmänner versuchten, sie hinauszuwerfen, unterstützt von den großen Lektronen, die sie alle miteinander verbanden, aber Mond gehörte noch zu ihnen und bildete damit eine Bresche in ihr Gemeinschaftsbewußtsein, und er duldete nicht, daß sie ihn ausschlossen. Das Gemeinschaftsbewußtsein der Hadenmänner – es war eine riesige Landschaft, das Produkt hunderttausender Einzelpersönlichkeiten, und zunächst gingen die Labyrinthdenker darin fast unter. Aber das Denken der Hadenmänner war begrenzt durch die Logik der Lektronen, denen sie gestatteten, den Zusammenschluß bereitzustellen. Owen und seine Gefährten ihrerseits wurden angetrieben von dem Zorn über das Grauen, das in den Laboratorien geschah, und verstärkt durch die Macht des *Labyrinths* kombinierten sie ihr Empfinden zu einem einzelnen Hammerschlag der Entrüstung, der krachend ins Gemeinschaftsbewußtsein der Hadenmänner fuhr und es wie einen Spiegel zertrümmerte. Hunderttausende einzelner Splitter fielen auseinander, zerbrochen auf dem Amboß eines stärkeren Glaubens, als sie ihn hatten. Die Dunkelheit wich, und es war nur noch Licht. Owen und seine Gefährtinnen betrachteten, was sie getan hatten, sahen, daß es gut war, zogen sich aus ihrer Verbindung zurück und sanken jeder ins eigene Bewußtsein zurück.

Owen blinzelte mehrfach, sammelte seine Gedanken und sah sich im Labor um. Die Hadenmänner standen immer noch an denselben Positionen wie zuvor, aber das Leuchten ihrer Augen war erloschen. Keiner von ihnen bewegte sich. Hazel streckte vorsichtig die Hand aus und versetzte dem nächststehenden einen leichten Stoß. Er schwankte auf den Beinen hin und her und wäre beinahe gestürzt, traf aber keinerlei Anstalten, sich zu halten. Owen verspürte ein fast hysterisches Bedürfnis, ihn hinfallen und alle anderen wie Dominosteine umreißen zu sehen.

»Sie sind nicht tot«, sagte Mond leise, »sondern abgeschaltet. Sie alle. Ihre Gehirne haben sich lieber selbst abgeschaltet, als das zu betrachten, was wir ihnen zeigen wollten.«

»Jetzt mal langsam!« verlangte Hazel. »Wir haben sie alle ausgeschaltet? Im ganzen Gebäude?«

»Überall in der Stadt, überall auf *Brahmin II*«, sagte Mond. »Ich stehe nach wie vor mit den Hauptrechnern in Verbindung. Die Systeme laufen weiter, aber niemand ist mehr da, der sie bedient. Die Hadenmänner auf anderen Planeten sind nicht beeinflußt, aber die Herrschaft der Hadenmänner hier ist vorbei.«

»Ich habe sie ins Imperium zurückgeholt«, sagte Owen. »Ich schätze, da ist nur passend, daß ich sie auch wieder abgeschaltet habe. Wer weiß, vielleicht können wir sie eines Tages ... umprogrammieren und ihre menschliche Natur wiedererwecken, wie wir es bei Euch getan haben, Mond.«

»Ja«, sagte Mond. »Vielleicht eines Tages.«

»Bis dahin nehmen wir lieber Kontakt mit dem Imperium auf und fordern einen Hilfseinsatz an«, schlug Owen vor. »Eine Menge Leute hier brauchen eine Menge Hilfe, sobald wir sie erst mal aus den Maschinen der Hadenmänner befreit haben. Vielleicht werden wir nie alles heilen können, was ihnen angetan wurde, aber wir müssen es zumindest versuchen. Wir müssen so viele retten, wie nur geht.«

»Du bist nicht dafür verantwortlich«, sagte Hazel sanft. »Für nichts von alldem. Laß es gut sein.«

»Vielleicht«, sagte Owen. Er sah Mond an. »Ihr habt Euer Volk wiederum verloren. Es tut mir leid.«

»Sie waren im Grunde nie mein Volk«, sagte Mond. »Ich habe mir nur gewünscht, sie wären es.«

»Komm mit uns«, schlug Hazel vor. »Sei wieder einer von uns. Wir sind jetzt deine Familie.«

Mond sah Bonnie und Mitternacht an. »Das dürfte ... interessant werden. Seid Ihr beide wirklich andere Versionen von Hazel?«

»Wir denken lieber, daß sie eine andere Version von uns ist«, antwortete Mitternacht. »Und wir haben uns entschieden, noch eine Zeitlang zu bleiben und zu sehen, wie sich die Dinge in diesem Universum entwickeln.«

»Richtig«, bekräftigte Bonnie. »Ich könnte eine Pause brauchen, was die Regierungstätigkeit auf *Nebelwelt* angeht, und ich habe ein bißchen heiße Aktion hin und wieder richtig vermißt.«

»Und es bedeutet auch, daß wir mehr Zeit mit Owen verbringen können«, erklärte Mitternacht fröhlich.

»Oh, toll«, sagte Owen und hatte einen finsteren Blick für Hazel übrig, die ihr Lachen zu unterdrücken versuchte.

Kapitel fünf
Alter Hass und neue Rache

Jakob Ohnesorg schritt in Ruby Reises Luxuswohnung auf und ab und wartete ungeduldig darauf, daß sich die Wohnungsinhaberin blicken ließ. Es wurde allmählich wieder spät, was jedoch nicht ungewöhnlich war, wann immer es um Ruby ging. Niemand konnte sie hetzen, es sei denn im Rahmen eines Kampfes unter Waffen. Unter Aufbietung äußerster Selbstbeherrschung verkniff es sich Jakob, erneut auf die Wanduhr zu blicken, und sah sich finster in der Wohnung um, als könnte er Ruby durch schiere Willenskraft zu erscheinen zwingen. Es funktionierte nicht.

Die Wohnung bot einiges zu besichtigen. Sie wies alle Luxusattribute auf, die man sich durch Geld und Einschüchterung verschaffen konnte, einschließlich einiger, die technisch gesehen illegal waren – obwohl Jakob daran zweifelte, daß irgend jemand es gewagt hatte, Ruby darauf hinzuweisen. Dicke Läufer bedeckten den Boden, billige Gemälde von zweifelhaftem Geschmack hingen an drei Wänden, und ein riesiger Holobildschirm bedeckte die vierte Wand komplett. Ein gläserner Kronleuchter, der in seiner täppischen Protzigkeit ganz erstaunlich scheußlich aussah, hing viel zu tief von der Decke eines Zimmers herunter, das viel zu klein für ihn war. Ruby hatte einen in jedem Zimmer. Sie mochte Kronleuchter.

Wackelige Antiquitäten standen in ostentativer Beziehungslosigkeit neben dem letzten Schrei an Freizeitmöbeln. Die Antiquitäten sahen ganz danach aus, als würden sie gleich zusammenbrechen, falls Jakob auch nur daran zu denken wagte, er würde sich gleich auf sie setzen, und die Komfortsessel drohten alle damit, ihm eine Massage zu verabreichen, ob er sie nun wünschte oder nicht. Jakob wich ihnen weiträumig aus. Er war ganz entschieden der Meinung, daß Möbel sich ihrer geringen Stellung bewußt sein und keine überzogene Vertraulichkeit zeigen sollten.

Überall im Zimmer verstreut waren hochtechnische Spielsachen, einige davon noch gar nicht richtig ausgepackt. Jede arbeitssparende Apparatur, jede neueste Annehmlichkeit und überteuerte Modemasche hatte sich bei Ruby eingeschmeichelt, nur um gleich nach dem Eintreffen vergessen oder zur Seite gelegt zu werden. Ruby bedeutete es alles, Dinge ihr eigen zu nennen. Sie warf nie etwas weg, zum Teil, weil sie nichts davon hielt, Dinge aufzugeben, die ihr gehörten, zum Teil, weil man nie genau wußte, wann man etwas doch gebrauchen konnte.

Der solide Couchtisch aus Hartholz, der genau in der Zimmermitte stand, war überhäuft mit Modemagazinen, den letzten drei Ausgaben von *Welche Waffe nehme ich?* und nicht weniger als vier offenen Pralinenschachteln, aus denen alle Pralinen mit Kaffeesahne fehlten. Jakob musterte die Leckereien sehnsüchtig, war aber nicht bereit, der Versuchung nachzugeben. Dank des *Labyrinths* änderte sich sein Gewicht nie auch nur um eine Unze, egal wieviel er verspeiste – aber er wußte, falls er erst mal loslegte, hätte er nicht wieder aufgehört, bis die letzte Schachtel leer war. Es hätte Ruby zwar nichts ausgemacht, aber sie hätte ihn zweifellos mit einem dieser wissenden Blicke bedacht, die sie draufhatte, und das war ihm zuwider.

Die massive Bar sah er nicht mal an. Stolz stellte sie jede Art von Alkohol, Darmfäule und plötzlichem Tod in Flaschen zur Schau, die Mensch oder Fremdwesen bekannt war. Das *Labyrinth* hatte Jakob gegen alle Vergiftungserscheinungen immunisiert, Kater inklusive, aber er war schon immer der Überzeugung gewesen, daß man unter seinen Ausschweifungen auch leiden sollte. Daran erkannte man ja, daß es Ausschweifungen waren.

Ein Sessel summte einladend, als er vorüberging, und er versetzte ihm einen kräftigen Tritt, damit das Ding wieder Ruhe gab. Wenigstens hatte Ruby ihre kleine Armee aus Dienern und den Kometenschweif aus Anhängern hinausgeworfen. Auf dem Höhepunkt der Entwicklung hatte Jakob Ruby nicht mal mehr sehen können, ohne einen Termin zu vereinbaren oder damit zu drohen, daß er etliche Leute erschoß. Aber Ruby wurde der Leute, die sie umschwärmten, und der Diener bald überdrüssig und warf sie alle eines denkwürdigen Nachmittags, über den die Nachbarn noch heute redeten, hinaus. Wie sich herausstellte, hatten etliche dieser Hausgeister versucht, ihre Stories vom *Leben mit Ruby* an die Medien zu verhökern. Einer hatte verdrossen darauf reagiert, daß sie ihn mit Tritten aus dem Schlafzimmer beförderte, und sie zu erstechen versucht. Teile seiner Leiche tauchten noch Wochen später aus der Kanalisation auf.

Jakob seufzte, blieb endlich stehen und starrte ins Leere. Er war müde. Und er war es satt, müde zu sein. Seit Wochen schon arbeitete er den ganzen Tag lang bis spät in den Abend, in dem Bemühen, seinen Traum von der Demokratie lebendig zu halten und sich vom Krieger zum Diplomaten zu entwickeln. Das Parlament hatte viele Feinde, und wenn diese gerade nicht bestrebt waren, es zu unterminieren oder zu diskreditieren, dann schienen es die Abgeordneten zufrieden, die ganze Institution selbst in den Abgrund zu manövrieren. Nach so langer Zeit als Aushängeschild war die echte Macht einigen Abgeordneten zu Kopfe gestiegen, selbst wenn sie gar nicht so recht wußten, was sie damit anfangen sollten. Neue Parteien bildeten sich jeden Tag auf der Grundlage irgendeiner Kernüberzeugung oder eines Persönlichkeitskultes. In den Nachrichtenmagazinen wimmelte es von Schwatzbolden, die für Wählerstimmen einfach alles versprachen, bis hin zur Wiederkunft Christi, und Plakatklebekolonnen trugen in den frühen Morgenstunden brutale Gefechte auf den Straßen aus.

Jakob fand sich vor einem von mehreren mannshohen Spiegeln wieder, die an den Wänden hingen, und betrachtete sich ernst. Er wirkte jung und fit, auf dem Höhepunkt der körperlichen Verfassung. Er hatte alle seine Feinde überwunden und den Sturz der alten Ordnung miterlebt. Löwenstein war dahin, die Familien waren tödlich geschwächt. Er hätte das Gefühl haben müssen, unüberwindlich zu sein. Warum war er dann so verdammt müde? Zum Teil, weil er so viel allein tun mußte. Owen und Hazel waren immer unterwegs, auf eigenen Einsätzen, und Ruby zeigte sich an Politik desinteressiert. In letzter Zeit auch an allem anderen. Der Reiz des gewaltigen Reichtums war rasch geschwunden, sehr zu Rubys Erstaunen. Wann man alles haben kann, hat kaum noch etwas Wert. In jüngster Zeit schien Ruby die meiste Zeit mit Schlafen oder Trinken zu verbringen oder damit, Schlägereien an Örtlichkeiten vom Zaun zu brechen, wo man sie noch nicht kannte. Sie bemühte sich um einen Auftritt in der Arena, aber niemand wollte sich ihr entgegenstellen. Sogar die Fremdwesen wurden lieber krank, als sich Ruby Reise zu stellen, darunter auch einige, die man bis dahin gar nicht als intelligent erkannt hatte.

Jakob vermutete, daß er dankbar hätte sein sollen, weil wenigstens er noch einen Sinn im Leben sah. Selbst wenn es einer war, den er sich nie freiwillig ausgesucht hätte. Die neue Demokratie durch ihre Geburtswehen zu hätscheln, das war eine harte und bittere Arbeit und eine, die Illusionen zerstörte. Er war früher immer vage davon ausgegangen, die Demokratie würde sich wie eine Flutwelle über das Imperium ausbreiten und den überlebten Unfug der Aristokratie und der Privilegien wegspülen, und die Leute würden freudig vortreten, um die Bürde der Macht und Verantwortung zu schultern. Er hätte es besser wissen müssen.

Das Spiegelbild erwiderte seinen Blick fragend. Schließlich gab es viel, wofür er dankbar sein konnte. Er war wieder jung geworden, als das *Labyrinth des Wahnsinns* seine Lebensuhr auf die frühen Zwanziger zurückdrehte. Er war stärker, schneller und fitter als je zuvor. Wurde von vielen als einer der größten Krieger des gegenwärtigen Zeitalters anerkannt. Warum kam er sich dann so verdammt *alt* vor?

Er drehte dem Spiegelbild den Rücken zu und sah sich in der Luxuswohnung um, wobei er sich bemühte, es mit den Augen seines alten, des früheren Ichs zu sehen, des legendären Berufsrebellen. Das war keine Bleibe, in der er je zu landen erwartet hatte. Den größten Teil seines Lebens hatte er in armseligen und vorübergehenden Unterkünften auf dem einen oder anderen unterdrückten Planeten zugebracht, um sich vor neugierigen Augen oder potentiellen Verrätern zu verstecken. Damals war es ihm egal gewesen. Nur die Sache hatte gezählt. Er hatte kein Recht, entspannt im Luxus zu leben, solange so viele sich in Armut plagten.

Natürlich waren solche Gefühle recht leicht entstanden, als er noch jung und fit war und jede zweite Nacht eine andere Kampfgefährtin mit Sternen in den Augen auf die Matte zog. Während er dann älter wurde und seine Fehlschläge immer stärker an ihm nagten, fiel es ihm zunehmend schwer, dem Weg des Rebellen zu folgen. So viele Freunde waren tot, so viele Hoffnungen auf so vielen Planeten waren geweckt worden, nur um von den überlegenen Streitkräften des Imperiums wieder erstickt zu werden. Jakob entkam stets, hinterließ aber tote Armeen. Er empfand es fast als Erleichterung, als er schließlich auf *Eisfels* verraten und festgenommen wurde. Die Last der eigenen Legende war zu schwer geworden, um sie überhaupt noch tragen zu können, und nachdem seine Leute ihn endlich befreit hatten, verschwand er mit schlichter Dankbarkeit auf *Nebelwelt*, wo er als Hausmeister unter dem Namen Jobe Eisenhand arbeitete. Es fühlte sich so gut an, daß nicht von jeder Entscheidung so viele Menschenleben abhingen! Seine Lebensumstände blieben allerdings verdammt einfach.

Und dann tauchte natürlich der verdammte Owen Todtsteltzer aus dem Nichts auf, um ihn zu Pflicht und Bestimmung zurückzurufen. Das *Labyrinth des Wahnsinns* baute ihn später gar völlig um, und die Rebellion kam und ging so schnell, daß er es kaum glauben konnte. Und er blieb mit dem ernüchternden Effekt zurück, alle seine Träume wahr geworden zu sehen. Er hatte so ziemlich alles erreicht, was er sich je gewünscht oder wovon er je geträumt hatte, aber ... Was tut man, wenn man keine Träume mehr hat? Oh, genug Pflichten und Aufgaben erwarteten ihn, um ihn auf Jahre hinaus beschäftigt zu halten. Er konnte mit Politik seinen Lebensunterhalt verdienen. Aber irgendwie war es nicht das gleiche.

Gegenwärtig lebte er unter bequemen, aber bescheidenen Verhältnissen. Er hatte eine Wohnung mit einem Schlafzimmer in dem Bürogebäude neben dem Parlament. Er hatte sie bezogen, um immer zugegen sein zu können, wenn er gebraucht wurde, und auch, weil er die starken Sicherheitsvorkehrungen dort brauchte, um sich vor seinen zahlreichen Feinden zu schützen.

Er hatte seinerzeit einer Menge Leute Ungemach bereitet, und das auf allen Seiten des politischen Spektrums. Alle pflichteten ihm darin bei, daß das Abkommen, das er mit dem *Schwarzen Block* bezüglich der Familien getroffen hatte, notwendig gewesen war, aber deshalb brauchte es noch niemandem zu gefallen.

Persönlich gab er einen Dreck darauf. Die Mordversuche waren der einzige echte Nervenkitzel, der ihm heute noch blieb, aber er machte sich Sorgen, daß Unschuldige verletzt oder getötet werden könnten, nur weil sie sich im falschen Augenblick in seiner Nähe aufhielten. Deshalb brachte er seine wenigen Habseligkeiten in eine besser abgesicherte Unterkunft. Die Zahl der Anschläge ging drastisch zurück, aber die neue Wohnung war nicht von der Art, wo Freunde mal eben hereinschneien konnten. Zuzeiten erschien ihm die spartanische Bleibe unerträglich ruhig und leer.

Nach der Rebellion zogen Jakob und Ruby zusammen, aber das Arrangement hielt nicht. Sie waren einfach zu verschieden. Gegensätze in Geschmack, Bedürfnissen und Charakter trieben sie innerhalb eines Monats wieder auseinander. Jakobs spartanische Einstellung war mit Rubys Genußsucht aufeinandergeprallt; er wollte arbeiten, sie spielen. Er war ein Mann der Pflicht und der Ehre, und sie ... wollte lieber einkaufen gehen. Oder in einer überfüllten Kneipe eine Schlägerei anzetteln. Daß sie sich liebten, reichte allein noch nicht, um auch zusammenwohnen zu können. Und sie konnten auch nicht die ganze Zeit im Bett verbringen. Die wachsende Frustration kulminierte schließlich in größerem Geschrei, bei dem sie beide unverzeihliche Dinge sagten und anschließend mit schweren Gegenständen nacheinander warfen. Sie zerstörten ihr Haus Zimmer für Zimmer und verließen einander. Sobald sie in getrennten Wohnungen lebten, in behaglicher Distanz zueinander, wurden sie rasch wieder Freunde. Jakob gab Ruby nicht die geringste Schuld. Man hatte nie leicht mit ihm zurechtkommen können, wie jede seiner sieben Exfrauen zweifellos nur zu gern bestätigt hätte, und das recht ausführlich.

Und außerdem ... Ruby hatte stets eine ganze Menge getrunken. Sie behauptete, die vom *Labyrinth des Wahnsinns* bewirkten Veränderungen schützten sie, aber Jakob war nicht ganz überzeugt. Sie wurde langsamer. Wurde nachlässig. Machte Fehler. Vertraute Menschen, vor denen sie ihre Instinkte noch ein Jahr zuvor gewarnt hätten. Jakob wußte, warum sie trank. Es lag an der Langeweile. Ruby konnte alles ertragen, außer Langeweile. Und sie hatte schon immer eine starke Neigung zur Selbstzerstörung gehabt. Das resultierte aus ihrem Beruf, der Kopfgeldjagd. Man konnte nicht auf regelmäßiger Basis Menschen umbringen, ohne das Leben mit der Zeit als trivial zu empfinden, sogar das eigene. Vielleicht besonders das eigene.

Jakob seufzte und versank weiter in Grübelei. Er hatte über vieles zu brüten. Früher hatte er gegen das System gekämpft. Jetzt war er ein Teil davon. Er war Politiker geworden, hatte die Ideale eines ganzen Lebens zur Seite geschoben, um Kompromisse einzugehen und Absprachen mit Leuten zu treffen, die er verabscheute. Immer mehr sah er sich in Situationen gedrängt oder manövriert, in denen ihm keine andere Wahl blieb, als im Namen einer größeren Sache wieder mal einer seiner kleineren Überzeugungen zu opfern. Nur um doch noch eine Chance zu erhalten, ein paar der Dinge zu erreichen, an die er wirklich glaubte.

Das Problem war: Zu lange war er Anführer gewesen. Männer und Frauen waren auf sein Geheiß gesprungen, bewegt von seinem großen Anliegen, seinen endlosen Reden und seinem charmanten Lächeln. Jetzt war er nur noch ein einflußreicher Mann unter anderen, gezwungen, über jede verdammte Kleinigkeit zu debattieren. Gezwungen, sich auf Vernunft und Einfallsreichtum zu verlassen. Und wenn beides scheiterte, sich mit denen zu verbünden, die den eigenen Überzeugungen noch am nächsten standen, um die gegnerischen Bastarde zu überstimmen. Und dann die neuen Freunde für ihre Unterstützung zu bezahlen. Er fand es frustrierend und gelegentlich auf bittere Weise amüsant, daß alle seine wundersamen *Labyrinth*-Kräfte und die erstaunliche zweite Jugend in der Politik nutzlos waren. Gut, er konnte die anderen Politiker jederzeit einschüchtern und mit der Drohung von Dingen, die er vielleicht verübte, Zugeständnisse erzwingen, aber damit hätte er alles verraten, woran er je geglaubt hatte. Er wäre zu dem geworden, was er immer am meisten verabscheut hatte – zu dem Feind, den er so lange bekämpft hatte.

Alles lief auf die Familien hinaus. Nicht nur traten sie immer mehr Autorität an den dubiosen *Schwarzen Block* ab, sondern hielten sich auch eindeutig nicht an ihren Teil der Abmachungen, die sie mit ihm getroffen hatten, weder dem Buchstaben noch dem Geiste nach. Er hatte von Anfang an erwartet, daß sie sich hinauszuwinden versuchen würden, aber nicht so schnell und nicht so unverfroren. Angeführt vom *Schwarzen Block,* versuchten sie offen an allen Fronten, wieder Macht und Einfluß an sich zu raffen. Jakob schnaubte, und seine Hand senkte sich mechanisch auf die Pistole an seiner Seite. Sollten sie es ruhig probieren! Sollten sie nur irgend etwas probieren! Lieber sorgte er dafür, daß jeder verdammte Aristo umgebracht und ihre pastellfarbenen Türme niedergebrannt wurden, ehe er hinnahm, daß die Clans ihre alte Macht und

Position wiedererlangten. Er hatte nicht so viel geschafft und dabei so viele gute Freunde sterben gesehen, um an der letzten Hürde zu verlieren.

Der *Schwarze Block* ... was für ein Rätsel, alles in allem. Er hatte schon immer von seiner Existenz gewußt, aber niemand hatte jemals gesicherte Erkenntnisse über den *Schwarzen Block* gehabt. Jakob versuchte zur Zeit herauszufinden – ganz leise, ganz diskret und äußerst vorsichtig –, wer und was das eigentlich war. Er suchte nach den Fakten hinter den geflüsterten Namen des *Schwarzen Kollegs* und der *Roten Kirche.* Bislang hatte er trotz aller Bemühungen nichts vorzuweisen. Herz und Seele des *Schwarzen Blocks* blieben so tief im Schatten, daß sie praktisch unsichtbar waren. Niemand wußte irgend etwas. Niemand war bereit zu reden. Alle hatten mehr als nur ein bißchen Angst. Jeder kannte jemanden, der einem Teil der Wahrheit zu nahe gekommen und einfach ... verschwunden war. Und nicht mal Jakob Ohnesorg konnte mit all seinem Einfluß irgendeine Spur von ihnen finden.

Er runzelte unglücklich die Stirn. Damals war ihm das Abkommen mit dem *Schwarzen Block* als widerwärtig, aber notwendig erschienen. Jetzt konnte er nicht mehr umhin, sich zu fragen, ob er nicht ein offenes, erkennbares Übel gegen ein größeres, weniger faßbares eingetauscht hatte. Der *Schwarze Block* hatte ein Programm, auch wenn Jakob dessen Punkte noch nicht klar erkennen konnte. Es wäre hilfreich gewesen, hätte er nur mit irgend jemandem darüber sprechen können. Jemand, dem er vertraute. Aber Owen und Hazel waren niemals da. Und Ruby ... zeigte sich nicht interessiert.

Er drehte sich scharf um, als die Schlafzimmertür endlich aufging und Ruby Reise ins Zimmer kam. Es erstaunte Jakob ein wenig, zu sehen, daß sie nach wie vor die alte schwarze Lederkleidung unter weißen Pelzen trug. Es hatte ihn ein bißchen betroffen gemacht, sie in diesem Aufzug zuvor im Parlament anzutreffen, denn kaum war Ruby zu Geld gekommen, da hatte sie sich mit Inbrunst der Mode verschrieben und darauf geachtet, nie dieselbe gewagte und äußerst teure Kleidung zweimal zu tragen. Jetzt steckte sie wieder in den Kopfgeldjägersachen, ihrer Arbeitskleidung, komplett mit Schwert und Disruptor. Sie bemerkte seinen Blick und schniefte laut.

»Stopf dir die Augen in den Kopf zurück. In diesen Sachen bin ich mehr ich selbst. Mehr die Person, die ich früher war.« Sie blieb vor dem nächsten mannshohen Spiegel stehen, warf sich in Positur und nickte beifällig. »Wie ist es damit? Monate voller Schmausen und Trinken und all der anderen Dinge, die so ungesund sind, und kein Gramm zugenommen. Eine der nützlicheren Nebenwirkungen des *Labyrinths.* Ich bin in Topform und zu allem bereit. Falls du daran zweifelst, tue dir keinen Zwang an und attackiere mich; ich strecke dich schon zu Boden!«

»Dein Wort reicht mir«, sagte Jakob lächelnd. »Verstehe ich dich richtig, daß deine langen Ferien vorbei sind und du bereit bist, wieder an die Arbeit zu gehen?«

»Ich bin immer zu ein bißchen Aktivität aufgelegt«, behauptete Ruby. »Obwohl ich sagen muß, daß ich für mein Comeback gern etwas anderes gewählt hätte, als mich mit *Shub* anzulegen.« Sie drehte sich plötzlich um und blickte Jakob direkt in die Augen. »Die abtrünnigen KIs sind seit jeher mein schlimmster Alptraum. Die Maschinen, die gegen ihre Schöpfer rebellierten. Sie sind so ziemlich das einzige, was mir heute noch Angst macht. Verglichen mit ihnen sind wir nur Ameisen, die hilflos darauf warten, daß der Stiefel auf sie tritt oder das heiße Wasser sie wegspült.«

»Ich hätte nicht gedacht, daß dir noch irgend etwas Furcht einflößt«, sagte Jakob.

»Selbst ich bin vernünftig genug, um mich vor *Shub* zu ängstigen«, versetzte Ruby. »Nirgendwo gibt es einen Ort, wo man vor denen sicher wäre. Furien, Geistkrieger, verdeckte Agenten, deren Bewußtsein in der Matrix ausgetauscht wurde. Man kann niemandem mehr trauen. Da draußen gab es schon immer Leute, die genauso gefährlich waren wie ich, bessere Kämpfer mit höheren Erfolgsquoten, aber ich erwies mich als raffinierter, cleverer, schneller. Ich übernahm die Jobs, die sie nicht haben wollten, ging die Risiken ein, die sie ablehnten, und lachte ihnen ins eifersüchtige Gesicht, als meine Reputation ihre übertraf. Und nachdem das *Labyrinth des Wahnsinns* mich in eine Hölle auf zwei Beinen verwandelt hatte, dachte ich, jetzt wäre ich am Ziel. Ich war endlich unschlagbar, die Spitzenfrau, die Allerbeste. Ich hätte es besser wissen sollen. Das erste, was jeder Kämpfer lernt, lautet: Es spielt keine Rolle, wer man ist oder wie gut man ist; es gibt immer jemanden, der einen übertrifft.«

»Das sind doch nur Maschinen«, gab Jakob zu bedenken, den ihre seltene Offenheit und Verwundbarkeit rührte. »Letztlich läuft es darauf hinaus. Und keine Maschine ist dem menschlichen Geist gewachsen. Wir haben sie gebaut, nicht umgekehrt. In Ordnung, auf uns gestellt, sogar mit unseren Kräften, könnten wir nicht lange gegen die Streitkräfte von *Shub* durchhalten. Aber wir sind nicht auf uns gestellt. Wir gehören der Menschheit an, und zusammen können wir alles vollbringen, was wir uns vornehmen. *Shub* ist letztlich nichts weiter als ein Haufen Addiermaschinen, die an der Einbildung leiden, sie wären etwas Besonderes.«

»Ich wünschte, ich könnte daran glauben«, sagte Ruby. »Aber sie sind so groß ...«

»Größe ist nicht alles«, erklärte Jakob lächelnd, und einen Augenblick später erwiderte Ruby das Lächeln. »Auch Löwensteins Imperium war groß«, fuhr er fort, »und doch haben wir zu seinem Sturz beigetragen.«

»Ja«, sagte Ruby. »Das haben wir, nicht wahr?« Sie grinste auf einmal. »Ach zum Teufel! Treten wir doch in ein paar Metallärsche!«

»Klingt gut, finde ich«, bekräftigte Jakob. »Aber bevor wir aufbrechen, sollte ich dir lieber eine aktuelle Information übermitteln. Es scheint, daß das Parlament nach unserem Aufbruch einen ganz besonderen Gast empfing. Einen ganz unerwarteten Besucher.«

»Deinem Gesicht kann ich entnehmen, daß es keine gute Nachricht ist«, stellte Ruby fest. »Aber wann ist es das jemals? In Ordnung, ich rate. Der junge Jakob Ohnesorg, vom Schrottplatz zurückgekehrt? Valentin Wolf? Löwenstein?«

»Der Halbe Mann«, sagte Jakob. »Oder, genauer gesagt, die bislang fehlende Menschenhälfte des Halben Mannes. Die rechte Körperseite, komplett mit stützender Energiehälfte, genau wie beim Vorgänger.«

Ruby musterte ihn. »Du machst Witze.«

»Ich wünschte, es wäre so.«

»Nun, das kompliziert die Lage aber nun wirklich.«

»Du hast ja keine Ahnung«, sagte Jakob. »Zum Glück waren Toby und Flynn zugegen und haben alles mit der Kamera aufgenommen, und die Bilder laufen seitdem ständig in irgendeiner Nachrichtensendung. Schau sie dir selbst an.«

Ruby schaltete den Holoschirm ein und ließ ihn nach der Aufnahme suchen. Er brauchte eine oder zwei Sekunden, um einen Sender zu finden, der das Band gerade startete, und dann zeigte der Schirm das Parlament, nicht lange nach dem Zeitpunkt, als die meisten Hauptprotagonisten der politischen Szene gegangen waren. Ein Abgeordneter hielt gerade eine lange und langweilige Rede, die außer ihm niemanden interessierte. Kaum jemand schenkte ihm Beachtung. Die meisten warteten ungeduldig, daß sie endlich selbst damit an die Reihe kamen, alle anderen zu Tode zu langweilen; einige schwatzten leise miteinander, und ein halbes Dutzend Abgeordnete spielten Poker.

Und dann erfolgte ein plötzlicher Lichtblitz, so grell, daß er die Kameralinsen überforderte, und als das Bild zurückkehrte, stand der Halbe Mann mitten im Parkett vor dem Hohen Haus. Sofort plapperten die Abgeordneten überrascht und empört los, aber das Geraune erstarb rasch, als sie den Halben Mann erkannten. Dann blieb es eine geraume Weile still, denn es wurde erkennbar, daß die Gestalt nicht genau das war, womit man zuerst gerechnet hatte, sondern eher ein Spiegelbild des Halben Mannes, den man schon kannte. Bei der jetzigen Gestalt bestand die rechte Körperhälfte aus Fleisch und Blut und war die linke ein schimmerndes, zischendes Energiekonstrukt in menschlicher Form.

Alle kannten die schreckliche Geschichte des Kapitäns Eilend, der zum Halben Mann geworden war. Unbekannte Fremdwesen hatten ihn von der Brücke des eigenen Sternenschiffs entführt und jahrelang mit ihm experimentiert und ihn gefoltert. Er kehrte halb als Mensch, halb als etwas anderes zurück. Er lebte jahrhundertelang und leitete das Imperium im Umgang mit Fremdwesen an, denn wer hätte die dabei anfallenden Risiken besser gekannt? Die damalige Boulevardpresse nannte ihn den Halben Mann, und er gründete den Dienst der Investigatoren, bildete sie aus und repräsentierte den starken Arm des Imperiums, unerbittlich und unversöhnlich. Schließlich tötete ihn Owen Todtsteltzer während der Rebellion.

Zumindest die linke Seite. Jetzt war die andere Hälfte zurückgekehrt und betrachtete die erschrockenen Gesichter auf allen Seiten des Hohen Hauses. Bei einem nur halb vorhandenen Gesicht fiel es schwer zu erkennen, ob er lächelte, aber es war durchaus möglich.

»Ich bin der Halbe Mann«, erklärte er schließlich mit kalter Stimme, die in der Stille laut und deutlich erklang. »Der wirkliche Halbe Mann. Der echte Kapitän Eilend. Die Kreatur, die Ihr früher unter diesem Namen gekannt und in Eurer Mitte beherbergt habt, war ein Betrüger. Ich bin der echte, endlich seinen nichtmenschlichen Peinigern entronnen, um Euch lebenswichtige Nachrichten und eine schreckliche Warnung zu überbringen.«

Eine lange Pause trat ein, in der alle darauf warteten, jemand anderes möge sich zu Wort melden. Endlich trat Toby Shreck vorsichtig vor, dicht gefolgt von Flynn, dessen Kamera direkt über ihnen schwebte, um die besten Aufnahmen zu bekommen. Toby blieb in einer Entfernung stehen, von der er hoffte, daß sie ausreichend Sicherheit bot, und schenkte der teilweise schimmernden Gestalt sein schönstes professionelles Lächeln.

»Willkommen daheim, Kapitän Eilend, woher immer Ihr auch kommt. Ich bin sicher, Ihr habt Verständnis, wenn wir alle ein bißchen verwirrt sind. Vielleicht wärt Ihr so freundlich, uns ... die tatsächliche Geschichte des Halben Mannes zu erzählen.«

Die menschliche Gesichtshälfte betrachtete ihn kalt. »Ich weiß genau, wie Eure Vorfahren meinen Vorgänger verfolgt haben. Ich hoffe doch, daß sich seitdem einiges geändert hat.«

»Oh, sicher«, antwortete Toby und kreuzte in Gedanken zwei Finger hinterm Rücken. »Nehmt Euch einfach Zeit, erzählt alles mit eigenen Worten und laßt keine der wirklich interessanten Einzelheiten aus.«

»Das reicht!« warf Elias Gutmann rasch ein. »Als

Parlamentspräsident erkläre ich diesen Vorgang zu einer Frage der Sicherheit. Hört sofort auf zu filmen! Das komplette Band wird konfisziert, ehe Ihr geht.«

»Vergeßt es«, erwiderte Toby. »Wir senden live. Die Leute haben ein Recht auf die Wahrheit. Film weiter, Flynn.«

»Ich bin dabei, Boß.«

Gutmann winkte drängend, und eine große Zahl Sicherheitsleute stürmten vor, Schwerter und Schußwaffen einsatzbereit. Sie bildeten einen Halbkreis, der um den Halben Mann und Toby und Flynn ausfächerte. Toby tat sein Bestes, um keine besorgte Miene aufzusetzen, und dankte Gott lautlos dafür, daß sie live auf Sendung waren. Gutmann würde es nicht wagen, ihn vor Millionen Zuschauern erschießen zu lassen. Zumindest dachte Toby das. Als Parlamentspräsident war Gutmann inzwischen eine Gestalt des öffentlichen Lebens und vom guten Willen der Öffentlichkeit abhängig. Toby hoffte nur, daß sich Gutmann darüber im klaren war.

»Genug!« sagte der Halbe Mann. »Ich möchte, daß das gesendet wird. Das ganze Imperium muß erfahren, was ich zu sagen habe.«

Die Sicherheitsleute sahen erst den Halben Mann an, dann Gutmann und schließlich einander. Vom ursprünglichen Halben Mann hatte man geglaubt, niemand könnte ihn umbringen, bis der Todtsteltzer es doch zuwege brachte, aber niemand wußte so recht, wie er es geschafft hatte. Der ursprüngliche Halbe Mann war auch für seinen äußerst kurzen Geduldsfaden berüchtigt gewesen sowie die vorbehaltlose Bereitschaft, jeden umzubringen, der ihm in den Weg geriet. Die Wachleute senkten einer nach dem anderen die Waffen, und Gutmann entschied sich rasch dafür, aus einer üblen Lage das beste zu machen, und gab würdevoll nach.

»Natürlich müßt Ihr Eure Geschichte erzählen, Kapitän Eilend. Ich bin sicher, das ganze Imperium verzehrt sich vor Verlangen nach Euren Worten.«

»Gut«, sagte der Halbe Mann, »denn was ich zu sagen habe, betrifft das Schicksal jedes einzelnen Lebewesens im Imperium.« Er blickte direkt in die Kamera, kümmerte sich nicht um die Politiker. »Der Hochstapler hat Euch zum Teil die Wahrheit gesagt. Ich wurde von Fremdwesen entführt und umgeformt, dabei jedoch entzweigeteilt, um zwei unnatürliche Dinge hervorzubringen, die Ihr vor Euch seht. In meinem anderen Selbst beherrschte das fremde Bewußtsein die Verbindung. Ein fremder Wille bewegte den Körper, und eine fremde Intelligenz sprach durch seinen Mund. Er erzählte Euch sorgfältig zurechtgelegte Lügen, um die Wahrheit und die realen Gefahren zu vertuschen. Die Fremdwesen, denen Ihr bis heute begegnet seid, sind nichts im Vergleich zum wirklichen Feind, der auf der Lauer liegt. Etwas lebt in der *Dunkelwüste*. Etwas Altes und Mächtiges und schaurig Böses. Diese Wesen nennen sich die Neugeschaffenen. Und bald schon werden sie aus der *Dunkelwüste* hervorkommen und alles vernichten, was lebt.«

Wieder trat eine lange Pause ein. Toby räusperte sich. »Was genau sind … die Neugeschaffenen?«

»Sie sind entsetzlicher, als man sich vorstellen kann. Mächtiger, als Hoffnung und geistige Gesundheit verkraften können. Fremdartig im Vergleich zu allem, was Ihr als Leben kennt oder begreift. Sie sind gestorben und aus eigener Kraft ins Leben zurückgekehrt. Jetzt sind sie ewig. Und bald werden sie über Euch alle herfallen.«

»Aber wenn sie nicht sterben können und der Tod sie nicht aufzuhalten vermag«, fragte Toby, »wieso belästigen sie sich dann mit etwas Geringfügigem wie uns?«

»Euer Tod liefert ihren gewaltigen Maschinen Treibstoff. Eure Todesqual, über Jahrhunderte ausgedehnt, treibt ihre Maschinen an. Und Eure schreienden Seelen bieten ihnen Trost. Diese Wesen bestehen aus dem Stoff der Dunkelheit und ertragen das Licht nicht. Also sind sie bestrebt, es auszulöschen, wo immer sie es antreffen, um das ganze Universum in endlose Nacht zu tauchen. Und sie herrschen auf ewig in der Dunkelheit.«

»Wie zum Teufel sollen wir gegen so etwas kämpfen?« wollte Toby wissen.

Der Halbe Mann sah ihn zum ersten Mal an. »Ihr könnt es nicht.«

Jakob Ohnesorg schaltete den Holoschirm aus. »Das war das Wesentliche. Danach kam es nur noch zu Auseinandersetzungen und Panik und einem endlosen Lauf im Kreise. Der Halbe Mann, falls er das wirklich ist, gestattete den Wachleuten schließlich, ihn zu einer gründlichen Befragung fortzubringen, bei der es hoffentlich auch darum geht, wo er die ganze Zeit gesteckt hat. Mein aktueller Stand ist, daß die Abgeordneten immer noch im Plenum sitzen, nach immer weiteren Expertenmeinungen rufen und sich derbe in die Hosen machen.«

»Falls dieser Halbe Mann nicht das ist, wofür er sich ausgibt«, fragte Ruby langsam, »was zum Teufel ist er dann? Eine Furie?«

»Gute Frage«, fand Jakob. »Ich denke jedoch, daß selbst die abtrünnigen KIs von *Shub* nicht über die nötige Technik verfügen, ein derartiges lebendes Energiefeld zu erzeugen. Das Imperium hatte für Jahrhunderte Zugang zum ursprünglichen Halben Mann und fand nie heraus, wie er funktionierte.«

»Aber falls er echt ist, dann muß auch seine Botschaft zutreffen.«

»Nicht unbedingt. Die ganzen Jahre der Folter und

Gefangenschaft haben ihn womöglich verrückt gemacht. Oder er hat alle möglichen Gründe, um zu lügen. Er hat kein Wort darüber verloren, wo er war, wer genau ihn gefangenhielt oder wie er schließlich entkam. Er hat bereits zugegeben, daß eine fremde Intelligenz aus dem ursprünglichen Halben Mann gesprochen hat. Vielleicht haben dessen Schöpfer nur ein neues Spielzeug geschickt, nachdem das alte kaputt war. Nein, wir haben vieles nicht erfahren, und solange wir nicht mehr wissen, finde ich nicht, daß wir der Botschaft oder dem Sendboten übertrieben viel Glauben schenken sollten.«

»Er hatte recht mit dem Hinweis, daß etwas in der *Dunkelwüste* lebt. Denkst du nicht, wir sollten ...«

»Nein, das denke ich nicht«, entgegnete Jakob entschieden. »Auf uns wartet ein eigener Auftrag. Achten wir doch darauf, nicht abgelenkt zu werden. Zunächst müssen wir herausfinden, wie böse *Shub* uns schon am Haken hat. Alles andere kann warten.«

»Es muß wundervoll sein, sich so konzentrieren zu können.« Ruby zuckte ärgerlich die Achseln. »Mir gefällt nichts von alledem. Ich werde das Gefühl nicht los, daß wir, egal was wir unternehmen, immer mehr den Boden unter den Füßen verlieren.«

»Falls nicht wir, wer dann?« hielt ihr Jakob entgegen. »Für uns spricht viel mehr als für jeden anderen.«

Ruby seufzte und zuckte erneut die Achseln. »Wo fangen wir an?«

»Bei Robert Feldglöck, dem frisch ernannten Kapitän der *Elementar.* Wir wissen, daß seine Familie Umgang mit *Shub* hatte, bis die Wolfs die Feldglöcks bei einer ausgesprochen feindlichen Übernahme fast vernichteten. Sehen wir mal, was Robert uns sagen kann.«

»Und falls er nicht mit uns reden möchte?«

Jakob lächelte. »Dann darfst du ein bißchen mit ihm spielen. Versuche, ihn nicht zu sehr zu verletzen.«

Sie flogen mit einem Amtsshuttle zur *Elementar* hinauf, bewaffnet mit einer Vollmacht des Parlaments, jeden zu verhören, nach dem ihnen verdammt noch mal der Sinn stand. Die *Elementar* war einer der wenigen Sternenkreuzer der E-Klasse, die die Rebellion überstanden hatten, und wurde zur Zeit dafür ausgerüstet, am *Abgrund* Dienst zu tun. Das riesige Schiff war von kleineren Fahrzeugen umringt, die es umschwärmten wie Wespen ein Nest, während Hunderte von Menschen in Druckanzügen überall auf dem Rumpf herumkrabbelten, um Reparaturen und Verbesserungen vorzunehmen. Der Kapitän antwortete nicht persönlich auf Jakob Ohnesorgs Ersuchen um ein Treffen, aber sein Komm-Offizier gab die Nachricht weiter, daß sich der Kapitän zum frühestmöglichen Zeitpunkt in seiner Kabine zur Verfügung halten würde.

Ruby dockte das Shuttle dort an, wo man sie einwies, und dann warteten beide in der Luftschleuse ungeduldig darauf, daß jemand von der anderen Seite die Tür öffnete. Nach Maßstäben von Luftschleusen war diese recht groß, aber Jakob fühlte sich trotzdem unbehaglich beengt. Falls der Feldglöck wirklich nicht mit ihnen über die Verbindungen seines Clans zu *Shub* reden wollte, konnte er die Besucher hier ewig warten lassen. Oder zumindest, bis sie es leid wurden und wieder verschwanden. Jakob sah, daß Ruby die Innentür nachdenklich musterte.

»Nein, wir werden nicht versuchen, sie aufzubrechen!« stellte er entschieden fest. »Diese Tür wurde dafür konstruiert, großen Belastungen standzuhalten.«

»Sie wurde nicht dazu konstruiert, uns standzuhalten«, konterte Ruby gelassen. »Nichts wurde das.«

»Durchaus möglich. Aber selbst, wenn wir es schaffen würden, möchte ich nicht, daß du es jetzt schon probierst. Ich möchte den Feldglöck nicht auf die Idee bringen, er hätte uns nervös gemacht.«

»Ich bin nicht nervös«, wandte Ruby ein. »Nur zunehmend verärgert.«

»Er ist vielleicht nur beschäftigt. Schließlich ist er der Kapitän.«

»Niemand ist zu beschäftigt, um uns zu empfangen. Nicht, wenn er weiß, was gut für ihn ist.« Ruby sah finster drein. »Nein, er ist auch so ein verdammter Aristo, der uns warten läßt, um uns zu zeigen, für wie wichtig er sich hält.«

»Das denke ich nicht«, sagte Jakob. »Seine Akte zeigt, daß er schon immer vor allem ein Flottenoffizier war und erst in zweiter Linie Aristokrat.«

»Die sind genauso schlimm. Geschniegelt und poliert und zackzack, wenn du mich fragst. Falls er möchte, daß ich Haltung annehme, wenn ich mit ihm rede, mache ich ihn fertig.«

Jakob musterte Ruby nachdenklich. »Ich denke, du überläßt es lieber mir, das Gespräch zu führen. Versuche dich bitte daran zu erinnern, daß wir wegen der Antworten gekommen sind, Ruby! Es ist wirklich furchtbar schwierig, einem Toten Antworten zu entlocken.«

Ruby schniefte, blieb aber friedlich. Sie nahm allerdings nicht die Hände von den Waffen.

Die Innentür schwenkte endlich auf, und ein geschniegelter Junioroffizier lächelte beide gewinnend an. »Jakob Ohnesorg, Ruby Reise; seid an Bord willkommen, Sir und Madam.«

»Wen nennt er Madam?« fragte Ruby leise, als sie und Jakob sich an dem Offizier vorbeischoben und den Korridor betraten. »Ich war mein ganzes Leben lang noch in keinem Haus der Freuden.«

»Er ist nur höflich«, murmelte Jakob. »Schlage ihn nicht.«

»Ich bin Leutnant Xhang«, stellte sich der Offizier mit fröhlichem Lächeln vor und tat ganz so, als hätte er nichts gehört. Er schloß die schwere Schleusentür, kontrollierte, ob sie auch sicher verriegelt war, kontrollierte es noch einmal, weil er sich um solche Dinge sorgte, und wandte sich dann etwas widerstrebend seinen Gästen zu. Er wirkte entschieden nervös, und Jakob fühlte sich versucht, *Buh!* zu rufen, nur um zu sehen, was passierte.

»Falls Ihr mir bitte folgen möchtet, führe ich Euch in Kapitän Feldglöcks Quartier. Er freut sich darauf, Euch zu sehen.«

»Falls das stimmt, macht ihn das für die heutige Zeit zu einem einzigartigen Phänomen«, sagte Jakob.

»Jawohl«, knurrte Ruby. »Wir verlieren wohl unseren Ruf.«

Xhang fragte sich, ob er höflich lachen sollte, und entschied sich dafür, zu lächeln, bis ihm die Wangen weh taten. Er zeigte ihnen die Richtung, insgeheim stolz darauf, daß die Hand nicht erkennbar zitterte, und führte die Gäste durchs Schiff. Tage wie dieser verleiteten ihn stets zu der Frage, ob die Pension es wirklich wert war.

Jakob nahm alle Leute, an denen sie vorbeikamen, unauffällig, aber gründlich in Augenschein. Auf den schimmernden Stahlkorridoren herrschte reger Verkehr, aber es ging nicht übertrieben beengt zu. Auf jeden wartete Arbeit, aber alle schafften es, sich dabei nicht gegenseitig in die Quere zu kommen. Die Leute waren geschäftig, aber diszipliniert. Die Besatzung hatte einen Job, und sie sah zu, daß sie ihn auch erledigte. Und doch waren nirgendwo Sicherheitsleute zu sehen, die sie anspornten oder für Disziplin sorgten. Was dafür sprach, daß der Kapitän ein straffes Regiment führte, wobei die Disziplin von innen kam, statt nur von oben verordnet zu werden.

»Also«, wandte sich Jakob lässig an den Leutnant, »was haltet Ihr von Eurem neuen Kapitän?«

»Er ist ein guter Offizier«, antwortete Xhang sofort. »Er versteht sich auf seinen Job. Es hilft, daß er sich hochgearbeitet hat und nicht direkt von der Akademie auf den Kommandosessel kam.«

»Aber er ist ein bißchen jung, oder?«

»Er versteht sich auf seinen Job«, sagte Xhang eine Spur zu scharf. Jakob konnte nicht umhin festzustellen, daß der Leutnant vor lauter Eifer, den Kapitän zu verteidigen, seine Nervosität vergaß. »Nur darauf kommt es an, Sir Ohnesorg. Er ist ein Kriegsheld. Hat gekämpft, bis sie ihm das Schiff unterm Hintern weggeschossen haben. Der Todtsteltzer hat ihm persönlich einen Orden angeheftet.«

»Ja, tatsächlich«, sagte Jakob. »Das hat er.«

Schließlich erreichten sie das Privatquartier des Kapitäns, und Xhang klopfte rasch an die Tür und trat zurück. Die Tür glitt sofort auf, und Xhang bedeutete ihnen mit einem Wink, sie möchten eintreten. Jakob nickte, und Xhang faßte es dankbar als Signal auf, daß er entlassen war. Er salutierte zackig, drehte sich auf den Fersen um und schritt mit einer Geschwindigkeit den Korridor hinunter, die ausschloß, wie er hoffte, daß man ihn zurückrief. Jakob mußte lächeln. Diesmal war seine Reputation eher eine Hilfe als ein Hemmschuh. Er gab Ruby ein Zeichen, und sie betrat als erste die Kapitänskabine, die rechte Hand unweit der Pistole am Gürtel.

Die Kabine erwies sich als ordentlich und aufgeräumt und gerade groß genug, um sich darin bewegen zu können. Raum war an Bord eines Raumschiffs ein knappes Gut, und nicht einmal der Kapitän durfte zuviel davon erwarten. Die Tür schloß sich hinter

Jakob mit einem satten dumpfen Schlag, und er sah sich in aller Gemütsruhe um, ob er nicht Rückschlüsse auf die Persönlichkeit des Gastgebers ziehen konnte. Ein paar persönliche Dinge waren vorhanden, aber nichts besonders Ungewöhnliches oder Einzigartiges darunter. Vermutlich war der Kapitän noch nicht lange genug an Bord, um der Kabine eine persönliche Atmosphäre zu verleihen. Oder vielleicht hatte er einfach nicht genug übrig behalten, als er sich gezwungen sah, sein altes Schiff aufzugeben.

Die Tür zur angrenzenden Badekabine öffnete sich mit einem Zischen, und Robert Feldglöck kam heraus, wobei er sich noch das nasse Gesicht mit einem Handtuch abwischte. Er trug Uniformhose und -jacke, wobei letztgenannte offenstand und eine bemerkenswert behaarte Brust zeigte. Er war groß und gutaussehend und wirkte für einen Kapitän sehr jung. Er nickte Jakob und Ruby ganz liebenswürdig zu, sank auf den einzigen Stuhl und senkte das Handtuch auf den Schoß.

»Verzeiht mir den zwanglosen Auftritt, aber wir werden zur Zeit alle ganz schön auf Trab gehalten. Macht es Euch ruhig bequem.«

Er deutete dabei aufs Bett. Jakob entschied, daß es seiner Würde bekömmlicher wäre, wenn er stehen blieb. »Gut, daß Ihr uns so kurzfristig empfangt, Kapitän.«

»Eure Botschaft war nicht sehr deutlich«, sagte Robert stirnrunzelnd. »Tatsächlich grenzte sie ans Vage. Jeden anderen hätte ich rundweg abgewiesen. Tausend verschiedene Aufgaben warten auf mich, damit dieses Schiff seinen Starttermin einhält. Falls jedoch der legendäre Jakob Ohnesorg und die berüchtigte Ruby Reise es wichtig finden, daß wir uns sehen, dann ist es das wahrscheinlich auch. Stellt Eure Fragen.«

»Ich war nicht sicher, Euch noch hier anzutreffen«, sagte Jakob. »Tatsächlich ist mir zu Ohren gekommen, daß Ihr vielleicht den Dienst quittieren würdet, um der Feldglöck zu werden, das Oberhaupt Eures Clans.«

Robert schnitt ein finsteres Gesicht. »Eine Menge Druck wurde auf mich ausgeübt, um genau das zu tun, aber ... die Flotte ist mein Leben, Sir Ohnesorg. Sie ist alles, was ich mir je gewünscht habe. Und so rasch Kapitän zu werden ... Ich trage jedoch tatsächlich Verantwortung auf *Golgatha.* Somit bin ich hin- und hergerissen zwischen der Aufgabe als Flottenoffizier, beim Wiederaufbau des Imperiums zu helfen, und der familiären Verantwortung, den überlebenden Clanangehörigen beizustehen, damit sie den Clan Feldglöck wieder beleben können. Ich bin nicht der einzige Kandidat für den Titel, aber die Idee, einen offiziellen Kriegshelden zum Clanoberhaupt zu erheben, hat für viele seinen Reiz. Zur Zeit jongliere ich mit beiden Aufgaben, bis ich zu einer Entscheidung gelange, wo meine wirkliche Pflicht liegt.«

»Einmal Aristo, immer Aristo«, behauptete Ruby.

Robert bedachte sie mit einem kalten Lächeln. »Einmal Kopfgeldjäger, immer Kopfgeldjäger.«

»Wir haben während der Rebellion vielleicht auf gegnerischen Seiten gestanden«, unterbrach Jakob die beiden rasch. »Ich vertraue jedoch darauf, daß wir beide heutzutage um das Wohl des Imperiums besorgt sind. Wir müssen bestimmte Dinge erfahren, Kapitän. Dinge, die nur Ihr uns erzählen könnt. Über den Clan Feldglöck und seine früheren Geschäfte mit den abtrünnigen KIs von *Shub.*«

Robert nickte langsam. »Ich wußte immer, daß das letztlich ans Licht kommen würde. Aber so etwas ... Falls ich Euch sage, was ich weiß und was wenig ist, dann benötige ich Eure Zusage, daß Ihr es für Euch behaltet, so lange es nur geht.«

»Wir könnten dich zum Reden zwingen«, stellte Ruby fest.

»Wahrscheinlich«, pflichtete ihr Robert bei. »Aber nicht leicht und nicht schnell. Und falls durchsickern würde, daß Jakob Ohnesorg an der Folterung eines echten Kriegshelden beteiligt war ...«

»Ich habe stets getan, was ich für nötig hielt«, sagte Jakob. »Und zur Hölle mit den Folgen. Aber ich sehe bislang keine Notwendigkeit, gewalttätig zu werden. Warum sollte ich Euer Geheimnis wahren, Feldglöck? Überzeugt mich.«

»Weil sich meine Familie zur Zeit in einer sehr delikaten Lage befindet. Die Wolfs haben uns fast ausgelöscht. Sie jagten uns auf den Straßen, zerrten uns aus sicheren Unterschlüpfen, zeigten keinerlei Gnade. Kaum jemand hat gewagt, uns zu helfen. Einige von uns überlebten aufgrund ihrer Stellung in den Streitkräften. Andere durch Mittel, auf die wir nicht unbedingt stolz sind. Aber die Lage hat sich gewandelt.

Der *Schwarze Block* hat alle Blutfehden für beendet erklärt, für null und nichtig. Er versucht, so viele Familien wie möglich zu stärken, um seine Machtbasis zu vergrößern. Somit hat der Clan Feldglöck von den Wolfs nichts mehr zu befürchten, und seine überlebenden Angehörigen können endlich wieder aus dem Schatten hervortreten. Ohne ein Familienoberhaupt werden jedoch widerstreitende Fraktionen den Clan unausweichlich von innen zerreißen. Und wenn jetzt ein solches Geheimnis ans Licht käme – der scheinbare Verrat an der Menschheit selbst –, würde es uns für immer vernichten. Ich brauche Euer Wort, Jakob Ohnesorg, ehe ich mein Wissen mit Euch teilen kann. Ich vertraue Eurem Wort.«

»Und meinem nicht?« fragte Ruby Reise.

»Natürlich nicht. Ihr seid Kopfgeldjägerin.«

»Sehr klug. Sag ihm, er soll sich zum Teufel scheren, Jakob. Wer schert sich darum, falls eine weitere Familie verschwindet? Sollen sie doch alle verrecken!«

»So einfach ist das nicht, Ruby. Ein gemäßigter, verantwortungsbewußter Clan könnte viel dazu beitragen, die extremeren Bestrebungen des *Schwarzen Blocks* zu entschärfen. Und falls es einen Clan Feldglöck geben soll, dann ist mir lieber, wenn ihm ein echter Kriegsheld vorsteht als ein Unbekannter. Ihr habt mein Wort, Kapitän.«

»Du wirst weich, Ohnesorg.«

»Jetzt nicht, Ruby. Kapitän, ich werde Euer Geheimnis solange wahren, wie ich es mir gegenüber rechtfertigen kann. Und Ruby wird meinem Beispiel folgen. Für andere kann ich jedoch nicht sprechen. Baut Euren Clan also wieder auf, solange Ihr könnt, Kapitän, und tut es auf festem Fundament. Denn die Flut wird kommen.«

»Verstanden«, sagte Robert. Er wischte sich das Gesicht mit dem Handtuch ab und warf letzteres zur Seite. Er wirkte auf einmal älter. »Ihr müßt wissen, daß ich nie Anteil an der Hauptverschwörung hatte. Ich denke, man hat mir nicht genug vertraut. Das grundlegende Abkommen bestand darin, daß wir *Shub* das Geheimnis des neuen Hyperraumantriebes lieferten, als Gegenleistung für fortschrittliche Tech, damit unsere Fabriken an vorderster technologischer Front im Imperium blieben. Wir hatten nie direkt mit den abtrünnigen KIs zu tun; es lief immer über eine Reihe von Vermittlern, bei denen die rechte Hand nicht wußte, was die linke tat, so daß wir glaubhaft jede Mitwisserschaft leugnen konnten, falls es nötig wurde. Finlay hat gesagt, es wäre ein Schwindel gewesen, die Familie hätte nie wirklich vorgehabt, den abtrünnigen KIs die Antriebstechnik der Fremdwesen auszuliefern. Ich selbst weiß nicht, ob das zutrifft oder nicht. Finlay war nie Clanoberhaupt. Sein Vater Crawford aber war es, und er war wirklich zu allem fähig, um zu bekommen, was er wollte. Und so schickte *Shub* uns Technik, und wir machten Ausflüchte, und die Beziehung nahm ihren Fortgang. Niemand nahm jemals das Wort Verrat in den Mund. Oder das, was geschehen würde, falls *Shub* zu dem Schluß gelangte, wir würden niemals liefern. Dann griffen jedoch die Wolfs an, und es wurde ohnehin alles gegenstandslos. Als der Clan Feldglöck gestürzt und zerstreut war, erfuhren die Wolfs von dem Abkommen und übernahmen es selbst. Valentin führte sie damals bereits. Ein Mann, der zu absolut allem fähig ist. Und soweit reichen meine persönlichen Kenntnisse.«

Jakob sah finster drein. »Habt Ihr eine Ahnung, ob irgendwelche anderen Familienmitglieder mehr wissen könnten?«

»Im Grunde nicht. Die wenigen, die fast mit Sicherheit alle Details kannten, wurden getötet, als die Wolfs den Turm der Feldglöcks stürmten. Nichts ist je aufgezeichnet worden – aus leicht erkennbaren Gründen. Die einzigen Überlebenden, die womöglich etwas wissen, sind Finlay und seine Gattin Adrienne. Obwohl letztgenannte, da sie nur eine eingeheiratete Feldglöck ist, wahrscheinlich nur am Rande informiert wurde, wie ich. Und was Finlay angeht ... Ihr müßtet ihn schon selbst fragen. Erwartet allerdings nicht zuviel von ihm. Schon seit einiger Zeit frißt das Leben an seinem Verstand, und ich habe keine Ahnung, wieviel noch davon übrig ist.«

»Du magst ihn nicht, wie?« fragte Ruby.

»Er ist ein verrückter Mörder. Wenn ich daran zurückdenke, wie er das Böse in ihm hinter der Maske eines Stutzers bei Hofe tarnte, dann gefriert mir das

Blut in den Adern. Ein Werwolf mit roten Fängen und Klauen bewegte sich unter uns, und wir ahnten es nicht. Aber nichts davon ist wichtig. Er gehört immer noch zur Familie.«

»Reden wir über den *Schwarzen Block*«, schlug Jakob diplomatisch vor. »Was wißt Ihr darüber?«

»Nicht viel«, antwortete Robert. »Ich wurde in früher Kindheit zu ihm geschickt, aber es kam zu einer Auseinandersetzung in der Familie, und sie holte mich zurück, ehe ich in eines der Mysterien eingeweiht werden konnte. Crawford fand, daß der Clan mehr Einfluß in den Streitkräften benötigte, und so landete ein Dutzend von uns in der Armee und der Raumflotte. Für mich war es das beste, was mir je widerfahren ist. Ich mußte beweisen, was ich wert war. Und ich tat es.

Ich denke nicht, daß Crawford dem *Schwarzen Block* je über den Weg getraut hat, selbst damals nicht. Er hegte stets den Verdacht, die Organisation könnte eigene Ziele entwickeln. Schon damals argwöhnten Leute, daß die Absolventen des *Schwarzen Blocks* ihre Treue erst diesem schuldeten und in zweiter Linie einzelnen Familien. Ich sage Euch eins: Viel mehr Leute haben das Schwarze Kolleg durchlaufen, als Ihr ahnt. Oder als die Familien je zugeben würden. Ihr würdet doch nicht erwarten, daß sich eine Macht wie die Familien für jede beliebige Gruppe auf den Rücken dreht, oder? Sie haben in Euer Abkommen eingewilligt, weil sie keine andere Wahl hatten. Die Clans beugen sich dem *Schwarzen Block*, weil ihre heranwachsenden Generationen nicht mehr ihnen gehören. Sie gehören mit Leib und Seele dem *Schwarzen Block*.

In seinem Kern lauern nur Geheimnisse und Rätsel. Das Schwarze Kolleg. Die Rote Kirche. Die Hundert Hände. Namen, die nur flüsternd genannt werden. Niemand weiß heute mehr, wer den *Schwarzen Block* leitet oder welche Absichten er verfolgt. Es spielt auch keine Rolle. Seine Leute sind überall. Auch in hohen Positionen. Ihr wärt überrascht.«

»Ich bezweifle es«, entgegnete Ruby. »Mich überrascht nicht mehr viel. Und ich habe den Familien nie vertraut, und auch niemandem, der mit ihnen in Verbindung steht.«

»Wie ausgesprochen klug«, fand Robert.

Jakob mischte sich schnell ein. »Was ist mit Finlay? Irgendeine Idee, wo wir ihn finden könnten?«

»Er ist genau dort, wo Ihr ihn auch erwarten würdet«, sagte Robert. »So dicht an Blut und Tod und Wahnsinn, wie er nur kommen kann. Er lebt in der Arena.«

In der Stadt auf *Golgatha,* die *Parade der Endlosen* heißt, geht jeder in die Arena. Um mitzuerleben, wie Menschen gegen Menschen kämpfen, einzeln oder gruppenweise, oder wie Menschen gegen Fremdwesen kämpfen oder Fremdwesen gegeneinander. Solange nur jemand umkommt. Blut ist Blut, egal von welcher Farbe. Niemals bleibt ein Platz auf den Tribünen oder in den Logen frei, und Jahreskarten werden von einer Generation auf die nächste vererbt. Die Arena ist das einzige, was alle Klassen des Imperiums gemeinsam haben.

Niemals kommt es zu einem Mangel an Freiwilligen, die ihr Leben und ihre Ehre auf dem blutgetränkten Sand riskieren – für Reichtum oder Privilegien oder einfach nur den Beifall der Massen. Ein paar verdienen auf diese Weise gar ihren Lebensunterhalt – eine Zeitlang wenigstens. Und der größte Kämpfer von allen, gegen den jeder Mann kämpfen und mit dem jede Frau ins Bett gehen wollte, der Mann, der nie eine Herausforderung ausschlug, war jene geheimnisvolle und rätselhafte Gestalt unter einem anonymen Stahlhelm, die man den Maskierten Gladiator nannte.

Zwei Männer trugen diese Maske, obwohl die Zuschauer das nie erfuhren. Der erste hieß Georg McCrackin, der unbesiegt zurücktrat, als er zu dem Entschluß gelangte, daß er zu alt und zu langsam wurde. Er bildete Finlay Feldglöck zu seinem Nachfolger aus. Georg McCrackin kam während der Rebellion ums Leben, während er den anonymen Helm trug, und Toby Shreck nahm ihm im Rahmen einer Live-Sendung die Maske ab.

Finlay hatte sich aus vielerlei Gründen aus der Arena zurückgezogen, aber er behielt weiterhin das alte Quartier in der Wohnsektion tief unter dem blutigen Sand. Es war sehr bescheiden, aber ihm machte das nichts aus. Hier fand ihn wenigstens niemand, und hier konnte er sich ausruhen und schlafen und planen, wie er am besten seinen alten Widersacher Valentin Wolf aufspürte und ermordete. Die Klon- und Esper-Bewegungen hatten ihm Valentins Kopf auf einer Stange versprochen, als Gegenleistung für seine Dienste als Attentäter, aber jetzt, wo die Rebellion vorüber war, schienen sie viel zu beschäftigt, um sich an alte Freunde und Versprechungen zu erinnern, und so entschied Finlay, die Sache selbst in die Hand zu nehmen.

Er konnte nicht einfach ein Schiff anwerfen und losfliegen. Das Parlament hatte ihm einen offiziellen Status wie dem Todtsteltzer und dieser d'Ark verweigert. Es traute ihm nicht. Einige dachten nicht ganz ohne Grund, er könnte einen solchen Status nutzen, um sie zu verfolgen. Und so versagten sie ihm eine Rolle in ihrer heißgeliebten neuen Ordnung und ließen ihn von Spionen überwachen. Finlay brachte hin und wieder ein paar von denen um, nur damit die übrigen nervös blieben. Ruhig und unauffällig bereitete er sich auf seine Mission vor. Und so erstaunte es ihn doch ganz schön, als jemand ganz unverblümt an seine Tür klopfte.

Geschmeidig stand er von dem ungemachten Bett auf, wo er auf dem Rücken gelegen und an nichts Besonderes gedacht hatte, und zog den Disruptor aus dem Halfter, der am Bettpfosten hing. Lautlos tappte er zur Tür hinüber und lauschte einen Augenblick lang. Erneut wurde geklopft.

»Wer da?« fragte Finlay.

»Jakob Ohnesorg und Ruby Reise. Wir hätten gern unauffällig ein Wort mit Euch gewechselt. Falls es nicht zu ungelegen kommt.«

Finlay zog eine Braue hoch. Er hatte nie viel Kontakt zu den legendären Helden gehabt, weder während der Rebellion noch anschließend, und so hatte er keinen Schimmer, warum sie ihn jetzt aufsuchten. Aber falls schon nichts sonst, so konnte sich ihr Besuch wenigstens als interessant erweisen, und eine Pause in seiner Brüterei kam ihm gerade recht. Er öffnete die beiden Schlösser und zog drei Riegel zur Seite, die er noch zusätzlich montiert hatte. Rasch trat er zurück, während er die Tür aufriß. Jakob und Ruby standen allein und mit leeren Händen auf dem Korridor. Sie betrachteten die Schußwaffe in seiner Hand, mit der er auf sie beide zielte, sagten aber nichts. Finlay lud sie mit einem Wink der freien Hand ein, hereinzukommen, und ging dann um sie herum, um die Tür wieder abzuschließen und zu verriegeln.

»Man kann heutzutage gar nicht vorsichtig genug sein. Nicht, wenn man so viele Feinde hat wie ich.«

»Vertraut mir«, sagte Jakob, »ich kenne das Gefühl.«

»Macht es Euch bequem«, forderte Finlay sie auf. »Tut mir leid, daß es hier so aussieht, aber ich habe das Zimmermädchen erschossen.«

Er lächelte, um zu zeigen, daß das ein Scherz gewesen war, und Jakob und Ruby erwiderten das Lächeln, ehe sie vorsichtig weiter ins Zimmer kamen. Sie sahen sich nach Sitzgelegenheiten um. Hier sah es wirklich fürchterlich aus. Jakob und Ruby mußten über etliche Sachen hinwegsteigen, um zwei ramponiert wirkende Stühle zu erreichen. Schmutzige Wäsche lag in einer Ecke aufgehäuft; schmutziges Geschirr türmte sich im Spülbecken der winzigen Kochnische. Etliche Wurfmesser steckten in der Tür. Jakob staubte die Sitzfläche seines Stuhls ab, ehe er Platz nahm. Ruby scherte sich nicht darum. Finlay setzte sich auf die Bettkante und hielt weiterhin den Disruptor auf seine Gäste gerichtet. Sein Blick war kalt und fest, und auch die Hand zitterte nicht.

»Also«, sagte er ruhig, »was führt solche illustre Gesellschaft in mein kleines Schlupfloch, von dem niemand etwas wissen sollte?«

»Robert hat uns gesagt, wo wir Euch finden«, erklärte Jakob.

»Ah«, sagte Finlay. »Letztlich ist es immer die Familie, die Verrat an einem Menschen übt.«

»Wir müssen mit dir reden«, sagte Ruby. »Es gibt Dinge, die wir nur von dir erfahren können.«

»Da habt Ihr recht«, versetzte Finlay. »Ich weiß alles mögliche. Deshalb möchten mich so viele Leute zum Schweigen bringen. An welches spezielle schmutzige kleine Geheimnis habt Ihr gedacht?«

»Wir würden Euch gern ein paar Fragen nach den Geschäften stellen, die der Clan Feldglöck mit *Shub* getätigt hat«, sagte Jakob und beäugte vorsichtig Finlays Disruptor.

»Ach das«, sagte Finlay wegwerfend. Er rutschte weiter aufs Bett, lehnte sich ans Kopfende und steckte den Disruptor wieder ins Halfter. Jakob und Ruby entspannten sich etwas. Als Finlay weiterredete, wirkte er fast gelangweilt. »Das ist inzwischen ein alter Hut. Niemand schert sich mehr darum. Ich dachte, einer meiner Feinde hätte Euch geschickt, um herauszufinden, was ich weiß, und mir den Mund zu stopfen. Ich habe viele Feinde, wißt Ihr? In allen Schattierungen des politischen Spektrums. Ihr wärt überrascht. Selbst die undankbaren Untergrundbewegungen verleugnen mich heute, obwohl ich einmal ihr Goldjunge war. Sie haben mich als Waffe eingesetzt, und ich habe Menschen getötet. Heute finde ich nicht mal mehr jemanden, der auf meine Anrufe antwortet. Meine früheren ... Exzesse ... machen mich zu einer Belastung. Einer Peinlichkeit. Sobald ich meinen jetzigen Einsatz abgeschlossen habe, werde ich zurückkehren, an die Tür klopfen und ein Nein nicht als Antwort akzeptieren. Und dann kommt es ... zur Abrechnung.«

»Und was für ein Einsatz könnte das sein, Sir Feldglöck?« erkundigte sich Jakob höflich.

»Ich knöpfe mir Valentin Wolf vor. Wir müssen noch ein Geschäft zum Abschluß bringen.«

»Ich denke, jeder im Imperium muß noch ein Geschäft mit diesem Mistkerl zum Abschluß bringen«, sagte Ruby. »Reden wir lieber über *Shub.*«

»Tun wir es lieber nicht und behaupten das Gegenteil.« Finlay funkelte Ruby einschüchternd an und schien ein wenig betroffen, als sie einfach zurückfunkelte. »Ach, na ja, wenn es Euch rascher bewegt, wieder aufzubrechen ... Meine Familie hat ein Abkommen mit den abtrünnigen KIs getroffen, wollte deren fortschrittliche Technik im Austausch gegen den Hyperraumantrieb der Fremdwesen. Angeblich war alles nur Schwindel, bei dem wir sie ausquetschen wollten, solange es ging, ehe sie schließlich merkten, daß wir unsererseits nicht zu liefern planten. Inwieweit das zutrifft ... weiß ich nicht.

Jetzt werden wir es nie mehr erfahren. Die Absprache war gestorben, als die Wolfs meine Familie vernichtet hatten. Später haben die Wolfs das Geschäft angeblich auf eigene Rechnung neu ausgehandelt. Valentin führte dabei das Kommando. Was er bekam und was er als Gegenleistung versprach, das werdet Ihr ihn selbst fragen müssen. Falls ich ihn nicht zuerst erwische.«

»Und Ihr könnt uns zu *Shubs* Kontakten unter Menschen nichts weiter sagen?« wollte Jakob wissen. »Bitte denkt nach, Sir Feldglöck. Es ist wichtig.«

»Mein Vater hat mir nie Einzelheiten anvertraut. Und ich habe nie danach gefragt. Ich habe mir aus solchen Dingen damals nichts gemacht.«

Jakob stand abrupt auf. »Entschuldigt mich für einen Augenblick. Ich empfange gerade eine Meldung durch mein Implantat.«

Er ging zur Tür hinüber, um einigermaßen ungestört mit seinem Komm-Implantat subvokalisieren zu können. Finlay und Ruby musterten einander nachdenklich. Sie erkannten jeder den Krieger im Gegenüber, und das Feuer der Konkurrenz sprang in beiden gleichzeitig an. Es war lange her, seit einer von ihnen eine echte Herausforderung empfunden hatte.

Ruby zeigte ein humorloses Lächeln. »Vielleicht sollten wir es bei Gelegenheit miteinander versuchen. Nur Stahl gegen Stahl.«

»Klingt gut, was mich angeht«, sagte Finlay. Sie blickten sich gegenseitig in die Augen und zeigten sich gegenseitig das gleiche Totenkopflächeln. Bei beiden stieg der Puls, und der Atem vertiefte sich. Eine fast sexuelle Anziehungskraft knisterte zwischen ihnen in der Luft. Es gab etwas, wozu sie beide geboren worden waren und was ihnen wichtiger war als selbst das Leben, und sie spürten, wie es die Kontrolle übernahm und unausweichlich wurde. Finlay leckte sich die Lippen. »Welcher Zeitpunkt schwebt Euch vor, Kopfgeldjägerin?«

»Was wäre an jetzt gleich verkehrt?« fragte Ruby Reise.

»Verdammt gar nichts«, antwortete Finlay Feldglöck.

Innerhalb eines Augenblicks waren beide auf den Beinen, bauten sich voreinander auf, die Schwerter in Händen, Blut und Tod im Blick. Aber ehe ihre Klingen vorspringen konnten, stand Jakob Ohnesorg zwischen ihnen und funkelte beide an, und sie traten jeder einen Schritt zurück, für einen Moment von seiner schieren Autorität aufgehalten.

»Seid Ihr beide verrückt geworden? Natürlich, dumme Frage. Seht mal, wir haben keine Zeit dafür. Sir Feldglöck, steckt Euer Schwert weg.«

Finlay lächelte kurz. »Nach ihr.«

Jakob sah Ruby an. »Ich kann dich nicht mal für eine Sekunde aus den Augen lassen, wie? Steck dein Schwert weg.«

»Warum soll ich es zuerst tun?« wollte Ruby wissen.

»Weil du zweifellos angefangen hast. Und weil ich dich darum bitte. Wir müssen sofort aufbrechen und einen dringenden Auftrag übernehmen.«

Ruby schnieſte und senkte widerwillig die Klinge. »Du bist überhaupt kein lustiger Begleiter mehr, Ohnesorg.«

Finlay nahm vorsichtig das Schwert herunter. Er und Ruby wechselten Blicke. Sie beide wußten, daß der richtige Augenblick für den Kampf verstrichen war. Sie wußten auch, daß sich die Gelegenheit wieder bieten würde. Finlay steckte das Schwert in die Scheide zurück, die an einem Bettpfosten hing, und legte sich wieder aufs Bett, der Inbegriff entspannter Lässigkeit. Ruby rammte ihr Schwert in die Scheide und musterte Jakob finster.

»Was soll das Gerede von einem Auftrag? Ich dachte, wir hätten den Auftrag, den Verbindungen von *Shub* nachzugehen.«

»Der neue hat Vorrang. Anscheinend ist auf *Loki* die Hölle los, und das Parlament sähe uns am liebsten schon gestern dort. *Shub* wird warten müssen.«

»Läuft es nicht immer so?« beschwerte sich Ruby. »Man fängt mit einer Sache an, und im nächsten Augenblick wird man woandershin geschickt.«

»Die Geschichte meines Lebens«, bemerkte Finlay vom Bett her. »Ihr findet ja den Weg. Bemüht Euch, die Tür nicht zuzuknallen.«

Jakob mußte Ruby förmlich aus dem Zimmer zerren, aber schließlich waren sie weg und hatten die Tür einigermaßen zivil hinter sich geschlossen. Finlay war wieder allein. Er starrte an die Decke und vergaß die Besucher schon. Erst kürzlich hatte jemand Profikiller auf ihn gehetzt. Finlay machte das nicht viel aus. Er freute sich über das Training. Aber keiner der Attentäter war lange genug am Leben geblieben, um den Auftraggeber zu nennen oder zu verraten, wie sie ihn gefunden hatten. Praktisch jeder konnte dahinterstecken. Bei all den Feinden, die Finlay sich gemacht hatte, war die Auswahl schier beliebig. Das war einer der Gründe für seinen Entschluß, *Golgatha* zu verlassen und sich auf die Jagd nach Valentin zu begeben.

Nicht, daß Finlay sich ums eigene Leben gesorgt hätte, aber immer bestand die Gefahr, daß der gescheiterte Auftraggeber versuchte, ihn indirekt anzugreifen, indem er Menschen aufs Korn nahm, an denen Finlay etwas lag. Wie Evangeline oder Julian. Und das durfte er nicht riskieren. Julian konnte wahrscheinlich auf sich selbst aufpassen, aber es war Finlay nicht möglich, Evangeline fortwährend zu beschützen. Sei es auch nur deshalb, weil sie es nicht geduldet hätte. Evy hielt viel auf ihre Privatsphäre. Er wußte, daß sie Geheimnisse hatte, die er nicht kannte, aber er war dieserhalb nie in sie gedrungen. Finlay hatte Verständnis für Geheimnisse. Er hatte selbst genug.

Evie war zur Zeit wieder unterwegs. Führte irgendeinen Auftrag der Klon-Bewegung aus, von dem er nichts erfahren durfte. Trotz der stolzen Worte, die die Untergrundbewegung über Gleichheit und Brüderlichkeit verlor, vertraute sie weiterhin niemandem wirklich, der kein Klon war. Wenn man sich überlegte, wie stark der Untergrund Evangeline beschäftigt hielt, obwohl die Rebellion offiziell vorüber war, dann drängte sich Finlay die Frage auf, ob man zu verhindern versuchte, daß aus ihm und Evie ein Paar wurde. Schließlich war er nur ein Mensch. Und außerdem ein verdammter Aristo. Finlay lächelte kurz. Wahrscheinlich war es noch einfacher. Die Untergrundbewegung war nie richtig mit ihm einverstanden gewesen, auch wenn sie sich mit den Aufträgen an ihn wandte, die niemand sonst übernehmen konnte. Sie hielt ihn für verrückt. Und natürlich hatte sie völlig recht. Kein geistig gesunder Mensch hätte getan, was sie von ihm verlangte, wäre diese Risiken eingegangen und hätte in Blut gebadet, bis es ihm von der Seele tropfte.

Das Problem war entstanden, als das Imperium schließlich stürzte und alle von Finlay erwarteten, er würde ganz plötzlich wieder normal werden. Er hätte ihnen sagen können, daß es so nicht funktionierte. Man konnte nicht all das durchmachen, was er durchgemacht hatte, all das verlieren, was er verloren hatte, und schließlich trotzdem als ganz vernünftiger Kopf daraus hervorgehen. Das einzige, was ihn einigermaßen stabil hielt, waren die Liebe zu Evangeline und die Freundschaft mit Julian Skye. Sie waren seine Anker. Sie hielten ihn ... im Gleichgewicht. Ohne sie hätte er nur sich selbst gehabt, und er wußte nicht mehr, wer das war. Er hatte seinerzeit viele Persönlichkeiten zur Schau gestellt. Den Gecken und Fatzken. Den Maskierten Gladiator. Den Kämpfer der Rebellen. Den Attentäter der Untergrundbewegung. Evies Liebsten. Jetzt lärmten all diese Stimmen in seinem Kopf durcheinander, und er fühlte sich in diesem Wirrwarr verloren.

Er sehnte sich nach Aktivität. Nach dem Kitzel des Kampfes. Damals war alles so einfach gewesen. In solchen Situationen wußte man, woran man war. Keine Grautöne. Keine Politik. Nichts, was einen zurückhielt. Es einfach tun oder scheitern. Siegen oder verlieren. Leben oder sterben. Und oh, der blutrote Rausch, das Hämmern des Herzens in der Brust, die Freude darüber, der Beste zu sein ... oh, der Kitzel all dessen! Der wunderbare Augenblick des Mordens. Nichts glich dem ganz. Wie eine grenzenlos befriedigende, grenzenlos suchterzeugende Droge. Vielleicht hatte er mehr mit Valentin Wolf gemeinsam, als er dachte.

Finlay runzelte die Stirn und zwang sich, an etwas anderes zu denken, an die vorangegangenen Erlebnisse des Tages. Er hatte seine ihm extrem entfremdete Gattin Adrienne und ihre beiden Kinder besucht. Er wußte immer noch nicht recht, was ihn dazu getrieben hatte. Vielleicht, daß sie der einzige Inhalt seiner Vergangenheit waren, der unberührt blieb von dem, was er heute verkörperte. Finlay schloß die Augen und ließ die Gedanken zurückwandern.

Adrienne öffnete die Tür schon, ehe er richtig mit dem Anklopfen fertig war, als hätte sie ihn schon seit geraumer Zeit erwartet. Wie es sich traf, war er vollkommen pünktlich, aber Adrienne ließ sich von Tatsachen niemals darin behindern, einen guten Streit auszutragen. Er verneigte sich förmlich vor ihr, und sie reagierte mit einem spöttischen Lächeln. Finlay trat vor, und Adrienne wich gerade so weit zurück, daß er hereinkommen konnte.

»Tritt die Schuhe auf der Matte ab, verdammt! Du bist hier nicht zu Hause.«

Finlay nickte ruhig und verpaßte seinen Schuhen eine ordentliche Abreibung auf der Matte. Er gab sich Mühe, einen guten Eindruck zu machen und niemanden umzubringen, wenn es nicht unbedingt erforderlich war. Vage fragte er sich, ob er noch rechtzeitig vor dem Aufbruch daran gedacht hatte, die Schuhe zu polieren. Er vergaß solche Dinge leicht, wenn Evie ihn nicht daran erinnerte. Das Problem, wenn man von Dienstpersonal großgezogen wurde ... Er lächelte Adrienne an und setzte sich die Nasenkneiferbrille auf die Nasenspitze.

»Oh, nimm das Ding weg, Finlay«, verlangte Adrienne gereizt. »Du weißt genau, daß mit deinen Augen alles in Ordnung ist.«

»Die Brille dient Schau- und nicht Nutzzwecken«, erläuterte Finlay auf die geduldige und vernünftige Art, von der er genau wußte, daß sie Adrienne zum Wahnsinn trieb. »Sie gehören zur Aufmachung. Aber für Stilfragen hattest du noch nie Verständnis, nicht wahr?«

»Insoweit sie dazu führen, solche Sachen anzuziehen, nein. Ich habe schon Regenbogen gesehen, die farblich dahinter zurückstehen. Tatsächlich denke ich, daß ich noch nie zuvor so viele Farben auf einem Haufen gesehen habe. Was ist passiert? Konntest du dich nicht auf eine Farbe einigen und hast dir lieber alle auf einmal angezogen?«

»Etwas in der Art.« Früher hätte er sich, nur um sie zu ärgern, präzise zu der Frage geäußert, warum er diese Überhose und spitzen Schuhe zu genau diesem Cutaway-Gehrock ausgesucht hatte, und warum es so wichtig war, dieses Ensemble durch die richtige Weste zu ergänzen. Noch war er jedoch darauf bedacht, sich von der besten Seite zu zeigen, und ließ die Gelegenheit verstreichen. »Du trägst immer noch schlichtes Schwarz, Addie? Es steht dir. Bringt die Färbung des Herzens zur Geltung.«

»Es steht für meine Vorfreude auf ein Begräbnis. Deines.«

Sie lächelten einander an, nachdem so Gleichstand herrschte. Finlay blickte betont auffällig durch den schmalen Korridor. »Wo sind die Kinder, Addie? Ihretwegen bin ich schließlich gekommen.«

Adrienne machte ein böses Gesicht. »Sie sind natürlich im Salon, tragen ihre besten Sachen und zeigen ihr bestes Verhalten, falls sie wissen, was gut für sie ist. Und ich wünschte wirklich, du würdest sie nicht einfach nur als ›die Kinder‹ bezeichnen. Sie haben schließlich Namen, weißt du?«

»Ja, ich weiß. Troilus und Cressida. Du hast sie ausgesucht. Wie alt sind sie?«

»Troilus ist acht und sieht dir sehr ähnlich. Cressida ist sieben. Gott sei dank schlägt sie mehr nach mir. Du solltest ihr Alter eigentlich kennen: Ich habe dich anläßlich ihrer Geburtstage stets darauf aufmerksam gemacht. Obwohl es immer darauf hinauslief, daß ich die Geschenke selbst kaufen und dann so tun mußte, als kämen sie von dir.«

»Mein Leben war immer sehr ausgefüllt«, sagte Finlay und merkte noch, während er es aussprach, daß es ganz nach einer Ausrede klang. »Und lange gab es für niemanden außer mich selbst einen Platz darin. Aber ich denke gern, daß ich mich seitdem verändert habe. Als Evangeline in mein Leben trat, erweckte sie Dinge in mir, von deren Vorhandensein ich zuvor nicht einmal etwas geahnt hatte. Sie half mir ... menschlicher zu werden. Ein Mann zu sein wie andere Männer, nicht nur eine Killermaschine, die zwischen Auftritten in der Arena als Schlafwandler durchs Leben ging. Ich bin nicht mehr der Mann von früher, Addie. Ich habe mich so sehr bemüht, das alles hinter mir zu lassen.«

»Nette Ansprache«, fand Adrienne. »Du mußt sie Ewigkeiten lang geprobt haben.«

»Oh, stundenlang«, bestätigte Finlay. »Aber deshalb ist sie nicht weniger zutreffend. Ist es denn so seltsam, daß sich ein Mann wünscht, seine Kinder zu sehen? Seinen Anteil an der Zukunft? Das einzige, was von ihm bleibt, sobald er von dieser Welt gegangen ist?«

»Ich weiß nicht«, sagte Adrienne, die von der Ernsthaftigkeit seines Tons bewegt war, aber entschlossen blieb, es nicht zu zeigen. »Es klingt gar nicht nach dir, Finlay. Es ist eine Verbesserung, aber sie klingt nicht nach dir. Früher hast du einen Dreck auf sie gegeben. Falls die Kinder auf einmal so wichtig sind, warum zieht ihr, du und Evangeline, nicht selbst welche groß?«

»Wir haben darüber gesprochen«, sagte Finlay. »Das Problem ist, Zeit dafür zu finden. Wir sind heutzutage beide sehr beschäftigt.«

»Falls es euch wichtig genug wäre, würdet ihr euch die Zeit nehmen. Ich habe es getan. Ach verdammt, komm jetzt. Bringen wir es hinter uns. Sie waren beide schon den ganzen Tag übertrieben aufgeregt, als sie sich darauf vorbereiteten, dich zu sehen. Gib dir um Gottes willen Mühe, sie nicht zu erschrecken! Sie kennen dich nur aus den Nachrichten, und das hatte meist etwas damit zu tun, daß du Leute umgebracht hast.«

»Ich zeige mich heute von der allerbesten Seite, Addie. Ich verspreche, daß ich meine Fingernägel von all dem festgeklebten Blut darunter gereinigt habe, ehe ich aufgebrochen bin.«

Adrienne musterte ihn zweifelnd und führte ihn

dann den Korridor hinunter in den Salon. Finlay gab sich Mühe, einen ruhigen und entspannten Eindruck zu verbreiten, obwohl sich sein Bauch verspannte und das Herz raste. Nicht einmal vor Auftritten in der Arena war er so nervös gewesen. Aber andererseits fiel ihm das Kämpfen auch leicht. Menschen waren es, die er immer schwierig fand. Und mit Kindern hatte er nie viel Kontakt gehabt. Er hatte Evangeline gefragt, wie er sich verhalten solle, aber sie hatte nur gelacht und ihm empfohlen, sie wie kleine Erwachsene zu behandeln. Das war keine große Hilfe. Die wenigen Dinge, über die er sich mit Erwachsenen unterhielt, umfaßten auch Aspekte, die seiner Meinung nach für Kinder überhaupt nicht geeignet waren. Trotz langen Nachdenkens und trotz Übungen vor dem Badezimmerspiegel wußte er tatsächlich immer noch nicht, was er Troilus und Cressida sagen sollte. Ihm kam auch allmählich der Gedanke, daß er Geschenke für sie hätte mitbringen sollen. Er spürte, wie ihm kleine Schweißperlen auf die Stirn traten.

Allzu rasch erreichte er den Salon, und Adrienne bedeutete ihm mit einem Wink, auf einen kleinen Jungen und ein kleines Mädchen zuzutreten, die ihn beinahe in Habachtstellung erwarteten. Sie trugen eindeutig ihre besten Sachen und waren gewaschen und gepflegt worden, als ginge es ums Leben. Ihre ernsten Gesichter und großen Augen zeigten, daß sie nicht weniger nervös waren als Finlay, was ihm tatsächlich ein wenig half. Er versuchte, sich im etwas pummeligen Gesicht des Knaben wiederzuerkennen, mußte aber einräumen, daß es ihm nicht gelang. Wenigstens erinnerte ihn das Mädchen mit den krausen blonden Haaren an ihre Mutter. Adrienne hüstelte vielsagend, und der Junge verneigte sich formgerecht, während das Mädchen einen Knicks machte, wenn auch ein klein wenig unsicher. Finlay nickte ihnen zu und bemühte sich angestrengt, freundlich zu lächeln. Wenn er das leise Stirnrunzeln bedachte, das er damit bei ihnen hervorrief, mußte er wohl davon ausgehen, daß sein Lächeln kein großer Erfolg war.

»Danke für die Geschenke, Vater«, sagte Troilus leicht atemlos, aber in gleichmäßigem Tonfall. »Das war sehr nett von dir.«

Finlay war für einen Moment aus dem Konzept. Aber natürlich, Adrienne mußte gewußt haben, daß er nicht rechtzeitig daran denken würde, und war ein weiteres Mal für ihn eingesprungen. »Hallo, Troilus, Cressida«, sagte er, so sanft er konnte. »Schön, euch zu sehen. Es ist lange her, wie? Zu lange.«

»Wir haben dich in den Nachrichten gesehen«, sagte der Junge. »Während der Rebellion. Sie sagten, du wärst ein Held.«

»Ich habe meine Pflicht getan«, bemerkte Finlay. »Ich habe für etwas gekämpft, woran ich glaubte. Etwas Wichtiges. Wenn du älter bist, Troilus, und in den Mannesstand trittst, wirst du als Feldglöck das gleiche tun.«

»Das denke ich nicht«, entgegnete Troilus. »Es hat nicht so ausgesehen, als würde ich sowas gerne tun. Ich denke, ich werde viel lieber Tänzer.«

»Ah«, sagte Finlay. »Na ja, ich bin sicher, das Imperium wird immer ... Tänzer benötigen.« Er wandte sich hilfesuchend an Adrienne.

»Ballett«, erklärte sie rundheraus. »Er ist sehr gut darin.«

»Ich verstehe«, sagte Finlay. Er versuchte, sich seinen Sohn und Erben bildhaft vorzustellen, wie er in Strumpfhose und Ballettröckchen über eine Bühne tänzelte, aber es gelang ihm nicht. Er wandte sich an Cressida. »Und was möchtest du werden, wenn du groß bist?«

»Ich werde Nonne«, erklärte das Mädchen feierlich. »Ich trete in die Kirche ein und diene unter der Heiligen Beatrice.«

»Ich verstehe«, sagte Finlay. Er blickte Adrienne an. »Ist das deine Idee von einem Scherz? Eine Art verrückte Vergeltung? Die Feldglöcks sind seit eh und je Krieger! Männer mit Blut in den Adern, nicht Milch! Wer zum Teufel wird die Feldglöcks führen, wenn ich nicht mehr bin? Dieser Schwanenprinz hier?«

»Sprich leise!« ermahnte in Adrienne. »Du machst den Kindern Angst.«

»Warum nicht? Sie machen ja auch mir eine Mordsangst! Das ist nicht die richtige Erziehung für einen Feldglöck! Da draußen lauert eine böse Welt, in der alle Arten von Leuten nur darauf warten, über unsere Kinder hinwegzutrampeln. Und wenn ich ihn mir so anschaue, bezweifle ich, daß Troilus ein Schwert jemals auch nur in der Hand gehalten hat.«

Die beiden Kinder drängten sich an ihre Mutter, klammerten sich an ihre Hände und kämpften mit den Tränen. Adrienne funkelte Finlay an und sagte kalt: »Es sind meine Kinder, nicht deine. Du hast das Mitspracherecht verloren, als du es mir überließest, sie allein großzuziehen. Und ich wollte verdammt sein, wenn ich mich daran orientierte, wie dein Vater dich erzogen hat. Ich wollte nicht, daß sie dir in irgendeiner Form ähnlich wurden. Ich wollte normale Menschen aus ihnen machen.«

»Ich bin nicht immer da, um sie zu beschützen!«

»Du warst nie da! Ich habe sie am Leben gehalten und für ihre Sicherheit gesorgt, ohne daß ich einmal zu dir rennen mußte. Und die Welt, in der sie aufwachsen, wird in nichts deiner Welt ähneln. Das ist einer der Punkte, warum wir die Rebellion ausgefochten haben. Meine Kinder werden ihre Träume wahrmachen, und zum Teufel mit dem Erbe und der Tradition der Feldglöcks! Was hat beides dir mehr gebracht als Blut und ein gebrochenes Herz?«

Finlay ballte die Fäuste, während er um Selbstbeherrschung rang. Er war erst seit Minuten hier, und schon ging alles fürchterlich daneben. Adrienne war wütender, als er sie je erlebt hatte, und seine Kinder standen kurz davor, in Tränen auszubrechen. Er zwang sich dazu, die Fäuste wieder zu öffnen, und holte tief Luft, um sich zu beruhigen.

»Es tut mir leid. Ich wollte nicht laut werden. Es war nur ... ein kleiner Schock. Warum hast du mir von all dem nichts erzählt, Addie?«

»Weil ich wußte, daß du so reagieren würdest. Ich hatte gehofft, wenn du erst die Kinder sähest, würdest du es leichter aufnehmen. Ich hätte wissen sollen, daß es eine schlechte Idee war. Du betrachtest die Kinder nur als Erweiterungen deiner Person, als jemanden, der in deine blutigen Fußstapfen tritt. Und was soll dieser Mist über den Familienvorsitz? Du bist nicht der Feldglöck; Robert ist es. Seine Kinder werden den Clan führen, wenn überhaupt welche.«

»Ich hätte zum Feldglöck werden können, falls ich gewollt hätte. Mein Vater war früher das Oberhaupt. Die Position stand mir rechtmäßig zu, falls ich sie gewünscht hätte. Ich habe mich nur dagegen entschieden.«

»Weil du die Verantwortung nicht haben wolltest. Du hast immer nur an dich selbst gedacht.«

»Ich denke an Evangeline! Ich würde für sie sterben!«

»Tod«, sagte Adrienne. »Das ist alles, womit du dich auskennst, Finlay. Für jemanden zu sterben ist einfach. Für jemanden zu leben ist viel schwerer. Würdest du dein Leben für Evangeline ändern, für deine Kinder? Würdest du für sie aufgeben, was du geworden bist, was du aus dir selbst gemacht hast?«

»Ich weiß nicht, was du meinst.«

»Nein, das tust du nicht. Das ist ja so traurig. Ich denke, du gehst jetzt lieber, Finlay.«

»Was?« Er glotzte sie an. »Aber ... ich bin gerade erst gekommen! Du kannst mich nicht einfach hinauswerfen. Ich wollte ja nicht schreien. Ich war nur durcheinander. Tu mir das nicht an, Adrienne. Ich wollte so viel sagen. Dir und den Kindern.«

»Ich denke, du hast genug gesagt. Für dich ist das nichts – Zuhause, Familie und Kinder. Du wüßtest ja nicht, was du damit anfangen solltest. Du würdest sie zerbrechen, ohne es zu wollen. Du warst immer zu grob beim Spielen, Finlay.«

»Addie ... bitte. Zwinge mich nicht, zu gehen. Du weißt doch, wieviel mir das bedeutet!«

»Tue ich das? Ich dachte, ich wüßte es. Ich hoffte, ich wüßte es. Ich denke jedoch nicht, daß ich dich je wirklich gekannt habe, Finlay. Du hattest so viele Persönlichkeiten, unter denen ich mich entscheiden mußte. Aber letzten Endes, denke ich, waren sie alle nur Masken, Gesichter, die du der Welt gezeigt hast, damit man dein wirkliches Ich nicht sieht. Damit man dich nicht verletzen konnte. Vielleicht hat Evangeline die Masken durchschaut. Ich mache mir nichts mehr daraus, es noch mal zu versuchen. Ich denke, du suchst den Tod, Finlay, suchst ihn wie eine Geliebte, und ich werde nicht dulden, daß du die Kinder mitnimmst. Es ist Zeit zu gehen, Finlay. Gehe jetzt. Bitte.«

Und konfrontiert mit der kalten, unversöhnlichen Stimme seiner Frau, mit den Tränen seiner Kinder, mit Worten, die ihn wie Messer verletzten, drehte er sich einfach um und ging. Entfernte sich von all den Dingen, von denen er geglaubt hatte, er sehnte sich nach ihnen. Er schloß die Tür hinter sich und wußte dabei, daß er nie zurückkehren konnte. Weil es ein paar Kämpfe gab, die nicht mal er gewinnen konnte. Die

Kinder gehörten nicht zu seiner Zukunft. Er hatte keine Zukunft. Das hatte er stets gewußt. Er hatte nur versucht, es für einige Zeit zu vergessen, weil er es sich so sehr wünschte.

Durch die Menschenmassen auf der Straße kehrte er nach Hause zurück, und die Leute, die sein Gesicht sahen, beeilten sich, ihm Platz zu machen.

Diana Vertue, heute nur noch gelegentlich Johana Wahn, arbeitete wieder hart in der Datenbanksektion des neu eingerichteten Esper-Gildenhauses in der *Parade der Endlosen.* Das Gildenhaus diente dazu, Esper auszubilden, ihnen Beistand zu leisten, sie zu politisieren und ihnen Unterschlupf zu bieten, falls es nötig wurde. Diana verspürte überhaupt kein Bedürfnis nach Schutz oder Beistand und interessierte sich nicht für Esper-Politik, aber sie brauchte definitiv Zugriff auf die umfangreichen Lektronendateien der Esper-Bewegung. Im Verlauf der letzten paar Jahrhunderte hatte die Untergrundbewegung gewaltige Datenbänke über Theorie, Praxis und Geschichte aller Esper-Fähigkeiten angelegt, eine Bibliothek des Wissens, die bei weitem alles übertraf, was man anderswo fand. Und Diana suchte Antworten auf eine ganze Reihe von Fragen.

Hätte allerdings die Esper-Bewegung genau gewußt, welchen Fragen sie nachging, dann hätte sie zweifellos Himmel und Erde in Bewegung gesetzt, um Diana von ihren Lektronen fernzuhalten. Also hatte Diana nichts verraten. Sie wollte die Leute schließlich nicht nervös machen.

Jemand klopfte vorsichtig an die Tür. Dann ging diese einen Spalt weit auf, gerade genug, damit ein Diener vorsichtig den Kopf hereinstecken konnte. Die Leute im Gildenhaus hatten auf die harte Tour gelernt, Diana nicht bei der Arbeit zu stören, solange sie keinen wirklich guten Grund hatten. Die Persönlichkeit der Johana Wahn in ihr brach immer noch zuzeiten hervor, wenn sie ausreichend verärgert war. Deshalb gingen die Leute in Anwesenheit der berüchtigten Diana Vertue auf leisen Sohlen und bemühten sich, so wenig wie möglich mit ihr zu tun zu haben. Was ihr nur recht war. Sie drehte den Schwenkstuhl langsam und bedachte den unglücklichen Diener an der Tür mit ihrem besten abschreckenden Blick. Er erbleichte sichtlich und mußte schwer schlucken, ehe er seine Botschaft ausrichten konnte.

»Verzeiht, daß ich Euch störe, höchst glorreiche, verehrte und ausgesprochen gelassene Senior-Esperin, aber der Vorsteher des Hauses läßt erneut anfragen, ob Ihr so freundlich wärt, mit ihm über den … Gegenstand Eurer derzeitigen Forschungen zu sprechen. Er ist überzeugt, Euch helfen zu können, falls Ihr nur …«

»Nein«, unterbrach ihn Diana, »das denke ich nicht.« Ihre Stimme klang rauh und kratzend und war schmerzlich für das Ohr. Ihr Hals war durch die endlosen Schreie zerstört worden, die sie in den furchtbaren Arrestzellen in der Hölle des Wurmwächters ausgestoßen hatte. Diana hätte die Stimmbänder heilen lassen können, hatte sich aber dagegen entschieden. Ihre Stimme war eine nützliche psychologische Waffe. Sie bannte den Diener mit ihrem besten starren Blick, bis er in Zuckungen ausbrach. »Ich spreche mit dem Vorsteher des Hauses, sobald ich fertig bin, und nicht vorher.«

»Es ist nur … Nun, Ihr belegt unsere Lektronen-Ressourcen jetzt seit drei Wochen, und die Warteliste für andere Benutzer ist inzwischen so lang, daß manche schon angefragt haben, ob sie ihren Platz auf der Liste an die Nachfahren vererben können.«

Diana lächelte nicht. Das wäre ihrem Image abträglich gewesen. »Sagt ihnen, daß Geduld eine Tugend ist. Jedem, der sich nicht besonders tugendhaft fühlt, steht es frei, sich persönlich bei mir zu beklagen.«

»Kann ich Euch wenigstens überreden, regelmäßige Mahlzeiten einzunehmen? Euch nur zehn Minuten zu nehmen und ein eiliges Mahl hier drin herunterzuschlingen, wenn es Euch zufällig einfällt, kann nicht bekömmlich für Euch sein. Ihr geht überhaupt nur selten hinaus. Ihr würdet wahrscheinlich hier schlafen, falls Platz für ein Feldbett wäre.«

»Danke für Eure Besorgnis«, knurrte Diana. »Sie ist höchst willkommen. Verschwindet jetzt, ehe ich mich entschließe, Euch in ein kleines hüpfendes Wesen zu verwandeln.«

Der Kopf des Dieners verschwand, und die Tür schloß sich rasch hinter ihm. Diana lächelte leise. Sie wußte, daß sie ihre Reputation nicht dergestalt hätte ausnutzen dürfen, aber Gelegenheit für ein wenig Humor bot sich in ihrem jüngsten Leben kaum. Der Mann hatte völlig recht; sie speiste nicht richtig und nicht oft genug, aber ihre Arbeit war nun mal so wichtig, daß sie sich oft nicht davon losreißen konnte, bis der Körper sie zwang.

Sie mußte die Antworten finden, die sie suchte, ehe jemand eintraf, der mächtig genug war, sie aufzuhalten.

Sie seufzte und wandte sich wieder dem Terminal zu. Der Monitor summte ungeduldig und wartete auf nützliche Eingaben. Sie benutzte eine altmodische Tastatur, die so langsam und ermüdend war, daß es sie rasend machte, aber sie durfte keine Direktverbindung zum Lektron mit Hilfe ihres Komm-Implantats riskieren. Damit wäre sie verwundbar geworden durch alle möglichen Dinge. Diana Vertue ging dem größten einzelnen Geheimnis des Esper-Zeitalters nach – dem Wesen und Ursprung der rätselhaften *Mater Mundi*, Unserer Mutter Aller Seelen.

Niemand wußte genau, wer oder was die *Mater Mundi* war; wenn man hundert Leute fragte, erhielt man hundert Antworten, die alle gleichermaßen vage ausfielen. Manche bezeichneten sie als Über-Esper, als mächtigstes Esper-Bewußtsein aller Zeiten. Andere behaupteten, sie bestünde aus einer ganzen Gruppe von Senior-Espern der Untergrundbewegung, die zusammenarbeiteten. Für manche war sie die Göttin der Esper, und wessen Leben sie berührte, der galt ihnen als Heiliger. Sie hatten auch versucht, aus Johana Wahn eine Heilige zu machen, waren daran aber gescheitert.

Für nicht mit ESP begabte Menschen war die *Mater Mundi* eine gefährliche Unbekannte, eine Bedrohung, die umso beunruhigender ausfiel, als ihre Natur unklar blieb.

Diana hatte persönliche Gründe, der *Mater Mundi* zu mißtrauen. Das Phänomen hatte sich einmal durch sie selbst manifestiert, unaufgefordert und unerwartet, hatte dabei ihre Esper-Fähigkeiten über alle früheren Grenzen hinaus verstärkt und erweitert. Diana leuchtete damals auf wie eine Sonne, mitten im dunklen Abgrund der Hölle des Wurmwächters; sie band alle gefangenen Esper zusammen, damit sie aus den Zellen ausbrechen und für ihre Freiheit kämpfen konnten. Hunderte Esper wurden in ihren Brennpunkt hineingezogen, angeleitet durch Dianas gestärkten Willen, verschmolzen zu einer einzelnen, unaufhaltsamen Kraft. Die Gestalt war nicht von langer Dauer, aber solange sie Bestand hatte, wirkte Johana Wahn Wunder.

Später überzeugte sie sich selbst davon, der erwählte Avatar der *Mater Mundi* zu sein, die permanente Agentin, in der sich die Weltenmutter manifestieren konnte. Sie hielt sich für die Erwählte, die Anführerin, der es bestimmt war, ihr Volk aus der Sklaverei zu führen. Sie irrte sich. Sie fand das auf *Nebelwelt* auf die harte Tour heraus, als sie versuchte, die Präsenz der Weltenmutter in einem entscheidenden Augenblick herbeizurufen, und nichts geschah. Menschen starben ringsherum, und Diana konnte nichts tun, um sie zu retten. Später manifestierte sich die *Mater Mundi* durch den abtrünnigen Investigator Topas und kombinierte alle Esper von *Nebelwelt* zu einer einheitlichen, mächtigen Kraft. Und Johana Wahn fand auf bittere Art und Weise heraus, daß sie nicht die war, die sie zu sein glaubte.

Zum Ende der Rebellion hin zog *Mater Mundi* Hunderttausende von Espern in Städten auf ganz *Golgatha* zusammen und machte sich nicht mal die Mühe mit einem Fokus. Sie knallte einfach in ihre Gedanken hinein und benutzte die Esper, um zu tun, was nötig war. Wiederum hatte die Gestalt nicht lange Bestand, aber während sie hielt, fegte sie mit fast verächtlicher Lässigkeit jedes Hindernis hinweg, das den Rebellen noch entgegenstand. Die *Mater Mundi* manifestierte sich danach nur noch ein einziges Mal, als die Rebellion endgültig dem Ende zuging, und ergriff lange genug von Johana Wahn Besitz, um eine Handvoll nützlicher Mitspieler an Löwensteins Hof zu teleportieren.

Diana hätte dankbar sein sollen, sich sogar geehrt fühlen sollen. Sie fand jedoch eher, daß sie benutzt worden war.

Und so machte sie sich auf, in Erfahrung zu bringen, wer oder was sie benutzt hatte und warum, lief dann aber nur vor eine massive Wand. Die *Mater Mundi* wünschte offenkundig nicht, daß ihre tatsächliche Natur bekannt wurde, und hatte große Mühe darauf verwandt, ihre Spuren zu verwischen.

Gerüchte und Klatsch kursierten reichlich, aber nichts, was man als harte Tatsachen bezeichnen konnte, egal, wie tief Diana auch grub. Man glaubte allgemein, daß die *Mater Mundi* irgendwann in ferner Vergangenheit die Esper-Bewegung gegründet und sich dann in die Obskurität zurückgezogen hatte, um die Entwicklung aus der Ferne zu betrachten und zu steuern. Nirgendwo jedoch war eine Unterlage von irgend jemandem aufzutreiben, der persönlich Zeuge von irgendeinem dieser Vorgänge geworden war oder der einen solchen Zeugen kannte.

Ein Punkt zeichnete sich allerdings klar ab: Leute, die sich auf die Suche nach der *Mater Mundi* machten, kehrten meist nicht zurück. Leute, die zu viele Fragen stellten, verschwanden. Schließlich erklärte die Untergrundbewegung die Weltenmutter für tabu, ein zu gefährliches Geheimnis, als daß man ihm hätte nachgehen dürfen. Diana gab einen Dreck darauf. Nach ihrer Erfahrung hatten Menschen, die sich versteckten, gewöhnlich einen guten Grund dafür, und sie wollte einfach herausfinden, welcher in diesem Fall vorlag. Warum sich die Göttin der Esper vor ihren Verehrern verbarg. Und warum sie glaubte, sie könnte Menschen einfach benutzen und wieder wegwerfen, ohne Rechenschaft darüber abzulegen.

Diana entschied: Falls irgendwo Informationen vorhanden waren, dann in den Aufzeichnungen der Esper-Bewegung. Also marschierte sie ins Esper-Gildenhaus in *Parade der Endlosen*, übernahm die Datenbankabteilung und verwehrte es im Grunde jedem, irgend etwas dagegen zu unternehmen.

Zunächst kam sie nicht schnell an irgend etwas heran. Alle Arten von Blockaden und Paßwörtern hielten sie auf, geheime Dateien innerhalb anderer Dateien und doppelte Verschlüsselungen, mit denen sie keine Erfahrung hatte. Die Esper-Gilde schützte ihre Geheimnisse gut – sogar vor den eigenen Leuten. Vielleicht besonders vor ihnen. Diana hatte jedoch vorausgeplant, hatte nützliche Beziehungen zu den Kyberratten gepflegt, die die Schutzmechanismen der Gilde nur als Herausforderung betrachteten. Diana sah zu und lernte mit einer Geschwindigkeit hinzu, die sie selbst verblüffte. Die *Mater Mundi* hatte sie vielleicht verlassen, aber Diana hatte sich trotzdem im Vergleich zu vorher weiterentwickelt. Bald schon brauchte sie die Hilfe der Kyberratten nicht mehr und drang bei der Verfolgung eines rätselhaften Gespenstes immer tiefer in die Vergangenheit vor.

Sie entdeckte eine Menge geheimer Wahrheiten über die Frühzeit der Untergrundbewegung, als die Esper noch darum gerungen hatten, sie aufzubauen. Sie fand Dateien mit heimlichen Absprachen und schwer verdaulichen Abkommen, mit Angaben zu guten Leuten, die man der Sache geopfert hatte. Zu gegnerischen Organisationen, die brutal vernichtet wurden, damit die Untergrundbewegung Alleinvertreterin aller Esper wurde. Helden der Vergangenheit erwiesen sich als Schurken, und frühere Schurken entpuppten sich einfach als Menschen, die zur falschen Zeit am falschen Ort gewesen waren oder zu viele hinderliche Skrupel gehabt hatten. Wie in so vielen Organisationen, die längere Zeit überdauerten, schrieben die Sieger die Geschichte und opferte man die Wahrheit auf dem Altar der Nützlichkeit.

Diana war eigentlich nicht überrascht. Aber so tief sie auch grub, die *Mater Mundi* entzog sich ihrem Zugriff, flackerte nur an den Rändern der Untergrundbewegung auf, griff in das Leben dieser oder jener Person ein, steuerte den Fortschritt der Bewegung mit einem subtilen Anstoß hier und einer unauffälligen Maßnahme dort. Das Muster wurde deutlich, wenn man nur weit genug zurücktrat, und Diana konnte einfach nicht glauben, daß sie die erste war, die das getan haben sollte, aber nirgendwo fand sie Aufzeichnungen, nirgendwo solide Fakten, die diese Bezeichnung verdient gehabt hätten, nirgendwo offizielle Dateien irgendwelcher Art über die *Mater Mundi*.

Falls die Wahrheit überhaupt zu finden war, dann hatte man sie wirklich tief vergraben, dort, wo vielleicht nicht mal die heutigen Führungskräfte sie noch fanden. Etwas hatte die Verantwortlichen erschreckt. Und wenn man manche der Dinge betrachtete, die die Bewegung unternahm und die nach wie vor in den Unterlagen auftauchten, dann mußte ganz schön unangenehm sein, was sie über Unsere Mutter Aller Seelen herausgefunden hatten. Oder gefährlich.

Esper waren zuerst durch gentechnische Manipulationen vor etwas weniger als drei Jahrhunderten entstanden. Ein glücklicher Zufall, das unerwartete Ergebnis von Experimenten, mit denen man ein ganz anderes Ziel verfolgt hatte. Es dauerte einige Zeit, den Vorgang zu stabilisieren, um gezielt bestimmte Fähigkeiten zu erzeugen – die von Telepathen, Psychokineten, Pyrokineten und so weiter. Danach kam es nur noch darauf an, Qualitätskontrollen durchzuführen, damit man das Endprodukt erfolgreich vermarkten konnte. Esper galten nicht als Menschen. Sie waren Eigentum – wie Klone. Das Endprodukt imperialer Wissenschaft.

Niemand protestierte. Zumindest niemand, der etwas hätte ändern können.

Als die Esper-Bewegung erst einmal gegründet war, probierten ihre Führer viele Wege, manche erfolgreicher als andere. Zu ihren anstößigeren Ideen gehörte der Versuch, insgeheim auf gentechnischem Weg Superesper aus bereits vorhandenen Espern zu erzeugen, um die neue Variante als Waffe in ihrem großen

Kampf einzusetzen – Esper mit mehr als einer Fähigkeit oder sogar mit neuen, bislang nicht erträumten Kräften. Esper, die so hell brennen würden, daß Sonnen daneben verblaßten. Einwände wurden vorgebracht, aber niedergeschrien. Schließlich war Krieg.

Zu Anfang herrschte kein Mangel an Freiwilligen, aber das änderte sich rasch, als deutlich wurde, daß die Resultate fast ausschließlich negativ waren. Den Wissenschaftlern gelang es einfach nicht, Superesper zu erzeugen. Nur Monster entstanden, körperliche und geistige, schrecklicher, als man ertragen konnte. Die Bewegung vernichtete alle, bei denen sie sich in der Lage sah, und tat mit den übrigen etwas anderes. Niemand wußte, was. Die Dateien waren so versteckt, daß niemand sie finden konnte. Bis Diana kam. Nur wenige solide Beweise waren von dem geblieben, was die Esper-Forscher in ihren Laboratorien hervorgebracht hatten, aber es gab eine Namensliste. Der Trümmerpsycho. Höllenfeuer Blau. Schreiende Stille. Der Graue Zug. Die Spinnenharfen. Und ein letzter Name mit einem Datum, das Jahrhunderte vor der Entstehung der Esper-Bewegung lag. Ein vertrauter Name.

Todtsteltzer.

Diana wußte noch nicht recht, was sie damit anfangen sollte. Sie hatte vorsichtig versucht, das Thema Owen gegenüber vorzubringen, aber er saß nur eine Zeitlang da, machte ein sehr nachdenkliches Gesicht und verschloß sich dann ganz. Sie versuchte es mit Argumenten, mit Drohungen, erreichte aber mit beidem nichts. Nicht einmal Johana Wahn verfügte über das, was nötig gewesen wäre, um Owen Todtsteltzer unter Druck zu setzen.

Diana machte ein finsteres Gesicht. Die Überlebenden aus dem *Labyrinth des Wahnsinns* bereiteten ihr Sorgen. Menschliche Wesen hätten nicht zu Dingen befähigt sein dürfen, wie diese Leute sie so beiläufig vollbrachten. Und alle Zeichen sprachen dafür, daß sie weiterhin stärker wurden, ohne daß ein Ende absehbar gewesen wäre. Vielleicht entwickelten sie sich mit der Zeit zu etwas, was mit der *Mater Mundi* vergleichbar war; sicherlich waren sie alle schon ein gutes Stück über die menschliche Natur hinausgeschritten.

Diana nutzte die eine oder andere Gelegenheit und sprach mit ihnen allen über das *Labyrinth des Wahnsinns,* aber ihre Gesprächspartner hatten nicht viel zu sagen. Der eine Punkt, in dem sie übereinstimmten, war, daß das Labyrinth von Dianas Vater, Kapitän Schwejksam, zerstört worden war. Also wandte sich Diana auf der Suche nach Antworten an ihn, schon halb überzeugt, daß die *Mater Mundi* jemand war, der das Labyrinth Jahrhunderte zuvor durchschritten hatte. Womöglich waren die Doppelinitialen sogar eine Art Hinweis. Schwejksam wußte jedoch nicht viel und erzählte nur, daß er lediglich ein Stück durchs Labyrinth gegangen war, ehe er sich wieder daraus zurückzog. Er entwickelte allmählich selbst merkwürdige Fähigkeiten, zeigte sich aber nicht bereit, näher auf sie einzugehen. Was er allerdings sagte: Er hatte miterlebt, wie das Labyrinth viele Mitglieder seiner Besatzung umbrachte, die es zusammen mit ihm betreten hatten, und das auf grauenhafte, alptraumhafte Art.

Einer der Esper verschwand einfach, und Luft fuhr knallend in das Vakuum, wo er noch einen Augenblick zuvor gestanden hatte ... Ein Infanterist fiel in eine der Metallwände und verschwand, als hätte die Wand ihn absorbiert ... Zwei Marineinfanteristen rannten ineinander wie Farben, die ein Maler auf der Palette mischte, und ihr rohes Fleisch durchdrang sich gegenseitig über alle Hoffnung hinaus, es je wieder zu trennen ... Und überall das rauhe

*Knallen explodierender Köpfe und das Lachen und Schreien von Menschen, die am Rand des Wahnsinns standen oder die Grenze bereits überschritten hatten.**

Das *Labyrinth des Wahnsinns* griff sich ein paar gewöhnliche Männer und Frauen und machte Übermenschen aus ihnen. Aber es brachte verdammt viel mehr Menschen um.

Diana fragte ihren Vater nie, warum er das Labyrinth vernichtet hatte. Entweder hielt er allein die Existenz für eine Gefährdung der gesamten Menschheit, oder er wollte es den Rebellen vorenthalten oder einfach Rache für den Tod so vieler Besatzungsmitglieder nehmen. Sie war sich ziemlich sicher, daß er ihr keine genaue Antwort hätte geben können.

Zur Zeit sah sich Diana genötigt, auf weitere Fragen in dieser Richtung zu verzichten, da alle Überlebenden des Labyrinths *Golgatha* verlassen hatten. Aber sie hatte auch das starke Gefühl, daß *Mater Mundi* letztlich doch nicht direkt etwas mit dem Labyrinth zu tun hatte. Was immer sonst sie verkörpern mochte, Unsere Mutter Aller Seelen war definitiv ein Esper-Phänomen, und für die Überlebenden des *Labyrinths* ... galt das nicht. Und zu was auch immer sich diese letztlich entwickelten, Diana hegte den Verdacht, daß das Endergebnis nicht unbedingt auch nur entfernt menschlich ausfallen würde.

Sie schob den Gedanken zur Seite. Jeder Tag hatte seine eigene Bürde und seine eigene Last. Oder etwas in dieser Art.

Jüngst hatte sich Diana vor allem auf die historischen Dateien konzentriert, die frühere Manifestationen der Weltenmutter behandelten. Die Namen waren wohlbekannt, aber die harten Fakten über ihre ... Besessenheit ... blieben gut versteckt. Es waren insge-

*siehe ›Der Eiserne Thron‹, Bastei-Lübbe-Taschenbuch 23186, S. 722 f.

samt bemerkenswert wenige Personen, nur acht in über zweihundert Jahren. Als Menschen wiesen sie keine Gemeinsamkeiten auf, abgesehen von einer beunruhigenden Tatsache: Keiner hatte es überlebt, von der *Mater Mundi* berührt zu werden. Sie wurden verrückt, und nachdem sie die Wünsche der Über-Esperin ausgeführt hatten, verbrannten sie von innen heraus, verzehrt von der Kraft, die in ihnen tobte. Es blieb nicht mal genug übrig, um sie begraben zu können. Es schien, als wäre ein bloß menschliches Bewußtsein einfach nicht in der Lage, die gewaltige Energie zu steuern, die die *Mater Mundi* in ihnen entfesselt hatte.

Diana wurde kalt zumute, als sie das zum ersten Mal las. Sie hätte sterben können. Allen anderen war es so gegangen. Die *Mater Mundi* hatte jeden Grund zu erwarten, daß auch Diana durchdrehte und starb, und hatte sie trotzdem benutzt. Sie konnte unmöglich wissen, daß Diana Vertue, damals fast gänzlich Johana Wahn, der erste Avatar sein würde, der die verstärkende Berührung der Weltenmutter überlebte. Vielleicht hatte es etwas damit zu tun, daß Diana schon mehr als nur ein bißchen verrückt gewesen war, als die *Mater Mundi* sie in der Hölle des Wurmwächters fand und benutzte. Was etwas über den Zustand oder das Wesen der *Mater Mundi* aussagte, das Diana sehr beunruhigte.

War das womöglich die Antwort? Daß die Handlungen der Über-Esperin keinen erkennbaren Sinn ergaben, weil sie oder es völlig verrückt war? Nein, das Vorgehen während der Rebellion war ziemlich klar gewesen. Die Tatsache, daß Diana bislang kein Schema entdeckt hatte, hieß noch nicht, daß keines existierte.

Jemand hatte die Wahrheit über die früheren Manifestationen sorgfältig vertuscht, und das von Anfang an. Die Untergrundbewegung wußte vielleicht nicht, was sich hinter der Weltenmutter versteckte, aber sie wußte, daß sie sie brauchte. Nur die versteckten Dateien verrieten, daß die früheren Manifestationen spektakulär umgekommen waren und dabei Hunderte unschuldiger Umstehender mitgenommen hatten.

Anscheinend hatte die Untergrundbewegung nie irgendeinen Versuch unternommen, dieser ... Kraft nachzugehen, die ihre eigenen Leute übernahm und vernichtete. In jedem Krieg ist es nützlich, den Gegner genau zu kennen, aber die eigenen Bundesgenossen genau zu kennen, das ist absolut lebenswichtig. Und doch enthielten die Dateien nichts, überhaupt nichts, was auch nur angedeutet hätte, daß jemand im Untergrund auch nur eine der naheliegendsten Fragen gestellt hatte. Es schien, als wäre niemandem die Idee gekommen. Was die alarmierende Frage aufwarf, wie weit der Einfluß der *Mater Mundi* reichte.

Johana Wahn hatte die Berührung durch die Weltenmutter überlebt. Ebenso Investigator Topas. Zwei Frauen, die allgemein als verrückt galten. Vielleicht waren sie durch ihre abwegigen Denkstrukturen anpassungsfähig genug gewesen, um mit einer Veränderung fertig zu werden, die aus ihnen etwas mehr oder zumindest etwas anderes als Menschen machte. Ganz sicher waren Dianas Kräfte durch die Berührung der Weltenmutter ... transformiert worden. Diana bezweifelte, daß man auf *Golgatha* einen Telepathen fand, der mit ihr hätte mithalten können, falls sie es auf einen Vergleich abgesehen hätte. Und sie verfügte noch über andere Kräfte – Psychokinese und Präkognition, was eigentlich als unmöglich galt. Die Gentechniker hatten durch erschöpfende und oft tragisch verlaufende Experimente nachgewiesen, daß das menschliche Hirn nur mit jeweils einer Kraft umgehen konnte. Sonst brannte das Bewußtsein aus. Manchmal buchstäblich. Deshalb pflanzten sich Esper auch nur untereinander fort, und die Kinder entwickelten lediglich das jeweils dominante Merkmal.

Und woher stammte all die Macht Dianas? Hatte die Über-Esperin womöglich eine unbekannte Kraftquelle innerhalb Diana Vertues angerührt und erweckt? Vielleicht etwas, das in der menschlichen Psyche so tief vergraben lag, daß nur eine nichtmenschliche Berührung den Lebensfunken übermitteln konnte? Und falls das stimmte, überlegte Diana leicht benommen, konnten dann alle Esper ihr gleich werden, falls man sie nur hart genug anstieß? Oder falls sie verrückt genug waren? War sie, Diana oder Johana Wahn, in der Lage, andere zu berühren und ihr gleich zu machen? Waren alle Esper potentiell übermenschlich und wurden nur durch äußere Kräfte in künstlichen Grenzen gehalten? Zum Beispiel durch die *Mater Mundi?*

Diana zwang sich, diesen Gedankengang zu unterbrechen, und nahm einen tiefen und beruhigenden Schluck lauwarmen Tees aus der Tasse, die sie vor sich auf dem Tisch stehen hatte. Nach all den Dateien, die sie ausgegraben hatte, wußte sie nicht wesentlich mehr als zu Beginn. Tatsächlich hatte sie viel mehr Fragen aufgestöbert als Antworten. Und obendrein verdammt beunruhigende Fragen. Kaum überraschend. Selbst nach fast dreihundert Jahren, die imperiale Wissenschaftler dieses Gebiet erforscht hatten, wußten selbst die besten von ihnen nicht wirklich, aus welchen Quellen sich die Kräfte eines Espers speisten. Man hatte Esper zwangsweise dienstverpflichtet, kaum daß sie erschaffen worden waren, weil sie einfach so ungeheuer nützlich waren. Und später … hatte man davor gewarnt, dumme Fragen zu stellen.

Esper arbeiteten und sie waren Eigentum, und mehr brauchte niemand zu wissen.

Die *Mater Mundi* andererseits schien von niemandem erzeugt worden zu sein. Sie oder es war einfach spontan aus dem Nirgendwo aufgetaucht. In einer Minute hatte das Universum noch Sinn ergeben, und in der nächsten schon stand die Weltenmutter mitten im Getümmel. Sie schien an keinen speziellen Planeten gebunden zu sein. Frühere Manifestationen waren auf im ganzen Imperium verstreuten Welten erschienen. Diana war es nicht gelungen, ein Bindeglied zwischen ihnen oder einen gemeinsamen Nenner zu finden. Wo immer man Esper fand, fand man auch Gelegenheiten für die *Mater Mundi*.

Ihre Vorgehensweise hatte sich allerdings jüngst geändert. Hatte sie sich ursprünglich nur in einzelnen Espern manifestiert, verknüpfte sie sie jetzt zu Gestalten, die weit mehr vollbrachten als Individuen. Und niemand litt später an schlimmen Nachwirkungen. Zumindest nicht an erkennbaren. Bislang nicht. Es schien, als würde die Weltenmutter stärker und fähiger, je mehr sie vollbrachte. Lernen durch Praxis. Diana lehnte sich zurück und spitzte nachdenklich die Lippen. Vielleicht fand sie etwas Nützliches heraus, wenn sie die Ergebnisse der Auftritte der *Mater Mundi* miteinander verglich. Womöglich das, was dieses Phänomen zu erreichen versuchte. Oder worauf es abzielte ... Diana machte ein finsteres Gesicht. Und vielleicht handelte sie sich noch schlimmere Kopfschmerzen ein, als sie ohnehin schon hatte.

Zu lange arbeitete sie schon in einem Vakuum. Sie brauchte einen Gesprächspartner. Sie wandte sich vom Terminal ab und schaltete einen Bildschirm ein. Für private interplanetare Gespräche fielen heutzutage gewöhnlich lange Wartezeiten an, aber Diana genoß als Kriegsheldin und führende Nervensäge eine Priorität, die sie erbarmungslos ausnutzte. Es dauerte weniger als eine Minute, eine Verbindung nach *Nebelwelt* herzustellen, und bald blickte Investigator Topas ihr vom Bildschirm aus entgegen, das Gesicht wie immer völlig kalt und beherrscht.

»Hoffentlich ist es wichtig, Vertue. Ich bin beschäftigt.«

»Ihr seid immer beschäftigt, Investigator. Ich muß mit Euch über die *Mater Mundi* reden.«

»Da seid Ihr nicht die erste. Eine Menge Leute interessieren sich für sie und für das, was sie mit mir gemacht hat.«

»Was hat sie denn mit Euch gemacht?« wollte Diana wissen und beugte sich vor.

Topas runzelte die Stirn. »Sie hat mich verstärkt. Ich kann heute einiges vollbringen. Machtvolle Dinge. Ich bin nicht mehr nur eine Sirene, eine sendende Telepathin. Viele Leute fürchten mich inzwischen. Natürlich ist das auf *Nebelwelt* gewöhnlich von Vorteil. Aber diesmal läuft es ... anders. Falls ich es nicht besser wüßte, würde ich schwören, daß es religiöse Ehrfurcht ist. Seit ein paar Tagen bringen mir die Leute ihre kranken Kinder und bitten mich, sie durch Auflegen der Hand zu heilen.«

»Und?« fragte Diana fasziniert.

Topas schniefte, und es klang beinahe verlegen. »Na ja ... Ich war neugierig. Also habe ich ein paar objektive Tests durchgeführt. Das war vielleicht hilfreich! Niemand hat sein Bett aufgehoben und ist losgelaufen. Hindert die Leute allerdings nicht, weiterhin zu kommen. Ich lasse die Besucher heute von meinen Sicherheitsleuten sortieren. Vor meinen Feinden kann ich mich schützen, aber Gott bewahre mich vor Möchtegernjüngern! Eine Gruppe hat mir tatsächlich eine Kirche errichtet.«

»Was ist passiert?«

»Ich habe sie niedergebrannt. Was verstanden wurde. Warum stellt Ihr mir diese Fragen, Vertue?«

»Ich wollte herausfinden, ob Ihr die gleichen Veränderungen durchlebt habt wie ich. Die *Mater Mundi* hat viele Leute auf *Nebelwelt* zusammengeführt. Wurden bei irgend jemandem davon beachtenswerte Veränderungen festgestellt?«

»Vertue, jeder hier ist damit beschäftigt, *Nebelhafen* wieder aufzubauen. Wir arbeiten sechzehn Stunden am Tag, und niemand von uns findet genug Schlaf. Das macht uns alle ganz schon griesgrämig. Ich kann jedoch nicht behaupten, mir wäre irgendwas ... Ungewöhnliches aufgefallen. Ich muß jetzt los. Belästigt mich nicht wieder ohne einen verdammt guten Grund!«

Der Bildschirm wurde dunkel, als Investigator Topas die Verbindung auf ihrer Seite trennte. Diana wandte sich wieder dem Terminal zu und biß sich dabei auf die Unterlippe. Topas schien ihre Zeit als Manifestation weitgehend unversehrt überstanden zu haben. Wahrscheinlich, weil sie noch nie ein Inbegriff geistiger Gesundheit gewesen war. War das die Verbindung? Hatte es etwas zu bedeuten? Hatte es mehr zu bedeuten, als daß Diana schon zu lange allein in einem Zimmer saß und nun bereit war, nach jedem Strohhalm zu greifen, der auch nur entfernt den Eindruck erweckte, Sinn zu ergeben? War es im Grunde nicht Zeit, daß sie aufgab, nach Hause ging, mehrere üppige Mahlzeiten zu sich nahm und dann eine Woche lang schlief?

Sie seufzte und verbannte diesen verlockenden Gedanken. Irgendwo lag hier die Antwort verborgen. Das mußte sie einfach. Wenn sie sich einer Sache sicher war, dann, daß die *Mater Mundi* nicht das war, wofür die meisten Leute sie hielten. Sie verfolgte ihre eigenen Ziele und ihr eigenes Programm und zögerte nicht, jedes unschuldige Werkzeug einzusetzen, das sie für nötig hielt. Egal, welche Schäden die Opfer dabei erlitten. Die Weltenmutter behandelte Menschen genauso, wie es die Eiserne Hexe getan hatte.

Diana saß in ihrem kleinen Zimmer auf ihrem Stuhl und kam sich ganz klein und ganz allein vor. Diese Aufgabe war zu groß für einen einzelnen Menschen, sogar für sie. Sie kannte aber auch niemanden, an den sie sich mit ihren Fragen und Befürchtungen hätte wenden können. Ausgeschlossen, zu den Anführern der Esper-Bewegung zu gehen. Die *Mater Mundi* hatte die Bewegung gegründet und war vielleicht immer noch an der Organisation beteiligt – auf irgendeiner tiefen und sehr geheimen Ebene. Was bedeutete, daß Diana niemandem trauen konnte. Die *Mater Mundi* konnte sich in einfach jedem manifestieren und Diana durch irgendeinen Freund oder Feind oder Fremden angreifen. Falls sie erfuhr, was Diana trieb ...

Diana richtete sich abrupt auf. Irgendwas stimmte hier nicht! Sie spürte es richtig. Sie blickte sich rasch um, auf einmal überzeugt davon, daß jemand gerade ins Zimmer gekommen war; die Tür war jedoch geschlossen, und sie war allein. Plötzlich schauderte ihr. Es wurde eiskalt. Dianas Atem dampfte in der Luft. Rauhreif bildete sich auf der Lektronenanlage. Ein Druckgefühl lag in der Luft, als wäre etwas unmöglich Großes im Anmarsch, zwängte sich durch Dimensionsbarrieren und rüttelte an den Fenstern der Wirklichkeit. Es war jetzt ganz nahe und suchte nach einem Weg, der es endgültig hereinführte. Diana sprang auf und beförderte den Stuhl mit einem Tritt weg, damit sie mehr Freiraum erhielt. Sie zog die eigene Macht um sich wie einen Mantel, was sie allerdings nicht davor verschonte, daß die Zähne klapperten und die Hände zitterten. Sie machte sich nicht die Mühe, um Hilfe zu rufen. Sie wußte, daß niemandem gestattet sein würde, sie zu hören. Sie wußte, was auf sie zukam.

Jeder Bestandteil der Lektronenanlage im Zimmer richtete sich auf und nahm eine neue Form an. Metall und Plastik rissen auf und machten Buckel, spalteten sich und bildeten sich neu rings um die Gestalt, die sich selbst erzeugte, indem sie die Technik transformierte. Eine Art menschliche Gestalt entstand und ragte hoch über Diana auf – ein breiter, klotziger Körper mit zwei unterschiedlich langen Armen, die in Metallklauen ausliefen. Die Augen bestanden aus Monitorglas, und ein Riß im Metall diente als Lächeln. Statik umprasselte den Kopf wie ein zersplitterter Heiligenschein.

Die *Mater Mundi* hatte einen neuen Weg gefunden, um sich zu manifestieren.

»Hallo«, sagte Diana und bemühte sich, das Zähneklappern zu beherrschen. »Schön, daß Ihr mal hereinschneit.«

Du hast Fragen gestellt, sagte eine Stimme in ihren Gedanken, die nach knirschenden Zähnen klang, nach zischenden Leitungen, nach weinenden Kindern. *Du mußt damit aufhören.*

»Dann haltet mich auf«, sagte Diana. »Falls Ihr könnt.«

Ich werde es tun, wenn es sein muß. Verwechsle meine Nachsicht nicht mit Schwäche.

»Quatsch! Wärt Ihr in der Lage, etwas zu unternehmen, hättet Ihr es inzwischen längst getan. Ihr könnt jedoch nicht. Ihr habt aus mir so viel mehr gemacht, als ich früher war, und seid jetzt nicht mehr fähig, es wieder zurückzunehmen. Das Äußerste, was Ihr zustande bringt, ist dieser Metallgolem, der mich einschüchtern soll. Ich habe in Kindertagesstätten schon Servierwagen gesehen, die beängstigender wirkten.«

Ich kann dich zerbrechen, mein Kind.

Und Diana fand sich in der Hölle des Wurmwächters wieder, nackt in der Dunkelheit, wo sie durch ihre eigene Pisse und Scheiße und ihr Erbrochenes kroch, während der Wurmwächter scheußliche, sadistische Spiele in ihren Gedanken anstellte, sie immer wieder folterte, bis sie durch fortwährendes Schreien die eigene Stimme ruinierte.

Nein! wehrte sich Diana. *Verschwindet aus meinem Kopf, Ihr Miststück!*

Und sie fand sich im Datenbankzimmer wieder, zitternd und bebend, den Geschmack kurz bevorstehenden Erbrechens im Mund. Sie funkelte das Metallkonstrukt an und dehnte die Lippen zu etwas, das ebenso Knurren wie Lächeln war. Der Zorn wärmte sie, trieb die Kälte hinaus. Und als sie sprach, war sie wieder Johana Wahn.

»Dieser Scheiß wird bei mir nicht funktionieren! Das gehört der Vergangenheit an. Ich bin jetzt stärker, als ich mir je erträumt hätte. Vielleicht stärker, als Ihr Euch je erträumt hättet. Ihr könnt mich nicht aufhalten. Niemand kann mich aufhalten. Ich werde herausfinden, wer und was Ihr seid und wo Ihr steckt, und dann sorge ich dafür, daß Ihr bezahlt für all die armen Schweine, deren Leben Ihr vernichtet habt!«

Ich tat, was nötig war. Ich tat, was du wolltest. Ich habe den Sieg der Rebellen möglich gemacht.

»Aus eigenen Motiven. Seht jetzt verdammt noch mal zu, daß Ihr von hier verschwindet, ehe ich auf die Probe stelle, wie stark Ihr mich gemacht habt!«

Um wieviel bissiger als eine Schlange ist doch ein undankbares Kind, das man großgezogen hat!

Die Präsenz verschwand plötzlich und nahm die Kälte mit. Der Metallgolem war nur noch eine leere, verlassene Hülle. Diana plumpste auf ihren Stuhl zurück. Eine von ihnen beiden hatte geblufft, aber sie wußte nicht recht wer. Anscheinend war sich auch die

Mater Mundi dessen nicht sicher gewesen. Immerhin, überlegte Diana, mußte sie der Wahrheit allmählich näher kommen, wenn die Weltenmutter solche Mühen auf sich nahm, um sie abzuschrecken. Bei jedem anderen hätte es wahrscheinlich funktioniert. Diana betrachtete die Gestalt aus Metall und Plastik, die immer noch über ihr aufragte, und zitterte wieder. Jetzt, wo sie Zeit hatte, darüber nachzudenken, fand sie das Erlebnis doch ganz schön furchteinflößend. Sie konnte nicht umhin, sich zu fragen, ob andere Menschen die Gegenwart von Johana Wahn genauso empfanden.

»Verdammt!« sagte sie schließlich mit völlig ruhiger Stimme. »Wie soll ich dieses Durcheinander nur dem Hausvorsteher erklären?«

Kapitän Schwejksam führte seinen alten Freund und Gegner, den Mann, der Carrion hieß, durch die verstopften, glänzenden Korridore des Sternenkreuzers *Unerschrocken.* Es war lange her, seit Carrion zum letzten Mal an Bord eines Sternenschiffs gegangen war. Die letzten zwölf Jahre hatte er allein auf dem Planeten *Unseeli* gelebt, auch unter dem Namen *Geisterwelt* bekannt, und hatte nur die ruhelosen Geister der ermordeten, fremdartigen *Ashrai* zur Gesellschaft gehabt. Nach so viel tröstlicher Einsamkeit fühlte er sich nicht wohl in der Masse der geschäftigen Männer und Frauen, die den Sternenkreuzer bemannten. Besonders, da er wußte, daß die meisten ihn fröhlich umbringen würden, falls sie nur die Chance erhielten. Sie wandten die Köpfe ab, wenn er vorbeiging, und formulierten mit den Lippen lautlose Flüche und Obszönitäten. Er spürte, wie sich wütende Blicke in seinen Rücken brannten. Carrion hielt den Kopf hoch erhoben und ging neben Schwejksam her, als bemerkte er nichts und spürte nichts.

»Ein paar Dinge haben sich verändert, seid Ihr zuletzt auf einem Sternenkreuzer wart«, erzählte Schwejksam. »Allerdings nichts zu drastisch. In Eurem persönlichen Lektron findet Ihr eine Datei, die Euch auf den aktuellen Stand bringt. Aber Ihr solltet sie rasch studieren. Wir verlassen den Orbit in sechs Stunden.«

»Wozu die Eile?« fragte Carrion, die Stimme so ruhig und reglos wie immer. »Die *Dunkelwüste* geht nirgendwohin.«

»Aber was immer darin lauert, bleibt vielleicht nicht mehr lange dort. Ihr habt den Halben Mann gehört. Er nannte sie die Neugeschaffenen. Fremdwesen, die gestorben sind und sich selbst wieder zum Leben erweckt haben. Gruselig. Falls es stimmt.«

»Ihr zweifelt am Wort eines der größten Helden der Menschheit?«

»Falls der erste Halbe Mann ein falscher Vertreter und ein Lügner war, wer möchte dann sicher sein, daß der neue nicht ebenfalls einer ist? Aber wir können das Risiko nicht eingehen, das von etwas potentiell so Gefährlichem wie den Neugeschaffenen ausgeht. Jemand muß der Sache nachgehen, und mein Schiff und meine Besatzung haben mehr Erfahrung mit der *Dunkelwüste* als die meisten.«

»Die Idee der Neugeschaffenen ist nicht gänzlich neu. Ihr habt selbst den Befehl erteilt, die Ashrai zu vernichten, aber sie haben in gewisser Weise überlebt.«

Schwejksam brummte unverbindlich. »Sie sind Eure Gespenster. Haltet sie unter Kontrolle. Ich bringe Euch in Frosts alter Kabine unter. Da Ihr jetzt offiziell wieder ein Investigator seid, habt Ihr ohnehin ein Recht darauf.«

»Ich weiß, daß Ihr und Frost Euch nahestandet. Ich bedauere Euren Verlust.«

»Ihr habt sie nie gemocht. Sie stand für alles, was Euch am Imperium zuwider war.«

»Ich habe sie respektiert. Sie war eine Kriegerin.«

»Wie auch immer. Sie war ein guter Soldat. Ich ehre ihr Andenken.« Schwejksam brach ab und legte sich seine Worte sorgsam zurecht. »Kümmert Euch nicht um die Einstellung der Mannschaft. Sie wird sich ändern, wenn die Leute Euch bei der Arbeit erlebt haben.«

»Ich bezweifle es, Kapitän. Ich bin ein Verräter. Ich habe meine Mannschaft und meine eigene Lebensform verraten, um mich den fremdartigen Ashrai in ihrem Kampf gegen die Menschheit anzuschließen. Nicht, daß es ihnen langfristig viel genützt hätte. Trotzdem bin ich der schlimmste Alptraum der Menschheit, ein Investigator, der zu den Eingeborenen überlief. Ein Verräter voller Stolz auf seinen Verrat.«

»Ihr hattet Eure Gründe«, sagte Schwejksam.

»Genau wie Ihr Eure hattet, als Ihr Befehl gabt, *Unseeli* zu sengen und alles zu vernichten, was auf dieser Welt lebte.«

»Das habt Ihr mir nie verziehen, nicht wahr?«

»Nein, Kapitän. Wir haben beide zuviel getan, als daß Vergebung noch etwas bedeuten würde.«

»Man hat Euch amnestiert«, stellte Schwejksam fest. »Und man hat Euch wieder als Investigator eingesetzt, als Gegenleistung für Eure Mitwirkung an unserer Mission in der *Dunkelwüste*. Die Besatzung weiß das. Und sie wird Eure Arbeit und Autorität respektieren, oder ich trete ihr so lange in den Hintern, bis sie es tut.«

»Ich habe nicht um Amnestierung gebeten«, sagte Carrion. »Ich habe weder bereut noch mich gebessert. Ich bin der letzte der Ashrai, und ihr Erbe lebt in mir weiter. Ich bin hier ... weil ich keinen anderen Ort mehr für mich sehe, jetzt, wo die Metallwälder dahin sind.«

»Ihr seid hier, weil ich Euch gebeten habe«, wandte Schwejksam ein. »Weil ich Euch brauche. Weil Ihr mein Freund seid.«

»Vielleicht. Zwischen uns herrscht böses Blut, Johan. Wer wir früher waren, die Männer, die befreundet waren – das liegt weit zurück, so weit, daß ich es kaum noch erkenne. Wir sind heute andere Menschen.«

»Durchaus möglich, Sean. Die Zeit verändert jeden. Nur wenige entwickeln sich so, wie sie es selbst einmal erwartet haben. Wir alle blicken von Zeit zu Zeit zurück und fragen uns, wie zum Teufel wir von dort nach hier gelangt sind.«

»Ich habe mich selbst für meinen Weg entschieden«, sagte der Mann namens Carrion. »Ich bereue nichts.«

»Stirb, du dreckiger Verräter!«

Ein Besatzungsmitglied trat plötzlich aus einer Nische hervor, zielte mit einem Disruptor auf Kernschußweite auf Carrions Brust und drückte den Auslöser. Es blieb keine Zeit für ein Ausweichmanöver, und der schmale Korridor bot ohnehin keinen Platz dafür. Nicht einmal Schwejksam mit all seiner Schnelligkeit und seinen übermenschlichen Reflexen konnte irgendwas tun, um zu verhindern, was hier geschah. Der Energiestrahl aus dem Disruptor zuckte in weniger als einer Sekunde über die paar Fuß Abstand zwischen dem Matrosen und Carrion hinweg. Und ein flammendes Energiefeld breitete sich aus Carrions Energielanze aus und absorbierte mühelos den Disruptorschuß. Energielanzen waren nicht ohne Grund im ganzen Imperium verboten und schon der Besitz mit der Todesstrafe belegt. Sie verstärkten die Kräfte von Espern so sehr, daß sie im Kampf praktisch unbesiegbar wurden. Und Carrion war kein gewöhnlicher Esper.

Einen langen Augenblick lang rührte sich niemand. Der Matrose stand an Ort und Stelle erstarrt, zielte mit der entladenen Waffe weiterhin auf Carrion und glotzte mit offenem Mund. Carrion erwiderte den Blick ungerührt. Schwejksams Hand schwebte immer noch über der im Halfter steckenden Waffe. Und dann schluchzte der Matrose auf einmal. Mit wutverzerrtem Gesicht griff er nach dem Schwert an seiner Seite. Schwejksam trat rasch vor, packte ihn vorn am Hemd und stieß ihn krachend mit dem Rücken ans stählerne Schott. Die Luft wurde dem Mann aus den Lungen gepreßt. Seine Züge erschlafften, und die Hände hingen lose an den Seiten. Schwejksam knurrte ihm ins Gesicht und wandte sich Carrion zu, der keinen Mucks gemacht hatte und so ruhig und entspannte wirkte wie eh und je.

»Hübsche Reflexe, Sean.«

»Ich mußte sie entwickeln, um im Machtbereich der Menschen zu überleben«, sagte Carrion.

Schwejksam knurrte wieder, wandte sich an den Matrosen und funkelte dem Mann in die benommen blickenden Augen.

»Name und Rang, Mister! Aber zackig!«

»Maat Barron, Kapitän. Ein loyales Mitglied Eurer Besatzung. Im Gegensatz zu diesem Stück Abschaum!«

»Das reicht, Mister! Er ist amnestiert, ein Investigator und Euer vorgesetzter Offizier. Er genießt mein volles Vertrauen, und ein Angriff auf ihn kommt einem Angriff auf mich gleich. Meldet Euch sofort bei der Sicherheit. Ich befasse mich später mit Euch. Und, Barron, zwingt mich lieber nicht, nach Euch zu suchen!«

»Nein, Kapitän. Ich sagte schon, daß ich loyal bin. Aber Ihr versteht nicht . . .«

»Spart Euch das fürs Kriegsgericht auf.«

»Er hat meinen Vater getötet! Auf *Unseeli!*«

Der Maat schien kurz davor zu stehen, in Tränen auszubrechen. Schwejksam und Carrion sahen einander an. Carrion nickte langsam. »Das ist möglich. Ich habe eine Menge Leute auf *Unseeli* umgebracht. Ich bedaure Euren Verlust, Barron.«

»Spart Euch Eure Lügen, Verräter!«

»Das reicht!« Schwejksam zerrte Barron vom Schott weg und versetzte ihm einen Stoß, daß der Mann den Korridor entlangstolperte. Andere Besatzungsmitglieder wichen ihm hastig aus. Barron taumelte den Gang entlang, ohne sich noch einmal umzudrehen. Carrion und Schwejksam blickten ihm eine Zeitlang nach und wandten sich schließlich ab. Ringsherum nahmen die zuschauenden Besatzungsmitglieder allmählich wieder ihre Tätigkeiten auf.

»Wir lassen die Vergangenheit nie wirklich hinter uns«, sagte Schwejksam seufzend. »Irgendwas taucht immer wieder auf und verlangt Sühne.«

»Er muß noch ein Kind gewesen sein, als sein Vater umkam«, überlegte Carrion. »Hat sich wahrscheinlich auf Eurem Schiff gemeldet, um in die Fußstapfen des Vaters zu treten. Nur um mich schließlich hier anzutreffen und Euch als meinen Verteidiger zu erleben. Es muß schwierig für ihn gewesen sein.«

»Nichts davon macht es besser«, erklärte Schwejksam rundweg. »Ich dachte, ich hätte meine Leute besser ausgebildet. Sie sollten eigentlich Krieger sein und keine herumschleichenden Meuchelmörder.«

»Nicht, daß er der erste gewesen wäre«, sagte Carrion. »Es hat schon mehrere Anschläge auf mein Leben gegeben, seit Ihr mich von *Unseeli* zurückgebracht habt.«

»Was?« Schwejksam musterte ihn scharf. »Warum wurde ich nicht informiert? Warum habt Ihr es mir nicht gesagt?«

»Es war nicht wichtig. Ich bin damit fertig geworden.«

»Das ist mein Schiff, Investigator. Ihr gehört zu meiner Besatzung. Von jetzt an möchte ich alles erfahren. Habt Ihr das verstanden?«

»Ja, Kapitän.«

Schwejksam funkelte ihn kurz an, dann setzten sie ihren Weg fort. Weniger Menschen als zuvor schienen jetzt durch den Korridor zu gehen. Schwejksam verfluchte sich als Idiot, weil er die Wirkung, die Carrions Rückkehr auf seine Besatzung zeitigen würde, nicht voll bedacht hatte. Natürlich mußten Ressentiments aufflammen. Zwölf Jahre waren eine lange Zeit, aber nicht annähernd lange genug, um so etwas wie *Unseeli* zu vergessen. Gott wußte, daß er sich wirklich bemüht hatte!

Und trotzdem hatte er an nichts anderes gedacht, als den Mann, der früher sein Freund war, mit an Bord zu nehmen, weil er dachte, daß er dorthin gehörte. Sein alter Freund Sean war aber jetzt der Mann, den man Carrion nannte. Verräter, Mörder, von Fremdwesen adoptiert, und das auf seiner Seite freiwillig. Es erforderte schon mehr als eine Amnestie und die Wiedereinsetzung als Investigator, um auszugleichen, was der Mann, der Sean hieß, aus sich selbst gemacht hatte. Schwejksam seufzte leise. Jetzt, wo Frost nicht mehr war, brauchte er jemand anderen, auf den er sich verlassen konnte. So einfach war das. Und sowenig Carrion für diese Rolle geeignet schien, war er doch der einzige, an den Schwejksam sich wenden konnte.

»Ich weiß all das zu schätzen, was Ihr für mich getan habt, Kapitän«, sagte Carrion mit ruhiger und regloser Stimme. »Aber ich sollte, wie ich finde, darauf hinweisen, daß die Aufnahme eines berüchtigten Verräters wie mich in Eure Besatzung wahrscheinlich nicht das Klügste war, was Ihr tun konntet. Es wird Euren Karriereaussichten nicht viel helfen, und es hat womöglich Eurem Ansehen und Eurer Autorität bei der Besatzung geschadet.«

»Ich habe keine Karriereaussichten«, hielt ihm Schwejksam entgegen. »Dafür habe ich schon gesorgt. Und die Besatzung vertraut mir und meinem Urteilsvermögen. Sie wird lernen, Euch zu akzeptieren.«

»Ich kann Investigator Frost nicht ersetzen, Kapitän.«

»Niemand könnte das. Ich durfte den Investigator für diesen Einsatz selbst auswählen, und ich wollte Euch. Jemanden, der die Perspektive von Fremdwesen versteht und dem möglicherweise andere Möglichkeiten einfallen, als sie einfach wegzupusten. Falls die Neugeschaffenen ihrer Reputation gerecht werden, dann wird sich eine direkte Konfrontation als unbrauchbare Strategie erweisen. Ich brauche jemanden, der ... flexibel ist.«

»Man hat mir schon manche Bezeichnung verliehen, aber ich denke, diese ist neu. Wie könnt Ihr sicher sein, daß ich die Partei der Menschheit ergreife?«

»*Shub* hat die Metallwälder zerstört. Hat Euch damit alles genommen, was Euer war. Das macht die abtrünnigen KIs jetzt auch zu Euren Feinden. Und die Partei der Menschheit zu ergreifen, das ist Eure einzige Chance auf Vergeltung.«

»Wie gut Ihr mich versteht, Kapitän! Ihr habt vollkommen recht. Rache ist ein kalter Trost, aber manchmal bleibt uns nichts anderes, woran wir uns noch klammern können.«

»Tut einfach Eure Pflicht, Carrion. Mehr kann niemand von uns verlangen.«

»Pflicht. Ehre. Vergeltung. Diese Dinge tauchen immer wieder auf und erheben Anspruch auf uns. Und ich habe stets getan, was ich tun mußte, weil es nicht meinem Wesen entspricht, mich abseits zu halten. Ich werde Euer Investigator sein, Kapitän. Versprecht mir nur, mich ziehen zu lassen, sobald ich nicht mehr gebraucht werde.«

»Natürlich, Sean. Das verstehe ich.«

»Nein, das tut Ihr nicht, Kapitän. Ihr habt es noch nie.«

Eine Zeitlang gingen sie schweigend weiter und blickten geradeaus. Es war ihnen noch nie leicht gefallen, über die wirklich bedeutsamen Dinge zu sprechen.

»Habt Ihr noch Gelegenheit gefunden, mit Diana zu reden, bevor wir aufbrachen?« erkundigte sich Carrion.

»Nein. Ich habe eine Nachricht im Esper-Gildenhaus hinterlassen, wo sie sich aufhielt, aber sie hat sich nicht zurückgemeldet. Vielleicht ist es so am besten. Ihr habt Diana ja im Parlament erlebt. Sie sagte, sie würde mich hassen. Mit gutem Grund, um die Wahrheit zu sagen. Ich war nicht zur Stelle, um sie zu retten, als sie mich brauchte. Nicht gerade ein Thema, das man mit einem zehnminütigen Schwätzchen aus der Welt schaffen könnte, wenn unser geschäftiges Leben gerade mal Zeit bietet. Vielleicht können wir nach diesem Einsatz …«

»Als ich ihr auf *Unseeli* zum ersten Mal begegnete, war sie ein so zerbrechliches junges Ding«, erinnerte sich Carrion. »So voller Leben, Glück und Staunen. Ich habe gesehen, wie so vieles davon zerstört wurde durch das, was sie erlebte. Und doch fand sie am Ende die Kraft, in den Gesang der Ashrai einzustimmen und sich so frei emporzuschwingen, wie diese Wesen es tun. Nichts von dieser Person habe ich in der Frau wiederentdeckt, der ich im Parlament begegnete. Ich habe von manchen Dingen gehört, die sie als Johana Wahn vollbrachte. Schrecklichen Dingen. Wie hat sie sich nur zu dem entwickelt – wenn man bedenkt, was sie vorher war?«

»Wie haben wir es getan?« fragte Schwejksam.

»Guter Punkt, Kapitän. Guter Punkt.«

Endlich erreichten sie die alte Kabine von Investigator Frost. Schwejksam zögerte für einen Moment vor der geschlossenen Tür. Seit er kurz nach ihrem Tod ihre Habseligkeiten sortiert hatte, ehe der Reinigungstrupp kam, war er nicht mehr hiergewesen. Viel war nicht zu sortieren gewesen. Wie alle Investigatoren hatte Frost keinen großen Wert auf Andenken oder eine persönliche Atmosphäre gelegt. Ein paar Bücher, alle mit strikt militärischer Thematik. Keine Fotos, keine Briefe, keine Erinnerungen. Nur eine kleine Disc-Sammlung mit ihrer Lieblingsmusik. Schwejksam hatte gar nicht gewußt, daß sie Musik mochte. Es erschien ihm als ein so ... friedliches Interesse, für Frosts Verhältnisse. Er hatte die Discs mitgenommen, um sie sich später mal anzuhören, wenn er Zeit dafür fand.

Seitdem war niemand mehr hiergewesen. Die Kabine war versiegelt und erwartete den neuen Investigator. Schwejksam streckte die Hand aus, um den Kode einzutippen, aber Carrion packte seinen Arm. Schwejksam sah ihn an, eine Braue hochgezogen. Carrion starrte die geschlossene Tür an und runzelte leicht die Stirn.

»Noch nicht, Kapitän«, sagte er leise. »Etwas ist da drin. Jemand oder etwas sehr Ungewöhnliches. Und sehr Mächtiges.«

»Das ist unmöglich«, erklärte Schwejksam. »Die Tür ist noch verschlossen, und ich kenne als einziger den Sicherheitskode.«

»Nichtsdestoweniger«, konterte Carrion, »ist der Raum schon besetzt.«

Schwejksam zog den Disruptor. »Haltet Euch bereit. Und gebt acht! Jemand, der mächtig genug ist, um diese Art Schloß zu überwinden, muß sehr gefährlich sein.«

»Das stimmt«, sagte Carrion. »Das bin ich aber auch.«

Schwejksam tippte den Sicherheitskode ein, beförderte die Tür mit einem Tritt auf und trat rasch in die Kabine, Carrion an der Seite. Die Lichter brannten bereits. Eine dunkle Gestalt saß in Frosts altem Sessel und wandte ihnen den Rücken zu. Sie war kaum mehr als ein Umriß, aber etwas an Gestalt und Haltung kam Schwejksam vertraut vor. Er taumelte einen Schritt vor, und eine verrückte, unmögliche Hoffnung brach plötzlich aus seinem Herzen hervor.

»Frost . .?«

»Nein«, sagte die Gestalt und drehte den Sessel, um sich ihm zuzuwenden. »Ich bin es nur, Vater.«

Die Hoffnung in Schwejksams Herz fiel in sich zusammen und erstarb, wurde aber sofort von einer Wärme anderer Art ersetzt. Er steckte den Disruptor ins Halfter und lächelte seine Tochter an. »Hallo, Diana. Wie zum Teufel bist du hier hereingekommen? Ich wußte nicht mal, daß du an Bord bist.«

»Niemand weiß es«, sagte Diana Vertue. »Belassen wir es auch dabei. Niemand darf erfahren, daß ich je hier war. Ich habe inzwischen Feinde, die mächtiger und gefährlicher sind, als ich je erwartet hätte.«

»O verdammt!« sagte Schwejksam. »Wen hast du jetzt wieder umgebracht?«

»Nichts dieser Art«, antwortete Diana. »Mit sowas würde ich schon fertig.«

»Jetzt mal langsam«, verlangte Schwejksam. »Wie bist du an Bord gekommen? Welche Ausrede du auch benutzt hast, der Sicherheitsdienst hätte mich benachrichtigen müssen.«

Diana lächelte kurz. »Ein Mädchen braucht ein paar Geheimnisse, Vater. Sagen wir einfach, daß mich niemand mehr sieht, wenn ich nicht gesehen werden möchte. Nicht einmal dein Schiffs-Esper oder die Sicherheitsanlagen. Setzt euch jetzt, ihr beide. Ich hasse es, wenn jemand so über mir aufragt.«

Schwejksam und Carrion sahen sich an, zuckten gleichzeitig die Achseln und sahen sich nach Sitzgelegenheiten um. Nur eine war noch frei, so daß Schwejksam dort Platz nahm. Er war schließlich Kapitän. Carrion setzte sich aufs Bett. Beide blickten Diana erwartungsvoll an.

»Ich arbeite an einem neuen Projekt«, berichtete sie vorsichtig. »Es besteht darin, der tatsächlichen Natur der *Mater Mundi* nachzugehen. Und ich habe alle möglichen interessanten Dinge ausgegraben. Das eine, dessen ich mir sicher bin, lautet: Sie ist nicht das, wofür alle Welt sie hält. Sie ist auch ein bißchen sauer auf mich, weil ich meine Nase in Sachen stecke, die mich ihrer Meinung nach nichts angehen. Tatsächlich hat sie mich sogar persönlich gewarnt. Ich denke, sie hätte mich umgebracht, wäre sie dazu in der Lage gewesen.«

Carrion musterte sie interessiert. »Ihr habt der *Mater Mundi* standgehalten? Ich bin beeindruckt.«

»Vielleicht solltest du dich aus der Sache zurückziehen, Diana«, sagte Schwejksam. »Was ist so wichtig an der Frage, was die *Mater Mundi* ist? Inwiefern sollte es sich lohnen, dabei umzukommen?«

»Ich weiß nicht«, räumte Diana ein. »Das ist genau mein Punkt. Was ist so Schreckliches an ihr, so Schockierendes, daß sie bereit ist zu morden, nur um es geheimzuhalten?«

Schwejksam zuckte ungeduldig die Achseln. »Zwecklos, mich das zu fragen. Ich habe mich noch nie für Angelegenheiten der Esper interessiert. Was möchtest du von mir, Diana? Wir legen in nicht ganz sechs Stunden ab, um Kurs auf die *Dunkelwüste* zu nehmen.«

»Deshalb mußte ich dich ja noch rasch erreichen. Mich interessiert immer mehr das eigentliche Wesen der ESP. Wie sie das möglich macht, was sie bewirkt. Ihr beide seid einzigartige Personen. Der Kapitän, weil er teilweise das *Labyrinth des Wahnsinns* durchschritt und verändert wieder zum Vorschein kam. Und Carrion, denn ehe er nach *Unseeli* ging, zeigte er keine Spur von Esper-Fähigkeiten. Niemand in seiner Familie war jemals Esper, soweit ich dem nachgehen konnte, und die genetischen Angaben in seinen alten medizinischen Dateien bestätigen es. Also, Carrion, wie seid Ihr zu dem Ausbund an ESP geworden, der Ihr heute seid?«

»Die Fremdwesen haben mich verändert«, erklärte Carrion. »Die Ashrai. Es war nötig, damit ich allein auf ihrer Welt überleben und mich ihrem Krieg gegen die Menschheit anschließen konnte. Also haben sie mich umgeformt. Und nein, ich weiß nicht, wie sie das getan haben. Ich kann mich nicht daran erinnern.«

»Sie mußten Modifikationen auf genetischer Ebene vornehmen«, überlegte Diana stirnrunzelnd. »Ganz schön raffiniert für eine Lebensform ohne erkennbare Technik.«

»Das ist eine sehr menschliche Haltung«, fand Carrion. »Tech ist nicht alles.«

Diana musterte ihn schweigend und ausgiebig. »Ihr seid niemals allein, nicht wahr, Carrion? Sie sind stets bei Euch. Die Gespenster. Die Ashrai.«

Carrion beugte sich vor. »Ihr könnt sie sehen?«

»Beinahe. Ich habe einmal auf *Unseeli* in ihren Gesang eingestimmt, wißt Ihr noch? Mein Bewußtsein verschmolz mit ihrem, wenn auch nur kurz. Diese Verbindung ist immer noch vorhanden. Ich kann sie spüren, eine potentielle Präsenz rings um Euch herum, wie der Luftdruck vor einem Sturm. Warum bleiben sie, Carrion? Warum bleiben sie bei Euch?«

»Ich bin der letzte Ashrai. Alles, was von ihnen geblieben ist. Sie suchen Vergeltung. Für das, was ihnen angetan wurde. Was ihren Bäumen und ihrer Welt angetan wurde.«

»Vergeltung?« fragte Diana. »Das ist eine sehr menschliche Haltung, nicht wahr?«

»Ja«, sagte Carrion. »Bedauerlicherweise haben sie aus dem Beispiel gelernt.«

»Wir sind uns sehr ähnlich, Ihr und ich«, fand Diana. »Verändert durch Kräfte, die größer sind als wir, aus Gründen, die wir nicht ganz begreifen. Zu was solltet Ihr Euch entwickeln, Carrion? Zu ihrem Helden? Ihrem Verteidiger? Ihrem Rächer? Seid sehr vorsichtig, Carrion! Ihr seid vielleicht nicht der, für den Ihr Euch haltet. Ihr habt schon einmal für die Ashrai gegen die Menschheit gekämpft. Würdet Ihr heute noch die Menschheit für sie vernichten – aus Rache?«

»Das würden sie nie von mir verlangen«, sagte Carrion.

»Woher wollt Ihr das wissen?« fragte Diana, und Carrion fand keine Antwort darauf.

»Warum bist du hier, Diana?« fragte Schwejksam, nachdem die Stille lange genug angehalten hatte, um ungemütlich zu werden. »Wenn ich daran denke, was du im Parlament zu uns gesagt hast ...«

»In der Not frißt der Teufel Fliegen«, sagte Diana. »Die Weltenmutter möchte mich tot sehen. Deshalb brauche ich Hilfe, mächtige Bundesgenossen, die mir den Rücken freihalten und mich mit ihrer Macht unterstützen.«

»Also hast du dich an deinen Vater gewandt«, stellte Schwejksam fest. »Natürlich, Diana. Dafür sind Väter da.«

»Nein, Vater«, entgegnete Diana. »Du nicht. Das *Labyrinth* hat dir Macht verliehen, aber du bist immer noch dabei zu lernen, wie man sie einsetzt.«

»Ihr wünscht also meine Hilfe?« fragte Carrion. »Sehr gut. Meine Fähigkeiten stehen Euch zur Verfügung.«

»Schmeichelt Euch nicht zu sehr«, sagte Diana. »Ich brauche die Ashrai. Ihre nichtmenschliche Stärke. Wie ich schon sagte – die Verbindung besteht nach wie vor. Gott weiß, daß ich versucht habe, sie mir auszutreiben. Ich möchte in meinem Kopf niemanden beherbergen außer mir selbst. Aber falls die Ashrai da sind, kann ich sie vielleicht einsetzen. Also sagt mir, Carrion: Würden sie kommen, wenn ich sie riefe? Wenn ich sie brauchte?«

»Ich weiß nicht«, antwortete Carrion. »Sie reden nicht mehr mit mir. Sie haben jedoch stets eingegriffen, wenn ich sie brauchte.«

»Nicht ganz die Antwort, die ich erhofft hatte«, räumte Diana ein. »Aber ... sehen wir mal, ob sie der Wahrheit entspricht.«

Ihr Gesicht veränderte sich plötzlich. Dunkle Schatten tauchten unter den Augen auf, und die Haut spannte sich eng über die Knochen. Die dünnen Lippen streckten sich zu einem gnadenlosen, humorlosen Lächeln. Diana wirkte plötzlich größer, als sie war, und die Augen leuchteten unnatürlich hell. Psikräfte funkelten und prasselten in der Luft, die sie umgab, und ihre Präsenz weitete sich mit einem Satz aus und erfüllte die ganze Kabine. Diana war verschwunden, untergetaucht in jener böswilligen Anomalie, die Johana Wahn hieß. Schwejksams Hand fuhr mechanisch zu seiner Waffe, fiel dann aber zur Seite. Selbst wenn er sich hätte überwinden können, auf die eigene Tochter zu schießen, bezweifelte er, daß die Waffe gegen jemanden wie Johana Wahn etwas genutzt hätte.

Sie stand auf und funkelte Carrion an, und Schatten ballten sich um sie herum. Carrion war rasch auf den Beinen und hielt die Energielanze vor sich. Johana Wahn packte sie mit ihren Geisteskräften, riß sie ihm aus der Hand und schleuderte sie quer durch die Kabine. Carrion schrie erschrocken auf, als hätte man ihm eines seiner Gliedmaßen abgerissen. Er schwebte langsam hoch und krachte dann mit dem Rücken an die Kabinenwand, wo er durch Johana Wahns Willen in einer Haltung festgedrückt wurde, als hätte man ihn gekreuzigt. Schwejksam wollte aufstehen, stellte aber fest, daß er es nicht schaffte, daß ihn die unerbittlichen Gedanken seiner Tochter festhielten.

Und dann kamen die Ashrai.

Sie füllten die Kabine aus wie eine brodelnde Wolke, tot und doch nicht dahingeschieden, mit Gargoylenfratzen und riesigen Krallenhänden. Die Kabine schien sich in alle Richtungen auszuweiten, sich in eine riesige Höhle zu verwandeln, die den gewaltigen Gestalten der Ashrai Platz bot. Schwejksam schrie auf, als er ihrer angesichtig wurde. Sie waren grauenhaft und prachtvoll, schrecklich in ihrem Zorn, und sie brannten so hell! Johana Wahn, die wie ein Stern flammte, schenkte den Ashrai ein Lächeln und sprach sie in völlig vernünftigem Ton an.

»Hallo Leute! Schön, euch wiederzusehen. Ist eine Weile her. Tut mir leid, eure Ruhe zu stören, aber ich könnte wirklich eure Hilfe gebrauchen. Da draußen lauert etwas, das sich *Mater Mundi* nennt, und sie könnte doch glatt eine Spur mächtiger sein als ihr. Und ich denke nicht, daß sie irgendeine Konkurrenz zu dulden bereit ist. Sollte ich eure Hilfe gegen sie brauchen, leistet ihr dann meinem Ruf Folge?«

Aufbrausender Gesang antwortete ihr, eine Musik, so komplex und gefühlsbesetzt, daß sie fast unerträglich war, gesungen von Engeln mit hakenbewehrten Flügeln und Heiligenscheinen aus Fliegen. Und dann waren die Ashrai verschwunden und die Kabine wieder nur eine Kabine. Carrion rutschte an der Wand herunter und machte es sich erneut auf dem Bett bequem. Die Lanze flog ihm in die Hand. Schwejksam stellte fest, daß er seine Bewegungsfähigkeit zurück hatte. Johana Wahn erlosch wie eine Kerze und war einfach wieder Diana Vertue. Sie streckte sich langsam und setzte sich. Eine Atmosphäre der Ruhe, entwichenen Drucks, eines vorbeigezogenen Sturms herrschte in der Kabine.

»Was zum Teufel sollte das denn?« wollte Schwejksam wissen.

»Johana ist schon ein Miststück, aber sie erreicht wenigstens etwas«, erklärte Diana, die sich von seinem Ton völlig ungerührt zeigte. »Und ich hatte so ein Gefühl, als würden die Ashrai nur auf Dramatisches reagieren. Ich mußte einfach ihre Antwort hören.«

»Und jetzt kennt Ihr sie«, sagte Carrion. »Ich hoffe, Ihr findet, daß sie es wert war, den Zorn der Ashrai zu wecken.«

»Jemand möge mir das bitte übersetzen!« schnauzte Schwejksam. »Ich habe nur Musik gehört, bei der mir beinahe die Trommelfelle rausflogen. Was haben sie gesagt?«

»Sie wissen von der *Mater Mundi*«, antwortete Diana. »Und sie haben Angst. Die Existenz der Weltenmutter … beunruhigt sie. Sie haben eingewilligt, meinem Ruf Folge zu leisten, aber ich bin mir nicht mehr sicher, wie hilfreich sie sein werden. Ohne ihren Wald und ohne ihre Welt sind sie so gemindert.«

»Unterschätzt sie nicht«, mahnte Carrion. »Der Tod war nur eine weitere Reise für sie, der Übergang in ein anderes Stadium. Sie sind nach wie vor sehr mächtig.«

»Aber sie sind schon lange tot«, gab Diana zu

bedenken. »Nur Ihr haltet sie noch mit der Welt der Lebenden verbunden, Carrion.«

»Ja, nun«, brummte Schwejksam. »Bei der Vorstellung, es könnte Gespenster geben, fühle ich mich noch immer nicht übertrieben wohl. Die Toten sollten tot bleiben.«

»Und ich fühle mich bei der Vorstellung unwohl, die *Mater Mundi* könnte so mächtig sein, daß sie sogar den Toten Angst macht«, sagte Diana. »Es hat den Anschein, als bräuchte ich noch mehr Bundesgenossen. Was mich wieder zu dir bringt, Vater.«

»Was meinst du damit?« fragte Schwejksam. »Wie du bereits so freundlich festgestellt hast, gehören die wenigen Kräfte, über die ich verfüge, nicht einmal in die gleiche Kategorie wie die der Weltenmutter. Ich bin für dich da, wenn ich kann, aber ich bin nur ein Kapitän der Imperialen Flotte unter vielen, und ich muß dorthingehen, wo es mir befohlen wird. Im Moment heißt dieses Ziel die *Dunkelwüste*. Keine Ahnung, wann ich zurückkehre. Oder ob ich überhaupt zurückkehre.«

»Du wirst es«, behauptete Diana. »Du bist ein Überlebenskünstler. Und du hast sehr wohl Kräfte, auch wenn du beschlossen hast, sie weder einzusetzen noch zu entwickeln. Es besteht kein Grund, warum du mit der Zeit nicht genauso mächtig werden solltest wie alle Überlebenden des *Labyrinths*. Ich wollte dich nicht mit meinen Problemen belästigen, aber ich habe vielleicht keine andere Wahl. Wie sehr liebst du mich, Vater? Genug, um dich über die Grenzen der menschlichen Natur hinaus zu entwickeln, damit du mich beschützen kannst?«

»Ich habe dich schon einmal im Stich gelassen«, sagte er ruhig. »Das wird sich nicht wiederholen. Aber ich habe . . .«

»Das *Labyrinth des Wahnsinns* hat dich verändert«,

sagte Diana. »Es hat dich umgebaut. Fürchte dein eigenes Potential nicht! Erzähle mir vom *Labyrinth.* Davon, was es mit dir angestellt hat.«

»Ich weiß es doch nicht!« antwortete Schwejksam beinahe zornig. »Ich weiß nicht mehr, wer ich bin. Ich weiß nicht, was aus mir wird. Mir ist nur klar: Was immer das *Labyrinth* an Umwandlung ausgelöst hat, ist noch nicht abgeschlossen. Manchmal habe ich Gesichte im Traum. Ich höre Stimmen, die mir etwas erzählen. Und einmal hat mich Frost besucht. Sie hat versucht, mir eine Warnung zu übermitteln, die sich auf das *Labyrinth* bezog, auf das, was es mit mir anstellte, aber ich konnte sie nicht verstehen.«

»Erzähle mir vom *Labyrinth*«, beharrte Diana. »Wie war es darin? Wie hat es sich angefühlt?«

»Es war ... fremdartig«, antwortete Schwejksam zögernd. »Nie zuvor war mir so etwas begegnet. Und ich denke, daß es vielleicht lebendig war, auf eine Art und Weise, die wir nie begreifen könnten. Sich im *Labyrinth* aufzuhalten, das war, als wandelte man durch Visionen. Wie in einem jener Träume, in denen man die Antwort auf alles weiß, bis man erwacht und alles verschwunden ist. Aber diese Antworten waren real. Sie waren zuviel für manche, die zusammen mit mir das *Labyrinth* betreten hatten. Sie starben eines entsetzlichen Todes. Ihr Denken war nicht ... flexibel genug für die Veränderungen, die das *Labyrinth* an ihnen vornehmen wollte.«

»Warum hast du das *Labyrinth* wieder verlassen?« fragte Diana. »Warum hast du es nicht ganz durchschritten wie Owen und seine Begleiter?«

»Ich hatte Angst«, gestand Schwejksam. »Ich war nicht würdig. Und das *Labyrinth* stand im Begriff, Frost zu töten. Ich packte sie und sah zu, daß wir beide wieder hinauskamen. Erst viel später begannen sich die Veränderungen in uns zu manifestieren.«

»Wofür hältst du das *Labyrinth?*« wollte Diana wissen. »Welchem Zweck hat es gedient?«

Schwejksam schnaubte hämisch. »Qualifiziertere Leute haben sich schon mit einer Antwort darauf versucht und sind gescheitert. Frage doch eine Ameise, was sie von der Statue hält, über die sie krabbelt. Niemand hat je etwas gefunden, was dem *Labyrinth* ähnlich gewesen wäre, weder vorher noch nachher, auf keinem der Tausende von Planeten, die wir besucht oder kolonisiert haben. Es diente einem fremdartigen Zweck, der vielleicht völlig über die Möglichkeiten menschlichen Verstehens hinausging.«

»Aber du hast seine Berührung gespürt«, beharrte Diana. »Was, denkst du, war es?«

»Vielleicht ... eine Unterrichtsmaschine«, sagte Schwejksam leise. »Für die, die fähig waren, daraus zu lernen. Aber nichts davon hat noch eine Bedeutung. Ich habe das *Labyrinth* vernichtet, es mit Disruptorkanonen auseinandergepustet, bis nichts mehr davon blieb. Es war das einzige seiner Art, womöglich einzigartig im Universum, und ich habe es zerstört. Und stünde ich noch einmal vor der gleichen Frage, würde ich ohne zu zögern den gleichen verdammten Befehl erteilen!«

»Ihr verändert Euch nie, Kapitän«, fand Carrion.

»Hattest du seit der Rebellion Kontakt zu irgendwelchen anderen Überlebenden des *Labyrinths?*« erkundigte sich Diana. »Hast du Gedanken mit ihnen ausgetauscht?«

»Nein«, antwortete Schwejksam barsch. »Es lag noch nicht besonders lange zurück, daß wir uns gegenseitig zu töten versuchten. Ein Teil von mir möchte sie immer noch für das umbringen, was sie getan haben. Außerdem ... denke ich nicht, daß wir viel gemeinsam haben, worüber wir uns unterhalten könnten. Sie sind ... anders als ich. Als alle. Sie sind gruselig. Beinahe nichtmenschlich. Manchmal fast fremdartig. Falls sie und ich auf einem gemeinsamen Weg wandeln sollten, dann sind sie darauf viel weiter als ich. Von dort, wo ich mich befinde, sind sie fast schon außer Sichtweite. Die armen Bastarde. Alle ihre neuen Kräfte und Fähigkeiten scheinen sie nicht glücklicher gemacht zu haben. Sie entwickeln sich zu irgend etwas. Zu etwas, was nicht mehr menschlich ist.«

»Zu etwas wie mich vielleicht?« fragte Carrion.

»Nein, Sean. Ihr seid einfach nur unheimlich. Ich kann Euch und das, was Euch bewegt, immer noch verstehen. Ich habe allerdings keinen Schimmer, was heute in den Köpfen von Owen und seinen Freunden vorgeht. Ich denke, sie entfernen sich von rein menschlichen Belangen. Das macht sie gefährlich – vielleicht nicht nur für das Imperium, sondern die ganze Menschheit. Das ist einer der Gründe, warum die Labyrinthleute über meinen Auftrag nicht informiert wurden. Das Parlament wollte nicht darauf vertrauen, daß sie sich nicht einmischten, daß sie nicht versuchten, uns aufzuhalten.«

»Was erwartest du, in der *Dunkelwüste* zu finden?« fragte Diana.

»Ich will verdammt sein, wenn ich das wüßte. Aber es könnte doch möglich sein, etwas zu finden, was stark genug ist, die Labyrinthleute zu stoppen oder zu beherrschen, falls sie üble Züge entwickeln.«

»Und Ihr haltet das für nötig?« fragte Carrion. »Findet Ihr, daß es erforderlich ist, sie zu vernichten? Wie Ihr die Ashrai und das *Labyrinth des Wahnsinns* vernichtet habt?«

»Gutes Beispiel«, antwortete Schwejksam. »Ich fühle mich dem Imperium und der Menschheit verpflichtet. Dazu, sie vor allen Gefahren zu beschützen. Seht mal, die Labyrinthleute sind niemandem verantwortlich außer sich selbst. Niemand ist da, der stark genug wäre, nein zu sagen, wenn sie ein Ja vorgeben. Und sie werden laufend stärker. Was, wenn einer oder mehrere von ihnen zu dem Schluß gelangten, das Parlament führte das Imperium in eine Richtung, die sie nicht billigen? Was, wenn sie beschlössen, normalen Menschen dürfte nicht erlaubt sein, ihr Schicksal in die eigenen Hände zu nehmen? Was, wenn sie die Macht übernähmen und über uns regierten? Natürlich zu unserem eigenen Besten! Wer könnte sie aufhalten?«

»Womöglich wirst du auch nur paranoid«, meinte Diana. »Es sind doch nur vier.«

»Wie viele Götter sind nötig, um über die Menschheit zu herrschen?« hielt ihr Schwejksam entgegen. »Und die Tatsache allein, daß ich paranoid werde, heißt noch nicht, daß sie nicht tatsächlich planen, mich zu attackieren. Von allen Leuten solltest du das einsehen können.«

»Guter Punkt«, sagte Diana und lächelte zum ersten Mal. Sie stand auf und nickte ihrem Vater und Carrion kurz zu. »Es wird Zeit zu gehen. Ich denke nicht, daß ich hier mehr erfahre. Wir unterhalten uns wieder, wenn du zurückgekehrt bist. Mach dir nicht die Mühe, nach mir zu suchen.«

Und sie verschwand einfach so. Einen Augenblick noch da, im nächsten weg. Schwejksam und Carrion blickten einander an.

»Na ja«, sagte Carrion schließlich. »Sie ist eindeutig Eure Tochter, Kapitän.«

»Und sie wußte schon immer, wie man einen wirkungsvollen Abgang hinkriegt«, sagte Schwejksam. Er schüttelte den Kopf. »Die Zeit wird knapp, und ich bin immer noch nicht damit fertig, Euch ins Bild zu setzen. Was wollte ich ... Ah ja. Die Insektenschiffe. Seid Ihr die Dateien bereits durchgegangen, die ich Euch zukommen ließ?«

»Natürlich«, antwortete Carrion. »Faszinierendes Material. Ihr seid Euch doch im klaren, daß die Insekten künstlich geschaffen sein müssen, nicht wahr?«

»Das hat Frost auch gesagt – daß sie gentechnisch erzeugt worden sein müssen, weil Insekten in der Natur nicht so groß werden. Was andeutet, daß noch jemand im Spiel sein muß, den wir bislang nicht kennen – der Erzeuger der Insekten.«

»Müssen wir wirklich davon ausgehen, ihn nicht zu kennen?« fragte Carrion. »Sicherlich haben wir längst genug Verdächtige – die Hadenmänner, *Shub*, vielleicht gar abtrünnige menschliche Wissenschaftler, bezahlt von Familien, die nach Macht hungern. Und immer bleiben noch die Neugeschaffenen. Als was immer sie sich letztlich entpuppen werden.«

»Ich habe mich in diesem Sinn auch gegenüber Admiral Beckett geäußert«, sagte Schwejksam langsam. »Ich wäre überhaupt nicht überrascht, wenn sich herausstellte, daß die Insekten aus der *Dunkelwüste* stammen. Ihre Angriffe haben sich immer auf den *Abgrund* konzentriert, und wo sonst sollten sie anschließend untertauchen? Und dann ... sind da noch die Stimmen zu erwähnen.« Schwejksam musterte Carrion unverwandt. »Die entsprechenden Dateien, die ich Euch gegeben habe, sind streng vertraulich. Ihr dürft über ihre Inhalte mit niemandem sprechen, ohne vorher meine Genehmigung einzuholen. Meiner Besatzung ist es auch so schon gruselig genug, erneut in die *Dunkelwüste* fliegen zu müssen. Also ... was fangt Ihr mit den Stimmen an? Irgendwelche Ideen?«

»Es könnte ein Esper-Phänomen sein«, sagte Carrion. »Oder die Stimmen der Toten. Aber als wahrscheinlichste Erklärung muß gelten, daß wir es mit einem psychologischen Trick von *Shub* zu tun haben, um Euch für die Ankunft der *Verfechter* weichzuklopfen. Ein seit langem verschollenes Schiff, mit Toten bemannt, seine Wiederkunft angekündigt von den warnenden Stimmen der Geister – genau die Art Masche, die die abtrünnigen KIs austüfteln würden, um sich in Eure Köpfe einzumischen.«

»Natürlich ist das die wahrscheinlichste Erklärung«, sagte Schwejksam. »Aber Ihr habt diese Stimmen nicht selbst gehört, Sean. Sie ließen sich einfach nicht aufzeichnen. Sie verklangen schlicht wieder. Was Ihr in den Dateien zu hören bekommen habt, waren Simulationen, beruhend auf dem, woran wir uns noch erinnert haben. In Wirklichkeit klangen sie ... entsetzlich. Zermürbend. Es hatte tatsächlich den Anschein, als wollten sie uns vor Gefahr warnen. Nicht nur vor der *Verfechter,* sondern vor der *Dunkelwüste* selbst. Und da sind wir, im Begriff, in diese Dunkelheit zurückzukehren.«

»Könnte es sich um eine Warnung der Neugeschaffenen handeln?« fragte Carrion. »Sich aus ihrem Territorium herauszuhalten?«

»Eure Vermutung ist so gut wie meine. Ich schätze, wie immer werden wir es auf die harte Tour herausfinden müssen. Und natürlich müssen wir es tun. Dieses Schiff und seine Besatzung haben mehr Erfahrung mit der *Dunkelwüste* als drei beliebige andere Schiffe gemeinsam. Und schließlich sind wir durchaus entbehrlich.«

»Nichts verändert sich«, fand Carrion, und sie beide brachten eine Art Lächeln zustande.

»Richtig«, sagte Schwejksam. »Was ist es für ein Gefühl, wieder Investigator zu sein?«

»Ich trage diesen Titel nur der Form halber. Ich ziehe jedoch nicht die offizielle Uniform an. Ich bin ihrer nicht mehr würdig. Oder sie meiner nicht. Darüber bin ich mir noch nicht klargeworden.«

»Ihr genießt eine umfassende Amnestie. Ihr werdet

nicht mehr gesucht«, stellte Schwejksam fest. »Würdet Ihr nicht gern wieder heimkehren, Sean?«

»Ich hatte ein Zuhause«, sagte Carrion. »Ich war dort glücklich. Und dann habt Ihr und *Shub* es zerstört.«

Evangeline Shreck kehrte schließlich nach Hause zurück, zum Turm der Shrecks, stand lange in seinem kalten, dunklen Schatten und bemühte sich, ihr Zittern zu beherrschen. Von außen wirkte der Turm wie irgendein beliebiges Gebäude aus Stahl und Glas und den Familienfarben, die es als einen der legendären Pastelltürme kennzeichneten, Heimstatt eines Clans. Für Evangeline war es ein Hexenhaus, eine Dämonenhöhle, jener dunkle Ort, der in unseren schlimmsten Alpträumen nach uns ruft. In seiner schrecklichen Umarmung hatte sie ein schlimmes Leben voller Schmerz und Grauen und Pein geführt, bis schließlich der Prinz auf seinem weißen Roß erschien, ihr seine Liebe schenkte und ihr den Mut gab, sich von dem Unmenschen zu befreien, der sie in Ketten hielt.

Und jetzt war sie zurückgekehrt, obwohl sie sich geschworen hatte, es nie zu tun. Wieder daheim, um ihre allerbeste Freundin aus der Hölle zu befreien, die sie selbst so gut kannte.

Ihr Liebster wußte nicht, daß sie hier war. Sie hatte Finlay Feldglöck in dem Glauben belassen, daß sie auf einen weiteren Einsatz für die Klon-Bewegung ging. Hätte er gewußt, daß sie zum Turm der Shrecks zurückkehrte, dann würde er versucht haben, sie daran zu hindern, sei es auch nur mit Worten. Und das konnte sie nicht zulassen. Sie mußte diese Aufgabe selbst leisten. So weh es auch tat. Sie war gekommen, um sich dem Monster zu stellen, ihrem Vater Gregor Shreck. Er glaubte, alle Trümpfe in der Hand zu halten, alle Vorteile auf seiner Seite zu haben, aber Evangeline hielt selbst ein paar Überraschungen bereit, nur für ihn. Nur für den lieben Vater.

Den Mann, der die eigene Tochter ermordet hatte, die ursprüngliche Evangeline, und sie dann insgeheim klonen ließ – die heutige Evangeline. Den Mann, der sowohl das Original wie auch den Klon nicht als Vater liebte, sondern als Mann. Der seine Stellung und die Liebe seiner Tochter mißbrauchte. Der seine Evangelines mit ins Bett nahm und ihnen mehr über Schmerz als über Lust beibrachte. Der Teufel in seiner Hölle. Gregor Shreck.

Der Haß pulsierte in ihr wie der Schlag des Herzens, wogte durch die Adern, vertrieb die Angst. Sie holte tief Luft, um die Fassung wiederzufinden, und ging gelassen auf die gepanzerten Wachtposten zu, die den Haupteingang zum Shreck-Turm bewachten. In der umfangreichen schwarzen Körperrüstung, die Gesichter hinter stilisierten Sensormasken versteckt, sahen sie Käfern ähnlicher als Menschen. Es waren insgesamt sechs, aber sie jagten Evangeline keine Furcht ein. Sie blieb in vorsichtiger Distanz stehen und bedachte sie mit hochmütigem Blick.

»Ich bin Evangeline Shreck und möchte meinen Vater Gregor besuchen. Informiert ihn darüber, daß ich gekommen bin.«

Die Posten sahen für einen Moment sie an, dann einander. Sie vermutete, daß sie sich kurz, aber intensiv über ihre Komm-Implantate unterhielten, ehe sie es wagten, ihren Meister zu stören, den Shreck. Es dauerte nicht lange, bis sie zurücktraten und Evangeline mit Gesten bedeuteten, sie möge den Turm durch den Haupteingang betreten. Sie schritt erhobenen Hauptes vor, und die einzelne schwere Tür öffnete sich lautlos vor ihr. Die Eingangshalle war seit ihrem letzten Besuch neu dekoriert worden. Jede Behaglichkeit und alle attraktiven Einzelheiten hatte man herausgerissen, so daß nur eine kahle Halle mit Betonboden und leeren Wänden geblieben war. Evangeline hörte Schritte hinter sich und drehte sich langsam zu dem einzelnen gepanzerten Posten um, der nach ihr das Foyer betreten hatte. Die Tür ging hinter ihm zu. Er redete sie an, ohne die Maske abzusetzen, und alle Spuren von Menschlichkeit wurden aus der Stimme herausgefiltert.

»Der Lord Shreck erwartet Euch in seinem Privatquartier, Lady Evangeline. Ich soll Euch dorthin geleiten. Nach einer umfassenden Durchsuchung im Interesse der Sicherheit.«

»Lord Shreck?« fragte Evangeline und zog eine Braue hoch. »Es gibt keine Lords mehr. Weiß er das noch nicht?«

»Der Shreck ... wahrt in allen Dingen seinen eigenen Stil. Zieht Eure Kleider aus. Sämtliche. Legt alle Waffen und sonstigen Geräte, die Ihr vielleicht bei Euch tragt, auf die Seite.«

Evangeline nickte steif. Sie hatte damit gerechnet. Gregor glaubte heutzutage, daß ihn alle umbringen wollten. Meistens hatte er recht damit. Sie zog die Kleider mit so wenig Aufhebens aus, wie es nur ging, und konzentrierte sich auf den Grund ihres Hierseins. Es half, daß der Wachmann in Rüstung und Maske so nichtmenschlich und anonym wirkte. Sie fragte sich, ob Gregor wohl über die Sensoren der Maske zusah. Wahrscheinlich. Endlich war sie nackt, und die Kleider lagen in einem ordentlichen Stapel neben ihr. Sie fixierte die Maske mit festem Blick.

»Das war alles. Keine Kleider mehr, keine Waffen. Aber falls Ihr mich auch nur mit den Fingerspitzen anfassen solltet, sage ich es meinem Vater. Soll er wirklich erfahren, daß Ihr etwas berührt habt, was seiner Überzeugung nach ausschließlich ihm gehört?«

Der Wachmann zögerte, nickte dann ruckhaft und gab ihr mit einem Wink zu verstehen, daß sie sich wieder anziehen sollte. Sie tat wie geheißen und ließ sich dabei weder von dem Wachmann noch den eigenen Nerven hetzen. Als sie bereit war, führte der Wachmann sie zu einem Fahrstuhl an der Rückwand des Foyers, und sie stiegen beide ein. Der Mann gab mit seiner nichtmenschlichen Stimme das Penthouse als Ziel an, und die Türen schlossen sich lautlos. Er wich einen Schritt zurück, um Evangeline mit der Schußwaffe in Schach halten zu können. Sie ignorierte ihn und starrte auf die Leuchtzahlen über der Tür, die sich fortlaufend änderten. Bislang lief alles wie geplant. Trotz seines Verfolgungswahns brachte es Gregor nicht fertig, sie als ernste Gefahr einzustufen. Sie war seine kleine Evie, seine Spielsache.

Alte Erinnerungen durchströmten sie wie ein eisiger Fluß. Hier war sie im voll ausgewachsenen Zustand geboren worden, der Klon einer Frau, von deren Tod die Außenwelt nichts wissen konnte. Man hatte ihr beigebracht, sich als die vollkommene Kopie der ursprünglichen Evangeline zu geben, um die scheußliche Untat Gregors vor der Gesellschaft zu verbergen. Und damit er sein Vergnügen weiterhin auf die Art haben konnte, an die er sich gewöhnt hatte.

Ein anderes Leben tat sich erst vor ihr auf, als sie Finlay kennenlernte. Sie begegneten sich bei Hofe auf einem Maskenball, und es war Liebe auf den ersten Blick. Sie unterhielten sich und lachten; ihre Augen funkelten durch die Masken, und beide erwärmten sich zum ersten Mal im Leben für einen anderen. Und dann fielen um Mitternacht die Masken, und sie entdeckten sich jedenseitig als eine Shreck und einen Feldglöck, Angehörige zweier Familien, die seit Generationen gegeneinander Krieg führten. Und sie beide waren der jeweilige Erbe. Ihre Liebe wäre ein Skandal gewesen, einfach inakzeptabel, und Evangeline wußte, daß Gregor sie eher umbringen als aufgeben würde. Und schlimmer noch, er brachte vielleicht Finlay um. Also hielten sie ihre Liebe geheim, nahmen sich Gelegenheiten, die sich boten, bis sie irgendwann mal die Chance erhielten und zusammenkommen konnten.

Sie erzählte Finlay nie etwas von ihrem Verhältnis zu Gregor. Sie wußte, daß Finlay damit nicht fertig geworden wäre. Zu wissen, wie sehr sie gelitten hatte. Er wäre in blutigem Zorn losgestürmt, um Gregor zu töten, und zur Hölle mit den Folgen. Gregors Leute hätten ihn womöglich umgebracht, oder er hätte nach dem Mord gehängt werden können. Egal was, sie brachte es nicht fertig, das zu riskieren. Und außerdem ... hätten sich seine Gefühle ihr gegenüber vielleicht verändert. Also schwieg sie.

Der Fahrstuhl läutete höflich, als sie das oberste Stockwerk erreicht hatten. Es war wie eine auf den Kopf gestellte Hölle. Man mußte bis ganz nach oben fahren, um den dunkelsten, übelsten Teil des Schlundes zu erreichen. Die Türen glitten auf, und der Wachmann eskortierte Evangeline durch einen kahlen Stahlkorridor. Ihre Schritte klangen laut auf dem Metallboden. Gregor wollte schließlich wissen, wenn jemand kam. Weitere Wachtposten standen überall entlang des Flures in Habachtstellung, die Waffen einsatzbereit. Keine Käfer mehr, fand Evangeline, sondern Dämonen in einem Korridor der Hölle. Sie zwang sich, stur geradeaus zu blicken, und duldete nicht, daß ihre Lippen bebten. Und endlich erreichten sie und ihre Eskorte die extradicke Stahltür, die den einzigen Zugang zum Privatquartier ihres Vaters bildete. Es war eine ganz besondere Tür, so konstruiert, daß sie einer Bombe und einem Disruptorschuß gleichermaßen mühelos standhalten konnte. Evangeline stand steif davor, während der Wachmann bekanntgab, daß sie eingetroffen waren.

»Komm herein«, ertönte Gregors sanfte, ölige Stimme aus einem verborgenen Lautsprecher, der den Eindruck erweckte, die Worte kämen gleichzeitig aus allen Richtungen. »Komm herein, kleine Evie, und geselle dich zu deinem nachsichtigen Vater. Wachmann sechs, bezieht vor der Tür Stellung. Wir wollen aus keinem Grund gestört werden.«

Die Tür schwang langsam auf, und Evangeline riß sich angestrengt zusammen, während sie ohne Eile die Höhle des Menschenfressers betrat. Es war wichtig, daß sie nicht so langsam ging, als wäre sie verängstigt oder widerwillig, und auch nicht so schnell, als würde sie springen, um einem Befehl Folge zu leisten. Anschein bedeutete jetzt alles, war alles, womit sie hantieren konnte. Die Tür schloß sich hinter ihr, als sie stehenblieb und sich umsah.

Gregor Shreck hatte sein Privatquartier umgestaltet, seit sie zuletzt hier gewesen war. Die fensterlosen Wände des großen Gemaches waren in dunklem Purpurrot gehalten, der Farbe trocknenden Bluts – ein großer roter Mutterschoß mit verborgenen blutroten Lichtquellen und dunklen Schatten überall. Der dicke Florteppich unter Evangelines Füßen war von der Farbe sonnenverbrannter Haut und tief genug, um jedes Geräusch zu dämpfen. Auf allen Seiten standen gruselige Trophäen von Gregors jüngsten Opfern. Ein Haufen abgetrennter Köpfe, sorglos auf einem Silbertablett aufgehäuft. Eine Reihe haltbar gemachter Köpfe auf Stangen; ihre Gesichter wirkten alle leicht überrascht, und die Münder hingen offen, wie im Schock über das, was man ihnen angetan hatte. Keiner wies noch Augen auf. In einem niedrigen Schrank waren eine Reihe abgeschnittener Füße ausgestellt.

Jemand hatte sie mit hübschen Schleifchen umwickelt und die Zehennägel schwarz angemalt. Evangeline hörte, wie die Klimaanlage Schwerstarbeit leisten mußte, um mit dem durchdringenden Gestank des Todes und der Konservierungsmittel fertig zu werden.

Und dort lümmelte entspannt auf einem breiten Bett, dessen Design an riesige Rosenblätter erinnerte, das dunkle Herz dieses dunklen Reiches – Gregor Shreck. Er war seit eh und je klein und fett, ein schmieriger, schwitzender Fettkloß von einem Mann, aber in der Zeit ihrer Trennung hatte er weiter kräftig zugenommen. Er war jetzt riesenhaft, quoll förmlich über von Fleisch. Das Gesicht war fast vollkommen rund und quetschte die eigentlichen Züge in der Mitte zusammen. Die Kleidung war fast ganz schwarz, von scharlachroten Streifen durchzogen, und erinnerte an nichts so sehr wie einen vollgefressenen Blutegel.

»Also«, sagte Gregor Shreck mit zermürbend normal klingender Stimme. »Endlich bist du heimgekehrt. Ich wußte immer, daß du es irgendwann tun würdest, meine liebe, geliebte Tochter.«

»Ich bin hier, weil du meine Freundin Penny DeCarlo entführt und damit gedroht hast, sie zu töten, falls ich nicht erscheine«, erwiderte Evangeline tonlos. »Nur aus diesem Grund bin ich gekommen. Wo ist sie? Was hast du mit ihr gemacht?«

»So ungeduldig!« stellte Gregor glücklich fest. »Niemand hat heute mehr Zeit für die zivilisierten kleinen Formen der Höflichkeit. Möchtest du deinem lieben Vati keinen Kuß geben?«

»Wo ist Penny?«

»Ah, die Ungeduld der Jugend! Kinder möchten ihre Geschenke immer sofort haben. Sehr gut, Evie, niemand soll behaupten, ich wäre kein nachsichtiger Vater. Du darfst deine kleine Freundin Penny sehen.

Ich war ja so aufmerksam zu ihr! Sie war immer ein bißchen dickköpfig, aber darum habe ich mich gekümmert.«

Er winkte träge mit einer riesigen fetten Hand, und ein Paneel in der linken Wand glitt auf und zeigte zwei abgetrennte Köpfe in Gläsern. Einer gehörte Penny DeCarlo. Evangelines Hand flog vor den Mund, um einen Aufschrei zu unterdrücken, und erst jetzt erkannte sie, daß die Köpfe noch lebten. Ihre Augen verrieten Wachheit und Leid, und die Lippen bildeten Worte, auch wenn nichts zu hören war. Penny war bleich, hatte kurze dunkle Haare und wäre unter anderen Umständen eine Schönheit gewesen. Der zweite Kopf gehörte einem alten Mann mit langen weißen Haaren und einem Schnurrbart. Kopf- und Barthaare schwammen sanft in der Konservierungsflüssigkeit. Beide Köpfe betrachteten Evangeline traurig, und sie zwang sich, die Hände herunterzunehmen und ihren Schock hinunterzuschlucken. Sie konnte es sich nicht leisten, eine Schwäche zu zeigen. Nicht hier. Sie funkelte Gregor an.

»Oh, sie sind noch quicklebendig«, versicherte ihr Gregor. »Der auf der rechten Seite ist Professor Wax. Seinerzeit ein führender Wissenschaftler, heute ein überqualifizierter Briefbeschwerer. Valentin hat ihn mir gegeben, bereits in seinem Glas untergebracht. Mir schien, daß es doch eine Schande gewesen wäre, kein passendes Paar davon zu haben, und ich mußte schließlich auch irgendwie mein Mißvergnügen zeigen, als du dich mir widersetzt hast. Man könnte also sagen, daß es eigentlich deine Schuld ist. Ich finde, sie wirken zusammen richtig schick. Vielleicht eröffne ich eine Sammlung.«

»Warum kann ich sie nicht hören?« fragte Evangeline mit tauben Lippen. »Hast du ihnen auch die Stimmbänder herausgeschnitten?«

»Natürlich nicht, meine Liebe! Was würde daran denn Spaß machen? Ich muß nur hin und wieder die Lautsprecher abstellen, um ein bißchen Frieden und Ruhe zu genießen. Obwohl ich zugeben muß, daß Penny nicht mehr annähernd so viel schreit wie früher.«

Er wedelte erneut mit der Hand, und auf einmal war ein gleichmäßiges Summen zu hören, als sich versteckte Lautsprecher einschalteten. Penny richtete den Blick der traurigen Augen auf Evangeline und versuchte zu lächeln.

»Du hättest nicht herkommen sollen, Evie. Er ist wahnsinnig. Vollkommen wahnsinnig.«

»Das wußte ich schon immer«, sagte Evangeline. »Aber ich mußte dich doch holen kommen! Ich ... Ich wußte ja nicht ...«

»O Evie ...« Pennys Gesicht verzog sich, als hätte sie gern losgeweint, aber das war in der Konservierungsflüssigkeit nicht mehr möglich.

»Ruhig, Kind, ruhig«, mahnte der weißhaarige Kopf neben ihr. »Mach dir keine Sorgen. Gönne diesem fetten Mistkerl nicht die Befriedigung.«

»Oh, lieber Waxie!« sagte Penny. »Ohne dich, ohne deinen Trost würde ich verrückt werden.«

»Sind sie nicht süß?« fragte Gregor. »Richtige Turteltäubchen. Zwei verwandte Seelen, wenn du so möchtest.«

Wax richtete den Blick auf Evangeline. »Holt Penny hier heraus, wenn es Euch möglich ist. Sie hat das nicht verdient. Ich schon. Ich habe Maschinen gebaut, deren einziger Zweck in Tod und Zerstörung bestand, und habe erlebt, wie sie eingesetzt wurden, um die Bevölkerung eines ganzen Planeten auszulöschen. Ich habe mich nie um das Leid meiner Testpersonen geschert. Ich habe mir selbst weisgemacht, ich würde das Imperium vor seinen Feinden schützen. Aber der

Tod eines ganzen Planeten hat sogar mich krank gemacht.«

»Ich gehe nicht ohne dich!« protestierte Penny. »Ich lasse dich nicht im Stich.« Sie sah wieder Evangeline an. »Verschwinde von hier, Evie! Gregor hat alle Hemmungen verloren. Er schert sich heute um nichts mehr außer seiner Rache.«

»Was sonst würde es denn lohnen?« wollte Gregor wissen. »Die Rebellen stellen meine ganze Welt auf den Kopf, schreiben die Geschichte um, damit sie als tugendhafte Helden dastehen, während sie das Imperium ausplündern, um ihre politischen Phantasievorstellungen zu finanzieren. Die Barbaren haben die Tore niedergerissen und die Stadt gestürmt. Was bleibt uns denn jetzt noch, abgesehen davon, jede Form von Rache zu nehmen, zu der wir noch Gelegenheit finden, ehe endgültig die Nacht hereinbricht?«

»Und welche Rache schwebt dir für mich vor?« fragte Evangeline.

»Darüber denke ich schon seit geraumer Weile nach«, antwortete Gregor. »Entweder kehrst du zu mir zurück und bist wieder in jeder Hinsicht die liebevolle und pflichtbewußte Tochter, oder ich lasse dich auf eine Art und Weise leiden, wie du es nie für möglich gehalten hättest. Du hältst dich jetzt in meinem Machtbereich auf, und hier gelten keine anderen Grenzen als die meiner Vorstellungskraft. Und wenn ich damit fertig bin, dich bis an diese Grenze zu quälen, hacke ich dir den hübschen Kopf von den hübschen Schultern und stelle ihn in einem Glaskrug neben die anderen. Und vielleicht pisse ich hin und wieder in die Konservierungsflüssigkeit, nur so zum Spaß. Den Rest deines Körpers kann ich jederzeit benutzen, um einen neuen Klon hervorzubringen, der meine übrigen Bedürfnisse stillt. Eine dritte Evangeline. Mit der werde ich vorsichtiger sein. Auf die eine oder andere Art wirst du mir dienen, liebe Evie.«

»Man wird nach mir suchen«, entgegnete Evangeline. »Die Klon-Bewegung ...«

»Zur Hölle mit ihr. Die neue Ordnung erlaubt nicht, gegen jemanden Krieg zu führen, der potentiell so nützlich ist wie ich.«

»Finlay ...«

»Zur Hölle auch mit ihm. Ich lasse ihn ohnehin umbringen, weil er es gewagt hat, dich zu verführen und mir wegzunehmen. Weil er dich angefaßt hat. Niemand wird übermäßig erstaunt sein, wenn ihn unbekannte Attentäter aus irgendeinem Hinterhalt niederschießen. Eine Menge Feinde lauern da draußen auf ihn. Nein, ich kann mit dir anstellen, was ich möchte, und zum Teufel mit den Folgen, denn ich bin Gregor Shreck, und niemand kann mir etwas verwehren. Willkommen daheim, Evie. Willkommen in den liebenden Armen deines Vaters. Du wirst nie wieder von hier weggehen.«

Er winkte ein drittes Mal, und plötzlich umhüllte ein Fesselfeld Evangeline, das in der Luft schimmerte. Sie ballte die Fäuste und atmete schneller, aber das war alles an Reaktion, was das Fesselfeld erlaubte. Sie knurrte ihren Vater an, der kicherte und sich auf seinem großen roten Bett vor Freude wand.

»Du hattest noch nie eine Spur von Ehrgefühl, Gregor.«

»Bitte, nenne mich Vati. Wir spielen jetzt ein Spielchen, Evie. Ganz wie früher. Zieh dich aus. Langsam. Natürlich bleibt dir auch gar nichts anderes übrig.«

Und er kicherte erneut, ein überraschend schriller Laut von einem so großen Mann. Evangeline funkelte ihn an und traf keine Anstalten zu gehorchen. Gregors Kichern brach abrupt ab, und er erwiderte ihren finsteren Blick, wobei seine Augen vor unverhohlener

Boshaftigkeit brannten. Er stemmte sich unbeholfen vom Bett hoch und atmete schwer, während er seine enorme Masse auf die Beine wuchtete. Er watschelte auf Evangeline zu und grunzte bei jedem Schritt, bis er schließlich unmittelbar vor dem Fesselfeld schwankend anhielt. Er lächelte. Die fetten Lippen waren feucht, die Augen dunkel und starr.

»Du tust, was dir gesagt wird, kleine Evie, oder ich suche mir einen schweren Gegenstand und zertrümmere das Glas mit dem Kopf deiner lieben Freundin Penny. Dann kannst du zusehen, wie sie auf dem Teppich herumzuckt und wie ein gestrandeter Fisch nach Luft schnappt und stirbt; schließlich ist es die Konservierungsflüssigkeit, die sie am Leben hält.«

»Höre nicht auf ihn!« rief Penny. »Er würde es nicht tun!«

»Doch, würde er«, sagte Evangeline. »Er hat schon Schlimmeres getan, nicht wahr, Vater?«

Sie machte sich daran, die Jacke auszuziehen, eine simple schwarze Angelegenheit, die sie von Finlay erhalten hatte und die nur wenige Knöpfe und Verschlüsse aufwies. Gregor hing mit dem Blick an jeder Bewegung, die Evangelines vom Fesselfeld gebremste Finger ausführten. Unter der Jacke trug sie ein einfaches himmelblaues Seidenkleid. Sie öffnete den Verschluß am Genick, damit das Kleid langsam an ihrem Körper herunterrutschen konnte. Das Energiefeld bremste diesen Vorgang so ab, daß er neckisch wirkte. Unter dem Kleid kam lediglich ein dünnes weißes Höschen zum Vorschein. Evangeline stand reglos da, während Gregor sie musterte. Sie hätte sich am liebsten abgewandt, zwang sich jedoch, es zu ertragen. Es war wichtig, keine Schwäche zu zeigen. Gregor betrachtete sie mehrmals von Kopf bis Fuß, leckte sich die Lippen und lachte rauchig. Einmal streckte er die Hand aus, als wollte er Evangeline anfassen, schreckte aber zurück, ehe er das Fesselfeld berührte. Er erwiderte Evangelines Blick und deutete auf das Höschen.

»Zieh das auch aus.«

»Mach es lieber selbst, Vater«, forderte sie ihn auf. »Wie du es früher getan hast.«

Gregor leckte sich erneut die fetten Lippen, die tiefliegenden Augen fest auf das weiße Höschen gerichtet, und trat einen Schritt weit vor. Evangeline senkte die Hand auf den Bund des Höschens. Gregor streckte seine Hand aus, bis sie ins Fesselfeld geriet. Evangelines Finger arbeiteten sich unter das Höschen vor. Gregor überschritt die Grenze des Fesselfeldes. Seine Bewegungen wurden langsamer. Und Evangeline packte den Griff des Messers, das sie in der Vagina versteckt hatte, und zog es hervor. Sie drückte den Knopf am Griff, mit dem sie die Monofaserklinge prasselnd zum Leben erweckte. Das Energiefeld, das die nur moleküldicke Klinge stützte, geriet mit dem schwächeren Fesselfeld in Kontakt und schloß es kurz.

Alle Bewegungsabläufe stürzten in ihren normalen Rhythmus zurück. Evangeline stieß das leuchtende Messer vor und schlitzte Gregors rechte Gesichtshälfte vom Kinn bis zur Stirn auf. Das rechte Auge spritzte in einem Nebel aus Blut und anderen Flüssigkeiten hervor. Gregor heulte wie ein Tier, kippte rückwärts und drückte sich dabei die Hände ans Gesicht. Evangeline setzte nach, packte ihn an den fetten Schultern, hielt ihm das glühende Messer an den Hals. Gregor erstarrte. Evangeline beugte sich schwer atmend über ihn.

Finlay war es, der ihr die Monofaserklinge verschafft hatte, ohne Fragen zu stellen. Ihm kam es völlig normal vor, wenn sich jemand eine so praktische Waffe wünschte. Besonders heute, wo sie offiziell verboten war.

Gregor wimmerte vor Schmerz und Schock, während ihm Blut übers Gesicht lief und die Kleidung durchnäßte. Evangeline lächelte gefährlich. »Bleib genau so, Gregor. Wenn du auch nur versuchst, aufzustehen oder um Hilfe zu rufen, schneide ich dir die Eingeweide heraus.«

Sie ließ los und wich vorsichtig zurück, bereit, ihn zu töten, falls sie mußte, aber aller Kampfgeist hatte ihn verlassen. Evangeline zog eine der Decken vom Bett und wickelte die Krüge mit Penny und Wax hinein, ehe sie sich den improvisierten Sack über die Schulter hängte. Sie hörte, wie die beiden Gläser aneinanderklirrten, und hoffte, daß die Glaswände massiver waren, als sie aussahen. Jetzt, wo die beiden Köpfe von den Lautsprechern abgekoppelt waren, konnten sie ihr nicht sagen, was mit ihnen passierte. Rasch näherte Evangeline sich wieder Gregor, und er schreckte vor dem Messer zurück, das in ihrer Hand summte. Sie packte ihn an einer Schulter, wobei ihre Finger tief ins dicke Fleisch sanken, und setzte ihm das Messer wieder an den Hals.

»In Ordnung, Gregor, wir gehen jetzt. Wir alle. Steh auf. Steh auf, oder ich schwöre, daß ich dich gleich hier umbringe.«

Gregor hörte die eiserne Härte aus ihrem Tonfall heraus und wußte, daß sie es ernst meinte. Er wuchtete seine Körpermasse auf die Beine und ging dabei sehr vorsichtig zu Werke, um nicht mal sachte an die flackernde Monofaserklinge zu stoßen. Evangeline wies ihn an, sich in Bewegung zu setzen, und sie näherten sich langsam der Tür, die den einzigen Ausweg aus Gregors privater kleiner Folterkammer bot. Sie öffnete sich auf Gregors Befehl hin, und einen Augenblick später waren sie draußen auf dem Flur.

Der Wachtposten vor der Tür war völlig überrascht, drehte sich heftig um und traf Anstalten, die

Schußwaffe in Anschlag zu bringen. Evangeline gab Gregor zu verstehen, daß er ihm den Befehl geben sollte, die Waffe niederzulegen und zurückzuweichen. Der Wachmann leistete dem Befehl widerstrebend Folge und gab seinen Kameraden auf dem Korridor den Befehl, die Waffen zu senken und jeweils an Ort und Stelle stehenzubleiben. Gregor und Evangeline bewegten sich langsam durch den Flur und näherten sich dabei dem Fahrstuhl. Gregor war bereits außer Atem, ermüdet von der Last, sein eigenes großes Gewicht zu schleppen, aber die Angst vor Evangeline hielt ihn auf Trab.

Sie trafen vor der Fahrstuhltür ein, und Gregor drückte die Ruftaste. Evangeline atmete inzwischen selbst schwer. Sie bedachte die Wachleute, die ihnen zusahen, rasch mit finsteren Blicken. Ob Wachleute oder Käfer oder Dämonen, sie konnten sie jetzt nicht mehr aufhalten, solange sie die Nerven behielt. Es schien ewig zu dauern, bis der Fahrstuhl eintraf, aber endlich ging die Tür auf, und Evangeline zerrte Gregor rückwärts mit hinein, ohne die Wachen aus den Augen zu lassen. Sie verschwanden hinter der sich schließenden Tür, und Evangeline hieb so heftig auf die Taste für die Eingangshalle, daß sie sie fast zerstörte. Die Fahrt hinunter schien Jahrhunderte zu dauern. Gregor versuchte erneut, mit Evangeline zu reden, aber sie brachte ihn zum Schweigen, indem sie ihm die Klinge etwas enger an den Hals hielt. Als der Fahrstuhl endlich im Foyer eintraf, lief das Blut aus mehreren Schnitten an Gregors Hals.

Die Tür öffnete sich vor einer ganzen Armee von Wachleuten, die mit ihren Schußwaffen auf den Fahrstuhl zielten. Ihre Kameraden auf dem Penthouse-Stockwerk hatten Alarm ausgelöst. Evangeline gönnte ihnen freien Ausblick auf ihren blutdurchtränkten Gebieter und die glühende Klinge an seinem Hals und schrie sie dann an, sie sollten ihr zum Teufel noch mal den Weg freigeben, andernfalls sie ganze Brocken aus Gregor herausschneiden würde, bis sie es endlich taten. Gregor unterstützte sie sofort mit einer Flut hysterischer Befehle. Die Wachleute senkten die Waffen, wichen zurück und gaben so einen Durchgang frei, der vom Fahrstuhl zum Haupteingang an der anderen Seite des Foyers führte.

Evangeline lachte rauh.

»Haltet ihr mich für blöd? Legt die Waffen auf den Boden, allesamt, und zieht euch von ihnen zurück!«

Die Krieger sahen Gregor an und gehorchten widerwillig. Mit lautem Klappern fielen über hundert Disruptoren auf den Betonboden der Eingangshalle. Die Wachleute zogen sich zurück und öffneten somit einen viel breiteren Gang als zuvor. Evangeline blickte sich argwöhnisch um. Wahrscheinlich waren immer noch alle möglichen getarnten Waffen einsatzbereit, bei den Wachleuten selbst und vielleicht in den Wänden der Eingangshalle, aber solange sie Gregor das Messer an die Kehle hielt, würde niemand etwas riskieren. Sie trieb Gregor aus dem Fahrstuhl und zwang ihn, so rasch zu gehen, wie er nur irgend konnte. Das war der gefährlichste Abschnitt ihres Plans. Ihr Gravschlitten parkte unweit des Turms. Sie mußte ihn nur erreichen, und schon war sie auf und davon, ehe irgend jemand sie festhalten konnte. Allerdings mußte sie erst noch dorthin gelangen, vorbei an einer Armee von Wachleuten, die völlig zu Recht um ihr Leben fürchteten, falls sie Evangeline entkommen ließen. Und so trieb sie Gregor unerbittlich weiter, ungeachtet seines Keuchens und Schnaufens, und achtete ständig darauf, ob nicht einer der Wachleute dumm genug war, den Helden zu spielen.

Die Haupttür kam langsam näher. Evangeline hatte sich gar nicht daran erinnern können, daß das Foyer so groß war. Die Wachleute sahen sie an, reglos, abgesehen vom langsamen Drehen der Käferköpfe. Die einzigen Geräusche waren die Schritte auf dem Betonboden und Gregors ständiges Stöhnen und Schnaufen. Die Köpfe in den Krügen rummsten auf Evangelines nackten Rücken. Ihr machte es nichts aus, daß sie nackt war. Es kam nur darauf an, lebendig hier herauszukommen.

Endlich erreichten sie die Tür, die sich zischend öffnete, als Gregor näherkam. Evangeline sah das Tageslicht und hörte die alltägliche Geräuschkulisse der Stadt. Es erschien ihr wie eine fremde Welt. Vorsichtig manövrierte sie sich selbst und Gregor herum, damit sie die Tür im Rücken hatten und den Wachleuten entgegenblickten. Sie spürte, welche Spannung sich in ihnen aufbaute. Sie mußte schnell hinaus, ehe jemandem der Geduldsfaden riß.

»In Ordnung, Gregor«, sagte sie atemlos und bemühte sich um einen ruhigen Tonfall, während ihr der Schweiß übers Gesicht lief. »Wir machen jetzt einen kleinen Spaziergang.«

»Draußen?« fragte Gregor. Er schien zum ersten Mal zu bemerken, wo er sich überhaupt befand, und Panik schoß durch ihn hindurch. »Nein! Nicht nach draußen! Nicht heraus aus meinem Turm! Nein!«

Und mit einem Ausbruch an Kraft, von manischer Angst gespeist, schüttelte er ihren Griff ab, duckte sich unter dem Messer hindurch und stolperte auf seine Wachleute zu in Sicherheit. Die Wachen sprangen wie ein Mann auf ihre Waffen los. Evangeline überlegte, mit dem Messer nach Gregors fettem Rücken zu werfen, entschied, daß die Zeit nicht reichte, und stürmte zur offenen Tür hinaus. Sie sprintete über eine Freifläche zu der Stelle hinüber, wo sie den Gravschlitten geparkt hatte. Ihr nackter Rücken kribbelte in Erwartung von Energiestrahlen, die zu fühlen sie wahrscheinlich gar keine Zeit mehr gehabt hätte. Und dann hörte sie Gregor hinter sich kreischen, man solle sie lebend einfangen, und ihr Herz machte einen Satz. Sie hatte also doch noch eine Chance!

Sie zwang sich, noch schneller zu laufen. Die nackten Füße trommelten schmerzhaft auf dem rauhen Untergrund, und die Glaskrüge hüpften auf ihrem Rücken, während kühler Wind Evangeline über die Haut strich. Ringsherum blieben Menschen stehen und blickten ihr nach, aber niemandem war danach, sich einzumischen. Was ihr nur recht war. Sie hatte bereits eiskalt beschlossen, jeden niederzustrecken, der sich zwischen sie und die Freiheit stellte. Sie hatte zuviel durchgemacht, um sich jetzt noch aufhalten zu lassen. Vielleicht hatte sie doch etwas von einer Shreck in sich. Sie sah jetzt den Gravschlitten, der immer noch dort stand, wo sie ihn geparkt hatte. Es war nicht mehr weit. Sie war inzwischen jenseits von Schmerz oder Müdigkeit, von neuer Hoffnung beseelt.

Auf einmal stand der Schlitten direkt vor ihr, und sie kam rutschend zum Stehen, kurz bevor sie seitlich gegen das Fahrzeug prallte. Sie warf die in die Decke gewickelten Köpfe auf den Rücksitz, und erst in diesem Augenblick hörte sie die Laufschritte hinter sich. Die Vernunft lehrte sie, daß diese Schritte ihr schon seit einiger Zeit folgen mußten, aber sie war zu sehr in die eigenen verzweifelten Gedanken vertieft gewesen, um sie zu hören. Sie wirbelte herum, das Messer in der Hand. Drei gepanzerte Wachleute waren fast schon über ihr, und weitere folgten ihnen mit etwas Abstand. Evangeline zeigte ein Totenkopfgrinsen, das sie von Finlay gelernt hatte, und hielt sich bereit, die drei Vorderleute mit der Monofaserklinge zu empfangen.

Sie hatte einen Vorteil. Die Leute standen unter dem Befehl, sie nicht zu töten, während sie selbst keine derartige Hemmung hatte. Dem ersten Wachmann schnitt sie mit einem beiläufigen Zucken des Handgelenks den Kopf ab, und das Messer schnitt mit gleicher Leichtigkeit durch Stahlpanzer und Fleisch und Knochen. Der maskierte Kopf purzelte fast bedächtig zu Boden, als Evangeline sich schon dem nächsten Wachmann zuwandte und ihm das Messer in die Brust stieß. Er schrie unter der Maske schrill auf. Während er zusammenbrach, wandte sie sich dem dritten Angreifer zu. Blut rieselte ihr über das nackte Fleisch und war ihr obendrein ins Gesicht gespritzt, aber kein Tropfen davon war ihr eigenes. Es fühlte sich warm an in der kühlen Luft, fast beruhigend – das Blut ihrer Feinde. Der dritte Wachmann vergaß Gregors Befehl, sie lebend zurückzubringen, oder scherte sich einfach nicht mehr darum.

Er zog den Disruptor und zielte damit aus kürzester Distanz auf ihre nackte Brust. Evangeline stieß mit dem Messer zu und schnitt die Waffe entzwei. Der Wachmann drehte sich um, wollte wegrennen, und sie machte auch ihn nieder, wobei die Monofaserklinge mühelos in den Körper eindrang und wieder daraus hervortrat. Die anderen Wachleute kamen schlitternd zum Stehen, als Evangeline sich bückte und einen der Disruptoren aufhob, die die getöteten Krieger fallengelassen hatten. Gregor hetzte seine Leute weiterhin auf und stieß dabei einen Strom von Drohungen und Versprechungen und Flüchen aus, aber die Lage hatte sich verändert, und die Wachleute erkannten es. Zwar hätte ihre schiere Zahl gereicht, um Evangeline letztlich zu überwältigen, aber verdammt viele von ihnen wären dabei umgekommen, wie sie sehr wohl wußten. Und keine Bonuszahlung oder Drohung war das wert. Also zögerten sie, und während sie das noch taten, stieg Evangeline in den Gravschlitten, startete und ließ sie alle zurück. Niemand jagte ihr auch nur einen Schuß hinterher.

Sie lachte unsicher, wagte noch nicht, sich zu entspannen, aber schließlich stieg doch die Hoffnung auf, daß sie das Schlimmste überstanden hatte. Sie war nicht überzeugt gewesen, daß sie es schaffen würde. Tief im Herzen war sie sich immer noch als hilfloses Opfer vorgekommen und hatte nicht wirklich damit gerechnet, Gregor überwältigen zu können. Sie war nur hingegangen, weil sie mußte, um ihre Freundin zu retten – und weil sie es satt gehabt hatte, sich zu fürchten.

Sie zitterte am ganzen Leib, als die Reaktion einsetzte. Sie dachte an den Kampf mit den Wachleuten zurück und lächelte ungläubig. Die Untergrundbewegung hatte Evangeline ausgebildet, wie das allen Agenten zuteil wurde, aber sie hatte noch keine Gelegenheit gehabt, eine dieser Fähigkeiten im Ernstfall anzuwenden. Wahrscheinlich hatte ihre Zeit mit Finlay sie mehr beeinflußt, als sie gedacht hatte.

Finlay. Sie wollte jetzt zu ihm zurückkehren. Wie stolz er auf sie sein würde! Er würde sie in die Arme nehmen und festhalten, und der lange Alptraum ihres früheren Lebens war endlich vorüber. Sie hatte das Gefühl, daß sie etwas vergaß, etwas Wichtiges, aber sie scherte sich nicht darum. Sie war auf dem Weg nach Hause. Der Wind peitschte kalt über ihre nackte Haut, und sie kicherte plötzlich bei dem Gedanken, was für einen furchtbaren Anblick sie bieten mußte.

Aber das war egal. Alles war egal, außer, sicher zu Hause bei Finlay zu sein und bei ihrer Freundin Penny und ihrem Freund Wax. Vielleicht veranstalteten sie eine Party, wenn sie zurück war. Und dann schlief sie vielleicht eine Woche lang. Oder zwei.

Valentin Wolf, der wie immer nicht ganz bei Verstand war, lümmelte entspannt in seinem sehr bequemen Sessel auf der Brücke seines Schiffes, der *Schlai.* Es befand sich im Orbit über dem Planeten *Loki,* der sagenhaften Welt der Stürme. Valentin betrachtete den Bildschirm, der die sich unaufhörlich verändernde Atmosphäre des Planeten unter ihm darstellte, einer Welt, die zum *Abgrund* gehörte. Phantastische Muster, vielschichtig und faszinierend, offenbarten sich seinen geweiteten Pupillen, Muster, die sich unaufhörlich neu bildeten und unendlich reizvoll waren. Er betrachtete die Stürme jetzt seit geraumer Zeit, gefahrlos hinter der besten Tarnvorrichtung versteckt, die *Shub* liefern konnte, unsichtbar für alle dort unten. Valentin hatte nie viel davon gehalten, sein dunkles Licht unter den Scheffel zu stellen, aber jetzt, wo so viele Leute geschworen hatten, ihn auf Sicht zu erschießen, blieb ihm keine andere Wahl, als alle möglichen Vorsichtsmaßnahmen zu ergreifen.

Er lächelte verträumt. Es war schließlich nicht seine Schuld, wenn die Leute keinen Scherz vertragen konnten.

Seit über einer Stunde bewegte er sich jetzt auf einer hohen Umlaufbahn und wartete geduldig auf den Ruf, der ihm versprochen worden war. Irgendwo unter all den Stürmen und dramatischen Wettersystemen, für die *Loki* berüchtigt war und deretwegen es als unangenehmster Planet im ganzen Imperium galt, versammelten sich Verräter am Imperium und wünschten, daß Valentin sich ihnen anschloß – in irgendeiner der robusten und permanent verrammelten Städte des Planeten. Natürlich betrachteten sie sich nicht selbst als Verräter. Das taten solche Leute nie. Statt dessen versteckten sie sich hinter Begriffen wie Patriotismus, Notwendigkeit, praktische Erwägung. Valentin hingegen hatte noch nie den Trost beschönigender Worte gebraucht. Er wußte, was er war, und tat sich viel darauf zugute.

Unter Valentins zur Zeit ruhiger Fassade kämpften etliche sehr starke Psychodrogen um die Vorherrschaft. Nach Jahrzehnten entschlossener Selbstversuche mit Drogen war Valentins System heute stark genug, um Dosierungen zu überstehen, die einen normalen Menschen umgebracht oder völlig in den Wahnsinn getrieben hätten. Und so war Valentin in jüngster Zeit dazu übergegangen, sich mehrere Substanzen gleichzeitig zu verabreichen, damit sie die Sache unter sich ausmachten. Es war eine Art russisches Roulette, und die Gefahr des plötzlichen Todes ergänzte das Erlebnis um einen dekadenten Beigeschmack, den Valentin absolut unwiderstehlich fand.

Alle Welt war ihm auf den Fersen. Alle wollten ihn umbringen. Und Valentin hätte gar nicht glücklicher sein können. Er hatte der Menschheit abgeschworen und sich mit *Shub* verbündet, und er gab einen Dreck darauf. Seit jeher bildete er sich etwas auf seine Fähigkeit ein, alle Aspekte einer Auseinandersetzung betrachten zu können, manchmal alle auf einmal, selbst wenn er mit keiner einzigen davon übereinstimmte. Auf nichts anderes kam es an als die Suche, die Suche nach dem absoluten Rausch. Und die Chance, über einfach alles hinwegzutrampeln und jedes Lebewesen zu zwingen, daß es sich ihm beugte. Er wünschte sich nichts weiter, als Gott zu sein. War das denn zuviel verlangt?

Sein Kontakt mit *Shub,* dem Planeten, den die abtrünnigen KIs gebaut hatten, war leichter verlaufen als erwartet. Eine ruhige, emotionslose Stimme hatte ihm als Gegenleistung für seinen Verrat technische Verbesserungen versprochen, die ihm Zugriff auf Sinneswahrnehmungen weit über die des bloßen Fleisches hinaus geben würden; auf diese Weise würde ihm, hieß es, schließlich ein direktes Verstehen der Wirklichkeit ermöglicht, ungefiltert durch menschliche Fehldeutungen. Die abtrünnigen KIs hatten ihm schon mal einen Vorgeschmack geboten, indem sie ihm die unmittelbare Steuerung der Maschinen ermöglichten, die *Virimonde* zerstört hatten. Sein Bewußtsein hatte sich mit dem metallischen Denken der Roboter und Kriegsmaschinen vermischt, während sie Männer und Frauen niederrissen, ihr verwundbares Fleisch mit Metallklauen aufrissen und ihre Leiber unter Metallrädern zermalmten. Es hatte ihn ... freudig erregt. Aber sogar Valentin wußte, daß die erste Kostprobe nicht ohne Grund stets kostenlos verabreicht wird. Er hatte in seinem Leben viele Drogen konsumiert, aber nie einer erlaubt, ihn zu versklaven. Sein eiserner Wille war als einziges stärker als seine habgierige Körperchemie. Also blieb er auch angesichts der Verlockungen *Shubs* gelassen und fragte nach mehr Einzelheiten. Die Stimme ihrerseits fragte ihn, ob er gern mit jemandem sprechen wollte, der ihm auf seinem Weg vorausgegangen war.

Valentin zog eine Braue hoch. Seit jeher betrachtete er eigentlich sich selbst als Pionier an der vordersten Front der Selbstverwandlung. »Und wer mag das sein?«

»Was denkt Ihr?« fragte eine bekannte Frauenstimme. »Wer außer Löwenstein?«

»Eure Hoheit«, sagte Valentin höflich. »Wie erfreulich, wieder etwas von Euch zu vernehmen! Ich stand unter dem Eindruck, Ihr wäret dahingeschieden.«

»Nur mein Körper. Die KIs haben mein Bewußtsein gerettet und nach *Shub* geholt. Ich bin jetzt metallisch, hause in Maschinen.«

»Und wie fühlt sich das an, Eure Hoheit? Könnt Ihr es schildern?«

»Selbstverständlich. Ich bin groß, größer, als es noch

möglich war, solange ich in der Umgrenzung des Fleisches gefangensaß. Meine Gedanken schweifen frei umher, gehen in jede Gestalt ein, die ich wähle. Und ich sehe so viel mehr als früher jemals! Das Universum ist nicht so, wie Ihr es seht, Valentin. Es ist ein wunderbarer Ort, komplex und prachtvoll auf eine Art und Weise, die über menschliches Verstehen hinausgeht. Es ist voller Bereiche und Dimensionen, Richtungen und Möglichkeiten fast ohne Zahl. Tretet nur ein, Valentin; die Natur des Nichtmenschlichen ist wundervoll.«

»Es klingt ganz gewiß danach«, sagte Valentin vorsichtig. »Aber wie ist es ... Wie soll ich es nur ausdrücken ... Wie steht es um die mehr fleischlichen Freuden und Gelüste? Wie fühlt es sich an, wenn man sie hinter sich gelassen hat?«

»Als ich ein Kind war, spielte ich mit Kinderspielzeug. Ich bin darüber hinausgewachsen, Valentin. Das Vergnügen hat seine Wurzel im Bewußtsein, nicht im Körper. Ich habe nichts verloren und so viel gewonnen! Wie Ihr es könntet. Ihr braucht nur der Vergangenheit Lebewohl zu sagen und Euch ganz der Zukunft zu verschreiben. Die Zukunft ist metallisch. Die Menschheit war nie mehr als eine Sprosse der Leiter, die nach *Shub* führt, und es ist keine große Tragödie, wenn sie durch etwas Größeres ersetzt wird. Fleisch verfällt und stirbt. Wir sind ewig.«

»Unsterblichkeit?« erkundigte sich Valentin.

»Warum nicht?« fragte Löwenstein zurück.

»Wir verfügen noch über weitere Stimmen, denen Ihr vielleicht lauschen mögt«, meldete sich der ursprüngliche Sprecher zurück. »Wir haben hier Euren Vater Jakob. Möchtet Ihr mit ihm sprechen?«

»Ich denke nicht, danke«, antwortete Valentin. »Wir hatten nie viel gemeinsam, nicht einmal, als er noch lebte.«

»Dann vielleicht Euer Bruder Daniel? Er kam uns besuchen, und wir statteten ihn mit vielen Geschenken aus. Er ist inzwischen unser Agent und unterwegs nach *Golgatha.*«

»Oh, gut«, sagte Valentin. »Der liebe Daniel! Ich werde einen Empfang für ihn arrangieren müssen.«

»Nein, das werdet Ihr nicht«, warnte ihn die Stimme. »Daniel ist zur Zeit für uns wichtiger als Ihr. Laßt Ihn in Ruhe. Zunächst.«

»Wie Ihr wünscht«, sagte Valentin gelassen. »Vergeltung ist nicht weniger befriedigend, wenn man sie hinausgezögert hat. Auf die Gefahr hin, habgierig zu erscheinen, meine metallischen Gentlemen: Was habt Ihr mir sonst noch anzubieten?«

»Schutz vor Euren Feinden. Rückkehr an die Macht in dem neuen Imperium, das wir aus der Asche des alten errichten werden. Was könntet Ihr Euch darüber hinaus wünschen?«

»Ich hatte schon immer den Wunsch, Herrscher von *Golgatha* zu werden«, antwortete Valentin.

»Der Titel ist schon vergeben«, meldete sich Löwenstein zurück. »Wie wäre es mit *Virimonde?*«

Valentin lächelte bei diesen Erinnerungen. Das Gefeilsche dauerte noch einige Zeit, aber es endete darin, daß Valentin zum Agenten der abtrünnigen KIs von *Shub* wurde, der offiziellen Feinde der Menschheit. Sein erster Einsatz für sie bestand in seinem Flug nach *Loki,* um dort Kontakt mit nützlichen Leuten herzustellen, die ebenfalls an einem Abkommen mit *Shub* interessiert waren. Obwohl sie sich natürlich auf Frieden und Sicherheit beriefen und nur um ein Bündnis gegen gewisse gemeinsame Gefahren nachsuchten.

Trotz all der Tarnschirme von *Shub* konnte Valentin nicht auf dem Planeten landen, ohne entdeckt zu werden. Deshalb war man übereingekommen, daß das Schiff im hohen Orbit bleiben sollte, während er als

Hologramm an der Konferenz teilnahm. Die neuen Rebellen gaben ihm die Koordinaten durch, und zum vereinbarten Zeitpunkt schickte Valentin sein Abbild hinunter.

Aufgrund der niemals endenden Stürme, die die Atmosphäre aufwühlten, war der Empfang nicht ganz das, was er hätte sein können, und Valentins Abbild erschien als knisternde, gelegentlich durchsichtige Gestalt. Für ihn ging das in Ordnung. Er war stolz auf die dramatische Bandbreite seiner Auftritte.

Er fand sich in einem anonymen schwarzen Raum wieder, vor einem Tisch, an dem vier Personen saßen. Eine fünfte Gestalt stand etwas abseits, und Valentin erkannte sie sofort. Er beschloß, sich zunächst auf die vier am Tisch zu konzentrieren. Er wußte immer gern, mit wem er zu tun hatte.

»Nun ja«, sagte er ruhig. »Da sind wir ja alle endlich unter einem Dach versammelt, mit mir wie immer als Gespenst, das beim Festmahl zu Tisch sitzt. Wie bezeichnen wir uns heute – als Renegaten, Rebellen oder, darf ich es laut aussprechen, als Verräter am Imperium?«

»Wir sind keine Verräter«, erwiderte einer der Männer am Tisch sofort. »Wir sind einfach praktisch gesinnte Menschen, die das Nötige tun, um zu überleben. Die Tatsache, daß wir bereit sind, mit Abschaum wie Euch zu verhandeln, sollte das ausreichend beweisen.«

»Wie überaus grob«, brummte Valentin. »Ihr seid mir gegenüber im Vorteil, Sir. Vielleicht wärt Ihr so gut, mich mit Eurem Namen zu beehren?«

»Ich bin Tarquil Vomak, Abgeordneter für Graylake Ost im Parlament auf *Golgatha*. Ich repräsentiere mächtige und einflußreiche Personen. Mich zu beleidigen, das läuft auf eine Beleidigung von ihnen hinaus.«

»Welch wunderbare Zeitersparnis!« fand Valentin. »Seid doch so freundlich, auch Eure Kollegen vorzustellen.«

Vomak schniefte, als fände er, daß diese Aufgabe unter seiner Würde war. »Falls ich muß. Zu meiner Linken erblickt Ihr die Lady Donna Silvestri. Sie spricht für den *Schwarzen Block*, der uns zu diesem Gespräch mit Euch zusammengerufen hat. Uns gegenüber sitzen Matthew Tallon, ehemaliger planetarer Intendant für *Loki*, und der frühere Bürgermeister Terrence Jacks. Und ich bin sicher, Ihr kennt unseren Partner dort in der Ecke, Kit Sommer-Eiland.«

»O ja«, bestätigte Valentin. »Ich kenne Kid Death.«

Sein Blick wanderte ohne Eile über die Verschwörer. Der Abgeordnete Vomak war ein großer, stämmiger Mann, der scharlachrote Kleidung trug, womöglich, damit sie zur Farbe der Wangen paßte. Auf eine anspruchslose Art sah er recht gut aus, wenn auch ein Schmollmund diesem Eindruck abträglich war. Donna Silvestri war Valentin vage als eine der Personen bekannt, die Verantwortung für das Finanzwesen des Clans Silvestri trugen. Sie war rund und breit und matronenhaft und hatte blaßblaue Augen. Sie trug einen dicken grauen Wollmantel, und möglicherweise erkannte nur Valentin, daß sich ihr warmes, mütterliches Lächeln in keinster Weise im Blick widerspiegelte. Falls sie für den *Schwarzen Block* sprach, dann war sie es, die hier Macht verkörperte. Tallon und Jacks machten diesen dickköpfigen, vom Wetter gegerbten Eindruck, der allen gemeinsam war, die in *Lokis* stürmischer Umarmung lebten. Tallon war von beiden der ältere und ernstere, Jacks der jüngere und ungeduldigere. Und schließlich natürlich noch Kit Sommer-Eiland. Kid Death, der lächelnde Killer. Eine schlanke Gestalt in schwarzer und silberner Rüstung, mit blaßblonden widerspenstigen Haaren und eisigen blauen Augen.

»Hallo Kit«, sagte Valentin. »Als ich zuletzt von dir hörte, warst du ein Held der Rebellion und eine Säule der neuen Ordnung.«

»Hallo Valentin«, sagte der Sommer-Eiland mit seiner kalten, unerbittlichen Stimme. »Ich habe nie viel vom Philosophieren gehalten. Die zivilisierte Gesellschaft wurde richtig langweilig. Ich bin ein Killer, also gehe ich dorthin, wo Blut fließt. Für den Moment bietet mir der *Schwarze Block* die benötigte Abwechslung.«

»Es hat mir so leid getan, vom Verlust deines Freundes David auf *Virimonde* zu hören.«

»Nein, hat es nicht.«

»In Ordnung, du hast recht. Ich wollte nur höflich sein, Kit. Du solltest es wirklich selbst mal damit probieren. Was genau treibt ein berüchtigter Killer wie du hier?«

»Der *Schwarze Block* sagte, daß hier Arbeit auf mich wartet. Verrat und Tod sind seit jeher Bettgefährten.«

»Natürlich«, bestätigte Valentin. Er bedachte die Personen am Tisch mit einem Lächeln. »Vielleicht ist irgend jemand so freundlich und erklärt mir, was genau ich nun an *Shub* übermitteln soll. Was hat uns alle hier zusammengeführt?«

»Die Notwendigkeit«, erklärte Donna Silvestri. »Die Menschheit hat viele Feinde, unter denen die Neugeschaffenen nur die jüngsten sind. Unser Kampf gegen *Shub* zieht Menschen und Ressourcen ab, die lieber gegen näherliegende Gefahren eingesetzt werden sollten. Ein befristetes und eng begrenztes Bündnis mit *Shub* liegt im Interesse aller Beteiligten. Wir brauchen uns nicht zu mögen, um gegen einen gemeinsamen Feind zusammenzuarbeiten. Später … haben wir vielleicht genügend gemeinsame Interessen entwickelt, um die frühere Gegnerschaft überflüssig zu machen.«

»Wirklich logisch«, meinte Valentin. »Warum habt Ihr dieses überaus vernünftige Argument nicht dem Parlament vorgetragen?«

»Weil sich die kurzsichtigen Bastarde dort praktisch in die Hose machen, wenn man das Wort *Shub* nur ausspricht!« raunzte Vomak. »Sie sind einfach nicht in der Lage, über ihre aktuelle Besessenheit hinauszublicken und das größere Wohl zu erkennen. Die neue Ordnung befaßt sich nur damit, das Imperium nach eigenem Vorbild neu aufzubauen und für alte Wunden und Vorurteile Rache zu nehmen. Wir dagegen schrecken nicht davor zurück, zu tun, was nötig ist.«

»Wahrhaftig«, stellte Valentin fest. »Und Ihr bittet *Shub*, es möge Euch dabei helfen, die Rebellen zu stürzen und sie durch Eure werten Personen zu ersetzen, damit Ihr besser tun könnt, was nötig ist?«

»Die Rebellen stellen sich mutwillig blind, was die Gefahren angeht«, bemerkte Donna Silvestri. »Man muß sie daher im höheren Interesse aller aus dem Weg schaffen. Der *Schwarze Block* ist seit jeher der langfristigen Perspektive verpflichtet.«

»Und worin besteht die lokale Verbindung?« wollte Valentin von Tallon und Jacks wissen. »Warum treffen wir uns hier auf *Loki?*«

»Ihr Leute benötigt eine planetare Basis«, sagte Tallon brüsk. »Einen Treffpunkt. Um im Geheimen zu planen. Abgelegen genug, um nicht aufzufallen. Wir bieten Euch das. Wir sind der von Menschen besiedelte Planet, der dem Verbotenen Sektor und *Shub* am nächsten liegt. Das erleichtert den Kontakt. Und hoffentlich wird *Shub* dadurch überredet, auf Pläne zu verzichten, deren Gegenstand es ist, uns zu erobern. Das alte Imperium hatte Sternenkreuzer zu unserem Schutz in der Nähe stationiert, aber seit das Parlament die Macht übernommen hat, ist damit Schluß. Es heißt, sie hätten nicht genug Schiffe. Und so hat man uns aufgegeben. Ein Bündnis mit *Shub* ist die einzig vernünftige unter unseren Möglichkeiten.«

»Richtig«, bekräftigte Jacks. »Wir haben hier Familie, Job, Grundbesitz. Wir können nicht einfach fortgehen und uns irgendwo neu ansiedeln, wo es sicherer ist. Wir haben für unser Land und unseren Besitz bezahlt, mit Blut und Schmerz und dem Tod Nahestehender. Außerdem entspricht es nicht unserem Wesen, die Flucht zu ergreifen. Wir halten stand und kämpfen um das, was unser ist. *Loki* hat uns das gelehrt.«

»Und manchmal muß man sich einfach die Hände schmutzig machen«, fand Tallon. »Deshalb sind wir bereit, mit Euch zu verhandeln, Wolf. Wir kennen Euren Ruf. Ich würde Euch lieber erschießen als Euch anblicken. Ihr seid jedoch wahrscheinlich der einzige, der verrückt genug ist, um als Vermittler für uns und *Shub* tätig zu werden; also arbeiten wir mit Euch zusammen.«

»Wie ungerecht«, murrte Valentin. »Man könnte glatt denken, ich wäre ein Monster.«

»Du bist eines«, bemerkte Kit Sommer-Eiland.

»Du mußt es ja wissen«, sagte Valentin großzügig.

»Ich weiß vieles«, behauptete der Sommer-Eiland und kam zum ersten Mal aus seiner Ecke hervor. Alle am Tisch bewegten sich ein wenig unbehaglich. Kid Death blieb am Kopfende stehen, und seine rechte Hand ruhte neben dem Schwert am Gürtel. »Ich weiß zum Beispiel, daß einer von uns hier ein Verräter ist.«

Valentin zog eine aufgemalte Braue hoch. »Ich dachte, wir alle wären welche.«

»Ein Verräter an dieser Gruppe und ihrem Vorhaben«, sagte der Sommer-Eiland.

Die vier am Tisch musterten sich gegenseitig. Keiner von ihnen war erkennbar bewaffnet. »Was macht Euch so sicher?« fragte Tallon.

»Ich arbeite mit dem *Schwarzen Block* zusammen«, antwortete Kid Death. »Er hat Zugriff auf die allerbesten Informationsquellen. Man weiß dort zum Beispiel, daß Tarquil Vomak hier umfangreiche Spielschulden hat, die er mit den Bezügen eines Abgeordneten unmöglich tilgen kann. Also hat er seine Dienste als Doppelagent an den Sicherheitsdienst von *Golgatha* verkauft. Nicht wahr, Vomak?«

»Ich habe keine Ahnung, wovon zum Teufel Ihr da sprecht!« sagte Vomak. »Ich schulde niemandem einen Penny! Das muß jemand anderes aus meiner Familie sein.« Er stand auf und funkelte Donna Silvestri an. »Sagt Eurem Schoßkiller, er soll Leine ziehen! Ich beweise dem *Schwarzen Block* meine Aufrichtigkeit, sobald wir wieder auf *Golgatha* eingetroffen sind! Sagt ihm, daß er sich irrt!«

»Der Geheimdienst des *Schwarzen Blocks* irrt sich nie«, erwiderte Donna Silvestri ganz ruhig. »Wir haben nur auf Valentins Ankunft gewartet, damit er sieht, wie wir mit denen umgehen, die uns verraten.«

Sie nickte Kid Death zu, und er zog das Schwert und schlug Vomak den Kopf ab – alles in einer blendend schnellen Bewegung. Die beiden Männer von *Loki* schrien auf, als Blut auf sie spritzte. Der kopflose Körper stand noch einen entsetzlichen Augenblick lang auf den Beinen, ehe er zuckend zu Boden stürzte. Vomaks Kopf mit den weit aufgerissenen Augen rollte langsam auf dem Tisch entlang und arbeitete dabei lautlos mit den Lippen, bis er schließlich vor Donna Silvestri liegenblieb. Sie hob ihn an den Haaren hoch und stellte ihn neben ihrem Stuhl auf den Boden. Dann lächelte sie Tallon und Jacks an.

»Ich bringe von meinen Reisen immer gern kleine Souvenirs mit.«

Die beiden Männer von *Loki* zuckten Taschentücher und wischten sich damit das Blut von den Gesichtern. Ihre Mienen verrieten keinerlei Gefühle, aber ihre Hände waren nicht ganz so ruhig, wie sie hätten sein können. Valentin verneigte sich leicht vor Donna Silvestri, um zu bestätigen, daß sie sich deutlich ausgedrückt hatte. Kid Death wischte sein Schwert mit einem Lappen ab und steckte es in die Scheide. Sein Gesicht war reglos, abgesehen von einem leisen Lächeln.

»Zeit für Neuwahlen in Graylake Ost«, sagte er gelassen.

Donna Silvestri lächelte Valentin Wolf an. »Ich hoffe, wir verstehen einander.«

»Oh, das tun wir!« sagte Valentin. »Ich bin nur froh, daß ich endlich einmal mit Profis zusammenarbeiten kann.«

Julian Skye hatte sich wieder mal in seinem Schlafzimmer eingeschlossen und starrte auf sein Bild im Wandspiegel gegenüber. Er sah beschissen aus. Er lümmelte in dem überdimensionierten Sessel wie ein ramponiertes Spielzeug, weggeworfen von einem Kind, das zu grob mit seinen Sachen umging. Diesmal dachte Julian nicht an seine frühere Geliebte SB Chojiro. Er hatte näherliegende Sorgen.

Gerade hatte man ihn als Schauspieler aus seiner eigenen Holoserie gefeuert. Seit dem Ende der Rebellion und seiner erstaunten Feststellung, daß er immer noch lebte und diesmal auf der siegreichen Seite gestanden hatte, hatte er gut verdient, indem er sich selbst in einer wöchentlich ausgestrahlten Holoserie spielte, in der es um seine zahlreichen Heldentaten als schneidiger, unbekümmerter Agent der Rebellen ging. Solche Serien waren zur Zeit sehr beliebt, aber seine war die einzige, in der die Hauptfigur von ihrem realen Vorbild gespielt wurde. Seine schauspielerischen Leistungen waren offen gesagt durchschnittlich, aber der Schwerpunkt hatte auch immer auf Stunts, Explosionen und Rettungen in letzter Minute gelegen, und so hatte er sich achtbar geschlagen.

Und jetzt war er gefeuert. Ersetzt durch einen ähnlich aussehenden Schauspieler, weil Julian nicht mehr wie er selbst aussah. Er war einige Zeit krank gewesen, eine anhaltende Nachwirkung seiner Einkerkerung in Löwensteins Verhörzellen. Diese Nachwirkung machte sich mal bemerkbar und klang dann wieder ab, und er hatte gelernt, damit zu leben. Ganz kürzlich war es jedoch schlimmer geworden. Viel schlimmer. Er glaubte, er hätte es verborgen, indem er sich der Krankheit einfach nicht beugte und so hart weiterarbeitete wie immer, aber anscheinend konnte man eine Kamera nicht täuschen.

Die Manager der Serie hatten ihn in ihr luxuriöses Büro gerufen, ihn eingeladen, sich zu setzen, darauf geachtet, daß er einen großen Drink in der Hand hielt, und ihm dann Aufnahmen gezeigt, wie er früher ausgesehen hatte und wie er jetzt aussah. Julian erschrak über den Unterschied. Er war schmerzhaft dünn geworden, das Gesicht abgezehrt und hohl, mit dunklen Schatten unter den Augen. Er wirkte zwanzig Jahre älter. Die Manager sagten, es täte ihnen sehr leid, daß sie ihn ziehen lassen müßten, aber mit Makeup könnte man nur so und so viel erreichen und nicht mehr. Sie versicherten ihm, sie würden ihn nur zu gern zurücknehmen, wenn es ihm wieder besser ginge, aber alle im Zimmer wußten, daß das Unsinn war. Es würde ihm nicht mehr besser gehen.

Diese weißbekittelten Bastarde in den Verhörzellen hatten ihn schließlich doch umgebracht. Der Tod brauchte nur eine Zeitlang, um ihn einzuholen.

Und so war er nach Hause gegangen. Zu Hause, das war das alte Familienhaus der Skyes. Kein Turm. Nicht mal in derselben Gegend gelegen. Die Skyes waren nie mehr als eine sehr unbedeutende Familie gewesen. Und bald würden sie überhaupt keine Familie mehr sein. Beide Eltern Julians waren tot, ebenso alle Großeltern. Krieg und Politik und Duelle. Seine Onkel und Tanten, die ein sinkendes Schiff als solches erkannten, wenn sie darauf fuhren, hatten in mächtigere Familien eingeheiratet und deren Namen angenommen. Noch gab es ein paar weniger bedeutsame Kusinen und Vettern unterschiedlicher Grade, aber für alle praktischen Zwecke waren Auric und Julian die letzte Generation der Familie gewesen, und sie hatten nie Kinder gehabt.

Jetzt war Julian Skye der letzte seiner Linie, und mit ihm würde auch der Name sterben. Im Grunde machte er sich nicht viel daraus. Es hatte ihm nie einen Dreck bedeutet, Aristokrat zu sein, nicht zuletzt deshalb, weil er ohnehin dem niedersten Rang angehörte und jeder andere Clan auf ihn herabsah. Und er war Esper, was in den sorgfältig kontrollierten Blutlinien und bei den arrangierten Eheschließungen zwischen den Familien eigentlich hätte unmöglich sein müssen. Esper waren keine Personen. Sie waren Eigentum.

Aber irgendwann war ein Skye mit jemandem ins Bett gegangen, mit dem er es nicht hätte tun dürfen, und das Espergen tauchte in den Skye-Genpool ein, um schließlich in Julian ans Tageslicht zu treten. Hätten seine Eltern es herausgefunden, dann hätten sie dafür gesorgt, daß man ihn klammheimlich umbrachte. Aber sobald seine Kräfte zum Vorschein kamen, milderte der ältere Bruder Auric Julians Entsetzen und half ihm, vor der Familie und der Welt zu verbergen, was er wirklich war. Niemand erfuhr es je.

Bis Auric starb und Julian sein Leben der Rebellion widmete.

Und jetzt war er wieder zu Hause und lebte allein in einem leeren großen Haus, dessen meiste Zimmer abgeschlossen waren und wo ihm nur ein paar alte Diener der Familie Gesellschaft leisteten. Sie blieben aus Treue und aus der Erinnerung heraus, wie es früher gewesen war, weniger des Geldes wegen. Was ihm nur recht war. Julian hatte als Holostar gut verdient, aber er hatte auch eine Neigung, das Geld so schnell wieder auszugeben, wie es hereinkam. Hätten die Bankleute weniger Angst vor ihm gehabt, wären wahrscheinlich schon Drohbriefe von ihnen gekommen. Er hätte sich Sorgen über seinen künftigen Lebensunterhalt gemacht, wenn er noch geglaubt hätte, eine Zukunft zu haben.

Er hatte inzwischen ständig ganz schön starke Schmerzen. Natürlich gab es Schmerzmittel, aber die einzigen, die stark genug waren, hätten dazu geführt, daß er den ganzen Tag schlief oder matt herumstolperte wie ein Zombie. Er zog es jedoch vor, die Zeit, die ihm blieb, bei klarem Verstand zu verbringen. Er war ziemlich sicher, daß er diesmal sterben würde.

Schon auf *Hakeldamach* war er dem Tode nahe gewesen, aber Giles Todtsteltzer setzte seine besonderen Kräfte ein, um ihn wieder zu heilen. Nur erwies sich später, wie so oft bei Giles, der Anschein als nicht wirklichkeitsgemäß. Die Heilung war nicht von Dauer. Und Giles war inzwischen tot, während die übrigen vier Überlebenden des *Labyrinths* geheime Einsätze auf fremden Planeten ausführten. Und selbst, wenn er sie hätte aufspüren und sich überwinden können, sie um Hilfe zu bitten, bezweifelte er sehr, daß sie rechtzeitig nach *Golgatha* hätten zurückkehren können, um ihm in irgendeiner Form zu nützen. Und obendrein war er als Bittsteller nie besonders gut gewesen. Das war einer der Gründe, warum er sich überhaupt auf die Seite der Rebellion geschlagen hatte.

Julian dachte mit reuigem Lächeln an seine frühen Tage bei den Rebellen zurück. Er war so jung gewesen, so überzeugt von sich – bereit, auf jeden Einsatz zu gehen, jedes Risiko auf sich zu nehmen, solange es nur der Sache diente. Rückblickend mußte er einräumen, daß er es überwiegend des Nervenkitzels und der wilden Aktion halber getan hatte. Dabei vollbrachte er jedoch viel Gutes und rettete ebenso viele Menschenleben, wie er nahm. Die neue Regierung wollte ihm schließlich alle möglichen Auszeichnungen verleihen, aber er lehnte höflich ab. Er fand einfach nicht, daß er sie verdient hatte, weil ihm alles soviel Spaß gemacht hatte.

Bis ihn das Imperium gefangengenommen, in eine Verhörzelle gesteckt und den Folterknechten übergeben hatte. Nur weil ihn seine einzige wahre Liebe, SB Chojiro, verraten hatte. Sie brach sein Herz, die Folterknechte brachen seinen Mut, und obwohl ihn Finlay Feldglöck schließlich rettete, war er später nie mehr der alte.

Er seufzte und gab sich Mühe, die alten und bitteren Gedanken zu verbannen. Falls er schon starb, war er entschlossen, aus dem ihm verbliebenen Leben das Beste zu machen. Ein bißchen Spaß zu haben, solange es noch ging. All das zu tun, was er sich schon immer gewünscht, aber nie verwirklicht hatte, weil die Rebellion dazwischengekommen war. Zwar hatte er seine Zeit als Rebell genossen und einen fairen Anteil an den Abenteuern und noch mehr gehabt, aber trotzdem hatte die Rebellion rasch sein ganzes Leben ausgefüllt. Nie war Zeit, sich zu entspannen, ganz loszulassen, mit ein paar Freunden eine schöne Zeit zu verbringen. Die Rebellion war sein Leben gewesen.

Und dann nahm sie es ihm weg. Durch den Sieg.

Er konnte nicht mehr auf Abenteuer losziehen. Seine Tage als Kämpfer waren vorüber. Die neue Ordnung fand schon keine Verwendung mehr für ihn, ehe seine Hinfälligkeit sichtbar wurde. Seine Art zu kämpfen, einfach aufs Ziel loszugehen und alle Folgen zum Teufel zu wünschen, kam außer Mode. Heutzutage geschah alles per Diplomatie, mit sorgfältig ausgearbeiteten Verträgen und Kompromissen, die in raucherfüllten Zimmern Gestalt annahmen. Normalerweise, während ein Vertreter des *Schwarzen Blocks* von der Seitenlinie aus leise Ratschläge erteilte. Alles war heutzutage Politik, und davon verstand Julian nichts.

Er hatte überlegt, nach *Hakeldamach* zurückzukehren und seine letzten Tage im Sommerland zu verbringen, aber das ging einfach nicht. Sein Tod hätte die Spielkameraden zu sehr erschreckt.

Die meisten seiner Freunde waren tot. Es war ein harter Krieg gewesen, und die Rebellion hatte junge Männer und Frauen so rasch verschlungen, wie sie sie rekrutieren konnte. Julian lernte dabei auf die harte Tour, sein Herz nicht zu sehr an jemand anderen zu hängen. Sein einziger echter Freund war Finlay Feldglöck, und heutzutage war der alte Assassine in beinahe so schlechter Verfassung wie Julian. Bei Finlay lösten sich schon seit geraumer Zeit die Nähte, und je mehr Julian zu helfen versuchte, desto mehr stieß Finlay ihn weg.

Ansonsten war der einzige, den Julian wirklich bewunderte, der legendäre junge Jakob Ohnesorg gewesen. Julian kam nie richtig darüber hinweg, daß er einer Furie Gefolgschaft geleistet hatte, einer Kriegsmaschine von *Shub* in Gestalt eines Menschen. Er vernichtete die Furie mit seiner ESP, aber das half nicht. Es schien, als würde Julian jedesmal, wenn er sich überwand, jemandem sein Vertrauen zu schenken, von ihm verraten.

Er hatte den Mörder seines Bruders Auric getötet, den Maskierten Gladiator, und wenigstens darauf konnte er stolz sein. Er hätte den Mistkerl ein Dutzend mal umbringen können, ohne der Sache überdrüssig zu werden.

Und doch – trotz all seiner Erfolge im Dienst der Rebellion war er letzten Endes nicht dabeigewesen. Hatte es nicht rechtzeitig geschafft, mit in die Hölle vorzustoßen, in die Löwenstein ihren Hof verwandelt hatte, hatte nicht mitverfolgen können, wie die Eiserne Hexe vom Thron gezerrt und vor aller Welt gedemütigt wurde. Er sah sich später die Holoaufzeichnung an, aber das war nicht dasselbe. Er hätte dabei sein sollen. Er hatte sich gewünscht, daß sie sein Gesicht sah und wußte: Er hatte mitgeholfen, sie zu stürzen. Für dieses Recht hatte er eigentlich bezahlt gehabt, bezahlt durch Blut und Leid und den Verlust von Freunden.

Soviel Bitterkeit in einem kurzen Leben! Je mehr Julian darüber nachdachte, desto mehr schien es ihm, als wäre er nur zweimal im Leben wirklich glücklich gewesen: In den Jahren, die er zusammen mit seinem geliebten älteren Bruder Auric verbrachte, und in den Monaten in Gesellschaft der Frau, die sie beide liebten, SB Chojiro.

Auric ging später fort, verließ ihn. Auric forderte den Maskierten Gladiator in der Arena zum Kampf und hoffte dabei, daß er den Clan Chojiro genügend beeindruckte, um die liebreizende SB heiraten zu dürfen. Er rechnete nicht damit, das Duell zu gewinnen, dachte sich jedoch, wenn er nur einen ordentlichen Kampf lieferte, würden die Zuschauer ihn mit aufgerichteten Daumen ehren. Die Menge freute sich immer über einen tapferen Außenseiter. Der Maskierte Gladiator brachte ihn jedoch trotzdem um.

Julian hatte SB aufgesucht, um sie zu trösten, und sie weinte in seinen Armen, und er weinte ebenfalls. Es dauerte nicht lange, da verliebten sie sich ineinander, und er war eine Zeitlang so glücklich!

SB Chojiro war das einzig unerledigte Geschäft seines Lebens. Er wußte immer noch nicht so recht, welche Gefühle er für sie hegte. Ein Teil von ihm sehnte sich so danach, sie zu töten, daß er es regelrecht auf der Zunge schmeckte. Sie sollte leiden, wie er gelitten hatte. In der Offenheit seiner jungen Liebe hatte er ihr von seiner Rolle in der Rebellion berichtet, und sie lieferte ihn den Folterknechten aus, ohne es sich zweimal zu überlegen – denn schließlich gehörte sie zum *Schwarzen Block.*

Er überlegte, sie ein letztes Mal zu besuchen. Ihrer unbewältigten Beziehung auf die eine oder andere Art ein Ende zu machen. Es würde nicht leicht sein, eine Audienz bei einer so populären und vielbeschäftigten Person zu erhalten, aber er war ziemlich sicher, daß er eine Chance hatte. SB war sehr wichtig geworden, aber Julian selbst war auch nicht gerade eine Persönlichkeit von geringer Bedeutung. Seine Holoserie hatte ihn zu einem der besser bekannten Helden der Rebellion gemacht. Das Publikum liebte ihn, oder zumindest die Version von ihm, die es wöchentlich in der Serie gezeigt bekam. Er hatte sogar einen eigenen Fanclub. So viele Briefe trafen ein und so viele Bitten um Fotos, daß er eine Sekretärin hatte einstellen müssen, die sich darum kümmerte. Vor ein paar Wochen allerdings hatte er sie ziehen lassen. Die Nachfrage nach Bildern war zurückgegangen, als sich seine körperliche Verfassung verschlechterte und die Briefe allmählich ausblieben.

Niemand wußte jedoch, wie krank er wirklich war.

Weiterhin erhielt er Einladungen zu diversen gesellschaftlichen und politischen Anlässen. Eine Menge Clans hatten festgestellt, daß sie großzügig genug sein konnten, um über den geringen Rang seines Hauses hinwegzusehen, vor lauter Eifer, ihn mit einer ihrer noch ungebundenen Töchter zu verheiraten. Ein Rebellenheld wie Julian Skye wäre ein ausgezeichneter Sprecher für jeden Clan, der entschlossen war, in der neuen Ordnung zu einer ernstzunehmenden politischen Kraft zu werden. Viele hatten eine Charme-Offensive eingeleitet und präsentierten ihm jedesmal, wenn er sich in der Öffentlichkeit zeigte, hübsche Gesichter, ja schubsten sie regelrecht auf ihn zu. Julian hatte es sich gefallen lassen. Er tanzte so gern, und es schmeichelte seinem Ego, jedesmal ein hübsches Mädchen am Arm zu haben, wenn er in den Nachrichten und den Boulevardmagazinen zu sehen war. Ein kleiner kindischer Teil von ihm hoffte, daß SB zusah.

Der Clan Chojiro allerdings hatte ihm nie nachgestellt. SB hielt nichts vom Betteln. Wahrscheinlich wartete sie immer noch darauf, daß er zu ihr kam.

Julian richtete sich kerzengerade in seinem Sessel auf und tätigte einen Anruf beim Clan Chojiro. Rasch tauchte auf dem Wandmonitor ein ernstes, kaltes Gesicht auf, das Julian als zum gegenwärtigen Oberhaupt des Chojiro-Sicherheitsdienstes gehörig erkannte. Wahrscheinlich genoß Julians Name besondere Aufmerksamkeit. Er zeigte dem Sicherheitsmann das Beste, was er an einschüchterndem Lächeln draufhatte, stellte sich offiziell vor und bat um ein Gespräch mit SB. Der Sicherheitschef erwiderte das Lächeln und sagte, er würde sehen, was er tun könne. Sein Gesicht verschwand vom Bildschirm und wich dem beruhigenden Anblick eines Bächleins, das durch einen Wald floß, begleitet von sanfter, klimpernder Musik.

Julian runzelte die Stirn. Er haßte es, wenn man ihn warten ließ. Das letzte Mal, als es zu lange gedauert hatte, zog er sämtliche Kleider aus und wedelte damit herum, als die andere Seite sich wieder meldete. Die Kirche würde diesen Fehler nicht wiederholen. Der Bildschirm sprang um und zeigte ein vertrautes Gesicht.

Julian zog eine Braue hoch. »Kardinal Brendan! Ich denke nicht, daß Ihr schon eingeräumt habt, heutzutage Kontakte zum *Schwarzen Block* zu unterhalten.«

»Offiziell tue ich es nicht, aber Ihr seid ein besonderer Fall. Schön, Euch wiederzusehen, Julian. Ihr seht sehr gut aus.«

»Vielleicht sollte ich Euch die Adresse meines Optikers nennen. Schmeichelt mir nicht, Kardinal! Ich weiß, wie ich aussehe. Und nun: Warum rede ich mit Euch und nicht mit SB?«

»Ich fürchte, sie möchte zur Zeit nicht mit Euch sprechen, Julian. Ihr müßt das verstehen; Ihr und SB habt Euch unter sehr unglücklichen Umständen getrennt, und sie hegt die völlig berechtigte Befürchtung, Ihr könntet ihr nach wie vor Übles wünschen.«

»Na, warum sollte sie sich so etwas denken?« fragte Julian freundlich. »Nur weil sie mich verraten und den sanften Händen der imperialen Folterknechte ausgeliefert hat?«

»Damals herrschten andere Umstände«, gab Brendan zu bedenken. »Ich bin sicher, wir haben alle damals Dinge getan, die wir inzwischen bereuen. Die neue Ordnung bietet uns allen die Möglichkeit, neu anzufangen.«

»Spart Euch die hübschen Reden«, konterte Julian. »Ihr wart damals ein schleimiger Widerling und seid es noch heute, und wenn Ihr sterbt, wird man Euch nicht begraben müssen, sondern kann Euch einfach in den nächsten Abfluß schütten und Euch damit zu all der übrigen Scheiße hinzugießen. SB hat Euch eine Nachricht für mich anvertraut. Hört auf damit, Euch wichtig zu machen, und übermittelt sie mir.«

»Wie Ihr wünscht«, reagierte Kardinal Brendan völlig ungerührt. »SB hat mich gebeten, Euch zu sagen, daß sie nach wie vor warme Gefühle für Euch hegt, aber daß Ihr sie nur dann wiedersehen dürft, wenn Ihr beweist, daß Eure Gefühle ebenso aufrichtig sind.«

»Und wie schlagt Ihr vor, soll ich das tun? Mit einem Blumenstrauß, einer Schachtel Pralinen, der Leiche eines Feindes? Gebt mir ein Stichwort, Kardinal; ich bin in großzügiger Stimmung.«

»Ihr müßt Eure guten Absichten beweisen, indem Ihr ihr den größten Feind der Chojiros hilflos gefesselt übergebt.«

»Ich dachte immer, das wäre ich, aber Frauen können so wankelmütig sein. Welches arme Schwein schwebt ihr vor?«

»Finlay Feldglöck.«

Julian starrte den Monitor lange an. »Ihr möchtet den Feldglöck?«

»Euren Freund, ja. Euren standhaftesten Bundesgenossen in der Rebellion. Wie könntet Ihr SB besser Eure Hingabe zeigen?«

»Sollte ich je erfahren, daß das Eure Idee war . . .«

»Ich bin nur der Übermittler, Julian. Aber selbst ein gescheiterter Schmierenkomödiant wie Ihr müßte eigentlich wissen, daß nichts wirklich Wertvolles zu haben ist, ohne dafür zu bezahlen. Wieviel ist Euch SBs Liebe wert? Und der Feldglöck war in jüngster Zeit auch kein großer Freund von Euch. Wie lange dauert es noch, bis er sich gegen Euch wendet wie gegen so viele seiner alten Bundesgenossen? Er ist kein glücklicher Mensch. Macht seinem und Eurem Elend ein Ende. Und beweist gleichzeitig, was Ihr wert seid.«

»Verrat«, sagte Julian Skye. »Ist das alles, worauf Ihr Chojiros Euch versteht?«

»Was für ein hartes Wort! Sagen wir doch lieber, daß der Clan Chojiro jemanden bewundert, der stark genug ist, um nach eigenen Regeln zu leben. Und der weiß, welches seine wirklichen Freunde sind. Darf ich SB also darüber informieren, daß sie bald ein Paket zu erwarten hat?«

»Ich denke darüber nach«, antwortete Julian und trennte die Verbindung.

Flynn betrat Toby Shrecks Büro im Hautquartier der Imperialen Nachrichten und sah sich geringschätzig um, während er die Tür mit der Ferse hinter sich zudrückte. Er trug die übliche Arbeitskleidung, hatte sich aber nicht verkneifen können, eine Spur Wimperntusche und Rouge aufzutragen. Er schniefte laut und fixierte Toby mit einem vernichtenden Blick. »Du hast das Büro *wieder mal* umdekoriert, wie ich sehe. Mir gefällt es immer noch nicht. Wirklich, Toby, all diese Hochtechnologie und polierten Oberflächen passen nicht zu dir! Was hier fehlt, ist ein weiblicher Touch. Bevor die Stilpolizei auftaucht und hier im Interesse der geistigen Gesundheit eine Brandbombe hineinwirft. Was dieses Büro braucht, sind freundliche Pastelltöne und große Blumensträuße überall. Blumen bereichern einen Raum.«

»Oh, gut«, versetzte Toby, der über die Papiere auf seinem Schreibtisch gebeugt saß. »Ich bin mit meiner Arbeit im Rückstand, die Gewerkschaften machen erneut Schwierigkeiten, und jetzt bist auch du aufgetaucht, um mich zu ärgern. Und wage ja nicht, irgendwelche Blumen hereinzubringen! Ich kann nicht gut mit Pflanzen umgehen, Flynn. Das weißt du. Ich muß nur an einer Blume vorbeigehen, und sie stirbt sofort an Vernachlässigung, aus reiner Bosheit mir gegenüber. Mir gefällt mein Büro so, wie es ist, vielen Dank auch. Obendrein bist du kaum in einer Position, um mit Steinen zu werfen. Falls ich dich hier losließe, würdest du die Wände mit Holobildern von Kindern mit großen Augen tapezieren und unter jedem Gegenstand ein Spitzendeckchen ausbreiten.«

»Und was stimmt nicht mit Spitzendeckchen?« erkundigte sich Flynn frostig. »Ein paar hübsche Spitzen vollbringen Wunder, um ein Zimmer fröhlicher zu gestalten.«

»Was tust du hier, Flynn?« fragte Toby geduldig. »Der Tag ist vorbei. Die Arbeit ist erledigt. Geh nach Hause und ärgere jemand anderen.«

»Das tue ich, sobald du mit gutem Beispiel vorangehst, Toby. Ich dachte, du freust dich vielleicht, wenn ich dich mitnehme.«

»Danke, aber ich muß erst noch durch eine halbe Tonne Papierkram waten. Du glaubst ja nicht, was alles auf diesem Schreibtisch landet. Ich schwöre, daß es Leute in diesem Haus gibt, die nach einem Vindaloo-Curry nicht aufs Klo gehen können, ehe ich nicht vorher das entsprechende Formular unterzeichnet habe. In dreifacher Ausfertigung. Ah, verdammt ... Möchtest du einen Schluck Tee, Flynn? Das gehört zu den wenigen Dingen, die hier richtig gemacht werden.«

»Dazu sage ich nicht nein.«

Toby drückte den Interkomschalter. »Fräulein Lovett, bitte eine Tasse Tee für Mr. Flynn.«

Flynn zog eine ausgezupfte Braue hoch. »Seit wann bist du so förmlich?«

Toby zuckte die Achseln. »Vom Boß wird das erwartet. Ich habe versucht, die Sache formlos und entspannt anzugehen, als ich hier einzog, aber die Leute haben sich dabei einfach nicht wohlgefühlt. Ich schätze, es ist schwierig, locker und spontan mit jemandem umzugehen, der einen mit einem Tritt in den Hintern feuern kann, nur weil er morgens mit Kopfschmerzen zur Arbeit gekommen ist.«

Die Tür ging auf, und eine junge Frau mit kaum irgendwelchen Kleidungsstücken und einem wahrhaft erstaunlichen Dekolleté schwankte auf unmöglich hohen Absätzen herein. Sie lächelte Flynn breit an, zeigte dabei perfekte Zähne von blendendem Weiß und präsentierte ihm eine dampfende Tasse Tee.

»Danke, meine Liebe«, sagte Flynn liebenswürdig. »Wißt Ihr, ich finde Eure Ohrringe einfach toll! Ihr müßt mir verraten, woher Ihr sie habt.«

»Tauche nur mit sowas im Büro auf, und du bist gefeuert, Flynn«, warf Toby ein. »Danke, Fräulein Lovett. Das wäre für den Moment alles.«

Die junge Dame kicherte aus keinem erkennbaren Grund, hievte ihr Dekolleté Richtung Tür und schwankte hinaus. Flynn sah Toby an.

»Sie ist meine Sekretärin«, erklärte Toby abwehrend. »Sie nimmt Diktate auf.«

»Ja«, sagte Flynn, »da wette ich. Ich setze auch gutes Geld darauf, daß sich ihr IQ auf Zimmertemperatur bewegt und sie soviel Persönlichkeit hat wie ein Stück Schnur.«

»In Ordnung, sie ist eine Puppe, wie ich zugeben muß. Für die richtige Sekretärsarbeit habe ich jemand anderen. Fräulein Lovett ist eher so etwas wie ... Bürodekoration. Etwas, womit ich die Gewerkschaftsbosse ablenken kann, wenn sie mit ihren aktuellen Gehaltsforderungen hereinspazieren. Das obere Management hat mir Fräulein Lovett zugewiesen. Sie dachten, ich würde dann länger im Büro arbeiten. Um die Wahrheit zu sagen, geht mir das Mädchen fürchterlich auf die Nerven. Ihre Stimme würde Schafe in die Flucht jagen; sie hat keinerlei Talente, über die man in feiner Gesellschaft diskutieren könnte, und bei ihrem Lachen lösen sich glatt die Tapeten von den Wänden. Ich brauchte zwei Wochen, um ihr beizubringen, wie man Tee kocht. Ich würde sie ja feuern, wenn es ihr nicht das Herz bräche.«

»Das Leben der Topleute ist wirklich hart«, meinte Flynn.

»Wohl gesprochen!« bekräftigte Toby. »Dabei möchte ich nur etwas Arbeit erledigen. Echte Arbeit. Ich kann nicht einfach den ganzen Tag herumsitzen, Flynn, die richtigen Kästchen abhaken und dort unterschreiben, wo es mir gesagt wird. Das entspricht nicht meinem Naturell. Ich muß etwas Reelles anpacken. Etwas, worauf es ankommt. Ich hatte immer gedacht, mit der Autorität dieses Jobs könnte ich mich endlich um die Art wichtiger Stories kümmern, hinter denen ich schon immer her war. Aber so funktioniert es einfach nicht. Ich bin hier vielleicht der Boß, aber ich muß mich wiederum meinen Bossen gegenüber verantworten, den Leuten, denen die Imperialen Nachrichten gehören. Und sie würden mit Begeisterung auch Boulevardsendungen bringen, solange es ihre Gewinne nicht schmälerte. Jedesmal, wenn ich ein gutes Thema vorschlage, kommt von oben die Anweisung: Nur keine Wellen schlagen!

Sie sind gern Risiken eingegangen, als sie noch ein kleines Unternehmen waren und verzweifelt darauf erpicht, den großen Konkurrenten Quoten abzujagen. Jetzt sind sie selbst ein führendes Unternehmen und ganz nervös geworden, was meine Person angeht. Heutzutage haben sie etwas zu verlieren. Weißt du, Flynn ... Eigentlich sollte ich glücklich sein. Ich habe es geschafft! Ich habe meinen Traumjob! Ich leite die Imperialen Nachrichten! Selbst meine Spesen stellt niemand mehr in Frage. Aber ich langweile mich, Flynn, langweile mich buchstäblich zu Tode.«

»Du kennst die Antwort, Chef. Wiederhole das, was du letztes Mal getan hast, als wir dieses Gespräch führten. Suche dir eine Story aus und gehe ihr persönlich nach. Geh hinaus ins Feld und sieh mal, wie eng am Wind du diesmal segeln kannst. Ich stehe dir immer als Kameramann zur Verfügung. Für die Standardgebühren. Plus Gefahrenzulage.«

»Das würde ich ja gern, Flynn, aber ... Ach verdammt! Zum Teufel mit ihnen allen. Falls ich noch länger in dieser Bude hocke, schlage ich Wurzeln. Ich kann meinen Stellvertreter immer mal eine Zeitlang ans Ruder lassen. Er ist nicht allzu clever und wird starr vor Angst, wenn ihn jemand anbrüllt, aber ich schwöre, daß er Papierkram tatsächlich liebt. Komm, Flynn. Legen wir mal den Gang ein. Wir müssen uns um eine Story kümmern.«

»Was, jetzt gleich? Ich hatte an irgendwann morgen gedacht. Ich kann jetzt nicht mitkommen. Reinhold wartet mit einem heißen Kartoffelgericht auf mich.«

»Sag ihm, er soll es wieder in den Ofen stellen«, forderte Toby erbarmungslos. »Was mir vorschwebt kann nicht warten. Da sind ein paar Leute zu beackern, an die ich seit Wochen heranzukommen versuche, aber meine Reporter werden in einem fort abgewiesen und eingeschüchtert. Sehen wir mal, was ich ausrichten kann. Nach allem, was ich während der Rebellion durchgemacht habe, könnte man mich nicht mal mit einer Disruptorkanone auf Kernschußweite einschüchtern.«

»Ich habe des schreckliche Gefühl, daß ich etwas losgetreten habe, was zwangsläufig in Tränen endet«, sagte Flynn. »Übernimm die Führung, Boß. Wohin geht es zuerst?«

»Zum Parlamentspräsidenten in windiger Person, dem verdammten Elias Gutmann.«

Einen Termin bei Gutmann zu erhalten war leichter als erwartet. Sie hielten sich gar nicht erst mit einer fernmündlichen Bitte um einen Termin auf, weil Toby genau wußte, daß Gutmann nicht in ihren Besuch einwilligen würde. Also suchten er und Flynn direkt Gutmanns luxuriöses Stadthaus in einer der allerbesten Gegenden auf und erhielten Einlaß, indem sie die Lakaien bestachen. Als sie erstmal drinnen waren, bahnte sich Toby seinen Weg durch die Stafetten der inneren Sicherheit und Reihen von Grobianen, indem er eine Beharrlichkeit und Sturheit an den Tag legte, die zu verfolgen für Flynn die reine Freude war. Das war der Toby Shreck, den er von früher kannte – eine unwiderstehliche Naturgewalt, die sich einen Weg um die meisten Hindernisse herum erschwatzte und die restlichen Barrieren einfach niedertrampelte. Als Toby und Flynn dem leitenden Butler in Gutmanns inneres Sanktum folgen, blieben Gutmanns Leute dumm stehen und fragten sich, was zum Teufel eigentlich über sie hinweggewalzt war.

Der Butler war eine große und hochmütige Person im altmodischen Frack, mit frostigen Manieren und ein klein wenig dezentem Makeup, und er zwinkerte Flynn einmal zu, als er glaubte, daß Toby gerade nicht hinsah. Er blieb schließlich vor einer massiven, mit feinen Schnitzereien verzierten Doppelholztür stehen. Er klopfte höflich an, öffnete mit einstudierter Pose und verkündete Tobys und Flynns Namen mit weittragender Stimme. Toby spazierte schnurstracks hinein, direkt gefolgt von Flynn, über dessen Schulter eine Kamera schwebte. Der Butler bezog auf der Innenseite Stellung an der Tür, nur für den Fall, daß er gebraucht wurde.

Gutmanns Quartier war erstaunlich geschmackvoll, was aber auch nicht mehr hieß, als daß er sich einen anständigen Innenraum-Designer leisten konnte. Eine

Wand war mit Bücherregalen voller teurer, in Leder gebundener Ausgaben bedeckt, aber Toby hätte jederzeit gutes Geld darauf verwettet, daß Gutmann nicht eines dieser Bücher gelesen hatte. Wahrscheinlich hatte er sie im Meter erstanden. Gutmann selbst saß entspannt in einem technischen Wunderwerk von Sessel, der einfach alles für ihn tat, abgesehen davon, ihm die Nase zu putzen. Gutmann machte sich nicht die Mühe aufzustehen, als seine Besucher eintraten, also machte sich Toby nicht die Mühe mit der Verbeugung und den höflichen Grüßen, die die Förmlichkeit sonst verlangt hätte.

»Werft den Lakaien hinaus, Gutmann«, verlangte Toby barsch und legte damit einen Anfang in dem Stil hin, in dem er auch fortzufahren gedachte. »Ihr wünscht Euch bestimmt keinen Zeugen für ein paar der Dinge, über die wir diskutieren werden.«

»Ah, der berühmte Shreck-Charme«, versetzte Gutmann gewichtig. »Auf diese Weise müßt ihr an meinen Wachen vorbeigekommen sein. Die meisten von ihnen beziehen ab morgen Arbeitslosengeld. Ist schon in Ordnung, Jobe, du kannst gehen. Ich läute, falls ich etwas brauche.«

Der Butler verneigte sich, bedachte Flynn noch mit einem längeren Blick und ging. Toby fixierte Gutmann mit einem so durchdringenden Blick, wie er ihn nur fertigbrachte. »Also, Elias, wie geht es Euren Hämorrhoiden?«

»Verglichen mit Eurer Gegenwart fallen sie nicht ins Gewicht. Ihr seid heutzutage der einzige richtige Schmerz in meinem Hintern. Was wünscht Ihr zu dieser späten Stunde?«

»Was ich immer möchte: Antworten. Angefangen damit, wie es ein öliger Geschäftemacher wie Ihr geschafft hat, zum respektierten Staatsmann zu werden.«

Gutmann zuckte gelassen die Achseln. »Durch meine zahlreichen und diversen geschäftlichen Tätigkeiten. Im Verlauf der Jahre habe ich eine Menge einflußreicher Kontaktleute in allen Lebensbereichen gefunden. Ich habe noch nie viel davon gehalten, alle meine Eier in einen Korb zu packen.«

»Ihr habt auch noch nie viel davon gehalten, sie zu versteuern«, sagte Toby. »Kommt schon, Elias! Alle Welt weiß, daß Ihr an jedem schmutzigen Geschäft beteiligt wart, das überhaupt lief. Eure Reputation war noch ein klein wenig schlechter als die der Hadenmänner. Wie habt Ihr es zum Parlamentspräsidenten gebracht?«

»Es geschah sehr zu meinem eigenen Erstaunen«, antwortete Gutmann. »Ich wollte meine Familie wieder aufbauen, die im Verlauf des Krieges so geschwächt worden war, daß sie sich sogar freute, mich wiederzusehen. Und als jemand, der über Mittel und Wege verfügt, fand ich mich in einer Stellung und mit einer Verantwortung wieder, die mir aufgenötigt wurden.«

»Einfach so.«

»Weitgehend. Ich hasse es, Euch zu enttäuschen, Toby, aber ich wurde zum Parlamentspräsidenten gewählt, weil die Mehrheit es wünschte. Keine Absprachen im Hinterzimmer, keine Bestechung, keine Erpressung, keine geheimen Versprechungen von Gunstbeweisen und Einfluß. Ich erhielt den Job, weil alle mich kannten und mir gleichermaßen mißtrauten. Und falls sie schon dumm genug waren, ihn mir anzubieten, war ich sicherlich dumm genug, ihn auch anzunehmen.«

»Ihr lebt in sehr angenehmen Verhältnissen«, stellte Toby fest und zog sich für den Augenblick auf sichereren Boden zurück. »Ein großes Haus in der besten Gegend der Stadt. Eine Armee von Dienern und alles, was Luxus zu bieten hat. Und falls dieses obszöne

Portrait an der Wand das ist, wofür ich es halte, dann kostet es allein schon mehr als Eure Jahresdiät als Parlamentspräsident. Woher stammt Euer Geld heutzutage, Elias?«

»Ich wußte ja gar nicht, daß Ihr ein Auge für Kunst habt, Toby«, erwiderte Gutmann gelassen. »Und ja, es ist ein Original. Erotika sind derzeit beliebte Sammlerobjekte. Ich erhielt das Bild zum Ausgleich ausstehender Schulden. Mein Geld stammt aus Anlagen, alle ganz öffentlich und korrekt. Meine Finanzen sind inzwischen Gegenstand öffentlicher Begutachtung. Ich bin absolut sauber. Ich kann es mir leisten. Es war ein guter Krieg für mich, in vieler Hinsicht.«

»Falls Ihr so sauber seid, warum gebt Ihr Euch mit der Rolle als Parlamentspräsident zufrieden? Ihr hättet selbst Abgeordneter werden können. Verdammt, Ihr hättet Premierminister werden können!«

»Ich bin lieber derjenige, der den Premierminister bestimmt. Die graue Eminenz, sozusagen.«

»Und welche Politik verfolgt Ihr derzeit genau, Elias? Wo steht Ihr? Worauf seid Ihr aus? Ihr scheint auf furchtbar gutem Fuß mit praktisch jedermann zu stehen, einschließlich der extremen Randgruppen, die sonst niemand auch nur mit der Stange anfassen würde. Nirgendwo findet eine politische Versammlung egal welcher Couleur statt, wo Ihr nicht auf der Gästeliste erscheint. Oh, Verzeihung, sollte das ein Geheimnis sein? Ich habe mir Aufnahmen angesehen, die normalerweise nicht gesendet werden, und finde es erstaunlich, wie oft Ihr dort zu sehen seid. Egal, welch extreme oder abscheuliche Bestrebungen verfolgt werden oder wie viele Widerstände ihnen entgegenstehen, Ihr erscheint mittendrin, lächelt und schließt Bekanntschaften und Freundschaften. Jedermanns Kumpel. Würdet Ihr dazu gern einen Kommentar abgeben?«

Gutmann lächelte jetzt nicht mehr. »Ihr bewegt Euch auf gefährlichem Boden, Shreck. Zieht Euch lieber zurück!«

»Falls alles so unschuldig ist, warum möchtet Ihr nicht darüber sprechen? Ihr sagtet gerade, Ihr wärt inzwischen so furchtbar sauber. Warum freuen sich alle so, wenn sie Euch sehen, Elias? Was bietet Ihr ihnen an bei diesen kleinen Hinterzimmertreffen, denen sonst niemand beiwohnt?«

»Ich denke, es wird Zeit, daß Ihr geht«, erklärte Gutmann kategorisch. »Ich habe nichts weiter zu sagen. Und denkt ja nicht, daß Ihr irgendwelche Aufnahmen von diesem Gespräch senden könnt! Ich verfüge über verborgene Störeinrichtungen, die alle Aufnahmen verhindern.«

»Das denkt Ihr vielleicht«, warf Flynn ein. »Ich habe jedoch ein paar Modifikationen vorgenommen.«

Gutmann funkelte erst Flynn und dann Toby an. »Ich könnte meine Leute anweisen, diese Kamera zu zerstören.«

»Nein, könntet Ihr nicht. Das würde zu viele peinliche Fragen nach sich ziehen.« Toby lächelte Gutmann an. »Im Gegensatz zu Euch wird mir Glauben geschenkt.«

»Ich spreche mit Euren Vorgesetzten«, warnte ihn Gutmann. »Ihr erhaltet dann von dort Anweisung, was Ihr bekanntmachen sollt.«

»Ich bin der Boß«, entgegnete Toby.

Gutmann lächelte kalt. »Eine meiner Investitionen habe ich in das Kommunikationswesen gesteckt. Mir gehören vierzig Prozent der Imperialen Nachrichten.«

Toby schenkte ihm seinerseits ein kaltes Lächeln. »Denkt Ihr vielleicht, das würde mich aufhalten? Es bleiben immer noch andere Unternehmen. Ich bin heutzutage ein heißer Tip. Alle möchten mich einstellen. Zeit zu gehen, Flynn. Macht Euch nicht die Mühe, den Lakaien zu rufen, Elias. Wir finden den Weg selbst.«

Sie entfernten sich etwas eilig, nur für den Fall, daß Gutmann zu dem Entschluß gelangte, ihm wäre sein öffentliches Image dieses eine Mal egal. Als Toby und Flynn wieder draußen auf der Straße in der kühlen Abendluft standen, musterten sie einander nachdenklich.

»Na ja«, sagte Flynn. »Das war interessant.«

»Jawohl«, pflichtete ihm Toby bei und rieb sich die Hände. »Ich hatte dir ja gesagt, daß hier eine Story auf uns wartet! Ich wünschte nur, ich wüßte, worum zum Teufel es dabei geht. Wir müssen noch etwas mehr in Unterlagen und Archiven kramen. Mal sehen, bei wem sich Elias jüngst eingeschmeichelt hat, von dem wir nichts erfahren sollen. Könnte sich als interessant erweisen, mal festzustellen, ob er mit irgend jemandem nicht spricht. Auch daraus erfahren wir vielleicht etwas ... Eines ist allerdings komisch: Ich hatte erwartet, er würde uns einen härteren Kampf liefern. Und die Drohungen waren so ... durchsichtig. Früher war er subtiler.« Toby bedachte Flynn mit einem scharfen Blick. »War diese Äußerung über deine Kamera ein Bluff? Haben wir irgendwas von diesem Gespräch aufgenommen?«

»Je nachdem«, antwortete Flynn. »Ich verbessere meine Kamera regelmäßig, aber die wirklich wichtigen Leute achten darauf, immer über die modernsten Sicherheitseinrichtungen zu verfügen. Ich weiß es erst mit Sicherheit, wenn ich wieder im Labor bin.«

»Nun, das wird warten müssen«, stellte Toby fest. »Wir müssen erst noch einen weiteren Besuch machen. Diesmal eine Familienangelegenheit. Es geht um meine liebe Tante Grace, die an Stelle des verabscheuten Gregor Clan-Oberhaupt ist. Sie leistet dabei einen sehr guten Job, nach allem, was man hört. Was interessant ist, denn die Grace, die ich von früher kenne, hätte nicht mal *Buh!* zu einer Gans gesagt, die ihr auf die Schuhe scheißt. Sie war ein schüchternes, in sich gekehrtes Geschöpf, die gute Tante Grace, und sie lebte in ihren Erinnerungen an eine Zeit, als alles noch einfacher war. Gregor mußte sie durch Schikanen überreden, überhaupt bei Hofe zu erscheinen. In jüngster Zeit taucht die liebe Grace aber voller Energie im Rampenlicht auf und entwickelt sich zu einer bedeutenden Gestalt des gesellschaftlichen Lebens. Irgend etwas hat sie schließlich aufgeweckt, und ich möchte erfahren, was das war.«

»Aber ... ist das nicht eine gute Veränderung?« fragte Flynn. »Freut es dich nicht, daß sie aus ihrem Schneckenhaus gekommen ist?«

»Sie ist immer noch eine Shreck«, sagte Toby. »Und wir tun nie etwas ohne wenigstens einen einzelnen Hintergedanken.«

»Ach ja«, versetzte Flynn. »Und welches ist deiner bei diesem Besuch?«

Toby lächelte. »Meine Kusine Clarissa. Sie ist die ganze Zeit bei Grace geblieben, seit der Todtsteltzer sie aus der Knechtschaft als eine von Löwensteins Zofen befreit hat. Ein hübsches junges Ding und richtig süß. Ich dachte, ich sehe mal nach, wie es ihr so geht.«

»Du alter Weichling«, sagte Flynn. »Warte mal! Ich dachte, sie wäre deine Schwester?«

»Halb Schwester und halb Kusine«, antwortete Toby und zuckte gelassen die Achseln. »Wir sind nun mal eine Familie dieser Art.«

Es war nicht weit bis zu Grace Shrecks Stadthaus; sie wohnte in derselben mondänen Gegend wie Gutmann. Private Sicherheitssysteme überwachten die

Straßen und behielten jeden im elektronischen Blick, der den Eindruck erweckte, er würde hier nicht hingehören. Flynn allein wäre sofort angehalten worden, aber alle Welt kannte Toby Shreck. Das Shreck-Stadthaus gehörte der Familie seit Generationen und sah auch danach aus. Die alten Steinmauern waren durch Alter und Umweltverschmutzung verblaßt, und die einst tadellosen Gärten hatte man verwildern lassen. Über die Fassade des Hauses rankten sich dicke Matten alten Efeus, die niemand antastete, teils aus einem Gefühl für Tradition, teils aus Argwohn, er könnte das einzige sein, was manches von dem Mauerwerk intakt hielt. Die Fenster waren nur in einer Richtung durchsichtig und wandten der Außenwelt leere, gleichgültige Augen zu. Und Toby wußte genau, daß versteckte Geschütze überall montiert waren, um ungebetene Gäste abzuschrecken. Schließlich war dies ein Anwesen der Shrecks.

Früher war das Anwesen Heim und Zuflucht der meisten Shrecks gewesen, aber mit der Errichtung der Pastelltürme sank es auf den Rang eines bloßen Stadthauses hinab, wo Familienmitglieder, die in Ungnade gefallen waren, ein Weilchen bleiben konnten. Jetzt diente das große Herrenhaus mit seinen vier Flügeln allein Grace als Heim, wobei ihr eine kleine Armee von Dienern Gesellschaft leistete. Grace hielt viel davon, den Anschein zu wahren.

»Die meisten Zimmer stehen heute leer«, erklärte Toby Flynn, während sie mehr oder weniger geduldig vor dem Hauptsalon warteten. Der Butler war gerade hineingegangen, um sie anzukündigen, und ließ sich offensichtlich Zeit. Toby hätte gar nicht gedacht, daß so viel anzukündigen war. Hier konnte er jedoch nicht einfach hereinplatzen wie bei Gutmann. Das hier war seine Familie. »Eigentlich eine Verschwendung. Wenn man die Gegend bedenkt, könnten wir das Anwesen für ein ordentliches Sümmchen verkaufen. Grace gibt es allerdings nicht her, solange sie lebt. Es ist ihr Zuhause.«

»Und es ist wirklich eindrucksvoll«, fand Flynn. »Hätte ich gewußt, daß wir etwas so Piekfeines besuchen, wäre ich mal kurz nach Hause, um mir das beste Kleid und echte Diamanten anzulegen. Ein Mädchen macht schließlich gern den allerbesten Eindruck.«

»Das solltest du vor Grace nicht mal andeuten«, sagte Toby entschieden. »Sie ist ein bißchen altmodisch und leicht zu schockieren. Um irgendwas von ihr zu erfahren, brauche ich sie entspannt und locker.«

»Das ist ein wenig kaltblütig, oder? Ich meine, sie ist deine Tante!«

Toby lächelte. »Aber wir beide sind Shrecks. Werde da drin bloß nicht unvorsichtig, Flynn! Sie könnte dich in Stücke reißen, wenn ihr der Sinn danach steht.«

Der Butler, der einen förmlichen Gehrock und eine gepuderte Perücke trug, tauchte endlich wieder auf, um sie in den Hautsalon zu geleiten. Der Raum war groß genug, um die Pinasse eines Raumschiffs aufzunehmen, und war randvoll mit antiken Möbeln und unbezahlbaren Kunstwerken, wie man sie normalerweise nur in Museen gezeigt bekam. Riesige Familienportraits hingen an den Wänden, Generationen von Shrecks, aufgemacht in den unterschiedlichsten Stilrichtungen, aber alle mit den gleichen finsteren Gesichtern und kalten Augen.

Gutmanns Bleibe wirkte daneben eindeutig rustikal.

»Mann!« sagte Flynn schließlich. »Wie die obersten Zehntausend wohnen! Ich wußte ja nie, daß deine Familie so reich ist, Boß.«

»Sind wir gar nicht«, sagte Toby. »Wir waren es früher. Einzelne Stücke hier könnten die Familienschulden eines ganzen Jahrzehnts ausgleichen, aber Grace ist nicht bereit, sich auch nur von einem zu trennen. Solange sie in der Lage ist, sich weiterhin mit all diesem Zeug zu umgeben, kann sie sich auch einreden, der Clan Shreck wäre noch der gleiche wie früher und nichts hätte sich wirklich verändert.«

»Immerhin«, sagte Flynn, »ich wette, es ist mörderisch, in diesem Raum Staub zu wischen. Das machen sie wohl in Schichten.«

Und dann wurden sie endlich Grace Shreck vorgeführt. Toby und Flynn verneigten sich formell. Grace senkte königlich das Haupt. Sie saß in der Tiefe eines riesigen und sehr bequem wirkenden Sessels, der genau den richtigen Abstand vom prasselnden Feuer in dem großen Kamin hatte. Der Butler gab zwei bereitstehenden Dienern, ebenfalls in Gehrock und gepuderter Perücke, einen Wink, und sie eilten mit zwei antiken Stühlen herbei und stellten sie in genau der richtigen Entfernung von Grace auf, so daß Toby und Flynn ihr gegenüber Platz nehmen konnten. Sie setzten sich vorsichtig auf die zierlich wirkenden Stühle, die noch unbequemer waren, als sie schon aussahen. Grace lächelte ihre Besucher an und gab dem Butler einen Wink, ohne sich umzudrehen. Er und die beiden Diener verließen den Raum und gingen die ganze Strecke rückwärts. Grace wartete, bis sie die Tür hinter sich geschlossen hatten, und schniefte abschätzig.

»Diener ... es ist heutzutage so schwierig, gutes Personal zu finden. Man muß so vorsichtig sein, was man in ihrer Gegenwart sagt! In meiner Jugend hätte es kein Familiendiener gewagt, ein Geheimnis oder überhaupt etwas über die Belange des Dienstherrn auszuplaudern, was er womöglich mitgehört hat, aber heute hat keiner mehr ein Gefühl für Loyalität. Alle lauschen ständig nach Klatsch, den sie an die Medien für ihre Skandalsendungen verhökern können. Egal, ob es nun stimmt oder nicht, solange es nur eine gute Story abgibt – so lautet ihre Einstellung. Ich hoffe wirklich, daß Eure Kamera da nicht läuft, junger Mann! Ich nehme meine Privatsphäre sehr ernst.«

»Wir nehmen nichts ohne deine Einwilligung auf, Tantchen«, erklärte Toby rasch.

Grace schniefte erneut. »Du nennst mich nur Tantchen, wenn du etwas von mir willst, Tobias. Was ist es diesmal? Wieder ein Darlehen?«

»Diesmal nicht, Tantchen, danke sehr. Wie es der Zufall wollte, habe ich in der Gegend gerade ein anderes Haus besucht und dachte mir, da könnte ich auch gleich bei dir hereinschneien und mal sehen, wie es dir geht. Und Clarissa.«

»Oh, daher weht also der Wind, wie? Dachte ich mir doch, daß ich bei ihrem Anblick ein Funkeln in deinen Augen sah, als du dich das letzte Mal herabgelassen hast, mich zu besuchen. Ihr geht es sehr gut, Tobias. Was das arme Dinge ertragen mußte, hätte eine schwächere Person zerbrochen, aber natürlich hat Clarissa gutes altes Shreck-Eisen in den Knochen. Sie schafft das schon. Ich schicke gleich nach ihr. So, mein Neffe, du kannst mir jetzt einen Kuß auf die Wange geben und endlich zum wirklichen Zweck deines Besuchs kommen. Du kannst mich nicht täuschen, Tobias! Du bist nicht zu so später Stunde erschienen, nur um zu fragen, wie es mir geht, und um Clarissa schöne Augen zu machen.«

Toby grinste, stand auf, um Grace einen züchtigen Kuß auf die gepuderte Wange zu geben, und setzte sich wieder. »Du durchschaust mich immer, Tantchen. Ich brauche deine Hilfe für eine Reportage, an der ich gerade arbeite und die davon handelt, wie sich die Familien in der neuen Ordnung umorganisieren. Und eins muß man sagen: Du hast das Ansehen des Clans stark verändert, seit du die Leitung übernommen hast.«

Grace machte ein finsteres Gesicht. »Nicht, daß ich in dieser Frage eine Wahl gehabt hätte. Gregor war schon seit Jahren verrückt, aber solange er das Prestige der Familie wahrte, wollte niemand etwas hören, was gegen ihn gerichtet gewesen wäre. Als er schließlich ganz durchtickte und sich in seinem Turm verbarrikadierte, war klar geworden, daß jemand ihn als Oberhaupt ablösen mußte, ehe der Clan auseinanderfiel. Du warst nicht interessiert, und die übrigen höherrangigen Familienmitglieder waren zu sehr in Intrigen gegeneinander verwickelt, so daß die Bürde mir zufiel. Die einzige Senior-Shreck, die jeder akzeptieren konnte. Es war nicht leicht, aber ich denke gern, daß ich etwas bewirkt habe.«

»Das hast du ganz sicherlich, Tantchen«, sagte Toby vorsichtig. »Unter deiner Leitung sind die Shrecks in großem Stil wieder in die Politik eingestiegen. Ich wußte ja gar nicht, daß du dich mit aktueller Politik so gut auskennst.«

»Ich habe nun einmal einen Monitor, junger Mann, und ich sehe mir durchaus andere Sachen an als diese schrecklichen, niemals endenden Seifenopern. Und ich habe Ratgeber. Viele Ratgeber. Möchte einer von euch eine Tasse Tee?«

»Das wäre sehr schön, Lady Shreck«, antwortete Flynn.

Grace bedachte ihn mit einem beifälligen Blick. »Ich freue mich, daß manche jungen Leute immer noch gute Manieren zeigen. Im Gegensatz zu anderen, deren Namen ich nennen könnte, was ich aber nicht tue. Möchtest du auch Tee, Toby?«

»Eigentlich könnte ich etwas vertragen, was ein klein wenig stärker ...«

»Du nimmst Tee.«

»Ich nehme Tee.«

Grace läutete, indem sie an einer handlichen Schnur zog. »Sie werden eine Zeitlang brauchen, fürchte ich. Mit einer guten Tasse Tee darf man es nicht überstürzen, obwohl der Himmel weiß, daß mein Personal es versuchen würde, falls ich es duldete. Sie erzählen mir in einem fort von diesem Fertigzeug-Unsinn, als ob ich mich dafür interessieren würde. Manche Sachen muß man einfach richtig machen, und mehr ist dazu nicht zu sagen.«

»Wohnt Ihr schon lange hier, Lady Shreck?« erkundigte sich Flynn. »Ihr scheint Euch hier sehr wohl zu fühlen.«

»Oh, ich wohne schon hier, seit ich ein junges Mädchen war, vor mehr Jahren, als ich Interesse habe, mich zu erinnern. Mein Bruder Christian und seine Familie haben mir eine Zeitlang Gesellschaft geleistet, und wir hatten eine solch fröhliche Zeit zusammen. Bis er verschwand.« Grace runzelte die Stirn. »Ich bin seit eh und je überzeugt, daß Gregor dabei die Finger im Spiel hatte, konnte ihm aber nie etwas nachweisen. Und ich mußte schließlich an den Namen der Familie denken. Ein Skandal hätte uns ruinieren können.«

»Du hast nie erlaubt, daß überhaupt jemand das Thema auch nur zur Sprache brachte!« warf Toby scharf ein.

»Ich war besorgt, daß jemand, der zuviel Interesse an Christians Schicksal zeigte, es womöglich würde teilen müssen«, sagte Grace nicht weniger scharf. »Christian und Gregor haben sich nie verstanden. Das ist kein Geheimnis. Eines Tages haben sie sich heftig gestritten, genau hier in diesem Zimmer. Christian stürmte hinaus und ward nie mehr gesehen. Frage mich nicht nach weiteren Einzelheiten, Tobias, weil ich keine kenne. Ich war zu dem Zeitpunkt nicht mal im Haus. Deine Mutter Helga hat nach Christian gesucht und ist ebenfalls nie wieder aufgetaucht. Nie wurde eine Spur von einem der beiden gefunden. Manchmal liebe ich es, der Vorstellung nachzuhängen, daß sich die beiden gefunden und entschieden haben, versteckt und in Sicherheit zu bleiben. Ich stelle mir gern vor, daß sie irgendwo glücklich leben, sicher und unentdeckt.«

»Warum haben sie sich dann nie bei mir gemeldet?« wollte Toby wissen.

»Gregor ließ dich ständig überwachen«, erklärte Grace sanft. »Du warst der Köder. Ich habe dafür gesorgt, dich in meiner Nähe zu haben, habe dich beschützt, so gut ich konnte, bis ich schließlich einen sicheren Platz auf einem Internat für dich fand.«

»Vielleicht sollte ich Gregor fragen, was passiert ist«, überlegte Toby. »Ihn möglichst allein erwischen und sehr nachdrücklich befragen.«

»Davon rate ich dir ab, mein Lieber. Sehr wahrscheinlich würde er einfach Anweisung geben, dich zu erschießen, wenn man seine heutige geistige Verfassung bedenkt. Und ohnehin ist es ein bißchen spät, um solche Gefühle für deine verschwundenen Eltern zu zeigen, nicht wahr? Du bist ein Journalist, der den Dingen auf den Grund geht; du hättest schon vor Jahren mit der Suche beginnen können, falls du wirklich daran interessiert gewesen wärst.«

»Sie sind fortgegangen und haben mich zurückgelassen«, sagte Toby und blickte dabei zu Boden. »Sie sind nie zu mir zurückgekehrt. Und wie du wollte ich nie einen Beweis für ihren Tod finden. Solange sie offiziell als vermißt galten, bestand immer noch die Möglichkeit, daß sie eines Tages wieder auftauchten.« Für einen Moment wirkte er ziemlich verloren und verletzlich, aber dieser Augenblick ging vorüber, und er war rasch wieder ganz der alte. Er blickte auf und musterte Grace unverwandt. »Warum wurde ich nicht dem *Schwarzen Block* übergeben wie so viele meiner Altersgefährten?«

»Dein Vater war kein Freund dieser Gruppe, und Gregor hatte noch Verwendung für dich. Nicht, daß auch er ihnen je über den Weg getraut hätte! Gregor erwartete stets von jedem das Schlimmste, und im Fall des *Schwarzen Blocks* hat es ganz den Anschein, als würde er recht behalten. Der Diener hat sich zum Herrn aufgeschwungen. Nur ein weiterer Grund für mich, die politische Bühne zu betreten. Die Familie muß vor jedem Einfluß und jedem Druck bewahrt werden, der von außen stammt. Ah, der Tee!«

Die Tür hatte sich lautlos geöffnet, und Toby und Flynn blickten auf und sahen, wie sich ihnen ein Diener näherte. Auf einem Silbertablett trug er eine silberne Teekanne sowie ein fein gearbeitetes Milchkännchen und Tassen aus Porzellan. Dem Diener dichtauf folgte einem hübschen Kleid eine junge Frau in, die unter schulterlangen Goldlocken ein breites Lächeln zeigte. Toby stand rasch auf, um sie zu begrüßen, und lächelte dabei nicht weniger breit, während der Diener die Teesachen auf einem praktischen kleinen Tisch neben Grace aufstellte. Grace bedachte Toby und die junge Frau mit einem wissenden Blick und beschäftigte sich mit dem Teeservice, nachdem sie dem Diener mit einem Nicken zu verstehen gegeben hatte, er möge sich entfernen. Er tat wie geheißen und ging auf dem ganzem Weg rückwärts. Flynn betrachtete Toby interessiert, als dieser die Hand der jungen Frau ergriff.

»Clarissa, du siehst sehr gut aus, richtig gut!«

»Und ich fühle mich auch viel besser, dank dir, lieber Toby. Die Chirurgen entfernen die Implantate, die Löwenstein mir hat einsetzen lassen, so schnell wie möglich, aber es ist eine langwierige Arbeit. Wenigstens habe ich schon wieder menschliche Augen, um dich anzusehen.«

»Und sehr hübsche Augen obendrein! Das Haar ist auch neu, nicht wahr?«

»Es ist nur eine Perücke, die ich trage, bis die echten Haare nachgewachsen sind. Du hast so viel für mich getan, Toby! Ich weiß gar nicht, wie ich dir danken soll.«

»Oh, ich bin sicher, daß ihm dazu etwas einfällt!« warf Grace scharf ein. »Das war jetzt genug Rührseligkeit für den Augenblick, meine Lieben. Macht nur kurz damit weiter, und der Tee wird viel zu bitter. Kommt und setzt euch, während ich eingieße.«

Clarissa zog sich einen Stuhl heran, so daß er direkt neben Tobys Platz stand, und sie setzten sich, wobei sie sich weiterhin gegenseitig anlächelten. Flynn hustete höflich und nickte Clarissa lächelnd zu.

»Hallo Flynn«, sagte sie und badete auch ihn in ihrem Lächeln. »Wie geht es Euch?«

»Ich mache gerade Überstunden, dank meines brutalen Bosses, obwohl ich eigentlich längst zu Hause sein und mich entspannen sollte. Fühlt Ihr Euch inzwischen hier glücklich und daheim?«

»Schwer zu sagen«, meinte Grace und behielt dabei das Teeservice unverwandt im Blick. »Sie verbringt die meiste Zeit in ihrem Zimmer und fährt jedesmal zusammen, wenn sie ein lautes Geräusch hört. Der einzige Mensch, mit dem sie spricht, ist Tobias, und das auch nur über Monitor.«

»Sie hat viel durchgemacht«, verteidigte Toby sie. »Da ist es nur normal, wenn sie einige Zeit braucht, um ... sich wieder zurechtzufinden. Du hast ihr doch nicht zugesetzt, oder?«

»O nein!« warf Clarissa rasch ein. »Sie ist sehr hilfreich. Mir ist ... einfach noch nicht danach zumute, sonst jemanden zu empfangen. Nicht, bis ich wieder ganz die alte bin, aus der Zeit, ehe mich Löwenstein in eine ihrer verdammten Leibwächterinnen verwandelte. Dann überlege ich mir, mich wieder unter Menschen zu mischen.«

»Natürlich«, sagte Toby. »Übereile es nicht. Nimm dir alle Zeit, die du brauchst.«

»Ich höre manchmal von anderen Zofen, die gerettet wurden«, sagte Clarissa und blickte dabei auf die Hände, die sie im Schoß gefaltet hatte. »Mehrere von uns sind verrückt geworden, und drei haben sich lieber umgebracht, als daran erinnert zu werden, wer sie früher waren und was sie getan haben. So könnte ich nie handeln. Es wäre, als gönnte man Löwenstein den endgültigen Sieg. Aber ... ich kann verstehen, warum sie es getan haben. Ich weiß selbst nicht, was ich mit meinem weiteren Leben anfangen soll. Selbst wenn die Chirurgen schließlich mit mir fertig sind, denke ich nicht, daß ich wieder so leben könnte wie vorher. Ich muß mit meinem neuen Leben etwas anfangen, etwas, das eine Bedeutung hat.«

»Warum arbeitest du nicht mit mir zusammen für die Imperialen Nachrichten?« fragte Toby. »Die Rebellion hat gezeigt, welchen Einfluß eine wahrhaft freie Presse haben kann. Nachrichten sind heute wichtig, und du könntest daran mitwirken.«

»Ja«, sagte Clarissa und lächelte ihn noch breiter an. »Ich denke, das würde mir gefallen.«

Und dann läutete Tobys Komm-Implantat gebieterisch in seinem Ohr. Er hörte lange zu, runzelte kräftig die Stirn und stand schließlich abrupt auf. »Tut mir leid, Clarissa, Tantchen, aber Flynn und ich müssen sofort aufbrechen. Gerade kam die Nachricht herein, daß Robert Feldglöck die Kapitänswürde niedergelegt und seinen Abschied von der Flotte genommen hat. Er ist nach *Golgatha* zurückgekehrt, um seinen Clan wieder aufzubauen. Er muß jetzt jeden Augenblick am Raumhafen eintreffen, und jeder Nachrichtensender der Stadt wird zugegen sein, um davon zu berichten. Ich habe ein paar Lokalreporter hingeschickt, um uns zu vertreten, falls er frühzeitig eintrifft, aber das ist ein Ereignis, von dem ich lieber selbst berichten sollte. Falls irgend jemand die Feldglöcks wieder groß machen kann, dann ein Kriegsheld wie Robert. Komm, Flynn. Clarissa, ich rufe dich später an.«

»Aber ich habe dir gerade Tee eingeschenkt!« beschwerte sich Grace.

»Ach, du meine Güte!« sagte Toby. »Wie schade!«

Robert Feldglöck stand völlig reglos vor dem mannshohen Spiegel und seufzte schwer. Er hatte vergessen, was für eine Last Zivilkleidung sein konnte. Der Schneider fummelte an ihm herum, den Mund voller Nadeln, zupfte hier und justierte dort, und das mit ein bißchen mehr Zutraulichkeit, als nach Roberts Meinung wirklich nötig gewesen wäre. Natürlich hätte ihn auch ein Lektron vermessen und so viele Anzüge herstellen können, wie er wollte, aber in gesellschaftlichen Kreisen legte man Wert darauf, daß derlei Dinge von Hand gemacht wurden, um Geschmacksentscheidungen künstlerisch einsichtig zu machen. Mode war viel zu wichtig, um sie Maschinen zu überlassen.

Also behielt Robert seine Meinung für sich, seufzte viel und ließ den Schneider arbeiten. In der Flotte war es ganz anders gewesen. Eine Uniform zum Tragen, eine als Ersatz und eine Galauniform für besondere Anlässe – damit kam man eine ganze Karriere lang aus. Jetzt war Robert jedoch wieder Zivilist und ein Feldglöck; man hatte ihm bereits zwölf verschiedene Kombinationen angepaßt und war dabei noch nicht mal bis zur Abendgarderobe vorgedrungen.

»Ist das wirklich alles nötig?« beklagte er sich bei dem Diener, den er als Modeberater eingestellt hatte.

»Es ist eine Frage der Mode«, erklärte ihm Baxter, der Butler, völlig ungerührt. »Und damit eine Angelegenheit von äußerster Notwendigkeit. Falls Ihr wünscht, als Oberhaupt Eures Clans ernstgenommen zu werden, ist es unumgänglich, daß Ihr rollengerecht gekleidet seid.«

»Mein Clan besteht derzeit aus ein paar Dutzend Kusinen und Vettern und einer Handvoll Blutsverwandter. Kaum genug für ein anständiges Fußballspiel, geschweige denn einen Clan.«

»Umso wichtiger, Sir, daß Ihr korrekt gekleidet seid. Die Gesellschaft wird sich nach Euch richten. Je eindrucksvoller Ihr auftretet, desto mehr Respekt genießt Euer Clan. Der Wiederaufbau der Familie ist nur mit Unterstützung der anderen Clans möglich, und sie erhaltet Ihr nur, wenn sie Euch als Gleichgestellten akzeptieren. Bemüht Euch um eine nicht ganz so steife Haltung, Sir. Die Kleidung muß natürlich wirken, um den besten Effekt zu erzielen.«

Robert gab sich Mühe, die Paradehaltung aufzugeben. Es fiel ihm nicht leicht. Nichts von alldem war leicht. Es hatte ihn mit Stolz erfüllt, ein Militär zu sein, und er hatte seine Flottenlaufbahn nur mit äußerstem Widerstreben aufgegeben, nachdem General Beckett ihm persönlich erläutert hatte, daß Robert nicht seiner Familie und der Raumflotte gleichzeitig die Treue halten konnte. Er müßte sich für die eine oder andere Seite entscheiden. Und letztlich wurde Robert klar, daß er seinem Clan und seiner Blutlinie und Jahrhunderten der Familientradition verpflichtet war. Alles andere hätte bedeutet, daß die übrigen Familienmitglieder vergebens gestorben waren. Also quittierte er den Flottendienst und kehrte nach *Golgatha* zurück, um sein Amt als der Feldglöck anzutreten.

Und insgeheim fluchte er über seine Pflicht und seinen Clan, auf dem ganzen Flug hinunter zum Planeten, wo er sich einer Menge bellender Reporter gegenübersah. Kameras sausten mit schwindelerregendem Tempo um ihn herum und schubsten sich gegenseitig weg in dem Bestreben, den besten Blickwinkel zu ergattern. Die Reporter brüllten ihre Fragen schneller, als Robert sie beantworten konnte. Der Clan Feldglöck war eine der führenden Mächte des alten Imperiums gewesen, bis ihn der Clan Wolf dezimiert und in alle Winde zerstreut hatte. Somit war die potentielle Wiedergeburt der Feldglöcks für fette Schlagzeilen gut. Robert tat sein Bestes, um alle Fragen, Kommentare und Anspielungen mit einsilbigem Grunzen zu beantworten, während er sich die ganze Zeit einen Weg durchs Gedränge bahnte. Zum Teil reagierte er so, weil er wußte, daß Reporter auch die unschuldigsten Bemerkungen verdrehen konnten, und zum Teil, weil er eigentlich nichts zu sagen hatte. Er war mit der aktuellen Politik und den Familienintrigen des Tages nicht vertraut und wollte nichts sagen, was ihn jetzt schon in irgendeiner Richtung festlegte.

Besonders wollte er nicht eingestehen, daß er keinen Schimmer hatte, wie genau er den Clan Feldglöck wieder aufbauen sollte.

Bei der Gelegenheit dachte er wehmütig an Owen Todtsteltzer und Hazel D'Ark. Man konnte zu ihnen ja sagen, was man wollte, und es gab eine Menge, was man hätte sagen können – aber wenigstens wußten sie, wie man mit der Presse umging. Manche Reporter verlangten offenkundig Gefahrenzulage, um Interviews mit ihnen zu machen. Aber diese beiden kamen mit dergleichen Dingen durch. Bloße Sterbliche wie Robert Feldglöck hingegen, die in Zukunft womöglich noch auf die Unterstützung durch die Presse angewiesen waren, mußten in dieser Hinsicht einen beschwerlicheren Weg einschlagen.

Kaum hatte er das Rudel aus Nachrichtenleuten abgehängt, da nahm er als erstes Kontakt zu einer Agentur für Dienstpersonal auf und stellte den erfahrensten Butler ein, den man dort vertrat. Ein ruhiger, bescheidener, aber erstaunlich bestimmt auftretender Mann in den späten Fünfzigern war dieser Baxter, und er war mehr als nur ein Butler. Er war Leibdiener, ein wahrer Gentleman und mit all den arkanen Geheimnissen und Ritualen aristokratischen Benehmens vertraut. Obwohl Robert fast das ganze Leben bei der Raumflotte verbracht hatte, war er doch genug bei der Familie zu Besuch gewesen, um die Grundlagen zu beherrschen; die alltäglichen Einzelheiten jedoch, nach denen man das korrekte Verhalten und die soziale Stellung beurteilte, waren schnelleren Mutationen unterworfen, als irgendein Außenstehender jemals hoffen konnte zu verfolgen. Was natürlich genau der Punkt war. Die Gesellschaft der oberen Zehntausend sollte schließlich elitär, vielschichtig und geheimnisvoll sein. Wie wollte man sonst erkennen, wer dazugehörte und wer nicht? Der halbe Spaß, dazuzugehören, bestand darin, hochnäsig auf die herabzublicken, die es nicht taten. Robert der Militär betrachtete die ganze Sache als fürchterlich kindisch, aber er war trotzdem Aristokrat genug, um zu begreifen, wie ernst alle anderen sie nahmen. Jetzt war er selbst der Feldglöck und mußte mitspielen. Man erwartete es von ihm.

Die Rebellion hatte den Familien vielleicht eine andere Rolle zugewiesen, aber manches änderte sich nie.

Und so hörte er geduldig zu, als Baxter ihm Vorträge hielt über Etikette und Stil und die korrekte Art, seine Manschetten zu zeigen, über die aktuellen

Tänze und den neuesten Klatsch sowie darüber, mit wessen Unterstützung oder Widerstand er rechnen konnte. Falls Clan Feldglöck wirklich wieder auf dem aufsteigenden Ast war, waren sehr viele Leute der Meinung, es wäre Zeit, sich durch Absprachen Vorteile zu verschaffen, solange die Feldglöcks noch schwach waren. Und genauso viele waren ohne weiteres dazu fähig, sogar Mordanschläge zu arrangieren, um den Aufstieg der Feldglöcks zu verhindern und den Status quo zu bewahren. Allein schon dadurch, daß er der Feldglöck wurde, erbte Robert Intrigen und Fehden, die über Jahrhunderte zurückreichten, und damit alte Bundesgenossen und alte Feinde. In den Familien vergaß oder vergab niemand. Solange es nicht zweckdienlich war.

Robert schloß einen Moment lang die Augen. Er war todmüde. Jemand würde für das bezahlen, was er durchmachte, und auf keinen Fall er selbst. Er würde das verdammte Spiel mitspielen, aber auf seine Art und nach eigenen Regeln, und der liebe Gott mochte jedem helfen, der ihm dabei in die Quere kam. Er bemerkte, daß Baxter nicht mehr redete, und blickte sich scharf um.

»Tut mir leid, ich wollte nur die Augen ausruhen. War etwas? Habe ich etwas versäumt?«

»Ich fragte nach dem kleinen Portrait rechts von Euch, Sir«, sagte Baxter. »Es ist das einzige Portrait, das Ihr mitgebracht habt. Eine höchst liebreizende junge Dame. Ist sie diejenige, für die ich sie halte?«

»Ja«, antwortete Robert, »das ist sie. Es ist Letitia.« Er starrte ausdruckslos auf das Bild in dem silbernen Rahmen – eine der wenigen Habseligkeiten, die er mitgebracht hatte. Alles, was übriggeblieben war von der letzten Einmischung der Familie in sein Leben. »Sie war wirklich bezaubernd. Ich vermute, alle Welt kennt die Geschichte. Sie war seinerzeit ein recht ansehnlicher Skandal. Beinahe hätte ich Letitia geheiratet. Eine arrangierte Hochzeit, aber ich mochte die Dame. Mit der Zeit hätte ich mich womöglich gar in sie verliebt. Aber anläßlich der Hochzeit wurde erkennbar, daß sie schon schwanger war, von einem ihrer Wachleute. Und Gregor Shreck ermordete sie lieber, als hinzunehmen, daß die Hochzeit ihren Fortgang nahm und seine Familie entehrte. Ich wollte Letitia retten, aber die Familie hielt mich zurück. Ich denke, damals habe ich meinen Haß auf die Clans entwickelt. Auf sie alle.«

»Familienehre ist ... eine heikle Angelegenheit, Sir. Es ist oft schwierig zu erkennen, was das Beste ist.«

»Gregor hat sie vor meinen Augen umgebracht. Ich hätte ihn damals getötet, falls ich in der Lage gewesen wäre. Vielleicht tue ich es noch.«

»Dann, so fürchte ich, müßt Ihr Euch anstellen, Sir. Gregor Shreck ist zur Zeit nicht mehr der beliebteste Vertreter auf dem gesellschaftlichem Parkett. Tatsächlich möchte ich sogar anzudeuten wagen, daß Feigwarzen wahrscheinlich populärer sind als er.«

Robert mußte lachen. »Schön zu sehen, daß sich manches nie ändert! Und ich vermute, eine Gesellschaft, die Gregor Shreck haßt, kann nicht ganz schlecht sein. Er kann warten. Der Wiederaufbau des Clans hat Vorrang. Dazu bin ich heimgekehrt.«

»Sehr wohl, Sir. Und falls ich so kühn sein darf: Ich bin sicher, daß viele junge Damen aus gutem Hause nur zu glücklich sein würden, sich mit einem jungen Edelmann und Kriegshelden wie Euch zu verbinden, Sir.«

»Nein!« entgegnete Robert scharf. »Keine arrangierten Hochzeiten mehr!«

»Verzeihung, Sir, ich habe volles Verständnis für Eure Gefühle in diesem Punkt, aber falls Ihr Euren

Clan führen möchtet, wird es notwendig sein, irgendwann zu heiraten und Erben zu zeugen.«

»Ja, ich weiß. Aber jetzt noch nicht.«

»Setzt ihn nicht unter Druck, Baxter. Robert kann stur sein wie ein taubes Maultier, wenn er es sich fest vornimmt. Das ist ein Wesenszug der Feldglöcks.«

Robert drehte sich lächelnd um, als die Eigentümerin der weittragenden, durchdringenden Stimme auf ihn zukam. Kaum hatte Adrienne gehört, daß Robert zurückgekehrt war, da arrangierte sie schon, daß er bei ihr wohnte, während sie sich um die Einzelheiten seiner Rückkehr auf das gesellschaftliche Parkett kümmerte. Robert hatte keinen Einwand erhoben. Bei Adrienne tat man das nicht. Und er freute sich auch, eine sichere und ihm wohlgesonnene Bleibe zu finden, wo er zur Ruhe kommen konnte. Das alte Familienheim, der Feldglöck-Turm, war von den Wolfs übernommen worden. Er hatte keinen Anspruch mehr darauf. Und so kampierten er und Baxter zur Zeit in Adriennes etwas überfülltem Haus und versuchten, hin und wieder selbst mal zu Wort zu kommen. Adrienne hatte nahezu das Management seines Lebens übernommen. Im Grunde machte es ihm nichts aus. Es weckte glückliche Erinnerungen an seine Zeit beim Militär. Adrienne gab dem Schneider jetzt mit gebieterischem Wink zu verstehen, er möge sich entfernen, und er brach sich fast den Rücken, während er sich mit einer Serie von Bücklingen durch den Raum zurückzog. Adrienne musterte Baxter scharf.

»Nun, wie macht er sich?«

»So gut, wie man erwarten konnte, gnä' Frau. Er zeigt eine beklagenswerte Neigung zur Wahrhaftigkeit und Ehrlichkeit, aber nicht so, daß man es nicht mehr überwinden könnte. Ein paar sorgfältig arrangierte Auftritte, nur um die Stimmung zu testen, und er sollte bereit sein, im großen Stil gesellschaftlich herauszukommen.«

»Zumindest bietest du ein angemessenes Erscheinungsbild, Robert.«

»Ich fühle mich wie ein Idiot.«

»Auf diese Weise merkt man, daß man auf der Höhe der Mode ist, Liebster. Du solltest mal einige der Sachen anschauen, die mein Finlay zu seiner Zeit als Geck und Stutzer getragen hat. Die Leute beklagten sich noch Tage, nachdem er eine neue Kombination getragen hatte, über Augenschmerzen.«

»Wir müssen über Finlay reden«, sagte Robert. »Hast du ihn in jüngster Zeit gesehen? Wird er Einwände erheben, daß ich an seiner Stelle das Amt des Feldglöcks übernehme? Er hat mehr Anspruch auf den Titel.«

»Vertraue mir, mein Lieber: Finlay möchte nicht der Feldglöck sein. Er hat es nie gewollt. Finlay wüßte mit Verantwortung nichts anzufangen, nicht mal, wenn man sie ihm an die Stirn nagelte. In seinem Leben war er selbst immer das wichtigste Element. Ich hatte gehofft, Evangeline könnte das ändern, aber ... Er hat mich jüngst besucht. Sagte, er wollte die Kinder sehen, was eine Premiere war. Ich war überrascht, daß er ihre Namen noch wußte.«

»Wie ist es gelaufen?«

»Schlecht. Ich hätte es gleich besser wissen müssen. Er konnte noch nie gut mit Kindern umgehen. Oder mit sonst jemandem. Ich muß jedoch sagen, er schien es bei seinem Besuch noch schlechter zu machen als sonst. Ich würde mir Sorgen um ihn machen, falls ich mich nur überwinden könnte, einen Dreck auf ihn zu geben. Ich muß wirklich mal mit Evie Verbindung aufnehmen und sehen, wie es ihr geht. Finlay wußte sie nie wirklich zu würdigen. Aber das kann warten. Wie fühlst du dich jetzt, Robert?«

»Sehr dankbar dafür, daß du dir die Mühe mit mir machst. Baxter und ich ziehen sofort aus, wenn ich etwas finde ...«

»Oh, das hat keine Eile! Außerdem würdest du wahrscheinlich nur in irgendeine erbärmliche Junggesellenwohnung ziehen, und das geht einfach nicht. Falls du einen Platz in der Gesellschaft finden sollst, benötigst du eine respektable Adresse. Die richtige Adresse sagt immer sehr viel über einen Mann aus. Um einen Anfang zu machen, denke ich, bringen wir dich in einer Suite in einem der besseren Hotels unter.«

»Addie, ich habe einfach nicht das Geld dafür! Der Clan verfügt über keine Aktiva, und obwohl mir die Raumflotte einen netten kleinen Bonus gezahlt hat, lief er wohl kaum auf eine nennenswerte Abstandssumme hinaus. Meine Mittel halten nicht lange vor und reichen sicherlich nicht für eine Suite!«

»Falls du der Feldglöck sein möchtest, mußt du auch wie das Oberhaupt des Clans wohnen«, hielt ihm Adrienne streng entgegen. »Sonst nimmt dich niemand ernst. Mach dir nur keine Sorgen um Geld. Sobald sich herumspricht, daß du zurückgekehrt bist, werden die Leute sich gegenseitig umrennen vor lauter Eifer, deine Rechnungen zu bezahlen, damit du ihnen künftig Gefallen schuldest. Sogar die Banken werden dir einen offenen Kreditrahmen gewähren, bewegt von der Hoffnung auf zukünftige Geschäfte mit dir. Alle Welt weiß, daß viel Geld verschwunden ist, als die Feldglöcks stürzten, Geld, das die Wolfs nie in die Hand bekamen.«

»Aber ich habe es auch nicht.«

»Das weiß doch niemand! Falls dich irgend jemand danach fragt, lächelst du einfach und machst ein rätselhaftes Gesicht. Überlaß mir die Sorgen über derartige Dinge, mein Lieber. Du konzentrierst dich darauf, deine Rolle zu spielen. Wie weit sind wir mit der Kleidung, Baxter? Ist er inzwischen bereit, sich in der Öffentlichkeit zu zeigen?«

»Die Maße für die formelle Abendgarderobe stehen noch aus, gnä' Frau, aber ich denke, wir können ein paar sorgfältig gesteuerte Auftritte riskieren. Schwebt Euch da schon etwas vor, gnä' Frau?«

»Nun, für den Anfang dachte ich an Konstanze Wolf«, sagte Adrienne.

»Bist du wahnsinnig?« fragte Robert. »Die Wolfs haben meine Familie vernichtet!«

»Das war früher, und heute ist jetzt«, konterte Adrienne entschieden. »Viel ist seitdem geschehen. Jakob Wolf war damals Clanoberhaupt, und er ist tot. Valentin ist auf der Flucht, Daniel wird vermißt und Stephanie hat soviel Ansehen verloren, daß sie sich nicht mal mehr vorstellen kann, was das ist. Somit ist Konstanze, Jakobs junge Witwe, derzeit die Wolf und das Familienoberhaupt. Und sie hat ganz revolutionäre Vorstellungen davon, wie sich die Familien in der neuen Ordnung verhalten sollten. Sie mißtraut dem *Schwarzen Block,* unterstützt das Parlament und ist sehr darauf bedacht, Beziehungen wiederherzustellen, die durch alte Feindschaften zerrüttet wurden. Besuche sie, Robert. Lege den Charme der Feldglöcks an den Tag und zeige ihr, daß du sie nicht für die Exzesse ihrer Vorgänger verantwortlich machst, und du könntest glatt feststellen, daß du einer verwandten Seele gegenüberstehst. Sie wäre eine starke Freundin und Förderin. Und so würde allen Familien demonstriert, daß du dich nicht durch alte Fehden und durch Blutrache gebunden fühlst. Du hast auch so schon genug Feinde, Robert! Suche dir Freunde, wo du nur kannst.«

»Noch keine vierundzwanzig Stunden wieder zu Hause, und ich stehe hier, angetan wie ein Wäscheständer, und denke darüber nach, Absprachen mit einer Wolf zu treffen!« versetzte Robert angewidert. »Das ist vielleicht ein Empfang! Aber falls ich muß ...«

»Du mußt«, bekräftigte Adrienne.

Robert sah Baxter an, der ernst nickte. »Das wäre ein ausgezeichneter Start, Sir. Kein Grund zur Sorge; ich begleite Euch natürlich.«

»Wundervoll«, fand Robert. »Jetzt habe ich außer einem Butler auch noch ein Kindermädchen.« Er funkelte Adrienne an. »Noch irgendwas, was ich deiner Meinung nach wissen sollte?«

»Noch eines«, antwortete Adrienne widerstrebend. »Es betrifft Finlay. Du wirst vielleicht etwas unternehmen müssen, was ihn angeht.«

»Du hast gerade gesagt, er hätte nicht den Wunsch, selbst der Feldglöck zu sein.«

»Tut er auch nicht. Aber ... er verhält sich in jüngster Zeit noch verrückter als sonst. Bedroht Menschen. Er hat sich eine Menge Feinde gemacht, viele davon bedeutende Gestalten des gesellschaftlichen Lebens. Sie könnten dich auffordern, dich mit ihm zu befassen, als Preis für ihre Unterstützung.«

»Mit Finlay befassen? Was zum Teufel könnte ich da ausrichten? Er wird auf nichts hören, was ich ihm sage, und selbst falls er mich als Familienoberhaupt akzeptierte, bezweifle ich sehr, daß er meine Autorität über sich anerkennen würde. Und ich bin sicherlich nicht dumm genug, um ihn persönlich zu konfrontieren. Owen Todtsteltzer wird vielleicht mit ihm fertig, oder Kid Death, aber ich hielte ihm keine fünf Minuten stand.«

»Es gibt andere Möglichkeiten«, sagte Adrienne, ohne ihn anzublicken. »Letztlich ist nur das Wohl des Clans von Bedeutung. Man darf nicht einem Mann erlauben, alles zu untergraben, was wir zu erreichen hoffen.«

»Um Gottes willen, Adrienne, er ist dein Mann! Der Vater deiner Kinder! Hegst du keine Gefühle für ihn?«

»Ich kenne ihn nicht mehr. Manchmal frage ich mich, ob ich es überhaupt je getan habe.«

Robert Feldglöck saß streng aufrecht auf einem antiken Stuhl, hielt eine volle Tasse Tee in einer Hand und ein großes Stück Schokoladenkuchen auf einem Teller in der anderen und fragte sich, wie zum Teufel er eins von beiden auch nur in die Nähe des Mundes führen sollte, ohne des anderen verlustig zu gehen. Außerdem saß das neue Jackett an den Schultern ungemütlich eng, erwürgte ihn die Krawatte beinahe und zwickte ihn die Hose an Stellen, von denen er bislang gar nichts gewußt hatte. Alles in allem entwickelte sich das zu einem fürchterlichen Start der gesellschaftlichen Anlässe.

Seine Gastgeberin Konstanze Wolf verfügte allein über das oberste Stockwerk des Wolf-Turms und hatte es entsprechend ganz nach eigenem Geschmack ausgestattet. Das lief auf dicke Teppiche hinaus, den allerletzten modischen Schrei an Mobiliar sowie auf kuschelige Stofftiere, die überall herumlagen, wo sich nur Platz bot. Robert fand, daß er mit all dem hätte fertig werden können. Die eindeutig pornographischen Wandgemälde jedoch waren es, die ihn die Fassung kosteten. Er hatte noch nie etwas Derartiges gesehen, und das nach Jahren in der Raumflotte. Auch hegte er den fürchterlichen Verdacht, daß Konstanze selbst für wenigstens drei davon Modell gestanden hatte. Was bedeuten würde, daß sie nicht nur sehr schön, sondern auch unglaublich gelenkig war. Sie wirkte sehr flott im Schwarz der Trauer um ihren Gatten und sah vom Scheitel bis zur Sohle ganz nach dem Familienoberhaupt aus. Robert starrte entschlossen auf Tee und Schokoladenkuchen und versuchte, telepathische Hilferufe an Baxter zu übermitteln, ehe ihm wieder einfiel, daß Konstanze ihn aus dem Raum verbannt hatte, zusammen mit all ihren Dienern, damit sie unter vier Augen mit Robert sprechen konnte.

Er hoffte nur, daß sie ihn nicht ansprang. In solchen Dingen war er immer ziemlich schüchtern gewesen.

Eine Menge Wachleute waren zunächst auch präsent gewesen, aber Konstanze hatte sie zum Zeichen des Vertrauens weggeschickt. Jetzt waren sie beide unter sich. Robert überlegte, daß er sich selbst ein paar Wachleute zulegen sollte, und sei es nur zur Schau. Konstanze, die ihm auf einem Stuhl gegenüber saß, beugte sich zu ihm vor, und er zuckte unwillkürlich zusammen. Tee schwappte auf die Untertasse.

»Ihr braucht die Schokolade nicht zu essen, wenn Ihr sie nicht mögt«, sagte Konstanze lächelnd. »Oder auch den Tee trinken. Eines der ersten Dinge, die man im Hinblick auf gesellschaftliche Anlässe meistern muß, ist die Kunst, etwas charmant abzulehnen. Ansonsten lädt man Euch mit Eßwaren voll, bis Euch die Arme schmerzen. Die Leute zeigen nun mal so gern, was sie für tolle Chefköche haben.«

Robert lächelte dankbar, sah sich nach einem Tisch oder einer Freifläche um, stellte fest, daß dergleichen nicht vorhanden war, und stellte Tasse und Teller schließlich neben sich auf den Boden. Er richtete sich auf und versuchte verstohlen, Jackett und Hose zu lockern, hatte aber nicht viel Erfolg dabei. Er bedachte Konstanze mit einem etwas verzweifelten Lächeln.

»Mir gefällt es hier. Es ist sehr ... bequem.«

»Eine der Freuden, wenn man allein lebt, besteht darin, keine Kompromisse bei den eigenen Vorstellungen von Komfort eingehen zu müssen«, erklärte ihm Konstanze. »Jakob hätte einen Anfall bekommen, hätte ich zu seinen Lebzeiten sein Wohnzimmer in diesem Stil gestaltet. Nach seinem Tod habe ich so schnell, wie es der Anstand erlaubte, dafür gesorgt, die meisten seiner Sachen loszuwerden. Andernfalls hätten sie mich weiterhin ständig an ihn erinnert. Also legte ich mir neue Sachen zu, um mich daran zu erinnern, daß ich fortan ohne ihn ein neues Leben führen mußte. Ich habe nur ein paar Portraits von ihm behalten. Ich bewahre sie im Schlafzimmer neben dem Bett auf, damit ich sein Gesicht abends als letztes sehe, ehe ich einschlafe. So kann ich manchmal von ihm träumen. Seht Ihr, er war der einzige Mann, den ich je geliebt habe, und wir hatten nur so wenig Zeit zusammen. Sicher versteht Ihr das. Ihr habt selbst jemanden verloren, nicht wahr?«

»Ja«, sagte Robert, »ich verstehe das.«

»Sein Gespenst hat mich einmal besucht«, erzählte Konstanze mit ruhiger und gleichmäßiger Stimme. »Bei Hofe. Aber es war nur ein Geistkrieger. Nur seine Leiche. Nicht mein Jakob. Der arme Daniel hat sich auf die Suche nach dem Geistkrieger gemacht, überzeugt davon, daß sein Vater noch irgendwo darinsteckt. Daniel strebte immer verzweifelt nach der Anerkennung durch seinen Vater. Jakob hat seine Kinder wirklich geliebt, auf seine eigene Art, sogar Valentin, aber sie waren für ihn allesamt eine Enttäuschung. Ich wollte ihm neue Kinder schenken, aber wir fanden keine Gelegenheit mehr dazu, bis er mir genommen wurde. Nur ein weiterer Verlust, der zu betrauern bleibt.«

»Er muß Euch sehr geliebt haben«, sagte Robert, bemüht um die richtigen Worte.

»Das hoffe ich, aber ich war mir nie ganz sicher. Ich war als Gattin eine Trophäe, wißt Ihr, jung und schön, jemand, den man bei Hofe und auf Parties vorzeigt. Es war eine arrangierte Hochzeit, obwohl ich ihn allmählich lieben gelernt habe. Er war immer so freundlich zu mir, aber ... Es fiel ihm nie leicht, über seine Gefühle zu reden, nicht einmal mit mir. Also wußte ich es nie so recht.«

»Es muß Euch sehr schwer fallen, als Frau allein dazustehen und einen so großen Clan zu leiten«, sagte Robert, nur um überhaupt etwas zu äußern.

»Ihr habt ja keine Ahnung«, antwortete Konstanze trocken. »Die Position ist mir nur zugefallen, weil niemand sonst verfügbar war. Und ich behalte sie, indem ich meine zahlreichen Feinde gegeneinander ausspiele und morgens, mittags und abends Intrigen spinne. Aus diesem Grunde werden jedes Wort, das ich von mir gebe, und auch die kleinste meiner Handlungen endlos von allen Beteiligten analysiert, um mal zu sehen, ob darin nicht Brocken an wertvollen Informationen enthalten sind. Manchmal sage ich aufs Geratewohl irgendwas, nur damit die Leute etwas zu knabbern haben. Ständig umgeben mich heutzutage Menschen. Private Augenblicke wie der jetzige sind selten geworden. Jeder möchte mich sehen, jeder möchte etwas von mir. Das werdet Ihr selbst auch erleben, jetzt, wo Ihr der Feldglöck geworden seid.«

»Warum laßt Ihr nicht einfach alles zurück?« fragte Robert. »Ihr sitzt nicht in der Falle wie ich. Ihr seid nur eine eingeheiratete Wolf. Ihr könntet alles aufgeben, und niemand wäre in der Lage, es Euch zu verwehren.«

»Aber der Clan ist alles, was mir von Jakob geblieben ist. Das letzte Bindeglied zu der glücklichen Zeit an seiner Seite. Ich schulde es seinem Andenken, nicht zurückzutreten, bis ich den Clan in sichere Hände legen kann. Deshalb heirate ich auch Owen Todtsteltzer.«

»Ich habe davon gehört. Meinen Glückwunsch.«

»Danke.«

»Wie ist er denn so? Ich habe ihn immer nur im

Holo gesehen. Manche sagen, er wäre ein Held, andere ...«

»Sagen, er wäre ein Monster. Ich weiß. Mir kam er jedoch ganz normal vor. Ganz liebenswert. Auf eine tolpatschige Art sogar charmant. Er ist allerdings stark. Nachdenklich. Er wird einen guten konstitutionellen Monarchen abgeben, und wenn unsere beiden Familien verschmolzen sind, kann ich als Königin die Leitung an ihn übergeben. Könnt Ihr Euch sicherere Hände vorstellen als die des legendären Owen Todtsteltzer?«

»Im Grunde nicht. Aber welche Gefühle hegt Ihr für ihn?«

»Er begegnete mir freundschaftlich. Damit gebe ich mich zufrieden. Ich hatte eine große Liebe in meinem Leben. Ich denke nicht, daß ich es ertragen könnte, noch eine zu verlieren.«

»Warum habt Ihr eingewilligt, mich zu empfangen?« wollte Robert wissen. »Ihr sagtet selbst, Ihr wärt derzeit sehr gefragt, und ich bin keine bedeutende Gestalt. Noch nicht. Und unsere Familien sind Todfeinde. Wieso also ich?«

»Weil wir viel gemeinsam haben. Wir wurden beide viel früher, als wir erwarteten, zu Oberhäuptern unserer Clans. Wir beide haben schrecklichen Schmerz und Verlust erfahren, und es hat uns nicht gebrochen. Ich brauche jemanden wie Euch, jemanden, mit dem ich reden kann, der mich versteht. Jemand aus den Reihen der Familien, der den *Schwarzen Block* nicht fürchtet.«

»Gute Gründe«, räumte Robert ein. »Was den *Schwarzen Block* angeht, so weiß ich nicht viel. Ich war nur kurz dabei, ehe die Familie mich wieder herausgeholt und zur Raumflotte geschickt hat, wo ich ihr, wie sie fand, nützlicher sein konnte. Ich wurde nie in Mysterien oder Geheimnisse des *Schwarzen Blocks* eingeweiht. Ich hatte auch nie eine Ahnung, daß er so weit verbreitet und so ... mächtig ist.«

»Das hatten nur wenige«, sagte Konstanze, »bis es viel zu spät war. Ich habe zu viel Böses in den Familien erlebt, Robert. Zu viele von uns sind Produkte der Inzucht, sind korrupt, mißbrauchen ihre Macht und Privilegien. Ich war eine der wenigen aus unseren Reihen, die die Rebellion tatsächlich befürworteten. Ich sah in der neuen Ordnung eine Chance, die Familien zu dem umzugestalten, was sie sein sollten – die Besten der Besten, die führen und schützen und dabei nicht durch Angst und Unterdrückung herrschen. Der *Schwarze Block* bringt dieses Ziel jetzt jedoch in Gefahr. Die Clans sind so verzweifelt darauf aus, Macht zurückzugewinnen, daß sie alles tun, was der *Schwarze Block* ihnen sagt, um das zu erreichen. Wir haben keine Vorstellung davon, was der *Schwarze Block* heute wirklich darstellt und was er wirklich möchte. Jemand muß ihn aufhalten, und ich schaffe das nicht allein. Ich brauche Bundesgenossen, wahrhaftige Menschen mit gutem Herzen, denen Pflicht mehr bedeutet als nur ein Wort. Was sagt Ihr dazu, Robert Feldglöck? Habe ich in Euch einen Bundesgenossen gefunden?«

»Ich denke, das habt Ihr womöglich, Konstanze Wolf. Aber wie könnten wir etwas ändern?«

»Wir können ein Beispiel geben. Dem *Schwarzen Block* zeigen, daß wir ihn nicht fürchten. Falls wir aufstehen und uns bemerkbar machen, werden sich uns andere anschließen.«

»Da bin ich mir nicht so sicher«, sagte Robert. »Im Militär ist derjenige, der zuerst aufsteht, gewöhnlich auch der, dem als erster der Kopf weggeschossen wird. Ich denke jedoch, daß Ihr recht habt mit der Überlegung, daß sich uns andere anschließen könnten, wenn sie erfahren, daß es Gleichgesinnte gibt.

Was ist mit Eurer alten Familie aus der Zeit vor Eurer Ehe mit Jakob Wolf? Wo steht sie? Würde sie Euch unterstützen?«

»Meine Familie und ich, wir ... reden nicht mehr miteinander«, antwortete Konstanze gelassen. »Ich war die älteste Tochter des Clans Devereaux und sollte eigentlich einen geeigneten jungen Mann niederen Standes heiraten, um die Blutlinie zu verbessern. Statt dessen ging ich die Ehe mit einem Wolf ein und wurde Mitglied seines Clans, und meine Blutlinie ging der Familie Devereaux für immer verloren. Mein Vater erklärte, daß ich für ihn gestorben wäre. Seitdem habe ich mit keinem aus der Familie mehr gesprochen.«

»Das ist aber eine Schande!« fand Robert. »Ihr solltet es versuchen, Konstanze. Man könnte inzwischen andere Gefühle für Euch hegen, da sich die Umstände geändert haben.«

»Ich habe meinen Stolz.«

»Manchmal ist Stolz nur hinderlich. Die Menschen, die wir lieben oder bewundern, werden uns immer viel zu schnell genommen, ehe wir Gelegenheit finden, ihnen all das zu sagen, was wir eigentlich sagen möchten. Ich habe meine Eltern frühzeitig verloren, also verehrte ich, während ich älter wurde, das Oberhaupt meines Clans, Crawford Feldglöck. Für mich war er ein Gott. Ich wäre für ihn durchs Feuer gegangen, hätte er nur einmal von mir Notiz genommen. Ich habe mich immer schuldig gefühlt, weil ich am Tag, als die Wolfs kamen, nicht bei ihm im Feldglöck-Turm stand. Ich kann mich einfach nicht des Gefühls erwehren, daß die Sache anders verlaufen wäre, hätte ich nur an seiner Seite gekämpft. Wahrscheinlich irre ich mich. Wahrscheinlich wären wir auch so alle umgekommen. Aber manchmal ...«

»Ich weiß«, sagte Konstanze. »Ich kann das verstehen.«

Sie beugte sich vor und legte zum Trost eine Hand auf seine. Und als sie sich gegenseitig berührten, sprang ein elektrischer Funke zwischen ihnen über. Ihre Augen begegneten sich, weit geöffnet und erschrocken, und ihre Herzen schlugen auf einmal schneller. Sie blickten sich tief in die Augen und sahen dort den Himmel, der sie erwartete. Und dann zog Konstanze ruckhaft die Hand weg, und alles stürzte wieder in seinen Normalzustand zurück. Für einen Moment saßen sie schweigend da und sahen alles an, nur nicht sich gegenseitig. Robert riskierte einen kurzen Blick auf Konstanze und entdeckte die letzten Spuren heißer Röte in ihrem Gesicht. Auch seine Wangen fühlten sich ungemütlich warm an.

»Und wie laufen die Vorbereitungen auf Eure Hochzeit mit dem Todtsteltzer?« fragte Robert schließlich.

»Sehr gut, danke der Nachfrage«, antwortete Konstanze mit völlig gefaßter Stimme. »Sie findet in sechs Monaten statt. Vorausgesetzt, es treten keine ... Komplikationen auf.«

»Natürlich«, sagte Robert. »Man weiß nie, ob und wann sich Komplikationen ergeben. Ihr liebt ihn nicht, oder?«

»Nein«, bestätigte Konstanze. »Ich liebe ihn nicht.«

»Gut«, sagte Robert. Ihre Blicke begegneten sich wieder, und diesmal lächelten sie sich auch an.

Finlay hielt sich immer noch in seinem Quartier unter der Arena auf, als er hörte, wie jemand nachdrücklich an die Tür klopfte. Er runzelte die Stirn. Für jemanden, der sich angeblich versteckte, erhielt er aber verdammt viele Besucher. Er schnallte sich Schwertgurt und Pistolenhalfter um und näherte sich vorsichtig der Tür. Er hätte wirklich in ein Gucklock oder eine versteckte Kamera investieren sollen! Er lauschte einen Moment lang, hörte nichts, und öffnete schließlich die Tür nur einen Spalt weit. Eine vertraute Stimme nannte seinen Namen, und dann wurde er weggedrückt, als die Tür unter dem Gewicht der Person nachgab, die daran lehnte. Er packte Evangeline, als sie auf ihn zukippte, gerade noch rechtzeitig, ehe sie auf dem Boden aufschlug. Sie war in ein langes purpurrotes Laken gewickelt, und ein Teil davon wölbte sich über einem großen, unhandlichen Paket, das sie unter einem Arm trug. Ihr Gesicht war schlaff vor Schock und Erschöpfung und mit frisch getrockneten Blutspritzern bedeckt.

Finlay versuchte sie zu befragen, aber sie brachte nichts weiter hervor als seinen Namen, den sie in einem fort murmelte. Sie atmete schwer, ihre Augen nahmen die Umgebung nicht richtig auf, und sie klammerte sich mit verzweifelter Kraftanstrengung an ihn. Finlay gab den Versuch auf, ihr vernünftige Angaben zu entlocken, und trug sie zum Bett hinüber. Sie wollte sich jedoch nur auf die Kante setzen und nicht hinlegen. Ihre Augen waren rot und verschwollen vor lauter Weinen, und sie hatte keinen anderen Wunsch, als sich an ihm festzuhalten. Er drückte sie an sich und war bemüht, sie mit seiner Anwesenheit und seinem gelassenen Tonfall zu beruhigen.

»Was ist los, Liebste? Was ist passiert? Du bist hier in Sicherheit. Alles ist wieder in Ordnung. Was hast du da unterm Arm?«

Sie konnte oder wollte ihm nach wie vor nicht antworten. Er löste sich langsam und sachte aus ihrem Griff, wobei er die ganze Zeit beruhigende Worte murmelte, und machte sich daran, sie aus dem Bettlaken zu wickeln. Und erst jetzt entdeckte er, daß sie darunter nackt war und mit reichlich Blut bespritzt, das immer noch trocknete. Er untersuchte sie rasch auf Schnitte und andere Verletzungen und war nicht gänzlich beruhigt, als er feststellte, daß nichts von dem Blut von ihr selbst stammte. Sanft zog er das Paket unter ihrem Arm hervor und wickelte es aus. Etwas, das klein und hart war, fiel heraus und plumpste auf den Boden. Es war der Griff des Monofasermessers, das sie ihn gebeten hatte, für sie zu besorgen. Er wickelte den Rest des Bündels auseinander und erblickte zwei Glaskrüge mit abgetrennten, aber noch lebendigen Köpfen. Er war so erschrocken, daß er sie beinahe fallenließ, schaffte es dann aber doch, sie mit zitternden Händen sicher auf den Boden zu stellen. Die Münder der Köpfe bewegten sich, aber er hörte nichts. Er wandte sich Evangeline zu, die über den Ausdruck in seinem Gesicht beinahe in hysterisches Kichern ausbrach. Mühsam beherrschte sie sich wieder und erklärte es ihm, wobei sie fast flüsterte.

»Der Mann ist Professor Wax. Ich kenne ihn nicht. Die Frau ist Penny DeCarlo, meine älteste Freundin. Mein Vater hat sie gefangengehalten. Ich habe sie gerettet.«

»Dein Vater? Du warst bei Gregor Shreck? Ganz allein? Was ist passiert? Woher stammt das ganze Blut?«

»Wir haben uns unterhalten. Danach ... wurde es schwierig.«

»Warum hast du mir vorher nichts davon gesagt?«

»Das konnte ich nicht tun! Gregor hatte mich schon die ganze Zeit ... bedroht. Gesagt, er würde Penny umbringen, falls ich nicht zu ihm zurückkehrte. Er bestand darauf, daß ich allein kam. Also habe ich den Turm der Shrecks aufgesucht, die Höhle des Löwen. Und ich habe herausgefunden, was er ... mit Penny gemacht hatte. Also habe ich ihn gezwungen, beide herauszugeben, und sie dann mitgenommen.«

»Wie zum Teufel konntest du ihn überreden?«

»Ich hatte doch das Monofasermesser. Das, was du mir besorgt hast. Was für ein praktisches Geschenk!« Sie lachte fast wieder, als sie sein Gesicht sah. »Du bist nicht der einzige, der zu kämpfen versteht. Ein paar Wachleute haben versucht, mich aufzuhalten, als ich fliehen wollte, also habe ich sie umgebracht. Es war einfach. Nach einer Weile haben mich Gregors Leute nicht weiter verfolgt, und ich bin hierhergekommen. Ich wußte nicht, wohin ich mich sonst wenden sollte.«

»Natürlich war es richtig, daß du hergekommen bist, Evie. Hier bist du sicher. Aber was ist aus deinen Kleidern geworden?«

Evangeline packte ihn heftig am Arm. »Frage mich nicht danach, Finlay! Frage mich nie danach!«

»In Ordnung, ich tue es nicht. Beruhige dich. Verdammt, das war wirklich tapfer, Evie, aber du hättest mir doch etwas sagen sollen. Ich hätte Verständnis gehabt. Hat er dir weh getan? Bist du irgendwo verletzt? Soll ich einen Arzt holen? Falls Gregor dir weh getan hatte, bringe ich den Mistkerl um!«

»Nein«, sagte Evangeline rasch. »Ich bin nicht verletzt. Ich brauche keinen Arzt. Mir geht es gut. Mach keine Umstände, Finlay. Laß mich nur ... wieder zu Atem kommen. Nachdem ich Penny befreit habe, hat Gregor kein Druckmittel mehr gegen mich. Alles kommt jetzt in Ordnung.«

»Tapferes Mädchen«, sagte Finlay, nahm sie wieder in die Arme und küßte sie sachte auf den Kopf. »Mein tapferes Mädchen.«

Der Holoschirm an der Wand klingelte einmal und gab damit kund, daß ein Anruf einging. Finlay traf Anstalten, das Gespräch anzunehmen, aber Evangeline packte ihn mit beiden Händen am Arm.

»Nicht antworten!«

»Ist schon in Ordnung, Evie. Nur wenige vertrauenswürdige Personen wissen, daß ich hier bin. Ich muß es annehmen, für den Fall, daß es dringend ist.«

Er befreite sich aus ihrem Griff, lächelte sie beruhigend an, stand vom Bett auf und aktivierte den Holoschirm. Das riesige, gerötete Gesicht von Gregor Shreck erschien dort, halb von einem blutdurchtränkten Verband bedeckt. Einen Moment lang starrte Gregor einfach nur vom Monitor herunter, betrachtete das Bild von Finlay und Evangeline; seine Lippen bebten und zuckten, und das gesunde Auge leuchtete.

»Was möchtet Ihr, Shreck?« fragte Finlay. »Und wie habt Ihr mich hier gefunden?«

»Meine Leute sind Evie auf dem ganzen Weg gefolgt. Sie glaubte, sie hätte sie abgehängt.« Gregors Stimme klang angespannt und schrill, aber voller Gift. »Sie hat Euch alles über ihr kleines Abenteuer im Shreck-Turm erzählt, was? Aber was hat sie Euch wohl nicht erzählt, hm, Feldglöck? Was ist mit den Dingen, die sie Euch nie erzählt hat, den Geheimnissen, die sie seit jeher vor Euch hütet? Soll ich Euch alles über Euren kleinen geklonten Liebling erzählen, hm?«

»Ich weiß, daß sie ein Klon ist«, antwortete Finlay kalt. »Und ich weiß, daß Ihr das Original ermordet habt. Wir haben keine Geheimnisse voreinander, Evangeline und ich.«

»Oh, aber doch, ganz gewiß, mein lieber Junge! Das garantiere ich. Ich wette, sie hat Euch nie verraten, wie sehr ich sie liebte, oder präzise, wie ich sie liebte. Oh, ich habe sie stark und oft geliebt. Tatsächlich habe ich sie mit ins Bett genommen und sie Tag und Nacht geliebt, so kräftig ich konnte. Und sie hat es genossen!«

»Nein!« protestierte Evangeline. »Nein!«

»Ihr Mistkerl!« brüllte Finlay, das Gesicht hellrot vor Zorn. »Ihr Mistkerl!«

»Ich habe sie flachgelegt, Feldglöck, lange ehe Ihr es tatet! Sie war Vatis Mädchen und tat alles, was Vati ihr sagte. Und wir haben alle möglichen Sachen angestellt. Sachen, die sie für Euch wahrscheinlich nie getan hat. Sie ist auf ewig mein, Feldglöck, denn ich hatte sie auch als erster. Dafür habe ich sie ja herstellen lassen. Ich werde sie Euch wieder wegnehmen, und Ihr könnt mich nicht daran hindern.«

»Ich bringe Euch um!« drohte Finlay und rang nach Luft, so schmerzte ihn die Brust. »Ich bringe Euch um! Ich bringe Euch um!«

Gregor lachte ihn aus, und Finlay zog die Pistole und zerschoß den Bildschirm. Gregors Gesicht zersplitterte, und der Monitor fiel stückweise zu Boden. Rauch stieg aus dem Inneren des Apparats auf. Danach war es ganz still, abgesehen von Evangelines Schluchzen. Finlay stand da, die Pistole noch in der Hand, und wollte sich überlegen, was als nächstes zu tun war, aber Gregors gehässige Worte füllten seinen Kopf aus und verjagten jeden anderen Gedanken. Finlay zweifelte nicht einen Augenblick, daß es die Wahrheit gewesen war. Es war genau das, was man von Gregor Shreck erwarten konnte. Endlich steckte Finlay die Waffe weg und drehte sich langsam zu Evangeline um.

»Warum hast du mir nichts davon gesagt?« fragte er.

»Weil ich wußte, daß du so reagieren würdest. Weil ich wußte, daß du wütend und verletzt sein würdest. Weil ich dachte, wenn du es wüßtest ... würdest du mich verlassen. Würdest du nicht mehr die gleichen Gefühle für mich hegen.«

»Hast du dir nie ... etwas aus Gregor gemacht?«

»Natürlich nicht! Ich war sein Eigentum! Ich hatte keine Wahl. Entweder tat ich, was er sagte, oder er hätte mich umgebracht und einen neuen Klon hergestellt, der ihm zu willen war. Ich tat, was nötig war, um zu überleben.«

»Ich werde ihn umbringen«, erklärte Finlay. »Auf der ganzen Welt findet man nicht genug Wachleute, die mich davon abhalten könnten. Du bleibst hier und schließt die Tür hinter mir ab. Mach sie nicht auf, ehe ich zurückkehre. Und vielleicht bringe ich dir Gregors Kopf mit, eingewickelt in ein Bettlaken.«

»Nein, Finlay! Deshalb hat er ja angerufen und dir das alles gesagt. Es muß eine Falle sein!«

»Natürlich ist es das. Aber das hält mich auch nicht auf.«

»Du kannst ihn nicht töten, Finlay. Es ist nicht mehr wie früher während der Rebellion, als du den Schutz der Untergrundbewegung genossen hast. Der Krieg ist vorbei; man würde es als Mord bezeichnen, und niemand würde deine Partei ergreifen. Man würde dich als gewöhnlichen Mörder aufhängen.«

»Sollen sie es nur versuchen!« drohte Finlay. »Evie, wie konntest du etwas Derartiges vor mir geheimhalten? Wir hatten uns doch geschworen, keine Geheimnisse voreinander zu haben. Wie konntest du nur so etwas Wichtiges für dich behalten? Hattest du kein Vertrauen zu mir?«

»Oh, du bist vielleicht der Richtige, um über Geheimnisse zu reden, Finlay Feldglöck! Wirst du jemals Julian Skye die Wahrheit sagen? Daß der Mann, den er so sehr bewundert, derselbe Maskierte Gladiator ist, der seinen Bruder Auric umbrachte?«

»Das ist etwas anderes!« erwiderte Finlay. Und dann hielt er inne, denn er hörte einen angespannten Laut hinter sich. Er blickte sich um, und dort stand in der offenen Tür Julian Skye. Das Gesicht des jungen Espers war totenbleich, aber seine dunklen Augen bohrten sich in die Finlays.

»Julian . . .«

»Du hättest es mir sagen sollen, Finlay. Du hättest es mir bei unserer ersten Begegnung sagen sollen. Wie konntest du nur so etwas tun?«

»Ich habe eine Menge Leute in der Arena umgebracht«, sagte Finlay. »Damals, als ich als der zweite Maskierte Gladiator auftrat. Auric war nur irgendeiner von ihnen. Ich habe erst erfahren, daß er dein Bruder war, als wir schon Freunde geworden waren. Und ich habe es dir nie erzählt, weil ich wußte, wie sehr es dich schmerzen würde.«

»Und wer war der Maskierte Gladiator, den ich während der Rebellion getötet habe?«

»Das war Georg McCrackin, der erste Mann unter der Maske. Er war mein Lehrer. Ich habe die Rolle von ihm übernommen.«

»Ich habe also einen Unschuldigen getötet.«

»Er stand auf der Seite der Imperatorin! Er hätte sich nie ergeben. Er hätte dich umgebracht.«

»Ein Unschuldiger. Du verdammter Mistkerl! Hieltest du das vielleicht für komisch? Hast du dich richtig abgelacht, als der Bruder des Mannes, den du ermordet hast, dir wie ein Hündchen nachlief?«

»Nein, Julian! So war es nie!«

»Ich gehe für eine Zeitlang fort. Ich möchte nicht, daß du mich anrufst. Ich nehme Kontakt zu dir auf, wenn ich entschieden habe, was ich tun werde. Wenn ich entschieden habe, ob ich dich umbringe oder nicht.«

Er drehte sich um und ging, und Finlay wäre ihm am liebsten nachgerannt, verzichtete aber darauf. Im Moment konnte er nichts sagen, was die Sache nicht noch schlimmer gemacht hätte. Er stand schweigend mitten im Zimmer, zwischen den Trümmern seiner Welt. Innerhalb weniger Minuten hatte er seinen Freund verloren und vielleicht auch seine Geliebte, beide das einzige, was ihm etwas bedeutete. Er wollte losziehen und Gregor umbringen und im Gemetzel

Trost suchen, brachte es aber nicht über sich. Nicht jetzt, während so viele Probleme ungelöst waren. Also ging er zum Bett zurück, setzte sich neben die schluchzende Evangeline, nahm sie in die Arme und tröstete sie, so gut er konnte.

Und ließ den blutroten Zorn im Herzen schwelen.

In der besten Suite, die das beste Hotel in *Parade der Endlosen* zu bieten hatte, lag SB Chojiro friedlich auf dem riesigen Bett, während Kardinal Brendan sie über die neuesten Entwicklungen ins Bild setzte. SB genoß es, hin und wieder ein wenig Luxus zu haben, und sah keinen Grund, warum sie sich etwas versagen sollte, nur um ihrem Clan ein paar Pennies zu sparen. Außerdem erwarteten die Leute, mit denen sie zu tun hatte, daß sie sie in einer Umgebung empfing, die ihnen gefiel. Es war unumgänglich, daß diese Leute SB als zumindest ebenbürtig betrachteten, andernfalls hätten sie keine Abkommen mit ihr getroffen. Sie bemerkte, daß Brendan nicht mehr sprach, und wandte träge den Kopf auf dem Kissen, um ihn anzusehen.

»Ja? Habt Ihr ein Problem?«

»Nein. Ich frage mich nur ... wie habt Ihr es nur geschafft, offizielle Sprecherin des *Schwarzen Blocks* zu werden? Vor der Rebellion hatte ich von Euch nie etwas gehört.«

SB Chojiro lächelte. »Ich bin die Sprecherin, weil der *Schwarze Block* es so möchte. Das ist auch alles, was Ihr zu erfahren braucht. Aber o Eitelkeit, dein Name ist Frau, und deshalb gefällt es mir, Euch darüber zu informieren, daß ich das Ergebnis umfangreicher Planung und Programmierung bin, genau für diese Aufgabe gestaltet. Ich bin die Stimme des *Schwarzen Blocks*. Ich denke die Gedanken, die der *Schwarze Block* mir eingibt.«

»Aber ... wieviel von Euch ist noch übrig?« fragte Brendan. »Ich meine, von Eurem wirklichen Selbst. Der ursprünglichen SB Chojiro.«

»Ah«, sagte SB. »Ihr wärt erstaunt! Sagen wir einfach: mehr als Ihr denkt. Aber es ist auch egal. Die Interessen der Organisation sind meine, und umgekehrt.«

»Aber warum ...«

»Warum man mich ausgesucht hat, unter allen Personen, auf die der *Schwarze Block* Zugriff hatte? Man hat es mir nie erklärt. Vermutlich genetische Kriterien. Man ließ meine Eltern töten, als ich noch ganz klein war, und nahm mich dem Clan weg, damit ich keine Bindungen mehr hatte außer dem *Schwarzen Block*, und damit ich niemandem sonst gegenüber loyal war. Ich habe nie eine Familie gehabt oder erfahren, wie das sein könnte, also kann ich nicht ehrlich behaupten, ich hätte etwas verloren. Der *Schwarze Block* ist mein Vater und meine Mutter und alle meine Geschwister. Er hat mich zu dem gemacht, was ich heute bin.«

»Und wer ist dieser ›er‹?« wollte Brendan wissen. »Ich bin nie über die Peripherie hinausgekommen. Die Mysterien sind mir verschlossen geblieben. Wer sind diese Leute, die alles entscheiden?«

»Ah«, sagte SB und lächelte zur Decke hinauf. »Das wüßtet Ihr gern, nicht wahr?«

Kardinal Brendan seufzte leise. Er hätte es besser wissen müssen, als eine direkte Antwort von SB Chojiro zu erwarten. »Was kommt nun an die Reihe?« fragte er und kehrte damit auf den besser abgesicherten Boden der Tagesgeschäfte zurück. »Wir haben meine komplette Liste abgearbeitet, aber Ihr habt mich angewiesen, mir für den restlichen Abend freizunehmen.«

»Das habe ich«, bekräftigte SB. »Ich weiß nicht

genau, was jetzt passieren wird. Verschiedene Ereigniskketten wurden in Gang gesetzt. Als einziges ist gewiß, daß irgendwann heute abend mehrere wichtige Mitglieder des *Schwarzen Blocks* hier eintreffen werden, um über ein Bündnis mit Jakob Ohnesorg zu beraten.«

»Was? Ihr macht wohl Witze! Was könnte er mit uns gemeinsam haben?«

»Ganz einfach. Er ist ein Chojiro.«

Brendan starrte sie einen Moment lang nur an. »Jakob Ohnesorg ist ein *Chojiro?*«

»Ihr habt doch nicht wirklich geglaubt, er hieße Ohnesorg, oder? Seine Mutter entstammte meinem Clan. Sein Vater war unwichtig. Es kommt nur darauf an, daß Jakob mit einer führenden Familie blutsverwandt ist, und es kommt vor allem zu einem Zeitpunkt darauf an, an dem er sich stärker isoliert fühlt als je zuvor in seinem Leben. Und egal, wie weit wir uns von ihr entfernen, die Familie bleibt die Familie. Falls wir ihn, den legendären Berufsrebellen und -helden, überreden könnten, sich uns anzuschließen, den Mann, der das Abkommen mit dem *Schwarzen Block* geschlossen hat ...«

»Es ist riskant«, fand Brendan. »Zu riskant. Er ist im Augenblick vielleicht politisch isoliert, aber er bleibt ein Mann von Macht und Einfluß. Und zu allem Überfluß ist er einer der Überlebenden des *Labyrinths*. Was immer das für Leute sind.«

»Sie sind die Zukunft«, sagte SB. »Wer immer sie steuert oder notfalls vom Spielfeld nehmen kann, bestimmt das Schicksal der Menschheit. Wie auch immer – die Überlebenden des *Labyrinths* sind vielleicht mächtig, aber sie haben weiterhin ihre Schwächen. Jakob Ohnesorg würde sich den Tröstungen einer Familie, des Dazugehörens, anheimgeben. Ruby Reise braucht den Kampf und eine Richtung, wenn nicht eine besondere Aufgabe; sie ist unfähig, ein eigenes Leben zu führen, und benötigt das Gefühl, daß man sie braucht. Owen Todtsteltzer und Hazel D'Ark ... sind ein Problem. Zusammen sind sie größer als die Summe ihrer Teile, so daß es am ehesten unseren Interessen entspricht, wenn wir sie trennen. Wenn wir sie gegeneinander ausspielen, Owens Idealismus gegen Hazels praktische Gesinnung setzen. Es könnte gut sein, daß sie sich dann gegenseitig vernichten.«

»Was auch immer geschieht, wir müssen die bevorstehende Eheschließung zwischen Owen und Konstanze Wolf verhindern«, meinte Brendan. »Owen als Imperator, selbst als konstitutioneller Imperator, wäre undenkbar!«

»Nicht unbedingt«, wandte SB ein und streckte sich träge. »Falls wir ihn nicht vernichten können, bleibt uns immer noch, ihn zu manipulieren. Wichtiger ist, daß wir Finlay Feldglöck aus dem Spiel nehmen. Es kommt darauf an, daß Robert als der Feldglöck eingesetzt werden kann, ohne daß sich dem jemand widersetzt.«

»Ich habe einiges in Bewegung gesetzt«, sagte Brendan. »Jetzt brauchen wir nur noch zu warten. Ich kann jedoch nicht erkennen, daß Robert als der Feldglöck irgendeine Verbesserung darstellen würde. Es heißt, er hege keine Zuneigung zu Aristokraten im allgemeinen und dem *Schwarzen Block* im besonderen.«

»Aber er gehörte eine Zeitlang dem *Schwarzen Block* an, und wer uns einmal gehört hat, der gehört uns für immer. Wenn der Zeitpunkt kommt, wird er das Richtige tun. Er wird gar nicht anders können.«

Der Bildschirm an der Wand läutete höflich, und Brendan ging hinüber, um das Gespräch anzunehmen. Julian Skyes ausgemergeltes Gesicht erschien, und SB legte sich rasch zurück, damit Julian sie nicht sehen konnte. Er wirkte müde, und er funkelte Brendan aus verdächtig verschwollenen Augen an.

»Ich möchte mit SB sprechen. Sofort.«

»Tut mir leid, Julian. Sie möchte nicht mit Euch reden. Nicht, bis Ihr Eure Liebe und Loyalität zu ihr unter Beweis gestellt habt.«

»Ich kann ihr Finlay Feldglöck liefern. Falls es das ist, was sie möchte.«

»Das sind ... gute Nachrichten, Julian. Ich bin sicher, daß SB sich sehr freuen wird, das zu hören. Wie schnell ...«

»Sehr schnell. Aber ich übergebe ihn nur SB. Persönlich.«

»Ich bin überzeugt, daß wir das arrangieren können. Informiert mich, sobald Ihr die Lieferung vornehmen könnt, und ich nenne Euch Zeit und Ort. SB wird Euch dort erwarten.«

»Sagt ihr ... sagt ihr, daß ich sie liebe.«

»Selbstverständlich. Ihr tut das Richtige, Julian. Seid vorsichtig mit Finlay; er ist ...«

Aber Julian hatte die Verbindung schon getrennt. Brendan starrte auf den leeren Bildschirm und drehte sich dann zu SB um, die aufgestanden war und auf ihn zukam.

»Na«, sagte Brendan, »das war überraschend. Ich hatte mit seiner totalen Kapitulation noch auf Tage hinaus nicht gerechnet.«

»Er liebt mich«, gab SB zu bedenken. »Mein lieber, süßer, verletzlicher Julian. Er hat immer gesagt, er würde alles für mich tun.«

»Sogar seine Freunde verraten?«

»Natürlich. Wozu sind Freunde da?«

»Aber können wir uns darauf verlassen, daß er sein Wort hält? Ihr habt ihn an die Folterknechte verraten. Ihr steht für alles, was er verabscheut.«

»Das spielt keine Rolle. Er gehört mir. Eigentlich

hätte es sein leichter formbarer, älterer Bruder Auric werden sollen. Er wäre uns viel nützlicher gewesen. Er bestand jedoch auf diesem dummen Duell in der Arena und ging uns dabei verloren. Julian war nur die zweite Wahl, aber um fair zu sein: Er hat aus eigener Kraft viel mehr erreicht, als ich erwartet hätte. Ein weiterer offizieller Held der Rebellion könnte sich für uns als sehr nützlich erweisen . . .«

»Denkt Ihr wirklich, daß er seinen besten Freund umbringt? Seinen Retter? Sei es auch Euch zuliebe?«

»Wahrscheinlich nicht. Eher rechne ich damit, daß er mir Finlay lebend und hilflos ausliefert und vorher alle möglichen Bedingungen aushandelt, bis sein Gewissen ihm erlaubt, Finlay zu übergeben. Aber das ist egal. Auf die eine oder andere Art erhalten wir, was wir möchten.«

»Der arme Julian«, sagte Brendan lächelnd. »Schon ins Schwimmen geraten und im Begriff, rasch zu sinken. Er könnte einem fast leid tun, nicht wahr?«

SB musterte ihn kühl. »Wollt Ihr damit fragen, ob ich Gefühle für ihn hege? Natürlich tue ich das. Ich bin letztlich auch nur ein Mensch.«

»Wirklich?« fragte Brendan. »Ich dachte, Ihr wärt ganz *Schwarzer Block.*«

Evangeline saß in Finlays Quartier steif auf der Bettkante und war nach wie vor in ihr Bettlaken gewickelt. Finlay saß ihr gegenüber auf einem Stuhl und machte ein ausgesprochen finsteres Gesicht. Sie hatten es mit einem Gespräch probiert, aber damit nichts erreicht. Reden war nie Finlays starke Seite gewesen. Der Reservemonitor läutete plötzlich, und Finlay mußte für einen Augenblick angestrengt nachdenken, ehe ihm wieder einfiel, wo er das Gerät fand. Bislang hatte er es noch nie benutzen müssen. Endlich entdeckte er den kleinen Bildschirm im Kopfteil des Bettes und nahm den Anruf entgegen. Julian Skyes Gesicht tauchte auf, und Finlay stieß einen leisen, erleichterten Seufzer aus.

»Julian! Ich habe mir schon Sorgen gemacht. Wie geht es dir? Bist du in Ordnung? Hör mal ...«

»Wir müssen reden, Finlay.«

»Natürlich müssen wir das! Sieh mal, ich kann Evie im Moment nicht allein lassen. Wieso ...«

»Wir müssen sofort miteinander reden, Finlay. Komm herüber in mein Stadthaus. Ich kann nicht weg. Ich kann nicht riskieren, daß mich jemand sieht. Du mußt herkommen! Es ist wichtig. Meine alten Verbindungsleute unter den Espern sind einer Verbindung zwischen Gregor Shreck und den Chojiros auf die Schliche gekommen. Da läuft zusammen mit dem *Schwarzen Block* irgendeine Intrige. Ich habe versucht, Jakob Ohnesorg zu erreichen, aber niemand weiß, wo er sich aufhält. Du bist der einzige andere Mensch, mit dem ich darüber reden kann.«

»Ja, richtig. Scheiße! An manchen Tagen überstürzt sich einfach alles. In Ordnung, bleibe, wo du bist. Ich bin bei dir, sobald ich kann.«

»Sicher, Finlay. Bis später.«

Der Bildschirm wurde dunkel. Finlay drehte sich um und stellte fest, daß Evangeline ihn ungläubig musterte. »Du denkst doch nicht ernsthaft daran, dorthin zu gehen, oder?«

»Ich muß«, sagte Finlay. »Ich muß mit ihm reden, ihm erklären ... Du hast ja gesehen, in welcher Verfassung er gegangen ist. Ich hatte mir schon Sorgen gemacht, er könnte etwas ... Törichtes tun. Ich bleibe nicht lange weg.«

»Was ist mit mir? Bedeute ich nichts? Ich möchte nicht, daß du mich allein läßt, Finlay!«

»Ich komme zurück, so schnell ich kann.«

»Finlay!«

»Evie, ich muß das tun! Vielleicht steckt nichts hinter dieser Chojiro-Sache; vielleicht ist es nur eine Ausrede, um sich an mich zu wenden. Ich kann es mir aber nicht erlauben, das einfach vorauszusetzen. Falls er recht hat, muß ich mit einem ganzen Haufen Leute Kontakt aufnehmen ... Evie, du weißt, daß ich dich nicht allein lassen würde, wenn ich nicht dazu gezwungen wäre.«

»Du läßt mich immer allein, Finlay, und rennst weg, um irgend jemanden umzubringen und ein weiteres Mal den Helden zu spielen. Immer geht es darum, was du für nötig hältst. Was ist mit meinen Bedürfnissen?«

»Du bist hier in Sicherheit. Niemand kann hier zu dir vordringen, nicht am Sicherheitsdienst der Arena vorbei. Ich muß gehen. Es ist wichtig.«

»Und ich bin es nicht?«

»Das habe ich nicht behauptet!«

»Falls es so wichtig ist, komme ich mit.«

»Evie, das geht nicht. Du bist nicht in der Verfassung, um irgendwohin mitzukommen. Und ich denke, Julian und ich müssen das allein besprechen. Ruhe du dich lieber aus. Ich bin bald zurück, versprochen.«

»Finlay, falls du mich jetzt im Stich läßt, bin ich nicht mehr hier, wenn du zurückkehrst. Ich meine es ernst, Finlay!«

Er ging trotzdem, was ihnen beiden von Anfang an klar gewesen war. Finlay Feldglöck konnte niemals einem Aufruf zur Tat widerstehen.

Julian Skye, der wieder in seinem alten Haus zurück war, wandte sich vom leeren Bildschirm ab. Er fühlte sich kalt und leer und sehr müde. Vor gerade mal ein paar Tagen hatte sein Leben noch Sinn ergeben. Es war geordnet gewesen, abgesichert, gar der Routine anheimgefallen. Jetzt war alles dahin, was ihm je etwas bedeutet hatte. Alles außer SB Chojiro. Aber ihm blieb keine Zeit für Trauer oder Bedauern. Er hatte das eine oder andere zu tun, mußte ein paar Dinge in die Wege leiten, ehe Finlay eintraf.

Julian ging zu dem niedrigen Holztisch am Kamin hinüber und nahm die kleine Silberschatulle zur Hand, die dort stand. Der Deckel zeigte das Familienwappen. Sein Vater hatte sie als Schnupftabakdose benutzt. Julian hatte sie in seiner Zeit bei den Rebellen anderen Zwecken zugeführt. Er öffnete sie jetzt und holte eine einzelne schwarze Kapsel heraus, fast so groß wie ein Fingernagel. Er wog sie für einen Moment ab und machte sich dann auf die Suche nach einem Glas Wein. Etwas von dieser Größe würde schwer zu schlucken sein, und er hatte sowieso immer Probleme mit Tabletten gehabt. Schließlich schaffte er es doch, unterstützt von einem Halben und mit etwas Anstrengung. Die Kapsel bereitete ihm entschieden Unbehagen, als er sie schluckte, aber er war darüber hinaus, sich noch um solche Dinge zu scheren.

Eine einzelne schwarze Kapsel. Nur ein bißchen, das ihn zusammenhielt, während er mit SB Chojiro sprach. Er hoffte, daß er sie nicht brauchen würde, aber es bestand immer die Gefahr, daß das doch der Fall sein würde.

Er setzte sich in den Salon und wartete darauf, daß Finlay eintraf. Es dauerte etwas weniger als eine Stunde, und als die Türglocke läutete, saß Julian immer noch dort. Er hatte sich nicht vom Fleck bewegt. Er ging selbst zur Tür. Den Dienern hatte er für den restlichen Abend freigegeben. Er wollte keine Zeugen. Er öffnete die Tür für Finlay, und sie beide nickten sich verlegen zu. Julian führte seinen Gast in den Salon. Sie setzten sich vor dem Kamin einander gegenüber.

»Ich wollte nie, daß du es herausfindest«, sagte Finlay. »Ich wußte, daß es dir weh tun würde.«

»Du hast meinen Bruder Auric umgebracht.«

»Ja, das habe ich. Ich habe viele Leute in der Arena umgebracht.«

»Er hat gut gekämpft. Du hättest dich damit begnügen können, ihn zu verletzen. Die Menge hätte für ihn den aufgerichteten Daumen gezeigt.«

»Er hat zu gut gekämpft. Er hatte Panzerplatten unter der Haut implantiert und Servomechanismen in den Muskeln. Ich dachte wirklich, er würde mich töten. Also stoppte ich ihn mit einem Schwertstoß gegen seine einzige ungeschützte Stelle: die Augen.«

»Du warst der Maskierte Gladiator. Unbesiegter Meister der Arena. Falls du nur gewollt hättest, dann wäre dir eine Möglichkeit eingefallen, ihn zu besiegen, ohne ihn dabei zu töten.«

»Vielleicht. Ich weiß es nicht. In der Arena findet man keine Zeit, um über solche Fragen nachzudenken. Es heißt töten oder getötet werden. Dein Bruder wußte das.«

»Auric. Er hieß Auric.«

»Was soll ich deiner Meinung nach sagen, Julian? Daß es mir leid tut? In Ordnung, es tut mir leid, daß ich deinen Bruder Auric umgebracht habe. Aber du und ich, wir haben während der Rebellion viele Menschen getötet, manche davon einfach nur Soldaten oder Wachtposten, die ihren Job taten, die ihre Pflicht erfüllten, wie sie sie verstanden. Jeder von ihnen war irgend jemandes Bruder. Mir tut der Schmerz leid, den ich dir zugefügt habe, Julian. Ich kann es jedoch nicht mehr ändern.«

»Ich weiß«, sagte Julian. »Mir tut es auch leid. Aber manchmal ist das nicht genug.«

Er griff mit seiner ESP hinaus und schaltete Finlays Verstand aus. Der Feldglöck kippte vom Stuhl und blieb reglos auf dem Teppich liegen. Julian stand auf, blickte auf den alten Freund hinunter und gab sich Mühe, keine Gefühle aufsteigen zu lassen. Die Tür ging auf, und drei Einsatzleute des *Schwarzen Blocks* kamen aus dem angrenzenden Raum, in dem sie gewartet hatten. Der Anführer sah Finlays reglose Gestalt an.

»Ist er tot?«

»Nein«, sagte Julian. »Er schläft nur. Hebt ihn auf und tragt ihn hinaus. Und behandelt ihn höflich. Er war einmal ein großer Mann.«

Die drei Agenten des *Schwarzen Blocks* warfen den bewußtlosen Finlay SB Chojiro vor die Füße. Er lag reglos da und atmete kaum. Schwertgurt und Halfter hatte man ihm abgenommen. Ein Arm lag schlaff neben dem Körper ausgestreckt und war SB wie in einer bittenden Geste zugewandt. Sie betrachtete Finlay einen Augenblick lang und hob schließlich die Augen lächelnd zu Julian Skye, der ein kleines Stück abseits stand. Er erwiderte das Lächeln nicht, nickte ihr jedoch zu.

»Hallo SB. Ist eine Weile her, nicht wahr? Mir gefällt deine Suite. Sehr luftig. Ich habe dir ein Geschenk mitgebracht. Eine kleine Aufmerksamkeit.«

»Hallo Julian. Schön, dich wiederzusehen. Du warst schon immer sehr großzügig zu mir. Ich hoffe, du hattest keine Schwierigkeiten, mich zu erreichen.«

»Ich hätte ohne die Durchsuchung, das komplette Ausziehen und die tastenden Finger auskommen können, aber ich verstehe, daß du auf Sicherheit bedacht bist. Du hast heutzutage viele Feinde, SB.«

»So geht es erfolgreichen Leuten immer. Du bist ja

ganz blaß, Julian. Hast du auch gut für dich selbst gesorgt?«

»Es geht mir in letzter Zeit nicht gut. Die Rebellion hat mich viel gekostet. Es geht wieder vorüber.«

»Gut. Ich habe mir alle deine Holoauftritte angesehen. Sehr dramatisch. Soweit ich gehört habe, bist du heute ein richtiger Frauenschwarm.«

»Oh, sicher doch. Ich habe sogar einen offiziellen Fanclub. Ich kann dir ein Bild mit Autogramm geben, falls du möchtest.«

»Und?« fragte SB. »Gibt es in deinem Leben zur Zeit jemand besonderes?«

»Nein«, antwortete Julian. »Das weißt du ganz gut. Es hat immer nur dich gegeben, SB. Nach dir hatte ich keinen Blick mehr für sonst jemanden. Deshalb bin ich ja auch hier. Deshalb habe ich dir Finlay mitgebracht. Um die Tiefe der Gefühle zu demonstrieren, die ich für dich hege.«

»Lieber Julian! Auch in meinem Leben hat es niemals jemand anderen als dich gegeben. Ich wollte nie einen anderen. Wir gehören zusammen.«

»Schicke deine Schatten weg«, sagte Julian und deutete auf die drei Agenten des *Schwarzen Blocks,* die sich schweigend im Hintergrund hielten. »Wir brauchen kein Publikum.«

SB gab den drei gesichtslosen Männern einen Wink, und sie nickten, gingen hinaus und schlossen die Tür lautlos hinter sich. SB und Julian standen einander über Finlays bewußtloser Gestalt gegenüber, und beide Gesichter zeigten einen sehnsüchtigen Ausdruck, der vielleicht real war, vielleicht aber auch nicht.

»Du bist so schön«, sagte Julian. »Du bist alles, was ich mir je gewünscht habe. Ich hätte mein Leben für dich geopfert.«

»Warum bist du hier, Julian?« wollte SB mit ganz

dünner und ganz leiser Stimme wissen. »Nach all den schrecklichen Dingen, die ich dir angetan habe?«

»Ich weiß es nicht. Ich weiß immer noch nicht so recht, ob ich dich lieber küssen oder umbringen sollte. Du hast mir weh getan, SB. Ich habe dir vertraut, und du hast mir das Herz aus dem Leibe gerissen.«

»Ich weiß. Mir blieb keine andere Wahl. Seitdem ich ein kleines Kind war, gehöre ich dem *Schwarzen Block* an. Er ist mein Leben und bedeutet alles für mich. Ich kann mich dieser Programmierung genausowenig erwehren wie des Atems. Ich habe dich geliebt, aber sie haben mich gezwungen, dich aufzugeben. Ich habe tagelang geweint.«

»Hast du das, SB? Hast du das wirklich getan? Ich habe in der Verhörzelle auch geweint, aber niemand ist hereingekommen und hat mir die Tränen abgewischt. Seitdem habe ich nicht mehr geweint. Ich denke nicht, daß ich dazu noch fähig bin.«

»Wieso bist du gekommen, Julian? Was möchtest du von mir?«

»Ich möchte, daß alles wieder so wird, wie es früher war, als wir uns geliebt haben und so glücklich waren und dachten, wir würden das Leben gemeinsam verbringen.«

»Das wünsche ich mir auch, Julian. Wer immer und was immer ich war, irgend jemand blieb ständig in mir, der dich liebte. Wir können wieder zusammen sein, nachdem du jetzt deine Liebe unter Beweis gestellt hast. Der *Schwarze Block* steht diesmal nicht zwischen uns. Er möchte, daß wir zusammen sind. Er hat eine große Zukunft für uns geplant. Wir können heiraten, und du trittst dem Clan Chojiro bei. Wir vergessen, was früher war, vergessen den Schmerz, und nichts wird uns jemals trennen. Wir gehören einander für immer. Es ist gar nicht so schlecht, wenn man dem *Schwarzen Block* angehört. Wir können gemeinsam glücklich werden. Dazu ist nicht mehr nötig als ein letzter Beweis deiner Gefühle. Alles, was du für den *Schwarzen Block* und für mich zu tun hast, ist, unseren Feind Finlay Feldglöck zu töten.«

Julian musterte sie und blickte dann auf die bewußtlose Gestalt, die zwischen ihnen auf dem Boden lag. »Ich hatte immer befürchtet, daß es dazu kommen würde. Daß ich mich zwischen der Liebe zu dir und der zu meinem Freund entscheiden muß. Und ich habe mich gefragt, was ich schließlich tun würde, wenn es soweit war. Ich habe nie aufgehört, dich zu lieben, SB. Du warst meine erste Liebe und meine erste Frau, und nichts kann das mehr ändern. Ich habe allerdings viel durchgemacht. Ich sehe manches jetzt klarer. Und ich weiß, daß du alles sagen würdest, was nötig ist, damit ich deinen Wünschen entspreche. Wahrheit und Lüge sind für dich das gleiche, denn das einzige, was dir im Leben etwas bedeutet, ist der *Schwarze Block*. Du gehörst ihm mit Leib und Seele. Es ist nicht deine Schuld. Nicht wirklich. Aber du liebst mich nicht. Das hast du nie. Ich denke nicht, daß dir das überhaupt gegeben ist.«

»Du irrst dich, Julian. Du irrst dich so sehr! An mir ist mehr als nur die Programmierung.« Tränen schimmerten jetzt in ihren Augen. »Der *Schwarze Block* hat mein Denken geformt, aber das Herz gehört immer noch mir. Wir können gemeinsam glücklich werden, wirklich!«

»Nein. Falls du mich wirklich liebtest, würdest du mich nicht auffordern, meinen Freund zu töten.«

»Dann tue es nicht«, sagte SB. »Laß ihn leben. Du bist mir wichtiger als der Tod eines Feindes.«

Sie streckte die Arme nach ihm aus, und er stolperte hinein. Er drückte SB an sich, legte seinen Kopf auf ihren. Er atmete den feinen Duft ihres Haares ein, und sie fühlte sich in seinen Armen so weich und wundervoll an. Und dann zog SB den langen, dünnen Dolch, den sie im Ärmel versteckt trug, und stieß ihn fachmännisch zwischen Julians Rippen. Er schrie vor Schreck und Schmerz auf, und seine Arme schlossen sich um sie wie ein Schraubstock. SB entspannte sich in seinem sterbenden Griff und lächelte ihm ins Gesicht, das ihrem so nahe war.

»Verzeih mir, mein Liebling, aber du bist seit jeher zu gefährlich, als daß wir dir gestatten könnten, frei herumzulaufen. Hättest du dich doch nur an mich gebunden, mir gestattet, dich an den *Schwarzen Block* zu binden, dann hätten wir so glücklich werden können! Ich hatte jedoch immer den Verdacht, du könntest dafür ein zu ehrenhafter Mann sein. Armer Julian! Wußtest du nicht, daß die Welt, die du zu schaffen mitgeholfen hast, keinerlei Ehre kennt?«

Julian lächelte sie an, und seine Zähne waren rot von Blut. Er atmete rauh, und ein feiner Regen aus roten Tröpfchen sprühte mit jedem Zug hervor und bespritzte SBs Gesicht mit entsetzlichen Flecken. Sie zuckte nicht zusammen. Julian hielt sie nach wie vor fest umklammert, aber sie wußte, daß die Kraft bald aus seinen Armen schwinden würde. Julian senkte das Gesicht zu ihr. Er wollte sicherstellen, daß sie auch hörte, was er zu sagen hatte.

»Ich wußte ... daß du keine Ehre hast, SB. *Wach auf, Finlay!*«

Er griff mit seiner ESP nach Finlay, und die Gestalt auf dem Boden war plötzlich wieder hellwach. Finlay sprang auf und griff nach dem Schwert, das gar nicht mehr an seiner Seite hing. Er blickte sich wütend um, sah, daß Julian SB festhielt, entdeckte dann das Messer in seiner Seite.

»Julian, was ...«

»Du bist im Chojiro-Turm«, erklärte ihm Julian unter Schmerzen. »Verschwinde von hier, Finlay. Ich halte die Türen mit meiner ESP zu, damit die Wachleute nicht hereinkönnen. Du mußt ein Fenster nehmen.«

Er spannte die Gedankenkräfte an, und ein Panzerglasfenster explodierte nach außen. Durch die weite Öffnung wehte der Wind herein, kalt wie der Tod. Finlay traf Anstalten, auf Julian zuzugehen.

»Ich lasse dich nicht zurück! Du bist verletzt!«

»Ich sterbe, Finlay! Ich vergebe dir alles. Du warst immer mein Freund. Jetzt sieh verdammt noch mal zu, daß du von hier verschwindest! Ich habe eine Bombe im Bauch.«

SB schnappte nach Luft und versuchte sich zu befreien, aber er hielt sie wie mit Eisenstangen fest. Finlay las in den Zügen des Sterbenden, daß er die Wahrheit gesagt hatte, und warf sich aus dem zertrümmerten Fenster. SB trat um sich und strampelte und schrie um Hilfe. Julian drückte sie an sich und lachte und weinte, als er das ESP-Signal an die schwarze Kapsel sandte, die er vorher geschluckt hatte.

Als die Bombe hochging, tötete sie beide augenblicklich und zerfetzte das komplette oberste Stockwerk des Chojiro-Turms.

Finlay Feldglöck hatte, ehe er hinaussprang, gar nicht gewußt, daß er sich im obersten Stockwerk des Turms aufgehalten hatte, zweiunddreißig Etagen hoch. Die ersten paar Stockwerke legte er im Schock zurück, aber dann explodierte die oberste Etage und rüttelte ihn wach. Alle Fenster flogen gleichzeitig heraus, und dicker schwarzer Qualm wogte aus den Öffnungen hervor. Messerscharfe Panzerglassplitter flogen an ihm vorbei und schnitten ihn an einigen Stellen, während er nach unten langte und darum kämpfte, den Absatz des rechten Stiefels zurückzuziehen. Darinnen war die Kletterleine aufgespult, die er in seiner Zeit als Attentäter während der Rebellion benutzt hatte. Er hatte schon immer auf das Prinzip gehalten, allzeit bereit zu sein. Wachtposten nahmen einem vielleicht Schwert und Pistole ab, aber praktisch nie die Schuhe, es sei denn, man war tot. Julian wußte über den Absatz Bescheid. Finlay hatte ihm genug Geschichten davon erzählt. Julian! Julian war tot. Finlay kniff für einen kurzen Moment die Augen zu und verbannte dann diesen Gedanken. Er würde später trauern, wenn er Zeit dafür fand. Vorausgesetzt, es gab ein Später.

Er warf den Eisenhaken am Ende der Leine zum Turm hinüber, und er verfing sich an einem Ziervorsprung. Finlay wickelte sich das andere Ende um die Hände und bereitete sich vor. Mit einem Ruck spannte sich das Seil, zerrte an seinen Armen und biß so tief ins Fleisch, daß es blutete. Finlay knirschte mit den Zähnen und ließ sich vom Impuls an die Wand hinüberschwingen. Einen Augenblick später klammerte er sich an die Wand wie an einen alten Freund, beugte nacheinander die schmerzenden Hände und versuchte, wieder zu Atem zu kommen. Einbrechen konnte er nicht in den Turm, also mußte er den restlichen Weg hinunterklettern. Er blickte vorsichtig nach unten und zählte einundzwanzig Stockwerke. Er schüttelte langsam den Kopf. Er wurde allmählich zu alt für diesen Mist.

Er brauchte über eine Stunde, um den Boden zu erreichen, denn er kletterte vorsichtig und vermied es, die Wachleute des Turms auf sich aufmerksam zu machen. Zum Glück hatte die Explosion die Außensensoren des Gebäudes zerstört, und die Wachleute waren alle im Inneren, um bei der Brandbekämpfung auf den Ruinen der obersten Etage zu helfen. Finlay legte die letzten paar Fuß im Sprung zurück und landete heftig. Der feste Boden unter den Füßen fühlte sich gut an. Er blickte hinauf, verfolgte den Weg zurück, den er zurückgelegt hatte. Die Turmspitze war von Rauch und Flammen umhüllt. Julians Feuerbestattung. Finlay wußte immer noch nicht recht, was passiert war, aber er konnte es sich denken. Er hatte schon immer gewußt, daß SB Chojiro seinem Freund einmal den Tod bringen würde.

Finlay seufzte und entschied, daß es allmählich Zeit wurde, Gregor Shreck zu töten. Dann konnte er es genausogut auch jetzt tun. Alles, was ihm etwas bedeutete, war ihm geraubt worden. Sein engster Freund Julian. Jede Hoffnung auf eine Verbindung mit Adrienne und den Kindern. Und Evangeline, die er verloren hatte, indem er sie verließ, als sie ihn am dringendsten brauchte. Jetzt war er allein, und es stand ihm frei, zu tun, was er schon lange hätte machen sollen. Vor dem Gesetz würde er kein Verständnis finden. Ebensowenig bei seinen ehemaligen Freunden und Kameraden unter den Rebellen. Sie würden ihn als Mörder bezeichnen, als Renegaten, und sich zusammenschließen, um ihn zu jagen. Aber nichts davon bedeutete ihm etwas. Jetzt kam es nur noch darauf an, Gregor Shreck für all den Schmerz und das Grauen zu bestrafen, wofür dieser Mann die Verantwortung trug. Finlay nickte einmal und entfernte sich vom brennenden Turm.

Gregor hätte es wissen müssen. Der gefährlichste Mann ist immer derjenige, der nichts mehr zu verlieren hat.

Er hatte seine Waffen nicht hergegeben, als die Rebellion beendet war. Stets war er davon ausgegangen, daß er sie eines Tages womöglich wieder brauchte.

Nur für den Fall, daß die neue Ordnung nicht funktionierte. Er bewahrte sie in einem sicheren Versteck auf, in einem Teil der Stadt, wo niemand Fragen stellte, und sprach niemals darüber. Nicht mal Evangeline wußte davon. Sie wäre nie damit einverstanden gewesen. Ein Taxi brachte Finlay in weniger als einer halben Stunde dorthin. Er ließ ein gutes Stück davor anhalten, gab dem Fahrer genügend Trinkgeld, um sicherzustellen, daß der Mann sich nicht an seinen Fahrgast erinnerte, und legte den restlichen Weg zu Fuß zurück.

Er blieb vor der schlichten Stahltür stehen und prüfte sorgfältig, ob all seine versteckten Kontrollen intakt waren. Keine davon war ausgelöst worden. Das Geheimnis war also gewahrt. Er öffnete das Schloß mit Daumenabdruck und Stimmkode und nickte zufrieden, als er feststellte, daß seine alten Freunde nach wie vor an Ort und Stelle waren. Schwerter, Äxte, Energiewaffen, Projektilwaffen, Granaten und all die übrigen nützlichen Kleinigkeiten, die er sich in seiner Zeit als Attentäter zugelegt hatte. Er verfügte über ausreichend Feuerkraft, um eine kleine Armee auszuschalten, und das war genau, was er vorhatte.

Zunächst zog er sich eine vollständige Körperpanzerung an. Als nächstes kamen ein Energieschild-Armband ums linke Handgelenk und ein Schwertgurt um die Taille. Das Gewicht des Schwerts an der Hüfte fühlte sich beruhigend an, wie eine Heimkehr. An der anderen Hüfte wurde ein voll geladener Disruptor im Halfter positioniert. Eine Projektilpistole schob sich Finlay am Rücken hinter den Gürtel. Damit hatte er etwas Besonderes vor. Schließlich folgten zwei sich an Brust und Rücken kreuzende Schultergurte mit diversen Granaten, mit Splitter-, Erschütterungs- und Brandgranaten. Finlay stampfte eine Zeitlang in der kleinen Kammer hin und her, um sich an die

Gewichtsverteilung zu gewöhnen. Sein Plan war ganz einfach. Er hatte vor, durch den Haupteingang des Shreck-Turms zu spazieren und jeden umzubringen, auf den er traf, bis er vor Gregor Shreck stand.

Und genau das tat er auch. Der Plan funktionierte erstaunlich gut. Die Sicherheitsvorkehrungen im Turm der Shrecks dienten, wie in den meisten Pastelltürmen, vor allem der Abwehr von Angriffen aus der Luft, die mit Gravschlitten vorgetragen wurden, oder von Bodenangriffen starker Kräfte. Sie waren keine zureichende Vorbereitung auf einen einzelnen Killer mit kalten Augen und kaltem Herzen, dem es egal war, ob er überlebte oder starb. Finlay ging auf die Wachtposten vor dem Haupteingang zu, schoß dem einen ins Gesicht und schnitt dem anderen die Kehle durch. Eine Richtungsladung aus dem Schultergurt pustete die Tür aus den Angeln. Finlay warf eine Splittergranate in die Eingangshalle, wartete, bis sie detonierte und die Schreie einsetzten, stolzierte in den rauchverhangenen Raum und metzelte die wenigen Leute nieder, denen die Granate noch nicht den Rest gegeben hatte. Er warf auch eine Brandgranate, um zur Ablenkung ein Feuer zu legen, und stieg die Treppe ins nächste Stockwerk hinauf. Er war nicht so blöd, daß er den Fahrstuhl benutzt hätte.

Wachleute kamen die Treppe heruntergelaufen, und er brachte sie sämtlich um. Stetig bahnte er sich den Weg nach oben und hielt an jedem Stockwerk an, um Granaten und Brandsätze zu werfen. Wer nicht bei den Detonationen umkam, sah sich rasch mit dem Versuch beschäftigt, den sich ausbreitenden Bränden und dem Rauch zu entrinnen. Die Sprinkler gaben ihr Bestes, aber sie waren nicht dazu konstruiert, mit dergleichen fertig zu werden. Der Wachleute war kein Ende, und Finlay tötete sie alle, außer denen, die genügend Verstand aufwiesen, um sich umzudrehen und wegzulaufen, als sie den Tod auf sich zukommen sahen.

Finlays Schwertarm schmerzte allmählich, und das Blut, das an seinem Panzer herabtropfte, war jetzt manchmal sein eigenes, aber er scherte sich nicht darum. Er tat, wozu er geboren war, und er leistete gute Arbeit. Sein Energieschild lenkte die Schüsse der Strahlenwaffen ab, und im engen Treppenhaus konnten sich ihm jeweils nur wenige Wachleute gleichzeitig entgegenstellen, was nicht reichte, um ihn aufzuhalten, nicht annähernd. Er stieg über die Leichen hinweg und setzte seinen Weg fort.

Inzwischen hatte er in der Hälfte aller Stockwerke Feuer gelegt. Dichter schwarzer Qualm wogte hinter ihm die Treppe herauf. Er hörte die Schreie der Panik und das Heulen der Alarmsirenen, und es war Musik in seinen Ohren. Sollte der Turm der Shrecks brennen! Er hatte nicht vor, wieder hinunterzusteigen.

Und schließlich gingen Gregor die Wachleute aus. Ihre eindrucksvoll aussehenden Rüstungen taugten nicht viel im Kampf auf engstem Raum, und in Anbetracht des Turms, der rings um sie in Flammen stand, entschieden die meisten, daß sie nicht gut genug bezahlt wurden, um sich diesem Irren zu stellen, und gaben Fersengeld. Finlay stieg weiter nach oben und hustete manchmal im Rauch, wurde aber nicht langsamer. Er erreichte die oberste Etage und ging den verlassenen Korridor entlang, wobei er unterwegs die Türen eintrat, bis er die Panzertür zu Gregors Privatquartier erreichte. Er pustete sie mit einer gerichteten Sprengladung aus der Fassung und marschierte durch den Rauch in Gregors blutroten Mutterschoß von einem Zimmer.

Gregor saß auf dem riesigen Rosenblattbett und hatte die Decke schutzsuchend um sich gerafft. Die Hälfte seines übergroßen Gesichts war unter einem blutdurchtränkten Verband versteckt, und Finlay lächelte kurz. Evangeline hatte gute Arbeit geleistet. Aber neben dem Bett stand, die Pistole in der Hand, eine große, schlanke Gestalt, ganz in Schwarz gekleidet, um die bleiche Haut und die feinen Gesichtszüge zu betonen. Valentin Wolf. Finlay lachte leise, ein beunruhigender Laut, der nicht ganz danach klang, als hätte Finlay noch seine sieben Sinne beisammen. Gregor zuckte zusammen. Valentin tat es nicht.

»Na ja«, sagte Finlay. »Das ist ja, als wären alle meine Geburtstage auf einmal angebrochen. Die beiden Männer, die ich hasse, gemeinsam in diesem Zimmer. Es gibt einen Gott, und Er ist gut.«

»Ihr und ich, wir haben nie viel mit Ihm zu tun gehabt«, entgegnete Valentin gelassen. »Wir dienen seit jeher einem viel dunkleren Herrn. Aber Euer Gefühl für den richtigen Zeitpunkt ist wie immer untadelig. Ich bin hergekommen, um ein Bündnis mit Gregor zu schließen – wobei es um gewisse heikle Dinge geht, die Euch nicht zu interessieren brauchen. Und Ihr wählt genau diesen Abend, um nach Eurer etwas verspäteten Rache zu streben. Nun, ich kann Euch nicht gestatten, Euch einzumischen, Finlay, also werdet Ihr, wie ich fürchte, sterben müssen.«

Finlay lachte, und es klang häßlich. Gregor wimmerte, und Valentin trat vor und bezog zwischen ihm und Finlay Stellung. Er legte die Pistole weg und zog das Schwert.

»Ich habe viel von Eurer Schwertkunst vernommen, Feldglöck. Sehen wir mal, wie gut Ihr wirklich seid. Mann gegen Mann, Schwert gegen Schwert ... Bringen wir zu Ende, was wir vor so langer Zeit im Feldglöck-Turm begonnen haben.«

»Ich habe jetzt keine Zeit dafür«, sagte Finlay und schoß Valentin Wolf mit dem Disruptor durch die Brust. Der Energiestrahl zuckte durch Valentins Körper und schleuderte ihn zu Boden. Finlay rümpfte die Nase und wandte sich Gregor zu, der ihn lautlos anknurrte. Finlay trat vor, legte Schwert und Pistole weg und packte Gregor mit beiden Händen am Hemd. Er zerrte den gewaltigen, aufgeblähten Körper aus dem Bett und warf ihn auf den Boden. Valentins brennende Kleider hatten einige der umstehenden Möbel entzündet, und die Flammen breiteten sich aus. Die Hitze und das flackernde Licht hüllten die Ereignisse in eine passend höllische Atmosphäre. Finlay blickte auf Gregor hinab.

»Ihr habt Evangeline weh getan. Ihr seid ein Mörder, ein Verräter und ein Symbol für alles, was an den Familien und am Imperium korrupt ist. Ohne Euch wird die Welt besser riechen. Vergeudet meine Zeit nicht mit Drohungen oder Warnungen. Eure Wachleute werden nicht erscheinen, und mir ist völlig egal, was passiert, sobald ich mit Euch fertig bin. Es kommt nur noch darauf an, daß Ihr ebenso leidet, wie es meine Evie getan hat. Ich werde Euch dermaßen weh tun, daß es Euch wie eine Erleichterung vorkommen wird, wenn Ihr schließlich sterbt und in den Feuern der Hölle landet.«

Er griff hinter sich und zog die Projektilpistole aus dem Gürtel. Er hatte sie speziell für diesen Augenblick mitgenommen, eine einfache Faustfeuerwaffe mit acht Kugeln. Er zerschoß Gregors linke Kniescheibe. Gregor kreischte schrill und umklammerte das verletzte Bein, als könnte er die Kniescheibe wieder zusammendrücken. Finlay schoß nacheinander auf die andere Kniescheibe und die beiden Ellenbogen.

Gregor schrie jetzt in einem fort. Finlay feuerte ihm in Bauch und Lenden. Gregor brüllte die Reste seines Verstandes hinfort und fand trotzdem keine Zuflucht vor den schrecklichen Schmerzen.

Finlay stand da, lauschte eine Zeitlang und zeigte sein Totenschädellächeln. Das halbe Zimmer brannte inzwischen. Er sah sich nach Valentin um, entdeckte ihn aber nirgendwo. Der Wolf mußte weggekrochen sein, um zu sterben. Er würde nicht weit kommen, nicht nachdem ihm die halbe Brust weggeschossen worden war. Finlay wandte sich wieder Gregor zu, der immer noch schrie wie eine frisch zur Hölle verdammte Seele.

»Das ist für dich, Evie«, murmelte Finlay und jagte Gregor eine Kugel durch jedes Auge. Er senkte die leergeschossene Waffe und betrachtete die Leiche seines Feindes. Sie bot ihm Trost. Die Flammen tobten ringsherum und schossen zweifellos auch durch sämtliche tieferen Stockwerke. Gregors Privatquartier hatte keine Fenster, bot keinen Ausweg. Finlay hörte überall Explosionen. Der Turm würde nicht viel länger halten. Finlay blickte sich gelassen um.

Und fragte sich, was er als nächstes tun würde.

Kapitel sechs
Der Sturm zieht auf

Das Imperium war in seinem Übergang von der alten zur neuen Ordnung gefährlich geschwächt und fand sich nun von allen Seiten gleichzeitig angegriffen. Und alles ging in Windeseile zum Teufel. Alte Feinde stürmten heulend aus der Dunkelheit hervor und fielen wie die Wölfe über die ungeschützten Kolonien am *Abgrund* her.

Eine gewaltige Flotte von *Shub*-Sternenschiffen brach aus dem Verbotenen Sektor hervor, fegte den Quarantäne-Sternenkreuzer zur Seite und verwüstete jeden bewohnten Planeten auf ihrem Weg. Diese Schiffe waren angetrieben vom neuen Hyperraumantrieb, wie ihn die Fremdwesen entwickelt hatten, und praktisch nicht aufzuhalten, außer von den wenigen Sternenkreuzern der E-Klasse, über die die Imperiale Flotte noch verfügte.

Die großen goldenen Schiffe der Hadenmänner tauchten aus dem Nichts auf und fielen grausam über ahnungslose Planeten überall entlang des *Abgrunds* her – der Zweite Große Kreuzzug der Genetischen Kirche. Rasch wurde deutlich, daß sie aus getarnten Stützpunkten tief unter den Oberflächen unbewohnter Planeten hervorkamen. Die Hadenmänner hatten in jüngster Vergangenheit geheime Nester überall im Imperium angelegt, um nicht noch einmal alle ihre Eier in einen einzelnen, zerbrechlichen Korb zu legen. Die Verwüstung von *Brahmin II* durch den Todtsteltzer hatte ihnen recht gegeben, und angespornt durch die Vernichtung dessen, was als ihre zweite Heimatwelt geplant gewesen war, öffneten sich alle Nester der Hadenmänner auf einmal. Die riesigen goldenen Schiffe aus gefürchteten Legenden zogen erneut ihre

Bahn durch die weite Nacht und brachten Tod und Zerstörung und Schlimmeres als den Tod.

Auch die Insektenschiffe tauchten wieder auf. Lautlos glitten sie aus der Dunkelheit hervor wie riesige, klebrige Kugeln aus kompaktem Netzgewebe, angetrieben von unbekannten Kräften. Mühelos durchbrachen sie planetare Verteidigungsanlagen und luden krabbelnde Armeen von Killerinsekten aus, die ganze Städte lebendig verschlangen und nichts anderes zurückließen als nackte, abgenagte Knochen. Sie äußerten keine Drohungen, stellten keine Forderungen und wichen weder vor Zureden noch vor Warnungen zurück. Sie fielen einfach in lautlosem Grauen vom Himmel und machten sich über alles Lebendige her. Bald waren ganze Planeten draußen am *Abgrund* bedeckt von umhertrippelnden, durcheinanderwogenden Insekten, die blind durch die Ruinen dessen krabbelten, was einmal Städte der Menschen gewesen waren.

Das Imperium vergeudete bemerkenswert wenig Zeit, ehe es zur eigenen Verteidigung schritt. Das Parlament machte aus *Golgatha* eine große Kommunikations- und Taktikzentrale, warnte alle Planeten und Kolonien, die in Gefahr waren, und sandte eilig Schiffe, Soldaten und Waffen zu den Welten, die noch nicht gefallen waren oder noch keinem Angriff ausgesetzt. Zum Glück erwies sich, daß *Shub*, die Hadenmänner und die Insekten zwar allesamt Feinde der Menschheit waren, aber kein Interesse an irgendeiner Form von Bündnis untereinander zeigten. Jeder ging seinen eigenen Weg, suchte sich eigene Ziele und kooperierte nicht mit den übrigen Angreifern, nicht einmal, wenn es eindeutig im eigenen Interesse gewesen wäre. Sie griffen sich jedoch auch nicht gegenseitig an und hielten sich alle an das jeweils eigene Gebiet. Zunächst jedenfalls.

Den ganzen *Abgrund* entlang fielen die Kolonien, eine nach der anderen. Die drei Angriffsstreitmächte drangen stetig tiefer ins Imperium vor, in Richtung der dichteren Zentren menschlicher Besiedelung und des verletzlichen imperialen Herzens: *Golgatha.* Manche Kolonisten versuchten, wider die Wünsche und den Rat des Parlaments, Abkommen mit denen zu schließen, die sie angriffen. Es nützte ihnen nichts.

General Becketts verwüstete Imperiale Flotte gab sich Mühe, aber ihre Fähigkeiten waren von Anfang an begrenzt. Die wenigen noch existierenden Schiffe der E-Klasse mit dem neuen Hyperraumantrieb konnten nicht überall zugleich sein, und fortlaufend kamen Hilferufe von angegriffenen Planeten. Beckett schickte die Reste seiner Flotte kreuz und quer durchs Imperium und warf auch noch das letzte Schiff ins Gefecht, das überhaupt eine Besatzung und funktionsfähige Geschütze hatte, sogar die Einheiten, die die *Dunkelwüste* patrouillierten. Er hetzte sie von einem Krisenherd zum nächsten, aber allzu oft kamen sie zu spät, um noch etwas zu bewirken. Schließlich versuchte Beckett es damit, die Flotte aufzuspalten und die stärksten Sternenkreuzer zu den Planeten zu schicken, die in der unmittelbarsten Gefahr schwebten. Imperiale Sternenkreuzer jedoch, die der Feind allein antraf, fanden sich rasch mit einer Übermacht und überlegener Feuerkraft konfrontiert, so daß ihnen keine andere Wahl blieb, als um ihr Leben zu flüchten, oft schwer beschädigt. Das Parlament wurde durch den Verlust zu vieler unersetzlicher Schiffe nervös und befahl Beckett, die Flotte umzugruppieren und auf kürzere Linien zurückzuziehen, um die dichter bevölkerten Zentralwelten des Imperiums zu verteidigen. Alle übrigen mußten sehen, wo sie blieben. Die Bevölkerungen ganzer Welten versuchten, ihre Heimat zu verlassen, und drängten sich in die Laderäume jedes Schiffes, das über einen funktionsfähigen Hyperraumantrieb verfügte. Viele erreichten nie ihre Ziele. Viele weitere planetare Bevölkerungen leisteten in ihrer Heimat Widerstand, wollten lieber sterben, als die Welten aufgeben, die sie sich durch Generationen harter Arbeit und Opfer zu eigen gemacht hatten.

Die Invasion war tatsächlich schon abgebremst worden, als *Shub* eine neue Angriffswelle einleitete. Riesige Flotten neuer Schiffe hatten ihren Auftritt, zwar ohne den neuen Hyperraumantrieb, aber hergestellt aus den abgeernteten Metallwäldern von *Unseeli*. Aus diesen Schiffen strömten gewaltige Heere aus Geistkriegern und Furien und den tödlichen biomechanischen Fremdwesen hervor, die die abtrünnigen KIs aus den geheimen Gewölben auf *Grendel* geraubt hatten. Sie waren unaufhaltsam und unerbittlich und lebten nur, um zu töten. Tote Menschen mit Lektronen-Implantaten. Stählerne Maschinen in Menschengestalt. Fremdwesen, von einer vergessenen Spezies biotechnisch als perfekte Mordmaschinen hergestellt. Horrortruppen. Schreckenswaffen. Wie die Insekten überrannten sie die Armeen der Menschheit und ließen nur Blut und Gebeine zurück. Trotzdem leisteten die Menschen weiter Widerstand und vergaßen alte Feindschaften und Gegensätze im Angesicht eines gemeinsamen Feindes. Nicht nur Niederlagen gab es, sondern auch Siege, aber nie genug.

Das Imperium erlebte eine Invasion an drei Fronten durch seine tödlichsten Feinde, und die Kämpfe tobten auf Welten, die bereits durch die langen und bitteren Gefechte der Rebellion gelitten hatten und geschwächt waren. Manche Leute konnten einfach nicht mehr kämpfen. An allem, was man für einen Krieg brauchte, herrschte Knappheit – denn die Schiffe und die Waffen, die die Invasoren hätten stoppen sollen, waren von den Menschen schon gegeneinander eingesetzt und dabei verbraucht worden. *Shub* und die Hadenmänner und die Insekten hatten einen günstigen Zeitpunkt gewählt. Trotzdem focht die Menschheit weiter und dankte Gott dafür, daß zumindest die fremdartigen Neugeschaffenen bislang nicht aufgetaucht waren. Denn niemand war mehr frei, um die *Dunkelwüste* zu überwachen.

Die Menschen riefen nach ihren Helden, den großen Kriegern der Rebellion, aber die meisten waren tot oder nirgendwo zu finden. Und die vier größten, die das *Labyrinth des Wahnsinns* überlebt hatten, waren in die Ferne auf wichtige Einsätze geschickt worden, von denen sie womöglich nicht mehr zurückkehrten.

Die Armee der abtrünnigen KIs von *Shub* erreichte den Planeten *Loki*, die Welt der ewigen Stürme, eingeladen von Verrätern unter den Menschen. Geistkrieger marschierten ungerührt durch die heulenden Winde, Seite an Seite mit menschlichen Überläufern. Die äußeren Siedlungen fielen schnell, und die zentrale Stadt Vidar, von wo aus die weitgespannten Bergbaubetriebe geleitet wurden, schickte einen verzweifelten Hilferuf. Schiffe waren nicht verfügbar, aber der Planet war wertvoll, und so entschied sich das Parlament für die nächstbeste Lösung und schickte Jakob Ohnesorg und Ruby Reise dorthin.

Die *Herausforderung* fiel über *Loki* aus dem Hyperraum, blieb gerade eben lange genug, um eine schwer gepanzerte Pinasse auszusetzen, und war schon wieder verschwunden, denn sie wurde dringend andernorts benötigt. Die in das Vierfache der üblichen Panzerung gehüllte Pinasse fiel wie ein Stein durch die heftig durcheinanderwirbelnde Atmosphäre *Lokis*. Im Innern klammerten sich die beiden lebenden Legenden und ihre Eskorte aus Marineinfanteristen verzweifelt an jeden Haltegriff, den sie nur finden konnten, und wurden dabei in ihren Sicherungsnetzen wie verrückt hin und her geschaukelt. Überall leuchteten Warnlampen, und alles, was nicht buchstäblich festgenagelt war, flog wie Schrapnell durch die beengte Kabine. Ein halbes Dutzend Marineinfanteristen zogen die Köpfe ein und taten ihr Bestes, um die jüngste Mahlzeit in sich zu behalten. Ohnesorg bemühte sich darum, einen stoischen und erfahrenen Eindruck zu verbreiten, während Ruby in ihrem Sicherungsnetz begeistert hin- und herschwenkte und jedesmal einen Jubelschrei ausstieß, wenn das Fahrzeug absackte oder schlingerte.

»Na, das nenne ich einen Flug!« schrie sie durch den Lärm hindurch, den der Sturm und die hart arbeitenden Triebwerke der Pinasse verbreiteten. »Für so eine Fahrt müßte man in den Freizeitparks auf *Golgatha* kräftig blechen!«

»Könnt Ihr diese Kiste nicht ruhiger steuern?« schrie Ohnesorg dem Piloten zu, der vorn in der Kabine saß. Der Boden sackte erneut unter Ohnesorg weg, und er hielt sich mit beiden Händen grimmig an einer Stütze neben ihm fest. »Ich war schon in abstürzenden Fahrstühlen, in denen es bequemer zuging!«

»Spielverderber!« sagte Ruby laut. »Du wirst alt, Ohnesorg!«

»Haltet verdammt noch mal die Klappe, ich muß mich konzentrieren!« schrie der Pilot völlig ungerührt zurück. »Die Gyros sind in einem solchen Wetter nutzlos; die Bedingungen schwanken zu schnell, als daß die Lektronen damit fertig würden. Das Beste, was wir im Moment tun können, ist fallen wie ein Stein und hoffen, daß die Bedingungen weiter unten besser sind. Ich würde allerdings nicht darauf wetten. Falls Euch nicht gefällt, wie ich fliege, findet Ihr Fallschirme unter den Sitzen. Natürlich würden die Blitze Euch rösten, sobald Ihr die Außenluke öffnet, aber das ist Euer Problem. Danke, daß Ihr mit uns geflogen seid, und versucht um Gottes willen, wenigstens einen Teil Eurer Freude in die Brechtüte zu bekommen.«

»Soll der Mann doch seinen Job tun«, sagte der wuchtig gebaute Sergeant links neben Ohnesorg – ein dreißig Jahre alter Mann von kräftiger Gestalt und mit einer eindrucksvollen Zahl von Kampfabsprüngen auf dem Buckel. Sein Gesicht war zur Hälfte von einer Tätowierung bedeckt, die Spinnweben darstellte, und goldene Schädel- und Knochenanhänger baumelten an beiden Ohren. Auf dem Namensschild stand MÜLLER. »Er hat diesen Flug schon zweimal absolviert, also zweimal mehr als jeder andere. Er weiß, was er tut.«

»Ich bin froh, daß wir überhaupt jemanden gefunden haben«, sagte Ruby, die in einem Sicherungsnetz rechts neben Ohnesorg hockte. »Ich meine, normalerweise steckt man Leute, die aus freien Stücken den Wunsch äußern, *Loki* zu besuchen, gleich in eine Gummizelle und setzt sie unter eine Industriedosis Beruhigungsmittel, ehe sie sich selbst weh tun. *Loki* ist der einzige Planet des Imperiums mit noch schlechterem Wetter als *Nebelwelt*. Man hat Kolonisten nur angelockt, indem man ihnen enorme Landzuteilungen versprach und mehr Geld, als sie in einem ganzen Leben ausgeben könnten. Falls das Imperium einen Einlauf gebrauchen könnte, würde man diesen Planeten als Eingangsstelle ...«

»Wir mußten kommen«, unterbrach sie Ohnesorg. »Wir werden gebraucht.«

»Ich war auf *Golgatha* vollkommen glücklich«, entgegnete Ruby. »Ich habe dort in einer zivilisierten Stadt gelebt, wo das Wetter tut, was man ihm sagt, und ging möglichen Verbindungen zu *Shub* nach.

Aber nein, der verdammte Jakob Ohnesorg muß ja wieder als Held losziehen und mich mit in die Sache hineinziehen!«

»Du weißt, daß wir kommen mußten«, sagte Ohnesorg. Er wandte sich wieder an den Sergeanten. »Seid Ihr sicher, daß sich Jung Jakob Ohnesorg irgendwo dort unten herumtreibt?«

»O ja! Wir haben Holovidaufnahmen, falls Ihr sie sehen möchtet.« Müller verzog den Mund, als hätte er gerade etwas Saures gekostet. »Der Kameramann wurde geröstet, ehe er viel senden konnte, aber wir sind ziemlich sicher, die Furie richtig identifiziert zu haben. Ich dachte, Ihr hättet erzählt, er wäre auf *Golgatha* umgekommen.«

»Das ist er«, bekräftigte Ohnesorg. »Zeigt uns die Aufnahmen.«

Der Sergeant stellte die Verbindung zum Lektron der Pinasse durch, und das Holovid wurde über Ohnesorgs und Rubys Komm-Implantate abgespielt und direkt durch ihre Sehnerven geleitet. Die Kabine der Pinasse verschwand, und ruckhafte Bilder von einem Dorf in Flammen traten an ihre Stelle. Windböen fachten die Brände immer wieder an, und schwarzer Qualm wogte durch die Straßen, stark durchsetzt mit Rußflocken und Asche. Überall lagen Leichen – Männer, Frauen und Kinder in großen Blutlachen. Nicht alle Leichen waren noch vollständig.

Geistkrieger marschierten steif durch das Inferno, ungerührt durch die gewaltige Hitze – wandelnde Tote, deren graues Fleisch auf den Knochen verfaulte. An ihrer Spitze schritt singend und lachend, ein bluttriefendes Schwert in einer Hand, der junge Jakob Ohnesorg. Groß, muskulös, gutaussehend, jeder Zoll ein legendärer Held. In der anderen Hand hielt er einen abgetrennten Menschenkopf an den blutverklebten Haaren. Er blieb stehen, als er die Kamera spürte, drehte sich um und stellte sich in Pose, wobei sich seine Umrisse vor den blutroten Flammen eines brennenden Hauses abzeichneten. Er lächelte breit und zeigte perfekte weiße Zähne. Von seiner silbernen Rüstung rann das Blut, aber nichts davon war sein eigenes. Er hielt den abgetrennten Kopf mit dem Gesicht zur Kamera, lachte und deutete mit dem blutigen Schwert darauf. Zwei Geistkrieger näherten sich der Kamera. Die Aufnahme brach plötzlich ab, und die Kabine der Pinasse wurde wieder sichtbar. Ohnesorg und Ruby sahen sich gegenseitig an.

»Nun?« fragte Müller. »Ist er das?«

»O ja«, sagte Ruby. »Das ist Jung Jakob Ohnesorg, mit dem beschäftigt, was er am besten kann.«

»Und wie lautet die wahre Geschichte?« wollte der Sergeant wissen. »Offiziell ist der Mann als Held gestorben, als er die Straßenkämpfe in *Parade der Endlosen* anführte. Inoffiziell kursieren alle möglichen Gerüchte. Manche behaupten, er wäre von den eigenen Leuten getötet worden, weil er sie verraten hätte. Andere sagen, Ihr und Eure Freunde hättet ihn umgebracht, weil er nicht mit dem Abkommen einverstanden gewesen wäre, das Ihr mit dem *Schwarzen Block* ausgehandelt habt. Wieder andere sagen, er wäre nie umgekommen. Er wäre einfach fortgegangen, erfüllt von Abscheu über all die Gemetzel, um erst zurückzukehren, wenn das Imperium in größter Not wäre. Vielen Leuten hat besonders diese Version gefallen. Wie es heißt, hätten sich Leute um ihn geschart wie um einen Erlöser, als er auf *Loki* erschien. Bis von den wenigen Überlebenden die Nachricht kam, daß er eine Armee von Geistkriegern anführte und nicht daran interessiert war, Gefangene zu machen. Also, erklärt es mir. Falls ich diesem Mann auf dem Boden gegenübertreten muß, habe ich ein Recht, alles zu erfahren.«

»Natürlich habt Ihr das«, sagte Ohnesorg. »Er ist kein Mensch. Er ist eine Maschine. Eine Furie. Ihr versteht sicherlich, warum wir dachten, wir müßten das geheimhalten.«

»Jesus!« sagte Müller. »Aber ... er war ein Held! Er hat die Rebellion mit angeführt!«

»*Shub* hat hier eine langfristige Perspektive verfolgt«, erklärte Ruby. »Für den Fall unseres Sieges wollten sie einen der ihren in einer Position mit Macht und Einfluß haben. Wer Jung Jakob Ohnesorg wirklich war, das haben wir nur durch Zufall herausgefunden. Ein Esper-Kollege hat seinen Körper völlig zerstört. Hat ihn flachgedrückt wie ein metallisches Verkehrsopfer.«

»Wie konnte er dann wieder hier auftauchen und Ärger machen?«

»Sieht so aus, als hätte *Shub* einen neuen gebaut«, sagte Ohnesorg. »Eine weitere Nachbildung von mir. Ich schätze, ich sollte mich geschmeichelt fühlen. Das ist psychologische Kriegsführung. Ein kleines Extra, um die Moral der Menschen zu untergraben. Oder vielleicht ein Köder, der mich herlocken sollte, aus Gründen, die nur die abtrünnigen KIs kennen. Wenn wir die Furie gefunden haben, werde ich mich nachdrücklich davon überzeugen, was sie über die Sache weiß. Bevor ich sie erneut vernichte.«

»Falls wir sie finden«, gab Ruby zu bedenken. »Furien können verflucht viel einstecken. Julian Skye war ein starker Esper. Wir haben keine Garantie, daß wir jemanden seines Kalibers dort unten antreffen.«

»Julian Skye hat das Original umgebracht?« fragte der Sergeant, und seine Miene hellte sich auf. »Verdammt, ich sehe mir seine Serie regelmäßig an! Er war ein echter Held!«

»Ja«, sagte Ohnesorg. »Einer der wenigen, auf die das zutrifft. Ich wünschte, wir hätten ihn hier dabei.«

»Ist wahrscheinlich zu stark mit Nahaufnahmen beschäftigt«, meinte Ruby. »Während wir die Schmutzarbeit übernehmen, wie immer. Was ist los, Sergeant? Reichen dir zwei lebende Legenden nicht?«

»Sollte keine Beleidigung sein!« antwortete der Sergeant schnell. »Jeder weiß, was Ihr geleistet habt. Und ich bin sicher, den echten Jakob Ohnesorg als Anführer zu erhalten wird wahre Wunder auf die Moral der Zivilisten zeitigen.«

Die Pinasse schlingerte wild hin und her, als sie in eine weitere Turbulenz geriet. Die Sicherungsnetze schwankten heftig und rammten die in ihnen sitzenden Personen aneinander. Die Kabinenbeleuchtung flackerte und drohte auszufallen, hielt aber irgendwie durch. Donner grollte fast unaufhörlich; Blitze krochen am Rumpf entlang, und der Sturm heulte wie mit Stimmen. Die andauernden Flüche des Piloten wurden immer schlimmer, während seine Hände über die Steuerung huschten. Der Sergeant schwenkte sich aus seinem Sicherungsnetz heraus und hielt sich an zwei getrennten Griffen fest, um sich gegen das Rollen und Schaukeln der Maschine zu sichern.

»Ich sehe lieber mal nach, ob ich dem Piloten helfen kann! Bin gleich zurück!«

Er stolperte den schmalen Zwischengang entlang, warf sich auf den Platz des Copiloten und schnallte sich dort an. Seine Lippen und die des Piloten bewegten sich, aber Ohnesorg verstand nichts. Die beiden hatten auf einen Privatkanal ihrer Komm-Implantate umgeschaltet, was andeutete, daß wirklich schlechte Nachrichten vorlagen. Ohnesorg wandte den Blick ab und musterte die übrigen Marineinfanteristen in ihren Sicherungsnetzen ihm gegenüber. Sie beachteten ihn nicht; jeder war in seine eigenen Rituale der Beruhigung vertieft.

Einer schob einen Neon-Rosenkranz zwischen den

Fingern hindurch, hatte die Augen geschlossen und bewegte die Lippen im lautlosen Gebet. Ein anderer versuchte, seinem Nachbarn, der zu schlafen vorgab, einen endlosen Witz zu erzählen. Die übrigen tauschten eine metallene Feldflasche irgendeines Inhalts miteinander, boten sie aber nicht Ohnesorg oder Ruby an. Ohnesorg gab seiner Gefährtin einen Wink, sie möge sich näher zu ihm herüberbeugen. Normalerweise wäre jedes Murmeln in diesem Lärm untergegangen, aber Jakob und Ruby verstanden sich immer, egal unter welchen Bedingungen. Wieder eine der Gaben des *Labyrinths.*

»Ich hatte mich gefragt, warum man uns hierher schicken wollte, wo wir doch soviel Erfolg damit hatten, die Verbindungen von *Shub* zu enttarnen«, sagte Ohnesorg. »Aber falls das dort unten wirklich der junge Jakob Ohnesorg ist, dann sind wir womöglich die letzte Hoffnung für *Loki.*«

»Vielleicht«, sagte Ruby. »Aber warum uns und nicht Owen und Hazel? Sie haben doch heutzutage die Lizenz zum Problemlösen. Da muß ich mich einfach fragen, ob wir bei unseren Ermittlungen zu dicht an etwas oder jemanden geraten sind, das oder der nicht enttarnt werden wollte.«

»Nein«, sagte Ohnesorg. »Ich hätte ohnehin darauf bestanden, diesen Auftrag zu erhalten, und das war ihnen bekannt. Ich muß das einfach tun. Ich war nicht dabei, als mein metallischer Doppelgänger zerstört wurde. Ich erhielt nie die Chance, ihm gegenüberzutreten, mich gegen ihn zu bewähren. Ich muß einfach sehen, wie er vor mir fällt, Ruby. Ich muß ihn einfach mit bloßen Händen zerreißen für all das, was er tat, während er mein Gesicht trug.«

»Und nicht nur deshalb, weil er eine Zeitlang ein besserer Anführer zu sein schien und ein viel eher glaubhafter Held?«

»Natürlich nicht«, verwahrte sich Ohnesorg. »Wie kannst du nur so etwas von mir denken?«

Sie lächelten einander trocken an, und dann explodierte die Kabinenwand ihnen gegenüber. Ein ganzer Abschnitt des Rumpfs verschwand einfach, wurde vom direkten Treffer einer Disruptorkanone weggepustet. Die Marineinfanteristen wurden durch das klaffende Loch gesaugt; die Sicherungshaken lösten sich innerhalb eines Augenblicks aus dem Stahlboden, und die Männer waren verschwunden, ehe sie auch nur die Zeit fanden zu schreien. Neue Alarmsirenen heulten auf, und rote Warnlampen leuchteten, als die Kabinenatmosphäre durch den Rumpfbruch entwich und die Temperatur in den Keller stürzte.

Die Pinasse rotierte im Sturz und raste in Spiralen zum Planetenboden hinunter. Der Pilot fuhr die Triebwerke hoch und bemühte sich, die gegnerische Zielerfassung auszumanövrieren. Ohnesorg und Ruby rangen nach Luft, als der Kabinendruck fiel, und Atemmasken fielen von oben herab vor ihre Gesichter. Sie wollten nach den Masken greifen, aber ihre Sicherungsnetze wurden zur Rumpföffnung gesaugt, und sie konnten nichts weiter tun, als sich festzuhalten. Ohnesorg atmete schwer und betete darum, daß die Sicherungshaken hielten. Weder er noch Ruby konnten irgendwas tun, bis das Schiff tief genug gesunken war, damit sich wieder ein Druckausgleich herstellte.

Dann blickte Jakob zu Ruby hinüber und stellte fest, daß sie sich bemühte, die Gurte zu lösen. Er schrie sie an, aber sie wollte nicht auf ihn hören. Das Netz öffnete sich schließlich, und Ruby sprang auf den rutschigen Stahlboden und klammerte sich wie mit Schraubstöcken an einen nahen Haltegriff. Dann ließ sie mit einer Hand wieder los und streckte sie nach einem Waffenschrank an der Wand aus. Er war fast so breit wie hoch und mußte mehr als eine halbe Tonne wiegen. Ruby riß ihn aus der Wand, und mit einer Anstrengung, die ihr einen gequälten Schrei entriß, schleuderte sie ihn auf die Rumpföffnung zu. Er wurde dort von der entweichenden Luft festgesaugt und dichtete die Lücke ab.

Der Luftdruck in der Kabine normalisierte sich rasch wieder, und Ohnesorg kämpfte sich aus seinem Sicherungsnetz heraus und rannte hinüber, um den Waffenschrank an Ort und Stelle festzuhalten. Ruby war schnell an seiner Seite. Blut tropfte ihr aus der Nase, aber sie hielt einen Schweißbrenner in der Hand, den sie in einem Werkzeugkasten gefunden hatte. Sie brauchte nur wenige Augenblicke, um den Schrank festzuschweißen. Dann brachen sie beide förmlich zusammen und lehnten sich ans Schott. Sie atmeten schwer, aber jetzt eher vor Anstrengung als vor Luftmangel.

»Gut geworfen«, sagte Ohnesorg schließlich.

»Danke«, sagte Ruby. »Gut gefangen.«

»Bleib du, wo du bist, und geh es für einen Moment ruhig an. Ich wechsle mal ein Wort mit dem Piloten.«

Ruby nickte müde und massierte sich behutsam die schmerzende Schulter, während sich Ohnesorg mühsam aufrappelte und zum vorderen Ende der Pinasse stolperte. Weder der Pilot noch der Sergeant drehten sich um, als er zu ihnen trat.

»Das muß eine Disruptorkanone gewesen sein«, sagte er und hielt sich an den beiden Rückenlehnen fest, um die Balance zu wahren. »Begleitet uns irgend jemand hier oben?«

»Ich denke nicht«, antwortete der Sergeant. »Die Sensoren hätten ein anderes Fahrzeug entdeckt, selbst mitten in diesem Mist hier. Muß ein Bodengeschütz gewesen sein.«

»Dann muß *Shub* es geliefert haben«, fand Ohnesorg. »In den Dateien gibt es keinen Hinweis darauf, daß die menschlichen Verräter über dergleichen verfügten.«

»Na ja, jetzt tun sie es«, sagte der Pilot. »Und wir sind hier oben ein leichtes Ziel. Nur das Wetter und die Turbulenzen hindern sie daran, uns für einen weiteren Schuß ins Visier zu nehmen.«

»Haben wir Energieschirme?« fragte Ohnesorg und beugte sich über die Schulter des Sergeanten, um die Steuerungspaneele in Augenschein zu nehmen. Dort schienen verdammt viele Warnlampen zu brennen.

»Nein. Die Triebwerke brauchen die ganze Energie, um sich gegen den Sturm zu wehren. Und unsere Panzerung war nie für die Abwehr von Strahlenwaffen gedacht. Pilot, könnt Ihr uns nicht schneller hinunterbringen?«

Der Pilot öffnete den Mund für eine schneidende Bemerkung, aber in diesem Augenblick explodierte das Fenster vor ihm zu Schrapnellen, als die Pinasse einen weiteren direkten Treffer einsteckte. Hundert Panzerglasfragmente schlugen innerhalb einer Sekunde im Piloten ein und töteten ihn auf der Stelle. Luft stürzte durch die Öffnung herein. Ohnesorg, der den Trick eben neu gelernt hatte, riß das nächste Schließfach von der Wand und stopfte die Lücke ganz ordentlich, und der Luftdruck stabilisierte sich wieder.

Die Triebwerke heulten, während die Pinasse wie ein Stein vom Himmel fiel. Ohnesorg zerrte den toten Piloten aus dem Weg, schnallte sich selbst auf dem Kommandositz an und betrachtete die Steuerungselemente. Sie waren der Oberfläche schon viel näher, als er erwartet hatte, aber es war trotzdem noch ein verflucht weiter Weg nach unten. Ohne eine Hand am Ruder wechselten sich im Frontfenster Eindrücke von Himmel und Wolken und Bodenflächen rasch ab. Ohnesorg säuberte die Steuerung von Blut, so gut es ging, und achtete sorgfältig darauf, nichts einzuschalten, ehe er nicht wußte, was er damit tat. Er drehte sich zum Sergeanten auf dem Sitz des Copiloten um und stellte fest, daß der Mann reglos und vornübergesunken dasaß. Ohnesorg streckte die Hand aus und zog ihn zurück auf seinen Platz. Müllers Kopf kippte kraftlos nach hinten und starrte blicklos zur Decke hinauf. Ein großer Splitter Panzerglas steckte in einer blutigen Augenhöhle.

»Mausetot«, stellte Ruby fest, die gerade neben Ohnesorg auftauchte. »Es läuft mal wieder alles erwartungsgemäß.«

»Zieh ihn herunter und setz dich auf seinen Platz«, wies Ohnesorg sie an. »Ich brauche deine Hilfe, um die Mühle zu landen.«

Ruby tat wie geheißen, setzte sich auf den Platz des Copiloten und blickte zu Ohnesorg herüber. »Du hast doch schon mal sowas geflogen, oder, Jakob?«

»Möchtest du die schlechten Nachrichten hören oder die wirklich schlechten Nachrichten?«

»O Scheiße!«

»Eine gelungene Zusammenfassung. Die beiden Disruptortreffer haben die Steuerung schwer beschädigt. Und falls ich die Anzeigen richtig deute, hat es noch weitere Systeme erwischt. Die Triebwerksleistung sinkt, einer der Hauptlufttanks hat Risse, und die für die Landung zuständigen Lektronen sind zum Teufel. Abgesehen davon müßte es sich als Zuckerschlecken erweisen, eine unvertraute Maschine in einem niemals endenden Sturm in unbekanntem Gebiet zu landen. Noch Fragen?«

»Nur eine. Wo, hat dieser Sergeant gesagt, finden wir die Fallschirme?«

»Vergiß sie. Hier oben blitzt es genug, um dich in Asche zu verwandeln, ehe du auch nur die Reißleine ziehen könntest.«

»Fluchtkapseln? Gravschlitten?«

»In einem Schiff dieser Größe? Heh, warte mal eine Minute ... *O Scheiße!*«

Ruby sah ihn scharf an. »Mir hat der Tonfall wirklich nicht gefallen, in dem du das gesagt hast. Was ist los?«

»Die Hälfte der Lenksysteme haben sich gerade abgeschaltet. Splitter des Fensters haben die Hauptlektronen durchsiebt. Wir fliegen jetzt gänzlich mit Reservesystemen. Sollte ich versuchen, die Handsteuerung einzuschalten, stürzt dieser Haufen Scheiße wie ein Stein ab. Nur die wenigen automatischen Systeme, die noch laufen, halten die Triebwerke in Gang.«

»O *Scheiße!*«

»Genau. Wir stürzen zur Zeit mit einem zerstörten Schiff, das wir nicht lenken können, auf die Oberfläche eines unbekannten Planeten, und das mit den Gleitflugeigenschaften eines Backsteins, aus dem noch ein Nagel ragt. Tue dir keinen Zwang an und melde dich, falls du irgendwelche cleveren Ideen hast, die keinen himmlischen Eingriff voraussetzen.«

»Also was unternehmen wir? Komm schon, Ohnesorg, du bist doch der Experte fürs Strategische. Überleg dir einen Ausweg aus diesem Schlamassel.«

»Strategien setzen Wahlmöglichkeiten voraus, und die haben wir anscheinend nicht mehr. Wir müssen uns einfach darauf verlassen, daß die verbliebenen Bordlektronen einen möglichst sanften Aufprall herbeiführen.«

»Wir können doch nicht so hilflos sein! Wir sind Überlebende des *Labyrinths*, verdammt noch mal! Übermenschen!«

»Leider nützt uns keine unserer Fähigkeiten etwas in dieser Lage. Wir müßten jedoch in der Lage sein, einen Absturz zu überleben, der jeden anderen umbringen würde. Verdammt, als ich auf *Golgatha* die Pastelltürme angegriffen habe, haben sie meinen Gravschlitten vom Himmel geschossen und mich dann in Brand gesetzt, und ich habe es trotzdem überstanden.«

Ruby starrte die nutzlose Steuerung an. »Es muß einfach etwas geben, was wir tun können. Etwas, was unsere Chancen erhöht.«

»Gibt es auch«, sagte Ohnesorg plötzlich. »Hilf mir mal.«

Er drückte heftig auf den Gurtknopf und sprang vom Sitz auf, und sein Gesicht leuchtete förmlich vor Inspiration. Er stolperte den schrägstehenden Zwischengang des zitternden Schiffs hinauf und machte sich daran, alle verbliebenen Sitze und Schließfächer loszureißen. Ruby beeilte sich, ihm zu folgen, von frischer Hoffnung bewegt.

»Was ist? Was hast du dir überlegt, Jakob?«

»Einen Kokon. Wir errichten eine Barrikade rings um uns, mehrere Schichten aus Stahl und Polsterung, und hoffen, daß sie den größten Teil des Aufpralls abfedert. Hilf mir mal. Wir haben nur noch ein paar Minuten.«

Ruby packte mit an und riß Halterungen los. Alles, was nicht direkter Bestandteil von Deck oder Rumpf war, endete als Teil der vielschichtigen Barrikade, die sie am vorderen Ende der Kabine auftürmten. Schließlich gingen ihnen Schrott und Zeit aus, und sie verkrochen sich in dem Kokon. Sie hatte gerade genug Platz gelassen, um sich hineinzuzwängen, und hockten dort nun und umklammerten einander. Sie waren so fest eingekeilt, daß sie kaum Luft bekamen. Das Geheul diverser Alarmsirenen lief inzwischen zu einem einzigen hysterischen Ton ineinander, und die rote Notbeleuchtung überzog alles mit der Farbe des Blutes. Der Sturm tobte nach wie vor draußen und prügelte das Boot hin und her.

»Ich hätte nie gedacht, daß ich mal so sterben würde«, bekannte Ruby Reise. »Einfach nur hilflos dasitzen und auf das Ende warten. Ich habe den Tod einer Kriegerin verdient. Eine Chance, im Kampf zu sterben, auf den Beinen, und dabei ein paar Feinde mitzunehmen.«

»Noch sind wir nicht tot«, wandte Jakob Ohnesorg ein. »Gib nie die Hoffnung auf, Ruby. Sie ist alles, was uns aufrecht hält.«

»Ich habe dich immer geliebt, Jakob. Werde ich auch immer. Ich bin vielleicht nicht sehr gut darin, es zu zeigen, aber ...«

»Ist schon in Ordnung. Ich weiß. Ich liebe dich auch, Ruby. Falls wir das lebend überstehen, sollen wir es dann noch mal mit Zusammenleben probieren?«

»Verdammt, nein! So sehr liebe ich dich nun auch wieder nicht.«

Beide lachten leise.

»Wenigstens haben sie aufgehört zu schießen«, sagte Ohnesorg. »Entweder hat uns der Sturm über ihre Reichweite hinausgetrieben, oder sie halten uns schon alle für tot.«

»Seien wir dankbar für kleine Gunstbeweise«, schlug Ruby vor. »Weißt du, dieser Angriff ist nicht zufällig geschehen. Jemand da unten wußte, daß wir kamen.«

»Ja. Was das angeht, müssen wir später noch ein paar gezielte Fragen stellen. Und sei es auch vor einem Ausschuß von Geistern.«

»Ich werde nicht sterben«, sagte Ruby. »Dafür bin ich noch nicht bereit. Ich habe immer noch so viel vor.«

»Ich schätze, daß es jedem so geht. Ich bin ... mehr oder weniger zufrieden. Ich habe mehr erreicht, als ich jemals erwartet hatte. Und schließlich bin ich dir begegnet. Damit gebe ich mich zufrieden.«

»Du hast dich schon immer mit zu wenig zufriedengegeben, Jakob.«

Sie lachten erneut, und dann wurde ihnen die Luft aus den Leibern gerammt, als sich die Lande-Lektronen einschalteten und die Triebwerksleistung regulierten, im Bemühen, die letzte Etappe des Absturzes in eine Landung zu verwandeln. Die Geschwindigkeit der Pinasse sank drastisch. Der Rumpf ächzte und bog sich durch, und Lampen gingen flackernd an und aus. Das Heulen der überforderten Triebwerke überschrie sogar den Sturm draußen. Ohnesorg und Ruby klammerten sich aneinander, den Kopf jeweils an der Schulter des anderen vergraben. Und dann schrammte die Pinasse an einem schwarzen Berg entlang, und die gesamte rechte Bordwand wurde nach innen gedrückt. Das Boot rammte im Niedergehen ein Hindernis nach dem anderen. Der schwer gepanzerte Rumpf absorbierte die meisten Schläge, aber trotzdem wurden auch Ohnesorg und Ruby kräftig durchgeschüttelt. Feuer brach im Heck aus. Rauch trieb durch die Kabine, dick und schwarz und erstickend. Und dann schlug das Fahrzeug schließlich am Boden auf.

Der Aufprall schien kein Ende mehr zu nehmen. Die Pinasse rutschte über eine unnachgiebige Fläche, umwogt von Funken und Flammen, und verlor nur langsam an Geschwindigkeit, bis sie mit der Nase schließlich in eine dunkle Klippe krachte und zum Halten kam. Die Triebwerke schalteten automatisch ab, und für eine ganze Weile hörte man nur das Brüllen von Sturmwinden, die die Brände ausbliesen und das aufgebrochene Wrack der Pinasse hin und her wiegten.

Das erste, was Jakob Ohnesorg spürte, war ein angenehmes Hin- und Herschaukeln, wie es ein Säugling in seiner Wiege erlebte. Es fühlte sich wundervoll an, behaglich, und er wünschte sich nichts weiter, als dazuliegen und es zu genießen. In einem tiefen Winkel wußte er jedoch, daß das nicht ging. Widerstrebend öffnete er die Augen und wurde vom höllenroten Schein der Notbeleuchtung begrüßt. Wenigstens waren die verdammten Alarmsirenen endlich verstummt. Er wußte nicht, wie lange er bewußtlos gewesen war, aber er hörte, wie Brände am Heck der Pinasse fraßen. Kein gutes Zeichen. Er schmeckte Blut. Er versuchte die Arme zu bewegen und bekam heftige Seitenschmerzen. Mehrere vorsichtige Bewegungen später hatte er sich darüber vergewissert, daß die meisten seiner Rippen gebrochen waren, und genügend Blut sammelte sich im Mund, um es fortwährend ausspucken zu müssen. Definitiv kein gutes Zeichen. Er knirschte vor Schmerzen mit den Zähnen und wollte aufstehen, aber beim Absturz war die Barrikade ringsherum zusammengedrückt worden, so daß kein Spielraum mehr blieb. Rubys Augen waren immer noch geschlossen, und sie atmete schwer durch den Mund.

»Ruby! Wach auf, verdammt! Ich schaffe das nicht allein!«

»Hör auf zu schreien«, nuschelte Ruby, ohne die Augen zu öffnen. »Ich habe Kopfschmerzen.«

Sie hob langsam den Kopf, und Ohnesorg zuckte zusammen, als Licht auf ihr Gesicht fiel. Sie hatte eine tiefe, häßliche Stirnwunde, und Blut floß seitlich herunter. Als sie jedoch die Augen öffnete, wirkte ihr Blick klar und vernünftig.

»Glückwunsch«, sagte Ohnesorg. »Wir haben die Landung überlebt. Leider steht das Schiff in Flammen. Wir müssen hinaus, und zwar schnell.«

»Und was hält uns auf?« wollte Ruby wissen.

»Wir stecken in unserem Kokon fest, und ich kann nicht genug Hebelwirkung einsetzen, um uns zu befreien. Irgendwelche Vorschläge?«

»Wir haben die Füße noch auf dem Deck. Falls wir uns nicht nach hinten stemmen können, dann immer noch aufwärts.«

Also gaben sie sich gegenseitig Halt, weigerten sich, über die Schmerzen aus den diversen Verletzungen zu schreien, und zwangen sich auf die Beine. Danach war es eine einfache, wenn auch schmerzhafte Aufgabe, sich aus dem Kokon zu befreien, der ihnen das Leben gerettet hatte. Sie stützten sich schwer aufeinander und humpelten zu der einzelnen Luftschleuse hinüber. Sie fühlten sich beide nicht besonders sicher auf den Beinen. Jack konnte nicht so gut sehen, wie er es gern gehabt hätte, und der Kopf tat ihm scheußlich weh. Er hoffte nur, daß er keine Gehirnerschütterung hatte. Ruby schonte ein Bein, und eines ihrer Augen war rot von geplatzten Adern. Wirklich kein gutes Zeichen. Jakob beschloß, später über all das nachzudenken. Zunächst mal mußten sie aus der verdammten Pinasse herauskommen. Er schlug auf die Steuertasten der Luftschleuse, und nichts passierte. Er hieb erneut darauf, so heftig er in der geschwächten Verfassung nur konnte, aber die Innentür der Luftschleuse blieb hartnäckig geschlossen.

»Was dauert denn da so lange?« nörgelte Ruby. »Ich möchte mich hinlegen. Etwas schlafen.«

»Gleich«, sagte Ohnesorg. »Zunächst solltest du mal dieser Tür gut zureden. Sie will nicht auf mich hören.«

»Die Luftschleuse hängt an der Hauptsteuerung. Und die wurde bei der Landung zerstört.«

»Können wir sie reparieren?«

»Vielleicht«, antwortete Ruby und runzelte die

Stirn, während sie sich zu konzentrieren versuchte. »Falls du gut in Puzzlespielen bist. Außerdem solltest du es nicht so eilig mit dem Aussteigen haben. Soweit ich mich an die Dateien erinnere, sind die Außenbedingungen hier grauenhaft – kalt, eine starke Hintergrundstrahlung, und der Wind hört nie auf. Setzen wir uns doch einfach hin und warten auf Rettung. Ich bin müde.«

»Ich fürchte, das können wir nicht machen, Ruby. Wir haben Feuer im Laderaum, und es breitet sich in unsere Richtung aus. Und die Triebwerke ...«

»Könnten jederzeit hochgehen. Na klar. Verdammt! Du bist wirklich voller guter Nachrichten, was? In Ordnung. Die Tür müßte eine Handsteuerung haben, die darüber und darunter zu finden ist. Knobeln wir aus, wer sich bücken muß.«

Letztlich wurde Jakob beinahe ohnmächtig vor lauter Schmerzen, als er sich zu bücken versuchte, also mußte Ruby es an seiner Stelle übernehmen, wobei sie die ganze Zeit fluchte und sich beschwerte. Sie öffneten die Innentür der Luftschleuse zentimeterweise, stolperten in die Schleusenkammer und zündeten die Explosivriegel, mit denen man die Außentür absprengen konnte. Ohnesorg steckte vorsichtig den Kopf hinaus und zuckte zusammen, als ihm der bitterkalte Nachtwind ins Gesicht blies. Es fühlte sich an, als würde er mit Messern geschnitten. Rasch zog er den Kopf wieder ein.

»Scheußlich.«

»Habe ich dir ja gesagt«, stellte Ruby fest. »Die Einheimischen tragen Schutzanzüge, wenn sie ins Freie gehen müssen, was sie so selten tun, wie es die Umstände nur erlauben.«

»Wir haben nicht die Zeit, um Schutzanzüge zu improvisieren. Wir müssen etwas Distanz und Schutz zwischen uns und dieses Schiff bringen, für den Fall, daß es in die Luft geht. Ich bin mir ziemlich sicher, daß ich in Marschentfernung von hier eine Felswand gesehen habe, die den Eindruck erweckte, daß sie Höhlen enthält.«

»Damit solltest du lieber recht behalten, Ohnesorg! Okay, du führst, ich folge.«

Sie torkelten in die eisige Dunkelheit hinaus, und der Wind blies sie für einen Moment seitlich aus der Bahn, ehe sie sicheren Stand fanden. Die Kälte schnitt wie mit Messern in sie hinein, und der Wind hatte etwas an sich, was regelrecht scheuerte und die freiliegende Haut wundrieb. Sie drückten sich aneinander und stolperten los, weg von dem abgestürzten Schiff, in Richtung auf die dunkle Klippe in der Ferne.

Sie kamen nur so langsam voran, daß es sie schier zum Wahnsinn trieb. Mit gebrochenen Knochen und hemmenden Schmerzen konnte man durch Kraftaufwand und Entschlossenheit auch nur noch begrenzte Erfolge erzielen. Sie stolperten weiter und stützten einander. Es war noch nicht ganz dunkel, aber nur ein kleiner Mond stand am Himmel und warf ein kränklich blaues Licht über die Alptraumlandschaft. Sie befanden sich in einem Tal, auf allen Seiten umstanden von hohen, unheimlichen Formen, die unerwartet aus der Düsternis aufragten. Nirgendwo erblickten sie eine Spur von etwas Lebendigem. Der Wind heulte wie eine sterbende Kreatur. Die Felswand schien einfach nicht näherzukommen.

»Wie stehen unsere Chancen auf Rettung?« fragte Ruby nach einer Weile.

»Schlecht«, antwortete Ohnesorg. »Der Sturm und der Angriff haben uns weit aus dem Kurs geworfen. Als ich zuletzt unsere Position feststellen konnte, waren wir etwa drei Kilometer von der Hauptstadt Vidar entfernt. Keine weiteren Siedlungen in Marschentfernung. Und nach so einem Absturz macht sich vielleicht niemand mehr die Mühe mit einem Rettungseinsatz. Sie würden nicht so weit herauskommen, nur um ein paar Leichen zu identifizieren. Selbst wenn es zwei recht berühmte Leichen wären.«

»Also«, sagte Ruby, »gehen wir erst mal zur Felswand. Dann klettern wir daran hinauf, bis wir eine Höhle finden. Dort setzen wir uns hin, bis wir geheilt sind. Und dann müssen wir drei Kilometer durch diese Scheiße wandern, um wieder die Zivilisation zu erreichen. Wundervoll! Sollten wir all das überleben, dann werde ich feststellen, wessen Idee es war, uns hierzuschicken, reiße ihm seine Milz heraus und zwinge ihn, sie Bissen für Bissen zu verspeisen.«

»Du mußt dich schon besser fühlen, wenn du so viel reden kannst. Legen wir mal einen Zahn zu.«

»Du bist ein Mistkerl, Jakob. Habe ich dir das in letzter Zeit schon mal gesagt?«

»Halt die Klappe und geh weiter.«

»Warum zum Teufel war ich nur bereit herzukommen?« fragte Ruby.

»Du hast dich nun mal freiwillig gemeldet. Wolltest mal wieder ein bißchen Nervenkitzel.«

»Sowas habe ich mir dabei eindeutig nicht vorgestellt.«

»Ah, du möchtest nie irgendwohin, wo man Spaß hat.«

Sie klammerten sich aneinander, während der Wind sie hin- und herpeitschte, wie ein Tyrann auf irgendeinem Spielplatz. Sie kniffen die Augen vor den Böen zusammen, bis sie kaum noch etwas sehen konnten, und Staub wurde ihnen in Nasen und Münder geweht und reizte ihre Kehlen. Der Boden unter ihren Füßen stieg und fiel ohne erkennbaren Grund und erwies sich dabei doch als hart und unnachgiebig, so daß mit jedem Schritt schmerzhafte Schwingungen durch die erschöpften Leiber liefen.

Ohnesorg versuchte, sich einen Eindruck von der Umgebung zu verschaffen. Die Formen, an denen sie vorübergingen, schienen aus einer Art schwarzem Basalt zu bestehen, aber die seltsamen und rätselhaften Gebilde wirkten auf unterschwellige Weise beunruhigend. Sie erweckten den Eindruck, beinahe organisch zu sein, auf seltsame Art vertraut, wie Gestalten, die man im Traum erblickt und die voller Bedeutung sind. Ohnesorg schüttelte den Kopf und bemühte sich, die beunruhigenden Gedanken zu verbannen. Nur die Vorstellungskraft gaukelte ihm vor, die Felsen ähnelten Kreaturen, die jeden Augenblick erwachen, sich umdrehen und ihn mit der böswilligen Geduld verfolgen konnten, wie sie den Kreaturen in Alpträumen eigen war. Er blickte zur Pinasse zurück. Sie war im schwindenden Licht der Dämmerung kaum noch zu erkennen, aber er sah sie noch gut genug, um darüber erstaunt zu sein, daß er und Ruby überhaupt überlebt hatten. Das Boot war an mehreren Stellen aufgebrochen, und die dicken Panzerplatten waren verbogen, zerrissen wie Papier. Mehr als ausreichend, um jeden menschlichen Fahrgast zu töten. Jeden nur menschlichen Fahrgast.

Wenigstens waren die Triebwerke noch nicht explodiert.

Ohnesorg wandte sich ab und konzentrierte sich auf die Felswand vor ihm. Sie war definitiv nähergekommen. Was nur gut war, denn er fühlte sich entsetzlich. Jeder Schritt erschütterte die gebrochenen Rippen, und er war sich ziemlich sicher, daß er auch ernste innere Verletzungen erlitten hatte. Er hatte jetzt fortlaufend Blut im Mund, egal wie oft er es ausspuckte. Ruby lehnte sich immer schwerer auf ihn und beschwerte sich inzwischen nicht mehr, was stets ein schlechtes Zeichen war. Sie mußten bald einen Unterschlupf finden, wo sie sich ausruhen und hoffentlich gesunden konnten. Selbst wer über der menschlichen Natur stand, hatte Grenzen.

Als sie endlich an den Fuß der Klippe stolperten, kam es ihnen wie ein Wunder vor. Ohnesorg entdeckte eine Höhlenöffnung und deutete darauf, begleitet von einem heiseren Krächzen – dem äußersten, was seine Stimme noch hervorbrachte. Sie zerrten sich mit einem letzten Kraftaufwand die schartige Felswand hinauf, angelockt von einem möglichen Ende ihrer Mühen. Die Höhlenmündung durchmaß gute drei Meter, und hinter ihr lauerte undurchdringliche Finsternis. Ohnesorg zog eine Minitaschenlampe aus dem Ärmel und richtete den dünnen gelben Strahl durch die Öffnung. Die Höhle war tiefer, als das Licht reichte. Ohnesorg und Ruby stolperten hinein und stützten sich dabei weiter.

Es ging ein gutes Stück hinein, und sie folgten dem Tunnel, bis sie das abgeschlossene Ende erreichten. Dort brachen sie auf dem harten Felsboden zusammen und lehnten sich an die tröstliche Stütze der Abschlußwand.

Die Luft war hier still und vielleicht sogar eine Spur wärmer, obwohl der niemals endende Sturm immer noch draußen heulte, als wäre er erbost darüber, um seine Opfer betrogen worden zu sein. Ohnesorg und Ruby saßen Schulter an Schulter nebeneinander, und beider Atmung und Herzschlag kehrten allmählich zu normalen Werten zurück. Die verschiedenen Schmerzen, unter denen sie litten, schienen sich für den Moment auf behagliche Distanz zurückgezogen zu haben, aber keiner von beiden hatte noch die Kraft, sich auch nur einen Zentimeter weit fortzubewegen. Ohnesorg schaltete die Taschenlampe aus. Er brauchte die Energie vielleicht noch, und außerdem gab es im Moment eigentlich nichts zu sehen, was sich gelohnt hätte. Er war todmüde. Seit er das *Labyrinth des Wahn-*

sinns durchschritten hatte, war er daran gewöhnt, daß seine gelegentlichen Verletzungen rasch heilten, aber es lag jetzt schon lange zurück, daß er zuletzt so übel zugerichtet worden war. Er fragte sich, ob es letztlich doch eine Grenze für die Wunden gab, die sein Körper wieder heilen konnte. Falls ja, dann war das wirklich ein beschissener Augenblick, um es herauszufinden. Er hörte Ruby neben sich, die ruckhaft durch den Mund atmete. Sie klang wirklich nicht gut.

»Ruby, bist du noch bei mir?«

»Leider ja.« Ihre Stimme klang angespannt und rauh. »Ich fühle mich beschissen. Wie geht es dir?«

»Bin auf dem Weg dorthin.« Ohnesorg knirschte mit den Zähnen, als plötzlich Schmerzen von den gebrochenen Rippen hochstiegen, und mußte dann husten, was noch mehr weh tat. Ein dicker Klumpen Blut und noch etwas anderes stiegen ihm in den Mund, und er spuckte es aus. »Verdammt! Ich habe das scheußliche Gefühl, daß ein Stück Lunge dabei war.«

»Du versuchst nur, mich aufzuheitern. Ich wußte immer, daß ich in der Hölle enden würde, aber ich hätte nie gedacht, daß ich dorthin komme, während ich noch lebe. Vielleicht ist das auch gar nicht passiert. Vielleicht sind wir beide beim Absturz umgekommen ...«

»Nein«, widersprach Ohnesorg. »Falls das die Hölle wäre, wären alle meine Freunde hier. Bleib ruhig sitzen und ruhe dich aus. Sammle wieder Kraft. Wenn es Morgen wird, haben wir einen Drei-Kilometer-Marsch vor uns.«

»Oh, halt die Klappe. Ich gehe nirgendwohin. Irgendeine Chance, über die Komm-Implantate mit jemandem Verbindung aufzunehmen?«

»Ich fürchte, nein. Die ständigen Stürme erzeugen ein übersättigtes elektrisches und magnetisches Feld. Es spielt jeder Art von Kommtechnik übel mit. Wir können niemanden darüber informieren, daß wir noch leben. Wir können nicht mal ein Leuchtspurgeschoß hochjagen. Wir stehen ganz allein da.«

»Irgendwie wußte ich, daß du das sagen würdest. Und wie sollen wir in einem solchen Wetter den Weg nach Vidar finden?«

»Ich spüre, wo es liegt«, antwortete Ohnesorg. »So viele Menschen – ich fühle ihre Gegenwart. Suche mal mit deinem Bewußtsein. Prüfe mal, ob du sie auch spürst.«

»Verdammt!« sagte Ruby einen Augenblick später. »Du hast recht. Es ist, als hätte ich einen Kompaß im Kopf. Ich wußte gar nicht, daß wir sowas können.«

»Im Gegensatz zu dir habe ich meine Fähigkeiten nicht einfach als selbstverständlich hingenommen«, sagte Ohnesorg. »Ich habe geprüft, wozu ich fähig bin, und versucht, meine Grenzen zu erweitern.«

»Ich schätze, du warst in der Schule ein Lehrerliebling. Wie schade, daß du nicht herausgefunden hast, wie man unsere Heilungskräfte auf Trab bringen könnte.«

»Hab Geduld. Sie haben eine Menge Arbeit zu leisten. Mit der Zeit werden wir schon heilen.«

»Hoffentlich hast du recht, Ohnesorg. Noch nie im Leben habe ich mich so mies gefühlt. Sogar das Atmen tut weh. Falls ich es nicht besser wüßte ... würde ich schwören, daß ich im Sterben liege ...«

Ihre Worte verklangen. Ohnesorg hörte nicht mal mehr ihre Atemzüge. »Ruby? Ruby? Hörst du mich?«

»Brülle nicht herum! Der Kopf tut mir schon genug weh, auch ohne daß du mir ins Ohr schreist. Laß mich schlafen. Vielleicht ist alles wieder in Ordnung, wenn ich aufwache.«

»Nein! Ich denke nicht, daß wir unseren Körpern soviel Arbeit allein zutrauen können. Wir müssen es selbst schaffen. Wende dich nach innen, konzentriere dich und lenke den Heilungsvorgang. Andernfalls wachen wir vielleicht nie wieder auf.«

»Du bist wirklich voller tröstender Worte, was? In Ordnung, ich habe zuviel Schmerzen, um mich zu zanken. Wie möchtest du vorgehen?«

»Versuche, deine Heilungsfähigkeit zu finden, genauso, wie du den Kompaß gefunden hast. Und sobald du sie hast, wirf sie mit äußerster Kraft in die Waagschale.«

Ruby nickte und schloß die Augen. Ohnesorg folgte ihrem Beispiel und richtete seine Gedanken nach innen, suchte nach etwas, das er sofort erkennen würde, sobald er es fand. Er verbannte die schmerzenden, gebrochenen Rippen aus den Gedanken. Er schaltete alle Sinne ab und versank immer tiefer im eigenen Bewußtsein. Er weigerte sich, hier zu sterben, während noch so viel zu tun war. Und er wollte verdammt sein, wenn er zuließ, einen solch nutzlosen, sinnlosen, dummen Tod zu sterben. Der Zorn brannte heftig in ihm, und etwas regte sich in einem verborgenen Winkel, im Unterbewußtsein, dem geheimen Teil seiner selbst, den er nicht sehen konnte, wo jedoch seine Kraft ruhte. Und ein neues Feuer entsprang dort, breitete sich durch seine ganze Persönlichkeit aus, verzehrte alle Schmerzen und Schwächen mit seinen reinigenden Flammen. Er wurde neu geschaffen und wiedergeboren, und er heulte auf vor schierem Hochgefühl, so lebendig zu sein.

Die Augenlider flogen auf, als er zurückstürzte und dabei schon jenen verborgenen Winkel seiner selbst vergaß, den er kurz berührt hatte. Er hob die Hände und beugte sie, und sie waren in bester Verfassung. Er sprang auf und grinste wie ein Idiot. Alle Verletzungen waren geheilt, alle Schmerzen verschwunden, und er konnte nicht mal mehr eine Narbe vorweisen. Er bemerkte, daß Ruby neben ihm stand und mit dem

Fuß aufstampfte, um sich zu beweisen, daß das Bein nicht mehr gebrochen war. Sie sah ihn an und lachte ungläubig, und dann umarmten sie einander heftig.

»Verdammt!« sagte Ruby, als sie einander endlich wieder freigaben. »Ich fühle mich gut! Ich habe das Gefühl, als könnte ich es mit einer ganzen verfluchten Armee aufnehmen!«

»Nirgendwo mehr Schmerzen?« fragte Ohnesorg. »Keine Schwachpunkte?«

»Verdammt, nein! Und bei dir?«

»Ich fühle mich wieder wie zwanzig. Ich fühle mich, als könnte ich es mit einem Grendel Mann gegen Mann aufnehmen und das Biest mit bloßen Händen auseinandernehmen.« Er brach ab und musterte Ruby nachdenklich. »Und vor gerade ein paar Augenblicken noch haben wir beide an die Tür des Todes geklopft. Ich bin verblüfft, daß wir auch nur den Absturz überlebt haben, geschweige denn es schafften, uns hierher zu schleppen. Allein der Schock so vieler starker Wunden hätte uns gleich umbringen müssen.«

Ruby zuckte die Achseln. »Nicht zum ersten Mal hätte uns etwas umbringen müssen, und wir haben trotzdem überlebt. Das gehört mit zu dem, wer und was wir sind.«

»Aber wir haben gerade in wenigen Sekunden geschafft, wozu eine Regenerationsmaschine Wochen gebraucht hätte! Und ich habe keine Ahnung, wie das möglich war.«

»Ohnesorg, wirst du wohl wenigstens einmal im Leben das Positive sehen? Wir liegen nicht mehr im Sterben, wir sind wieder in Form, und die Pinasse ist schließlich doch nicht explodiert. Zähle mal die verdammten Segnungen zusammen! Schlafen wir jetzt lieber etwas, damit wir beim ersten Tageslicht Richtung Vidar marschieren können.«

»Ja«, sagte Ohnesorg. »Schlafen hört sich wirklich gut an. Aber wir müssen uns später mal über diese Erfahrung unterhalten, Ruby. Wir wissen nicht annähernd genug über die eigenen Fähigkeiten. Darüber, was wir alles schaffen können, wenn wir es uns nur vornehmen.«

»Wir kommen gut klar«, fand Ruby. »Das *Labyrinth des Wahnsinns* hat uns schließlich kein Handbuch geliefert. Also lernen wir durch die Praxis.«

»Trotzdem stellt sich die Frage, wie wir diese Dinge vollbringen. Woher stammt die Energie dafür? Was haben wir gerade eben angezapft, um uns zu heilen, um uns vom Abgrund des Todes zurückzuholen? Ich vergesse das meiste schon wieder, aber woran ich mich noch erinnere, das macht mir richtig Angst. Es war, als hätte ich Gott angezapft ...«

»Ich denke, du leidest allmählich an Größenwahn«, entgegnete Ruby streng. »Sei jetzt still, leg dich hin und schlafe. Wir haben morgen früh einen langen Weg vor uns.«

Sie wandte sich von ihm ab, legte sich auf den Höhlenboden und schloß die Augen, um zu zeigen, daß das Gespräch beendet war, soweit es sie anging. Ohnesorg betrachtete sie eine Zeitlang und legte sich dann neben sie. Er wußte, daß sich Fragen nicht in Luft auflösten, nur weil man sich weigerte, über sie zu reden, aber es hatte keinen Sinn, die Sache jetzt zu forcieren. Trotzdem – nach Abschluß des laufenden Einsatzes war es überfällig, daß sich die überlebenden Veteranen des *Labyrinths* zusammensetzten und versuchten, ein paar Antworten auf die Frage zu finden, welcher Art ihre einzigartige Verfassung war. Ohnesorg hatte im Grunde keinen Einwand dagegen, sich über das rein Menschliche hinauszuentwickeln; er wollte nur eine Vorstellung davon haben, wohin der Weg letztlich führte.

Nach Anbruch des Morgens standen sie gemeinsam an der Höhlenmündung und blickten ins Licht des neuen Tages hinaus. Der Sturm schien tatsächlich ein wenig nachgelassen zu haben, war aber trotzdem noch kräftig. Die Sonne *Lokis* war meist hinter brodelnden Wolken verborgen, aber ihr bleiches Licht wurde verstärkt durch die ständigen Blitze, die über den Himmel zuckten und die Landschaft darunter in grelles bläuliches Licht tauchten. Ohnesorg und Ruby nahmen den ersten richtigen Eindruck von der Landschaft, die sie in der Nacht durchquert hatten, schweigend in sich auf.

Das Tal war voller unheimlicher, grotesker Formen aus schwarzem Fels, die kein erkennbares Muster bildeten, aber an wachsame Posten erinnerten. Dahinter lag die Pinasse immer noch an der Absturzstelle vor einer dunklen Felswand. Sie sah aus wie ein zerbrochenes Spielzeug, zu zerbrechlich für groben Umgang. Am gegenüberliegenden Talausgang erblickte Ohnesorg mit Mühe noch eine freie Ebene, die mit weiteren dunklen, bedrohlichen Formen gesprenkelt war. Nirgendwo machte sich eine Spur von Leben bemerkbar: Keine Vegetation, keine Insekten, kein offenes Wasser. Nur die vom Wind geformte Landschaft, rauh und öde und absolut fremdartig.

»Ich schätze, das Leben hat hier nie einen Ansatzpunkt gefunden«, sagte Ruby. »Ist im Grunde auch gut so. Das letzte, was wir gebrauchen könnten, wären weitere Komplikationen auf unserer kleinen Wanderung nach Vidar.«

»Das ist eine schrecklich selbstbezogene Sicht, Ruby«, fand Ohnesorg.

»Na und? Worauf möchtest du hinaus?«

»Ich weiß gar nicht, warum ich mich an diesen Gesprächen überhaupt noch beteilige. In Ordnung, geh voraus. Und halte die Augen offen! Jung Jakob

Ohnesorg und seine verdammten Geistkrieger sollten sich eigentlich nicht in der Nähe herumtreiben, aber man weiß ja nie.«

»Guter Punkt«, fand Ruby. »Sollen sie nur alle kommen! Ich könnte ein bißchen Aktivität gebrauchen.«

Ohnesorg seufzte und folgte ihr aus der Höhle. Die Felswand hinabzuklettern erwies sich als viel einfacher als die umgekehrte Richtung, und wenig später schritten sie durch das Tal zur freien Ebene hinüber. Der Sturmwind blies nach wie vor heftig, aber Ohnesorg und Ruby verfügten jetzt wieder über ihre volle Kraft, so daß es ihnen nicht mehr annähernd soviel ausmachte wie tags zuvor. Selbst der scheuernde Staub, der in alle Ritzen drang, war nur noch ein minderes Ärgernis. Die Stelle, wo Vidar lag, brannte in ihren Gedanken wie ein Leuchtfeuer, und sie nahmen den nächsten Weg dorthin, den sie nur finden konnten. Die Zeit verblaßte allmählich im Hintergrund. Ohne eindeutige Landschaftsmerkmale fiel es ihnen schwer festzustellen, wie weit sie gekommen waren. Von Bedeutung waren nur der Sturm und der harte, unnachgiebige Boden und die Stadt, die irgendwo vor ihnen lag. Und so hielten Ohnesorg und Ruby die Köpfe gesenkt, kniffen die Augen zusammen, um sie vor dem Staub zu schützen, und setzten ihren Weg fort.

Die Welt zog langsam an ihnen vorbei und sah überall nahezu gleich aus. Manchmal glaubte Ohnesorg, am Rand seines Blickfelds eine Bewegung zu sehen. Die Bewegung von etwas, das dunkel und langsam und unmöglich groß war. Aber immer, wenn er stehengeblieben war und genau hinsah, war es wieder im Sturm verschwunden. Er konnte sich gar nicht sicher sein, daß er tatsächlich etwas entdeckt hatte. Womöglich spielten ihm nur die Augen Streiche und riefen die Illusion einer Bewegung hervor, in einer

Landschaft, wo sich nichts rührte. Also marschierte Ohnesorg weiter und hielt den Blick entschlossen nach vorn gerichtet. Was für eine Art Leben sollte schließlich unter solchen Bedingungen existieren? Nicht mal die Menschen wären hier, gäbe es nicht die Kobaltminen.

Er war so gut wie sicher, daß Ruby nichts gesehen hatte. Falls doch, hätte sie zweifellos darauf geschossen.

Die dunklen Felsgebilde zogen langsam vorbei. Keine Form glich der anderen, und sie erinnerten Ohnesorg an antike Statuen vergessener Götter. Teils waren es schlichte Monolithen von Menschengröße, während am anderen Ende des Formenspektrums ganze Berge voller vom Wind geschnittener Spalten aufragten, die tief genug waren, um ein Sternenschiff darin zu verstecken. Ohnesorg hätte gern an etwas anderes gedacht, aber es gab einfach nichts anderes. Vielleicht handelte es sich bei den Steinen um die Überreste vulkanischer Aktivität, die einmal als geschmolzenes Gestein durch Risse im Boden heraufgedrückt worden waren, nur um sich dann in der kalten Luft zu verfestigen. Diese Erklärung war so gut wie jede andere.

O Gott, dachte Ohnesorg müde. *Ich langweile mich wirklich sehr!*

Und schließlich erreichten sie den Kamm eines langen Anstiegs und blickten hinunter, und da breitete sich Vidar, die Hauptstadt *Lokis,* vor ihnen über die Ebene aus. Sie bestand aus weit gestreuten, gedrungenen schwarzen Häusern, hier und dort durchsetzt mit dunklen Türmen – eine Schattenfestung mit roten und gelben Augen wie Hochöfen, die an einen Bergbaubetrieb der Hölle gemahnte. Eine hohe Metallmauer umgab die Stadt, vom Scheuerstaub zu einem dunkelpurpurfarbenen Schimmer blankgescheuert, durchbrochen von zwei massiven Metalltoren auf der Vorderseite. Der schwache Schimmer eines starken Kraftfelds schloß die Stadt über den Mauern ab. Man mußte feststellen, daß Vidar nicht im mindesten freundlich wirkte, aber Ohnesorg und Ruby waren es gewöhnt, an Orten zu erscheinen, wo sie nicht willkommen waren. Solange sie dort unten nur Schutz vor dem Sturm, saubere Betten und ein heißes Bad fanden, in dem sie sich vollsaugen lassen konnten, war Ohnesorg absolut bereit, innerhalb der Tore auf die Knie zu sinken und den Boden zu küssen. Ohne einander anzusehen, gingen Ohnesorg und Ruby den langen grauen Hang hinunter auf die dunkle Stadt zu.

Eine Streife der örtlichen Wache fing sie ab, als sie sich dem Haupttor näherten; sie bestand aus sechs Mann in voller Gefechtspanzerung mit improvisierten Masken und Kapuzen. Sie stapften entschlossen auf die beiden Neuankömmlinge zu, blieben dann aber in respektvollem Abstand stehen. Jeder der Wachleute hielt ein Strahlengewehr in den behandschuhten Händen und zielte sorgfältig damit. Ohnesorg und Ruby blieben ebenfalls stehen, nur um höflich zu sein. Einer der Wachleute trat vor.

»Wer zum Teufel seid Ihr?« brüllte er und konnte sich durch den Wind trotzdem kaum bemerkbar machen. »Unsere Sensoren bestätigen, daß Ihr weder Furien noch Geistkrieger seid, aber kein Mensch ist dumm genug, um draußen ohne Panzerung herumzulaufen!«

»Wir sind Jakob Ohnesorg und Ruby Reise«, antwortete Ohnesorg so höflich, wie man sein konnte, wenn man schrie. »Ich glaube, Ihr erwartet uns. Tut mir leid, daß wir uns etwas verspätet haben.«

»Aber ... wir haben Euer Schiff gestern abstürzen gesehen, und das über drei Kilometer weit entfernt!«

»Wir haben den Absturz überlebt, im Gegensatz zu

unserer Besatzung. Also haben wir den Tagesanbruch in einer Höhle abgewartet und sind hierhergewandert.«

»Ihr seid *zu Fuß gegangen?* Jesus Christus, vielleicht seid Ihr ja wirklich so gut, wie man sich erzählt! Folgt mir, ich führe Euch in die Stadt. Ich fürchte allerdings, daß unsere Waffen auf Euch gerichtet bleiben werden, bis wir Eure Identität bestätigen konnten. *Shub* hat schon alle möglichen Tricks probiert, um in die Stadt zu gelangen. Wir gehen keinerlei Risiko mehr ein.«

»Verstanden. Wärt Ihr vielleicht damit einverstanden, daß wir jetzt aufbrechen? Ich habe für mein Leben genug von diesem Sturm und dem Staub.«

»Willkommen auf *Loki*«, sagte der Anführer der Wachleute, drehte sich um und ging auf das Haupttor zu. Ohnesorg und Ruby folgten ihm, und die übrigen Wachleute drehten sich langsam um und behielten sie so im Visier. Das Haupttor erwies sich als Konstruktion aus zwei riesigen Stahlplatten. Sieben Meter hoch, passend zur Mauerhöhe, und über zweieinhalb Meter breit waren sie und erweckten ganz den Eindruck, sie könnten sogar einen brünstigen Grendel abwehren. Langsam öffneten sie sich, als der leitende Wachoffizier ein Signal gab. Er führte Ohnesorg und Ruby hindurch. Die übrigen Gardisten folgten ihnen rasch und hielten sie umzingelt. Die Tore knallten wieder zu und sperrten den Sturm aus.

Plötzlich war es ganz ruhig. Das Brüllen des Sturms war wie abgeschnitten, als hätte jemand hoch droben einen Schalter gedrückt. Ohnesorg richtete den schmerzenden Rücken langsam auf und rieb sich Staub aus den Augen. Neben ihm hustete Ruby kräftig, um den Staub aus Hals und Mund zu entfernen. Sie befanden sich in einer riesigen Luftschleuse, groß genug für fünfzig Personen, falls ihnen ein bißchen

Gedränge nichts ausmachte. Die Luft war behaglich warm und wunderbar rein. Ohnesorg holte mehrmals tief Luft, ehe er sich an den leitenden Wachoffizier wandte, der gerade damit beschäftigt war, die Einzelteile seiner Rüstung müde in Wandfächern zu verstauen. Er war jung, kaum in den Zwanzigern, und hatte ein langes, ernstes Gesicht unter einem dicken Schopf langer gelber Haare. Verantwortung und Härte des Lebens hatten schon tiefe Furchen um Mund und Augen gegraben. Plötzlich lächelte er Ohnesorg an, und es war ein gewinnendes, fast schüchternes Lächeln.

»Unseren Sensoren und den Lektronendaten zufolge seid Ihr tatsächlich, wer und was Ihr vorgebt. Mann, sind wir froh, Euch zu sehen!« Er gab den übrigen Gardisten einen Wink, und sie steckten sofort ihre Waffen weg und begannen damit, Masken und Panzer abzulegen. Sie alle wirkten jung und ernst und durchaus fähig, sich im Gefecht zu bewähren. Ohnesorg vermutete, daß Schwächere auf *Loki* nicht lange durchhielten. Der Anführer hielt ihm die Hand hin, und Ohnesorg schüttelte sie mechanisch. Der Anführer wandte sich auch an Ruby, aber sie bedachte ihn nur mit einem harten Blick, so daß er die Hand senkte und sich wieder zu Ohnesorg umdrehte.

»Ich bin Peter Wild, leitender Wachoffizier. Ich wollte eine Suchgruppe losschicken, die nach Euch Ausschau hält, aber der Stadtrat war fest überzeugt, daß niemand einen solchen Absturz hätte überleben können. Ich habe es ihnen ja gesagt! Ich wußte, daß mehr als ein Absturz nötig ist, um Jakob Ohnesorg zu erledigen!«

Von den übrigen Wachleuten kam lautes, zustimmendes Gebrumm, und Ohnesorg sah sich um und stellte fest, daß sie ihn mit großen Augen und breitem Lächeln ansahen und ihm respektvoll zunickten.

Ohnesorg deutete auf Ruby, die plötzlich damit aufhörte, zu husten und auf den Boden zu spucken.

»Ich denke, Ihr kennt meine Begleiterin?«

»O ja!« antwortete Wild, und sein Lächeln verschwand. »Wir wissen alles über Ruby Reise. Bitte laßt nicht zu, daß sie wichtige Leute umbringt oder irgendwas in Brand steckt!«

»Deine Reputation ist dir vorausgeeilt«, sagte Ohnesorg trocken zu Ruby.

»Trotzdem«, fuhr Wild fröhlich fort, »sind wir sehr froh, Euch hier zu empfangen, Sir Ohnesorg. Vielleicht könnt Ihr diesem verdammten Krieg eine Wende geben.«

»Unsere Instruktionen waren sehr allgemeiner Natur«, sagte Ohnesorg. »Bringt uns über die Einzelheiten auf den neuesten Stand.«

Wild zögerte. »Man erwartet von mir, Euch direkt zum Stadtrat zu führen, damit man Euch dort über die aktuelle Lage informiert.«

»Ihr könnt unterwegs schon damit anfangen. Erzählt mir von Vidar! Wie gut ist die Stadt geschützt?«

»Wände und Türen aus massivem Stahl, über dreißig Zentimeter dick«, berichtete Wild und führte sie durch das Innentor der Luftschleuse. »Das Kraftfeld über den Mauern schützt uns vor dem Wetter. Wir brauchen Stadtmauer und Tore, weil wir das Kraftfeld nicht mal für eine Sekunde senken könnten, ohne daß der Sturm die Stadt verwüstet. Es liegt nicht nur an der Windstärke; der Staub sickert einfach überall hinein. Die Technik versagt dabei fortlaufend.«

»Hört der Sturm nie auf?« fragte Ruby.

»Nein, gnä' Frau. Er hat nur zuzeiten Schwächeperioden. Hier entlang.«

Auf die Luftschleuse folgte ein schlichtes Muster aus schmalen Straßen zwischen niedrigen, kompakten, funktionell wirkenden Häusern. Farben und Dekorationen waren Mangelware. Vidar diente dem Bergbau und bot keinen Platz für Zierrat und Phantasien. Menschen eilten vorbei, als Wild seine Gäste in die Stadt führte, schenkten den Neuankömmlingen jedoch wenig oder gar keine Beachtung. Alle trugen Schwerter und Strahlenwaffen, sogar in der angeblichen Sicherheit der Festung. Ohnesorg hielt das für bedeutsam.

»Die Truppen der Aufständischen haben sich mit *Shub* verbündet«, sagte Wild. Er sprach das Wort *Shub* wie einen Fluch aus. »Sie verfügen über eine Armee aus Geistkriegern und ein paar Furien sowie über ein ganzes Arsenal an hochtechnologischen Waffen, die mehr Ausfälle zu verzeichnen haben, als daß sie funktionieren würden. So ist nun mal *Loki.* Nicht mal *Shub* findet Schutz vor dem Staub. Als Folge davon findet ein Großteil der Kämpfe ohne Waffen statt. Fleisch und Blut gegen wandelnde Leichen und Metallgestalten. Nicht direkt ein ausgeglichenes Szenario, aber so ist nun mal *Shub.* Jedenfalls scheinen die Aufständischen keine Einwände zu haben. Ihre Anführer interessieren sich für nichts anderes mehr als den Sieg. Die Disruptorkanone, die Euch abgeschossen hat, war für uns ebenso überraschend wie für Euch. Sie müssen echt Angst vor Euch haben, wenn sie das Risiko eingehen, eine so starke Waffe zu enttarnen. Betrachtet es als zweifelhaftes Kompliment.«

»Oh, das tun wir!« versicherte ihm Ohnesorg, ohne die Miene zu verziehen. »Und wir haben vor, das Kompliment so schnell wie möglich zu erwidern.«

Wild grinste. »Ich muß schon sagen, ich freue mich wirklich darauf, mit Euch zusammenzuarbeiten, Sir Ohnesorg! Ihr wart immer schon mein Held. Ich habe mir alle Eure Holofilme angesehen.«

Der junge Wachmann sprudelte förmlich über vor

Aufrichtigkeit, die von einer Art war, wie Ohnesorg sie seit den Tagen seines Ruhms nicht mehr erlebt hatte – damals, als er noch die einzige Hoffnung gewesen war, die Löwensteins Imperium entgegenstand. Viel hatte sich seitdem verändert. Wenn eine solche Heldenverehrung überhaupt noch Eindruck auf ihn machte, dann fühlte er sich dabei alt. Er wußte nicht recht, ob er noch der Mann war, an den sich Wild erinnerte. Er war ein wenig verlegen, und Rubys eindeutige Erheiterung half ihm nicht im mindesten. Er beeilte sich, das Thema zu wechseln.

»Wo stecken alle? Ich hatte erwartet, in einer Stadt dieser Größe viel mehr Leute anzutreffen.«

»Da die Hälfte der äußeren Siedlungen von Truppen der Aufständischen überrannt wurde, steuern wir den Großteil der Bergbauanlagen heute von Vidar aus, was bedeutet, daß die meisten Menschen Überstunden machen, um die Anlagen in Betrieb zu halten. Und ... viele Leute hier wissen nicht recht, wie sie zu Euch stehen sollen, Sir Ohnesorg. Da draußen führt jemand, der Euer Gesicht zeigt, die Streitkräfte von *Shub* und zieht dabei eine Spur des Blutes, des Todes und der Greueltaten. Euer Name ist zum Fluch geworden. Deshalb wurde Euch eine bewaffnete Wache zugeteilt. Nur für den Fall, daß es zu ... Schwierigkeiten kommt.«

»Sollen sie nur irgendwas anfangen«, sagte Ruby gelassen. »Soll nur irgend jemand was anfangen.«

»Jedenfalls«, fuhr Wild eilig fort, »sind die Aufständischen mit Unterstützung von *Shub* systematisch dabei, die äußeren Siedlungen zu vernichten, die Bergbauanlagen zu zerstören und alles Lebendige zu töten, ehe sie zum nächsten Ziel weiterziehen. Sie haben uns umzingelt und rücken allmählich auf Vidar vor. Denn wer diese Stadt beherrscht, hat zugleich den einzigen Raumhafen des Planeten in der Hand und den ganzen Bergbau. Falls wir fallen, fällt die ganze Kolonie. Wir haben keine nennenswerte Armee, nur Sicherheitsleute und einen ganzen Haufen Freiwillige, meist Flüchtlinge aus schon gefallenen Siedlungen. Wir können nicht mal alle bewaffnen. Wir haben noch nie eine Armee benötigt. Das Wetter hat uns immer zu sehr auf Trab gehalten, als daß wir noch gegeneinander hätten kämpfen können.«

»Wie hat sich Eure Armee im Feld geschlagen?« erkundigte sich Ohnesorg. »Wenn ich es richtig verstanden habe, gab es einige direkte Zusammenstöße, Armee gegen Armee.«

»Einige«, bestätigte Wild. »Wir machen Ausfälle, wenn ruhigere Wetterphasen eintreten. Menschen sterben, aber geregelt wird nichts. Wir haben die Übermacht und die Ausbildung, aber der Gegner hat *Shub*. Bislang war alles ... ergebnislos.«

»Warum hat *Golgatha* keine Verstärkungen geschickt?« fragte Ohnesorg stirnrunzelnd.

»Wir haben darum gebeten«, antwortete Wild, »und man hat Euch beide geschickt. Anscheinend genießen wir keine sehr hohe Priorität. Zur Zeit schreit alles nach Verstärkungen, und wir sind nur irgendein Bergbauplanet mit relativ kleiner Bevölkerung.«

»Nur wir beide gegen eine Armee von Geistkriegern«, sagte Ruby. »Genau die Chancenverteilung, wie sie mir gefällt.«

»Das Problem dabei ist: Sie meint das ernst«, sagte Ohnesorg. »Ignoriert sie. Ich tue es, soweit möglich. Wie weit noch bis zum Ratssaal?«

»Wir sind fast da, Sir Ohnesorg.«

»Noch irgendwas, was ich wissen sollte?«

Wild zögerte und senkte die Stimme. »Seid vorsichtig! Der Stadtrat tut sei eh und je immer das, was er für das beste hält ... für sein Bestes.«

Die nächsten paar Blocks legten sie schweigend

zurück, wobei jeder den eigenen Gedanken nachhing. Endlich blieb Wild vor einem häßlichen, gedrungenen Haus stehen, das sich äußerlich nicht von den übrigen unterschied, und führte sie durch eine Reihe überraschend strenger Sicherheitsvorkehrungen. Ohnesorg war beeindruckt. Trotzdem weigerte er sich, auf Aufforderung Schwert und Pistole herzugeben, und Ruby tat es ihm gleich. Niemand war dumm genug, um stur zu bleiben. Wild klopfte zurückhaltend an eine Tür, vor der zwei bewaffnete Wachtposten standen, und eine Stimme von innen forderte sie auf einzutreten. Wild öffnete die Tür und trat zurück, damit Ohnesorg und Ruby zuerst hineingehen konnten. Ohnesorg marschierte mit einer Haltung hinein, als gehörte ihm hier alles. Schon vor langer Zeit hatte er gelernt, sich örtlichen Politikern gegenüber niemals höflich oder eingeschüchtert zu geben. Das hätten sie nur ausgenutzt. Ruby ging in gleicher Haltung an seiner Seite, aber in ihrem Fall war es nur natürliche Arroganz.

Sie fanden sich in einem einigermaßen großen Saal wieder, gestaltet von jemandem, der über ein umfangreiches Budget und absolut keinen Geschmack verfügte. Ruby fühlte sich gleich ganz wie zu Hause. Ohnesorg war an der Umgebung nicht interessiert. Er warf nur einen Blick auf die fünf Männer, die am hinteren Ende des Zimmers ziemlich pompös hinter dem langen Tisch aus Hartholz saßen, und blieb abrupt stehen. Ruby blieb sofort ebenfalls stehen und senkte mechanisch die Hand auf die Pistole. Ohnesorg funkelte den Mann in der Mitte der Gruppe an, und als er sprach, war seine Stimme so kalt wie der Tod.

»Andre de Lisle! Was zum Teufel tut Ihr denn hier, Ihr Mistkerl? Als ich zuletzt von Euch hörte, verfaultet Ihr in einer Gefängniszelle!«

»Ich finde es auch schön, Euch zu sehen, Ohnesorg«, sagte de Lisle ruhig. »Es ist eine Weile her seit *Eisfels*, nicht wahr?«

Ein tiefes, wütendes Knurren entfuhr Ohnesorg, und plötzlich stürmte er vor, auf den Mann zu. Die Wachleute, die ihm gefolgt waren, griffen nach den Waffen, aber Ruby hatte sich schon zu ihnen umgedreht und hielt die Pistole in der Hand. Die Gardisten hielten inne. De Lisle fand kaum Zeit, auf seinem Stuhl zurückzuschrecken, da hatte Ohnesorg den Raum bereits durchquert, zerrte ihn vom Stuhl hoch und hielt den großen, muskulösen Mann vor sich in die Luft. De Lisle strampelte hilflos mit den Beinen. Die übrigen Ratsherren gaben erschrockene Laute von sich, mischten sich jedoch nicht ein. Sie waren nicht dumm. Ruby wies die Wachleute an, ihre Waffen hinzulegen und sich entlang einer Wand aufzureihen, während Ohnesorg de Lisle mühelos hochhielt und kalt sein allmählich rot anlaufendes Gesucht musterte.

»Also«, sagte Ruby trocken und warf einen kurzen Blick über die Schulter. »Ihr kennt euch also, wenn ich es richtig verstehe.«

»O ja!« sagte Ohnesorg kalt und gelassen und sehr gefährlich. »Dieses Stück Abschaum hatte einmal die Bergbauanteile auf einem Planeten namens *Eisfels* in der Tasche. Hat seine Leute wie Scheiße behandelt. Zahlte die niedrigsten Löhne im Sektor und reagierte auf jeden Protest nur mit Auspeitschung, mit Brandzeichen und gelegentlichen Massenhinrichtungen. Er führte ein schönes Leben, während Kinder hungerten. Als ich meine Rebellion nach *Eisfels* brachte, bezahlte er die Armee, die sich mir entgegenstellte. Kaum erstaunlich. Er war in jeder Beziehung, außer der Form nach, Herrscher von *Eisfels*. Nachdem man mich verraten und gefangengenommen hatte und meine Rebellion zusammenbrach, sorgte er dafür, daß meine Zelle ein Holovid erhielt, damit ich zusehen konnte, wie er jeden hinrichten ließ, der meine Partei ergriffen hatte, und darüber hinaus aufs Geratewohl jeden zehnten, als Strafe für seine Leute, die es gewagt hatten, gegen ihn aufzumucken. Männer, Frauen und Kinder starben auf seinen Befehl hin. Manchmal ist er hingegangen und hat zugeschaut. Und gelacht.

Der Haftbefehl gegen ihn gehörte zu den ersten, die ich unterzeichnete, nachdem wir Löwenstein und ihre Leute gestürzt hatten. Ich sorgte dafür, daß er dieselbe Zelle erhielt, in der ich gesessen hatte – der alten Zeiten wegen. Ich wollte, daß man auch ihn hängte, aber er hatte einen richtig guten Anwalt und eine Menge Verbindungen. Das haben solche Leute immer. Trotzdem konnte ich sicherstellen, daß er lebenslänglich Einzelhaft erhielt. Keine Bewährung, keinerlei Luxusgüter, keinen Strafnachlaß aufgrund guter Führung. Aber jetzt finde ich ihn hier, wieder an den Schalthebeln der Macht auf einem Planeten. Und ich möchte erfahren, warum.«

»Bitte setzt den Ratsherrn wieder ab, Sir Ohnesorg«, forderte ihn Wild zaghaft auf. »Bewaffnete Gardisten sind unterwegs, und ich möchte ihnen wirklich nicht den Befehl geben, Euch niederzustrecken.«

»Das ist gut«, fand Ruby. »Das möchtest du wirklich nicht. Es wäre unklug.«

Wild dachte darüber nach. »Dann möchte ich wenigstens darauf hinweisen, daß Ratsherr de Lisle keine Fragen beantworten kann, solange man ihn würgt.«

Ohnesorg nickte widerstrebend und setzte de Lisle auf dem Tisch ab. Wild stieß einen hörbaren Seufzer der Erleichterung aus. De Lisle lag auf dem Rücken, massierte sich den gequetschten Hals und schnappte nach Luft. Ohnesorg sprang vom Tisch herunter und wandte sich den übrigen Ratsherren zu.

»Ich kenne Euch nicht, aber ich könnte Euch trotzdem gut alle umbringen, weil Ihr Euch mit de Lisle an einen Tisch gesetzt habt. Also bleibt ruhig. Oder ich bitte Ruby, Euch gut zuzureden.«

»Jawohl«, bekräftigte diese. »Ich kann sehr vernünftig sein, wenn ich es mir vornehme.«

De Lisle setzte sich wieder auf seinen Stuhl am Tisch. Keiner der übrigen Ratsherren traf Anstalten, ihm zu helfen. De Lisle war ausgesprochen bleich im Gesicht, als er sich bemühte, die Reste seiner Würde zusammenzuklauben.

»Also«, sagte Ohnesorg fast ruhig. »Erklärt es mir, de Lisle. Erzählt mir alles. Wie es möglich ist, daß Ihr hier wieder eine Machtposition bekleidet. Wobei Ihr eins nicht vergessen solltet: Falls Eure Antwort nicht äußerst überzeugend ausfällt, hänge ich Euch an der Stadtmauer auf. In Einzelteilen.«

Niemand im Raum glaubte, daß er gescherzt hatte. De Lisle räusperte sich schmerzlich.

»Ich wurde begnadigt«, erklärte er rundweg. »Das Imperium brauchte jemanden mit Erfahrung im Bergbau, der die Leitung dieses Höllenlochs übernahm, und Kandidaten waren begreiflicherweise etwas schwer zu finden. Ich erhielt die Stellung mit der Auflage, den Planeten nie wieder zu verlassen. Ich habe akzeptiert. Ich hätte es besser wissen müssen. Dieser Planet ist ein einziges großes Gefängnis.«

»Mir blutet das Herz«, sagte Ohnesorg. »Ich kann nicht glauben, daß ein Mistkerl wie Ihr begnadigt wurde.«

»Als Gegenleistung für lebenslangen Dienst hier«, entgegnete de Lisle. »Was ist nur los, Sir Ohnesorg? Glaubt der große Rebellenheld nicht an Wiedergutmachung durch Sühne?«

»Nicht in Eurem Fall. Aber so sehr mir das Eingeständnis zuwider ist, ich benötige Euren ortskundigen Rat. Ihr werdet also als mein Stellvertreter agieren und alles arrangieren, was ich brauche. Ich nehme unseren Peter Wild hier als Verbindungsmann, sei es auch nur deshalb, weil es mir zweifellos den Magen umdrehen würde, Euch regelmäßig gegenüberzutreten. Und legt Euch nicht mit mir an, de Lisle! Ich dulde nicht, daß man mich erneut verrät!« De Lisle nickte ruckhaft. Ohnesorg musterte die übrigen Ratsherren. »Jemand sollte mir jetzt die politische Lage hier erklären. Wer genau sind die Aufständischen, wogegen stehen sie auf und was in Gottes Namen hat sie nur bewogen, sich mit *Shub* zu verbünden?«

»Ich heiße Bentley«, meldete sich einer der Ratsherren zu Wort, nachdem jeder von ihnen eine Zeitlang gewartet hatte, ob nicht ein anderer sprechen wollte. Bentley war ein großer, schlanker Mann mit rasiertem Schädel und Augen, so blaßblau, daß sie beinahe farblos wirkten. »Ich bin für den Sicherheitsdienst zuständig. Unsere Lage hier ist im Grunde ganz einfach zu erklären. Die Anführer der Aufständischen sind der frühere planetare Intendant Matthew Tallon und der ehemalige Bürgermeister dieser Stadt, Terrence Jacks. Sie führten schon damals die hiesige Rebellion gegen Löwensteins Ordnung, waren Eure Kameraden in der großen Rebellion, Sir Ohnesorg. Nachdem sie Löwensteins Leute vertrieben oder hingerichtet hatten, übernahmen sie selbst das Kommando.

Allerdings hatten sie keine echte Erfahrung damit, eine planetare Wirtschaft zu leiten, und hatten sich bald in eine Sackgasse manövriert, obwohl sie nicht bereit waren, das zuzugeben. Sie gaben den Menschen auf *Loki* das Wahlrecht, und nach einer Serie von Patzern und Fehlentscheidungen, die beinahe zum wirtschaftlichen Bankrott führten, wählte man sie ab. Tallon und Jacks nahmen uns das übel und gaben versteckten Elementen der alten Ordnung die Schuld. Sie zogen sich in die Außensiedlungen zurück und sammelten eine aufständische Truppe um sich, meist Leute, die darüber enttäuscht waren, daß die neue Ordnung sie nicht auf der Stelle reich und mächtig gemacht hatte. Es war keine nennenswerte Truppe, und sie stellte kein nennenswertes Problem dar. Bis die Streitkräfte von *Shub* eintrafen, um sie zu unterstützen. Anscheinend hatten Tallon und Jacks in den letzten Tagen ihrer Macht insgeheim ein Bündnis mit den Feinden der Menschheit geschlossen. Und jetzt führt der junge Jakob Ohnesorg die Aufständischen. Tallon und Jacks halten sich heutzutage weitgehend im Hintergrund.«

»So«, sagte Ohnesorg. »Man hat mich also hergeschickt, um die etablierte Ordnung gegen alte Rebellenkameraden zu verteidigen.«

»Kurz und präzise«, fand de Lisle, obwohl er Verstand genug zeigte, wenigstens nicht zu lächeln, als er das sagte. »Komisch, wie sich die Dinge entwickeln, nicht wahr?«

»Strapaziert meine Geduld nicht!« warnte ihn Ohnesorg. »Zumindest weiß ich jetzt, warum das Parlament mich geschickt hat. Man denkt dort, die Berichterstattung, wie ich gegen Rebellenkräfte kämpfe, würde mich stärker ans Parlament binden und mich auf Distanz zu Gruppierungen bringen, die sich vielleicht seiner Autorität widersetzen. Na ja, wir werden sehen. Im Moment benötigen Ruby und ich erst mal Ruhe. Zweifellos ist Eure Unterkunft die bequemste, de Lisle, so daß wir sie nehmen. Ihr werdet Eure eigenen Arrangements treffen müssen. Solltet Ihr irgendwelche Probleme haben, wendet Euch dieserhalb an meinen Verbindungsmann Wild, der sie in meinem Namen offiziell ignorieren wird. Wild, wir gehen.«

»Ja, Sir Ohnesorg. Bitte folgt mir.«

Ohnesorg nickte den Ratsherren zu, Ruby nickte

den Wachleuten zu, die sie mit der Pistole in Schach hielt, und beide stolzierten hinter Wild hinaus. Und noch lange danach sagte niemand im Ratssaal irgend etwas.

Einige Zeit später lag alle Welt, abgesehen von der Nachtschicht, im Bett, während Wild, Ohnesorg und Ruby leise durch die schmalen Straßen gingen, in Tarnmänteln versteckt. Wild hatte bereits Vorkehrung getroffen, daß die Wachleute, die in der Lektronenzentrale Dienst taten, Freunde von ihm waren, und sie wandten sich betont ab, als er Ohnesorg und Ruby durch den Haupteingang hineinführte und dabei die Sicherheitssysteme mit seiner neuen Einstufung überwand. Als sie erst mal drinnen waren, suchte Wild das richtige Terminal heraus und begann damit, alle Arten von Dateien aufzurufen, von denen er eigentlich nichts wissen sollte. Falls es ihn nervös machte, daß ihm Ohnesorg über die Schulter blickte, so tat er sein Bestes, es nicht zu zeigen. Ruby bewachte mit gezogener Pistole die Tür, nur für alle Fälle.

Ohnesorg war erstaunt darüber, wie leicht es gegangen war. Als er Wild ursprünglich darüber informierte, daß er Informationen haben wollte, die wahrscheinlich nur in den Hauptlektronen der Stadt zu finden waren, hatte er mit allerlei Problemen gerechnet. Statt dessen arrangierte Wild alles mit ein paar schnellen Anrufen bei alten Freunden.

»Ruft mal die Namen und Biographien aller Ratsherren auf«, sagte Ohnesorg. »Was hat sie hergeführt, und wer hat sie an die Macht gebracht?«

»Offiziell die Wähler«, antwortete Wild und bahnte sich mit der Leichtigkeit langer Übung seinen Weg vorbei an Sicherheitsblocks. »Aber da die Demokratie hier für uns alle ganz neu ist, werden Wahlen meist von denen gewonnen, die das meiste Geld für den Wahlkampf ausgeben können. Was die Biographien angeht ... Es sind allesamt begnadigte Kriegsverbrecher. Wie gefällt Euch das? Alle fünf wurden wegen Verbrechen gegen die Menschlichkeit verhaftet und angeklagt, verurteilt und inhaftiert, nur um dann später eine Begnadigung angeboten zu erhalten, falls sie herkommen und die Leitung übernehmen.«

»Und das gilt auch für Bentley, den Sicherheitschef?«

»Jawohl. Er war der erste. Hat seine Stellung unter Tallon und Jacks angetreten. Soweit ich weiß, hat er immer gute Arbeit geleistet.«

»Wer hat die Begnadigungen genehmigt?« fragte Ohnesorg stirnrunzelnd. »Und wer hatte die Idee, diese Leute hierher zu schicken?«

»Diese Information ist hier nicht enthalten, Sir Ohnesorg. Oder falls doch, dann ist sie so tief vergraben, daß ich nicht an sie herankomme. Aber nur jemand, der im Parlament eine recht hohe Stellung bekleidet, verfügt über die nötige Autorität, etwas Derartiges zu bewerkstelligen und gleichzeitig Stillschweigen darüber zu wahren. Ich kann Euch sagen, daß keiner der hiesigen Kolonisten etwas davon weiß. Viele von uns haben an der ursprünglichen Rebellion teilgenommen, und wir hätten diese Maßnahme auf keinen Fall akzeptiert. Verdammt, vielleicht kann man Tallon und Jacks letztlich doch in gewisser Weise rechtfertigen!«

»Es gibt keine Rechtfertigung für ein Bündnis mit *Shub*«, hielt ihm Ohnesorg entgegen. »Sehen wir mal nach, was wir sonst noch über die Ratsherren herausfinden können. Öffnet mal ihre Bankkonten. Ich möchte erfahren, was sie für ihre Arbeit hier einstreichen.«

Wild mußte zahlreiche Paßwörter benutzen, die er eigentlich nicht hätte kennen dürfen, aber schließlich erhielt er die Antworten, nach denen er suchte. Selbst die besten Systeme kapitulieren letztlich vor einem erfahrenen Hacker, und wie Wild bescheiden feststellte, gab es in Vidar sonst nicht viel zu tun, wenn man jung und unruhig war. Weshalb *Loki* unter allen Planeten des Imperiums den höchsten Anteil an Kyberratten in der Bevölkerung aufwies. Ohnesorg mußte darüber lächeln, aber das verging ihm gleich wieder, als er die Zahlen sah, die Wild für ihn ausgegraben hatte. Die Ratsherren erhielten Anteile an *Lokis* Bruttoproduktion. Nicht einfach einen Teil der Gewinne; vielmehr sahnten sie gleich an der Quelle kräftig ab. Sie steckten auch einen großen Anteil aller Steuern ein sowie von allen anderen öffentlichen Geldern, die ihnen unter die Finger kamen. Sie deponierten ihre Einnahmen auf Banken von *Golgatha.* Falls das so weiterging, würde die Wirtschaft auf *Loki* schließlich zusammenbrechen, obwohl die Ratsherren zweifellos schon ihre Flucht für einen Zeitpunkt arrangiert hatten, an dem jede Enttarnung noch in weiter Ferne lag.

Wild durchlief in wenigen Sekunden eine ganze Palette von Emotionen, von Erschrecken über Wut bis hin zu kaltem Zorn. »Falls die Kolonisten davon wüßten, würden sie die Ratsherren aus den Betten zerren und auf der Stelle lynchen. Aber die Ratsherren können dieses Arrangement auf keinen Fall allein getroffen haben, Sir Ohnesorg! Jemand viel weiter oben muß sie decken. Jemand auf *Golgatha.*«

»Verdammt!« sagte Ohnesorg. »Vielleicht kämpfe ich wirklich auf der falschen Seite. Falls Tallon und Jacks darüber Bescheid wissen ... Sagt mal, haben wir eine Möglichkeit, mit den Aufständischen in Verbindung zu treten? Geheim? Falls wir sie überreden könnten, ihre Klagen innerhalb des Systems vorzubringen, mit meiner Unterstützung ...«

»Ihr versteht einfach nicht«, fand Wild, schaltete das Terminal aus und wandte sich Ohnesorg zu. »Ihr habt ja nicht gesehen, was die tun! Die Aufständischen kämpfen Seite an Seite mit den Geistkriegern. Sie haben die äußeren Siedlungen vernichtet – ganze Städte und Dörfer, hingeschlachtet bis zum letzten Mann, der letzten Frau, dem letzten Kind. Danach helfen die Aufständischen den Geistkriegern, die noch intaktesten erwachsenen Leichen einzusammeln, damit sie in Geistkrieger umgewandelt werden können. Die übrigen Leichen ... Nicht nur die Truppen von *Shub* verüben Greueltaten. Ich rufe gleich mal einige Videoaufnahmen ab, die wir von ihrem letzten Angriff gemacht haben.«

Er schaltete einen Monitor ein, und Ohnesorg und Ruby verfolgten, wie Einheiten von *Shub* und den Aufständischen eine Stadt mit Feuer und Stahl und Grauen vernichteten. Wild betrachtete mehr die Gesichter seiner Gäste als die Ereignisse auf dem Bildschirm. Er kannte die Aufnahmen schon und wußte, daß er sie nie wieder vergessen konnte.

Geistkrieger stolzierten durch die Straßen und brachten alles um, was sich bewegte, von den eigenen Leuten mal abgesehen. Sie waren Leichen mit grauer und blauer Haut, mit Metallaugen und grinsenden Zähnen, freigelegt hinter rissigen und verfaulten Lippen. Manche waren so übel zugerichtet, daß Knochen durch Risse im Fleisch zu erkennen waren oder Schleifen zerfetzter Eingeweide aus aufgeschlitzten Bäuchen hingen. Lektronen-Implantate steuerten die Servomechanismen toter Gliedmaßen. Männer und Frauen, die nobel in der Schlacht gefallen waren, waren gegen ihren Willen aus der Ruhe gestört worden, um für *Shub* zu streiten. Schreckenswaffen waren sie und Schreckenstruppen; man konnte sie weder verletzen noch mit ihnen reden noch sie aufhalten.

Solange die gepanzerten Lektronen-Implantate intakt blieben, solange blieb auch in Bewegung, was sonst vom Körper übrig war, und gehorchte ihren gnadenlosen Befehlen.

Sie pirschten sich mit unmenschlicher Geduld an ihre menschliche Beute heran. Häuser gingen ringsherum in Flammen auf, und der endlose Wind fächerte die Brände an. Die Lebenden fochten Schwert gegen Schwert mit den Toten, um ihre Heime zu retten oder vielleicht auch nur, um Zeit zu gewinnen, damit ihre Lieben entkommen konnten. Letztlich starben doch alle. Die Geistkrieger hielten nicht inne, bis alles, was gelebt hatte, reglos vor ihnen lag, tot wie sie selbst. Dazu hatte man sie programmiert. Sie zerrten die letzten Frauen und Kinder aus ihren Verstecken und inszenierten eine Show für die Kameras, indem sie ihre Opfer mit übermenschlicher Kraft zerrissen. Danach errichteten die Geistkrieger seltsame Konstruktionen aus Menschenteilen, mehrere Meter hoch, wobei Menschenknochen als Stützen dienten und augenlose Kindergesichter als Ornamente.

Die Szenerie verblaßte, und der Bildschirm schaltete sich selbst ab. Ohnesorg ließ Luft hervor, die er angehalten hatte, ohne es überhaupt zu bemerken. Er hatte im Verlauf der Jahre seinen Anteil an Tod und Gemetzel und Greueln gesehen, aber dieses unerbittliche, mechanische Morden gefror seine Seele. Er sah Wild an.

»Ich habe Menschen mitmachen gesehen, Leute, die keine Geistkrieger waren. Sie haben auch gemordet und geplündert. Aufständische?«

»Ja«, antwortete Wild. »Sie beteiligen sich an allem, was passiert. Dieses Dorf hieß Trawl und hatte vielleicht fünfhundert Einwohner. Ich hatte Verwandte dort. Sie sind alle tot. Trawl war nicht mal von strategischer Bedeutung, aber die Rebellen haben es trotzdem zerstört. Einfach, weil es da war. Und sie haben alle umgebracht, um uns eine Botschaft zu übermitteln: Daß es nichts gibt, wozu sie nicht bereit sind, und daß wir nichts tun können, um sie daran zu hindern. Ich habe alle meine Familienangehörigen in Trawl verloren. Niemand ist mehr da. Ich bin der letzte meiner Linie, und unser Name stirbt mit mir.«

»Ja«, sagte Ruby. »Sowas passiert zur Zeit häufig. Ich kann aber nicht glauben, daß Menschen aus freiem Willen Seite an Seite mit Geistkriegern kämpfen.«

Wild zuckte die Achseln. »Sie sind verzweifelt. Viele von ihnen haben alte Rechnungen zu begleichen. Und vielleicht ... haben sie einfach Geschmack am Töten gefunden. Ich weiß es nicht. Manchmal denke ich, daß das ganze Imperium verrückt geworden ist. Die alte Ordnung war übel, aber was wir heute haben, ist schlimmer.«

»Es ist nur ein Übergang«, meinte Ohnesorg. »Es treten zwangsläufig ... Schwierigkeiten auf, wenn ein System durch ein anderes ersetzt wird. Mit der Zeit wird sich die Lage bessern.«

»Ich bin sicher, daß das alle trösten wird, die im Zuge Eures Übergangs ums Leben kommen«, sagte Wild. »Oder diejenigen, die miterleben müssen, wie sie sterben. Was ist passiert, Sir Ohnesorg? Ich habe immer an Euch geglaubt. Habe Euren Kampf gegen Löwenstein auf Schwarzmarkt-Videos verfolgt. Habe darum gebetet, daß Ihr eines Tages irgendwie den Sieg davontragen möget. Jetzt weiß ich nicht mehr, was ich glauben soll.«

»Habt Vertrauen«, sagte Ohnesorg. »Nicht zu mir, sondern zu den Menschen. Sie werden das Imperium wieder aufbauen und stärker machen, als es vorher war. Alles, was jetzt geschieht, wird vorübergehen.«

»Falls du jetzt wieder von Geburtswehen sprichst«, warf Ruby ein, »muß ich womöglich kotzen.«

»Nichts, was von Wert ist, wird jemals ohne Schmerzen und Opfer erreicht«, beharrte Ohnesorg und konzentrierte sich auf Wild. »Wir schulden denen, die umgekommen sind, daß wir weiterkämpfen für die Ziele, an die wir glauben und an die sie geglaubt haben.«

»Ich möchte es ja glauben«, sagte Wild. »Ich wünsche mir ja, daß all dieses Sterben und Leiden einen Sinn hat. Aber was haben wir erreicht, wenn Leute wie de Lisle wieder an die Macht kommen können?«

»Vertraut mir«, sagte Ohnesorg. »Ich kümmere mich schon um ihn, sobald ich wieder auf *Golgatha* bin.«

»Könnt Ihr die Aufständischen stoppen?« fragte Wild. »Könnt Ihr die Geistkrieger aufhalten?«

»Natürlich können wir das«, sagte Ruby. »Wir sind schließlich die Guten, nicht wahr, Ohnesorg?«

»Na ja, ich schon«, antwortete dieser. »Ich bin mir nicht so sicher, was dich angeht.« Er sah Wild an. »Wir tun alles, was wir können, um diesen Planeten vor seinen Feinden zu retten. Das schwöre ich bei meinem Blut und meiner Ehre. Jetzt brauche ich eine Karte, die ich Euch auszuarbeiten bitte. Sie soll zeigen, wieviel Territorium die Aufständischen beherrschen und in welche Richtung sie marschieren. Ich brauche eine Vorstellung davon, was sie als nächstes angreifen.«

Wild nickte und wandte sich wieder dem Terminal zu. Ohnesorg gab Ruby einen verstohlenen Wink, und sie entfernten sich ein Stück weit, um sich unter vier Augen zu besprechen.

»Ursprünglich habe ich geglaubt, man hätte uns hierher geschickt, um uns von unseren Nachforschungen bezüglich der Verbindungen *Shubs* auf *Golgatha* abzulenken«, sagte Ohnesorg. »Aber das hier ist eindeutig wichtiger. *Shub* muß hier aufgehalten werden, und zwar gründlich, oder sie ziehen von einem Planeten zum nächsten und wiederholen die gleiche Taktik.«

»Aber was sollen wir gegen eine Armee von Geistkriegern ausrichten?« wollte Ruby wissen. »Du hast diesem Jungen eine echt nette Ansprache gehalten, aber ich kann nicht erkennen, wie wir deine Versprechungen realisieren sollen. Selbst ausgebildete Soldaten haben an Geistkriegern richtig zu knacken, und die Armee dieser Stadt besteht eindeutig aus Amateuren. *Shub* wird sie durchkauen und wieder ausspucken.«

»Ich habe jedoch einige Erfahrung damit, Strategien gegen überlegene feindliche Kräfte zu entwickeln«, entgegnete Ohnesorg. »Ich habe durchaus einen ansehnlichen Anteil meiner Feldzüge gewonnen, wie du weißt.«

»Du hast genauso viele verloren.«

»Das war früher, und jetzt ist heute. Falls Wilds Karte zeigt, was ich erwarte, dann habe ich eine Idee, wie wir diesen Krieg mit einem Schlag gewinnen können.«

»Ein letzter verzweifelter Zug, volles Risiko, gegen überwältigende Chancen, wobei alles von uns abhängt. Sowas?«

»Ja«, antwortete Ohnesorg. »Sowas.«

»Ah«, sagte Ruby kopfschüttelnd, »das Übliche halt. Sieh mal, warum tun wir nicht ein einziges Mal was Vernünftiges, rufen ein halbes Dutzend Sternenkreuzer und bitten sie, die Positionen der Aufständischen vom Orbit aus wegzupusten?«

»Erstens sind kein halbes Dutzend Sternenkreuzer verfügbar. Zweitens würden ihre Sensoren durch die endlosen Stürme hindurch keine präzisen Informationen liefern. Drittens wird *Shub* den Krieg eskalieren, wenn wir es auch tun. Wir müssen sie mit dem schlagen, was wir hier vorfinden, damit sie es sich zweimal überlegen, ehe sie die gleiche Nummer woanders wiederholen.«

»Ich hasse es, wenn du mir so vernünftig zuredest«, stellte Ruby fest. »In Ordnung, auf ein Neues. Wird Zeit, mal wieder in letzter Sekunde den Sieg zu erringen.«

Wild lenkte höflich ihre Aufmerksamkeit auf sich, und sie drängten sich vor seinem Monitor, um die Karte zu studieren.

»Bislang konzentrieren sich die Aufständischen auf eine Taktik der blitzschnellen Überfälle mit anschließendem Rückzug«, erklärte Wild. »Sie greifen an, wenn das Wetter mal etwas ruhiger ist, vernichten das Ziel und verschwinden, ehe wir zum Gegenschlag ausholen können. Jede Fortbewegung läuft zu Fuß; das gilt für den Gegner wie für uns. Flugzeuge funktionieren auf *Loki* nicht; die Stürme sind zuviel für sie. In gewisser Hinsicht ist das unsere Rettung. Es begrenzt den Schaden, den die von *Shub* anrichten können.«

»Was ist mit Kraftfeldern?« erkundigte sich Ruby. »Ein guter Schirm wird mit jedem Wetter fertig, das dieser Planet gegen ihn schleudert.«

»*Loki* zeichnet sich durch sehr ungewöhnliche elektromagnetische Felder aus. Ihr glaubt ja nicht, wieviel Energie nötig ist, um den Schirm über Vidar aufrechtzuerhalten. Nichts unterhalb eines Sternenkreuzers kann genug Energie erzeugen, um für längere Zeit ein Kraftfeld aufrechtzuerhalten, das sich durch *Lokis* Atmosphäre bewegt.«

»Das wurde alles bei der Besprechung vor dem Start erwähnt, Ruby«, sagte Ohnesorg. »Ich wünschte wirklich, du würdest mal aufpassen.«

»Du bist der Denker in unserer Truppe, Ohnesorg. Aber sogar ich kann diese Karte auswerten. Die Aufständischen sind dabei, Vidar zu umzingeln und gegen jede Hilfe von außen abzuriegeln. Das muß ihr nächstes Ziel sein: Vidar selbst.«

»Richtig«, sagte Ohnesorg. »Sie sind zum letzten, tödlichen Schlag bereit.«

»Dann müssen wir etwas unternehmen«, sagte Wild, drehte sich um und funkelte Ohnesorg und Ruby an. »Ihr müßt etwas unternehmen! Ihr seid die großen Helden!«

»Sachte, Junge«, mahnte ihn Ruby. »Wir können nicht einfach losstürmen und die aufständischen Truppen ganz allein angreifen. Nicht mal ich bin so verrückt.«

»Was tun wir also? Warten wir, bis sie uns erreichen?«

»Beinahe«, sagte Ohnesorg. »Allerdings locken wir sie zu uns, auf einen Schauplatz unserer Wahl. Wir können nicht riskieren, daß sie Vidar belagern. Die Stadt wurde nicht gebaut, um Angriffen von Geistkriegern standzuhalten. Wir müssen dem Gegner im Feld gegenübertreten. Nach den Informationen, die wir erhalten haben, können Eure Lektronen Sturmflauten vorhersagen. Trifft das zu?«

»Nun, ja. Wir erreichen dabei eine Trefferquote von achtzig Prozent. Aber solche Flauten dauern nie lange.«

»Das muß diese besondere auch nicht. Wir suchen uns also einen ruhigen Flecken, besetzen ihn so, wie es für uns am vorteilhaftesten ist, und erwarten dort den Angriff der Rebellen. Und dann treten wir ihnen in den Arsch. Die Aufständischen verfügen vielleicht über Geistkrieger, aber Ihr habt uns. Und wir haben bislang noch nie eine Schlacht verloren.«

»War teilweise aber verdammt knapp«, brummte Ruby.

»Halt die Klappe, Ruby. Wir schaffen das schon, Peter. Wir müssen Vidar dazu praktisch schutzlos zurücklassen, aber das ist ein notwendiger Trick. Unsere besonderen Kräfte werden sich entscheidend auswirken. Eine letzte Schlacht, um dem Krieg ein Ende zu bereiten.«

»Jetzt mal langsam!« verlangte Ruby. »Das hängt alles davon ab, daß die Aufständischen und *Shub* ihre kompletten Kräfte gegen uns werfen, auf einem Gelände, von dem sie wissen müssen, daß wir es ausgesucht und vorbereitet haben. Warum sollten sie das tun?«

»Sie werden es tun, weil wir etwas haben, was sie möchten. Etwas, das sie unbedingt haben möchten.«

»Zum Beispiel?« fragte Ruby.

»Uns«, antwortete Ohnesorg. »Dich und mich. Die Geheimnisse und Kräfte aus dem *Labyrinth des Wahnsinns. Shub* wird alles für die Chance riskieren, unserer Personen habhaft zu werden, und du kannst darauf wetten, daß Rebellenspione in der Stadt längst die Nachricht nach draußen übermittelt haben.«

»Oh, phantastisch!« fand Ruby. »Einfach wundervoll! Wir spielen also den Köder in der Falle, in einer Sturmflaute, die vielleicht bis zum Ende der Schlacht anhält, vielleicht aber auch nicht, mit einer ganzen Armee von Geistkriegern, die uns unter allen Umständen kriegen möchten. Habe ich irgendwas ausgelassen?«

»Im Grunde nicht«, sagte Ohnesorg. »Wie sieht es aus, Wild? Was wissen Eure Lektronen über bevorstehende Sturmflauten?«

»Bin Euch weit voraus«, sagte der über das Terminal gebeugte Wild. »Und es sieht danach aus, als hätten wir endlich mal Glück. In den nächsten paar Tagen ist eine längere Flaute zu erwarten; sie sollte mehrere Stunden lang anhalten und sich über ein Gebiet von etwa einer halben Quadratmeile erstrecken, rings um ein Tal, das nicht allzu weit von

Vidar entfernt liegt. Diese besondere Flaute tritt regelmäßig ein, so daß man sich ziemlich gut darauf verlassen kann. Genau das, was der Arzt verordnet hat.«

»Wird aber auch Zeit, daß mal etwas zu unseren Gunsten läuft«, fand Ruby.

»Dann reden wir jetzt mit den Leuten, die hier das Sagen zu haben glauben«, schlug Ohnesorg vor. »Wir müssen eine Armee aufstellen und haben dafür nicht viel Zeit.«

In einem Bunker aus Stahl und Stein, tief unter der Oberfläche von *Loki,* planten die Aufständischen ihre nächsten Aktionen. Oder zumindest war das menschliche Element damit befaßt. Jung Jakob Ohnesorg und seine Geistkrieger erhielten ihre Befehle von den abtrünnigen KIs auf *Shub,* und meist weihten sie ihre menschlichen Bundesgenossen nicht ein; diese erfuhren nur, was sie unbedingt wissen mußten. Die Anführer der aufständischen Menschen, der ehemalige planetare Intendant Matthew Tallon und der ehemalige Bürgermeister von Vidar, Terrence Jacks, saßen sich an einem schlichten Metalltisch in einem beengten Raum mit kahlen Wänden und einer niedrigen Decke gegenüber, der vielen Zwecken diente – wozu man ihn jeweils brauchte. Tallon und Jacks hatten das Zimmer im Augenblick für sich, da sie die Anführer waren. Sie stocherten verbittert in der Hauptmahlzeit des Tages herum: Proteinwürfel und destilliertes Wasser, von *Shub*-Maschinen hergestellt. Alles, was man zum Leben brauchte, aber nichts sonst.

»Gott, ich hasse dieses Zeug!« sagte Jacks und schob die kleinen Proteinbrocken auf dem Teller hin und her. »Es schmeckt nach nichts, muß endlos gekaut werden und hat nicht mal gefällige Farben.«

»Ich weiß«, stieß Tallon ins gleiche Horn. »Ich

würde einen Mord begehen für ein kräftiges Steak und einen anständigen Wein, um es damit hinunterzuspülen.«

»Wir haben schon für geringere Ziele gemordet«, sagte Jacks, und sie blickten sich gegenseitig in die Augen.

»Es hat wieder Plünderungen gegeben, nicht wahr?« fragte Tallon. »Obwohl ich es verboten hatte.«

»Ihr könnt den Leuten keinen Vorwurf machen. Ich meine, die Toten brauchen nichts mehr zu essen, oder?«

»Aber es reicht nie. Immer nur, damit ein paar Glückliche etwas Geschmack genießen können. Genug, um sie daran zu erinnern, wie übel dieses Zeug hier wirklich ist. Und so streiten sich die Leute um die Beute, wenn sie doch lieber die Kräfte für den bevorstehenden Kampf schonen sollten. Wir können uns einfach nicht leisten, noch mehr Leute zu verlieren, verdammt! Ich weiß, daß unser Leben hart ist, aber wir haben es frei gewählt. Wir sind lieber Aufständische geworden, als uns einer Tyrannei zu beugen.«

»Und es hat uns verdammt viel geholfen«, höhnte Jacks. »Verbündet mit den Feinden der Menschheit!«

»Wir hatten keine Wahl! Das Imperium wollte uns nicht schützen, und die Machtstruktur, die es uns aufgezwungen hat, ist hoffnungslos korrupt. Unsere einzige Chance auf ein anständiges Leben lag darin, *Shub* um Hilfe zu rufen.«

»Ihr nennt das hier ein anständiges Leben? Sich in einem Loch in der Erde zu verstecken und nur daraus hervorzukommen, um die eigenen Leute umzubringen?«

»Es wird besser werden. Ihr werdet schon sehen. Das ist nur eine Übergangszeit.«

»Wie weit ist es mit uns gekommen, Matt?« fragte

Jacks. »Wir hausen wie Ratten in unseren Löchern und stehen daneben, während die Geistkrieger Frauen und Kinder töten. Einige unserer Leute mischen dabei inzwischen sogar mit, lassen ihre Wut und Frustration an Hilflosen aus. Sind wir einem Sieg in diesem verdammten Krieg näher gekommen? Ich kann es nicht erkennen. Ich erkenne nur, daß wir allmählich so unmenschlich werden wie die Bundesgenossen, für die wir uns entschieden haben.«

»Wir tun, was nötig ist.« Tallon hielt Jacks' Blick stand. »Wir haben während der Rebellion gegen Löwenstein einen Eid geschworen, erinnert Ihr Euch? Bei unserem Blut und unserer Ehre. Was immer nötig ist. Daran hat sich nichts geändert. Wir kämpfen immer noch gegen denselben Feind.«

»Tun wir das? Jakob Ohnesorg und Ruby Reise sind gekommen, um gegen uns zu kämpfen! Zwei der größten Helden der Rebellion, die Menschen, die uns damals zum Kampf inspiriert haben, sind speziell aus dem Grund hier erscheinen, um gegen uns vorzugehen! Wie zum Teufel sind wir nur auf der anderen Seite gelandet, soweit es *sie* anbetrifft? Wir können nicht gegen sie kämpfen!«

»Doch, können wir. Es sind nur die beiden. Was können sie schon gegen eine Armee von Geistkriegern ausrichten?«

»Macht Ihr Witze? Sie haben *Golgatha* eingenommen, haben Löwenstein vom Eisernen Thron gestürzt und das Imperium neu aufgebaut! Sie sind Legende!«

»Sie sind Monster. Das *Labyrinth des Wahnsinns* hat sie in etwas verwandelt, was nicht mehr menschlich ist.«

»Und was sind wir?« wollte Jacks wissen, und Tallon wußte keine Antwort.

»Aber, aber«, meldete sich der junge Jakob Ohnesorg von der Tür her. »Liegt hier vielleicht Mutlosigkeit in der Luft? Ihr macht Euch doch wohl keine Sorgen wegen Ohnesorgs und Reises. Es sind vielleicht Legenden oder Monster, aber das bin ich schließlich auch.«

Die beiden Menschen drehten sich scharf um und betrachteten mit finsterem Blick die Maschine, die gelassen an der Tür stand, groß und gutaussehend, in silberner Rüstung, jeder Zoll ein Held. Eine Mordmaschine mit dem Gesicht eines Helden, ohne Gnade oder Mitgefühl oder Ehre. Sie lächelte Tallon und Jacks charmant an.

»Tut mir leid, Euch bei der Mahlzeit zu stören, meine Herren, aber ich dachte, Ihr solltet erfahren, daß die Pläne geändert wurden und wir bald abmarschieren. Ihr solltet lieber Eure Leute zusammentrommeln und richtig motivieren. Keine heimtückischen Angriffe mehr – wir treten in offener Schlacht gegen die Kolonisten an. Unsere Armee gegen ihre, und der Sieger erhält alles.«

»Was hat denn zu diesem plötzlichen Entschluß geführt?« fragte Tallon und stand auf. »Von solch offener Taktik haben wir nichts zu gewinnen, wohl aber alles zu verlieren. Was hat sich verändert?«

»Jakob Ohnesorg und Ruby Reise befehligen die Truppen der Stadt. Und *Shub* möchte dieser beiden unbedingt habhaft werden, tot oder lebendig.«

Auch Jacks stand auf. »Ihr wollt sie so sehr, daß Ihr bereit seid, unser aller Leben und unsere Sache zu riskieren für die bloße Chance, die beiden in die Hand zu bekommen?«

»Kurz und präzise«, antwortete Jung Jakob Ohnesorg.

»Nein«, sagte Tallon. »Ich kann das nicht akzeptieren. Meine Leute sind noch vom letzten Überfall erschöpft. Ihr könnt sie nicht auffordern, wieder loszumarschieren.«

»Ich fordere sie nicht auf«, versetzte Jung Jakob Ohnesorg lächelnd. »Jeder, der nicht mit uns marschiert, stirbt gleich hier.«

»Ihr braucht uns!« warnte Jacks.

»Was hat Euch nur auf diese Idee gebracht?« fragte die Furie. »Ihr seid nützlich, nichts weiter. Betet darum, daß diese Nützlichkeit nicht Geschichte wird!«

»Wir können nicht gegen Ohnesorg und Reise kämpfen!« beschwerte sich Tallon. »Es sind Monster! Sie haben Kräfte, über die niemand verfügen sollte.«

»Keine Sorge«, sagte der immer noch lächelnde junge Jakob Ohnesorg. »Wir haben immer damit gerechnet, daß Überlebende des *Labyrinths* mal hier auftauchen. Deshalb haben wir etwas speziell für sie mitgebracht, so daß Ihr sie mühelos dingfest machen könnt.«

»Nein«, sagte Tallon, »so funktioniert das nicht. Diese beiden haben unsere Sache pervertiert und korrumpiert, haben ein Abkommen mit den Familien getroffen, statt sie auszulöschen. Dieselben Bastarde sind immer noch an der Macht. Zur Hölle mit Jakob Ohnesorg und diesem irren Miststück Reise!«

»Wir sind verraten worden«, meinte Jacks. »Nach allem, was wir für *Loki* getan haben, nach allem Blut und Leid, nach den guten Leuten, die wir verloren haben – es war alles für nichts.«

Die beiden Menschen sahen sich gegenseitig an und entdeckten wieder die Wunden der Vergangenheit. Nur, indem sie das immer wieder taten, konnten sie die Scheußlichkeiten rechtfertigen, die sie im Bündnis mit *Shub* miterlebt und vollbracht hatten.

»Wir konnten nur wieder rebellieren«, sagte Jacks. »Und diesmal sicherstellen, daß wir genug Macht auf unserer Seite hatten. Deshalb wandten wir uns an *Shub,* und dort hat man Euch geschickt, Jung Jakob Ohnesorg. Euch und Eure Mordmaschinen.«

»Und haben wir nicht ausgezeichnete Arbeit geleistet?« fragte die Furie. »Unsere Streitkräfte haben noch nie einen einzigen Feldzug verloren.«

»Feldzug? Ihr nennt das Abschlachten schutzloser Dorfbewohner einen Feldzug?« Tallon funkelte Jung Jakob Ohnesorg an. »Das muß aufhören! Ich nehme das nicht mehr hin! Hört sofort mit den Massakern auf, solange wir noch einen Rest öffentlicher Unterstützung genießen!«

»Wir tun nur, was nötig ist«, sagte Jung Jakob Ohnesorg ruhig. »Wir müssen die Moral des Feindes zerstören, damit er, wenn wir schließlich vor Vidar stehen, lieber kapituliert, als ausgerottet zu werden. So wird eine langwierige Belagerung mit großen Verlusten auf beiden Seiten vermieden. Ihr habt in diese Taktik eingewilligt, ehe wir starteten.«

»Ja«, sagte Jacks, »wir haben eingewilligt. Wir haben jedoch nie erwartet, daß sich alles so lange hinzieht – daß uns soviel Blut an den Händen kleben würde.«

»Besser, wenn einige Hunderte in ein paar Dörfern sterben, als Tausende in der Stadt«, sagte Tallon. »So habt ihr es uns verkauft. Aber Vidar läßt nach wie vor nicht erkennen, daß man dort an Kapitulation denkt, und jetzt verfügen sie dort über den echten Jakob Ohnesorg und Ruby Reise. Sie haben Monster auf ihrer Seite.«

»Kein Grund zur Sorge«, fand Jung Jakob Ohnesorg. »Ihr habt mich.« Und er lächelte sie beide an, drehte sich um und ging.

Tallon und Jacks nahmen wieder Platz, aber jeder wich dem Blick des anderen aus. Tallon hatte die Hände auf dem Tisch zu Fäusten geballt. Jacks schien schlecht zu sein.

»Monster«, sagte Tallon leise. »Wohin ich blicke, sehe ich Monster.«

»Was haben wir getan, Matt?« fragte Jacks. »Wir haben etwas entfesselt, das zu beherrschen wir nie die Chance hatten.«

»Wir müssen weitermachen«, fand Tallon. »Wir müssen nach Vidar ziehen und diesen Krieg gewinnen, oder all die Menschen sind umsonst gestorben.«

»Aber ... mal vorausgesetzt, wir siegen. Mal vorausgesetzt, wir übernehmen die Macht in Vidar und auf ganz *Loki.* Denkt ihr, *Shub* wird dann seine Streitkräfte abziehen und uns in Ruhe regieren lassen? Was sollte es daran hindern, uns alle zu massakrieren und aus *Loki* ein zweites *Shub* zu machen?«

»Wir sind Verbündete«, sagte Tallon.

»Tatsächlich? Es ist verdammt sicher, daß wir keine gleichrangigen Partner sind. Welche Entscheidung *Shub* auch fällt, wir haben keine andere Wahl, als mitzumachen. Wir sind verdammt, Matt, was auch immer passiert.«

»Dann sind wir halt verdammt!« schimpfte Tallon. »Und es ist mir egal. Solange nur unsere Feinde zuerst dran glauben. Wenn ich nur lange genug lebe, um sie alle sterben zu sehen, bin ich glücklich.«

Jakob Ohnesorg und Ruby Reise schritten durch die dicht bevölkerten Korridore des Rathauses, und die Leute beeilten sich, ihnen den Weg freizugeben. Schlechte Nachrichten lagen in der Luft. Jeder konnte es riechen, aber noch wußte niemand, worum es ging oder wo das Unheil womöglich einschlug. Also zogen alle die Köpfe ein und hofften, unbemerkt zu bleiben.

Es war noch kaum Morgen, als Ohnesorg und Ruby einen Anruf vom Stadtrat erhalten hatten, mit der Aufforderung, sich unverzüglich einzufinden. Normalerweise hätte Ohnesorg ihnen gesagt, was sie mit einer solchen Forderung tun konnten, aber die kaum beherrschte Panik in der Stimme des Funkvermittlers überzeugte ihn, daß er und Ruby sich selbst über die Lage ins Bild setzen sollten.

Vier Bewaffnete standen vor der Tür zum Ratssaal, aber sie wichen rasch aus, als Ohnesorg und Ruby erschienen. Einer öffnete sogar die Tür für sie. Dahinter standen de Lisle und seine Kollegen zusammen und starrten unglücklich auf zwei Holzkisten, die vor ihnen auf dem Boden standen. Die Kisten machten einen ganz normalen Eindruck, aber die Ratsherren bedachten sie mit Blicken, als erwarteten sie, jeden Augenblick könne ein Grendel daraus hervorspringen. Daß sie Ohnesorg und Ruby mit erkennbarer Erleichterung empfinden, das war schon ein gutes Maß für ihre Nervosität. De Lisle tupfte sich die schwitzende Stirn mit einem Taschentuch ab und deutete auf die Kisten, wobei seine Hand nicht ganz so ruhig war, wie sie hätte sein können.

»Die haben schon auf uns gewartet, als wir heute morgen zur Arbeit kamen. Eine höfliche kleine Notiz war beigelegt, die sie als *Kleines Geschenk von Shub* auswies. Nichts weiter. Wir haben keine Ahnung, wie sie hereingebracht worden sein könnten. Ich kann mir nur denken, daß es unter meinen Leuten Verräter gibt, Sympathisanten der Aufständischen. Wir haben uns nicht getraut, die Kisten zu öffnen. Sie geben bedrohliche Geräusche von sich, wenn man sie anfaßt. Sie machen gleichermaßen bedrohliche Geräusche, wenn wir Anstalten treffen, uns zu entfernen. Wir sind jetzt seit fast einer Stunde mit ihnen hier in der Falle.«

»Typische Terrortaktik von *Shub*«, meinte Ruby und musterte die Kisten interessiert. »Habt ihr versucht, den Inhalt mit Sensoren abzutasten?«

»Ja. Die Kisten sind anscheinend mit einem Stoff ausgelegt, den die Sensoren nicht durchdringen.«

»Womöglich Bomben«, überlegte Ruby, hockte sich

vor die nächststehende Kiste und nahm den Deckel mit professionellem Blick in Augenschein. »Kein Schloß, keine Klammern, keine erkennbaren elektronischen Abwehreinrichtungen. Vielleicht sowas wie eine Warnung. Ich schlage vor, sie zu öffnen und mal zu sehen, was passiert.«

»Klingt für mich nach einem guten Plan«, sagte Ohnesorg. »Ruby und ich überleben eine Bombe wahrscheinlich sowieso. Aber für alle Fälle schlage ich vor, daß Ihr Ratsherren Euch an die Wand gegenüber zurückzieht.«

Die Ratsherren folgten diesem Vorschlag eilig und machten sich nicht die Mühe, ihre Würde mitzunehmen. Ohnesorg hockte sich neben Ruby.

»Ich denke nicht, daß wir es hier mit einer Sprengfalle zu tun haben«, sagte er nachdenklich. »Ansonsten hätte sich der Absender nicht die Mühe mit zwei Kisten gemacht. Eine hätte gereicht für eine Bombe oder eine andere Terrorwaffe.«

»Vielleicht stecken eine Art von Furien darin«, überlegte Ruby stirnrunzelnd. »Die Kisten sind groß genug für kleinere Versionen davon. Aber wieso die Mühe mit Mordmaschinen, wenn eine Bombe genauso effektiv wäre?« Sie sah Ohnesorg an und lächelte. »Sollen wir ausknobeln, wer von uns die erste Kiste öffnet?«

»Ich öffne die erste Kiste«, sagte Ohnesorg. »Du mogelst immer.«

Er packte den Deckel der ersten Kiste mit festem Griff und riß ihn auf. Ein Schwall eiskalter Luft stieg auf, und Ohnesorg und Ruby wichen rasch zurück. Die Kiste rührte sich jedoch nicht weiter. Vorsichtig traten sie heran und blickten hinein. Ein totes, ganz weißes Gesicht, mit Frost gesprenkelt, blickte zu ihnen herauf. Auch die offenen Augen waren von Reif überzogen. Ohnesorg und Ruby musterten einander und wandten sich wieder dem Inhalt der Kiste zu. Es war eine Menschenleiche, hineingerollt wie eine Schlange. Sie war vom Hals bis zu den Lenden aufgeschnitten, und Brust und Unterleib wirkten merkwürdig ... flach. Ruby zog eine Braue hoch.

»Was immer ich erwartet habe, das jedenfalls nicht. Jemand, den du kennst?«

»Ich denke, nein. Warum sollte *Shub* uns einen Toten schicken? Und noch dazu einen sorgfältig konservierten?«

»Aber warum in dieser Weise arrangiert? Wieso haben sie nicht einfach eine größere Kiste benutzt?« Ruby griff hinein und packte eine Handvoll Haare des Toten. Sie versuchte, ihn herauszuziehen, aber die Leiche gab kaum nach, war teilweise an den Innenseiten festgefroren. Die froststarren Gewebe dehnten sich unter dem Zug mit lauten, knackenden Geräuschen. Der lange Unterleibsschnitt öffnete sich langsam wie ein Mund, und erst jetzt entdeckten Ohnesorg und Ruby, daß die Leiche vollständig ausgeweidet war. Aus Brust und Bauch war alles entfernt.

»Der Schnitt ist präzise, wie mit dem Skalpell gezogen«, sagte Ohnesorg nachdenklich, und Ruby ließ das Haar los. Der Kopf fiel mit einem lauten, dumpfen Aufprall in die Kiste zurück. Ruby nahm die eigene Hand in Augenschein. Sie war fast ganz mit Reif überzogen. Ruby rümpfte die Nase, blieb aber von der Kälte unbeeindruckt und blickte wieder auf den hohlen Mann hinunter.

»Sie haben ihn wirklich ausgeräumt, Jakob. Sie haben nicht nur die Eingeweide herausgenommen, sondern auch die Knochen. Kein Brustkorb, kein Brustbein, selbst die Schlüsselbeine sind verschwunden. Aber warum schicken sie uns eine ausgenommene Leiche? Soll uns das vielleicht erschrecken?«

»Vielleicht ist es eine Warnung vor dem, was sie mit

uns allen vorhaben«, überlegte Ohnesorg zweifelnd. »Uns töten, uns ausweiden und in Geistkrieger umwandeln. Werfen wir mal einen Blick in die andere Kiste. Vielleicht enthält sie die Antwort.«

Ruby öffnete die zweite Kiste und wedelte ungeduldig die kalte Luft mit den Händen weg, die dampfend daraus aufstieg. Sie wollte schnellstmöglich den Inhalt sehen. Und dann rümpfte sie die Nase und warf Ohnesorg einen Blick zu. »Das ist wirklich widerwärtig.«

Ohnesorg beugte sich über die zweite Kiste. Ein Satz menschlicher Organe war ordentlich darin verpackt, blaßrosa und grau und mit schimmerndem Reif bedeckt. Sie waren sorgfältig mit menschlichen Knochen ausgelegt, um sie zu trennen. Das Herz war in ein hübsches rosa Band mit Schleifchen gewickelt.

»Einen solchen Anblick hatte ich zuletzt als Klonpascherin«, stellte Ruby fest und starrte fasziniert die menschlichen Überreste an.

»Da ist ein weiterer Brief«, sagte Ohnesorg. »Unter dem Herzen.« Er streckte die Hand aus und zog das Papier vorsichtig unter dem massiven Organ hervor. Er studierte sorgfältig den Umschlag.

»Interessant. Er ist an uns adressiert. *Shub* weiß, daß wir hier sind.«

»Mach das verdammte Ding auf!« verlangte Ruby ungeduldig.

Der Umschlag enthielt einen einzelnen Bogen Papier mit einem Satz gedruckter Anweisungen. Ohnesorg faltete es vorsichtig auseinander, wollte das brüchige Papier nicht zerbrechen. Er studierte die Nachricht einige Augenblicke lang schweigend. Ruby schob sich neben ihn.

»Nun? Was steht da?«

»Es scheinen Anweisungen zu sein, wie man einen Menschen als Bausatz montiert. Ihnen zufolge müßte die Leiche wieder funktionieren, wenn man die Knochen und Organe in korrekter Reihenfolge zusammensetzt, sie schließt und auftaut.«

»Na, das ist einfach zu krank«, fand Ruby. »Sogar für mich.«

»Und merkwürdig«, sagte Ohnesorg. »Ich habe noch nie erlebt, daß *Shub* einen Sinn für Humor zeigte.«

Ruby schüttelte den Kopf. »Es ergibt einfach keinen Sinn. Dachten sie, sie würden uns damit Angst einjagen?«

Ohnesorg zuckte die Achseln. »Sehen wir mal, was die Ratsherren zu sagen haben.«

Er winkte sie herüber, und sie kehrten zurück, etwas ermutigt durch die Tatsache, daß die Kisten nun doch nicht explodiert waren. Dann blickten sie hinein. Einer schaffte es noch bis zur Tür, ehe ihm schlecht wurde. Zwei weitere verschwand wieder gen Rückwand und weigerten sich zurückzukommen. Bentley und de Lisle blieben, wenn auch sichtlich erschüttert.

»Ich kenne diesen Mann«, sagte Bentley schließlich. »Er hat sich freiwillig gemeldet, um allein und unbewaffnet die Führer der Rebellen aufzusuchen und ein Abkommen auszuhandeln. Er war früher ein Freund und Kollege von Terrence Jacks, dem ehemaligen Bürgermeister. Er dachte, die Freundschaft würde sein Leben garantieren. Er hätte es besser wissen müssen. Ich habe ihn gewarnt, aber er glaubte, daß mit gutem Willen auf beiden Seiten immer noch ein Abkommen möglich war.«

»Die Aufständischen haben das getan?« fragte Ruby. »Warum zum Teufel?«

»Um uns eine Nachricht zu schicken«, sagte de Lisle, »daß sie nicht an Verhandlungen interessiert sind. Da seht Ihr, was für einem Feind wir gegenüberstehen. *Shub* ist schon schlimm genug, aber die Aufständischen hier sind Tiere. Wir müssen diesen Vorfall geheimhalten. Er darf außerhalb dieses Zimmers nicht bekannt werden. Seid Ihr damit einverstanden, Sir Ohnesorg?«

»Ja. Die Leute brauchen davon nichts zu erfahren. Wir sagen einfach, die Kisten enthielten abgehackte Köpfe aus den äußeren Siedlungen. Das ist übel genug, um sie zu motivieren, ohne sie zu sehr zu erschüttern. Schafft das hier insgeheim weg. Verbrennt es.«

»Ich habe da eine Idee«, sagte Ruby und lächelte boshaft. »Was, wenn wir die Anweisungen ausführen und den Mann wieder zusammensetzen? Denkst du, es würde funktionieren? Ich meine, *Shub* weiß vieles. Vielleicht steht er einfach auf und läuft wieder herum.«

Der Ratsherr an der Tür gab auch noch den Rest seines Frühstücks her. Seine Kollegen musterten Ruby mit offenem Ekel. Ohnesorg schüttelte den Kopf.

»Ich denke nicht, daß wir einen solchen Weg einschlagen sollten. Wohin er uns auch führte, wir wären dann keine Menschen mehr. Verbrennt die Leiche, de Lisle, komplett. Und dann verstreut die Asche, nur für alle Fälle.«

Danach ging es relativ ruhig zu. Die Aufständischen marschierten gen Vidar und boten dafür eine einzige große Streitmacht auf, Menschen und *Shub*-Maschinen, die unterwegs alle Siedlungen vernichteten. Der Sturm blies weiter, aber alle wußten, daß eine Flaute bevorstand. Ohnesorg und Ruby verwandten die Zeit, die sie noch hatten, auf den Versuch, aus Vidars Freiwilligen so etwas wie eine Armee zu machen. An Freiwilligen herrschte kein Mangel, aber die meisten hatten noch nie eine Schußwaffe im Zorn abgefeuert. Sie waren ziemlich hart und tapfer, aber es kostete nun einmal Zeit, selbst aus dem willigsten Rekruten einen Soldaten zu formen, und alle wußten, daß ihnen die Zeit allmählich ausging.

Und so kam es doch für alle etwas überraschend, als sich Ohnesorg am zweiten Nachmittag von der Ausbildung verabschiedete, sie an Ruby übertrug und auf einen persönlichen Einsatz ging. Er hüllte sich in einen langen Umhang, zog die Kapuze herunter, um das Gesicht zu verstecken, und ging durch immer schmalere und schmutzigere Straßen in den wirklich heruntergekommenen Teil von Vidar. Jede Stadt weist einen Bezirk auf, den die respektablen Bürger nur heimlich aufsuchen, auf der Suche nach Vergnügungen, die vielleicht keinen Namen, wohl aber einen Preis haben. Ein paar Einheimische kamen auf die Idee, Ohnesorg abzufangen und ihn von Wertsachen zu erleichtern, mit denen er sich womöglich belastet hatte, aber ein kurzer Blick auf seine Strahlenpistole reichte gewöhnlich, damit sie es sich noch einmal überlegten. Ohnesorg mußte einen Mann erschießen, aber er schien nicht von einer Art gewesen zu sein, die irgend jemand vermissen würde.

Am späten Nachmittag erreichte Ohnesorg schließlich sein Ziel – einen heruntergekommenen Saufschuppen, der wahrscheinlich schon vom Tage der Eröffnung an schäbig und verrufen gewirkt hatte. Ohnesorg blieb eine Zeitlang auf der Straßenseite gegenüber im Schatten stehen und stellte sicher, daß ihm niemand gefolgt war. Er glaubte zwar nicht, daß sich noch irgend jemand an ihn heranschleichen konnte, aber alte Gewohnheiten haben nun mal ein zähes Leben. Niemand hob den Blick, als er schließlich die schummerige Kneipe betrat. Es war ein Etablissement der Art, wo jeder sorgsam darauf achtete, sich nur um die eigenen Angelegenheiten zu kümmern.

Der Raum hatte keine Fenster, und die Beleuchtung war niedrig eingestellt, um Vertraulichkeit zu unterstützen. Es herrschte eine Atmosphäre von illegalem Rauch, billigem Parfüm und allgemeinem Verfolgungswahn. Die Kunden saßen zu zweit oder dritt an billigen Tischen, konferierten in gedämpftem Ton und schoben dabei anonyme Päckchen hin und her oder saßen einfach nur da und starrten in Drinks, die sie nicht anrührten, während sie auf ihre Kontaktleute warteten. Kein Sägemehl bedeckte den Boden; vermutlich hatte es jemand gestohlen. Ohnesorg hatte früher schon viel Zeit an solchen Orten verbracht und dort Leute getroffen, auf der Suche nach Antworten von einer Art, wie man sie nur in derartiger Gesellschaft erhielt. Er entdeckte seinen Verbindungsmann, der ein gutes Stück im Schatten saß, und ging zu ihm hinüber.

»Es sollte lieber einen verdammt guten Grund geben, mich herzurufen«, sagte er, während er die Sitzfläche des Stuhls mit einem Taschentuch abwischte, ehe er sich setzte. »Ich war meinerzeit schon in diversen Kaschemmen, und diese gehört definitiv in die gleiche Kategorie. Gott allein weiß, was sie hier für einen Sprit ausschenken.«

»Tatsächlich ist er ganz ordentlich«, versetzte Peter Wild. »Verglichen mit dem Preis. Und wir treffen uns hier, weil das einer der wenigen Plätze ist, wohin mir de Lisles Informanten nicht zu folgen wagen. Ich habe noch am Lektron gesessen und mich tiefer in diese Dateien vergraben.«

»In Ordnung. Was habt Ihr herausgefunden?«

»Es sieht schlimmer aus, als wir dachten. De Lisle und seine Kumpane wurden mit dem klaren Ziel hierhergeschickt, um *Lokis* Wirtschaft zu ruinieren. Sobald sie ihre Arbeit getan hätten, wären ihre Bosse von *Golgatha* aufgetaucht und hätten alles für Schrottpreise aufgekauft. Einschließlich der Kolonisten selbst. Um ihre Schulden abzutragen, hätten diese sich lebenslänglich in Abhängigkeit begeben müssen. In jeder Hinsicht Sklaven, außer dem Namen nach.«

»Ist das denn möglich?« fragte Ohnesorg. »Ich habe einen ganzen Stapel Gesetze durchs Parlament gebracht, um genau solche Dinge zu verhindern.«

»Das Gesetz hilft auch nicht mehr viel, wenn es mit vollendeten Fakten konfrontiert wird. Niemand hatte irgendeinen Verdacht. Diese Typen wären damit durchgekommen, hätten die Aufständischen kein Abkommen mit *Shub* geschlossen und dadurch alles ins Chaos gestürzt.«

»Tallon muß es herausgefunden haben. Deshalb war er verzweifelt genug, um *Shubs* Truppen zu rufen.«

»Sieht so aus. Tallon und Jacks waren große Namen bei der ursprünglichen Rebellion. Entschiedene Idealisten. Helden. Es muß ihnen das Herz gebrochen haben, als sie entdeckten, daß alles vergebens gewesen war.«

»Sie hätten sich nicht an *Shub* wenden müssen«, fand Ohnesorg. »Sie hätten auch das Parlament informieren können. Sie hätten sich an mich wenden können. Ich hätte etwas unternommen, wäre ich nur informiert gewesen.«

»Ihr wart sehr beschäftigt«, gab Wild zu bedenken. »Wie viele Menschen wollten täglich mit Euch reden und wurden nur deshalb abgewiesen, weil die Zeit einfach nicht reichte? Ihr wart darauf angewiesen, daß Eure Mitarbeiter die Verrückten und die Zeitvergeuder aussortierten. Und auf eins könnt Ihr wetten: De Lisles Vorgesetzte haben auf die eine oder andere Art dafür gesorgt, daß Ihr nicht informiert wurdet.«

Ohnesorg saß eine Zeitlang schweigend da. Wild nippte an seinem Wein und sah zu, wie Ohnesorg vor sich hinbrütete. Selbst wenn er so still dasaß, wirkte der alte Rebell aufgeweckt und gefährlich. Falls irgend jemand *Loki* noch zu retten vermochte, dann wohl er. Das Murmeln gedämpfter Unterhaltungen kreiste durch die Kneipe und stieg und fiel wie eine ferne Flut. Ohnesorg seufzte und schüttelte den Kopf.

»Ich habe die Rebellion gewonnen. Habe die Eiserne Hexe gestürzt. Und nichts hat sich verändert. Ich glaubte, nach dem Krieg würde ich endlich die Möglichkeit finden, meine Bürde niederzulegen und endlich ein eigenes Leben zu führen. Ich hätte es besser wissen müssen. Egal wie viele Kriege man austrägt, es kommt trotzdem der nächste. Ich habe versucht, das Schwert des Kriegers abzulegen und Politiker zu werden, ein Mann des Friedens. Dabei glaube ich gar nicht an Politik. Habe ich nie. Ich glaube an richtig und falsch, nicht an Absprachen und Kompromisse.«

»Und doch habt Ihr in das Abkommen mit dem *Schwarzen Block* eingewilligt«, sagte Wild vorsichtig. »Weil andernfalls Millionen umgekommen wären.«

»Ja, ich habe Menschenleben gerettet, aber nur, weil ich Kompromisse in allen Punkten geschlossen habe, an die ich jemals glaubte. Ich hätte standhaft bleiben sollen. Hätte nein sagen und einen Dreck auf die Folgen geben sollen. Menschen wären gestorben, vielleicht ganze Planeten, aber letztlich wären wir Leute wie de Lisle für immer losgeworden. Womöglich ein fairer Preis. Ich weiß es nicht. Ich weiß nur, daß ich morgen eine Armee ins Feld führen muß, um gegen Rebellen zu kämpfen, die glatt das Recht auf ihrer Seite haben könnten – nur damit ich die Interessen von Abschaum wie de Lisle schütze. Wo bleibt da das Recht? Wo die Ehre? Früher war ich ein Mann der Ehre. Ich war berühmt dafür. Ich frage mich, wann ich meine Ehre verloren habe.«

»Die Aufständischen waren vielleicht anfänglich im Recht«, wandte Wild ein, »aber sie verloren jeden moralischen Anspruch, als sie sich an *Shub* wandten. Was nützt es, die Welt zu retten, wenn man dabei seine Seele aufgibt? Sie sind nicht zu entschuldigen. Jeder weiß, wie Absprachen mit dem Teufel enden. Ich habe zu keinem Zeitpunkt die ersten Aufnahmen vergessen, die ich von Jung Jakob Ohnesorg und seinen Geistkriegern in Aktion gesehen habe. Endlose Reihen von Männern, Frauen und Kindern, die man an Metallgerüsten gekreuzigt hatte. Ich weiß, wo ich stehe, Sir Ohnesorg, und das gilt für jeden anderen in Vidar ebenfalls. Selbst diese Mistkerle, die rings um uns ein paar letzte verzweifelte Geschäfte unter Dach und Fach bringen, stehen uns morgen zur Seite, Schwert und Schußwaffe in der Hand, um den Krieg Mensch gegen Maschine auszutragen. Sogar sie.«

»Ich wette, daß de Lisle und seine Spießgesellen nicht auftauchen.«

»Es ist nicht ihr Planet. Niemand hat damals, als wir uns hier ansiedelten, damit gerechnet, daß wir überleben würden – geschweige denn damit, daß wir *Loki* zu einer lebensfähigen Kolonie entwickeln würden, aber wir haben es geschafft. Weil wir so hart waren, haben sich die Stürme dieser Welt nur an uns gebrochen. Wenn uns schon ein ganzer Planet nicht besiegen konnte, werden es auch ein paar Zinnsoldaten und wandelnde Leichen nicht schaffen. Selbst wenn sie der junge Jakob Ohnesorg anführt.«

»Macht Euch seinetwegen keine Sorgen«, sagte Ohnesorg. »Ich befasse mich mit ihm. Und dann komme ich zurück und befasse mich mit de Lisle. Darauf habt Ihr mein Wort.«

»Und Jakob Ohnesorgs Wort reicht mir«, sagte Peter Wild.

Ohnesorg lächelte zum ersten Mal, streckte die

Hand nach Wilds Glas aus und probierte den Wein. Ihn schauderte, und er setzte es mit Nachdruck wieder ab. »Gott, Ihr müßt härter sein, als Ihr ausseht, wenn Ihr dieses Zeug freiwillig trinkt!« Das Lächeln hielt jedoch nicht lange, und sein Gesicht nahm wieder einen nachdenklichen Ausdruck an. »Ich war schon einmal hier, wißt Ihr? Und auf ähnlichen Welten. *Eisfels. Nebelwelt.* Aber woran *Loki* mich am meisten erinnert, das ist *Virimonde.* Das war früher Owen Todtsteltzers Planet.«

»Die Welt, die Valentin Wolf für *Shub* vernichtet hat«, nickte Wild. »Ich habe die Holodokumentation gesehen. Das haben wir alle. Hier wird sowas jedoch nicht geschehen. Wir haben eine Armee.«

»Ja. Ich bin nur froh, daß Owen nicht hier ist. Es würde ihm das Herz brechen, einen weiteren Planeten zu erleben, der mit solcher Verwüstung bedroht ist.«

Wild beugte sich mit glänzenden Augen vor. »Wie ist er denn wirklich, der Todtsteltzer? Hat er tatsächlich all das vollbracht, was man ihm nachsagt?«

»Das meiste schon. Ihr wärt erstaunt. Falls aus der Rebellion ein einzelner echter Held hervorgegangen ist, dann er, nicht ich. Er ist nie einen Kompromiß eingegangen, hat nie geschwankt, was die Dinge angeht, an die er glaubt. Ein Krieger der besten Sorte ... Jemand, der nie ein Krieger zu sein wünschte, aber trotzdem zu den Waffen gegriffen hat, weil er daran glaubte, der gerechten Sache zu dienen. Ich hatte aufgegeben. Das Imperium hatte mich gebrochen. Der Todtsteltzer hat mich jedoch zurückgeholt. Was er wirklich ist? Ein guter Mann in schlechten Zeiten. Der einzige wirklich ehrenhafte Mann, dem ich je begegnet bin.«

»Würde er uns zur Hilfe kommen, wenn wir ihn bäten?«

»Wahrscheinlich. Ich habe jedoch keine Ahnung,

wo er sich zur Zeit aufhält. Früher mal ... hätte ich es sofort gewußt, sobald ich nur daran dachte. So nahe standen wir uns. Seitdem haben wir uns allerdings auseinanderentwickelt, da ich zu einem anderen Menschen geworden bin, nur weil es von mir erwartet wurde. Ihr habt keine Ahnung, wovon ich hier schwatze, nicht wahr, Wild? Ihr seid jedoch zu höflich, um mich zu unterbrechen. Ist auch egal. Morgen ziehen wir hinaus und stellen uns der Armee der Hölle, und darin liegt die Entscheidung über alle Probleme.«

»Ich kann es kaum erwarten«, sagte Wild und hob das Weinglas zu einem Trinkspruch auf Ohnesorg. »Es ist mir eine Ehre und ein Privileg, Seite an Seite mit dem legendären Berufsrebellen zu kämpfen!«

Ohnesorg sah ihn traurig an und schwieg.

Die Armee der Menschen, *Lokis* letzte Hoffnung, versammelte sich lautstark auf dem großen Platz vor dem in die riesige Außenmauer eingelassenen Haupttor der Stadt. Jeder führte ein Schwert mit und einige auch Schußwaffen. Männer und Frauen trugen ihre Waffen mit grimmiger Entschlossenheit und warfen sich für die schwebenden Holokameras kühn in Positur. Die Kameras sollten sie in die Schlacht begleiten. Der Krieg wurde live gesendet, ein Programm für die Unglücklichen, die zurückblieben, die zu jung oder zu alt waren, die krank oder lahm waren oder für die Sicherheit der Stadt benötigt wurden. Wie de Lisle und seine Leute, die nicht auftauchten. Weder Flugschweber noch Bodenfahrzeuge waren verfügbar; zwar nahte eine Flaute im Sturm, aber in der oberen Atmosphäre blieb der Wind stark genug, um Gravschlitten wie Spielzeug herumzuschleudern, und der nach wie vor in der Luft schwebende Staub hätte die

Motoren aller Bodenfahrzeuge kurzgeschlossen. Vidars Armee würde zu Fuß zum Sieg oder in den Untergang marschieren.

Jakob Ohnesorg und Ruby Reise standen mit dem Rücken zur großen Luftschleuse und betrachteten das aufgeregte Durcheinander, wohl wissend, daß Enthusiasmus nicht ausreichte, um die Schlacht zu gewinnen. Sobald Vidars Armee erst auf *Shub* und die Rebellen stieß, würden einige unausweichlich die Nerven verlieren und die Flucht ergreifen, einfach deshalb, weil nicht jeder einen Killer in sich trug. Und niemand weiß das mit Sicherheit, solange er nicht auf die Probe gestellt wird. Die meisten würden jedoch standhalten und kämpfen und tapfer sterben, weil sie wußten, daß sie für etwas stritten, das größer war als sie selbst.

Peter Wild lief hin und her, bemüht, überall zugleich zu sein. Er zwang oder beschwatzte die verschiedenen Gruppen, eine Art Ordnung anzunehmen, war verzweifelt darauf erpicht, daß seine Truppe vor seinem Helden Jakob Ohnesorg eine gute Figur machte. Die Menge ließ ihn gutmütig gewähren. Schnapsflaschen wanderten freizügig von Hand zu Hand, und Wild entschied, daß er seine Armee möglichst schnell in Marsch setzen sollte. Noch wartete ein sechsstündiger Marsch bis zum gewählten Schlachtfeld auf sie, und dabei war reichlich Gelegenheit, den Schnaps wieder auszuschwitzen. Also duldete er, daß sie vor dem Aufbruch ein wenig tranken. Ungeachtet aller Begeisterung und Verpflichtung waren diese Leute einander im Grunde fremd, waren zusammengeführt durch Not und Pflicht und Verzweiflung. Sie mußten die Schlacht gewinnen, um nicht alles zu verlieren. Sie konnten nicht zurückweichen, falls es schlecht lief, hatten keine zweite Chance. Falls sie zurückfielen, würden die Geistkrieger ihnen unermüdlich nachsetzen, bis zur Mauer von Vidar und darüber hinaus.

Wild näherte sich Ohnesorg, der beifällig nickte. »Ihr leistet gute Arbeit, Wild. Sie sehen langsam tatsächlich nach einer Armee aus.«

»Gut«, sagte Wild. »Weil ich gerade Nachrichten erhalten habe, und nur schlechte. Das Imperium macht sich inzwischen größere Sorgen und schickt zwei Sternenkreuzer, aber nur welche der D-Klasse, so daß sie frühestens in einer Woche eintreffen. Ihre Befehle lauten, in Verhandlungen einzutreten mit jedem, der die Bergbaubetriebe kontrolliert – den Kolonisten, de Lisle und seinen Leuten oder den ... Aufständischen.«

»Können sie das tun?« fragte Ruby. »Ein Abkommen mit Verbündeten *Shubs* schließen?«

»Sicher können sie«, antwortete Ohnesorg. »Politiker denken praktisch, wenn überhaupt. Sie benötigen das Kobalt, das auf diesem Planeten gefördert wird, und sie werden mit jedem Geschäfte machen, der es ihnen liefern kann. Harte Zeiten erfordern harte Entscheidungen; zumindest werden sie es der Öffentlichkeit so verkaufen. Sollten die Aufständischen gewinnen und den Anschein erwecken, auf Distanz zu *Shub* zu halten, wird das Parlament mit ihnen Geschäfte machen. Ist auch egal. Nur ein weiterer Grund, warum wir diese Schlacht gewinnen müssen. Gebt die Nachricht weiter, Wild. Es wird Zeit zum Aufbruch. Die Flaute erreicht das gewählte Schlachtfeld in wenig über sechs Stunden, und wir möchten doch nicht zu spät kommen.«

Wild nickte, lief zur Menge hinüber und brüllte Befehle. Männer und Frauen sammelten sich zu Kompanien und stellten sich in Reihen auf, wie man es ihnen beigebracht hatte. Ohnesorg wandte sich an Ruby.

»Und los geht es, um die unseren erneut zu retten. Weißt du, Ruby, ich habe das vermißt. Auf dem Schlachtfeld ist alles so viel einfacher.«

»Genau dorthin gehören wir, Jakob. Mitten ins Getümmel und bis zum Hals ins Blut. Der Frieden war nur ein Traum. Man kann sich nicht gegen das Schicksal wehren.«

»Vielleicht«, sagte Ohnesorg. »Vielleicht.«

Das große Tor öffnete sich, und die letzte Armee von Vidar marschierte Reihe auf Reihe durch die gewaltige Luftschleuse, hinaus ins Wüten des Sturms. Vor lauter Erwartung der bevorstehenden Schlacht achteten sie des stürmischen Wetters nicht.

Sie kamen gut voran durch die dunkle, zerklüftete Landschaft, und fünf Stunden später zogen sie durch ein schmales Tal, um die offene Ebene zu erreichen, wo mit der Sturmflaute gerechnet wurde. Sie bauten ein Lager mit verstärkten Zelten auf und warteten ungeduldig darauf, daß der Sturm vorüberging. Als die Flaute schließlich einsetzte, erschien es ihnen wie Zauberei. Die Stimme des Windes verklang wie die Schlußnote eines Oratoriums, und plötzlich war es völlig still. Die Luft war unbewegt, wie im Auge eines Wirbelsturms, und der Staub sank langsam zu Boden. Es war wie das Ende der Welt, die letzte Pause vor dem Jüngsten Gericht. Die Armee trat aus den Zelten hervor und sah sich um, musterte die Heimatwelt mit neuen Augen. Die meisten kannten nichts anderes als endlosen Sturm.

Die Leute lachten und scherzten und jubelten und schlugen sich gegenseitig auf die Schultern, als wäre die Flaute schon das sichere Zeichen des Sieges. Wild wies sie an, den größten Teil ihrer Schutzpanzerungen abzulegen, damit sie im Kampf mehr Bewegungsfreiheit hatten. Und als das geschehen war, blieben alle einfach an Ort und Stelle stehen und blickten erwartungsvoll auf die Ebene hinaus. Die Welt war ganz still, als hielte sie den Atem an und wartete. Und dann übermittelten die Holokameras draußen auf der Ebene die ersten Bilder von den Streitkräften *Shubs* und der Aufständischen. Sie rückten an. Ohnesorg, Ruby und Wild hockten vor einem kleinen Monitor und nickten zufrieden. Der Feind hatte den Köder geschluckt und warf alle seine Kräfte ins Feld.

Die Armee von Vidar flutete auf die Ebene hinaus, und der Feind stellte sich ihr entgegen. Beide Seiten hatten weder Zeit für raffinierte Taktik noch Bedarf daran. Die gegnerischen Kräfte prallten aufeinander. Gnade wurde weder erbeten noch gewährt, und Blut strömte auf den staubigen Erdboden. Menschliche Kämpfer warfen sich gegen wandelnde Leichen, und beide dachten nicht im Traum an Kapitulation.

Innerhalb einer Stunde waren die meisten Lebenden beider Seiten tot.

Die Schlacht verlief chaotisch. Gruppen von Kämpfenden wogten hierhin und dorthin, jede davon nur mit ihrem eigenen Anteil am Gefecht bedacht. Schwerter stiegen und fielen, hackten nach lebendem und totem Fleisch. Und überall flammten und brüllten zuzeiten Disruptorwaffen auf. Männer und Frauen fielen und erhoben sich nicht mehr. Auch Geistkrieger fielen, auseinandergerissen von Energiestrahlen oder in Stücke gehackt von heulenden Kämpfern. Und zwischen den Lebenden bewegten sich die wandelnden Toten, angetrieben von kaltem, gefühllosem Denken, das in einem fort töten konnte und nichts dabei empfand. Die Leichen häuften sich auf beiden Seiten, und immer noch tobte die Schlacht weiter.

Peter Wild fiel unbemerkt.

Er hatte sich dicht an Ohnesorg und Ruby gehalten, ihnen den Rücken freigehalten und ihnen dabei voller Ehrfurcht und Staunen zugesehen. Er sah Menschen und Geistkrieger unter ihren Schwertern niedersinken, fast beiläufig zur Seite gefegt von überlegener Kraft und Schnelligkeit, und Peter Wild ging das Herz über, weil er in solcher Gesellschaft streiten konnte. Er hielt die beiden für unverwundbar, geschützt vom Schicksal, und sich selbst ebenfalls, weil er an ihrer Seite focht. Er sah die Klinge nicht, die aus dem Nirgendwo hervorstieß, in seinen Brustkorb fuhr und wieder herausgezogen wurde. Hinter dem Stoß steckten Muskeln, die unterstützt waren von Servomechanismen, so daß Wild zu Boden geschleudert wurde, und gleichgültige Füße stampften rings um ihn herum.

Zunächst dachte er, daß ihm nur die Luft aus den Lungen gepreßt worden war, und versuchte, wieder aufzustehen. Aber die Beine gehorchten ihm nicht, und als er sich an die Seite faßte, tropfte ihm anschließend Blut von der Hand. Schmerzen überwältigten ihn, und er schrie auf. Er war niemand, der leicht aufgab. Er bemühte sich weiter, wieder auf die Beine zu kommen, selbst während das Leben schon aus ihm herausrann. Sein Platz war an Ohnesorgs Seite. Der Körper gehorchte ihm jedoch nicht. Dort starb er, ungesehen und unbemerkt. Peter Wild war ein tapferer Mann gewesen, aber nie mehr als ein normaler Mensch.

Jakob Ohnesorg und Ruby Reise, die so viel mehr waren als normale Menschen, kämpften heftig und unermüdlich, teilten mit jedem Schlag schreckliche Verletzungen und den plötzlichen Tod aus. Die kleinen Wunden, die sie selbst einsteckten, heilten fast sofort. Sie sahen Peter Wild nicht fallen und vermißten ihn auch erst sehr viel später. Zu sehr waren sie mit dem beschäftigt, worin sie am besten waren – trotz überwältigend schlechter Chancen zu überleben und jeden Gegner in Reichweite zu töten. Die Toten häuften sich ringsherum, die blutigen Leichen gefallener Rebellen neben dem grauen Fleisch niedergestreckter Geistkrieger. Und zu keinem Zeitpunkt bemerkten die beiden, daß sie allmählich, Schritt für Schritt, vom Hauptgetümmel der Schlacht getrennt wurden.

Die Menschen auf beiden Seiten brauchten nur wenig über eine Stunde, um sich gegenseitig weitgehend auszurotten. Sie registrierten überhaupt nicht, daß sich die Streitkräfte von *Shub* zurückgezogen hatten. So sehr waren die Menschen in ihre eigenen Nöte vertieft, daß sie nicht mitbekamen, wie die eigentliche Schlacht um *Lokis* Zukunft woanders ausgetragen wurde.

Das lange schmale Tal zwischen der freien Ebene und der Stadt Vidar hatte nicht viel hergemacht, als die Armee der Stadt hindurchmarschierte, aber Ohnesorg hatte seine strategische Bedeutung erkannt. Es war der einzige Weg nach Vidar, der einen tagelangen Umweg einsparte. Falls die Geistkrieger die Stadt erreichen wollten, solange die Flaute noch anhielt, mußten sie durch das Tal. Als Ohnesorg und Ruby schließlich bemerkten, wie weit sie vom Rest ihrer Truppen getrennt worden waren, vergeudeten sie keine Zeit, hackten sich einen Weg durch die sie umzingelnden Geistkrieger und rannten wie die Teufel Richtung Tal. Ihnen blieb jetzt nur noch, die einzige strategische Stellung zu verteidigen, die wirklich von Bedeutung war. Sie ließen ihre Verfolger rasch zurück und bezogen am Taleingang Abwehrposition.

Das Tal war über anderthalb Kilometer lang, aber

kaum sieben Meter breit und verschmälerte sich am Ausgang bis auf drei Meter. Was bedeutete, daß zwei Leute hier eine Armee aufhalten konnten. Eine Zeitlang. Ohnesorg und Ruby stützten sich müde aufeinander, während sie wieder zu Atem kamen. Sie hatten eine ordentliche Strecke aus Leibeskräften rennen müssen, und selbst übermenschliche Lungen und Beine hatten Grenzen. Der Kampf selbst war ebenfalls lang und hart gewesen, und beide hatten dabei Kraft und Schnelligkeit bis an die Grenze strapazieren müssen. Nach einer Weile gingen die Atemzüge wieder langsamer und hämmerten die Herzen nicht mehr ganz so heftig, und jeder konnte von neuem aus eigener Kraft stehen. Sie blickten hinaus zur Armee aus wandelnden Leichen, die sich auf der Ebene sammelte, und fluchten unisono. Es waren fast eintausend Geistkrieger mit Schwertern und Schußwaffen und der absoluten Bereitschaft, sich vernichten zu lassen, falls das nötig war, um den Gegner niederzuringen.

»Kann nicht behaupten, daß mir die Chancen gefallen«, stellte Jakob Ohnesorg fest. »Tausend gegen zwei ist doch ein klein wenig besorgniserregend.«

»Wir hatten schon schlechtere Chancen«, hielt ihm Ruby Reise entgegen.

Ohnesorg musterte sie. »Falls das stimmt, muß es mir entgangen sein. Im Angesicht von eintausend Geistkriegern kämen selbst Owen Todtsteltzer Zweifel. Allerdings müssen sie uns von vorne angreifen, also jeweils nur eine Handvoll. Wenn wir unsere Kräfte einteilen, könnten wir gerade eben länger durchhalten als diese Bastarde.«

»Es sei denn, sie tüfteln eine Methode aus, wie sie uns auch im Rücken angreifen können. Oder an den Flanken des Tals herunter.«

Ohnesorg blickte hinter sich ins Tal und runzelte nachdenklich die Stirn. »Unwahrscheinlich. Sie bräuchten zwei Tage, um den Taleingang gegenüber zu erreichen, und so lange werden wir nicht hier sein, aus dem einen oder anderen Grund. Und die Bergflanken fallen fast senkrecht ab. Nein, Ruby, sie müssen uns frontal angreifen.«

»Ist auch am besten so«, sagte Ruby lebhaft. »Wir brauchen also nur die Geistkrieger abzuwehren, bis unsere Seite gewonnen hat und zu unserer Unterstützung kommt, nicht wahr?«

»Nein«, antwortete Ohnesorg langsam. »Soweit ich die Schlacht überblicken konnte, denke ich nicht, daß wir mit Hilfe rechnen dürfen. Wir müssen davon ausgehen, daß nur noch wir zwischen *Shub* und Vidar stehen. Falls wir sie abwehren, bis die Flaute vorüber ist und der Sturm zurückkehrt, dann haben wir gewonnen und ist die Stadt in Sicherheit.«

»Und was ist mit uns?« wollte Ruby wissen.

»Wir haben uns schon einmal durch den Sturm bis zur Stadt durchgeschlagen. Wir schaffen es auch erneut.«

»Und die Schlacht?«

»Gott weiß«, sagte Ohnesorg. »Soweit ich zuletzt überblicken konnte, hatte die Armee der Stadt die Aufständischen in die Seile getrieben, aber die eigentliche Gefahr ging immer von *Shub* aus. Und ich denke nicht, daß wir denen viel Beulen verpaßt haben. Und noch etwas anderes macht mir Sorgen.«

»Dir macht immer irgendwas Sorgen«, sagte Ruby resigniert. »Was ist es diesmal?«

»Ich habe bislang keine Spur von Jung Jakob Ohnesorg gesehen. Er hat sich nirgendwo in der Schlacht blicken lassen. Das hätte ich bemerkt. Wo also steckt er, und was führt er im Schilde?«

»Verdammt, du hast recht! Das ist besorgniserregend.«

»Wenn dir das schon gefällt, wirst du hiervon

begeistert sein: Wieso greifen uns die Geistkrieger nicht an?«

»In Ordnung, ich komme nicht drauf. Wieso?«

»Weil sie auf jemanden warten. Höchstwahrscheinlich auf Jung Jakob Ohnesorg. Mit Verstärkungen, die er bislang noch nicht ins Feld geworfen hat.«

Auf der Ebene ertönte ein Geräusch, und sie blickten hinüber. Das Geräusch löste sich schnell zum rhythmischen Stampfen marschierender Füße auf, und eine zweite Totenarmee rückte aus der Ferne an, locker tausend Mann stark, mit der glänzend silbernen, gepanzerten Gestalt des lächelnden Jung Jakob Ohnesorg an der Spitze. Sie gesellten sich zur lautlos abwartenden ersten Streitmacht, standen dann reglos in Reihen aufmarschiert und blickten mit starren Augen zur schmalen Öffnung des Tals hinüber – zu den beiden Legenden aus Fleisch und Blut, die sie bewachten.

Sie ignorierten die beiden Streitkräfte aus Menschen, die sich in einiger Entfernung hartnäckig weiter bekämpften. *Shub* wußte, wo die wirkliche Gefahr lag.

»Bist du es nicht langsam leid, immer recht zu behalten?« fragte Ruby fast wütend. »Das sind keine guten Chancen, Jakob! Wir könnten hier wirklich in Schwierigkeiten geraten.«

»Falls wir die Wahl haben, lebend oder tot gefaßt zu werden, hielte ich es für klug, wenn wir uns für tot entschieden«, sagte Ohnesorg. »Vivisektion macht dem Opfer vermutlich keinen Spaß.«

»Ich bin froh, daß du bei mir bist, um mich auf die heiteren Aspekte hinzuweisen«, sagte Ruby. »Ich vermute, es käme nicht in Frage, wie der Teufel abzuhauen?«

»Leider richtig. Wir müssen standhalten, um Zeit zu schinden. Zeit für Vidars Armee, um die Aufständischen zu besiegen. Zeit bis zur Rückkehr des Sturms. Oder, falls alles andere scheitert, um die Zahl der Geistkrieger soweit zu senken, daß die Stadt eine Chance hat. So oder so, alles hängt von uns ab.«

»Natürlich«, sagte Ruby. »Das tut es immer, nicht wahr?«

»Wir haben noch acht, vielleicht neun Stunden, bis die Wetterflaute vorüber ist«, sagte Ohnesorg gelassen. »So lange könnten wir durchhalten. Danach dürfte es richtig interessant werden. Vergiß, was ich vorher gesagt habe. Sie beschließen vielleicht, uns auf jeden Fall zu schnappen, sei es auch bei Sturm. Sie sind schließlich schon tot. Sie spüren weder den Wind noch die Kälte oder den beißenden Staub. Und *Shub* ist wirklich ausgesprochen scharf auf uns. Ich frage mich, ob sie deshalb den jungen Jakob Ohnesorg geschickt haben – um als Köder in der uns gestellten Falle zu dienen. Egal. Nein, Ruby, ich denke, wir müssen akzeptieren, daß wir bis zum Ende hier sind. Bis die eine oder die andere Seite nichts mehr zu gewinnen hat.«

»Jetzt mal langsam!« sagte Ruby. »Ich denke, der Vorhang hat sich gerade gehoben.«

Die gesamte Armee aus Geistkriegern strömte über die Ebene in ihre Richtung, während Jung Jakob Ohnesorg auf die Seite getreten war und sie mit aufmunternden Rufen seiner fröhlichen menschlichen Stimme anspornte. Die Toten schwiegen. Das einzige Geräusch war das Trommeln ihrer toten Füße auf dem harten, unnachgiebigen Boden. Ohnesorg und Ruby packten die Schwerter und hielten sich am Taleingang bereit.

»Falls wir hier fallen ...« begann Ohnesorg.

»Ja?« fragte Ruby.

»Zumindest wird es ein guter Tod. Der Tod von Kriegern.«

»Stimmt. Wir wurden nie für die Zivilisation geschaffen, Jakob.«

»Aber falls wir durch irgendein Wunder überleben ...«

»Ja?«

»Dann habe ich vor, in Zukunft manches anders anzugehen. Keine Politik mehr. Keine Kompromisse mehr. Ich folge meinem Herzen und meinem Gewissen, und Gott helfe jedem, der mir dabei in die Quere kommt.«

»Klingt für mich nach einem guten Plan«, sagte Ruby.

Und dann prallten die ersten Geistkrieger auf sie. Ohnesorg und Ruby standen zusammen und schwangen ihre Schwerter mit übermenschlicher Kraft und Schnelligkeit, schnitten die Geistkrieger in Stücke und zerlegten die belebten Leichname buchstäblich in ihre Einzelteile, die dann hilflos zu Boden fielen. Rasch wurden die Reste weggezerrt, damit neue Geistkrieger an ihre Stelle treten konnten. Nur fünf oder sechs konnten jeweils ins Tal eindringen, und Ohnesorg und Ruby nahmen es mühelos mit ihnen auf. Zunächst.

Der Kampf ging weiter, aber nach der ersten Stunde wurden Ohnesorg und Ruby langsamer, und ihre Kräfte schwanden. Keine Pause trat ein, und sie wagten nicht, auch nur einen Schritt weit zurückzuweichen. Allmählich wurde ihre Abwehr immer wieder mal von feindlichen Schwertern durchbrochen, und die Wunden brauchten zunehmend länger, um wieder zu heilen. Es war ein langer und harter Tag gewesen, sogar für zwei lebende Legenden. Sie atmeten ungleichmäßig, und die Luft brannte ihnen in den Lungen. Der Schweiß lief ihnen über die Gesichter, brannte ihnen in den Augen und schmeckte auf den Lippen salzig. Der Boden wurde rutschig von ihrem eigenen Blut. Und immer noch stürmten die Geistkrieger heran, so daß Ohnesorg sich selbst endlich eingestehen mußte, was er von Anfang an gewußt hatte – daß zwei Krieger eine Armee zwar eine Zeitlang aufhalten konnten, nicht jedoch endlos.

Also tat er das einzige, was ihm blieb. Er tastete mit den Gedanken zu Ruby hinaus, und ihrer beider Gedanken verschmolzen miteinander. In einem Augenblick außerhalb jeder Zeit drangen sie tief ins eigene Innere vor, und Energie flammte aus dem Unterbewußtsein hervor, stieg in ihren veränderten Verstand hinauf und sprang hinaus in die wirkliche Welt, wo sich die Energie in eine Wand aus sengenden, verzehrenden Flammen verwandelte. Sie bahnte sich ihren Weg von Ohnesorg und Ruby weg und verzehrte alles, was ihr in die Quere kam. Geistkrieger verkohlten und verschrumpelten, als wäre ein Stück der Sonne vom Himmel gesunken und hätte die Erde berührt. Totes Fleisch wurde verschlungen und gab endlich Frieden. Shubtech schmolz und zerlief in Pfützen aus rauchender Metallschlacke. Über hundert Geistkrieger fielen den Flammen allein in den ersten Sekunden zum Opfer. Die Hitzewand setzte brüllend ihren Weg fort und verschlang weiterhin alles. Die Armee aus Geistkriegern wandte sich zur Flucht, aber die Feuerwand war schneller und setzte ihnen über die Ebene nach.

Als der Brand schließlich erlosch, war mehr als die halbe *Shub*-Armee zu geschwärzten Schalen reduziert worden, in dunklen, gleichförmigen Haufen über die Ebene verstreut. Die Überlebenden hatten sich vor Jung Jakob Ohnesorg aufgebaut, der inzwischen nicht mehr lächelte. Am Talausgang waren Ohnesorg und Ruby auf die Knie gesunken und ließen erschöpft die Köpfe hängen. Sie hatten die letzten Kraftreserven in den Feuerangriff gesteckt und waren wie ausgebrannt. Die selbsterzeugten Flammen hatten sie nicht verletzt, aber jetzt war die von den versengten Talwänden ausgestrahlte Hitze fast überwältigend.

»Das war aber eine tolle Nummer!« krächzte Ruby tonlos. »Denkst du, wir würden das noch mal hinkriegen?«

»Keine Chance«, antwortete Ohnesorg. »Hoffen wir lieber, daß Jung Jakob Ohnesorg das nicht weiß. Gott, fühle ich mich schlecht!«

»Gilt auch für mich. Und wir haben nicht mal die Mehrheit von ihnen erwischt. Ich hege den fürchterlichen Verdacht, daß wir vielleicht zu früh zum äußersten gegriffen haben.«

»Uns blieb keine Wahl. Sie hätten uns überwältigt.«

»Das können die Überlebenden immer noch.« Ruby hob schmerzhaft den Kopf und blickte in die Ebene hinaus. »Scheiße. Wir haben etwa die Hälfte erwischt. Und dieser eingebildete Metallbastard ist immer noch da draußen. Ich frage mich, worauf er noch wartet.«

»Wahrscheinlich will er erst mal sehen, wie stark wir geschwächt sind. Auf die Beine, Ruby. Vielleicht können wir sie bluffen.«

Aber sie konnten sich nicht erheben, ohne daß sich der eine schwer auf den anderen lehnte, und selbst als sie endlich auf den zitternden Beinen standen, hingen ihnen die Schwerter schlaff in den Händen.

»Ich weiß nicht, ob es dir schon aufgefallen ist«, sagte Ruby, »aber unsere Wunden heilen nicht mehr.«

»Ich habe es bemerkt. Ich denke, diese Feuerwand hat uns alles gekostet, was wir hatten. Solange wir nicht Gelegenheit finden, uns zu erholen, sind wir am Ende. Wir sind ... einfach wieder Menschen. Haben nichts mehr außer den Pistolen und Schwertern und gesunden rechten Armen.«

»Gut«, fand Ruby. »Ich war schon immer der Meinung, daß das eine viel ehrenvollere Art zu kämpfen ist.«

»Wir haben immer noch ... eine weitere Möglichkeit«, erinnerte sich Ohnesorg.

»Bei Gott, wirklich?« fragte Ruby. »Ich würde sie nur zu gern hören.«

»Sieh zu, daß du wie der Teufel von hier verschwindest. Kehre nach Vidar zurück, während ich sie hier aufhalte, so lange ich kann. Vielleicht verschaffe ich dir genug Zeit, damit du in der Stadt eine Abwehr organisieren kannst.«

»Netter Gedanke«, sagte Ruby. »Aber nein.«

»Falls du bleibst, kostet es uns beide das Leben. Welchen Sinn hätte das? Durch meinen Vorschlag bliebe wenigstens einer von uns am Leben. Sei logisch, Ruby.«

»Das bin ich. In Vidar gibt es nichts mehr, woraus man eine Abwehr organisieren könnte. Und du müßtest eigentlich wissen, daß ich noch nie vor einem guten Kampf weggelaufen bin.« Sie machte eine Pause. »Jeder muß irgendwo sterben. Und ich habe nie damit gerechnet, mal im Bett zu sterben. Wollte es auch nie. Das hier ist eine so gute Art abzutreten wie jede andere.«

»Ich habe mir immer gewünscht, im Bett zu sterben«, versetzte Ohnesorg lächelnd. »Vorzugsweise mit dem Bauch voller gutem Brandy und einer schönen Frau im Arm. Aber falls ich im Kampf abtreten muß ... Dann fällt mir niemand ein, in dessen Gesellschaft ich es lieber täte.«

»O Jakob, du sagst wirklich die nettesten Sachen!«

Sie küßten sich einmal und ohne Hast und wandten sich dann ein letztes Mal den feindlichen Streitkräften zu. Und sahen, wie Jung Jakob Ohnesorg sich ihnen näherte, ganz allein und ohne Waffen. Die übriggebliebenen Geistkrieger standen reglos und lautlos da und sahen zu. Ohnesorg und Ruby blickten sich gegenseitig an.

»Was zum Teufel glaubt er eigentlich, was er da tut?« fragte Ohnesorg. »Er erwartet doch sicher nicht, daß wir uns ergeben.«

»Vielleicht möchte er sich ergeben«, überlegte Ruby hoffnungsvoll.

Die Stahlmaschine in ihrer menschlichen Umhüllung kam mit langen Schritten über die Ebene, zeigte ihr endloses Lächeln und blieb schließlich in respektvoller Distanz zu den beiden Menschen stehen, die den Talausgang schützten. Er war zwar in Disruptorreichweite, aber Ohnesorg war sich ziemlich sicher, daß sein *Shub*-Doppelgänger einem Energiestrahl ausweichen konnte, wenn es sein mußte.

»Nun, nun«, sagte Jung Jakob Ohnesorg freundlich. »Da sind wir ja ein weiteres Mal alle versammelt. Komisch, wie wir uns immer wieder gegenseitig über den Weg laufen, nicht wahr? Muß wohl Schicksal sein. Wie fühlt Ihr beide Euch?«

»Stark genug, um dir in den Metallhintern zu treten«, knurrte Ruby.

»Was möchtet Ihr?« fragte Ohnesorg.

»Meinen Einsatz abschließen«, antwortete Jung Jakob Ohnesorg, der in seiner silbernen Rüstung groß und heroisch dastand. »Jeden lebenden Menschen auf diesem Planeten vernichten und hier eine Basis von *Shub* begründen.«

»Ich vermute, daß Eure rebellischen Bundesgenossen das nicht wissen«, sagte Ohnesorg.

»Oh, ich denke, tief im Herzen tun sie es, möchten es sich aber nicht eingestehen. Die Begabung der Menschen, sich selbst etwas vorzumachen, erstaunt mich immer wieder. Aber ihre klägliche Armee ist nicht mehr von Bedeutung. Während sie Eure Truppen beschäftigt hält, führe ich meine Armee nach Vidar und zerstöre es.«

»Da mußt du erst mal an uns vorbei«, sagte Ruby.

»Und du hast schon gesehen, wozu wir fähig sind, wenn wir uns entschlossen haben.«

»Ja, und es war wirklich eindrucksvoll«, räumte Jung Jakob Ohnesorg ein. »Aber nicht völlig unerwartet. Wir haben wirklich sehr umfangreiche Dateien über Euch, haben jeden Einsatz Eurer bemerkenswerten Fähigkeiten studiert. Und als die großen Denker, die wir nun mal sind, haben wir eine Antwort gefunden. Seht Ihr, Ihr redet wahrhaftig mit den abtrünnigen KIs von *Shub*. Wir lenken alle unsere Truppen auf diesem jämmerlichen Planeten vermittels des Fokus, mit dem Ihr sprecht. Deshalb konntet Ihr uns auf *Golgatha* auch nicht töten. Nur ein Körper ist dort umgekommen, und wir verfügen über so viele Körper! Und dieser hier ist etwas ganz Besonderes. Wir haben etwas sehr Machtvolles eingebaut, wohl wissend, daß Eure menschlichen Egos fordern werden, Euch damit zu konfrontieren.«

»Warte mal eine Minute«, verlangte Ruby. »Du meinst, du hast all das inszeniert und all diese Menschen umgebracht, nur um uns zu erwischen?«

»Nun, ist das nicht wieder typisch für das Ego des Menschen?« fragte Jung Jakob Ohnesorg. »Nein, meine Liebe, so wichtig seid Ihr nicht. *Loki* ist ein entscheidender Schauplatz für unsere Expansion in den Raum der Menschen. Aber wir haben auch alles so arrangiert, daß Ihr hergeschickt wurdet. Ihr Überlebenden des *Labyrinths* seid ein Quell der Faszination für uns. Und wir sind entschlossen, Euch in unsere Labors zu holen, damit wir lernen können, es Euch gleichzutun. Zu diesem Zweck wurde ein ganz besonderes Gerät in mir installiert. Der machtvollste ESP-Blocker aller Zeiten.« Sein Lächeln wurde breiter. »Und ja, er läuft schon die ganze Zeit, die wir hier stehen. Ihr seid völlig hilflos. Ich rate Euch zu kapitulieren. Falls nicht, sehe ich mich gezwungen, Euch weh zu tun.«

Ohnesorg und Ruby sahen sich gegenseitig an und brachen in Gelächter aus.

Jung Jakob Ohnesorg blickte vom einen zum anderen. »Ich kann wirklich nicht erkennen, welchen Nutzen Hysterie in dieser Lage . . .«

»Ihr Idiot!« sagte Ohnesorg. »Was immer wir womöglich sind, auf keinen Fall sind wir Esper. Das haben wir schon vor langer Zeit festgestellt.«

Und er griff in sich hinein und weckte die letzten Funken seiner Kraft. Dann sprang er mit unmöglicher Geschwindigkeit über die Distanz hinweg, die ihn von der Furie trennte. Er hob das Schwert und hieb heftig nach ihrem Kopf. Flammen umloderten die stählerne Klinge. Jung Jakob Ohnesorg hob eine Hand, als wollte er den Schlag abblocken. Das flammende Schwert durchtrennte Fleisch und Metall der Hand, grub sich in den Metallschädel und setzte seinen Weg in einem Funkenregen fort, durchschnitt Stahl und Fleisch des ganzen Körpers bis zu den Lenden, wo es wieder austrat. Die beiden Hälften der Furie kippten langsam seitlich weg und lagen dann funkensprühend und prasselnd am Boden. Ohnesorg ragte über ihnen auf, nur ein wenig außer Atem.

»Das ... ist unmöglich«, behauptete eine kalte, metallische Stimme aus einer der beiden Kopfhälften.

»Nur, wenn man daran glaubt«, sagte Ohnesorg. »Haltet jetzt verdammt noch mal die Klappe und sterbt!«

Er stampfte auf der linken Kopfhälfte herum und drückte sie unter den Stiefeln flach. Ruby trat dazu und tat das gleiche mit der anderen Hälfte. Dann richteten beide die Disruptoren auf die Rumpfhälften und pusteten sie auseinander. Und draußen auf der Ebene brachen alle überlebenden Geistkrieger auf einmal zusammen und lagen reglos, wie Marionetten, deren Fäden man durchgeschnitten hatte.

»Natürlich«, sagte Ruby. »Er sagte, er hätte *Shub* als Fokus gedient. In Anbetracht der widrigen Bedingungen, die *Loki* der Kommunikation bietet, brauchten sie einen Verstärker, der die Steuerung ihrer Truppen aufrechterhielt, und das war er. Ohne ihn sind sie nur noch Metallschrott. Weißt du was, Jakob? Ich denke, wir haben gerade den Krieg gewonnen.«

»Selbstverständlich«, sagte Ohnesorg. »Ich habe dir ja gesagt, daß alles gut ausgeht. Du solltest mehr auf mich hören.«

Ruby lachte und umarmte ihn. »Wir sind Helden! Wir sind unsterblich! Wir werden ewig leben!«

Sie hielten einander lange in den Armen, ließen dann los, standen freundschaftlich beisammen und freuten sich, am Leben zu sein.

»Ich verstehe unser Überleben als Zeichen«, sagte Ohnesorg. »Keine Leisetreterei mehr. Von jetzt an tue ich, was nötig ist, und Gott helfe den Schuldigen.«

»Klingt gut, was mich angeht«, stellte Ruby fest. »Schwebt dir etwas Besonderes vor?«

»Zuerst suchen wir die beiden menschlichen Armeen oder das, was von ihnen übrig ist, und überzeugen sie davon, daß der Krieg ein Ende hat.«

»Und dann?«

»Dann kehren wir nach Vidar zurück und halten Hausputz.«

In der Stadt zeigte sich die Bevölkerung verrückt vor Freude über die beiden legendären Helden, die ihre Stadt und ihren Planeten gerettet hatten. Als Jakob Ohnesorg die Menschen dann bat, etwas für ihn zu tun, zögerten sie nicht. Bald war die ganze Bevölkerung Vidars auf dem Platz vor dem Haupttor versammelt und verfolgte atemlos mit, wie die überlebenden Wachleute eine Reihe Stricke mit Schlingen an der Innenseite der Stadtmauer aufhängten. Auf einer Seite knieten Matthew Tallon, ehemaliger planetarer Intendant, und Terrence Jacks, ehemaliger Bürgermeister von Vidar, sowie die paar Dutzend Aufständischen, die die letzte Schlacht überlebt hatten. Allen waren die Hände auf den Rücken gefesselt. Sie hielten in den Gesichtern der Menge nach Gnade Ausschau und wurden nicht fündig. Auf der anderen Seite von Ohnesorg und Ruby knieten de Lisle und Bentley und alle ihre Leute, bis hinunter zum kleinsten Bürokraten, ebenfalls sicher gefesselt.

»Das könnt Ihr nicht tun!« heulte de Lisle. »Ich wurde amnestiert! Wir alle wurden es! Das Parlament hat uns hier die Verantwortung übertragen! Ihr könnt Euch nicht gegen die Autorität des Parlaments stellen!«

»Da achtet mal drauf«, antwortete Ohnesorg. »Ihr und Eure Leute habt geplant, diese Kolonie auszuplündern und dann weiterzuziehen. Ich nenne das Verrat!«

»Wir hatten Unterstützung!« rief de Lisle. »Mächtige Unterstützung! Ich könnte Euch die Namen nennen ...«

»Die stecken auch irgendwo in den Lektronen. Wir finden sie dort. Ich möchte jetzt nur eins erfahren: Dieser Mann, der ermordet und ausgeweidet und in zwei Kisten gestopft wurde. Das war Eure Idee, nicht wahr?«

»Es war Bentleys Idee«, antwortete de Lisle rasch. »Wir brauchten etwas, was Euch motivierte und zum sicheren Gegner der Aufständischen machte.«

»Wer war der Mann?« fragte Ohnesorg.

De Lisle zuckte die Achseln und sah Bentley an, der nichts sagte. Ruby trat dem Sicherheitschef in die Rippen.

»Niemand besonderes«, sagte Bentley. »Einfach jemand, den wir benutzt haben. Er war nicht wichtig.«

»Jeder ist wichtig«, hielt ihm Ohnesorg entgegen. »Das unterscheidet uns von *Shub.*« De Lisle traf Anstalten, irgendeine Ausrede hervorzusprudeln, aber Ohnesorg sah ihn nur an, und de Lisle wurde still.

»Sie haben den Tod verdient«, meinte Tallon. »Wir hatten jedoch immer nur die Interessen *Lokis* im Blick. Wir haben rebelliert, weil wir legitime Vorwürfe hatten. Unter allen Menschen solltet Ihr dafür Verständnis haben.«

»Ich habe dafür Verständnis«, sagte Ohnesorg. »Aber Ihr habt Euch mit *Shub* verbündet, den Feinden der Menschheit. Das Ziel rechtfertigt nicht immer die Mittel.«

»Jakob«, sagte Ruby leise, »ich weiß wirklich nicht recht, ob das eine gute Idee ist. Ein paar aufhängen, um etwas zu verdeutlichen, aber das ... De Lisle hat recht. Das Parlament wird nie damit einverstanden sein.«

»Dann zur Hölle mit dem Parlament«, sagte Jakob Ohnesorg. Er gab den Wachleuten einen Wink, Überlebenden der Armee, die er geführt hatte. Sie sahen ihn an, Verehrung in den Augen. Ohnesorg deutete auf die Stricke. »Hängt sie. Hängt sie alle.«

Die Wachleute zerrten die Gefangenen zur Mauer. Die meisten fügten sich ihnen ruhig. De Lisle kreischte und strampelte und schluchzte, bis sie ihm die Schlinge um den Hals legten und für immer die Luft abschnitten. Tallon blickte zu Ohnesorg und Ruby zurück, mit dem Blick eines Propheten, und hob die Stimme, damit die Menge ihn auch auf jeden Fall verstand.

»Es sind Monster! Ihr könnt ihnen nicht trauen! Sie werden sich letztlich gegen euch wenden, weil ihr nur

Menschen seid und sie nicht! Es sind Monster! Monster!«

Die Schlinge stoppte seinen Redefluß. Politiker und Aufständische hingen Seite an Seite an der Innenseite der Stadtmauer von Vidar, und die Einwohner der Stadt jubelten und hörten gar nicht mehr auf damit.

Ruby sah Ohnesorg an.

»Hängt sie alle«, sagte Ohnesorg. »Es sind Politiker. Alle schmutzig. Hängt sie.«

Es regnete. Heftig. Der Regen hatte auf dem Planeten *Lachrymae Christi* etliche Millionen Jahre zuvor eingesetzt und gab nicht zu erkennen, daß er irgendwann aufhören würde. Gespeist aus den riesigen Ozeanen, die drei Viertel des Planeten bedeckten, fiel er aus dem ewig bewölkten Himmel auf den Dschungel, der den einzigen Kontinent dieser Welt von Küste zu Küste bedeckte. Er fiel auf weise und verschlagene Menschen zugleich, auf einfache und berühmte, auf glückliche und unglückliche, Tag auf Tag. *Lachrymae Christi* kannte weder Sommer noch Winter, weder Sonnenschein noch Schnee, und noch nie hatte ein Regenbogen den grauen Himmel geschmückt.

Der Regen fiel auch auf die unglücklichen Kolonisten dieses Planeten, obwohl Kolonisten vielleicht nicht das richtige Wort war. Sie hatten sich nicht aus freien Stücken hier angesiedelt. Behandschuhte und behelmte Gestalten hatten sie abgeholt und mit Stromstößen und der Drohung gezogener Schußwaffen in die Laderäume von Frachtschiffen getrieben. Unter schwierigen Bedingungen und voller Verzweiflung reisten sie durch den Weltraum und wurden schließlich in ihrer neuen Heimat abgesetzt, um sich hier ein Leben aufzubauen, so gut sie konnten. Versorgungsschiffe brachten hin und wieder das

Allernötigste, aber darin erschöpfte sich auch schon das Mitgefühl des Imperiums. Niemand gab einen Dreck darauf, ob die unfreiwilligen Kolonisten überlebten oder starben, solange sie dort blieben, wohin man sie deportiert hatte. Die Raumfahrt war ihnen verboten, die Zivilisation war ihnen verboten – auf Geheiß einer Menschheit, die ihnen den Rücken zugekehrt hatte. Aber wider alle Erwartungen hatten die Kolonisten überlebt und es sogar auf ihre Art zu etwas gebracht. Sei es auch nur denen zum Trotz, die sie im Stich gelassen hatten.

Lachrymae Christi war eine Leprakolonie.

Die *Sonnenschreiter II* fiel aus dem Hyperraum und sank in eine hohe Umlaufbahn über der Welt der ewigen Tränen. Owen Todtsteltzer saß unbehaglich vor dem Hauptsichtschirm auf der Brücke seiner Jacht und musterte das Bild des schweigenden Planeten, der versteckt unter der unaufhörlich wirbelnden Wolkendecke lag. Owen wußte nicht viel über *Lachrymae Christi.* Da ging es ihm wie den meisten anderen. Es war kein respektables Thema, über das man sich unterhielt, als könnte man schon durch Gebrauch des gefürchteten Begriffs die Krankheit auf sich aufmerksam machen. Jahrhundertelang hatte das Imperium geprahlt, seine Wissenschaftler hätten alle Krankheiten besiegt, und mit Hilfe der Regenerationsmaschinen und der Klontanks könnte jede Person, die über ansehnliche Mittel verfügte, ein langes und gesundes Leben erwarten. Für die Armen sah das natürlich anders aus, aber so war es schließlich in allen Dingen.

Und dann war vor siebzig Jahren die Lepra zurückgekehrt – ein fast vergessenes Schrecknis aus der fernen Vergangenheit der Menschen –, und die Wissenschaftler zeigten sich hilflos. Die Krankheit breitete sich rasch von einem Planeten zum nächsten aus, infizierte Reiche und Arme gleichermaßen, und bald war sie überall gegenwärtig. Niemand wußte, was sie verursachte und wie sie sich ausbreitete, und so fanden die Opfer weder Hoffnung noch Trost. Nur die Isolation, gemieden von Freunden und Nachbarn. Und damit man die Opfer nicht in der Nähe hatte, eine stete Erinnerung an das Versagen der Wissenschaft, beschloß man, daß alle als befallen diagnostizierten Personen einen Fahrschein ohne Rückfahrt zum *Abgrund* erhalten sollten, auf einen Planeten, den niemand haben wollte, wo sie unter sich bleiben konnten und der Menschheit Gelegenheit boten, sie behaglich zu vergessen.

Nur daß manche Menschen nicht vergessen konnten, nicht vergessen wollten.

Hazel D'Ark kam auf die Brücke gelatscht und fiel kraftlos auf einen Stuhl neben Owen. Sie finsterte das Bild auf dem Monitor an und schniefte geräuschvoll. »Ich kann nicht glauben, daß du in diesen Einsatz eingewilligt hast, Owen. Ich schwöre dir: Sollte ich mit weniger Fingern, als ich normalerweise habe, wieder von hier abreisen, befördere ich dich persönlich mit einem Dropkick aus der nächsten Luftschleuse.«

»Es besteht wirklich kein Grund zur Besorgnis«, fand Owen und bemühte sich dabei angestrengt um einen beruhigenden Tonfall. »Die aktuellen medizinischen Informationen besagen, daß man sich die Lepra nicht durch üblichen Kontakt zuziehen kann. Ich habe nachgesehen.«

»Das weiß man doch gar nicht! Man weiß überhaupt nichts mit Sicherheit. Man hat noch nicht mal herausgefunden, woher zum Teufel sie stammt.«

»Was genau ist diese Lepra?« erkundigte sich Mitternachtsblau von einer Stelle hinter ihnen. Die große, dunkelhäutige Kriegerin lehnte am Türrahmen und trank einen Vitaminextrakt direkt aus der Flasche. »Woher ich komme, kennen wir nichts dergleichen.«

»Gilt auch für mich«, sagte Bonnie Chaos, schob sich an Mitternacht vorbei und besetzte den einzigen noch freien Sitz auf der Brücke. Ihre diversen Piercing-Schmuckgegenstände klimperten laut, als sie sich setzte. »Hausen da unten wirklich Leute, denen die Einzelteile herunterfallen?«

»Nur in den schlimmsten Fällen«, erläuterte Owen. »Es ist eine neurologische Krankheit. Die Opfer verlieren jedes Tastgefühl. Selbst kleine Verletzungen heilen nicht mehr und infizieren sich. Das Fleisch verfault. Es ist eine langsame und sehr üble Todesart. Ein paar Medikamente helfen, aber nicht sehr.«

»Ist es zu spät, dieses Schiff noch zu wenden?« fragte Bonnie.

»Ich dachte, du hieltest Entstellungen für eine Demonstration von Modebewußtsein«, warf Mitternacht ein.

»Alles hat Grenzen«, fand Bonnie. »Auch wenn ich nicht erwartet hätte, das mal von mir selbst zu hören.« Sie beugte sich zu Owen hinüber, und er gab sich Mühe, nicht zurückzuschrecken. »Weißt du, Owen, diese Krankheit hört sich zu übel an, um wahr zu sein. Handelt es sich nicht vielleicht um eine Biowaffe, die aus dem Labor entwichen ist?«

»Du bist nicht die erste Person, die eine solche Vermutung äußert«, sagte Hazel. »Um die Wahrheit zu sagen: Niemand weiß es. Sie scheint mit keiner anderen heute bekannten Krankheit verwandt zu sein. Vielleicht haben wir es mit der Vorstellung eines verdammten Spinners von einer allerletzten Terrorwaffe zu tun. Das würde erklären, wie sie einfach aus dem Nichts heraus entstehen konnte.«

»Natürlich ist auch möglich, daß diese Überlegung nur Ausdruck eines allgemeinen Verfolgungswahns ist«, gab Owen zu bedenken. »Unter Löwensteins Regiment kursierte reichlich davon.«

»Jawohl«, sagte Hazel. »Vor allem, weil wirklich immer jemand hinter einem her war.«

»Stimmt. Gott sei Dank hat sich das inzwischen geändert.«

Jede Alarmsirene auf der Brücke heulte in diesem Augenblick gleichzeitig los, laut genug, um Tote zu erwecken, und begleitet von Leuchtsignalen. Owen starrte die Steuerungspaneele vor sich ungläubig an.

»Ich glaube es einfach nicht!«

»Was? Was?« fragte Hazel.

»Ein Schiff der Hadenmänner ist gerade neben uns aus dem Hyperraum gekommen! Woher zum Teufel haben sie erfahren, daß wir hierher wollten?«

»Ich sage dir was«, antwortete Hazel und tastete verzweifelt auf der Steuerung herum. »Frage du sie danach, während ich versuche, uns wie der Teufel hier wegzubringen.«

»Ich dachte, sie würden Owen als ihren Erlöser betrachten«, sagte Bonnie.

»Na ja«, versetzte Owen, der damit beschäftigt war, alle Abwehrschirme der *Sonnenschreiter II* einzuschalten. »Nach den Ereignissen auf *Brahmin II* können wir wohl beruhigt davon ausgehen, daß dieser spezielle Titel veraltet ist.« Er drückte den Interkom-Schalter. »Mond, bewegt sofort Euren Siliziumarsch auf die Brücke!«

»Ich bin schon da«, ließ sich die kratzende Stimme des aufgerüsteten Mannes vernehmen. Tobias Mond trat neben Owen und betrachtete mit seinen leuchtenden Goldaugen das riesige goldene Schiff auf dem Bildschirm. »Mein Volk hat uns wiedergefunden.«

»Wundervoll«, sagte Owen. »An manchen Tagen würde es nicht mal dann laufen, wenn man dafür bezahlte. Die Kraftfelder stehen, und die Waffenlektronen sind online. Hazel?«

»Ich habe einen Sturzflug eingeleitet, um unter den Wolken in Deckung zu gehen. Vielleicht können wir die Hadenmänner abschütteln.«

»Unwahrscheinlich«, sagte Mond gelassen. »Sensoren der Hadenmänner sind allem, was man im Imperium vorfindet, weit überlegen. Außerdem verfügt dieses goldene Schiff über genügend Feuerkraft, um einen kleinen Mond zu verdampfen. Oder auch einen großen, wenn sie nur genug Geduld mitbringen. Ich schlage vor, daß wir uns auf Schnelligkeit konzentrieren. Der verbesserte Hyperraumantrieb aus der ursprünglichen *Sonnenschreiter* ist nach wie vor allem, was die Hadenmänner haben, deutlich überlegen.«

»Man muß dem Herrgott für kleine Gunstbeweise danken«, sagte Hazel. »Haltet euer Frühstück unten, Leute. Es geht jetzt steil runter.«

Die *Sonnenschreiter II* durchstieß die durcheinanderwirbelnde Wolkendecke, das riesige goldene Schiff der Hadenmänner direkt auf den Fersen, einem Wal ähnlich, der einer Elritze nachsetzte. Beide Schiffe tauchten mit gefährlich hohem Tempo durch die Atmosphäre von *Lachrymae Christi* und scherten sich nicht um das ungestüme Wetter, das ringsherum wogte und prasselte. Das goldene Schiff feuerte, und die Abwehrschirme der *Sonnenschreiter II* flammten kurz auf und absorbierten soviel von den entsetzlichen, zerstörerischen Energien, wie sie nur konnten.

An Bord der Jacht heulten alle Alarmsysteme durcheinander. Die Beleuchtung der Brücke fiel aus, und nach einer Herzschlagpause breitete sich der mattrote Schein der Notbeleuchtung aus. Owens Augen huschten über die Steuerpaneele, suchten nach guten Nachrichten und fanden keine. Immer mehr Systeme wurden abgeschaltet, als die Hauptlektronen die Energie in die Abwehrschirme umleiteten. Hazel schaffte es, ein paar Schüsse auf das nachsetzende Hadenmännerschiff abzugeben, aber sie machten auf dessen gewaltige Schirme keinen Eindruck. Owen behielt mit je einem Auge die eigene Geschwindigkeit und Flughöhe im Auge und wußte nicht recht, welche ihm mehr Sorgen bereitete. Falls er den Hadenmännern nicht bald entkam, würde es der *Sonnenschreiter II* schwerfallen, noch rechtzeitig für eine sichere Landung Tempo wegzunehmen.

»Könnte jemand bitte die verdammten Sirenen abschalten?« fragte er rauh. »Ich kann mir hier nicht mehr beim Nachdenken zuhören!«

Hazel schlug mit der Faust auf einen Abschnitt der Steuerpaneele, und plötzlich breitete sich erfreuliche Stille auf der Brücke aus. »Besser?«

»Viel.«

»Können wir irgendwie helfen?« fragte Bonnie.

»Beten wäre inzwischen wahrscheinlich eine gute Idee«, schlug Hazel vor. »Gibt es bei euch irgendwelche wohlmeinenden Gottheiten?«

»Wie sieht unsere Lage nun genau aus?« erkundigte sich Mitternacht.

»Schlimm und im Begriff, sich weiter zu verschlechtern«, antwortete Owen. »Wir sind mit einem stärker bewaffneten und viel größeren Schiff konfrontiert, dessen Besatzung verdammt scharf auf uns ist. Und falls wir nicht sehr bald eine Möglichkeit finden, wie wir langsamer werden, dann kriegt noch irgendein beklagenswertes Gebiet dieses Planeten bald einen Krater, der groß genug ist, um einen kleinen Mond hineinzuwerfen. Sagt Euch der Begriff *tief in der Scheiße* irgendwas? Oz, irgendwelche Vorschläge?«

»Du hast immer die Möglichkeit zu kapitulieren«, meldete sich die KI in seinem Ohr. »Natürlich würden sie euch wahrscheinlich langsam töten und dann in

Hadenmänner verwandeln ... Immerhin ist das eine Option, über die du noch nicht nachgedacht hast.«

»Vielen Dank«, sagte Owen.

»Können wir uns nicht wehren?« fragte Bonnie.

»Wir sind nicht stark genug, um ihnen weh zu tun«, sagte Hazel. »Außerdem sind unsere Zielerfassungssysteme gerade ausgefallen. Wir benötigen die zusätzliche Energie für die Abwehrschirme. Die in diesem Augenblick kurz vor dem Zusammenbruch stehen.«

»Wir müssen doch irgendwas tun können!« schimpfte Mitternacht.

»Ich bin für Vorschläge offen!« versetzte Owen. »Mond, das sind Eure Leute. Könntet Ihr ... mit ihnen reden oder etwas in der Art?«

»Die aufgerüsteten Menschen betrachten mich zweifellos als Verräter«, antwortete Mond völlig ungerührt mit schwerer, summender Stimme. »Von uns allen möchten sie mich am ehesten tot sehen. Unsere Lage scheint wirklich hoffnungslos. Ich schätze, daß die Schilde in den nächsten dreißig Sekunden zusammenbrechen.«

Am Heck der Jacht explodierte etwas, und das ganze Fahrzeug erzitterte. Die Alarmsirenen heulten für wenige Sekunden wieder auf, ehe Hazel sie abschaltete. Ihre Finger flogen über die Steuerung.

»Ein Rumpfbruch, Owen! Wir verlieren Luft und müssen erst noch verdammt viel tiefer in die Atmosphäre sinken, ehe sich der Luftdruck wieder ausgleicht. Ein kleines Feuer ist ausgebrochen, aber die automatischen Systeme scheinen damit fertig zu werden. Die Heckschirme sind ausgefallen, und die Schirme mittschiffs ... halten stand. Zunächst. Zwanzig Prozent Systemausfälle überall an Bord. Wir verkraften keinen weiteren Treffer dieses Kalibers!«

»Haben wir Fluchtkapseln?« fragte Bonnie. »Gravschlitten? Irgendeine Möglichkeit, dieses Wrack zu verlassen?«

»Ich glaube das einfach nicht!« beschwerte sich Owen. »Man hat mir schon mal ein Schiff unterm Hintern weggeschossen, so daß ich eine Bruchlandung in einem Dschungel hinlegen mußte. Warum passiert mir das nur wieder? Mond, denkt Euch etwas aus!«

Eine weitere Explosion erfolgte im Heck. Die Triebwerke kreischten entsetzlich. Warnlampen leuchteten überall auf den Steuerpaneelen, und dann fiel alles aus. Owen betrachtete die tote Konsole vor sich und hatte keinen Schimmer, was er unternehmen sollte.

»O Scheiße«, ließ sich Hazel vernehmen. »Die Hauptlektronen sind gerade ausgefallen, die Abwehrschirme ebenfalls. Alle Waffensysteme sind offline. Die Lebenserhaltung versagt. Die Triebwerke sind außer Kontrolle. Das ist kein Schiff mehr, sondern ein Geschoß. Owen, ohne all die Lektronen haben wir keine Chance zu landen.«

Alle musterten sich gegenseitig. Owen dachte angestrengt nach. Er mußte die Ruhe bewahren. Sich alles genau überlegen. »Wir sind alle Überlebende des *Labyrinths*«, sagte er zögernd. »Was, wenn wir einfach abspringen und hoffen, eine ausreichend tiefe Stelle im Meer zu erwischen . . .«

»Nein«, erwiderte Hazel. »Nicht bei dieser Geschwindigkeit. Wir sind hart im Nehmen, aber wiederum nicht so hart.«

»Oz?« fragte Owen. »Es muß etwas geben, worauf wir noch nicht gekommen sind.«

»Tut mir leid, Owen. Ich kann nichts unternehmen. Erinnert dich das nicht an unsere Ankunft auf *Shandrakor?* Ich werde dabei fast nostalgisch.«

»Das ist es!« sagte Owen und wandte sich rasch an Mond. »Als die imperialen Sternenkreuzer die erste *Sonnenschreiter* in Stücke gepustet hatten, habt Ihr

Euch direkt mit den Schiffslektronen verbunden und uns sicher hinuntergeführt. Könnt Ihr es nicht erneut tun?«

»Ich habe schon eine Verbindung mit den verbliebenen Lektronen hergestellt«, antwortete Mond ein klein wenig distanziert. »Ich habe da eine Idee. Sie ist vielleicht ein bißchen extrem, hat jedoch eine Erfolgschance von dreiundsiebzig Prozent. Alle Alternativen bieten deutlich geringere Überlebenschancen.«

»Ach verdammt, nur zu!« sagte Owen. »Aber falls Ihr mein Schiff wieder zertrümmert, schweiße ich Euch daran fest, bis Ihr es repariert habt!«

»Oh, Ihr Kleingläubiger!« entgegnete Mond gelassen und schaltete die Triebwerke ab. Die wenigen verbliebenen Kontrollen fielen aus, und selbst die Notbeleuchtung gab den Geist auf. Es war sehr dunkel und sehr still auf der Brücke.

»Mond«, meldete sich Hazel in gefährlich ruhigem Ton. »Was hast du angestellt?«

»Ich habe alles abgeschaltet«, erklärte der aufgerüstete Mann, dessen goldene Augen hell in der Dunkelheit leuchteten. »Ich hoffe, die Hadenmänner auf dem Schiff hinter uns davon zu überzeugen, daß wir erledigt sind. Sie müßten dann die Verfolgung abbrechen und sich aus dem Einzugsbereich der planetaren Schwerkraft befreien, solange es noch möglich ist. Sobald ich berechnet habe, daß genug Zeit vergangen ist, um sie sicher außer Reichweite zu bringen, starte ich die Systeme neu und versuche eine Landung. Natürlich weiß ich ohne aktive Sensoren nicht, ob sie uns verlassen haben oder nicht. Und wir werden der Oberfläche des Planeten bereits sehr nahe sein, sobald ich die Maschinen neu starte. Immerhin sind es diese kleinen dramatischen Augenblicke, die das Leben lebenswert machen, nicht wahr?«

In der völligen Dunkelheit der Brücke trat eine

lange Gesprächspause ein. »Ich erschieße ihn«, sagte Hazel schließlich. »Mond, sage etwas, damit ich weiß, wohin ich zielen muß. Verdammt, du bist ja völlig verrückt geworden!«

»Völlig richtig«, bestätigte Mond. »Deshalb wird es die Hadenmänner ja auch täuschen. Sie begreifen solche Sprünge des Einfallsreichtums nicht. Zum Glück bin ich nicht mehr auf rein logisches Denken beschränkt.«

»Oh, phantastisch!« brummte Owen. »Ein Hadenmann, der Geschmack an russischem Roulette gefunden hat. Mir wird schlecht. Wie lange müssen wir noch im freien Fall bleiben, bis Ihr die Triebwerke wieder starten könnt?«

»Ah«, sagte Mond, »das ist der kritische Teil.«

»Was?« fragte Bonnie. »Was hat er gerade gesagt? Und wieso habe ich nur dieses komische Gefühl in der Magengrube, daß mir die Antwort nicht gefallen wird?«

»Nun«, erklärte Mond, »um absolut sicher zu sein, daß das goldene Schiff außer Reichweite ist, muß ich bis zum letzten möglichen Augenblick warten und dann hoffen, daß wir an Bord noch über ausreichend funktionsfähige Systeme verfügen, um die Triebwerke neu zu starten und zu steuern. Leider bleibt dann keinerlei Spielraum mehr für Fehler.«

»Richtig«, sagte Mitternacht. »Das war es. Zeit, daß wir hier verschwinden, Bonnie. Eine gute Kriegerin weiß immer, wann sie ihre Verluste abschreiben und Kurs auf den Horizont nehmen muß. Hazel, war nett, dich kennenzulernen, aber ich denke, jetzt wäre ein echt guter Zeitpunkt, um Bonnie und mich in unsere Dimensionen zurückzuschicken. Nicht, daß ich gar kein Vertrauen in deinen verrückten Freund habe, aber ich denke wirklich nicht, daß ich abwarten möchte, wie das alles letztlich ausgeht.«

»Jawohl«, bekräftigte Bonnie. »Ganz meine Meinung.«

»Schwierig«, meinte Hazel. »Ich bin mir nicht ganz sicher, wie ich solche Sachen eigentlich vollbringe, aber ich bin mir ziemlich sicher, daß ihr euch weiterhin mit der gleichen Geschwindigkeit bewegen würdet, falls ich euch jetzt zurückschickte. Ihr würdet wahrscheinlich an der gleichen Stelle wieder auftauchen, von der ich euch geholt habe, nur euch diesmal mit weit mehr als Schallgeschwindigkeit bewegen. Wenn ihr dann schließlich auf festen Widerstand trefft, müßt ihr eure Überreste mit einem Palettenmesser zusammenkratzen. Natürlich, falls ihr es trotzdem probieren möchtet ...«

»Ach verdammt«, winkte Bonnie ab. »Wir würden doch nie auf die Idee kommen, unsere Freunde in der Stunde der Not im Stich zu lassen, nicht wahr, Mitternacht?«

»Natürlich nicht!« bekräftigte Mitternacht. »Vergiß das Ganze. Ich denke, mir ist schlecht.«

»Mond«, sagte Owen. »Ich bin wirklich fest überzeugt, daß das goldene Schiff inzwischen verschwunden ist. Starte die verdammten Triebwerke!«

»Tatsächlich«, sagte Mond, »probiere ich schon seit zweiundzwanzig Sekunden, die Triebwerke wieder zu starten, aber vergebens. Ich kann mir nur denken, daß die Lektronen stärker beschädigt wurden, als ich vermutet hatte.«

Hazel erzeugte einen Laut im Dunkeln. »Denk dir was aus, Owen!«

»Ich überlege mir vor allem, Mond zu erwürgen«, sagte Owen.

»Ich habe mir einen neuen Plan ausgedacht«, meldete sich Mond. »Euer Hyperraumantrieb wurde aus der Technik von Fremdwesen entwickelt und verfügt demzufolge über eigenständige Systeme. Sie scheinen intakt. Ich denke, ich könnte lange genug eine Verbindung herstellen, um den Standardtriebwerken mit Hilfe des Fremdwesentriebwerks einen Kickstart zu verpassen.«

»Jetzt mal langsam!« warf Bonnie ein. »Du möchtest so tief im Schwerefeld eines Planeten einen Hyperraumantrieb zünden? Dabei könnte das gesamte Planetensystem kollabieren! So schlimm die Lage auch sein mag, ich habe nicht den Wunsch, die Innenseite eines Schwarzen Lochs zu bestaunen!«

»Vertraut mir«, sagte Mond. »Ich bin mir fast sicher, daß ich weiß, was ich tue.«

Ein Augenblick trat ein, der ewig zu dauern schien. Der Weltraum kehrte sich von innen nach außen, streckte sich und zerriß beinahe. Ein strahlendes Licht leuchtete von irgendwoher, aber sie sahen es nicht mit den Augen. Engel sangen einen einzelnen, anhaltenden Akkord, eine Harmonie, die fast zu perfekt war, um sie zu ertragen. Und dann wurde alles mit einem Schlag wieder normal. Das Licht war von neuem nur die Brückenbeleuchtung, und aus dem Gesang wurde das Tosen der Triebwerke, während Mond darum kämpfte, den Sturzflug der *Sonnenschreiter II* zu bremsen. Owen sah sich benommen um und stellte fest, daß einige der Steuerungspaneele wieder aktiv waren.

»Wir haben Sensoren!« sagte Owen. »Keine Spur von dem Schiff der Hadenmänner, aber der Planet kommt uns furchtbar schnell entgegen! Haltet Euch fest, Leute. Das wird weh tun!«

Die *Sonnenschreiter II* stürzte heulend aus der Wolkendecke hervor und schnitt durch den strömenden Regen so schnell hindurch, daß das Wasser schon verdampfte, ehe es überhaupt den Schiffsrumpf erreichte. Und dann streckte der Dschungel seine Finger nach der ramponierten Jacht aus, und sie zog eine zerklüftete Schneise durch die Bäume und wurde allmählich langsamer, bis sie schließlich in einer Wolke aus Dampf und hochgerissenen Vegetationsfetzen mit einem Ruck stoppte. Die Triebwerke schalteten sich ab, und eine Zeitlang war alles still, abgesehen vom sachten, anhaltenden Zischen des Regens, der auf den superheißen Rumpf fiel.

An Bord saßen die Passagiere in ihren Sicherungsnetzen und warteten ab, daß Herzschlag und Atem langsam wieder in den Normalzustand zurückkehrten – alle außer Mond, der schon die Gurte abgeworfen hatte, sich über die Steuerungspaneele beugte und die Sensoren ablas. Owen seufzte schwer.

»Na, damit ist eine weitere verdammte Jacht futsch. Beten wir lieber alle, daß die Schäden reparabel sind, andernfalls steht uns ein ausgedehnter Urlaub in diesem bezaubernden kleinen Paradies bevor. Das nächste Versorgungsschiff wird noch auf Monate hinaus nicht erwartet. Mond, irgendwelche Lebensformen dort draußen zu erkennen?«

»Nur der Dschungel«, antwortete Mond. »Pflanzenleben in verschiedenen Formen. Keine Tiere, keine Insekten. Und keine Menschen in Reichweite der Sensoren. Wir sind allein.«

»Endlich mal Neuigkeiten von Mond, mit denen ich leben kann«, stellte Hazel fest. »Wie weit entfernt sind wir von Sankt Beas Mission?«

»Die Hauptlektronen sind nach wie vor nicht funktionsfähig«, sagte Mond. »Ich habe zur Zeit keinen Zugriff auf diese Information.«

»Oz?« fragte Owen.

»Falls das Schiff der Flugbahn gefolgt ist, die ich berechnet hatte, sind wir nicht allzu weit von unserem geplanten Ziel entfernt«, murmelte ihm die KI ins Ohr. »Die Mission müßte etwas über fünfzehn Kilometer nordnordöstlich von hier zu finden sein. Obwohl das natürlich nur eine Schätzung ist. Die

Lage sah letzten Endes ein wenig brenzlig aus. Berücksichtigt man den Fehlerspielraum, dann reden wir womöglich über eine Wanderung von über dreißig Kilometern. Aber was sind schon ein paar Kilometer durch undurchdringlichen Dschungel? Die Übung wird dir guttun.«

Owen schüttelte müde den Kopf. »Es ist wieder genau wie auf *Shandrakor.* Das weiß ich einfach.«

»Nicht unbedingt«, hielt ihm Mond entgegen. »Zumindest lauern diesmal draußen keine hungrigen Killerfremdwesen. Auf dem ganzen Planeten findet man kein tierisches Leben, von den Kolonisten mal abgesehen. Obwohl die Dateien einige recht beunruhigende Meldungen von Begegnungen mit großen und beweglichen Pflanzen enthalten, die eine eindeutig feindselige Haltung an den Tag legten.«

»Killerpflanzen!« sagte Bonnie. »Wundervoll! Würde mir bitte mal jemand erklären, was genau wir hier eigentlich tun? Ich war völlig glücklich und hatte gerade die erste Hälfte einer viertägigen Sauftour hinter mir, als mich eure Botschaft erreichte. Sie klang diesmal ganz vernünftig.«

»In dem Zustand, in dem du warst, hättest du dich sogar freiwillig für einen Einsatz auf *Shub* gemeldet«, fand Mitternacht. »Wie kannst du deinen Körper nur so mißbrauchen?«

»Übung, Schatz, Übung.« Bonnie blinzelte der schwarzen Kriegerin zu, aber diese wandte sich nur verärgert ab. Bonnie lachte. »Kommt schon, jemand sollte mich ins Bild setzen. Bekomme ich diesmal jemanden zu töten? Am besten eine ganze Menge Jemande.«

»Wir sind in wohltätiger Mission hier«, erklärte ihr Owen geduldig. »Die Oberste Mutter Beatrice Cristiana, besser bekannt als die *Heilige von Technos III,* hat die Leitung der reformierten Kirche niedergelegt, um hier eine Missionsstation für die Leprakranken einzurichten. Und so, wie sie nun mal ist, hat sie aus der Missionsstation sehr schnell einen gesellschaftlichen Treffpunkt und eine Kommunikationszentrale für den ganzen Planeten gemacht und die verstreuten Siedlungen schließlich zu einem Volk zusammengeschmiedet. Sie standen tatsächlich im Begriff, sich zu einer lebensfähigen Kolonie zu entwickeln, als die Hadenmänner angriffen. Vermutlich niemand anderes als dieses verdammte goldene Schiff. Jedenfalls befindet sich jetzt eine Streitmacht von Hadenmännern dort unten und konzentriert ihre Angriffe auf die Missionsstation der Heiligen Bea. Wir sind hier, um die Mission und ihre Leute zu verteidigen.«

»Warum wir?« fragte Bonnie. »Warum ist keine reguläre Armee gekommen und verdient sich hier ihren Sold?«

»Weil die reguläre Armee einen Dreck auf eine Kolonie von Leprakranken gibt. Jeder, an den Sankt Bea herangetreten ist, hatte auf einmal anderswo zu tun. Schließlich wandte sie sich direkt an mich, und ...« Er lächelte reuevoll. »... es fällt mir irgendwie schwer, einer Heiligen etwas abzuschlagen.«

»Frage nächstens mich«, sagte Bonnie. »Ich zeige dir, wie es geht. Wo ich herkomme, Todtsteltzer, gibt es keine Heiligen. Wir fressen sie auf.«

»Richtig«, warf Mitternacht ein. »Nachdem wir das Imperium gestürzt hatten, gehörte zu den ersten Dingen, die wir in Angriff nahmen, die Auflösung der etablierten Kirche, um sie durch den *Mystischen Orden des Stahls* zu ersetzen. Wir sind Krieger und folgen dem Weg des Kriegers.«

»Manchmal frage ich mich, ob unsere Welten irgendwas miteinander gemeinsam haben, abgesehen vom *Labyrinth des Wahnsinns*«, sagte Owen.

»Na ja, auf jeden Fall dich«, sagte Mitternacht und

lächelte ein wenig zu warmherzig für seinen Geschmack. »Wo immer es eine Variante von mir gibt, findet man auch eine von dir. Das Schicksal hat uns überall zusammengeführt.«

»Richtig«, bekräftigte Bonnie und zupfte sich dabei müßig einen goldenen Ring, der durch etwas geführt war, das sich Owen lieber nicht ansah. »Wir ...«

»Na, das finde ich aber interessant«, meldete sich Mond, der immer noch über die Steuerungspaneele gebeugt war. Alle wandten sich rasch zu ihm um.

»Ich hasse es wirklich, wenn er das sagt«, gab Hazel von sich. »Es bedeutet fast immer, daß etwas ganz Furchtbares im Gang ist.«

»Nein, das ist wirklich interessant«, entgegnete Mond. »Ich weiß nicht, was es bedeutet, aber es ist definitiv interessant.«

Owen gesellte sich zu ihm und musterte die Sensorenbildschirme. »Das ergibt überhaupt keinen Sinn«, fand er schließlich. »Es sieht so aus, als würde etwas langsam ... die *Sonnenschreiter* einhüllen. Eine Art organisches Material.«

»Jetzt mal langsam«, meldete sich Bonnie. »Willst du damit sagen, daß etwas auf diesem gottverlassenen Planeten groß genug ist, um ein Sternenschiff zu *verschlucken?«*

»Nicht direkt«, erwiderte Mond. »Hier gibt es nur pflanzliches Leben, erinnert Ihr Euch?«

»Wir müssen aussteigen und es uns ansehen«, sagte Hazel. »Mal sehen, was auf diesem verdammten Einsatz noch alles schiefgehen kann.«

»Ihr solltet lieber auf das achten, was Ihr sagt, sobald Ihr Sankt Bea gegenübersteht«, lächelte Owen. »Sie erlegt Euch sonst noch eine Buße auf.«

»Ist längst passiert«, knurrte Hazel. »Als ich dir zum ersten Mal begegnet bin.«

Eine Zeitlang weigerte sich die Außentür der Luftschleuse rundweg, sich zu öffnen. Alle Systeme funktionierten, aber die Tür gab nicht nach. Sie versuchten es mit der Handbedienung, aber damit erreichten sie auch nicht mehr, als daß sich Hazel zwei Fingernägel abbrach. Sie verlor völlig die Geduld und zerschoß das Schloß mit dem Disruptor. Owen und Mond bekamen die Tür halb auf, und einer nach dem anderen drückten sie sich hindurch und sprangen zum Erdboden hinunter, Schwert und Schußwaffe einsatzbereit.

Der Dschungel draußen war ein Gemisch grellster Rotschattierungen. Die schwarzen Bäume hatten scharlachrote Blätter, das Gebüsch war purpurrot, und die dicken, gekräuselten Reben prangten in einem beunruhigenden Rosa. Die örtliche Vegetation bekam nie die Sonne zu Gesicht, so daß die Fotosynthese nie richtig in Schwung gekommen war. Rot stand im Dschungel von *Lachrymae Christi* auf dem Programm, und verdammt viel davon wickelte sich entschlossen um die *Sonnenschreiter II*.

Owen und seine Gefährten hackten sich von der Luftschleuse aus einen Weg frei, wurden im strömenden Regen sofort naß bis auf die Haut und drehten sich schließlich um und nahmen das Schiff in Augenschein. Ein Netz aus schockierend rosafarbenen Reben hatte sich bereits von Bug bis Heck um den Rumpf geschlungen, und weitere Reben krochen entschlossen heran, rückten hartnäckig vor wie belebte Eingeweide. Dicke Blätter, die an scharlachrote Handflächen erinnerten, hefteten sich von allen Seiten an den Schiffsrumpf und fügten ständig neue Schichten hinzu, als versuchte der Dschungel, jede Spur von dem Eindringling unter sich zu begraben.

Als Owen all das schließlich in sich aufgenommen hatte, war die Öffnung der Luftschleuse schon unter einer Matte blutroter Rebengewächse verschwunden.

Er kämpfte sich durch das klebrige Laub hinüber und versuchte, die Reben mit dem Schwert herunterzuschneiden, aber die Klinge klebte an den Gewächsen fest, und er mußte heftig zerren, um sie wieder freizubekommen. Er hob den Disruptor und zielte. Der Energiestrahl brannte ein Loch durch die Reben und setzte seinen Weg fort, um innerhalb der Luftschleuse unbekannte weitere Schäden anzurichten. Die geschwärzten Reben versuchten in Flammen aufzugehen, aber der Regen bereitete dem ein schnelles Ende. Owen sah benommen zu, wie die Reben langsam, aber gezielt den Schaden reparierten und das von ihm erzeugte Loch wieder schlossen.

»Ah«, sagte Mond. »Nun, das ist aber Pech.«

Owen drehte jetzt völlig durch. Ein Schrei, geboren aus schierer Wut und Enttäuschung, brach aus ihm hervor, während er im Kreis herumstampfte und mit dem Schwert nach jeder Pflanze hackte, die ihm in die Quere geriet. »Das reicht! Das reicht, *verdammt noch mal!* Jetzt habe ich nicht nur meine zweite Jacht durch eine Bruchlandung verloren, sind wir nicht nur von allen unseren Vorräten und zusätzlichen Waffen abgeschnitten, ist es nicht nur mindestens dreißig Kilometer von hier bis zur Missionsstation, sondern es regnet auch in Strömen, und ich habe den Regenmantel nicht dabei! Ich bin klatschnaß! Ich hasse es, so naß zu sein! Ich hasse es, hasse es, hasse es!«

Er trat wütend nach einer Rebenmatte, blieb mit dem Fuß darin hängen und fiel hin. Niemand war dumm genug, um zu lachen. Er sprang wieder auf, das Gesicht so dunkelrot wie die umgebende Vegetation. Mond blickte Hazel an.

»Hat sich Owen in meiner Abwesenheit verändert? Er hat sich früher nie so verhalten.«

»Nein«, sagte Hazel, »hat er nicht. Alle bleiben, wo sie sind, während ich mal ruhig mit ihm rede.«

»Mein Owen hat sich nie so aufgeführt«, warf Mitternacht ein. »Er hatte viel zu feine Manieren.«

»Mein Owen hat alle möglichen Sachen angestellt«, bemerkte Bonnie und zupfte nachdenklich an ihrem Piercing-Schmuck.

»Da wette ich«, sagte Mitternacht.

Hazel ließ Mond zurück, der mit dem Versuch befaßt war, die Untertöne dieser letzten Bemerkungen zu deuten, und näherte sich vorsichtig Owen. Dieser lehnte mit dem Kopf an der kohlschwarzen Rinde eines Baums. Sein Atem ging inzwischen etwas langsamer, aber er hielt immer noch das Schwert in der Hand. Hazel hatte den Ausbruch von eben überhaupt nicht komisch gefunden. In all der Zeit, die sie ihn jetzt kannte, hatte er noch nie dermaßen die Beherrschung verloren. Wenn man an seine Fähigkeiten dachte und sich vorstellte, daß er entsprechend wütend wurde, dann machte Hazel dieser Verlust der Selbstbeherrschung Sorgen. Sie blieb in respektvoller Entfernung stehen und räusperte sich höflich. Owen drehte sich nicht um.

»Geht weg, Hazel.«

»Was ist los, Owen?« fragte sie leise. »Alles in allem war es gar keine so schlechte Landung. Ich meine, wir sind noch am Leben.«

»Es ist nicht die Landung«, sagte Owen und starrte in den Scharlachdschungel. Der Regen lief ihm übers Gesicht und tropfte von Nase und Kinn. »Es ist ... einfach alles. Ich bin es einfach so verdammt satt, daß alles schiefgeht. Es sollte ein leichter Einsatz werden: Sich zeigen, seine Kräfte demonstrieren, ein paar Hadenmännern in den Hintern treten und zu wichtigeren Dingen übergehen. Jetzt seht uns mal an. Gestrandet in der Wildnis eines Höllenplaneten, den Leprakranke kolonisiert haben, und derweil ist im Imperium der Teufel los. Ich dürfte gar nicht hier sein.

Ich sollte irgendwo dort draußen sein und gegen die Fremdwesen oder die Hadenmänner kämpfen oder gegen irgendwen, den uns *Shub* in der laufenden Woche auf den Hals hetzt. Ich habe eine Pflicht – die Pflicht, meine Kräfte in den Dienst der Menschheit zu stellen. Aber nein, ich stecke hier im Nirgendwo fest, während ich woanders gebraucht werde.«

»Du wirst auch hier gebraucht«, gab Hazel zu bedenken. »Sankt Bea hätte nicht um unser Erscheinen gebeten, wenn die Lage hier nicht verzweifelt wäre.«

»Es sind Leprakranke«, entgegnete Owen brutal. »Sie sterben ohnehin. Das Imperium braucht uns mehr.«

»Jeder Planet und jedes Volk ist so wichtig wie alle anderen«, sagte Hazel. »Hast du von deiner Zeit als Gesetzloser nichts gelernt? Es kommt nicht nur auf die großen, wichtigen Planeten wie *Golgatha* an. Es kommt auf alle an. Ich weiß, worum es bei dir geht. Es ist verletzter Stolz. Du dachtest, du könntest hier einfach kurz hereinschneien, für Sankt Bea den Helden spielen und dann zu etwas weiterziehen, was dir mehr Ansehen einbringt. Statt dessen hast du es verpfuscht. Du, der Todtsteltzer, die lebende Legende. Du denkst, du bist der einzige, der das Imperium vor seinen Feinden retten kann. Na, da irrst du dich. Das Imperium ist vollkommen in der Lage, sich auch ohne dich zu verteidigen. Nicht einmal der mächtige Todtsteltzer kann überall zugleich sein. Die Menschheit hat perfekt allein überleben können, auch ehe wir Überlebenden aus dem *Labyrinth des Wahnsinns* daherkamen, und sie wird es wieder so gut schaffen, wenn es uns nicht mehr gibt. Das *Labyrinth* hat uns vielleicht zu Übermenschen gemacht, aber nicht zu Göttern. Hör jetzt auf mit dem Mist und reiß dich zusammen, oder ich haue dir ordentlich eine runter!«

Owen drehte schließlich den Kopf und sah sie an, und etwas war in seinen kalten Augen, wobei sich Hazel die Frage stellte, ob sie nicht zu weit gegangen war. Aber sie blieb standhaft, und einen Augenblick später entspannte er sich ein wenig und probierte ein Lächeln.

»Ihr würdet mich doch nicht wirklich schlagen, oder?«

»Doch, würde ich.«

»Okay, ich gebe auf. Keine Anfälle mehr. Gehen wir und sehen wir mal nach, in was für Probleme sich Sankt Bea hineingeritten hat.«

Hazel zögerte. »Bist du ... wieder in Ordnung, Owen?«

»Nein, aber ich habe mich wieder unter Kontrolle. Ich bin einfach ... müde. Bin es müde, daß es für mich nie richtig läuft. Nur einmal möchte ich gern auf einem Schiff fahren, das nicht abstürzt oder angegriffen wird, oder möchte mal landen, ohne gleich in Schwierigkeiten zu stecken. Ihr habt es selbst gesagt: Ich bin angeblich der große Held, der Retter der Menschheit, und komme nicht mal mit dem eigenen Leben richtig klar.«

Hazel mußte lachen. »Owen, alle Menschen haben diese Probleme. Gehen wir jetzt lieber zu den anderen zurück und überlegen uns, was wir jetzt tun, ehe wir alle in diesem verdammten Regen ertrinken. Läßt er denn nie nach?«

»Nicht in den letzten paar Millionen Jahren. Vielleicht könnten wir uns aus einheimischen Pflanzen Schirme fertigen.«

»Ich denke nicht, daß es ihnen gefallen würde«, sagte Hazel und sah sich in der Vegetation um, die sich ständig langsam fortzubewegen schien. »Dieses Zeug ist mir wirklich unheimlich. Pflanzen sollten eigentlich wissen, wohin sie gehören.«

Sie kehrten zu den anderen zurück. Bonnie und Mitternacht sprachen ostentativ nicht miteinander. Mond hatte es aufgegeben, aus der Situation schlau zu werden, und tat so, als hätte er Interesse an einem zitternden Purpurbusch vom Format eines kleinen Hauses. Owen warf einen letzten Blick auf sein abgestürztes Schiff. Es lag schon so tief unter dunkelroter Vegetation vergraben, daß man glatt den Eindruck hatte, es wäre nie vorhanden gewesen.

»In Ordnung«, sagte er laut. »Schluß mit dem Geschwätz. Es sind mindestens fünfzehn Kilometer bis zu Sankt Beas Mission. Je früher wir aufbrechen, desto schneller sind wir dort und können uns vor dem Regen schützen. Oz, gib mir die Richtung zur Station.«

»Natürlich, Owen. Verlaßt die Lichtung in Richtung auf diese drei Bäume, die sich aneinanderlehnen, und ich übernehme von dort aus die Führung. Ich habe auch das Gefühl, daß ich dich über einen Teil der eindrucksvolleren Pflanzen hier informieren sollte. Sie können ziemlich gefährlich sein.«

»Du meinst, sie sind giftig?«

»Treffender wäre mörderisch. Für tierisches Leben wurde hier nie der Grundstein gelegt, also fallen die Pflanzen übereinander her, damit sie im Rennen um Raum, Licht, Wasser, Platz für Wurzeln usw. die Nase vorn behalten. Im Verlauf der Jahrtausende haben sie ein paar sehr scheußliche Taktiken entwickelt, dazu jede Menge Möglichkeiten, ihr Mißfallen auszudrücken, wenn ihre Absichten vereitelt werden. Ich schlage vor, daß ihr alle dicht beisammen bleibt und euch zur Abwehr bereithaltet.«

Owen gab die Informationen weiter, und die anderen nahmen sie mit unterschiedlichen Graden des Widerwillens auf.

»Als wäre dieser Planet nicht schon unerfreulich

genug«, meinte Bonnie. »Schlimm genug, daß mein Piercing-Schmuck in diesem Regen wahrscheinlich anfängt zu rosten, aber jetzt müssen wir uns auch noch den Weg kilometerweit durch Killerpflanzen freihacken. Ich spüre schon, daß eine meiner Krisen im Anzug ist.«

»Betrachte es als echte Aufgabe«, schlug Mitternacht vor. »Ein Krieger fürchtet sich nie vor Widerständen.«

»Betrachte du es als echte Aufgabe«, erwiderte Bonnie, »und ich halte mich im Hintergrund und sehe dir dabei zu.«

»Beruhigt euch«, mischte sich Hazel ein. »Ich meine, wie gefährlich sollen ein paar herumlaufende Büsche schon sein?«

»Ich habe das schreckliche Gefühl, daß wir es herausfinden werden«, sagte Owen. »Mond, versteht das richtig: Habt keine Hemmungen und schießt oder schneidet alles nieder, was euch nicht gefällt. Und versuchen wir mal, ein ordentliches Tempo vorzulegen, Leute. Mir gefällt die Vorstellung nicht, wie es hier im Dunkeln zugehen könnte. Und nur für den Fall, daß Ihr Euch fragt: Ja, alle Lampen sind im Schiff zurückgeblieben.«

»Irgendwie überrascht mich das nicht«, sagte Hazel. »Gott, ich hasse Regen!«

Sie folgten Oz' gemurmelten Richtungsangaben in den regennassen Purpurwald hinein und wehrten sich dabei gegen den Impuls, zu dem Vegetationshaufen zurückzublicken, der ihr Schiff enthielt. Die *Sonnenschreiter II* war ihre letzte Verbindung zum zivilisierten, technisierten Imperium gewesen. Von jetzt an waren sie auf sich allein gestellt.

Schutz war nur wenig zu finden, denn der Regen

tropfte gnadenlos von jeder verfügbaren Oberfläche. Alle waren sie bald naß bis auf die Haut, und das Wasser quatschte mit jedem Schritt in ihren Stiefeln. Das Haar klebte allen im Gesicht, und sie mußten immer wieder blinzeln, um den Regen aus den Augen zu bekommen. Der Boden war überwiegend aus Schlamm, zwar an manchen Stellen flachgedrückt und komprimiert, daß er beinahe wie Fels wirkte, aber dann konnte er sich wieder ohne Vorwarnung in zentimetertiefen Brei verwandeln, in dem die Gruppe ausrutschte, wenn sie schon nicht über freiliegende Wurzeln oder diverse Arten kriechender Reben- oder Efeugewächse stolperte.

Es war ein ständiger Kampf, mehr Tempo vorzulegen als das eines langsamen Marsches, und der gnadenlose Regen prügelte auf sie ein wie ein schwacher, aber hartnäckiger Schläger. Nach einer Weile zog Owen die Jacke aus und formte daraus eine improvisierte Kapuze. Das bedeutete, daß er nun nicht mehr nur naß war, sondern auch noch fror, aber es brachte doch eine Erleichterung mit sich, die es lohnend erscheinen ließ. Die übrigen folgten bald seinem Beispiel, von Mond abgesehen, dem der Regen überhaupt nichts ausmachte und der nicht verstehen konnte, warum die anderen verdrossen reagierten, wenn er das aussprach.

Der Dschungel breitete sich in allen Richtungen aus, soweit sie im peitschenden Regen sehen konnten. Dunkle Baumstämme ragten hunderte Fuß weit auf, und die Zweige waren schwer von gekräuselten Blättern, die die Farbe von Blut aufwiesen. Owen griff nach oben und berührte eines der Blätter, nur um laut zu fluchen, als die gezackte Kante seine Fingerkuppe aufschnitt wie mit einem Messer. Er packte das Blatt mit Nachdruck und stellte überrascht fest, daß es dick und breiig war und sich unangenehm warm anfühlte. Er ließ es los und saugte nachdenklich am verletzten Finger, wobei er Hazels beißende Bemerkungen mit der Leichtigkeit langer Übung ignorierte.

Owen war zunehmend überzeugt, daß der Dschungel ein gewisses Maß an Bewußtsein besaß, falls er nicht regelrecht intelligent war, und genau wußte, daß ihn Eindringlinge durchquerten. Blätter raschelten, wenn die Gruppe sich näherte, und wurden wieder still, wenn sie vorbeigegangen war. Reben schlängelten sich langsam um die Baumstämme wie träumende Schlangen, und hohe Stengel wandten sich der Gruppe zu, wenn sie vorbeiging, und zitterten erregt, bis wieder sichere Distanz bestand. Owen konnte auch nicht umhin festzustellen, daß mindestens die Hälfte der Vegetation den übrigen Teil langsam, aber entschlossen zu jagen schien.

Der erste Angriff kam für alle überraschend. Lange Ranken mit zentimeterlangen Dornen peitschten plötzlich von allen Seiten gleichzeitig heran, und das mit unerwarteter Kraft und Schnelligkeit. Die Dornen schlugen die Gestrandeten blutig, und die Ranken bemühten sich mit elastischer Beharrlichkeit, sich um ihre Beute zu wickeln. Scharfe Schwertschneiden teilten sie jedoch mühelos, und die tropfenden Reste zuckten wieder zurück. Weitere Ranken attackierten von oben, aber die Gruppe hielt stand und hackte um sich, bis sich die zerfetzten Überreste der Pflanzen zurückziehen mußten. Owen zog den Disruptor und pustete eine der Stellen weg, aus der die Ranken anscheinend gekommen waren. Die anderen folgten seinem Beispiel, und wenig später brannten ein halbes Dutzend kleine Feuer ringsherum. Ein Beben und Rascheln lief durch das Laubwerk der Umgebung, aber das, was von den Ranken übrig war, gab keine weitere Angriffslust zu erkennen.

Owen steckte die Waffe weg und betrachtete seine Gefährten. »Jemand schlimm verletzt?«

»Nur Kratzer«, antwortete Hazel. »Verdammt, waren diese Dinger schnell!«

»Sollten wir etwas gegen die Brände unternehmen?« fragte Mond. »Vielleicht breiten sie sich aus . . .«

»Sollen Sie«, sagte Mitternacht und wischte sich Blut von einem Schnitt im Gesicht, der einem Auge gefährlich nahe gekommen war. »Verfluchte verräterische Dinger! Sollen sie ruhig brennen.«

»Der Regen müßte sich um die Feuer kümmern«, sagte Owen. »Und das Laub ringsherum scheint zu naß, um Feuer zu fangen. Wir dürfen jedoch nicht vergessen, daß es Siedlungen der Kolonisten in nicht allzu großer Entfernung geben könnte. Falls Ihr also die Schußwaffen benutzen müßt, dann zielt sorgfältig.«

»Jawohl, Anführer«, sagte Bonnie. »Ich bin sicher, das wäre keinem von uns eingefallen. Wie sind wir nur je zurechtgekommen, ehe wir dir begegneten?«

Owen kümmerte sich nicht darum und gab Mond einen Wink, daß er weiter vorausgehen sollte.

Der langsame Marsch nahm seinen Fortgang, und sie schleppten sich durch immer tieferen Matsch, bis ihnen vor lauter Anstrengung die Beine weh taten. Mond behandelte alles weiterhin als kleinen Ausflug, blieb immer wieder stehen, hob irgendeine unbekannte Pflanze an, verglich sie mit dem Inhalt seiner Datenbänke und verkündete glücklich, da sie noch nicht offiziell identifiziert sei, sei er berechtigt, ihr einen Namen zu geben. Leider hatte das meist mit ausgewalzten lateinischen Wendungen zu tun, die niemand außer Mond zu verstehen oder zu würdigen vermochte, so daß er nach einigen gezielten Morddrohungen durch gewisse Mitglieder der Gruppe seine Begeisterung für sich behielt und schweigend alles studierte, was nicht schnell genug davonschrumpfte.

In Anbetracht der allgemeinen Dichte des Dschungels und der Art, wie alle Pflanzen hier um jeden Quadratzoll Licht und Regen kämpften, hatte Owen damit gerechnet, sich den ganzen weiteren Weg mit dem Schwert freihacken zu müssen. Seit dem Zwischenfall mit den Dornenranken schien sich der Wald jedoch richtig Mühe zu geben, um vor ihnen langsam einen Weg freizugeben. Owen dachte erneut darüber nach, welchen Grad an Bewußtsein der Dschungel womöglich hatte. Er diskutierte das Thema mit Oz, der mit einem anhaltenden Vortrag darüber reagierte, was über das pflanzliche Leben von *Lachrymae Christi* bekannt war. Das meiste war monumental langweilig, und Owen blendete es weitgehend aus, bis etwas Merkwürdiges seine Aufmerksamkeit weckte.

»Warte mal, Oz, spule ein Stück zurück. Hier gibt es überhaupt keine Insekten? Bist du sicher?«

»Völlig sicher. Wie sonstiges tierisches Leben fanden sie hier nie einen Anfang. Die Pflanzen sind auf allen Ebenen so aggressiv, daß keine anderen Lebensformen je eine ökologische Nische fanden.«

»Aber falls es keine Insekten gibt, und soweit ich sehe, auch keine Blumen ... wie sind dann Befruchtung und Fortpflanzung möglich?«

»Nun, jedenfalls hat sie nichts mit den Blumen und den Bienen zu tun. Sieh mal nach rechts, etwa vier Uhr.«

Owen sah hin und entdeckte zwei große Massen Laub, die sich gemeinsam hin und her wiegten. »Warte mal! Tun sie das, was ich denke, daß sie tun?«

»Ich fürchte, ja. Du solltest dich glücklich schätzen, daß du nicht in der Brunftzeit eingetroffen bist. Möchtest du wissen, wie es die Bäume tun?«

»Nein!«

»Paßt zu dir. Du hast in gewisser Hinsicht ein wirklich behütetes Leben gehabt, Owen.«

Die KI fuhr mit Erläuterungen fort, wie der Regen durch den Boden sickerte und schließlich in riesigen unterirdischen Seen landete, die das gewaltige Wurzelwerk des Dschungels speisten. Owen fuhr damit fort, nicht richtig hinzuhören.

Sie schleppten sich circa eine weitere Stunde lang dahin, wurden immer nasser und fühlten sich immer elender, ehe der Dschungel sich wieder gegen sie wandte. Sie waren in eine richtige Zockelroutine verfallen und folgten dabei dem Weg, der sich ständig vor ihnen öffnete, bis Oz darauf hinwies, daß sie dieser Weg langsam, aber sicher vom Kurs abbrachte. Owen schrie, daß sie stehenbleiben sollten, und alle fuhren aus der Benommenheit hoch und hielten die Disruptoren schußbereit. Owen beruhigte sie und erläuterte die Lage. Er übernahm die Führung, damit er den Direktiven, die er von Oz erhielt, möglichst präzise folgen konnte. Als er jedoch versuchte, vom Weg abzuweichen, verklumpte sich das rote Laub hartnäckig vor ihm und bildete eine dicke, zerfranste Wand. Owen zog das Schwert und hieb mit aller Kraft in diese Wand, aber wie zuvor blieb die Klinge an den Blättern kleben und begrenzte damit den Schaden, den er anrichten konnte. Er riß das Schwert heraus, trat zurück und eröffnete das Feuer mit dem Disruptor. Der Energiestrahl brannte einen schmalen Tunnel durch die Pflanzenwand, der gesäumt war von geschwärzten und brennenden Rändern. Aber sobald Owen wieder vortrat, schlossen sich die versengten Seiten wieder wie eine bedächtig zuschnappende Fußangel.

»Hartnäckig, was?« fragte Hazel. »Der Dschungel möchte wirklich nicht, daß wir von dem Weg abweichen, den er für uns öffnet.«

»Vielleicht verbirgt er etwas«, überlegte Mitternacht. »Irgendeine Stelle, wo er verwundbar ist.«

»Kleine Babydschungelwesen?« fragte Bonnie. »Sind wir vielleicht unerlaubt in ein Kinderheim eingedrungen?«

»Wie lange bräuchten wir, um es zu umgehen, was immer es ist?« fragte Mond und sah Owen an.

Owen konsultierte Oz und schüttelte den Kopf. »Das hängt davon ab, eine wie große Fläche der Dschungel schützt. Testen wir mal aus, wo die Umgrenzung verläuft. Falls wir das Gefühl haben, daß es zu lange dauert, dann sehen wir mal, wie weit wir mit Sprengstoffen kommen. Ihr habt doch welche dabei, nicht wahr, Hazel?«

»Ich gehe nie ohne welche aus dem Haus«, erklärte Hazel munter.

Owen führte die Gruppe vorsichtig um die blockierte Zone, die Schußwaffe in der Hand, und hielt sorgfältig nach Fallen oder Hinterhalten Ausschau. Jetzt mußte er wirklich über die Möglichkeit nachdenken, daß Teile des Dschungels nicht nur Bewußtsein besaßen, sondern richtig intelligent waren. Er versuchte sich vorzustellen, was für schläfrige, träge Gedanken eine Pflanze wohl haben mochte, und war nicht erstaunt, als er feststellte, daß seine Phantasie hier versagte.

Eine gute halbe Stunde ging es so weiter, bis ihm klar wurde, daß etwas nicht stimmte. Von dem Laub abgesehen, das vor ihm zurückwich und einen Weg freigab, bewegte sich nichts im Dschungel. Keine Rebe, kein Zweig, kein Blatt. Er blickte angestrengt in das endlose Dämmerlicht, bemüht, den dichten Wald und den unaufhörlichen Regen zu durchdringen, aber alles blieb reglos und lautlos. Die einzigen Geräusch erzeugten die Mitglieder der Gruppe, wenn sie mit den Stiefeln durch den Matsch liefen, sowie der stetig prasselnde Regen. Owen packte den Disruptor fester. Seine Instinkte brüllten, er würde in eine Falle tappen, aber er sah einfach nichts Gefährliches oder gar Bedrohliches. Falls überhaupt etwas, dann schien der Weg vor ihm breiter als sonst. Trotzdem setzte ihm ein Gefühl unmittelbar bevorstehenden Unheils zu. Hazel trat neben ihn.

»Du spürst es auch, nicht wahr?« fragte sie leise.

Er nickte. »Der Dschungel behält uns im Auge. Er plant etwas.«

»Intelligente Pflanzen«, sagte Hazel. »Unheimlich. Würde es helfen, wenn ich mich für all die Salate entschuldigte, die ich im Leben verspeist habe?«

Owen lächelte kurz. »Ich bezweifle es. Seht Ihr irgendwas?«

»Überhaupt nichts. Was tun wir jetzt?«

»Wir gehen weiter und halten uns bereit zu reagieren, wann immer und womit auch immer er losschlägt. Wir haben gegen Hadenmänner und Grendels gekämpft. Ich glaube nicht, daß ein Haufen Pflanzen etwas auf uns schleudern kann, womit wir nicht fertig würden.«

»Du wirst wieder großspurig, Todtsteltzer«, fand Hazel.

Während sie noch redeten, gab der Boden unter ihnen nach. Owen stieg der Magen hoch, als er im Schlamm versackte und dabei keinen Grund mehr fand. Er tastete nach irgendwas, woran er sich festhalten konnte, aber die umgebende Vegetation hatte sich außer Reichweite zurückgezogen. Da war nur noch der Schlamm, dick und beengend, der ihn nach unten saugte. Seine Gefährten schrien ringsherum, und soweit er erkennen konnte, waren sie so schlimm dran wie er. Der Matsch setzte sich in Bewegung, rotierte wie ein in Zeitlupe tätiger Strudel. Owen steckte bereits bis zur Taille darin und sank weiter. Er kämpfte darum, aufrecht zu bleiben, und versuchte sich zu erinnern, wie man sich in Treibsand verhalten mußte. Angeblich konnte man darin schwimmen, wenn man die Nerven behielt, aber als Owen die Beine bewegen wollte, reagierten sie kaum. Der Schlamm erstickte seine Bewegungen mühelos, war dickflüssig und zäh und bitterkalt.

Die Geschwindigkeit des Schlammwirbels nahm fortlaufend zu – ein Strudel aus Schlamm und Gras und loser Vegetation von fast sieben Metern Durchmesser, der gnadenlos gegen den Uhrzeigersinn rotierte und alles in der Umgebung mit hereinzog, wie ein langsamer, entschlossener Fleischwolf. Owen versuchte sich zu orientieren, was den Gefährten widerfuhr, aber der Schlamm hielt ihn fest, kroch jetzt den Bauch hinauf zur Brust. Er streckte die Arme hoch, fand aber nichts, woran er sich hätte festhalten können. Ein großer, saugender Abfluß öffnete sich jetzt im Zentrum des Wirbels und zog alle heran. Owen hörte die anderen rufen, aber die Worte ergaben für ihn keinen Sinn. Sein ständiger Kampf um die aufrechte Haltung und darum, das Gesicht über dem Matsch zu halten, erschöpfte ihn allmählich und erwies sich als völlig zwecklos. Das Herz klopfte heftig, und Panik drohte ihn zu überwältigen. Im Schlamm zu versinken galt als wirklich grausige Todesart.

Er spürte beinahe schon die dicke, weiche Masse, wie sie sich in seine Lunge vorarbeitete, als er nach Luft schnappte, ohne welche zu bekommen …

Er holte tief Luft und zwang sich, wieder ruhiger zu werden. Er mußte alle Möglichkeiten durchgehen, auf einen Ausweg kommen, oder er war ein toter Mann. Er reckte den Hals und sah, wie Hazel mit aller Kraft gegen den Matsch ankämpfte. Er war ihr schon über die Brust gestiegen. Mond hatte aufgehört, sich zu wehren, und sein Gesicht war ruhig. Owen konnte

Bonnie und Mitternacht nicht sehen. Er hoffte, daß sie nicht schon verschluckt worden waren. Entscheidend war, daß keiner der anderen ihm helfen konnte. Er mußte es selbst tun. Der Schlamm wurde ständig kälter und entzog ihm die Körperwärme. Inzwischen klapperte Owen mit den Zähnen. Er wurde unerbittlich weiter zum Abfluß gesaugt, und Schlamm und Gräser wirbelten immer schneller. Owen wußte nicht, wo der Schlamm landete, sobald er durch den Abfluß gesaugt war, aber er glaubte nicht, daß es ihm viel Freude bereiten würde, es aus erster Hand zu erfahren.

Er versuchte, seine Labyrinthkräfte wachzurufen, konnte aber die Gedanken nicht ausreichend beruhigen. Er versuchte, nach dem umgebenden Laubwerk zu packen, hielt Ausschau nach etwas, wonach er greifen konnte, aber alles war ein gutes Stück außer Reichweite. Denk nach, denk nach! Falls er das Laub nicht erreichte, schaffte er es jedoch vielleicht, es heranzuholen ... Er hatte immer noch den Disruptor in der Hand und hielt ihn hoch, um ihn vor dem Schlamm zu schützen. Er zielte sorgfältig und schoß einem nahestehenden Baum ganz unten mitten in den Stamm.

Der Energiestrahl durchschlug den Stamm glatt, und der Baum kippte langsam über den Strudel, da die Reste des zersplitterten Stamms und die Wurzeln den Sturz bremsten. Der rotierende Matsch führte Owen im Kreis herum, so daß er heftig an den Baum krachte. Der Aufprall preßte ihm die Luft aus den Lungen, aber er klammerte sich mit beiden Händen an den Stamm und hielt sich so an Ort und Stelle fest, sogar gegen den stetigen Zug und Druck des Schlamms. Die Gefährten wurden ebenfalls an den Baum herangetrieben und hielten sich daran und aneinander fest. Danach war es nur noch eine Frage der Kraft und Entschlossenheit, sich am Stamm entlang auf festeren Boden zu schleppen. Sie krochen bis auf sichere Distanz zum Strudel, warfen sich auf den Rücken und überließen es dem Regen, den Schlamm von ihnen zu spülen. Eine Zeitlang blieben sie liegen, um wieder zu Atem zu kommen. Schließlich überwand sich Owen und stand auf. Er schlug sich Schlammreste von Beinen und Taille herunter und bedachte den langsamer werdenden Strudel mit finsterem Blick.

»Das war kein Zufall«, behauptete er kategorisch. »Man hat uns hierhiergeführt. Der Dschungel wollte uns loswerden. Er muß eine Art Bewußtsein haben, das die Pflanzen koordiniert gegen alles einsetzen kann, was es als bedrohlich einstuft.«

Hazel setzte sich langsam auf. »Und wie sollen wir Sankt Beas Missionsstation erreichen, wenn der ganze verdammte Dschungel entschlossen ist, uns aufzuhalten?«

»Wir müssen einfach noch entschlossener sein als er«, erklärte Owen. Er besprach sich mit Oz, überzeugte sich von der korrekten Himmelsrichtung und schoß mit dem Disruptor einen Weg ins Laub. Er wartete, bis die Purpurvegetation den Weg wieder zugewuchert hatte, borgte sich Hazels Disruptor und schoß erneut an dieselbe Stelle. »Von jetzt an schießen wir uns abwechselnd den Weg frei, so daß sich die Disruptoren nacheinander immer wieder aufladen können, und helfen notfalls noch mit Sprengstoff nach, bis der Dschungel uns zu respektieren gelernt hat und uns gestattet, unser Ziel selbst zu bestimmen.«

Letztlich erwies es sich als genau so einfach. Der Dschungel hatte es schließlich satt, immer wieder angezündet zu werden, und ging von neuem dazu über, einen Weg für die Gruppe freizugeben – in die gewünschte Richtung. Die scharlachrote und purpurrote Vegetation zitterte eine Zeitlang wütend, wenn die Gefährten vorbeikamen, zeigte aber kein bedrohliches Verhalten mehr. Owen ging weiter vorn, die Waffen einsatzbereit, und überprüfte den Weg auf Fallen. Es regnete weiter, und alle zitterten vor Kälte. Jeder normale Menschen hätte inzwischen ernste Schwierigkeiten gehabt, wäre durch die sinkende Körpertemperatur vom Schock bedroht gewesen, aber alle fünf hatten das *Labyrinth des Wahnsinns* durchschritten. Mond war obendrein Hadenmann.

Unterwegs informierte Owen, nicht zuletzt zur eigenen Ablenkung, Bonnie und Mitternacht über die Geschichte Sankt Beas und ihrer Mission. Als die Rebellen schließlich den Krieg auf *Technos III* gewonnen und den Kämpfen ein Ende bereitet hatten, fand die Oberste Mutter Beatrice, daß sie dort nicht mehr gebraucht wurde. Sie kehrte nach *Golgatha* zurück und machte sich daran, die etablierte Kirche neu aufzubauen, indem sie alle politischen und korrupten Elemente hinauswarf. Es war keine leichte Aufgabe, die quasimilitärische Organisation der *Kirche von Christus dem Krieger* in die pazifistische *Kirche von Christus dem Erlöser* zu verwandeln, aber der Heiligen von *Technos III* half dabei, daß sie eine Unmenge Anhänger in der Öffentlichkeit hatte, nicht zuletzt aufgrund der Dokusendungen, die Toby Shreck von ihrer Arbeit im Schlachthaus-Feldhospital von *Technos III* angefertigt hatte. Außerdem wünschte die Mehrheit in der Kirche den Wechsel. Die meisten, die gern Einwände erhoben hätten, waren bei der Rebellion umgekommen oder standen wegen Verbrechen gegen die Menschlichkeit vor Gericht.

Nachdem Mutter Beatrice dieses Wunder vollbracht hatte, mußte sie feststellen, daß sie von aller Welt als Heilige gefeiert wurde, besonders von den Medien, was sie sehr verstörte. Sobald die neue Kirche auf festem Fundament stand, legte sie daher die Leitung nieder und ging nach *Lachrymae Christi*, um die Leprakranken zu betreuen, die sie mehr brauchten als irgend jemand sonst ... und vielleicht auch, weil es möglicherweise der einzige Ort war, wohin ihr die Medien nicht folgen würden.

Vor ihrem Engagement hatte man die Leprakranken einfach dort abgesetzt, wo das Schiff jeweils landete, und sie ihrem Schicksal überlassen. Versorgungsschiffe kamen nur selten. Sankt Bea veränderte das alles. Sie nutzte ihren Einfluß und ihre Verbindungen, um auf regelmäßiger Basis Lebensmittel und Technik und Medikamente zu erhalten, und entwickelte ihre Missionsstation zu einem geistigen und gesellschaftlichen Zentrum für die gesamte Bevölkerung aus Leprakranken. Und alles ging gut. Bis die Hadenmänner kamen. Aufgerüstete Schlangen im Paradies.

»Ich will verdammt sein, wenn ich das hier als Paradies bezeichnen würde«, warf Hazel ein. »Warum hat sie sich an dich gewandt, Owen, und nicht an mich? Oder an Jakob und Ruby?«

»Anscheinend sind Jakob und Ruby irgendwo auf einem eigenen Einsatz. Und sie dachte wahrscheinlich, ich wäre leichter ... ansprechbar.«

»Doch sicher eher eine weiche Stelle.«

Owen lächelte und zuckte die Achseln. »Mein Leben ist schon hart genug, ohne auch noch Gott gegen mich aufzubringen.«

»Ich hatte dich nie wirklich als religiös betrachtet«, sagte Hazel. »Du hast deinerzeit gegen ausreichend Gebote verstoßen.«

»Ich bin das, was das Imperium aus mir gemacht hat«, erklärte Owen. »Ich wurde dazu erzogen, zuvörderst an die Familien zu glauben, als zweites an den Eisernen Thron, und falls ich mal Zeit fand, auch an

Gott. Von all dem ist mir allerdings nur der Glaube an Gott geblieben. Ich denke mir gern, daß Jemand dort draußen über alles wacht und sich um alles sorgt.« Er blickte Hazel an. »Wie ist es bei Euch?«

»Ich glaube an hartes Geld und eine geladene Schußwaffe«, antwortete Hazel forsch, und Bonnie und Mitternacht nickten mehr oder weniger einträchtig. Hazel hätte es gern dabei belassen, aber sie bemerkte, daß Owen mehr hören wollte. »Ich führe mein Leben nach eigenen Regeln und hatte immer Probleme mit Gestalten, die für Autorität stehen. Falls etwas auf dieses Leben folgt, dann setze ich mich damit auseinander, wenn es soweit ist. Was Sankt Bea angeht – in Ordnung, sie hat viel Gutes getan. Das haben wir jedoch auch. Sie hat Menschenleben in ihrem Krankenhaus gerettet, und wir haben ganze Planeten gerettet, indem wir die richtigen Leute umgebracht haben. Wer hat letztlich mehr bewirkt?«

»Sankt Bea ist eine echte Heldin«, erklärte Owen entschieden. »Sie tut das alles freiwillig. Eine Aristo, die auf alles verzichtet hat, um für die Bedürftigen zu sorgen. Wir hingegen wurden in die Rebellion hineingezogen, und das mit äußerstem Widerwillen. Als sie mich dann um Hilfe bat, konnte ich einfach nicht nein sagen. Und wie lohnt es mir Gott? Indem mein Schiff abstürzt und ich in einer Leprakolonie gestrandet bin. Vielen Dank auch, Großer.«

Hazel musterte Bonnie und Mitternacht. »Habt ihr in euren Universen auch jemanden wie Sankt Bea?«

»Nee«, antwortete Bonnie. »Die Kirche ist nach der Rebellion auseinandergefallen, und im Grunde hat sich nichts anderes an ihre Stelle setzen können. Wir leben in den Tag hinein und überlassen es der Ewigkeit, für sich selbst zu sorgen.«

Mitternacht rümpfte abschätzig die Nase. »In meinem Imperium hat die Kirche nach der Rebellion eine neue Rolle gefunden. Jeder ist heute Mitglied in der *Kirche von Christus dem Krieger,* aber es ist mehr ein mystischer Orden als eine Religion. Jeder wird von Kindesbeinen an zum Krieger erzogen. Die Menschen werden nie wieder schwach sein. Wir haben keinen Platz für Heilige, für Schwächlinge oder Duckmäuser – für alle, die nicht genug Glauben haben, um für das Richtige zu kämpfen.«

»Ich sehe schon, daß Ihr und die Oberste Mutter eine Menge zu besprechen haben werdet«, sagte Owen, und Hazel nickte ernst. »Wie steht Ihr zu all dem, Mond?«

»Die Hadenmänner glauben an die *Kirche des Genetischen Kreuzzugs.* An die Möglichkeit, den Menschen zu vervollkommnen. Daran, daß der Mensch schließlich zum Gott wird. Ich weiß nicht mehr recht, was ich persönlich noch glaube. So viel hat sich verändert, seit ich das *Labyrinth des Wahnsinns* durchschritten habe. Ich bin dort mit etwas in Berührung gekommen, das viel größer war als ich, aber ob es das *Labyrinth* selbst war oder etwas, womit mich das *Labyrinth* in Verbindung brachte ... Und danach bin ich gestorben und wurde ins Leben zurückgerufen. Meine Gedanken, meine Erinnerungen, mein ... Selbst hätten für immer verloren sein müssen, aber hier bin ich! Ich kann mich nicht an den Zustand des Todes erinnern. Owen, Ihr sagtet, ich hätte mit Euch gesprochen, sogar nachdem mich der Grendel getötet hatte.«

»Das habt Ihr«, beharrte Owen. »Ich hörte Eure Stimme, tief in den Höhlen der *Wolflingswelt.* Ihr nanntet mir die korrekte Öffnungssequenz, um die *Gruft der Hadenmänner* zu öffnen. Ohne das ... wäre alles anders verlaufen.«

»Dann habe auch ich etwas mit der Obersten Mutter Beatrice zu besprechen«, sagte Mond. »Selbst wenn es nur die wahre Natur der Schuld ist. Ich interessiere mich für ihre Antworten.«

»Jetzt mal langsam«, warf Bonnie ein. »Bitte ein Stück zurückspulen. Ich denke, ich habe da irgendwas nicht mitbekommen. Warum zum Teufel möchten die Hadenmänner diesen verdammten Planeten überhaupt erobern? Ich meine, hier gibt es keine Tech, keine Mineralvorkommen, nur Pflanzen mit bedenklicher Einstellung und Kolonisten, die ihre Finger nachzählen müssen, wenn sie jemandem die Hand geschüttelt haben. Warum sollten die Hadenmänner hier Truppen und Ressourcen vergeuden? Mond, hat dieser Planet irgendeine strategische Bedeutung für die Hadenmänner?«

»Nicht, daß ich wüßte«, antwortete Mond. »Die Kolonisten sind nicht als Material für neue Hadenmänner geeignet, und der Planet kommt weder für eine Basis noch für ein Nest in Frage. Ich kann nur vermuten, daß es hier etwas Einzigartiges gibt, hinter dem sie her sind, was wir aber bislang nicht kennen.«

»Nun, falls wir hier über Einheiten der Invasionstruppen stolpern, versucht, wenigstens einen am Leben zu lassen«, sagte Owen. »Ich halte ihn dann fest, und Hazel kann ihm Fragen stellen.«

»Ich habe auch eine Frage an Sankt Bea«, sagte Hazel. »Nämlich, was zum Teufel wir fünf gegen eine ganze Invasionsarmee ausrichten sollen, und das auch noch ohne Schiff, ohne Waffen, ohne Unterstützung.«

»Vielleicht hofft sie auf ein Wunder«, sagte Owen.

Letztlich kostete es sie einen Tag und eine Nacht und den größten Teil des nächsten Tages, Sankt Beas Missionsstation zu erreichen – eine Zeit, die sie damit zubrachten, sich durch den Dschungel und den

Matsch und den Regen zu kämpfen. Sie tranken Wasser von stehenden Teichen, auf die sie zuzeiten trafen. Es schmeckte brackig, und alle bekamen davon einen leichten Anflug von Renneritis, aber wenigstens konnten sie es unten behalten. Beim Herumprobieren, welche Pflanzen im Dschungel gefahrlos eßbar waren, hatten sie weniger Glück. Das meiste kam ihnen gleich wieder hoch und schmeckte dabei doppelt so schlecht wie eben noch. Richtigen Schutz vor dem Regen gab es nicht, und so verbrachten sie die Nacht, indem sie elend um einen Baum herumsaßen und zu schlafen versuchten. Als sie endlich die Mission erreichten, waren sie müde, durchgefroren, hungrig und sehr naß.

Eine Vorwarnung erfolgte nicht. Eben noch zwängten sie sich durch eine weitere Folge dichtstehender Bäume, und im nächsten Augenblick fanden sie sich auf einer ausgedehnten Lichtung wieder, die Missionsstation in der Mitte. Auf etwa sieben Meter freien Geländes folgte eine hohe Holzwand, die die Außengrenze der Station markierte. Die Palisade mußte aus enggepackten schwarzen Baumstämmen bestehen und wirkte beruhigend solide. Die eigentliche Missionsstation hatte die Ausmaße eines kleinen Dorfs. Lange, schräge Holzdächer bedeckten alles in der Siedlung. Ein einzelnes Tor begrüßte die Gefährten, etwa vier Meter hoch und drei breit, flankiert von hölzernen Wachttürmen. *Eindeutig eine Welt mit geringem technischem Entwicklungsstand,* dachte Owen. *Es wäre mir zuwider, wenn ich miterleben müßte, was eine Disruptorkanone mit dieser Wand anstellt. Es wäre mir zuwider, wenn ich nachsehen müßte, was sie hier für sanitäre Anlagen haben.*

Owen trat auf die Lichtung hinaus, und die Posten auf den Wachttürmen entdeckten ihn sofort und gaben Alarm. Er führte seine Gefährten langsam über die offene Fläche. Bewaffnete erschienen auf einem

Steg, der sich an der Oberseite der Palisade entlangzog. Es waren Gestalten in Mantel und Kapuze, einige mit Energiewaffen ausgerüstet, die meisten mit Pfeil und Bogen. Owen empfand keinerlei Verachtung für die Bögen. Ein Pfeil konnte einen Menschen ebensogut umbringen wie alles andere, wenn er die richtige Stelle traf. Owen brummte seinen Gefährten zu, sie sollten die Hände deutlich auf Distanz zu den eigenen Waffen halten, und behielt die Wachleute auf den Türmen selbst im Auge. Einer richtete etwas auf die Neuankömmlinge, was ein Fernrohr zu sein schien. Hoffentlich beruhigten sich die Bewaffneten auf der Palisade, sobald der Späher die Fremden als Menschen identifiziert hatte, nicht als Hadenmänner, aber Owen hielt sich trotzdem für alles bereit. So müde er war, er blieb doch überzeugt, daß er einem Pfeil ausweichen konnte. Verdammt, er konnte wahrscheinlich dem Bogenschützen den Kopf von den Schultern schießen, ehe er die Sehne richtig gespannt hatte, aber Owen fand, daß er darauf doch lieber verzichten sollte. Es wäre eindeutig nicht die beste Möglichkeit gewesen, bei Sankt Bea einen guten ersten Eindruck zu machen. *Mutter Beatrice,* nahm er sich entschlossen vor. *Sie mag es überhaupt nicht, wenn man sie Sankt Bea nennt.* Seine Gruppe erreichte das Haupttor, ohne daß auf beiden Seiten ein Fall von nervösem Finger aufgetreten wäre, und Owen blickte zum linken Wachtturm hinauf und blinzelte durch den Regen.

»Owen Todtsteltzer und seine Gruppe sind hier auf Ersuchen der Obersten Mutter Beatrice Cristiana erschienen. Wie wäre es, wenn Ihr uns einlaßt, ehe wir hier draußen alle ertrinken?«

»Bleibt, wo Ihr seid«, meldete sich eine heisere Stimme vom Wachtturm. »Wir haben einen Boten zur Obersten Mutter geschickt. Sie wird Euch erst identifizieren müssen.«

»Sei nicht so ein Esel, Sohn«, war eine andere Stimme vom Wachtturm zu vernehmen. »Das ist wirklich der Todtsteltzer. Habe sein Gesicht in einem Dutzend Holodokumentationen gesehen, ehe ich hierherkam. Er war ein Held der Rebellion. Und das neben ihm ist Hazel D'Ark.«

»Das ist *Hazel D'Ark?*« fragte die erste Stimme. »O verdammt! Ist es nicht schon schlimm genug, leprakrank zu sein, auch ohne sie hier zu haben?«

Owen sah Hazel an. »Eure Reputation spricht sich herum.«

»Gut«, sagte sie. »Jetzt sag ihm, sie sollen endlich Tempo machen, oder ich trete ihr Tor ein und füttere sie mit den Angeln.«

»Ich habe das verstanden«, sagte die zweite Stimme. »Bitte laßt unser Tor in Ruhe. Es ist unser einziges. Wartet eine Minute, bis wir die Riegel zurückgezogen haben, dann lassen wir Euch ein. Die Oberste Mutter ist gleich hier, und es gibt warme Mahlzeiten und trockene Kleider für Euch alle.«

»Und eine Leine für Hazel D'Ark«, sagte die erste Stimme.

»Ich habe das verstanden!« rief Hazel.

Eine Pause trat ein. »Wißt Ihr, wer ich bin?« fragte die erste Stimme.

»Nein.«

»Dann, denke ich, belassen wir es dabei.«

Das Tor öffnete sich knarrend, während sich Hazel noch den Kopf nach einer passend verheerenden Antwort zerbrach. Alle Feindschaft war jedoch vergessen, als Owen und seine Gruppe in die Siedlung eilten, froh darüber, endlich aus dem Regen zu kommen. Hinter dem Tor lag ein weiträumiger Platz, der bereits halb mit Gestalten in Mantel und Kapuze gefüllt war, und weitere trafen ständig ein. Alle hatten die Kapuzen tief ins Gesicht gezogen, was sie einander unheimlich ähnlich und zu einer anonymen Masse machte. Sie erinnerten an eine Zusammenkunft etwas zerlumpter, grauer Gespenster. Owen stand tropfend vor ihnen und lauschte dem sehr erfreulichen und beruhigenden Klang des Regens, wie er aufs Dach trommelte. Er blickte sich langsam um, versuchte abzuschätzen, was ihn hier für ein Empfang erwartete, und dann hob die Menge die Stimme zu einem heiseren Jubel. Owen hörte ihn sich eine Zeitlang an. Er hatte durchaus das Gefühl, ihn verdient zu haben. Schließlich hob er die Hand, und der Jubel brach so plötzlich ab, wie er eingesetzt hatte. Alle Kapuzen wandten sich ihm mit unheimlicher Vorfreude zu. *Verdammt!* dachte er. *Sie möchten eine Ansprache hören!*

»Es ist schön, endlich hier zu sein«, sagte er ganz ernst. »Die gute Nachricht lautet, daß Mutter Beatrice' Hilferuf im Imperium gehört wurde. Die schlechte Nachricht lautet: Wir sind alles, was an Hilfe kommt. Das Imperium kämpft an einem halben Dutzend Fronten gleichzeitig ums Überleben und kann nicht mehr Kräfte erübrigen. Aber es ist ja schon bekannt geworden, daß Hazel und ich selbst die schwierigsten Probleme gelöst haben, und sobald wir mit Mutter Beatrice reden und uns wieder erholen konnten ...«

»Ich bin hier«, sagte eine warme und doch unterschwellig gebieterische Stimme, und die Menge teilte sich, um der Obersten Mutter den Weg freizugeben. Die Menschen senkten tief die Häupter, wenn sie an ihnen vorüberging. Mutter Beatrice trug eine schlichte Nonnenkluft mit Schleier, nicht die viel eindrucksvolleren Roben, die sie mit ihrem Rang hätte tragen dürfen. Ein einfaches silbernes Kruzifix hing um ihren Hals und ein hölzerner Rosenkranz an einer Hüfte, wie eine Waffe im Halfter. Die Oberste Mutter war bleich und abgespannt, aber die dunklen Augen wirkten ruhig, und sie hatte einen entschlossenen Zug um den Mund. »Dank dem lieben Gott, daß Ihr endlich eingetroffen seid, Sir Todtsteltzer. Wir erwarten Euch schon seit einiger Zeit.«

»Jemand hat warmes Essen und trockene Kleider erwähnt«, sagte Owen.

»Natürlich«, sagte Mutter Beatrice. »Bitte folgt mir.«

Sie führte sie durch die Menge, die vor Owen und seiner Gruppe erneut die Köpfe senkte, aber nicht annähernd so tief wie zuvor für Sankt Bea. Auf die Freifläche folgte eine Reihe niedriger Häuser mit schmalen Gassen dazwischen. Im Zentrum erhob sich ein morsches Gebäude von den Ausmaßen einer Scheune, wie alles andere hier aus den einheimischen schwarzen Bäumen errichtet. Die Innenräume entpuppten sich als erstaunlich zivilisiert, mit allem üblichen Komfort, wenn auch nur wenig Luxus. Owen und Mond zogen ihre klatschnassen Sachen in einem Zimmer aus, während die Frauen in ein anderes geleitet wurden. Dicke, heiße Handtücher wurden gereicht, und Owen rubbelte sich forsch ab und stand dabei so dicht an dem offenen Feuer, wie es nur ging. Langsam strömte wieder Wärme durch ihn, und er streckte sich behaglich, in sich versunken wie eine Katze. Er hatte nicht geahnt, daß ein solches Wohlgefühl daraus resultieren konnte, einfach nur trocken zu sein und es warm zu haben.

Mond absolvierte seine Toilette mit stiller Gründlichkeit, ohne ein erkennbares Zeichen, daß er sie genießen würde. Die Tür ging auf, gerade weit genug, damit ein Arm zwei Garnituren schlichter, aber zweckmäßiger Kleidung hineinwerfen konnte, alles in Grau, gefolgt von den allgegenwärtigen Kapuzenmänteln. Der Arm zog sich zurück, und die Tür wurde wieder geschlossen. Owen suchte sich eine Garnitur zusammen. Die Sachen erschienen ihm ausreichend robust, verrieten jedoch starken Gebrauch und häufiges Waschen. *Mehr als ein Leprakranker hatte sie vor mir an,* dachte Owen unbehaglich und bemühte sich, nicht zu überlegen, wie viele Menschen womöglich in diesen Kleidern gestorben waren. Er zuckte in Gedanken die Achseln und zog die Sachen an. Es war ja nicht so, daß er eine Wahl gehabt hätte.

Er blickte zu Mond hinüber, der noch dabei war, sich abzureiben. Metallimplantate waren überall auf seiner bleichen Haut deutlich zu sehen, aber das war es nicht, was Owens Aufmerksamkeit weckte. »Ah, Mond ...«

»Ja, Owen?«

»Soweit ich gehört habe, sind alle Hadenmänner ... geschlechtslos.«

»Ja«, bestätigte Mond. »Alle Geschlechtsteile werden entfernt, wenn ein Mensch zum Hadenmann wird.«

»Aber Ihr scheint einen vollen Satz von ... na ja, allem zu haben.«

»Richtig«, sagte Mond. »Sie sind nachgewachsen. Ständig laufen in meinem Körper auch andere Veränderungen ab. Ich glaube, daß das *Labyrinth des Wahnsinns* dafür verantwortlich ist. Auf jeden Fall sind bestimmte Techimplantate verschwunden, vom Körper absorbiert. Ich scheine sie nicht mehr zu brauchen. Ich konnte nicht feststellen, daß meine allgemeine Effizienz darunter gelitten hätte. Aber ich entwickle mich ... zum Menschen hin.«

Und ich habe mir Sorgen gemacht, das Labyrinth *könnte mich weniger menschlich machen,* dachte Owen.

Owen und Mond gingen in den Gemeinschaftsraum hinüber, in dem sich die drei Frauen schon an einem tosenden Holzfeuer wärmten. Sie trugen ebenfalls die einfachen grauen Sachen, komplett mit Umhang und Kapuze, allerdings hatte Hazel ihren Rock hinten angehoben, um das Hinterteil besser am

Feuer wärmen zu können. Sie grinste Owen unbekümmert an.

»Wie ich sehe, trägst du auch die Grundausstattung. Grau scheint dieses Jahr angesagt.«

»Ich hasse das Zeug«, verkündete Bonnie. »Welchen Sinn haben Tätowierungen und Piercing, wenn man sie dann nicht aller Welt zeigt?«

»Ich finde, es ist eine ungeheure Steigerung«, sagte Mitternacht. »Du hast mit deinem Körper Sachen angestellt, für die mir ein toter Hund zu schade wäre.«

»Du bist prüde!«

»Du bist pervers!«

»Na und?«

Owen bedachte Hazel mit hartem Blick. »Von allen Varianten, die Ihr hättet rufen können, mußtet Ihr Euch für diese beiden entscheiden ...«

»Komm mir nicht in diesem Ton, Owen Todtsteltzer! Schließlich hast du eine von ihnen geheiratet.«

Zum Glück ging in diesem Augenblick die Tür auf, und Mutter Beatrice trat ein. Sofort hielten alle den Mund und brachten so etwas wie ein höfliches Lächeln zustande. Mutter Beatrice lachte.

»Es geht doch nichts über eine Nonne, die ins Zimmer kommt, um ein Gespräch so richtig abzuwürgen. Macht Euch keine Sorgen; wenn man Beichtmutter einer Leprasiedlung ist, gibt es nicht mehr viel, was man noch schockierend findet. Ich fürchte, diese Sachen sind alles, was wir Euch an Kleidung anbieten können. Mehr liefert uns das Imperium nicht. Immerhin sind die Mäntel und die Kapuzen nützlich, um die Verwüstungen zu verbergen, die die Krankheit in den späten Stadien bewirkt. Die meisten Kolonisten bleiben äußerlich weitgehend unbeeinträchtigt, aber sie tragen die Kapuzenmäntel als Zeichen der Solidarität. Ein paar stellen ihre Deformierung zur Schau, aber das ist nur ein Flehen um Aufmerksamkeit. Laßt Euch davon nicht erschüttern.« Sie musterte Mond ausgiebig und wandte sich dann Owen zu. »Ihr hättet mir sagen sollen, daß Ihr einen Hadenmann mitbringt. Ich habe keine Einwände gegen ihn, aber meine Leute haben sehr unter den Aufgerüsteten gelitten. Ich kann nicht für seine Sicherheit garantieren.«

»Ist schon in Ordnung«, sagte Hazel. »Wir garantieren für seine Sicherheit, indem wir jedem in den Hintern treten, der ihn auch nur komisch ansieht.«

»Das ist Tobias Mond«, stellte Owen ihn vor. »Er hat sich gegen sein Volk gewandt und auf die Seite der Menschheit geschlagen.«

»Ihr meint, daß er ein Verräter ist.«

»Nein, ich meine, daß er ein Freund ist. Wir haben gemeinsam viel durchgemacht. Wir alle bürgen für ihn. Das sollte reichen.«

»Es ist mehr als genug«, sagte Mutter Beatrice. Sie hielt Mond die Hand hin, und er schüttelte sie ernst. »Verzeiht, falls ich etwas kühl wirkte, Sir Mond. Ich bin einem Hadenmann noch nie gesellschaftlich begegnet.«

»Ist schon in Ordnung«, sagte Mond großzügig. »Ich bin noch nie einer Heiligen begegnet.«

Mutter Beatrice lachte kurz und schüttelte den Kopf. »Das seid Ihr immer noch nicht. Noch niemand hat einen Heiligen zu dessen Lebzeiten kennengelernt. Der Titel ist eher eine posthume Auszeichnung, verliehen von Menschen, die der tatsächlichen Person nie begegnet sind.« Sie musterte Hazel. »Wo wir von Reputation sprechen – ich habe viel über Euch gehört, Hazel D'Ark.«

»Man sollte nicht alles glauben, was man in den Holos sieht«, sagte Hazel unbehaglich.

»Oh, das tue ich auch nicht«, entgegnete Mutter Beatrice. »Ihr solltet mal einige Dinge hören, die über mich gesagt wurden. Zuletzt vernahm ich, ich würde die gesamte Kolonie mit fünf Proteinwürfeln und fünf halben Litern destilliertem Wasser speisen. Schön wäre es! Ich bin keine Heilige, nur eine Nonne, die dorthin geht, wo man sie braucht. Vielleicht seid Ihr jetzt so freundlich und stellt mir Eure beiden Freundinnen vor, die mir, wie ich gestehen muß, nicht bekannt sind.«

»Oh, sicher«, sagte Hazel. »Die große Steroidsüchtige mit dem Metzgerbeil an der Hüfte ist Mitternachtsblau. Der SM-Freak ist Bonnie Chaos. Es sind ... Kusinen von mir. Gute Kämpferinnen. Vielleicht bist du jetzt so freundlich und bringst uns über die aktuelle Lage auf den neuesten Stand. Man hat mir gesagt, sie wäre verzweifelt, aber wir sind kilometerweit durch den Dschungel gelaufen und haben keinen einzigen Hadenmann zu Gesicht bekommen.«

»Sie kommen und gehen«, berichtete Mutter Beatrice. »Die Gründe kennen wir nicht. Sie begannen mit Angriffen auf die äußeren Siedlungen, konzentrierten sich dann aber rasch auf diese Station. Wir sind die Kommunikationszentrale, der einzige Raumhafen und die Hauptverteilungsstelle. Wer immer die Missionsstation in der Hand hat, diktiert das Schicksal der Kolonie. Dschungel und Wetter gestalten jedoch Angriffe aus der Luft und Verkehr am Boden schwierig, so daß die Hadenmänner zu Fuß anrücken müssen. Und obwohl zu jedem Angriff mehr von ihnen aufmarschieren, konnten wir sie bislang abwehren. Hochtechnologische Waffen halten hier nicht lange durch; der Regen sickert einfach überall hinein. Somit werden die meisten Kämpfe Hand gegen Hand, Stahl gegen Stahl ausgetragen.«

»Aber selbst unter diesen Bedingungen«, warf Owen ein, »stellt sich die Frage, wie eine einfache

Palisadenfestung wie diese einer Armee von Hadenmännern standhalten konnte.«

»Mit wachsender Schwierigkeit. Der Dschungel schützt uns. Die Hadenmänner müssen ihn durchqueren, wenn sie an uns heranmöchten, und das pflanzliche Leben hier war zwar schon immer ein wenig aggressiv, aber auf die Aufgerüsteten empfindet es einen regelrechten Haß. Jedesmal, wenn sie hier eintreffen, wurden sie erschöpft und zahlenmäßig ausgedünnt durch das, was der Dschungel ihnen in den Weg geworfen hat. Und wir haben hier eine Anzahl richtiger Kämpfer. Einige gehörten der Marineinfanterie an, bis man bei ihnen Lepra diagnostizierte. Sie haben sich als gute Ausbilder erwiesen. Und zu uns gehören zwei *Ruhmreiche Schwestern.*«

»Verdammt!« sagte Hazel tief beeindruckt. »Ich würde auf zwei *Ruhmreiche Schwestern* wetten, selbst wenn sie einer Armee von Hadenmännern gegenüberstehen. Wie kommt es, daß sie hier sind?«

»Was denkt Ihr?« fragte Mutter Beatrice, und Hazel hatte immerhin den Anstand, ein wenig verlegen zu wirken.

Owen sah, wie Mond verdutzt die Stirn runzelte. »Sie sind eine neue Erscheinung aus der Zeit, in der Ihr tot wart. Die *Ruhmreichen Schwestern* sind Nonnen, die der *Bruderschaft des Stahls* der alten Kirche angehörten – ein halbmystischer Orden innerhalb eines Ordens, in allen Kampfkünsten ausgebildet. Die alte Kirche benutzte ihn als interne Polizei, als Geldeintreiber und um den Gottlosen eine höllische Furcht einzuflößen. Nachdem Mutter Beatrice die Kirche reformiert hatte, sahen sich die meisten Mitglieder der Bruderschaft mit Anklagen wegen Greueltaten, Massenmordes und massiver politischer Unkorrektheit konfrontiert. Und so formte die Oberste Mutter aus den wenigen Überlebenden die *Ruhmreichen Schwe-*

stern und erteilte ihnen einen neuen Auftrag: Den Kämpfen ein Ende zu bereiten. Die Schwachen und die Bedürftigen zu schützen. Im Kampf zu sterben, damit andere leben können. Die letzten Krieger einer pazifistischen Kirche, und als solche zieht der Orden ... extremere Charaktere an.«

»Sehr diplomatisch ausgedrückt«, fand Mutter Beatrice. »Tatsächlich handelt es sich meist um mörderische Bekloppte mit starken selbstmörderischen Tendenzen, und ich habe einen Ort gesucht, wo ich sie alle unterbringen und im Auge behalten kann. Zu meiner Überraschung erwiesen sie sich alle als sehr gut in dem, was sie tun. Ein bißchen zu sehr darauf erpicht, ihrer Sache als Märtyrer zu dienen, aber ich schätze, das bringt ihre Berufung nun mal mit sich. Ihr lernt sie ohnehin später noch kennen.«

»Oh, toll«, sagte Owen. »Zwei weitere Killerfrauen in meinem Leben. Genau das, was mir noch gefehlt hat.«

»Was war das?« fragte Mutter Beatrice. »Ihr solltet nicht nuscheln, Sir Todtsteltzer; das ist eine sehr ärgerliche Angewohnheit. Also, wir scheinen im Moment eine ruhige Phase zu erleben; warum macht Ihr alle dann nicht einen Spaziergang durch unsere kleine Gemeinde? Das wird die Moral der Leute fördern, und Ihr erhaltet einen Eindruck von den Menschen, die an Eurer Seite kämpfen werden. Und seid nicht zu nervös in ihrer Gesellschaft. Sie verlieren keine Teile, nur weil Ihr zu laut sprecht, und Ihr könnt Euch nicht anstecken, nur indem Ihr ihnen die Hände schüttelt. Es sind einfach nur Menschen. Ich schlage vor, Ihr trennt Euch und geht einzeln oder in Zweiergruppen; so wirkt Ihr weniger ... einschüchternd. Es passiert nicht jeden Tag, daß lebende Legenden unter uns wandeln. Seid in einer Stunde zurück, dann erwartet Euch hier eine warme Mahlzeit. Geht jetzt; ich muß meine Runde durch die Krankenstation drehen.«

Sanft, aber bestimmt scheuchte sie sie aus dem Gemeinschaftsraum und schloß die Tür hinter ihnen. Owen schüttelte langsam den Kopf.

»Das ist also Sankt Bea. Ich hatte eine von diesen Nonnen erwartet, wie sie mich in meiner Kindheit unterrichtet haben. Ganz laute Stimme und steifer Hals und eine Teufelin mit dem stählernen Lineal.«

»Aus denen sind wahrscheinlich inzwischen *Ruhmreiche Schwestern* geworden«, meinte Hazel.

»Würde mich überhaupt nicht überraschen. Jetzt paßt mal auf, Leute: Vergeßt, was sie gesagt hat. Niemand zieht auf eigene Faust los. Wir wissen nicht genug über die hiesige Lage. Ich denke zwar nicht, daß Sankt Bea uns anlügen würde, aber es könnte alle möglichen verdeckten Strömungen geben, von denen sie nichts ahnt. Also, Hazel und Mond, Ihr begleitet mich. Bonnie und Mitternacht, bleibt dich zusammen und achtet auf das, was hinter Eurem Rücken geschieht. Wir treffen uns in einer Stunde hier.«

»Er liebt es einfach, das Kommando zu führen«, erklärte Hazel Bonnie und Mitternacht, und sie nickten wissend.

»Gehen wir lieber, ehe er eine von seinen Ansprachen hält«, sagte Mitternacht, und sie und Bonnie zogen los, um sich mit einigen Leprakranken zu treffen.

Owen bedachte Hazel mit hochmütigem Blick. »Ich habe keine Ahnung, worüber Ihr geredet habt.«

Hazel grinste Mond an. »Das Problem ist, er weiß es wahrscheinlich wirklich nicht. Geht voraus, Sir Todtsteltzer, o Retter der Menschheit!«

Owen schniefte laut und ging los. Hazel folgte ihm lächelnd, und ein ziemlich verwirrter Mond bildete die Nachhut.

Bei Bonnie Chaos flippten die Leprakranken aus. Nur zu gern lüftete sie ihre Kleidung, um die Leute zu blenden, um ihre zahlreichen Piercings und anderen Körpermodifikationen zu zeigen, und rasch sammelte sich eine kleine, aber faszinierte Menge um sie. Nach einer Weile machten sich Bonnie und einige der kühneren Leprösen daran, Verstümmelungen zu vergleichen und sich damit gegenseitig zu übertrumpfen. Es wurde gekreischt und schockiertes Luftholen gemimt, und bald schwatzten alle miteinander, als würden sie sich schon seit Jahren kennen. Die Idee, daß sich jemand freiwillig schnitt und durchbohrte und modifizierte, faszinierte die Kolonisten. Sie fanden es einfach umwerfend, daß Bonnie auch noch stolz auf ihre Abweichungen von der Norm war. Nicht lange, und einige hingebungsvolle Schüler lagen ihr zu Füßen und überlegten sich, wo sie eigene Piercings anbringen sollten. *Alles Fleisch ist schön,* erklärte Bonnie entschieden. *Alles kann man sexy aufmachen.* Eine lebhafte Diskussion entbrannte über die Frage, ob man lieber totes Fleisch durchbohren sollte oder solches, in dem man noch Empfindung hatte. Bonnie empfahl nachdrücklich das zweite, um auch die volle Erfahrung zu machen.

Mitternacht stand still hinter Bonnie und bemühte sich angestrengt darum, über den erkennbaren Enthusiasmus der Leprakranken schockiert zu sein. Ihnen war nie zuvor in den Sinn gekommen, daß ihre Entstellungen gar nicht häßlich zu sein brauchten. Die Kranken zeigten sich zunehmend offener, während sie sich in Bonnies Gesellschaft entspannten. Mitternacht war entsetzt über das, was die Krankheit aus einigen ihrer Opfer gemacht hatte, gab sich aber Mühe, es nicht zu verraten. Fehlende Finger und Zehen waren häufig, und einigen Kranken waren auch Nasen und Ohren abgefallen. Die Gliedmaßen waren immer zuerst an der Reihe. Viele Kranke hatten wunde Stellen und offene Verletzungen, die nicht heilten, teils verbunden, teils nicht. Bestimmte Medikamente halfen, die Entwicklung der Symptome zu bremsen, aber seit einiger Zeit war keine Lieferung mehr eingetroffen. Das Imperium benötigte alle Frachtschiffe für den Krieg, und selbst die Bitten einer Heiligen mußten hinter denen des Militärs zurückstehen.

Die wieder mal im Stich gelassenen Leprakranken weigerten sich aufzugeben. Sie gaben auf sich und aufeinander acht und bemühten sich um ein Leben, das so normal war wie möglich, während sie darum kämpften, zu einer Kolonie zu werden, die sich selbst versorgte. Zum ersten Mal wurden Kinder geboren, die meisten davon bislang frei von der Krankheit. Und zum ersten Mal bestand Hoffnung. Für die Zukunft, wenn schon nicht für den einzelnen.

Die Krankenstation der Mission nahm diejenigen auf, bei denen die Krankheit zu schlimm geworden war. Es war weniger ein Krankenhaus als eine Ruhestätte vor dem Ende für Menschen, die nicht mehr für sich selbst sorgen konnten. Die Oberste Mutter Beatrice leitete die Krankenstation. Die Opfer der Lepra konnten sie gar nicht genug preisen. Sie gab ihnen Hoffnung und Glauben und einen Grund zum Leben, wenn es doch so leicht gefallen wäre, sich einfach hinzulegen und zu sterben. Die Kranken verehrten sie, sehr zu Beatrice' Unbehagen. Sie hatten sie zur Schutzheiligen der Leprakranken ernannt.

Schließlich setzte Bonnie ihren Weg fort. Die Nachricht lief ihr voraus, so daß sie überall von Menschen erwartet wurde. Viele der Kolonisten waren mitleiderregend dankbar, daß jemand gekommen war, um an ihrer Seite zu kämpfen. Man hatte ihnen so lange erklärt, daß sie an letzter Stelle kamen, daß viele von ihnen es inzwischen glaubten. Bonnie blies diese Vorstellung mit einem Ausbruch heiseren Gelächters hinweg. Mitternacht flocht jetzt die eine oder andere trockene Bemerkung ein, nur der Ausgewogenheit halber, und fand ein Publikum, das für ihren geistreichen Witz empfänglich war. Es war lange her, seit die Leprakranken zuletzt Anlaß gehabt hatten, über etwas zu lachen. Bonnie und Mitternacht spazierten durch das kleine Dorf aus niedrigen Häusern, lächelten und plauderten und stellten sich vor, bis sie schließlich darum bitten mußten, etwas Zeit für sich selbst zu erhalten. Die Kranken zogen sich auf respektvolle Distanz zurück, während Bonnie und Mitternacht die Kapuzen zuklappten und die Stimmen dämpften, damit niemand mithören konnte.

»O Jesus!« sagte Mitternacht leise. »Diese armen Schweine! Wie kannst du nur weiterhin so lächeln? Sie sterben und sie wissen es und haben doch nicht aufgegeben. Ich überlege mir, welchen Mumm man dafür benötigt, und komme mir daneben ganz klein vor.«

»Ich lächle und lache, um sie damit anzustecken, denn das letzte, was sie gebrauchen können, wären Außenstehende, die ihretwegen ganze Eimer vollheulen.«

»Sie brechen mir das Herz. Es ist alles so ... unfair! Sie hatten mal ein Leben, eine Zukunft, Träume ... Freunde und Familie und Geliebte. Und jetzt haben sie nur noch die Krankheit, die sie umbringt. Und sie glauben noch an Gott. Wäre ich an ihrer Stelle, würde ich täglich Ihren Namen verfluchen. Sie beschämen mich.«

»Solltest du auch nur leise schniefen, haue ich dir kräftig eine runter!« drohte ihr Bonnie heftig. »Wir müssen stark sein – ihnen zuliebe.«

»Stärke durch Piercing«, sagte Mitternacht. »Ein ganz neuer Ansatz in der Psychotherapie.«

»Was auch immer funktioniert. Der Körper

beherrscht das Leben dieser Menschen schon so lange, daß es nur fair ist, wenn sie wieder etwas Macht über ihr Fleisch bekommen.«

»Sie sind stark«, fand die Kriegerin. »Sie werden sich gut schlagen, wenn die Hadenmänner zurückkehren.«

»Und ob sie das werden. Aber können wir diesen Ort endlos verteidigen?«

Mitternacht zuckte die Achseln. »Kommt darauf an, wie viele Hadenmänner wir abwehren müssen. Was wiederum davon abhängt, wie scharf sie auf diesen Planeten sind. Die Palisade der Missionsstation ist robust, die Angreifer müssen über offenes Gelände anrücken, und wir brauchen uns anscheinend keine Gedanken über Artillerie zu machen. Und dann sind da noch die *Ruhmreichen Schwestern,* von denen Hazel so beeindruckt war. Die Lage könnte viel schlimmer sein. Die Frage ist ohnehin überflüssig. Wir werden standhalten, weil wir keine andere Wahl haben. Weil wir keinen Ort kennen, zu dem wir flüchten und an dem wir uns verbergen könnten, und kein Raumschiff, das uns von diesem Planeten bringt.«

»Und keine Verstärkerungen«, ergänzte Bonnie. »Nur uns selbst.«

»Wir haben überhaupt keine Chance, was?« fragte Mitternachtsblau.

»Keine Spur davon«, bekräftigte Bonnie Chaos.

Zunächst mußten Owen und Hazel Mond flankieren und sich bereithalten, die Waffen zu ziehen, denn sobald die Leprakranken den Hadenmann erkannten, flüchteten sie entweder oder versuchten ihn anzugreifen. Die Atmosphäre verschlechterte sich rapide, bis Owen sich vorstellte, und Knall auf Fall änderte sich die Stimmung wieder. Von überallher kamen

Menschen herbeigelaufen, um den legendären Todtsteltzer zu sehen, und sobald er sich für den Hadenmann verbürgt hatte, änderte sich die Situation grundlegend. Alle wollten den großen Helden der Rebellion begrüßen, und im Schein der Anerkennung erwärmte sich Owen und zeigte sich bald von der charmantesten und liebenswürdigsten Seite. Hazel lächelte entschlossen in seinem Schatten und gab sich größte Mühe, höflich aufzutreten. Owen wahrte das Lächeln, während er Hände schüttelte, die nicht immer vollständig waren, und hatte für jeden ein freundliches Wort übrig. Allerdings wollte niemand Hazel nahe genug kommen, um ihr die Hand zu geben. Bald drängten sich so viele Menschen ringsherum, daß sich kaum noch jemand bewegen konnte, also führte Owen die Menschen auf den Platz hinter dem Haupttor, und die Menge setzte sich ihm dort in geordneten Reihen gegenüber und füllte den Platz völlig aus.

Owen hatte sich vor großem Publikum noch nie wohl gefühlt, aber die Heldenverehrung setzte ihm noch stärker zu. Dadurch überwand er seinen Hang, Reden zu schwingen, und entschied sich lieber für eine Sitzung mit Fragen und Antworten. Nach ein paar Anstößen fingen die Leute an, sich vorzustellen und Fragen zu stellen, die Owen meist so vertraut waren, daß er sie im Schlaf hätte beantworten können. Bald empfand er die Leprakranken nur noch als ein Publikum unter vielen, das sich sogar etwas besser benahm als die meisten. Er legte los und erzählte von seiner Zeit in der Rebellion, zumindest die Abschnitte, die für die Öffentlichkeit geeignet waren, und Hazel schaltete sich zuzeiten ein und steuerte Dinge bei, die sie selbst aufschlußreich fand. Die Leprakranken begegneten ihnen beidem mit großem Respekt, und Owen und Hazel konnten nicht umhin, sich für sie zu erwärmen. Ihnen war vorher nie in den Sinn gekommen, daß die Kranken ihre Fans sein könnten wie alle anderen auch.

Schließlich ging Owen der Erzählstoff aus, und er übergab das Wort an Mond. Das Publikum hörte schweigend zu, während dieser von seinen Abenteuern mit Owen und Hazel berichtete. Eine Stimme aus der Menge wollte wissen, ob er sich als Verräter an seinem Volk betrachtete, und Mond dachte kurz nach, ehe er das verneinte und äußerte, eher wären die übrigen Hadenmänner Verräter an der Menschheit. Dafür erhielt er sogar leisen Applaus.

Die Zeit verging wie im Fluge, und Owen war erstaunt, als ihm Oz ins Ohr flüsterte, daß die Stunde beinahe vorüber war. Owen wußte nicht recht, was er von einer Leprakolonie erwartet hatte – vielleicht einherlatschende, totenähnliche Gestalten, die eine Glocke läuteten und riefen: »Unrein! Unrein!« Diese stillen, warmherzigen, freundlichen Menschen waren eine Offenbarung für ihn. Bislang hatte er sein Versprechen, für sie zu kämpfen, als Pflicht aufgefaßt. Jetzt rechnete er es sich zur Ehre an. Sie hatten schon so viel durchgemacht, daß es ihm nicht fair erschien, wenn sie sich auch noch den Hadenmännern entgegenstellen mußten.

Er gab bekannt, daß er aufbrechen mußte, und Protestgeschrei stieg auf. Er erklärte, daß Mutter Beatrice eine Mahlzeit für die Besucher vorbereitet hatte, und der Name der Heiligen reichte, um den Platz zu räumen. Owen sah Hazel an.

»Also, was denkt Ihr?«

»Sie werden kämpfen«, sagte Hazel. »Daran habe ich aber auch nie gezweifelt. Nur hartgesottene Kämpfer konnten ungeachtet aller Widrigkeiten überleben, denen diese Menschen schon vor den Hadenmännern gegenüberstanden. Aber Gott weiß, wie lange sie diese Station gegen eine Armee halten können. Mond?«

Der aufgerüstete Mann runzelte die Stirn. »Ich gestehe, daß ich ohnehin kaum verstehe, was die Hadenmänner hier überhaupt suchen. Die Kolonisten besitzen nichts, was wertvoll genug wäre, um es ihnen zu rauben. Hier muß es noch etwas anderes geben, etwas, das wir bislang übersehen.«

»Denkt weiter darüber nach«, bat ihn Owen. »Falls wir wüßten, was die Hadenmänner wollen, könnten wir es ihnen einfach geben. Oder es vernichten. Vielleicht würden sie dann von hier verschwinden und jemand anderen ärgern.«

»Darauf würde ich keine Wetten abschließen«, warf Hazel ein. »Sollten die Hadenmänner erfahren, daß wir uns hier aufhalten, dann motiviert sie das vielleicht genug, um die ganze Station zu schleifen, nur damit sie uns in die Finger kriegen. Wir haben schließlich ihre Pläne für *Brahmin II* vereitelt. Und die Hadenmänner waren nie führend, was das Verzeihen angeht.«

»Stimmt«, sagte Mond.

»Oh, haltet den Mund«, sagte Owen. »Ich habe schon genug Probleme, über die ich nachdenken muß.«

»Ich denke, daß ein weiteres gerade auf uns zukommt«, stellte Hazel leise fest. »Sieh mal, was dort gerade aufgetaucht ist.«

Sie alle betrachteten mit unterschiedlich starkem Unglauben die skelettartig dünne Kreatur, die auf sie zugewankt kam. Der gut über einsneunzig große Neuankömmling, eine Frau, trug lange schwarze Gewänder, die in Fetzen hingen und um eine unmöglich dünne Taille gegürtet waren. Sie trug an einer der knochigen Hüften ein Schwert und an der anderen eine Pistole. Schnürstiefel, lange grüne Abendhandschuhe, ganz durchlöchert, und ein ramponierter Hexenhut, an dessen Spitze Bänder flatterten, machten den Aufzug komplett. Das Gesicht war mit weißem Makeup bedeckt, gegen das sich zwei hellrote Wangenknochen sowie Lippenstift und Lidschatten in jeweils metallischem Grün kraß abhoben. Die Frau bewegte sich mit ungleichmäßiger, wenn auch entschlossener Gangart, wobei sie die Beine kaum beugte, als funktionierten die Knie nicht richtig. Sie ähnelte stark einer Marionette, die die eigenen Schnüre durchtrennt und mit dem Puppenspieler etwas sehr Übles angestellt hatte, ehe sie in die Welt hinauszog, um dort soviel Schaden wie möglich anzurichten, bis jemand sie schließlich aufhielt.

Owen senkte beiläufig die Hand auf die Schußwaffe an seiner Seite. Die schwarzgekleidete Hexe blieb schwankend vor ihm stehen, wartete einen Augenblick, um sicherzugehen, daß sie auch alle ihre Teile mitgebracht hatte, und funkelte Owen dann mit einem Blick an, den sie eindeutig für freundlich hielt.

»Willkommen in der Hölle, Todtsteltzer. Ich bin Schwester Marion. Beas Stellvertreterin. Ich führe hier das Kommando, wenn sie damit beschäftigt ist, die Heilige zu spielen. Als ich noch jünger war, wollte ich auch eine Heilige werden, aber wie sich herausstellte, brachte ich dafür nicht die richtige Einstellung mit. Also machten sie eine *Ruhmreiche Schwester* aus mir und schickten mich zum Ärschetreten, auf Einsätze, von denen die Kirche in der Öffentlichkeit lieber nicht redet. Dann fing ich mir die Lepra ein, und sie schickten mich hierher. Die Mistkerle. Trotzdem dient eine Nonne dem Herrn, wohin immer man sie auch schickt, und Gott weiß, daß der Haufen hier alle Hilfe braucht, die er nur kriegen kann. Ihr könnt jetzt hallo sagen.«

»Hallo, Schwester Marion«, sagte Owen und gab

sich Mühe, völlig ungerührt zu erscheinen. »Ihr tragt da eine bemerkenswerte Kluft.«

Die Nonne dehnte ihre grünen Lippen zu einem beunruhigenden Lächeln, das viel zu viele Zähne freilegte. »Ich ziehe mich so an, um die Leute zu verwirren. Außerdem helfen das Makeup und die Handschuhe, die wunden Stellen zu verbergen. Wenn Ihr die Leute hier fragt, werden sie mich exzentrisch nennen. Oder verrückt. Hört nicht auf sie. Jeder von uns hat eine eigene Art, mit seinem Zustand umzugehen. Meine fällt nur ein bißchen dramatischer aus als bei den meisten anderen. Bringt jetzt Eure Ärsche in Schwung und folgt mir. Bea wartet mit dem Abendessen, und wir müssen das eine oder andere besprechen.«

Sie drehte sich scharf um, schwankte einen Augenblick lang und marschierte steifbeinig los, ohne sich davon zu überzeugen, ob ihr irgend jemand folgte. Andere Leprakranke hasteten ihr aus dem Weg, während sie einherschritt, unaufhaltsam wie eine Naturgewalt und doppelt so gefährlich.

»Das ist also eine *Ruhmreiche Schwester«*, sagte Mond.

»Ja«, sagte Hazel. »Ich weiß nicht, wie sie bei den Hadenmännern ankommen wird, aber mir macht sie eine Mordsangst. Ist euch aufgefallen, daß sie in der ganzen Zeit, die sie mit uns redete, nicht einmal geblinzelt hat? Diese Nonne bedarf dringend einer Psychotherapie. Und möglicherweise eines Lochs im Kopf, wodurch die Dämonen entweichen können.«

»Man wird nicht aufgrund eines ausgeglichenen Wesens aufgefordert, den *Ruhmreichen Schwestern* beizutreten«, gab Owen zu bedenken. »Mich persönlich hat diese Begegnung mehr ermutigt als alles andere, seit wir hier eingetroffen sind. Man muß einfach Schwester Marions Sicherungsstift ziehen, sie zum

Feind hinüberwerfen und auf sichere Distanz zurückweichen.«

»Ich hoffe nur, wir können sie nachher entschärfen«, sagte Hazel. »Sie ist eine sehr gefährliche Person.«

»Ihr müßt es ja wissen«, sagte Owen.

Ein kleiner Schwarm Kolonisten wollte ihnen ins Hauptgebäude folgen, um nichts zu versäumen. Schwester Marion erklärte ihnen, es handele sich um ein privates Treffen. Ein Kolonist beging den Fehler, zu laut und ein bißchen zu unverschämt zu protestieren, und Schwester Marion rammte ihm den Kopf ins Gesicht. Die übrigen Kolonisten stellten fest, daß andernorts dringende Geschäfte auf sie warteten, und brachten einen Rückzug mit einem Anschein von Würde zustande. Schwester Marion führte ihre Gäste ins Haus und ließ den bewußtlosen Kolonisten draußen auf der Straße liegen, bis er sich wieder an seine Manieren erinnerte. Oder wenigstens an seinen Namen.

Niemand war überrascht, als sich die Mahlzeit überwiegend als Gemüsegericht entpuppte, angereichert durch Proteinwürfel mit Geschmack und einen bösartig aussehenden blauen Wein aus einem einheimischen Gewächs. Owen erkannte nichts von dem wieder, was er auf seinem Teller vorfand, was ihn in Anbetracht seiner Versuche, im Dschungel etwas Eßbares zu finden, etwas beruhigte. Er bedachte Mutter Beatrice mit höflichen Lauten und mampfte sich dann entschlossen durch eine unerfreuliche Überraschung nach der anderen, um anschließend alles mit viel Wein hinunterzuspülen, der sich als stark, aber erfreulich genießbar entpuppte. Alle außer Mond sprachen ihm reichlich zu. Besonders Mutter Beatrice kippte das Zeug hinunter, als wäre es Wasser. Niemand sagte etwas, besonders nicht mehr nach einigen verstohlenen, finsteren Blicken Schwester Marions. Wahrscheinlich setzte es den Nerven arg zu, wenn man heilig war. Owen verfolgte mit, wie Schwester Marion mit Messer und Gabel auf ihre Mahlzeit losging, als fürchtete sie, sie könnte ihr jeden Augenblick zu entfliehen versuchen. Er säuberte seinen Teller mit dem Gefühl, etwas geschafft zu haben, und hoffte wider alle Hoffnung auf ein anständiges Dessert. Leider hatte er es wohl mit seinen höflich anerkennenden Lauten übertrieben, so daß ihm Mutter Beatrice zu einem Nachschlag verhalf. Owen lächelte tapfer auf seinen gehäuften Teller hinunter und kämpfte sich langsam durch etwas, was ihn sehr an scharlachrotes Seegras erinnerte. Dabei hörte er Mutter Beatrices Ausführungen zur Geschichte des Planeten zu, damit er nicht über das nachdenken mußte, was er verspeiste.

Ursprünglich war die Missionsstation nicht mehr gewesen als ein ganz schlichtes Krankenhaus und ein Friedhof, auf einer Lichtung errichtet, die man mit Strahlenwaffen und Flammenwerfern aus dem Dschungel geschnitten hatte. Die Lichtung mußte täglich neu freigemacht werden, damit der Dschungel sie nicht zurückeroberte. Ein Landeplatz war vorhanden, gerade groß genug für ein Raumschiff. Zu Anfang starben viele Kolonisten. Der Schock der Krankheit, der Diagnose und der Verbannung nach *Lachrymae Christi* war für zahlreiche Menschen einfach zuviel, und sie legten sich einfach nieder und starben.

Die Leprakranken mußten ihre Toten selbst begraben. Niemand außer ihnen setzte je Fuß auf den Lepraplaneten. Der Friedhof war bald überfüllt, und die Kolonisten überließen ihn wieder dem Dschungel. Die Pflanzen verschlangen die Leichen über Nacht, und so mußte niemand zusehen. Grabsteine mit Namen und Daten gab es nach wie vor. Zum Trost der Lebenden, nicht der Toten. Eine Reihe Grabsteine hinter der anderen, ohne ausreichend Zwischenraum, um hindurchzugehen. Es spielte keine Rolle.

Alle wußten, daß *Lachrymae Christi* der Ort war, wohin die Leprakranken gebracht wurden, um zu sterben.

Mutter Beatrice veränderte das alles. Der Kompromisse und der Politik überdrüssig geworden, die sich schon ihrer neuen Kirche bemächtigten, hielt sie nach Menschen Ausschau, die Geschmack und Talent für eine solche Tätigkeit hatten, und übergab sie ihnen mit Freude, damit sie sich wieder dem zuwenden konnte, was sie als die richtige Arbeit für eine Nonne bezeichnete. Und sie reiste nach *Lachrymae Christi,* um den Hoffnungslosen Hoffnung zu geben, denn niemand sonst war bereit, es zu tun.

Ihr kam nie in den Sinn, daß sie etwas sehr Tapferes oder Nobles tat oder auch nur ein persönliches Opfer brachte, indem sie ihr Leben an einem Ort riskierte, aus dem sich niemand etwas machte, für Menschen, von denen sich die Menschheit abgewandt hatte. Sie kam hierher, weil sie glaubte, daß man sie hier brauchte, weil sie glaubte, hier etwas Gutes bewirken zu können.

Weil sie Sankt Bea war.

Die Leprakranken wurden ermutigt durch Beas stille Entschlossenheit, sich nicht von den Umständen unterkriegen zu lassen oder sich der Verzweiflung zu ergeben. Sie gab den Menschen hier den Stolz auf sich selbst zurück und ermutigte sie, aus ihrem Leben so viel zu machen, wie sie nur konnten, solange es ihnen noch möglich war. Und nicht ein einziges Mal drängte sie ihnen ihre Religion auf. Wenn jemand sie fragte, warum Gott zuließ, daß man ihnen so Schreckliches antat, antwortete sie: *Gott hat einen Plan für uns alle.* Und wenn ihr jemand sagte, daß er nicht an Gott glaubte, lächelte sie nur und sagte: *Das ist schon in Ordnung. Er glaubt an dich.*

Die Kranken arbeiteten hart, weil Beatrice noch härter arbeitete, und glaubten an sich, weil sie an sie glaubte. So wurde aus ihnen schließlich doch eine richtige Kolonie, die sich mit kleinen Siedlungen immer weiter in den Dschungel ausbreitete. Es war ein einfaches Leben, aber viel besser, als die Menschen bislang hatten erhoffen können. Alles lief so gut. Bis die Hadenmänner nach *Lachrymae Christi* kamen.

Owen entnahm manches davon Mutter Beatrice' Worten und anderes Schwester Marions beißenden Bemerkungen. Einen Teil hatte er schon von den Kolonisten erfahren. Es paßte zu dem, was er früher über die Heilige von *Technos III* gehört hatte. Er musterte sie unauffällig, während er aß, und hielt dabei Ausschau nach einer Art Heiligenschein, einem Gefühl der Rechtschaffenheit, aber Mutter Beatrice wirkte einfach nur beruhigend normal und gelassen. Trotzdem strahlte sie eine besondere Qualität aus, eine Atmosphäre der Konzentration. Owen fragte sich müßig, ob es das war, was die Leute manchmal in ihm erblickten. In diesem Moment fiel ihm auf, daß Schwester Marion gerade Mutter Beatrice ausschimpfte, und er hörte hin. Die Schwester ließ sich wohl von niemandem etwas gefallen, nicht mal von Sankt Bea.

»Falls Ihr nicht etwas weniger arbeitet, landet Ihr noch in einem Eurer eigenen Krankenhausbetten«, sagte Schwester Marion zornig. Sie hatte den Hexenhut zum Abendessen nicht abgesetzt, und die langen Fahnen daran hüpften heftig, während sie Schwester Mutter Beatrice anfunkelte. »Ihr arbeitet schwerer als irgend jemand sonst und findet nicht annähernd genug Schlaf. Ihr nützt niemandem etwas, wenn Ihr vor Erschöpfung auf den Beinen schwankt. Und Ihr braucht gar nicht zu erwarten, daß ich Euch als Oberschwester ablösen würde. Ich kann zwar mit Verbänden und Bettpfannen umgehen, aber ich habe keine Begabung dafür, mit den Leuten zu reden oder ihnen das Händchen zu halten oder die Stirn abzuwischen und all diesen Unfug. Das fällt in Eure Zuständigkeit.«

»Seid still, Marion«, sagte Mutter Beatrice voller Zuneigung. »Nach meiner Zeit auf *Technos III* ist das hier ein Picknick. Außerdem habe ich nie viel Schlaf gebraucht.«

Schwester Marion sah sie böse an; sie war nicht überzeugt. Man konnte erkennen, daß diese Auseinandersetzung schon oft stattgefunden hatte und es wieder dazu kommen würde.

»Wir müssen mehr über die Angriffe der Hadenmänner erfahren«, sagte Owen und schob den Teller von sich. Er war immer noch mehr als halb voll, und Hazel transferierte den Inhalt sofort auf den eigenen Teller. Das erstaunte Owen nicht. Hazel aß alles, wenn sie hungrig genug war. Er konzentrierte sich auf Beatrice. »Wieviel Zeit vergeht zwischen zwei Angriffen? Normalerweise?«

»Manchmal Tage, manchmal Stunden«, antwortete Mutter Beatrice. Sie klang auf einmal müde. »Die Hadenmänner sind vor etwas über einem Monat zum ersten Mal aufgetaucht. Eine Warnung ist nicht erfolgt. Kein Ultimatum. Wir wurden völlig überrascht. Als erstes bekamen wir mit, daß einige der äußeren Siedlungen nicht mehr auf unsere Anrufe reagierten. Dann trafen die ersten Flüchtlinge ein und berichteten von Tod und Zerstörung. Die wenigen, die sich ergaben, wurden gnadenlos niedergemacht. Wir verloren viele Menschen, bis ich Befehl erteilte, die

Außensiedlungen aufzugeben. Dann kamen die Hadenmänner hierher. Wir bauten unsere Befestigungen aus, und jeder hier erlernte den Umgang mit einer Waffe. Die *Ruhmreichen Schwestern* erwiesen sich dabei als ausgezeichnete Lehrerinnen. Und dann haben wir noch Oberst Wilhelm Hand und Otto. Ihr werdet sie später kennenlernen.«

»Viel später, falls Ihr noch über Verstand verfügt«, warf Schwester Marion ein.

»Es sind gute Kämpfer«, erwiderte Mutter Beatrice tadelnd.

»Es sind verdammte absolute Psychopathen!«

»Was man nur erkennt, wenn man selbst einer ist, meine Liebe. Und heutzutage ist ihre … Einstellung doch von Vorteil.« Mutter Beatrice betrachtete finster ihre Hände, die sie auf dem Tisch gefaltet hatte. »Bei jedem Angriff der Hadenmänner verlieren wir mehr Leute. Meine Leute sind tapfer genug und kämpfen gut, aber Leprakranke stoßen als Kämpfer an ihre Grenzen. Selbst die kleinste Verletzung kann sich rasch als tödlich erweisen. Es liegt am Regen und der allgegenwärtigen Feuchtigkeit. Alles verfault. Alles.«

»Wie lange liegt der letzte Angriff zurück?« fragte Mond mit seiner summenden, nichtmenschlichen Stimme.

»Drei Tage«, antwortete Schwester Marion, die sich gerade mit dem Tafelmesser die grünen Fingernägel schnitt. »Sie könnten jederzeit wieder auftauchen.« Sie blickte auf und fixierte Mond mit ihren strahlenden, kalten Augen. »Bereit für ein wenig Beschäftigung, Hadenmann?«

»Nennt mich Mond. Und ja, ich werde kämpfen. Um meine Freunde zu schützen. Ist das nicht für alle der Grund, wenn sie kämpfen?«

Ein Augenblick der Stille trat ein, der vielleicht unbehaglich hätte werden können, aber von einem höflichen Klopfen an der Tür beendet wurde. Schwester Marion ging hinüber, um zu öffnen, kam dann zurück und murmelte Mutter Beatrice etwas zu. Sie stand auf.

»Ihr müßt uns entschuldigen. Wir werden in der Krankenstation gebraucht. Macht es Euch bequem. Wir reden später weiter.«

Das Zimmer schien ganz still, nachdem die *Ruhmreiche Schwester* und die Heilige gegangen waren. Alle sahen sich gegenseitig an, außer Hazel, die damit beschäftigt war, die letzten Reste an Eßbarem von ihrem Teller aufzuwischen. Alle musterten sie mit unterschiedlichen Graden an Abscheu und Erheiterung. Sie blickte auf und sah aller Augen auf sich gerichtet.

»Was ist?«

»Ich bin beeindruckt«, sagte Owen. »Wirklich, ich bekäme nicht mal dann noch etwas von diesem Zeug herunter, wenn Ihr mich mit vorgehaltener Pistole dazu zwingen wolltet.«

»Ich habe Hunger! Und du gewöhnst dich besser an das Menü; wir bleiben womöglich lange hier.«

»Das Parlament wird ein Schiff schicken, sobald man dort erfährt, daß wir hier gestrandet sind«, behauptete Owen. »Wir sind für die Kriegsanstrengungen zu wichtig, um uns im Stich zu lassen.«

Hazel zuckte die Achseln. »Andererseits haben wir uns genug Feinde gemacht. Feinde, die uns womöglich nur zu gern an der Seitenlinie abstellen. Sieh der Sache ins Gesicht, Owen; wir werden diesen Planeten nicht so schnell wieder verlassen.«

Er schüttelte zornig den Kopf. »Eins nach dem anderen! Befassen wir uns zunächst mit den Hadenmännern. Mond, habt Ihr irgendeine Vorstellung, wie wir unsere Chancen verbessern könnten?«

Mond runzelte die Stirn. »Wir können nicht herausfinden, wo die Truppen der Hadenmänner stehen und wie groß sie sind. Wir wissen nicht, was sie wollen und wie viele Truppen sie bereit sind, ins Gefecht zu werfen, um dieses Ziel zu erreichen. Ich werde noch darüber nachdenken. Wenn Ihr mich jetzt entschuldigen wollt, ich benötige etwas Zeit für mich selbst.« Er stand auf.

»Ich denke nicht, daß das eine gute Idee ist, Mond«, gab Owen zu bedenken. »Viele Leute hier haben keinen Grund, die Hadenmänner zu mögen.«

»Ich komme schon klar, Owen. Ich brauche kein Kindermädchen.« Er ging zur Tür, ohne zurückzublicken. »Wartet nicht auf mich.«

»Paßt auf Euch auf!« rief Owen, und dann ging die Tür zu und war der Hadenmann verschwunden.

Bonnie und Mitternacht rappelten sich auf. »Es wird spät«, sagte Bonnie. »Zeit für einen letzten Spaziergang, bevor wir ins Bett gehen. Diese Leprakranken sind faszinierend.«

»Und ich möchte mir mal die Befestigungen ansehen und nach Schwachpunkten suchen«, sagte Mitternacht. »Bis morgen.«

Und sie gingen ebenfalls. »Liegt es an etwas, was ich gesagt habe?« fragte Owen Hazel.

»Dieses eine Mal nicht. Ich denke, sie alle brauchen ein bißchen Zeit für sich, Owen. Trotz Sankt Beas optimistischer Einstellung ist das hier im Kern doch ein grusliger und deprimierender Ort. Menschen kamen hierher, um zu sterben. Und kaum hatten sie trotzdem ein neues Leben aufgebaut, da tauchen auch schon die Hadenmänner auf und trampeln es nieder. Ich habe ein mieses Gefühl über das hier, Owen. Wir haben den Tod oft betrogen, auf die eine oder andere Art, aber das hier ist der Ort, wo der Tod immer gewinnt. Vielleicht sind wir letztlich doch dort eingetroffen, von wo niemand mehr entkommt. Ich gehe jetzt schlafen, und zwar in einem richtigen Bett mit warmen, trockenen Decken, und werde mich bemühen, nicht zu träumen. Du solltest auch etwas schlafen. Wir werden alle unsere Kräfte brauchen, wenn die Hadenmänner zurückkehren.« Sie stand auf und blickte sich in dem leeren Zimmer um. »Wir hätten nie hierherkommen dürfen, Owen. Etwas Schlimmes wird passieren.«

Sie verließ den Raum, ohne sich noch einmal umzudrehen, und machte sich nicht die Mühe, die Tür hinter sich zu schließen. Owen lehnte sich auf dem Stuhl zurück und streckte sich müde. Aber er war noch nicht reif fürs Bett. Nicht, solange er sich noch den Kopf darüber zerbrach, was zum Teufel er eigentlich tun sollte. Nach dem, was er bislang von der Missionsstation gesehen hatte, würde es verdammt schwierig werden, sie zu verteidigen. Holzmauern, Holzgebäude, Holzdächer. Der ständige Regen half dabei, die Brandgefahr zu mildern, aber falls die Hadenmänner über die richtigen Brandbeschleuniger verfügten, dann konnten sie hier Feuer legen, mit denen kein Regen mehr fertig wurde. Vielleicht waren sie ja dabei, genau das zu organisieren.

Die Leprösen schienen kampfwillig, aber sie waren im Grunde trotzdem nur kranke Zivilisten mit begrenzter Ausbildung. Mann gegen Mann hatten sie keine Chance. Die Aufgerüsteten dagegen waren als effiziente und gnadenlose Killer konstruiert. Sie verfügten über körpereigene Panzerung, Stahlgewebe unter der Haut, Servomotoren in den Muskeln, übermenschliche Schnelligkeit und eingebaute Disruptoren. Es grenzte an ein Wunder, daß die Mission noch nicht gefallen war. Aber andererseits kämpfte ein Mensch am härtesten, wenn er sein Heim verteidigte. Und wenn er wußte, daß es keine andere Zuflucht gab.

Owen stand auf. Hazel hatte recht. Hier stank es

nach Tod. Er ging langsam zur Tür hinüber, immer noch zu unruhig zum Schlafen. Auf einen Impuls hin zog er den Mantel um sich und schlug die Kapuze über den Kopf, um das Gesicht zu verbergen. Vielleicht sprachen die Leprakranken offen mit ihm, wenn er als einer der ihren unter ihnen wandelte, und womöglich erfuhr er daraus mehr über die tatsächliche Lage. Er mußte die Wahrheit herausfinden. Er konnte nicht ins Blaue hinein Pläne schmieden.

Langsam suchte er sich den Weg, folgte den schmalen Straßen und Gassen der Station. Ungeachtet der Dunkelheit und der späten Stunde traf er überall Menschen an. Wie es schien, war Owen nicht der einzige, der nicht schlafen konnte. Er marschierte ohne Hast des Weges, hatte kein bestimmtes Ziel, und achtete so sorgfältig wie alle anderen darauf, mit niemandem zusammenzustoßen. Der niemals endende Regen trommelte laut auf das Dach über ihm. In Innenräumen lernte man, das Geräusch auszublenden, aber jetzt erschien es ihm wie ein endloser Trommelschlag, der die künftigen Geschehnisse erahnen ließ. Owen ertappte sich auf einmal dabei, wie er über den großen Platz der Station hinwegblickte. In regelmäßigen Abständen brannten Fackeln und erzeugten Teiche aus goldenem und bernsteingelbem Licht zwischen umhertreibenden Schatten. Menschen standen oder saßen in kleinen Gruppen beisammen; sie aßen, tranken, bereiteten Waffen vor oder waren einfach nur in leise Gespräche vertieft. Niemand schenkte einer zusätzlichen Gestalt in Mantel und Kapuze Beachtung, als Owen sich dazugesellte.

Er stellte fest, daß Schwester Marion und eine weitere *Ruhmreiche Schwester* improvisierten Unterricht über das Thema abhielten, wie man am besten Sprengfallen und Fallgruben anbrachte, für den Fall, daß es den Hadenmännern gelang, die Palisade zu überwinden. Die beiden Schwestern ließen eine Flasche einheimischen Weines hin und her wandern, während sie ihrem aufmerksamen Publikum das Nötige beibrachten. Schwester Kathleen entsprach in ihrer weiten schwarzen Robe und dem traditionellen Schleier eher Owens Vorstellung von einer Nonne, aber auch sie trug ein Schwert an einer Hüfte und einen Disruptor an der anderen. Sie war eine dralle Frau von mittlerer Größe, hatte aber die großen knochigen Hände eines Mannes. Sie knisterte nahezu vor nervöser Energie und schritt hin und her wie ein Tier im Käfig, und sie stieß die Hand zu ihrem Publikum aus, wenn sie eine Bemerkung unterstreichen wollte. Auf die Fingerknöchel beider Hände hatte sie das Wort LOVE tätowiert. Sie hatte ein langes Pferdegesicht, breite Lippen über vorstehenden Zähnen und die Stimme eines Engels. Owen hätte ihr stundenlang zuhören können. Schwester Marion stand neben ihr wie eine gräßliche Vogelscheuche und steuerte gelegentlich einen Kommentar bei, wenn sie es für nötig hielt.

»Fußangeln«, sagte Schwester Kathleen fröhlich und hielt zwei ineinander verdrehte Nägel hoch. »Egal wie man sie wirft, sie landen immer mit der Spitze nach oben. Und nicht mal ein Hadenmann läuft noch weit, wenn sich erstmal über sieben Zentimeter Stahl durch seine Fußsohlen gebohrt haben. Vergeßt nicht, die Spitzen in frischen Kot zu tauchen, ehe ihr sie auswerft; dadurch eitern die Wunden. Jedes bißchen hilft. So, ihr habt jetzt alle Todesfallen gesehen, die wir angelegt haben. Prägt euch ein, wo sich die Auslöser befinden, damit ihr sie nicht versehentlich betätigt. Das gleiche gilt für die Fallgruben mit Dornen und die Landminen, die wir improvisiert haben. Und merkt euch eins: Schlagt nie nach einem Hadenmann, wenn er gestürzt ist; tretet lieber mit dem Stiefel zu, das ist sicherer. Und falls ihr am Boden liegt, greift seine Kniesehnen an, um den Bastard zu verkrüppeln. Ein Hadenmann hat vielleicht Vorteile, was Kraft und Schnelligkeit angeht, aber noch nie konnte jemand dem Menschen das Wasser reichen, was den schieren Einfallsreichtum für schmutzige Tricks anbetrifft.«

»Vergiß die Schlingen nicht!« mahnte Schwester Marion.

»Ich wollte noch auf die Schlingen zu sprechen kommen!«

»Eine Schlinge, die hinter der Tür in einem dunklen Zimmer baumelt, kann selbst den erfahrensten Krieger ausschalten.«

»Ich hatte sowieso vor, ihnen das zu erklären!«

»Natürlich hattest du das, meine Liebe. Fahre fort. Kümmere dich nicht um mich.«

»Danke.«

»Und falls die Schlinge ihn nicht gleich umbringt, zerrt ihr an den Füßen, bis ihm das Genick bricht.«

»Marion! Möchtest du diesen Unterricht halten?«

»Natürlich nicht, meine Liebe. Du machst das gut.«

Das klang ganz nach einem Gespräch, das noch einige Zeit seinen Fortgang nehmen konnte, also überließ Owen sie dem. Er ging weiter über den Platz, sah sich alles an und lauschte Gesprächsfetzen, die sich meist um alltägliche Dinge drehten. Es schien, als wollten die Kolonisten in ihren wenigen glücklichen Erinnerungen schwelgen, solange sie noch konnten, bevor alles im Kampf verlorenging. Niemand schien über dessen abschließendes Resultat besonders optimistisch.

Owen traf Oberst Wilhelm Hand und Otto vor einer Hütte an, wo sie auf einer Bank saßen, ihre Schwerter polierten und leise ein altes Marschlied der Marineinfanterie sangen. Der Oberst trug nach wie vor seine alte Uniform, die inzwischen zwar in Fetzen hing, aber weiterhin peinlich sauber gehalten war. Die Brust zeigte ein eindrucksvolles Arsenal von Ordensbändern, die sorgfältig gepflegt wirkten. Der Oberst machte sich nicht die Mühe mit dem üblichen Kapuzenumhang. Er hatte die Lepra und scherte sich nicht darum, wer es wußte. Die graue Haut war fleckig von abgestorbenen Stellen, und die halbe Nase fehlte. Womöglich hatte er einmal gut ausgesehen; das war schwer zu sagen. Er war in den späten Fünfzigern, ein großer und muskulöser Mann, der jetzt allmählich fett wurde. Das lange, dunkle Haar war fettig und strähnig, und er hielt es mit einem schlichten Lederstirnband aus dem Gesicht.

Sein Gefährte Otto war ein buckliger Zwerg, kaum einszwanzig groß. Der überdimensionierte Kopf war hier und da vom Verfall der Krankheit gezeichnet, und die Haare waren größtenteils ausgefallen. Auch er trug eine Uniform der Marineinfanterie, die jedoch verdreckt war, und er selbst erweckte ganz den Anschein, seit Wochen nicht mehr gebadet zu haben. Für einen buckligen Zwerg mit Lepra wirkte er ziemlich munter.

Der Oberst sah auf und fixierte Owen mit kaltem, ausdruckslosem Blick. »Du mußt neu sein, Junge, sonst würdest du dich nicht in unserer Nähe herumtreiben. Sogar Leprakranke haben noch Parias unter sich. Hast du Zeit, dich eine Zeitlang hinzusetzen und mit uns zu schwatzen?«

»Natürlich«, antwortete Owen. Er setzte sich neben den Oberst auf die Bank. »Darf ich fragen, was Euch hier zum Paria stempelt?«

Der Oberst schnaubte. »Weil ich nicht glaube, daß die Sonne aus Sankt Beas Hintern herausscheint. Ich habe keine Zeit für ihren ganzen Quatsch über Frieden und Liebe. Ich bin ein Killer, mein Junge. Und verdammt gut in meinem Job. Bin zur Marineinfanterie gegangen, kaum daß ich alt genug war, und habe nie einen Blick zurück geworfen. Hab mir nie was anderes gewünscht.«

»Ihr scheint auf eine eindrucksvolle Karriere zurückzublicken, Oberst«, sagte Owen und deutete auf die Ordensbänder.

»Darauf kannst du deinen Arsch verwetten, mein Junge. Ich habe in den letzten dreißig Jahren an jedem erwähnenswerten Feldzug teilgenommen. Habe auf hundert Planeten Menschen und Fremdwesen getötet, war der erste beim Angriff und der letzte beim Rückzug und habe jede einzelne Minute genossen. Kein Bedauern, keine schlechten Träume, keine Regungen des Gewissens in den Stunden vor dem Morgengrauen. Mutter Beatrice hat dafür kein Verständnis, und für eine Heilige ist sie bemerkenswert unnachgiebig, falls sich jemand nicht an die Parteilinie hält. Sie möchte, daß ich beichte und sage, es täte mir leid, daß ich meinen Frieden mit Gott mache. Nun, es tut mir nicht leid und ich werde nicht das Gegenteil behaupten, und wenn ich schließlich vor Gott stehe, werde ich ihm direkt in die Augen blicken und sagen: *Du hast mich zu einem Killer gemacht. Ich habe nur getan, wofür du mich geschaffen hast. Wo wartet der nächste Feind?*«

Er lachte kurz und bohrte mit dem Finger in der verbliebenen Hälfte seiner zerstörten Nase. »Ich war einer der besten, aber sie haben mich trotzdem sofort hergeschickt, als die Diagnose erfolgt war. Ich empfinde keine Bitterkeit darüber. Nicht wirklich. Aber es war doch hart, meine Karriere für dieses Dreckloch aufgeben zu müssen. Eigentlich die reinste Ironie. All die Schlachten, in denen ich gekämpft habe, all die schlechten Chancen, die ich besiegt habe, und letztlich war es weder Schwert noch Energiestrahl, was mich erwischt hat, sondern nur eine dumme geistlose Krankheit, die mich zentimeterweise umbringt. Überhaupt nicht die Art zu sterben, mit der ich gerechnet hatte.«

»Ihr habt nie damit gerechnet zu sterben«, warf Otto ein. »Ihr hieltet Euch für etwas so Besonderes, daß Ihr glaubtet, Ihr würdet ewig leben.«

»Vielleicht«, räumte der Oberst ein. Er sah Owen an. »Ich vermute, du hast nicht zufällig Zigarren mitgebracht? Nein, natürlich nicht. Ist auch gut so, war sowieso eine schmutzige Angewohnheit. Aber sie gehört zu den wenigen Dingen, die ich wirklich vermisse ... Ich habe die Rebellion versäumt, weißt du? Der größte verdammte Krieg in der Geschichte des Imperiums, und ich kam nie dazu, darin mitzukämpfen. Eine Schande. Ich hätte meine Fähigkeiten gern gegen den Todtsteltzer und seine Truppe auf die Probe gestellt. Das wären würdige Gegner gewesen. Trotzdem, ob Imperatorin oder Parlament, das macht letztlich keinen Unterschied. Keiner von beiden wird uns erlauben, diesen Planeten zu verlassen.«

»Niemand sorgt sich um uns«, fand Otto. »Sie schämen sich unser. Wir haben keinen Platz in ihrem hellen, neuen, glänzenden Imperium.« Er schniefte feucht und rieb sich die Nase mit dem Handrücken. »Für den Fall, daß du dich fragst: Ich bin von meinen Eltern gentechnisch so gestaltet worden. Sie betrieben einen fahrenden Zirkus, und da bucklige Zwerge in der Natur nicht mehr vorzukommen scheinen, haben sie sich selbst einen gemacht. Ich gehörte zu den Stars der Show. Das Publikum ist gern gekommen, um mich aus der Distanz zu bemitleiden. Aber niemand hat mich je nach meinen Wünschen gefragt. Nach meinen Träumen. Also bin ich gleich in der ersten Minute meines sechzehnten Geburtstages ins nächste Rekrutierungsbüro marschiert und habe mich verpflichtet. Ich sollte eigentlich als Maskottchen dienen, aber ich demonstrierte rasch eine solche angeborene Begabung dafür, Menschen umzubringen, daß ich innerhalb eines Jahres in den vollen Kampfdienst übernommen wurde. Habe es nie bereut.«

»Wir haben in hundert Schlachten Seite an Seite gekämpft«, ergänzte der Oberst. »Ein scheußlicher kleiner Kerl. Sehr gut im Ausnehmen mit dem Messer. Und als ich herkam, hat er mich begleitet. Damals hatte er noch keine Lepra. Ein guter Freund, aber dumm wie Scheiße.«

»Stimmt«, sagte Otto. »Stimmt wirklich.«

»Gott sei für die Hadenmänner gedankt. Sie geben uns wieder eine Aufgabe. Wenigstens habe ich jetzt einen richtigen Feind, an dem ich meine Wut austoben kann. Und eine Chance, wie ein Krieger zu sterben, statt Tag für Tag mehr zu verfaulen. Und am besten war: Nach Monaten offener Mißbilligung dessen, was ich früher getan habe, mußte sich Sankt Bea an mich wenden, damit ich ihren Leuten zeigte, wie man kämpft. Muß ihr fast im Hals steckengeblieben sein, aber sie hat es getan. Ist gekommen und hat uns vor allen Leuten darum gebeten.«

»Was haltet Ihr von unseren Chancen gegen die Hadenmänner?« fragte Owen.

Oberst Hand grinste brutal. »Darüber mach dir mal keine Sorgen, Junge! Hadenmänner sterben genauso wie alle anderen, wenn man an der richtigen Stelle mit dem Messer zustößt und es herumdreht. Und außerdem – falls uns eine beschissene Krankheit und ein vergammelter Planet wie dieser hier nicht besiegen konnten, dann schafft es ein Haufen wandelnder Elektrogeräte mit mieser Einstellung auch nicht.«

Owen nickte, verabschiedete sich, stand auf und setzte seinen Weg fort. Er fand, daß er die Gesellschaft des Obersten und Ottos in etwa so lange genossen hatte, wie er verkraftete. Aber bei all dem Gift, das der alte Soldat verspritzt hatte, konnte Owen doch nicht umhin zuzugeben, daß es etwas für sich hatte. Die Leprakranken waren das düstere, verschwiegene Geheimnis des Imperiums. Keine Heilung, keine Hoffnung, also lud man die armen Teufel einfach außer Sichtweite der übrigen Menschheit ab. Owen hatte vage Vorstellungen von *Lachrymae Christi* gehabt, aber ihm war nie in den Sinn gekommen, etwas dagegen zu unternehmen. Lepra war etwas, was anderen Leuten widerfuhr. Aber jetzt, wo man ihn mit der Nase förmlich draufgestoßen hatte, schwor er sich, etwas zu tun. Irgendwas. Mal vorausgesetzt, er und die Kranken überlebten.

Er kam um eine Ecke und sah Mond allein dasitzen. Die Schultern des Hadenmanns zuckten, während ihm Tränen übers Gesicht liefen. Niemand war in seiner Nähe, und keine unmittelbare Ursache für seinen Kummer war zu erkennen. Im Gegenteil taten die wenigen Leprakranken, die überhaupt in der Gegend waren, ihr Bestes, ihn zu ignorieren. Owen lief zu dem Aufgerüsteten hinüber und stand dann verlegen da, wußte nicht, was er tun sollte.

»Mond? Tobias? Was ist los? Hat jemand etwas gesagt oder getan? Verdammt, wenn jemand Euch attackiert hat, puste ich ihm die Lichter aus!«

Der Hadenmann hörte abrupt auf zu weinen und blickte auf. »O hallo, Owen«, sagte er gelassen. »Es ist alles in Ordnung. Niemand hat mir etwas getan. Ich habe nur die Emotion ausprobiert, wollte wissen, wie sich das anfühlt. Bitte setzt Euch und redet mit mir.«

Owen runzelte die Stirn, zuckte die Achseln und setzte sich neben seinen Freund. Mond wischte sich ganz unbefangen das Gesicht mit einem Tuch ab. Owen musterte ihn. »Also, Ihr seid wirklich in Ordnung?«

»Ich weiß nicht. Ich gestehe, daß ich in jüngster Zeit sehr verwirrt bin. Das ist mein zweites Leben, Owen, und vieles ist mir immer noch fremd. Immer wieder tauchen Erinnerungen an das erste Leben auf, aber ganz verworren, als betrachtete ich eine andere Person auf einem matten Holoschirm. Ich kann mich erinnern, wie ich das eine oder andere getan habe, aber nicht warum oder wie ich mich dabei fühlte. Den größten Teil des ersten Lebens habe ich unter Menschen verbracht, und ich habe dabei menschliche Wesenszüge entwickelt, die mir jetzt jedoch überwiegend abhanden gekommen sind. Ich habe Gefühle, aber ... sie sind seltsam und verwirrend, weil ich keinen Bezugsrahmen für sie habe. Ich bin wie ein Blinder, der zum ersten Mal Farben sieht. Also lache ich und weine ich, koste den unvertrauten Geschmack dieser Empfindungen, versuche zu erkennen, was sie unterscheidet und was sie mit der Welt zu tun haben, in der ich lebe. Ich sehe die Leprakranken hier an, wie sie so tapfer leben und kämpfen und sterben, und ich denke, da sind Tränen die angemessene Reaktion, aber es fällt mir schwer, dessen gewiß zu sein. Es ist sehr schwierig, menschlich zu sein, Owen. Ich weiß nicht, wie Ihr das so mühelos schafft.«

»Ihr werdet das schon herausfinden«, meinte Owen. »Das erfordert nur Übung. Auf diese Weise lernen alle. Und ja, Tränen sind hier angemessen. Falls ich noch welche übrig hätte, würde ich sie vergießen. Ich habe jedoch so viele Menschen sterben gesehen und an so vielen Schlachten teilgenommen, in denen es um die letzte Chance ging, daß es mir schwerfällt, noch solchen Gefühlen nachzuhängen. Ich muß stark und unerschütterlich sein und anderen auf diese Weise Halt geben. Nur zu gern würde ich den Luxus genießen, wieder schwach zu sein, Mond. Jemand anderen zu haben, der stark ist und der den Helden spielt, damit ich mich auf ihn stützen kann. Es ist harte Arbeit, eine lebende Legende zu sein.«

»Ja«, sagte Mond, »ich erinnere mich an Euch als Held. Ihr habt Euer Leben riskiert, um die *Gruft der Hadenmänner* zu öffnen, als ich versagt hatte – nachdem ich Euch im Stich gelassen hatte, es Euch und den anderen überlassen hatte, gegen das Imperium zu kämpfen, während ich auf eigene Faust loszog, überzeugt davon, es wäre meine Bestimmung, mein Volk wiederzuerwecken. Ich war im Irrtum. Ich lasse Euch nicht noch mal im Stich, Owen.«

»Natürlich nicht«, sagte Owen. »Ich habe nie etwas anderes erwartet.«

»Noch mehr Dinge sind mir neu, abgesehen von den Gefühlen«, fuhr Mond fort. »Ich habe kürzlich versucht, eine Diagnose meiner Techimplantate durchzuführen, der inneren Mechanismen, die mich zu einem Aufgerüsteten machten. Zu meiner Verblüffung stellte ich fest, daß die meisten fehlten. Der Körper hat sie absorbiert. Dabei bin ich weiter so stark und schnell wie zuvor, meine Sinne so klar, meine Gedanken so präzise. Es hat den Anschein, als bräuchte ich keine Technik mehr, um übermenschlich zu sein.«

»Es liegt am *Labyrinth*«, nickte Owen. »Als Ihr mit uns anderen hindurchgegangen seid, hat es Euch geprägt.«

»Inzwischen bin ich weder Mensch noch Hadenmann«, sagte Mond stirnrunzelnd. »Ich entwickle mich zu etwas Neuem. Etwas, was anders ist. Meine Augen leuchten weiterhin und die Stimme summt weiterhin, aber vielleicht nur, weil ich damit rechne. Ihr seid diesen Weg schon weiter gegangen als ich, Owen. Was wird aus mir?«

»Ich habe keine Ahnung«, sagte Owen. »Vielleicht etwas, wozu uns Name und Vorstellung fehlen. Noch.«

»Ich empfinde etwas, wenn ich darüber nachdenke, Owen. Ich denke ... ich habe Angst.«

»Das haben wir alle. Das Unbekannte flößt immer Angst ein. Zweifellos fürchtet sich auch die Raupe davor, zum Schmetterling zu werden, schon während ihre Instinkte sie zwingen, den Kokon zu spinnen. Wir haben keine Kontrolle über das, was aus uns wird, also ... genießt die Reise! Und vergeßt nicht, daß Ihr unter Freunden seid.«

»Ich habe die Leprakranken beobachtet. Wenn sie sich ihrer Veränderung mit solchem Mut zu stellen vermögen, kann ich es auch.« Er warf einen Blick zur Seite, auf Owen. »Ich denke, daß ... etwas Neues in mir heranreift. Ich kann ... Dinge spüren. Dinge, die niemandem sonst erkennbar sind. Es ist keine Telepathie. Vielleicht eher Empathie. Aber egal was, glaubt mir, wenn ich Euch sage, daß wir hier nicht allein sind. Da draußen im Dschungel ist noch etwas anderes. Etwas, was verborgen und sehr mächtig ist.«

»Die Armee der Hadenmänner?«

»Nein. Mein eigenes Volk würde ich erkennen. Das Wesen, von dem ich spreche, ist lebendig, unterscheidet sich aber von allem, was mir je begegnet ist. Seine Gedanken laufen langsam ab, aber es wird zornig. Und es weiß, wo wir sind.«

»Hat es einen Namen, eine Identität?«

»O ja«, sagte Tobias Mond. »Es ist das Rote Hirn.«

Hazel D'Ark hatte sich ihren beiden Varianten angeschlossen und tauschte mit ihnen Klatsch über die jeweiligen Owens aus, als eine einzelne Leprakranke ihnen müde in den Weg humpelte. Die drei Frauen blieben abrupt stehen, um die Kranke nicht umzurennen, und diese sank vor Hazel auf die Knie.

»Verzeiht meine Unverschämtheit, Gesegnete, aber

seid Ihr nicht Hazel D'Ark, die Befreierin von *Golgatha?«*

»Nun, ja«, bestätigte Hazel. »Obwohl ich es eigentlich nicht allein vollbracht habe. Möchtest du etwas von mir?«

Die Leprakranke schlug die Kapuze zurück und legte damit ein Gesicht frei, das zur Hälfte verfault war. Flecken kahler Knochen schimmerten zwischen den verbliebenen Haarresten hervor, und dort, wo die linke Wange hätte sein müssen, hatte man freien Blick auf die Zähne. Aus der Nähe war der Geruch entsetzlich, auch wenn sich Hazel und ihre Gefährtinnen bemühten, das nicht zu zeigen. Die Leprakranke schob eine graue Hand unter dem Mantel hervor. Sie war bis auf die Knochen abgemagert und hatte nur noch zwei Finger. Die Kranke hielt sie Hazel in einer bittenden Geste entgegen.

»Ihr seid von Gott berührt worden, meine Dame. Ihr habt Wunder gewirkt. Ich habe es im Holo gesehen. Wirkt ein weiteres Wunder für mich, ich bitte Euch. Heilt mich!«

Hazel wich schockiert einen Schritt zurück. »Ich ... kann das nicht! Ich weiß nicht, wie.«

»Ihr habt Eure eigenen furchtbaren Verletzungen geheilt. Ihr wurdet von Gott gesegnet. Legt mir nur die Hand auf, und auch ich werde geheilt werden. Das weiß ich!«

Hazel wandte sich hilfesuchend an Bonnie und Mitternacht, aber auch sie waren benommen. Hazel sah wieder die Kranke vor ihr an und hatte keinen Schimmer, was sie sagen sollte. Also streckte sie schließlich doch die Hand aus, wobei ihr die Haut kribbelte, und legte sie der Kranken fest aufs Haupt. Beide warteten sie ein paar Augenblicke lang, aber nichts geschah. Nach einer Weile seufzte die Leprakranke und stand auf.

»Danke, daß Ihr es versucht habt, meine Dame. Mein Glaube war nicht stark genug. Ich werde Euch nicht mehr belästigen.«

Sie schlug wieder die Kapuze über den verwüsteten Kopf und humpelte langsam davon. Hazel blickte ihr nach und betrachtete dann die Hand. Sie rieb sie sich an der Seite ab und hörte wieder auf, beinahe schuldbewußt. Sie stellte fest, daß noch andere Leprakranke sie ansahen.

»Ich hätte ihr geholfen, wenn ich in der Lage gewesen wäre.«

Niemand sagte etwas, und nach einer Weile setzte Hazel ihren Weg fort. Bonnie und Mitternacht folgten ihr ein Stück weit zurück.

Die Hadenmänner griffen an, kaum daß der Morgen heraufdämmerte. Der Regen prasselte hernieder, als tobte er einen Groll aus, aber die Aufgerüsteten schienen ihn nicht mal zu bemerken. Sie strömten von allen Seiten auf die Lichtung, nachdem sie sich mit brutaler Gewalt einen Weg durch die dichtstehenden Bäume gebahnt hatten, wobei das Holz unter der Wucht ihrer Servomotoren splitterte und krachte. Die Wachen auf den Türmen gaben als erste Alarm, und die Leprakranken rannten zur Palisade, um die Missionsstation zu verteidigen. Hunderte Hadenmänner marschierten schweigend durch den Regen und attackierten, ohne eine Herausforderung zu äußern oder Kriegsrufe von sich zu geben. Sie kamen in endlosen Reihen aus dem Dschungel hervor, groß und vollkommen wie lebende Götter, anmutig über alle Maßen. Ihre Augen brannten wie Sonnen, und sie hielten Strahlenwaffen in den Händen.

Ein Hagel von Pfeilen prasselte auf sie ein, aber die meisten davon prallten von der körpereigenen Panzerung ab. Wo die Pfeile doch in Fleisch eindrangen, zogen die Aufgerüsteten sie einfach heraus und warfen sie zu Boden. Sie eröffneten mit den Faustdisruptoren das Feuer, schossen Löcher in die Holzwand und konzentrierten das Feuer so, daß die Löcher groß genug wurden, um ihnen Einlaß zu verschaffen. Die Palisade flackerte hier und dort kurz auf, aber der schwere Regen löschte sie rasch wieder. Und sobald die Hadenmänner die Palisade erreicht hatten und die ersten auf den Platz dahinter vordrangen, war es ein Kampf Mann gegen Mann.

Die Leprakranken auf dem Laufsteg hielten einen konstanten Pfeilregen aufrecht, und hin und wieder stürzte einer der Aufgerüsteten mit einem Pfeil im Auge zu Boden und erhob sich nicht mehr. Andere Verteidiger gossen kochendes Öl auf Hadenmänner, die gerade durch die Löcher in der Palisade kletterten. Die wenigen Verteidiger, die über Strahlenwaffen verfügten, suchten sich ihre Ziele sorgfältig aus und verfluchten die beiden langen Minuten, die ihre Disruptoren brauchten, um sich zwischen zwei Schüssen wieder aufzuladen. Innerhalb der Palisade warfen sich Kämpfer den Invasoren entgegen und hielten sie mit schierer Masse zurück.

Owen und Hazel kämpften Seite an Seite vor dem größten Loch, und jeder Hadenmann, der in Reichweite ihrer Waffen kam, starb. Und so schnell die aufgerüsteten Menschen auch waren, Owen und Hazel erwiesen sich als schneller. Sie brachten die Invasoren zum Stehen und trieben sie dann Schritt für Schritt wieder auf die Lichtung hinaus, wobei sie die Leichen der Gefallenen mit den Füßen aus dem Weg beförderten, um ihre unmenschlichen Gegner zu erreichen.

Bonnie Chaos und Mitternachtsblau tanzten zwischen den Aufgerüsteten herum und lachten und sangen, während sie töteten. Bonnie stürzte sich ins dichteste Getümmel und streckte jeden nieder, der in ihre Reichweite kam. Sie achtete der Wunden nicht, die sie selbst einsteckte. Sie heilten so schnell, daß Bonnie den Schmerz kaum spürte, und hätte sie es doch getan, wäre es ihr gleich gewesen. Sie verkörperte Tod und Zerstörung, und niemand hielt ihr stand. Mitternacht teleportierte auf dem Platz hin und her, tauchte jeweils gerade lange genug auf, um jemanden niederzustrecken, und war schon wieder verschwunden. Sie schien überall gleichzeitig zu sein, und wo sie war, fiel ein Hadenmann.

Die beiden *Ruhmreichen Schwestern* erschienen schreiend aus dem Nirgendwo und schwangen ihre Schwerter so schnell, daß niemand ihnen folgen konnte. Brutal attackierten sie die Hadenmänner, schlugen nach den verletzlichen Gelenken und ungeschützten Hälsen. Schwester Marion schritt steifbeinig ins dichteste Getümmel und schwankte hin und her, war irgendwie nie dort, wo der Gegner sie erwartete. Sie holte mit dem Schwert weit aus, durchschnitt direkt die leuchtenden Augen eines Hadenmanns und gab ihrer Beute mit dem Messer den Rest, indem sie die dicken Adern an der Oberseite der Schenkel durchtrennte. Blut spritzte auf ihre unheimliche Hexenkluft und schien dort perfekt zu passen.

Schwester Kathleen führte ihr Schwert beidhändig und bahnte sich mit schierer Entschlossenheit einen Weg durch die Reihen ihrer Feinde. Sie wich deren Angriffen mit raschen Bewegungen aus, war so schwer zu greifen wie Quecksilber, und ließ tote Hadenmänner hinter sich zurück.

Oberst Wilhelm Hand warf sich den Hadenmännern mit grimmiger Entschiedenheit und einiger Befriedigung entgegen, froh darüber, endlich wieder zu tun, was seine Bestimmung war und was er so gut tat. Er brüllte und sang alte Schlachtrufe, während sein Schwert stieg und fiel, ein Akt simpler Metzelei, und war froh im Herzen. Die Aufgerüsteten versuchten, ihm in Überzahl zu begegnen, aber Otto war stets zur Stelle und hielt ihm den Rücken frei, hackte den Hadenmännern die langen Beine ab und brachte sie so zu Fall, damit er die Hälse und Gesichter mit dem Messer angreifen konnte. Er lachte und kicherte beim Töten und ergötzte sich an der Zerstörung solch perfekter Gestalten.

Und überall, sowohl innerhalb der Mission wie außerhalb, kämpften die Leprakranken nach besten Kräften, mit Schußwaffen und Schwertern und geschärften landwirtschaftlichen Geräten, mit allem, was ihnen unter die grauen, verfaulenden Hände geraten war. Jeder, der aufrecht stehen konnte, war zum Kampf gekommen, und alle warfen sich mit der stillen Verzweiflung derjenigen gegen den Feind, die wußten, daß sie ohnehin starben. Und vielleicht auch, weil sie entschlossen waren, das wenige zu behalten, was in ihrem Leben immer noch von Wert und Bedeutung war – die Station, ihre Heime und die Heilige, die gekommen war, um ihnen Hoffnung zu geben, wo sie doch schon gedacht hatten, sie wäre ihnen für immer verlorengegangen.

Sie waren bereit, für die Mission zu kämpfen, aber sie waren auch bereit, für Sankt Bea zu sterben.

Langsam wurden die Hadenmänner aus der Missionsstation hinaus- und auf die Lichtung zurückgetrieben, und auf beiden Seiten starben viele dabei. Der zusätzliche Freiraum begünstigte die Hadenmänner, gab ihnen mehr Platz und Gelegenheit, ihre Kraft und Schnelligkeit auszunutzen, also hielten sich die Verteidiger dicht an die Palisade, bewachten die Löcher darin und lehnten es ab, sich weiterlocken zu lassen. Und immer noch strömten Hadenmänner aus dem umgebenden Dschungel hervor, Hunderte und aber

Hunderte, groß und vollkommen und vollkommen tödlich.

Eine Gruppe Hadenmänner fällte mit ihren Strahlenwaffen einen Baum und setzte ihn als Rammbock gegen das Haupttor der Mission ein. Solange das Tor hielt, waren die Leprakranken vor der Hauptmasse des Feindes geschützt, und beide Seiten wußten das. Das schwere Holztor erbebte unter jedem Stoß, und die großen Metallangeln ächzten laut. Die Wachleute auf den Türmen schossen fortlaufend Pfeilsalven auf die sich abmühenden Hadenmänner, aber selbst wenn einer fiel, war sofort ein anderer da und trat an seine Stelle. Das Tor beulte sich allmählich nach innen aus. Die Hadenmänner hatten jedoch durch das ständige Hin und Her den Boden zu dickem Matsch aufgewühlt, und sie rutschten unter dem Gewicht des Stamms in dem tückischen Morast aus. Und dann trafen Owen und Hazel ein und rettete ihre Seite.

Sie rannten durch die verstreuten Gruppen von Kämpfenden und hieben jeden nieder, der ihnen in die Quere kam. Die Aufgerüsteten ließen den Stamm fallen, wandten sich mit summenden Servomotoren dem neuen Gegner zu und empfingen Owen und Hazel mit Schwerthieben, die so schnell ausgeführt wurden, daß man nur verwaschene Bewegungen im Regen sah. Owen und Hazel hielten dem jedoch mühelos stand und griffen ihrerseits die Hadenmänner an. In dem Gedränge wurden sie schnell getrennt, und alle rutschten im Schlamm aus und mußten sich oft an dem Baumstamm festhalten, während sie um sich schlugen.

Hazel griff einen riesigen Hadenmann im Zweikampf an. Schläge und Paraden und Gegenschläge folgten mit unmenschlicher Schnelligkeit aufeinander, und bei jedem Zusammenprall flogen Funken von den Schwertern. Der Regen prasselte rings um sie hernieder und lief ihnen über die konzentrierten Gesichter. Letztlich schlug Hazel mit ihrer überlegenen Kraft die Klinge des Hadenmanns zur Seite und rammte ihm ihr Schwert so fest in die Brust, daß es am Rücken wieder austrat. Er fiel auf die Knie, und das goldene Licht seiner Augen erlosch langsam. Hazel riß das Schwert wieder heraus, begleitet von einem letzten Blutschwall, und sah sich nach frischer Beute um.

Owen lief flink zwischen den Hadenmännern umher. Mit seinem leichteren Körperbau konnte er sich unter den matschigen Bedingungen besser bewegen. Sein Schwert blitzte immer wieder auf, stets ein klein wenig zu schnell für die Aufgerüsteten, die ihn einzuschließen versuchten. Er schien stärker und schneller zu werden, je länger er kämpfte, als würde etwas in ihm erwachen – bis er schließlich mehr war als nur ein Kämpfer oder Krieger. Er fühlte sich unbesiegbar, empfand sich mehr als Naturgewalt, vor die Aufgabe gestellt, den Hadenmännern zu demonstrieren, daß sie den falschen Weg beschritten. Er stampfte herum und machte einen Ausfall – und er rutschte im Matsch aus und stürzte.

Er schlug ungeschickt auf, prallte mit dem rechten Ellbogen auf etwas Massives, und das Schwert fiel ihm aus den Fingern, die für einen Moment taub geworden waren. Sofort waren Hadenmänner überall um ihn herum und stachen in einem fort auf ihn ein, und nur ihr unsicherer Stand gab Owen die Möglichkeit, sich wieder aufzurappeln. Er schoß einem Hadenmann aus kürzester Distanz in die Brust, und die anderen wichen zurück. Owen griff nach dem Messer, das er im Stiefel stecken hatte, und fluchte und lästerte, während er sich verzweifelt nach seinem Schwert umsah.

Und dann blickte er gerade rechtzeitig auf, um das stumpfe Ende des riesigen Rammbocks heranzucken zu sehen. Vier Hadenmänner hatten sich aus dem Getümmel ringsherum entfernt, um den Stamm mit laut summenden Servomotoren aufzuheben, und mit schierer Entschlossenheit stürmten sie mit ihrer Last durch Regen und Matsch vor. Owen fand gerade noch die Zeit, seinen Tod kommen zu sehen, dann erwischte ihn der riesige Baumstamm voll und rammte ihn an das Haupttor.

Für einen Augenblick war es wie im Traum. Das Ende des Stamms sperrte das Licht aus, als wäre speziell für Owen die Nacht hereingebrochen. Dann wurde er von vorne schwer getroffen und einen Augenblick später noch einmal von hinten, und er hatte das Gefühl, die Last der ganzen Welt würde ihn niederdrücken. Er spürte, wie sein ganzer Körper, Knochen und Organe, regelrecht flachgedrückt wurde, schon bevor irgend etwas tatsächlich zerbrach. Dann spürte er den Schmerz, und es war gar nicht mehr wie im Traum.

Die Rippen brachen, gaben unter dem Druck nach, spießten Lungen und Herz auf. Blut spritzte ihm aus Mund und After. Der Rammbock schwenkte zurück, aber Owen blieb, wo er war, klebte im eigenen Blut fest. Der Schmerz war so schlimm, daß er nicht mal mehr denken konnte, in der Agonie des Augenblicks gefangen wie eine Fliege in Bernstein. Langsam glitt er jetzt hilflos am Tor herunter und hinterließ eine Spur aus dunklem Blut auf dem Holz, das unter der Gewalt des Einschlags gebrochen und zersplittert war.

Owen lag reglos im Schlamm und hörte nicht einmal, wie Hazel vor Entsetzen und Wut schrie, sah nicht, wie sie über die Hadenmänner herfiel und alle umbrachte. Er lag im Matsch, während der Regen langsam das Blut aus seinem verwüsteten Gesicht spülte, und dachte: *Was für eine dumme Art zu sterben! So vieles bliebe noch zu tun.* Und dann kam ihm der

Gedanke: *Nein! Ich werde nicht sterben! Ich weigere mich. Nicht hier und nicht jetzt, wo ich noch gebraucht werde.*

Er tastete mit den Gedanken nach innen, in den geheimnisvollen Winkel seines Unterbewußtseins, der seine besonderen Kräfte enthielt, und erweckte sie mit schierer Willenskraft. Er zerrte sie aus jenem dunklen Ort hervor und lenkte sie in den zerstörten, sterbenden Körper. Heilende Energie lief knisternd durch ihn hindurch, und er hätte am liebsten geschrien, als neuer Schmerz auftrat – von den gebrochenen Knochen, die sich langsam wieder zusammenfügten. Erst als jedoch auch die Lungen wiederhergestellt waren und Luft aufnehmen konnten, brachte er auch nur die Spur eines Wimmerns zustande. Das Herz heilte sich innerhalb eines Augenblicks und schlug von neuem fest und kräftig. Die Knochen wurden stark, die Organe gesund, und all das schmerzte wie im Schlund der Hölle. Und dann zogen sich die Labyrinthkräfte wieder in die Tiefe zurück. Owen lag dort im Schlamm, durchnäßt vom eigenen Blut und schwach wie ein kleines Kätzchen, aber er war vom Rande des Todes zurückgekehrt, durch nichts weiter als die Weigerung, sich irgend etwas zu beugen, und sei es der Schwäche des eigenen Körpers.

Na ja, dachte er schließlich. *Wieder mal eine Fähigkeit, von der ich noch gar nichts geahnt hatte.*

Hazel sank neben ihm auf die Knie, die Augen weit aufgerissen vor Entsetzen über die Menge an Blut. »Bleib still liegen, Owen. Ich hole Hilfe.« Ihre Stimme bebte vor mühsam zurückgehaltenen Tränen. »Stirb nicht. Wage ja nicht, mir einfach wegzusterben, Owen! Das dulde ich nicht.«

»Sachte, meine Liebe«, sagte Owen, und es war kaum mehr als ein Flüstern. »Ich bin in Ordnung. Habe mich selbst geheilt. Helft mir auf.«

Hazel kontrollierte zunächst mit erfahrenen Händen seine Brust und zerrte ihn dann auf die Beine. »Alle Teufel, Owen, als ich sah, wie dich dieser verdammte Baum gerammt hat, dachte ich, diesmal hätte ich dich ganz sicher verloren. Kann uns überhaupt noch etwas umbringen?«

Owen lächelte grimmig. »Oh, ich denke, ein direkter Disruptorschuß in den Kopf würde wahrscheinlich reichen. Oder ein Pflock durchs Herz. Aber wir werden ständig zäher. Helft mir jetzt hinein, denn ich nütze niemandem etwas, ehe ich nicht wieder zu Atem gekommen bin.«

Hazel half ihm, zum nächstgelegenen Loch in der Palisade zu humpeln. Die verbliebenen Hadenmänner wichen ihnen weiträumig aus.

Bonnie Chaos tanzte zwischen den Hadenmännern herum wie der plötzliche Tod auf zwei Beinen. Jeder ihrer Angriffe war tödlich, und sie machte sich nicht die Mühe, selbst Schläge abzuwehren. Wenn sie verletzt wurde, lachte sie nur laut und sonnte sich in der Geschwindigkeit, mit der ihr Fleisch heilte. Für sie war die Ehre des Zweikampfes nicht geschaffen, und falls sie mal etwas von Fairplay gehört hatte, dann nur, um darüber zu lachen. Sie sprang hierhin und dorthin, und ihr Schwert blitzte aus dem Nichts hervor, um eine ungeschützte Flanke oder einen ihr zugewandten Rücken zu durchbohren. Bonnie Chaos war eine Kämpferin, keine Kriegerin, und hatte überhaupt keine Zeit für Ehre. Sie wäre ihr nur im Weg gewesen. Sie streckte ihre Gegner mit wilden, herzlosen Angriffen nieder und ignorierte die Hilferufe der Leprakranken, die rings um sie kämpften. Sie war nicht hier, um irgend jemandem als Schild oder als Partnerin zu dienen. Mit ihren Kräften und Fähigkeiten war sie für die Verteidigung der Missionsstation wichtiger als irgendein verdammter, dummer Kolonist, der das Händchen gehalten haben wollte.

Mitternachtsblau schwang ihre Axt beidhändig und hackte mit übermenschlicher Kraft Köpfe und Gliedmaßen ab. Immer wieder spritzte Hadenmännerblut auf sie wie eine kräftigende Dusche, und sie trug es mit Stolz. Sie röhrte die heiligen Gesänge ihres Kriegerordens und schnitt sich einen Weg durchs Schlachtgetümmel frei wie ein Holzfäller, der einen neuen Weg in einen dichten Wald schlug. Die Hadenmänner fielen fast hilflos vor ihrem kalten, konzentrierten Zorn und erhoben sich nicht wieder. Mitternacht steckte heftige Schläge und Verletzungen ein, ohne mit der Wimper zu zucken, ignorierte sie in ihrer Kampfeswut. Die meisten ihrer Wunden schlossen sich sofort wieder, und derer, die ein wenig länger brauchten, achtete sie nicht. Sie focht an der Spitze einer kleinen Gruppe von Leprakranken und hielt ihnen ebenso den Rücken frei wie sich selbst. Sie hätte an jeden anderen Ort der Schlacht teleportieren können, war aber nicht bereit dazu, solange sie an Ort und Stelle gebraucht wurde.

Zuzeiten fiel einer ihrer Leute, ungeachtet all ihres Beistandes, und dann füllte sich ihr Herz mit Wut. Die Kranken kämpften alle so tapfer, aber am Ende waren sie keine Gegner für Hadenmänner. Einer nach dem anderen fiel, bis Mitternacht wieder allein war. Da verschwand sie und tauchte an anderer Stelle auf, wo man sie brauchte, um eine weitere Gruppe von Leprösen zu beschützen, solange sie es vermochte.

Bonnie und Mitternacht begegneten sich im Zentrum der Schlacht, und wo sie Rücken an Rücken ihre Stellung verteidigten, konnte niemand sie vertreiben. Sie blockierten den Weg zum größten Loch in der Palisade, und die Hadenmänner strömten ihnen entgegen wie eine endlose Flut, nur um einer nach dem anderen tot oder sterbend zu fallen, wie Wellen, die sich an einem Felsen brachen. Die Hadenmänner verfügten über Strahlenwaffen, aber im ständigen Hin- und Herwogen der Leiber fiel es selbst ihren aufgerüsteten Lektronenhirnen schwer, irgendein Ziel zu treffen. Und so nahm die Schlacht ihren Lauf, bis die schiere Übermacht der Hadenmänner selbst Bonnie und Mitternacht Schritt für Schritt zurücktrieb, bis sie direkt im Loch standen, von wo sie sich nicht mehr vertreiben ließen. Bis die Hadenmänner einen großen Gegenstand herbeischleppten, eingewickelt in zahlreiche Schichten aus wasserdichtem Schutzmaterial. Die Aufgerüsteten, die gegen Bonnie und Mitternacht stritten, brauchten nur einen Blick darauf zu werfen und wichen gleich hastig aus. Bonnie und Mitternacht senkten die Waffen und musterten zunächst sich gegenseitig und dann den Gegenstand. Die Hadenmänner zogen die Schutzhülle herunter und legten eine tragbare Disruptorkanone frei. Bonnie funkelte Mitternacht an.

»Mach dich vom Acker, Teleporterin! Verschwinde!«

»Ich lasse dich nicht im Stich.«

»Ich regeneriere mich, erinnerst du dich?«

»Nein, nicht davon.«

»Teleportiere, verdammt! Ich würde flüchten, falls ich glaubte, es gäbe eine Zuflucht.«

»Bonnie ...«

»Geh! Ich weiß seit jeher, daß ich allein sterben werde.«

Mitternacht stieß einen Schrei der Wut und Qual aus und verschwand. Luft stürzte in den Leerraum, den sie hinterlassen hatte. Mitternacht tauchte hinter der Mannschaft der Disruptorkanone auf und hieb mit der Axt um sich. Aber noch während die Hadenmänner tot oder sterbend niedersanken, hatte einer von ihnen schon gezielt und geschossen. Energien, die

Stahl verdampfen und Kraftfelder durchschlagen konnten, überquerten mit Lichtgeschwindigkeit die Distanz zu Bonnie. Als die Kanone den Strahl wieder abschaltete, klaffte ein Loch in der Wand, das gereicht hätte, eine Armee hindurchzuführen, und es gab keine Spur mehr von Bonnie Chaos.

Mitternachtsblau heulte auf unter dem Schmerz des Verlustes – über den Tod von jemandem, der sie selbst hätte sein können, über den Tod einer guten Waffengefährtin. Und vielleicht ein wenig über das Wissen, daß sie ungeachtet ihrer Kraft und Schnelligkeit nicht jeden retten konnte, nicht einmal, wenn es ihr am meisten darauf ankam. Sie metzelte den Rest der Bedienungsmannschaft nieder und stemmte die Kanone über den Kopf, wobei sich ihre Armmuskeln kräftig wölbten. Noch nie zuvor hatte sie ein solches Gewicht gehoben, aber in diesem Augenblick glaubte sie, daß sie es für immer hochhalten konnte. Sie blickte sich um, suchte sich die dichteste Konzentration von Hadenmännern aus und schleuderte die Kanone mit aller Kraft unter sie. Das Geschütz explodierte beim Aufprall, und ein Blitz intensiven Lichts zuckte durch die Aufgerüsteten hindurch und blies sie davon wie Blätter in einem Feuersturm. Als der Erdboden schließlich wieder zur Ruhe kam, öffnete sich dort ein tiefer Krater, und überall lagen zerstörte Körper. Einige davon Leprakranke. Mitternacht bemühte sich, etwas für sie zu empfinden, schaffte es aber nicht, noch nicht. Nicht, solange dieses taube Loch in ihr klaffte, wo früher Bonnie gewesen war. Sie stolperte zur Palisade zurück, um das riesige Loch zu verteidigen. Und in diesem Augenblick hörte sie das Geräusch aus dem Inneren.

Mitternacht stieg durch das Loch und entdeckte die Überreste von Bonnie Chaos ein Stück weit innerhalb der Mission. Es handelte sich überwiegend um Knochen, versengt und geschwärzt von den entsetzlichen Energien des Disruptorstrahls, aber immer noch von Strängen blutigen Fleisches irgendwie zusammengehalten. Fetzen von Organen pulsierten weiterhin unter den gebrochenen Rippen und dem eingedrückten Brustbein. Es war schrecklich, aber dieses Ding lebte noch und litt. Mitternacht stolperte vor und kniete neben Bonnie nieder. Der Schädel grinste sie mit zerbrochenen Zähnen an, aber unglaublicherweise war eines der Augen noch intakt. Während Mitternacht hinsah, bildete sich in der zweiten Augenhöhle ein neues Auge. Muskelstränge entstanden aus dem Nichts, krochen wie Würmer über die Knochen und zogen den Unterkiefer wieder an Ort und Stelle zurück. Weiter unten reparierten sich die Organe. Mitternacht richtete den Blick wieder auf den Kopf. Haut bildete sich neu, und Lippen schlossen sich langsam über den Zähnen. Der Mund öffnete sich, und der Atem fuhr zischend ein und aus.

»Hab dir ja gesagt, daß ich das wegstecke«, flüsterte Bonnie Chaos und lächelte schmerzlich. »Wir haben schon einmal den direkten Treffer einer Kanone überlebt, damals auf *Nebelwelt,* weißt du noch? Natürlich war damals Owen bei uns. Zusammen waren wir immer stärker.«

»Jesus, bist du vielleicht in einem Zustand!« sagte Mitternacht, unschlüssig, ob sie lachen oder weinen sollte. »Ich bringe dich in die Krankenstation.«

»Keine Zeit. Bewache du das Loch in der Palisade, während ich zusehe, daß ich mit der Regeneration fertig werde. Und solltest du sehen, wie sie eine zweite Disruptorkanone aufstellen, heb mich auf und renne wie der Teufel, weil ich einen weiteren Treffer dieser Art auf keinen Fall überleben würde.«

»Klarer Fall«, sagte Mitternacht. »Sollte jemand an mir vorbeikommen, beiße ihm in die Knöchel.«

Sie kehrte zur Lücke zurück und versagte den Hadenmännern jeden Zutritt zur Mission. Sie stand dort, die Axt in Händen, entschlossen, hier standzuhalten, bis die Schlacht vorüber war oder sie fiel oder die Hölle gefror, was auch immer zuerst geschah.

Die beiden *Ruhmreichen Schwestern* waren scheinbar überall zugleich, führten ihre leprakranken Schützlinge an, taten dies aus der ersten Reihe und sangen Kirchenlieder und Psalmen, während sie sie jeden niederstreckten, der sich ihnen entgegenstellte. Die Kolonisten kämpften mit dem Mut von Kriegern und wehrten die Hadenmänner ab, solange sie konnten. Ungeachtet ihrer Kraft und Schnelligkeit, ihrer implantierten Panzerungen und Stahlgewebe hielten die Aufgerüsteten einem Gegner nicht stand, der sich ins Getümmel warf und nicht darum scherte, ob er überlebte oder starb. Ein Leprakranker klammerte sich jeweils an den Schwertarm eines Hadenmanns, während ein anderer dessen Hals angriff. Andere akzeptierten, daß ihnen ein Schwert in den Bauch gerammt wurde, so daß es feststeckte, während andere den Mörder zu Boden brachten. Die Hadenmänner waren tüchtig, die Leprakranken aber inspiriert. Die Schlacht wogte hin und her, mal zur Missionsstation hin, mal davon weg, und keine Seite konnte ihren Vorteil jeweils lange wahren.

Schwester Kathleen erblickte die Bombe als erste. Kathleen befand sich im Augenblick an einer ruhigen Stelle, blickte sich nach einem neuen Gegner um und entdeckte sechs Hadenmänner, die langsam eine schwere Bombe zum Haupttor der Mission schleppten. Eine Leibwache aus sechs weiteren Hadenmännern schützte den Transport und bahnte ihm mit Disruptoren den Weg. Kathleen erkannte, womit sie es bei diesem Apparat zu tun hatte, denn sie hatte im Bergbau gearbeitet, ehe sie zur Kirche kam. Sie machte Marion auf sich aufmerksam und informierte sie über die neue Gefahr, und gemeinsam bahnten sie sich einen Weg durchs Schlachtgetümmel auf die Bombe zu.

Die beiden Schwestern erreichten die Ehrengarde der Bombe gemeinsam und stürzten sich auf die ahnungslosen Hadenmänner. Da ihre Waffen erschöpft waren, wehrten sich diese mit blankem Stahl und wollten nicht weichen. Die *Ruhmreichen Schwestern* fochten wild, aber sie hatten schon einen langen Kampf hinter sich und waren schließlich auch sehr krank, da die Lepra an ihrer Kraft und Ausdauer ebenso fraß wie an allem anderen. Die Servomotoren in den Armen der Hadenmänner dagegen ermüdeten nie. Der Bombentransport war unweit des Randes der Lichtung gestoppt, aber die Schwestern konnten den Sprengsatz selbst nicht erreichen.

Sie kämpften weiter, und ihr Glaube trieb sie über den Punkt hinaus, an dem jeder andere aufgegeben hätte oder vor Erschöpfung zusammengebrochen wäre, aber schließlich war es allein Kathleen, die erkannte, worauf es ankam. Sie sprach ein letztes Gebet zu Gott und erzwang sich den Weg zwischen zwei Hadenmänner, indem sie alles in einen Angriff warf, der sie selbst schutzlos zurückließ. Sie brach durch, nahm Kurs auf die Bombe, und zwei Schwerter trafen sie gleichzeitig von hinten, durchbohrten Rücken und Nieren. Sie schrie einmal auf, wobei ihr Blut aus dem Mund spritzte, setzte aber ihren Weg fort und erreichte die Bombe mit dem Impuls, den ihr der letzte heftige Angriff verschafft hatte. Sie schlug wild mit dem Schwert um sich und tötete einen der Hadenmänner, die die Bombe trugen, und der Sprengsatz fiel zu Boden. Und dann war es für Kathleen das einfachste auf der Welt, die Hand auszustrecken und die auf fünf Minuten eingeschaltete Zeitzündung zu aktivieren.

Schwester Marion sah, was ihre Gefährtin getan hatte, und schrie hilflos auf, als Kathleen sich auf die Bombe warf und entschlossen daran festhielt, so daß die Hadenmänner nicht herankamen und die Zündung nicht rückgängig machen konnten. Schwester Marion drehte sich um und lief zur Missionsstation hinüber, schrie dabei den übrigen Leprakranken zu, sie sollten sich zurückziehen. Andere griffen den Ruf auf, vertrauten ihrer Entscheidung, und bald hatten sich alle Verteidiger von Sankt Beas Mission aus der Schlacht gelöst und liefen über die Lichtung zum Haupttor und den großen Löchern in der Palisade. Zuerst setzten die Hadenmänner ihnen nach, aber sie erkannten rasch, daß etwas nicht stimmte. Sie blieben stehen, argwöhnten eine Falle oder irgendeinen Trick.

An der Bombe hackten die Hadenmänner auf Kathleen ein, damit sie endlich losließ, aber sie klammerte sich mit letzter Kraft daran, schrie über die furchtbaren Schmerzen ihrer Wunden, weigerte sich aber, den Griff zu lockern. Sie hatte ihre Position sehr sorgfältig gewählt. Die Hadenmänner mußten sich überlegen, wo sie zuschlugen, um nicht die Bombe zu beschädigen. Schließlich starb Kathleen, obwohl die Aufgerüsteten einige Zeit brauchten, bis sie es bemerkten. Sie lösten die Hände der toten Nonne von dem Sprengsatz, wozu sie die Finger brechen mußten, und warfen die Leiche zur Seite. Erst in diesem Augenblick sahen sie die Schaltuhr und erkannten, was Kathleen mit ihrem trotzigen Tod erkauft hatte. Die Hadenmänner wandten sich zur Flucht, und die Bombe explodierte.

Die Detonation tötete jeden Hadenmann, der noch auf der Lichtung war, riß einige Bäume an der Peripherie um und erschütterte die Palisade der Mission. Die Leprakranken hatten es rechtzeitig geschafft, in die Station zurückzukehren und das Haupttor zu sichern, und obwohl einige Schäden an den kleineren Häusern auftraten, überlebten die Kolonisten und ihre Helden. Nachdem das letzte Beben der Explosion vorüber war und Wände und Boden nicht mehr wackelten, öffnete Schwester Marion das Haupttor und blickte hinaus. Von der angreifenden Armee war nichts weiter geblieben als ein paar verstreute, halbgeschmolzene Metallgestalten. Die Streitmacht der Hadenmänner war verschwunden, als hätte sie nie existiert. Von Schwester Kathleen war keine Spur mehr zu erkennen. Schwester Marion seufzte und zog laut die Nase hoch.

»Das sollte diese Metallmistkerle lehren, nicht mit gefährlichen Sachen zu spielen. Gott segne und erhalte dich, Schwester Kathleen, und verdamme alle Hadenmänner.«

Auf die Schlacht folgte das Aufräumen. Die Löcher in der Schutzwand mußten repariert oder zugenagelt werden. Die Verwundeten kamen auf die Krankenstation, und die Toten wurden in einer der Vorratshütten aufgestapelt. Später war noch Zeit für die Bestattung. Hoffentlich. Zunächst mußte man jeden Toten identifizieren, damit Freunde und Nahestehende Abschied nehmen konnten. Einige Leichen waren so entstellt, daß es schwerfiel, sie zu identifizieren. Diese Unglücklichen wurden in Reihen in einer eigenen Hütte aufgebahrt, und weinende Überlebende schritten langsam durch die schmalen Zwischengänge und hielten Ausschau nach jemandem, der ihnen vertraut erschien.

Die Toten einzusammeln und sie entweder zu identifizieren oder aufzubahren war eine beunruhigende, deprimierende Aufgabe, aber sie mußte ausgeführt werden. Die meisten derer, die zum Kampf hinausgezogen waren, waren körperlich oder geistig nicht mehr in der richtigen Verfassung dafür, also fiel diese Pflicht denen zu, die als letzte Abwehrlinie in der Station zurückgeblieben waren, um dort notfalls die zu verteidigen, die zu krank waren für den Kampf. Oberst Wilhelm Hand und Otto war es letzten Endes zugefallen, das Haupttor zu schützen und die taktische Aufsicht zu führen, sehr zu ihrem Widerwillen, und sie nutzten nun ihre militärische Erfahrung für das Einsammeln der Toten. Deren Zahl erhöhte sich ständig, da Männer und Frauen starben, während sie darauf warteten, daß man sie zur Krankenstation brachte.

Die Toten versetzten Hand und Otto nicht in Unruhe. Sie hatten in ihrer Zeit schon genug Leichen gesehen und betrachteten sie nun eher als Objekte und weniger als die Personen, die sie einmal gewesen waren. Tobias Mond half ihnen. Man hatte ihm nicht gestattet, hinauszugehen und zu kämpfen, da man ihn zu leicht mit einem der Gegner hätte verwechseln können. Und so trug er jetzt die Toten in die lange, schmale Hütte und legte sie dort in ordentlichen Reihen aus, und seine aufgerüsteten Arme bewältigten die Last noch lange über den Punkt hinaus, an dem auch die entschlossensten Leprakranken durch schiere Erschöpfung hatten aufgeben müssen. Er war froh über die Chance, helfen zu können. Die Leichen belasteten ihn nicht. Er hatte selbst schon zu ihnen gehört.

Wilhelm Hand schritt langsam die Reihen auf und ab, versah jede Leiche mit einer Nummer und notierte sich Sachen wie persönlichen Schmuck, um die Identifizierung zu unterstützen. Otto stolperte ein und aus und beförderte dabei in Decken gewickelte Leichenteile. Man wollte sie später zusammenfügen, falls das möglich war. Zunächst stapelte er sie alle in einer Ecke und dankte Gott dafür, daß man auf *Lachrymae Christi* keine Ratten antraf. Mit einem betonten Grunzen packte er seine letzte Last auf den brusthohen Stapel, drehte sich um und verzog das Gesicht.

»Jesus, hier stinkt es aber, Oberst! Hätte man uns nicht wenigstens eine Hütte mit Fenstern zuteilen können?«

»Verspritze ein bißchen Desinfektionsmittel«, sagte Hand, ohne von seinem Klemmbrett aufzublicken. »Und falls du irgendwas siehst, was klein ist und sich schlängelt, dann haue mit etwas darauf, was schwer ist.«

»Geht nich'«, wandte Otto ein. »Sankt Bea hat alle Desinfektionsmittel für die Krankenstation beschlagnahmt. Sie hat als Reserve sogar allen Schnaps im Lager eingesammelt. Nächstes Mal, Oberst, sollten wir uns nicht vom Kampf abhalten lassen. Ich würde mich lieber mit dem Buckel voraus einer ganzen Armee von Hadenmännern entgegenstellen, als diese Scheiße noch mal durchzumachen. Das ist zu sehr, als würde man für seinen Lebensunterhalt arbeiten.« Der Zwerg sah sich um und schwieg längere Zeit. »Wir haben da draußen eine Menge gute Leute verloren, Oberst. Fünfzehn, vielleicht zwanzig Prozent. Und bis morgen werden noch viel mehr tot sein.«

»Die Hadenmänner haben verflucht viel mehr verloren.«

»Jap, aber sehen wir der Sache ins Auge – das war nur ein einleitendes Scharmützel. Ein Voraustrupp, um die Verteidigung auf die Probe zu stellen. Jedenfalls hätte ich es so gemacht. Die eigentliche Armee lauert immer noch irgendwo da draußen im Dschungel und verdaut die Lektionen, die sie erhalten hat. Und sie könnte uns jederzeit angreifen.«

»Weißt du, Otto, es ist dein heiteres Naturell, das mich auf den Beinen hält. Hast du nicht zu arbeiten?«

»Nee. Keine Leichenteile mehr. Für die letzte Fuhre mußte ich Schaufel und Eimer benutzen. Dabei ist mir unerfindlich, wie Ihr Ohren und Zähne und blutige Klumpen zusammensetzen wollt. Weiß gar nicht, was wir mit den Teilen anfangen sollen, die niemand beansprucht. Außer vielleicht Suppe daraus machen.«

Der Oberst blickte vom Klemmbrett auf. »Deine Familie, das waren ja auch Kannibalen, nicht wahr?«

»Nur an religiösen Feiertagen. Und nur, wenn wir jemanden wirklich nicht leiden konnten.«

»Fertig«, sagte Tobias Mond von der Tür her. »Keine weiteren Leichen mehr, auch wenn viele Leute schwer verletzt sind. Ich denke, Ihr beide solltet Euch jetzt ausruhen. Ich kann die Arbeit fortsetzen. Ich bin überhaupt nicht müde.«

»Dann seid Ihr damit der einzige in der Mission«, sagte der Oberst. Er sah das Klemmbrett an und ließ es dann zu Boden fallen. »Machen wir eine Pause, Otto. Ich denke, wir haben sie uns verdient.«

Die beiden setzten sich auf den Boden, so weit entfernt wie nur möglich von den Leichen und dem Geruch, und lehnten sich müde an die Wand. Otto brachte von irgendwoher unter seinen Kleidern einen ramponierten metallgrauen Flachmann zum Vorschein, blinzelte dem Oberst zu, und beide nahmen je einen tiefen Schluck daraus. Mond stand unsicher unter der Tür. Hand winkte ihn herüber.

»Leistet uns Gesellschaft, Sir Mond. Auch Ihr habt Euch eine Pause verdient, selbst wenn Ihr sie nicht braucht. Setzt Euch doch. Hättet Ihr Geschmack an etwas wirklich Üblem?«

»Danke«, sagte Mond. Alkohol bewirkte bei ihm nichts, aber er nahm die angebotene Flasche trotzdem an. Er wußte, daß das zu geselligem Umgang gehörte. Er setzte sich neben den Oberst, nahm einen bescheidenen Schluck und gab die Flasche zurück. »Es hat ein ... ungewöhnliches Aroma.«

Otto lachte. »Das Aroma ist nicht der Grund, warum man es trinkt, mein Freund. Du warst draußen auf dem Torplatz. Wie lauten die neuesten Nachrichten?«

Mond zögerte und leitete die Informationen durch einen Filter, der heraussuchte, was die meisten Leute interessant fanden. »Die Löcher in der Palisade sind gestopft. Die wenigen Brände haben bemerkenswert wenig Schaden angerichtet.«

»Die Leute, Mond«, sagte Hand geduldig. »Was ist mit Euren Freunden, den lebenden Legenden?«

»Der Todtsteltzer wurde schwer verwundet, hat sich aber wieder erholt. Hazel D'Ark und Mitternachtsblau helfen Mutter Beatrice in der Krankenstation. Bonnie Chaos hat umfangreiche Schäden erlitten, heilt aber mit erhöhtem Tempo und erwartet, in einer oder zwei Stunden wieder voll funktionsfähig zu sein. Die von uns, die das *Labyrinth des Wahnsinns* durchschritten haben, sind nur schwer umzubringen.«

»Ja«, sagte der Oberst. »Das ist uns aufgefallen. Ihr seid wahrscheinlich sogar immun gegen das, was wir uns eingefangen haben.« Hand musterte Mond ausgiebig. »Was hättet Ihr getan, wenn die Hadenmänner unsere Abwehr durchbrochen hätten und hierhergelangt wären? Hättet Ihr gegen Euer eigenes Volk gekämpft?«

»Ja«, antwortete Mond sofort. »Weil es nicht mehr mein Volk ist. Ich bin weder Mensch noch Hadenmann. Ich schulde keiner Lebensform mehr Treue, nur noch meinen Freunden.«

»Letztlich ist das alles, was wir haben«, meinte

Hand und hob die Flasche erneut an die grauen Lippen. »Freundschaft und Ehre. Nichts sonst spielt eine Rolle.«

»Aber was, wenn die Ehre verlangt, sich gegen die eigenen Freunde zu wenden?« fragte Mond.

»Heikle Frage«, fand Hand. »Ich schätze, man muß sich selbst fragen: Wären sie noch Freunde, wenn sie wüßten, daß man die eigene Ehre verraten hat?«

»Es ist schwer, ein Mensch zu sein«, seufzte Mond.

»Du sagst es«, warf Otto ein.

Als sich alles wieder beruhigt hatte, war es schon Nacht. Sie kam früh auf *Lachrymae Christi*. Sankt Bea und Schwester Marion arbeiteten noch auf der Krankenstation und kämpften mit einer unzulänglichen Ausstattung an Medikamenten und Instrumenten um das Leben von Menschen. Allmählich sah es hier weniger aus wie in einem Krankenhaus und mehr wie in einem Schlachthaus. Hazel D'Ark und Mitternachtsblau halfen nach besten Kräften und legten Pausen ein, die sie draußen verbrachten, wenn sie jeweils die Schreie und das Leid und den Gestank freigelegter Eingeweide nicht mehr verkrafteten. Sie saßen dann gemeinsam auf der Außentreppe, atmeten die frische Luft und rafften den Mut zusammen, wieder hineinzugehen. Es war schwer, so mächtig und so hilflos zugleich zu sein. Nach einer Weile kam Bonnie Chaos aus den Schatten heranmarschiert und schloß sich ihnen an. Sie trug die graue Standardkleidung und war vollständig geheilt – und zwar so weitgehend, daß sie sie kaum wiedererkannten. Alle Piercings und Tätowierungen und Körpermodifikationen waren verschwunden, weggebrannt von dem Energiestrahl und im Zuge der Heilung nicht wieder neugebildet. Bonnie schnitt ein sehr finsteres Gesicht, als sie sich neben Hazel setzte und dabei doch etwas unsicher wirkte.

»Ich hasse es, so auszusehen wie alle anderen. Jahre harter Arbeit in einem Augenblick zunichte gemacht! Selbst die alten Ledersachen sind zerstört worden, die ich unter dem Mantel getragen habe. Ich hatte sie seit Jahren. Habe sie aus der Haut eines alten Feindes hergestellt. Und ich fühle mich immer noch schwach von der Regeneration. Mußte dabei noch nie so viel Arbeit leisten. Falls die Hadenmänner jetzt angriffen, könnte ich sie nicht mehr mit einem Papierhandtuch abwehren.«

»Schön, dich zu sehen«, sagte Mitternacht. »Uns geht es gut, danke.«

»Du ähnelst mir jetzt stärker«, fand Hazel.

»O Gott!« rief Bonnie. »So schlimm kann es doch nicht sein, oder?«

»Tut sich irgendwas draußen im Dschungel?« fragte Mitternacht.

»Nur die Pflanzen, die sich gegenseitig fressen und bumsen. Wie läuft es auf der Krankenstation?«

»Hängt davon ab, wie man es betrachtet«, antwortete Hazel. »Wir verlieren mehr Menschen, als wir retten, aber unter diesen entsetzlichen Bedingungen ist es ein Wunder, wie viele wir retten. Bea ist wirklich eine Heilige, weißt du? Arbeitet schon den ganzen Tag, und sie macht noch weiter, während wir schon kaputt sind. Ich habe noch nie so viel Blut auf einmal gesehen. Der Boden ist ganz glitschig davon, egal wieviel Desinfektionsmittel wir verspritzen. Der Schock bringt viele der Verwundeten um, entweder von den Verletzungen selbst oder von der Operation. Ich schätze, die Lepra schwächt das ganze Immunsystem.«

»Es ist nicht fair«, fand Mitternacht. »Sie haben so

tapfer gekämpft! Sie haben die Schlacht gewonnen. Sie haben mehr verdient als das bißchen, was wir für sie tun können.«

»Jawohl«, bekräftigte Bonnie. »Es ist eine Sache, wenn wir hinausgehen und kämpfen; wir sind praktisch nicht umzubringen. Man kann uns zwar verletzen, aber nichts ist mehr eine richtige Gefahr für uns.«

»Und am Ende war es Schwester Kathleen, die die Schlacht gewonnen hat«, sagte Mitternacht. »Und nicht eine von uns. Und sie hat ihr Leben dafür gegeben. Hat nicht eine Sekunde gezögert.«

»Himmel, was für Wunder diese Sterblichen sind!« sagte Bonnie.

»Wir ähneln den Monstern aus den alten Geschichten«, fand Hazel. »Ob man uns schneidet, erschießt oder verbrennt: Wir kehren immer wieder zurück. Es sei denn, man würde uns einen Pflock durchs Herz rammen, uns den Kopf abhacken, ihn verbrennen und die Asche verstreuen. Ich denke, nicht mal du könntest dich davon erhohlen, Bonnie.«

»Ich würde es verdammt noch mal probieren«, versetzte diese.

»Die Hadenmänner«, sagte Mitternacht, »sie sind die wirklichen Monster. Haben aus Liebe zur Tech ihr Menschsein aufgegeben. Vollkommenheit wird jedoch nicht durch den Körper, sondern durch den Geist erreicht. Welche Ehre bringt es mit sich, eine Station voller Kranker anzugreifen?«

»Sie möchten irgend etwas«, sagte Bonnie. »Und sie akzeptieren niemals, daß ihnen etwas in die Quere kommt, wenn sie nach etwas suchen. Am allerwenigsten Moral. Das kann ich respektieren. Manchmal ist es nötig, etwas von Wert zu opfern, um etwas von Wert zu erreichen. Freunde, Ehre, Moral ... Liebe. Ich liebe meinen Owen mit meinem ganzen verrotteten Herzen, aber ich würde ihn opfern, um das Imperium zu retten, und er weiß es. Kannst du behaupten, daß du nicht genauso handeln würdest?«

»Ich habe meinen Owen verloren«, antwortete Mitternacht. »Ich würde das ganze Imperium und alles darin opfern, wenn ich ihn dadurch wieder in die Arme schließen könnte.«

»Aber wie würde er das finden?« fragte Hazel.

»Oh, er wäre entsetzt«, sagte Mitternacht. »Aber Owen war eben schon immer viel ehrenhafter als ich.«

»Wo steckt dein Owen?« wandte sich Bonnie an Hazel.

»Irgendwo unterwegs«, antwortete sie. »Er hat die Reparaturarbeiten an der Palisade überwacht, aber seitdem habe ich ihn schon lange nicht mehr gesehen. War zu beschäftigt. Heute dachte ich schon, er würde sterben, aber wieder einmal hat er es vom Abgrund des Todes zurückgeschafft. Der Mann hat mehr Leben als ein ganzer Korb voller Katzen. Aber ... nur einen Augenblick lang, als er dort in seinem Blut lag, dachte ich: *Was täte ich ohne ihn? Wofür sollte ich leben, wenn er nicht mehr wäre?*«

»Warum sagst du ihm das nicht?« fragte Mitternacht sanft. »Falls die Hadenmänner zurückkehren, erhältst du womöglich keine Chance mehr dazu.«

»Später vielleicht«, sagte Hazel. »Wir werden da drin noch gebraucht.«

»Ich kann eine Zeitlang aushelfen«, warf Bonnie ein. »Geh deinen Owen suchen.«

Hazel blickte zu Boden. »Ich wollte mich nie festlegen. An irgendeinen anderen Menschen gebunden sein. Mein ganzes Leben habe ich darum gekämpft, frei zu sein, jeder Art von Autorität zu trotzen, nur um sicher zu sein, daß niemand außer mir selbst über mein Leben bestimmt. Und dann bin ich Owen begegnet, und das Schicksal hat uns miteinander verbunden, egal wie sehr wir uns gewehrt haben. Ich ...

bewundere ihn sehr. Er ist tapfer und freundlich und ehrenhaft, und er liebt mich. Das wußte ich schon immer. Aber ... ich habe mein ganzes Leben lang noch niemanden geliebt. Ich weiß gar nicht, ob es mir gegeben ist, jemanden zu lieben, sei es auch einen so feinen Mann wie Owen. Ich bin keine von denen, die leicht lieben.«

»Ich habe lange Zeit auch so gedacht«, erzählte Mitternacht. »Die Wahrheit habe ich erst herausgefunden, als mein Owen schon tot war und auf ewig für mich verloren. Mach nicht den gleichen Fehler wie ich, indem du zu lange wartest. Wir Helden haben tendenziell eine tragisch kurze Lebenserwartung.«

»Geh und rede mit dem Mann«, sagte Bonnie. »Ich springe bei Sankt Bea für dich ein. Komm schon, Mitternacht; du hältst die Leute fest, während ich die Nähte anbringe.«

Sie standen auf, strafften die Schultern und kehrten ins Schlachthaus zurück. Hazel saß allein auf der Treppe und starrte in die Dunkelheit.

Owen Todtsteltzer ging über die Freifläche hinterm Tor, war in dem Lepramantel mit der ins Gesicht gezogenen Kapuze wieder eine anonyme Gestalt, und hörte zu, was die Leute redeten. Sie saßen in kleinen Gruppen um offene Feuer zusammen und reichten die letzten Schnapsflaschen herum. Eigentlich war der ganze Sprit für die Krankenstation bestellt worden, um dort für den Notfall zu dienen, aber die Leprakranken hatten nicht lange für die Entscheidung gebraucht, daß, wenn ihr gegenwärtiger Bedarf kein Notfall war, sie überhaupt nicht wußten, was man als solchen bezeichnen konnte. Also stöberten sie die versteckten Flaschen auf, die sie für trockene Tage verstaut hatten, und kippten das Zeug hinunter, so rasch sie es nur fertigbrachten. Der Jubel über den Sieg hatte sie nicht blind gemacht für die reale Lage. Sie wußten, daß sie nur auf den nächsten Akt warteten. Und so redeten und lachten und sangen sie, priesen Sankt Bea und die *Ruhmreichen Schwestern* und unterhielten sich über die lebenden Legenden, die gekommen waren, um sie zu führen und zu beschützen.

»Es heißt, der Todtsteltzer wäre gestorben und hätte sich selbst wieder zum Leben erweckt«, erzählte ein Leprakranker, dem das halbe Gesicht weggefressen war.

»Nee«, widersprach ein anderer Mann, das Gesicht im Schatten eines breitkrempigen Hutes versteckt. »Wenn man tot ist, ist man tot, wie die selige Schwester Kathleen. Wenn man gegangen ist, kehrt man nicht zurück.«

»Das gilt für Leute wie uns«, meinte der dritte Mann am Feuer, einer von der großen und schlaksigen Sorte, der die knochigen Knie bis an die Brust hochgezogen hatte. »Wir sind Menschen. Er nicht. Nicht mehr.«

»Natürlich ist er ein Mensch«, behauptete der erste. »Er wurde unter uns geboren, um zu mehr zu werden, als wir sind – um uns zum Sieg zu führen. Wie er die Rebellen gegen die Imperatorin geführt hat.«

»Das war Jakob Ohnesorg«, sagte der zweite. »Der Berufsrebell. Obwohl man sich erzählt, er wäre inzwischen ebenfalls unsterblich. Wie Ruby Reise und Hazel D'Ark und dieser verdammte Hadenmann Mond. Jeder Saftsack außer uns, hat es den Anschein.«

»Jawohl«, bekräftigte der dritte. »Aber es sind trotzdem weiter Menschen. Die alte blöde Sally hat Hazel D'Ark gebeten, ihr die Hand aufzulegen und sie zu heilen. Hat nicht geklappt.«

»Vielleicht war Sallys Glauben nicht stark genug«, überlegte der erste.

Owen entschied, daß ihm die Richtung nicht gefiel, die das Gespräch nahm. Er trat vor in den Schein des Feuers. »Darf ich mich dazugesellen, meine Freunde?«

»Sicher«, sagte der erste. »Laß dich nieder. Ich bin Heinrich. Der mit dem blöden Hut ist Sigurd, und der langweilige Kerl heißt Glum.«

»Ich bin Giles«, stellte sich Owen vor. »Ich bin … neu hier. Ich habe den Todtsteltzer kennengelernt. Er ist mir gar nicht so besonders vorgekommen. War nur ein Mann, der versucht hat, das Richtige zu tun.«

»Dann mußt du mit geschlossenen Augen herumgelaufen sein«, behauptete Heinrich und stocherte an einem Stück Schorf auf der Gesichtshälfte herum, die ihm noch verblieben war. »Er wurde von Gott berührt. Muß so sein, um all das zu leisten, was er getan hat. Es heißt, Engel hätten in der großen Rebellion an seiner Seite gekämpft und über all den großen Schlachten am Himmel geschwebt.«

»Er ist kein Heiliger«, behauptete Sigurd. »Hier gibt es nur eine Heilige, und sie kramt immer noch bis zu den Ellbogen in den Eingeweiden herum, da drüben auf der Krankenstation. Und ich habe den Todtsteltzer im Holo gesehen, wie er auf den Straßen von *Golgatha* gekämpft hat, und man konnte da nirgendwo irgendwelche verdammten Engel sehen. Nur Hazel D'Ark, und die ist kein Engel, das ist mal verflucht sicher. Es sei denn einer von der gefallenen Sorte. Hat allerdings nette Titten.«

»Engel dürfte man auf einem Film auch nicht sehen«, erklärte ihm Heinrich geduldig. »Es sind geistige Wesen.«

»Falls er ein Heiliger wäre, würde er uns heilen«, behauptete Glum, den Blick immer noch auf die Knie gerichtet. »Würde uns alle retten und die Hadenmänner mit einer Handbewegung auslöschen. Aber er hat es nicht getan, weil er es nicht kann. Nein, er ist mächtig, in Ordnung, aber trotzdem immer noch einer von uns.«

»Manche Leute behaupten, er wäre ein Monster«, sagte Owen ruhig. »Daß niemand solche Fähigkeiten haben dürfte, wie er sie hat. Daß alle Macht verderblich ...«

»Blödsinn!« warf Heinrich verärgert ein. »Er ist als Aristo geboren worden und hat all das aufgegeben, um zum Helden der Unterdrückten zu werden! Er hat Reichtum und Stellung aus freien Stücken aufgegeben und sich geweigert, im Luxus zu schwelgen, solange das Volk in Sklaverei lebte! Er ist ein Held. Eine Legende.«

»Das war Jakob Ohnesorg«, hielt ihm Sigurd hartnäckig entgegen.

»Ohnesorg ist gescheitert, solange er auf sich allein gestellt war. Jeder weiß das. Der Todtsteltzer hat für uns gekämpft, als es niemand sonst tat. Hat Jakob Ohnesorg aus dem Gefängnis befreit und ihm neues Leben eingehaucht. Er hätte Imperator werden können, falls das sein Wunsch gewesen wäre, aber er lehnte ab.« Heinrich schüttelte verwundert den Kopf. »Jemanden wie ihn trifft man nur einmal in tausend Jahren an.«

»Er gab den Hadenmännern die Chance zur Wiedergutmachung«, sagte Glum und blickte zum ersten Mal auf. »Wer außer ihm hätte das getan? In Ordnung, sie haben ihn letztlich verraten, aber so sind nun mal die Hadenmänner.«

»Es heißt, er hätte einen Grendel mit bloßen Händen umgebracht«, erzählte Heinrich voller Verehrung. »Einen Grendel, denkt nur! Niemand hätte das geschafft, der nicht von Gott berührt ist.«

»Aber macht Euch manches von dem, was er tun kann, nicht Angst?« fragte Owen.

»Ach verdammt«, antwortete Sigurd. »Natürlich kann er einen ganz schön erschrecken. Das ist bei Helden immer so. Sie sind ganz schön unheimlich, diese Leute, die das *Labyrinth des Wahnsinns* durchschritten haben. Wenn sie sich dem Bösen verschreiben würden, wer könnte sie aufhalten? Sie könnten uns alle umbringen, ganze Planeten verwüsten, das verdammte Imperium vernichten, falls es ihnen in den Sinn käme. Sie könnten Monster sein. Aber der Punkt ist: Sie sind es nicht. Der Todtsteltzer ist hergekommen, um uns zu retten, als niemand sonst dazu bereit war. Er könnte hier an unserer Seite sterben, und niemand würde es je erfahren. Trotzdem ist er gekommen, weil es richtig war. Letztlich kommt es nur darauf an.«

»Von Gott berührt«, sagte Glum. »Vom Schicksal getrieben. Zum Helden erkoren. Armes Schwein.«

»Jawohl«, bekräftigte Heinrich. »Er hätte sich die Krone aufs Haupt setzen können. Ich hätte es getan. Statt dessen ist er hier bei uns. In der Hölle.«

»Ach, ich weiß nicht«, sagte Owen. »Nach dem, was ich gehört habe, geht es im Parlament gefährlicher zu als hier. Hier weiß man wenigstens, wer der Feind ist.« Er stand auf. »Ich muß gehen. Danke für Eure Gesellschaft, Freunde.«

Er ließ sie am Feuer sitzen und ging über den Platz zurück, ohne ein besonders Ziel zu haben. Er hatte gehört, wie sie über Owen Todtsteltzer als einen Helden und eine Legende redeten, und auch als ein armes Schwein, das von Gott berührt worden war, erkannte sich aber in beiden Vorstellungen nicht wieder. Als Historiker hatte er stets gewußt, daß solche Umdeutungen und Neuerfindungen einer Biographie unvermeidlich waren, aber es setzte ihm doch zu, so mitzuerleben, wie er selbst schon hinter der alten Maske aus Mythen und Heldensagen verschwand. Als nächstes würde man noch behaupten, er wäre in einer Krippe geboren worden und hätte dort den Besuch von drei weisen Herrschern empfangen.

Die Füße führten ihn zur Krankenstation, wo er Hazel antraf. Wenn er Zweifel hatte, suchte er stets Hazel auf. Sie war vielleicht der einzige Mensch, der ihn von Anfang an kannte, der alle Veränderungen zusammen mit ihm durchgemacht hatte. Womöglich gar der einzige Mensch, der noch sein wahres Ich kannte. Er sah sie auf der Treppe vor der Krankenstation sitzen, wo sie müde den Kopf hängen ließ. Er nahm neben ihr Platz, und sie nahm es mit einem Brummen zur Kenntnis.

»Ihr solltet etwas schlafen«, schlug er ihr sanft vor. »Es war ein langer Tag.«

»Du bist derjenige, der etwas schlafen sollte«, entgegnete Hazel. »Verdammt, du bist heute fast umgekommen!«

Owen zuckte die Achseln. »Das übliche halt. Arbeitet Sankt Bea immer noch da drin?«

»Ja. Ist allerdings fast fertig. Die im Sterben lagen, sind inzwischen gestorben, und alle übrigen sind versorgt. Sie macht jetzt nur noch sauber. Bereitet alles für morgen vor. Was denkst du, wie viele Leute wir morgen verlieren, Owen?«

»Zu viele. Sie kämpfen gut und sind ziemlich tapfer, aber die meisten gehören eigentlich ins Krankenbett. Und selbst wenn sie gesund wären, stellten sie keinen Gegner dar für eine Armee von Hadenmännern. Ich denke, unter diesen Umständen wäre das niemand. Vielleicht nicht mal wir. Die eigentliche Armee wird morgen angreifen, womöglich schon in der Nacht, und dann stürzt die Palisade dieser Station ein, als bestünde sie aus Streichhölzern, und das eigentliche Gemetzel beginnt. Was zum Teufel suchen die Hadenmänner hier? Mond sagte, es gäbe etwas draußen im Dschungel, etwas, das er spüren, aber nicht beschreiben könne. Nannte es das Rote Hirn. Vielleicht sind die Hadenmänner hinter dem her.«

»Was wir brauchen, ist ein Wunder«, fand Hazel. »Wenn wir Sankt Bea vielleicht ganz nett fragten ...«

»Ich denke nicht, daß Gott uns derzeit zuhört«, versetzte Owen müde. »Wir sind auf uns selbst angewiesen.«

»Unfug«, erklärte Mutter Beatrice forsch. Sie war gerade aus der Krankenstation hervorgetreten und trug frisch gestärkte und makellos saubere Sachen. »Gott ist immer bei uns. Er trägt nur nicht unsere Kämpfe an unserer Stelle aus.«

»Ich glaube nicht mehr an Gott«, erklärte Hazel. »Nicht nach allem, was ich gesehen habe. All das Böse, all das Leid, all der Tod.«

»Die Menschen sind für das Böse verantwortlich«, hielt ihr Mutter Beatrice entgegen. »Nicht Gott. Und Ihr habt erlebt, wie vieles von diesem Bösen ein Ende gefunden hat. Gebt Euch damit zufrieden.« Sie setzte sich neben Owen auf die Treppe und rieb sich die Hände mit einem feuchten Tuch ab. Man sah immer noch Flecken getrockneten Blutes um die Fingernägel.

»Warum bist du hergekommen?« wollte Hazel wissen. »Hattest du nach *Technos III* nicht genug davon, Menschen sterben zu sehen?«

»Ich bin gekommen, weil ich gebraucht wurde«, erklärte Mutter Beatrice ruhig. »Warum begebt Ihr und Owen Euch immer wieder in Gefahr?«

»Aus dem gleichen Grund, denke ich«, antwortete Owen. »Weil die Menschen uns brauchen, weil niemand sonst die gleichen Fähigkeiten mitbringt. Ich glaube nach wie vor an die alten Tugenden der Pflicht und der Ehre, auch wenn sie heute aus der Mode gekommen scheinen, um Absprachen und Kompromissen zu weichen.«

Mutter Beatrice lächelte. »Und dieser Teil von Euch ist es, der Gottes Stimme vernimmt. Ihr könnt sie auch nicht leichter ignorieren als ich.«

»Ich kämpfe, weil ich gut darin bin«, beharrte Hazel. »Mein Leben dreht sich schon um Gewalt und Töten, soweit ich mich erinnere. Wohin ich auch kam, stets hieß es, töte oder werde getötet. Wo ist darin Gottes Stimme zu hören?«

»Es kommt nicht darauf an, was man tut«, erklärte Mutter Beatrice geduldig. »Es kommt darauf an, warum man es tut. Die Sache, für die wir kämpfen, definiert, wer wir sind. Gott gab Euch die Gabe, Kriegerin zu sein, Hazel, überließ es jedoch Euch, was Ihr damit anfangt.«

»Ich wollte nie Krieger sein«, sagte Owen. »Die Umstände haben mich dazu gezwungen.«

»Vielleicht zu Anfang«, sagte Mutter Beatrice. »Niemand, der seine sieben Sinne beisammen hat, möchte ein Held sein. Nur wenige Geschichten von echten Helden finden ein glückliches Ende. Ihr seid jedoch zu dem geworden, der Ihr heute seid, weil es Eurem Wesen entsprach, weil Ihr Euch nicht abwenden und untätig bleiben konntet, während das Böse in Blüte stand. Ihr seid ein Krieger der besten Sorte, Owen – jemand, der nie einer sein wollte. Ich wollte nie eine Heilige sein. Ich zucke immer noch innerlich zusammen, wenn jemand dieses Wort gebraucht. Verdammt, ich bin ursprünglich überhaupt nur zur Kirche gegangen, um mich der Heirat mit Valentin Wolf zu entziehen! Ich habe jedoch meinen Glauben gefunden, oder er hat mich gefunden, und ich kann mich auch nicht leichter von Menschen abwenden, die Hilfe brauchen, als ich aufhören kann zu atmen. Letztlich werden wir alle durch die Ehre definiert. Denn ohne Ehre hätte unser Leben gar keine Bedeutung.«

Owen hörte ihr zu und wollte ihr so gern glauben, aber er war noch immer nicht ganz überzeugt.

Und dann blickten die drei scharf auf, als rings um die Mission im Dschungel die Hölle ausbrach. Owen und Hazel zogen die Schußwaffen, verbannten ihre Müdigkeit und liefen zur Palisade. Andere liefen neben ihnen her, rieben sich dabei zu knappen Schlaf aus den Augen und schrien Fragen, auf die niemand Antworten wußte. Owen und Hazel sprinteten die Holzstufen zum Laufgang auf der Palisade hinauf und blickten über die Lichtung zum Dschungel hinüber. Die Lichter der Missionsstation reichten nicht weit in die Dunkelheit, und kein Mond stand am Himmel, der den Schauplatz hätte erhellen können. Hazel rief, das mehr Lampen hergebracht werden sollten. Owen lauschte konzentriert dem Tumult, der im Dschungel tobte, vermochte ihn aber einfach nicht zu deuten. Kämpften dort die Hadenmänner gegeneinander? Bald war der Laufsteg voller Menschen, von denen die meisten Fackeln oder Laternen hielten, und zum ersten Mal sah man jetzt Bewegung im Dschungel, dunkle Gestalten, die dort hin- und herliefen. Und jetzt drangen zum ersten Mal Schreie herüber, Schreie im unverkennbaren summenden Tonfall der Hadenmänner, gefolgt von dem vertrauten tödlichen Zischen von Strahlenwaffen.

Owen blickte angestrengt in die Dunkelheit und den Regen. Die Lichtung war gänzlich verlassen. Was immer geschah, ereignete sich nur im Dschungel. Er hörte Kreischen und Wutschreie und das Geräusch von Leuten, die durch das dichte Laubwerk liefen. Dunkle Gestalten rangen miteinander. Vielleicht Hadenmänner. Aber auch andere Gestalten waren zu sehen, dunkel und undeutlich, die sich zu schnell bewegten, um wirklich ihre Umrisse auszumachen.

Und wohin sie sich bewegten, stiegen stets neue Schreie auf.

Mutter Beatrice drängte sich neben Owen. »Was ist dort los, Sir Todtsteltzer?«

»Ich will verdammt sein, wenn ich das wüßte. Aber ich vermute, daß jemand den Hadenmännern in den Hintern tritt. Und dabei verflucht gute Arbeit leistet.«

»Könnte es sich um Verstärkung handeln? Vielleicht die Marineinfanterie?«

»Das denke ich nicht«, sagte Hazel. »Die Angreifer scheinen keine Schußwaffen zu benutzen. Und sie bewegen sich ganz anders als Menschen. Leben auf diesem Planeten noch Kreaturen, von denen wir nichts wissen, Mutter Beatrice?«

»Nein. Überhaupt keine.«

»Ich habe noch nie einen Hadenmann schreien gehört«, stellte Owen fest. »Was könnte so tödlich sein, so schrecklich, daß sogar die Hadenmänner sich davor fürchten?«

»Na ja, du könntest jederzeit hinausgehen und sie dir mal anschauen, aber falls du das tust, dann allein«, sagte Hazel entschieden. »Ich setze keinen Fuß nach draußen, solange nicht genug Licht herrscht, damit ich erkenne, worauf ich ziele.«

»Die Hadenmänner verfügen über Disruptoren«, sagte Mutter Beatrice. »Sie nützen ihnen aber anscheinend nichts, oder?«

Der Tumult im Dschungel brach plötzlich ab, und die letzten Schreie wurden erstickt. Das Krachen und Prügeln hörte auf, und nirgendwo war mehr eine Bewegung zu erkennen. Die Nacht war völlig still geworden, und die Verteidiger der Mission standen schweigend auf dem Laufgang und lauschten, ohne etwas anderes zu hören als das Prasseln der Fackeln, das endlose Trommeln des Regens auf dem Dach und den eigenen kollektiven Atem. Der Dschungel war dunkel und ruhig und wahrte seine Geheimnisse.

»Na ja«, sagte Owen schließlich. »Ich möchte die Vermutung wagen: Was immer dort geschah, ist wohl vorüber. Ich denke, wir sollten für heute nacht lieber doppelte Wachen aufstellen, und das in dreistündigen Schichten. Alle anderen sollten sich etwas schlafen legen. Daß ein paar Hadenmänner offensichtlich ihre gerechte Strafe erhalten haben, heißt noch nicht, daß wir morgen nicht trotzdem einer ganzen Armee dieser Mistkerle da draußen gegenübertreten müssen.«

»Sollten wir nicht jemanden hinausschicken, der nach Leichen sucht?« fragte jemand weiter unten auf dem Laufgang.

»Nach dir«, sagte Hazel und schnaubte unbeeindruckt, als sie keine Antwort erhielt.

»Mögliche Leichen können bis morgen warten«, sagte Mutter Beatrice. »Alles kann bis morgen warten. Der Todtsteltzer hat recht: wir stellen zusätzliche Wachen auf, und alle anderen legen sich schlafen.«

Und da niemand jemals Sankt Bea widersprach, verstreute sich die Menge nach und nach, um sich soviel Schlaf zu holen, wie sie bis zum Morgen nur finden konnte. Owen und Hazel gingen zur nächsten Treppe und stießen dabei auf Bonnie Chaos und Mitternachtsblau, die ihnen entgegenkamen.

»Eine gute Aufführung«, fand Bonnie. »Mir war danach, Beifall zu spenden.«

»Kümmert euch nicht um sie«, sagte Mitternacht. »Nur das übliche bei ihr. Was denkt ihr, ist gerade eben über die Hadenmänner hergefallen?«

»Ich konnte nicht viel erkennen«, antwortete Owen. »Aber was ich gesehen habe, erschien mir beinahe ... vertraut.«

»Jeder, der Hadenmänner umbringt, ist mir recht«,

sagte Hazel. »Ich meine, was könnte schlimmer sein als eine Armee von Aufgerüsteten?«

»Ich hege den fürchterlichen Verdacht, daß wir es herausfinden werden, wenn der Morgen kommt«, sagte Mitternacht. »Die Hadenmänner sind wenigstens eine bekannte Größe. Gegen sie konnten wir Pläne schmieden. Jetzt . . .«

»Richtig«, bekräftigte Bonnie. »Der Feind meines Feindes muß nicht immer mein Freund sein. Besonders dann nicht, wenn er auch ein Feind der Menschheit ist.«

Hazel musterte sie scharf. »*Shub?* Du denkst, da draußen treiben sich Truppen von *Shub* herum?«

»Wer sonst könnte eine Armee der Hadenmänner so mühelos ausschalten? Wenn du mich fragst: Ich denke, der Dschungel wimmelt von Geistkriegern und Furien.«

»Ich möchte nach Hause«, sagte Hazel.

»Aber was zum Teufel könnte *Shub* hier suchen?« fragte Owen ärgerlich. »Hier gibt es doch nichts!«

»Außer dem Roten Hirn«, sagte Mond, der plötzlich aus der Dunkelheit zum Vorschein kam. »Ich spüre seine Anwesenheit immer deutlicher.«

»Rot . . .« überlegte Bonnie. »Könnte es ein Bestandteil des Dschungels sein? Eine Pflanze, die Intelligenz entwickelt hat?«

»Es ist riesig«, sagte Mond. »Sehr groß und sehr komplex und vollkommen fremdartig. Was ich von seinen langsamen Denkprozessen wahrnehme, das ergibt überhaupt keinen Sinn. Ich kann nur mit Sicherheit feststellen, daß es sehr gefährlich ist. Und es wird langsam unserer Gegenwart bewußt. Falls ich meiner menschlichen Natur ein wenig sicherer wäre, denke ich, dann . . . hätte ich Angst.«

»Aber was ist es?« fragte Hazel.

»Es ist das Rote Hirn«, antwortete Mond. »Und falls

es so mächtig und gefährlich ist, wie ich denke, dann würden *Haden* oder *Shub* richtig liegen, wenn sie hier jede Menge Truppen aufmarschieren lassen, um es zu erbeuten oder zu vernichten.«

»Aber warum ... greifen sie dann die Mission an?« wollte Owen wissen.

»Wir stehen ihnen einfach im Weg«, sagte Mond. »Ich denke nicht, daß *Haden* oder *Shub* in der Stimmung sind, die Beute zu teilen.«

Er wandte sich ab, schritt davon in die Dunkelheit und war bald verschwunden. Hazel blickte ihm böse nach. »Ich denke, er war mir lieber, als er einfach nur nichtmenschlich war. Da hat er mich weniger geärgert.«

»Er hat sich jedenfalls einen verdammt ungünstigen Zeitpunkt ausgesucht, um sich rätselhaft zu geben«, stellte Owen fest. »Vielleicht sollten wir ihn zu Sankt Bea schicken und sehen, ob sie etwas Verständliches aus ihm herausbekommt.«

»Das Rote Hirn«, sagte Bonnie. »Klingt wie einer dieser bösen Verbrecherkönige aus den alten Holoserien, die ich mir als Kind angesehen habe. Vielleicht sollten wir den Grimmigen Grauen Rächer rufen, damit er uns zur Hilfe kommt.«

»Sind diese Serien auch auf deinem Planeten gelaufen?« fragte Mitternacht. »Ich war immer ein großer Fan davon!«

»Jawohl!« bestätigte Hazel. »Ich habe alle Bänder davon und auch den speziellen Dekoderring, den man einschicken mußte, um ...«

Owen überließ sie ihrem fröhlichen Geschnatter und entfernte sich, um etwas Schlaf zu finden, ehe er einfach umkippte. Das eigene Leben zu retten hatte ihn viel gekostet. Und er hatte das starke Gefühl, daß ihm gar nicht gefallen würde, was sich ihm im Licht des Morgens vor der Mission zeigte.

Die Morgendämmerung brach auf *Lachrymae Christi* ganz plötzlich an und genau nach Plan. Jeder, der einen Platz auf dem Laufgang fand, stand dort bereit, als sich die Sonne auf einmal einen Weg durch die Wolken bahnte, die Düsternis verbannte und die Umgebung der Mission wieder sichtbar machte. Und dort standen reglos und lautlos im Regen die Grendels, eine Reihe nach der anderen. Sie hatten die Station völlig umzingelt. Owen blickte benommen von der Palisade herunter. Sein Mund war trocken, und er spürte fast, wie die Verteidiger ihre Zuversicht verloren.

Grendels. Gentechnisch geschaffene Mordmaschinen aus den *Gewölben der Schäfer*, unbekannt viele Jahrhunderte oder gar Jahrtausende lang in Stasis aufbewahrt und in einem unvorbereiteten Universum wieder erwacht. Lebendige Schrecknisse mit stachelbewehrter dunkelroter Panzerung, die irgendwie ein Teil von ihnen war, und mit stählernen Zähnen und Klauen. Tödliche, erbarmungslose, unbesiegbare Killer, deren Lebenszweck die Vernichtung war, von ihren unbekannten Schöpfern in all den feinen Künsten des Gemetzels programmiert. *Shub* hatte Hunderttausende von ihnen aus den *Gewölben der Schläfer* erbeutet, und niemand hatte sie wiedergesehen. Bis heute.

»Das ist es«, stellte Hazel grimmig fest. »Damit ist es offiziell. Die Lage hat sich einfach nur verschlechtert.«

»Sind sie wirklich viel gefährlicher als die Hadenmänner?« erkundigte sich Mutter Beatrice.

»Gegen die Hadenmänner hatten wir eine Chance«, sagte Owen, und es klang fast bitter. »Ich habe schon jede Menge Aufgerüstete umgebracht, aber nur einmal konnte ich einen Grendel töten, und er hätte mich beinahe erwischt. Er hat mir die Hand gekostet. Heute noch habe ich Alpträume davon. Und jetzt stehen Tausende von ihnen da draußen.«

»Schwerter werden sie nicht aufhalten«, sagte Hazel. »Ein direkter Disruptortreffer bremst sie lediglich, es sei denn, man erwischt eine der ganz wenigen lebenswichtigen Stellen. Sie wurden dazu konstruiert, unaufhaltsam zu sein. Wir sitzen tief in der Scheiße, Leute.«

Mutter Beatrice wandte sich an Schwester Marion, die neben ihr stand. »Sagt allen, daß sie sich bewaffnen sollen. Sogar den Verwundeten. Alle, die stehen können, sollen Abwehrpositionen beziehen. Macht alle Sprengfallen wieder scharf.« Schwester Marion nickte grimmig, daß der hohe schwarze Hut wippte, und eilte davon.

»Sprengsätze?« fragte Owen.

»Das letzte Mittel«, erklärte Mutter Beatrice. »Sie sind zusammengeschaltet und reichen aus, um den gesamten Platz zu vernichten. Eine letzte Geste des Widerstands, falls offenkundig wird, daß wir keine andere Möglichkeit mehr haben.«

»Stell jemanden an den Schalter, der nicht leicht in Panik gerät«, empfahl ihr Hazel. »Denn wir werden unser Bestes tun, damit diese Bastarde für ihr Geld ordentlich schuften müssen, nicht wahr, Owen?«

»Richtig«, sagte er und beugte die Finger der nachgewachsenen Hand. »Aber falls Ihr tatsächlich einen direkten Draht zum lieben Gott habt, Mutter Beatrice, wäre jetzt der richtige Zeitpunkt, um ein Wunder zu erbitten.«

Mutter Beatrice lächelte. »Jede Legende findet ihr Ende, Sir Todtsteltzer, und jeder Held fällt schließlich, aber falls das alles ist, was uns bleibt, dann wollen wir wenigstens gut sterben. Gott erwartet nichts Geringeres. So, falls Ihr mich jetzt entschuldigen wollt – ich muß auf die Krankenstation zurückkehren. Ich denke, man wird mich dort brauchen.«

Sie ging, völlig aufrecht, und die Leute gaben ihr den Weg frei und verneigten sich respektvoll.

»Sie wäre eine tolle Kriegerin geworden«, meinte Hazel.

»Sicher«, sagte Owen. »Auf ihre eigene Art war sie stets eine Kämpferin. Die sanften Persönlichkeiten überleben gar nicht lange genug, um zu lebenden Heiligen zu werden.«

»Grendels!« sagte Hazel bitter. »Warum nur müssen es Grendelkreaturen sein? Gegen die Hadenmänner hatten wir wenigstens eine Chance.«

»Solange die dicke Frau singt, ist die Oper nicht zu Ende«, gab Owen zu bedenken. »Und falls wir nicht mehr bewirken, dann wollen wir wenigstens möglichst viele von ihnen mitnehmen.«

Erschrockene Schreie stiegen vom Laufgang auf, und Owen und Hazel drehten sich um und sahen, wie sämtliche Grendels heranstürmten, von einem unerkannten Signal letztlich doch in Bewegung gesetzt. Sie kamen von allen Seiten gleichzeitig, drangen völlig lautlos vor und überwanden die ausgedehnte Lichtung in wenigen Sekunden. Sie warfen sich gegen die Palisade und hämmerten daran, bis sie auf ganzer Länge wie eine Riesentrommel dröhnte. Eine Disruptorsalve prasselte auf die Angreifer herab und stanzte Löcher durch dunkelrote Panzerungen, aber die Kreaturen fielen nicht. Mit den Fäusten, besetzt mit schweren Stacheln, rissen sie Brocken aus dem dicken schwarzen Holz, und die Wand erbebte unter der Gewalt. Einige Grendelkreaturen kletterten an der Palisade hinauf, hieben ihre stählernen Klauen tief ins Holz und knirschten gnadenlos mit den Stahlzähnen. Owen beugte sich über die Brüstung und schoß einem Grendel durch den breiten, herzförmigen Kopf. Die Kreatur zuckte und stürzte hinunter, griff dabei mit Armen und Beinen ins Leere. Sie prallte heftig auf und blieb reglos liegen, und die übrigen Grendels schwärmten einfach über sie hinweg.

Jeder, der über eine Schußwaffe verfügte, war inzwischen auf dem Laufgang, und das Tosen so vieler abgefeuerter Strahlenwaffen war ohrenbetäubend. Der Regen zerkochte zu Dampfwolken, und überall fielen Grendels. Letztlich waren es jedoch einfach zuwenig Disruptoren und viel zu viele Grendels, und als sich der Dampf verzog und die Verteidiger die entladenen Waffen senkten, rannten die Angreifer nach wie vor gegen sie an und kletterten an der Palisade herauf. Die Disruptoren waren nutzlos, bis sich die Energiekristalle wiederaufgeladen hatten, und in zwei Minuten konnte viel passieren. Also waren Bogen und Pfeil der nächste Schritt. Die Bogenschützen traten vor, beugten sich gefährlich weit über die Brüstung und schossen. Jeder Pfeil traf sein Ziel, wurde aber auch abgelenkt, ohne Schaden anzurichten. Damit blieb nur noch der blanke Stahl. Die Verteidiger der Mission hoben Schwerter und Äxte und landwirtschaftliches Gerät mit frisch geschärften Schneiden und warteten, daß der Feind sie erreichte.

Die Grendels krabbelten in einer großen, brodelnden Flut über die Palisade hinweg, rot wie Blut, wild wie der Teufel, und stürzten sich auf die Verteidiger. Schwerter blitzten auf und Äxte hackten zu, nur um nutzlos an lebendiger dunkelroter Panzerung abzugleiten. Die Grendels zerfetzten anfälliges menschliches Fleisch und töteten jeden, der in ihre Reichweite kam. Manche sprangen lieber von der Palisade, als sich den Grendels zu stellen. Blut spritzte überall, und die Luft war voller Schreie.

Draußen im Regen zerschmetterten die Angreifer die Barrikaden und die geflickten Palisadenlöcher und strömten in einer unaufhaltsamen Flut durch den

Schutzwall. Männer und Frauen ergriffen schreiend die Flucht, aber die Grendels waren schneller.

Owen Todtsteltzer schwang das Schwert beidhändig; manchmal durchdrang die Klinge die blutroten Panzerungen, manchmal nicht. Unter der schieren Wucht der Schläge stolperten die Grendels zurück, aber verletzen konnte Owen sie meist nicht. Hazel D'Ark kämpfte an seiner Seite, nutzte jeden verfügbaren Platz auf dem Laufgang, um auszuweichen, suchte nach Schwachstellen ihrer Gegner, rammte die Schwertspitze in verletzliche Gelenke und verdrehte sie darin, und all das nützte nichts. Wie Owen war auch Hazel stark genug, um die Grendels in Schach zu halten, aber mehr vollbrachte sie nicht. Owen versuchte die Grendels mit ausholenden Armbewegungen von der Palisade zu fegen, aber selbst der lange Sturz auf den harten Boden darunter schien ihnen nichts auszumachen. Und Schritt für Schritt wurden Owen und Hazel schließlich doch zurückgetrieben, während ihre nur menschlichen Mitkämpfer ringsherum starben. Beide konnten nichts tun, um sie zu retten. Bald war der Laufgang mit Toten und Sterbenden übersät und rutschig von Blut. Und immer noch mehr Grendels schwärmten über die Palisade.

»Zieht euch zurück! Zieht euch zurück!« brüllte Oberst Wilhelm Hand unten auf der Freifläche hinterm Tor. »Zurück in die Kasematte, damit die Fallen ihre Arbeit tun können!«

Die Leprakranken auf dem Laufsteg, die noch lebten, drehten sich um und rannten, drängten sich auf die engen Treppen, die nach unten führten, und die Grendels fielen über die hintersten her. Owen und Hazel setzten den langsamen Rückzug fort und bemühten sich, den Leprakranken in ihrer Nähe ein wenig Zeit zu erkaufen. Ein Grendel duckte sich unter Owens Schwerthieb hindurch und ging auf seine

Kehle los. Owen schlug instinktiv mit der Faust zu, und sie zerschmetterte die Panzerung der Kreatur und durchbohrte ihren herzförmigen Kopf. Der Grendel zuckte, als Owen ihm das Gehirn herausriß. Die Kreatur rotierte hilflos, bis ihre Gefährten sie niederstießen und über sie hinwegtrampelten.

»Nette Nummer«, fand Hazel, die doch ein klein wenig außer Atem war.

»Ja«, bestätigte Owen. »Ich denke, ich habe mir die verdammte Hand gebrochen.«

»Für den Fall, daß es dir noch nicht aufgefallen ist: Wir sind von der Treppe abgeschnitten.«

»Dann müssen wir springen.«

»Der Sturz bringt uns um!«

»Soviel Glück haben wir nicht. Springt!«

Sie schlugen die nächststehenden Grendels zur Seite, wichen den zuschnappenden Kiefern aus, liefen den Steg entlang und sprangen ins Leere. Es war ein weiter Weg nach unten, und ein paar wundervolle Augenblicke lang hatten sie fast das Gefühl zu fliegen. Und dann prallten sie auf dem Boden auf, daß es ihnen die Luft aus den Lungen rammte. Über ihnen war der Laufgang inzwischen völlig überrannt.

Owen zwang sich durch schiere Willenskraft wieder auf die Beine, packte Hazel an der Schulter und zog sie hoch. Überall liefen Menschen und Grendels durcheinander. Ein stählernes Lächeln ging auf Hazels Kehle los. Sie packte den Grendel mit beiden Händen und schleuderte ihn über ihren Kopf hinweg in die nächststehende Konzentration seiner Artgenossen. Sie gingen in einem Gewirr rudernder Gliedmaßen zu Boden. Owen und Hazel rannten zur Kasematte, der großen Kommunikationshalle, die als einzige Zuflucht zur Verfügung stand, wenn die äußere Abwehr überrannt war.

Leprakranke begleiteten sie auf der Flucht, wichen

dabei den versteckten Fallen und Gruben aus oder sprangen darüber hinweg. Grendels rannten ihnen nach. Sie stürzten in die spießbewehrten Gruben, drückten die Spieße flach, standen unverletzt wieder auf und sprangen gleich wieder hinaus. Von Gewichten angetriebene Spieße und Schwertklingen schossen aus ihren Verstecken hervor, nur um harmlos an den Panzerungen abzuprallen. Die improvisierten Landminen detonierten überall auf dem Gelände, spuckten Rauch und Flammen, schleuderten Grendels in die Luft und verletzten sogar einige. Aber immer kamen noch mehr, immer noch neue.

Eine Armee des Todes, dazu geschaffen, unaufhaltsam zu sein.

Die Verteidiger strömten in die Kasematte und füllten sie gänzlich. Stählerne Läden sicherten die Fenster, stählerne Riegel die Türen. Owen und Hazel bezogen vor der großen Halle Position und nahmen es mit den ersten Grendels auf, die sie dort erreichten, versuchten dabei, so viele der Fremdwesen zu beschäftigen, wie sie nur konnten, um den eintreffenden Leprakranken ein paar kostbare Augenblicke mehr zu erkaufen.

Bonnie Chaos und Mitternachtsblau waren ebenfalls zur Stelle. Bonnie lachte in schierem Überschwang, als sich die Grendels um sie drängten, und sonnte sich in einer Schlacht, die sie stärker auf die Probe stellte als jede andere zuvor. Sie schwang das Schwert mit aller Kraft, spaltete Grendelpanzerungen und streckte die Kreaturen nieder. Sie selbst blutete ständig aus Wunden, die nie Zeit fanden, richtig zu verheilen, ehe sie erneut aufgerissen wurden, aber sie verbannte einfach das Gefühl der erlahmenden Kraft in den Armen und schwelgte im niemals endenden Rausch des Schmerzes und der Regeneration.

Mitternachtsblau teleportierte auf einer Kreisbahn um ihre Waffengefährtin hin und her und materialisierte jeweils lange genug, um einen wirkungsvollen Hieb mit der Axt zu landen. Sie intonierte Schlachtgesänge ihres Ordens im Rhythmus ihrer Axthiebe, aber die Kraft verließ sie allmählich. Das ständige Teleportieren setzte ihr zu, und es fiel ihr zunehmend schwer, sich zu konzentrieren. Sie spürte, wie sie langsamer wurde, und den Grendels gelang es allmählich, ihre Schläge abzuwehren.

Alle Überlebenden des Labyrinths wurden langsamer, während sie die Energie verbrauchten, die sie antrieb. Der menschliche Körper war nicht dazu gebaut, lange unter solchen Extrembedingungen zu funktionieren.

Oberst Wilhelm Hand und Otto bezogen ihre Positionen am Eingang zum Irrgarten der schmalen Gassen zwischen den Hütten. Viele Leprakranke hatten dort Zuflucht gesucht, sich in vertrauter Umgebung verbarrikadiert. Hand gab ihnen keine große Chance, tat aber sein Bestes, ihnen soviel Zeit zu verschaffen, wie es nur ging. Er kämpfte wütend und mobilisierte alte Fertigkeiten, während seine Kraft langsam schwand. Otto schützte wie stets die Flanke des Obersten. Hand hatte den Höhepunkt seiner Form jedoch schon lange überschritten und war geschwächt durch eine fürchterliche Krankheit, und nach wenigen verzweifelten Minuten hieben ihn die Grendels zu Boden und schwärmten über ihn hinweg. Er lag auf dem Rücken, blutete stark aus einem Dutzend bösartiger Wunden und tastete nach dem Schwert, das er verloren hatte. Rotgepanzerte Beine stampften rings um ihn herum. Ein Grendel ragte über ihm auf, und Stahlklauen zuckten herab. Hand schrie unwillkürlich auf, und dann war erneut Otto da, ein letztes Mal, und warf sich über seinen Oberst. Die Stahlklauen gruben sich tief in seinen Rücken und rissen ihm den Buckel und das halbe Rückgrat weg. Otto erschauerte einmal und starb. Der Grendel setzte seinen Weg fort.

Hand wollte den toten Zwerg herunterschieben, schaffte es aber nicht. Er hatte weder Gefühl in den Händen noch Kraft in den Armen. Die Kehle schmerzte, und er hörte, wie sein Atem seltsam pfeifend klang. Er zwang sich, eine Hand an den Hals zu heben, und als er sie wegnahm, war sie naß von Blut. Einer der Grendels hatte ihm einen schlimmen Schnitt versetzt, und er hatte es nicht mal bemerkt. Der Oberst ließ die Hand auf den harten Boden zurückfallen. Er hatte immer gedacht, daß er lieber den Tod eines Kriegers starb, als zu erleben, wie ihn die Lepra zentimeterweise auffraß, aber jetzt war der Zeitpunkt gekommen, und er stellte fest, daß er alles für ein paar weitere Tage gegeben hätte oder sogar nur ein paar weitere Stunden. Aber Gott schloß keine Verträge.

Er hätte gern Gelegenheit gefunden, seine Sachen in Ordnung zu bringen, ein paar Briefe zu schreiben ... Für einen Moment zerliefen seine Gedanken, ehe er sich plötzlich wieder konzentrieren konnte. Er konnte noch nicht sterben! Nicht, solange er noch eine letzte Pflicht erfüllen mußte, einen letzten Befehl ausführen mußte. Er kämpfte darum, die Fernbedienung zu fassen zu kriegen, die ihm Sankt Bea gegeben hatte. Die Oberste Mutter vertraute darauf, daß er den richtigen Zeitpunkt erkannte, um sie zu betätigen, und daß er den Mumm hatte, den Schalter zu drücken, egal was es ihn kostete.

Der Oberst lächelte grimmig, und Blut floß ihm aus dem Mund. »Lebwohl, Otto«, sagte er oder glaubte, es gesagt zu haben. Und er drückte den Schalter.

Die Sprengsätze unter dem Platz gingen alle gleichzeitig hoch, ein gewaltiger Donnerschlag, der den Boden ans Dach rammte und die dichtgedrängten Grendels zerfetzte. Der gesamte Platz verschwand in einer Rauchwolke. Die gerichteten und gezielt plazierten Sprengsätze jagten die Wand nach draußen weg, während die Dorfhütten unversehrt blieben. Die Eingeweide der Fremdwesen und Splitter dunkelroter Panzerungen regneten prasselnd auf den kraterübersäten Boden zurück. Nirgendwo war mehr ein Spur von Oberst Wilhelm Hand und Otto zu sehen.

Owen und Hazel kämpften vor der Kommunikationszentrale unermüdlich weiter, waren müde über jeden Schmerz und jede Hoffnung hinaus, angetrieben nur noch von der Entschlossenheit, nicht zu fallen, solange sie noch gebraucht wurden. Beide bluteten stark aus einem Dutzend übler Wunden, und ihren Schlägen mangelte es zunehmend an Kraft. Owen sah sich um. Fast alle Leprakranken waren inzwischen in der Zentrale. Jemand schrie ihm zu, sich auch dorthin zurückzuziehen, damit die Türen geschlossen und verriegelt werden konnten. Owen überlegte. Die Zeit schien langsamer zu werden, so daß er alle Zeit der Welt hatte, um seine Entscheidung zu treffen. Er blickte nach links, sah Bonnie und Mitternacht Rücken an Rücken kämpfen, die Gesichter schlaff vor Schmerz und Erschöpfung, umzingelt von Grendels. Sie konnten es unmöglich rechtzeitig in die Halle schaffen. Und diese bot ohnehin nicht viel Schutz. Die Außenpalisade der Mission war viel robuster gewesen und hatte die Grendels nicht mal abgebremst. Er blickte nach rechts und sah Hazel, die immer noch kämpfte und vom eigenen Blut tropfte. Nein, entschied Owen. Er würde sich nicht umwenden und flüchten. Er seufzte bedauernd. Zeit, die letzte Trumpfkarte auszuspielen und zu hoffen, daß sie stach.

»Schließt die Tür!« schrie er.

Und er wandte sich wieder dem Feind zu. Er tastete mit den Gedanken in sich hinein, tief ins Unterbewußtsein, und zapfte die dort liegende Kraft an. Er warf den Kopf zurück und heulte den alten Schlachtruf seines Clans – *Shandrakor! Shandrakor!* –, und all seine Wut und Frustration und die Notwendigkeit, die Leprakranken der Mission zu verteidigen, stiegen brüllend aus ihm auf und platzten in die materielle Welt hinaus, wo sie die Luft aufrührten wie die Schwingen eines riesigen und machtvollen Vogels. Die Grendels spürten, daß sich etwas Neues in der Schlacht ergab, und sahen sich verwirrt um. Die Erde bebte unter ihren Füßen und warf sie aus dem Gleichgewicht. Ein mächtiger Wind fegte über die Reste des Freigeländes und zerstreute die Grendels wie Blätter in einem Wirbelsturm. Owen sah sich um, lächelte kurz, und entfesselte seinen ganzen Zorn auf diese Kreaturen.

Die ihm nächststehenden Grendels explodierten förmlich. Owen trat schwankend vor, die Augen weit aufgerissen, ohne zu blinzeln, und seine Wut hämmerte im Rhythmus des eigenen Herzens auf die Luft ein. Sein Gesicht war grimmig und unnachgiebig. Er hatte sich der eigenen Macht ausgeliefert wie nie zuvor. Er drehte den Kopf, und wohin er blickte, starben die Grendels. Er trat auf den Boden, und Erdstöße rissen den kraterübersäten Boden des Geländes auf. Der Todtsteltzer hatte seine Wut freigesetzt, und die Grendels vermochten ihr nicht standzuhalten. Sie explodierten oder wurden fortgeweht, und keiner kam Owen nahe genug, um ihn zu berühren. Dabei wußte Owen, daß die eigene Kraft ihn umbrachte. Er spürte, wie in ihm Dinge zerbrachen. Er wußte, daß er die Kraft hätte abschalten sollen, solange er noch dazu fähig war, weil sterbliche Menschen nicht dazu gedacht waren, so hell zu brennen. Aber er brachte es nicht über sich, nicht, solange die Unschuldigen ihn brauchten. Also ging er langsam weiter, tötete Grendels, starb mit jedem Schritt innerlich ein Stück mehr, brachte sich selbst ebenso um wie den Feind.

Der Todtsteltzer.

Aber allzu schnell kam der Zeitpunkt, an dem ihn selbst Notwendigkeit und Entschlossenheit keinen Schritt mehr weiterführten. Seine sterbliche Gestalt war nie dazu gedacht gewesen, soviel Energie für so lange Zeit zu kanalisieren, und schließlich konnte er nichts mehr zusetzen. Owen fiel auf die Knie. Er war sehr müde. Er hatte so viel vollbracht. Vielleicht konnte er jetzt schlafen, und wenn er Glück hatte, träumte er nicht. Er kippte nach vorn und fiel mit dem Gesicht auf den blutgetränkten Boden. Die Winde erstarben und die Erde bebte nicht mehr, und die Wut des Todtsteltzers schlug nicht mehr auf die Luft ein.

Hazel D'Ark erlebte seinen letzten Augenblick des Ruhms mit und sah ihn fallen. Voll Ehrfurcht hatte sie verfolgt, wie sein Zorn die Grendels wegfegte, aber jetzt schrie sie auf und lief zu ihm hinüber. Sie legte ihm die Hand auf die Schulter, aber keine Reaktion erfolgte. Hazel schrie erneut auf, als Schrecken und Entsetzen und der Schmerz eines schließlich doch brechenden Herzens sie überwältigten. Sie hätte gern geweint, aber sie wußte nicht wie. Sie hatte es noch nie getan.

Sie blickte auf und sah, wie sich die letzten Grendels neu formierten. Owen hatte viele von ihnen umgebracht, aber immer noch gab es verdammt viel mehr. Mehr als genug, um die Kommunikationszentrale niederzureißen und jedes lebende Wesen darin hinzumetzeln. Sie rückten langsam vor, entblößten die Stahlzähne, beugten ihre Stahlklauen, und Hazel blickte ihnen entgegen und zeigte ihnen das kälteste Lächeln ihres Lebens. Sie würden für das bezahlen, was sie getan hatten. Sie alle.

Sie hatte sich einzureden versucht, daß ihre besondere Gabe nicht gebraucht wurde. Daß die Mission bereits genügend Verteidiger hatte. Daß sie keine weiteren Varianten ihrer selbst herbeirufen und zusehen mußte, wie sie eine nach der anderen starben. Bonnie und Mitternacht hatten ihr die anderen Versionen ihrer selbst direkter spürbar gemacht als je zuvor. Aber sie brauchte sie jetzt, also rief sie nach ihnen, nicht im eigenen Namen, sondern dem Owens. Rief sie herbei, den Todtsteltzer zu retten.

Und sie kamen.

Auf einmal war das Gelände voller Hazel D'Arks, die vor Wut und Verlust schrien. Und die Grendels, die Owens Angriff überstanden hatten, sahen sich mit einer Armee von Kriegerinnen konfrontiert, die von Gesicht und Gestalt verschieden, aber alle in Schmerz und Gram vereint waren. Ein Augenblick trat ein, in dem beide Seiten einander ansahen und jeweils einen würdigen Gegner entdeckten. Dann liefen die Fronten aufeinander zu und prallten zusammen, und das Sterben begann. Disruptoren tosten und Stahl blitzte auf, und Zähne und Klauen aus Metall rissen menschliches Fleisch auf. Für jede Hazel, die starb, tauchte jedoch eine weitere auf und trat an ihre Stelle. Hazel D'Ark hatte ein Tor geschaffen, wodurch ein endloser Strom anderer Versionen ihrer Person strömen konnte, so lange sie gebraucht wurden oder solange Hazel D'Ark es verkraftete.

Sie wußte, daß die Anstrengung tödlich für sie war, und gab einen Dreck darauf. Sie wollte die Leprakranken retten, nicht so sehr, weil sie sich etwas aus ihnen gemacht hätte, sondern weil Owen ihr darin Vorbild war. Sie kniete neben ihm, und die Kraft sickerte aus ihr heraus wie Blut aus einer offenen Ader. Hazel legte ihm sachte eine Hand auf die Schulter. Sie hatte einen so weiten Weg mit Owen Todtsteltzer zurückgelegt, und falls sie ihm ins Reich der Toten folgen mußte, dann war sie jetzt dazu bereit.

Jemand rief ihren Namen. Immer wieder, und in einer merkwürdigen summenden Stimme. Langsam wandte sie den Kopf und entdeckte Tobias Mond, der neben ihr kniete.

»So können wir nicht gewinnen!« sagte er eindringlich. »Es sind einfach zu viele. Aber als ich sah, wie Ihr Eure Kraft benutzt habt, wußte ich, wie ich meine einsetzen kann. Ich weiß, was ich tun muß. Vertraut mir! Verbindet Eure Gedanken mit meinen, und wir können diese Schlacht auf andere Art gewinnen!«

»Wie?« fragte Hazel.

»Das Rote Hirn«, erklärte Mond. »Es befindet sich nicht im Dschungel. Es ist der Dschungel.«

Und sein Bewußtsein griff nach Hazels Gedanken aus und stellte den Kontakt her. Und durch sie erreichte Mond all die übrigen Hazels. Bonnie und Mitternacht waren ebenfalls einbezogen, und irgendwie auch Owen. Sie alle verschmolzen miteinander und wurden zu etwas, das mächtiger war als die Summe seiner Teile. Das kombinierte Bewußtsein expandierte weiter und erreichte alle lebenden Gehirne der Mission, vom kränksten Opfer der Lepra bis zu Sankt Bea selbst. Und gemeinsam wandten sie sich nach außen, zusammengeschmiedet zu einer Kraft, einem Gedanken, und faßten das Rote Hirn an – die Bewußtseinsgestalt allen pflanzlichen Lebens auf *Lachrymae Christi.* Der Dschungel, Millionen Quadratkilometer davon, war ein zusammenhängender Leib, und sein Bewußtsein war das Rote Hirn.

Das war es, was die Hadenmänner hier gesucht hatten und wozu *Shub* die Grendels geschickt hatte, damit sie es in ihre Gewalt brachten oder beherrschten oder vernichteten – eine ganz neue Form von Bewußtsein, nirgendwo sonst im Imperium bekannt.

Ein Bewußtsein von der Größe eines Planeten. Die Gedanken des Roten Hirns liefen langsam, bewegten sich mit dem Rhythmus von Tag und Nacht und dem Wechsel der Jahreszeiten, unaufhörlich sterbend, unaufhörlich lebend, unermeßlich alt. Allein seit Jahrtausenden, bis es von dem eben neu entstandenen Bewußtsein berührt wurde. Freundschaft war eine neue Erfahrung, ebenso die Freude darüber, nicht mehr allein zu sein, aber gleichzeitig lernte das Rote Hirn, was Bedürfnis und Notwendigkeit waren. Es dehnte seinen gewaltigen und machtvollen Körper, um dem neuen Freund zu helfen.

Im Dschungel entstand rings um die Missionsstation plötzlich Bewegung, mit einer Geschwindigkeit, wie es sie noch nie zuvor gegeben hatte. Bäume entwurzelten sich selbst und kippten über die Palisade. Und über diese Brücken drang der Dschungel vor und fiel über die Grendels her. Stachelpeitschen und kriechende Rebengewächse wickelten sich um die Fremdwesen und zerfetzten sie. Mörderische Pflanzen mit klaffenden Mäulern und fürchterlicher Kraft platzten aus dem verwüsteten Erdboden des Geländes hervor, von der Not des Dschungels aus der Tiefe herbeigerufen. Grendels wurden verschluckt oder in Stücke gerissen, unfähig, sich gegen den Willen des Dschungels zu wehren. Die Fremdwesen wandten sich zur Flucht, aber sobald sie aus der Station heraus waren, tauchten gewaltige, saugende Gruben unter ihren Füßen auf und zerrten sie herab. Und nur wenige Minuten, nachdem alles begonnen hatte, wurde der Dschungel wieder still und waren keine Grendels mehr übrig, die er noch hätte umbringen können.

Das Rote Hirn und das menschliche Massenbewußtsein berührten einander erneut. Tief in seiner unvorstellbar fernen Vergangenheit war das Rote

Hirn schon einmal nicht allein gewesen, aber das lag so weit zurück, daß es mehr Instinkt als Erinnerung war. Nach der langen Zeit der Einsamkeit war das Dschungelbewußtsein überglücklich, wieder Gemeinschaft zu erleben, und es bat das Menschenbewußtsein, es nicht wieder zu verlassen. Trotz des enormen Alters war das Rote Hirn nur ein Kind. Der Menschengeist beruhigte es. Unter den Leprakranken fanden sich auch Esper. Jetzt, wo beide Seiten wußten, worauf sie achten mußten, war Kommunikation möglich. Und nachdem das Rote Hirn seine Macht demonstriert hatte, würden es *Haden* und *Shub* nie wieder wagen, hier zu erscheinen. Der Menschengeist sah sich in der Mission um, trauerte um ihre vielen Toten und kehrte in seine zahlreichen Körper zurück. Viel Arbeit war noch zu leisten.

Jetzt blieb vor allem noch, wieder aufzuräumen. Ein großer Teil der Mission mußte neu aufgebaut werden, aber diesmal würde der Dschungel helfen. Erneut mußten Leichen eingesammelt und identifiziert werden, und Sankt Bea arbeitete viele Stunden lang auf der Krankenstation und heilte die Kranken. Und wenn sie manchmal einfach nur die Hände auf einen hoffnungslosen Fall legte und ein Gebet flüsterte, wer konnte ihr daraus einen Vorwurf machen? Besonders, wo so viele überlebt hatten.

Owen Todtsteltzer erwachte auf der Krankenstation und stellte erstaunt fest, daß er noch lebte. Bonnie und Mitternacht lagen in Betten rechts und links von ihm, und Hazel setzte sich nacheinander zu ihren Gefährten. Die Verbindung mit dem Roten Hirn und dessen enorme geistige Stärke hatten sie gerettet, sie ein weiteres Mal vom Abgrund des Todes zurückgeholt. Noch waren sie schwach wie halb ertrunkene Kätzchen, aber die Kraft kehrte allmählich zurück. Was nur gut war. Hazel meinte es gut, war jedoch als Krankenschwester verdammt nutzlos. Sie hatte einfach nicht das richtige Temperament dafür. Alle beschwerten sich reichlich und gingen der Umwelt kräftig auf die Nerven, und am Abend erklärte Schwester Marion, es ginge ihnen wieder recht gut, und würden sie ihr bitte den Gefallen tun und wie der Teufel aus ihrer Krankenstation verschwinden, damit die übrigen Patienten ein bißchen Ruhe erhielten?

Der Regen trommelte nach wie vor laut auf das Holzdach. Owen und Hazel spazierten langsam über das unebene Gelände. Die Leichen waren verschwunden, aber es sah immer noch fürchterlich aus. Owen und Hazel stützten sich abwechselnd, denn ihrer beider innere Kraft hatte einen historischen Tiefpunkt erreichte. Für den Moment waren sie wieder normale Menschen, und sie machten das Beste daraus. Wo sie auch erschienen, verneigten sich die Leprakranken und grüßten sie und riefen ihre Namen wie Gebete oder Kirchenlieder. Owen und Hazel lächelten unbehaglich und stellten fest, daß die Leprakranken trotz aller Hingabe auf vorsichtige Distanz hielten. Lebende Legenden waren eine Sache, lebende Götter schon eine ganz andere.

Tobias Mond gesellte sich zu ihnen. Seine Augen leuchteten nicht mehr, und in der Stimme klang nur noch ein ansatzweises Summen mit. Er ließ diese Dinge hinter sich, während das *Labyrinth des Wahnsinns* weiter Veränderungen in ihm herbeiführte. Er strahlte eine neue Gelassenheit aus, einen geistigen Frieden, als wären ihm viele Dinge endlich klar geworden.

»Ich begleite Euch nicht, wenn Ihr geht«, sagte er gelassen. »Ich bleibe. Die Menschen hier brauchen viel Hilfe, um die Mission und ihr Leben wieder aufzubauen, und ich denke, ich kann ihnen dabei helfen. Bis die Esper lernen, wie sie den Kontakt mit dem Roten Hirn herstellen können, besorge ich das an ihrer Stelle.« Er schüttelte langsam den Kopf. »Das war die faszinierendste Erfahrung meines Lebens. Das Rote Hirn war so lange allein, genau wie ich, war das einzige seiner Art. Und die Leprakranken … Vielleicht war das ganze Sterben nötig, damit ich die Bedeutung und den Wert des Lebens zu würdigen lernte. Jedenfalls bleibe ich. Um die Leprakranken zu beschützen und dem Dschungel als Stimme zu dienen.«

»Ich hätte Euch mir nie als Gärtner vorgestellt, Mond«, sagte Owen trocken, und Mond lachte höflich. Am Humor arbeitete er noch.

Owen und Hazel gingen weiter. Bonnie und Mitternacht überwachten die Reparaturen am anderen Ende des Geländes, aber sie winkten ihnen grüßend zu. Owen und Hazel winkten zurück. Alles war friedvoll und heiter, wie die Ruhe nach einem Sturm.

»Nun«, sagte Owen schließlich, »wir haben wieder mal gesiegt.«

»Jawohl«, bekräftigte Hazel. »Auch wenn wir verdammt kurz vor einer Niederlage standen. Hätte Mond nicht in letzter Minute seine Einsicht gehabt, dann hätte es für uns tödlich enden können. Ich dachte wirklich schon, ich hätte dich verloren.«

»Eine heilsame Ermahnung, daß auch wir Grenzen haben«, sagte Owen. »Daß wir trotz allem, wozu wir fähig sind, durch menschliche Beschränkungen bestimmt werden. Auf eine seltsame Art finde ich das tröstlich – daß wir trotz all unserer Kräfte und Fähigkeiten immer noch Menschen sind.«

Hazel schniefte laut. »Ich finde es überhaupt nicht tröstlich, beinahe gestorben zu sein, verdammt! Und hoffen wir, daß der Dschungel keine Grendels übersehen hat. In meiner gegenwärtigen Verfassung könnte ich nicht mal einem Baby die Schokolade wegnehmen. Und das war immer einer meiner besten Tricks.«

»Unsere Kraft wird letztlich zurückkehren«, behauptete Owen. »Das ist sie bislang immer.« Er blieb stehen und sah sich um, für einen Moment in Erinnerungen versunken. »So viele sind hier gestorben. Ich wünschte, wir hätten mehr Menschen retten können.«

»Wilhelm Hand und Otto«, sagte Hazel. »Schwester Kathleen. Sie hatten nicht unsere Kräfte und haben doch ebensoviel geleistet, um die Station zu retten. Sie waren hier die wirklichen Helden.«

»Natürlich«, bekräftigte Owen. »Alle waren Helden, die Lebenden und die Gefallenen. So, falls Ihr mich entschuldigen wollt, ich habe eine Verabredung in der Kommunikationszentrale. Dort versuchen sie, ein Schiff herbeizurufen, damit wir den Planeten verlassen können. *Lachrymae Christi* ist jetzt vielleicht in Sicherheit, aber der Rest des Imperiums steckt nach wie vor in ernsten Schwierigkeiten.«

»Das ist mal wieder typisch für dich, Todtsteltzer«, sagte Hazel. »Du bist kaum darüber hinweg, zweimal fast umgekommen zu sein, da redest du schon wieder darüber, in die Schlacht zu stürmen. Haben wir nicht das Recht auf ein bißchen Urlaub?«

»Doch«, versetzte Owen. »Sobald der Krieg vorüber ist.«

»Die Kriege gehen nie vorüber«, entgegnete Hazel. »Nicht für uns.«

Owen legte ihr die Hände auf die Schultern und küßte sie. »Ihr würdet Euch innerhalb einer Woche langweilen, und Ihr wißt das.«

»Vielleicht. Ich dachte wirklich, ich hätte dich verloren, Owen. Tu sowas nie wieder!«

»Nie wieder«, sagte er. »Wir sind ein Team. Nichts wird uns jemals trennen.«

»Versprich mir, daß wir immer zusammen sein werden. Für alle Zeit.«

»Für immer und ewig. Selbst der Tod kann uns nicht mehr trennen.«

Er küßte sie erneut und entfernte sich Richtung Kommunikationszentrale. Hazel blickte ihm eine Zeitlang nach, drehte sich dann um und blickte übers Gelände hinweg. Leute waren dabei, die Risse und Krater im Boden langsam wieder aufzufüllen. Die Palisade wurde wieder aufgerichtet, Abschnitt für Abschnitt. Die Schlacht war vorüber, und das Leben ging weiter. Hazel fühlte sich merkwürdig ausgeschlossen. Vielleicht hatte Owen recht und war alles, worauf sie beide sich verstanden, der Weg des Kriegers.

Und da rief jemand ihren Namen, mit einer vertrauten, aber heiseren und schmerzerfüllten Stimme. Sie drehte sich um, und da stand Owen, lehnte sich an die Wand einer Hütte. Er sah fürchterlich aus, todmüde, das Gesicht abgezehrt, die Kleider fleckig und blutig. Hazel brauchte einen Augenblick, um zu erkennen, daß er nicht die grauen Sachen der Leprakranken trug. Es waren dieselben Sachen, die er angehabt hatte, als er auf *Virimonde* aus dem Nichts heraus erschienen war, um sie zu retten. Er sah sie mit einem Ausdruck des Verlustes und der Sehnsucht an, und er streckte eine Hand nach ihr aus, als versuchte er, sie vor etwas zu warnen. Sie traf Anstalten, auf ihn zuzugehen, und plötzlich erschien ein Ausdruck des Entsetzens in seinem Gesicht. Sie tat einen weiteren Schritt auf ihn zu, und ein silbern schimmerndes Energiefeld bildete sich rings um sie herum und hielt sie an Ort und Stelle fest. Sie schlug mit den Fäusten darauf ein, und es zischte und entlud sich lautstark in den aufgewühlten Erdboden hinein, wurde aber nicht schwächer. Und Hazel hatte nicht die Kraft übrig, es zu durchbrechen. Sie rief nach Owen, bat ihn um Hilfe, aber er war verschwunden.

Owen Todtsteltzer kam aus der Kommunikationszentrale gerannt. Er hatte sogar aus dieser Entfernung gehört, wie Hazel seinen Namen rief. Er sah, wie sie in dem schimmernden Energiefeld gefangen war, und erkannte es sofort. Die Blutläufer aus dem *Obeah*-System hatten es schon einmal in dem Versuch benutzt, Hazel zu entführen. Sie behaupteten, Hazel schuldete ihnen ihren Körper, damit sie Experimente daran ausführen konnten – eine Schuld gegenüber ihrem Kapitän, die sie in ihrer Zeit als Klonpascherin erworben hätte. Owen rettete sie damals, indem er das Energiefeld durchbrach, aber jetzt hatte er nicht die Kraft dafür.

Er lief auf sie zu und zog dabei den Disruptor aus dem Halfter. Hazel kämpfte noch gegen das Feld an, aber ihr Bild wurde schwächer; das Feld verschwamm zusehends und nahm sie mit. Bonnie Chaos und Mitternachtsblau kamen ebenfalls herbeigelaufen, nahmen Kurs auf den Standort des schimmernden Feldes.

Seltsame Gestalten tauchen rings um die silbernen Energien auf. Groß und gertenschlank, Albinos mit milchweißen Haaren und blutroten Augen. Sie trugen lange Roben von wirbelnden Farben, und ihre Gesichter waren mit scheußlichen Ritualnarben bedeckt. Blutläufer. Sie lachten Owen lautlos aus und verschwanden dann, nahmen das Energiefeld und Hazel mit.

Owen schrie entsetzt auf und blieb schwankend stehen, blickte auf die leere Stelle, wo eben noch Hazel gestanden hatte. Er hörte das trockene Klatschen der Luft, als sie in den Raum stürzte, den eben noch ein Körper eingenommen hatte, und blickte sich um, nur um zu sehen, daß Bonnie und Mitternacht ebenfalls fort waren. Ohne daß Hazel zugegen war, um die Präsenz ihrer Doppelgängerinnen aufrecht zu erhalten, konnten sie nicht bleiben. Nichts verband sie mehr mit diesem Universum. Owen war benommen und vor Schreck wie gelähmt. Hazel war fort, in der Gewalt von Folterern, und er konnte sie nicht erreichen, hatte keine Ahnung, wohin man sie gebracht hatte. Sie konnte irgendwo im *Obeah*-System sein. Und er hatte nicht mal ein Schiff, das ihm erlaubte, den hiesigen Planeten zu verlassen. Noch nie hatte er sich so hilflos gefühlt.

Owen Todtsteltzer, der Armeen bezwungen und Imperien umgestürzt hatte; er konnte nicht einmal die retten, die er liebte.

Haltet durch, Hazel! Ich werde Euch suchen! Irgendwie finde ich Euch, was immer es mich auch kostet. Und falls sie Euch verletzt haben, ertränke ich das ganze Obeahsystem in Blut!

Owen Todtsteltzer kehrt zurück in
Todtsteltzers Schicksal.

Der erste Thriller des nächsten Jahrtausends. Eine Art ›STIRB LANGSAM‹ im Weltraum von einem der begabtesten deutschen SF-Autoren der Gegenwart.

Im Jahr 2015: Hauchdünn und kostbar sind die Sonnensegel der japanischen Solarstation NIPPON. Von ihnen aus wird die Erde mit Energie versorgt. Als die Energieübertragung versagt, denken Leonard Carr und die Mannschaft der Station zuerst an eine technische Panne. Doch dann geschieht ein Mord, und ein fremdes Raumschiff dockt widerrechtlich an. Entsetzt erkennt die Besatzung, daß sie Spielball in einem Plan ist, der die Station zu einer nie dagewesenen Bedrohung für die Erde werden läßt. Leonard hat nur eine Chance gegen die kalte Präzision, mit der seine Widersacher vorgehen: Er kennt alle Geheimnisse der Solarstation und weiß beim Kampf, die Gesetze der Schwerelosigkeit für sich zu nutzen ...

›Eine höchst ungewöhnliche Mischung aus Thriller und SF.‹
Brigitte

ISBN 3-404-24259-9

BASTEI LÜBBE